PARIS
ST.-DENIS
ST.-OUEN
MONTMARTRE
GARE
DU NORD
rue St. Denis
rue le Pelletier
OPERA
Haussmann
PLACE VENDÔME
PLACE DE LA CONCORDE
PALAIS
ROYAL
rue de Rivoli
GARDEN OF THE TUILERIES
TUILERIES
LOUVRE
PONT NEUF
HÔTEL DE VILLE
LUXEMBOURG
GARDENS
NOTRE
DAME
PÈRE
LACHAISE
CEMETERY
PONT
D'AUSTERLITZ
GARE
DE LYON
Cours de Vincennes
VINCENNES
GARE
D'ORLÉANS
Boulevard Montparnasse
Boulevard St.-Marcel
La Seine

Ikufar

SOHN DER WÜSTE

David Ball

Ikufar

SOHN DER WÜSTE

Roman

Aus dem Amerikanischen
von Rainer Schmidt

WELTBILD

Die amerikanische Originalausgabe erschien unter dem Titel
Empires of Sand bei Bantam Books, New York

Besuchen Sie uns im Internet:
www.weltbild.de

Genehmigte Lizenzausgabe
für Verlagsgruppe Weltbild GmbH,
Steinerne Furt, 86167 Augsburg

Übersetzung: Rainer Schmidt
Umschlaggestaltung: Tandem Design, Hamburg
Umschlagmotiv: Vintage/Mauritius
Die Bildagentur GmbH, Mittenwald
Gesamtherstellung: GGP Media,
Karl-Marx-Straße 24, 07381 Pößneck
Printed in Germany
ISBN 3-8289-7105-9

2005 2004 2003 2002
Die letzte Jahreszahl gibt die aktuelle Lizenzausgabe an.

Frankreich, 1866

1.

»Die Kinder! Nicht schießen!«

Es war zu spät. Das Gewehr brüllte auf und schlug gegen die Schulter des Jägers. Es war ein weiter Schuß, hundertfünfzig Meter oder mehr. Beinahe hätte er den Keiler nicht gesehen; durch den Wald war er kaum zu erkennen, denn Schatten und Sonnenlicht tanzten auf dem Laub des fernen Dickichts und verschluckten ihn fast. Alle andern hatten den Blick zum Himmel gerichtet, auf den Falken des Grafen, aber der Jäger hatte eine Bewegung gesehen, und da war er und wühlte nach Bucheckern: ein mächtiger Keiler, ein königlicher Keiler, ein bösartiger Teufel von einem Keiler. Selten in diesem Wald. Er beschloß sofort, ihn zur Strecke zu bringen.

Ein anderer wäre weiter vorgerückt, um einen besseren Schuß anbringen zu können und das Tier nicht zu verfehlen oder, schlimmer noch, nur zu verwunden. Auf der extremen Entfernung beruhte der Unterschied zwischen einem guten Schuß und einem spektakulären Schuß, einem Schuß, der wegen seiner Ungewißheit desto erregender war, einem Schuß, an dem sich seine Waffe erwies und sein Talent und der ihm das Prahlrecht in der Schenke auf Monate hinaus sicherte. Er wußte, daß er es konnte, denn er kannte seine Waffe. Es war ein neues Repetiergewehr, wie es beim Militär in Gebrauch war. Der lange Lauf verlieh ihm eine bis dahin ungeahnte Treffgenauigkeit. Er hatte die Visiereinrichtung mit tausend Übungsschüssen perfekt justiert.

Er hob die Waffe und nahm sein Ziel aufs Korn. Der Warnruf des Grafen ließ ihn zusammenfahren, aber nur für einen Augenblick. Dann zielte er mit ruhiger Hand und drückte ab. Und schon da, schon bevor die Kugel den Lauf verlassen hatte, wußte er, daß er es geschafft hatte. Er brauchte es nicht zu sehen, um es zu wissen, brauchte den Aufschlag der Kugel nicht zu hören. Er wußte es einfach. Und eine Sekunde später war seine Gewißheit bestätigt: Er hörte ein klatschendes Geräusch und ein wütendes Schmerzquieken. Man sah raschelnde Bewegung, und das Tier verschwand im Unterholz.

Der Jäger jauchzte aufgeregt. Zum Teufel mit dem Grafen! Bei

Gott, er hatte getroffen! Einen Keiler! Ein ganz unerwarteter Bonus, sehr viel besser als die vergleichsweise langweilige Jagd mit dem Falken. Er würde seine Trophäe bekommen, und es würde kein mickriger Vogel sein. Ohne sich nach den anderen umzusehen – vor allem den Grafen wollte er jetzt nicht anschauen –, lief er über die Lichtung.

Graf Henri de Vries war Gastgeber einer Gruppe von Mitgliedern der *Société Géographique*, die hier die uralte Kunst der Falkenjagd miterleben wollten. Die Familie des Grafen hielt seit Generationen Falken, und sie jagten jetzt in einem Revier, das an sein Anwesen grenzte.

Henri hatte den Keiler schon vor dem Jäger gesichtet, und ungläubig hatte er gesehen, wie der Mann sein Gewehr in Anschlag brachte, denn in der Nähe spielten die Kinder. Als er das Schwein quieken hörte und die jähe Bewegung sah, waren seine schlimmsten Befürchtungen bestätigt.

Denn jetzt galoppierte der Tod durch den Wald.

Ohne ein Wort zu verlieren, ließ er seine Jagdgesellschaft stehen und lief zu seinem Pferd. Ein wilder Keiler war immer gefährlich, aber ein angeschossener war unberechenbar, ja mörderisch. Niemand war vor ihm sicher, nicht einmal ein bewaffneter Mann zu Pferde. Nicht solange der angeschossene Keiler noch lebte.

Der Graf schwang sich auf sein Pferd. Das Tier kannte seinen Reiter – es spürte die Gefahr und galoppierte los, noch ehe er richtig im Sattel saß. Sie jagten geradewegs auf die Stelle zu, wo der Keiler verschwunden war und einer fernen Lichtung entgegenflüchtete. Pferd und Reiter donnerten durch den Wald, unter den goldenen Eichen und Ulmen des großen Bois de Boulogne hindurch, der einst das Jagdrevier der Valois-Könige gewesen war.

Henris Frau Serena saß im Schatten eines großen Baumes. Sie hatte nicht auf ihre Umgebung geachtet, überhaupt nicht. Normalerweise wäre sie mit Henri auf der Jagd gewesen. Aber sie war eine Tuareg, eine Frau der Wüste, und insgeheim lernte sie seit einer Weile Französisch zu lesen, die Muttersprache ihres Mannes. Sie hatte es ihm noch nicht erzählt. Auf eigene Faust hatte sie einen Tutor gefunden, einen Lehrer am Lycée in Paris, mit dem sie verstohlen lange Stunden verbrachte, auf die weitere Stunden einsamen Übens folgten. Nach und nach war eine neugefundene Liebe in ihr erwacht. Jede neue Geschichte hatte den Zauber verstärkt. Auf die Themen kam es gar nicht an. Henris Bibliothek war reich an wissenschaftlichen Zeitschriften. Bei den meisten konnte sie die Worte und ihre Bedeutungen nicht erfassen, aber es gab auch Romane und Artikel und Essays. Deren Worte waren wie Musik und brachten ihr fast mystische Freuden, weil sie ihr neue Welten eröffneten.

Sie hatte eine Inspiration. Bald hatte Henri Geburtstag. Dann würden sie Moussa zu Hause lassen und zusammen in den Wald reiten, zu einem abgelegenen Wasserfall am Rande des Anwesens. Sie würde ein Picknick mitnehmen, ein weiches, sonniges Fleckchen aussuchen und eine Decke auf dem Boden ausbreiten – nein, viele Decken, falls es kühl wäre, und dann würde sie ihm ein Glas Wein einschenken. Er würde den Kopf in ihren Schoß legen, und dann würde sie ihm vorlesen, und sie würde das überraschte Entzücken genießen, das sie in seinen Augen finden würde. Später würden sie dann miteinander schlafen. Es machte ihr großen Spaß, sich diesen Tag bis in die winzigsten Details auszumalen, und sie hatte ihre Bemühungen verdoppelt, um bereit zu sein. So war sie heute von der Lektüre ihres Victor Hugo gefesselt.

Der Graf kam unerwartet heran und riß sie aus ihren Tagträumen.

»Die Jungen!« rief er, als er näher kam. »Wo sind die Jungen?«

Sie hatte keine Ahnung, was geschehen war, aber die Dringlichkeit in seiner Stimme war nicht zu überhören. Verzweifelt sah sie sich um. Als sie die Kinder zuletzt wahrgenommen hatte, hatten sie in der Nähe gespielt … aber wann? Vor einer Viertelstunde? Oder war es länger her? Sie war nicht sicher. Es war ein ruhiger Herbsttag. Sie waren einfach da gewesen, bei dem umgestürzten Baumstamm, und sie hatte keinen Grund gehabt, sich besondere Sorgen zu machen; sie spielten immer im Wald. Aber in einem schrecklichen Augenblick voll panischem Schuldbewußtsein wurde ihr klar, daß sie keine Ahnung hatte, wann sie sie zuletzt gesehen hatte oder wohin sie gelaufen sein konnten.

Das große Wildschwein stürmte krachend durch ein Dickicht von Krüppeleichen. Die Kugel hatte ihm eine Rippe gebrochen und einen Lungenflügel durchbohrt. Lebenswichtige Arterien hatte sie verfehlt, aber die Lunge füllte sich allmählich mit Blut. Der Atem des Tieres ging hitzig und mühsam, und die Anstrengung der Flucht würde das Ende um so früher eintreten lassen. Aber noch kam das Ende nicht – noch eine ganze Weile nicht. Der Keiler sammelte sich und trabte in einem wahnsinnigen Zickzacklauf voran, weg von seinem Verfolger.

Nach einigen Augenblicken blieb er stehen, mit wogender Brust und rasendem Herzschlag. Er war ein massiges, scheußliches Tier. Noch im Todeskampf waren seine Sinne hellwach, er lauschte, schnupperte, sicherte. Seine Haltung war eine einzige Drohung. Die Ohren lagen flach am Kopf, und die Schnauze war dicht über den Boden gesenkt. Altgewohnte Reflexe ließen ihn die oberen und unteren Hauer zusammenschlagen, um sie zu schärfen. Niemand konnte vorhersehen, was ein Keiler unter diesen Umständen tun würde. Er hatte keine Furcht, sondern erwog die Alternativen und suchte die beste Möglichkeit, am Leben zu bleiben. Er könnte sich auf die Lauer legen und ein Duell auf Leben und Tod mit seinem Verfolger erzwingen. Wenn keine Hunde und Pferde im Spiel wären, könnte er fliehen. Schwer verwundet und von Sinnen vor Schmerzen, könnte er sich als vollends unberechenbar erweisen – sich gegen einen anderen Keiler oder sonst etwas auf seinem Weg wenden.

Der Gejagte lauschte und hörte den Jäger. Der Mann stürmte Hals über Kopf durch den Wald, und seine Schritte stampften schwer auf dem Laubpolster, das den herbstlichen Waldboden bedeckte. Er hatte die blutige Spur aufgenommen, voller Erregung, das Gewehr schußbereit. Ungestüm brach er durch eine niedrige Hecke; sein Fuß verhakte sich im Gestrüpp, und er stolperte. Mit großer Mühe hielt er sich auf den Beinen, aber am kritischen Punkt zwischen Laufen und Fallen sah er den Keiler. Er hatte gewußt, daß er nah an ihn herangekommen war, sehr nah. Und in diesem Augenblick wußte er, daß er verloren hatte, denn sein Gewehr war nach unten gerichtet und vom Körper weggestreckt in dem Bestreben, das Gleichgewicht wiederzufinden.

Der Keiler stürmte ihm entgegen. Der Jäger riß das Gewehr hoch und feuerte, ohne zu zielen, aber er tat es um einen Lidschlag zu früh. Die Kugel traf den Keiler in die Schulter, aber das rasende Tier war nicht mehr aufzuhalten. Mit einem einzigen mächtigen Hieb riß es dem Jäger den Leib vom Nabel bis zum Hals auf. Der Mann war tot, bevor er zu Boden fiel.

Atemlos blieb der Keiler stehen, um sich zu erholen. Die neue Wunde pochte und blutete. Er keuchte, und er bewegte den Kopf auf und ab, wie um das Feuer in seinem Leib zu löschen. Nach einigen Augenblicken setzte er sich in Bewegung und rannte weiter, nur fort, irgendwohin. Er trat auf den stählernen Gewehrlauf und verbog ihn. Gehemmt durch seine Wunden, rannte er stockend, aber immer noch kraftvoll.

Auf einer Lichtung hielt er wiederum inne. Er hatte etwas Neues gehört, etwas Beunruhigendes. Mit wütenden roten Augen funkelte er in die Richtung, aus der das Geräusch gekommen war. Sein Blick war weniger scharf als sein Gehör und sein Geruchssinn, aber durch Dunst und Schmerz und Todespein erkannte der Keiler dennoch die zwei kleinen Jungen, die am Fuße eines Baumes spielten. Er senkte den Kopf und griff an.

Zur ungeheuren Erheiterung seines Cousins Paul pinkelte Moussa soeben auf einen Ameisenhaufen. In hellen Scharen krabbelten schwarze Ameisen herum, um dem Strom zu entgehen; sie verschwanden in Löchern oder unter Blättern oder rannten davon, so schnell sie konnten. Rasch trat Paul neben ihn, und gemeinsam ließen sie eine ganze Armee auseinanderstieben und schauten entzückt zu, wie Ordnung und Zielstrebigkeit sich in ein schlammiges Chaos verwandelten. Einige, stellte Paul voller Schadenfreude fest, waren nicht annähernd schnell genug.

»Die Laus!« krähte er und tat sein Bestes, eines der kleinen Tiere zu ertränken. »Sollte mal schwimmen lernen!«

»Oder sich einen Schirm besorgen!« Moussa lachte.

»Oder ein Boot!« Sie kicherten und zielten und pinkelten, bis sie versiegten.

Die Jungen waren beide sechs Jahre alt. Sie hatten sich von Moussas Mutter fortgeschlichen; sie kannten diesen Wald gut und waren hier in ihrem eigenen Königreich, das kein Erwachsener kannte, keiner außer Gascon, ein Bedienter des Grafen. Eine wuchtige Eiche barg ihr geheimes Baumhaus. Tatsächlich war es gar kein Baumhaus, sondern ein prächtiges Schloß mit Aussichtstürmen und Fenstern und Brüstungen, und von dort aus konnten sie die Kutschen beobachten, die auf der Straße jenseits des Sees vorüberfuhren. Manchmal war der Kaiser selbst zu sehen, der mächtige Napoleon III., und er kam so dicht heran, daß sie die fein gezwirbelten Spitzen seines Schnurrbarts erkennen konnten. Dann war er umgeben von einer prächtigen Eskorte der Cent Gardes in ihren blauen Waffenröcken mit federgeschmückten Helmen und blitzenden Reiterstiefeln, und alle saßen in prunkvollen Kutschen oder auf herrlichen Pferden. Oder sie sahen womöglich die Kaiserin Eugénie mit ihren Stallmeistern und Herren und Damen des Hofes, eine elegante Prozession von Troddeln und Federn und Samt und Spitze.

Es war eine durchaus erhabene Warte. Hier, in ihrem eigenen Reich, schauten die Jungen auf den Kaiser hinunter und regierten die ganze bekannte Welt.

Gascon hatte ihnen das Ganze gebaut, aus Brettern und Planken, die er auf dem Anwesen zusammengetragen hatte. Die Jungen hatten das Innere mit samtenen Draperien ausgestattet, die sie im Schlafzimmer von Pauls Mutter Elisabeth gefunden hatten. Sie ahnte nicht, was aus ihnen geworden war, und Gascon verriet es nicht, und das war gut so, denn was die Jungen und die Eichhörnchen von den Draperien übrigließen, hätte man im Hause nicht mehr gebrauchen können. Die Jungen verbesserten die Einrichtung mit einem Stuhl, dann mit zwei Stühlen und dann mit einem Beistelltisch und einer Messinglampe aus der Bibliothek des Grafen, die sie aber nicht anzünden durften, Gascon hatte es ihnen verboten. Sie waren dabei, den Baum mit einer Kiste voller Bücher aus der Bibliothek des Grafen zu erklettern, als Gascon dem Unternehmen einen Riegel vorschob. Er wußte, wo der Graf die Grenzen zog.

Eine Leiter zu diesem Schloß gab es nicht, nur verborgene Handgriffe und Trittstellen, die man einfach kennen mußte. Moussa und Paul kannten sie natürlich, und Gascon auch, und zusammen bildeten sie die gesamte Mitgliederschaft des *Club de la Grande Armée.* Sie hatten heimliche Sitzungen und geheime Losungswörter, und ihre Festung war gut bewaffnet. Gascon hatte fünfzehn Jahre mit dem Ersten Lanzenreiter-Regiment in Algerien gekämpft. Er kannte alle Waffen und wußte, wie man sie benutzte, und er hatte für die Bestückung des Arsenals in der Burg gesorgt, einer prächtigen Sammlung von Holzschwertern, Rindenschilden und Dolchen aus Eiche. Er zeigte ihnen, wie man die Schwertgriffe mit Schnur umwickelte, damit sie gut in der Hand lagen, und wie man die Rinde auf dem Schild so schichtete, daß auch die Hiebe des mächtigsten Schwertes harmlos davon abglitten. Sie hatten Scheiden für die Dolche und Helme aus Milchkannen.

Er erzählte ihnen Geschichten, während sie an der Burg arbeiteten, Geschichten aus alten Zeiten, von Rittern und Drachen, von fernen Orten und großen Schlachten zwischen Königen und Päpsten und Kaisern. Stumm und mit großen Augen saßen sie da, wenn er ihnen von der Sahara erzählte, von Derwischen, Teufeln und Dschinns. Sie lachten über seine Zauberkunststücke. Er konnte blanke Münzen hinter ihren Ohren erscheinen lassen und Grashüpfer aus ihrem Bauchnabel holen.

Gascon lehrte sie klettern und schwimmen. Stundenlang hob er mit ihnen einen Graben für ihr Schloß aus. Die Jungen halfen mit, und im Laufe des Sommers wurde dieser Graben immer weiter vervollkommnet; er wand sich in einem großartigen Ring um den Baum, und an Brücken aus Ästen wurde die Parole verlangt. Und auf dem Grund des Grabens fanden sich sorgsam arrangierte Steinansammlungen, die sich – wenn man nur richtig hinschaute – in Krokodile verwandelten, die Unbefugte, Steuereinnehmer und Ritter aus dem Reich des Bösen fraßen. Manchmal bedeckten sie den Graben mit Ästen, Blättern und Erde und verwandelten ihn so in das Schloßlabyrinth, ein Gewirr von Gängen mit geheimen Fluchtluken und Gängen, die hierhin und dorthin führten. An der Oberfläche war dann fast nichts zu sehen. Und noch in der vergangenen Woche hatte Gascon ihnen eine neue Kostbarkeit geschenkt: Ein Seil hing jetzt von einem Ast des Baumes. Es war mit einem Steigbügel verknotet, und sie konnten damit über den

See hinausschwingen und nach Piraten Ausschau halten. Gascon sagte, eines Tages würden sie lernen, hinauszuschwingen und loszulassen, und dann würden sie bis zum Wasser fliegen können.

Das alles war nicht so oberflächlich, wie es den Anschein haben konnte. Die Spiele und Phantastereien hatten Methode, und es stand ein Plan hinter den Geschichten von Verliesen und Schurken. Der Graf hatte Gascon seine Ziele für diese Phase in der Erziehung der Jungen sorgfältig auseinandergelegt, und dieser kam seinem Herrn nur zu gern entgegen, denn er liebte die Jungen, und ihr Spiel machte ihm großen Spaß. Geschickt verwob er das Wissen um den Wald mit allerlei Zauberei, und auf hundert gefährlichen Missionen, bei denen sie Ungeheuern und Dieben nachstöberten, arbeitete er daran, die Gewandtheit der Jungen und ihr Verantwortungsgefühl zu entwickeln. Vielleicht war Gascon derjenige, dem es am meisten Spaß machte, denn es weckte Erinnerungen an seine eigene Kindheit im Südwesten Frankreichs, wo er nicht das Glück gehabt hatte, einen Vater wie den Grafen zu haben oder auf einem Anwesen wie diesem zu wohnen.

Alles in allem, darin waren sich die Mitglieder des *Club de la Grande Armée* einig, war die Welt vollkommen und ihr Königreich noch besser.

Moussa und Paul wandten sich von den vernichteten Ameisen ab, um den Graben zu überqueren und in ihre Burg zu klettern.

Paul hörte es zuerst, ein dunkles, fernes Grollen wie Donner. Er drehte sich um und sah es: Haare und Hufe und Hauer, die sich ihnen grunzend und raschelnd durchs Laub näherten. Es stürmte geradewegs auf Moussa zu. Paul hielt es für einen Drachen. In seiner Phantasie sah er es fliegen; er sah das Feuer in seinen Augen und die Mordlust in seinem Herzen. Er schrie. Es war ein Drache.

Moussa befand sich zwischen Paul und dem Keiler. Er sah Pauls ausgestreckten Zeigefinger und das Entsetzen in seinem Blick. Und dann sah auch Moussa den Keiler und erstarrte.

Erwachsene Männer konnten jahrelang lernen, wie man Wildschweine jagte, und die nötigen Lektionen erforderten einen schrecklichen Preis, der in Blut und Mühen zu entrichten war. Sie konnten die nötigen Waffen bereithalten und sich mit Kameraden und Pferden und all dem Schutz umgeben, den der Mensch gegen die Bestie aufbringen konnte. Und schließlich, wenn der Augenblick käme, wenn alle Vorbereitungen und alles Lernen endlich auf die Probe gestellt werden sollten, konnte auch dem besten Mann das Herz in die Hose fallen, wenn der Keiler herankam, um die Rechnung zu begleichen. Mehr als einer war schon gestorben in diesem Augenblick, da Angst und Übung zusammenprallten und die Fähigkeit zum entschlossenen Handeln auf die Probe stellten.

Von zwei Jungen konnte man nicht erwarten, daß sie etwas anderes taten, als stehenzubleiben und entsetzt dem Tier entgegenzustarren, das da auf sie zugestürmt kam, und abzuwarten, was immer jetzt kommen mochte. Nur in Gascons wildesten Geschichten hatten sie je von einer solchen Kreatur gehört, und nicht einmal er hatte ihnen etwas so Grausiges geschildert.

Und so zeigte Paul eine erstaunliche Geistesgegenwart, als er jetzt tat, was er tat.

»Lauf weg!« schrie er.

Moussa blieb wie gelähmt stehen.

»Lauf weg!« schrie Paul noch einmal, aber es half nichts. Und kurz bevor der Keiler seinen Cousin erreicht hatte, sprang Paul vor und stieß Moussa, so fest er konnte, auf ihren Graben zu, ehe er selbst hineinsprang.

Der Stoß rettete Moussa das Leben, denn sonst wäre der Keiler mit gesenktem Kopf gegen ihn gerannt und hätte ihm den Bauch aufgerissen. So aber streifte das Untier ihn nur an der Seite – immer noch wuchtig genug, um Moussa in die Luft zu schleudern, so daß er glatt über den Graben flog. Der Junge landete drüben und sackte gleich zusammen, bewußtlos und blutend.

Der Keiler hielt jäh in seiner Attacke inne. Er stand am Rande des Grabens, und unten lag Paul. Der Junge starrte hinauf und sah den furchtbaren Kopf mit Zähnen und Hauern. Der Mut hatte ihn verlassen, und er konnte sich nur noch wimmernd zusammenkrümmen.

Die Verwundungen des Keilers wurden immer schlimmer, aber ein furchterregendes Tier blieb er dennoch; das Adrenalin erweckte tief verborgene Kraftreserven. Sterben würde er nicht – noch nicht. Der Graben vereitelte seinen Angriff; wie rasend lief der

Keiler hin und her und suchte nach einem Weg hinunter zu Paul oder hinüber zu Moussa.

Auf der anderen Seite des Baumes sah der Keiler festen Boden. Dort führte ein Pfad zum Ziel seiner Wut.

Er senkte den Kopf und begann zu laufen.

Zur selben Zeit kehrte Monseigneur Murat, der Bischof von Boulogne-Billancourt, auf der anderen Seite des Sees nach einer Audienz bei Kaiserin Eugénie zu seinem Schloß zurück. Er war sehr zufrieden. Die Audienz war vorzüglich verlaufen. Unter all den sorgenvollen Seelen in den Tuilerien war ihre die fügsamste, katholisch und gottesfürchtig wie keine, und keine war seinen Überredungskünsten so zugänglich wie sie. Und jetzt hatte sein Einfluß auf sie ein neues und ganz erhabenes Ausmaß erreicht. Sie hatte ihm einen internationalen Fonds anvertraut, der für den Wiederaufbau der Kirche vom Heiligen Grab eingerichtet wurde. Er konnte sein Vergnügen kaum bezähmen. Sie hatte es vor zahllosen Zeugen getan, und deren Erzählungen würden sein Ansehen in sämtlichen Salons von Paris befördern. Ihr Vertrauen in ihn würde es ihm, einem Mann, der ohnedies ein Meister in diesen Dingen war, noch weiter erleichtern, seinen Einfluß zu verkaufen und Gefälligkeiten zu erweisen. Er hatte das Tuilerien-Schloß größer verlassen, als er ihn betreten hatte.

Es war ein schöner Tag, sonnig, frisch und mit herbstlichen Farben gesegnet. Zur Feier des Erfolgs wies er seinen Kutscher an, die neue Straße durch den Bois de Boulogne zu nehmen. Der Kaiser schätzte diesen Waldpark ja sehr; lange hatte er sich mit dessen Planung beschäftigt und sich bei der Ausführung noch um die winzigsten Details gekümmert. Es würde noch ein paar Jahre dauern, bis der Park vollendet wäre, aber schon liebte ihn ganz Paris, und niemand mehr als der Bischof, an dessen Diözese er grenzte.

Seine Kutsche war prachtvoll. In ganz Frankreich gab es nur wenige, die ihr gleichkamen, und dabei war dies nur sein Schönwettergefährt. Für unfreundliche Witterung hatte er die gleiche noch einmal mit Dach, und in seiner Remise standen noch sechs weitere. Die Kutsche rollte auf vergoldeten Rädern, deren Speichen geformt waren wie Engelsflügel. Sie war mit vier Pferden bespannt; Straußenfedern wippten auf ihren Geschirren, und sie trugen seidene Polster auf dem Rücken. Die Karosse selbst war aus Messing und Rosenholz, verziert mit Intarsien aus Perlmutt. An der Rückseite befand sich eine goldene Abbildung des bischöflichen Wappens, und an den Seiten, über den Rädern, gut geschützt unter einer achtfachen Schicht von glänzendem Lack, prangten ölgemalte Miniaturen, die verschiedene Szenen darstellten: das letzte Abendmahl, die Bergpredigt, der hl. Antonius, wie er von den Dämonen gepeinigt wird, und der hl. Petrus, wie er den Schlüssel zum himmlischen Königreich in Empfang nimmt. Vierzehn der besten Maler und Handwerker der Gegend hatten mehr als ein Jahr gebraucht, um diese Kutsche zu bauen, und die Diözese hatte hunderttausend Francs dafür bezahlen müssen. Es kam selten vor, daß man für den Bischof von Boulogne-Billancourt irgendwelche Kosten scheute, ob es um Kutschen, Gewänder und seine Privatresidenz oder um die Vergnügungen ging, mit denen er sich selbst und diejenigen seiner Gäste überhäufte, die es verdient hatten.

Die Kutsche war nur ein kleiner Widerschein seines Prälatenappetits, der so gewaltig war wie der Mann selbst. Er war von ungeheurer Gestalt, und seine violetten Gewänder taten wenig, seine Ausmaße zu verhüllen. Um den Hals trug er ein goldenes Bischofskreuz, und fabelhafte Ringe schmückten seine fetten Finger: Opale, Diamanten und Rubine.

An diesem Tag saß der Bischof allein auf dem Rücksitz, tief versunken in den üppigen dunkelroten Samtpolstern, die speziell für seine Körpermassen angefertigt worden waren. Er verspeiste ein gebratenes Huhn aus einem Weidenkorb und schenkte sich Wein aus einer Flasche ein, die in einem eigens konstruierten Reisebehälter stand. Geräuschvoll leckte er sich die Finger, ohne auf die Leute am Wege zu achten, die seinen Blick oder eine kleine Aufmerksamkeit auf sich zu lenken versuchten, während er vorüberfuhr.

Jäh hielt der Kutscher den Wagen an. Er hatte den Keiler und dann auch die Jungen gesehen, und auch die schreckliche Szene, die sich jenseits des Gewässers abspielte. Erst traute er seinen Augen nicht und glaubte, er habe eine Fata Morgana gesehen. Aber da war es.

»Was ist los?« Der Bischof war verärgert. Er hatte sich Wein auf den Mantel gespritzt.

»Da ist … es ist ein Wildschwein, Euer Gnaden, ein wilder Eber!« In höchster Erregung streckte der Kutscher den Finger aus. Gleichgültig hob der Bischof den Kopf und sah das Tier; es war keine fünfzig Meter weit entfernt.

»Ja, ja«, sagte er. »Ein Wildschwein, in der Tat. Jetzt fahr schon weiter.«

Der Kutscher riß eine Büchse aus ihrer Halterung an den Bodenbrettern der Kutsche. Er war stets bewaffnet, denn man konnte nie wissen, ob dem Bischof keine Gefahr drohte. Die Diözese umfaßte zweiundvierzig Pfarrgemeinden und siebenundfünfzig Unterpfarreien in einem wilden Hügelland, wo die Diebe keinerlei Respekt vor hohen Ämtern und mächtigen Personen zeigten.

»Was machst du denn da?« fragte der Bischof, als er sah, daß der Mann zur Waffe gegriffen hatte. »Ich habe gesagt, du sollst weiterfahren.«

»Aber Euer Gnaden! Die Kinder!« Der Kutscher ließ die Zügel fahren und handelte rasch. Er hätte gerade genug Zeit, um einen Schuß abzufeuern, vielleicht zwei. Er mußte es versuchen.

Der Bischof schaute über den See und sah Paul und Moussa. Er erkannte sie sofort, denn Moussas Kleidung war anders als die Kleidung anderer Kinder. Alles an Moussa war anders als bei anderen Kindern. Alles an dieser Familie war anders als bei anderen Familien. Alles an de Vries ärgerte den Bischof. Vor allem die Mutter, dieses gottlose Weib, das sein Blut zum Kochen brachte: die Teufelin, die zu falschen Göttern betete und sich nicht bekehren lassen wollte und deren Ehe nicht gesegnet werden konnte, solange sie an ihren heidnischen Gebräuchen festhielt. Ein Luder war sie, ein Luder, das sich über ihn lustig machte, jawohl, sich in seiner eigenen Diözese über ihn lustig machte, vor den Priestern und den Curés, sogar vor den Sous-curés, sich über ihn lustig machte vor Gott mit ihren fremdländischen Augen und diesem gezierten, spöttisch verzogenen Mund, sich über ihn lustig machte mit ihrer Weigerung, nachzugeben, zu bereuen, ihr sündhaftes Leben aufzugeben und den Herrn Jesus Christus anzunehmen. Gleichgültig und zugleich genüßlich machte sie sich über ihn lustig. Seine Hände zitterten, und sein Gesicht rötete sich jedesmal, wenn er sie sah, ja, wenn er überhaupt einen von ihnen sah.

Ja, dachte der Bischof, diesen Jungen kenne ich gut.

Der Kutscher legte an und zielte.

»Leg das Gewehr weg.«

»Euer Gnaden?« Er war nicht sicher, ob er richtig gehört hatte. Er richtete sich auf seinem Bock auf und spähte über Kimme und Korn, um den Keiler zu erfassen. Der Schuß war schwierig, aber nicht unmöglich.

»Du sollst das Gewehr weglegen, habe ich gesagt. Nicht schießen. Du erschreckst die Pferde.«

Der Kutscher geriet zusehends in Panik. Träumte er denn? Der Keiler würde die Kinder im nächsten Augenblick erreicht haben!

»Die Pferde?« fragte er verdattert. »Euer Gnaden, die Kinder werden sterben! Wir haben keine Zeit mehr!«

»Gottes Wille geschehe«, sagte der Bischof.

»Aber es sind Kinder!« flehte der Kutscher. Er hatte das Gewehr noch an der Schulter und hätte immer noch schießen können, aber sein Finger lockerte sich, denn er kannte den Tonfall des Bischofs. Die Debatte war beendet.

»Ja, es sind Kinder. Auf Seine Kinder muß der Herr besonders achtgeben.« Der Bischof verfolgte ungerührt die Szene, die sich jenseits des Sees abspielte. »Doch wohlgemerkt: Du siehst dort nur ein Gotteskind vor dir. Nur eines. Gott wird es erretten. Das andere ist ein Bastard, ein halbblütiges Kind der Sünde. Und jetzt wird es der Teufel holen.«

Drüben hatte der Keiler Moussa erreicht und schleuderte ihn durch die Luft, als wäre er eines der bischöflichen Kissen. Man sah es, ohne etwas zu hören. Der Kutscher stöhnte auf und bekreuzigte sich. Das Gewehr sank herab.

Der Bischof langte in den Korb, um ein neues Stück Huhn herauszunehmen.

Das war ein Zeichen. Ein Keiler war erschienen. Ein großer, mit Hörnern und gespaltenen Hufen.

Der Graf war am anderen Ende des Sees. Er galoppierte am Ufer entlang und rief nach den Jungen, als er Pauls Aufschrei hörte. Sofort riß er sein Pferd herum und zog seine Pistole, wütend, weil er sein Gewehr nicht mitgenommen hatte. Das Land hier gehörte ihm, und er kannte es gut. Seit Jahren hatte man so nah bei Paris kein Wildschwein mehr gesehen, doch gleichwohl verfluchte er sich dafür, daß er so unvorbereitet und achtlos gewesen war. Paris hin, Paris her, er hätte es besser wissen müssen. Dies war noch immer ein Wald, und ein Wald war voller Überraschungen, die für den Unachtsamen tödlich sein konnten. Er hatte sein Leben damit verbracht, zu lernen, daß man die Vorsicht nicht vergessen durfte, und Leute zu begraben, die sie doch vergessen hatten. Und jetzt war es Moussa, der für seine Dummheit womöglich bezahlen mußte.

Mon Dieu, nicht mein Sohn!

Vor sich zwischen den Bäumen sah er die Lichtung, den Keiler und die große Eiche, aber nicht die Jungen. Das Tier war dabei, um den Baum herumzulaufen. Als Henri näher kam, erkannte er Moussas reglose Gestalt auf dem Boden. Das Grauen stieg ihm in die Kehle, als er weitereilte, wilder, schneller, und dann drang ein machtvolles Brüllen aus ihm hervor, ein heiserer Schrei, der den Keiler ablenken sollte, während dieser erneut auf Moussa losstürmte.

Es blieb ihm keine Zeit mehr, mit der Pistole zu zielen, keine Zeit, sie abzufeuern, er hatte keine Sekunde mehr zu verlieren. Roß und Reiter flogen über den Graben. Das Wildschwein wandte sich von Moussa ab und hob den Kopf dem Pferd entgegen, und in einem gewaltigen Kaleidoskop aus Beinen und Hauern und Lärm und Armen und Staub stürzten alle drei – Pferd, Reiter und Keiler – zu Boden.

Einen Augenblick lang war es still. Die Kämpfenden waren halb betäubt. Das Pferd hatte einen Stoßzahn in die Brust bekommen und litt Todesqualen. Der Keiler war durch den Zusammenprall zurückgeworfen worden und lag auf dem Rücken, benommen und schwer keuchend. Der Graf hatte sich im letzten Moment zur Seite rollen können, um nicht von seinem Pferd zerquetscht zu werden. Sein rechtes Bein war gebrochen, und es hatte ihm den Atem verschlagen. Die reine Willenskraft hatte dafür gesorgt, daß seine Finger die Pistole weiter umklammert hielten. Als der Staub sich jetzt legte, war es wiederum seine Willenskraft, die ihn mit dem Keiler um Gleichgewicht und Vorteil kämpfen ließ. Er versuchte hochzukommen, aber sein Bein klemmte unter dem Pferd; er stieß einen Schmerzensschrei aus und richtete sich auf, so gut er konnte. Der Schock trübte seinen Blick, dennoch suchte er sein Ziel, das hinter der Flanke seines Pferdes verborgen lag. Er hörte, wie der Keiler sich zappelnd mühte, und sah Moussas reglose Gestalt keine drei Schritt weit entfernt. Noch einmal versuchte er verzweifelt, sich zu befreien. Eine Woge von Übelkeit und Schwindel überkam ihn. Seine Hand wurde schlaff, die Augen schlossen sich, und er sackte bewußtlos zusammen.

Der Keiler kam mühsam wieder auf die Beine und schüttelte sich. Er war nicht mehr der Gejagte, sondern der Jäger, aber es war nicht Bosheit, die ihn trieb, sondern das Verlangen, am Leben zu bleiben und zu vernichten, was vernichtet werden mußte, damit er überleben konnte. Er hörte ein Geräusch, wandte sich um und schaute einer neuen Bedrohung ins Auge.

Aus nächster Nähe feuerte Serena.

Auch sie hatte Pauls Schrei vernommen, und während sie zu Pferde über das freie Feld flog, sah sie, wie die grauenhafte Szene sich abspielte. Noch nie hatte sie solche Wildheit, solche Entschlossenheit gesehen. Und dann stand sie über ihm, diesem Tier, das nicht sterben wollte, und sie zielte auf seinen Kopf und schoß. Die Beine des Keilers knickten weg, und er sackte ein. So verharrte er. Es folgte ein Augenblick der Stille, in dem nicht klar war, ob er stürzen oder einen neuen Anlauf versuchen würde. Noch einmal wollte er sich hochkämpfen; seine Hufe scharrten die Erde auf, sein Atem ging rasselnd, rauschend wie der Sturm in einem Blasebalg, und der Kopf schwankte hin und her. Die Hauer stießen ins Leere, hierhin, dahin, in die Luft. Er war immer noch nicht bereit aufzugeben.

Serena schoß noch einmal und noch einmal. Ihre Hand war ruhig. Sie hatte keine Angst.

Das Tier schaute beinahe spöttisch zu ihr auf, als wollte es sagen: Du kannst mich nicht besiegen. Ich gestatte dir nicht, mich zu besiegen.

Aber dann endlich stieß die Kreatur ein Stöhnen aus, schloß die Augen, sank auf den Bauch und verendete.

Am späten Nachmittag holten einige Mitglieder der Jagdgesellschaft einen Wagen und fuhren damit hinaus, um die Leichen des Jägers und des Keilers zu holen. Sechs Männer waren nötig, um das Wildschwein auf das Gefährt zu wuchten. Man legte den Kadaver draußen vor den Stall, und Gascon ließ ihn mit einer Plane bedecken, um die Hunde abzuhalten. Ein Strom von Besuchern zog vorbei und lüftete die Plane, um mit stummer Ehrfurcht einen Blick auf das Tier zu werfen. Sie maßen die Hauer und zählten die Wunden. Danach gingen sie in die Küche und erkundigten sich nach dem Befinden des Grafen und seines Sohnes. Madame Le Havre, die Köchin, sorgte dafür, daß alle etwas zu essen bekamen, und scheuchte sie dann wieder hinaus.

Dr. Fauss traf mit Verspätung ein. Er war ein alter Mann, wie alt, das konnte man unmöglich erkennen, aber er behandelte die Familie de Vries schon länger, als irgend jemand sich zurückerinnern konnte.

Er hatte einen langen Tag hinter sich. Nach einem arbeitsreichen Vormittag in der Stadt, in dessen Verlauf er Hustenleiden und Hysterien, Prellungen und Schrammen behandelt hatte, hatte er die Nachricht von dem Keiler erhalten. Gascon war in der Kutsche des Grafen zu ihm gekommen, und in der Abenddämmerung hatte der Arzt das Haus betreten.

Der Hauptteil des Herrenhauses war zweihundert Jahre alt. Es war zweigeschossig, aus Feld- und Ziegelsteinen erbaut, ursprünglich als Erweiterung zu einem sehr viel kleineren Gebäude, das im Jahre 1272 vom Grafen Auguste de Vries auf einem von Ludwig IX. geschenkten Grundstück errichtet worden war. Die Mauern waren dick und mit Efeu bewachsen. Es war ein behaglicher Landsitz, auf dem Henri wie auch sein Bruder Jules aufgewachsen war, und beider Familien bewohnten das Haus jetzt. Nach dem Tode des Vaters waren Haus, Land, Adelstitel und alles Geld formal an Henri gefallen, denn er war der ältere Bruder.

Es war ein wunderbares Haus, das anscheinend ausschließlich zum Vergnügen und zur Unterhaltung von Kindern erbaut worden war, voller Korridore, Treppenhäuser und Verstecke. Im Obergeschoß, zwischen der Mauer und der Schräge des Außendaches, gab es einen Geheimgang. Er führte von einem Ende des

Hauses bis zum andern und verband die Schlafzimmer miteinander; durch verborgene Türen hinter der rückwärtigen Täfelung wuchtiger Wandschränke konnte man hineingelangen. Der Vater des Grafen hatte seinem Sohn diesen Gang gezeigt, und dieser hatte ihn Moussa gezeigt. Henri war jedesmal entzückt, wenn er aufgeregtes Tuscheln und unterdrücktes Kichern hörte, derweil jemand von einem Ende des Ganges zum anderen schlich.

Die Zimmer waren groß und informell. Die Küche war der Mittelpunkt des Hauses, und hier war es immer behaglich in der Wärme eines eisernen Kochherdes, der niemals ausging. In jedem Zimmer gab es einen Kamin. Wenn der Graf nicht auf Reisen war, verbrachte er den größten Teil seiner Zeit in der Bibliothek, die eine der schönsten Büchersammlungen Frankreichs enthielt. In den Tagen der Finsternis nach der Revolution wäre diese Bibliothek beinahe vernichtet worden; damals hatten wütende Meuten allenthalben die Herrenhäuser gestürmt, die Bücher verbrannt und denen die Köpfe abgeschlagen, die sie lasen. Zwar waren auch hier Bücher verlorengegangen, aber das Haus und seine Bewohner glücklicherweise nicht. In den Jahren seither war die Sammlung wieder gewachsen, und unter Henri hatte sie einen Glanz erreicht, der den früherer Zeiten noch übertraf. Jetzt waren die Regale gefüllt mit Papieren, ledernen Bänden und den Erinnerungen eines Lebens, das mit Reisen in Gegenden verbracht worden war, von denen die meisten Leute noch nicht einmal gehört hatten. Es gab Schnitzereien, Masken, Amulette und Elfenbeinstatuetten, und im Zentrum des Raumes stand die einzige Extravaganz, die der Graf besaß: ein großer Globus, in London handgemalt von den besten Kartographen der Welt. Sein Durchmesser betrug fast einen Meter, und Ozeane, Kontinente und Pole prangten in prachtvollen Farben. Mit großem Vergnügen deutete Henri auf Stellen in Afrika oder Asien, die nur schlecht oder gar nicht eingezeichnet waren, um dann genau zu schildern, was sich dort befand. Serena konnte es auch, und besser als er, wenn es um die Sahara ging, denn aus der Sahara stammte sie.

Dr. Fauss kam aus dem großen Schlafzimmer und schloß leise die Tür hinter sich. Er wollte gehen.

Leise klopfte er an die Tür des Jungenzimmers.

»Herein«, sagte eine leise Stimme.

In dem Zimmer standen zwei Betten. Neben dem einen saß Serena und hielt Moussas kleine Hand in der ihren. Im anderen Bett lag Paul. Beide Jungen schliefen.

»Ah, bon, Madame la Comtesse, da habe ich Sie gefunden.« Serena schenkte ihm ein müdes Lächeln. Sie wollte wissen, wie es Henri ging.

»Ihr Gemahl hat ebensoviel Glück wie Kraft. Ich habe das Bein gerichtet und geschient. Er wird einen Monat lang stillsitzen müssen, während es heilt. Ich nehme an, das wird ihn mehr plagen als der Bruch selbst. Ich lasse Ihnen noch ein Mittel da, bevor ich gehe. Gegen die Schmerzen geben Sie ihm Cognac.«

Sie nickte. »Und Moussa?«

Der Arzt zog sich einen Stuhl ans Bett, setzte sich und fühlte prüfend nach der Stirn des Jungen.

»Gräfin, ich muß gestehen, daß ich erstaunt bin.« Er schlug die Bettdecke zurück. Die kleine Gestalt des Jungen war übel zugerichtet. Ein langer Riß unterhalb der Rippen war mit groben schwarzen Stichen vernäht. »Er müßte tot sein. Der Hauer hat ihn hier gestreift. Ein Wunder, daß er nicht tiefer eingedrungen ist.« Er deutete auf einen Bluterguß, der von der Schulter bis zu den Leisten reichte. »Das wird morgen noch schlimmer aussehen. Es wird stark anschwellen. Sie müssen es kühlen.« Er deckte den Jungen wieder zu und lehnte sich auf seinem Stuhl zurück, erschöpft von den Mühen des Tages. »Das Schlüsselbein ist gebrochen, drei Rippen und ein Finger. Er hat eine Schädelfraktur und eine Gehirnerschütterung.«

»Eine …?« Serena kannte das Wort nicht.

Der Arzt zeigte mit dem Finger an seine Schläfe. »Sein Schädel. Er ist gebrochen.« Er lächelte beruhigend. »Keine Sorge, Gräfin. Er hat einen starken Schädel. Einen Dickschädel wie sein Vater.«

In diesem Augenblick kam Pauls Mutter Elisabeth hereingestürzt. Wie immer war ihr Auftritt melodramatisch: eine Explosion von Locken und Farben und Parfüm. Sie war soeben aus der Stadt zurückgekehrt und hatte die Neuigkeit gehört, und jetzt war sie voller Panik.

»Paul!« schrie sie. »Was ist meinem kleinen Paul zugestoßen?«

»Beruhigen Sie sich, Madame.« Der Arzt war ihre Ausbrüche gewohnt. »Sie werden die beiden noch wecken. Paul ist unverletzt. Es geht ihm gut. Er ist ein Held.«

Sie eilte an das Bett, umhätschelte und umsäuselte den Jungen und bedeckte ihn mit Küssen. Paul erwachte und versuchte sich ihr zu entwinden, denn er war bemüht um seine Würde als Sechsjähriger. Als seine Mutter sich ein wenig beruhigt hatte, lächelte er. »Maman!« Strahlend richtete er sich auf. »Weißt du, was wir gemacht haben?«

»Oui, mon petit, ich habe von dem Wildschwein gehört. Du warst wunderbar.«

Paul verzog das Gesicht. Mütter hatten keine Ahnung. Das meinte er doch gar nicht.

»Nein! Wir haben auf einen Ameisenhaufen gepinkelt!«

Elisabeth verdrehte die Augen.

Bei Kerzenlicht saß Serena an Moussas Bett. Es war jetzt still im Haus, die Besucher waren gegangen, und alles schlief. Sie hatte nach Henri geschaut und sich dann neben ihrem Sohn niedergelassen. Mit dem Finger fuhr sie ihm über die Stirn und berührte ihn, wie es nur eine Mutter vermag; es war eine Berührung voller Freude über sein Leben, voller Staunen über sein Glück, voller Angst um den kleinen Körper, so wund und zerschlagen. Sie war erschöpft, aber Schlaf lag ihr fern. Ihre Gefühle waren in Aufruhr in dieser langen Nacht des Nachdenkens und durchfluteten sie abwechselnd mit Schuldbewußtsein, Erleichterung und dem Grausen vor dem, was hätte sein können.

Dies ist mein Sohn. Mein Fleisch und Blut, ein kleines Kind. Heute hatte der Tod angeklopft und keinen Einlaß gefunden. Wie leicht hätte es anders kommen können, dachte sie. Wie schnell ist ein Sohn verloren – oder ein Gemahl. Tausendmal durchlebte sie jeden Augenblick dieses Nachmittags und malte sich sinnlos aus, was hätte sein können. Obwohl er jetzt in Sicherheit war, kehrte das Grauen immer wieder zurück: ein Grauen, das ihr wie ein Kloß in die Kehle stieg, bis sie schreien wollte, ein Grauen, das ihr in der Brust hämmerte und ihr die Tränen in die Augen trieb. Ihre

Empfindungen waren wild und körperlich und schwankten hin und her zwischen Übelkeit und Euphorie. Wie zerbrechlich war das Leben, wie unschuldig der Junge! Wie groß war ihr Glück!

Dies ist mein Sohn: so klein, so hilflos, so abhängig. Schon oft hatte sie dem Tod ins Auge gesehen, in der Wüste, wo das Dasein unsicher war. Den Vater verloren durch Verrat, die Mutter durch Krankheit, die Brüder und eine Schwester durch Unfall und Krieg. Das Leben war weder leicht noch gütig. Der Tod war nie willkommen, aber er war auch nie ein Fremder. Er kam, wann er wollte. Dies aber war ein ganz neues Gefühl für sie, erschreckend und anders als alles.

Dies ist mein Sohn. Sie hatte ihn im Leib getragen, sie hatte ihn gestillt und ihn wachsen sehen. Sie sah Henri in seinen tiefblauen Augen, sich selbst in seinen hohen Wangenknochen und seinem Lächeln. Er lachte gern, und sein Lachen trug Freude in ihr Herz. Stundenlang hatte sie ihn auf der Schaukel angeschoben, sie hatte Steine aus seinen Taschen geräumt und ihm geholfen, Insekten für seine Sammlung zu fangen. Sie hatte aufgeschrammte Knie und Ellenbogen behandelt und ihm zugesehen, wie er lernte, zu laufen und selbständig zu essen. Sie hatte ihn gelehrt, Tamaschek zu sprechen, ihre Muttersprache. Sie hatte ihm Kinderlieder vorgesungen und ihn getröstet, wenn die anderen Kinder sich über ihn lustig machten. Er war erst fünf gewesen, als es das erstemal passiert war. Sie hätte sich nicht träumen lassen, daß es so früh anfangen würde.

»Maman, was ist ein Halbblut?« So ratlos hatten seine Augen ausgesehen, so groß, so verletzt. Natürlich hatte keines der Kinder auch nur die leiseste Ahnung, was ein Halbblut sein mochte: Es war ein Wort, das sie bei den Eltern aufgeschnappt hatten, wenn diese sich abends unterhielten. Aber nach Kinderart verstanden sie es, Wörter grausam zu verwenden – gerade noch spielten sie fröhlich mit ihm, und im nächsten Augenblick sorgten sie dafür, daß er sich schrecklich und ausgestoßen fühlte. Es war eine doppelte Kränkung gewesen, denn das Kind hatte ihn *demi-sang* genannt, und das war ein Wort für Pferde, nicht für Menschen. Ein anderes Kind hatte einen Vers darauf machen können, und alle Kinder außer Paul hatten ihn gesungen.

Moussa war in Tränen ausgebrochen und weggelaufen.

Später krabbelte er auf Serenas Schoß, und sie strich ihm übers Haar und suchte nach tröstenden Worten, aber die Worte wollten sich nicht einstellen. Sie wußte, es war nicht das letztemal, daß er den Stachel des Mißfallens spüren würde, die Qual des Andersseins. Sie bekam es ja selbst jeden Tag zu spüren, seit sie mit Henri nach Frankreich gekommen war. Die Leute starrten sie an und lachten; sie tuschelten und zeigten mit dem Finger auf sie. Sie machten sich über ihren Akzent lustig und berührten ihre langen Locken, als wäre sie soeben unter einem Stein hervorgekrochen. Sie war stark, stärker als diese Leute, stark genug, um aufrecht zu stehen, ohne die Augen niederzuschlagen, und sie konnte ihrem Sohn nur sagen, was sie selbst wußte: »Es ist nicht wichtig, was sie reden. Du darfst dich nicht um sie kümmern. Du mußt stark sein.« Ihre Worte trafen auf die verständnislosen Ohren eines Fünfjährigen. Sie trösteten ihn nicht.

»Ich will nicht stark sein, Maman.« Er schluchzte bitterlich. »Ich will sein wie die andern.«

Dies ist mein Sohn: ihr Erstgeborener, ihr einziger. So hochgeboren und doch so niedrig. Ein edles Halbblut, wahrhaftig. In der Sahara wäre er ein Prinz in seinem Volk, denn bei den Tuareg wurde der Adel von der Mutter an den Sohn weitergegeben. Der Amenokal war das Oberhaupt der Tuareg, und er war ihr Bruder. Eines Tages würde Moussa vielleicht Amenokal werden, ungeachtet des französischen Blutes in seinen Adern. Und in Frankreich wäre er eines Tages ein Graf, und er würde den Mantel seines Vaters erben, ungeachtet des Tuareg-Blutes in seinen Adern. Sie schloß die Augen und versuchte sich vorzustellen, wie sein Leben verlaufen würde. Sie sah Dunkelheit, Aufruhr und Schmerz. Gefühle reichten tief, wenn es ums Blut ging.

Dies ist mein Sohn. Er trug ein Amulett um den Hals, ein Geschenk des Amenokals: einen Lederbeutel, dessen Inhalt geheim war – ein Vers aus dem Koran vielleicht, ein Stück Knochen oder ein Stück Papier mit magischen Quadraten. Der Amenokal würde nicken und sagen, es sei das Amulett gewesen, das den Keiler besiegt habe. Und Serena wußte es nicht; vielleicht stimmte es ja. Vielleicht barg es das Glück von Generationen, die Macht, zu helfen und zu heilen und zu schützen. Moussa hatte es getragen und ein Kindheitsfieber überlebt, das Dutzende andere Kinder seines Alters hatte sterben lassen. Heute hatte er es getragen und den Keiler überlebt. Der Arzt hatte es abnehmen wollen, als er Moussas gebrochenes Schlüsselbein mit einem Tuch umwickelt hatte, das er um die Schultern und unter den Armen hindurchschlang.

»Das müssen Sie dalassen«, hatte sie gesagt und seine Hand festgehalten. Sie war sonst weder religiös noch abergläubisch, und so hatte ihn die Entschlossenheit verwundert, mit der sie ihn aufgehalten hatte, aber sie hatte es getan. Vielleicht nur, weil es vom Amenokal war und sie an zu Hause erinnerte. Vielleicht, weil Moussa es vom Tag seiner Geburt an getragen hatte. Es gehörte auf die kleine Brust. Es paßte dorthin. Es war tröstlich und richtig, etwas, woran sie gewöhnt war. Und vielleicht – sie gestattete sich den Gedanken –, vielleicht kam es auf diesen Tag an. Das Amulett würde bleiben, wo es war.

Dies ist mein Sohn. Er regte sich im Kerzenschein und wimmerte vor Schmerzen. Sie beruhigte ihn und strich ihm das Haar aus der Stirn. Die Stunden vergingen, die Kerze brannte herunter, und aus der Nacht wurde Morgen. Endlich schlief sie ein und träumte von der Wüste.

2. Er war vom Himmel zu ihr heruntergefallen.

Henri hatte den Ballon im Dorf Bou Saada aufsteigen lassen, um den Winden zu folgen, die über das Hochplateau wehten, an der Bergkette des Atlas entlang, parallel zur nordafrikanischen Küste – Winden, so hoffte er, die ihn nach Marokko bringen würden. Er und Gascon hatten seit Wochen auf die richtigen Bedingungen gewartet, hatten jeden Tag prüfend zum Himmel geschaut, und jeden Tag hatten sie sich enttäuscht wieder abgewandt. Es hatte keinen Wind gegeben, nur äußerste Stille. Geduldig hatten sie sich um ihren Proviant gekümmert und ihre Ausrüstung erprobt, hatten alles untersucht und wieder untersucht, um sicher zu sein, daß es bereit war. Obwohl Henri nicht damit rechnete, länger als ein paar Tage in der Luft zu bleiben, war der Ballon mit Wasser und Lebensmitteln für zwei Wochen ausgerüstet. Er war ein Abenteurer, aber er war niemals leichtsinnig oder unbedacht.

Und dann endlich trat er eines Morgens hinaus, und eine kräftige Brise zerzauste ihm das Haar, und da wußte er, daß es soweit war. Er und Gascon eilten zu dem Platz, an dem ihr Luftschiff wartete. Sie füllten den Ballon zum Entzücken der erstaunten Araber, die in neugierigen Scharen jeden Tag gekommen waren, um sie zu beobachten, und die nun im Kreis hockten und Tee tranken und laut schwatzten, während die Seide sich hochwölbte und an den Leinen zerrte, die sie am Boden hielten. Endlich war das Ungetüm bereit. Henri und Gascon kletterten in den Korb, sehr zur Bestürzung des französischen Präfekten des Distrikts, der Henri im Laufe der Wochen ein dutzendmal – höflich selbstverständlich, denn schließlich gehörte der Mann ja zum Adel des Reiches – daran erinnert hatte, daß er ein großer Narr sei. Der Präfekt war außer sich vor Sorge, daß der Graf von seiner Präfektur aus in Algerien verlorengehen könnte. Es war Wahnsinn! Kein Europäer hatte je etwas Derartiges versucht. Die Fragen aus Paris würden kein Ende nehmen. Deshalb hatte er den Grafen beschworen: Konnte man die Reise nicht in Algier beginnen? Oder in Ain Sefra? Würde es seinen Bedürfnissen nicht genügen, wenn er mit dem Kamel nach Marokko reiste? Aber der Graf wollte nicht hören, und der Präfekt war niedergeschlagen und trank zuviel Absinth und sah seine Karriere vor sich, wie sie mit dem Ballon davonschwebte. Beschwörend spähte er ein letztes Mal zu Henri hinauf, als dieser die Halteleinen loswarf.

»Sie werden sterben!« weissagte er mit würdigem Ernst, als der Ballon sich von seinem Ankerplatz erhob.

»Aber nicht heute!« rief Henri fröhlich zurück, und dann winkte er zum Abschied und war verschwunden.

Er gewann schnell an Höhe und ließ die Scharen von Arabern dort unten zurück. Als der magische Aufstieg begann, stieß die Menge einen mächtigen Schrei des Beifalls und des Entzückens aus. Lautlos bewegte der Ballon sich nach Westen. Henri und Gascon sahen, wie die Menschen auf den Feldern winzig wurden, wie ihre Esel sich in Spielzeug verwandelten und ihre Häuser in kleine Schachteln. Wenn der Schatten des Ballons über sie hinwegzog, schauten die Leute hoch, und dann gerieten sie jedesmal in Aufruhr. Großes Geschrei erhob sich, manchmal von Schrecken, manchmal von Staunen erfüllt; der Ballon war zu hoch, als daß Henri und Gascon etwas hätten hören können, aber sie sahen, wie die kleinen, an die Erde gefesselten Leute gestikulierten und winkten und auf ihren Eseln im Kreis herumritten und zum Himmel deuteten. Manche verfluchten die Erscheinung, andere tanzten vor Freude, und wieder andere sanken betend auf die Knie.

Einige Stunden lang verlief alles reibungslos. Sie sahen Djelfa, dann Aflou und Ain Madhi und markierten alles auf ihrer Karte. Sie richteten sich in der ruhigen Tätigkeit des Ballonfahrens ein, betrachteten ehrfürchtig die unter ihnen vorüberziehende Landschaft und markierten Seen und Wasserläufe, die sie sahen, auf den Landkarten, die sie bei sich hatten; sie identifizierten Tiere, Vögel und Bäume und kümmerten sich um Schlepptau, Korbseile und andere Ausrüstungsteile des Ballons. Penibel registrierte der Graf die atmosphärischen Bedingungen, Windgeschwindigkeiten und Luftströmungen sowie Schwankungen von Temperatur und Druck während der Fahrt. Der Himmel war wolkenlos, so weit das Auge reichte, makellos und tiefblau. Aber am späten Nachmittag wechselte der Wind die Richtung und schwenkte nach Norden; kaum merklich erst, aber doch immer kräftiger trieb er sie auf die Berge zu, und bald würde er sie hinüberschieben.

»Wir müssen eine Entscheidung treffen, Gascon«, sagte Henri. »Wir können weiter in diese Richtung fahren«, er deutete nach Süden ins Unbekannte, »oder wir setzen ihn auf dieser Seite auf den Boden und warten auf sicheren Wind.«

Gascon spähte über die Berge hinweg. Er war schon seit Jahren bei dem Grafen und brauchte nicht erst zu fragen, was dieser gern tun würde. Es gefiel ihm, daß sein Herr ihn nach seiner Meinung fragte und ihn eher wie einen Gleichrangigen denn wie einen Diener behandelte. In dieser Hinsicht war der Graf anders als alle andern: Andere vornehme Leute pflegten einfach zu befehlen oder zu fordern. Der Graf pflegte zu fragen, auch wenn er es nicht mußte. Für Henri de Vries hätte Gascon alles getan, und mehrmals war er kurz davor gewesen, sein Leben für ihn zu lassen. Aber seine Loyalität war auch stets großzügig erwidert worden.

An jenem Tag, hoch über den Bergen des Atlas, war die Entscheidung nicht schwierig. Er teilte die Abenteuerlust des Grafen, und sie waren gut ausgerüstet. Er hatte keine Familie, nichts, was ihn zurückgehalten hätte.

»Durch Landen haben wir noch nie etwas herausgefunden, Monsieur«, antwortete Gascon.

Henri lächelte. »Ich hatte gehofft, daß du das sagen würdest.«

»Ja, Monsieur. Das weiß ich.«

»Alors, dann brauchen wir mehr Höhe.« Gascon warf Ballast ab, und der Ballon schwebte empor, wo die entgegenkommenden Winde seine Geschwindigkeit vergrößerten und sie über den Atlas trugen, hinweg über den Djebel Amour und weiter ins Unbekannte. Der Übergang war verstörend in seiner Intensität – als habe jemand eine mächtige Linie gezogen zwischen den grünen, fruchtbaren Nordhängen des Atlas und den rötlichbraunen Felsen und kargen Ausläufern auf der Südseite. Die Berge flachten zu einem Plateau ab, das Plateau wurde unversehens zu einer leuchtend goldenen Dünenkette. So schwebten sie zwischen Himmel und Erde, den Wind im Rücken, die Weite der Sahara vor sich. Sie aßen Dörrfleisch, tranken aus ihren Wasserflaschen und ließen die Welt lautlos unter sich hinwegziehen. Die Karten, die sie bei sich hatten, waren halbwegs akkurat bis zu den Bergen, denn Tausende von Franzosen hatten diese Gegend erforscht und sich dort angesiedelt. Aber nur wenige Europäer hatten sich über das Gebirge hinweg nach Süden vorgewagt, und noch weniger waren von dort zurückgekehrt. Es gab tausend Legenden, aber wenige verläßliche Erkenntnisse über das, was in dieser gewaltigen Region lag, die bei den Arabern im fruchtbaren Norden nur das Land des Durstes und der Angst hieß. Es war das Land der unzähligen Geschichten, in das sie da schwebten, bewohnt von einem geheimnisvollen Volk von Riesen, wie man erzählte. Die Araber nannten sie Tuareg, die Verstoßenen Gottes, das Schleiervolk, und wenn sie von ihnen redeten, so taten sie es mit einer Mischung aus Angst, Grauen und Bewunderung. Man kannte sie als vorzügliche Kämpfer; sie waren die Herren der Wüste und beherrschten die großen Karawanenstraßen mit ihrem niemals versiegenden Strom von Salz, Sklaven und Gold.

So schwebten sie den Legenden entgegen, die vor ihnen lagen, und als die Sonne zum Horizont sank, erlebten sie Sonnenuntergang und Mondaufgang gleichzeitig. Es verschlug ihnen den Atem, als der Mond voll, golden und prächtig heraufkam, während die Sonne rot lodernd in den sandigen Dunst am Horizont eintauchte. Wie gebannt standen sie im Korb und schauten von Horizont zu Horizont, um nicht einen Augenblick von all dem zu verpassen.

Henri besaß einen Messingsextanten aus London, den er in einer verschlissenen Ledertasche mit sich herumtrug. Damit bestimmte er jetzt ihre Position; sorgfältig visierte er die Sterne an, während die Dämmerung zur Nacht wurde. Er verzeichnete seine Berechnungen auf dem Spezialpapier, das er mitgebracht hatte, um Karten darauf anzufertigen. Der Mond schien so hell, daß er das Licht der kleinen Gaslaterne am Boden des Korbes kaum benötigte. Sie konnten die Wüste unter sich fast so klar und deutlich sehen wie tagsüber. »Wir sind hier«, sagte Henri und zeigte Gascon die Koordinaten, die er auf dem Papier mit einem kleinen x markiert hatte. »Wo immer ›hier‹ auch sein mag.«

Als er mit seiner Arbeit fertig war, zog Henri eine kleine Flöte aus der Tasche, ein hölzernes Instrument, das er irgendwo auf einem Markt gefunden hatte. Er besaß keine musikalische Ausbildung, aber er hatte ein gutes Ohr und konnte nachspielen, was er gehört hatte. Manchmal erfand er auch selbst eine Melodie, die zu seiner Stimmung paßte. An diesem Abend ließ er seine Töne mit dem Ballon durch die Luft schweben, samtene Klänge, in denen die Freiheit und die Ruhe ihrer Reise eingefangen waren und die auf die schlafende Wüste unter ihnen hinabsanken. Gascon lehnte sich zufrieden in die Seile und lauschte mit geschlossenen Augen.

Die Nacht hindurch wechselten sie sich ab; der eine schlief, während der andere ein wachsames Auge auf ihr Fortkommen hatte. Es war eine Nacht des Friedens und der Ehrfurcht, in der die mondbeschienene Erde unter ihnen vorüberzog. Die Luft war kalt und frisch, und sie kauerten sich unter schweren Mänteln zusammen. Als die Morgensonne aufging, beschien sie Dünen, die so sattgolden leuchteten wie der Mond. Die der Sonne abgewandten Dünenhänge waren von einer silbernen Reifschicht bedeckt; wie Schneewehen glitzerten sie im sanften Licht der Dämmerung.

Henri spähte aufmerksam auf die Karte. »Wir sind über dem Großen Westlichen Erg«, sagte er. Der Erg war eines der wenigen Sandmeere in einer Wüste mit tausend Gesichtern. Henri wußte, daß es ihn gab und wo er ungefähr lag, aber nicht, wie groß er war. Die Karte half nicht weiter. Ein arabischer Händler in Bou Saada hatte ihm berichtet, daß hinter dem Erg eine verkehrsreiche Handelsroute verlaufe. Landen könnten sie erst, wenn sie den Erg hinter sich hätten, denn zu Fuß würden sie niemals aus den Dünen hinausgelangen. Es war besser, weiterzufahren und darauf zu hoffen, daß der Wind noch einmal die Richtung wechseln und sie nach Westen treiben würde, wo das Atlas-Gebirge im Bogen nach Süden verlief. Bei richtigem Wind könnten sie die Berge noch einmal überqueren und wären in Marokko.

Aber der Wind hatte eigene Pläne. Er wehte kräftig, den ganzen Tag und die ganze Nacht – nach Süden.

Endlos wellten sich die Dünen in die Ferne, so weit das Auge reichte. In ungezählten Reihen lagen sie aufgehäuft, eine hinter der andern, methodisch angeordnet wie von einer Riesenschaufel der

Götter. Glatt und weiblich sahen sie aus, spinnwebzart und rein. Manchmal wehten Windstöße zarte Sandsträhnen von ihren Gipfeln, und es sah aus wie die Schneeschleier an den Spitzen der Berge. Die eine Dünenkette war golden, die andere rötlich braun und die nächste gelb, und Licht und Schatten ließen den Sand immer wieder anders erscheinen. Die Dünen wiesen Grübchen auf, Wirbel und anmutig langgestreckte Linien. Das Gelände zwischen ihnen war flach, aber nicht immer ganz unfruchtbar; hier und da sproß Gestrüpp und Buschwerk, das sich ans Leben klammerte.

Manchmal sahen sie zwischen den Dünen auf kleine Gazellenherden, die an den kargen Gras- und Krautbüscheln weideten. Ein einsamer Schakal schnürte am Fuße der Dünen entlang und suchte nach Mäusen. Am Nachmittag entdeckte Gascon zwei Strauße, deren langgliedrige Beine durch den gestreckten Sonnenschatten noch weiter übertrieben wurden; sie sahen aus, als wären sie zwanzig Fuß hoch, lebhafte Riesen, die einherstolzierten und sprangen.

Henri machte sich sorgfältig Notizen und verzeichnete die Konturen des Landes, über das sie hinwegschwebten. Der Ballon entfernte sich immer weiter vom Atlas, bis sie mit ihren Feldstechern nur noch die blassen Umrisse der Berge vor dem Horizont erkennen konnten. Tief im Innern, in seinem Magen, spürte er das altvertraute Kribbeln der Angst, vermischt mit aufgeregter Erwartung, als er die Welt, die er kannte, verschwinden sah.

Und er liebte dieses Gefühl.

Es war das, was er immer getan hatte. Er war zu einem privilegierten Leben geboren. Er hatte diejenigen enttäuscht, die wie sein Vater erwartet hatten, daß er zum Militär gehen werde, wie es ungezählte Generationen der Familie de Vries seit den Tagen Ludwigs IX. getan hatten. Das Militär überließ er seinem Bruder Jules, dessen Temperament sich dazu unendlich viel besser eignete, und er verschmähte das leichte Leben, zu dem ihn Reichtum und Stand berechtigt hätten. Statt dessen reiste er in Gegenden, in die andere Männer nicht reisten, tat Dinge, die andere nicht tun konnten oder nicht zu tun wagten. Er erforschte die wundersamen Höhlen in Kappadokien im Herzen der Türkei, die Wüsten Arabiens und die Berge des Hindukusch in Afghanistan. Er spazierte über die Märkte von Macao und durch die Straßen von Taschkent. Er war in der Celebes-See vor der Küste von Borneo gestrandet. Er hatte sich als Jude verkleidet, um nach Marrakesch zu reisen, das kein Europäer betreten durfte, und er hatte die tanzenden Derwische im Sudan gesehen. Er liebte dieses Leben und genoß seine Freiheit, und er schrieb Reiseberichte für die *Société Géographique*, die seine Leser von Paris bis London und New York eifrig erwarteten.

Und so erfüllte auch diese Fahrt in unerforschte Regionen der Sahara sein Herz nicht mit Entsetzen, sondern ließ das Adrenalin mit vertrautem Rauschen durch ihn strömen; es kribbelte in seinem Magen, belebte seine Sinne und ließ die Farben leuchtender und die Gerüche schärfer erscheinen, so daß er vor Entzücken am liebsten laut gelacht hätte. Er brauchte dieses Gefühl, und mit seinen Reisen gab er ihm Nahrung. Es war eine Art ekstatische Angst, die unter seinem Brustbein wohnte und mit dumpfem, heißem Strömen nach außen strahlte. Es war eine beinahe mystische Besessenheit, die Leidenschaft des Abenteurers, mit der er die Geheimnisse der Welt durchdrang, um Orte zu sehen, die noch nie jemand gesehen hatte, und Dinge zu tun, die keiner je getan hatte. Es war eine Sehnsucht, die niemals Erfüllung finden würde, denn kaum war ein Horizont erreicht, da lockte schon ein neuer, und wieder zog es ihn weiter. Viele Jahre zuvor hatte eine Wahrsagerin auf einem Marktplatz in Delhi in seinen Händen gelesen und ihm prophezeit, er werde als alter Mann sterben. Er hatte gelacht, mit der selbstsicheren Gewißheit des Skeptikers, der wissenschaftliches Denken gewohnt war. Aber er glaubte ihr doch und verbrachte sein Leben seitdem in einer Grauzone zwischen Torheit und Inspiration.

Im Morgengrauen des dritten Tages flaute der Wind ab. Sie sahen nur Sand, so weit sie schauen konnten, und so beschlossen sie höherzusteigen, damit sie weiter sehen könnten. Gascon warf Ballast ab, und sie stiegen auf, bis sie jenseits der Dünen eine weite Ebene erkannten. Zwischen den Dünen und diesem Plateau befand sich eine ungeheure Senke, durchzogen von Wadis und tiefen Schluchten. Dahinter erstreckten sich weitere Dünen in endlos goldener Folge nach Südwesten. Im Nordwesten, am oberen Ende der Senke, konnte Henri die Umrisse eines Sees erkennen. Er schien ausgetrocknet zu sein, aber aus dieser Entfernung war das nicht mit Sicherheit zu sagen. Wenn es ein *sebkha* war, ein See, der nur zu bestimmten Zeiten im Jahr Wasser führte, dann lag die Vermutung nahe, daß es dort Brunnen und Menschen gab. Vorerst wollte er nicht noch tiefer in das grenzenlose Geheimnis der Wüste eindringen, die kein Ende zu haben schien. Er spähte durch den Feldstecher.

»Wir sind weit genug nach Süden vorgedrungen. Ich glaube, wir sollten landen und günstigen Wind abwarten.«

Gascon nickte. »Das glaube ich auch, aber es kann sein, daß wir ein paar Tage warten müssen.« Sie sahen die sanft geneigten Böschungen eines Flußbetts, das zu beiden Seiten von Büschen und großen Felsblöcken gesäumt war. »Die Felsen in dem Wadi dort werden uns Schutz bieten. Wenn kein Wind kommt, können wir den Ballon dort lassen und uns zu Fuß zurück nach Nordwesten durchschlagen.«

Henri zog an der Leine, die ein Ventil an der Oberseite des Ballons öffnete, und sie begannen ihren Abstieg in das Tal unter ihnen.

Der Ballon trieb über einem Grat dahin, der sich an einer Seite des Tals entlangzog. Es war nichts zu sehen, kein Tier, kein Lebenszeichen, aber im harten Sandbett erkannten sie Spuren, die vermuten ließen, daß hier hin und wieder Menschen vorbeikamen. Aber solche Spuren mochten irreführend sein, denn in der Wüste konnten sie ewig existieren, und niemand wußte, wie alt sie wirklich waren.

Sie näherten sich dem Boden und strichen jetzt an der Wand der Schlucht entlang, um das Fahrzeug behutsam auf dem Boden des Wadis aufzusetzen. Plötzlich aber packte ein jäher Aufwind den Ballon und riß sie wieder in die Höhe, und ehe sie reagieren konnten, gerieten sie in einen Abwind, der sie mit halsbrecherischer Geschwindigkeit auf die Felsen hinabstürzen ließ.

»Ballast!« schrie Henri, und schon war Gascon dabei, die Leinen zu durchtrennen, mit denen die Sandsäcke außen am Korb befestigt waren, aber es war zu spät. Der Korb prallte hart gegen einen scharfkantigen Felsgrat und riß an der Seite auf. Ein Pandämonium brach los, als Menschen und Vorräte durcheinanderflogen. Henri versuchte, ein paar Stücke an sich zu raffen, als sie über den Rand verschwinden wollten, aber gerade als er die Hand ausstreckte, wurde er auf den Boden des Korbes geschleudert. Der Wind riß an ihnen und zerrte sie weiter. Die Felsen erfaßten den Korb zum zweitenmal, die Ballonhülle wurde zu einem Segel, das schräg nach unten sauste, und die Taue spannten sich unter der schrecklichen Kraft. Eine der Leinen verfing sich an den scharfen Felsen und riß, dann noch eine, und nun war der Ballon wieder frei. Durch die extreme Schrägneigung hatte er den größten Teil seines Auftriebs verloren; er fiel rasch in sich zusammen und flatterte leer zu Boden, und als die Seile rissen, stürzte der Korb senkrecht die letzten paar Fuß hinunter auf den Boden des Wadis. Hart schlugen die beiden Männer auf, und benommen und keuchend blieben sie liegen.

Während der letzten Sekunden waren sieben Kamelreiter um eine Biegung des Wadis gekommen. Sie blieben stocksteif stehen und schauten gebannt zu, wie der Ballon über den Grat kam, wie der Korb dicht über den Boden streifte und die beiden Männer darin sich verzweifelt bemühten, ihn unter Kontrolle zu halten. Erst blähte sich die Hülle des Ballons sanft im Wind, dann ragte sie vor ihnen auf wie eine Himmelserscheinung, eine lautlos schwebende Kugel aus prachtvoll weißem Gewebe vor einem tiefblauen Himmel.

»Hamdulillah! Es sind *djenoum!*« brachte ein Reiter in eindringlichem Flüsterton hervor, und er meinte die Geister, die in den Felsen und in den dunklen Winkeln dazwischen wohnen. Er zog sein Schwert mit der großen, zweischneidigen Klinge und hielt es kampfbereit an seiner Seite.

»Allah ist gekommen!« rief ein zweiter.

»Es ist der Mond; er ist vom Himmel gefallen!«

»Fliegende Männer aus den Wolken!«

Ehrfürchtig, aber ohne Angst, bewegten sich die Männer weiter und beobachteten, wie das geheimnisvolle Fahrzeug aufstieg und dann holpernd und flatternd herabfiel, um die fliegenden Männer schließlich ohne feierliche Umstände auf den Boden zu entladen.

Für den Augenblick betäubt, blieb Henri regungslos liegen. Er hörte Stimmen, aber die Sprache erkannte er nicht. Es war kein Arabisch; er wußte, es mußte die Sprache der Tuareg sein.

Henri erhob sich auf die Knie und kümmerte sich um Gascon, der immer noch keuchend auf dem Boden lag. Die Reiter hatten einen Halbkreis um die beiden Männer gebildet, und Henri mußte fast senkrecht in die Höhe schauen, um sie zu sehen. Aus seiner Lage sahen sie aus, als wären sie zwölf Fuß hoch, wie sie da auf ihren Kamelen saßen. Ihre Silhouetten standen abweisend, aber majestätisch vor dem Himmel. Ihre Erscheinung beeindruckte ihn ebensosehr wie sie zuvor der Ballon, und ein paar Augenblicke lang musterten die sieben Reiter und der französische Graf einander wachsam. Die Tuareg boten einen prachtvollen Anblick auf ihren Reittieren; von Kopf bis Fuß waren sie in sattes Indigo und blendendes Weiß gekleidet, und das Tuch umhüllte sie vollständig bis auf einen Schlitz für die Augen – Augen, die verschattet waren, dunkel und undurchdringlich. Der Stoff ihrer Turbane war viele Male um die Köpfe gewunden, hoch aufgetürmt und zu straffen Helmen gewickelt, was den Eindruck von Höhe und imposanter Präsenz noch verstärkte. Sie waren mit Lanzen bewaffnet. Schwere Schlagschwerter in fein gepunzten roten Lederscheiden hingen an Baumwollkordeln um ihre Schultern. Sie trugen Schilde aus Antilopenleder, auf denen eine Reihe von Einschnitten ein römisches Kreuz formten. Sie saßen auf Reitsätteln mit hoher Rückenlehne, und auch die Sattelknäufe waren wie Kreuze geformt. Für Henri sahen sie aus wie mittelalterliche Kreuzritter, deren Porträts man unter denen seiner Ahnen im Château de Vries finden konnte. Sie sahen aus wie Könige.

Der Anführer war ein eleganter Mann von fürstlicher Haltung, hochgewachsen und erhaben aussehend, und er schaute auf die beiden Aeronauten herab, als wäre er der Herr der Schöpfung. Hinter ihm sah Henri zu seinem Erstaunen eine Frau – sie war die einzige, die das Gesicht nicht verhüllt hatte. Sie trieb ihr Kamel zwischen den anderen hindurch nach vorn und betrachtete ihn schweigend.

Wenn Henri eine Frau ansah, schaute er unweigerlich zuerst auf ihre Augen. Vor ihrer Kleidung, ihrem Haar, vor ihrem Gesicht oder ihrer Figur, vor allem anderen schaute er auf ihre Augen, denn dort, das wußte er, würde er ihr wirkliches Wesen finden. Die Augen dieser Frau nahmen ihn gefangen. Sie waren dunkelbraun und leuchteten voll Humor und Intelligenz, verzauberte Seen, erfüllt von Charakter und Leben, und für einen langen, wunderbaren Moment zogen diese Augen seinen Blick in ihren Bann. Sie war gekleidet wie die anderen Reiter, aber im Gegensatz zu den sonstigen Gepflogenheiten nordafrikanischer Frauen hatte sie Kopf und Gesicht nicht verhüllt. Sie war schön, aber ihre Züge wirkten auf Henri so fremdartig wie ihre Sprache; sie sah weder arabisch noch afrikanisch noch europäisch aus. Sie hatte hohe Wangenknochen und eine hell glänzende, glatte Haut. Eine Berberin vielleicht, dachte er. Ihr Hals war schlank, und sie lächelte mit makellosen, gleichmäßig weißen Zähnen. Das lange, dunkelbraune Haar hatte sie zu Zöpfen geflochten. In ihrer Haltung lag große Würde. Wie die andern saß sie hochgewachsen im Sattel, herrisch und aufrecht. Sie betrachtete den Ballon entzückt und schaute belustigt zu, als Henri sich den Staub abklopfte. Er half Gascon auf die Beine, ohne sie aus den Augen zu lassen. Sie war ein hinreißendes Geheimnis für ihn, und eine große Überraschung.

Als sie sprach, hörte er Autorität und Bestimmtheit in ihrem Ton. Er lauschte angestrengt, als könne er ihre Worte verstehen, obwohl ihre Sprache ihm unbekannt war.

»Es heißt Ballon«, erklärte sie den andern, die immer noch darüber diskutierten, was für ein Zauberwerk da vor ihnen liegen mochte. »Ich habe so etwas in Algier gesehen.«

»Was ist ein Ballon?« fragte einer der verschleierten Männer.

»Eine Flugmaschine«, sagte Serena über die Schulter. »Nur scheint diese hier nicht so gut zu fliegen.«

»Wenn sie keine *djenoum* sind, sollten wir sie umbringen und uns ihr Gepäck nehmen«, sagte ein anderer. Der Ballon hatte die ganze Ausrüstung im Sand verstreut, auch Henris Sextanten und ein Barometer, das im Licht bronzen glänzte. Ein paar Ledertaschen lagen herum, ein Koffer, gute Mäntel und Wasserflaschen. Es war den Tuareg klar, daß sie es hier mit vermögenden Männern zu tun hatten, die gewaltige Reichtümer und mysteriöse

Gerätschaften mit sich führten und sich zweifellos böser Geister bedienten, um ihre Ziele zu erreichen.

»Wir sollten sie umbringen und alles verbrennen, was sie bei sich haben«, sagte wieder ein anderer. »Sie sind gottlos, sie sind *ikufar.*« Es war das Wort für »Heiden«, mit dem man die primitiven Völker Europas bezeichnete. Ein paar andere murmelten zustimmend.

Gascon beäugte die Tuareg mißtrauisch. Ihre Sprache war für seine Ohren unverständliches Geschnatter, aber einen bedrohlichen Ton erkannte er durchaus, wenn er ihn hörte. Er betrachtete die Reiter, entwickelte instinktiv einen Schlachtplan und suchte nach Schwächen, die er sich zunutze machen könnte. Sie waren nicht viele. Sie waren bewaffnet und beritten und überragten ihn deutlich, und sie hatten sich im Halbkreis um ihn und den Grafen aufgestellt. Sein Blick wanderte über sie hinweg, und er sah Lanzen, Schwerter und die abgenutzten Silbergriffe der Dolche. Vermutlich hatten sie noch andere Waffen, die er nicht sehen konnte, Klingen, die sich in den Tuchfalten verbargen. Diese Männer waren Kämpfer, das stand fest, und solange der Graf und er keine besseren Waffen hatten, konnte man gegen ihre Übermacht nichts ausrichten. Aber Gascon hatte nur ein Messer, und er wußte, daß der Graf überhaupt keine Waffe bei sich trug. Er sah sich unter den verstreuten Ausrüstungsteilen um und fragte sich, ob er wohl eins der Gewehre finden könnte. Während der Fahrt hatte es keinen Grund gegeben, sie bereitzuhalten, und jetzt waren sie nirgends zu entdecken.

Das schlimmste war, daß man ihre Gesichter nicht sehen und ihre Mienen nicht deuten konnte. Sie waren mit geheimnisvollem Indigo verhüllt. Er wußte, daß sie auch nur Sterbliche waren, daß es nur das Tuch vor ihren Gesichtern war, was ihn so beunruhigte. Trotzdem fühlte er sich nackt vor ihnen.

»Gefällt mir nicht, wie die aussehen, Monsieur«, sagte er mit leiser Stimme.

»Dem Mann, der Sand frißt, gefällt nicht, wie wir aussehen?« Die Frau sprach Französisch, in scharfem Ton, und es kam so verblüffend, daß Gascon fast einen Satz gemacht hätte. Dann aber lachte sie, und es war ein warmes, ehrliches Lachen, das von den benachbarten Felsen angenehm widerhallte und mithalf, die Anspannung zu vertreiben. Wider Willen mußte auch Henri lachen. Gascon vermochte ihre Heiterkeit nicht zu teilen; er wischte sich mit der Hand übers Gesicht, das vom knirschenden Sand des Wadigrundes bedeckt war. Die anderen Tuareg hatten das Gesagte nicht verstanden, denn Serena war die einzige unter ihnen, die Französisch sprach. Henri ergriff sofort das Wort.

»Mademoiselle, ich bin Henri de Vries aus Frankreich. Mein Gefährte hier, der Sand frißt, heißt Gascon.« Er verbeugte sich leicht. »Es überrascht mich, Sie hier anzutreffen, und es freut mich, daß Sie Französisch sprechen.«

»Das war ein ziemlicher Absturz, Henri de Vries.«

»Das war kein Absturz«, antwortete er, zu schnell und zu schuldbewußt. »Das war eine harte Landung.«

Sie lachte wieder. »Wenn Sie auf einem Kamel gesessen hätten, dann würde ich es einen Absturz nennen. Außerdem hätte das Kamel Sie danach noch gebissen.«

»Dann ist es nur gut, daß ich nicht auf einem Kamel gesessen habe.« Henri grinste. Die Frau gefiel ihm.

»Serena! Was sagt er?« Tamrit ag Amellal, der Anführer der Reiter, ärgerte sich über ihr Lachen; außerdem bereitete es ihm Unbehagen, daß er nicht verstand, was gesprochen wurde. Er war es gewohnt, das Kommando zu führen. Aber sie ignorierte ihn.

»Woher kommen Sie mit Ihrem Ballon?«

»Aus Bou Saada.«

»Aus Bou Saada! Das liegt jenseits des Großen Erg!«

»Ja. Wir waren zwei Nächte in der Luft.«

»Und wo wollten Sie hin?«

Henri zuckte die Achseln. »Nach Marokko.«

Serena schaute ihn erstaunt an. »Nach Marokko! Monsieur, Sie sind drei Wochenritte weit von Marokko abgestürzt.«

»Ja, ich weiß. Der Wind stand falsch.«

»Wie kann der Wind falsch stehen?«

»Er wehte in eine andere Richtung, als wir hofften.«

»Sie brauchen Hoffnung, um mit Ihrer Maschine zu fliegen?«

»Nein. Ja, vermutlich doch.« Diese Wüstenfrau verstrickte ihn in seinen eigenen Worten.

»Dann wäre Ihnen mit einem Kamel besser gedient.« Sie schaute zum Himmel. »Selbst ein Kamel weiß, daß dieser Wind Sie zum Tanezrouft bringt.« Sie deutete nach Südwesten. »Wenn Sie nicht abgestürzt wären, hätte Ihre Hoffnung Sie dorthin getragen, und dort wären Sie zugrunde gegangen. Nichts lebt im Tanezrouft«, stellte sie nüchtern fest. »Überhaupt nichts.«

»Ich wäre durchgekommen«, beharrte Henri.

»Ja, Sie wären durchgekommen, und wenn Ihnen das Wasser ausgegangen wäre, wären Sie gestorben. Es ist Ihr Glück, daß wir hier vorbeikommen.«

»Wohin wollen Sie denn?«

»Nach Arak«, sagte sie und zeigte nach Südosten. »Zum Fuß des Atakor.«

Serena wandte sich an Tamrit und berichtete in der Sprache der Tamaschek, was sie erfahren hatte. Aufgeregtes, ungläubiges Gemurmel erhob sich unter den Tuareg. Aus Bou Saada! Keiner von ihnen war je dort gewesen, aber sie wußten von diesem Dorf, das auf der anderen Seite der großen Berge lag. Und der Große Erg war unüberwindlich, ein Feld des Todes. Ihn zu umgehen, das erforderte viele anstrengende Wochen im Kamelsattel. Sie selbst hatten ja gesehen, daß dieser Ballon fliegen konnte, aber die Vorstellung, daß man damit direkt über den Erg kommen könnte, war doch undenkbar, ja lächerlich!

»Sie lügen!« sagte einer. »Es ist ganz offensichtlich ein Werk der *djenoum!* Wir sollten sie auf der Stelle töten.«

»*Djenoum* oder nicht, wir müssen sie töten!«

»Eoualla, ich sage ja!«

»Dann sind wir uns einig!«

»Nein!« Serenas Ton war scharf. »Wir werden sie und ihre Flugmaschine zum Amenokal bringen. Er kann dann entscheiden, was aus ihnen werden soll.«

»Bah! Ihre Flugmaschine! Die kann besser abstürzen als fliegen. Sieh doch, da liegt sie zerschmettert zwischen den Felsen. Kein verständiger Mensch würde sich damit in die Luft wagen.«

»Sie haben es getan!«

»Sie sind ja auch keine verständigen Menschen. Sie sind Franzosen.«

»Wo die Franzosen hingehen, folgt ihnen das Grauen. Sie sind Diebe und Mörder. Die Araber im Norden haben unter ihnen leiden müssen. Sie müssen sterben!«

»Die Araber im Norden haben die Franzosen verdient!«

Die Diskussion wurde hitzig. Unterdessen sprach Henri leise mit Gascon.

»Weißt du, wo die Gewehre hingefallen sind?«

»Ich sehe sie nirgends. Ich müßte mich eingehender umsehen. Es liegen ja überall Sachen herum.«

»Dann tu es rasch, während sie sich streiten. Wenn du sie findest, mach dich bereit, mir eins zuzuwerfen, aber laß es noch liegen. Falls du sie nicht findest, habe ich in dem Koffer dort noch eine Pistole. Sei wachsam, und halt die Augen offen. Ich glaube, sie streiten darüber, ob sie uns mit ihren Schwertern oder mit ihren Lanzen umbringen sollen. Wenn etwas passiert, sieh zu, daß du die Felsen dort erreichst.« Er deutete auf zwei große Blöcke, die dicht nebeneinander vor einer Sandsteinwand standen. Sie boten nur kargen Schutz, aber das war besser als nichts.

»Oui, mon comte.«

Gascon bewegte sich auf die Trümmer des Korbes zu. Tamrit bemerkte es und schrie: »Der da! Er will ihre Waffen holen! Sie haben Gewehre! Haltet ihn auf!« Er hob die Lanze. Andere zückten ihre Schwerter und zogen Messer aus den Falten ihrer Gewänder hervor. Gascons Hand fuhr zu dem Messer an seinem Gürtel, während Henri, der ja unbewaffnet war, nur zurückweichen konnte.

»Halt!« Serenas Stimme war wie ein Peitschenknall. Sie sah, daß die Situation außer Kontrolle geriet, und wußte, daß sie handeln mußte. Über das, was sie als nächstes tat, war sie selbst überrascht: Sie log. »Laßt sie, Tamrit. Es ist zu spät. Ich habe sie bereits unter meinen Schutz gestellt. Ich habe ihnen den *aman* des freien Geleits gewährt.«

Tamrit explodierte. »Mit welchem Recht tust du das?«

»Ich habe das Recht dazu, Tamrit, das weißt du sehr wohl. Sie können ihre Flugmaschine auf Kamele packen und mit uns nach Arak reiten.«

»Nein, Serena! Ich bin der Anführer!«

Sie schnaubte. »Es ist geschehen. Ich habe es getan.«

Tamrit tobte und stach seine Lanze in den Boden. »Ich werde diese Zusage nicht respektieren!«

»Dann wirst du uns alle entehren, und dafür mußt du dich vor dem Amenokal verantworten.«

Tamrit fluchte. Diese Frau war allzu unabhängig, allzu dickköpfig. Dabei war er hoffnungslos verliebt in sie. Seit zwei Jahren umwarb er sie, brachte ihr Kamelfleisch und feines Tuch als Geschenke, schrieb ihr Gedichte und tat alles, was ein Mann tun konnte. Aber sie war unmöglich, und jetzt schikanierte und demütigte sie ihn auch noch hier vor allen andern. Verfluchtes Weib! Sie hatte natürlich recht. Ob es ihm gefiel oder nicht, wenn sie jemandem sicheres Geleit versprach, blieb ihm nichts anderes übrig, als dieses Versprechen zu respektieren. Zumindest, dachte er, bis sich eine passende Gelegenheit ergäbe.

Serena sah sein Zögern und wußte, daß der Augenblick ihr gehörte. Sie mußte ihn nutzen. Also trieb sie ihr Kamel zu Henri und redete ihn rasch und mit dem Tonfall der Autorität an.

»Sie dachten, Sie suchten Waffen. Ich habe ihnen versichert, daß dies nicht der Fall sei, aber wenn Sie Waffen haben und versuchen, sie gegen uns zu benutzen, so werden Sie sehr schnell sterben, Henri de Vries. Ich werde Sie selbst töten. Sie bekommen freies Geleit, wenn Sie es wünschen. Sie können mit uns nach Arak reiten, und dort werden Sie Ihre Flugmaschine unserem Oberhaupt zeigen. Dort mögen Sie sich dann auch bei den Händlern, die nach Norden ziehen, um eine Reisemöglichkeit bemühen.«

Henri zögerte. Er erwog seine Möglichkeiten, aber die waren im Augenblick beschränkt. Ob er dem Wort dieser Frau vertrauen konnte, wußte er nicht. Sie faszinierte ihn, und bei den anderen schien sie nicht ohne Einfluß zu sein. Ganz offensichtlich hatten ihre Worte Gewicht. Es erschien ihm außergewöhnlich, daß sie die Männer so sehr beherrschte. War er je einer Afrikanerin – oder übrigens auch Europäerin – begegnet, die das so gut gekonnt hatte? Er war durch die Souks und Medinas der Städte und Dörfer im Norden gewandert, wo die Frauen schüchterne Sklavinnen gewesen waren, verschleierte Niemande, hinter Schloß und Riegel verwahrt von Vätern und Ehemännern, die sie unterjochten und bestraften wie Maultiere. Diese Frau war ganz gewiß keine Sklavin, und hier trugen die Männer die Schleier. Was für ein Volk war das? Geschichten von der Heimtücke der Tuareg gab es im Norden im Überfluß, dazu Berichte über Dutzende von ermordeten Reisenden. Aber ihm hatten sie freies Geleit gewährt. Er wußte, wenn die Ballonhülle allzu stark beschädigt wäre, würde er sie nicht mehr reparieren können. Und wenn es stimmte, was die Frau über den Wind gesagt hatte, so würde der richtige Wind womöglich niemals kommen. Sich allein zu Fuß durchzuschlagen erschien unmöglich, auch wenn er es sich zutraute. Aber selbst wenn es gelänge, würden sie vielleicht auf einen anderen Trupp stoßen, der sie dann ohne viel Federlesens umbringen würde.

Serena hörte neuerliches Murren hinter sich und wußte, jede weitere Verzögerung bedeutete Gefahr. Jeden Augenblick konnte sie die Kontrolle über die Situation verlieren. »Sie müssen rasch antworten«, drängte sie. »Ihr Leben hängt davon ab.«

Henri warf einen Blick zu Gascon hinüber; dieser fand es ratsam anzunehmen, denn im Augenblick hielt er ihre Lage für hoffnungslos. Wenn sie mehr Zeit bekämen, würden sie vielleicht auch eine bessere Gelegenheit finden, sich zu verteidigen. Er nickte also.

»Wir nehmen Ihr Angebot dankend an«, sagte Henri. »Es ist uns eine Ehre, Sie zu begleiten.«

»Dann ist es abgemacht«, sagte Serena.

Henri und Gascon falteten die Ballonhülle zusammen, rafften die verstreuten Überreste ihres Gepäcks auf und legten alles auf einen Haufen. Henri fand auch die Gewehre; sie klemmten im Sand unter einem abgebrochenen Stück des Korbes. Er bewegte sich bedächtig und so, daß alles, was er tat, sichtbar war und nicht mißdeutet werden konnte; so wickelte er die Gewehre in eine Decke und legte sie in einen Korb, der auf eins der Lastkamele geladen werden würde. Einer der Tuareg, ein Mann namens Buzu, dessen Gewänder ganz weiß waren, winkte schroff ab, als der Augenblick kam, die Kamele zu beladen. Diese Aufgabe übernahm er selbst, er zischte, beschimpfte und umschmeichelte die Tiere, so daß sie ohne übermäßiges Maulen taten, was er wollte. Buzu war der einzige, der arbeitete – die anderen Tuareg saßen derweil schweigend im Schatten. Sie zeigten sich zwar nicht offen feindselig, aber sie wirkten doch immer noch unfreundlich und verschlossen, beobachteten alles und sprachen manchmal leise untereinander.

Als sie schließlich zum Aufbruch bereit waren, sah Henri sich mit einem Reitkamel von unangenehmem Charakter ausgestattet. Das Kamel ist ein Tier voller Gegensätze; es vermag eine Haltung einzunehmen, die entweder schrecklich unbeholfen oder aber ungeheuer würdevoll ist, je nach seiner Laune, und darüber hinaus besitzt es das Talent, in jeder Haltung völlig natürlich zu wirken. Henris Tier entschied sich für die erste Möglichkeit, und Henri war sicher, daß es sich an ihm rächen wollte, weil es plötzlich eine Last zu tragen hatte. Als es sich von den Knien erhob – ein Vorgang, bei dem der Reiter zuerst heftig nach hinten, dann nach vorn und dann wieder nach hinten geschleudert wird –, tat es dies mit boshaftem Rucken, so daß Henri beinahe heruntergefallen wäre; er rutschte seitlich am Hals herum und blieb in äußerst heikler Lage dort hängen. Natürlich kam Serena, die bereits aufgesessen war, in diesem Augenblick herangeritten.

»Nun, Monsieur, ich glaube, in Ihrem Ballon haben Sie eine bessere Figur gemacht«, bemerkte sie fröhlich, und nur mit Mühe bewahrte sie ein ernsthaftes Gesicht.

Henri schaute sie betreten an und spürte, daß er rot wurde. Mühsam rappelte er sich hoch und machte es sich im ledergeflochtenen Sattel bequem. Dabei bemerkte er, daß sein Beutel zu Boden gefallen war. Eine ganze Weile starrte er nur hinunter und fragte sich, wie er ihn wiederergattern sollte, ohne seine Würde vollständig einzubüßen. Gascon saß bereits im Sattel, und alle andern auch. Dann sah auch Serena den Beutel, und sofort erkannte sie sein Dilemma. »Ich hole ihn«, sagte sie. Im nächsten Moment sprang sie von ihrem Tier, raffte den Beutel auf, reichte ihn Henri und sprang wieder auf ihr Kamel, ohne es knien zu lassen. Ihre Bewegungen waren anmutig und geschmeidig, und Henri sah es mit Entzücken.

»Merci.« Er nickte und war sehr erleichtert darüber, daß er sich nicht noch einmal in eine peinliche Lage gebracht hatte. »Wie viele Tagereisen sind es bis Arak?«

»Acht.«

»Nach acht Tagen werde ich der Inbegriff der Anmut sein.«

»Oder das Kamel wird auf Ihnen reiten.« Sie lachte.

Sie ritten in scharfem Tempo in einer Reihe hintereinander durch das enge Wadi, das sich vom Plateau herunterschlängelte. Meile um Meile legten sie zurück, ohne anzuhalten oder das Tempo zu verlangsamen oder zu reden. Die Kamele waren hervorragende Tiere und in ausgezeichnetem Zustand. Ihr Schritt war schnell, und in stetigem Rhythmus klapperten ihre Hufe über den weichen Sand des Wadis. Henri sah, wie die Tuareg ritten, und er kreuzte die Beine über dem Hals des Kamels, wie sie es taten, aber sein Tier reagierte nicht auf die Bewegungen seiner Füße. Gelegentlich versuchte es auszubrechen, um irgendwelches Gestrüpp oder karges Laub zu fressen, an dem sie vorbeikamen, aber er zügelte es straff. Als er an dem Nasenring riß, funkelte das Kamel ihn drohend an, und einmal versuchte es ihn zu beißen. Er konnte nur hoffen, daß es ihm im Lauf der Reise gelingen würde, zu einer Art angespannter Koexistenz mit dem Tier zu gelangen.

Henri zog ein kleines Notizbuch aus der Tasche und versuchte, beim Reiten zu schreiben und zu zeichnen, aber bei den wiegenden Bewegungen des Kamels war das unmöglich. Er steckte das Buch wieder weg und begnügte sich damit, die Gegend zu betrachten, und er genoß die Aussicht von seiner hohen Warte auf dem Rücken des Tieres. Nach einer Weile verbreiterte sich das Wadi, und bald fand er sich neben Serena, die bis dahin hinter ihm geritten war.

»Ich bin entzückt, Monsieur de Vries. Sie sind die ganze Zeit auf Ihrem Kamel geblieben.«

»Es wartet bis heute abend; dann wird es mich abladen, wie es ihm gefällt«, antwortete Henri betrübt. »Ich glaube, ihm wäre es lieber gewesen, ich wäre in meinem Ballon geblieben. Ich werde darauf achten müssen, ihm nicht den Rücken zuzuwenden.«

Sie zeigte ihm, wie die Tuareg im Sattel saßen und die Zügel hielten und wie man das Kamel dazu brachte, auf die Zeichen seiner Füße zu reagieren, eine Aufgabe, zu der er die Stiefel ausziehen mußte. Aber das Kamel spielte nicht mit. Es klagte laut und spuckte empört, was Serena sehr erheiternd fand. »Es muß an

Ihren französischen Zehen liegen«, sagte sie, und sie half ihm in offenherziger, gewinnender und sehr freundlicher Weise.

»Woher können Sie so gut Französisch?« fragte Henri.

»Im Frühling meines zehnten Jahres reiste eine kleine Gruppe von uns nach El Gassi«, sagte sie. »Ich wurde von den anderen getrennt und stürzte von einem Felsen. Dabei zog ich mir einen schlimmen Beinbruch zu; der Knochen drang durch die Haut. Keiner von uns wußte, was zu tun war. Der Marabout, der sich um eine solche Verletzung hätte kümmern können, war nicht bei uns, und ich konnte so nicht reisen. In der Stadt wohnte ein Weißer Vater, ein französischer Missionar aus Algier. Er wußte, was zu tun war, und konnte das Bein richten. Als ich Fieber bekam und dem Tode nahe war, pflegte er mich. Ich war lange dort und konnte nicht von meiner Matte aufstehen. Und während ich dort war, lehrte er mich seine Sprache.«

»Er hat seine Sache sehr gut gemacht.«

»Ja. Er war ein guter Mann. Er züchtete Gemüse und verschenkte es, obwohl er für sich selbst kaum genug zu essen hatte. Er versuchte mich zu seinem Glauben zu bekehren, wie er es auch bei anderen versuchte; er war lange dort und arbeitete sehr hart, und trotzdem konnte er nicht einen einzigen bekehren. Und eines Tages schnitt jemand dem Pater die Kehle durch. Da war mein Unterricht zu Ende.« Er war verblüfft über die nüchterne Darstellung – als wäre es das Natürlichste auf der Welt.

»Wer hat das getan?«

»Ich weiß es nicht. Die Shamba, nehme ich an.« Sie benutzte das Wort wie einen Fluch. Die Shamba waren Araber, die an den mittleren Oasen des Nordens lebten. Zwischen ihnen und den Tuareg bestand seit Jahrhunderten eine Blutfehde; Karawanen wurden überfallen, Lager geplündert, und häufiges Blutvergießen verbitterte eine Generation nach der anderen. »Sie sind dem Islam treu ergeben und haben nichts übrig für Weiße Väter. Es war nur eine Frage der Zeit, wann es einer tun würde.«

»Und wieso haben die Shamba Sie in Ruhe gelassen?«

»Sie mögen *ben haloof* sein«, sagte sie, »aber nicht einmal die Söhne der Schweine vergreifen sich an einem Mädchen. Der Pater hielt mich trotzdem versteckt, zur Sicherheit. Er machte sich Sorgen um mich. Am Ende machte er sich Sorgen um die falsche Gurgel. Sie hätten mich vermutlich als Geisel genommen, wenn sie gewußt hätten, daß ich da war, und mich später an mein Volk zurückverkauft. Sie verachten uns noch mehr als ... nun, mehr als euch, und sie würden alles tun, um uns zu schaden. Sie haben uns nie unterwerfen oder für sich gewinnen können. Wenn wir in der Schlacht zusammentreffen, bekommen sie stets mehr ab, als sie austeilen. Das ist ihnen unerträglich. Sie nennen uns die Gottverlassenen, aber Gott hat uns nicht verlassen, wie Sie sehen. Er ist überall um uns herum.« Sie schwenkte die Hand herum und wies auf das Land, durch das sie kamen. Es war ein schönes Land, mit langen, flachen Dünenketten im Westen und tausendgestaltigen Felsblöcken auf der Ebene im Osten. In der Ferne sah man ein halbes Dutzend Plateaus, von Felsschluchten durchzogen. Es war alles andere als monoton, ein interessantes Land, bunt zusammengewürfelt und erfüllt von Vielfalt und Farbe.

Der Wind hatte ihr das Haar ins Gesicht geweht. Sie strich es zurück, und unversehens merkte Henri, daß er sie anstarrte. Er war fasziniert von der Vielschichtigkeit dieser Wüstenfrau, die so offen sprach und einen so freien Geist besaß, die so gern lachte und sich an einfachen Dingen erfreuen konnte, und die sich doch im nächsten Augenblick genauso selbstverständlich mit dem Tod befaßte. Die Sahara war ein rauhes Land, das harte Menschen hervorbrachte. Er bezweifelte nicht, daß sie einen Mann notfalls genauso leicht töten konnte ... genauso leicht, wie sie ihn küssen würde. Sie war frech und ein bißchen unverschämt. Sie gefiel ihm, diese Unverschämtheit, denn sie war anders als alles, was er sonst erlebte. Er war es gewohnt, daß Frauen ihn umschmeichelten, wegen seines Geldes oder seiner Position. Diese Frau aber würde sich von beidem nicht beeinflussen lassen. Sie schien auf dem Rücken ihres Kamels alles zu haben, was sie brauchte.

Er schrak auf, als er merkte, daß er ihr nicht zugehört hatte. Sie sah seinen Blick und hielt ihn kurz fest; dann schlug sie die Augen nieder, während sie weitersprach.

»... die nördlichen Oasen, und dort hatte ich Gelegenheit, meine Sprachkenntnisse bei den französischen Siedlern zu üben. Und vor zwei Jahren begleitete ich meinen Onkel nach Algier. Er ist ein großer Marabout, und er hat mich viel gelehrt. Ich habe dort auf ihn gewartet, während er sich auf die Pilgerfahrt nach Mekka begab. Und dort habe ich auch einen Ballon gesehen. Einen, der flog, meine ich.«

Es war Frühling in der Wüste – warm, aber nicht heiß. Sie ritten behaglich, während der Mittag in den Nachmittag überging und der lange Nachmittag in den frühen Abend mündete. Sie unterhielten sich ununterbrochen miteinander; Seite an Seite ritten sie dahin und vergaßen die andern, die ihnen in einer langen, trägen Prozession folgten. Das Gelände wurde nach und nach flacher, als sie das Plateau hinter sich ließen, und nun bedeckte nicht länger der grobe Sand der Wadis den Boden, sondern eine Mischung aus feinerem Sand und farbigen Kieseln auf einem von der Sonne hartgebackenen Boden am Rande der Dünen. Henri und Serena plauderten entspannt und endlos über Dutzende von Themen: über Vögel, die sie sahen, über eßbare Pflanzen und solche, die den Tod bringen konnten, über den Sultan in Istanbul (ob es stimmte, wollte sie wissen, daß er in einer goldenen Wanne badete), über die Schiffe, die das Mittelmeer durchpflügten, über gehörnte Eidechsen und Schlangen, über die Wüste und ihr Wetter, ihre Nächte und ihre Fluten, ihre Launen und ihre Schönheit. Anscheinend wußte sie alles darüber, und sie sah alles mit offenen, empfindsamen und hingebungsvollen Augen. Einmal entdeckte sie etwas in einiger Entfernung und ritt wortlos davon, um es zu holen. Mit einer zart geformten Sandrose kehrte sie zurück, einer Wüstenblüte, zurechtgeschliffen von Äonen des Windes. Sie hielt ihm dieses Geschenk entgegen, und er mußte sich beim Reiten hinüberbeugen, so daß er beinahe das Gleichgewicht verloren hätte – sie gab ihm mit ihrer freien Hand Halt und reichte ihm die Rose mit der anderen, und dabei berührten sich ihre Handflächen ganz leicht. Es war eine flüchtige Berührung, aber für sie beide lag ein intensiver Augenblick des Zaubers darin. Leise murmelnd bedankte er sich und betrachtete die Rose. Ihre Kristalle funkelten hell in der Sonne. Behutsam schob er sie in die Innentasche seines Mantels.

Sie erzählten einander von den Orten, die sie schon gesehen hatten. Mit angehaltenem Atem hörte sie seine Schilderung der

Seine, wie sie in weitem Bogen träge an seinem Heim vorüberfloß, vom Schnee, der die französischen Berggipfel bedeckte, und von den Eisfeldern, die er in Skandinavien überquert hatte. Sie erzählte von den großen Karawanenrouten und von Höhlen, in denen uralte Felsenmalereien erkennen ließen, daß das, was heute eine Wüste war, vor Zeiten ein fruchtbarer Urwald voller Tiere gewesen war. Sie begeisterte ihn mit Geschichten von Straußenjagden, die manchmal zwei oder drei Tage dauerten, sie zeigte ihm Stellen, wo es Wasser gab, Stellen, bei denen er niemals auf den Gedanken gekommen wäre, welches zu suchen, und sie erzählte ihm von dem donnernden Geräusch, das die Dünen erfüllte, wenn die Sonne aufging. Es gab so viel zu sagen, so viel mitzuteilen, und alles rauschte zwischen ihnen dahin, eine Flut, die den ganzen Tag verschlang.

Zweimal kam Tamrit zu ihr zurück und befahl ihr, das törichte Geplapper mit dem Franzosen einzustellen und mehr Würde an den Tag zu legen. Zweimal antwortete sie in flammendem Ton und schickte ihn weg; er gehorchte schmollend und kläglich. Verzweifelt sah er die Kluft zwischen dem, was er ersehnte, und dem, was er gewinnen konnte. Serena hatte im Laufe der Jahre viele Brautwerber verschmäht. Tamrit wußte, daß er näher als alle anderen davor gewesen war, sie zu erobern, aber heute nachmittag hatte er mit erschreckender Klarheit gesehen, wie groß der Unterschied zwischen ihren Reaktionen auf diesen Franzosen und denen auf ihn selbst war. Er liebte ihr Lachen, wohl wahr, aber es zerriß ihm das Herz, wenn er vernahm, wie anders ihr Lachen bei diesem verfluchten *ikufar* klang. Bei ihm hörte sie sich nie so an, und nie benahm sie sich so, lachte sie so leichthin. Immer war sie distanziert und unnahbar. Und wie sie schwatzte! Er hatte Mühe, ihr zwanzig Worte abzuringen, aber auf diesen Himmelsteufel schnatterte sie den ganzen Tag ein. Anfangs empfand er mehr Schmerz als Zorn, aber mit jeder Stunde, die er ertragen mußte, veränderte sich das Gleichgewicht in ihm, bis er innerlich kochte. Wütend spornte er sein Kamel an und ritt eine Weile voraus, aber das gab er wieder auf, als ihm klar wurde, daß er sich damit nur lächerlich machte und sich außerdem noch weiter von ihr entfernte. Besser wäre es, in der Nähe zu bleiben, um die Sache im Auge zu behalten. Also brachte er sich in eine Position, in der er nicht mehr an den beiden vorbeischauen konnte, auch wenn ihn dabei graute.

Der Nachmittag stellte seine Geduld auf eine harte Probe. Nach und nach verlagerte seine Aufmerksamkeit sich von ihrer Gleichgültigkeit zu diesem Eindringling, und sein siedender Zorn richtete sich gegen den Franzosen.

Gascon ritt fast am Ende der Kolonne. Das Benehmen des Grafen verwunderte ihn; er fand, daß er sich allzusehr mit dieser Tuareg beschäftigte. Gascon war immer noch mißtrauisch gegen ihre Eskorte; zwar waren die Gewehre außer Reichweite auf einem der Lastkamele, aber die Tatsache, daß es ihm zumindest gelungen war, den Koffer des Grafen mit der Pistole bei sich zu behalten, tröstete ihn doch ein wenig.

Als sie endlich ihr Nachtlager aufschlugen, merkte Henri, daß er vom Reiten ziemlich wund war. Er war äußerst erleichtert, daß es ihm gelungen war, von seinem Kamel abzusteigen, ohne dabei ein Schauspiel zu bieten. Es war ihm wichtig, erkannte er, daß diese anmutige Wüstenfrau nicht noch einen tölpelhaften Auftritt von ihm mit ansah. Als er sich diesen Gedanken eingestand, errötete er insgeheim und schüttelte den Kopf über seine verrückte Vorstellung. Wieso kommt es darauf an?, fragte er sich.

Rasch hatte Buzu das Lager aufgeschlagen; wiederum verrichtete er alle Arbeit allein, während die andern keinen Finger rührten. Henri und Gascon wollten ihm helfen, aber er winkte ab.

»Er ist *irawellan*«, erklärte Serena. »Ein Sklave. Es ist seine Aufgabe, sich um die Belange des Lagers zu kümmern.« Und sie erläuterte ihm das Kastensystem der Tuareg. Mit Ausnahme von Buzu waren alle Männer ihres Trupps adlige Kriegsherren, die als Führer und Bewacher mit den Karawanen zogen und in ihren Bezirken patrouillierten, um sie gegen einen Angriff zu sichern. In anderen Tuareg-Lagern gab es Marabouts, heilige Männer, die Religionsunterricht gaben und als Ärzte dienten und die Tuareg in Astronomie, Geographie, Botanik, Lesen und Schreiben unterwiesen. Die *imrad* waren Vasallen, die das Land beackerten, die Herden hüteten und für den Schutz, den sie erhielten, Steuern bezahlten; manchmal begleiteten sie die Adligen auch als Knappen. Das Ende der Reihe bildeten die Sklaven, die in den Gärten arbeiteten, das Kleinvieh versorgten und auf Reisen zu Diensten waren. Die Gesellschaftsordnung, die sie da beschrieb, erschien Henri so mittelalterlich wie die Erscheinung der Männer.

Buzu entlud die Kamele und sorgte dafür, daß sie in der Nähe blieben, indem er ein Vorderbein hochknickte und es mit einem Strick festband; auf diese Weise konnten die Tiere umherspazieren und sich ihre karge Weide suchen. Henri sah zu, wie der Sklave ein Feuer anzündete, wozu er weder Stahl noch Feuerstein benötigte. Er rieb einen kleinen grünen, wie einen Bleistift gespitzten Stock der Länge nach an einem trockenen Stück Holz und schuf so eine kleine Rinne, in der sich an einem Ende abgeriebene, trockene Holzfasern sammelten. Das kleine Häuflein wuchs und begann zu qualmen, bis es schließlich in Brand geriet. Er stellte einen zerbeulten Blechtopf ins Feuer, um Tee zu kochen. Dann erhitzte er eine dicke Hirsegrütze, eine Paste zunächst, der er eine kleine Menge beinahe schwarzen Wassers aus seinem Ziegenlederschauch hinzufügte.

Die Tuareg hockten sich um das Feuer, Henri und Gascon ebenfalls, und dann wurde die Grütze im Kreis herumgereicht, und jeder nahm sich mit einem Holzlöffel einen Mundvoll, bevor er sie weiterreichte. Die Tuareg enthüllten sich nicht, als sie jetzt aßen; statt den Schleier herabzulassen, hoben sie ihn hoch und wandten sich ab, wenn sie den Löffel unter das Tuch schoben, das den Mund bedeckte. Die Grütze war sättigend, aber salzig und voller Sand. Henri bemerkte indessen nichts davon. Er beobachtete sie. Zum Nachtisch aßen sie Datteln, die in Lederbeuteln frisch gehalten wurden, und tranken Tee dazu. Serena übersetzte, und Henri beantwortete die tausend Fragen der Tuareg-Männer. Mit Ausnahme von Tamrit schienen sie ihre Feindseligkeit vergessen und die Anwesenheit der Franzosen akzeptiert zu haben. Bald lachten alle.

Tamrit hielt sich abseits und kauerte am Feuer. Schweigend saß er da und ignorierte das Geplapper. Er war nicht mehr zornig über die Fremdlinge. An die Stelle seines Zorns war ein Plan getreten. Er wußte jetzt, was er zu tun hatte. Die Reise nach Arak hatte sie sehr dicht am Land der Shamba vorbeigeführt. Bei einem Überfall hatte er einem toten Shamba sein Messer weggenommen. Es wäre ein Kinderspiel, sich mitten in der Nacht an die französischen Teufel heranzuschleichen und ihnen die Kehle durchzuschneiden. Er würde es so lautlos tun, daß man nur ihre Herzen hören würde, wenn sie das Lebensblut in den Sand pumpten. Das Messer würde er zurücklassen, damit jeder sehen konnte, daß es wieder einmal die heimtückischen Shamba gewesen waren. Wer würde es leugnen? Die andern würden schweigen und sich mit ihrem Anteil am Reichtum der Fremdlinge zufriedengeben. Nur Serena würde Zweifel, vielleicht sogar Sorgen haben, und um sie würde er sich kümmern.

Gascon sah sich nach einem guten Schlafplatz um. Er wollte nicht allzu dicht bei den Tuareg kampieren, denn wo er nichts sah, hatte er kein Vertrauen. Er hatte dem Grafen seine Besorgnis mitgeteilt, aber der hatte nur die Achseln gezuckt. Es paßte nicht zu seinem Herrn, daß er die Deckung außer acht ließ, überlegte Gascon, aber der Graf schien wirklich unbesorgt zu sein. Nun, dann würde er eben für sie beide wachen müssen. Er suchte sich ein Fleckchen auf der anderen Seite des Feuers, dem Stapel gegenüber, auf dem ihr Ballon und die übrige Ausrüstung lagen. Ihm war klar, daß er nicht ohne weiteres an die Gewehre gelangen konnte, aber er wollte auch nicht, daß jemand anders sie erreichte. Er vergewisserte sich, daß dies der beste Platz war. Die Reisetasche würde er als Kopfkissen nehmen, und eine Hand würde auf der Pistole liegen.

Als es dunkel war und bevor der Mond aufging, nahm Henri den Sextanten zur Hand, und mit Serena ging er über die kiesbedeckte Ebene auf eine Düne zu. Der Kies mischte sich mit Sand, und der Sand wurde tiefer, was das Vorankommen zu einer harten Arbeit machte. Die Düne war sehr viel höher und weiter weg, als es vom Lager aus den Anschein gehabt hatte. Als sie endlich oben angekommen waren, setzte er sich mit gekreuzten Beinen hin und begann mit seinen Peilungen. Er erklärte ihr, wie der Sextant funktionierte, und zeichnete Diagramme in den Sand, die erläuterten, wie die Kenntnis der Uhrzeit und die Position der Sterne ihm sagen konnten, wo er sich befand. Sie begriff schnell und war eifrig bei der Sache; aufgeregt nickte sie und peilte dann selbst die Sterne an. Er zeigte ihr die verschiedenen Sterne, die er zuweilen benutzte. »Das ist die Wega«, sagte er, »und da Kepheus, und dort …«

»… ist Rigel«, vollendete sie, »im Orion«, und dann fuhr sie fort und deutete auf andere Sterne und Sternbilder: Pegasus hier, Kassiopeia und Delphinus dort, lauter Namen, die zu seinem Erstaunen die gleichen waren, wie er sie auch kannte, oder ihnen zumindest ähnlich. Sie kannte sie anscheinend alle, kannte mehr als er selbst, und zu einigen wußte sie auch Geschichten zu erzählen, die sie vom Marabout gelernt hatte. Sie konnte ihm nicht sagen, woher die Namen stammten, sie wußte nur, daß es die Namen der Sterne in dieser Wüste waren.

Im matten Schein einer Kerze markierte Henri ihre Position auf seiner Karte. Er skizzierte die rauhen Konturen des Geländes, durch das sie an diesem Tag gezogen waren, und zeigte ihr, wo er Bou Saada und den Großen Erg eingezeichnet hatte. Sie nahm seinen Bleistift, und mit flinker, sicherer Hand erweiterte sie seine Karte auf dem Papier und fügte vieles hinzu, Timimoun und Arak und dahinter den großen Tassile Hoggar, jenes hohe Vulkanmassiv tief in der Wüste, wo sie zu Hause war. Sie zeichnete Flußbette, Berge und auffallende Landmarken, und sie zögerte nur kurz, wenn sie abzumessen hatte, wo sie sie plazieren sollte. Sie arbeitete schnell und selbstsicher, und Henri zweifelte nicht daran, daß ihre Angaben auch ohne die Hilfe des Sextanten halbwegs zutreffend sein würden. Sie kannte ihren Gegenstand gut. »Wenn Sie ein größeres Papier haben«, sagte sie, »können wir eine bessere Karte zeichnen.«

Der Mond erhob sich groß über der Ebene vor ihnen. Sie betrachteten ihn durch den Feldstecher und staunten über die Majestät des Anblicks. In der Ferne flackerte das Lagerfeuer. Die Kälte ließ sie frösteln, und Henri zog eine Wolldecke über beider Schultern und zauberte eine Flasche Wein hervor. Sie mußte husten, als sie davon trank, aber es wärmte sie, und sie blieben stundenlang sitzen, plauderten und lachten. Es war schon sehr spät, als sie widerstrebend von der Düne hinunterstiegen und einander gute Nacht wünschten.

Tamrit brannte innerlich, als er sie zurückkommen sah. Er hatte sie nicht eine Sekunde aus den Augen gelassen. Als sie an seiner Matte vorbeikam, stellte er sich schlafend.

Später lag Serena wach auf ihrer Matte und starrte zum Mond hinauf. Ihre Gedanken standen in Flammen, und dafür war der Franzose verantwortlich. Sie spürte die süße Regung von etwas, das anfing, und sie genoß es, denn ein Anfang war stets eine köstliche Zeit. Sie rang mit ihren Empfindungen, fühlte sich unsicher und ein bißchen unbehaglich, denn sie wußte, daß eine Beziehung zwischen zwei Kulturen nicht in Ordnung war, aber das kümmerte sie nicht, kümmerte sie überhaupt nicht. Sie wußte nur, daß sie seine Gesellschaft liebte und daß ihr niemals an der Seite eines anderen Mannes so warm und glücklich zumute gewesen war. Das sind die törichten Gedanken eines jungen Mädchens, sagte sie sich. Wie kann ich so etwas denken? Ich kenne ihn nicht einmal einen Tag lang. Aber was für ein wunderbarer Tag. Sie würde den Dingen ihren Lauf lassen, wie sie wollten.

Plötzlich durchdrangen die weichen Töne einer Flöte die nächtliche Stille im Lager, und zum tausendsten Mal, seit der Ballon vom Himmel gefallen war, trat ein Lächeln in ihr Gesicht. Sie hatte ihn nicht mit einem Musikinstrument gesehen, aber sie wußte sofort, daß er es war, der da spielte, nicht Gascon. In der Melodie lag etwas von diesem Franzosen, etwas Sanftes, Süßes und Warmes. Bei den Tuareg war es Brauch, daß ein Mann in der Zeremonie des *ahal* Gedichte für die Frau verfaßte, die er liebte; mit einem Versgeschenk zeigte er ihr seine Gefühle. Henri konnte davon kaum etwas wissen, aber ihr gefiel es, in dieser Musik ihr geheimes *ahal* zu erkennen. Sie stellte sich vor, daß er nur für sie spielte und daß sie allein waren unter dem Mond und den Sternen, und sie schloß die Augen und verlor sich in der Magie des Augenblicks. Es war wie ein Zauber für sie, daß dieser Mann aus Europa es so gut verstand, diesen Ort in seiner Musik einzufangen. Es war ein Wüstenlied, das er da spielte, ein Lied, das an den betörenden Gesang des Muezzins erinnerte, der von seinem Minarett die Gläubigen zum Gebet rief, ein Lied voller Geheimnis, das vom Fließen des Sandes erzählte, vom Lauf der Zeit und vom wunderbaren, langsamen, stetigen Rhythmus des Lebens.

Und dann verklang die Musik, und sie schlief ein.

Viel später, in der dunklen Stunde vor der Dämmerung, schlug Tamrit seine Decke zur Seite und rollte lautlos von seiner Matte. Eine Weile lauschte er, um sich zu vergewissern, daß sich im Lager niemand regte. Wind war aufgekommen; das würde das Geräusch seiner Bewegungen überdecken. Mit dem Shamba-Messer in der Hand kroch er verstohlen auf die schlafenden Franzosen zu. Die Mörder würden keine Spur hinterlassen, denn der Boden war hart und steinig. Niemand würde erkennen können, woher sie gekommen oder wohin sie geflohen waren. Am Mond ließ sich nichts ändern, aber er würde abseits der schlafenden Tuareg operieren, und wenn die Franzosen etwas sähen, so machte das nichts, denn es würde das letzte sein, was sie sähen. Er würde de Vries zuerst erledigen, dann den anderen; das Messer würde er liegenlassen und sich gleich zu seiner Matte zurückschleichen. Im Morgengrauen würde ein anderer die Leichen finden und Alarm schlagen. Jemand anderer würde die Shamba bezichtigen. Tamrit würde sich mit allen anderen empören, und damit wäre die Angelegenheit vorbei.

Flink bewegte er sich zwischen den reglosen Gestalten und Gepäckstücken des Lagers. Niemand rührte sich, und auch die Kamele blieben still. Geduckt näherte er sich den Franzosen, mit sicherem, gleichmäßigem Schritt. Er hatte so etwas schon ein dutzendmal getan, bei Karawanen und Lagern, bei Shamba und anderen Feinden. Es war lächerlich einfach um diese Nachtzeit, wenn die Leute am tiefsten schliefen. Die Klinge war scharf und würde glatt durch das Fleisch schneiden.

Dann hatte er Henris schlafende Gestalt erreicht, die in einen Mantel gehüllt dalag. Tamrit stählte sich und streckte die Hand aus, um den Saum des Mantels zurückzuschlagen.

Eine leise, tödlich zischende Stimme drang an sein Ohr und traf ihn wie ein lähmender Schlag.

»Wenn dein Wort so leicht zu brechen ist, Tamrit, so achte wenigstens das meine.« Serenas dunkle Gestalt stand hinter ihm. Sie hielt eine Lanze stoßbereit in der Hand. »Bei allem, was dir heilig ist: Rührst du ihn an, durchbohre ich dich.«

Die harte Stahlspitze der Lanze stocherte zwischen den Tuchfalten in seinem Nacken, und im selben Augenblick bewegte sich Gascons Decke. Der Hahn der Pistole war gespannt, und er zielte damit auf Tamrits Stirn.

Er hatte sie beide kommen sehen. Was die Frau gesagt hatte, hatte er nicht verstanden, und einen Augenblick lang fragte er sich, ob er sie wohl auch würde erschießen müssen, aber als er sah, wie sie die Lanze hielt, begriff er die Lage.

Dann regte Henri sich und erschreckte alle. Er hatte gar nicht unter dem Mantel auf der Matte gelegen, sondern mit dem Rücken an den Ballonkorb gelehnt dagesessen. Er hatte nicht schlafen können, und so hatte er sich schon mehr als eine Stunde zuvor, unbemerkt von allen anderen, zu dem Gepäckstapel begeben, um sich dort hinzusetzen und den Himmel zu beobachten. Er war wach und hielt ein Messer in der Hand.

Das Ausmaß seiner Niederlage erschütterte Tamrit bis ins Mark. Zwei *ikufar* und die Frau, die er liebte, hatten ihn zutiefst gedemütigt. Er versuchte gar nicht erst, sich unschuldig zu stellen. Entehrt und allein verließ er das Lager noch vor dem Morgengrauen, nahm ein Kamel und seine schlichten Habseligkeiten und ritt über die Ebene davon. Er ritt ohne Ziel, und sein Herz war in Aufruhr. Als die Sonne aufging, stieg er von seinem Kamel. Er bereitete sich auf die rituelle Weise vor, rollte seinen Gebetsteppich in Richtung Mekka aus und benutzte Sand statt Wasser für seine Waschungen. Seine Stimme hallte kraftvoll durch die Leere, als er die Litanei seiner Gebete rezitierte. Als er fertig war, fügte er noch ein lautloses Rachegelübde gegen den Ungläubigen Henri de Vries hinzu: Rache würde er üben an seinem Leben, seinen Nachkommen und seinem Besitz, das schwor er im Namen Allahs, und er schwor es auch für seine ungeborenen Söhne.

Dann schaufelte er ein wenig Sand beiseite und grub sich eine Mulde, wo er aus dürrem Reisig ein kleines Feuer anzündete. Er kochte sich eine Kanne Tee und aß eine Handvoll Datteln, bevor er wieder auf sein Kamel stieg und weiterritt. Es sollte mehr als zwanzig Jahre dauern, bevor ein Mitglied der Familie de Vries ihn wiedersah.

In der nächsten Nacht nahm Serena Henri bei der Hand und führte ihn aus dem Lager. Kein Wort wurde zwischen ihnen gewechselt, denn Worte waren nicht nötig. Sie erklommen eine andere Düne, diesmal eine, auf der sie niemand beobachten konnte. Henri warf seinen Mantel in den Sand und machte daraus ein weiches Bett, und dann liebten sie sich unter den Sternen, ohne die Kälte zu spüren; sie berührten und erforschten einander, umarmten sich, lachten und weinten stille Tränen der Freude. Die ganze Nacht hindurch blieben sie wach, wisperten Versprechungen, teilten ihre Träume und schauten zu, wie die Sonne über die kiesbedeckte Ebene stieg.

Den Rest der Reise nach Arak legten sie wie im Traum zurück, in einem Traum voll weicher Konturen, in dem sich alles gleichzeitig wirklich und unwirklich und zerbrechlich und verzweifelt wunderbar anfühlte. Sie verloren alles Gefühl für die Zeit; allenfalls merkten sie, daß sie zu schnell zu verrinnen schien. Ein Tag verschmolz mit dem nächsten, sie schliefen wenig und teilten statt dessen jeden Augenblick miteinander. Sie kämpften gegen den Schlaf, weil sie befürchteten, sie könnten eine Sekunde versäumen, und schließlich umarmten sie einander fest, wenn der Schlaf sie doch überkam. Keiner von ihnen hatte je so etwas erlebt, hatte sich je so sehr verzehrt gefühlt vom ekstatischen Feuer einer neu entdeckten Liebe. Sie sahen weder die Tuareg noch Gascon und verbrachten die Tage an einem Ort, der ihnen allein gehörte; sie aßen allein und ritten nebeneinander, und dabei unternahmen sie eine langsame, leidenschaftliche Entdeckungsreise, bei der ein jeder Geist und Körper des anderen erkundete. Sie tollten im Sand und rollten kopfüber die Dünenhänge hinunter. Er zeigte ihr, wie die Franzosen tanzten, und sie zeigte ihm, wie die Tuareg tanzten, und sie vermischten alles miteinander und brachen am Ende vor Heiterkeit zusammen, nur um sich von neuem zu lieben.

Daß sie kurz vor Arak waren, davon kündeten jähe Farbenwirbel und wilde geologische Formationen. Serena machte ihn auf die Höhepunkte einer Landschaft aufmerksam, die in Henris Augen aussah wie von Dante erdacht. Sie war das Tor zum Hoggar, einem massigen Basaltplateau in der Hochwüste, und dort befand sich die Festung der Tuareg in den Jahreszeiten, in denen der Regen gut und die Nahrung reichlich war. Plötzlich sah man steile Wände und massive Blöcke im Sand verstreut, und Henri verschlug es die Sprache im Angesicht dieser Schönheit, dieser Seltsamkeit. Spektakuläre Felsenkathedralen erhoben sich vor ihm, turmhohe, mächtige Monumente in Violett und Malvenblau, mit Zinnen und Brüstungen, und in einem an Ehrfurcht grenzenden Schweigen ritt er daran entlang, wie er sich wohl auch durch eine Kirche bewegt hätte. Noch zwei Tage zogen sie durch Täler und über Plateaus, und dann standen sie im Lager der Hoggar Tuareg.

Der Amenokal der Hoggar Tuareg, Sultan El Hadj Akhmed, Oberhaupt der Tuareg-Völker und Herr der zentralen Sahara, hockte in seinem rot überdachten Zelt auf seinen Fersen und donnerte seine Schwester an. Er war ein Mann, der es gewohnt war, seinen Willen durchzusetzen. Seine Befehle beeinflußten das Leben ganzer Dörfer und Stämme. Seine Launen konnten Handel und Wandel in gewaltigen Wüstenregionen verändern. Sein Name erfüllte die Karawanen mit Entsetzen. Und doch saß er jetzt so gut wie ohnmächtig vor seiner Schwester, die nicht auf ihn hören wollte. Er hatte die Vorbereitungen zum Abbrechen des Lagers getroffen, um mit einer Salzkarawane auf der südlichen Route nach Bilma zu reisen, als Serena seine Welt auf den Kopf gestellt hatte. Sie hatte ihre Absicht kundgetan, einen Ausländer zu heiraten, der mit einem Ballon vom Himmel gefallen war. Sie wollte alles zurücklassen – ihre Familie, ihr Volk, ihr Leben – und mit diesem Mann nach Frankreich gehen.

Einfach so.

Und bei alldem hatte sie nicht einmal gefragt. Sie hatte es verfügt.

Neben ihm saß der Marabout Moulay Hassan, ein ehrwürdiger und weiser Mann, der zudem Serenas Onkel war. Ihm gegenüber saß Serena und neben ihr der Quell seiner derzeitigen Plagen, der Graf Henri de Vries. Der Graf saß still da. Er konnte nichts sagen. Er wußte nur, daß die Diskussion hitzig verlief, und er konnte sich mühelos denken, was gesagt wurde, auch ohne die Worte zu verstehen oder ein anderes Gesicht außer ihrem zu sehen. Sie war zäh, dachte er, und sie bot ihnen die Stirn und ließ sich eine schreckliche Standpauke verpassen, ohne zu weichen; mit fest zusammengebissenen Zähnen neigte sie sich nach vorn, und manchmal ballte sie die Fäuste, zuckte die Achseln, winkte ab, schüttelte den Kopf und setzte sich zur Wehr, so gut sie konnte. Voller Bewunderung schaute er ihr zu. Eine unglaubliche Frau.

Der Streit hatte schon den größten Teil des Nachmittags angedauert, und für den Amenokal verlief er nicht gut. Er hatte alles versucht: Überredung, Bestechung, Befehle, Drohungen. Nichts hatte geholfen. Dabei hatte er mit dem Naheliegenden begonnen: Er hatte es ihr verboten.

»Das kannst du nicht!« hatte sie erwidert.

»Das kann ich und das werde ich! Ich werde ihn töten lassen und dich gefangensetzen.«

»Erhebe deine Hand gegen ihn, und ich schlage sie dir ab! Und wenn du mich einsperrst, so mußt du es tun, bis ich sterbe, denn ich will keinen anderen Mann als diesen.« Sie schaute Henri an und sprach voller Überzeugung. »Halte dich an mein Wort, Bruder, ich habe es gegeben.«

Der Amenokal seufzte. Wenn Serena durch das blaue Tuch hätte schauen können, so hätte sie ein müdes und mutloses Gesicht gesehen. Oft war er sicher, daß die Araber sich auf den Umgang mit Frauen besser verstanden, w'allahi! Wenn dort ein Mann beschloß, seine Tochter oder seine Schwester zu verheiraten oder nicht zu verheiraten, dann war die Sache damit erledigt. Die Diskussionen darüber waren begrenzt und einfach, und die Transaktion war bald vollbracht. Wenn man so lebte, war das Leben zu bewältigen, es war vorhersehbar und von heiterer Gelassenheit erfüllt. Eine Tuareg dagegen konnte widerspenstiger sein als ein Kamel, und Serena konnte störrischer sein als zehn andere zusammen.

Der Amenokal musterte Henri. Stark genug sieht er aus. Sein Gesicht zeigt Charakter. Aber er ist *ikufar*. Er ist nicht der Richtige für Serena. Er bedeutet Ärger. Und wenn sie heiraten, werde ich zwar reich, aber ich bekomme keinen Erben. Denn es stimmte, der Franzose hatte ein Brautgeld versprochen, wie es das noch nie gegeben hatte, soweit er sich erinnern konnte. Sechshundert Kamele hatte er versprochen. Sechshundert! Ein gewaltiges Vermögen. Mit vierhundert hatte Henri angefangen, und schon bei dieser schwindelerregenden Zahl hatte der Amenokal nach Luft geschnappt. Henri hatte angenommen, daß dieses Luftschnappen bedeute, sein Angebot sei zu niedrig, und er hatte es unverzüglich erhöht. Dann hatte er dem Amenokal einen Beutel mit Gold- und Silbermünzen geschenkt und dazu ein Gewehr mit Munition. Der entzückte Amenokal hatte es gleich ausprobiert und unglaublich weit danebengeschossen; auf hundert Schritt hatte er einen mächtigen Felsblock verfehlt, aber alle hatten gelächelt und so getan, als wäre es ein Meisterschuß gewesen.

Aber mehr als ein Brautgeld, mehr als alle Reichtümer, die der Franzose zu vergeben hatte, wünschte der Amenokal sich einen Erben, jemanden, der nach seinem Tode den *tobol* der Tuareg befehligen, der ihr Ansehen als Fürsten der Wüste bewahren und ihre Traditionen erhalten würde. Dies war der Grund, weshalb er eine solche Verbindung nicht hinnehmen konnte.

»Du könntest dich so vorteilhaft verheiraten! Männer aus hundert Familien würden alles geben, um dich zu bekommen!«

»Hah! Denen liegt nichts an mir! Sie wollen mich heiraten, um Vater des nächsten Amenokal zu werden, das ist alles.«

»Dein Urteil ist falsch und auch zu hart, Schwester. Du bist eine kostbare Frau. Aber darum geht es hier nicht. Dieser Mann kommt aus einer anderen Welt. Solide sieht er ja aus. Aber weder er interessiert mich noch deine Zufriedenheit, sondern dein ungeborener Sohn.«

»Es gibt keinen.«

»Aber es wird einen geben.«

»Wenn es einen gibt, werden wir über ihn sprechen.«

»Dann ist es zu spät, denn dann ist geschehen, was geschehen ist. Jetzt ist die Zeit da, über sein Leben nachzudenken. Es wird einen Sohn geben, Serena. Und er wird weder zu uns gehören, noch zu den Franzosen.«

»Er wird zu mir gehören. Und zu seinem Vater.«

»Das genügt nicht. Ein Mann braucht ein Volk. Bringst du deinen Sohn in eine Welt, in die er nicht gehört, so verdammst du ihn zum Leben in einem Zwischenreich. Das aber ist ein Leben, wie es sich keine Mutter für ihren Sohn wünschen sollte. Es ist ein Leben, zu dem man kein Kind zwingen sollte. Es ist grausam, Serena. Grausam und selbstsüchtig.«

Bei diesen Worten senkte sie den Kopf, damit er ihre Augen nicht sehen konnte. Er hatte den verwundbaren Punkt in ihrem Herzen getroffen: mit seinem Appell an ihr Pflichtgefühl gegenüber ihren ungeborenen Kindern. War sie selbstsüchtig? Was war wichtiger – daß sie ihrem Herzen folgte oder daß sie den Amenokal mit einem tadellosen Erben versorgte? Die Nachfolge des Oberhauptes war bei den Tuareg über die Schwester geregelt; ihr Sohn wäre unter gewöhnlichen Umständen der nächste Amenokal. So war es immer gewesen, jahrhundertelang, seit undenklichen Zeiten. Wenn sie einen Sohn mit Henri bekäme, könnte dieser Sohn immer noch Amenokal werden, aber was ihr Bruder sagte, klang überzeugend: Es würde ein verzweifelt schwieriger Weg für jeden Knaben oder Mann sein, um so mehr, wenn sein Blut aus der Verbindung zwischen ihr und Henri entstanden war. Dennoch – kein Argument war stark genug, ihre Gefühle für den Mann an ihrer Seite zu überwinden. Sie wußte, was sie tun mußte. Es gab für sie nur diesen einen Weg.

»Wenn der Junge dazu taugt, Amenokal zu werden, dann wird er es werden, ob er reinblütig ist oder nicht. Und wenn er nicht dazu taugt, wird alles Blut in seinen Adern ihm dabei nicht helfen.«

»Bring du ihr Vernunft bei«, sagte der Amenokal zu dem Marabout und hob beschwörend die Hände. Moulay Hassan war Serenas Lehrer gewesen; er hatte sie geleitet, als sie vom Kind zum Mädchen und dann zur Frau geworden war. Er hatte ihr den Vater ersetzt, als der ihre gestorben war. Er stand ihr so nah wie keiner sonst unter den Tuareg, und niemand hatte größeren Einfluß auf sie als er. Sie war eine seiner besten Schülerinnen gewesen; bei ihrer raschen Auffassungsgabe waren ihre Fragen bald schneller gesprudelt als seine Antworten, und ihre Kenntnisse von den Überlieferungen der Tuareg und den Wissenschaften stellten die seinen bald in den Schatten. Aber gerade weil er sie so gut kannte, wußte er, daß es nutzlos sein würde. Er hatte gesehen, daß sie einen Entschluß gefaßt hatte, wie er es schon so oft gesehen hatte. Sie würde sich nicht davon abbringen lassen. Um dem Amenokal einen Gefallen zu tun, versuchte er es dennoch, er gab sich große Mühe und scheiterte kläglich. Serena war Herrin über ihren eigenen Willen.

»Du wirst mir fehlen, mein Kind«, sagte der Marabout, als er sich schließlich geschlagen gegeben hatte, und seine Augen verschleierten sich. »Aber versprich mir, daß du den Jungen eines Tages wieder zu den Seinen zurückbringen wirst. Bring ihn her, damit er seinen großen Onkel kennenlernen kann.«

3. Der heilige Mann in der Sahara nahm die Verbindung zwischen Henri und Serena sehr viel gleichmütiger auf als ein heiliger Mann in Frankreich, nämlich Monsieur Murat, der Bischof von Boulogne-Billancourt.

Als sein Vater gestorben war, war Marius Murat noch zu jung gewesen, um die Ereignisse zu begreifen, die dazu geführt hatten. Sein Vater war ein Kaufmann von bescheidenen Mitteln; die Familie besaß ein kleines Vermögen und ein noch kleineres Haus. Eines Tages kam ein Besucher, ein arroganter Mann mit steifem Hut, seidenem Mantel und blanken schwarzen Stiefeln. Er fuhr in einer geschlossenen Kalesche mit Kutscher vor, die von zwei kastanienbraunen Pferden gezogen wurde. Solche Kutschen kamen nicht oft in dieses Stadtviertel. Staunend starrte Murat die schönen Pferde und die vornehme Kutsche an. Dann hörte er seine Mutter hysterisch weinen.

Der Fremde brachte schreckliche Neuigkeiten. Murat erinnerte sich lebhaft, wie er sich mit seiner Mutter und seiner Schwester in eine Ecke drückte, während der Mann und Murats Vater sich stritten. Die Einzelheiten lagen im Nebel seiner Erinnerung: Investitionen, Immobilien, Pech. Sein Vater hatte bei einem Grundstücksgeschäft spekuliert. Jetzt war nicht nur die ursprüngliche Investition dahin, sondern auch das Haus und alles, was die Familie besaß. Es würden Männer kommen, die alles abholten: die spärlichen Möbel, die Schränke, Kommoden und den Eichentisch aus der Küche und den geschnitzten Waschtisch aus Ahorn, der Murats Großmutter gehört hatte. Murat errötete vor Scham, als sein Vater flehend auf die Knie fiel, die Fäuste ballte und etwas von Schwindlern und Betrügern schrie. Es kam zu einem wütenden Handgemenge, und der Mann schleuderte Murats schluchzenden Vater auf den Boden. Murat sah einen Ausdruck im Gesicht des Fremden, den er niemals vergaß. Es war nicht Mitleid oder Zorn, sondern selbstgefällige Überlegenheit.

An diesem Abend ging Murats Vater aus und blieb lange fort. Als er zurückkam, war er sturzbetrunken und trug eine Pistole im Gürtel. Seine Augen waren blutunterlaufen, sein Blick war wild.

Murat spürte Speicheltropfen im Gesicht, als der Vater in seiner Wut redete und fluchte und wimmerte, und die Wut wurde immer größer, bis Murat, seine Mutter und seine Schwester sich erneut in die Ecke kauern mußten. Entsetzt lauschten sie, während sein Vater mit der Pistole herumfuchtelte und schreckliche Dinge sagte: daß er den Mann umbringen, ja, daß er sich selbst und sie alle umbringen würde. Schluchzend nahm er einen Schluck aus seiner Rumflasche, wischte sich über die mutlosen Augen und taumelte in die Küche. Ein furchtbarer, lauter Knall erschütterte das Haus, und dann roch es nach Pulver und Blut. Eine ganze Weile verging, und das einzige Geräusch war ein gehetztes Stöhnen von Murats Mutter. Der Junge war der erste, der sich in die Küche wagte, um zu sehen, was sein Vater getan hatte.

Noch vor der Beerdigung kam der Fremde wieder, diesmal in Begleitung des Polizeipräfekten. Andere Beamte waren auch dabei, mürrisch aussehende Männer mit Gewehren und Schnurrbärten und Papieren mit Wachssiegeln. Man erlaubte der Familie, ihre Kleider zusammenzupacken, aber nicht mehr, und zu gehen.

Damals verstand Murat nichts von dem, was da geschehen war. Aber während er heranwuchs, begann er, die Lektionen zu verarbeiten, die er lernte. Er lernte sie aus den Erinnerungen an seinen Vater. Er lernte sie in seiner Zeit in den Elendsvierteln von Paris, wo die Ratten besser lebten als die Katzen und die Katzen besser als die Kinder, und wo er zur Seite springen mußte, wenn die Adligen in ihren Kutschen vorbeifuhren und ihn mit dem Kot der Straße bespritzten. Er lernte sie bei der Arbeit, wenn er schwere Tuchballen schleppte und den Boden der kleinen Hutfabrik fegte, wo er täglich sechzehn Stunden für dreißig Sou arbeitete. Er lernte sie in seiner zynischen Jugend.

Es ist besser, jemanden zu vertreiben, als selbst vertrieben zu werden.

Es ist besser, den schwarzen Stiefel der Macht zu tragen, als ihn im Nacken zu spüren.

Nur Dummköpfe haben kein Geld und leben elend wie die Hunde.

Murat trauerte nicht um seinen Vater, denn er war ein Junge, der die Dinge nicht so empfand wie andere. Er hatte immer eine gewisse Leere in sich gespürt. Verwundert sah er zu, wenn andere Kinder weinten, weil sie etwas zerbrochen oder verloren hatten, oder wenn sie in Tränen ausbrachen, weil ihre Schulkameraden sie mit Spottnamen belegten. Murat konnte verspotten oder sich verspotten lassen – es kam ihm nicht darauf an. Ein Haustier starb – Murat war es gleichgültig. Er schloß nicht leicht Freundschaft. Seine Erscheinung war abweisend. Seine Augen blickten durchdringend, wolfsgrau und kalt. Wenn er doch einmal Freunde fand, hatten sie bald genug von seiner brütenden, mürrischen Art und von seinem herrischen Auftreten, und so verließen sie ihn bald wieder. Murat kümmerte es nicht. Er brauchte keine Freunde, brauchte weder ihren Beifall noch ihr Vertrauen. Vertraulichkeit war trivial, unwichtig. Seine eigene Gesellschaft genügte ihm vollkommen, und so hielt er sich abseits.

Mit der Zeit festigte sich sein Vorsatz, daß kein Mensch je kommen und ihm seine Habe wegnehmen solle. Er würde nicht leben, wie sein Vater gelebt hatte, im vergeblichen Streben nach mageren Einkünften, erworben nach den Regeln anderer. Ich werde nicht sein wie mein Vater, nahm er sich vor. Ich werde Einfluß und Reichtum besitzen. Er schwor es sich bei jeder Mahlzeit, wenn er mit knurrendem Magen vor seinem halbleeren Teller saß. Er schwor es sich nachts, bevor er einschlief. Er schwor es sich morgens, wenn er aufwachte. Er schwor es sich, wenn er neben seiner Mutter sitzen mußte, weil sie weinte, und wenn er sie wegen ihrer Winselei und ihrer Schwäche verachtete. Es war ihm ein Greuel, dort so sitzen zu müssen, und es war ihm ein Greuel, so tun zu müssen, als tröste er sie. Er starrte dann auf irgendeinen fernen Punkt, während sie sich in den Schlaf weinte.

Ich werde nicht wie mein Vater sein. Ich werde sein wie der Herr meines Vaters.

Murat war eine kalte, praktische Persönlichkeit und neigte dazu, alles, was er tat, detailliert zu planen. Er suchte nach Möglichkeiten, seinen Vorsatz in die Tat umzusetzen. Davon standen ihm herzlich wenige offen. In den meisten Bereichen des französischen Lebens waren Fähigkeiten sehr viel weniger wichtig als die Herkunft. Da er nicht von vornehmer Geburt war, mußte er alles, was er erreichte, aus eigener Anstrengung erreichen. Der Handel war dazu kein gangbarer Weg. Gewitzt genug war er dafür, aber es fehlte ihm an Kapital, und er verschmähte das Leben im Kampf um Brosamen in jener jämmerlichen Halbwelt zwischen Armut und Erfolg, in der sein Vater gelebt hatte. Eine Militärlaufbahn würde ihm Macht, aber keinen Reichtum bringen, und selbst die Macht wäre beschränkt ohne das Geburtsrecht auf die höchsten Ränge. Außerdem hatte er keine Lust, bei der Verfolgung seiner Ziele sein Leben zu riskieren. Das Handwerk? Das ernährte gerade seinen Mann. Die akademischen Berufe waren nur um einen Hauch besser, und sie erforderten ein kostspieliges Studium. Zur Kunst hatte er kein Talent, und dort gab es ohnehin weder Macht noch Geld zu gewinnen. Er zermarterte sich das Hirn, verbrachte seine Zeit in seiner elenden Behausung und schwang den Besen in der Hutfabrik.

Und dann eines Tages, als er siebzehn war, ging ihm ein Licht auf.

Es war eine Offenbarung.

Es war die Kirche.

Sein Onkel war zu Besuch dagewesen. Er war ein frommer Mann, und Murats Mutter hatte darauf bestanden, daß die ganze Familie mit ihm in die Weihnachtsmesse ging. Murat war seit seiner Taufe nicht mehr in der Kirche gewesen. Es war ein kalter, klarer Morgen, als sie nach Notre Dame gingen. In den Straßen von Paris herrschte reges Treiben, aber nirgends so sehr wie vor der Kirche, wo knisternde Erregung in der Luft lag. Die Kirche war bis zum Bersten gefüllt. Murat und seine Familie wurden grob umhergestoßen und mußten sich schließlich mit einem Stehplatz hinter einer Säule vor dem Gitter am Ende des Kirchenschiffs begnügen. Murat konnte nichts sehen. Er hielt sich an der Säule fest und kletterte auf das Gitter, und was er da sah, ließ sein Herz in die Höhe schweben, hoch hinauf bis unter das prachtvolle Deckengewölbe.

Der Erzbischof von Paris zelebrierte den Gottesdienst. Er stand vor dem Hochaltar. Die Kirche war so groß, daß es für Murat aussah, als wäre er eine Meile weit entfernt, und alle Gesichter waren ihm ehrfurchtsvoll zugewandt. Noch aus dieser Entfernung konnte Murat erkennen, wie majestätisch er aussah in seinen fließenden Gewändern mit den leuchtenden Schärpen. Der Erzbischof war von Priestern und Ministranten flankiert, und seine Stimme übertönte die gottesfürchtige Versammlung, die ihre frommen Lieder sang und die Häupter neigte und dann wieder zu diesem Mann aufschaute, der über ihnen allen stand, zu einem Mann, dessen ausgebreitete Arme all denen Glorie verhießen, die seine Wahrheiten akzeptierten. Murat verstand die Worte nicht. Sie waren lateinisch und für sein ungeübtes Ohr ganz unverständlich, aber sie besaßen den bestimmten Klang der Allmacht, wenn sie sich über die demütige Gemeinde senkten wie das Wort Gottes selbst. Die Stimme des Prälaten schallte donnernd zwischen den prunkvollen Säulen und hallte aus den Seitenkapellen wider. Die Sonne, die durch die prächtigen bunten Glasfenster schien, beleuchtete die goldene Mitra auf seinem Kopf und seine weißen und purpurnen Gewänder.

Murat sah die dicken roten Teppiche hinter dem Altar, und er sah die funkelnden Edelsteine an dem Kelch, den ein anderer Priester dem Erzbischof zum Trinken darbot. Er sah, wie die Gemeindeglieder, selbst die Armen, die die Löcher in ihren Lumpen nur mit Lumpen bedecken konnten, ihre Gaben auf den Kollektenteller legten, und er sah, daß die Teller aus Silber waren. Er sah, wie sich die Scharen der Gläubigen auf eine Handbewegung des Bischofs hin erhoben, wie sie sangen, wenn er sang, wie sie beteten, wenn er betete. Alles war vollkommen, alles göttlich: die Geometrie, das Licht, der Raum. Alle Kraft, alles Leben, alle Anbetung richtete sich auf den Bischof und auf den Altar hinter ihm. Die steinernen Bögen, die sich in die Höhe schwangen, wirkten massiv und machtvoll, und der mächtige Kronleuchter schien wirklich vom Himmel herabzuhängen. Der Chor sang, und goldene Glocken läuteten zum Ruhme Gottes und – zumindest hörte das Murat – zum noch größeren Ruhme seiner Kirche und seiner Geistlichkeit.

An diesem Weihnachtsmorgen kam Murat einer tiefen Empfindung näher als je zuvor in seinem Leben. Es war eine glorreiche Empfindung, die ihn ganz ausfüllte und ein Lächeln auf seine Lippen treten ließ. Hätte seine Mutter ihn in diesem Augenblick gesehen, so hätte es sie erschreckt, denn es war das gleiche Lächeln, das auch der Mann in ihrer Küche Jahre zuvor zur Schau getragen hatte: ein Lächeln von selbstgefälliger Überlegenheit, ein Lächeln von eiskalter Gewißheit. Murat hatte seinen Weg gefunden. Hier lag der Weg zur Macht, den sogar ein armes Kind einschlagen konnte, und das Tor dorthin stand weit offen. Nach der Revolution hatte die Kirche unter schwerem Priestermangel gelitten, denn diejenigen Geistlichen, die nicht deportiert worden waren, hatte man hingerichtet, und die Reihen hatten sich nie wieder vollständig gefüllt. Freie Stellen aber bedeuteten Gelegenheiten. Weniger Konkurrenz bedeutete mehr Platz zum Vorankommen. Murat wußte endlich, wohin er wollte, und sein Ziel hatte nichts mit Gott zu tun.

In seinem achtzehnten Lebensjahr trat er in das Priesterseminar St. Michael ein. Das Seminarleben bereitete ihm keine Schwierigkeiten, rasch paßte er sich an die Erfordernisse an und unterwarf sich den Konventionen. Er entwickelte eine perfekte Vorstellung von dem, was ein Priester zu sein hatte. Kühl kalkulierte er die Erwartungen der kirchlichen Hierarchie und der Gemeinde, und er achtete mit peinlicher Sorgfalt darauf, daß er in jedem Wort und jeder Tat genau diesem Priestertum entsprach. Religiöse Gedanken kamen ihm dabei nur selten in den Sinn, und wenn, dann geschah es mechanisch und nicht aus echter Frömmigkeit. Er hatte keine Spur von Glauben an Gott in sich. Wenn er betete, so betete er zu nichts – es waren leere Worte, die eine Leere ausfüllten. Nie erwartete er, daß Gott seine Gebete erhörte. Gott tat es auch nie. Nie suchte er Gott in seiner Umgebung, nie fragte er sich, ob er vielleicht da sei. Es war nicht wichtig. Die Priesterschaft war eine Art Geschäft, ein Geschäft, das mit Menschenseelen handelte und nicht mit Waren, und sein Betrieb erforderte den Glauben an die grundlegende Prämisse eines Gottes ebensowenig, wie ein Makler an die grundlegende Prämisse der Börse glauben muß. Es kam nur darauf an, daß es funktionierte. Wenn andere glaubten, so ließ er ihnen ihren Glauben. Und wenn er selbst nicht glaubte – wer sollte ihn schroff verurteilen, solange er die Konventionen einhielt? Was er suchte, war die Macht der Kirche, eine Macht, die er in Gottes Namen ausüben konnte, eine Macht, die das Leben und die Geschicke anderer Menschen beherrschte und sich für mancherlei Zwecke verwenden ließ. Er konnte alles sein, was er sein wollte, und er glaubte an nichts außer sich selbst. Er war ein raffiniertes Chamäleon, das nicht unter den Behinderungen einer fundamentalen Moral zu leiden hatte.

Im Beichtstuhl erreichte seine Mimikry ihre höchste Vollendung. Dort täuschte er Seelenqualen vor und erbot sich, die strengsten Bußen auf sich zu nehmen. Dort gestand er all das, wovon er wußte, daß der Beichtvater auf der anderen Seite des Gitters es hören wollte. Er bekannte zumindest ein paar der Sünden seines Lebens, und da, wo sie seiner Meinung nach an Wirkung ermangelten, polierte er sie entsprechend auf. Er strebte ein realistisches Gleichgewicht an; er gab Habgier zu, ließ Ehrgeiz aus. Er gab die Leere in seinem Innern zu und ließ den mangelnden Glauben weg. Er gestand seinen Zorn auf den Mann, der seinen Vater in den Tod getrieben hatte, aber von seinem Neid auf ihn sagte er nichts. Er beichtete all das, was man von einem Bußfertigen seines Alters erwartete. Und er wußte, wo die Grenze war. Ein gewisses Maß an Offenheit im Dienste seiner Ziele war eine Sache, Offenheit im Dienst der schlichten Wahrheit aber eine andere, und so weit wollte er nicht gehen. Also sagte er nichts von den Frauen, die er bei seinen gelegentlichen Ausflügen außerhalb des Seminars noch hatte. Und auch von dem Mann beichtete er nichts. Jeden Montag nach dem Nachtgebet, wenn es im Seminar still geworden war, schlüpfte ein Priester leise in Murats kleine Kammer und blieb dort bis zum Morgengrauen. Solche Enthüllungen aber wären für den Priester hinter dem Beichtstuhlgitter zuviel gewesen, und so behielt Murat diese Dinge für sich.

Murats Haltung war überzeugend. Wenn er kniete, nahm er eine Pose reiner Demut an. Seine Gebetsstimme hatte den Brustton der Überzeugung. Er nahm die Konventionen seiner Lehrzeit ernst, befaßte sich sorgfältig mit dem Studium der Schrift, der Kirchengeschichte und der kirchlichen Lehre und Etikette. Latein erlernte er leicht, die rituellen Zeremonien ebenfalls. Ob Murat vor einem Gemeindekind oder einem Adligen stand, vor einem Bischof oder einem König: Was er sagte, klang immer genau richtig. Er setzte seine Betonung stets an die richtigen Stellen, und mit der Zeit nahm seine brillante Täuschung die Realität der Wiederholung an. Zahllose Stunden des Übens erfüllten seine Stimme mit dem Heiligen Geist und seine Gesten mit dem Zorn Gottes, und Rechtschaffenheit rauschte in seinen Adern. So überzeugend war sein Spiel, daß er bald selbst daran glaubte. Für sein Publikum war seine Botschaft die reine Wirklichkeit, und das wiederum bestärkte ihn weiter. Und am Ende hätte man, wenn man vor Murat und einem Mann gestanden hätte, dessen Seele rein und dessen Dasein wahrhaft dem religiösen Denken und den guten Werken geweiht war – man hätte nicht mehr sagen können, welcher der Heilige und welcher der Hochstapler war.

Vom Priesterseminar kam Murat in die Diözese Boulogne-Billancourt; hier gab es noch zwei andere Priester, mit denen er eine unausgesprochene, aber behagliche Einigung fand: Sie arbeiteten an den Seelen der Schäfchen, er an deren Geldbörsen. Hinter verschlossenen Türen war er ein besserer Spendensammler als in der Kirche; während er mit einer Hand segnete, nahm er mit der anderen den Dank dafür entgegen. Aber auch in der Kirche war er tüchtig. Während andere Priester Heil und Hoffnung predigten, fand Murat, daß eine gut entwickelte Furcht vor Gott und der ewigen Verdammnis ein besseres Mittel war, die Börsen der Menschen zu öffnen. Seine lange Übung im Seminar half ihm, die Gemeinde zu einer wahren Spendenwut zu bewegen. Er konnte auf den Kanzelrand hämmern, und die Wut des Allmächtigen ließ seine Augen aus den Höhlen treten, seine Stimme aber war tief und wohltönend und erfüllt vom Klang des göttlichen Zorns, und sie senkte sich auf ein empfindsames Gewissen wie der goldene Hammer des Herrn – und die Francs strömten nur so in seine Schatullen.

Seine wahre Stärke lag jedoch nicht in der Verkündigung des Evangeliums, sondern in den Verwaltungsangelegenheiten der Kirche. Schon bald hatte er seinen Vorgesetzten vor Augen geführt, daß er ein begabter Administrator und Organisator war und somit Talente besaß, die in der Kirche dringend benötigt wurden. Die französische Kirche und ihre Bischöfe waren weitgehend unabhängig; sie erhielten keine Hilfe aus Rom und wenig genug vom Staat. Murat fand Mittel und Wege, der Diözese Geld zu beschaffen, und Mittel und Wege, ihr Ausgaben zu ersparen. Er ordnete verlotterte Konten und etablierte seine eigenen Verfahren zur Buchführung. Er begann, persönlich mit Bankiers und Maklern und Händlern zu verhandeln, und bald floß ein steter Strom von Besuchern in seine Amtsräume. Nach und nach gewann er Zugang zu den Konten des Bistums, anfänglich unter den streng prüfenden Augen des Bischofs, aber mit der Zeit nahm seine Unabhängigkeit zu. Und jetzt demonstrierte er sein vielleicht größtes Talent, das nämlich, das seinen Oberen das kostbarste war: Er war ein Finanzgenie. Er spekulierte an der Börse, und irgendwie wußte er immer, wann er kaufen und wann verkaufen mußte. Das alles geschah zunächst in sehr kleinem Maßstab, denn der Bischof war ein Mann, dessen Nerven leicht zu strapazieren waren und dessen Appetit auf Glücksspiele sich in engen Grenzen bewegte. Aber jeder Erfolg trug Murat neue Freiheiten ein, und schließlich fragte er gar nicht mehr. Eine ähnlich geniale Begabung zeigte er beim Kaufen und Verkaufen von Grundbesitz. Genau wie bei den Wertpapieren schien er immer zu wissen, was mit einem Grundstück zu geschehen hatte – und wann es zu geschehen hatte. Mit einer einzigen solchen Transaktion konnte er der Kirche mehr Geld einbringen als in zwanzig Jahren auf der Kanzel.

Wenn Père Murat in seinen Geschäften gerissen, ja skrupellos war, so kamen dem Bischof doch niemals ausdrückliche Klagen zu Ohren. Gerüchte gab es freilich, Gerüchte von dunklen Geschäften und Transaktionen am schlüpfrigen Rande des Schicklichen, aber irgendwie drangen diese Gerüchte niemals an Murat vorbei, und der Bischof zeigte sich wenig interessiert an den Kontobüchern, solange die Geschäfte gut gingen. Wenn andere Priester Murat nicht leiden konnten – nun, das war ohne Bedeutung für den Bischof. Wenn der Bischof selbst Père Murat nicht leiden konnte, wenn er seinen Blick kalt und leer fand und innerlich weit entfernt vom Geiste Christi, wenn es ihn irgendwie eisig überlief, während er diesen Priester sprechen hörte, so wischte er diese Empfindungen beiseite und wandte seine Aufmerksamkeit dringenderen Angelegenheiten der Diözese zu, denn der Bischof war ein Mann, der wußte, was Leistung war, und der Ehrgeiz beurteilen konnte. Vor allem aber konnte er zählen. Seine Diözese hatte immer Schulden, niemals Bargeld im Überfluß gehabt, und nur zwei Jahre nach Père Murats Ankunft wurden an der Kathedrale die ersten Renovierungsarbeiten seit zweihundert Jahren in Angriff genommen, Verbesserungs- und Reparaturarbeiten, die anderen am bischöflichen Palast folgten. Es war sogar noch genug Geld für den Arbeiterversorgungsfonds und für das Waisenhaus übrig gewesen. Der Bischof war sehr zufrieden.

Geld gab es auch für Konten, von denen nicht einmal der Bischof etwas wußte. Es waren geheime Konten, eingerichtet von Murat und nur diesem bekannt. Anfangs enthielten sie bescheidene Summen, aber jeder Erfolg machte ihn kühner, und die Einlagen wuchsen. Murat brauchte das Geld, um Dinge zu ermöglichen, und er tat es auf eine Weise, die empfindlichen Gemütern zuweilen Skrupel bereitete. Schwierige Abschlüsse mußten besiegelt, Bürokraten gekauft werden – lauter Dinge, die seine weniger praktisch eingestellten Vorgesetzten vielleicht nicht billigen würden. Aber das alles war unbedingt gerechtfertigt, räsonierte er. Ohne ihn hätte die Kirche das Geld ja gar nicht, und wenn er es dazu benutzte, seine Ziele im Namen der Kirche zu erreichen, so war das nur angemessen. Mit der Zeit begann die Grenze zwischen den Interessen der Kirche und den Interessen Murats allerdings zu verschwimmen, und er verwandte immer mehr Geld auf die Befriedigung seiner eigenen Bedürfnisse, und diese Bedürfnisse nahmen stetig zu und wurden unersättlich.

Jahrelang arbeitete Père Murat so, und er pflegte Kontakte zu Regierungsbehörden und Verwaltungsbeamten und zum Adel des Reiches. Er gab und erhielt Hinweise. Er erwies Gefälligkeiten und erbat welche. Er verteilte Gunsterweise und behielt sie im Gedächtnis, um sich später darauf zu berufen. Er erfuhr Geheimnisse und prägte sie sich ein; er erfuhr andere und verbreitete sie. Und die ganze Zeit wetterte er gegen die moralischen Gebrechen seiner Herde, ermahnte sie zu frommem Leben und verdammte die Sünden des Fleisches, die durch die nächtlichen Gassen von Paris krochen. Das tat er und schlief zugleich mit Huren, ja, schlief sogar mit Männern. Er drohte mit der Hölle und verkaufte Wegkarten, die ins Paradies führen sollten, und seine Gemeinde wimmelte von Seelen, die eifrig darauf erpicht waren, solche Karten zu kaufen. Frankreich war eine Nation von Realisten, Zweiflern und

Skeptikern, aber Murat ließ sich nicht abschrecken, denn er wußte einiges über die Natur des Menschen: Auf dem Feld der Zweifler ließ sich reiche Seelenernte einfahren.

Er handelte und verdammte. Und er aß. Bei seinem Eintritt ins Priesterseminar war er dürr gewesen, eine Folge des jahrelangen Hungerns, der Ernährung mit Lebensmitteln, die mehr Fülle als Nahrung geboten hatten – und herzlich wenig Fülle außerdem. Im Seminar war das Essen reichlich, wenn auch nicht besonders ausgefallen, und er nahm ein bißchen zu. In der Pfarrgemeinde nahm er die Sache schließlich selbst in die Hand, und bald war seine Speise ebenso erlesen wie sein Wein, und beides gab es im Überfluß: Es gab Butter und Eier, Fleisch und Geflügel, Gemüse, feine Kräuter und fette Saucen. Er füllte seine Gewänder aus und bestellte sich neue, die er bald wieder ausfüllte. Binnen weniger Jahre wurde er korpulent, und ihm sproß ein Doppelkinn. Die Körpermassen fügten seiner Stimme ein neues Timbre hinzu, und seine Stimme bereicherte seine Schatullen um neue Reichtümer.

Père Murat hatte es weit gebracht auf seinem Weg aus der Küche, in der das Leben seines Vaters zu Ende gegangen war. Die Leute ehrten ihn; sie baten ihn um seinen Segen und erwiesen ihm Ehrfurcht und Respekt. Er lebte im Wohlstand, und er lebte gut. Aber er war weder zufrieden, noch war er am Ziel. Er hatte erst angefangen. Er hatte den ersten Schritt auf dem Weg getan, für den er sich entschieden hatte, und sein Blick war starr auf die Gewänder des Erzbischofs gerichtet. Er würde nicht rasten, bis er sie angelegt hätte – und nach ihnen die rote Robe eines Kardinals.

Murat schritt auf seinem Weg fort, indem er sich bei Ministern und Bürokraten der Regierung einschmeichelte, bei Leuten, die das Geld brauchten, das er ihnen geben konnte, bei Leuten, die ihm dafür die Informationen lieferten, die er benötigte, um dieses Geld zu beschaffen. Der Präsident war Louis Napoleon, der Neffe Bonapartes. Murat hatte Louis Napoleon von Anfang an unterstützt. Immer wenn der Mann neue Macht anstrebte, war Murat zur Stelle, um ihm zu helfen. Schließlich brachte ein Staatsstreich Louis Napoleon auf den Kaiserthron, eine Entwicklung, die Murat gut paßte, denn es war der Kaiser, nicht der Papst in Rom, der die Bischöfe in Frankreich ernannte. Den größten Teil des kaiserlichen

Hofstaats kannte Murat bereits, und mehrere seiner Angehörigen hatte er reich gemacht. Darüber hinaus hatte Murat seine eigenen politischen Ansichten in Fragen von Kirche und Staat so eingerichtet, daß sie den Bedürfnissen des Kaisers entgegenkamen. Dem Kaiser war daran gelegen, sicher zu sein, daß die Loyalität seiner Erzbischöfe zunächst ihm und erst in zweiter Linie Rom galt, und in Murats Augen war das nur folgerichtig. Rom tat schließlich auch nichts für ihn.

Es war nur eine Frage der Zeit, wann er seine schwarzen Gewänder gegen purpurne austauschen konnte. Aber er würde Geduld haben müssen, denn in den Reihen der Bischöfe gab es freie Stellen nur in der Provinz. Solche Posten aber verschmähte Murat, denn sie waren hoffnungslos ärmlich und geprägt von spiritueller Plackerei. Die Gelegenheiten und Beziehungen, die sich in Paris boten, waren ihm lieber, und so ließ er sich Zeit und wartete ab. Dann trat ein neuer Bischof sein Amt in der Diözese an, ein gütiger Mann, der die Politik mied und dessen Höflichkeit und schlichte Hingabe an die Lehren Christi ihm bei den Christen seiner Diözese Liebe und Achtung eingetragen hatten. Dieser Bischof war ein gesunder und relativ junger Mann von vierundfünfzig Jahren, von dem Murat wußte, daß er wahrscheinlich noch viele Jahre lang Bischof bleiben würde. Murat litt unter der sanften Hand des neuen Bischofs, der ihm nicht erlaubte, seine Talente zu benutzen, wie er es bis dahin getan hatte, sondern ihn von seinen Finanzgeschäften abberief und statt dessen mit Krankenbesuchen und Gemeindeseelsorge betraute.

»Ja, mein Sohn«, pflichtete der Bischof ihm bei, als Murat protestierte. »Es ist wahr, unsere derzeitigen Bedürfnisse sind dringend. Aber der liebe Gott wird sich darum kümmern. Deine Aufgabe ist es, sein Werk unter den Seelen der Menschen zu tun.« Widerspruch stieß auf taube Ohren, und schließlich sah Murat sich gezwungen, scheinbar nachzugeben, aber er wurde ungeduldig.

Als die Gelegenheit schließlich kam, kam sie ganz unerwartet, und nie zuvor hatte Murat so deutlich die Hand Gottes am Werk gesehen.

Schreckliche Frühjahrshochwasser hatten Marne und Seine über die Ufer treten lassen, und am anderen Ufer waren Häuser zerstört worden. Der Bischof bat Père Murat, ihn zu begleiten, da er sich um die Not in seiner Gemeinde bekümmern wollte, und ihm dabei zu helfen, wo es möglich wäre. Murat neigte nicht dazu, sich persönlich durch ausgefallene Wohltätigkeiten hervorzutun. Die Vorstellung, im vergeblichen Bemühen, die Häuser der Menschen zu retten oder ihre Seelen zu trösten, stundenlang im strömenden Regen unterwegs zu sein, war ihm ein Greuel. Lieber schickte er Geld und andere Priester, die für diese Art der Hilfe eher prädestiniert waren als er. Aber der Bischof ersuchte ihn, mitzukommen, und Murat gehorchte.

Ein wütendes Unwetter tobte ringsumher, als sie die kleine Fähre bestiegen, um die kurze Fahrt zum anderen Ufer des Flusses zu unternehmen. Der Wind ließ ihre Gewänder peitschen, und sie mußten ihre Hüte festhalten. Das Wasser war von wilden weißen Schaumkronen bedeckt. Der Abend dämmerte, und dicke schwarze Wolken am Himmel beschleunigten den Anbruch der Nacht. Die Fähre war kaum mehr als ein Floß, ein flaches Holzgefährt, das vor der Revolution gebaut worden war und in den Jahrzehnten seither treue Dienste geleistet hatte. Jetzt stemmte sie sich gegen das Hochwasser, während der Fährmann an den Seilen zerrte, die zur Steuerung über den Fluß gespannt waren. Sie hatten fast die Hälfte des Weges zurückgelegt, als ein großer Baum, der stromabwärts trieb, die Fähre an einer Ecke erfaßte und sie halb herumdrehte; dann riß er sich wieder los und trieb weiter, aber die Fähre drehte sich nicht gleich wieder in die richtige Richtung. Das Wasser kochte und schäumte. Eine Welle erfaßte eine Ecke an der Backbordseite, so daß sie ein kleines Stück untertauchte. Das genügte, um eine Katastrophe auszulösen: Eine Ladung Kisten auf der Fähre geriet ins Rutschen. Ein Maultier verlor den Halt und rutschte an den Rand, so daß die gefährdete Ecke noch tiefer versank. Ein Pandämonium brach los. Unter dem Geschrei des Fährmanns, dem Geblöke des Maultiers und dem Rauschen des Unwetters tauchte der Rand des Floßes vollends unter, das ganze Fahrzeug kippte hoch und schleuderte die Fahrgäste ins Wasser. Das darübergespannte Seil hielt die Fähre fest, so daß sie in einem grotesken Winkel in der Strömung hängenblieb. Einer der Passagiere verschwand stromabwärts; er klammerte sich am

Rücken des Maultiers fest, das sich lautstark beschwerte und nur mit Mühe den Kopf über Wasser halten konnte.

Murat ging unter und schluckte große Mengen des eiskalten schwarzen Wassers; er schlug um sich und suchte den Rand der Fähre zu packen. Er bekam eine Geländerstange zu fassen und konnte sich halb hochziehen, so daß er besseren Halt fand. Nach Luft schnappend, stemmte er sich mit dem freien Arm gegen die tosende Strömung und hielt sich aufrecht. Wasser war ihm in Nase und Mund gedrungen, er hustete heftig. Die untere Hälfte seines Körpers war immer noch untergetaucht. In nächsten Augenblick sah er, wie der Arm des Bischofs durch die Wasseroberfläche stieß, und dann sein Kopf. Der tapfere Gottesmann kämpfte wie wild, aber seine Gewänder waren schwer und hinderten ihn daran, sich frei zu bewegen.

»Ich kann nicht schwimmen!« Halb schrie, halb prustete er, als er Murat erblickte. »Hilf mir!« Ein gleißender Blitz beleuchtete die Szene und ließ sie in seinem jähen, gespenstischen Licht erstarren. Der Bischof hatte seinen Hut verloren. Am Kopf hatte er eine blutende Wunde.

Sogleich begriff Murat, daß dies ein Augenblick der Entscheidung war. Er könnte die Hand ausstrecken, und der Bischof wäre gerettet. Oder er könnte zuschauen, wie Gott seinen Willen geschehen ließ …

»Hilf mir!« schrie der Bischof, und die schweren Wolken taten sich auf, und noch einmal strahlte ein Blitz über das angstvolle, blutüberströmte Gesicht. Für Murat war es ein grotesker Anblick, ein jämmerlicher alter Trottel, der nicht schwimmen konnte. Der Bischof würgte, und als er den Mund aufriß, schluckte er noch mehr Wasser. Murat sah sich um. Von dem Fährmann oder dem anderen Passagier war nichts zu sehen. Es war niemand da. Niemand. Murats Herz raste ebenso schnell wie seine Gedanken. Die Möglichkeiten durchfluteten ihn, wie der Fluß ihn umflutete. Dann übernahm sein Verstand die Zügel, und er beruhigte sich.

Er wußte, was er zu tun hatte.

»Gegrüßet seist du, Mutter der Barmherzigkeit, du unser Leben, unsere Freude, unsere Hoffnung. Zu dir rufen wir verbannte Kinder Evas …«

Der Bischof ging unter, die ausgestreckte Hand nur wenige Zoll weit von Murat entfernt, der ihn leicht hätte ergreifen können. Er kam wieder hoch, mit verzweifeltem, flehendem Blick. Murat packte ein Stück Holz, das im Wasser trieb. Es war naß und schwer. Er hob es hoch über den Kopf. Ein schreckliches Flackern der Erkenntnis erfüllte die Augen des Bischofs, als er begriff, was geschah. Mit aller Kraft ließ Murat den Knüppel niederfahren. Er spürte den dumpfen Aufschlag. Er hob die Keule und schlug noch einmal zu. Der Bischof erschlaffte und versank.

»... dir senden wir unser Seufzen, unser Trauern und Weinen in diesem Tal der Tränen ...«

Murat spürte, wie unter Wasser etwas gegen seine Beine stieß. Er erschrak. Wütend trat er danach, um es niederzudrücken, weg zum Grund. Es war weich und gab seinen Fußtritten nach. Einen langen, grauenvollen Augenblick lang wartete er darauf, daß es ihn noch einmal anstieße. Aber das tat es nicht, es war fort, von der Strömung verschluckt.

Der Sturm tobte, der Regen strömte ihm übers Gesicht, und Père Murat klammerte sich an den Rand der Fähre. Am Ufer sah er Männer, die Laternen schwenkten und nach Booten schrien, und er wußte, daß Hilfe unterwegs war. Und während er wartete, setzte eine mechanische Litanei ein, und er wiederholte ihre Worte, und die Worte wurden Wahrheit: Es war die Hand Gottes, die die Fähre umgestürzt hat. Es war der Wille Gottes, daß er sich beim Sturz den Kopf eingeschlagen hat.

Gottes Wille geschehe. Gott schenke seiner Seele die ewige Ruhe.

Der Leichnam des Bischofs wurde nie gefunden. Innerhalb von zwei Wochen kam die Kunde geradewegs aus den Tuilerien: Durch die Gnade Kaiser Napoleons III. hatte die Diözese von Boulogne-Billancourt einen neuen Bischof. Marius Murat, der Sohn eines armen Kaufmanns, demütiger Diener Gottes, getreuer Freund des Reiches, war endlich an der Schwelle zu seinem Traum angelangt. Als das erstemal jemand seinen Ring küßte, war es beinahe wie ein sexuelles Erlebnis, ein köstlicher Schock, der ihm kribbelnde Schauer über die Wirbelsäule laufen ließ, und er genoß es sehr. Später, in der Abgeschiedenheit seines Palastes – seines Palastes! Ihm war schwindlig vor so viel Großartigkeit –, war das Lächeln, das er sich gestattete, ein echtes Lächeln. Er war Herr über dreißig Pfarrgemeinden, einundvierzig Unterpfarreien und zweihundertfünfundachtzig Unterunterpfarreien. Die Staffage des Amtes war erlesen. Er verfügte über Privatgemächer und Empfangsräume mit kristallenen Kronleuchtern. Es gab drei Schlafzimmer und einen riesigen Hof mit einem Garten, in dessen Mitte ein Springbrunnen plätscherte. Ein gußeisernes Treibhaus war mit exotischen Pflanzen aus der ganzen Welt bestückt. Er hatte samtene Kissen, gesteppte Mäntel, violette Gewänder und Kutscher, die ihn mit acht verschiedenen Kutschen herumfahren konnten. Köche bereiteten die Fasane, die ihm seine eigenen Jäger schossen. Sein Weinkeller war superb. Legionen von Curés und Sous-Curés umgaben ihn und beeilten sich geschäftig, seine Anordnungen auszuführen. Er brauchte seine Transaktionen namens der Diözese nicht länger zu verheimlichen, denn schließlich war der Bischof selbst die Diözese, und die Diözese war der Bischof. Für Marius Murat war dies eine vorzügliche Regelung.

Er war fast ein Jahr Bischof, als ihn in seinem Palast die Nachricht erreichte, daß Graf Henri de Vries mit einem heidnischen Weib an seiner Seite aus Afrika zurückgekehrt sei. Der Bischof hatte seine Herrschaft in vielen Bereichen seiner Diözese konsolidieren können, indem er ein unmittelbares Interesse an herausragenden Persönlichkeiten und ihren Geschäften gezeigt hatte. Er strebte nach Einfluß und Macht auf jeder Ebene. Graf Henri de Vries war ein prominenter, wenn auch unabhängiger und nicht sonderlich religiöser Bewohner seiner Diözese. Sein Grundbesitz war gewaltig, seine Ländereien gehörten zu den größten in ganz Frankreich. Sein Vater und sein Großvater waren tiefreligiöse Männer gewesen, die sich gegenüber der Kirche äußerst großzügig gezeigt hatten. Sie hatten Land und Geld gestiftet, für Schulen und Kirchen. Von Henri war womöglich das gleiche zu erwarten, und jetzt trug er sich mit ernsthaften Heiratsabsichten. Es war daher nur natürlich, daß der Bischof ihm seine Aufwartung machte, und vielleicht unvermeidlich, daß eine Frau von Serenas Willenstärke und unabhängiger Geisteshaltung den Zorn des Bischofs erregte.

Das erste Mal tat sie es in einer Frage von Gewissensentscheid – etwas, was dem Bischof weniger wichtig war als sein täglicher Speiseplan: nichts Ernstes, aber doch etwas, um das er sich kümmern mußte. Es ging um ihre Haltung zu Taufe und Konversion zum Katholizismus, den Voraussetzungen für eine kirchlich sanktionierte Heirat. Henri selbst war da nicht besonders hilfreich.

»Sie muß konvertieren, Graf. Darauf werden Sie natürlich bestehen.«

»Darauf habe ich nicht zu bestehen, Monseigneur. So etwas werde ich nicht erzwingen. Sie ist eine freie Frau aus einer anderen Kultur.«

»Aber nicht ich bin es, der diesen Wunsch hat, Graf. Es ist ein Gebot Gottes, daß das Sakrament der Ehe heilig gehalten werde. Sie ist eine Heidin. Ohne Taufe keine Bekehrung. Ohne Bekehrung ist sie verloren, und Ihre Ehe wird ohne den Segen der Kirche bestehen. In den Augen Gottes werden Sie unvermählt und in Sünde leben. Es kommt Ihnen nicht zu, das in Frage zu stellen. Sie muß es tun.«

»Wie sie sich auch entscheidet, sie wird meine Frau sein. Und sie wird diese Entscheidung selbst treffen.«

»Und was wird dann aus den Kindern? Würden Sie deren Seele um der Entscheidung eines Weibes willen dem Untergang preisgeben? Würden Sie zulassen, daß sie ungeborene Seelen der Verdammnis überantwortet?«

»Nichts ist dem Untergang preisgegeben, Bischof. Sie wird an dieser Entscheidung mitwirken, wenn es erst Kinder gibt.«

»Ich finde Ihre Haltung unbedacht, Graf de Vries. Sie ziemt sich nicht für einen Mann Ihres Standes.«

»Mein Stand hat nichts damit zu tun. Es ist ganz einfach mein Glaube.«

»Die Kirche wird das nicht hinnehmen!«

Henri seufzte und zuckte die Achseln. »Sie haben meine Erlaubnis, mit Serena zu sprechen. Aber es wird keinen Zwang geben. Wenn es ihr Wunsch ist, nicht zu konvertieren, Monseigneur, dann wird sie es auch nicht tun. In diesem Fall werden wir es bei einer weltlichen Zeremonie bewenden lassen.« Die Worte klangen endgültig und unmißverständlich.

Dem Bischof lag nichts daran, den Grafen vor den Kopf zu stoßen, und so akzeptierte er seine Anforderungen. Es war eine Zeit großer spiritueller Unabhängigkeit in Frankreich, aber auch eine Zeit der Heuchelei. Viele waren antireligiös, wahrten aber die äußeren Formen: Sie ließen ihre Kinder taufen, heirateten kirchlich und waren verzweifelt darauf bedacht, von einem Priester die Sterbesakramente zu empfangen. Was sie da suchten, war die spirituelle Versicherung, waren die Tröstungen der Tradition ohne einschränkende Folgen für ihr Verhalten. Es war ein Geschäft von der Art, die der Bischof gut verstehen konnte und für seine Zwecke auch nutzte. Wenn der Graf sein heidnisches Weib behalten, aber Mitglied der Kirche bleiben und ihr Geld schenken wollte, so würde der Bischof ihm diesen Wunsch sicher nicht versagen. Aber er mußte wenigstens versuchen, dieses Weib zu bekehren. Das entsprach der guten Form.

Die erste Begegnung nahm keinen guten Verlauf. Serena konnte den Bischof von Anfang an nicht leiden. »Gott hat mich geschickt, Ihre Seele zu retten«, verkündete er gebieterisch. Er streckte die Hand aus, damit sie seinen Ring küssen konnte, aber sie tat es nicht. Seine Worte sagten das eine, sein Blick etwas anderes. Er sprach höflich, aber er musterte sie mit einer Verachtung, die lautstark »Heidin« schrie, und unter frommen Reden starrte er unverhohlen auf ihre Brüste und ihren Körper.

Sie fand ihn widerlich, aber sie fügte sich: Sie war hergekommen und lebte nun in Henris Gesellschaft. Er hatte gesagt, sie könnten für ein oder zwei Jahre zurückgezogen im Château leben, bis sie sich heimischer fühlte, und ihre Außenkontakte auf ein Mindestmaß beschränken. Aber das war nicht ihre Art. »Wenn ich hier lebe, muß ich auch mit deinem Volk leben und nicht getrennt von ihm«, sagte sie. Sie war entschlossen, sich den Traditionen und Gebräuchen Frankreichs zu stellen, und dazu gehörten auch seine Marabouts. Sie war nervös und unsicher, aber das behielt sie für sich; sie war entschlossen, stark zu sein, aber sie war doch überwältigt von den neuen Eindrücken und Geräuschen der Großstadt Paris; alles kam so rasch, und die Welt bewegte sich so schnell, verglichen mit dem sanften Rhythmus der Wüste. Paris war hell und strahlend, die einzige richtige Stadt, die sie je gesehen hatte. Algier verblaßte zu einem Schatten neben dieser Metropole mit ihrem Gaslicht und dem Cancan und den Kutschen und all dem Lärm. Sie wünschte sich verzweifelt, für Henri ihr Bestes zu tun und sich anzupassen, und ihre erste richtige Prüfung war dieser aufgeblasene Mann, der fett war und nach Wein roch und ihr sagte, sie müsse tun, was er ihr befahl, oder sie werde den Zorn seines Gottes auf sich ziehen.

Aber sie ließ sich nicht einschüchtern von diesem Bischof oder seinem Gott, und sie war entschlossen, sich von ihrer Abneigung gegen ihn nicht daran hindern zu lassen, sich seine Meinung anzuhören. Also ertrug sie ihn und hörte zu. Wie viele Tuareg hing sie nicht dem Islam, sondern einem unkomplizierten Glauben an Gott an. Hätte ein anderer als der Bischof versucht, sie zu bekehren, so wäre es ihm vielleicht gelungen. Aber einschüchtern ließ sie sich nicht. Sanftmut und Fügsamkeit hatten nie zu Serenas Eigenarten gehört, und für Marius Murat würde sie daran auch nichts ändern.

Die bischöflichen Gespräche mit Serena fanden tagelang immer wieder statt. Stundenlang predigte er ihr von seiner Religion, aber sie hörte in seinen Worten nur Finsternis und Furcht. Er hatte Visionen, aber sie waren schrecklich; es waren Visionen, die Angst machten und in ihr ein Gefühl des Grauens und nicht des Trostes hinterließen. Die Art, wie er zu ihr sprach, weckte nur Unbehagen.

In den dunkelsten Augenblicken des Zweifels fragte sie sich, ob sie dabei war, einen Fehler zu begehen. Vielleicht hatte ihr Onkel recht gehabt, und die Kluft zwischen Europäern und Afrikanern war zu groß; vielleicht sollten sie keine Kinder bekommen, vielleicht war das alles nicht richtig. Aber als der Bischof am Schluß ihrer ersten Begegnung zu Ende geredet hatte, hielt sie den Kopf immer noch hoch erhoben, und Henri war sanft und fürsorglich und küßte ihr die Hand. Sie liebte ihn bis zur Besinnungslosigkeit, und sie wußte, es würde alles gut werden.

»Willst du, daß ich ihn wegschicke?« fragte Henri. »Du mußt das nicht auf dich nehmen.«

»Nein.« Sie blieb beharrlich. »Er soll sagen, was er zu sagen hat.«

Der Bischof versuchte sie zu zermürben; Erschöpfung und Resignation sollten den Sieg herbeiführen, den er mit seinen Drohungen nicht erringen konnte. Aber sie blieb stur. Noch nie hatte er mit einer so starken Frau diskutieren müssen. Sie war unverschämt und impertinent, und er behauptete, ihre Seele leide an der Todkrankheit der Sünde, für die es nur eine Heilung gebe, nämlich die Bekehrung.

»Um Ihrer Seele willen müssen Sie es tun.«

»Meine Seele ist kein Besitz der Kirche.«

»Und Sie müssen es tun, um das heilige Sakrament der Ehe zu bewahren.«

»Meine Ehe braucht Ihr Sakrament nicht.«

»Aber die Ehe des Grafen braucht es. Für ihn müssen Sie es tun.«

»Der Graf erwartet in dieser Frage nichts von mir. Die Entscheidung liegt bei mir.«

»Dann müssen Sie es für Ihre Kinder tun.«

»Warum ich? Sie werden es selbst tun, wenn sie soweit sind.«

»Sie müssen es tun, weil Sie sonst in der Hölle brennen werden, und Ihre Kinder werden Ihnen dorthin folgen.«

»Aber ich habe nichts getan, womit ich die Verbannung in Ihre Hölle verdient hätte, und meine Kinder sind noch gar nicht geboren.« Serena schüttelte den Kopf. »Ich kannte einmal einen Weißen Vater in der Wüste. Er sprach ohne Drohungen. Er sprach von Schönheit: Sie sprechen von Schrecken, und doch bekennen Sie sich beide zur selben Religion. Wie kann das sein?«

»Gott hat viele Gesichter.«

»Seine Priester auch, glaube ich.«

»Mich zu beleidigen ändert nichts an der Sache. Sie müssen es tun, denn es ist Gottes Gebot.«

»Das sagen Sie. Ich sage, es ist Ihr eigenes Gebot, und ich werde Ihnen nicht folgen. Der Gott, den ich kenne, ist in mir. Ich brauche Ihren Segen nicht, um Ihn dort zu bewahren.«

»Er ist ein falscher Gott.«

»Aber er ist mein Gott.«

Tagelang redete er mit ihr im Kreis herum und brachte jedes erdenkliche Argument vor. Sie versagte ihm jegliche Genugtuung. Sie versagte ihm alles. Die gegenseitige Abneigung wurde tief und tiefer. Sie weigerte sich, ihn »Hochwürden« oder auch nur »Monseigneur« zu nennen; sie nannte ihn einfach »Priester«. Die letzte Begegnung war von ätzender Schärfe.

»Der Unterschied zwischen Ihnen und einem Skorpion, Priester, besteht darin, daß ein Skorpion sich nicht verstellt. Man sieht den Schwanz und hat den Skorpion. Ich sehe das Kreuz an Ihrem Hals, aber Sie sehe ich nicht. Der Stachel ist gut verborgen.«

Wäre jemand im Zimmer gewesen, der diese Beleidigung gehört hätte, so hätte der Bischof anders reagiert. So aber gab er einfach auf. Er brauchte den Grafen. »Ich wasche meine Hände in Unschuld, Weib«, sagte er düster. »Sie haben sich abgewandt von Christus und steigen hinab zur Hölle. Möge Gott sich Ihrer Seele erbarmen.«

Henri und Serena heirateten mit einer weltlichen Zeremonie.

Der Bischof versuchte sich zu sagen, sie sei nur eine Mücke auf seiner dicken Haut: lästig vielleicht, und ein bißchen Blut sog sie auch heraus, aber das war höchstens ärgerlich und nicht ernst. Innerlich jedoch kochte er. Das Luder hatte ihn verhöhnt und beleidigt. Sie hatte gesündigt – gegen die Gebote der Kirche, gegen seine Autorität und gegen seine Herrschaft über das geistliche Reich dieser Diözese. Die Form war nicht gewahrt geblieben. Wenn sie eine Mücke war, so würde er sie eines Tages erschlagen.

Einstweilen aber würde er ihr vordergründig die andere Wange darbieten, wie der Graf es wünschte. Und wäre dies das Ende der Angelegenheit gewesen, so hätten er und de Vries in der Diözese in alle Ewigkeit nebeneinander existieren können, ohne sich umeinander zu kümmern.

Serenas zweite Sünde gegen den Bischof war es dann jedoch, die seinen dauerhaften Zorn erweckte, denn jetzt ging es nicht mehr bloß um eine geistliche Frage. Jetzt ging es um Besitz.

Die Stadt Paris hatte sich unter Louis Napoleon gewandelt. Der Kaiser hatte Baron Eugène Haussmann beauftragt, sie zu verwandeln, und er verwandelte sie in der Tat. Wie ein großer Couturier riß Haussmann der Stadt den mittelalterlichen Mantel der staubigen Verwahrlosung herunter und hüllte sie in ein prachtvolles Gewand von strahlendem Glanz und Schimmer. Gewaltige öffentliche Bauvorhaben stellten die Stadt auf den Kopf.

Haussmann begann mit den Elendsvierteln. Seit dem Mittelalter durchwucherten sie ganz Paris, tückische Krebsgeschwüre, die überall wuchsen, ohne die Würde der Stadt gebührend zu achten; sie schwollen an wie eine Flut von Armut und Dreck und drohten die Stadt zu verschlingen, sie quollen von den Türen des Hôtel de Ville bis zum Schatten des Montmartre, sie befleckten die Stadt, sie beunruhigten den Kaiser, und sie besudelten das Empire. Also ließ Haussmann sie abreißen und wegspülen, bis die alten der Erinnerung angehörten und die neuen wohlverborgen waren. Anstelle dieser Elendsquartiere erhob sich eine großartige Geometrie aus Kreisen, Quadraten und Dreiecken, konstruiert aus neuen Boulevards und Brücken, Parks und öffentlichen Plätzen, gesprenkelt mit öffentlichen Bauten und privaten Villen mit Gärten, Statuen, kopfsteingepflasterten Vorfahrten, steinernen Pfeilern und schmiedeeisernen Toren. Prachtvolle Orte, Juwelen, die dazu geschaffen waren, Wien, Berlin und Prag zu überstrahlen, Zierden, auf die der Kaiser mit Stolz deuten konnte.

Wenn das alles nur Fassade war, so war es eine ungeheuer prächtige Fassade, denn alles Unansehnliche war jetzt gut versteckt. Die vier Fünftel der städtischen Bevölkerung, die im Elend lebten, mußten jetzt anderswo elend sein, nicht mehr im Zentrum. Paris konnte ja nicht wirklich großartig aussehen, wenn sich auf den Hauptstraßen Kinder mit Hunden um den Müll balgten. Wenn man die Armut schon nicht verschwinden lassen konnte, so konnte man doch wenigstens die Armen verschwinden lassen, und so verschwand nun alles Unerfreuliche von den großen Boulevards.

Nichts stand dem Fortschritt mehr im Weg. Wenn die Armen dabei zu leiden hatten, wenn ihnen ihr magerer Besitz ohne Schadenersatz enteignet wurde, wenn ihnen ihre schlammfarbenen Hütten über dem Kopf abgerissen wurden, so war dies ein Preis, den die Stadt zu tragen bereit war. Dies war Paris, und Baron Haussmanns Besen hieß Fortschritt.

Paris brauchte alles, und zur Bestätigung seiner Selbsteinschätzung bekam Paris auch alles. Für die Lebenden neue Kirchen. Für die Toten neue Friedhöfe. Für die Hungrigen neue Märkte. Für die Müßiggänger neue Theater, eine Oper und in Longchamps eine Rennbahn. Für die Reisenden neue Bahnhöfe und Straßen, die Paris mit Frankreich und Frankreich mit der Welt verbanden. Es war eine Veränderung in einem monumentalen Maßstab. Aquädukte brachten frisches Wasser aus der Provinz, Kloaken führten die Abwasser zurück. Notre Dame wurde renoviert, der Louvre nach siebenhundert Jahren endlich fertiggestellt. Tausende von Bäumen wurden gepflanzt, Hunderte von Springbrunnen errichtet. Fünf Straßen, die am Arc de Triomphe zusammentrafen, genügten nicht, also wurden noch mehr Häuser abgerissen, und aus den fünf wurden die zwölf Straßen der Place d'Etoile. Tausende neuer Gaslaternen beleuchteten Dutzende von neuen Parks und Hauptstraßen, bis die Stadt nachts leuchtete wie ein Feld voller Diamanten: das Zentrum der zivilisierten Welt.

Der Bischof war an dieser Verwandlung natürlich allenthalben beteiligt. Informationen über Stadtviertel, die abgerissen, und neue Gebäude, die errichtet werden sollten, wurden heimlich und mit größter Vorsicht gehandelt. Informationen waren es, die einen Mann reich machten. Der Bischof und der Baron kannten einander gut. Wo der Baron war, da war auch der Bischof. Wo der Bischof war, da fand man den Baron. Natürlich niemals in der Öffentlichkeit, und niemals auf eine Weise, die sich später als unbequem erweisen würde. Aber die ganze Zeit war der Bischof in eine Orgie des Geschäfts vertieft, des Kaufens und Verkaufens und Tauschens.

Durch seine üblichen Kanäle im Stab des Barons erfuhr er eines Tages von einer ungeheuren Gelegenheit: Im Südostviertel sollte ein äußerer Boulevard gebaut werden, der zusammen mit andern in einem Ring um die Stadt führen sollte. Es würde ein gewaltiges Unternehmen werden, finanziert durch eigens ausgegebene Obligationen, so umfangreich, daß er sich beim Baron selbst vergewisserte, ob Lage und Zeitplan seinen Informationen entsprachen. Jawohl, nickte der Baron, dies war es, was der Kaiser sich vorgestellt hatte, und dies war es, was der Kaiser bekommen würde. Der neue Boulevard würde von imposanter Breite sein, gesäumt von Parks, Geschäften und Häusern.

Unverzüglich beauftragte der Bischof seine Curés mit dem Landerwerb: eine Parzelle hier, eine Sektion dort, eine Reihe Häuser, ein Bauernhof, eine Fabrik. Der Maßstab des Projekts war überwältigend. Ein größeres Unternehmen hatte die Diözese nie in Angriff genommen. Es erforderte die Investition gewaltiger Mittel, eine Investition, die zunächst die Konten des Bistums leerte und dann sogar die Privatschatulle des Bischofs anzapfte. Und es reichte immer noch nicht. Er borgte sich Geld bei Freunden im *Crédit Foncier*, dessen Mittel eigentlich den Départements und Kommunen vorbehalten waren. Er gewann Investoren, die sich ihm anschlossen. Er zog Geld aus den Gemeinden der Diözese. Er war besessen von dem Projekt. Und er würde ein Vermögen verdienen, sobald die neue Trasse bekanntgegeben würde.

Dann kam die Katastrophe. Er erhielt einen dringenden Ruf von Monsieur Portier, seinem Kontaktmann im Stab des Barons: Er müsse sofort kommen. Monsieur Portier war ein mausförmiges Männchen mit einem Kneifer, und er war in höchster Erregung, als der Bischof sein Bureau betrat.

»Das Projekt wurde geändert, Eminenz! Der Boulevard ist verlagert!«

»Verlagert?« brüllte der Bischof. »Wie kann das sein? Der Baron selbst hat mir doch versichert ...«

»Oui, und es war auch seine Absicht, Hochwürden! So sollte es auch bis vor drei Tagen noch sein. Es war der Kaiser selbst, der die Trasse verlegt hat. Er hat eine Kutschfahrt gemacht und ist zu dem Schluß gekommen, daß ihm die Linie des Boulevards nicht gefällt. Sie ist ihm nicht gerade genug! Als der Baron davon hörte, ließ er sich sofort eine Audienz beim Kaiser geben. Er hat ihm sogar widersprochen. Widersprochen! Aber es hat nichts genützt. Der Kaiser ist fest entschlossen.«

Portier war in Panik. Er hatte seine eigene Pension in das Projekt investiert, und jetzt sah er, daß unter der Laune eines Kaisers alles zu Staub zerfiel. Voilà: eine Handbewegung, ein Schwenk des großartigen Schnurrbarts, und plötzlich würde die neue Straße nicht hier verlaufen, sondern dort, und ganze Vermögen waren verloren. Plötzlich und unfaßbar. Die Linie, wahrhaftig!

»Du Trottel!« sagte der Bischof.

»Herrje, ich kann doch die Gedanken des Kaisers nicht lesen, Eminenz!«

»Merde.« Der Bischof vergaß sich vollends.

»Eminenz?« Trotz seiner Panik war der Schreiber verdutzt, eine solche Äußerung von einem Bischof zu hören. Portier hatte nicht gewußt, ob er weinen oder sich von einer Brücke stürzen sollte, bevor er ihn gerufen hatte. Er hatte Angst vor diesem Mann, vor seiner Masse, seinem Jähzorn, seiner Macht und seiner Rachsucht. Er war ruiniert, da war er sicher. Aber der Bischof sagte nichts weiter. Er ging gedankenverloren auf und ab.

Portier wandte sich einer großen Holzkommode zu, in deren Schubladen detaillierte Karten jedes einzelnen Pariser Arrondissements aufbewahrt wurden. Er zog eine heraus und breitete sie auf dem Tisch aus. Während der Bischof nachdachte, studierte Portier die Karte. Er zog die Brauen hoch, als er es sah. Es war nur eine hauchdünne Möglichkeit, aber er rief den Bischof.

»Eminenz, schauen Sie! Vielleicht gibt es noch etwas. Vielleicht ist nicht alles verloren. Hier soll die neue Trasse jetzt verlaufen.« Er zeichnete mit dem Finger eine Linie auf die Karte. »Wenn Eminenz das Land hier« – er deutete auf einen großen Abschnitt – »und hier erwerben können, dann werden Ihre früheren Erwerbungen ihren Wert behalten.« Der Bischof betrachtete die Karte aufmerksam. Es stimmte, das sah er gleich: Das Land, das Portier ihm da zeigte, würde seinen Besitz mit der neuen Trasse verbinden.

»Wem gehört dieses Land?«

In neuer Begeisterung entbrannt, eilte Portier zur Katasterabteilung seines Bureaus. Er stieg auf eine Leiter und zog ein dickes Buch aus dem Regal. Er brütete darüber, Seite um Seite, blinzelte mit den Augen, wo die Schrift alt und verblichen war, nickte und murmelte vor sich hin, bis er den richtigen Abschnitt gefunden hatte.

»Voilà!« Er brüllte fast und deutete eifrig mit dem Finger auf das Papier. »C'est ça!«

Das ganze Gelände gehörte nur einem einzigen Eigentümer: dem Grafen Henri de Vries. De Vries! Der Bischof verfluchte seine schwache Position und die Tatsache, daß jetzt so viel von einem einzigen Mann abhing.

»Wir müssen das Land beschlagnahmen«, sagte er.

Portier schüttelte den Kopf. »Das ist leider nicht möglich, Eminenz.«

»Und wieso nicht? Der Baron enteignet regelmäßig Land für öffentliche Baumaßnahmen!«

»Bien sûr, Eminenz, Sie haben recht – mit Ausnahme von Land, das dem Adel gehört. Dem Kaiser ist nicht daran gelegen, den Adel vor den Kopf zu stoßen. Seine Anweisungen sind da von Anfang an ganz unmißverständlich gewesen: Was nicht gekauft werden kann, wird auch nicht beschlagnahmt. Außerdem ließe sich eine Beschlagnahme auch niemals durchsetzen. Das Land des Grafen ist für die neue Trasse nicht unentbehrlich. Unentbehrlich ist es nur, um Ihre … oder sollte ich sagen, unsere Investition zu sichern.«

Der Bischof fand sich damit ab. Eines, das wußte er, sprach zu seinen Gunsten: Es war gut, daß er sich im Umgang mit der Frau des Grafen so zurückhaltend gezeigt hatte. Der Bischof nahm an, daß der Graf ein Mann sei, der Wert auf seine unsterbliche Seele legte wie jeder andere auch. Eine Landschenkung an die Kirche – oder selbst ein Verkauf – würde den Schmerz lindern, den seine Seele sicher gespürt hatte, als er seine Ehe ohne den Segen der Kirche hatte schließen müssen.

Und so kam es, daß er Henri einen Besuch abstattete. »Das Projekt ist wichtig für die Lebenskraft der neuen Stadt«, erklärte er ihm. »Ihre Familie war mehr als großzügig gegen die Kirche und hat Frankreich generationenlang vorzüglich gedient. Da würde es sich ziemen, diese Tradition jetzt fortzusetzen. In den Augen der Diözese ist dieses Projekt gut für die Stadt und gut für die Diözese. Wie Sie sehen, soll hier ein Park entstehen.« Er deutete auf die Karte. »Und dort eine Schule. Der Kaiser gedenkt einen breiten Boulevard …«

»Wem gehört dieses Land?« unterbrach Henri und zeigte auf einen Teil des neuen bischöflichen Grundbesitzes.

Der Bischof zögerte. Er überlegte, ob er lügen sollte, aber er sah nicht, wie die Wahrheit ihm schaden könnte. »Es gehört der Kirche.«

»In Gestalt Ihrer Diözese womöglich?«

»Ja, Herr Graf.«

»Und wann hat die Diözese es erworben?«

»Ich weiß nicht, was das mit Ihnen zu tun hat.«

»Es hilft mir, Ihre Absichten zu erkennen, Monseigneur. Ich möchte verstehen, warum Sie hier sind.«

»Nun gut. Die Diözese besitzt das Land erst seit kurzem.«

Ein schmales Lächeln huschte über Henris Gesicht. »Dann verstehe ich, Monseigneur. Sie haben hier investiert. Und ohne mein Land ist das Ihre wertlos.«

»Es geht hier nicht um Werte, Graf de Vries. Die Diözese betreibt das Werk des Herrn. Es handelt sich um eine Sache von höchstem Nutzen für unser Land. Der Kaiser hat die Stadt verwandelt. Die Kirche unterstützt ihn in seinen Bemühungen, so gut sie kann. Wenn Sie es nicht für vorteilhaft erachten, der Stadt das Land zu schenken, dann wird die Kirche selbstverständlich erwägen, es zu kaufen, und dann wird die Kirche es der Stadt schenken.«

»Und diesen anderen Besitz, werden Sie den auch verschenken, oder werden Sie ihn zum Kauf anbieten?«

Der Bischof dachte hastig nach. Zum Teufel mit dem Mann! Er drang so schnell, so unmittelbar zum Kern der Sache vor. Nun, wenn es sein mußte, würde er die geschäftlichen Absichten der Kirche offenbaren. Es war ja sicher nichts Neues, daß die Kirche sich zuweilen auch an kommerziellen Transaktionen beteiligte. Er kam zu dem Schluß, daß es sich empfehlen würde, gewisse kommerzielle Aspekte dieser Angelegenheit einzuräumen und der Stadt gleichzeitig einen Teil des Geländes zu schenken. Aber bevor der Bischof Gelegenheit zur Antwort fand, betrat Serena den Raum. Sie erkannte den Besucher, und ein dunkler Schatten huschte über ihr Gesicht, der aber gleich wieder verflog. Der Bischof erhob sich, unterließ es aber, ihr den Ring entgegenzuhalten. Sie begrüßte Henri fröhlich und sah dann die Karte, die die beiden Männer studiert hatten.

»Wir sprachen gerade darüber, einen Teil unseres Grundbesitzes für den neuen Boulevard zu stiften«, sagte Henri. Serena betrachtete die Karte.

»Ist das bei Vaugirard?«

»Oui«, antwortete er lächelnd. Sie war noch neu in der großen Stadt Paris, aber sie kannte sich schon aus. Und mit Karten hatte sie schon immer umgehen können.

»Ich war eben in Ramizas Laden.« Ramiza Hamad war eine Algerierin, die am Montparnasse ein Textilgeschäft eröffnet hatte. Serena hatte sie kurz nach ihrer Ankunft in Paris kennengelernt und sich dort Kleiderstoffe gekauft. Ramiza kannte die Oase El Gassi, wo Serena sich als Kind das Bein gebrochen hatte, und sie und ihre Familie waren regelmäßig zu Gast im Château de Vries.

»Es ist schrecklich, was dort geschieht! Sie verliert alles. Ihre Familie hat die Miete für drei Jahre im voraus entrichtet und alles verloren. Sie sagt, sie hat es an die Kirche verloren! Ich wollte dich fragen, ob man da nichts unternehmen kann, Henri.« Unschuldsvoll schaute sie Murat an. »Aber jetzt kann vielleicht der Priester helfen.«

»Ist das wahr, Monseigneur?« fragte Henri.

Der Bischof wußte, diesmal mußte er lügen. »Nein. Mit solchen Schwierigkeiten hat die Kirche nichts zu schaffen, und sie würde sich auch nicht daran beteiligen.«

»Wollen Sie sagen, daß meine Freunde unrecht haben? Aber sie wohnen doch dort! Sie müssen es doch wissen!«

»Ich will nur sagen, sie irren sich, weiter nichts. Vielleicht handelt es sich um eine andere Kirche. Ich bin sicher, sie haben keine bösen Absichten«, antwortete der Bischof in eisigem Ton. »Mit Verlaub – vielleicht sollte die Dame sich um ihren Haushalt kümmern und Vermögensfragen dem Grafen überlassen.«

»Vielleicht sollte der Priester sich um seine Religion kümmern und nicht um Vermögensfragen«, schoß Serena zurück.

Henri erhob sich. Serenas Feindseligkeit gegen den Bischof seit dessen erfolglosem Bekehrungsversuch war kein Geheimnis, und er sah keine Hoffnung auf eine Versöhnung; allenfalls konnte er versuchen, einen angespannten Waffenstillstand zwischen den beiden zu bewahren. »Ich danke Ihnen für Ihren Besuch, Eminenz. Ich werde über die Frage einer Schenkung an die Stadt nachdenken.«

»Das ist alles, worum ich Sie bitten kann«, antwortete der Bischof.

»Wirst du ihm das Land geben?« fragte Serena, als er gegangen war.

»Wahrscheinlich. Der Boulevard ist ein gutes Projekt. Aber vorher kümmere ich mich um Ramiza.«

Am nächsten Tag fuhr Henri nach Vaugirard. Er sprach erst mit der Familie Hamad und dann auch mit anderen, die Geschäfte in dieser Gegend hatten. Das Bild, das sie ihm zeichneten, war eindeutig und beunruhigend. Sie hatten hohe Mietvorauszahlungen geleistet, und dann waren ihre Häuser und Geschäfte von der Regierung für den Bau einer neuen Straße oder eines Parks beschlagnahmt worden. Ihr Geld hatten sie nicht zurückbekommen. Sie hatten nie mit dem Vermieter direkt verhandelt, sondern immer nur mit seinen Agenten; sie wußten nicht einmal genau, wer der Vermieter war. Manche sagten, es sei die Kirche, manche sagten, sie sei es nicht. Die Agenten äußerten sich dazu nicht; sie sagten nur, sie sollten ihre Beschwerden bei der Stadt vorbringen. Die Stadt verweigerte ihre Hilfe und erlaubte ihnen auch nicht, die Besitzurkunden einzusehen, denn die seien vertraulich. So hatten sie Geld und Besitz verloren und wußten nicht einmal, an wen.

Wenn machtlose Mieter keinen Zugang zu den Registern der Stadt bekamen, so hatte Graf Henri de Vries solche Schwierigkeiten nicht. Kurze Zeit später brütete er über den Akten und fand heraus, daß der Grundbesitzer, nachdem er das Geld von den Mietern bekommen hatte, von der Stadt für die Enteignung entschädigt worden war. So hatte er zweimal kassiert, einmal bei den Mietern, einmal bei der Stadt. Es war ein raffinierter Plan, mit dem wehrlose Menschen ausgenommen worden waren, Hunderte von Malen wiederholt, und dabei war es um zigtausend Francs gegangen. Aber die Summe war relativ klein, fand Henri; den schrecklichen Schaden, den die Opfer erlitten hatten, war sie sicher nicht wert.

In einem anderen Bureau gab es andere Akten zu lesen. Henri prüfte sie selbst, um sicher zu sein, daß er keinem Irrtum zum Opfer fiel. Ein Grundbesitzer ragte heraus; er besaß nicht jedes Stückchen Land, aber doch Dutzende. Henri betrachtete die Unterschrift am Fuße der ersten Verkaufsurkunde und dann die auf den anderen. Er blätterte durch das schwere Buch und sah den Namen immer wieder, Seite für Seite.

Msgr. M. Murat, Evêque de Boulogne-Billancourt.

Es konnte keinen Irrtum geben.

Henri war empört. Er fuhr zum Bischofspalast und marschierte schnurstracks und gegen den schrillen Protest der Haushälterin in die Privatgemächer. Der Bischof war mit einem Handwerker beschäftigt, der die Wände des privaten Speisezimmers mit einem neuen Bezug aus Cordovanleder ausstattete. Der Kaiser hatte in Fontainebleau imitierte Ledertapeten. Der Bischof ließ sich nicht übertreffen und hatte echte bestellt. Überrascht blickte er auf, als Henri eintrat.

»Graf! Ein unerwartetes Vergnügen!«

Henris Miene war grimmig, seine Stimme klang wie ein Peitschenknall. »Kein Vergnügen, Bischof. Sie haben mich belogen.«

Der Bischof winkte dem Handwerker. »Lassen Sie uns allein«, sagte er. Der Mann ließ sein Werkzeug fallen und eilte hinaus. Der Bischof wandte sich Henri zu, und sein Blick war hart. Mit leiser Stimme sagte er: »Sie vergessen sich, Graf. Ich lasse so nicht mit mir reden.«

»Was Serena gesagt hat, stimmt. Ihre Diözese hat viele Familien um ihr Geld gebracht. Kleine Ladenbesitzer. Das ist Betrug!«

»Sie sprechen mit dem Diener Gottes in dieser Diözese, Graf. Ich lüge nicht!«

»Ich war bei den Stadtbehörden. Ich habe die Pachtunterlagen gesehen. Ich habe die Kaufurkunden gesehen. Sie tragen Ihre Unterschrift.«

Der Bischof nickte und lächelte auf das verständnisvollste. »Vieles trägt meine Unterschrift. Hundert Papiere werden mir jeden Tag vorgelegt.« Er nahm eine Akte von seinem Schreibtisch. Sie war mit einem Band verschlossen und platzte vor lauter Dokumenten aus den Nähten. »Der Grundbesitz der Diözese ist groß. Vieles ist dem Gutdünken der Curés überlassen, die diese Angelegenheiten für die Kirche erledigen. Ich vertraue ihnen, wenn sie mir etwas vorlegen. Ich gestehe, daß ich nicht alles lese. Wenn es wahr ist, was Sie da sagen, dann ist möglicherweise einer der Curés verantwortlich. Wenn es so ist, werde ich es feststellen. Ich versichere Ihnen, ich werde der Sache auf den Grund gehen.«

Henri musterte ihn voller Verachtung. »Wollen Sie mir damit sagen, Sie wissen nicht, was in Ihrer Diözese vor sich geht? Ein oder zwei Fälle, das würde ich verstehen. Aber hundert und mehr? Im Verlauf von zwei Jahren? Und dann wollen Sie einem Curé die

Schuld in die Schuhe schieben?« Henri schüttelte den Kopf und schaute dem Bischof in die Augen. »Ich habe es schon einmal gesagt. Ich glaube Ihnen nicht. Sie sind ein Lügner.«

Der Bischof griff zu dem einzigen Mittel, das er kannte: Er ging in die Offensive. Tausendmal hatte er das schon getan, wenn jemand ihn herausforderte, und tausendmal war sein Gegner dann zurückgewichen. Er richtete sich zu voller Höhe auf. Er war ein imposanter Mann, der Gewänder und Kreuz seines Amtes mit größter Wirkung zu tragen wußte. Sein Gesicht war rot vor Ärger, und seine grauen Augen blickten wild. Seine Faust zitterte vor Wut, als er damit vor Henris Gesicht fuchtelte. »Mit diesen Reden bringen Sie Ihre unsterbliche Seele in Gefahr, Henri de Vries! Bis jetzt habe ich Sie angesichts Ihres Standes mit einiger Nachsicht behandelt. Ich habe mich vernünftig gegen Ihre Ehe gezeigt –«

»Sie wagen es, mir wegen meiner Ehe zu drohen?« Henri war fassungslos. »Das Ganze hat nichts mit meiner Ehe zu tun!«

»Ich erinnere Sie nur an die Strafe der Exkommunikation! Ich erinnere Sie an Ihre heikle Position! Ich erinnere Sie daran, daß ich in dieser Sache mehr Toleranz gezeigt habe, als die Heilige Mutter Kirche mir eigentlich zugesteht! Aber das kann auch anders werden! Ihr Titel und Ihr Geld und Ihre ganze Selbstgerechtigkeit werden Sie nicht schützen vor dem Zorn des allmächtigen Gottes!«

Henri starrte den Bischof an und war beschämt über sich selbst. Nie hatte er den Mann unter den Gewändern gesehen. Nie hatte er es für nötig gehalten, genauer hinzuschauen. Er hatte Serena nur beschwichtigt, wenn sie den Bischof kritisiert hatte. Aber was er jetzt sah, erfüllte ihn mit Abscheu. Sein Zorn war verflogen, und er sprach ganz ruhig. »Ich will nichts zu tun haben mit Ihrem Projekt. Was das und was meine Ehe betrifft, so machen Sie, was Sie wollen, Priester. Machen Sie, was Sie wollen.« Er wandte sich ab und verließ das Zimmer, und seine Stiefel hallten durch den Korridor. Der Bischof lauschte, bis das Geräusch verklungen war.

An diesem Abend saß der Bischof allein in seinem verdunkelten Schlafzimmer; zusammengesunken kauerte er in einem Sessel. Der Palast war still, seine Leidenschaft verraucht. Zwei leere Weinflaschen lagen zerbrochen zu seinen Füßen. Seine Augen waren rot, seine Zunge geschwollen. In seinem Kopf hämmerte es, und der Wein linderte es nicht. Das Unwetter seiner Wut hatte den ganzen Nachmittag getobt. Die Nachricht von seiner Laune hatte sich unter dem geistlichen und weltlichen Personal in seinem Palast rasch verbreitet. Curés hatten plötzlich dringend anderswo zu tun. Die Köchin bekam Magenschmerzen und ging nach Hause. Die anderen Diener schlichen sich leise durch entlegene Korridore und versuchten sich unsichtbar zu machen. Allen graute davor, dem Bischof über den Weg zu laufen oder von ihm gerufen zu werden. Nur zu rasch konnte er sich gegen sie wenden. Seine Rache konnte schnell und furchtbar sein.

Einige aber hatten sich nicht schnell genug bewegt. Er sorgte dafür, daß Monsieur Portier noch am selben Nachmittag entlassen wurde; ein kurzes Schreiben an Baron Haussmann enthielt genug Drohungen, um dies sicherzustellen. Er ließ den Diözesanschreiber kommen, einen bescheidenen, aber tüchtigen Priester, der pflichtschuldig jede Anweisung des Bischofs ohne Ausnahme ausgeführt hatte. Der Mann wurde unverzüglich nach Vanves versetzt, in die ärmste Gemeinde der Diözese. Er warf die Haushälterin hinaus, die Henri in seine Gemächer hatte vordringen lassen. Und als er dann keine weitere Zielscheibe für seinen Zorn mehr hatte finden können, hatte er angefangen zu trinken. Erst ein bißchen, dann eine Menge. Die Wut baute sich immer weiter in ihm auf, eine mächtige, gallebittere Wut, die ihn mit Haß und Bosheit verzehrte, und in ihrem Feuer fand er nur noch eine andere Person, die er für diese Katastrophe verantwortlich machen konnte.

»Was Serena gesagt hat, ist wahr …« Wieder und wieder hörte er den Vorwurf des Grafen. »Was Serena gesagt hat …«

Diese Teufelin. Serena de Vries. Die heidnische Hure.

Ohne ihre Einmischungen hätte sich das Unglück vielleicht noch begrenzen lassen. Ihr Anteil am Zusammenbruch seiner Pläne nahm in seinen Gedanken immer weiter zu, bis sie allein verantwortlich war. Er trank seinen Wein und sah das Bild deutlich vor Augen: Serena, wie sie anklagend den Finger auf ihn richtete – nein, nicht auf ihn, auf die Kirche, auf die Diener Gottes. Es war das Dämonenweib, das die Diener Gottes bezichtigte. Sie war schuld.

Als er wußte, daß es die Wahrheit war, lag er erschöpft in nebelhaftem Dämmer, und die Stimme sprach zu ihm, wie sie es immer tat, besänftigend und sicher.

Gott wird sie dafür strafen, daß sie seine Werke durchkreuzt. Und ich werde sein Werkzeug sein.

Er kam auf die Beine und taumelte. Ein elfjähriger Knabe spähte unter dem seidenen Oberbett hervor auf die Körpermassen des Bischofs. Der Knabe hatte schreckliche Angst. Der Bischof konnte ihm weh tun, wenn er so war. Mehr als eine Stunde lag er jetzt schon da und wagte nichts zu sagen, wagte nicht einmal, sich zu bewegen. Ob der Bischof ihn vergessen hatte, während er da aß und trank? Er sah, wie der Mann mit dem Kopf nickte und mit sich selbst redete, und er überlegte, ob er weglaufen sollte. Aber da entdeckte ihn der Bischof. Murat hatte vergessen, daß heute Freitag war. Freitags war immer ein Knabe da. So einen liebreizenden jungen Körper hatte dieser hier. Sein Liebling. Aber jetzt hinderte seine Wut ihn daran, sich auf das Kind zu konzentrieren. Er wollte nur allein sein.

»Hinaus!« Der Bischof fluchte. »Aus meinen Augen!« Die Flasche, mit der er warf, zersplitterte kurz hinter den nackten Füßen des Jungen, als dieser zur Tür hinausflüchtete.

4. »Es ist aus.« Graf Otto von Bismarck, Ministerpräsident von Preußen, nahm einen Schluck Schnaps und ließ sich schwer auf seinem Stuhl zurücksinken. Er saß in einem matt erleuchteten Zimmer im ersten Stock von Schloß Charlottenburg in Berlin und nahm zusammen mit seinem schlechtgelaunten, aber brillanten Stabschef General Helmuth von Moltke und dem Kriegsminister Graf Albrecht von Roon ein spätes Abendessen aus Blutwurst und Brot zu sich.

Es wäre nicht leicht gewesen, in irgendeinem Raum in Europa drei gewitztere, mächtigere und intelligentere Männer zu dieser Abendstunde versammelt zu finden. In einem Zeitraum von sechs Jahren hatten sie das Gleichgewicht der europäischen Mächte neu gestaltet; sie hatten neue Landkarten gezeichnet und Könige wie Marionetten geführt, und sie hatten Hunderttausende von Männern in Schlachten geschickt, in denen sich die Zukunft zweier Kontinente entscheiden würde.

Und doch war die Stimmung in diesem Raum düster, denn es bestand die sehr reale Gefahr eines Friedens mit Frankreich. Ein Frieden aber würde Bismarcks Pläne durchkreuzen. Ein Frieden konnte den großen Plan gefährden, den er seit Jahren sorgsam hegte. Er war besessen vom Traum von einem vereinten Deutschland, von einem preußisch beherrschten Reich. Von einem Reich, in dem er natürlich Kanzler sein würde. Um dies zu bewerkstelligen, mußte er Scharen von unabhängigen Fürsten- und Herzogtümern zusammenschließen, von denen viele winzige Armeen und einsame Generäle besaßen. Der ganze Prozeß hatte mit einem Krieg gegen Dänemark begonnen, den der Deutsche Bund – dessen stärkste Mitglieder Preußen und Österreich waren – günstigerweise gewonnen hatte.

Bei Königgrätz war sein Plan zur Blüte gelangt; auf der böhmischen Ebene hatte eine gewaltige und blutige Schlacht stattgefunden, und Preußen hatte gegen den ehemaligen Verbündeten Österreich um die Vormachtstellung unter den deutschsprachigen Völkern gekämpft. Königgrätz war ein Glücksspiel gewesen. Unter der Herrschaft der Habsburger-Dynastie galt Österreich nach

Frankreich als mächtigste Nation auf dem ganzen Kontinent. Es stand keineswegs fest, daß Preußen gewinnen oder daß Bismarck nicht am Galgen enden würde. Aber dieser Mann hatte einen eisernen Willen, und er hatte nichts übrig für den leichten Weg. Er hatte gespielt, und nach wenigen kurzen Wochen hatte er gewonnen. Aus diesem Sieg hatte er den Norddeutschen Bund geschmiedet. Das Gleichgewicht der Macht hatte sich erneut verschoben. Europa zitterte.

Jetzt blieb nur noch eines zu tun, nämlich die süddeutschen Fürstentümer in den Bund zu holen. Dies gedachte er dadurch zu bewerkstelligen, daß er Frankreich in einen Krieg hineinzog. Die Gelegenheit dazu bot sich, als eine Junta von spanischen Generälen Königin Isabella von Spanien stürzte. Bismarck hatte mit den Generälen konspiriert und sie dazu gebracht, den spanischen Thron dem Prinzen Leopold anzubieten, dem Neffen des preußischen Königs Wilhelm. Im Nordosten sah Frankreich sich bereits mit den Preußen konfrontiert. Wenn Leopold das Angebot annähme, säßen die Preußen fortan auch südwestlich von Frankreich, und der deutsche Einfluß würde sich über den ganzen Kontinent erstrecken.

Und das, wußte Bismarck, konnte nur zwei mögliche Konsequenzen haben. Die eine wäre die Demütigung Louis Napoleons, dessen ohnehin schon geschwächte Position unter den Mächten Europas sich noch weiter verschlechtern würde. Die zweite wäre Frankreichs Weigerung, eine solche Provokation hinzunehmen: Dann müßte es den Krieg erklären. Bismarck setzte auf die zweite Möglichkeit.

»Das französische Ego«, hatte er den Generälen versichert, »wird Blutwurst an zwei Grenzen niemals akzeptieren. Sie werden sich aufplustern, ihre Säbel zücken und Ihre Armeen noch einmal erproben.«

»Aber das französische Heer ist größer als das unsere«, erinnerte Moltke ihn. »Es ist kein so leichter Gegner wie das österreichische.« Bismarck lachte geringschätzig. Früher hatte er die allgemeine Ansicht geteilt und Napoleon für einen Mann gehalten, den man fürchten und respektieren müsse. Aber heute nicht mehr. Er hatte ihn in der internationalen Politik wankelmütig gesehen, hatte erlebt, wie er arg stolperte. Sein Hof war korrupt. Berichte über Krankheit und Ausschweifung machten die Runde. Er war ein Mann, der lieber dem Strom der Ereignisse folgte, statt sie zu formen wie sein Onkel Bonaparte. Ein schwacher Mann an der Spitze eines zerfallenden Imperiums.

»Ich habe dem Kaiser in die Augen geschaut«, sagte Bismarck. »Sie sind leer. Er ist eine Sphinx ohne Rätsel. Und sein Land ist nicht besser. Aus der Ferne wirkt Frankreich atemberaubend, aber wenn man nah herankommt, ist nichts da. Und wenn sie begreifen, daß wir ihre kostbare Würde beleidigt haben, werden sie tun, was sie immer tun. Sie werden kämpfen. Nur, wenn sie jetzt auf das Schlachtfeld kommen, werden sie keine andere Rüstung tragen als ihre Ehre und kein anderes Schwert haben als ihr Ego. Und wir werden ganz Deutschland gegen sie erheben.«

Bismarcks Generäle brauchten nicht lange von ihrer eigenen Überlegenheit überzeugt zu werden. Sie vertrauten auf ihre Truppen. Seit vier Jahren, seit Königgrätz, hatten sie aufgerüstet, sich vorbereitet, geplant. Sie wollten mehr Zeit, wie Generäle es immer wollten. Aber wenn die Zeit kam, dann waren sie auch bereit.

Jetzt jedoch bedrohten die Ereignisse – und ihr eigener Souverän – ihre Pläne. Die Franzosen hatten sich tatsächlich aufgeplustert und ihre Säbel gezückt. Sie waren empört. Sie waren beleidigt. Der Außenminister hatte mit Krieg gedroht.

König Wilhelm teilte Bismarcks Begeisterung über einen Krieg gegen die Franzosen nicht, zumindest nicht, wenn es um diese Angelegenheit ging. Prinz Leopold selbst hatte nur lauwarme Bereitschaft gezeigt, den spanischen Thron zu besteigen, denn die Lage dort war noch ungeklärt.

Also hatte Wilhelm mit der Wimper gezuckt.

»Es ist aus«, wiederholte Bismarck, und Resignation lastete auf seiner Stimme. »Der König ist zurückgewichen. Leopold hat den Thron aufgegeben.«

»Ich dachte, Sie hätten die Mithilfe seines Vaters sichergestellt«, bemerkte von Roon.

»Das dachte ich auch. Ich habe seinen Vater überredet, indem ich an sein Pflichtgefühl als Preuße appellierte. Und sein Vater hat ihn überredet. Es war erledigt. Leopold hatte König Wilhelm um

Erlaubnis gebeten, das Angebot anzunehmen, und Wilhelm war einverstanden. Aber dann hat er es sich anders überlegt. Er hat sich zurückgezogen.«

Bismarck schüttelte zornig den Kopf. »Herrgott, Leopold hat kein Rückgrat. Seine Angst vor den Franzosen hat ihn einknicken lassen. Er fürchtet das Unbekannte. Wenn der König den Franzosen weitere Zugeständnisse macht, wird mir nichts anderes übrigbleiben als der Rücktritt.«

In diesem Augenblick kam ein Adjutant durch die schwere Eichenholztür. Er trat an den Tisch und salutierte.

»Herr Ministerpräsident, ein dringendes Telegramm.« Er hielt Bismarck ein Tablett entgegen, und der nahm den Umschlag herunter und öffnete ihn.

»Es ist vom König, über das Außenministerium.« Der König war zur Kur in Bad Ems. Bismarck las schweigend ein paar Sätze. »Anscheinend hat der französische Botschafter ihn heute angesprochen.« Er las weiter und schüttelte staunend den Kopf. »Mein Gott, sie sind wirklich unverschämt. Offenbar reicht ihnen die Versicherung des Königs nicht, daß er seine Unterstützung für Leopold zurückziehen wird. Sie verlangen eine Garantie dafür, daß es nicht noch einmal geschehen wird. Und sie fordern Wilhelm auf, sich zu entschuldigen.«

»Sich zu entschuldigen?« Von Roon machte ein ungläubiges Gesicht. »Wofür sollte er sich entschuldigen? Er hat in der ganzen Angelegenheit doch immer nur das getan, was die Franzosen wollten!«

Bismarck hörte nicht zu. Er las immer noch. »Seine Majestät hat ihre Forderungen zurückgewiesen«, fuhr er fort. »Er hat beschlossen, den französischen Botschafter nicht noch einmal zu empfangen. Er will meine Meinung hören, ob wir diese letzte Forderung und die Ablehnung des Königs an die Presse weitergeben sollen.« Er reichte den anderen die Depesche und verstummte nachdenklich.

»Selbst für die Franzosen ist das eine unglaubliche Arroganz«, fauchte von Moltke. »Selbstverständlich sollte man der Presse sofort davon berichten, Exzellenz. Die Öffentlichkeit wird über diese Forderungen empört sein.«

»Das führt zu nichts«, meinte von Roon. »Es ist reine Pose. Die Sache ist verloren.«

Aber in Bismarcks Gesicht erschien ein Lächeln, und ein neuer Funke leuchtete in seinen Augen. »Meine Herren, dieses Telegramm sollte nicht an die Presse gegeben werden.«

»Ich glaube, das wäre nicht richtig, Exz…«, begann von Moltke, aber Bismarck schnitt ihm mit erhobener Hand das Wort ab.

»Ich sage, dieses Telegramm sollte man nicht veröffentlichen.« Er stand auf und ging zu einem Schreibtisch am Rande des Zimmers, um einen Füllfederhalter zu holen. Damit kehrte er zum Eßtisch zurück und schob die Teller beiseite. Er legte das Telegramm hin und begann, es sorgfältig zu redigieren. Ein paar Augenblicke lang hörte man nur das Kratzen seiner Feder, als er hier ein paar Worte durchstrich und da ein paar andere hinzufügte. Als er fertig war, richtete er sich auf. Mit leidenschaftsloser Miene hielt er den andern das revidierte Telegramm entgegen.

»Meine Herren, *das* ist es, was die Welt lesen wird.«

Roon und Moltke studierten, was Bismarck geschrieben hatte. Nur langsam dämmerte ihnen, was er getan hatte, und als es ihnen klar wurde, trat ein Ausdruck der Bewunderung in ihre Augen. Er war ein Künstler. Aus der schlichten Weigerung des Königs, den Botschafter noch einmal zu empfangen, hatte er eine krasse Beleidigung gemacht. Dies, das wußten beide, wäre mehr, als die Franzosen ertragen konnten. Sie schauten Bismarck an. Niemand außer ihm hätte das gewagt.

»Brillant«, war alles, was Moltke sagen konnte.

»Ein rotes Tuch für den gallischen Stier«, bekannte Bismarck mit seinem bescheidenen Lächeln. Er schenkte allen noch einen Schnaps ein und hob sein Glas.

»Auf ein vereintes Deutschland«, sagte er. »Meine Herren, wir werden unseren Krieg doch noch bekommen.«

General Bernard Delacroix stieg im Hof der Tuilerien, des napoleonischen Schlosses, in seine Kutsche. Der General war Mitglied der Kaiserlichen Elitegarde. Er war ein stämmiger Mann mit rundem Gesicht, das gerötet war von zu vielen Tagen der Muße und zu vielen Nächten der Ausschweifung.

»Zum Château de Vries«, befahl er dem Kutscher und lehnte sich zurück, um die Fahrt zu genießen. Es war ein schöner Sommerabend. Der Himmel war wolkenlos und tiefblau. In der untergehenden Sonne wurden die Schatten im Hof länger.

Der General war hundemüde. Seit Wochen war er kaum aus den Tuilerien herausgekommen. Aber heute abend würde der unerbittliche Trott eine willkommene Unterbrechung finden, denn er würde zu einem Fest bei den de Vries fahren. Graf Henri de Vries war aus Rußland zurückgekehrt und unterwegs durch Berlin gekommen. Der General wollte seine Eindrücke über die Kriegsbereitschaft der Preußen hören. Aber es gab noch einen anderen, einen viel zwingenderen Grund, hinzufahren: Elisabeth, die üppige Elisabeth, die Frau des Colonel Jules de Vries, des gräflichen Bruders. Elisabeth, die reizende Elisabeth, blond und reizvoll und willig. Elisabeth, wild und ehrgeizig und frech. Der General rutschte auf seiner Bank hin und her und merkte, daß ihn der Gedanke an sie in Erregung versetzte. Er lächelte über ihre Beharrlichkeit und wünschte, seine Offiziere hätten auch einen solchen Geist. Angesichts der Lage mit Preußen nahm er sonst keine gesellschaftlichen Einladungen an, aber Elisabeth hatte sich große Mühe gemacht, seine Anwesenheit sicherzustellen; erst hatte sie einen Brief geschrieben, und dann war sie persönlich in die Tuilerien gekommen. Ihren Sonnenschirm schwenkend wie einen Säbel und ihre Entschlossenheit wie eine Keule, hatte sie seinen Adjutanten so lange drangsaliert, bis er ihre Einladung namens des Generals angenommen hatte. Der General hatte nichts dagegen, überhaupt nichts. Er war bereit für Elisabeth. Er würde sie bekommen. Heute abend, im Hause des Grafen, während ihr Mann in der Nähe war. Dieser Gedanke trieb ein Lächeln auf seine Lippen und einen Schauer durch seine Lenden.

Seine Kutsche bog vor dem Palasttor nach Osten. Der Weg zu den de Vries würde ihn durch die besten Teile der Stadt führen. Da war das Palais Royal und der Garten der Tuilerien, wo die Kapelle seiner eigenen Kaiserlichen Garde die Männer und Frauen unterhielt, die hier die frische Luft genossen und zwischen Blumen, Bäumen und Springbrunnen über die Wege spazierten.

Er fuhr unter den ausladenden Ästen der Kastanienbäume an

der Rue de Rivoli dahin und dann auf die Place de la Concorde. Sein Gespann reihte sich in den Strom der Fahrzeuge ein, die da in einer endlosen Parade von Elan, Eleganz und Erregung durch die Straßen rollten. Kutscherpeitschen schlugen auf prachtvolle englische Vollblüter ein, von denen sich die Elite der Gesellschaft bei ihren Beschäftigungen von hier nach da bringen ließ: eine endlose Prozession von Zylindern, langen Kleidern, Capes und Juwelen für ein grenzenloses Angebot von Festen, Maskenbällen, Diners, Opern, Operetten und Theaterstücken. Sämtliche ehrfurchtgebietenden Mittel von Finanz, Intellekt und Kultur wurden ins Feld geführt im Kampf gegen die schrecklichste aller französischen Krankheiten: die Langeweile. Ein Refrain aus *Pariser Spiele*, einer populären Musikrevue, war überall zu hören:

»Ohne Mode, ohne Spaß,
Da sind wir alle einig,
Ist das Leben eine Dummheit.«

Das Streben nach Spaß war unersättlich; es durchdrang jeden Aspekt des französischen Lebens und verzehrte jeden wachen Augenblick. Den Reichen half ein Abend in der Oper. Für die Mittelklasse war es der Cancan beim Bal Mabille, und für die Armen gab es Saufspelunken und zwölfjährige Prostituierte oder – was erheblich wahrscheinlicher war – überhaupt nichts.

Der General fuhr durch Straßen, die einem Jahrmarkt glichen; es wimmelte von Gauklern, Zauberern, Hökern mit Arzneien und Huren. Überall gab es Straßencafés. Im Café Guerbois konnte man Renoir oder Zola sehen, während man im Nouvelle-Athènes – dachte der General grimmig – die Verräter Clemenceau oder Gambetta dabei belauschen konnte, wie sie über Napoleon herzogen. Ihre Kühnheit grenzte mittlerweile an Illoyalität. Man sollte sie in die Verbannung schicken wie den Dichter Hugo. General Delacroix fand, daß der Kaiser mit Dissidenten zu nachsichtig umging. Er hatte den Hausputz in Frankreich allzu früh eingestellt. Er hätte mit den Intellektuellen machen sollen, was Haussmann mit den Armen gemacht hatte – nur, daß er sie nicht in die Vorstädte, sondern auf die Guillotine hätte schicken sollen. Selbst die Verbannung war zu mild – eine unsichere Regelung, die zu leicht aufgelöst werden konnte. Klingen und Kugeln: Damit konnte man ein Problem dauerhaft lösen. Nur zu gern hätte Delacroix sich zum Wohle des Empires mit diesen Schriftstellern und Malern befaßt, mit Malern wie diesem Dandy Manet zum Beispiel, der seine Leinwand mit den Exkrementen dünn verschleierter Beleidigungen gegen den Kaiser beschmierte, und mit Komponisten wie Offenbach, dem Halbpreußen, der in seinen Operetten Satiren auf Kaiser, Armeen und – jawohl – Generäle lieferte. Es war demütigend. Die Freiheit war zu weit getrieben, wenn man nicht mehr ins Theater gehen konnte, ohne einen neuerlichen Angriff auf seine Integrität, seinen Kaiser oder seine Profession befürchten zu müssen.

Aber es würde nichts geschehen, das wußte der General, denn der Kaiser war krank und schwach, ein Sklave seiner spanischen Kaiserin Eugénie und ihrer endlosen Intrigen. Das Reich entglitt seiner Kontrolle, und sein Ansehen unter den europäischen Herrschern stand auf einem neuen Tiefpunkt – so weit gesunken, daß es eine Gefahr für Frankreich bedeutete, denn wo die Fähigkeiten, die Urteilskraft und die Entschlossenheit eines Souveräns nicht geachtet wurden, bestand Kriegsgefahr. Napoleon war zu einer Hülse seiner früheren Persönlichkeit geworden, die schon zu besten Zeiten nie imposant gewesen war. Für jeden, der genau hinsah, waren seine Leiden zu erkennen. Wegen seiner Nierensteine konnte er kaum noch gehen. Seine Augen hatten ihren Glanz verloren. Das Tuscheln im Palast wurde lauter. Der Mann war geistig abwesend, versank in Schmerzen, verlor die Kontrolle. Im Frühling hatte es wütende Streiks und Unruhen gegeben, es kam zum Kampf zwischen Freiheit und Autorität, zwischen Arm und Reich. Attacken gegen den Kaiser wurden zu Gemeinplätzen, die Zeitungen waren voll davon, voll von der Wut der Unzufriedenheit, voll von den Lügen und Freizügigkeiten der Unzufriedenen. Der General schüttelte den Kopf, als er daran dachte. Es war so empörend.

Er fuhr durch den Schatten des Arc de Triomphe an der Place d'Etoile. Auf der ganzen Welt war dies sein Lieblingsort, ein Denkmal der großen Kriege des Reiches, eine Bestätigung der

Macht Frankreichs. Der Fries zeigte eine Prozession von Eroberern, die ihre Kriegsbeute heim ins Mutterland brachten. Erfüllt von vergangener, von gegenwärtiger, von künftiger Glorie. Wie immer brodelte der Platz von sprühendem Leben, und es wimmelte von Menschen. Hier fand man Trost in beunruhigenden Zeiten. Hier konnte man sehen und hören und fühlen, was Frankreich, dessen war der General sicher, in Ewigkeit erhalten würde: Männer unter Waffen, Männer von Macht und Pracht, Männer mit gefiederten Helmen und goldenen Brustpanzern und Degen und Kanonen, die himmelblauen Tuniken und die Stiefel der *Cent Gardes*, Lanzenreiter auf weißen Pferden, Offiziere der *Guides*, Aristokraten in Grün und Gold mit ihren Säbeln, die in der Sonne blinkten, Husaren, die *Chasseurs d'Afrique* und die *Zouaves* auf ihren Araberpferden, die *Spahis* aus der Sahara – allerorten die machtvolle Staffage einer Nation, die eine halbe Million Bewaffnete ins Feld schicken konnte, Soldaten, um die sie von der ganzen Welt beneidet wurde. Von Nordafrika bis Tahiti, von China bis Somalia, von Madagaskar bis nach Westindien kamen die französischen Armeen den englischen gleich in ihrem Bestreben, ihre Bestimmung zu erfüllen und die ganze Welt zu besitzen und zu zivilisieren. Jawohl, sinnierte der General, Könige und Kaiser würden kommen und gehen, aber auf sein Militär konnte Frankreich sich stets verlassen; es würde den Interessen der Nation dienen und sie in ihrer gottgegebenen Rolle als Zivilisator der Welt beschützen. Die Schwäche Napoleons war nicht annähernd so beunruhigend, wenn sie auf der Stärke seiner Armeen beruhte. Frankreich würde sich durchwühlen, wie es das immer getan hatte.

Und das mußte es auch jetzt tun, denn heute abend lag etwas Neues in der Pariser Luft, eine spezielle, erregende Energie, ein Hauch von Gefahr. Irgend etwas lag immer in der Luft von Paris – Liebe oder Lust, Revolution oder Intrige. Jetzt war es die sehr reale Aussicht auf einen Krieg mit Preußen, dessen König Frankreich beleidigt hatte. Der Affront elektrisierte die Stadt und füllte die Bürgersteige mit lebhaften Menschenmengen, die auf die Situation mit berauschtem Selbstbewußtsein und einer kecken Großspurigkeit reagierten, wie es denen, die nicht zu kämpfen brauchen, immer besonders leichtfällt. Die Ehre Frankreichs war empört.

Das Parlament war hitzig, die Presse stand in Flammen. An den Straßenecken und in den Parks sammelten sich die Menschen um leidenschaftliche Redner. Jede Wand war mit Anschlägen tapeziert. Gerüchte nährten den Klatsch, und der Klatsch wurde zur Nachricht, und die Nachricht erfüllte ganz Frankreich mit Entrüstung.

Es war wundervoll, in solchen Zeiten ein Mann des Militärs zu sein und den Respekt und die Ehrfurcht der Massen zu spüren, die allem salutierten, was Uniform trug. Dementsprechend wurden dort, wo der General vorbeifuhr, Hüte geschwenkt, man winkte aufgeregt und rief fieberhaft: »Vive la France!« und »A Berlin!« und »Vive la guerre!« Nach vier Kriegen und aufeinanderfolgenden Beförderungen war Delacroix weiter vom Schlachtfeld entfernt, aber dem Ruhmesglanz desto näher. Er liebte diesen Jubel. Es wurde jedesmal besser.

Elisabeth war außer sich. Dies war ihr Fest, das Fest, auf das sie gehofft und für das sie gearbeitet hatte. Es war nicht das Fest des Jahres, nicht einmal das Fest des Monats – man war schließlich in Paris –, aber vielleicht doch das Fest der Woche, und für die Gattin eines Colonels hatte sie eine Gästeliste zusammengestellt, die nur so funkelte von verheißungsvoller Prominenz und der Aussicht auf ein Fortkommen für sich und Jules. Unermüdlich hatte sie sich für diese Gästeliste eingesetzt, hatte zuerst einen einzigen Notabeln zum Kommen überredet und dessen Namen dann dazu benutzt, einen zweiten zu bewegen, um mit diesen beiden Namen einen von noch höherem Ansehen zu gewinnen, bis die allgemeine Gewißheit wuchs, daß es sich lohnen würde, an diesem Fest teilzunehmen.

Henri war außer Landes gewesen, in Rußland, auf einer seiner Forschungsreisen – sie wußte nicht, wo oder wozu, aber sie wußte, daß seine Abwesenheit es ihr ermöglichte, den Haushalt zu beherrschen und das Budget in ihre Hand zu bringen, so daß sie anfangen konnte, die Dinge in ihrem Sinne zu bewegen. Und sie hatte sie in Bewegung gebracht. Denn heute abend gab es Personal im Überfluß: Butler und Köche, Kellnerinnen und Dienstmädchen, die allesamt panisch bemüht waren, mit ihren Befehlen

Schritt zu halten und den Tisch entsprechend zu decken. Sie sorgten dafür, daß alles poliert und arrangiert war, daß die Kerzen brannten und die Gaslichter geputzt, die Teppiche geklopft und die Böden gewischt und gebohnert waren. Es gab so viel zu beheben, was der Graf angerichtet hatte.

Sie verabscheute die Art und Weise, wie Henri das Château – wie sie es ausdrückte – »verwildern« ließ. Henri bereiteten die Pariser Affektiertheiten Unbehagen. Nach dem Tod des alten Grafen hatte er alles abgeschafft, was er als angeberisch oder albern empfand – mit anderen Worten, den größten Teil der Einrichtung. Stein und Holz traten an die Stelle von Fransen und Satin. Plüschteppiche wurden durch afrikanische Webmatten ersetzt. Dicke Polstersessel, vergoldete Bilderrahmen, barocke Konsolen und emaillierte Tischchen flogen hinaus.

Sie konnte nur entsetzt zuschauen, als ihr Schwager gegen ihren Protest das Haus seiner Seele beraubte. Sie rettete, was zu retten war, und stattete ihre Privaträume im Château so reich aus, wie es die Überreste und ein Militärsold gestatteten. Nicht ein Sou war übrig, als sie ihr Budget für Kleidung und Einrichtung ausgegeben hatte. Als Colonel wurde Jules zwar gut bezahlt, aber er hätte schon Kaiser sein müssen, um für Elisabeth genug zu verdienen. Wenn der Graf sie nicht versorgt hätte, so hätten sie wohl verhungern müssen, denn Jules' Sold reichte nicht aus, um Elisabeths modische Bedürfnisse und ihren Hunger zu stillen. Nicht selten hatte Elisabeth, wenn sie zwar die Mittel ihres Mannes, nicht aber ihren Appetit auf neue hübsche Dinge erschöpft hatte, den Grafen um die Erlaubnis gebeten, Geld für Wandbehänge oder Teppiche, Möbel oder Silbersachen, Gemälde oder Skulpturen auszugeben: lauter einfache Notwendigkeiten, erinnerte sie ihn, die zum Stand eines Grafen gehörten. Aber jedesmal hatte der Graf den Kopf geschüttelt.

»Ich habe keine Verwendung für solches Zeug«, sagte er.

»Sie haben keinen Sinn für äußere Schönheit«, antwortete sie hochnäsig. »Wirklich, Henri, ich weiß nicht, warum Sie unbedingt wie ein gewöhnlicher Straßenbengel leben müssen.«

Aber jetzt, da Henri weg war und ein Fest bevorstand, war der Weg für sie frei, und sie konnte das Haus neu gestalten. Sie war schlau und entschlossen vorgegangen. Sorgsam durchsuchte sie Lagerräume und vier verschiedene Dachböden, und was sie brauchte, fand sie in staubigen Truhen, die dem alten Grafen gehört hatten. Der Alte hatte für Gepränge mehr übrig gehabt als Henri. Auf den Dachböden entdeckte sie Reichtümer, von deren Existenz sie nichts geahnt hatte: Kelche aus emailliertem Glas, tiefblau und mit handgemalten Miniaturporträts vom Hofe Ludwigs XIV. geschmückt, und dazu passende, exotisch gemusterte Porzellanteller mit Cherubim und Kutschen und Waldszenen, einen Tisch aus bemaltem Kiefernholz mit Intarsien aus belgischem Marmor und ebenholzschwarz gebeiztem Obstbaumholz, gepolsterte Sofas und Sessel mit geschnitzten Füßen und einen Wandbehang aus Wolle und Seide. Alles, was sie dort aussuchte, wurde abgestaubt und gereinigt und poliert und arrangiert, bis das ganze Haus ihrem Geschmack und ihrem Schicklichkeitsempfinden besser entsprach.

Während all dieser Vorbereitungen war Serena ihr aus dem Weg gegangen; ihr lag weder das Fest noch das Budget sonderlich am Herzen. Sie brachte nur wenig Interesse für Haushaltsfragen auf, wenn es dabei nicht gerade um die Kinder ging – lieber verbrachte sie die Zeit mit den Jungen und mit reiten oder lesen. Elisabeth gegenüber zeigte sie belustigte Gleichgültigkeit. Serena fand, daß ihre Schwägerin eine Art muntere, harmlose Vulgarität verströmte. Elisabeth war verwöhnt und genußsüchtig, und sie war sehr verliebt in den Glanz von Paris. Einen größeren Kontrast zwischen zwei Frauen hätte es nicht geben können. Serena war als Nomadin geboren und aufgewachsen. Behagen fand sie im Blick nach innen, während es für Elisabeth ein streng auf das Äußere begrenzter Aspekt war. Serena war es zufrieden, auf dem Boden zu schlafen, während Elisabeth ein Louis-XIV.-Himmelbett benötigte, in dem sie ruhen konnte. Serena war eine ausgezeichnete Reiterin, während Elisabeth sich über den Geruch der Tiere beklagte. Während Serena schlichte Kleidung trug und sich nicht schminkte, zog Elisabeth sich sechsmal am Tag um, und jede Jahreszeit erforderte eine neue Garderobe. Einmal im Monat besuchte sie die Modesalons von Paris – erstens, um dabei gesehen zu werden, und zweitens, um den neuesten Modeschrei zu erstehen:

Kaschmirschals, Kosmetika oder scharlachrote Schuhe. Sie besaß sieben Sonnenschirme, dreiundzwanzig Paar Strumpfbänder und vierzehn Paar Schuhe. Zahllose Hüte füllten ungezählte Hutschachteln, die sich in mehreren Reihen hintereinander in ihren Schränken türmten.

Ihrerseits empfand Elisabeth Serena als peinlich, als unangenehm ... ausländisch. Es fiel ihr schwer, Serena ihren Freundinnen vorzustellen, denn Serena schien keinerlei Begabung für das belanglose Geplauder zu haben, das im Salonleben von so zentraler Bedeutung war. Was ihre Garderobe anging – nun, die Frau hatte wirklich kein Gespür dafür, wie man sich kleidete. Wenigstens hatte sie ja ihre Wüstenlappen abgelegt und den französischen Stil übernommen, aber sie trug ihre Kleider einfach und ohne Schmuck. Gut, Elisabeth mußte zugeben, daß sie hinreißend aussah, und es beunruhigte sie nicht wenig, daß Serena es auch ohne Friseure und stundenlange Vorbereitungen schaffte, so frisch und schön auszusehen. Elisabeth bemerkte, wie die Männer Serena verstohlene Blicke zuwarfen. Es war unmöglich, das nicht zu bemerken. Alle bemerkten es. Die Militärs mit ihren Frauen, die Elisabeth und Jules besuchten, redeten hinter Serenas Rücken allesamt darüber, daß sie so anders sei, eine Heidin und so weiter, aber danach schauten alle Männer sie auf die gleiche Weise an. Alle taten es, diese Schweine. Und besonders erbost war Elisabeth, als sie eines Tages auch bei ihrem Mann Jules diesen Blick ganz sicher bemerkt hatte. Da hatte sie einen ganzen Monat lang nicht mit ihm geschlafen, als könnte das die Flammen der Leidenschaft für Serena, die ganz bestimmt in seiner Brust loderten, ersticken. Logik war vielleicht nicht Elisabeths Stärke, aber Sex war eine Waffe, die sie klug und geschickt einzusetzen verstand. Durch seinen Dienst beim Militär war Jules oft lange Zeit fort, und wenn er dann heimkam, brannte er natürlich eifrig darauf, die ehelichen Bande zu erneuern. Wenn sie irgend etwas von ihm brauchte, wenn irgendeine Intrige, ein Programm, ein Plan sein Eingreifen erforderte, seine Mitarbeit oder seine Unterstützung, so war dies die Zeit, ihn dafür zu gewinnen. Denn in der Hitze der Leidenschaft war Jules ein Tier und neigte dazu, wirklich alles zu versprechen.

Schon Jahre zuvor hatte Elisabeth es aufgegeben, aus Serena eine Dame zu machen, ihr gesellschaftliche Anmut einzuflößen, sie zu kleiden und ihr die Haltung beizubringen, die sich für eine Gräfin ziemte. Der anfängliche Instinkt, ihrer Schwägerin zu helfen, war von der Einsicht verdrängt worden, daß das Château de Vries eine Dame brauche, eine richtige Dame. Sie selbst war eine solche Dame, und was Serena an Glanz ermangelte, verstärkte ihren eigenen. Dennoch fühlte sie sich irgendwie von Serena betrogen – genauer gesagt, sie fand, daß sie und Jules von Henri und Serena betrogen worden seien. Denn Jules war derjenige, der die Erscheinung eines Grafen hatte, nicht Henri, und Elisabeth sah aus wie eine Gräfin, nicht Serena. Nur durch die Reihenfolge der Geburt war Jules ohne Titel und Vermögen, während Henri sowohl der Name als auch der Familienbesitz gehörte. Dabei war der Titel an diesen Mann wirklich verschwendet. Weder schien ihm etwas daran zu liegen, noch wußte er etwas damit oder mit der Macht anzufangen. Ja, wenn Jules Graf wäre – wie sehr wünschte sie sich das! –, dann würde sie die besten Salons beehren und bei den prächtigsten Bällen dabeisein. Die Kaiserin würde sie mit »liebste Elisabeth« anreden, und sie könnte diese aufsässige Köchin hinauswerfen und zur Abwechslung einmal anständiges Personal einstellen. Château de Vries würde zu seiner früheren Größe zurückfinden, und das Leben wäre wunderbar.

Statt dessen, dachte sie wütend, war sie in die zweite Reihe verbannt. Statt einer adligen Gemahlin war sie die Frau eines Offiziers, und sie war gezwungen, ihre Zeit in Kreisen zu verbringen, die weniger glanzvoll waren als die, nach denen sie strebte. Darin lag ja noch eine weitere Ungerechtigkeit, eine bittere Tatsache, die sich mit ihrer unabänderlichen Zugehörigkeit zur zweiten Reihe verband: Als Frau eines Colonels konnte sie die anderen Frauen, die geringeren Frauen, dominieren, sie konnte ihre Ansichten formen und ihr Denken und Handeln beeinflussen. Aber als Frau eines Colonels würde sie der Frau eines Generals immer untergeordnet sein, mochte dieser noch so zweitklassig und verdienstlos sein. Und dieser Gedanke war einfach unerträglich und schrecklich. Daher war es eine ihrer wichtigsten Missionen im Leben, Jules voranzubringen, ihm beim Denken zu helfen und zu tun, was sie konnte, um ihm den Weg freizuhalten, während sie ihn mit Zuckerbrot und Peitsche dazu brachte, daß er wurde, was er um ihretwillen sein mußte. Mit einunddreißig Jahren war er Lieutenant-Colonel gewesen, und nur wenige Jahre später Colonel. Aber sie brauchte mehr, viel mehr. Und schneller mußte es gehen. Mit vierzig Marschall von Frankreich, das würde ihr gut passen. Und darauf zielte ihr Fest – wie alles, was sie tat.

Jetzt füllten die Gäste das große Haus und legten Zeugnis ab für ihren Stand. Das Fest war ein großer Erfolg, was man an der Zufahrt ablesen konnte, wo sich prachtvolle Pferdekutschen aneinanderreihten, die Räume waren erfüllt von prachtvollen Menschen, Offizieren in eleganten Uniformen, Damen mit Bändern und Blumen und tiefen Dekolletés und kunstvollen Frisuren und Juwelen und Herren in Kniehosen und Seidenstrümpfen und Abendröcken. Das ganze Haus war belebt von bunter Fröhlichkeit. Die Gäste tanzten oder spielten Karten, und in einem durch Vorhänge vom großen Ballsaal abgetrennten Raum gingen etliche dem Glücksspiel nach. Andere schwelgten in Geflügel und Pâtés und Früchten von einem großartigen Buffet, oder sie spazierten durch die Gärten und genossen den Sonnenuntergang und die warme Abendluft. Es gab Champagner und Burgunder und Gelächter und Scherze und Gerede über Politik und Preußen und den Krieg. Wenn man Angst vor diesem Krieg hatte, so war davon hier nichts zu merken. Hier gab es nur Optimismus und den erhabenen Glanz des Selbstvertrauens.

Zu Beginn des Abends war Elisabeth in Panik geraten, denn Henri war noch nicht eingetroffen, und es war doch die Verheißung seiner Gegenwart gewesen, womit sie einige ihrer Gäste zu diesem Fest hatte locken können. Sie hatte sehr knapp kalkuliert, denn sie wußte, wie weit Henri noch zu reisen hatte, und tatsächlich war sie keineswegs sicher, daß er an diesem Abend noch kommen würde. So stand sie da, mit Jules an ihrer Seite, und begrüßte die Gäste, und immer wieder schaute sie nervös zur Tür und speiste diejenigen, die sich nach Henri erkundigten, mit Ausflüchten ab. Aber endlich kam er doch noch. An der Tür erhob sich Unruhe, als Moussa ihm in die Arme flog. Serenas leisere, geflüsterte Begrüßung ließ ein wunderbares Lächeln auf sein Gesicht treten, und dann ging er mit Serena an seiner Seite an einer ganzen Reihe von Gästen entlang. Gelassen bewegten sich Graf und Gräfin de Vries durch das Gedränge. Henri war ein schlanker, gutaussehender Mann mit kräftigen Händen, dichtem schwarzem Haar und tiefblauen Augen voller Intelligenz und Neugier und Witz. Er trug seine Reisekleidung, seine Stiefel waren staubig, und das Cape lag über dem Arm. Aber selbst in dieser lässigen Kleidung besaß er eine Präsenz, eine Persönlichkeit, deren Stärke den Raum beherrschte. Jetzt blieb er vor Elisabeth stehen und lächelte amüsiert. Mit einer einzigen Gebärde umfaßte er alles: das Fest, die Leute, die wiederbelebte Einrichtung und ihren Trotz, mit dem sie seine Gebräuche in seiner Abwesenheit mißachtete.

»Nun, Elisabeth, wie ich sehe, haben Sie sich gut beschäftigen können, während ich fort war.«

»Henri!« Sie lächelte großartig und küßte ihn auf die Wange. »Ich bin so froh, daß Sie da sind! Ich hoffe nur, Sie sind nicht allzu erschöpft von der Reise. Es sind so viele Leute hier, die darauf brennen, Sie endlich zu sehen!« Sie sah seinem Blick an, daß er natürlich nicht wirklich verärgert war; er würde ihr heute abend ihren Willen lassen und das Haus morgen wieder in diesen elenden mittelalterlichen Zustand zurückversetzen, den er bevorzugte. Aber das tat nichts. Dieser Abend gehörte ihr.

»Ich muß es bewundern, wie Sie es zuwege bringen, daß ich mich in meinem eigenen Haus wie ein willkommener Gast fühle.« Henri lachte.

»Aber Sie sind doch ein willkommener Gast, mein lieber Bruder! Jetzt kommen Sie.« Sie nahm ihn bei der Hand. »Sie sollen etwas zu essen und zu trinken bekommen, und dann sind da ein paar Leute, mit denen Sie unbedingt sprechen müssen.«

»Einen Augenblick noch, Elisabeth.« Er wandte sich seinem Bruder zu. »Hallo, Jules!«

»Henri.« Steif schüttelte Jules ihm die Hand. Seine Stimme klang dröhnend, und sein Händedruck war wie Eisen. Er war ein stämmiger, muskulöser Mann mit kantigem Kinn, buschigem Schnurrbart und dichten Brauen über einem Paar Augen, die düster und abweisend blickten. Er entspannte sich niemals, nicht für einen Augenblick, er stand so aufrecht, als werde er von einer

Stahlstange gehalten, und wenn er ging, sah es aus, als marschiere er in einer Parade. In seinem Auftreten lag angespannte Förmlichkeit und eine gewisse Aufgeblasenheit, die seinen untergebenen Offizieren Anlaß bot, untereinander scherzend zu sagen: »Der Colonel scheißt sogar im Stehen.«

Das Militär bedeutete ihm alles. Es war Leben, Atem, Nahrung für ihn. Immer war er todernst, und alles, was er tat, galt der Erfüllung seiner Offizierspflichten. Er war engstirnig und glaubte unbedingt an die Überlegenheit alles Französischen. Er war ohne jeden Humor zur Welt gekommen und lächelte nur selten. Dadurch geriet er oft überkreuz mit seinem Bruder, dessen Bewunderung für alles Französische durch seine Reisen gemäßigt worden und dessen Sinn für Humor noch intakt war.

»Wie war's in Berlin?« fragte Jules.

»In der Tat, Graf, wir sind alle neugierig!« Das war General Delacroix, der zusammen mit General Raspail durch die Menge herankam. Sie waren die höchsten anwesenden Offiziere, aber das war auch alles, was sie gemeinsam hatten. Delacroix war groß und extrovertiert, Raspail klein, schmächtig und frostig. Delacroix war entspannt und jovial, Raspail angespannt wie eine aufgezogene Uhrfeder und durchdringend. Delacroix hatte buschiges, dichtes Haar, Raspail dunkles, in der Mitte gescheiteltes, das glatt nach hinten geklebt war. Delacroix trug einen Walroßschnurrbart, Raspails Bärtchen dagegen war bleistiftdünn, glänzend gewichst und an den Spitzen fein gezwirbelt. Jules salutierte zuerst seinem Vorgesetzten und dann Raspail. Delacroix' Blicke ruhten auf den Damen. Er erwiderte den Salut mit beiläufigem Winken und reichte Jules seinen Mantel. Raspail tat es ihm sofort nach und legte noch seinen Hut oben auf den Haufen. Ein kaum wahrnehmbares Stirnrunzeln verdüsterte das Gesicht des Colonels. Es war ein kurzer Augenblick der Demütigung, da die beiden ihn wie einen Adjutanten behandelten, aber daran konnte man nichts machen. Er sah einen vorübergehenden Lieutenant und übergab ihm den Kleiderberg. Zugleich lenkte er einen Butler mit einem Champagnertablett zu der Gruppe.

Die Generäle statteten ihre Begrüßung ab. Delacroix verbeugte sich tief vor Serena und küßte ihr die Hand. »Madame la Comtesse, wie immer ist es mir eine Ehre, die Gegenwart des Juwels der Sahara genießen zu dürfen.«

»General.«

Delacroix drehte sich um und sah Elisabeth, die errötete, als ihre Blicke sich trafen. Sie hoffte, daß niemand es bemerkte, und streckte die Hand aus. »Ich bin so froh, daß Sie kommen konnten, mon général.«

»Anders wäre es kaum gegangen, Madame«, sagte er lächelnd. »Mein Adjutant hat mir mitgeteilt, daß ich herbefohlen wurde. Das war aber ganz unnötig. Ich hätte es nicht versäumen mögen.«

Raspail gab Henri die Hand und schenkte ihm ein leeres Lächeln. Er mochte den Grafen nicht. Er hielt Henri für einen frivolen Vagabunden ohne Sinn für die Pflichten des Adels, für einen Mann, der als Graf Autorität und Ordnung repräsentieren sollte und der doch beides zu mißachten schien. Raspail hatte unter dem Vater de Vries auf der Krim gedient und konnte zwischen den beiden wenig Ähnlichkeit entdecken.

Aber jetzt war Raspail in Gedanken bei Bismarck. »Sie wollten uns von Preußen berichten, Graf?«

Henris Gesicht wurde grimmig. Sechs Wochen war er von Moskau her unterwegs gewesen, und er war durch Preußen und dann durch Frankreich gereist. Es war klar, daß beide Länder zum Krieg rüsteten, und die Kontraste, die er gesehen hatte, beunruhigten ihn zutiefst. »Selbstverständlich, General, aber Sie müssen begreifen, daß meine Beobachtungen beschränkt waren. Ich habe nur zwei Nächte in Berlin verbracht. Ich habe dort alte Freunde, aber die preußische Begeisterung über französische Gäste hält sich in Grenzen. Ich habe mich umgeschaut, so gut ich konnte. Was ich gesehen habe, war eine Stadt in einem Land, daß eiligst zum Kriege rüstet. Überall Soldaten und Munition.«

»In Frankreich sind auch überall Truppen und Munition«, sagte Jules.

»Natürlich. Das habe ich auch gesehen. Aber es gibt einen Unterschied.«

»Nämlich?«

»Die Preußen scheinen mir äußerst bereit zu sein. Sie sind ernst, todernst – während Paris anscheinend eines seiner Feste feiert.«

Henri ließ den Blick durch den Raum voll fröhlicher Gäste wandern. »Wie dieses hier.«

Raspail wischte diese Bemerkung mit einem Stirnrunzeln und einem verächtlichen Abwinken beiseite. »Vielleicht können wir uns das Feiern eher erlauben als der Hunne. Wir sind immer bereit zum Krieg. Noch heute morgen hat der Minister persönlich dem Kaiser versichert, daß wir bereit sind, bereit bis zum letzten Gamaschenknopf.«

»Vielleicht sollte der Minister das noch einmal überprüfen. Wir sind nicht bewaffnet wie die Preußen. Wir sind nicht vorbereitet wie die Preußen. In Berlin habe ich ihre Truppen beim Exerzieren gesehen. Ihre Geschütze sind blank poliert. Ihre Kasernen sind frisch gestrichen. Unsere sind heruntergekommen, und unsere Männer sind betrunken.«

»Ihre Kasernen?« Die Stimme des Generals troff von Sarkasmus. »Sie wollen sie nach ihren Kasernen beurteilen? Die Kasernen werden nicht gegen Frankreich zu Felde ziehen! Die Kasernen werden keinen Schuß abfeuern und sie auch nicht vor unserer Infanterie beschützen. Ihre Kasernen werden keine Strategie planen und sie nicht vor der besten Armee der Welt erretten.«

»Mit Stolz gewinnt man keinen Krieg, General«, sagte Henri. »Nicht gegen die Preußen. Haben Sie Königgrätz schon vergessen?«

Das war eine unangenehme Erinnerung für jeden Militär. Eine halbe Million Mann. Achtzehn Tage, um die Illusion von der militärischen Macht Österreichs zu zerschmettern, sie auf Bismarcks stählerne Pickelhaube zu spießen. Frankreich, die einzige Macht, die stark genug gewesen wäre, etwas zu unternehmen, hatte nichts getan. Und jetzt klopfte Preußen an Frankreichs Tür.

Solche Unannehmlichkeiten nahm man einfach nicht zur Kenntnis. Ein richtiger Franzose brachte für die Vorstellung, daß man Preußen zu fürchten habe, kaum mehr als Verachtung auf.

»Sie unterliegen einem Irrtum, wenn Sie die Österreicher mit den Franzosen vergleichen«, wandte Raspail ein.

»Wenn man ihre Armeen und ihre Rüstungsindustrie sieht, ist kein Irrtum möglich«, erwiderte Henri. »Die Kruppschen Fabriken in Essen arbeiten rund um die Uhr. Und da backen sie keinen

Strudel, General. Da stellen sie Hinterladergeschütze her, und zwar zu Tausenden. Die Eisenbahnen sind zum Überfließen voll davon.«

»Ich habe ihre Kanonen gesehen.« Raspail winkte geringschätzig ab. »Sie waren arrogant genug, sie auf die Pariser Weltausstellung zu bringen und damit zu protzen.«

»Nun, dann wissen Sie ja, daß sie schwerer sind als alles, was wir haben, und so tödlich wie nur irgend etwas auf dem Kontinent.«

»Wie ihr Humor?« fragte Elisabeth in dem verzweifelten Bestreben, die Atmosphäre zu entspannen.

»Nein, Madame, wie ihr Essen«, sagte General Delacroix, und alles lachte.

»Aber dann fürchte ich, daß Bismarcks Tisch gut gedeckt ist«, sagte Henri.

»Wenn dem so ist, dann wird unsere Armee gut speisen, Bruder«, sagte Jules. »Wir sind hungrig nach dem Ruhm des Schlachtfeldes. Wir sind bereit, das Blut des Regiments für die Ehre Frankreichs zu vergießen.«

Henri erstarrte. Dies war ein alter Streit zwischen ihnen. »Diese Ehre erstrebst du für dich selbst, und dafür würdest du mit dem Leben deiner Jungs bezahlen, Jules. Aber in dieser Sache liegt keine Ehre. Es ist nicht einmal eine Sache. Wir brauchen keinen Krieg mit Preußen um den spanischen Thron. Und selbst wenn ein Krieg um eine Sache geführt werden müßte – Frankreich ist nicht bereit.«

General Raspail antwortete mit allem Hohn, den er aufbringen konnte. »Es ist außergewöhnlich, solche militärischen Weisheiten aus dem Munde eines Mannes zu hören, der niemals die Uniform seines Landes getragen hat.«

Henri lächelte sanft. »Ich brauche die Uniform Frankreichs nicht zu tragen, General, um zu sehen, daß sie aus Gold gemacht und mit Stroh gefüllt ist.«

Raspail lief vor Wut violett an. Die Spitzen seines Schnurrbarts zitterten. Er hatte sichtlich Mühe, seinen Zorn im Zaum zu halten. »Sie beleidigen mich, Graf«, zischte er. »Sie beleidigen die Ehre Frankreichs mit Ihrem Verrat. Nur um Ihres Vaters willen ...«

Delacroix legte dem kleinen General beschwichtigend eine Hand auf die Schulter. »Ich bin sicher, der Graf hat mit seiner Bemerkung nichts dergleichen sagen wollen, General«, sagte er lächelnd. »Es ist doch klar, daß er in diesem Fall keine Ahnung von den wirklichen Verhältnissen hat. Aber wir wollen doch nicht untereinander kämpfen. Heben wir uns das für den Hunnen auf.«

»Sie haben nach meinen Beobachtungen gefragt, General«, sagte Henri, den Raspails Ausbruch nicht aus der Ruhe brachte. »Ich habe sie Ihnen mitgeteilt. Ich bedaure, daß sie nicht mit Ihren eigenen zusammenpassen.«

»Auf dem Schlachtfeld wird sich zeigen, daß du unrecht hast«, sagte Jules. »Seit Jahrhunderten zweifeln andere an Frankreichs Willen und an seiner Bereitschaft. Und seit Jahrhunderten zeigt Frankreich ihnen, daß sie unrecht haben. Seit Jahrhunderten zeigt Frankreich der Welt, daß es sich auf die Kriegskunst versteht.«

»Aber das ist euer Fehler, Jules. Ihr übt eine Kunst aus. Die Preußen begründen eine Wissenschaft.«

»Dann werden wir den Preußen mit unserer Kunst demütigen«, erklärte Elisabeth fröhlich. »Und jetzt, da wir Bismarck erschlagen und den Krieg gewonnen haben, wollen wir das Thema beenden und über etwas anderes plaudern.«

Über dem Fest kauerten zwei kleine Voyeure und amüsierten sich königlich. Sie krochen von einem Ende des Hauses zum andern, rutschten auf den Knien über die schmutzigen Holzdielen unter den Dachbalken und bespitzelten die Erwachsenen dort unten. Im Laufe der Jahre hatten die Geheimgänge, die die oberen Schlafzimmer im Château de Vries miteinander verbanden, den unternehmungslustigen und endlos neugierigen Jungen immer neue und immer aufregendere Geheimnisse offenbart. Zu diesen Überraschungen zählte eine Reihe von Gucklöchern, durch die man in die darunterliegenden Zimmer spähen konnte. Nicht einmal der Graf, der doch in seiner Jugend auch durch diese Gänge gekrochen war, ahnte etwas davon, daß diese Löcher existierten. Sie waren so geschickt angelegt, daß sie sich in den Stuckfries fügten, der sich in allen Zimmern des Hauses um die Decke zog, und vom Zimmer aus gesehen schienen sie zum Muster zu gehören.

Die Zimmerdecken waren überall ziemlich hoch, so daß jemand, der unten stand, ohnehin nicht viel erkennen konnte. Die Maler, die sie zuweilen entdeckten, vermuteten, daß sie etwas mit der Belüftung zu tun hätten. Aber sie gehörten nicht zum Muster, und sie hatten auch nichts mit der Belüftung zu tun, denn oben im Gang mußte man ein Stück Holzdiele anheben, um sie freizulegen. Kleine Griffkerben für die Finger befanden sich an den Enden der Dielenbretter, so daß man sie gut fassen konnte. Irgendein vergessener Urahn mußte einen unbekannten Zweck damit verfolgt haben.

Jetzt aber unterhielten und ergötzten sie die beiden Jungen, die sich unmittelbar über einigen Gästen vor einem der Buffet-Tische im Eßzimmer aufhielten. Sie betrachteten hingerissen etwas, was ihre Aufmerksamkeit eine ganze Weile in Anspruch nahm: die immensen, schneeweißen Brüste der Baronesse Célestine de Chabrillan, deren Dekolleté so tief ausgeschnitten war, daß es den anderen Frauen verwegen und den Jungen praktisch nackt erschien. Das enge Mieder ihres Kleides drückte die Brüste hoch und zusammen, so daß sie aussahen wie zwei weiche Melonen, voneinander getrennt durch einen tiefen Canyon, in den ein Strom von Perlen floß. Die Baronesse war in ein Gespräch mit einem niederen Diplomaten von der österreichen Botschaft vertieft, der vom vielen Champagner ziemlich beschwipst war und den Blick ebenfalls nicht von ihrem Busen wenden konnte.

»Wozu sind die wohl gut?« wisperte Moussa.

»Jacques sagt, man drückt sie«, meinte Paul. Jacques war ein Klassenkamerad, der für einen Zehnjährigen schon ziemlich versiert war und sehr viel mehr über die Welt zu wissen schien als sie beide.

»Bah.« Moussa verzog im Dunkeln das Gesicht. »Wieso soll man das denn machen?«

»Weiß ich nicht.« Paul überlegte kurz. »Die sehen auch aus, als ob sie platzen, wenn man es macht.«

»Merde«, sagte Moussa.

»Jacques sagt, man küßt sie auch.«

»Jacques würde wahrscheinlich alles küssen.«

»Ich weiß. Ich hab mal gesehen, wie er eine Heuschrecke gefressen hat. Er hat ihr in die Augen geguckt und sie geküßt, bevor er sie in den Mund gesteckt hat.«

»Merde«, sagte Moussa noch einmal. Er wußte nicht, welche Vorstellung weniger verlockend war, die mit der Dame oder die mit der Heuschrecke. Er richtete sich auf und nahm einen kleinen Schluck aus der Champagnerflasche, die sie in der Küche stibitzt hatten. Bei dem Geschmack verzog er schon wieder das Gesicht. Er wischte sich mit dem Ärmel über den Mund. Ein leises Schwindelgefühl erfüllte seinen Kopf. Er reichte Paul die Flasche, aber der starrte weiter gebannt durch das Loch.

»Hier«, sagte Moussa, »trink noch einen.« Ohne hinzuschauen, nahm Paul die Flasche beim Hals und setzte sie an die Lippen. Dabei richtete er sich so schnell auf, daß er sich den Kopf an einem Balken stieß und ihm ein Regen von Staub in die Augen rieselte. Hastig versuchten beide Jungen, die Flasche festzuhalten, und gemeinsam konnten sie sie wieder einfangen, aber es gelang ihnen erst, als sie schon ein Stück weit über den Boden gerollt war und einen großen Schwall Schaum und Flüssigkeit ausgespien hatte. Ein kleines Rinnsal Champagner floß geradewegs auf den Dielenspalt über dem Guckloch zu. Moussa riß die Augen auf, als das Bächlein über die Kante lief.

»Schnell! Aufhalten!« Paul stampfte mit dem Fuß auf das Rinnsal und kicherte. Sein Stiefel ließ den Champagner umherspritzen.

»Psssst!« Moussa fing auch an zu lachen, aber er riß sich das Hemd herunter und warf es auf den ablaufenden Bach, um einen Damm zu bilden.

»Hab ihn!«

In stiller Eintracht kauerten die beiden Jungen sich wieder über das Loch, um zu sehen, was aus ihrem Champagner geworden war. Er hatte die innere Mulde im Stuck gefüllt und war erst durch ein, dann durch ein zweites Loch gelaufen; zwei dünne, kurzlebige Wasserfälle waren nach unten ins Zimmer gestürzt, der eine auf den Schuh des Diplomaten, der davon nichts merkte, der andere auf den Busen der Baronesse, und sie bemerkte es durchaus. Mit einem Aufschrei wich sie zurück und hob den Kopf. Aber das Bächlein war so schnell versiegt, wie es begonnen hatte.

»Abscheulich«, sagte sie, betupfte sich mit einem Taschentuch und stürmte davon. Den verdatterten Diplomaten ließ sie mit seinem Champagnerglas stehen.

General Delacroix hatte sich endlich zusammen mit Elisabeth in eine Ecke des Foyers manövrieren können. Es hatte Zeit und Geduld erfordert, denn alle Welt hatte mit ihm über die Preußen sprechen wollen, und Elisabeth war die bezaubernde und reizende Gastgeberin. Aber endlich waren sie doch zusammen allein.

»Sie sehen hinreißend aus heute abend, Elisabeth«, sagte er.

»Danke.« Sie lächelte und schaute diskret an ihm vorbei, um sich zu vergewissern, daß niemand sie beachtete.

»Ich will dich«, sagte er.

Elisabeth errötete. »Bernard, wirklich, doch nicht jetzt.«

»Doch, jetzt. Ich kann nicht warten. Laß uns irgendwo hingehen.«

»Bitte, sei doch vernünftig. Ich gebe ein Fest. Ich muß mich um die Gäste kümmern.«

»Ich bin auch ein Gast, Elisabeth.«

»Du weißt, was ich meine. Mein Mann ist hier. Wir können uns morgen treffen.«

»Morgen bin ich vielleicht nicht mehr da. Der Kaiser wird den Krieg erklären. Wir haben keine Zeit, Elisabeth.« Delacroix war einen Kopf größer als sie, und als er jetzt auf sie hinabschaute, verspürte er die unwiderstehlichen Regungen der Lust. Sie war eine schöne Frau. Er roch das Parfüm in ihrem blondgelockten, mit Bändern geschmückten Haar. Ihre zarten Wangen waren gerötet, ihre Augen verlockend, ihre Lippen voll und rot. Sie trug ein enges Seidenkleid. Sie war überwältigend.

Er wollte sie, noch heute abend.

»Vielleicht sind wir morgen alle nicht mehr da, Elisabeth«, drängte er. »Auch Jules nicht. Du weißt, daß ich ihm helfen kann. Ich möchte ihm weiterhin helfen.« Delacroix sah sich um und spähte ins Speisezimmer, in dem sich noch immer die Leute drängten. »Außerdem achtet er gar nicht auf uns.«

Es stimmte. Jules war in ein Gespräch mit einem anderen Colonel vertieft. Er hielt ein großes Glas Champagner in der Hand, und er hatte schon zuviel getrunken. Er würde nichts mehr merken. Davon abgesehen, erfüllten eigene Strömungen, Gespräche und Gästetrauben das Zimmer.

Elisabeth war entsetzt und entzückt zugleich. Es war so gefährlich, so unerhört, so verführerisch. Sexuell fühlte sie sich von Delacroix nicht angezogen, zumindest nicht im strengen Sinne des Wortes. Doch, eine gewisse Anziehung gab es schon, aber sie war umfassender als die bloße Lust: Es war die Verheißung der Macht, der Beförderung ihres Anliegens, der Möglichkeit, all das zu erreichen, was ihr irgend etwas bedeutete. Delacroix war mächtig, und die Nähe der Macht versetzte sie in Erregung, und das wiederum erregte sie auch sexuell. Sie schaute den General an, ihr Herz schlug schneller, und schon fragte sie sich nicht mehr, wann, sondern nur noch, wo.

Natürlich tat sie es für Jules. Es war immer für Jules und seine Karriere geschehen, für die Familie, jawohl, sogar für Frankreich, das ihn ja mit allen seinen Fähigkeiten brauchte. Sie würden jeder ihren Teil dazu tun, er im Felde, sie zu Hause, und gemeinsam würden sie das höchste Ziel erreichen, das sie kannte: den Marschallstab der französischen Armee.

Sie schlief seit dem Italienfeldzug mit dem General; damals war Jules vom Lieutenant-Colonel zum Colonel befördert worden. Jules war in die italienische Garnison abkommandiert worden und bei Mentana in ein Scharmützel geraten; er führte einen Trupp von knapper Brigadestärke und war damit auf eine sehr viel kleinere und schlecht ausgerüstete Einheit gestoßen, die in einem Unwetter von ihrem Führer Garibaldi getrennt worden war. Dieser Zwischenfall war einer der Fehler, die das Schicksal im Kriege begeht: nicht Planung oder Überlegung hatte ihn herbeigeführt, sondern absoluter Zufall, gepaart mit blindem Glück. Das Resultat sagte wenig über Jules' Führungsqualitäten oder deren Mangel aus, denn es war nichts weiter im Spiel als totale Überraschung auf beiden Seiten. Ohne einen Schuß abzufeuern, einen Säbel zu ziehen oder einen Befehl zu geben, hatte es Jules einfach vor einer beeindruckenden Flutwelle von französischen Männern und Pferden hergetragen, die über eine grotesk unterlegene italienische Streitmacht hinweggerollt war. Es war vorbei, fast ehe es begonnen hatte.

Aber in einem Feldzug, der langweilig und kurz gewesen war und dem es empfindlich an Aktionen gemangelt hatte, war dieses Scharmützel mit jeder neuen Erzählung gereift. Die Einzelheiten bekamen immer mehr Glanz, der Ausgang der »Schlacht« erschien von Mal zu Mal ungewisser, und als der Bericht endlich im Hauptquartier ankam, hatte sich überall herumgesprochen, daß Jules de Vries ein gerissener Held sei und über wahrhaft wackere Truppen verfüge. Es war ein Triumph der Illusion, wie er nur beim Militär vorkommen kann. Jules, der bei der Hauptstreitmacht geblieben war, hatte keine Ahnung, weshalb ein so trivialer Zwischenfall so viel Aufsehen erregen konnte, aber der General, der ihm später seine Beförderung kundtat, erkundigte sich nicht nach Einzelheiten, und Jules war klug genug, nicht zu protestieren.

Elisabeth wußte nicht, was das eigentlich Wichtige gewesen war: daß sie mit dem General geschlafen hatte, was sie sich schon vorgenommen hatte, bevor Jules sich nach Italien in Marsch gesetzt hatte, oder daß Jules es im Felde so glücklich getroffen hatte. Aber eigentlich war das auch nicht so wichtig, denn auf das Ergebnis kam es an. General Delacroix war schnell damit bei der Hand, die Urheberschaft dieser Beförderung für sich zu beanspruchen – und tatsächlich hatte er sich auch begeistert dafür eingesetzt –, und machte ihr seitdem klar, daß er es übernommen habe, sich um den Colonel zu kümmern, ihn vor Schwierigkeiten zu schützen und dafür zu sorgen, daß sich ihm gute Gelegenheiten boten. Mit der Beförderung war die Abordnung zu einem gemütlicheren Dienst im Pariser Hauptquartier der Kaiserlichen Garde verbunden gewesen; das bedeutete, daß Jules seltener reisen würde als früher. Elisabeth war froh darüber. So konnte er mehr Zeit mit ihr und Paul verbringen.

Nicht einen Augenblick lang betrachtete Elisabeth ihre Schäferstündchen mit Delacroix als einen Akt der Untreue. Sie war nicht untreu, sondern praktisch. Als sie das erste Mal miteinander geschlafen hatten – im Hôtel de Ville, in einer Suite, die der General mit Seidenvorhängen, dicken Perserteppichen und einem atemberaubenden Louis-XIV.-Himmelbett hatte ausstatten lassen –, da hatte sie mit einiger Bangigkeit angefangen; sie wußte zwar, was sie tat, aber dies war doch eine unbekannte Straße voller Gefahren. Vor seinen Avancen war diese Zaghaftigkeit indessen rasch verflogen, und als sie ihn bei jenem ersten Mal in sich aufgenommen hatte und die Augen schloß und begriff, mit wem sie da schlief: daß dieser mächtige Mann an der Seite des Kaisers saß und die Legionen Frankreichs befehligte – da war sie in rasende Glut verfallen und hatte sich bei der Liebe benommen wie eine Wahnsinnige: Sie hatte geschrien und gekreischt und Tränen der Ekstase geweint, hatte ihn tiefer und tiefer in sich eindringen lassen, bis sie zu platzen glaubte, und dann hatte sie einen Orgasmus erlebt, der sie in Höhen erhoben hatte, von denen sie sich nie hätte träumen lassen. Ihre Fingernägel hinterließen tiefe Schrammen auf dem Rücken des verblüfften Generals, der nie zuvor im Bett solche lustvollen Turbulenzen erlebt hatte.

Sie hatte nicht aufgehört, Jules zu lieben, und sie liebte ihn von jetzt an auch nicht weniger. Tatsächlich war ihr sogar, als wäre das Gegenteil der Fall. Sie fühlte sich ihm näher denn je, denn sie wußte, daß sie eine entscheidende Rolle in ihrem gemeinsamen Streben zur Förderung seiner Karriere gespielt hatte. Sie kannte Jules ziemlich gut und nahm an, daß seine militärischen Fähigkeiten eher uninspiriert seien und daß seine früheren Beförderungen wohl mehr mit seinem Talent zusammenhingen, Befehle ohne Zögern zu befolgen, als mit seinen Qualitäten als Stratege oder Menschenführer. Dagegen war nichts einzuwenden, denn das Militär war auf Gehorsam angewiesen. Es war nur so, daß seine Karriere für ihren Fortgang einfach jeden denkbaren Vorteil gut gebrauchen konnte. Da kümmerte es sie nicht, daß in den Räten der Macht von den Tuilerien bis zum Parlament, vom Kaiser an abwärts, Fleisch die aktuelle Währung war, daß andere Frauen – und zwar viele – das gleiche taten wie sie, um sich hier oder da eine Gunst zu erwerben. Es war ihr kein Trost, daß sie sich in zahlreicher Gesellschaft befand, und sie brauchte dieses Wissen auch nicht, um ihr eigenes Handeln zu begründen. Was andere taten, war ohne Bedeutung für sie.

Elisabeth stand mit dem General im Foyer und wußte, daß sie es gern tat: Sie liebte die Gefahr und den Kitzel und die Erregung, die sie in einem Raum voller Generäle und Diplomaten und Aristokraten empfand. Wieder warf sie einen Blick über die Schulter des Generals. Ihr Puls schlug schneller. Sie hatte ihre Entscheidung getroffen.

»Komm mit«, flüsterte sie und berührte sanft seine Hand. Rasch wandte sie sich ab und ging zum anderen Ende der Eingangshalle und um die Ecke auf die Küche zu. Eine Tür führte in eine wenig benutzte Speisekammer. Während sie darauf zuging, hoffte sie, einigermaßen gefaßt auszusehen. Ihr graute davor, Madame LeHavre zu begegnen, der Köchin, die sie so sehr verabscheute, aber der Gegenstand ihrer Befürchtungen war lautstark in der Küche beschäftigt und dirigierte dort die Bemühungen des Hilfspersonals, das damit befaßt war, das Fest vom anderen Ende der Küche her zu versorgen. Elisabeth öffnete die Kammertür und huschte rasch hinein. Der General kam einen Augenblick später und schloß die Tür leise hinter sich. Einen Riegel hatte die Tür nicht, aber eine kleine Holzleiter war da, mit der man die oberen Regale erreichen konnte. Er schob sie vor die Tür und keilte die Kreuzstrebe unter die Klinke, so daß man sie nicht öffnen konnte.

Elisabeth schlang ihre Arme um den großen Mann. Die Geräusche des Hauses klangen fern; Teller und Gläser klirrten in der Küche, man hörte gedämpfte Stimmen, laute Cancan-Klänge und gelegentlich kreischendes Gelächter. Sie küßten sich lange und leidenschaftlich. Elisabeth nestelte an der Kleidung des Generals, während er sich an den Verschlüssen ihres Kleides zu schaffen machte. Er zog es ihr von den Schultern und halb nach unten.

Sie erstarrten, als jemand an der Türklinke rüttelte. Dann gab er es auf, und sie hörten Schritte auf dem Korridor, die sich entfernten.

»C'est rien«, flüsterte sie. »Jemand hatte die falsche Tür. Aber wir müssen uns beeilen!«

Der General ließ den Blick durch die Kammer schweifen. Zwei Wände waren vom Boden bis zur Decke mit braunen Holzregalen bekleidet, auf denen Hunderte von Krügen, Flaschen und Einmachgläsern standen. An einer Wand stand ein Abfülltisch. Mit kräftigen Armen hob er Elisabeth hoch und trug sie dorthin. Unterwegs nahm er ein paar Schürzen von einem Stapel im Regal und warf sie als Kissen auf den Tisch. Hektisch schnallte er seinen Gürtel auf und zog die Hose herunter; mit Mühe zerrte er sie an seiner Erektion vorbei. Keuchend zog er ihr Rock und Unterröcke hoch, und sie ließ sich auf den Tisch zurücksinken, die Arme ausgestreckt.

»Komm schnell zu mir, Bernard«, sagte sie mit leiser Stimme, und im nächsten Augenblick war er in ihr, die eine Hand auf eine Brust, den Mund auf die andere gepreßt, während er sich halb stehend, halb liegend über sie beugte und ihre Körper sich in der steten Eintracht der Leidenschaft miteinander bewegten.

Moussa und Paul hockten im Halbdunkel des Geheimgangs in der Nähe ihres Schlafzimmers, unterhielten sich über ihre jeweiligen Beobachtungen, die sie an diesem Abend zusammenspioniert hatten, und teilten sich den Rest Champagner. Sie waren nicht betrunken, denn in der umgekippten Flasche war wenig zurückgeblieben, aber sie fühlten sich wohlig, benommen und warm.

»Une soirée magnifique!« verkündete Paul. Er hatte noch nie ein Fest im Château – oder sonstwo – gesehen, aber diese Feststellung traf er mit der Autorität eines wahren Kenners.

»Merveilleux«, pflichtete Moussa bei. »Besonders die Gans.«

Für sie war das Fest wunderbar gewesen. Die meiste Zeit hatten sie in ihren Verstecken im Obergeschoß verbracht und die heimliche Aussicht genossen, derweil sie auf kahle Köpfe, federgeschmückte Hüte und die Rundungen der Baronesse hinabgeschaut hatten. Aber sie hatten sich auch unter dem Buffet-Tisch versteckt und Schuhe und Hosen und Reifröcke begutachtet. Paul hatte angefangen, einem Bankier die Schnürsenkel zusammenzuknoten, aber der Mann war weggegangen, bevor er fertig war. In mehrere offene Champagnerflaschen hatten sie Essig gegossen, und in eine Torte hatten sie Meerrettich geschmiert. Dann hatten sie sich die Taschen mit Hors d'œuvres vollgestopft und waren hinters Haus gegangen; dort hatten sie unter den Bäumen gesessen, sich an einen Stamm gelehnt, geplaudert und gegessen, während sie dem Kommen und Gehen der Gäste zusahen. Die Sache mit den Schnürsenkeln inspirierte Moussa dazu, etwas Ähnliches bei den Pferden zu versuchen. Sie schlichen sich hinter einer Gruppe von livrierten Dienern vorbei, die bei den Kutschen standen. Geduckt knüpften sie einige Pferdeschwänze an die Kutschen hinter den Tieren, und dann verknoteten sie mehrere Geschirre miteinander und fabrizierten ein beträchtliches Gewirr, ohne sich erwischen zu lassen. Sie waren höchst zufrieden mit sich – aber das Resultat hatten sie nachher nicht mit ansehen können, denn die Kutschen waren noch nicht von der Stelle bewegt worden, als es dunkel wurde und sie ins Haus gegangen waren.

Und dann die Gans. Die Jungen waren unten in der Küche gewesen, als es passierte. Ein Straßenköter hatte sich durch einen Wald von Beinen unter dem Buffet hindurch und in die Küche geschlichen, und dort hatte er kühn eine komplette gebratene Gans gepackt, die gleich von Madame LeHavre tranchiert werden sollte. Madame LeHavre war eine stämmige Frau in einem schlichten weißen Kleid und einer weißen Rüschenschürze, und sie konnte todernst werden, wenn ihr danach war. Flammen loderten in ihrem Blick, als sie den Dieb gewahrte. Sie packte ein Schlachtermesser und verfolgte den dürren Hund, der selber kaum soviel wog wie die Gans, die in seinem Maul schlenkerte. Sie verschwanden durch die Hintertür, die offenstand, um ein wenig kühle Luft in die Küche zu lassen, und galoppierten über den Rasen. Madame LeHavre war keine junge Frau mehr; sie bewegte sich zwar flinker, als die Jungen es für möglich gehalten hätten, aber doch nicht so flink wie der Hund. Sie nahm den Diebstahl persönlich und hätte das Vieh in Stücke gehackt, wenn sie es nur erwischt hätte, aber der Hund hatte Glück und kam ungeschoren davon. Für die Jungen – wenn auch nicht für Madame LeHavre – war das der Höhepunkt des Abends gewesen. Sie wieherten noch bei der Erinnerung daran.

»Wenn ich an die Gans denke, kriege ich Hunger.« Paul grinste. »Ich gehe noch mal in die Küche. Ich bringe dir was mit.«

»Dein Gesicht sieht schrecklich aus. Laß mich gehen, oder wasch dich vorher.« Selbst im Halbdunkel sah man, daß Pauls Gesicht von Staub und Champagner verschmiert war. Es war jene Art von Dachbodenschmutz, die sich nicht ab-, sondern nur verwischen ließ. Es ginge nicht an, unten zu erscheinen, als wäre man soeben durch den Graben geschleift worden, und Waschen war ein Unternehmen, auf das Paul im Augenblick überhaupt keine Lust hatte.

Moussas Zustand war nicht viel besser. Sein Oberkörper war schmutzig, was die lange Narbe hervortreten ließ, die sich unter dem Rippenbogen entlangzog, wo der Eber ihn vier Jahre zuvor aufgerissen hatte. Das Hemd, mit dem er den Champagner aufgewischt hatte, lag zerknüllt irgendwo im Gang. Aber sein Gesicht war noch halbwegs sauber.

»D'accord.« Paul nickte. »Geh du. Hier, du kannst mein Hemd anziehen. Während du weg bist, gehe ich noch mal zurück und hole deins.« Er zog sein Hemd aus und gab es Moussa, der es über den Kopf streifte und dann durch die Geheimtür in ihr Schlafzimmer kroch.

Paul machte sich auf den Weg durch den Gang. Er kroch an einer Wand entlang, die um das hintere Treppenhaus herumführte, und dann weiter. Unterwegs machte er bei jedem Guckloch halt und spähte hindurch. Das Arbeitszimmer des Grafen – es war dunkel. Die Küche – er beobachtete das Personal und sah Moussa, der mit Madame LeHavre redete. Dann bemerkte er eine Griffkerbe in einem Dielenbrett, durch das er, soweit er sich erinnern konnte, noch nie geschaut hatte. Er hob das Brett hoch, kniete nieder und drückte das Auge an das Guckloch. Er sah ein Stück von einem Tisch und zwei Hände, eine Männer- und eine Frauenhand. Das mußte die kleine Speisekammer sein. Er rutschte ein bißchen zur Seite, um bessere Sicht zu haben. Und dann sah er es deutlich, ohne sofort zu begreifen, was er da sah. Aber dann holte sein Verstand die Augen wieder ein, und die Augen wurden riesengroß.

Er sah seine Mutter, die rücklings auf dem Tisch lag, und er sah einen Mann in Uniform – es war eine Generalsuniform, und Paul konnte die Schärpe der Kaiserlichen Garde sehen –, einen General, der sich über sie beugte und die Hose auf den Knöcheln hängen hatte, und beide bewegten sich vor und zurück und gaben grunzende Geräusche von sich. Und dann war alles wie im Nebel. Er sah ihre Brüste, Brüste, die er noch nie gesehen hatte, zumindest nicht, soweit er sich erinnern konnte, Brüste wie die an der Baronesse, aber das waren die Brüste seiner Mutter, entblößte Brüste, und ihr Kleid war von den Schultern gezerrt, und der Mann hielt sie fest und rieb die Brüste und küßte sie – er küßte sie! –, und seine Mutter hatte die Augen geschlossen. Paul wußte, daß der Mann ihr nicht weh tat, aber er wußte andererseits auch nicht, was er da tat, konnte nicht sagen, was der Ausdruck in ihrem Gesicht zu bedeuten hatte, und er wußte nicht, was da vor sich ging, außer daß seine Mutter auf eine sehr seltsame Art mit einem fremden Mann zusammen war. Und dann küßte sie ihn. Paul wußte, was das war, er hatte einmal gesehen, wie sein Vater seine Mutter küßte, als sie dachten, er guckte nicht hin, aber das hier war eine ganz andere Sorte Kuß, es lag mehr darin als damals bei seinem Vater, und es war ganz anders als dann, wenn sie Paul küßte. Und dann sah er, wie seine Mutter plötzlich die Augen aufriß. Sie stöhnte und bäumte sich auf und sagte: »Oui! Mon Dieu! Oui!« und starrte geradewegs zur Decke herauf zu ihm, der da zurückstarrte. Er geriet in Panik und dachte schon, sie habe ihn gesehen, aber dann erinnerte er sich, daß sie ihn nicht sehen konnte, nicht durch diese kleinen Löcher, natürlich nicht, aber er fuhr trotzdem zurück und richtete sich auf.

Sein Atem ging schwer, und sein Gesicht glühte, und sein Herz pochte, pochte so stark, daß er es in den Ohren fühlen konnte. Es war wie damals, als er aus dem Baumhaus gefallen war, daß es ihm den Atem verschlagen hatte; damals war der Atem irgendwann mächtig keuchend zurückgekommen. Jetzt fühlte er sich genauso, aber hier war kein Baumhaus, und er war nicht gefallen. Hier war nur seine Mutter – und dieser Mann. Und er war erschrocken; alles kribbelte, und er hatte Angst. Er hatte keine Ahnung, was er da gesehen hatte, er wußte nur, daß es anscheinend etwas Geheimes gewesen war, etwas, was seine Mutter nicht mit einem fremden Mann treiben sollte.

Er rieb sich die Augen. Sie juckten und brannten von Champagner und Staub. Das Reiben machte alles noch schlimmer. Er schloß die Augen und versuchte, Sinn in die Sache zu bringen. Er schämte sich für seine Spitzelei, und er wußte, daß er irgend etwas Unrechtes getan hatte, etwas furchtbar Unrechtes, und daß er es nicht hätte tun, daß er nicht hätte gucken dürfen, aber jetzt war es zu spät, er konnte es nicht ungeschehen machen, und er wünschte, daß er und Moussa überhaupt nie hierhergekommen wären, er wünschte, er wüßte gar nichts von blöden Gucklöchern und Geheimgängen, sondern wäre wieder im Baumhaus, jetzt sofort.

Durch die Dunkelheit hörte er, wie Moussa ihn leise rief. »Paul!« Eine Pause. Stille. »Paul, wo bist du? Ich habe etwas zu essen mitgebracht! Und ich habe noch eine Flasche! Paul!«

Paul gab keine Antwort. Er saß stumm da und blickte starr vor sich hin. Er zog die Knie an die Brust, vergrub das schmutzige Gesicht in den Händen und bemühte sich angestrengt, nicht zu weinen.

5. Vier Tage später erklärte Napoleon den Krieg.

Jules traf seine Vorbereitungen zur Abreise an die Front. Seine Tage vergingen in einem Strom von Tätigkeit. Frühmorgens begab er sich in die Tuilerien, und erst spät am Abend kam er zurück; er nahm sich kaum noch Zeit zum Essen. Sogar zu Hause, wenn alles außer Jules und den Jungen längst schlief, kamen noch Offiziere und Soldaten zu ihm. Von ihrem Fenster aus, das die Zufahrt überblickte, beobachteten die Jungen das Treiben. Alle waren in Eile. Kuriere galoppierten auf ihren Pferden bis zur Haustür und trugen ihre Botschaften herein. Ihre Stiefel polterten durch die Eingangshalle. Es wurde still im Haus, während sie warteten, und dann polterten ihre Stiefel wieder hinaus, wenn sie mit neuen Botschaften verschwanden.

Manchmal hörten die Jungen Henri und Jules nachts streiten. Sie verstanden nicht, worum es ging; sie wußten nur, daß es etwas mit dem Krieg zu tun hatte. Moussa wollte in den Geheimgang schleichen, um zu lauschen, aber Paul war nicht interessiert. Er hatte das Herumkriechen da draußen satt, sagte er. Warum, sagte er nicht.

Paul war voller Ehrfurcht vor seinem Vater, und jetzt, da der Krieg nahte, vermutete er, daß er wohl der wichtigste Mann in ganz Paris sein müsse, vielleicht abgesehen vom Kaiser. Er war der größte, tapferste, mächtigste Mann, den Paul je gesehen hatte. Paul schwoll vor Stolz, wenn er sah, wie andere Soldaten vor seinem Vater salutierten oder in seiner Gegenwart strammstanden oder losrannten, um einen Befehl auszuführen. Zu gern sah er zu, wie er seine Uniform anzog. Darin war sein Vater penibel; jede Bewegung war präzise und wohlgeordnet, jeder Zentimeter Stoff glatt gebügelt, jeder Knopf blank poliert, alles so, wie es sein sollte. Wenn der Colonel nicht zu Hause war, berührte Paul zuweilen die Ausgehuniform, und dann fragte er sich, wie es wohl sein mochte, wenn man Soldat war. Dann träumte er von der Uniform, die er selbst eines Tages tragen würde.

Als Paul zwei Jahre zuvor acht geworden war, hatte Jules ihm zum ersten Mal erlaubt, den Degen zu polieren. Paul behandelte ihn ehrfürchtig. Er war über einen Meter lang und hatte einen Elfenbeingriff mit einem geschnitzten Adlerkopf. Er hatte seinem Ururgroßvater gehört, und der hatte ihn während der Revolution benutzt. Paul strich mit dem Finger an der Schneide entlang, ganz behutsam, um sich an dem rasiermesserscharfen Stahl nicht zu schneiden. Mit Politur rieb er die Klinge so blank, daß er sich darin spiegelte. Wenn er fertig war und davon überzeugt, daß er vollkommene Arbeit geleistet hatte, inspizierte sein Vater die Waffe mit kritischem Blick. Und der Colonel fand immer einen Flecken und stauchte Paul zusammen wie einen Rekruten.

»Dein Degen ist dein Gefährte, dein Freund. Er ist die Verlängerung deiner Ehre. Zeig deinen Stolz, Junge, und laß ihn entsprechend aussehen.«

Manchmal konnte Paul, so sehr er sich bemühte, den Makel nicht erkennen, aber er fing trotzdem wieder von vorn an, und oft mußte er den Stahl dreimal polieren, bevor der Colonel sich zufriedengab.

Während Jules jetzt im Schlafzimmer stand und Uniformen und Toilettenartikel und Papiere in seine Taschen packte, polierte Paul wieder den Degen. Moussa war bei ihm. Die Jungen teilten alles miteinander, aber nicht diesen Degendienst. Paul ließ sich von Moussa assistieren – ein Tuch holen oder die Politur halten –, aber die Klinge durfte Moussa nicht anrühren.

»Wo werden sie denn Krieg führen?« fragte Moussa, während Paul arbeitete.

Paul zuckte die Achseln. »Ich weiß nicht. Wo sie Preußen finden, die sie umbringen können. In Preußen, nehme ich an.«

»Ich wette, dein Vater bringt viele um.«

»Ungefähr tausend wahrscheinlich.«

Moussa stieß einen Pfiff aus. Das hörte sich nach viel an, selbst für Onkel Jules. »Wie kriegt er denn so viele?«

»Ich weiß nicht. Erst wird er sie erstechen. So …« Paul hob den Degen mit zwei Händen und spießte einen Preußen auf. »Ich nehme an, daß er sie dann auch noch erschießt. Sicherheitshalber.«

»Und wenn sie zurückschießen?«

Paul runzelte die Stirn. »Jeder weiß, daß Preußen nicht zielen können. Preußen sind Memmen.«

»Haben sie nicht die Österreicher besiegt?«

»Österreicher sind auch Memmen.«

Daß das stimmte, wußte Moussa. Das sagten alle.

Endlich war Paul mit dem Degen fertig. Er war sicher, daß er noch nie so gut ausgesehen hatte. Zuerst ließ er Moussa die Klinge prüfen, und obwohl Moussa sie nicht angerührt hatte, rieb er sie danach noch einmal blank. In banger Erwartung ging er dann damit zu Jules, der die Waffe zur Inspektion hochhielt. Paul wartete mit angehaltenem Atem auf den unausweichlichen Befehl, noch einmal von vorn anzufangen. Jules drehte den Degen hin und her, um beide Seiten zu betrachten. Er hielt ihn ins Licht, das durch das Fenster fiel. Die Klinge blinkte. Paul hatte gute Arbeit geleistet. Alles war tadellos. Aber Jules war kein warmherziger Mann, der sein Herz auf der Zunge trug. Er gestattete sich nicht einmal ein anerkennendes Lächeln, sondern redete Paul an, als wäre er ein Soldat.

»Gut gemacht.« Er nickte brüsk. »Annehmbar.« Er legte den Degen auf den Tisch und wandte sich wieder seinen Koffern zu.

Paul war außer sich vor Glück.

Am nächsten Morgen reiste Jules noch vor Sonnenaufgang ab. Elisabeth und die Jungen fuhren mit ihm zum Gare du Nord. Paul saß vorn bei seinem Vater, und Elisabeth und Moussa fuhren hinten in der Kutsche mit. Seit dem Fest hielt Paul Abstand zu Elisabeth. Er war nicht böse mit ihr, aber er wußte nicht, wie er sie ansehen oder was er sagen sollte. Ihre Nähe machte ihn verlegen, und so tat er sein Bestes, ihr aus dem Weg zu gehen. Sie aber war mit anderen Dingen beschäftigt und schien es nicht zu bemerken.

Schon im Morgengrauen glühten die Straßen vom Fieber des Krieges. Die Stadt brodelte vor Erregung. Der Verkehr war so dicht, daß die Kutsche kaum durchkam. Höker verkauften Zeitungen voll gallischer Leidenschaft. Hunde bellten, und Hähne krähten in der kecken Zuversicht des trotzigen Paris. Scharen von Soldaten zogen hierhin und dorthin, in lauter verschiedene Richtungen, in lauter verschiedenen Missionen. Wagen mit Munition und Ausrüstung verstopften die Straßen und verursachten schwere Verkehrsstörungen.

All das Treiben auf den Straßen konzentrierte sich auf den

Bahnhof. Der gewöhnliche Eisenbahnverkehr war eingestellt; Zug um Zug, Regiment für Regiment, Güterwagen über Güterwagen verließ den Bahnhof. Soldaten in endlosem Strom kamen herein. Nirgends war Ordnung, überall Durcheinander. Die Männer wußten nicht, wohin sie gingen oder wo ihre Einheiten waren, sie wußten nur, daß sie sich im Bahnhof melden sollten. Einige kamen zu früh, andere zu spät, und etliche waren auch im falschen Bahnhof. Viele waren betrunken, manche hatten auf den Bahnsteigen die Besinnung verloren und wurden von den andern roh beiseite geschoben. Frauen klammerten sich an ihre Männer und nahmen weinend Abschied.

Erbost bahnte Jules sich seinen Weg zum Bahnsteig; das Chaos war ihm ein Greuel. Elisabeth und die Jungen eilten ihm nach und warteten, wenn er stehenblieb, um einen Betrunkenen zu tadeln oder ein paar Leuten zu befehlen, Kisten oder Wagen beiseite zu räumen, um Platz für den Verkehr zu machen. Es war hoffnungslos, aber Jules wäre nicht Jules gewesen, wenn er es nicht versucht hätte.

»Du da! Schaff diese Kisten beiseite!«

»Corporal! Man soll den Mann da aufheben und in den Bahnhof tragen. Und sehen Sie zu, daß man über ihn Meldung macht.«

»Wo ist Ihr kommandierender Offizier?«

»Wo ist Ihr Gewehr?«

»Wer hat hier das Kommando?«

Das alles half nicht viel. Manche Männer verzogen höhnisch die Gesichter und machten rohe Gebärden, wenn der Colonel vorbeigegangen war. Paul sah es erstaunt und beunruhigt. Moussa machte große Augen. Elisabeths Miene war gequält. Behutsam stieg sie um die Betrunkenen, um Müll und Kisten herum und achtete nach besten Kräften darauf, bloß nichts zu berühren. Sie bereute, daß sie nicht so vernünftig gewesen war, Jules zu Hause zu verabschieden. Endlich aber waren sie auf seinem Bahnsteig angekommen. Der Zug kam eben rückwärts hereingefahren, und sie mußten warten. Paul stand neben seinem Vater und schaute zu, wie die Lokomotive ihren Rauch zur Decke hinaufstieß. Ihre schrillen Pfiffe gellten durch die weite Halle. Dampfwolken quollen zwischen den Wagen hervor und hüllten den Bahnsteig in neblig weiße Schwaden.

Ohne sich etwas zu denken, griff Paul nach der Hand seines Vaters, aber der Colonel zog sie weg. »Dazu bist du zu alt«, sagte er, ohne herabzuschauen. Paul ließ seine Hand sinken und merkte, wie er rot wurde. Die Aufregung des Tages wurde durch die Erkenntnis verdrängt, daß sein Vater wirklich fortging. Es dämmerte ihm erst allmählich: Sein Vater ging fort. Er würde ihn eine ganze Weile nicht wiedersehen, vielleicht lange nicht. Er wußte nicht, wie lange Kriege dauerten. Er hatte Moussa gefragt, aber der hatte es auch nicht gewußt und vorgeschlagen, Gascon zu fragen, der meistens alles wußte. Gascon hatte nur die Achseln gezuckt. »So lange, wie es eben dauert.« Paul hatte einen Kloß in der Kehle. Am liebsten wäre er gegangen.

Elisabeth stand neben Jules, unbeschwert strahlend und ohne ein Zeichen der Anspannung. Sie glaubte voller Zuversicht an die Sache Frankreichs und an gute Aussichten. Längst hatte sie aufgehört, sich Sorgen zu machen, weil er im Kampf fallen könnte; sie war so sicher, daß er Marschall werden würde, daß der Tod selbstverständlich vor dieser Bestimmung zurückstehen mußte. Dieser Krieg war ein Segen. Er war das, was sie brauchte – was sie beide brauchten. Im Krieg regnete es Beförderungen wie niemals im Frieden. Sie sagte einem Colonel au revoir und würde einen heimkehrenden General willkommen heißen. So lächelte sie ihren Mann an, als er jetzt abreiste.

»Ich bin sicher, Sie werden uns Ehre bringen, Jules.«

Jules küßte sie steif auf beide Wangen: Öffentliche Demonstrationen der Zuneigung bereiteten ihm Unbehagen. »Ich werde schreiben, soweit es die Bedingungen erlauben«, versprach er.

»Du mußt viele Preußen töten, Onkel Jules«, sagte Moussa.

Jules winkte. Eben wollte er den Zug besteigen, als Paul ihm nachlief.

»Warte, Vater! Ich habe noch etwas vergessen. Ich habe ein Geschenk für dich gemacht.«

Mit breitem Lächeln hielt er es dem stattlichen Mann entgegen. Er hatte es selbst aus einem Stück Eichenholz geschnitzt. Es war plump, aber erkennbar: ein Spielzeugsoldat. Ein Arm war abgebrochen; Paul hatte ein gerades Stück Zweig genommen, daraus ein Gewehr mit einem Bajonett gemacht und es dort angeklebt, wo der Arm hätte sitzen müssen. Er hatte dem Soldaten ein Gesicht und Uniformknöpfe gemalt. Als Helm hatte er eine Walnußschale genommen. Und auf dem Gesicht des Soldaten lag ein kleines Lächeln.

Jules drehte die Figur in der Hand. Er war entzückt, und er wußte, wie lange Paul sich damit geplagt haben mußte. Aber seine Miene blieb ungerührt. Er betrachtete den Soldaten mit dem gleichen Blick, mit dem er auch den Degen betrachtete, wenn Paul ihn poliert hatte.

»Er ist kaputt«, sagte er. »Und unsere Soldaten tragen solche Helme nicht. Du mußt besser aufpassen.« Er schob die Figur in die Tasche. »Nun gut«, sagte er. »Den nächsten machst du etwas sorgfältiger.« Er wandte sich ab und stieg in den Zug.

Jules riß an seiner Stiefelsohle ein Streichholz an. Er verzog das Gesicht, als ihm der Schwefeldampf in die Nase drang. Er kniete nieder und hielt die gelbe Flamme an das dunkle Kerosinrinnsal, das sich über den Holzboden zog. Das Feuer flackerte zunächst träge und arbeitete sich nur langsam über die flüssige Bahn, und es verschwand in den Gängen und dunklen Winkeln des alten hölzernen Lagerschuppens. Es erreichte erst das eine Ende des Gebäudes, dann das andere, und die Flammern flackerten gespenstisch im Halbdunkel. Eine Ratte huschte über den Boden. Eine erschrockene Taube, die zwischen den Balken unter dem Blechdach wohnte, flatterte geräuschvoll auf und verschwand durch eins der oberen Fenster.

Die Flammen machten sich an die Arbeit. Gewaltige Stapel von Militärmaterial erhoben sich im Dunkel des hallenartigen Gebäudes. Wolldecken fingen Feuer, Holzkisten mit Schuhen, Tuchballen. Eine Abteilung mit Zelten flammte explosionsartig auf. An allem leckte das Feuer, an Holzregalen, an Kisten, an Wänden. Mit scharfem Knattern entflammte das feuchte Holz einiger Kisten. Die Wände fingen an zu brennen, als die Flammen höher krochen.

Jules trat aus dem Lagerschuppen ins helle Sonnenlicht hinaus. Zielstrebig marschierte er über einen offenen Hof zum nächsten Gebäude, das noch größer war als das erste. Ein Corporal hatte Kerosin auf den Boden und über die Berge von Material gegossen. Im düsteren Innenraum stank alles danach. Mehrere Kanister hatte der Mann geleert und die Bahnen sorgfältig verlegt, so daß dem Feuer nichts entgehen würde. Er richtete sich auf und wischte sich den Schweiß von der Stirn, als Jules herankam.

»Fertig, Colonel«, sagte er und trat zurück.

Auf dem Hof kämpfte ein Mann gegen einen von Jules' Soldaten, der hier auf Posten stand. Es war ein zerzauster alter Mann, ein armer Kaufmann aus der Stadt, dem diese Schuppen gehörten. Er war eben gekommen und hatte gleich begriffen, was hier vor sich ging. Er konnte nicht fassen, daß er so schreckliches Pech haben sollte. Erst hatte das Militär seine Schuppen ohne weiteres beschlagnahmt und ihm nichts dafür bezahlt. Und jetzt zündete man sie an! In den Flammen sah er seinen Ruin, einen unerträglichen Ruin. Was war der Feind gegen so etwas?

»Halt!« beschwor er den Wachtposten. »Bitte! Das muß doch nicht sein! Ich bitte Sie! Ich schaffe alles weg, wenn Sie mir nur Gelegenheit dazu geben! In vierundzwanzig Stunden ist alles weg!« Er packte den Posten bei der Jacke und schüttelte ihn. »Bitte! Hören Sie mir doch zu! Lassen Sie mich mit dem Befehlshabenden sprechen!«

Der Posten stieß grob die Hand des Mannes zurück. »Sei still, Alter!«

In seiner Verzweiflung wandte der Kaufmann sich an Jules, der ihm den Rücken zugewandt hatte.

»Sie da!« kreischte er. »Ich verlange, daß man diesen unerhörten Vorgang beendet!« Seine Augen blickten wild. »Sie haben kein Recht! Das müssen Sie bezahlen!« Er schüttelte die Faust gegen Jules, aber der drehte sich nicht um; also drehte der Kaufmann sich um und schüttelte die Faust gegen die ganze Kavallerieschwadron. »Aufhören, habt ihr gehört? Aufhören, sage ich!« Seine Stimme übertönte das Hintergrundgeräusch, ein einsamer Wutschrei inmitten der Flammen. Die Männer, die ihm am nächsten standen, traten voller Unbehagen von einem Bein aufs andere und vermieden es, ihn anzusehen.

»Ihr findet keine Preußen, die ihr vernichten könnt, und da vernichtet ihr mich, was? Seid ihr denn nicht besser als Schweine? Ihr verbrennt mir meinen Besitz? Mir, dessen Vater bei Austerlitz neben Bonaparte stand?« Wütend sträubte er sich, aber es half nichts: Der Posten hielt ihn fest. Als er sich umschaute, sah er die Flammen aus einem der unteren Fenster züngeln. Seine Wut flammte mit dem Feuer empor. Er brüllte sie alle an.

»Ihr Schweine! Feiglinge! Hurensöhne! Mag sein, daß ich ein stinkender alter Mann bin, aber vor Leuten wie euch habe ich keine Angst!« Verzweifelt entwand er sich dem Griff des Postens und stürzte sich auf den Colonel. »Ich werde dich verprügeln, bei Gott!« tobte er fäusteschüttelnd, aber er war alt und halb verkrüppelt und bewegte sich nur langsam. Der Posten packte ihn bei der Schulter, riß ihn roh herum und versetzte ihm einen bösartigen Hieb mit dem Gewehrkolben. Durch das anschwellende Tosen der Flammen hörte man, wie der Kiefer des Alten brach. Bewußtlos sackte er zu Boden.

Jules kümmerte sich gar nicht um ihn. Was er hier tat, mußte getan werden. Wieder kniete er nieder. Wieder flammte ein Streichholz auf. Wieder strömten kleine Flammenflüsse vor seiner Hand davon und strebten den entlegenen Bereichen des Schuppens zu. Nach einem von dem Corporal sorgfältig angelegten Muster begannen sie Reihe um Reihe zu fressen, Stapel um Stapel, Uniformen und Bettzeug, Töpfe und Pfannen, Stiefel und Kleidung.

Den Blick unverwandt auf das Feuer gerichtet, wich Jules zurück. Ohne sich umzusehen, fand er sein Pferd und stieg auf. Reglos saß er im Sattel, aufrecht, mit leerem Blick. Es war ein faszinierender Anblick; hypnotisch tanzten die Flammen in seinen Pupillen. Im ersten Gebäude hatte das Feuer die oberen Fenster erreicht.

Das Regiment füllte das Gelände praktisch aus; die Männer standen im Halbkreis um den Colonel. Alle schwiegen wie gebannt vom Anblick dieses wütenden Infernos. Jeder einzelne schien etwas in diesen Flammen zu finden, worin er sich verlieren konnte.

Bald brannten beide Schuppen lichterloh. Der Himmel über ihnen flimmerte von den Flammen und der Hitze, die von den Blechdächern aufstieg. Das Knistern des brennenden Holzes war zu einem Tosen geworden, das Tosen zu einem Brüllen. Jules spürte, wie die Haare in seinem Nacken sich regten, als ein Windhauch vorüberstrich, um den Brand zu nähren. Die Flammen erfaßten das Dach und sprangen von dort in den Himmel. Das Blech erglühte rot und schmolz. Klumpen von geschmolzenem Metall tropften hinunter ins Feuer, und dann brach das Dach ein. Irgendwo drinnen knallte und pfiff es, und etwas Schweres krachte herunter.

Als der Brand intensiver wurde, wichen die Männer nach und nach, und ohne es zu merken, beinahe gleichzeitig weiter zurück. Zwei Mann schafften die reglose Gestalt des Kaufmanns vom Hof; halb schleiften, halb trugen sie ihn. Balfour, das Pferd des Colonels, war unruhig, blieb aber stehen. Es war ein mächtiger kastanienbrauner Hengst mit einer schneeweißen Blesse auf der Brust. Seine Nüstern weiteten sich, und die Mähne war wachsam aufgerichtet im Angesicht der erkannten Gefahr. Das Pferd war vorzüglich abgerichtet und gehorsam; auf Jules' Befehl wäre es geradewegs in die Flammen und in seinen Tod galoppiert. Stocksteif stand Balfour da und wartete auf eine Berührung, ein Signal. Zwischen Reiter und Pferd war kein Wort, kein Geräusch notwendig. Eine Bewegung des einen oder anderen war alles, was sie zur Verständigung brauchten. Sie kannten einander, verstanden einander, respektierten einander. Ohne sich dessen bewußt zu werden, spürte Jules das Unbehagen des Hengstes und ließ ihn rückwärts gehen, bis ihm wohler war. Nicht lange, und die ganze Gruppe stand hundert Meter weit von den brennenden Gebäuden entfernt. Aber noch auf diese Entfernung versengten die Flammen die Luft, und das Metall an Gewehren und Degen fühlte sich heiß an.

Außerhalb des Anwesens hörte man die schlurfenden Schritte einer abziehenden Armee. Große, wabernde Rauchwolken erhoben sich, Rauch, der schwarze Fetzen mit sich trug, Rauch, der schwarz und häßlich war und die Sonne erstickte und sich wie ein Leichentuch über die Truppen legte. Hinter dem Regiment, vor der Stadt Châlons, drängten sich die Bewohner, die gekommen waren, um zuzuschauen. Schweigend, wie trauernd, starrten sie in die Feuersbrunst.

Jules' Augen blickten starr ins Leere. Gedankenverloren schaute er in die Flammen. Er hatte darauf bestanden, selbst derjenige zu sein, der das Feuer legte. Es wäre nicht recht gewesen, es von einem anderen Mann zu verlangen. Ein so unwirklicher Akt, eine so furchtbare Ironie. Es waren ja französische Vorräte, die er hier verbrannte, Nachschub für hunderttausend Mann. Es war ein Franzose, der da mit gebrochenem Kiefer am Boden lag, ein Franzose, dessen Schuppen er angezündet hatte. Die Preußen hatten ganze Armeen geschickt, um zu bewerkstelligen, was er soeben mit einem Streichholz erledigt hatte.

Das also ist meine große Leistung in diesem Krieg, dachte er verbittert. In den Wochen, seit er Paris verlassen hatte, waren große Armeen zusammengeprallt, und Tausende von Männern hatten ihr Leben im Kampf gelassen. Die Väter und Söhne Frankreichs waren dem Ruf gefolgt und hatten die Waffen geschultert. Er aber, ein Colonel der Kaiserlichen Garde, hatte noch an keinem Kampf teilgenommen. Sein Degen war sauber, seine Pistole geputzt, und das Gewehr steckte stumm in seiner Hülle. Einen Preußen hatte er nicht zu Gesicht bekommen, die hitzige Glut des Gefechts nicht verspürt.

Statt dessen hatte er ein Feuer gelegt. Der Kaiser hatte es befohlen, damit den Preußen die kostbaren Vorräte nicht in die Hände fielen, für die Frankreich so hart gearbeitet hatte. Zugladung um Zugladung war mit dem Troß des Kriegs aus Paris nach Châlons gekommen. Auf Fuhrwerken und Güterwagen, in Säcken und Kisten kam ein endloser Strom von Nachschub heran, auf den Rücken von tausend Maultieren und Männern und Pferden: die ehrfurchtgebietende Maschinerie eines Landes im Krieg.

So viele entschlossene Menschen, dachte Jules. Und was sie zustande brachten, habe ich jetzt vernichtet.

Er empfand Abscheu. Seit er Paris verlassen hatte, war nichts gutgegangen. Er war bei Metz zu seinem Regiment gestoßen, dem Zweihundertzwanzigsten, nur um festzustellen, daß die Hälfte der Männer fehlte und die andere Hälfte mangelhaft ausgerüstet war. Viele von denen, die er jetzt befehligen sollte, waren nicht die, die er in Paris ausgebildet hatte; wo seine eigenen Leute abgeblieben waren, wußte er nicht. Die langwierigen Vorbereitungen, die er in Paris betrieben hatte, waren umsonst gewesen. Er war daran gewöhnt, daß es bei einer Mobilmachung drunter und drüber ging, denn jeder Krieg war ein von Unordnung durchwühltes Chaos. Man konnte einem Feind nicht solche ungeheuren Massen von Menschen und Material entgegenwerfen, ohne daß man mit Problemen zu rechnen hatte. Aber ein Durcheinander wie dieses hatte Jules noch nie gesehen.

»Unverzeihlich«, sagte er erbost zu Major Duprée, als sie ihre bunt zusammengewürfelte Sammlung von Männern und Material inspizierten. Die beiden Offiziere wanderten durch das Lager, schauten in Kisten, wühlten in Kästen und fragten die neuen Männer aus, von denen viele noch nie ein Pferd gesattelt oder ein Gewehr abgefeuert hatten. Es gab keine Kochgeschirre, keine Kessel, keine Feldflaschen, keine Satteldecken für die Pferde. Die Verbandstaschen waren leer. Vier Kisten mit zweihundert Ersatzgewehren hatte man beim Depot im Regen auf dem Boden stehenlassen, und Rost und Schlamm hatten sie unbrauchbar gemacht. Andere Kisten enthielten dutzendweise Schachteln mit Munition für Gewehre, die bei der Armee seit mehr als einem Jahrzehnt nicht mehr benutzt wurden, aber für die *Chassepots*, die sie hatten, ließ sich nicht eine einzige Patrone finden.

Major Duprée, ein stämmiger Mann aus der Picardie, war seit Italien bei dem Colonel und nahm deshalb kein Blatt vor den Mund: »Mit allem schuldigen Respekt, Colonel, aber unsere eigenen gottverdammten Arschlöcher haben uns so übel mitgespielt, bevor es losgehen konnte. Das Zweihundertzwanzigste besteht nur noch aus verrosteten Einzelteilen und übriggebliebenen Männern.« Er riß einen leinenen Rationsbeutel auf. Er war einmal mit Zwieback gefüllt gewesen, aber der Regen hatte alles in einen Vanillebrei verwandelt. »Ich würde dieses Zeug gern dem Schwein in die Kehle stopfen, das es so hat liegenlassen«, knurrte er und warf den Beutel wieder in den Schlamm.

Statt Antworten erhielt Jules überall nur ein Achselzucken. Ein Nachschubsergeant zuckte die Achseln, als der Colonel sich erkundigte, was aus der Ersatzmunition geworden sei. »Die ist vielleicht nach Nancy gegangen«, erwog er. Ein Capitaine bei den Troßwagen zuckte die Achseln, als man ihn nach den verschwundenen Zelten fragte. »Ich glaube, das Dritte Husaren hat sie. Vielleicht.« Der Mann konsultierte einen Stapel Papiere, ein wirres

Durcheinander von Formularen und Anforderungsbelegen, und schüttelte dabei den Kopf, als staune er über das absurde Ansinnen, solche Informationen nachzuhalten. »Möglicherweise auch das Sechste Lanzenreiter.« Der Quartiermeister zuckte die Achseln, als er etwas zu den Wolldecken sagen sollte. Der Stationsvorsteher zuckte die Achseln, als man ihn fragte, was aus den Waggons mit den Ersatzpferden und Sätteln geworden sei. »Ich habe gehört, daß General Laporte sie nach Reims befohlen hat«, sagte er. »Aber in Reims brauchen wir sie nicht!« donnerte Jules. »Wir brauchen sie hier!« Er war auf der Stelle zu General Delacroix gegangen, aber das hatte nichts genützt, denn der General war mit seinen eigenen Nachschubproblemen beschäftigt, die sich vor allem um den Komfort in seinem Hauptquartier drehten. Selbst der General konnte nur die Achseln zucken. »Wir werden uns durchwühlen«, sagte er.

Es blieb nichts anderes übrig, als den Wahnsinn zu ignorieren und sich allen Widrigkeiten zum Trotz eine funktionierende Einheit zusammenzustückeln. Wenn er auf dem normalen Wege keine Ausrüstung bekommen konnte, würde er sie eben selbst beschaffen. Er war überall, befaßte sich mit allem, schacherte, forderte, befahl, drohte, um zu bekommen, was er brauchte. Er donnerte Offiziere an, terrorisierte einfache Soldaten, er tobte durch vergessene Lagerschuppen und Baracken, bis das ganze Lager seinen Zorn zu spüren bekommen hatte und jedem graute, wenn er ihn nur nahen sah. Er schickte Major Duprée fünfzig Kilometer weit in ein anderes Depot, um nachzusehen, ob es dort Munition gab. Hauptleute mußten nach Proviant suchen, Corporale nach Decken und Stiefeln. Seine Sergeanten mußten die neuen Leute ausbilden, drillen und unterrichten. Alle trieb er wütend an. Die erfahreneren Männer halfen den Grünschnäbeln unter den Rekruten. Er ließ sie alle bei Morgengrauen aufstehen und jagte sie dann gnadenlos durch den Tag, bis sie im Dunkeln vor Erschöpfung umfielen. »Riemen straffziehen!« brüllten die Sergeanten. »Satteltaschen überprüfen! Schließen, die Reihen, fest zusammenschließen! Knie an Knie! Ihr müßt den nächsten Stiefel spüren!« Sie murrten, sie klagten, aber sie gehorchten.

Jules empfand ein Gefühl von Unwirklichkeit, denn so kunterbunt, so schlecht ausgerüstet und so untätig sein Regiment auch war, es schien doch zu den wenigen zu gehören, die überhaupt gedrillt wurden. Eine seltsame Gleichgültigkeit durchdrang das Lager. Niemand im Generalstab schien irgendeine Art von Dringlichkeit zu empfinden. Die ganze Armee, so kam es Jules vor, schien richtungslos dahinzutreiben. Kuriere kamen und gingen und brachten Nachrichten von Schlachten, aber anscheinend war das alles nicht weiter wichtig. Niemanden schien es zu kümmern. Ein ganzes Corps saß regungslos da, während zwei Kilometer weiter ein anderes sich in Bewegung setzte, eine kurze Strecke marschierte und dann wieder verharrte. Generäle warteten auf Befehle von den Marschällen, die Marschälle erwarteten Anweisungen aus Paris, und was aus Paris kam, war unschlüssig und widersprüchlich.

Die Angst vor dem untätigen Zögern, vor dem Dasitzen ohne Informationen, das war das Leiden unter der wahnsinnigen Ungewißheit des Krieges. Jules' Männer waren Kelten; sie waren von Natur aus schnell, ungestüm und explosiv. Sie brauchten Bewegung. Untätigkeit machte sie hilflos, ließ ihre Kräfte versickern und verwässerte ihren hochfliegenden Geist. Das Warten nahm ihnen die Leidenschaft, trübte das Feuer in ihren gallischen Seelen. Ihre Stärke lag in der Fähigkeit zum aggressiven Angriff, zur Überwältigung des Feindes in wütendem Gefecht. Aber jetzt sah Jules, wie seine Leute anfingen zu phantasieren. Ferne Geräusche wurden zu Preußen, Schatten zu Soldaten. Wenn sich im Gebüsch etwas bewegte, mußte es der Feind sein: Dann wurden Waffen gezogen und angelegt, und ein Bauer mit seiner Kuh entging um Haaresbreite dem Schicksal, in Stücke geschossen zu werden. Die Aufklärung war kläglich, so hatten Gerüchte Zeit zum Wachsen und zum Blühen und konnten irgendwann die Umrisse von Tatsachen annehmen. Die einzigen Nachrichten waren die letzten Nachrichten, und die letzten Nachrichten stimmten nie.

Als Jules' Einheit sich endlich in Bewegung setzte, tat sie es mit dem Auftrag, die Nachhut für den Kaiser zu bilden. Sie sah nichts, geriet in kein Gefecht. Statt dessen zog sie beinahe willkürlich durch die Gegend, erst nach links, dann nach rechts, bald hierhin, bald dorthin, und niemals mit einem erkennbaren Ziel und Zweck. Jules bat mehr als einmal um die Erlaubnis, Schwadronen auszuschicken und die feindlichen Bewegungen und Stellungen auszukundschaften, denn auf allen Ebenen der Armee herrschte große Unsicherheit in der Frage, wo die preußischen Truppen eigentlich standen. Aber sein Ersuchen wurde abgelehnt.

Und als sich die Tage dergestalt zu Wochen dehnten, ließen ihn die Nachrichten vom Krieg verzweifeln. Die Ereignisse ließen ihn hinter sich, und wenn es so weiterginge, könnte er von Glück sagen, wenn er überhaupt noch beteiligt würde. »In einer Woche überschreiten wir den Rhein, und in zwei Wochen sind wir in Berlin«, hatte er in Paris noch voller Zuversicht prophezeit. Und während des größten Teils der letzten zweihundert Jahre hätte die französische Armee genau dies tatsächlich getan. Diesmal aber, so schien es, tat sie es nicht – nicht mit Preußen. Immer wenn die Franzosen seit Ausbruch des Krieges mit den Preußen zusammengetroffen waren, war Desaster auf Debakel gefolgt, und zwar in atemberaubender Geschwindigkeit. In wenigen kurzen Wochen hatten die Preußen die Franzosen bei fast jedem Zusammentreffen besiegt. Was als französische Offensive gedacht gewesen war, verwandelte sich beinahe augenblicklich in einen verzweifelten Abwehrkampf. Die Invasion Preußens, mit der die Welt gerechnet hatte, kam nie zustande. Unschlüssiges Zögern hatte die französische Armee gelähmt; Preußen dagegen war im Handumdrehen mit Truppen und Artillerie in die elsässischen und lothringischen Regionen Frankreichs vorgestoßen. Auf einen kurzen und bedeutungslosen französischen Sieg bei Saarbrücken waren in rascher Folge demütigende Niederlagen bei Fohrbach, Wörth und Weißenburg gefolgt. Wegen seiner schlechten Gesundheit hatte Napoleon das Oberkommando an Marschall Bazaine abgegeben, dessen eigene Armee in der Festung Metz nahe der preußischen Grenze eingekesselt worden war. Mehr als fünfzigtausend Franzosen waren in den Kämpfen dort getötet, verwundet oder gefangengenommen worden. Die Preußen hatten die Stadt wie mit einer Eisenzwinge umfaßt; sie hatten die Telegraphenleitungen durchtrennt und bauten jetzt eine provisorische Eisenbahnstrecke für ihre Truppenbewegungen während einer voraussichtlich langen Belagerung.

Linie um Linie hatte man die Verteidigungsstellungen aufgegeben: erst die Saar, dann die Mosel, dann die Meuse. Die Stadt Nancy war nach Abzug der französischen Truppen von vier preußischen Soldaten besetzt worden, die ob ihrer Heldentat ebenso erstaunt waren wie die französischen Männer und Frauen, die sie auf der Straße vorübermarschieren sahen. Die Vogesenpässe waren kampflos aufgegeben worden. Straßburg stand unter Beschuß, Toul wurde belagert. In Givonne gerieten die französischen Truppen, deren Position als viel zu stark galt, als daß man sie einfach hätte überrennen können, beim Anblick der anmarschierenden Preußen in Panik und flüchteten sich in die Wälder. In Gravelotte ließen die Franzosen ihre Fanfaren erklingen, hielten die Stellung – und starben.

Überall war es das gleiche gewesen: Auf die Katastrophe folgte der Zusammenbruch. Der Himmel über Frankreich hatte sich aufgetan, Blitz und Donner waren preußisch, und es regnete französisches Blut. Niederlage folgte auf Niederlage, bis unter dem Befehl des preußischen Kronprinzen die Dritte Armee MacMahon quer durch Frankreich getrieben hatte und nun drohte, Paris selbst anzugreifen. Erschöpft, hungrig und fassungslos hatte sich MacMahons Armee nach Châlons zurückgezogen, um die eigenen Wunden zu lecken, sich auszuruhen und neu zu formieren, sich zu versorgen und die Gefallenen, Verwundeten und Gefangenen zu ersetzen.

Mit der Reserve sah es düster aus. Die neuen Soldaten waren zum großen Teil undisziplinierte Rekruten, die nicht gelernt hatten, ihre Gewehre zu laden, geschweige denn abzufeuern. Viele kamen von den *Gardes Mobiles* aus Paris, einem unabhängigen, unbotmäßigen Haufen. Die Kunde von den zahlreichen Niederlagen hatte ihre Begeisterung für einen Tod im Krieg des Kaisers gegen die Preußen nicht eben befeuert. Sie waren illoyal, mißmutig und kaum gehorsam. Der Drill auf den Exerzierplätzen verlief ohne Präzision, und wenn die Sergeanten brüllten: »Vive l'Empereur!«, so schrien sie beim Marschieren dreist zurück: »Un, deux, trois, merde!«

Ein paar von ihnen plünderten einen Nachschubzug aus, der nach Einbruch der Dunkelheit angekommen war. Mehr als hundertfünfzig Waggons waren mit Äxten, Hacken und Gewehrkolben aufgebrochen worden, und der Inhalt lag auf den Gleisen im Bahnhof verstreut. Der protestierende Stationsvorsteher wurde halbtot geschlagen; das Handgemenge geriet schnell außer Kontrolle, und immer mehr Männer beteiligten sich daran. Rasch wuchtete man Weinfässer auf gestohlene Fuhrwerke, die in die Nacht hinausrumpelten. Kisten mit Schießpulver verschwanden. Kugeln, Granaten und Pistolen wurden fortgeschleppt, um verkauft zu werden. Johlende Männer tranken Cognac und schossen mit ihren Gewehren in die Luft, während sie sich mit Kleidung, Fleisch und Kaffee davonmachten. Pökelfleisch und Mehlsäcke wurden aus den Waggons gezerrt, gefolgt von Zucker und Rum.

General Delacroix, der mit einem weiteren Offizier und vier Damen in einem Hotel dinierte, wischte die Berichte von diesen Unruhen mehr als eine Stunde lang beiseite, ehe er schließlich Jules beauftragte, die Ordnung wiederherzustellen. Mit einem Trupp Männer bahnte Jules sich den Weg durch das Tohuwabohu im Gedränge der Straßen. Einige der Plünderer waren bereits zu sehen, wie sie ihre Ware schwenkten, um sie zum Verkauf anzubieten. »Schlüpft mit euren süßen Ärschen zwischen kaiserliche Laken!« schrie einer, und richtig, er hielt seidene Laken mit Adlerwappen in die Höhe. Die Nacht war halb vorbei, und vierzig Mann waren verhaftet, bevor die Ordnung wiederhergestellt war. Schließlich schickte Marschall MacMahon den größten Teil der *Gardes Mobiles* wieder nach Paris zurück, aber die ohnehin melancholische Atmosphäre von Châlons war vergiftet.

Und jetzt starrte Jules in die Flammen der brennenden Lagerschuppen. Auch seine Stimmung war finster, aber nicht vor Verzweiflung. Es war nicht seine Gewohnheit, lange über den Berichten von Rückschlägen und Niederlagen zu brüten. Leeres Sinnen über die Vergangenheit gestattete er sich nicht, denn daran ließ sich ja nichts ändern. Widrigkeiten waren ihm stets eine Quelle der Kraft gewesen, und Niederlagen hatten ihn um so entschlossener gemacht. Um ihn herum wimmelten vier Corps einer neuen Armee, mehr als hundertvierzigtausend Mann. Aus dem Rückzug würden diese Männer einen Vorstoß machen, und aus dem Vorstoß einen Sieg. Wenn Frankreich sich bisher nicht so gut geschlagen hatte, so würde es in Zukunft nur bessergehen. Wenn die

Rheinarmee die Preußen nicht vernichtet hatte, so würde es die Armee von Châlons tun.

Frankreich würde es den Preußen noch zeigen, bei Gott.

Den Preußen und der ganzen Welt.

Seine finstere Laune kam also daher, daß er der Nachhut zugeteilt war, und sie kam von der schrecklichen Nichtigkeit seines Tuns: Plünderer verhaften und Feuer legen. Wo war der Feind, dessentwegen er gekommen war? Er war ein Mann der Tat. Das Warten zermürbte ihn, die Ungewißheit, das Abseitsstehen. Es war ihm ein Graus, nicht in der Offensive und auch nicht in der Defensive zu sein, sondern irgendwo dazwischen. Er mußte etwas Sinnvolles tun, und zwar jetzt.

Er mußte ein paar Preußen finden, die er umbringen konnte.

Aber jetzt würde er dazu vielleicht noch Gelegenheit bekommen. Endlich schüttelte die neue Armee den düsteren Mantel der Untätigkeit von sich ab und brach auf, General Bazaine entgegen, der telegraphisch seine Absicht bekundet hatte, aus Metz auszubrechen. Die beiden Heere würden sich im offenen Feld zusammenschließen, und gemeinsam, dreihunderttausend Mann stark, würden sie den Preußen entgegentreten und sie nach Berlin zurückjagen. Aber sie würden schnell handeln müssen. Am Tag zuvor war preußische Kavallerie in einer Entfernung von knapp dreißig Kilometern gesichtet worden. Das Heer würde nicht weit dahinter stehen. Der französische Vormarsch würde insofern ein ungewöhnliches Unternehmen werden, als die Preußen, wenn sie erwartungsgemäß kehrtmachten, um ihnen zu folgen, eine angreifende Armee vor sich herjagen würden.

Die Wände des größeren Schuppens brachen donnernd zusammen, und die Flammen leckten in den Himmel. Der Lärm riß Jules aus seinen Gedanken. Es gab Arbeit. Er war vielleicht nicht an der Front, aber er wußte, seine Chance würde kommen. Während das Feuer langsam niederbrannte, zog er seine Männer von Châlons ab.

Der nächste Tag verging ohne Zwischenfälle. Das 220. Regiment zog im Zickzack hinter der Armee her, die furchtbar langsam nordwärts rumpelte. Es war ein gewaltiges Unternehmen. Erst kam die Kavallerie, dann die Artillerie mit ihren Gespannen mit Tendern, Schmieden, Lafetten und Geschützen, und dann die Infanterie, gefolgt von Ambulanzwagen und den Fuhrwerken der Intendantur, dann wieder Kavallerie und schließlich der Troß, eine riesige Prozession von Marketenderkarren, Proviantwagen und Bagagefahrzeugen, gelenkt von Zivilisten, armen Nachläufern, die ihre Ware an die Soldaten verkauften und die Huren transportierten. Auf den Troß folgte das Vieh, eine trödelnde Herde von Ochsen, die nach Bedarf geschlachtet wurden, um einer Armee auf dem Marsch zur Speise zu dienen.

Wo diese Armee durchgezogen war, gab es nichts mehr: keinen Zweig, keinen Busch, keinen Pflanzenstengel, keinen tiefhängenden Ast – alles, was da gewachsen war, war in den Staub gestampft. Alles, was sich nicht beiseite bewegt hatte, war von Rädern und Hufen und Stiefeln zu einer konturlosen Masse zermalmt worden. Es war, als wäre ein großer Heuschreckenschwarm durchgezogen, der alles verzehrt hatte, was auf seinem Wege lag. Über Felder und Hügel kroch dieser träge Koloß und ließ eine gespenstische Schneise des Nichts in seiner Spur zurück.

Und Jules' Regiment ritt hinter all dem her, kümmerte sich um Nachzügler und hielt wachsam Ausschau nach den Preußen, von denen aber nichts zu sehen war. Der Plan, mit Bazaine zusammenzutreffen, hing davon ab, daß es schnell ginge, aber die Elemente und das Gelände schienen sich miteinander verschworen zu haben, den Zug aufzuhalten. Ein Unwetter ließ Sturzbäche von Regen auf die Kolonnen niederprasseln, der die Soldaten durchnäßte und die Straßen nahezu unpassierbar machte. Schmale Brücken wurden zu Nadelöhren, die stundenlang verstopft waren. Karren blieben mit Achsbrüchen liegen und versperrten den Weg: Sie mußten ausgeladen, umgekippt und beiseite geschoben werden. Und der Regen durchtränkte alles. Es gab kein trockenes Holz zum Feuermachen. Die Männer aßen ihre Rationen kalt, tranken Wein und kauerten sich in feuchten Zelten unter nasse Wolldecken.

Mit jeder Stunde, jedem Tag hatte Jules als Nachhut mehr zu tun als vorher. Es gab Deserteure in wachsender Zahl; die man zu fassen bekam, wurden verhaftet und nach Châlons zurückgeschickt. Überall blieben Nachzügler zurück, erst zu Dutzenden, bald zu Hunderten. Viele waren betrunken und lagen besinnungslos im Graben, neben sich Gewehr und Flasche.

Das Heer war durch Reims gezogen, ohne genug Proviant zu requirieren. So wurde das Land, durch das es jetzt kam, ausgeplündert. Den Bauern wurde alles gestohlen, vom Kleinvieh bis zu den Getreidevorräten in ihren Scheunen und dem Inhalt ihrer Küchen und Speisekammern. Ihnen blieb nur der Zorn, und sie schüttelten die Fäuste, wo die Truppen vorüberzogen. Ihre heftigste Wut traf am Ende Jules und seine Männer, aber die konnten ihnen nicht helfen und ließen die Beschimpfungen schweigend über sich ergehen.

6.

»Bonjour, Colonel.« Major Duprée salutierte vor Jules, als er mit seiner Schwadron herangeritten kam. »Alles ist ruhig, Colonel. Die Nachtpatrouille hat sich zurückgemeldet. Sie waren zehn Kilometer weit hinten, dort und dort.« Er deutete nach Südosten zu einem flachen Höhenkamm und nach Süden, vorbei an einer Baumgruppe, die in der Ferne kaum sichtbar war. »Wenn sie kommen, kommen sie von da.«

»Sie kommen schon«, sagte Jules, »und lange wird's nicht mehr dauern.« Er deutete mit dem Kopf auf die Reihe der Rinder, die hinter dem Heer in einem Wäldchen verschwand. »Wir ziehen ja nicht gerade im Galopp durch Frankreich.« Er schaute sich um. »Zumindest staubt es bei dem Regen nicht. So können wir sehen, womit wir es zu tun haben.« Er zog ein Fernglas aus seiner Tasche und suchte damit in langsamer, gleichmäßig schwenkender Bewegung den Horizont im Südosten ab. Nichts. Aber dort hinten waren die Preußen, dessen war er sicher. Einen Tag lang hatten sie das Dröhnen ferner Artillerie gehört, und auch gelegentliche Gewehrsalven. Aber sehen konnten sie nichts. Es war beunruhigend.

Von Nordosten kam ein Kurier herangeritten, atemlos und eilig. »Monsieur le Colonel, General MacMahon läßt das Heer nach Norden schwenken, um sich in Rethel neu zu verproviantieren. Sie sollen Ihre Patrouillen auf den Südosten konzentrieren. Er rechnet dort mit Feindberührung.«

»Nach Rethel?« Jules war nicht sicher, daß er richtig gehört hatte.

»Jawohl, Colonel, für den Nachschub. Die Siebte Armee hat immer noch keine Patronen, und der Proviant ist knapp. Wir können uns mit dem, was es auf dem Land gibt, nicht selbst versorgen. Der General will Vorräte für vier Tage. Die ganze Armee wird einen Umweg nehmen, Colonel.« Er salutierte und war schon wieder weg.

»Mein Gott, es ist Wahnsinn, nach Norden abzuschwenken, Colonel«, sagte Major Duprée. »Wir kommen jetzt schon zu langsam voran. Jetzt wechseln wir die Richtung und kommen auf den falschen Weg. Die Preußen werden uns einmachen. Wir kommen niemals rechtzeitig zu Bazaine.«

Jules konnte es selbst nicht fassen. »Ich fürchte, Sie haben recht, Major. Aber nun geht es einmal nach Rethel. Bringen wir es hinter uns.«

Das kleine Bauernhaus in den Argonner Bergen war von steinigen Kartoffeläckern und vereinzelten Birken- und Eschengruppen umgeben. Hinter dem Haus stand eine Scheune. Es waren alte, unansehnliche und heruntergekommene Gebäude mit undichten Dächern, gesprungenen Fensterscheiben und Türen, die sich nicht richtig schließen ließen, ein ausgedörrtes, ärmliches Anwesen auf einem widerspenstigen Boden, der nie mehr als einen kargen Lebensunterhalt hergegeben hatte. Ein schmales Bachbett verlief hinter dem Haus; hier floß im Frühling und im Sommer das Wasser von den Bergen herunter in die Meuse, aber jetzt war es ausgetrocknet. Der Hauptteil der Armee hatte das Haus nicht berührt, sondern war in einiger Entfernung westlich davon vorbeigezogen; so kam es, daß es auf dem eingezäunten Hof immer noch Pferde gab, einen Ochsen, ein Schwein und ein paar Hühner.

Die Scheune stand in Flammen. Die Tiere waren in Panik; quiekend und gackernd liefen sie im Kreis herum und warfen sich gegen den Zaun. Neben der Haustür waren sechs gesattelte Pferde angebunden, aber draußen war kein Mensch zu sehen.

Von seinem etliche Kilometer entfernt gelegenen Aussichtspunkt sah Major Duprée die dicke Rauchwolke, die über dem Feuer aufstieg.

»Preußen?« fragte er und deutete auf den Rauch.

Jules schaute durch sein Fernglas. »Peut-être. Wir wollen nachsehen.«

Rasch ritten sie zu dem Bauernhof hinunter und behielten dabei den Wald aufmerksam im Auge. Der Wald lag still da und schien leer zu sein; nicht einmal die Vögel rührten sich dort.

Vorsichtig näherten die beiden sich dem Haus, und jetzt sahen sie die Pferde, die vor der Tür angebunden waren.

»Das sind keine preußischen Tiere«, stellte der Major fest. »Aber französische Militärpferde sind es auch nicht.« Er überlegte kurz. »Freischärler?«

»Wenn es welche sind, sollten sie aber nicht ...« Männergelächter unterbrach Jules' Worte, gefolgt von einem schrecklichen, leisen Stöhnen, das an Intensität zunahm. Aus der Hintertür kam eine junge Frau gestürzt, die ein kleines Kind an die Brust drückte. Ihr Haar war offen und bedeckte das schmutzverschmierte Gesicht beinahe ganz. Trotzdem konnte Jules sehen, daß sie sehr hübsch war. Ihr Kleid war am Hals zerrissen und hing über die Schulter herunter. Beim Laufen wirbelte sie Staub auf, denn sie zog ein Bein nach; Jules sah, daß sie einen Klumpfuß hatte. Die Frau wollte ums Haus herum nach vorn laufen, als sie Jules und seine Leute erblickte. Entsetzt blieb sie jäh stehen, und ihr Stöhnen wurde zu einem Schrei. Verzweifelt sah sie sich um, und dann lief sie in die andere Richtung, auf die brennende Scheune zu.

Jules sprang vom Pferd und lief ihr nach. Major Duprée schickte zwei Abordnungen los, die die Umgebung des Bauernhofes absuchen sollten. In diesem Augenblick erschien ein Mann in der Hintertür. Er trug die Uniform eines Capitaine der *Francs-tireurs*. Er lachte laut und klatschte wie zu einem Tanz rhythmisch in die Hände.

»Ma chérie!« rief er ihr nach. »Warum so schnell fortgehen? Wir haben doch eben erst angefangen!« Sie hörte nicht auf zu heulen und lief humpelnd um die brennende Scheune herum auf das Tor zu. Der Mann lief ihr nach, und andere Männer in grauen Uniformen kamen hinter ihm aus dem Haus; sie klatschten und lachten und tranken Cognac aus einer Flasche, die sie herumgehen ließen.

»Capitaine!« Jules' Stimme klang wie ein Donnerschlag. Erschrocken fuhr der Capitaine herum. Er erstarrte, als er den Colonel sah; das breite Grinsen auf seinem Gesicht verschwand. Jules wandte den Blick nicht von dem Mann. Er hatte ein schreckliches Gefühl in der Magengrube, denn er wußte schon, was hier vor sich ging, ohne die Sache weiter zu untersuchen. Er hatte schon viel von den *Francs-tireurs* gehört. Es waren irreguläre Truppen, Guerilla-Soldaten, die nach den ersten französischen Niederlagen mobilisiert worden waren, um die Preußen zu drangsalieren, ihnen Hinterhalte zu legen, ihre Kommunikationswege zu stören, Verwirrung zu schaffen und die preußischen Ulanentrupps aufzuhalten, die in kleinen Einheiten vorausgeschickt wurden, um unter der Bevölkerung Angst und Schrecken zu verbreiten. Die *Francs-*

tireurs waren Männer, die die Disziplin des gewöhnlichen Militärs verachteten und statt dessen lieber das Land durchstreiften und unkonventionelle Taktiken verfolgten. Sie waren bösartige Kämpfer, und man warf ihnen schwere Übergriffe vor, nicht nur gegen den Feind, sondern auch gegen die Zivilbevölkerung. Es hieß, sie schnitten den Preußen, die sie faßten, mit ungewöhnlichem Eifer die Kehle durch, sie nähmen sich Körperteile als Trophäen, und die Foltern, die sie sich ausdächten, seien grausam und langandauernd. Jules wußte nicht, wo die Tatsachen aufhörten und die Mythen begannen. Er war ihnen in Châlons begegnet und hatte sie unbotmäßig und roh gefunden – die Hälfte, dachte er, hätte vors Kriegsgericht gehört, die andere Hälfte nach Hause geschickt. Als Soldat hatte er wenig übrig für sie, aber insgeheim mußte er zugeben, daß es die *Francs-tireurs* nicht gegeben hätte, wenn das französische Militär die Preußen besiegt hätte, wie es sich gehörte. Die Männer dort vor ihm lachten immer noch, wenn auch leiser, und sie ließen weiter die Flasche herumgehen. Jules und seine Leute betrachteten sie mit sichtlicher Verachtung.

»Major Duprée, schicken Sie ein paar Mann hinunter, damit sie das Feuer löschen. Kümmern Sie sich um die Tiere; schaffen Sie sie hinaus. Und sehen Sie nach, ob mit der Frau alles in Ordnung ist.« Jules wandte seine Aufmerksamkeit dem Capitaine der *Francs-tireurs* zu. Der Mann war zerzaust und stank nach Alkohol. Er war groß und kräftig, und sein rabenschwarzer Vollbart bildete einen starken Kontrast zu seinem Haar, das weiß war, wild und glatt zurückgestrichen. Die dichten Brauen warfen Schatten über die Augen, die vom Cognac rotgerändert waren, aber gleichwohl arrogant und feindselig blickten. Er hatte das verdrossene Aussehen eines Mannes, dem man sein Ziel geraubt hatte.

»Sie da! Was zum Teufel geht hier vor?« rief Jules.

»Wir kamen so vorbei und sahen ein paar ...«

Jules unterbrach ihn donnernd. »Die Anrede lautet Colonel, Capitaine! Und haben Sie vergessen, wie man salutiert? Wie heißen Sie? Welche Einheit ist das hier?«

Der Mann zog die Stirn kraus, warf einen verächtlichen Halbsalut hin. »Capitaine Victor Delescluze, Colonel, Dritte Vouziers Irreguläre.« Er sagte es langsam, und seine Stimme troff von

Sarkasmus, und das letzte Wort zog er besonders lang: »Irrrr...e...g...g...g...uläre.« Einige der Männer hinter ihm feixten. »Und wie gesagt, Colonel, wir sahen hier ein paar Preußen.«

»Hier? Sie haben hier Preußen gesehen?«

»Sagte ich doch, oder?«

»Colonel!« Das war Major Duprée, und sein Tonfall klang drängend. Jules ließ den Capitaine stehen und marschierte um die Scheune herum. Die Frau war noch da, und sie hatte ihr Kind auf dem Arm. Sie war zu Boden gesunken und lehnte mit dem Rücken am Zaun. Neben dem Zaun lag ihr Mann. Er war etwa fünfundvierzig Jahre alt und gekleidet wie ein armer Bauer. Er lag flach auf dem Rücken, Arme und Beine ausgestreckt, wie er gefallen war, und starrte mit blicklosen braunen Augen zum Himmel. Man hatte ihm durch die Stirn geschossen. Ein Blutrinnsal war an der Schläfe heruntergelaufen und hatte sich auf der Erde zu einer kleinen dunklen Pfütze gesammelt.

Seine Frau zog den Kopf zwischen die Schultern, als Jules herankam. Sie zog die Knie hoch und begann sich vor und zurück zu wiegen. Ihr Weinen war zu einem gleichmäßigen dumpfen Muhen geworden, Laute, wie ein Tier sie hätte von sich geben können. Sie hielt ihre Tochter so fest umklammert, daß ihre Fingerknöchel von der Spannung ganz weiß waren. Das Kind war ungefähr drei Jahre alt, ein niedliches kleines Mädchen mit Rehaugen und langen Wimpern. Es hatte hysterisch geweint, seine Augen waren geschwollen und die Wangen streifig von Tränen, und es war schließlich in jenes schwere Schweigen versunken, das kommt, wenn das Schluchzen vergangen ist. Ohne auch nur annähernd zu begreifen, was hier stattgefunden hatte, betrachtete es die reglose Gestalt des Vaters am Boden, blickte zu Jules und Major Duprée auf und schaute schließlich wieder den Vater an. Dann vergrub es das Gesicht an der Brust der Mutter, und beide wiegten sich sanft zusammen, vor und zurück, vor und zurück.

Ein Schatten fiel über sie, und die Frau hob den Kopf. Ihr Blick richtete sich auf etwas hinter Jules. Sie versteifte sich und wiegte sich dann schneller. Jules drehte sich um. Delescluze stand hinter ihm.

»Warten Sie da drüben, Capitaine«, befahl Jules.

»Worauf?« fragte Delescluze.

Jules' Augen blitzten. »Major Duprée! Eskortieren Sie diesen …« Delescluze runzelte die Stirn und zog sich zurück, bevor der Befehl ganz ausgesprochen war. Jules kniete sich wieder auf den Boden.

»Madame«, sagte er und berührte sanft ihren Arm. Sie wich zurück, und er zog seine Hand weg. Mit gehetztem Blick schaute sie ihn an.

»Madame, ich muß es wissen. Der Capitaine« – er deutete zu Delescluze hinüber – »der Capitaine sagt, es waren Preußen hier. Ich muß wissen, ob das stimmt, Madame. Haben die Preußen Ihnen das angetan? Haben sie Ihren Mann ermordet?«

Die Frau bebte; sie zitterte am ganzen Leib wie Espenlaub. Sie antwortete nicht. Ihr Blick hatte nichts von dem Grauen verloren, das er von Anfang an darin gesehen hatte.

»Madame, s'il vous plaît. Sie sind jetzt in Sicherheit. Erzählen Sie mir, was hier passiert ist. Wenn Preußen in der Nähe sind, müssen wir sie rasch finden.«

Schweigen.

Jules versuchte es noch ein paarmal, aber ohne Erfolg.

»Sehen Sie zu, was Sie aus ihr herausbekommen, Major«, sagte Jules zu Duprée, und dann kehrte er zu Delescluze zurück.

»Hat sie Ihnen Lügengeschichten erzählt, Colonel?« fragte Delescluze.

»Warum sollte sie das tun?« fragte Jules in scharfem Ton.

»Weil sie hysterisch ist. Sie würde Ihnen alles mögliche erzählen.«

»Was könnte sie denn sagen, was Sie beträfe, Capitaine?« Jules musterte den Mann kühl und abschätzig.

»Sie ist ein Krüppel, Colonel.« Der Capitaine zuckte die Achseln. »Nur ein verkrüppeltes Bauernweib. Es ist unwichtig, was sie sagt.«

»Sie empören mich, Capitaine. Sie ist eine Französin. Sie sollten sich mit den Preußen beschäftigen.«

»Haben wir ja getan.«

»Aber ich sehe keine Spur von ihnen. Und nichts weist darauf hin, daß sie hier waren.«

»Aber sie waren hier, Colonel, ich sag's Ihnen. Vier Mann. Ulanen. Ich habe sie gesehen. Meine Leute haben sie gesehen. Wir haben sie verjagt. Was ist denn mit dem Toten, Colonel? Glauben Sie, der hat sich selber erschossen?«

»Das frage ich mich, Capitaine. Warum haben Sie sie nicht verfolgt?«

»Wir wollten Sie gerade verfolgen, als Sie hier ankamen.«

»Für mich sah es eher so aus, als wollten sie gerade die Frau verfolgen, als ich hier ankam.«

»Verdammt, Colonel, ich hab mir nur einen kleinen Spaß gemacht.«

In diesem Augenblick kam einer der Lieutenants, die Major Duprée damit beauftragt hatte, die Umgebung des Bauernhauses zu erkunden, herangeritten und machte vor ihnen halt.

»Irgendeine Spur von Ulanen?« fragte Jules.

»Nein, Colonel, nicht die geringste. Wir sind zweimal im Kreis geritten. Nichts, Colonel.«

Jules schaute dem Capitaine lange in die Augen. Er war sicher, daß Delescluze log. Er war sicher, daß er es hier mit einem Mörder und Dieb zu tun hatte. Aber er konnte nichts unternehmen, solange die Frau den Mund nicht aufmachte, und Major Duprée schien da auch kein Glück zu haben. Und er konnte es sich nicht leisten, sich hier lange aufhalten zu lassen. Er mußte weiter.

»Wie es scheint, haben die Preußen sich in Luft aufgelöst, Capitaine.«

»Das sind gerissene Hunde, allerdings, Colonel.« Delescluze grinste.

Jules schob ihm sein Gesicht entgegen. »Ich glaube, Sie sind ein Lügner, Capitaine. Ich glaube, Sie sind ein Mörder und ein Feigling.«

Delescluze erstarrte und lief rot an. Seine Hand fuhr zum Griff seines Degens, aber er hielt sich im Zaum.

»Schaffen Sie Ihre Schweine hier weg, Delescluze. Hinaus mit der stinkenden Meute, und zwar sofort. Wenn ich Sie noch einmal sehe, lasse ich Sie verhaften, und wenn ich mir einen Grund dazu ausdenken muß. Zu gern würde ich Sie unter der Guillotine grinsen sehen.«

Capitaine Delescluze salutierte erneut mit amüsiert-frecher Lässigkeit. »Jawohl, Colonel. Je t'emmerde. Leck mich am Arsch, Monsieur Colonel.«

Der Lieutenant auf seinem Pferd hörte diese Unverschämtheit und wollte sein Gewehr heben. Jules spürte, wie sein Blut zu kochen begann. In seinem ganzen Leben als Soldat hatte noch niemand ihn je so beleidigt. In Paris hätte er persönlich dafür gesorgt, daß der Mann verhaftet und vor ein Kriegsgericht gestellt würde. Sogar im Feldlager in Châlons hätte er so gehandelt. Und wenn dieser Mann zu den regulären französischen Streitkräften gehört hätte, dann hätte Jules es auch hier und jetzt getan.

Aber in diesem Augenblick beging Jules de Vries den größten Fehler seines Lebens.

Er würdigte den Mann nicht einmal seiner Verachtung, betrachtete ihn nicht als Angehörigen der militärischen Klasse. Er war ein Totschläger mit einer Horde von Banditen und Marodeuren und nicht wert, daß man ihn auch nur bespuckte. Jules konnte sich nicht leisten, die nötige Anzahl von Leuten abzukommandieren, um ihn unter Arrest zu stellen und zur Aburteilung nach Châlons oder Paris eskortieren zu lassen. Und er zweifelte nicht daran, daß diese räudige Rotte von Strauchdieben auch ihren Teil an Preußen zur Strecke bringen werde, und dieser Gedanke überwog im Augenblick des Irrtums sein eigenes Bedürfnis nach Gerechtigkeit.

Und so kam es, daß Jules nichts unternahm, daß er seinem eigenen Offizier abwinkte und die Bande laufenließ. »Laissez, Lieutenant. Es ist unwichtig. Diese Leute … gehen jetzt.«

Delescluze grinste breit. »Machen wir, Colonel, machen wir.« Er wandte sich seinen Leuten zu. »On y va, Messieurs«, rief er. Er verbeugte sich noch einmal leicht vor dem Colonel und winkte seine Männer zu den Pferden. Lachend und Witze reißend setzten sie sich in Bewegung. Einen Augenblick später saßen sie im Sattel und ritten davon.

»Scheußliche Bande«, sagte der Lieutenant.

»Schweine«, sagte der Colonel.

Eine Abteilung begrub den Bauern in einem flachen Grab. Die Frau sah ihnen mit ausdrucksloser Miene zu und rührte sich nicht von der Stelle. Ihre Tochter spähte unter ihrem Arm hervor. Als sie abmarschbereit waren, half Major Duprée ihr auf die Beine und führte sie zum Haus.

Das Feuer war rasch niedergebrannt. Von der Scheune und allem, was vielleicht darin gewesen war, blieb nichts übrig. Ein paar Rauchfähnchen stiegen träge aus den Ruinen auf. Jules ging kurz ins Haus, nachdem er sich davon überzeugt hatte, daß alles andere in Ordnung war. Die Frau saß im Halbdunkel einer kärglich möblierten Stube. Jules blieb vor ihr stehen. Was hier passiert war, erfüllte ihn mit großem Bedauern, aber er wußte nicht, was er sagen sollte.

Sanft hob er die Hand und strich dem kleinen Mädchen übers Haar. Es war weich und erinnerte ihn an Pauls Haar, als der klein gewesen war. Nach einem kurzen Augenblick wandte er sich ab und ging.

Eine halbe Stunde später stand Jules zusammen mit Major Duprée auf dem Gipfel einer Anhöhe, die einen ausgezeichneten Blick über die Umgebung bot. Im Norden sahen sie die mächtigen, grau-schwarzen Massen der Armee dahinkriechen, die sich noch immer langsam auf Rethel zubewegte. Die Preußen mußten irgendwo im Osten sein, wenngleich er keine Spur von ihnen entdecken konnte. Er hatte zwei Schwadronen nach Nordosten und eine weitere nach Südosten entsandt und ihnen befohlen, im Laufe des Nachmittags in einem Dörfchen namens Marchault wieder zusammenzutreffen.

Als er den Horizont abgesucht hatte, richtete er das Fernglas auf das Gelände unterhalb ihres Standorts. Er konnte das Bauernhaus sehen. Noch immer verfolgte ihn der Ausdruck in den Augen der Frau und auch der Gedanke an das Kind. Er spürte, wie ihm die Galle hochkam, wenn er an die *Francs-tireurs* dachte. Als ob es nicht genügt hätte, daß man sich mit den Preußen plagen mußte – da mußte man sich auch noch mit solchen Tieren abgeben.

Ich wünschte, ich wäre an der Spitze dieser Armee und nicht bei der Nachhut.

Plötzlich berührte der Major ihn am Ärmel. »Colonel!«

Jules schaute in die Richtung, in die der Major zeigte. Die Sonne stand hinter ihnen, und von ihrer hohen Warte aus konnten sie kilometerweit sehen. Jules schaute genau hin, und ein Lächeln erschien auf seinem Gesicht. Die Sonne hinter seiner Schulter beleuchtete alles: die Lanze, die der erste Reiter trug, die goldenen Embleme auf den Helmen, die weißen Schärpen, die karmesinroten Streifen an Kragen und Taillen, die rotumrandeten blauen Decken auf den Pferden. Sie waren noch weit entfernt, aber es war doch kein Irrtum möglich: Sechs Ulanen suchten sich dort unten vorsichtig ihren Weg durch eine Baumgruppe. Von der Straße aus dürften sie kaum sichtbar sein, aber dort, wo Jules stand, hätte die Sicht nicht besser sein können.

»Sind noch welche hinter ihnen?«

»Non, Colonel, es ist nur diese eine Gruppe«, sagte der Major. Die preußische Patrouille war allein, ein kleiner Spähtrupp, wie sie sie gewöhnlich ausschickten. Jules spürte, wie sein Herz sich in die Lüfte schwang und sein Blut zu rauschen begann. Preußen, bei Gott, endlich kamen Preußen! Balfour spürte seine Erregung und scharrte ungeduldig mit den Hufen.

»Holen wir sie uns, Major!« Er schwenkte das Glas weiter und erstarrte jäh, als er noch einmal das Bauernhaus erfaßte.

Er fluchte. »Merde!«

»Colonel?«

»Die *Francs-tireurs.* Sie sind wieder da.«

Delescluze und seine fünf Männer hatten im Gebüsch gewartet, und als sie angenommen hatten, daß die Luft rein sei, waren sie zu dem Bauernhaus zurückgekehrt. Durch sein Fernglas sah Jules, wie sie abstiegen und wie Delescluze die Männer hineinführte. Er wußte, was sie wollten. Er wußte, was sie tun würden. Sein Blut kochte, als er daran dachte, was jetzt passieren würde.

Er dachte schnell nach. So gern er sich diese Preußen vorgenommen hätte, sie waren doch nur eine kleine Gruppe. Duprée konnte sie mühelos allein erledigen.

Er würde sich um Capitain Delescluze kümmern.

»Major, ich reite mit sechs Mann zurück zu dem Haus. Sie nehmen den Rest und setzen den Ulanen nach. Sie können sie mühelos schnappen, wenn Sie dort auf sie warten, in dem Wäldchen, wo die Straße nach Attigny abbiegt. Wenn Sie sie haben, warten

Sie dort auf uns.« Jules deutete auf einen weiten Bogen, den die Straße nahm.

Duprée nickte lächelnd. Ihm war es gleich. Die Preußen oder Delescluze – nach wochenlangem Nichtstun hatte er endlich eine Aufgabe.

Die beiden Gruppen trennten sich und ritten gegenüberliegende Hänge hinunter. Jules dachte an die Frau und wußte, daß keine Zeit zu verlieren war. Er trieb Balfour zur Eile. Eifrig und mit sicherem Schritt reagierte der Hengst und fand in dem steinigen Gelände den Weg hinunter ebenso mühelos, wie er hinaufgekommen war. Rasch gelangten sie durch eine Rinne nach unten, und dann ging es durch einen lichten Wald und geradewegs über die steinigen Felder. Als sie den Kartoffelacker vor dem Bauernhof erreicht hatten, schoben sich die Männer, die Jules folgten, an seine Seite, und sie ritten in waagerechter Linie, Wade an Wade, auf das Haus zu. Die Hufe ihrer Pferde donnerten gedämpft auf dem Ackerboden, als sie über das Feld jagten.

Im Haus hatte Delescluze sich soeben von der Frau hochgestemmt und knöpfte seinen Hosenstall zu. Er war wütend. Das Luder hatte ihm den Spaß verdorben. Sie hatte das Kind nicht loslassen wollen, also hatte er ihr das kreischende Ding aus den Armen gerissen und es einem seiner Männer zugeschoben wie einen Sack Mehl. Von diesem Augenblick an hatte das Weib gekämpft wie eine Teufelin, wie er es bei keinem Mann je erlebt hatte, sie hatte sich gründlich und gefährlich zur Wehr gesetzt. Sie hatte ihm die Faust an den Kopf geschlagen, daß es ihm in den Ohren pfiff, und als er einen Arm zu fassen bekam, versuchte sie ihm mit der anderen Hand die Augen auszukratzen, und dabei harkte sie tatsächlich mit einem Fingernagel über seinen Augapfel. Er brüllte vor Schmerzen auf und schlug ihr hart auf den Mund, schlug sie wieder und wieder, und er hörte, wie etwas in ihrer Wange brach, aber sie wehrte sich immer weiter und wollte nicht aufgeben. Er hatte nach seiner Pistole gegriffen, um sie damit zu prügeln, und da trat sie ihm mit ihrem verdammten Klumpfuß zwischen die Beine. Damit war seine Erektion, die bis dahin so stark gewesen war, so herrlich befeuert von ihrer Wut und der Kraft ihrer Schläge – damit war diese Erektion beim Teufel gewesen. Und als sie das getan hatte, als sie ihm diesen Augenblick gestohlen und ihm dafür diesen Schmerz zugefügt hatte, unter dessen Qualen er sich zusammenkrümmen mußte, und als er seine Männer hinter sich lachen hörte, lachen über seine Impotenz angesichts der Gegenwehr dieses verkrüppelten Weibes, da war etwas in ihm durchgebrannt. In seinem Kopf war es eiskalt gewesen vor Wut, und die Raserei hatte seine Augen aus den Höhlen quellen lassen. Er warf sie zu Boden, preßte sie nieder, grub seine Finger in ihre Kehle und drückte zu, drückte durch all ihr Keuchen und Würgen, drückte, bis er mit den Daumen ihre Wirbelsäule fühlen konnte, und sie starrte ihn an mit furchtbaren Augen voller Haß, mit Augen, die hervorquollen, aber nicht aufgaben, und ihre Lippen färbten sich violett, und endlich, es kam ihm vor wie nach einer Ewigkeit, endlich wurden ihre Arme nach und nach schlaff, und ihre Beine erlahmten, bis sie schließlich aufhörte zu kämpfen und das Leben aus ihr entwich und sie starb.

»Dreckige Hure!« brüllte er, während er sich hochrappelte. »Biest!«

Einer seiner Männer lachte. Delescluze fuhr herum und schlug ihn zu Boden, und im selben Moment fiel sein Blick durch das zerbrochene Fenster, und er sah den Colonel und seine Leute über das Feld herankommen. Delescluze wußte, daß es für ihn und seine Leute kein Entkommen gab. Er hatte keine Wahl.

Er wußte, was sie zu tun hatten.

Niemand in Jules' Trupp rechnete mit einem Kampf. Sie erwarteten eine kleine Prügelei mit ein paar betrunkenen und schlecht disziplinierten Freischärlern und dann mehrere Verhaftungen. Sie freuten sich darauf, zuversichtlich, ja arrogant, als sie Seite an Seite herangaloppiert kamen, stolze Männer der Kaiserlichen Garde in ihren weißen Uniformen mit den roten Reithosen und den schwarzen Stiefeln und ihren Epauletten, die furchterregende Garde mit den goldenen Helmen, auf denen die Federbüsche im Wind wehten. Sie würden hier rasch aufräumen und sich dann wieder dem Major anschließen, wo es wirklich etwas zu tun gab.

Sie waren dicht vor dem Haus, als die erste Salve von drinnen hervorbarst und vier Mann auf der Stelle tötete. Balfour bekam eine Kugel in die Brust und stürzte. Jules wurde zu Boden geschleudert und verlor das Bewußtsein. In fassungsloser Verzweiflung zügelten die beiden übriggebliebenen Männer ihre Pferde, daß diese sich angstvoll aufbäumten. Die Männer griffen nach ihren Waffen, aber sie hatten keine Zeit. Wieder donnerten Gewehrschüsse aus dem Haus. Beide Soldaten gingen zu Boden, der eine mit einer schrecklichen Wunde im Gesicht, der andere tot. Das Ganze hatte vom ersten bis zum letzten Schuß keine dreißig Sekunden gedauert, dann war es vorbei. Der Mann mit der Gesichtswunde lag am Boden und schrie vor Schmerzen; die Kugel war ihm durch den Nasenrücken gefahren und hatte einen Teil der Zunge, der Wange und des Kiefers weggerissen. Seine Schreie waren das einzige Geräusch, das man noch hörte.

Die Haustür öffnete sich. Einer der Freischärler spähte vorsichtig heraus. Als er sich vergewissert hatte, daß sonst niemand mehr da war, kam er heraus und trat zu der schreienden Gestalt am Boden. Er hob sein Gewehr und schoß.

Auf dem Kartoffelacker vor dem Bauernhaus war wieder alles still.

Als Jules zu sich kam, lag er mit dem Gesicht nach unten auf dem Lehmboden des Bauernhauses. Es war ein Geruch, den er kannte, etwas Vertrautes hatte dieser Geruch, beißend und unangenehm. Er war nur halb bei Bewußtsein, noch immer benommen von seinem Sturz. Wie im Traum sah er die Freischärler, die sich im Zimmer bewegten. Sie hatten die Leichen der Gardesoldaten von draußen hereingeschleift. Jules konnte sie zählen, unklar und nebelhaft zählen, eins-zwei-drei-vier-fünf-sechs Tote, alle tot, aufgestapelt zu einem blutigen Haufen in Weiß und Rot, übereinandergeworfen wie Puppen, Arme und Beine planlos ineinander verschlungen, und Ströme von Blut rannen auf den Boden. Er hörte Lachen und Reden, und dann kamen zwei von ihnen zu ihm herüber, wo er zusammengesackt an der Wand lag. Einer versetzte ihm einen Tritt vor den Mund, und Jules schmeckte Leder und Erde und Blut, und dann packten sie ihn unter den Armen und rissen ihn auf die Beine. Dann wandten sie sich zur Tür, und durch Nebelschleier sah Jules den Leichnam der Frau, das Kleid von den Schultern gerissen und über die Hüften hochgeschoben, und quer über ihrer Brust lag ihre Tochter, das kleine Mädchen, mit dem Gesicht nach unten, still, stumm, und der schwarze Griff eines Küchenmessers ragte ihr aus dem Rücken.

Und dann sah er, woher der Geruch kam, und er war wieder in Châlons, und einer der Freischärler verspritzte überall Kerosin, nur waren es diesmal nicht Wolldecken und Stiefel, sondern Leichen, die Leichen seiner Männer, die Leichen der Frau und des kleinen Mädchens, die mit dem Zeug getränkt wurden. Und da kniete ein Mann, nur war es diesmal nicht Jules, diesmal geschah es nicht auf Befehl des Kaisers, diesmal ging es nicht darum, den Preußen etwas vorzuenthalten, sondern den Franzosen, und Jules brüllte durch den Nebel und schlug um sich, und seine Hand stieß auf etwas Weiches, aber dann traf ihn ein Schlag von hinten, und als die Flammen ihr Werk begannen, war er wieder bewußtlos.

Als er aufwachte, war es schon dunkel. Er konnte sich nicht bewegen. Er war am ganzen Körper steif. Alles tat ihm weh. Seine Hände waren straff auf dem Rücken gefesselt. Er hatte kein Gefühl in den Fingern und konnte nicht sagen, ob sie sich bewegten, wenn er es ihnen befahl. Er versuchte sich herumzudrehen, aber das gelang ihm nicht. Er stöhnte.

Delescluze saß ihm gegenüber im Dunkeln auf einer der roten Pferdedecken der Gardesoldaten und trank aus einer Cognacflasche.

»So, so, unser Gast ist aufgewacht. Setzt ihn hin«, kläffte er. Einer der Männer packte Jules bei den Schultern seiner Uniform. Dabei riß eine der Epauletten ab. Der Mann starrte die feinen seidenen Schnüre an, die aus seiner Hand baumelten. Dann packte er lachend die andere und riß sie ebenfalls herunter. Dann kam Jules' Orden vom Italienfeldzug, ein Band aus Algerien, eine Insignie von St. Cyr, die ganze Staffage des Colonelrangs und seiner Geschichte, und der Mann steckte sich alles ans eigene Hemd oder stopfte es sich in die Taschen.

»So«, sagte er. »Jetzt bin ich ein richtiger Offizier der Kaiserlichen Garde.« Und er tänzelte umher, plusterte sich auf und hielt sich die Epauletten an die Schultern.

Jules versuchte sich zu orientieren. Er hatte keine Ahnung, wo er sich befand. Es brannte kein Lagerfeuer, aber der Vollmond am klaren Himmel spendete genug Licht. Sie waren irgendwo auf dem Lande, aber es war unmöglich zu sagen, wie weit sie geritten waren, während er bewußtlos gewesen war. Er schüttelte den Kopf, um die Nebelschleier zu vertreiben. Sein Mund war geschwollen, die Lippen aufgeplatzt und blutig. In seinem Kopf pochte es, und das Blut rauschte in seinen Schläfen. Allmählich wurde es klarer in seinem Kopf, und als seine Erinnerung zurückkehrte, merkte er, daß seine Wut wieder erwachte.

»Wünschen Sie vielleicht eine Erfrischung, *mon colonel?*« Delescluze streckte ihm die Flasche entgegen, aber Jules trat sie wütend weg. Der Capitaine sah es mit Kopfschütteln; er stand gelassen auf und holte sich die davonrollende Flasche zurück. »Eine Schande, einen so guten Weinbrand zu verschütten. Er kommt aus der Charente. Sie sollten wirklich mehr Geschmack zeigen.«

»Ich verlange, daß Sie mich auf der Stelle freilassen«, sagte Jules. Trotz allem, was er durchgemacht hatte, war seine Stimme kraftvoll und von absoluter Autorität. »Sie müssen sich mir ergeben.«

Zunächst schwieg Delescluze, als hätte er gar nichts gehört. Dann legte sich ein breites Grinsen auf sein Gesicht, und schließlich brüllten er und seine Leute vor Lachen.

»Das war ein mächtig komischer Witz, den Sie da gemacht haben«, bekannte er und nickte voller Bewunderung. »Aber ich fürchte, mon colonel, Sie sind noch ein bißchen verwirrt. Sie sind es, der sich mir ergeben hat.«

»Den Teufel habe ich getan. Ich werde Sie für diese unerhörte Tat in der Hölle schmoren sehen.«

»Vielleicht werden Sie mich noch in der Hölle sehen, Colonel, aber nicht hierfür.« Er schüttelte den Kopf. »Nein, Colonel, hierfür wird mir nichts geschehen. Hierfür werde ich den Dank derer empfangen, die es als einen Segen betrachten, wenn ein paar Soldaten der Kaiserlichen Garde vom Angesicht der Erde entfernt werden. Für das, was heute geschehen ist, werde ich mich auf einer großen Pariser Bühne verbeugen, in der *Comédie Française* vielleicht, und den Beifall der Massen entgegennehmen, die mir Blumen und Küsse zuwerfen.«

Jules begriff nicht, was da geredet wurde. Sein Peiniger hatte den Kopf gesenkt; hin und wieder aber blickte er auf, und im bläulichen Licht des Mondes konnte Jules das Gesicht erkennen. Hinter dem Cognacdunst, der die Augen glasig erscheinen ließ, standen Macht und Zielstrebigkeit und eine schreckliche Wut. Delescluze ist kein Säufer, dachte Jules. Er ist wahnsinnig.

»Das ist Raserei, Delescluze.«

Der Capitain lachte entzückt.

»Das ist Raserei, Colonel, in der Tat: Das ist Raserei. Durch und durch. Wie scharfsinnig, daß Sie es bemerken.« Er lehnte sich an einen dicken Stamm, der quer über der Lichtung lag, auf der sie saßen, und zündete sich einen Stumpen an. Der Rauch stieg träge in die Höhe. »Ja, Raserei ist das richtige Wort in seiner genauen Bedeutung. Rasend bin ich, aber nicht verrückt. Rasend vor Wut, rasend ...« Seine Stimme wurde leiser, während er seine Gedanken schweifen ließ. Ein paar Augenblicke sagte er gar nichts, dann schaute er Jules wieder an.

»Ich verachte Sie, Colonel. Sie sind abscheulich. Sie und Ihre ganze Kaiserliche Garde sind Schweine, denn Sie beschützen das Kaiserreich. Den großen, prächtigen, mächtigen Napoleon und seinen diebischen Hof. Sie stehen an seiner Seite, lecken ihm die Stiefel und tun sein bösartiges Werk. Das Kaiserreich ist verkommen, und Sie – Sie ... Schwein, Sie beschützen es! Sie erhalten es!« Sein Zorn loderte auf, und sein Stiefel schoß vor und traf Jules am Schienbein. Ein scharfer Schmerz schoß Jules durchs Bein, aber sein Gesicht blieb unbewegt.

»Sie faseln, Delescluze. Wollen Sie mir sagen, Sie haben meine Leute umgebracht, weil Sie den Kaiser nicht mögen?«

Delescluze schaute Jules voller Verachtung an. »Seien Sie kein Esel, Colonel. Ich habe Ihre Leute umgebracht, weil wir uns amüsieren wollten und sie mir in die Quere kamen. Aber wenn ich einen Augenblick lang darüber nachgedacht hätte, dann hätte ich sie wohl auch umgebracht, weil ich den Kaiser nicht mag, jawohl. Jawohl, Colonel. Ich würde alles umbringen, was dazu beiträgt, dieses elende Kaiserreich länger zu erhalten. Ihr Kaiser hat meinen Vater umgebracht. Aber vorher hat er ihm sein Land gestohlen. Sein Baron Haussmann, der große Baumeister, fand, daß er eine Straße brauchte. Um diese Straße zu bekommen, nahm er meinem Vater das Leben. Er nahm ihm alles, sein Haus, sein Geschäft, seinen Unterhalt. Er riß alles ab und baute eine Straße, und darunter verlegte er eine Kloake, um die kaiserliche Scheiße aus Paris ablaufen zu lassen. Eine verschissene Straße für das Leben meines Vaters! Und der kriegte nichts dafür. Kein Geld, keinen Brief, keine Stellung zum Ausgleich für seine Verluste. Nichts. Als mein Vater protestierte, lachte man ihm ins Gesicht. Und als er auf die Straße ging, weil ihm nichts mehr geblieben war, schossen sie ihn ab wie einen Hund, und den stinkenden Leichnam ließen sie liegen, so daß meine Mutter ihn fortkarren mußte. Eine Straße und ein bißchen Scheiße für das Leben meines Vaters.«

Delescluze nahm einen großen Schluck aus seiner Flasche. Wenn er bis dahin noch nicht betrunken gewesen war, so sah es doch aus, als wolle er das jetzt rasch ändern. Eine Zeitlang saß er schweigend da und schaute gedankenverloren zum Mond hinauf. In der Ferne hörte man Artilleriefeuer, das leise Grollen eines Krieges, der für den Augenblick an ihnen beiden vorbeigezogen war.

»Hören Sie das, Colonel?« fragte Delescluze. »So hört es sich an, wenn die Preußen uns in den Arsch treten. So klingt es, wenn ihr eiserner Stiefel auf unser Hinterteil trifft. Die Preußen werden diesen Krieg gewinnen, Colonel. Sie haben ihn schon gewonnen. Bismarck und seine Scheißpläne – er tut für uns, was wir selbst nicht haben tun können. Er wird Napoleon seine Pickelhaube in den Arsch rammen und uns übrigen die Mühe ersparen.«

Delescluze nahm noch einen Schluck. »Ich würde euch alle umbringen, wenn ich könnte«, sagte er, »aber das geht natürlich nicht. Ich werde wieder in die Wälder gehen und Preußen abschießen, denn im Augenblick ist es das, was ich tun muß; sie hasse ich noch mehr als den kaiserlichen Großarsch. Mehr als Sie, Colonel. Aber ich kann nicht so viele abschießen, daß es sich bemerkbar macht, und Sie und Ihr Abschaum sind zu schwach dazu. Deshalb werden sie am Ende siegen.«

»Und was gedenken Sie mit mir zu tun?« fragte Jules.

Diese Frage schien Delescluze vom Lager wegzuführen. Sein Blick wurde glasig, und lange Zeit antwortete er gar nicht, so daß Jules schon dachte, er habe ihn vielleicht nicht gehört. Doch dann wurde der Blick wieder scharf, und als er ihn anschaute, wirkte seine Miene im Mondlicht wie die eines Gehetzten.

»Seit Sie unser Gefangener sind, widme ich dieser Frage beträchtliches Nachdenken, Colonel. Selbstverständlich habe ich Ihre unverzügliche Hinrichtung in Betracht gezogen. Vielleicht wäre es von allen Möglichkeiten die ratsamste gewesen. Ich hätte Sie einfach in diesem Haus liegenlassen und mit einer kleiner Kerosin-Erfrischung versehen können, um Ihnen dann einen von meinen Stumpen anzubieten. Fast hätte ich es getan. Fast, aber dann dachte ich mir, es wäre vielleicht ein allzu ehrenhaftes Ende für ein so aufgeblasenes Schwein wie Sie. Jemand könnte ja auf den Gedanken kommen, der prächtige und edle und tapfere Colonel sei in der Schlacht gestorben. Das durfte nicht sein. Ich konnte Ihre Kinder nicht in dem Glauben lassen, ihr Vater sei ein Held, im Kampf gegen die Preußen gefallen. Es ginge mir sehr gegen den Strich, wenn sie das dächten, Colonel, denn in Ihrem Kaiserreich gibt es keine Helden. Jede Menge Idole, aber keine Helden.«

Er schlug sich mit der flachen Hand an die Stirn.

»Und dann fiel es mir ein, und es ging wie Blitz und Donner durch meinem Kopf. Ich bin ein einfacher Mann, aber selbst ich muß die Schönheit dieses Gedankens bewundern. Sie sind das vollkommene Werkzeug für meine Rache. Sie fragen, was ich mit Ihnen zu tun gedenke? Ich werde Sie den Ihren zurückgeben.« Er lächelte. »Ich werde Sie nach Châlons zurückschicken! Ich schicke Sie zurück und werfe Sie Ihren eigenen Hunden zum Fraß vor. Ich schicke Sie mit einer kleinen Belustigung zurück, die Ihr Leben interessant machen dürfte.«

Jules starrte ihn verständnislos an. »Sehen Sie, Colonel«, sagte Delescluze, »nicht Sie sind es, den ich vernichten will. Ihre Ehre ist es. Eine Laterne!« herrschte er einen seiner Männer an. »Und sieh zu, daß das Licht verdeckt ist!« Delescluze wühlte in seinem Rucksack und holte ein Blatt Papier und einen Bleistift heraus. Als die Laterne neben ihm auf dem Boden stand, beugte er sich vor, um zu schreiben.

»Welches Datum haben wir?« fragte er.

Jules antwortete nicht.

»Macht nichts.« Delescluze zuckte die Achseln. »Ich glaube, es ist der vierundzwanzigste.« Er beugte sich über das Papier.

An den befehlshabenden Offizier, Armeelager Châlons, begann er.

Ich, Capitaine Victor Delescluze, befehlshabender Offizier der 3. Vouziers Irregulären, überstelle hiermit einen Gefangenen in Ihren Gewahrsam. Am 24. August dieses Jahres schickte dieser Offizier seine Truppe unter den Augen unserer Einheit in den Kampf gegen eine starke preußische Regimentspatrouille in der Gegend von Marchault. Meine eigene Einheit war zu weit vom Geschehen entfernt, um in die Kampfhandlungen einzugreifen, und konnte nur von einer Anhöhe aus beobachten, wie sich das Gefecht entwickelte. Nach dem ersten Angriff schien seine Truppe sich zunächst wacker mit dem preußischen Gegner zu schlagen. Wütendem Feuer hielt sie tapfer stand, und ich selbst werde empfehlen, die Einheit wegen Tapferkeit auszuzeichnen. Während wir indessen mit ansehen mußten, wie das Blatt im Kampf sich gegen sie wandte, beobachteten wir auch, wie der Colonel, ein gewisser …

Er hob den Kopf. »Wie heißen Sie, Colonel?« fragte er.

»De Vries. Jules de Vries.«

»Ah, ein vornehmer Name, wie ich es erwartet habe, Colonel. Ein schöner Name, wahrhaftig.« Er wandte sich wieder seinem Blatt zu und schrieb weiter.

… ein gewisser Jules de Vries von der Kaiserlichen Garde, der von einer Höhe aus zugeschaut hatte, wie seine Leute niedergemacht wurden, sein Pferd umdrehte und im Galopp davonritt.

Wir nahmen an, der Colonel werde weitere Truppen seines Kommandos zu Hilfe holen, welche von dort, wo wir standen, vielleicht nicht auszumachen waren. Doch als wir den Hang hinuntereilten, um der Sache Frankreichs zu Hilfe zu kommen, sahen wir, daß er immer noch flüchtete und daß keine weiteren Truppen vorhanden waren, die er hätte ins Gefecht werfen können. Als wir ihm überraschend den Fluchtweg verstellten, wurde die furchtbare Wirklichkeit dessen, was er da tat, vollends deutlich. Er hatte Jacke und Hemd seiner Uniform abgestreift – in der Absicht, wie wir nur annehmen können, sie gegen die Kleidung irgendeines Zivilisten zu tauschen. Auf frischer Tat ertappt, verweigerte er die Antwort auf unsere wiederholten Fragen und unternahm einen längeren Täuschungsversuch. Was indessen die Natur seines Verbrechens, was die Gewißheit angeht, daß er seine Männer im Stich gelassen hat und vom Schlachtfelde geflüchtet ist wie ein Feigling, daran kann kein Zweifel bestehen.

Allein wegen seines hohen Ranges habe ich entschieden, diesen Offizier Ihrer Jurisdiktion zu übergeben, statt ihn gleich im Felde vor ein Standgericht zu stellen. Ich habe den entsprechenden Rang nicht, zu tun, was dringendst getan werden müßte – was getan werden muß, um die Ehre Frankreichs und seiner Söhne zu wahren, seiner Söhne, die bis zum heutigen Tage so viel Mut bewiesen und Bereitwilligkeit gezeigt haben, für seine Sache zu sterben.

Ich und alle Männer unter meinem Kommando, die wir Zeugen dieses Handelns gewesen sind, werden ohne Vorbehalt als Zeugen vor einem Kriegsgericht zur Verfügung stehen, sowie ein solches zusammentreten kann. Angesichts der Anwesenheit preußischer Truppen in unmittelbarer Nachbarschaft kann ich jedoch mich und meine Leute nicht guten Gewissens des Dienstes für die Nation auch nur für einen Augenblick entheben, nur um eine so widerwärtige Angelegenheit aus der Welt zu schaffen. Ich werde daher bei der ersten sich bietenden Gelegenheit per Kabel oder Feldpost mit Ihnen in Verbindung treten, damit wir diese Sache zu ihrem gerechten Abschluß bringen können.

Ich hoffe, daß mein Handeln Ihr Verständnis und Ihre Billigung findet.

Vive la France!
Victor Delescluze
3. Vouziers Irreguläre

Als er fertig war, lehnte er sich wieder an den Stamm und nahm einen Schluck Cognac. Im trüben Lichtschein und mit fester Stimme las er Jules den Brief noch einmal vor, und ein Ausdruck der Genugtuung lag auf seinem Gesicht.

»Ich glaube, insgesamt ist es ganz gut geworden, nicht wahr, Colonel?«

Während Jules zuhörte, änderte sich seine Miene, er blickte erst ungläubig, dann beinahe belustigt.

»Sie sind ein Narr, Delescluze. Daraus wird nie etwas. Alle kennen mich. Sie wissen, wer ich bin.«

Delescluze lächelte und schüttelte den Kopf. »Ihre Welt ist erledigt, Jules de Vries. Wenn dieser Krieg vorbei ist, wird nichts mehr so sein wie früher, nie wieder. Sie leben unter Schakalen, und es wird keinen Kaiser mehr geben, der Sie beschützt, kein Reich. Ihre Standesgenossen werden Sie vergessen. Sie werden sich auf Sie stürzen und Sie bei lebendigem Leib auffressen.«

»Da irren Sie sich, Capitaine. Aber das macht nichts. Was Sie hier tun« – er deutete mit dem Kopf auf den Brief –, »ist die ohnmächtige Tat eines Idioten. Wenn Sie nichts Besseres zuwege bringen, habe ich Sie überschätzt. Sie sollten mich lieber erschießen. Denn, so lange es auch dauern mag, ich werde Sie finden und Ihnen Ihren Verrat und Ihre Mordtaten heimzahlen.«

Delescluze lächelte liebenswürdig.

»Ich glaube nicht, Colonel. Wir werden sehen. Ihr Vertrauen in Ihre Welt ist größer als das meine. Zum mindesten werde ich hiermit dafür sorgen, daß Sie eine interessante Zeit durchleben; dessen bin ich sicher. Und ich befürchte nicht, daß Sie mich finden. Wir werden einander nicht wiedersehen, Colonel, nicht in dieser Welt. Dessen bin ich gleichfalls sicher.«

Der Mann, den Capitaine Delescluze damit beauftragte, Jules nach Châlons zu bringen, behandelte seinen Gefangenen rauh und verächtlich. Er fesselte ihm die Hände vorn mit einem Strick, den er so fest verknotete, daß es blutete, und auf zwei Pferden ritten sie die Straße hinunter. Es herrschte starker Verkehr, vor allem, weil verzweifelte Flüchtlinge in endlosen Karawanen vor den Verwüstungen des Krieges flohen, der im Osten stattfand. Jules mußte warten, während lange Kolonnen von Ochsenkarren, hoch beladen mit Bettzeug und verschlissenen Möbeln und Töpfen und Pfannen und Kleidern, um einen Platz auf der staubigen Chaussee kämpften. Frauen und Kinder fuhren zusammengekauert auf den Karren mit, wo es möglich war, und sie gingen zu Fuß, wenn oben kein Platz war. Sie hatten keine Ahnung, ob dieser Krieg gewonnen oder verloren wurde. Für sie war das auch ohne Bedeutung. Von Bedeutung war nur, daß sie im Weg gewesen waren, daß der Krieg sie aus ihren Häusern vertrieben hatte. In staubiger Stille stapften sie voran.

Ein paar schauten den Gefangenen neugierig an. An seiner Haltung – wenn auch nicht an seiner Uniform – konnten sie erkennen, daß er ein hochgestellter Mann war, ein wichtiger Mann. Anfangs ignorierte er die Blicke und hing seinen eigenen Gedanken nach; dann aber wurde ihm klar, daß es ihm peinlich war, in dieser Lage gesehen zu werden, und er versuchte den Gaffenden fest in die Augen zu schauen, wann immer er konnte, als wollte er ihnen versichern, daß dies alles ein Irrtum sei, daß ihm nichts weiter fehle und daß er nicht verdient habe, wie man ihn hier behandelte. Aber keiner von ihnen las dies in seinem Blick. Keiner verstand es. Sie schlugen immer nur die Augen nieder und ließen ihn schweigend weiterreiten. Nach einer Weile gab er seine Versuche auf und blickte starr geradeaus.

Es war August, und die Nachmittagssonne glühte. Jules trug keinen Helm; die Sonne brannte ihm auf den Kopf und dörrte ihn aus. Er verzweifelte vor Durst, aber er gestattete sich nicht, seinen Bewacher um irgend etwas zu bitten, sei es Essen oder Wasser oder irgendeine Art von Hilfe. Eher hätte er den Teufel angesprochen. Nachdem der Freischärler mit seinen Kumpanen die halbe Nacht hindurch dem Cognac zugesprochen hatte, war er verkatert und kümmerte sich nicht um Jules, sondern ritt halb im Schlaf neben ihm her. Manchmal nickte er vollends ein, und der Kopf fiel ihm auf die Brust. Dann fuhr er auf und war plötzlich hellwach. Stunden vergingen so, ohne daß sie haltmachten.

Endlich gelangten sie an einen versteckten Weg; es war kaum mehr als ein Trampelpfad, aber doch eine Abkürzung nach Châlons. Der Bewacher bog ab, um dem Verkehr auf der Hauptstraße zu entkommen. Der Straßenlärm verklang hinter ihnen. Der neue Weg war von Bäumen gesäumt, die willkommenen Schatten boten und die Luft kühlten. Gegen fünf Uhr gelangten sie an einen Bach. Neben einer schmalen Brücke ritt der Freischärler die Böschung hinunter, um zu rasten und die Pferde saufen zu lassen. Er stieg ab, riß Jules roh aus dem Sattel und stieß ihn rückwärts zu Boden.

»Auf den Arsch, wo du hingehörst«, lachte er und wandte sich ab. Jules rappelte sich wieder hoch und sah sich um. In der Nähe war niemand zu sehen. An Flucht hatte er nie gedacht, denn er war sicher, daß sich in Châlons die rationalen Köpfe durchsetzen würden; dort würde er die ganze Farce bald entlarvt haben, und dann würde sich das Blatt gegen seinen Bewacher wenden. Aber als der Kerl sich abwandte, erkannte Jules die Gelegenheit und nutzte sie, fast ohne nachzudenken. Dies war seine Chance! Schnell lief er die paar Schritte zu ihm hinunter, hob die gefesselten Hände und schlang sie dem Mann um den Hals. Von der eigenen jähen Bewegung gestärkt und erbost über seine Gefangenschaft, über den brutalen Mord an seinen Leuten, über die schmähliche Abschlachtung des Bauern, seiner Frau und des Kindes, spürte Jules, wie alle Empfindungen der letzten vierundzwanzig Stunden plötzlich an die Oberfläche kamen, als er den Mann rücklings packte und in die Höhe hob, die Handgelenke fest unter das Kinn gepreßt. Der Mann sträubte sich wild, rang nach Atem und konnte nicht aufschreien; er krallte die Hände an seinen Hals und bemühte sich, den Klammergriff zu lockern, mit dem Jules ihn umfaßt hielt. Hilflos schlug und trat er um sich, während Jules ihn in der Luft hängen ließ. Jules hatte die Absicht, ihn zu würgen, bis er bewußtlos wäre, ihm dann das Messer aus dem Gürtel zu zerren und seine Fesseln durchzuschneiden. Der Freischärler gurgelte und prustete, aber gegen die wütende Kraft, mit der Jules ihn angegriffen hatte, konnte er nichts ausrichten; nach und nach verließen ihn die Kräfte, und er begann zusammenzusacken.

Jules verspürte die schwindelnde Erregung des Triumphs und wußte, er würde bald frei sein. Im nächsten Augenblick traf ein betäubender Schlag seinen Hinterkopf. Er verlor das Gleichgewicht und fiel krachend zu Boden, ohne aber den Freischärler aus der Umklammerung zu lassen.

»Halt!« befahl eine scharfe Stimme. Jules konnte nicht sehen, wer da gekommen war, aber er hielt sein Opfer weiter fest, bis ein bösartiger Tritt gegen seinen Hinterkopf ihn aufschreien ließ. Seine Arme erschlafften, er ließ den Mann los, und dieser rollte zur Seite, würgend und hustend und spuckend. Mit dem Gesicht nach unten blieb er keuchend auf der Erde liegen.

Jules kam zur Besinnung und schaute sich um. Eine Woge der Erleichterung überflutete ihn. Es war ein Sergeant der Dragoner, der ihn niedergeschlagen hatte.

»Sergeant, dem Himmel sei Dank, daß Sie kommen«, brachte er hervor, während er mühsam auf die Beine kam. »Sie haben ...«

»Maul halten! Wer zum Teufel bist du? Ich habe gesehen, wie

du diesen Mann überfallen hast!« Der Blick des Sergeanten fiel auf Jules' Handgelenke, die immer noch gefesselt waren, und von dort auf die hingestreckte Gestalt des Freischärlers, der nach Luft schnappend auf dem Boden lag. Der Sergeant half ihm auf, aber mit seiner mißhandelten Kehle konnte er nicht sprechen. Während der Mann seine Kräfte sammelte, versuchte Jules es noch einmal; er wußte, daß er die Situation rasch in den Griff bekommen mußte, sonst würde es ihm gar nicht mehr gelingen.

»Sergeant!« donnerte er. »Ich bin Colonel Jules de Vries vom Zweihundertzwanzigsten Regiment der Kaiserlichen Garde! Dieser Mann hat mich widerrechtlich festgehalten. Er ist ein Mörder und gehört zu einer Einheit der irregulären Truppen, die bei Vouziers operiert. Sie haben meine Schwadron überfallen und ermordet. Sie haben Zivilisten ermordet, und ...«

»Maul halten, hab ich gesagt!« bellte der Sergeant. Er musterte Jules unsicher und argwöhnisch. Er wußte nicht genau, was er da vor sich hatte, aber daß der Mann keine Ähnlichkeit mit einem Colonel der Kaiserlichen Garde hatte, konnte er sehen. Gewiß, er hatte die Haltung und das Auftreten eines Offiziers. Aber seine körperliche Erscheinung – das verwüstete Gesicht, zerschlagen, verschwollen, grün und blau über den zerfetzten Überresten einer Uniform, die zerrissen war, wo vielleicht einmal Epauletten und Orden gehangen haben mochten – diese körperliche Erscheinung überwog.

»Ein Colonel, he? So, wie du aussiehst, kann ich nicht sagen, was du bist, aber wenn du noch einmal aus der Reihe tanzt, schlage ich dich nieder! Ich werde hier Ordnung schaffen, bei Gott, das werde ich!«

Der Freischärler fand endlich seine Stimme wieder. »Der Mann ist ein Gefangener, Sergeant«, krächzte er. »Sie haben es gesehen! Er hat versucht, mich umzubringen! Und das war nicht das erste Mal, sage ich Ihnen. Er ist voller Heimtücke. Ich habe den Befehl, ihn dem befehlshabenden Offizier des Feldlagers Châlons auszuhändigen. Hier, hier, sehen Sie ... Ich habe das hier.« Er zog Delescluzes Brief aus der Tasche und reichte ihn dem Sergeanten.

Jules hob hilflos die Hände. »Sergeant, das sind lauter Lügen«, sagte er, aber als er die Hände hob, stieß der Dragoner, der jetzt vollends mißtrauisch geworden war, ihn zurück und trat beiseite. Er öffnete den Brief und las ihn langsam. Ein paarmal unterbrach er sich, um Jules anzuschauen, und dann studierte er weiter den Brief. Als er fertig war, schüttelte er den Kopf.

»Eine üble Sache«, murmelte er. »Schrecklich.«

»Sergeant –«, begann Jules, aber der Mann schnitt ihm das Wort ab.

»Ruhe! Sie haben bereits zugegeben, daß Sie der Gefangene dieses Mannes sind. Wollen Sie das jetzt bestreiten?«

»Nein, Sergeant, aber wenn Sie mir –«

»Maul halten! Wollen Sie leugnen, daß Sie versucht haben zu fliehen?«

»Nein, aber –«

»Das reicht!« Er ging zu seinem Pferd, öffnete die Satteltasche und zog einen Bleistift heraus. »Die Sache ist ganz einfach. Wenn Sie im Sinne dieser Vorwürfe unschuldig sind, wird man Sie freisprechen. Bis dahin aber muß ich diesem Mann ermöglichen, seine Befehle auszuführen, und ich muß berichten, was ich mit eigenen Augen gesehen habe. Das verlangt die Gerechtigkeit. Mir bleibt nichts anderes übrig ... Colonel.« Das letzte Wort fügte er hinzu, als könne er immer noch nicht recht glauben, daß ein so durch und durch heruntergekommenes Individuum einen so hohen Rang bekleiden könne. Er kritzelte hastig etwas auf die Rückseite von Delescluzes Brief. Als er fertig war, reichte er das Geschriebene dem Freischärler zurück. Diese Wendung ließ ein selbstgefälliges Grinsen der Genugtuung auf das Gesicht des Mannes treten.

»Das wär's, Mann. Ich habe aufgeschrieben, was ich heute gesehen habe. Sie können von Glück sagen, daß ich vorbeigekommen bin. Sie sind wirklich nachlässig. Ich bezweifle, daß Ihr Gesindel die Kaiserliche Garde hätte überraschen können. Gegen die Dragoner hätten Sie jedenfalls keine zehn Minuten standgehalten. Passen Sie auf, daß er Ihnen nicht wieder in den Rücken fällt. Und jetzt ab mit Ihnen, alle beide.«

Jules sah, wie sein Bewacher die neue Verdammungsschrift des Sergeanten in die Tasche steckte. Zum ersten Mal, seit dieser Alptraum begonnen hatte, ahnte er etwas vom nahenden Unheil.

7. Moussa und Paul lagen auf dem Rücken in ihrem Baumhaus; sie rochen den Rauch in der Luft und schauten den Vogelschwärmen nach, die vorüberzogen. Unter ihnen, jenseits des freien Feldes, hatten Henri und Gascon den Vormittag damit zugebracht, Bäume zu fällen. Seit Tagen waren die beiden Männer damit beschäftigt; sie benutzten eine mächtige Säge, deren Zähne groß und hungrig waren. Wenn sie eine Feuerschneise freigeräumt hatten, zündeten sie einen ganzen Abschnitt des alten Waldes an. Serena war dazugekommen, um ihnen Essen zu bringen und zu helfen. Sie stand neben Henri und hatte einen Arm um seine Hüften gelegt, während er aß. Sie sahen zu, wie die prachtvollen Schattenkronen alter, solider Eichen, etliche mehr als tausend Jahre alt, in Flammen aufgingen.

»Es ist schrecklich, so etwas zu zerstören«, sagte Serena. Die Erinnerungen, die sich mit dieser Gegend verbanden, ließen ihr Tränen in die Augen treten. Picknicks, Spaziergänge, Ausritte in diesen herrlichen Wäldern, Teiche zum Schwimmen, spektakuläre Herbstfarben, der Keiler – so viel war hier geschehen. Es war ganz anders als die Sahara, aber inzwischen liebte sie es.

»Das wächst wieder«, sagte Henri.

Überall in der Umgebung von Paris war es das gleiche. In Fontainebleau, in Vincennes, am Fuße des Mont Valérien, überall brannten die Wälder, und der Himmel füllte sich mit Rauch. In den letzten paar Tagen waren die Brände bis zum Bois de Boulogne vorgedrungen, zu diesem prächtigen Park, den der Kaiser in der Nachbarschaft des Châteaus de Vries angelegt hatte. Der Bois war verwüstet worden, alle Bäume gefällt, die wunderschönen schweren Tore abtransportiert. An ihrer Stelle schichteten Arbeiter mächtige Steinbastionen auf, mit Stützgabeln für Gewehre und Standplätzen für die Artillerie.

In Paris war der Verteidigungsausschuß zusammengetreten und hatte verfügt, die Brände zu legen, um den abrückenden preußischen Verbänden keinen Schutz bieten. Im Osten, nahe der preußischen Grenze, hatten feindliche Truppen in den Wäldern Unterschlupf finden können, und aus dieser Deckung hatten sie den französischen Streitkräften übel mitgespielt. Marschall MacMahon hatte Napoleon um die Erlaubnis gebeten, jene Wälder in Brand zu stecken, aber der Kaiser hatte abgelehnt; er wolle nicht, daß diese schönen Wälder vernichtet würden. Tausende von französischen Gefallenen waren die Folge. Paris würde nicht den gleichen Fehler begehen. Es würde den Preußen keine Deckung bieten.

Allerdings glaubten in Paris nur wenige wirklich, daß die Preußen bis zu den Stadtmauern vordringen würden. Widersprüchliche Berichte kamen zu Dutzenden von den fernen Schlachtfeldern. Gerüchte nährten sich gegenseitig, bis niemand mehr wußte, was wirklich vor sich ging. Elisabeth hatte mit Henri gestritten, als er die Entscheidung des Verteidigungsausschusses bekanntgegeben und ihr gesagt hatte, daß er sich selbst daranmachen werde, die riesigen Wälder um das Château herum anzuzünden. Angesichts der zunehmenden Hinweise darauf, daß die französische Sache in arger Bedrängnis war, hatte sie Mühe, ihren Optimismus zu wahren.

»Wirklich, Henri«, sagte sie, »ich hatte gedacht, Sie würden ein bißchen mehr Rückgrat zeigen und vor Trochu und seinen Angsthasen in den Tuilerien nicht gleich einknicken!« Trochu war der Militärgouverneur von Paris. »Ja, noch gestern abend habe ich mit der Baronesse de Chabrillan gespeist, und sie hat mir erzählt, daß der Graf Palikao ihr erzählt habe, er habe aus einer über jeden Zweifel erhabenen Quelle erfahren, daß der preußische Kronprinz vor den Kaiser geführt worden sei und sich erschossen habe.«

»Das habe ich auch gehört«, antwortete Henri trocken. »Kurz bevor die Meldung kam, daß Beaumont gefallen sei.« In Beaumont waren die Franzosen beim Mittagessen von den Preußen überrascht und noch vor dem Abendessen vernichtet worden. Frühe Pressemeldungen hatten noch über einen gewaltigen französischen Sieg frohlockt.

»Das war eine Lüge, Henri! Müssen Sie denn jede preußische Propagandameldung schlucken? Müssen Sie dermaßen leichtgläubig jeden *canard* akzeptieren, den man Ihnen vorführt?«

»Sie machen sich etwas vor, Elisabeth. Haben Sie die Flüchtlingsströme gesehen, die sich nach Paris ergießen? Woher, glauben

Sie, kommen die? Haben Sie die Verteidigungsanlagen gesehen, die man jetzt rings um die Stadtmauern anlegt? Was glauben Sie denn, was da draußen vorgeht, wenn wir uns so wacker schlagen?«

Elisabeth hatte Mühe, ihre Fassung zu wahren. Es war ihr ein Greuel, mit Henri zu streiten. Er war immer so ruhig, so ... so logisch. Das trieb sie zur Raserei. »Sie geraten einfach in Panik wie alle andern. Wirklich, von Ihnen hätte ich mehr erwartet.«

Wochenlang hatte sie sich unermüdlich damit beschäftigt, Berichte über französische Siege aufzustöbern und sie jedem vorzutragen, der ihr zuhören wollte: Bismarck selbst sei beinahe von französischen *Zouaves* gefaßt worden, als er sich in Montigny von einer Hure bedienen ließ, und man habe ihn gezwungen, aus einem Fenster im ersten Stock zu springen. Marschall Bazaine habe ein ganzes preußisches Armeecorps zwischen den Felsen eines Steinbruchs bei Jaumont in einen grausigen Tod stürzen lassen und den Feind dabei so vollständig vernichtet, daß von den Preußen und sogar von ihren Pferden nur noch blutige Fetzen übriggeblieben seien. Der König von Preußen habe Syphilis, oder Diarrhöe, »oder sonst eine scheußliche Krankheit«, sagte sie. Eine preußische Kavalleriedivision sei ertrunken, als sie versucht habe, in einem Unwetter die Meuse zu überschreiten. Den ganzen August hindurch klammerte sie sich an jede hoffnungsvolle Geschichte und schmückte sie noch aus, und vor allem wünschte sie sich inbrünstig, daß sie wahr sein möge. Sie hatte einen Brief von Jules, den sie kurz nach seiner Abreise erhalten hatte; darin erzählte er ihr ein wenig von der Armee, die sich versammelte, und von dem bevorstehenden Feldzug. Alles in allem klang er optimistisch, wenn auch unbestimmt. Tausendmal las sie den Brief. Sie sprach mit seinem Porträt im Schlafzimmer, sie schnitt Artikel aus der Zeitung, die vielversprechend klangen, während sie solche ignorierte, die schlecht aussahen, und sie kämpfte ihren eigenen Krieg in den Salons und bei den gesellschaftlichen Zusammenkünften, die immer noch häufig stattfanden, wenngleich ein bißchen von ihrer Munterkeit verflogen war.

Wenn sich auf bestimmte Gegenden von Paris Düsternis herabsenkte, so lastete sie doch nirgendwo schwerer als auf Paul und

Moussa. Aber bei ihnen lag es nicht am Krieg oder an den Preußen. Es lag daran, daß der Sommer zu Ende ging und die Schule bald anfangen würde. Paris war entschlossen, das Leben für seine Kinder selbst im Angesicht des Krieges so normal wie möglich verlaufen zu lassen, und so öffneten die meisten der Pariser Kathedralschulen wie auch ein paar staatliche Schulen.

Moussa war untröstlich. Er haßte die Schule und konnte nicht fassen, daß man auch nur davon sprach. Im vergangenen Winter hatten sie vier Tage Schule versäumt, als ein Schneesturm die Stadt zugedeckt und alles stillgelegt hatte. Sie hatten die Schule versäumt, als die Seine über ihre Ufer getreten war und den Keller von St. Paul unter Wasser gesetzt hatte, der Kathedrale, in der ihr Unterricht stattfand. Sie hatten die Schule versäumt, als Schwester Angélique von einem durchgehenden Pferd getötet worden war. Sie durften zu Hause bleiben, wenn sie Fieber hatten, und Moussa war sicher – auch wenn er sich nicht erinnern konnte –, daß er nicht zur Schule gegangen war, nachdem der Keiler ihn aufgerissen hatte.

Wie kam es also, fragte er sich, daß die preußische Armee die Schule nicht verhindern konnte? Unablässig bearbeitete er Henri und nutzte jede Gelegenheit, um seinen entschlossenen Vater davon abzubringen, ihn wie gewöhnlich zur Schule zu schicken.

»Vater, im Licht der internationalen Lage« – diese Worte hatte er von Elisabeth gehört, und er war begeistert von ihrem Klang – »sollte ich dir und Gascon im Wald helfen, meinst du nicht? Wir müssen doch bereit sein.«

»Ich meine, du mußt zur Schule gehen.«

»Aber Vater ...«

»Wir werden uns behelfen, solange du Unterricht hast. Mit der ›internationalen Lage‹ wirst du dich besser befassen können, wenn du etwas darüber lesen kannst.«

Moussa war empört. »Aber ich kann lesen, Vater! Das weißt du!«

»Das weiß ich allerdings. Du mußt noch besser lesen lernen.«

Es war schrecklich, und um so schrecklicher angesichts des wunderbaren Sommers, den sie verbracht hatten. Er und Paul hatten alles mögliche getrieben. Sie waren inzwischen alt genug, um

Paris zu erkunden, zumindest tagsüber, und sie hatten herrliche Tage damit verbracht, dort durch die Straßen zu spazieren und sich allmählich darin zurechtzufinden. Sie schwammen in den Seen und verbrachten faul die Nachmittage mit der Angel am Ufer der Seine, die durch das Gelände des Châteaus floß. Mit Hilfe von Henri und Gascon hatten sie ein hölzernes Floß gebaut, das sie bei St. Cloud vom Stapel ließen, um sich dann bis hinunter nach Malmaison treiben zu lassen. Unterwegs hatten Männer und Frauen am Ufer ihnen zugejubelt und die Tricolore an ihrem Mast gegrüßt. Gascon hatte sie am Ende mit einem Wagen erwartet und das Floß wieder nach Hause transportiert. Das waren schwindelerregende Erlebnisse für zwei Zehnjährige.

Der Graf legte großes Gewicht darauf, daß die Jungen den Umgang mit Waffen übten. Er und Gascon verbrachten jeden Morgen vor dem Frühstück eine Stunde damit, ihnen beizubringen, mit dem *chassepot* zu schießen, dem neuen Militärgewehr, mit dem Moussa und Paul sich als exzellente Schützen erwiesen, und mit Holzschwertern zu kämpfen, wobei die Jungen sich furchtbar unbegabt zeigten. Die Schwerter klapperten harmlos gegen Köpfe und Arme, während die Jungen sich ungelenk bemühten, sie unter Kontrolle zu bringen. Gascon verzog das Gesicht, als er ihnen zusah. »Gut, daß wir mit Holz angefangen haben, Monsieur le Comte«, sagte er, »sonst müßten wir den ganzen Morgen Körperteile auflesen.« Jeder der beiden steckte zahllose tödliche Treffer des anderen ein, bevor sich durch Übung ihre Behendigkeit verbesserte und sie anfingen, ein bißchen Geschick zu zeigen, wenn auch immer noch nicht viel. Mit großer Geduld brachten ihre Lehrer ihnen bei, wie man sich duckte, wie man selbst Finten schlug und die gegnerischen vorhersah, wann man zustoßen, wann parieren mußte, wann man vorrückte, wie man zurückwich; dabei gerieten alle vier in Schweiß, und manchmal lagen sie am Ende zusammen lachend auf dem Boden, ineinander verschränkt und tödlich getroffen. Schließlich wurde das Holz durch Stahl ersetzt, den Gascon am Schleifstein stumpf schliff, damit ein Fehler vielleicht eine Beule hervorrief, aber nicht gleich einen Arm oder eine Hand kostete. Und während die Jungen die schweren Klingen hoben, wurden ihre Muskeln kräftiger, ihre Beinarbeit wurde gewandter, und sie entwickelten ein schärferes Bewußtsein für die subtilen Finessen des Zweikampfs.

»Er führt eine scharfe Klinge, der da«, stellte Gascon eines Morgens im Spätsommer fest, als er zusah, wie Paul mit seinem Degen Moussa attackierte. »Er hat einen Instinkt dafür.« Paul war der Matador, Moussa der Stier. Moussa – der stärkere, zuversichtlichere, methodischere Kämpfer – pflegte seinen Gegner durch blanke Entschlossenheit zu zermürben, während Paul den seinen reizte und peinigte, bis dieser einen Fehler beging.

»Das stimmt.« Henri nickte. »Sie werden beide furchterregende Fechter werden.« Stolz sah er zu; er war sehr zufrieden mit den Fortschritten, die die Jungen mit Degen und anderen Waffen machten. Sie lernten Messerwerfen, ja, sogar den Umgang mit der Steinschleuder, eine Fertigkeit, die Moussa vortrefflich beherrschte. Und wenn nachmittags gutes Wetter war, nahm der Graf sie mit auf die Jagd mit seinen Falken.

Eine großartige Zeit, wenn nur die Schule nicht gewesen wäre, die alles verdarb.

»Ich bin Schwester Godrick. Der Herrgott hat mich gesegnet mit dieser Kathedrale und geschlagen mit dieser Klasse. Wenn ihr genau das tut, was ich sage, wenn ihr hart arbeitet, wenn ihr auf eure Manieren achtet und den Teufel in Schach haltet, so wird er euch gleichfalls segnen. Wenn nicht …« Sie zog ein flaches Paddel aus Eichenholz aus den Falten ihrer Tracht, hob es hoch und ließ es so hart auf die Tischplatte niederfahren, daß die Jungen auf ihren Plätzen zusammenzuckten, obwohl sie es kommen sahen. »Wenn nicht, wird dies sein Werkzeug der Züchtigung sein, von meiner Hand geführt.«

Alles, was sie von ihr sehen konnten, war ein einschüchternder schwarzer Schleier, der ein schmales, scharf geschnittenes Gesicht mit harten dunklen Augen umrahmte. Sie war eine schmächtige Frau ohne Umrisse unter dem schwarzen Habit, ein bloßes Geheimnis in Schwarz, abgesehen von diesem kalten Gesicht und den knochigen Händen, die das eichene Instrument der Unterwerfung umfaßt hielten.

»Ihr werdet die Köpfe senken, wenn wir nun beten«, verkündete sie, und sofort senkten sich alle Köpfe im Raum bis auf einen. Schwester Godrick begann durch die Reihen zwischen den Pulten der Knaben zu streifen, während sie mit fester, wenn auch etwas schriller Stimme betete.

»Barmherziger Vater, durch deine unendliche Gnade sind wir hier zusammengekommen, um an den Lehren deines hochheiligen Sohnes Christus, des guten Hirten, teilzuhaben und zu lernen, welch wunderbare Welt du nach deinem Bilde erschaffen …«

Wack!

Ohne Vorwarnung krachte das Holzpaddel auf Moussas Hand nieder. Er schrie vor Schmerz auf und riß die Hand weg. Der Schlag hinterließ eine blutrote Schwellung. Entsetzt schaute Moussa die Schwester an. Ihre Augen waren geschlossen, und sie hatte ihr Gebet nicht unterbrochen. Er hatte sie kommen sehen, und doch hatte ihr Tun ihn völlig überrascht.

»Mögest du, allmächtiger Gott, die Seelen dieser Kleinen mit deiner Gnade nähren, und möge Christus, unser göttlicher Lehrer, uns sein Licht und seine immerwährende Liebe schenken.«

Wack!

Wieder sauste das Holz pfeifend herab. Wieder traf es auf Moussas Hand, diesmal auf die andere, auf die Fingerknöchel, weil er sie nicht schnell genug weggezogen hatte. Die Tränen traten ihm in die Augen, und er drückte die Finger an den Mund. Sein Blick war voller Angst vor der Erscheinung, die da vor ihm stand.

»Amen«, sagte Schwester Godrick.

»Amen«, wiederholte die Klasse.

Sie ragte vor Moussa auf wie ein schwarzer Berg des Grauens, und der Donnerkeil in ihrer Hand drohte noch einmal niederzufahren.

»Und jetzt, junger Mann, wirst du uns vielleicht wissen lassen, aus welchem Grund du zum Gebet nicht deinen Kopf senken kannst.«

Moussa wußte nicht, was er sagen sollte. Er schloß nie die Augen, wenn andere beteten. Er selbst betete gar nicht. Als er kleiner gewesen war, hatte er es getan. Da hatte er aus tiefstem Herzen darum gebetet, daß die anderen Kinder ihn in Ruhe lassen möchten. Er hatte darum gebetet, sie möchten aufhören, sich über ihn lustig zu machen. Geholfen hatte es nie. Er hatte auch um andere Sachen gebetet, um Sachen, die kleine Jungen sich wünschen: um Spielzeug oder Glück oder darum, daß irgendeine Sorge von ihm genommen werde. Es störte ihn nicht, daß es niemals half, denn er erwartete es längst nicht mehr, und er machte Gott deswegen keine Vorwürfe oder etwas Ähnliches. Er war mit seinem zehnjährigen Verstand einfach zu dem Schluß gekommen, daß Gott nicht da war oder daß er doch auf Kinder zumindest nicht hörte. Beten war also nutzlos. Es brachte nichts, und folglich bedeutete es nichts. Manchmal bewegte er wohl aus Höflichkeit die Lippen und murmelte mit, wenn andere beteten, aber dann murmelte er etwas vom Angeln oder dergleichen, nicht von Gott. Manchmal sprach er auch tatsächlich die Worte, die man ihn gelehrt hatte, um zu sehen, ob sie inzwischen besser funktionierten. Aber meistens tat er, was er auch jetzt getan hatte: Er achtete lieber auf das, was um ihn herum vorging, statt die Augen zu einem Gebet zu schließen, das keinen Sinn hatte.

Er hatte hier in der Klasse einfach getan, was er immer tat.

»Ich … es tut mir leid.«

»Es tut dir leid!«

»Jawohl, Madame. Ich wollte Sie nicht kränken.«

»Nicht um mich sollst du dir Sorgen machen, junger Mann. Es geht hier um deinen Herrgott.«

Das bezweifelte Moussa, denn sie war es, die hier das Paddel in der Hand hielt. Er warf einen Blick zu Paul neben ihm, der sich nach besten Kräften bemühte, Schwester Godricks Aufmerksamkeit nicht auf sich zu lenken: er hatte den Kopf gesenkt und studierte eingehend die Holzmaserung auf seinem Pult. Aber Moussa sah den kaum merklichen Hauch eines Grinsens an Pauls Mundwinkel. Das würde er ihm später heimzahlen.

»Wie heißt du?«

»Moussa.«

»Wie bitte?«

»Moussa.«

»Was ist ›Moussa‹?« fragte sie.

»Es ist mein Name, Schwester.«

»Ja, aber was soll das sein?«

Moussa wußte nicht, was er sagen sollte. Er zuckte die Achseln.

»Ich werde euch sagen, was es ist.« Schwester Godrick hatte sich jetzt an die ganze Klasse gewandt, und ihr Tonfall war spöttisch. »Ich werde es euch sagen. Es ist ein heidnischer Name. Es ist ein gottloser Name. Es ist die unheilige Bezeichung eines Ungläubigen!«

»Es ist mein Name, Schwester«, wiederholte er.

»Moussa, Moussa, Moussa«, sang sie, verächtlich und hart. »Das ist ein Name für Wilde, und dies ist eine Klasse für Christen. Hast du keine christlichen Namen, Moussa?«

Kläglich hob er die Schultern.

»Ich habe dich nicht verstanden, Moussa.«

»Ich weiß es nicht«, sagte er schüchtern.

»Du weißt es nicht! Kennst du keine christlichen Namen, oder weißt du nicht, ob du einen hast?«

»Ich weiß es nicht.« Er wußte nicht, was er sonst sagen sollte. Er starrte auf sein Pult und wünschte, er wäre tot.

»Nun denn, wie lautet dein voller Name? Oder weißt du das nicht?«

»Doch, Schwester. Ich heiße Moussa Michel Kella de Vries.«

»De Vries! Du bist also der De-Vries-Junge!« Sie tat, als ob es ihr etwas sage. »Nun, de Vries, der Name Moussa sei fortan gestrichen aus dem Hause Gottes. Wir werden dich Michel nennen. Der Erzengel Michael ist der Schutzengel der Juden, die selber nur eine halbe Stufe über den Heiden stehen, aber immerhin über ihnen. Damit werden wir uns wohl begnügen müssen.« Damit war die Sache erledigt.

»So, ihr Jungen, ihr habet nun Michel kennengelernt, der sich sicher nicht noch einmal vergessen wird. Ihr übrigen – steht nun auf und stellt euch vor. Einer nach dem andern. Wir wollen beginnen!«

Schwester Godrick konnte sich an die Zeit erinnern, als man sie noch Céleste genannt hatte. Fast alle diese Erinnerungen waren schrecklich, und sie vermochten es noch immer, sie nachts aus dem Schlaf zu reißen, daß das Grauen ihr die Brust zusammenschnürte und sie auf bloßen Knien auf den kalten Steinboden sank, um zu Gott zu beten, er möge ihr vergeben und sie endlich vergessen lassen.

Sie erinnerte sich an ihre Mutter, eine traurige, hübsche Frau, die sich die Zöpfe flocht, dort oben in der winzigen Dachstube über dem dritten Stock, wo das ganze Mobiliar aus einem Holzstuhl und einem Berg Decken anstelle eines Bettes bestand. Ein Fenster gab es nicht, und so war es immer dunkel in der Kammer. Das Dach war undicht, im Winter war es kalt und im Sommer drückend heiß. Das ganze Jahr hindurch gab es zu wenig zu essen. In dem Winter, als Céleste sechs war, ging ein Fieber um. Ihre Mutter steckte sich an; sie hustete Blut, umarmte ihre Tochter und starb.

An ihren Vater konnte sie sich nicht erinnern, aber sie wußte, wer er war. Ihre Tante Philomena hatte ihr den ruchlosen Namen wieder und wieder eingehämmert, um sicher zu sein, daß sie ihn nie wieder vergaß: Gérard Flaurens, Père Flaurens, der heuchlerische Pfaffe, den die Wollust vom Pfad der Rechtschaffenheit weggelockt und der, nachdem er die große Sünde begangen und Céleste gezeugt hatte, sich wieder Gott zugewandt und Mutter und Tochter verlassen hatte – nicht aber, ohne zuvor die Kanzel zu besteigen und die Mutter, dieses hübsche, hurende Gemeindekind, öffentlich zu verdammen und zu demütigen, weil sie ihn verführt habe. Céleste hatte ihn nie gesehen, und er sie auch nicht.

»Ein rechtschaffener Mann, dieser Kerl«, hatte Philomena oft gesagt. »Vergißt Gott, schwängert deine Mutter, findet Gott und vergißt dich.«

Philomena war eine Frau, die das Leben verbittert gemacht hatte. Es erfüllte sie mit Groll, daß sie ein sechsjähriges Kind großziehen mußte, ohne über die nötigen Mittel zu verfügen, und dieser Groll vergiftete ihr Verhältnis zu dem Kind. Sie hatte noch zwei eigene Kinder, Töchter, die genug Kleidung und Nahrung bekamen, aber Céleste wurde immer ausgeschlossen. Sie bekam keine Geschenke, keine neuen Kleider zu besonderen Anlässen.

Als Céleste zwölf Jahre alt war, flocht ihre Tante ihr das weiche goldene Haar, rieb ihr Rouge auf die Wangen und verkaufte sie für dreißig Sou an einen Tuchhändler. Der Mann sperrte Céleste sechs

Tage lang in seiner Wohnung ein, ließ sie nie hinaus und vergewaltigte sie, wenn ihm der Sinn danach stand. Mit einer Flasche tat er ihr furchtbare Dinge an, die ihr schreckliche Schmerzen bereiteten. Als sie sich nachher beklagte, prügelte Philomena sie gnadenlos. Nach dem Tuchhändler kam ein Schmied mit großen, schmutzigen Händen und stinkendem Atem, dann ein betrunkener Rechtsanwalt, der fast dreihundert Pfund wog, und eine Reihe von Soldaten aus der örtlichen Garnison, Offiziere hauptsächlich, die sie tagelang herumreichten. Von da an war es noch drei Jahre so weitergegangen, eine widerwärtige Begegnung war auf die andere gefolgt, und für Céleste war jede gräßlicher als die vorige. Ihre Tante aber zählte das Geld, schlug sie mit einem Rohrstock und trieb den nächsten Kunden auf.

Einer der Männer gab ihr Rum, und sie stellte fest, daß das Erlebnis nicht so scheußlich war, wenn sie genug davon trank. Erst trank sie vorher ein Gläschen, aber bald waren es drei oder vier. Dann kamen die Gläschen danach, die am Abend und die am Morgen, wenn sie aufwachte, und schließlich verschwamm alles in Finsternis. Sechs Monate oder ein Jahr vergingen so, bis sie eines Tages aufwachte und ein Schüreisen in den Händen hielt, an dem Blut und Haare klebten. Und neben ihr auf dem dreckigen Laken lag die kalte Leiche eines Mannes mit eingeschlagenem Schädel. Vermutlich hatte sie ihn totgeprügelt. Aber sie erinnerte sich nicht.

Sie taumelte aus dem Zimmer, ein paar Treppen hinunter und in den Schnee hinaus. Tagelang lief sie im Kreis durch namenlose Straßen, verwirrt, durchfroren und naß. Sie konnte nirgends hin. Nachts schlief sie unter Müllhaufen oder in der Gosse, wo es wärmer war, wenngleich ihr dort die Ratten über die Beine liefen. Sie lechzte nach einem Schluck Rum und bettelte um etwas zu essen. Fieber und Erschöpfung brachten sie in die Nähe des Todes, und in einem Winkel im Schatten eines großen Hauses verlor sie das Bewußtsein.

Sie erwachte in der Obhut von Nonnen, die sie gefunden hatten. Tagelang lag sie im Delirium; sie kämpfte gegen das Fieber und versank immer wieder in gräßliche Alpträume. Dann wachte sie schreiend auf und wehrte sich wütend gegen die sanften Hände, die sie festhielten. Als das Fieber vergangen war, sprach sie nicht – sie konnte oder wollte mit niemandem reden. Sie zog sich in eine Welt des Schweigens zurück und weinte sich jede Nacht in den Schlaf. Eine der Nonnen war immer bei ihr und hielt sie fest. Sie brachten ihr Suppe und frische Kleidung und pflegten sie wieder gesund. Und sie stellten keine Fragen, wollten nicht wissen, wer sie war, was sie durchgemacht oder was sie getan hatte oder wie sie zu ihrer Schwelle gekommen war.

Mörderin? Hure? Es schien ihnen gleichgültig zu sein.

Monatelang lebte sie bei ihnen. Sie ließen sie im Gemüsegarten helfen, und dort stellte Céleste fest, daß sie ein Talent dazu besaß, Dinge wachsen zu lassen. Sie half den Nonnen, die Wände ihrer kleinen Zellen zu kalken. Sie arbeitete in der Küche, kochte und machte nach den Mahlzeiten sauber. Anfangs aß sie allein in ihrer Kammer, aber nach einer Weile nahm sie die Mahlzeiten mit einer anderen und dann mit zweien ein. Im Hof liefen Hühner; sie flickte den Käfigdraht, wechselte das Stroh und sammelte die Eier ein. Sie putzte die Böden, wusch ihr Bettzeug und ihre Sachen in einem Bach. Sie tat alles – nur Besorgungen, die sie aus den vier Wänden ihres Zufluchtsortes hinausgeführt hätten, übernahm sie nicht.

Sie stellte fest, daß sie dieses Leben liebte, ein Leben unter Leuten, die nichts verlangten und die es nicht kümmerte, wer sie war. Sie liebte das einfache Leben, vor allem das Leben fern von den Männern. Und sie begann wieder zu sprechen.

Nach fast einem Jahr starb Céleste, und Godrick war geboren. Die Schleusen des Himmels hatten sich für sie aufgetan, und sie badete in der Vollkommenheit eines neuen Lebens. Wie so viele, die sich zu einer neuen Sache bekehrt sehen, war sie berauscht davon und blind für alles andere. Sie tauchte völlig darin ein, ohne Mäßigung, ohne Vorbehalt, ohne Zweifel. Ein Leben der völligen Hingabe an Gott war ihr einziges Ziel.

So wurde sie zu einer Getriebenen: Sie war entschlossen, sich selbst von ihrem früheren Leben zu läutern und sich von allem zu befreien, was unheilig war, ihr Herz von materiellen Dingen zu lösen, in Abgeschiedenheit und Armut zu leben und ihren eigenen Willen abzutöten, ihre Neigungen, ihre Launen und Vorlieben.

Wie eine Besessene unterwarf sie sich den Regeln des Klosters, und als diese ihr nicht streng genug waren, stellte sie fest, daß sie sich noch weiter erniedrigen, daß sie sich noch mehr versagen konnte – daß sie sich von allen weltlichen Freuden und Behaglichkeiten befreien konnte.

»Kasteie die äußerlichen Sinne«, sagte die Mutter Oberin, und sie stellte fest, daß es ihr nicht nur ein gutes Gefühl verschaffte, sondern daß sie auch noch eine echte Begabung dafür besaß. Zunächst dachte sie bei ihrem einfachen Mahl an etwas Unangenehmes, damit der Geschmack ihr nicht allzusehr behagte. Als sie feststellte, daß sie sich noch immer am Aroma einer Tomate oder einer Möhre erfreuen konnte, bestreute sie sie mit Alaun, damit sie bitter und trocken schmeckten. Wenn sie im Garten den Duft von Kräutern, Früchten oder Blumen roch, so konnte sie sich, wie sie feststellte, eine Salbe unter die Nase schmieren, die den Duft abtötete und ihr die Tränen in die Augen trieb. Wenn sie sich dabei ertappte, daß sie ein Bild bewunderte, ein Möbelstück oder auch nur den Umschlag der Bibel, dann senkte sie den Blick rasch zu Boden oder auf den tristesten Punkt des Raumes, in dem sie sich gerade befand, und suchte Buße in etwas Freudlosem. Wenn sie etwas Süßes schmeckte, so spuckte sie es aus.

»Opfere dein Leiden dem Herrn unserer Welt«, sagte die Mutter Oberin, und Godrick übertraf sich selbst darin, Mittel und Wege zu finden, ihren Körper allerlei Plagen zu unterwerfen und sich abscheulichen Dingen auszusetzen. Sie gestattete sich nur ärmliche Sandalen für ihre Füße, selbst im Winter, wenn sie im Schnee betete, bis sie kein Gefühl mehr in den Zehen hatte. Beim Meditieren stand sie auf einem Bein, bis ihre Muskeln schrien und sie umfiel, nur um wieder aufzustehen und auf dem anderen Bein zu stehen. Im Winter schlief sie ohne Decke und fror so sehr, daß sie nicht gut schlief, und im Sommer deckte sie sich so dick zu, daß sie im eigenen Schweiß schmorte. Ihre Nonnentracht nähte sie aus gebrauchtem Tuch und warf sie dann weg, weil der Stoff nicht rauh genug war und nicht scheuerte; sie nahm schließlich rohe Wolle, die ihre Haut mißhandelte. Sie badete nur in kaltem Wasser und benutzte eine Scheuerseife, die so scharf war, daß sie davon wund wurde.

»Meide die Frivolität des Geistes«, sagte die Mutter Oberin, und Godrick lernten sich vor allem auf geistliche Bücher zu konzentrieren und keine zu lesen, die ihre Neugier anregen könnten, denn solche würden nichts weiter tun, als ihren Verstand zu verbessern, und das war eine Form der Eigenliebe, die sie um jeden Preis vermeiden mußte. Zu viel Neugier war schlecht für die Hingabe an Gott: das war die Lektion, die sie von Eva gelernt hatte.

»Meide die Eitelkeit«, sagte die Mutter Oberin, und sie schnitt sich das Haar so kurz, daß nur zottige Strähnen blieben, die sie versteckte. Sie rasierte sich die Augenbrauen und kürzte ihre Wimpern, die so vielen Männer Anlaß zu Bemerkungen gegeben hatten – in jenen schwarzen Zeiten, bevor Godrick geboren wurde. Es gab keine Spiegel, in die sie schauen konnte, nichts, was sie an ihr irdisches Antlitz erinnerte, das ihr so sehr verhaßt war.

»Sei gehorsam«, sagte die Mutter Oberin, und sie tat, was man von ihr verlangte, ohne Fragen zu stellen. Es war ein gutes Gefühl, denn der Gehorsam enthob sie der Notwendigkeit, selbst zu denken, und gab ihr die Möglichkeit, ihren Willen und ihre Urteilskraft der Bibel und der Mutter Oberin zu unterwerfen.

In ihrem eifrigen Streben nach Vollkommenheit als Nonne ergab sich ein Problem. Während sie sich in Selbstkasteiung übte, während sie die Eitelkeit mied, während sie immer neue Wege zum Leiden erkundete, wurde ihr klar, daß sie das alles liebte. Je mehr sie sich peinigte, desto besser gefiel es ihr. Je weher etwas tat, desto besser fühlte sie sich. Aber je besser sie sich fühlte, desto größer waren ihre Gewissensbisse, denn es war ein lustvoller Akt der Eitelkeit, sich wohl zu fühlen, und es lief ihren Lehren entgegen. Sie reagierte auf dieses Dilemma auf die einzige Art, die sie verstand: Sie ersann neue Möglichkeiten, sich dafür zu bestrafen, daß sie sich wohl fühlte. Sie fastete tagelang ohne Ende. Sie versagte sich den Nachtschlaf, indem sie auf dem kalten Boden ihrer Zelle kauerte. Sie weigerte sich, mit den anderen Nonnen Freundschaften zu schließen, weil sie festgestellt hatte, daß Freundschaft ihr innerlich ein warmes Gefühl verschaffte, und ein warmes Gefühl war unrecht, weil es Selbstbefriedigung bedeutete. Man durfte nur mit Gott und mit seinem Sohn Jesus Christus befreundet sein. Das war mehr als genug.

Nachdem sie fünf Jahre im Konvent gelebt hatte, nach einem freundlichen Leben ohne jede Abwechslung befahl die Mutter Oberin der Schwester Godrick, in den Kathedralschulen zu unterrichten. Anfangs war es ihr zuwider. Ihr war nicht wohl dabei, wieder dort draußen in der Welt zu sein. Begegnungen mit Fremden versetzten sie in Angst und Schrecken, auch wenn sie nur kleine Jungen unterrichten sollte. Diese Welt, die Welt der Männer, war für sie sehr lange Zeit nicht vorhanden gewesen. Am Ende aber rettete sie das alte Dilemma: Als ihr klar wurde, wie sehr sie es verabscheute, wurde ihr klar, daß es ein gutes Gefühl war, und sie wußte, daß sie es konnte.

Und als der Bischof von Boulogne-Billancourt nach einer Lehrerin für die vierte Klasse verlangte, da wählte die Mutter Oberin Schwester Godrick. Und so kam es, daß sie Moussa und Paul und ihre Klassenkameraden in jenem Jahr in der Kathedrale St. Paul unterrichtete.

»Daß du zu hochnäsig warst, mit uns den Kopf zum Gebet zu senken, Michel de Vries, lag vielleicht daran, daß du so sehr damit beschäftigt warst, über die Natur unserer Studien in diesem Jahr nachzusinnen. Kannst du uns sagen, was sie enthalten werden?«

Moussa schüttelte den Kopf.

»Das dachte ich mir. Hat das Wort ›trivium‹ eine Bedeutung für dich?«

»Nein, Schwester.«

»Aha, ein gebildeter hochnäsiger Knabe.« Aus dem hinteren Teil des Raumes kam anonymes Gekicher. Schwester Godrick hob schweigengebietend die Hand. »Und ›quadrivium‹? Wie steht es damit?«

Schweigen.

»Ich dachte es mir. Wie ich sehe, hat deine Bildung nicht mit deiner Selbstüberschätzung Schritt halten können. Nun denn, vielleicht kannst du deinen Kopf lange genug freihalten, um jetzt achtzugeben. Im nächsten Jahr wird euer Leben von Kreuzwegen beherrscht werden: Da wäre das Trivium aus Grammatik, Rhetorik und Logik. Und ihr werdet eine Einführung in das Quadrivium erhalten: Geometrie, Astronomie, Arithmetik und Musik. Nichts allzu Anspruchsvolles für eure leeren Schädel, aber wir werden gemeinsam daran arbeiten. Ihr werdet es zum Ruhme Gottes tun, und ich werde euch den Weg zeigen.«

So ging es den ganzen Morgen weiter. Bei drei weiteren Zusammenstößen wurde Moussa zum Gegenstand ihrer Aufmerksamkeit. In allen drei Fällen ging es nicht gut. Schlimmer noch, grübelte Moussa düster, war das, was nachher kommen würde. Er wußte, daß es kommen würde, sobald der Vormittagsunterricht zu Ende wäre. Jedes Jahr passierte das gleiche am ersten Schultag. Sie würden ihn verspotten, sich über ihn lustig machen, und vielleicht würde es eine Prügelei geben. Bei manchen Gelegenheiten war es schlimmer als bei anderen, aber es passierte immer. Moussa vermutete, daß all die Aufmerksamkeit, mit der Schwester Godrick ihn bedacht hatte, die Sache nur noch verschärfen würde. Und er hatte recht: Die Pause war nicht einmal fünf Minuten alt, als es begann. Ein anderer Schüler, Pierre Valons, stand mit ein paar Freunden in einer Ecke des Hofes. Er zeigte lachend mit dem Finger auf Moussa, als dieser mit Paul aus der Tür kam. Moussa hörte seine Hänseleien.

»Halbblut, gar nicht gut. Infidel fährt zur Höll'!«

»Wieso Michel? Wieso nicht ›Trottel‹? Das ist auch ein guter christlicher Name!«

Ein paar andere ließen sich von diesem Geist anstecken und häuften bösartige Namen auf die albernen. Bald flog ein Stein durch die Luft und traf ihn an der Schulter.

Die Tage, da er solche Beleidigungen untätig hingenommen hatte, waren vorbei, und die Zeiten, da er deswegen in Tränen ausgebrochen wäre, ebenfalls. Er hatte nie begriffen, was die andern zu diesem Benehmen veranlaßte; er wußte nur, daß er sich irgendwie von ihnen unterschied, daß er anders war und daß er nie zu ihnen passen würde. Seit jenem Tag, da Serena ihn das erste Mal in den Arm genommen hatte, nachdem es geschehen war – damals war er gerade fünf gewesen –, hatte sie immer zur Geduld geraten.

»Ignoriere sie«, sagte sie. »Gib ihnen nicht die Genugtuung, zu sehen, wie du dich ärgerst.« Auch sie hatte darunter gelitten. »Achte nicht auf sie. Sie sind nur eifersüchtig auf deine vornehme

Geburt.« Und sie hatte versucht, die Kränkungen zu mildern. »Wenn sie dich Halbblut nennen, dann mußt du dich daran erinnern, was es wirklich bedeutet: daß du das Beste von zwei Welten in dir trägst, das Beste von den Franzosen und das Beste von den Tuareg.«

Ihr Rat klang warmherzig und weise, wenn er auf ihrem Schoß saß, aber auf dem Spielplatz verflog er rasch. Seine Geduld stachelte seine Peiniger nur zu noch größerem Erfindungsreichtum bei ihren Schmähungen an, und außerdem nannten sie ihn jetzt auch noch Feigling und Hasenfuß. Und wenn er dann weinte, spornte sie das zu neuen Höhepunkten der Quälerei an. Sie waren gnadenlos.

Eines Tages, als Moussa acht war, hatte Henri die blutunterlaufene Wange gesehen und nach dem Grund gefragt. Und Moussa hatte ihm sein trauriges Herz ausgeschüttet und sein Dilemma beschrieben.

»Auf ihre Weise hat deine Mutter recht«, hatte Henri zugestimmt, nachdem er sich alles angehört hatte, »aber ich glaube, im Augenblick brauchen sie vor allem eine ordentliche Tracht Prügel. Du mußt ihnen eine Lektion erteilen. Ich wünschte, es wäre nicht so, aber das einzige, was sie respektieren, ist Stärke.«

Von da an gab Moussa sich zwar große Mühe, den Rat seiner Mutter nicht zu vergessen, aber er stellte fest, daß seine Fäuste ihm oft die besseren Dienste taten. Anfangs verlor er die meisten Kämpfe, aber eine blutige Nase nach einem solchen Versuch war doch besser als eine blutige Nase vom Nichtstun. Und mit einiger Übung und mit dem Unterricht, den er bei seinem Vater und bei Gascon genoß, wurde er langsam besser. Es dauerte nicht lange, und seine Mitschüler begriffen, daß sie ihn auf eigene Gefahr verspotteten, denn wenn sie ihn vielleicht auch am Ende besiegen konnten, so würden sie doch einen hohen Preis dafür zahlen, denn er war stark und hartnäckig, und er gab niemals auf, sondern hielt den Besten unter ihnen stand.

So kam es, daß er sich an diesem Morgen mit fliegenden Fäusten auf Pierre stürzte. Pierre lag bald auf dem Rücken, und Moussa prügelte ohne Erbarmen auf ihn ein. Pierre blutete an der Lippe und schlug wild um sich. Drei von seinen Freunden kamen ihm zu

Hilfe, was Paul veranlaßte, sich gleichfalls ins Handgemenge zu stürzen. So standen zwei gegen vier; Paul und Moussa ließen ihre Schläge auf die andern niederprasseln, und die andern, die in der Überzahl waren, fingen an, sie festzuhalten und zu treten, als aus heiterem Himmel Schwester Godrick mit ihrem Paddel erschien. Sie watete mitten in das Gewirr von Fäusten und Füßen hinein und begann, mächtige Hiebe nach links und nach rechts zu verteilen. Schrille Schmerzensschreie mischten sich mit dem Klatschen des Holzes auf nackter Haut, auf Köpfen und Ellenbogen. Endlich hatte sie alle gezähmt, und sie standen vor ihr wie eine Reihe begossener Pudel. Alle waren sie außer Atem.

»Es war seine Schuld, Schwester«, sagte Pierre, kaum daß er wieder sprechen konnte, und deutete auf Moussa. »Er hat angefangen.« Seine Freunde nickten zustimmend.

»De Vries hat angefangen«, sagte einer.

»Ja, das stimmt. De Vries hat mit einem Stein geworfen.«

Schwester Godrick betrachtete Moussa mit loderndem Blick.

»Ist das wahr?«

Moussa gab keine Antwort. Keine Nonne würde diese Angelegenheit regeln. Er würde sich nicht darauf verlassen, daß eine Lehrerin für Gerechtigkeit sorgte, und er würde sich nicht unter ihren Schutz flüchten. Er würde diese Sache später klären, und zwar selbst. Paul wollte etwas sagen, aber Moussa verpaßte ihm einen wütenden Rippenstoß.

»Dein Schweigen ist eloquent, Michel de Vries.« Sie musterte ihn kalt. Er wußte nicht, was »eloquent« bedeutete, aber er wußte genug, um sich Sorgen um das zu machen, was jetzt folgen würde. Er versuchte, sich nichts davon an den Augen ansehen zu lassen und hielt ihrem Blick stand, nicht trotzig, aber auch nicht betreten, bis er schließlich eingeschüchtert die Augen niederschlug.

Für Schwester Godrick waren die Prioritäten absolut klar. Ihre oberste Aufgabe bestand darin, demütige und gehorsame Seelen hervorzubringen, die Gott fürchteten. Und gleich nach Gott mußten sie Schwester Godrick fürchten. Um das zu erreichen, würde sie notfalls ihren Geist brechen. Danach – aber erst danach – hatte sie die Aufgabe, sie zu unterrichten. Während sie damit beschäftigt war, konnte Ordnung herrschen, oder es konnte Unordnung herrschen, aber nicht beides. Prügeleien waren unannehmbar. Sie erwuchsen aus dem Ego. In ihren Augen war es eine einfache Gleichung. Das Ego war die Wurzel allen Übels. Es wurzelte im Stolz und brachte Krieg hervor, Vergewaltigung und Herzlosigkeit. Das Ego war selbstsüchtig und eitel. Das Ego war Teufelswerk. In sich selbst mußte man es verleugnen, und in den unbotmäßigen Seelen kleiner Jungen mußte man es auslöschen, wenn sie jemals ihren Weg zum Himmel finden sollten.

»Mir scheint, du bist mit einem Übermaß an Stolz geschlagen, Moussa. Es läßt dich mit Verachtung in die Welt schauen. Es wird deinen Untergang bedeuten. Du weigerst dich, im Unterricht das Haupt vor dem Herrn zu beugen, und hier auf dem Hof greifst du zur Gewalt. Nun denn, komm mit mir. Wir werden sehen, was wir dagegen tun können. Wir werden dir helfen herauszufinden, ob du wirklich der Mittelpunkt der Welt bist.« Sie führte Moussa ins Gebäude. Dort wühlte sie in einem Wandschrank und förderte einen Eimer, ein paar Bürsten und alte Lappen hervor, und schließlich noch einen Behälter mit Seifenlauge. Damit gingen sie hinaus, hinter die Schule, wo die Latrine stand. Vor dem langgestreckten Mauersockel mit den Löchern, auf dem die Jungen ihre Notdurft verrichteten, blieben sie stehen. Es war ein heißer Tag, und der Gestank war überwältigend. Moussa fand es widerwärtig, dort hineinzugehen, und sei es auch nur für einen kurzen Augenblick. Es war ekelhaft. Angewidert verzog sich sein Gesicht. Die Schwester stellte den Eimer hin und deutete mit weiter Gebärde auf den Raum.

»Wir wollen sehen, wie es deinem Stolz ergeht, wenn du auf den Knien arbeitest. Ich werde in einer Stunde zurückkehren. Reinige deine Seele, während du diesen Raum reinigst.«

Es war eine langwierige, stinkende Arbeit. Die Bürsten spritzten ihm ins Gesicht, und er bekam sogar ein paar Tropfen auf die Zunge; er würgte und spuckte, bis sein Mund ganz trocken war. Beim Putzen hielt er ständig Ausschau nach Spinnen. Er haßte alle Spinnen, aber besondere Angst hatte er vor denen, die in Latrinen lebten, denn die waren häßlich, schwarz und giftig. Manchmal versteckten sie sich unter den Kanten und bissen die Unvorsichtigen an den schrecklichsten Stellen.

Er bedachte seine Lage, während er schrubbte. Gut sah sie nicht aus. Er sah jetzt schon, daß er mit dieser Nonne alle Hände voll zu tun haben würde. Sie hatte keinen Humor, und sie schien etwas gegen ihn zu haben. Er wußte nicht genau, was er eigentlich falsch gemacht hatte, aber anscheinend brachte sie alles, was er sagte oder tat, in Rage – merde, sogar sein Name. Es war ungerecht. Sie hatte niemandem in der Klasse auch nur halb soviel Aufmerksamkeit gewidmet wie ihm. Und dann hatte sie ihm die Schuld an der Prügelei gegeben. Nein, das stimmte wohl nicht ganz – sie hatte nicht Partei ergriffen. Aber schwierig war sie trotzdem. Er würde sich vorsehen müssen.

Als er seine Mühen halb hinter sich gebracht hatte, kamen die anderen Jungen herein. Schwester Godrick hatte sie bewußt frühzeitig zur Latrine entlassen. Ihre Absicht war es, Moussa vor seinen Klassenkameraden zu demütigen, denn sie war davon überzeugt, daß ihr Hohn sehr viel dazu beitragen würde, die scharfen Kanten seines Egos abzuschleifen. Das hatte sie schon mit anderen Schülern in nutzbringender Weise getan.

Moussa sah sie kommen und beugte sich über seine Arbeit. Er wurde rot, als er sie kichern und Witze machen hörte.

»Ist das Graf de Vries' Sohn, der da das Scheißhaus saubermacht?«

»Weiß ich nicht, ich sehe nur seinen Arsch.«

»Das kann doch nicht Mouuusssaaaa sein. Afrikaner putzen Pisse nicht weg. Sie trinken sie.«

»Er ist ja halb Franzose. Vielleicht macht Michel die Hälfte weg, und Moussa säuft den Rest.«

»Fressen Afrikaner auch Scheiße?«

Moussas Wut erwachte, aber er hielt den Kopf gesenkt. Ihre Beleidigungen und Kränkungen hallten von den Steinmauern wider und gellten ihm in den Ohren. Er hatte plötzlich einen Kloß im Hals, und seine Unterlippe zitterte. Sein Blick verschleierte sich, und er wußte, daß die Tränen nicht mehr weit waren.

Ich bin zu groß zum Weinen. Ich will nicht weinen, ich will nicht! Er malte große weiße Kreise aus Seifenschaum in den grauen Dreck, und sein Arm bewegte sich im Uhrzeigersinn.

»Ignoriere sie«, sagte Serena. »Gib ihnen nicht die Genugtuung, zu sehen, wie du dich ärgerst.« Er wechselte die Richtung und schrubbte jetzt linksherum.

»Gib ihnen eine ordentliche Tracht Prügel«, sagte Henri. »Laß sie für ihren Spaß bezahlen.« Er tauchte die Bürste ins Wasser, klatschte sie auf den Boden und schrubbte weiter im Kreis. Die Borsten fuhren mit kratzendem Geräusch über den Boden. Gelächter hallte durch den Raum, und immer neue Schmähungen ließen seine Empörung wachsen. Aber die Stimmen verklangen und wurden undeutlich, als er aufhörte, ihnen zuzuhören, und sich in sich selbst zurückzog. Er hatte gelernt, das zu tun, die Welt auszusperren und sich an einen Ort in seinem Kopf zurückzuziehen, an den ihm niemand folgen konnte.

Er sagte sich, das alles sei nicht wichtig. Er sagte sich, es kümmere ihn nicht. Aber er wußte, daß das eine Lüge war. Es kümmerte ihn sehr wohl. Es kümmerte ihn, was sie dachten, es kümmerte ihn, was sie taten. Er haßte sie dafür, und er haßte es, die Zielscheibe ihres Spotts zu sein. Er wünschte sich verzweifelt, von ihnen gemocht zu werden. Er sehnte sich danach, normal zu sein, zu sein wie die andern. Er verstand nicht, wieso es solche Folgen für ihn hatte, daß Henri und Serena seine Eltern waren. Er liebte seine Eltern, aber manchmal wünschte er sich, daß sie … ja, er wußte es auch nicht genau: daß sie normal wären, daß sie wären wie alle anderen Eltern auch. Aber vor allem wünschte er sich, die anderen Kinder möchten ihn einfach in Ruhe lassen.

Nach langem Überlegen kam er zu einem Schluß. Während der Schule würde er seiner Mutter gehorchen und seine Buße friedlich ertragen. Und nach der Schule würde er seinem Vater gehorchen und ihnen die Zähne einschlagen.

Während die anderen Jungen schwatzten und feixten, entfernte Pierre sich von ihnen und näherte sich langsam der Stelle, wo Moussa arbeitete. Moussa sah ihn nicht kommen, aber jählings wurde er aus seinen Gedanken gerissen, als Pierre sich vor ihm aufbaute und er einen warmen Strom von Pisse auf seinem Gesicht fühlte. Pierre heulte vor Lachen.

»Trink das, de Vries! Le meilleur de France! Und nimm einen Becher mit nach Hause für deine Mutter!«

Das Lachen erstarb auf seinen Lippen, als Moussa sich auf ihn stürzte. Er hatte überhaupt keine Zeit mehr, zu reagieren oder sich zu wehren, bevor Moussa ihm mit der Faust mitten auf die Nase schlug, ihn dann packte und mit dem Kopf geradewegs in den Eimer mit dem schmutzigen Wasser tauchte. Keiner der anderen Jungen kam ihm zu Hilfe. Sie sahen die Wut in Moussas Gesicht. Wie gelähmt von seiner rasenden Reaktion, wagten sie nicht, sich einzumischen. Das Wasser im Eimer wechselte die Farbe, als das Blut aus Pierres Nase hineinfloß, und ekliges Braun wurde zu bräunlichem Rot. Pierre zappelte und gurgelte, aber Moussa hielt ihn fest. Er war rot im Gesicht und atmete keuchend. Noch nie hatte er solche Wut verspürt. Er hatte die Absicht, nie wieder loszulassen.

»Hör auf, Moussa! Hör auf! Laß ihn los!« Paul schüttelte ihn grob. »Aufhören, sage ich! Du bringst ihn um!« Moussa hörte nicht. Er hielt Pierre im Nacken gepackt und drückte ihm den Kopf nach unten. Pierre fuchtelte wild und hilflos mit den Armen. Mit einer gewaltigen Anstrengung gelang es Paul, Moussa rücklings beim Kragen zu packen und nach hinten zu reißen, so daß er sich hinsetzte und losließ. Pierres Kopf fuhr aus dem Eimer wie ein Korken. Er kippte um und prustete und blutete und hustete und weinte. Seine Augen waren zugequollen von der Lauge und dem Urin im Wasser.

Schwester Godrick saß an ihrem Pult, als sie ein Weinen aus dem Latrinengebäude hörte. Sie hörte auf zu schreiben und lauschte. Ein jämmerliches Heulen, wie sie es erwartet hatte. Sie nickte: Jetzt war sie davon überzeugt, daß sie diesen Fall zufriedenstellend gelöst hatte. Der kleine de Vries würde keine Schwierigkeiten mehr machen.

Als Schwester Godrick in die Latrine kam, um Moussas Arbeit zu inspizieren, war Pierre nicht mehr da. Am Nachmittag fehlte er im Unterricht. Keiner der Schüler erzählte ihr, was geschehen war, und als sie nachfragte, schien niemand zu wissen, wo Pierre geblieben war. Mißbilligend schüttelte sie den Kopf und machte sich eine Notiz in ihrem Buch. Morgen würde sie sich den Schulschwänzer vornehmen.

Am Nachmittag hatte die Klasse Lateinunterricht. Moussa mußte feststellen, daß ihm das ungefähr genausoviel Spaß machte wie Latrineputzen. Schwester Godrick gab jedem eine Kladde mit steifen Deckeln und befahl ihnen, ihre Namen hineinzuschreiben. Moussa paßte nicht auf, als die Klasse die Konjugationsformen herunterleierte. »Rego, regis, regit, regimus, regitis ...«, sangen sie im Chor. Er bewegte wohl die Lippen, aber es waren die gleichen Bewegungen, mit denen er auch das Beten vortäuschte. Er malte mit seinem Bleistift auf der Innenseite seines Kladdendeckels herum. Er war nicht glücklich über das, was an diesem Tag mit Pierre passiert war, aber er hatte auch keine Gewissensbisse. Vermutlich war es mit diesen Plagen vorläufig vorbei, und darüber war er froh. Vielleicht würde dieses Jahr doch nicht so übel werden. Ein paar der anderen Jungen hatten bereits versucht, sich mit ihm zu vertragen. Einige taten es immer nach dem ersten Kampf, diejenigen ohne Rückgrat nämlich. Freundschaft oder etwas Ähnliches schloß er mit denen nie, aber zumindest hörten sie auf, ihn zu behelligen. Das war wenigstens etwas. Nicht das, was er wollte, aber doch etwas.

»Superatus sum, superatus es, superatus est, superati sumus ...«

Er starrte auf den Namen, der vorn auf der ersten Seite seiner Kladde stand. »De Vries«, stand da, »Michel.« Es war ein komisches Gefühl gewesen, das zu schreiben. Es klang wie jemand anders. Er hatte diesen Namen noch nie geschrieben, nie benutzt. Niemand nannte ihn je Michel. Es war ein zusätzlicher Name, den er bis jetzt nie gebraucht hatte. Er kritzelte darum herum, und die Kringel, die sein Stift malte, kamen den klaren Blockbuchstaben immer näher. »Michel«, sagte er zu sich und drehte das Wort im Geiste hin und her. Es gefiel ihm nicht. Es war sein Name, und er war es doch nicht. Schwester Godrick hatte kein Recht dazu.

»Das einzige, was sie respektieren, ist Stärke«, hatte sein Vater gesagt.

Und er kritzelte über den Namen hinweg und durch ihn hindurch, kritzelte, bis er ein Loch ins Papier gemacht hatte und der Name verschwunden war. Er riß die Seite heraus und fing eine neue an. In fetten, klaren Lettern schrieb er mitten über das Blatt; er achtete sorgfältig darauf, zwischen den Linien zu bleiben und jeden Buchstaben zweimal zu schreiben, damit er besser hervortrat:

Gleich war ihm wohler. Es sah wieder richtig aus.

Am Ende des Schultags mußten die Jungen Schwester Godrick ihre Kladden zurückgeben. Sie saß an ihrem Pult, und die Jungen traten nacheinander herzu, um sie abzugeben. Sie klappte eine nach der anderen auf, um sich zu vergewissern, daß die Namen an der richtigen Stelle standen und daß die Aufgaben vollständig eingetragen waren. Moussas Herz klopfte immer schneller, je weiter er in der Reihe vorrückte. Schließlich stand er vor ihr. Sie klappte die Kladde auf. Sie schaute eine Weile hinein, ohne etwas zu sagen. Er konnte ihr Gesicht nicht sehen, nur die schwarze Wölbung ihres Nonnenschleiers und den weißen Rand der Haube über ihrer Stirn. Dann hob sie den Kopf, und zum zweiten Mal an diesem Tag trafen sich ihre Blicke. Er trat von einem Fuß auf den andern, aber er hielt ihrem Blick stand. Wenn man ihr in die Augen schaute, war es, als schaue man einen der Falken seines Vaters an. Es bereitete ihm Unbehagen. Die Augen waren schmal und dunkel. Er konnte nicht in ihnen lesen. Sie waren kalt, und sie hatten keine Augenbrauen. Sie richteten sich auf einen Punkt in seinem Innern, wohin selbst er noch nie geschaut hatte.

Die Klasse war still. Die Jungen spürten, daß hier etwas vor sich ging, und schauten wortlos zu. Ohne ein Wort fing Schwester Godrick an, die Seiten aus der Kladde zu reißen. Eine nach der andern riß sie heraus und warf sie in den Papierkorb neben ihrem Pult. Als alle Blätter herausgerissen waren, hielt sie den Umschlag über den Korb und ließ ihn ebenfalls fallen.

Als sie schließlich sprach, schnitt ihre Stimme durch ihn hindurch wie ein Eissplitter.

»Wenn du nicht anfängst, deine Aufgaben abzuliefern, Michel, wirst du dieses Schuljahr nicht bestehen«, sagte sie. »Und dann, so Gott und der Bischof es wollen, bekommst du mich im nächsten Jahr wieder.«

»Ich möchte wissen, ob ich wohl zur Armee gehen kann«, sagte Moussa auf dem Heimweg zu Paul. Sie hatten an der Seine haltgemacht und ließen Steine über das Wasser hüpfen. Die Sonne stand noch hoch am Himmel, aber Moussa war sicher, daß dies der längste Tag seines Lebens gewesen war. Schlimmer als die Schule konnte der Krieg auch nicht sein; von Schwester Godrick konnten die Preußen vermutlich noch etwas lernen.

»Glaube ich nicht. Ich glaube, du mußt sechzehn sein«, sagte Paul und ließ einen Stein über das Wasser schnellen. Er hüpfte fünfmal, bevor er unterging. »Das waren fünf!« jauchzte Paul.

Moussa warf den nächsten Stein. Er hatte das Gefühl, es genau richtig gemacht zu haben, aber passend zu diesem ganzen Tag versank der Stein sofort.

»Wenn das so weitergeht«, sagte er kläglich, »dann werde ich wahrscheinlich gar nicht erst sechzehn.«

8.

Der kleine Holzkarren schien wirklich jedes Schlagloch in der Straße zu finden. Zwei seiner Speichen waren gebrochen und mit Draht geflickt worden; die Reparatur war entzweigegangen und mit Lederriemen wiederholt worden. Jeder neue Bruch brachte den Karren der völligen Zerstörung näher, als er so schwankend und rumpelnd dahinrollte. Er wurde von einem Maultier gezogen, das in noch schlechterer Verfassung zu sein schien als das Gefährt selbst. Dahinter kamen ein paar Proviantwagen, und dahinter folgte eine Kolonne von Männern, die in Zweierreihe gingen, dreiundsiebzig an der Zahl, jeder mit einem Eisenring an eine Kette gefesselt, die hinten an einem der Wagen hing und durch den Dreck geschleift wurde, wo sie mit ständigem Klirren und Rasseln Staub aufwirbelte. An der Spitze ritt ein Sergeant der *Garde Mobile*, und neben der Kolonne und am Ende befanden sich mehrere berittene Wachsoldaten.

Jules fuhr allein auf dem Karren mit, während die andern zu Fuß gehen mußten. Es war ein grausames Zugeständnis an seinen Rang, denn es sonderte ihn ab und lenkte die Aufmerksamkeit auf ihn, ja, verlieh ihm den Anschein einer Mißgeburt in dieser Prozession, die sich auf der Straße von Meaux nach Paris schlängelte. Seine Beine waren mit eisernen Ringen gefesselt: Er war dankbar dafür, daß diese Ringe von der Straße aus nicht zu sehen waren, aber wer ihn vorüberfahren sah, konnte kaum Zweifel haben, daß er ein Gefangener war wie die andern.

Seine Erinnerung an Châlons war verschwommen. Alles war ganz unwirklich gewesen. Als er mit seinem Bewacher dort angekommen war, hatten sie das Lager beinahe verlassen vorgefunden. Der größte Teil der regulären Garnison und ihrer Offiziere war fort, und die Stadt war nur noch ein Schatten dessen, was sie ein paar Tage zuvor gewesen war. Die Straßen waren leer und friedlich, und die Bewohner konnten sich so frei bewegen wie schon lange nicht mehr. Jules hatte damit gerechnet, daß seine Lage sich bald klären würde, wenn er erst einmal Gelegenheit hätte, mit jemandem zu sprechen, der über einen nüchternen Verstand verfügte. Das aber, so hatte er gedacht, würde General Ducret sein, der

Kommandant des Feldlagers und ein gerechter Mann, der in St. Cyr sein Ausbilder gewesen war. Aber der General war abkommandiert worden. Colonel Merrier, der Rangnächste, den Jules ebenfalls kannte, war nach Orléans gegangen. Der höchste Offizier, der noch da war, hieß Major Cabasse, und er kannte Jules nicht und ließ sich von dessen Unschuldsbeteuerungen nicht rühren. Der Major hatte den Brief gelesen, in dem Delescluze schilderte, wie Jules desertiert war, und dann hatte er ihn umgedreht und den Bericht des Sergeanten gelesen, der Jules' Flucht vereitelt hatte. Der Major hatte keine Lust, sich in ein Verfahren verwickeln zu lassen, das ganz offensichtlich unangenehm werden würde. Solche Fälle konnten Karrieren beenden. Die seine würde nicht dazugehören. Seine Entscheidung war getroffen, bevor er zu Ende gelesen hatte.

»Es geht ein Zug mit anderen Gefangenen nach Paris«, sagte er zu Jules. »Da werden Sie mitfahren.«

Jules war verzweifelt. Er wußte, je weiter er sich von seinen Männern, vom Schauplatz des Verbrechens im Bauernhaus, von diesem Teil des Landes überhaupt entfernte, desto schwieriger würde es werden, seine Unschuld zu beweisen. Er protestierte vehement, aber sein Widerspruch stieß auf taube Ohren. Und dann überkam ihn mit voller Wucht die Erkenntnis, wie erniedrigend das alles war. Hier stand er und sprach mit einem rangniederen Offizier, einem Major, einem Mann, der eine gewisse Kameradschaftlichkeit hätte empfinden, der ihm hätte zuhören müssen, zumindest aus Respekt vor dem Rang und dem Dienstalter eines Colonels, wenn er sonst keine Gründe hätte. Aber mitten im Satz hatte der Major ihm den Rücken zugekehrt und war wortlos hinausmarschiert, und Jules hatte er stehen lassen, die gefesselten Hände ausgestreckt, gestikulierend – vor einem leeren Zimmer.

Es kann nicht sein, daß mir so etwas passiert, dachte er, als man ihn abführte. Das ist unmöglich.

Keiner der Häftlinge im Militärgefängnis von Châlons war wegen geringfügiger Vergehen dort. Die normale militärische Disziplin war schon vor Wochen zerfallen, und die Offiziere verfolgten ihre Leute nicht mehr wegen kleiner Verstöße, die zu anderen Zeiten sofort ein Gerichtsverfahren nach sich gezogen hätten. Jules fand sich infolgedessen inmitten einer besonders bösartigen Meute wieder; hier waren Männer, die man beschuldigte, ihre eigenen Offiziere in den Rücken geschossen zu haben, Männer, die im Angesicht des Feindes ihre Waffen weggeworfen und die Flucht ergriffen hatten, Mörder, Meuterer, Deserteure. Jules war der einzige Offizier und wurde in einem separaten Bereich festgehalten. Aber die anderen Gefangenen konnten ihn sehen, und sie verspotteten und beschimpften ihn. Nur die Schlimmsten wurden nach Paris gebracht; die andern würde man in Châlons vor Gericht stellen. Diejenigen, die nach Paris sollten, waren für die Reise in einen Viehwaggon verladen worden. Jules hatte den Luxus der Einzelhaft nicht länger genießen können, und wären die Gefangenen nicht angekettet gewesen, so hätten sie ihn umgebracht, das wußte er. Sie verabscheuten ihn, weil er ein Offizier war. Daß er ein Offizier war, dem man irgendeinen Verstoß zur Last legte, war ohne Bedeutung. Eine Gemeinschaft der Gauner gab es hier nicht. Er war ein Offizier, und dieses Wissen reichte ihnen. Sie wußten nur zu gut, daß er schon eine Möglichkeit finden würde, sich aus seiner mißlichen Lage herauszureden oder freizukaufen, während sie am Ende vor einem Erschießungskommando stehen würden. So wurde es eine scheußliche Reise inmitten von lauter Halsabschneidern.

Der Zug hielt in Meaux und stand stundenlang. Der Waggon verwandelte sich in einen Backofen. Das Sonnenlicht fiel zwischen den Latten hindurch und warf helle Streifen über die grimmigen Gesichter der Männer, die drinnen hockten. Sie hatten nichts zu trinken. Es stank durchdringend nach Urin. Jemand hatte gekotet, wahrscheinlich in seine Hose, denn allen waren die Hände gefesselt. Andere hatten das Bewußtsein verloren. Die Gefangenen schrien nach Wasser, nach Brot, aber niemand kam. Jules spähte durch ein Loch in der Waggonwand auf den Bahnsteig.

Am Spätnachmittag kamen Soldaten und schoben die Tür auf. »Los, ihr Schweine! Raus mit euch!« Zwei Mann zogen sich in den Wagen, und während der eine begann, die Männer von den Ketten loszuschließen, hielt der andere sie mit seinem Gewehr in Schach. Beide traten und stießen und zerrten brutal an diesem lethargischen Haufen herum. »Bewegung da vorn! Aufstehen, sage ich! Hoch, sonst schlage ich euch den Schädel ein!«

Der Zug wurde aus militärischen Gründen umgeleitet. Dazu wurde er vollständig entladen. Die Gefangenen standen zusammengedrängt auf dem Bahnsteig, während der zuständige Sergeant ganz Meaux nach einer Transportmöglichkeit absuchte. Was er finden konnte, waren ein Pferd, ein Maultier und ein klappriger Karren. Er ließ seine Schützlinge in einer Doppelkolonne antreten, und seine Wachsoldaten legten den Männern Fußfesseln an.

Der Sergeant war kein roher oder unfreundlicher Mann, und er zeigte Jules Respekt. Er entschuldigte sich, als er Jules auf den Wagen setzte und seine Fußeisen anschloß. »Ich muß das tun, Monsieur. Befehle.« Als er fertig war, steckte er Jules eine Handvoll Zigarren zu. »Etwas für die Reise, Colonel«, sagte er.

»Ich danke Ihnen, Sergeant«, sagte Jules. Er war froh, daß er etwas zu rauchen hatte, und noch froher über diese – wenn auch kurze – Demonstration von Respekt. So machten sie sich auf den Weg nach Paris: der Sergeant auf dem Pferd, der Colonel auf dem Karren, die Nachschubwagen dahinter, und der Rest der Männer zu Fuß am Ende. Sie folgten einer kleinen Straße, die an der Marne entlangführte. Eine Stunde hinter Meaux machten sie halt, um das Nachtlager aufzuschlagen. Die Gefangenen, die zu Fuß gingen, ließen sich staubig und erschöpft zu Boden fallen, während Jules versuchte, es sich auf dem Karren bequem zu machen. Es gab Wasser, aber noch immer nichts zu essen. Jules kümmerte das nicht. Er hatte den Hunger hinter sich gelassen.

Es war jene Spätsommerzeit, da die Tage noch heiß sind, die Nächte aber schon kalt werden können. Nach der schrecklichen Hitze im Eisenbahnwaggon fühlte die Nachtluft sich eisig an. Stundenlang fröstelte Jules schlaflos unter einem wunderschönen Vollmond. Ein paarmal setzte er sich auf, zündete sich eine Zigarre an und starrte hinaus in die gespenstisch schwarzen Mondschatten. Seine Gedanken waren in Aufruhr, und vor seinem geistigen Auge sah er den schwarzen Bart, das weiße Haar und die wahnsinnigen Augen von Delescluze. Er sah die Leichen seiner Männer, mit Kerosin getränkt. Er sah das kleine Mädchen tot auf dem Bauch der Mutter.

Wütend kaute er auf dem Ende seiner Zigarre. Er hegte keinen Zweifel, nicht den geringsten Zweifel daran, daß ihm Gerechtigkeit widerfahren würde. Er hatte Freunde, mächtige Freunde. Dieser Betrug würde bald aufgedeckt sein. Der wahre Verbrecher würde gefaßt und vor Gericht gestellt werden. Höchstpersönlich würde Jules ihm die Augen verbinden und den Mann an die Wand stellen. Er selbst würde das Erschießungskommando befehligen. Er selbst würde den *coup de grace* führen. Hundertmal in dieser endlosen kalten Nacht sah er Delescluze sterben.

Am nächsten Morgen, als die Sonne sie allmählich wärmte, hielt ein Bauer bei ihnen an. Er fuhr Getreide nach Paris. Ein Hinterrad seines Wagens war an eine Brückenstrebe geraten und irreparabel beschädigt. Bei jeder Drehung geriet die ganze Ladung ins Wanken und drohte herunterzufallen. Oben auf der Ladung lag ein verwundeter Soldat. Er trug einen Verband um die Augen. Der Verband war schmutzig und blutig, aber das Blut war trocken. Der rechte Unterschenkel fehlte.

»Können Sie diesen Soldaten nach Paris transportieren?« fragte der Bauer den Sergeanten. »Ich fahre mit diesem Fuhrwerk nicht weiter, jedenfalls vorläufig nicht, und er hat's noch weit.« Der Sergeant zuckte die Achseln. Er brauchte Jules nicht zu fragen, aber er war ein höflicher Mann.

»Colonel? Haben Sie etwas dagegen? Er wird mit Ihnen fahren müssen.«

»Nein. Das geht. Hier, bringen Sie ihn herauf.«

Jules wich zur Seite, als der Sergeant und der Bauer den Jungen von dem Getreidefuhrwerk auf den Karren hinüberschafften. Der Junge verzog das Gesicht, als sie ihn bewegten. Er war schwach, und seine Verletzungen bereiteten ihm offensichtlich Schmerzen, aber er half mit, so gut er konnte. Sie legten ihn auf dem Wagenboden auf den Rücken. Er war ein blasser Junge mit aschblondem Haar und weißen, ebenmäßigen Zähnen, groß und kräftig. Trotz seiner Schmerzen war er guten Mutes, und bald fand er sein Lächeln wieder, ein ansteckendes Lächeln, das entspannt wirkte und einem Menschen gehörte, den man instinktiv gern hatte. Nachdem sie ihn hingelegt hatten, warf der Sergeant seine Tasche herauf. »Da, Colonel, die kann ihm vielleicht als Kopfkissen dienen.«

»Colonel?« Jules sah, wie der Junge sich versteifte. »Sind Sie ein

… ein Colonel, Monsieur?« Er sagte es mit einer Mischung aus Respekt und Ehrfurcht und schien nicht zu wissen, was er tun sollte. Er mühte sich, hochzukommen und aufrecht zu sitzen, und versuchte trotz seiner Verbände herauszufinden, in welche Richtung er sich zu wenden hätte. Dann besann er sich aufgeregt und wollte salutieren. Jules legte ihm beruhigend eine Hand auf die Schulter.

»Lassen Sie es gut sein, Soldat. Liegen Sie bequem. Colonel de Vries, Kaiserliche Garde.«

Der Junge stieß einen leisen Pfiff aus. »Es tut mir leid, daß ich Ihnen Unannehmlichkeiten bereite, Monsieur. Ich belege hoffentlich keinen Platz, den Sie brauchen?« Es war dem Jungen offensichtlich ernst damit: Die Bequemlichkeit des Colonels lag ihm mehr am Herzen als seine eigene. Solche Gesellschaft überwältigte ihn. »Meine Güte, Colonel, Monsieur, noch nie war ich so nah an einem richtigen Offizier. Ich meine, an keinem, der höher war als ein Capitain, Monsieur, Capitain Frossard nämlich, und den haben wir auch nur von hinten auf seinem Pferd gesehen. Jemanden wie Sie hab ich immer bloß von ferne gesehen, Monsieur. Ein Gemeiner wie ich, der sieht wichtige Leute ja nur aus der Ferne.«

»Nun, ich denke, ich bin kaum anders als jeder andere. Wie heißen Sie denn?«

»Millarde, Monsieur, Schütze Etienne Millard, Colonel.« Trotz des Verbandes war sein Gesicht ausdrucksvoll. Seine Haut war noch glatt und frisch wie die eines Jungen, und er hatte noch nicht angefangen, sich zu rasieren. Flaum bedeckte sein Kinn. Jules schätzte ihn auf sechzehn oder siebzehn Jahre. Der Junge bemühte sich immer noch um eine Vorstellung von der Größe seiner Begleitung.

»Kaiserliche Garde, Colonel? Heißt das, Sie haben den Kaiser selbst schon mal gesehen? Ich meine, aus der Nähe?«

»Schon oft. Ich bin … ich war in den Tuilerien stationiert.«

»Im Palast?«

»Ja, im Palast.«

Etienne brauchte ein paar Augenblicke, um das zu verdauen. Er kämpfte gegen seine Blindheit, um sich den Mann vorzustellen, der da vor ihm sitzen mußte. Noch nie war er mit jemandem zusammengewesen, der schon einmal den Kaiser gesehen hatte, außer bei Paraden, wenn der große Mann so weit weg war, daß er aussah wie eine kleine Spielzeugfigur.

»Ich bin Ihnen wirklich dankbar, daß ich mitfahren darf, Colonel. Den ganzen Weg von Fohrbach herauf bin ich mitgenommen worden. Bin ziemlich gut vorangekommen. Ich will nach Hause. Sie haben mich gehen lassen, als sie gesehen haben, wie meine Verletzungen aussahen und das alles, denn ich könnte ihnen nichts mehr nützen, sagten sie, und wenn ich Lust hätte, könnte ich zusehen, wie ich nach Hause komme. Keine Ahnung, wie lange ich sonst hätte warten müssen. Ich saß einfach in einem Zelt fest. Vor einem Zelt, genau gesagt, nachdem mein Bein ab war, weil drinnen nicht genug Platz war.« Er sagte es sachlich und ohne eine Spur von verbliebenen Regungen.

»Sie fahren geradewegs nach Paris, Monsieur? Ich meine, mir ist es recht, wenn nicht, ich will ja nicht ... ich wollte bloß ...«

»Doch, doch, geradewegs nach Paris. Sie werden morgen dort sein.«

»Fantastique.« Er war sichtlich froh, fast zu Hause zu sein. »Dieser Transport muß ja eine wichtige Sache sein, wenn sie einen ganzen Colonel mitschicken.«

Jules mußte wider Willen lächeln, weil der Junge so naiv war. Und als er über die Frage nachdachte, die in dieser Äußerung lag, überkam ihn ein seltsames neues Gefühl, ein außergewöhnliches, das er noch nie zuvor erlebt hatte. Es war Verlegenheit. Er war ein Colonel, und dies war ein Junge, blind und verkrüppelt. Und er wußte nicht, was er dem Jungen sagen sollte.

»Es ist ein Gefangenentransport.« Eine andere Möglichkeit, es zu erklären, fiel ihm nicht ein.

Aber es genügte. Etienne war zufrieden.

»Wenn Sie mich fragen, Colonel: Sie sollten sie einfach erschießen, statt sie gefangenzunehmen. Das sind Tiere, und sie würden mit Ihnen oder mir genauso verfahren.« Offensichtlich nahm er an, Jules habe ihm sagen wollen, sie transportierten preußische Gefangene. Und wieder verspürte Jules den schrecklichen Aufruhr der Lüge, einer Situation, die zu bizarr war, als daß man sie hätte erklären können. Er war es gewöhnt, Herr seiner

Lage zu sein, und doch sah er sich jetzt in ein Gespräch verwickelt, dessen Ende, sollte es am Ende einer langen, schmerzhaften Straße der Offenbarungen liegen, ihn mit unbestimmtem Schrecken erfüllte. Es gab keinen Grund, so zu empfinden, sagte er sich. Schließlich hatte er nichts Unrechtes getan, und das hier war nur ein einfacher Soldat. Es hätte nichts bedeuten dürfen. Aber irgendwie bedeutete es doch etwas, und schon wieder wußte er nicht, was er sagen sollte.

»Rauchst du?«

»Wenn ich was kriegen kann, jawohl, Monsieur, dann rauche ich.«

Jules reichte ihm eine Zigarre. Der Junge nahm sie in die Hand und befühlte sie. Sie war dick und gut. Er zog sie unter der Nase her, und ein zufriedenes Grinsen erblühte auf seinem Gesicht. »Danke, Colonel. Das ist eine gute.« Jules zündete sie ihm an, und der Junge ließ sich zufrieden zurücksinken. Er nahm einen Zug und bekam einen Hustenanfall. Das Husten versetzte ihn in schmerzhafte Zuckungen. Jules las die Qualen in seinem Gesicht, aber er konnte nichts tun. Etienne brauchte ein Weilchen, um wieder zu sich zu kommen; er atmete tief durch, bis er sich wieder gefaßt hatte.

»Verzeihung, Colonel. Ich glaube, es ist eine Weile her, daß ich etwas so Gutes bekommen habe.«

»Schon gut. Die nächste wird sich leichter rauchen.«

Der Karren holperte über die Straße. Jedes Schlagloch schickte einen Ruck durch das Gefährt, der sich auf telegraphische Weise durch Jules' Körper fortpflanzte. Schon für ihn war die Fahrt rauh genug; nach ein paar Stunden taten ihm Rücken, Arme und Beine weh. Für den Jungen mußte es die Hölle sein, aber Etienne gehörte nicht zu der Sorte, die sich beklagte. Die Stunden vergingen langsam, so langsam, wie das Land vorüberzog. Die Karawane verfiel in einen schläfrigen Marschrhythmus. Die Marne war voller Treibholz, das träge an ihnen vorübertrieb; Jules schaute ihm zu, während er redete. Die Gesellschaft des Jungen war ihm willkommen, es war gut, jemanden bei sich zu haben, der einem half, die Zeit zu vertreiben. Jules beantwortete eifrige Fragen nach Algerien und Italien und erzählte aus der Militärgeschichte. Er neigte nicht zu belanglosem Geplauder, und so war ihm zunächst unbehaglich dabei, aber der Junge war von so unkomplizierter Natur, daß Jules sich bald ein wenig entspannte und sich beinahe unbeschwert fühlte. Der Junge hörte ihm hingerissen zu, vertieft in die Geschichten von Feldzügen in fernen Ländern, von längst gestorbenen Generälen, längst gewonnenen Schlachten. Aber er redete auch selbst eine Menge und zeigte große Begeisterung bei jedem Thema. Er war das einzige Kind eines Schreiners und einer Putzfrau, einer armen Familie also, die am Montmartre wohnte. Vor seinem Eintritt in die Armee war er arbeitslos gewesen, und er war erst drei Wochen Soldat gewesen, als man ihn in einen Zug an die Front gesetzt hatte.

»Ich bin Substitut«, sagte er stolz. Es war ein großartiges Wort, und er schwenkte die Zigarre durch die Luft, als er es aussprach. »Da war ein Maklerssohn, der das Pech hatte, eingezogen zu werden. Aber er war versichert, und da war ich an der Reihe. Ich mußte gehen.« Er paffte an seiner Zigarre, und diesmal hustete er nicht. »Ich habe fünfzehnhundert Francs für meine Mutter gekriegt. So viel Geld hatte sie schon lange nicht mehr gesehen, das steht fest. Sie mußte wohl ein bißchen lügen, was mein Alter angeht, damit ich ...« Er unterbrach sich und wurde rot, als ihm sein Patzer klarwurde. »Oh, Colonel, Monsieur, ich weiß, daß es unrecht war, aber meine Mutter brauchte das Geld doch so dringend ...«

»Keine Sorge«, sagte Jules. »Dein Geheimnis ist sicher bei mir. Und es war ja auch tapfer von dir.« Und eine sehr verbreitete Praxis. Wenn die Rekrutierungsbehörde den Namen eines Mannes aus der Trommel zog, konnte dieser einen anderen dazu engagieren, den Militärdienst für ihn abzuleisten. Es kam darauf an, jemanden zu finden, der sich auf die Einberufung meldete, nicht darauf, wer dieser Jemand war. Fünfzehnhundert Francs war zur Zeit der Kurs, und es gab sogar Versicherungsgesellschaften, die denen, die sich so etwas leisten konnten, billige Policen verkauften. Ein Substitut, der froh über das Geld war, wurde rasch gefunden, und die militärische Dienstpflicht war erfüllt. Und so war Etienne Soldat geworden.

»Wo bist du denn verwundet worden?«

»Bei Spichern, Colonel. Das glaube ich wenigstens. Niemand hatte eine Landkarte. Jemand sagte, es wäre Giferts. Das ist ein Wald, ich weiß, es könnte also wahr sein. Aber es könnte auch woanders gewesen sein. Die meiste Zeit wußten wir nicht, wo wir waren. Wir sind viel herumgelaufen.«

»Ich kenne den Wald von Giferts, ich war schon dort.« Jules war einige Wochen zuvor dort durchgekommen, vor der Schlacht. Da war der Wald leer und still gewesen, nicht anders als die anderen Gegenden, die er in jenen ersten Wochen gesehen hatte. Er hatte niemanden gesehen. Es hatte nichts zu tun gegeben.

»Giferts oder anderswo – ich schätze, wir haben die Preußen gesehen. Bei Gott.« Etienne war offensichtlich froh über die Gelegenheit, einmal zu erzählen, was er getan hatte. »Und eine Zeitlang haben wir sie auch ordentlich verprügelt, Colonel. Haben genausoviel ausgeteilt, wie wir eingesteckt haben. Es hat mächtig geregnet, und man konnte kaum erkennen, was los war, aber ich schätze, wir konnten wohl genug sehen. Die Kuriere verloren die Orientierung; sie sagten uns, wohin wir gehen sollten, und dann überlegten sie es sich und schickten uns woanders hin, aber das war gar nicht so wichtig. Wir konnten die Preußen den Hang heraufkommen sehen. Wir hatten unsere *chassepots*, und wir konnten eine ganze Menge abknallen, ohne daß sie wußten, woher das Feuer kam.«

Etienne schwieg kurz. Er überlegte, wie sehr er vor seinem Publikum übertreiben sollte, und kam zu dem Schluß, daß er am besten die Wahrheit sagte, so schmerzlich es ihn auch ankam.

»Ich glaube nicht, daß ich mit meinem Gewehr wirklich einen von ihnen erwischt habe«, sagte er in schuldbewußtem Ton. »Ich habe viel geschossen, und mein Gewehr wurde ganz heiß, aber ich habe nie gesehen, daß einer, auf den ich gezielt hatte, wirklich umfiel oder so etwas.«

»Es ist aber auch schwer zu erkennen in einer Schlacht. Man weiß es nicht. Niemand weiß es. Man feuert einfach. Ich könnte mir denken, sie haben schon gemerkt, daß du da warst.«

Etienne lächelte bei diesem Gedanken. »Ja, Colonel, ich glaube, das haben sie. Sie wußten, daß ich da war. Wir hatten auch eine *mitrailleuse*, aber keiner wußte, wie man damit richtig umging.«

Jules hatte vor dem Krieg Vorführungen mit diesem Gewehr gesehen. Es war eine schreckliche Waffe, zielgenau und tödlich, konstruiert nach dem Modell der amerikanischen Gatling-Kanone. Es war weit fortschrittlicher als alles, was die Preußen hatten, aber unter derartiger Geheimhaltung entwickelt und so kurz vor Ausbruch des Krieges zum Einsatz freigegeben worden, daß nur wenige Einheiten sich seine Vorteile zunutze zu machen wußten.

»Ein paar haben wir damit abschießen können, ich weiß, aber dann fingen die Preußen mit ihrer Artillerie an, und danach konnten wir nicht mehr viel ausrichten. Es war verrückt«, sagte Etienne. »Die Preußen schickten uns ihre Truppen entgegen, und dann schickten sie uns mittendrin irgendwie auch ihre Artillerie. Und ehe wir uns versahen, steckten wir mitten im Wald vor einer breiten Rinne, und überall kamen in hellen Scharen die Preußen hervor, und es wurde dunkel, und dann fingen die Granaten an. Wir wußten, daß es preußische Granaten waren, weil sie erst explodierten, wenn sie aufschlugen.« Französische Granaten waren mit einem Zünder versehen und explodierten, sobald der Zünder heruntergebrannt war, ob sie ein Ziel getroffen hatten oder nicht. Nicht selten verpufften sie harmlos in der Luft, oder sie explodierten vorzeitig und ließen Schrapnell über französische Truppen regnen.

»Es hieß, wir hätten dreißig deutsche Kompanien da draußen vor uns«, erzählte Etienne weiter. »Die Erste und die Zweite Armee, gleich da draußen im Wald, auf der anderen Seite der Rinne. Bei Gott, eine Zeitlang gaben wir ihnen auch ordentlich Saures, bis diese Artillerie kam. Sie kamen in der Abenddämmerung den Hang herauf, und ich konnte kaum was sehen. Alles schrie durcheinander. Ich habe wahrhaftig eine Menge geschossen. Und dann, ehe ich mich versah, waren sie über uns hergefallen: Sie rannten zwischen uns durch und um uns herum, und alles qualmte, weil die Artilleriegranaten ein paar Bäume in Brand gesetzt hatten, und da war's dann, daß ich …« Er zögerte, schluckte und paffte an seiner Zigarre.

»Da war's dann, daß ich meinen Preußen traf, Colonel. Den einen, von dem ich weiß, daß ich ihn erwischt habe, meine ich. Er sprang direkt auf mich. Dachte wohl, er hätte mich überrascht, aber ich sah ihn kommen. Ich hatte keine Zeit mehr zum Feuern; also erstach ich ihn mit meinem Bajonett. Hab ihn abgestochen wie ein Schwein, gerade als er auf mir landete, und er wußte auch, daß er tot war. Ich hielt ihn am Ende meiner Flinte hoch, und ich konnte fühlen … ich konnte fühlen, wie er sich wand.« Etienne atmete schwer, als er diesen Augenblick noch einmal durchlebte – nicht entsetzt, sondern stolz. Er hatte getan, was man von ihm erwartete für seine fünfzehnhundert Francs. Er hatte sich mit seinem Bajonett einen Preußen gesucht.

»Ich konnte seine Augen sehen. Es war große Angst darin, und sein Mund stand offen, und ich konnte seine Zunge sehen, die ganz geschwollen war und sich bewegte, als ob er etwas sagen wollte. Aber dann würgte er bloß und kotzte mich voll. Das war das letzte, was ich gesehen habe: wie er mich vollkotzte. Er lag auf mir, als die Granate kam. Ich hörte sie kommen, und ich schätze, wenn ich ihn nicht da gehabt hätte, wo ich ihn hatte, wäre ich jetzt auch tot. Er fing die meisten Splitter auf. Es riß ihn glatt von mir runter. Aber wissen Sie, Colonel, ich bin sicher, daß ich es war, der ihn umbrachte, nicht die Granate. Da bin ich sicher.« Dieser Unterschied war für ihn von entscheidender Bedeutung, er hatte gründlich darüber nachgedacht. Keine Granate, und schon gar keine preußische Granate, würde Etienne diese Beute nehmen.

»Das glaube ich auch«, beruhigte Jules ihn. »Mit einer solchen Bajonettwunde geht keiner mehr weiter.«

Etienne nickte eifrig; die Bestätigung des Colonels munterte ihn auf.

»Non, Monsieur, und er ist auch nicht weitergegangen. Die Granate hat einen Toten von mir heruntergerissen, aber ein bißchen habe ich trotzdem noch abgekriegt. Sie haben gesagt, meine Augen wären ziemlich zermanscht. Das eine war ganz zerhackt, und ich konnte fühlen, daß das andere heraushing. Ich konnte die Schnur fühlen; ganz vorsichtig habe ich es schnell wieder hineingestopft, als ich wußte, was es war, aber ich glaube, das hat nicht genügt. Schätze, viel werde ich nicht mehr sehen.«

Ein Schatten huschte über sein Gesicht. Das kam einer Reaktion näher als alles, was Jules bei ihm bisher gesehen hatte – dem Weinen, dem Schreien, er wußte nicht was, aber Etienne war einen Augenblick lang ganz angespannt, als sei er bereit, die Schleusen zu öffnen, irgend etwas zu tun. Aber dann war es vorbei, und er entspannte sich schon wieder.

»Ich war die ganze Nacht da draußen im Wald. Bin nicht ohnmächtig geworden.« Wieder der Stolz. »Hab mir mein Hemd ums Bein gebunden. Ich konnte es nicht sehen, aber ich merkte, daß es auch ziemlich zerfleischt war. Lag die ganze Nacht da und lauschte. Mehr konnte ich nicht tun. Überall hörte ich Hörner, oben auf der Höhe und ringsherum. Die Hörner brachten ein paar Hunde zum Bellen, und die bellten dann, als ob sie miteinander redeten und sich von dem Gefecht erzählten, und sie redeten hin und her durch den Wald. Es ging immer weiter, die ganze Nacht, die Granaten, und Leute rannten, und ich konnte nicht sehen, ob die, die da kamen, Franzosen oder Preußen waren. Als ich Deutsch sprechen hörte, tat ich mein Bestes, um möglichst tot auszusehen, denn ich wußte, sie würden mich töten, wenn sie mich so fänden. Ich schätze, ich sah wohl ziemlich tot aus, denn keiner von ihnen blieb stehen. Sie rannten einfach vorbei. Als die Kämpfe vorbei waren, hörte ich viel Weinen, Colonel, eine Menge Geschrei und Gejammer. Ich glaube, das war schlimmer als alles andere zusammen, das Gejammer, meine ich. Ich hab's nicht getan. Ich meine, ich habe kein Wort gesagt und nicht geschrien oder so was. Nicht mal, als sie mir das Bein abnahmen, Monsieur Colonel.« Nachdrücklich schüttelte er den Kopf. »Nicht mal, als sie mir das Bein abnahmen.«

Während der Junge redete, hatte Jules mit einem akuten Unbehagen zu kämpfen. Dieses Mannkind von sechzehn Jahren, dieser Ersatzsoldat ohne Erziehung und mit dreiwöchiger Ausbildung, hatte den Krieg gefunden, den Jules verpaßt hatte. Er hatte ihn gesucht und sich ihm tapfer gestellt und einen hohen Preis dafür gezahlt. Er war alles, was Jules an einem Soldaten respektierte, alles, was Jules immer hatte sein wollen, alles, was er bei seinen eigenen Leuten suchte. Und doch schaute dieser Junge, dieser perfekte Soldat, zu ihm auf, bewunderte ihn und empfand Ehrfurcht in seiner Gegenwart, und Jules kam sich vor wie ein jämmerlicher Betrüger. Er fühlte sich wie ein Hochstapler.

»Ich bin stolz auf dich, Soldat. Du hast ehrenvoll gedient und deine Pflicht getan. Mehr kann ein Mann nicht tun. Du bist ein guter Soldat.«

Etienne war voller Stolz. »Ich kriege einen Orden, haben sie gesagt, Colonel. Ein Band oder so etwas. Sie hatten nicht genug da, als ich dort war, aber der Capitain hat gesagt, in Paris kriege ich eins.«

»Das stimmt. Du wirst ein Ordensband bekommen.«

»Ich wette, Sie haben eine ganze Menge, Colonel«, sagte Etienne. »Glauben Sie, ich könnte wohl mal eins anfassen, nur um ... um zu sehen, wie es sich anfühlt?«

Jules schaute auf die Fetzen seines Uniformhemdes hinunter. Seine Orden, seine Bänder, all die Symbole seines Lebens, all die Zeichen seiner Leistungen und seiner Ehre, sogar seine Pistole und seinen Degen, alles hatten Delescluze und seine Leute ihm genommen. Noch nie in seinem ganzen Leben beim Militär hatte er es je versäumt, seine volle Uniform mit all seinen Auszeichnungen zu tragen. Jetzt blieben ihm nur noch Fetzen. Und zum dritten Mal an diesem Tag war er unversehens dabei, Etienne eine Halbwahrheit zu erzählen – nein, es war eine Lüge, das wußte er: Er erzählte es dem Jungen, weil es ihm selbst entgegenkam, nicht, weil es wahr war.

»Ich trage im Augenblick keine.«

Etienne nickte verständnisvoll. »Das macht nichts, Colonel. Ich schätze, ein gemeiner Soldat kriegt sowieso nicht die gleiche Sorte.«

Er hatte seine Zigarre aufgeraucht und warf sie seitwärts über den Karrenrand. Jules zog seine restlichen Zigarren aus der Tasche und drückte sie dem Jungen in die Hand.

»Hier. Die werden dir helfen, dir die Zeit zu vertreiben.«

Gegen Mittag verließen sie die Straße am Ufer der Marne und stießen wieder auf die Hauptstraße nach Paris. Die Straße war verstopft und laut; in staubiger Karawane rollten Wagen mit Material und Flüchtlingen nach Paris. Es war ein strahlend schöner Spätsommertag mit klarem, blauem Himmel, ein angenehmer Wind raschelte in den Bäumen, und die Natur stand in krassem Gegensatz zu dem sorgenvollen Menschenstrom, der dort unten vorüberzog. Reiter jagten vorüber, und endlich brachten sie auch

Neuigkeiten. Welle um Welle fluteten die Offenbarungen über sie hinweg, ein Bericht folgte dem anderen. Bald ertranken sie darin, denn es war zuviel, und immer war es das gleiche, immer war es schlecht.

»Kapitulation in Sedan ... tödliche Falle ... Waffen gestreckt, vollständig besiegt ...«

Aus dem Staub und der Hitze des Tages tauchten immer neue Reiter auf, und ihre grimmigen Gesichter verrieten bereits, was sie zu berichten hatten, ehe sie auch nur ein Wort sagten. Und bei jedem neuen Bericht schloß Jules die Augen, als habe er einen furchtbaren Schlag in den Magen bekommen.

»Dreißigtausend Mann verloren ... Kämpfe, Mann gegen Mann, jede Straße, jeder Garten ein Schlachtfeld ... Bazeilles niedergebrannt, Frauen und Kinder abgeknallt wie elende Hunde ...«

»Die müssen sich irren, Colonel«, sagte Etienne stirnrunzelnd, als einer der Reiter weitergeritten war. »Das kann doch nicht sein. Kann nicht sein, was die da sagen.« Er war blaß vor Sorge, und er hoffte auf beruhigende Worte vom Colonel, von der höchsten Autorität, die er sich vorstellen konnte: daß es nicht wahr sei, daß es eine verdammte Lüge sei. Aber Jules besaß keine solche Gewißheit. In der unablässigen Litanei der Katastrophen hörte er den Klang der Wahrheit.

»Der Kaiser ist in Gefangenschaft ... MacMahon verwundet ... hat Artilleriegranaten geregnet ... nirgends mehr Zuflucht ... die gesamte Armee von Châlons ist in Gefangenschaft und nach Belgien gebracht ...«

Jules fragte jeden Reiter nach Neuigkeiten vom 220. Regiment und von Duprée und seinen Leuten. Die Reiter aber wußten nichts, oder sie sahen, daß er angekettet war, und ignorierten ihn einfach.

»Margueritte Kavallerie ... zu einem heroischen Angriff zusammengezogen ... der General tot ... alle bei Floing zur Schlachtbank geführt ... zwei Drittel der Männer tot, der Rest verwundet oder in Gefangenschaft ... niemand übrig, nichts ...«

Margueritte! Es war gut möglich, daß das Zweihundertzwanzigste in einer größeren Schlacht unter seinem Befehl gekämpft hatte. Jules versuchte es weiter.

»Haben Sie Nachricht vom Zweihundertzwanzigsten?« fragte er einen letzten Reiter, und der Mann trieb sein Pferd an den Karren und trabte nebenher. Er war ein verdrossen blickender Husar im blauen Rock, dessen weißer Besatz blutbefleckt war. Das Blut war nicht sein eigenes. Wie er selbst und sein Pferd aussahen, dachte Jules, mußte er viel gesehen haben und seit Tagen hart geritten sein. Der Husar warf einen verächtlichen Blick auf Jules' Uniform und seine Fußfesseln.

»Und wieso, wenn ich fragen darf, erkundigst du dich bei mir nach einer kämpfenden Einheit?«

Einer der Bewacher der Kolonne kam herangeritten. »Ein dreckiger Feigling, das ist er«, knurrte er. »Was kümmern dich Neuigkeiten vom Zweihundertzwanzigsten?«

Etienne straffte sich. »Was?« Er versuchte sich aufzurichten. »Was? Wie können Sie es wagen, so mit dem Colonel zu reden?«

»Colonel?« Der Wachsoldat lachte geringschätzig. »Du meinst wohl Feigling! So rede ich mit allen Deserteuren. Er ist ein Gefangener.«

Die Farbe wich aus Etiennes Gesicht, als er sich mühte zu verdauen, was er da hörte.

»Was meinen Sie damit? Wie können Sie das sagen?«

»Du bist blind, Söhnchen, deshalb siehst du es nicht. Vermutlich hat er dich mit Kriegsgeschichten unterhalten, he? Nun, dein Colonel ist ein Gefangener. Seine Beine sind in Ketten. Er steht unter Arrest wegen Desertion. Und als ob ihm das noch nicht genügte, hat er versucht zu fliehen und hätte beinahe seinen Bewacher ermordet. Eher wie ein preußischer Colonel, bei Gott.«

Etienne wich entsetzt zurück. Jules suchte nach Worten, er wollte alles erklären, wollte sich seine schreckliche Geschichte von der Seele reden, aber die Worte waren nicht da, sie wollten nicht kommen, und er sagte gar nichts. Jeder Augenblick seines Schweigens ließ Etienne alles noch schrecklicher erscheinen. »Colonel?« fragte er flehentlich. »Colonel?«

»Es ... es ist wahr, daß ich unter Arrest stehe, Soldat«, sagte Jules schließlich mit brüchiger Stimme. »Aber ich habe nicht getan, was sie ...«

»Geh zum Teufel! Dreckschwein!« spie Etienne; er kreischte es aus voller Brust. Er bebte vor Wut über die Enthüllung, daß dieser Mann, der Mann, mit dem er hier gefahren war, dieser Mann, der sich mit ihm angefreundet hatte, dieser Mann, mit dem er über Orden und Kaiser und Tod und Krieg gesprochen hatte – daß dieser Mann ein Feigling war. Das war mehr, als sein schlichtes Ehrgefühl ertragen konnte.

»Du hast mich angelogen! Die ganze Zeit! Du bist nichts als ein Feigling, ein Drückeberger! Hast du über mich gelacht? Du Schwein! Wie konntest du mich so an der Nase herumführen?«

»Soldat, hören Sie mir zu! Es ist eine Lüge!«

Aber Etienne schüttelte den Kopf und zitterte am ganzen Leibe. Er stöhnte und redete mit sich selbst und wiegte den Kopf hin und her. Er wußte, wenn sie einen richtigen Colonel verhaftet hatten, dann mußte die Sache auch stimmen.

»Du bist der Lügner hier! Einen Colonel verhaften sie doch nicht aus Versehen! Dreckschwein! Du hast mich betrogen!« Mit einer ungeheuren Anstrengung zog der Junge sich in eine sitzende Stellung und stemmte sich dann mit seinem einen Bein an der Karrenwand hoch. Er tat es rasch und mit großer Körperkraft, und dabei legte er eine Hand auf den Karrenrand, um sich festzuhalten, als sie voranschaukelten. Mit der anderen wühlte er in seiner Tasche nach den Zigarren, die Jules ihm geschenkt hatte. Er wollte nichts mit Jules zu tun haben, und auch nicht mit seinen Zigarren, und er wollte den Karren, auf dem sie saßen, nicht mehr mit ihm teilen. Tränen der Wut und des Zorns breiteten sich unter dem Verband aus, durchfeuchteten den Stoff und rannen ihm über die Wangen. Die Tränen waren hellrot vom Blut. Weinend plagte er sich mit den Zigarren.

»Ich ... fahre ... nicht ... mit ... einem ... Feigling!« Er spie die Worte einzeln aus. In Jules' Kopf hämmerte es. Jedes Wort drang ihm bis ins Mark seiner Seele, und er suchte nach den Sätzen, die dem Jungen helfen würden, alles zu verstehen, die seine Aufmerksamkeit finden und ihn so weit beruhigen würden, daß sie miteinander sprechen könnten. Und dann geschah es, so plötzlich, daß es vorbei war, ehe Jules reagieren konnte. Als er sich vorbeugte, um dem Jungen Halt zu geben, traf der Wagen auf ein weiteres Schlagloch und schwankte heftig in die Höhe. Ohne einen Laut kippte Etienne rückwärts über den Karrenrand. Er ruderte wild mit den Armen, aber zu spät, er fand keinen Halt mehr. Jules konnte nichts tun. Etienne rollte ihm gegenüber herunter und geriet außer Sicht, und Jules konnte sich wegen seiner Beinketten nicht hinüberbewegen, um zu sehen, was passiert war.

»Arrêtez!« brüllte er den Sergeanten an. »Sofort anhalten! Schnell!« Der Sergeant sah sich um, ohne zu ahnen, was los war. Er zügelte sein Pferd, aber das Maultier hinter ihm ging noch ein paar Schritte weiter. Es war sowieso zu spät. Ein schrecklicher Stoß ging durch den Wagen, als er hoch- und wieder herunterholperte.

»Arrêtez!« schrie Jules noch einmal, und wütend zerrte er an der Kette, die sein Bein festhielt. Das Metall klirrte auf den Holzbohlen des Wagenbodens. Die scharfe Eisenkante schnitt sich in seine Fußknöchel, aber die Fessel gab nicht nach. Er streckte sich zum Rand, aber er bekam keine freie Sicht. Er sah nur ein Bein, verrenkt und reglos. Ringsum verstreut lag ein halbes Dutzend Zigarren.

Entsetzt stürzte der Sergeant zu der reglosen Gestalt des Jungen. Er fiel auf die Knie, und dann sah Jules, wie er eine Grimasse zog und den Kopf schüttelte. Das Wagenrand war über Etiennes Schulter und Hals gerollt und hatte ihn fast entzweigeschnitten.

»Nein!« rief Jules leise. »Es ist doch nicht wahr! Nichts von all dem! Nein, nein!« Und er sank auf dem Karrenboden auf die Knie und riß sich dabei einen großen Splitter ein, ohne es zu merken. Er konnte es nur immer wieder ausrufen, zermalmt, gebrochen, von Grauen erfüllt. Er hatte tausend Männer sterben sehen. Aber nie hatte es so weh getan wie hier.

Zum ersten Mal, seit er sich erinnern konnte, war Colonel Jules de Vries von der Kaiserlichen Garde dem Weinen nahe. Er stemmte sich gegen dieses abscheuliche Gefühl und mühte sich, es zu überwinden und vor den Gaffern, die sich jetzt um den Karren und den toten Jungen auf dem Boden versammelten, die Fassung zu bewahren. Aber es tat weh, es schmerzte tief in seinem Innern, und er bedeckte voller Scham das Gesicht mit beiden Händen.

»Es ist nicht wahr«, wisperte er. »Glauben Sie ihnen nicht, Soldat! Es ist nicht wahr, es ist nicht wahr ...«

»Vive la République! Nieder mit dem Kaiserreich! Tod dem Kaiser!«

Das Gebrüll auf der Place de la Concorde nahm an Eindringlichkeit zu. Es war Sonntag nachmittag. Paul und Moussa schauten mit großen Augen von ihrem Aussichtsposten auf einer hohen Mauer zu, wie die Menge über den Platz flutete. Die Jungen kamen jeden Sonntag in die Stadt, aber eine solche Szene hatten sie noch nie erlebt. Heute stand alles auf dem Kopf, und überall herrschte das Chaos. Überall kletterten Männer auf Leitern, die halsbrecherisch an den Statuen und Symbolen des Kaiserreiches lehnten. Sägen fraßen sich durch marmorne Hälse, verhaßte Köpfe purzelten herab und wurden durch die Reihen der jubelnden Menge weitergeworfen wie Bälle, bis sie schließlich am Pont Neuf über der Seine ankamen, wo sie mit mächtigem Beifallsgebrüll ins Wasser geworfen wurden.

Die Stahlbajonette der Nationalgarde blitzten überall. Goldene Adler wurden von Zäunen und Säulen gekippt oder mit Papier eingewickelt, wenn man sie nicht herunterbekam. Statuen wurden gestürzt. Die steinernern Löwen des Reiches zerschellten auf dem Pflaster. Zylinder flogen in die Höhe, und Männer schwenkten überschwenglich die Trikolore. Im Hôtel de Ville wurden die Porträts des Kaisers mit Messern aus den Bilderrahmen geschnitten und aus den Fenstern auf die Straße geworfen, wo das Volk, trunken vom glorreichen Geist der Republik, sie zertrampelte und auf ihnen tanzte.

»Haben wir gestern nacht den Krieg gewonnen?« fragte Moussa, als er das Volksfest sah.

»Müssen wir wohl«, sagte Paul. »Bloß, daß dein Vater gesagt hat, wir haben verloren.«

»Ich weiß. Wieso sind sie dann alle so fröhlich?«

»Weiß ich nicht. Wegen der Republik vielleicht.«

»Was ist eine Republik?«

Paul zuckte die Achseln. Moussa stellte zu viele Fragen. Sie konnten über die Tore hinweg in den Garten der Tuilerien sehen, wo die *Zouaves* nervös patrouillierten. Die kaiserliche Flagge wehte immer noch über dem Palast, und das bedeutete, daß irgendwo hinter den uralten Mauern die Kaiserin Eugénie saß, Regentin Frankreichs in Abwesenheit des Kaisers. Nur, daß sie keine Regentin mehr war, und auch keine Kaiserin oder sonst etwas – sie war nur noch in Gefahr, denn die Menge rings um den Palast wollte ihre Republik.

»Auf die Guillotine mit der Hexe!« schrie einer ausgelassen.

»Alle erschießen!« brüllte ein anderer und schwenkte eine Muskete über dem Kopf.

Einerseits wären Paul und Moussa gern geblieben, aber sie sahen die beängstigenden Szenen eines zerfallenden Imperiums ringsumher, sie sahen die Waffen und spürten das Bedrohliche unter der äußerlichen Fröhlichkeit der Massen. Obwohl der Aufmarsch einem Volksfest glich, hatten sie Angst. Keiner wollte es als erster zugeben, aber als dicht unter ihnen ein Gewehrschuß losging, sagte Paul: »Ich glaube, wir müssen nach Hause.«

»Glaube ich auch«, sagte Moussa, und zusammen rutschten die beiden von der Mauer und verschwanden im Gewimmel der Menge.

Auf der anderen Seite von Paris, auf der Avenue de Vincennes, erreichte in diesem Augenblick eine düstere Prozession die Stadt. Das Klirren der Ketten lenkte die Aufmerksamkeit auf die Karawane von Deserteuren, Mördern und Dieben, die hinter dem kleinen Holzkarren herstapften. Die Ketten waren nicht für einen langen Marsch gedacht. Sie schnitten tief in die Beine der Männer, die sie trugen, so daß eine Blutspur hinter ihnen zurückblieb. Die Männer waren erhitzt und verdrossen, und ihre Stimmung war noch schwärzer angesichts des Empfangs, den man ihnen bereitete, seit sie den Rand der Stadt erreicht hatten. Die Luft knisterte vor Leidenschaft, und ganz Paris war wie gelähmt vor Trauer über die Vernichtung seiner fernen Armeen, doch der Schmerz der Niederlage war beinahe ausgelöscht von der ekstatischen Begeisterung über die neue Republik. Aber ganz gleich, wie die Stimmung der Menge war, durch die der Zug der Deserteure kam, die Gefangenen wurden geschmäht. Johlende Zuschauer strömten in Scharen zusammen, wo sie vorbeizogen. Kinder warfen mit Steinen, und es floß Blut. Es war ein schrecklicher Spießrutenlauf, den Jules auf seinem kleinen Karren anführte. Jemand kritzelte hastig ein Dutzend Schilder, die einigen Gefangenen umgehängt wurden. Auch Jules bekam eines. Er wehrte sich, als sie auf den Karren kletterten und er sah, was sie vorhatten, aber einer der Wachsoldaten versetzte ihm einen wütenden Stoß mit dem Gewehrkolben. Nach Luft schnappend ließ Jules sich zurücksinken, und sie hängten ihm das Schild um den Hals. Die Männer sprangen von dem Karren, fluchten und streckten die Zeigefinger aus.

»ICH FLOH VOR DEM FEIND«, verkündete das Schild vor den Augen der ganzen Welt.

»Deserteur!« schrie eine alte Frau, als sie es sah. »Schande!« Ihr Mann trat vor, als der Wagen vorüberfuhr, und spuckte Jules an. »Schwein!« brüllte er. »Mein Enkel ist an der Front und kämpft für deinesgleichen!« Jemand hatte ein Ei gefunden. »Etwas zu essen, du Feigling!« Jules sah es kommen und drehte den Kopf zur Seite, aber das Ei traf ihn doch an der Stirn; es lief ihm übers Gesicht, brannte in den Augen und tropfte ihm vom Kinn.

Den Gefangenen, die hinter dem Karren herschlurften, stellte der Pöbel immer wieder ein Bein, so daß sie in den Kot der Straße fielen, und wer sich dann nicht schnell genug wieder aufrappeln konnte, wurde von der Kolonne mitgeschleift. Hier und da wurden die Leute wild. Steine flogen, Stöcke wurden geschwungen. Die berittenen Soldaten unternahmen keinen Versuch, die ihnen Anvertrauten zu schützen. Einen Mord würden sie nicht zulassen, aber sie taten nichts, um die Demütigungen zu unterbinden. Als die grausige Jahrmarktsprozession unter einem Fenster im ersten Stock vorüberkam, flog der stinkende Inhalt eines Nachtgeschirrs herunter, verfehlte Jules um Haaresbreite und klatschte neben dem Karren auf den Boden. Der Versuch rief Jubel hervor, der Fehlschlag Geheul. Es war ein Riesenspaß.

Die Prozession lieferte die Katharsis für die Menge. Der Zorn der Menschen gründete tief. Als sie Jules' Uniform sahen und die Farben der Kaiserlichen Garde erkannten, überhäuften sie ihn mit ihren Schmähungen. Einige unter ihnen hatten noch wenige kurze Monate zuvor im Plebiszit für die Ratifizierung des Kaiserreichs gestimmt und der Armee bei ihrem Abmarsch aus der Stadt mit »À Berlin!« zugejubelt, und jetzt wandten sie sich in einer Demonstration des Wankelmuts gegen sie, wie es nur ein Volk in den

Qualen der Niederlage so wirkungsvoll vermag. In den kurzen Stunden seit der Ausrufung der Republik hatte sich in der Bevölkerung im Handumdrehen ein Konsens darüber entwickelt, daß das Kaiserreich die Schuld an allem trug, was in der Gesellschaft nicht stimmte. Wenn die Preußen den Stolz Frankreichs gedemütigt hatten, wenn die Österreicher nicht zu Hilfe gekommen waren, wenn der Brotpreis zu hoch und in den Läden nicht genug Tuch zu haben war, wenn die Straßen ausbesserungsbedürftig und die Temperaturen zu hoch waren, wenn es Schwindel an der Börse und Abwässer in der Seine gab, so trug das Kaiserreich die Schuld. In Jules' Uniform sah man die besiegte Armee eines verkommenen Reiches.

Jules rollte durch diese Schmach mit starr geradeaus gerichtetem Blick, und seine Augen sahen nichts. Der Lärm der Menge, das Johlen und der Hohn, das Spucken und die Verachtung, mit der man ihn überhäufte, wurden zu einer Art Traum: ein langsamer, unwirklicher Tanz der Schande im Hintergrund. Er schaute auf seine gefesselten Hände. Seit er den Jungen Etienne zurückgelassen hatte, hielt Jules den Spielzeugsoldaten in den Fingern, den Paul für ihn gemacht hatte, bevor er Paris verlassen hatte. Es schien so lange her zu sein, daß er auf dem Bahnsteig gestanden und sich von seiner Frau, seinem Sohn und seinem Neffen verabschiedet hatte, von den Seinen, die erwartet hatten, daß er die Preußen nun ganz allein verprügeln werde, und nun kam er so zurück ... Er schüttelte den Kopf voller Abscheu über sich selbst, entschlossen, sich von diesen grotesken Gedankengängen loszureißen.

Du bist Jules de Vries. Du bist ein Colonel der Kaiserlichen Armee. Du wirst dich entsprechend aufführen. Du hast nichts Unrechtes getan! Du hast deinem Land in zwei Kriegen gedient. Du wirst mit diesem jämmerlichen Selbstmitleid aufhören und dich benehmen wie ein Offizier!

Er hielt den Spielzeugsoldaten in der Hand, der ein schiefes Grinsen im Gesicht hatte und dem ein Zweig sproß, wo der Arm hätte sitzen müssen, und sagte sich diese Worte noch einmal.

Du hast nichts Unrechtes getan!

Die Prozession bewegte sich über den Pont d'Austerlitz, den

Boulevard St. Marcel hinunter und den Boulevard Montparnasse entlang, und klirrend und schlurfend näherte sie sich der *Ecole Militaire*, die man zu einem Militärgefängnis umgewandelt hatte – für preußische Kriegsgefangene wie auch für französische Militärhäftlinge. Die Idee der Republik hatte die Stadt allenthalben in einen Taumel gestürzt, aber überall da, wo die Prozession vorüberkam, hielt die Ausgelassenheit inne, und die Leute gafften und johlten mit neugierigem Abscheu.

In der Avenue de Breteuil geschah es.

Moussa und Paul waren auf dem Heimweg, als Moussa den Aufruhr bemerkte. Fast hätte er sich nicht die Mühe gemacht, näher hinzuschauen, denn es war ein aufregender Tag gewesen, wie ihn nur wenige bisher erlebt hatten, und irgendeine weitere Demonstration lohnte kaum noch einen Blick. Aber er fühlte sich kühner und sicherer, nachdem sie die Place de la Concorde hinter sich gelassen hatten, und so kletterte er auf den Sockel einer eisernen Straßenlaterne, um über die Köpfe der Menge hinweg auf die Straße zu schauen. Er sah Reiter und einen Karren und eine lange Reihe von Männern, die dahinter herstapfte.

»Was ist los?« fragte Paul.

»Ich weiß nicht. Soldaten. Gefangene, glaube ich.«

»Preußen?« fragte Paul aufgeregt. Er wollte gern preußische Gefangene sehen; er fragte sich, ob sie wohl Menschen waren, oder ob sie zwei Köpfe hatten und kleine Kinder fraßen. Beides hatte er erzählen hören. Er lief zu dem Laternenpfahl und suchte nach einer Möglichkeit, sich daran hochzuziehen.

»Nein, keine Preußen. Die sehen aus wie französische Gefangene.«

»Französische? Wieso sollte es hier französische Gefangene geben?«

Und dann sah Moussa den Mann auf dem Karren. Weil er so schmutzig war, erkannte er ihn nicht gleich, und ohnehin hätte er nie damit gerechnet, ihn in einem solchen Zusammenhang anzutreffen, denn er vermutete ihn ja fern an der Front. Aber nein – er schaute noch einmal genau hin, und ihm gefror das Herz. Es gab keinen Zweifel. Das war Onkel Jules!

»Paul! Schau!« Es war fast ein Flüstern, von Grauen erfüllt. Paul zog sich endlich hoch und rutschte in eine Position, in der er etwas sehen konnte. Er spähte dahin, wohin Moussas Finger deutete: auf den Karren.

Einen Augenblick lang war er still. Den Laut, der dann aus dem Mund des Jungen kam, sollte niemand, der ihn hörte, je wieder vergessen.

9. »Ah, der Herr Graf möchte seine Genugtuung zum Ausdruck bringen.«

General Raspail blickte vom Schreibtisch in seinem Arbeitszimmer auf, als Graf Henri de Vries hereinkam. Keine zwei Monate waren seit dem Fest im Château vergangen, wo die beiden Männer sich darüber gestritten hatten, ob Frankreich auf den Krieg mit Preußen vorbereitet sei. An jenem Tag hatte Raspails Uniform aus der reinen Seide der Arroganz bestanden: Er hatte geprahlt und geprotzt und sich mit Frankreichs Macht gebrüstet, er hatte Henris Warnungen in den Wind geschlagen und sich beinahe mit ihm geprügelt. In den Wochen seither war viel geschehen, und die Welt des Generals war auf den Kopf gestellt. Der kleine Mann sah gebrechlich aus. Er war müde, seine Augen waren gerötet, die Schultern und der Schnurrbart hingen herab – der ganze Mann schien gebeugt unter der doppelten Last von Niederlage und Fassungslosigkeit. Henri sah die Qualen in seinem Blick. Raspails Stimme klang verbittert in der Erinnerung an seine unbegründete Eitelkeit.

»Sparen Sie sich die Mühe, de Vries. Sie hatten recht, ich gebe es zu.«

»Ich würde nicht herkommen, um Ihnen meine Genugtuung vor Augen zu führen, General«, sagte Henri. »Der Krieg ist eine Tragödie für ganz Frankreich. Ich wünschte von ganzem Herzen, ich hätte unrecht gehabt und nicht Sie. Aber das ist es nicht, was mich herführt. Ich komme wegen Jules.«

Raspail deutete auf einen Stuhl. »Natürlich. Nehmen Sie Platz.«

Henri ließ sich auf den Stuhl fallen. Es hatte seinen ganzen Einfluß und fast den ganzen Tag erfordert, um bei der Suche nach seinem Bruder in diesem Durcheinander überhaupt so weit zu kommen, daß er jetzt vor diesem müden General sitzen konnte. Niemand hatte gewußt, wohin man die Gefangenen gebracht hatte. Paris war mit anderen Dingen beschäftigt. Die Jungen waren Jules nicht gefolgt, sondern schnurstracks zum Château gelaufen, Paul bitterlich weinend, Moussa atemlos und voller Angst, und dort hatten sie berichtet, was sie gesehen hatten.

»Er war gefangen, Vater«, hatte Moussa zu Henri gesagt. »Er war in Ketten. Und ich konnte das Schild lesen, das er am Halse trug. Darauf stand: ›Ich floh vor dem Feind.‹«

Paul war verzweifelt. »Wir konnten nicht in seine Nähe kommen. Sie haben uns weggestoßen.«

Henri machte sich sofort auf den Weg. Zuerst ging er zu den Tuilerien, ins Hauptquartier der Kaiserlichen Garde, wo er sich redegewandt seinen Weg durch das Chaos bis in die inneren Verwaltungsräume bahnte, dort, wo sein Bruder seinen Posten gehabt hatte. Sie waren verlassen gewesen, bis auf einen einsamen Soldaten, der durch die verwüsteten Räume irrte, die bereits von Palastbediensteten und vom Pöbel durchwühlt worden waren. Man hatte Papiere fortgeschleppt, Möbel gestohlen, Tapeten von den Wänden gerissen. Henri hatte dem Soldaten gesagt, was er wollte. Der Mann hatte ihn angestarrt wie einen Verrückten. »Kaiserliche Garde? Aber es gibt hier keine Kaiserliche Garde mehr, Monsieur. Es gibt keinen Kaiser mehr!«

Er kämpfte sich durch die verstopften Straßen zum Hôtel de Ville durch, zum inoffiziellen Hauptquartier der neuen Republik. Er stieß auf Gerüchte von einer Generalamnestie für Gefangene, aber nicht auf Gefangene. Man verwies ihn an die Deputiertenkammer, aber dort herrschte ein brodelndes Durcheinander, und niemand wußte irgend etwas. Endlich schlug ihm ein hilfsbereiter Offizier der Nationalgarde vor, es in der *Ecole Militaire* zu versuchen. Durch Bestechung gelangte er dort hinein, und dann fand er seinen Bruder – in einer behelfsmäßigen Zelle auf einem Innenhof, von den anderen Gefangenen nur durch einen Draht getrennt.

Das Zusammentreffen war kurz und schmerzlich gewesen. Unter dem Gejohle der anderen Gefangenen hatten die Brüder einander bei den Armen gefaßt, wobei Jules' Hände durch Ketten behindert waren, und ein paar Augenblicke lang hatte keiner der beiden etwas gesagt. Nur mit Mühe bewahrte Jules die Fassung, als er nun ungewaschen und in abgerissener Kleidung vor seinem älteren Bruder stand und nach den richtigen Worten suchte, um die Lage zu erklären. Dann sprudelte er seine Geschichte hervor, aber zweimal brach seine Stimme verräterisch.

Henri hörte mit einem Gefühl der Unwirklichkeit zu, und durch seine Empörung zog sich eine tiefe Trauer darüber, daß ein so stolzer Mann vor aller Welt so sehr gedemütigt werden konnte. Er wußte, wie schwer es Jules fiel, auch nur zu sprechen. »Du darfst nicht verzweifeln«, sagte er, und dabei war auch seine eigene Stimme gepreßt, und seine Worte klangen hohl. »Es kann nicht lange dauern. Man wird die Wahrheit herausfinden und dich freilassen.«

Jules nickte, aber er war nicht überzeugt.

Bevor er die *Ecole* verließ, suchte ein wütender Graf de Vries nach dem befehlshabenden Offizier, um dem Mann wegen der extrem harten Haftbedingungen für seinen Bruder die Leviten zu lesen. Aber zu seinem Erstaunen fand er keinen. »Hier war ein Major«, sagte einer der Wachsoldaten, »aber der ist weggegangen.« Für gewöhnlich hätte ein inhaftierter Offizier hier eine Privatunterkunft bekommen müssen. Selbst den preußischen Offizieren gewährte man derlei Annehmlichkeiten. Aber die Soldaten, die Jules bewachten, waren ein roher, wütender Haufen aus Paris, radikale Patrioten aus innerster Überzeugung, denen es Spaß machte, jeden Vertreter der alten Ordnung mit kleinen Demütigungen zu peinigen. Jules erregte ihre besondere Aufmerksamkeit in dreierlei Hinsicht: als Offizier, als Kaiserlicher Gardist und als Aristokrat. Sie plagten ihn erbarmungslos. »Drei Straßen zur Hölle, und du bist sie alle gewandert«, höhnten sie. »Das einzige, was du richtig gemacht hast, war deine Desertion. Und dafür wirst du erschossen«, verkündeten sie schadenfroh. Sie kürzten ihm die Essensrationen und zwangen ihn, seinen Aborteimer selbst auszuleeren.

Henri hatte seine Taschen geleert, um bei diesen Kerlen eine bessere Behandlung für seinen Bruder zu erkaufen. Das dicke Bündel Francs, das er ihnen zeigte, hatte ihre politischen und sozialen Anliegen sowie ihren Bedarf an kleinlichen Belustigungen sogleich in Vergessenheit geraten lassen, und sie hatten dem Grafen versprochen, daß fortan besser für den Colonel gesorgt werden würde.

Mit dem Vorsatz, später mit mehr Geld und frischer Kleidung für Jules zurückzukommen, hatte Henri sich stehenden Fußes zu General Raspail nach Hause begeben.

»Es ist absurd«, sagte er jetzt. »Sie haben ihn wegen Desertion verhaftet. Man hält ihn gefangen wie ein Tier.«

»Absurd? Heute ist alles absurd, mein lieber Graf. Ich habe durch einen Offizier in Châlons von der Verhaftung gehört. Eine üble Sache. Irrsinn türmt sich da auf Irrsinn.«

»Dann müssen Sie ihm helfen!«

»Ihm helfen! Ihm helfen!« Er schien sich lustig zu machen. »Graf de Vries, lassen Sie mich ein paar Dinge erklären. Den Berichten zufolge, die ich habe, werden unsere Frontstreitkräfte, soweit sie nicht gefallen oder verwundet sind, nach Belgien verfrachtet. Der Kaiser ist in preußischer Gefangenschaft. Es heißt, die Kaiserin sei nach England geflohen. In der Deputiertenkammer herrscht der Mob, und jeder versucht einen Fetzen der Macht zu ergattern. Im Moment hat jeder etwas zu sagen, und keiner ist zuständig. Zehn hübsche Reden für jeden leeren Gedanken. Bismarcks Armeen sind auf dem Marsch nach Paris. In wenigen Wochen, wenn nicht gar Tagen, werden sie hier sein. Wer wird Paris und die neue Republik verteidigen? Marschall Bazaine sitzt in Metz in der Falle wie eine Ratte.«

Raspail marschierte in dem kleinen Zimmer auf und ab und blieb hin und wieder stehen, um aus dem Fenster in den Hof zu schauen. Seine Stimme troff von Verachtung.

»In den Straßen draußen wütet ein wildes Gesindel, das sich Nationalgarde nennt. Die meisten sind betrunken. Sie können nicht geradeaus schießen oder in einer Reihe marschieren. Sie können sich nicht allein den Hintern abwischen. Und zu allem Überfluß habe ich dann auch noch einen Offizier wegen Desertion in Haft. Unter diesen Umständen, Graf, werden Sie es mir vielleicht nachsehen, daß ich den Nöten des Colonels nicht sofort meine ungeteilte Aufmerksamkeit gewidmet habe!«

»Ich bin mir über das Ausmaß der Probleme vor unseren Toren im klaren, General. Aber Jules ist ein Offizier der Garde, der zu Unrecht beschuldigt wird. Niemals ist er in dieser Sache schuldig!«

»Schuldig! Sie mißverstehen mich, Graf. Ich kenne den Colonel seit langem. Ich war in Italien dabei, als er ausgezeichnet wurde. Er ist ein solider Offizier. Ihm fehlt die Brillanz Ihres Vaters, ohne Zweifel, aber er ist kein Feigling. Nur – im Augenblick kommt es nicht darauf an, ob er schuldig ist oder nicht.«

»Wie können Sie so etwas sagen?«

Raspail schaute Henri mitleidig an wie einen dummen Schuljungen.

»Sie begreifen anscheinend nicht, was hier im Gange ist! Heute morgen war ich in meiner Kutsche unterwegs, und eine Frau – eine Frau! – hielt mich auf offener Straße an und bezichtigte mich der Feigheit! Mich! Des Verrats überdies: weil ich auf meinem Posten in Paris geblieben sei, während unsere Truppen im Felde niedergemetzelt würden!« Raspails Stimme wurde schrill, er schlug mit der Faust auf den Tisch, und eine Wasserkaraffe klirrte zu Boden. »Seit dreißig Jahren diene ich Frankreich. Ich trage die Uniform der Kaiserlichen Garde! Und jetzt, da der Kaiser in Ungnade gefallen ist, fallen wir alle in den Augen Frankreichs gleich mit. Die Franzosen haben kein Mitleid mit dem Gescheiterten. Es wird Vergeltung geübt werden. Für die Niederlage wird es Strafe geben. Man wird jemanden finden müssen, den man verantwortlich machen kann. Viele Jemande. Jules ist in einer schlimmen Lage, Graf. Er bietet dem Mob eine gute Gelegenheit anzufangen.«

»Aber der Mob wird nicht über ihn zu Gericht sitzen!«

»Nicht? Ich wäre da nicht so sicher. Ich weiß es nicht mehr. Ich habe nichts mehr zu befehlen. Es gibt nichts mehr zu befehlen. Darum finden Sie mich ja hier – zu Hause. Ich habe kein Bureau, keinen Posten. Ich werde der Nationalgarde meine Dienste anbieten. Ich weiß nicht, ob sie mich nehmen werden. Aber ob sie es tun oder nicht, ich habe keine Befugnis, mich um Jules zu kümmern. Ich weiß nicht, wer zuständig ist, und ich habe den Verdacht, daß es auch sonst niemand weiß. Es wird einige Zeit dauern, bis man das geklärt hat.«

»Dann müssen wir diese Zeit dazu nutzen, die Leute zu finden, die ihm helfen könnten. Jules hat mir gesagt, ein Mann namens Duprée habe unter ihm gedient, ein Major, der gesehen habe, was passiert ist. Der könnte die Sache aufklären.«

Raspail schnaubte. »Wenn Duprée nach dem Massaker bei Sedan noch lebt, ist er wahrscheinlich in einem Kriegsgefangenenlager in Belgien. Oder – gut – lassen Sie uns annehmen, er ist davongekommen. In diesem Fall dürfte er kaum nach Paris kommen, denn er weiß, daß wir das nächste Ziel der Preußen sind. Er wird zusehen, daß er sich irgendwelchen anderen Einheiten anschließt, die irgendwo in der Provinz operieren. Ich muß Sie daran erinnern, daß der Hunne uns noch nicht ganz besiegt hat. Bis es – Gott behüte – soweit ist, wird es genügend andere Einheiten geben, denen der Mann sich wahrscheinlich anschließen wird.« Raspail schüttelte den Kopf. »Die Chancen, ihn zu finden, stehen schlecht, würde ich sagen.«

Henri wußte, daß alles stimmte, was der General sagte. Raspail zerschlug seine Hoffnungen Stück für Stück und zertrümmerte unerbittlich die Illusion, diese Angelegenheit könnte rasch zu beenden sein. Er hatte noch einen Einfall.

»Da wäre sein Ankläger. Delescluze.«

»Dieser *Franc-tireur!* Ein Tropfen dreckiges Wasser in einem großen Ozean, fürchte ich. Ein Guerillakämpfer, der einen Krieg aus dem Hinterhalt führt und den Hunnen mit Heimtücke bekämpft. Kaum wahrscheinlich, daß seine Einheit in Sedan beteiligt war. Selbst wenn er nicht der Feigling ist, als den der Colonel ihn beschreibt, dürfte seine Einheit sich versteckt halten. Wenn die Preußen ihn schnappen, wird er erschossen, nicht gefangengenommen. Der Hunne hat für seinesgleichen genausowenig übrig, wie ich es hätte. Den werden Sie nie finden, und es steht fest, daß er zum Prozeß nicht erscheinen wird.«

Henri zuckte die Achseln. »Dann sollten wir doch in der Lage sein, die Klage abweisen zu lassen. So ein Brief kann doch für eine formelle Anklageerhebung nicht ausreichen. Und ohne eine Zeugenaussage kann es niemals einen Prozeß geben.«

»Haben Sie den Brief gelesen?«

»Nein.«

»Er ist sehr konkret. Unterzeichnet von einem französischen Offizier. Und er enthält einen zweiten Vorwurf, von einem Sergeanten, der dem Colonel begegnete, als dieser unter Arrest nach Châlons zurückeskortiert wurde. Der zusätzliche Vorwurf der versuchten Flucht, den der Sergeant erhebt, läßt Delescluzes' Anschuldigungen noch substantieller aussehen. Als vollkommener Beweis gegen den Colonel genügt es nicht, da stimme ich Ihnen zu, nicht einmal als ein besonders guter. Aber um es zu ignorieren, dazu ist es zuviel. Es wird ein Kriegsgerichtsverfahren geben. Vielleicht läuft es auf nichts weiter hinaus als darauf, daß das Wort des

Colonel de Vries gegen zwei Briefe steht. Wenn dem so ist, hängt sein Schicksal ausschließlich davon ab, wer über ihn zu Gericht sitzt. Wenn wir normale Zeiten hätten, würde ich sagen, seine Chancen sind gut. Das Militär sorgt für seine Offiziere. Aber wir leben nicht in normalen Zeiten. Es kann sein, daß die Rachsüchtigen über ihn zu urteilen haben.«

Eine Zeitlang schwiegen sie beide.

»Sie sind nicht der Mann, der so leicht aufgibt, General«, sagte Henri schließlich. »Was immer Frankreich im Augenblick erleiden mag, Sie werden sich doch nicht damit abfinden, daß man Jules vor ein Erschießungskommando stellt. Sie werden ihn doch nicht den Wölfen überlassen?«

Entnervt hob Raspail die Hände. »Hören Sie mir denn nicht zu, Graf? Die Wölfe geben nichts mehr auf das, was ich sage! Ich habe keinen Einfluß mehr! Was ich Ihnen noch nicht erzählt habe: Gestern habe ich versucht, den Colonel zu besuchen. Der Zutritt zum Gefängnis wurde mir verwehrt. Durch einen Corporal. Er sah meine Uniform an und erklärte, ich hätte kein Recht! Ein Corporal! Zu mir! Kein Recht!« Die Entwürdigung ließ ihn brüllen. Was in den letzten Wochen geschehen war, war für General Raspail ebenso wie für viele andere mehr, weit mehr, als er verdauen konnte. Er stand auf, trat ans Fenster und wandte Henri den Rücken zu. Seit Tagen erlebte er wilde Stimmungsschwankungen. Gerade war er noch ein Kämpfer, bereit, selbst zum Gewehr zu greifen und dieses Schwein Bismarck aufzustöbern. Im nächsten Augenblick war er bereit, sich zur Ruhe zu setzen, entmutigt und empört über alle, die seine Tüchtigkeit in Frage stellten. Eine solche Zeit hatte er noch nie durchlebt. Sein ganzes militärisches Leben lang hatte Frankreich Europa beherrscht, und er hatte mit an seiner Spitze gesessen, seine Glorie geteilt, den Mantel seiner Erfolge getragen. Und jetzt, in der Niederlage, war sein Mantel aus Demütigung und Schande gewebt. Es war eine Sache, von seinen Feinden gepeinigt zu werden, aber wenn es die eigenen Landsleute waren, unter denen man zu leiden hatte, das war etwas anderes.

Kochend vor Wut ging er auf und ab, und schließlich willigte er ein. »Ich werde versuchen, Ihnen zu helfen, de Vries«, sagte er.

»Ich bezweifle, daß ich Ihnen viel nützen kann. Aber ich werde es versuchen.«

Graf Otto von Bismarcks Kutsche rollte über den Feldweg. Er liebte diesen Teil Frankreichs mit seinen bezaubernden Tälern und pittoresken Städtchen. Die stillen Wälder dufteten. Ein Eisvogel lauerte über einem leise plätschernden Bach. Weiter hinten, an dem lieblichen Fluß, wandte ein einsamer Reiher seine Aufmerksamkeit von dem trüben Wasser ab und schaute zu, wie der Kanzler vorüberfuhr. Bismarck war unterwegs zu General Moltke, dessen Armeen so vorzüglich gekämpft und dessen Erfolge die Welt überrascht hatten. Durch ihn war Bismarck nun so wunderbar nah daran, die großen Pläne zu verwirklichen, die ihm durch den Kopf gingen.

Hinter ihm lagen die rauchenden Ruinen eines Eisensturms. Er hatte die Anhöhe über der kleinen Festungsstadt Sedan erstiegen, wo die französische Armee und ihr Kaiser in der Falle saßen. Den ganzen langen Tag über hatte er dort gestanden, an seiner Seite der König und der amerikanische General Sheridan, der als Beobachter gekommen war. Von ihrem Lager oberhalb des Flusses aus hatten sie zugeschaut, wie das methodische Schlachten sich entfaltet hatte. Die französischen Truppen waren eingeschlossen und festgesetzt worden – besiegt, ehe die Schlacht noch begonnen hatte. Aber sie hatten sich nicht ergeben wollen, und so wurde es ein Gemetzel, schrecklich selbst für einen Sieger.

Es hatte im Morgennebel begonnen, der von der Meuse aufstieg. Tödliches Feuer regnete von den Höhen von Floing im Norden auf die französische Kavallerie herab. Unten im Tal und jenseits des Flusses ließ die deutsche Kavallerie den kreischenden Tod durch den Tag fliegen. Sie zerfetzte alles in ihrem Weg und versengte die Wälder der Ardennen mit Pulver und Eisen. König Wilhelm war sehr bewegt gewesen und hatte voller Mitleid mit dem Feind den Kopf geschüttelt. »Tapfere Burschen«, hatte er gesagt, als er sah, wie sie sich in Wellen in die langen Messer der Preußen stürzten, bis ihr Blut in die Meuse strömte, die rot zum Meer floß.

Nach der Schlacht, in der zwanzigtausend Männer gestorben

waren, hatte Bismarck Louis Napoleon begrüßt, diesen kläglichen Überrest von einem Kaiser, der sich, von seinen schmerzenden Nierensteinen gemartert, kaum noch bewegen konnte. Angestrengt, aber ohne Erfolg, hatte er versucht, mit seinen Truppen zu sterben. Das Schicksal war ihm nicht hold gewesen, und die Kugeln waren um ihn herumgeschwirrt: Er war am Leben geblieben und mußte nun auch noch die schreckliche Bürde der weißen Fahne auf seine Schultern nehmen. In einer kleinen Weberhütte bei Donchery waren sie zusammengetroffen, der Kaiser in seiner Generalsuniform, höflich und dienstbeflissen. Er habe den Krieg nicht gewollt, ließ er den Kanzler wissen, sondern sei vom Druck der öffentlichen Meinung dazu gezwungen worden. Er entschuldigte sich dafür, daß er nicht für seine Nation kapitulieren könne, da Eugénie die Regentin sei und die rechtmäßige Regierung in Paris sitze. Sich selbst aber und seine Armee stelle er dem König ohne jeden Vorbehalt zur Verfügung. Danach war er kurz mit Wilhelm zusammengetroffen. Und im Morgengrauen, während es heftig regnete, war er unter Schmerzen in seinen Zweisitzer gestiegen und von einer Eskorte begleitet in die Gefangenschaft gefahren.

Diese Sache war jetzt erledigt. Vor Bismarck lag ganz Frankreich – und darüber hinaus ein ganzer Kontinent, der sich vor der Macht der deutschen Kriegsmaschinerie zusammenduckte. Der Sieg war beinahe vollständig, aber Bismarck wußte, es war noch nicht vorbei. Die Franzosen waren geschlagen, aber noch würden sie es nicht zugeben. Ihr Stolz würde eine neue Armee aufstellen, und ihre Ehre würde Paris bis zum letzten Blutstropfen verteidigen. Das war schon recht so, dachte er. Diese neue Armee würde nichts taugen, und er hatte bereits beschlossen, nicht in Paris einzumarschieren. Es wäre eine Schande, eine so schöne Stadt zu zerstören, und er hatte Respekt vor dem Talent der Pariser zum Straßenkampf. Es war nicht nötig, so viel deutsches Blut zu vergießen. Statt dessen würden seine Armeen die Stadt umzingeln und belagern. Von der Welt abgeschnitten, würde sie ersticken. Die Bewohner würden untereinander in Zank und Streit geraten und langsam verrotten. Er würde die Stadt des Lichts, wie man sie nannte, ins Dunkel stürzen, und das übrige Frankreich würde hilflos zusehen. Er selbst und der König würden – ja, wo sollten sie einziehen? In Versailles! Ja, das war die perfekte Lösung! Welch luxuriöse Ironie, im Schloß der französischen Könige zu sitzen und darauf zu warten, daß die Perle Frankreichs starb!

Nach langem Warten wäre endlich alles sein: Paris, Frankreich und das Zweite Reich eines vereinten Deutschland. Er befahl dem Kutscher anzuhalten. Auf der anderen Seite des Flusses sah er Wagen und Waffen des Kronprinzen von Sachsen. Sie rumpelten in Richtung Paris, um seine Träume wahr werden zu lassen.

»Maman? Maman, so hör doch! Maman, bist du da?«

Paul schüttelte seine Mutter. Elisabeth saß bei zugezogenen Vorhängen im verdunkelten Zimmer. Paul wollte, daß sie sich umdrehte und ihn anschaute, ihn auf irgendeine direkte Weise zur Kenntnis nahm, aber sie saß nur da und lauschte auf diese anderen Stimmen in ihr, Stimmen, die lauter waren als seine, Stimmen, die sie schon seit Tagen so allein dasitzen ließen, außerstande, ihren Sohn zu trösten, außerstande, das Zimmer zu verlassen. Sie nickte dumpf, damit er wußte, daß sie ihn hörte, und einmal drückte sie seine Hand, aber sie sagte nichts, und sie schaute ihn nicht an. Sie hatte nicht mehr gegessen und geschlafen, seit die Jungen ihr die Neuigkeit gebracht hatten. Alle Farbe war aus ihrem Gesicht gewichen, und in ihren Augen zeigte sich kein Leben. Das Zimmer war schwarz von ihrer Verzweiflung. Zwei Monate lang hatte sie mit Jules' Porträt an der Wand gesprochen. Jetzt hatte sie den Sessel in die andere Richtung gedreht, denn sie brachte es nicht über sich, es anzusehen, und stumm saß sie davor.

Als Henri kam, um ihr zu sagen, daß er Jules gesehen hatte und daß Jules nach ihr gefragt hatte, konnte sie nicht antworten. Sie konnte auch nicht antworten, als Paul kam. Sie wußte nicht, ob sie je wieder würde antworten können. Sie hätte Paul gern etwas gesagt, ihn getröstet, aber sie konnte ihm nicht in die Augen schauen, konnte der Demütigung, die sie empfand, nicht ins Gesicht sehen, nicht einmal wenn es das Gesicht ihres zehnjährigen Sohnes war. Sie wußte nichts zu sagen.

Es ist so ungerecht! Wie konnten sie mir das antun?

Sie hatte nie eine Niederlage oder einen Fehlschlag erlebt, nie etwas anderes gekannt als die fröhliche Gewißheit einer Frau, deren Mann zu Höherem bestimmt war. Jetzt war dieser Traum zu einem Alptraum verkommen. Sie saß im Dunkeln und wiegte sich in ihrem Sessel, umhüllt von Wut, bedeckt mit Hilflosigkeit, und in ihrer Seele war es finster wie in einer Krypta. Die Leere eines Lebens ohne angesehene Stellung konnte sie sich nicht vorstellen. Sie war besessen von dem Gedanken an die gesellschaftlichen Zurückweisungen, die sie erfahren würde, und von der Vorstellung, wie der Strom der Einladungen zu wichtigen gesellschaftlichen Ereignissen versiegen würde. Nicht ein einziges Mal in jenen ersten Tagen wandten sich ihre Gedanken dem zu, was Jules wahrscheinlich durchmachen mußte, und nie malte sie sich die Strapazen seiner Haft aus. Sie verschwendete keinen Gedanken an die Vorwürfe, die man gegen ihn erhob. Was man ihm vorwarf, darauf kam es nicht an, das blendete sie aus. Wichtig war, daß der Krieg zu einer Privatangelegenheit geworden war, daß er sich gegen sie persönlich gewendet hatte.

Jetzt machte Paul sich verzweifelte Sorgen um sie, mehr noch als um seinen Vater. Tief in seinem Innern wußte er, daß sein Vater ein stahlharter Mann war, der irgendwie durchkommen würde. Aber seine Mutter hatte er so noch nie gesehen, wie sie so stumm dasaß und sich wiegte. Sie war immer so fröhlich gewesen, so voller Tatkraft, so lebendig, aber jetzt war sein Vater eingesperrt, und seine Mutter schien vollkommen ausgelaugt. Paul hatte Angst. Er fragte sich, ob das alles nicht seine Schuld war. Nichts war mehr wie früher, seit er seine Mutter mit dem General auf dem Fest gesehen hatte, wie sie – ja, was sie getan hatten, wußte er nicht genau, aber er wußte, daß er es nicht hätte sehen, daß er nicht hätte spionieren dürfen. Und jetzt fühlte er sich so fern von ihr. Er streifte verdrossen im Château umher, schüttelte den Kopf, wenn Moussa fragte, ob er mit zum Fluß kommen wollte, und im Unterricht bei Gascon paßte er nicht auf.

Serena versuchte ihn zu trösten.

»Dein Vater ist ein starker Mann, Paul. Ich weiß nicht, wie die Franzosen mit diesen Dingen umgehen, aber sie werden es schon noch sehen. Es ist alles ein Irrtum. Sie werden ihn freilassen, da bin ich sicher. Er ist ein guter Soldat. Du mußt ein tapferer Junge sein. Dein Onkel Henri tut alles, was möglich ist. Er wird ihn da herausholen.«

Paul nickte. Er hatte einen schmerzhaften Kloß in der Kehle, während ihm die Tränen in die Augen stiegen. Er versuchte es zu verbergen, aber sie strich ihm mit dem Handrücken über die Wangen, und das war zuviel für ihn. Er schluchzte los und vergrub das Gesicht an ihrer Brust. Sie wiegte ihn und strich ihm übers Haar.

Später ging sie zu Elisabeth ins Zimmer. Elisabeth blieb in ihrem Sessel sitzen und beachtete sie nicht. Ein Teller mit kalter Suppe stand auf einem Nachttisch. Serena war eine praktisch veranlagte Frau der Wüste, und sie hatte nichts übrig für selbstverschuldete Gebrechen. Sie riß die Vorhänge auf und ließ die Strahlen der schwindenden Nachmittagssonne ins Zimmer fluten. Elisabeth blinzelte und wandte sich ab, aber Serena faßte sie beim Kinn und drehte ihren Kopf herum, und als Elisabeth sich sträubte, hielt sie sie nur noch fester.

»Elisabeth, hören Sie auf! Ihr Sohn braucht eine Mutter!« sagte sie erbost.

»Einen Vater braucht er«, schniefte Elisabeth.

»Hören Sie auf zu winseln! Wachen Sie auf! Sie müssen aus diesem Zimmer herauskommen!«

»Halten Sie sich da heraus. Es ist nicht Ihre Sache. Lassen Sie mich in Ruhe. Gehen Sie zu Ihren Büchern.«

»Elisabeth, es tut mir leid, was mit Jules passiert ist, wirklich. Ich will mich auch nicht einmischen, aber Paul braucht Sie.«

»Und *ich* brauche Ihre Einmischung nicht. Sie haben nichts erlitten. Ich bin es, die alles erleiden muß.«

»Mon Dieu, Ihr Sohn ist in Tränen aufgelöst, und Ihr Mann sitzt im Gefängnis, und alles, was ich bei Ihnen sehen kann, ist elendes Selbstmitleid. Hören Sie auf damit!«

»Sie verstehen das nicht«, sagte Elisabeth mit schwacher, verbitterter Stimme und schüttelte den Kopf. »Sie brauchen es auch nicht zu verstehen. Sie waren vor diesem Krieg eine Gräfin. Wenn er vorbei ist, werden Sie immer noch eine Gräfin sein. Aber ich werde nichts mehr sein. Überhaupt nichts.« Wieder drehte sie sich zur Seite. »Sie verstehen einfach nicht, was ich verloren habe.«

Serena gab es auf. »Ich weiß nicht, was ich für sie tun soll«, sagte sie am Abend zu Henri. »Sie ist da, aber sie hört mich nicht.«

»Du kannst nichts tun«, sagte Henri. »Du kannst nur Paul helfen. Ich kenne Elisabeth. Sie ist ein Kind und ziemlich eitel. Sobald sie einen Friseur braucht, kommt sie schon heraus.«

General Trochu, der Militärgouverneur von Paris, gab mit ernster Miene bekannt, daß zwischen den Preußen und der Stadt keine Truppen mehr standen, und so machte die Stadt sich eilends bereit. Seit 1840 war Paris mit einem massiven Verteidigungssystem befestigt worden, einschließlich einer hohen Mauer mit mehr als neunzig Bastionen und einem Graben. Fünfzehn Festungen sicherten die Zufahrten vor der Mauer. Festungen und Bastionen waren allerdings verfallen. In rasender Geschäftigkeit schleppten Männer Steine und Erde zur Verstärkung heran, und Zimmerleute besserten die schweren Holztore aus. Dreitausend schwere Geschütze wurden auf Wagen herbeigebracht und aufgestellt oder in Reserve gehalten, während die Werkstätten in der Stadt sich in Rüstungsfabriken verwandelten. Im Louvre wurde die Venus von Milo in den Keller geschafft. Vor den Fenstern stapelte man Sandsäcke, während in den großen Ausstellungssälen Handwerker Granaten für die Kanonen herstellten. Gemälde wurden mit schützenden Gipsschichten versehen, und alle Kunstschätze Frankreichs wurden mit Sandsäcken umgeben, um sie vor der Artillerie in Sicherheit zu bringen. Bücher und Manuskripte wurden in Kisten verpackt und eingelagert. Die *Grand Opéra* wurde zu einem Ausguck und einem Lager für militärisches Gerät. Der Gare de Lyon wurde als Geschützgießerei in Dienst gestellt. An den Enden der *Grands Boulevards* wurden Barrikaden errichtet und Gräben ausgehoben. Paläste und öffentliche Gebäude wurden für die Versorgung Verwundeter hergerichtet. In der Gaîté richtete man eine Kleiderfabrik ein.

Vom Land strömten Soldaten in die Stadt. Tausende von Marineinfanteristen und Matrosen und Soldaten der regulären Truppen von General Vinoys 13. Corps standen Seite an Seite mit zwei neuen Corps, die aus unausgebildeten Dienstverpflichteten, Kaufleuten, Arbeitern und Bauern zusammengesetzt waren, lauter Leuten, die nichts vom Krieg verstanden, aber ihre Waffen in

Empfang nahmen, ihren Wein tranken und auf ihre Befehle warteten. Es gab die *Gardes Mobiles*, die größtenteils aus undisziplinierten Dienstpflichtigen bestanden, und die Nationalgarde, eine lose organisierte Miliz. Artillerieeinheiten biwakierten im Jardin des Plantes, und der Garten der Tuilerien wurde zu einem Lagerplatz für Soldaten.

Diese massenhaften Vorbereitungen wurden vom Verteidigungsausschuß geleitet, einer Gruppe von zivilen Führungspersonen, die täglich im Kriegsministerium zusammenkamen. Viele Mitglieder dieses Ausschusses waren von der Kaiserin und Regentin ernannt worden, bevor sie aus der Stadt geflohen war, und ihnen oblag jetzt die schwierige Aufgabe, fast zwei Millionen Einwohner zu versorgen, darauf zu achten, daß die Wehrbefestigungen angemessen waren, und sich um eine Vielzahl von Einzelheiten zu kümmern, die allesamt Aufmerksamkeit verlangten. Den Vorsitz in diesem Ausschuß führte General Trochu, und Monsieur Dorian, der Bauminister, war sein Stellvertreter. Neben anderen Honoratioren hatte auch Monseigneur Marius Murat einen Sitz, der Bischof von Boulogne-Billancourt. Der Bischof zeigte seine gewohnt geniale Begabung in Fragen des Geldes und der Versorgung mit Nachschub an Material, das für die Stadt von kritischer Bedeutung war. Das Spektrum seiner Beziehungen war gewaltig, sein Einfluß scheinbar grenzenlos. Er war noch imstande, Güter und Material aufzutreiben, wenn andere am Tisch längst vermuteten, daß dergleichen schwierig oder gar nicht mehr zu bekommen sei. So machte er sieben Tonnen Salpeter für die Rüstungsproduktion ausfindig. Er fand Decken, Stroh, Wachs für Kerzen. Seine Beauftragten durchkämmten das Land und trugen gewaltige Vorräte an Lebensmitteln und Nachschub zusammen.

Dabei ging es dem Bischof glänzend, denn der Krieg war ein ausgezeichneter Nährboden für den Handel. Väter, die ihre Söhne vom Militärdienst freikaufen wollten, stellten fest, daß der Bischof unfehlbar das notwendige Dokument, die erforderliche Bescheinigung beibringen konnte. Die Besitzer von Fabriken, die für Verteidigungszwecke beschlagnahmt worden waren, erfuhren, daß der Bischof ihnen helfen konnte, Schadenersatz zu bekommen. Und wenn die Gebühren, die er für seine Wohltaten kassierte, exorbitant und die Gefälligkeiten, die er seinerseits dafür verlangte, beträchtlich waren – nun, es war Krieg, und die Kosten waren überall hoch.

Keine Transaktion war zu klein für seine Aufmerksamkeit, keine Aussicht auf Profit so gering, daß er sie übersehen hätte. Er schickte die Grundverwalter seiner Diözese zu jedem einzelnen Pachtbauern – es gab Hunderte, und einige von ihnen beackerten stattliche Güter. Die Verwalter legten schriftliche Verfügungen des Ausschusses vor und beschlagnahmten Schafe, Rinder und Getreide zur Verteidigung der Republik. Niemand konnte bestreiten, daß es entscheidend darauf ankam, dem Feind solche Vorräte vorzuenthalten. Die Bauern zogen es ja selbst vor, das Essen im Maul von Paris verschwinden zu sehen, statt es den Preußen in die Hände fallen zu lassen. Sie bekamen indessen wenig oder gar kein Geld dafür, und ohnedies mußten sie ihre Höfe und ihre Habe vor dem herankriechenden preußischen Lindwurm Hals über Kopf im Stich lassen. Durch seine Agenten verkaufte der Bischof Vieh und Getreide zu horrenden Preisen an die Stadt. Bäche von bischöflichen Schafen wurden zu Strömen, die im Bois de Boulogne in einen Ozean aus Wolle flossen: Innerhalb weniger kurzer Wochen graste hier eine Viertelmillion Schafe neben vierzigtausend Ochsen. Der Bois floß bald von Rinderherden über, und sie ergossen sich auf den langgestreckten Hang der Champs-Elysées. Ladungen von Mehl und Mais, Hirse und Kohle rollten in die Bahnhöfe oder gelangten auf überladenen Fuhrwerken in die Stadt. Im Gare du Nord richtete man eine Getreidemühle ein. Die Pariser horteten Eingemachtes, Salzsäcke und Gemüsekonserven. Und wie groß die Sorgen um die Lebensmittelvorräte auch sein mochten: Ein *mer de vin* im wahrsten Sinne des Wortes lagerte in Butten, Flaschen und Fässern unter der Stadt: Wein in jedem Keller, in jedem Schrank, in jedem Verschlag.

Und so schnell, wie Vorräte, Soldaten und Flüchtlinge in die Stadt strömten, entfernten sich einige der reicheren Familien. Entweder begaben sie sich in ihre Sommerhäuser im Midi, oder sie verließen überhaupt das Land. Auch Henri und Serena sprachen ausführlich darüber. Sie waren sich aber einig, daß derlei nicht in Frage kam.

»Ich kann Jules nicht in einer Gefängniszelle zurücklassen«, sagte Henri. Sie spazierten am Rand des Anwesens am Ufer der Seine entlang, dem Palast von St. Cloud gegenüber. Die Gegend war verlassen und friedlich. Der still und träge dahinströmende Fluß bildete einen krassen Gegensatz zu dem hektischen Treiben in der Stadt hinter ihnen. Für eine selige Weile waren sie allein, unberührt von den Vorbereitungen auf die Belagerung. Sie setzten sich ans Ufer und lehnten sich an einen dicken Kastanienbaum. »Es könnte eine ganze Weile dauern, bis wir ihn freibekommen. Ich habe schon mit drei verschiedenen Generälen und zwei Ministern gesprochen. Keiner von ihnen hat uns helfen können, zumindest bis jetzt noch nicht. Weil die Preußen kommen, kümmert sich niemand um diese Angelegenheit. Einer deutete an, ich sei besser beraten, wenn ich die Sache einstweilen auf sich beruhen ließe: Je eher der Prozeß stattfände, desto größer sei die Gefahr für Jules. Könnte sein, daß er recht hat. Ich habe um ein Gespräch mit General Trochu gebeten.«

»Wir werden selbstverständlich hierbleiben.« Serena hatte nie daran gezweifelt, daß sie bleiben würden. In der Wüste pflegten Feinde ihr Nahen nicht anzukündigen, wie die Preußen es taten. In der Sahara täuschte man den Gegner mit Lautlosigkeit und Überraschung. Europäische Kriege wurden frontal und direkt geführt. Wenn man den Feind kommen sah, konnte man sich vorbereiten. »Glaubst du, die Preußen werden in die Stadt einmarschieren?«

»Nein.« Henri hob ein Stöckchen auf und zeichnete eine Karte in den feuchten Boden am Flußufer. Er begann mit dem Zusammenfluß von Marne und Seine und zeichnete den Bogen der Seine, wo sie durch die Stadt floß. Der Fluß schwenkte dann zurück durch das Gelände des Châteaus und um den Bois de Boulogne herum und nahm schließlich seinen Weg nach Nordosten und zur Halbinsel Genevilliers.

»Das Château ist hier«, sagte er und malte ein Kreuz, »und die Stadtmauer hier. Du siehst, die Flußbiegung schützt uns. Sie ist eine natürliche Barriere gegen eine Invasion. Die Brücke nach St. Cloud wird zerstört werden. En plus, wir haben die Kanonen der Forts Mont Valérien, hier, und Issy, hier, die uns beschützen.« Der

Mont Valérien erhob sich am Ufer der Seine. Auf dem Gipfel stand eine Zitadelle, die mit ihren Geschützen einen großen Teil der westlichen Stadtviertel beherrschte. Henri deutete über den Fluß nach St. Cloud. »Die Preußen werden dort haltmachen«, sagte er. »Sie haben es nicht nötig, die Stadt anzugreifen. Schon in Metz haben sie gezeigt, was sie bevorzugen. Marschall Bazaine und seine Armee sitzen dort immer noch in der Falle. Das gleiche wird in Paris geschehen. Sie werden eine eiserne Schlinge um die Stadt legen und sie zuziehen. Und dann werden sie ihr Lager aufschlagen und warten. Die Zeit wird ihnen den Sieg bringen, ohne daß sie ihre Waffen brauchen.«

»Sie werden die Stadt aushungern,« sagte sie.

»Vielleicht. Aber ich glaube, es wird vorher zu Ende sein.«

Serena fühlte sich behaglich und sicher, wenn sie neben Henri saß – als wäre er ein Teil von ihr und sie von ihm. So war es immer bei ihnen. Es war vollkommen, dachte sie, und bei diesem Gedanken überkam sie plötzlich Angst, eine unerklärliche Angst, die über sie hinwegflutete und ihr das Herz abschnürte. Etwas Derartiges hatte sie nicht mehr empfunden, seit der Eber ihr vor so langer Zeit beinahe Moussa genommen hätte: ein kurzes, schreckliches Gefühl, das an Panik grenzte. Sie wandte sich Henri zu, nahm sein Gesicht sanft in beide Hände und hielt ihn fest. »Als ich noch in der Wüste lebte, gab es einen Teil von mir, der weder Mann noch Sohn kannte. Der Krieg hat mich nie geschreckt – und auch nicht der Tod. Aber jetzt ...« Ihre Augen glitzerten verräterisch, als sie die Arme um ihn schlang, und ihre Stimme klang brüchig. »Jetzt ertrage ich den Gedanken nicht, dich oder Moussa zu verlieren. Du bist mein Leben, Henri de Vries. Wenn dir etwas zustieße, wäre das mein Tod.«

Er hielt sie fest im Arm, strich ihr übers Haar und dankte seinem glücklichen Schicksal für diese Frau. Viele Stunden hatte er damit zugebracht, die Lage zu analysieren. Gewißheit konnte es nie geben, aber er war so zuversichtlich, wie er nur sein konnte. Er hatte in Betracht gezogen, sie mit Elisabeth und den Jungen aufs Land zu schicken, aber er wußte, daß sie einem solchen Plan niemals zustimmen würde. Also würden sie alle bleiben. Lebensmittel hatten sie. Die Vorräte in seinen Kellern waren reichlich bemessen, und man konnte jederzeit Kleinwild jagen. Vor Granatbeschuß wären sie notfalls hinter den massiven Mauern des Châteaus geschützt; dreißig Generationen hindurch hatte dieses Château der Familie de Vries geholfen, Kriegen und Belagerungen und der Revolution zu widerstehen. Aber er hatte ernst gemeint, was er gesagt hatte: Er glaubte nicht, daß es zum Beschuß kommen würde. Sein Land war längst gefallen, und die Preußen brauchten nur noch darauf zu warten, daß es das selbst begriff. Es war ein trauriger Gedanke, aber er glaubte, daß Paris mit einem Winseln fallen würde, nicht mit einem Knall.

»Uns wird nichts passieren«, sagte er, und die Überzeugung in seiner Stimme war ihr eine Hilfe. Er küßte ihre Ohren und ihren Hals. »Wir werden uns bemühen, das Leben für die Jungen so normal wie möglich weitergehen zu lassen. Und es gibt noch einen Grund, weshalb wir bleiben müssen. Eine Delegation des Verteidigungsausschusses war hier. Sie haben mich um Hilfe gebeten.«

Serena richtete sich auf. »Womit?«

»Ich soll Ballone bauen.«

»Ballone?«

»Ja. Die Stadt wird vom Rest der Welt abgeschnitten sein. Sie wollen mit dem übrigen Frankreich in Verbindung bleiben. Ballone können Post und Personen befördern.«

Sie warf ihm einen boshaften Blick zu, als sie sich an eine längst vergangene Zeit in der Wüste erinnerte.

»Und du hast es ihnen nicht gesagt«, stellte sie fest.

»Was habe ich ihnen nicht gesagt?«

»Daß du keine Ahnung hast, woher der Wind weht, und daß deine Ballone abstürzen.«

»Das war kein Absturz.« Henri lachte. »Ich habe dir gesagt, es war lediglich eine harte Landung. Außerdem soll ich sie ja nicht fliegen. Ich soll sie nur bauen.«

Moussa war elend zumute, denn mit Schwester Godrick erlebte er seine eigene, ganz private Hölle. Es war erst September, und schon jetzt war es das längste Jahr, das er je erlebt hatte. Vermutlich würde die Welt explodieren müssen, damit die Schule aufhörte, wenn selbst die Preußen außerstande waren, dafür zu sorgen. Aber sein Vater blieb hart. »Wenn die Preußen uns zwingen können, unsere Schulen zu schließen, dann haben sie gewonnen«, erklärte er. Moussa wies ihn darauf hin, daß andere Schulen aber bereits geschlossen seien. Aber der Graf wollte nichts davon wissen. »Solange wir die Schule offenhalten können, werden wir es tun«, sagte er.

In den Pausen hielten Moussa und Paul sich abseits, denn wenngleich sein Verhältnis zu den anderen Jungen sich seit dem Zwischenfall mit Pierre in der Latrine ein wenig entspannt hatte, so hatte Moussa doch immer noch keine Freunde gefunden. Bestenfalls war es zu einem unbehaglichen Waffenstillstand gekommen, und Moussa war es recht so. Er und Paul spazierten zum Rand des Schulhofs und kletterten dort auf den Zaun. Vergebens spähten sie über den Fluß hinweg nach irgendwelchen Anzeichen für das Nahen der Preußen.

»Die kommen nie«, maulte Moussa.

Paul sagte nichts. Er schwieg seit Tagen, aber Moussa behelligte ihn deswegen nicht. Jeder kannte die Launen des anderen gut.

Nach der Pause kamen sie mit den anderen Jungen wieder in die Klasse, um den letzten langweiligen Teil des Nachmittags zu absolvieren, der ganz der Mathematik gewidmet sein würde – und den unvermeidlichen Gebeten über die Mathematik, in denen Schwester Godrick den Herrn anflehte, er möge über die beträchtlichen Unzulänglichkeiten dieser Knaben hinwegsehen und ihren geringen Verstand schärfen. Moussa klappte sein Pult auf, um sein Heft herauszunehmen. Er runzelte die Stirn. Seine Bücher waren da, aber seine Büchertasche war verschwunden. Es war eine Ledertasche mit einem Schulterriemen gewesen, ein Geschenk von Gascon und die einzige Tasche ihrer Art in der Schule. Er wußte, daß er sie am Morgen ins Pult gelegt und seitdem nicht herausgenommen hatte. Er schaute sich in der Klasse um, konnte sie aber nirgends entdecken: Sie hing nicht an einem der Haken an der hinteren Wand und lag auch bei niemandem auf dem Pult. Jemand hatte sie gestohlen. Bevor er Nachforschungen anstellen konnte, schwebte der gebieterische Schleier von Schwester Godrick in die Klasse. Mit raschelnder Tracht ging sie zu ihrem Katheder. Das Geplapper der Jungen erstarb augenblicklich, als sie begann.

»Barmherziger Vater, durch deine unendliche Gnade sind wir hier zusammengekommen, um an den Lehren deines hochheiligen Sohnes ...«

Moussa bewegte die Lippen, aber er schloß weder die Augen noch senkte er den Kopf. Er wußte, daß Schwester Godrick es sehen würde. Er wußte, daß es ihn wieder etwas kosten würde. Es war jeden Tag das gleiche, ein Ritual zwischen ihnen beiden. Aber diesmal bemerkte Schwester Godrick es nicht. Sie beendete das Gebet und bekreuzigte sich. »Setzen.«

Wie ein Mann setzten die Jungen sich hin und warteten, während sie die Kathederschublade aufzog, um das Lehrbuch herauszunehmen. Sie tat es automatisch, ohne hinzuschauen, schob sie ihre Hand in die Schublade und tastete nach den Einbandkanten des Buches. Aber was sie da fühlte, war nicht das Buch. Entsetzt schnappte sie nach Luft und stieß einen kleinen Schrei aus. Blitzschnell zog sie die Hand zurück und sprang so hastig auf, daß sie ihren Stuhl umstieß, der polternd zu Boden fiel. Schwester Godrick rieb ihre Hand an ihrer Tracht und starrte die Scheußlichkeit an. Dort, mitten in der Schublade, lag eine Schlange. Es war eine kleine Schlange. Sie hatte behaglich zusammengerollt im Dunkeln gelegen, bis die Schwester sie erschreckt hatte, und jetzt schaute sie beunruhigt heraus. Es war eine harmlose Strumpfbandnatter, aber das wußte Schwester Godrick nicht. Sie wußte nur: Dies war eine Schlange.

Für einen Augenblick war die Schwester sprachlos. Der Schrecken durchströmte sie in Wellen bis zu den Zehen. Die Angst schnürte ihr die Kehle zu. Aber äußerlich war ihre Haltung wie immer, wenn sie vor der Klasse stand. Sie schloß die Augen und umklammerte ihren Rosenkranz. Mit stahlharter Entschlossenheit faßte sie sich: Die Schüler sollten sich nicht an ihrer Not ergötzen. Hastig bekreuzigte sie sich.

»Seht doch, eine Schlange!« sagte Pierre, als er und die anderen Jungen sich herandrängten. »Ich hole sie heraus.«

Die Nonne nickte stumm. Er griff in die Schublade und packte die Schlange hinter dem Kopf. Er hob sie aus der Schublade, und sie wand sich in seiner Hand. Schwester Godrick wich einen Schritt zurück, und Pierre trug das Tier rasch hinaus. In der Stille wechselten die anderen Jungen Blicke, und der eine musterte den anderen, um zu sehen, wer wohl Bescheid wußte.

»Setzen.« Der Schock war vorbei, Schwester Godrick hatte die Fassung wiedergefunden, und die Jungen gehorchten. Sie hob ihren Stuhl auf, stellte ihn hin, strich ihre Tracht glatt und nahm Platz. Vorsichtig öffnete sie alle übrigen Schubladen in ihrem Katheder und untersuchte jede einzelne bis in den hintersten Winkel. Mit einem Lineal hob sie ihre Papiere hoch und stocherte darunter herum. Als sie endlich sicher war, daß keine weiteren Überraschungen auf sie lauerten, erkundete sie die Schublade, in der sie die Schlange gefunden hatte. Sie schob das Ende des Lineals durch etwas und hob es heraus. Behutsam, als wäre es eine Ladung Dynamit, legte sie es mitten auf das Katheder, wo alle es sehen konnten.

Moussa spürte, daß er rot wurde, als er sah, was es war. Sie schaute ihn an, und trotz der Entfernung fühlte er, wie ihr Blick brannte. Er wußte, daß sie sah, wie er errötete. Er wünschte, er hätte sich das abgewöhnen können, könnte das kribbelnde Gefühl unterdrücken, das ihn überflutete, wenn er nervös oder verlegen war, und das seine Haut dann rot färbte. Mehr als einmal hatte es ihn schon in Schwierigkeiten gebracht, wenn er sich etwas zuschulden hatte kommen lassen. Jetzt, wo er unschuldig war, konnte es genauso wirken.

»Michel«, sagte sie, »komm her.«

Mit klopfendem Herzen und trockenem Mund stand er auf und ging zu ihr nach vorn. Wie immer bemühte er sich, ihrem Blick standzuhalten und ihn zu erwidern. Es war totenstill im Raum.

»Du hast bei deinem kleinen Streich deine Büchertasche vergessen, Michel«, sagte sie und deutete auf die verschwundene Ledertasche. »Oder hattest du Angst, die Schlange herauszunehmen?«

Vor lauter Nervosität dachte er nicht nach, und das erste, was ihm über die Lippen kam, war eine Verteidigungsrede für seine eigene Tapferkeit. »Das war eine Strumpfbandnatter, Schwester. Ich habe keine Angst vor Strumpfbandnattern.« Es war das Dümmste, was er hätte sagen können. Er erkannte seinen Irrtum auf der

Stelle und beeilte sich, ihn zu korrigieren, aber sie kam ihm zuvor.

»Offenbar nicht, denn du hast sie ja in die Tasche gesteckt. Du wußtest also davon.«

»Nein, Schwester. Ich wollte sagen – ich habe nur versucht zu erklären, daß Strumpfbandnattern nicht beißen. Man braucht keine Angst vor ihnen zu haben. Ich wollte nicht –«

»Der Herr ist dein Zeuge, Michel de Vries. Verschlimmere deine Lage nicht, indem du vor ihm lügst.«

»Aber ich war es nicht, Schwester. Jemand hat die Tasche aus meinem Pult genommen.«

»Aber davon hast du nichts gesagt.«

»Ich habe es ja gerade erst bemerkt, Schwester.« Wenn doch nur im nächsten Augenblick eine preußische Granate einschlagen wollte!

»Jemand hat deine Tasche weggenommen, willst du sagen.«

»Jawohl, Schwester.«

»Und weißt du auch, wer das gewesen sein könnte?«

Moussa zögerte. Er wußte es sehr wohl, aber er hätte die Sache lieber nach dem Unterricht geregelt. Gleichzeitig hatte er es satt, immer wieder Ärger für Dinge zu bekommen, die er nicht getan hatte. Er beschloß, es einmal anders zu probieren.

»Ich glaube, es war Pierre, Schwester.«

»Pierre! Tritt vor!«

Pierre stand auf und kam eilig nach vorn. Mit ungerührter Miene blieb er vor ihr stehen.

»Hast du diese Tasche aus Michels Pult gestohlen?«

»Nein, Schwester.«

»Hattest du etwas mit der Schlange zu tun?«

»Nein, Schwester.«

Sie starrte den Jungen durchdringend an. Ihre Augen waren schmal und streng. Manchmal brachte sie Kinder damit aus der Fassung, und es half ihr, die Wahrheit zu ergründen. Manchmal aber bekamen sie nur Angst und fingen an zu weinen. »Gott ist dein Zeuge, Pierre. Setze nicht deine Seele aufs Spiel, indem du vor ihm lügst! *Hast du davon gewußt?*« Pierre schaute sie an und schlug dann die Augen nieder. Er gehörte zu den Kindern, die Angst bekamen. Seine Stimme zitterte, als er antwortete.

»Nein, Schwester. Ich schwöre es vor Gott.«

Moussa schloß die Augen. Er hätte es wissen müssen.

»Gut. Du kannst dich wieder setzen.«

Mit einem lautlosen Seufzer kehrte Pierre zu seinem Platz zurück und warf seinen Freunden einen verschmitzten Blick zu.

Moussa versuchte es noch einmal. »Schwester, auch ich schwöre –«

»Tu es nicht!« herrschte sie ihn an, bevor er weitersprechen konnte. »Ein Junge, der nicht einmal im Gebet das Haupt vor dem Herrgott beugt, wird auch nicht in seinem Namen schwören! Wage es ja nicht!« Schwester Godrick erhob sich. »Für deine Lüge, Michel, wirst du im Jenseits die Strafe Gottes erleiden. Für die Schlange erhältst du jetzt die meine. Laß die Hosen herunter.«

»Hier?«

»Hier.«

Moussa war entschlossen, seine Angst nicht zu zeigen. Er hörte die Stimme seines Vaters: *Das einzige, was sie respektieren, ist Stärke.* Mit aller Kraft nahm er seinen ganzen Mut zusammen, um stärker auszusehen, als er sich fühlte. Sein Blick zeigte, daß er sich nicht geschlagen gab. Er würde sich unterwerfen, aber er war nicht besiegt – nicht von Schwester Godrick, nicht von einer Tracht Prügel, nicht durch den Verrat eines anderen Schülers.

Er mußte sich über ein Pult legen und die Tischbeine umfassen. Dann ließ sie die Jungen in einer Reihe antreten, damit sie deutlich mit ansehen könnten, was passierte. Moussa würde vor ihnen gedemütigt werden, und seine Strafe wiederum würde zur Warnung und Einschüchterung dienen. So hatte jeder etwas davon. Sie befahl ihm, seinen Klassenkameraden den Kopf zuzuwenden, damit er sehen konnte, wie sie ihn beobachteten. Nur das Hemd bedeckte noch sein Hinterteil. Moussa sah, daß die Jungen angesichts dieser Entblößung grinsten. Das Eichenpaddel fuhr pfeifend hernieder. Schwester Godrick handhabte es mit schrecklicher Wucht, so daß ein paar der Jungen zusammenfuhren, als es auftraf. Dies würde keine gewöhnliche Tracht Prügel werden – sie sahen es an ihrer Haltung. Sie war von kleiner Statur, aber sie legte sich mit dem ganzen Oberkörper in den Schlag und zielte mit großer Sorgfalt. Nach fünf Hieben hielt sie keuchend inne.

»Ein Geständnis wird dir die Gnade des Herrn eintragen, Michel«, sagte sie.

»Ich habe es nicht getan, Schwester.«

Sie biß die Zähne zusammen, und das Eichenholz schwirrte erneut herab. Sieben, acht, neunmal. Der ganze Raum war erfüllt vom schrecklichen Geräusch des Paddels. Wieder und wieder fand die scharfe Eichenholzkante ihr Ziel und biß in sein Fleisch. Niemand sagte etwas, niemand wagte sich zu rühren. Es war heiß im Klassenzimmer, und Moussa hatte Mühe, nicht laut zu schreien. Es brannte furchtbar. Am liebsten hätte er nach hinten gegriffen, seine Haut gepackt und zusammengehalten.

Nach dem zwölften Schlag hörte sie wieder auf.

»Ein Geständnis wird dir die Gnade des Herrn eintragen, Michel«, wiederholte sie.

Moussas Fingerknöchel waren weiß, so fest umklammerte er die Tischbeine. Tränen standen ihm in den Augenwinkeln, und er biß die Zähne zusammen. *Sei stark, sei stark, sei stark.* Er gab keinen Laut von sich.

»Also gut. Dein Stolz ist dein Verhängnis, Michel. Der Stolz ist der Teufel in dir.« Und wieder schlug der hölzerne Blitz ein. Paul schaute weg, dem Weinen nahe. Er wußte, daß Moussa stark war, aber er hatte nicht gewußt, daß er eine solche Bestrafung auf sich nehmen konnte. Drei Schläge waren das übliche, mehr als fünf hatte noch keiner ertragen müssen, und auch die waren niemals mit solcher Gewalt geführt worden – nicht einmal, wenn der Curé persönlich sie verabreichte.

Ein roter Fleck erblühte auf Moussas Hemdzipfel. Blut rann hinten an seinem linken Bein herunter. Er wollte schlucken, aber sein Mund war zu trocken. Das Feuer brannte weißglühend. Er schloß die Augen fest vor der Welt. *Sei stark, sei stark.*

Das Blut lief ihm in die Kniekehle und sammelte sich dort zu einer kleinen Pfütze. Bei fünfzehn wußte Moussa, daß er keinen einzigen Schlag mehr aushalten konnte. Er wollte aufschreien und gestehen, als es plötzlich aufhörte. Am ganzen Körper bebend wartete er auf den nächsten Hieb. Er erwartete, daß sie etwas sagen, daß sie ihm noch einmal die Gnade des Herrn anbieten werde, aber sie blieb stumm. Schwester Godrick ließ das Paddel fallen.

Ihr Blut war in Wallung, sie war in höchster Erregung, und die Rache des Herrn flutete heiß durch ihre Adern. Aber sie sah das Blut und bezähmte sich. Sie wollte den Jungen nicht verstümmeln, und das Paddel hatte ihm kein Geständnis entlocken können. Die Strafe Gottes war noch nicht vollendet, aber die ihre war es für den Augenblick. Moussas Stärke war ebenso außergewöhnlich wie sein Stolz. Stumm betete sie zum Herrn, er möge ihr die Weisheit geben, mit diesem Jungen richtig umzugehen.

»Wir werden sehen, ob du deine Lektion gelernt hast, Michel«, sagte sie, als sie wieder zu Atem gekommen war. Sie richtete sich auf und strich ihre Tracht glatt. Dann schaute sie die Jungen an, die aufgereiht dastanden und sie beobachteten. Sie waren totenstill und hatten Angst. Die Übung war also fruchtbar gewesen. Es war an der Zeit, zur normalen Ordnung der Dinge zurückzukehren.

»Kehrt auf eure Plätze zurück. Öffnet die Übungsbücher auf Seite sieben.« Die Jungen bewegten sich, als wären sie von der Schlange gebissen worden.

Die Preußen taten Moussa eine Woche später den Gefallen, wenn auch nur vorübergehend. Kurz nach dem Morgengrauen hörten Paul und Moussa eine mächtige Explosion, und zusammen mit Gascon rannten sie zum Flußufer. Dort kletterten sie auf einen Baum und sahen an der Brücke von St. Cloud Rauch aufsteigen; die Verteidiger von Paris hatten sie gesprengt. Auf der anderen Seite des Flusses, oben hinter den Bäumen, standen dicke Staubwolken über den unsichtbar anrückenden Kolonnen des Kronprinzen von Sachsen, die von Osten heraufmarschierten, um den Südteil der Stadt einzuschließen. Gleichzeitig ließ der preußische Kronprinz seine Truppen im Norden aufziehen. Zusammen verfügten die beiden Prinzen über mehr als eine Viertelmillion Soldaten, die rings um Paris ihre Belagerungsstellungen bezogen. Machtvolles Dröhnen ließ die Luft erbeben, als die Festungen im Umkreis der Stadt die Reichweite ihrer Geschütze erprobten und auf die preußischen Stellungen feuerten. Das Feuer wurde nicht erwidert, denn die Preußen hielten sorgfältig Abstand. Ferne Explosionen signalisierten das Ende weiterer Brücken. Der Eisenbahn- und Schiffsverkehr wurde vollständig eingestellt, und Paris schloß seine Tore. Die Preußen zerschnitten die Telegraphendrähte, die aus der Stadt kamen. Und schließlich stießen die beiden Armeen im Westen zusammen, und der Ring war geschlossen.

Die Belagerung von Paris hatte begonnen.

Es waren hektische Tage für Henri. General Raspail half ihm, einen Soldaten namens Blanqui ausfindig zu machen, einen harten, drahtigen Mann, der im Dienst bei den *Chasseurs* in Algerien ausgezeichnet worden war. Blanqui war zäh, geschmeidig und mit einer guten Beobachtungsgabe ausgestattet; er hatte mehrere Jahre in Sedan gelebt und kannte die Gegend gut. Über Henris Einfall, Jules' Zeugen, den Major Duprée, zu suchen, lachte er, aber gegen ein Honorar von fünfzigtausend Francs im voraus und weiteren fünfzigtausend Erfolgsfall fand er sich bereit, zwei Mann zu nehmen und sich mit ihnen auf die Suche zu machen. Er würde den Weg verfolgen, den Duprée und sein Regiment genommen hatten, von jenem Bauernhaus bis zum Schlachtfeld von Sedan, und notfalls würde er die Spitäler durchforschen und Soldaten befragen.

»Aber selbst wenn ich Duprée finde, nützt es dem Colonel vielleicht nichts«, meinte Blanqui. »Ihr Bruder ist in der Hand von Wahnsinnigen. Ich kenne Leute, die ihn noch heute nacht mühelos aus der *Ecole* herausholen könnten, und es würde Sie sehr viel weniger kosten.«

Daran hatte Henri auch schon gedacht, aber nur als letzte Möglichkeit. Er wußte, daß sein Bruder etwas Derartiges niemals zulassen würde. Seine Ehre stand auf dem Spiel. Im Schatten falscher Anschuldigungen die Flucht zu ergreifen, seine Familie zu entehren, im Exil zu leben – dazu würde er sich nicht überwinden können.

»Vielleicht später«, sagte er.

»Später ist es vielleicht zu spät, Herr Graf.« Blanqui zuckte die Achseln. »Aber ich werde tun, was Sie wollen.«

Blanqui hatte auch den Auftrag, Neues über Delescluze in Erfahrung zu bringen, aber diese Suche, dessen war er sicher, würde vergebens sein. Er würde die ganze Arbeit tun müssen, ohne den Argwohn der Preußen zu erregen, die das Land beherrschten, in dem er operieren würde. Er hatte graues Haar und einen kurzen, stachligen Bart, und er hinkte, seit er mit einem arabischen Krummsäbel Bekanntschaft gemacht hatte. »Die Preußen werden mich für einen der vielen kraftlosen Franzosen halten«, sagte er. »An denen komme ich vorbei.«

Weder er noch Henri wußten genau, was er tun würde, wenn er wirklich erfolgreich wäre. Es gab keine Kommunikationsverbindung zwischen Paris und dem Rest des Landes. Blanqui würde Duprée durch das ganze besetzte Frankreich schmuggeln und ihn dann unbemerkt durch die preußischen Linien in die Stadt bringen müssen. Er zuckte die Achseln, wenn sie davon sprachen. »Es hat keinen Sinn, jetzt Pläne zu machen«, sagte er. »Wir haben ja keine Ahnung, was der Hunne bis dahin noch alles anstellt. Paris könnte zu Asche verbrannt sein. Wenn ich den Mann finde, Graf, wird mir schon etwas einfallen. Das ist das geringste meiner Probleme.«

Blanqui und seine Leute verließen Paris fünf Tage, bevor die Preußen die Stadt abriegelten.

Als sie fort waren, wandte Henri seine Aufmerksamkeit den Ballonen zu. Es war ein waghalsiger Plan des Ausschusses, jeden zweiten oder dritten Tag einen Ballon aufsteigen zu lassen, der Post und Depeschen und den Geist von Paris aus der Stadt ins Land hinaustragen sollte. Die Franzosen hatten einhundert Jahre zuvor die Ballone erfunden, und sie verstanden mehr davon und wußten sie besser zu bedienen als irgend jemand sonst auf der Welt, und jetzt würden sie sie im Angesicht der Preußen fahren lassen, doch unerreichbar für sie. »Wenn sie zu uns hochschauen, spucken wir ihnen ins Auge«, sagte der Ausschuß. Das zumindest war der Plan.

Henri und die anderen erfahrenen Ballonbauer und -fahrer, die der Ausschuß angeworben hatte, verfügten nur über geringe Mittel. In Paris gab es nicht mehr viele Ballone, und die meisten davon waren von der Weltausstellung von 1867 übriggeblieben. Ihre Hüllen waren verschlissen, die Körbe ramponiert. Sie mußten instand gesetzt und neue mußten gebaut werden. Henri sollte im Gare d'Orléans arbeiten, in dem riesigen Bahnhof, wo die Eisenbahnen durch die Belagerung in Schlummer versetzt worden waren. Er wanderte durch die gespenstisch stille Halle mit ihren hoch aufgeschwungenen Bögen und Eisenträgern, und er war zufrieden: Sie war groß genug, um einem solchen Unternehmen Platz zu bieten. Er würde mindestens siebzig Freiwillige für seine Aufgabe brauchen, darunter auch die Männer, die die Ballone fahren würden, denn gerade sie mußten ja wissen, wie die Ballone gebaut waren.

Es gab nur wenige qualifizierte Ballonfahrer in der Stadt. Man mußte Freiwillige auftreiben und ausbilden, aber an denen würde kein Mangel herrschen. Die belagerte Stadt mit einem prachtvollen Ballon zu verlassen, das wäre heroisch: eine Heldentat, die nach dem kurzen und unrühmlichen Krieg auf viele Männer großen Reiz ausüben würde. Es war ein gefährliches Unternehmen, und doch würden sich um jeden Platz mindestens zehn Männer streiten. Henri schätzte, daß er durch Unerfahrenheit mindestens ebenso viele Leute verlieren würde wie durch preußische Kugeln oder durch Gefangenschaft.

Sobald er sich an die Arbeit gemacht hatte, fand er kaum noch Zeit zum Schlafen. Leuchtgasvorräte mußten beschafft werden, dazu die Röhren, die man benötigte, um die Ballone damit zu füllen. Seide gab es in der ganzen Stadt nicht mehr. Man würde Baumwollstoff benutzen müssen. Der Stoff wurde in Streifen geschnitten und von Näherinnen an langen Tischen zusammengenäht. Jede Naht wurde inspiziert und geprüft. Henri erprobte unterschiedliche Mischungen von Firnis, die er auf den Stoff auftragen ließ. Die ersten Versuche machten den Stoff zu steif und brüchig. »Nein, nein«, sagte Henri, als er sah, was seine Assistenten da produziert hatten, »so fahren sie niemals.« Und sie versuchten es von neuem. Bei anderen Mischungen blieb der Stoff zu weich und durchlässig, so daß das Gas allzu schnell entweichen konnte. Schließlich stieß er auf eine Kombination von Leinöl und Bleioxyd, die für den Zweck geeignet zu sein schien. Ein mühseliger Prozeß begann: Jede Bahn mußte behandelt und getrocknet werden, und dann mußte der Stoff weiterwandern, damit die nächste Bahn an die Reihe kommen konnte. Die fertigen Hüllen schaffte man ans Ende der riesigen Halle, wo sie teilweise gefüllt wurden, um dann noch einmal geprüft zu werden. Netze wurden aufgelegt, an denen die Körbe befestigt wurden. Die Körbe waren aus Holz und Weidengeflecht, und sie hingen zunächst von den Trägern der Halle herab. Henri installierte eine vollständige Übungsanlage mit Leinen und Ballast, und dann begann er mit der Ausbildung seines Balloncorps. Die meisten seiner Freiwilligen waren Matrosen. Wer gerade nicht damit beschäftigt war, die Fahrtechnik zu erlernen, mußte Seile schlagen und Säcke mit Ballast füllen.

Die Männer und Frauen in der Halle waren guten Mutes; sie schwatzten aufgeregt, und alle waren froh, etwas tun zu können, statt einfach düster warten zu müssen. Hier war einer der wenigen Orte von Paris, wo niemand in Gedanken an die feindliche Überlegenheit und die Niederlage auf dem Schlachtfeld versunken war.

Henri schaute stolz zu, als die ersten Ballone gefüllt wurden. »Hübsch sehen sie nicht aus«, sagte er zu einem Mann vom Verteidigungsausschuß, der gekommen war, um sich die Sache mit ihm zusammen anzusehen. »Aber fahren werden sie.«

10.

»Laß ihn uns rausholen.«

»Was?«

»Ich sagte, laß ihn uns rausholen.«

Moussa und Paul saßen in ihrem Baumhaus. Moussa versuchte mit seiner Schleuder eine Taube zu treffen. Der Vogel war außer Reichweite und Gefahr. Moussa zielte mit ein paar Steinen auf andere Dinge – er beobachtete den Vogel aus dem Augenwinkel und hoffte, ihn für einen Augenblick zur Unvorsichtigkeit zu verleiten. Paul schnitzte an einem Stück Eschenholz herum. Der Boden des Baumhauses war mit Holzspänen übersät, und unter seinen Händen nahm ein ganz passables Segelschiff Gestalt an. Es war ein träger Samstag nachmittag, heiß, schwül und drückend langweilig. Sie waren bitter enttäuscht von den Preußen, denn die hatten sich als eine öde Bande entpuppt. Seit dem Morgen, da Paris eingekreist worden war, hatten die Jungen sich hundertmal ans Ufer der Seine gewagt und jedesmal damit gerechnet, daß sich vor ihren Augen an den Böschungen des Seine-Ufers eine Entscheidungsschlacht entfaltete. Jedesmal waren sie enttäuscht heimgekehrt. Es gab nichts zu sehen, überhaupt nichts. Im Süden der Stadt, bei Châtillon, hatte es eine schreckliche Schlacht gegeben, aber daß es eine Schlacht gewesen war, wußten sie nur, weil Henri es ihnen gesagt hatte und weil der Fußboden im Château von der schweren Artillerie gebebt hatte. Aber Hören war nicht das gleiche wie Sehen, und etwas zu sehen war schlechterdings unmöglich, denn der Graf hatte ihnen streng verboten, das Gelände des Châteaus zu verlassen, außer um zur Schule oder mit seiner Erlaubnis nach Paris zu gehen. Das bedeutete, daß sie die Lage nicht mit eigenen Augen inspizieren konnten. Da flog die ganze Welt in die Luft, und sie hockten in einem blöden Baumhaus.

Eine Belagerung war einfach nicht besonders aufregend.

»Wen rausholen?«

Moussa zog eine Grimasse und ließ den nächsten Stein fliegen. »Wen kennst du denn alles, der rausgeholt werden müßte? Deinen Vater, du Idiot!«

Paul sagte eine Zeitlang nichts. Moussa war verrückt. Sicher,

Paul sehnte sich verzweifelt danach, seinen Vater zu sehen, mit ihm zu reden und sich zu vergewissern, daß es ihm gutging. Onkel Henri behauptete es zwar, aber das war nicht das gleiche, wie wenn er es selbst sehen könnte. Aber sie erlaubten ihm nicht, seinen Vater zu besuchen.

»Du kannst da nicht hinein«, hatte Henri gesagt. »Es ist ein Militärgefängnis. Da dürfen keine Zivilisten hinein.«

»Dich haben sie doch auch hineingelassen.«

»Ich bin ein Graf. Das ist fast so gut, als wäre man beim Militär.«

»Ich bin der Neffe eines Grafen.«

»Es geht nicht, Paul. Es tut mir leid.« Tatsächlich hatte Henri gelogen. Er hätte Paul mühelos in das Militärgefängnis hineinbringen können, denn die Soldaten, die es bewachten, waren faul und korrupt. Er selbst hatte es sogar für eine gute Idee gehalten, den Jungen zu seinem Vater mitzunehmen, aber darüber hatte er zunächst mit Jules gesprochen, und der hatte heftige Einwände erhoben.

»Nein! Ich erlaube nicht, daß mein Sohn mich so sieht«, hatte Jules gesagt. »Er soll mich nicht in einem Käfig sehen.« Henri hatte es geschafft, seinem Bruder eine neue Uniform und Toilettenartikel zu besorgen, und nun sah Jules aus wie ein neuer Mensch und fühlte sich auch so, aber er war immer noch ein Colonel im Gefängnis, umgeben von einer unappetitlichen Meute von Wächtern und Gefangenen. Da gab es so viel, was ein Junge in Pauls Alter niemals verstehen würde. Jules blieb fest: Er könne in seiner Lage allem ins Auge sehen, von einem Kriegsgericht bis zum Pöbel. Aber nicht seinem eigenen Sohn. Noch nicht. »Du mußt ihn belügen, Henri.«

»Er glaubt an dich, Jules. Wenn er dich eingesperrt sieht, wird es daran nichts ändern. Er weiß, was geschehen ist. Er hat dich auf dem Karren gesehen. Schlimmer kann dieses Gefängnis auch nicht sein. Damit wird er fertig. Er ist ein starker Junge. Ich glaube, es wäre gut für ihn.«

»Nun, aber du irrst dich. Ich werde es nicht erlauben. Ich werde ihn wiedersehen, wenn ich frei bin. Keinen Augenblick eher. Und ich diskutiere auch nicht weiter darüber.«

Henri hatte den Wunsch seines Bruders respektiert und die Lüge erzählt, so daß Paul keinen Zutritt zu der Zelle seines Vaters bekam und weiterhin auf seine Phantasie angewiesen war. Aber er dachte die ganze Zeit an seinen Vater, und er schrieb ihm auch einen Brief, den er Henri mitgab:

Lieber Vater,

es geht Ihnen hoffentlich gut. Ich werde Sie bald sehen, wenn man Sie erst gehen läßt. Ich hoffe, Sie haben viele Preußen getötet. Sie lagern drüben am anderen Ufer, aber wir haben noch keinen gesehen. Ich habe mit Moussa einen Frosch gefangen, aber er ist gestorben. Er war groß. Er erwartet Sie zu Hause in einer Schachtel.

Ihr Sohn Paul

Er vermißte seinen Vater schrecklich, war zornig auf jeden und verstand nichts. Er haßte die Preußen, weil sie so viel gesiegt hatten. Er haßte die Franzosen, die für die Gefangenschaft seines Vaters verantwortlich waren, und er haßte die Leute auf der Straße, die seinen Vater vor seinen Augen gequält hatten. Er wünschte sich, daß alles wieder so sein möge wie früher. Er wünschte sich seinen Vater zurück. Und jetzt redete dieser wahnsinnige Cousin davon, ihn herauszuholen.

»Du bist ja verrückt«, sagte er zu Moussa. »Wir können ihn nicht rausholen.«

»Aber sicher! Ich habe gehört, wie mein Vater mit einem Mann sprach, der sagte, es wäre leicht. Du hast die *Ecole* doch schon gesehen. Es ist ein großer Hof, mit einer Mauer drum herum und ein paar Zäunen für die Gefangenen! Sie sind nämlich alle draußen. Wir können uns an der Mauer entlangschleichen und ein Seil zu ihm reinwerfen. Er kann rausklettern, und wir verschwinden alle drei!« Es war ein Kinderspiel für Moussa, der über einen unbegrenzten Vorrat an Selbstsicherheit verfügte, wenn es um Komplotte ging. Wenn ein Erwachsener es konnte, behauptete er, dann könnten sie es auch, nur besser. Sie waren zehn Jahre alt und unbesiegbar.

Paul dachte darüber nach. Zunächst war es nur die wahnsinnige Idee seines Cousins, aber je länger er darüber nachdachte, desto faszinierender klang das Ganze. Er glaubte nicht, daß sie es wirklich schaffen würden, ihn herauszuholen – das klang einfach unmöglich, wieder einmal so einer von Moussas großen Plänen. Aber vielleicht würde er seinen Vater doch wenigstens sehen können, damit er wüßte, daß er wohlauf war. Und vielleicht könnte er sogar mit ihm sprechen.

»Was glaubst du, was sie mit uns machen, wenn wir erwischt werden?«

»Na, erschießen werden sie uns nicht, glaube ich.«

»Wahrscheinlich schließen sie uns für die nächsten hundert Jahre mit Schwester Godrick ein.«

Moussa runzelte die Stirn. »Dann lasse ich mich aber wohl doch lieber erschießen. Aber hör doch, wir werden nicht erwischt. Ich weiß, wie wir es machen.« Er schleuderte noch ein paar Steine auf die Taube, die aber anscheinend wußte, wie weit sie sich von diesem Jungen fernhalten mußte. Dann legte er seinen Plan in allen Einzelheiten dar. Als er fertig war, überlegte Paul und schlug dann ein paar Verbesserungen vor, die Moussa allesamt gefielen.

»D'accord«, sagte Paul schließlich, und er spürte die Schmetterlinge im Bauch, die er dort immer spürte, wenn er im Begriff war, etwas Unrechtes zu tun, und es wußte. »Dann holen wir ihn raus.«

Sie verbrachten den Nachmittag mit den Vorbereitungen. »Wir brauchen dazu eine Karte, damit es auch richtig ist«, meinte Moussa, und obwohl sie jeden Zoll des Weges kannten, zeichnete er eine Karte, und Paul malte sie mit Buntstiften sorgfältig aus. Sie gingen zum Fluß, um ihr Floß zu holen und es im Wald zu verstecken. Am Abend schlangen sie hastig ihr Abendbrot herunter und überraschten Serena damit, daß sie früh zu Bett gingen. »Ein großer Tag morgen«, sagte Moussa unbestimmt zu ihr. Henri war im Bahnhof in der Stadt bei den letzten Vorbereitungen für einen Ballonstart, der am nächsten Morgen stattfinden sollte, und würde an diesem Abend gar nicht nach Hause kommen.

Um zehn Uhr waren im Château alle Lichter gelöscht. Das Haus war still. Die beiden Jungen öffneten ihr Schlafzimmerfenster und krochen hinaus aufs Dach. Sie hatten sich dunkel gekleidet und Strümpfe über den Kopf gezogen: Moussa meinte, sie wären dann nicht so leicht zu sehen. Jeder hatte zwei Messer bei sich.

»Eins mußt du dir in den Schuh stecken, für den Fall, daß wir gefangen werden«, riet Moussa. Paul trug ein zusammengerolltes Seil über der Schulter. Sie rutschten die Dachpfannen bis zu einem Sims herunter, wo sie einen Ast erreichen und sich von dort auf den Boden hinunterlassen konnten. So hatten sie das Haus schon hundertmal verlassen. Am Fuße des Baumes blieben sie stehen, um sich umzuschauen und zu lauschen. In der Remise brannte noch ein Licht, aber es war niemand zu sehen. Die Nacht war kühl und bewölkt. Im Nordosten sahen sie, wie das neue elektrische Licht am Montmartre von den Wolken zurückgeworfen wurde. Irgendwo bellten Hunde. Ein leichter Wind ließ die Blätter an den Bäumen rascheln und trug den Duft ferner Küchenfeuer heran. Paul lehnte sich an den Baum und sah Moussa an. Das Stillstehen gab ihm Gelegenheit zum Überlegen. Allmählich kamen ihm doch Bedenken, aber bevor er etwas sagen konnte, gab Moussa das Signal, daß die Luft rein sei. »Tout est bien«, flüsterte er. »Also los.« Paul sah ihm nach, als er lautlos zwischen den Bäumen hindurch auf den Bois zulief, und schüttelte den Kopf. Dann holte er tief Luft und stürmte seinem Cousin nach in die Dunkelheit.

Sie liefen am Rand des Bois de Boulogne entlang und suchten sich behutsam ihren Weg zwischen Scharen von schlafenden Schafen, die einen überwältigenden Gestank verbreiteten. Ab und zu ließ eines sich stören und blökte klagend. Die beiden kannten ihren Weg genau; sie benutzten Baumstümpfe, Hecken und Gräben, um sich Deckung zu verschaffen. Hin und wieder stießen sie auf Milizpatrouillen, aber statt zu patrouillieren, hatten die Männer sich hinter neu errichteten Redouten um kleine Feuer versammelt, sie steckten die Köpfe zusammen und hielten Weinflaschen in den Händen. Die Nacht war still, und die Männer langweilten sich. Die Jungen hörten sie murren und murmeln.

Die erste Herausforderung dieser Nacht bestand darin, in die eigentliche Stadt hineinzukommen, denn dazu mußten sie die große Mauer überwinden, die sie umgab. Paul meinte, sie könnten doch einfach durch eins der Tore spazieren, für die sie Ausweise hatten, aber Moussa verdrehte die Augen bei dem bloßen Gedanken. »Wir können doch nicht durch das Tor spazieren«, sagte er. »Merde, wir sind doch in geheimer Mission unterwegs. Was sollen wir der Wache sagen? Daß wir einem Gefangenen zur Flucht verhelfen wollen? Außerdem brauchen wir einen Weg, der uns nachher wieder hinausbringt, wenn wir deinen Vater haben.«

Tatsächlich hätte ihnen am Tor kein Mensch eine Frage gestellt, nicht einmal zu dieser späten Stunde. Eine Sperrstunde war noch nicht verfügt, und zu allen Tages- und Nachtstunden herrschte starker Fußgängerverkehr. Aber natürlich ging es kaum darum, daß sie ausgefragt werden könnten. Moussa wollte, daß die Mission in einer gewissen Atmosphäre stattfand, und durch ein Tor zu schlendern war ja längst nicht so abenteuerlich, wie wenn man sich vor der Nase der Bewacher in eine Stadt hineinschlich. Es war wenig einfallsreich oder tapfer, ja nicht einmal besonders französisch, derart geradlinig zu handeln, wenn List und Tücke so viel bessere Dienste leisteten.

»Ich verstehe, was du meinst.« Paul war schließlich einverstanden, wenngleich seine Begeisterung über den Plan mit jedem Schritt schwand, während seine Nervosität zunahm. Aber er war kein Feigling, und es war ihm unerträglich, sich vorzustellen, wie Moussa ihn verspotten würde, wenn er sich jetzt weigerte.

Am Rande des Bois machten sie an einem Abflußrohr halt, um das geheime Transportmittel zu holen, das sie dort am Tage versteckt hatten: ihr kleines Holzfloß mit den Paddeln. Auf dem Fluß beim Château hatten sie es schon viele Male schwimmen lassen. Jetzt hatten sie den Plan, es zur Seine zu tragen, wo der Fluß durch eine Lücke in der Stadtmauer strömte. Sie würden das Floß ins Wasser setzen, im Schatten der Mauer hinüberpaddeln und im Innern von Paris am linken Ufer landen.

»Das geht ganz einfach«, versprach Moussa.

»Und was ist mit den Wassertoren?« wollte Paul wissen. Große Tore wurden über den Fluß geschwenkt, um den Verkehr aufzuhalten.

»Am Rand ist Platz. Das Floß ist klein genug. Wir können außen dran vorbei.«

Die Jungen schleppten das Floß bis zum Fuß der mächtigen Steinmauer. Es war ein mühseliges Vorankommen, und die beiden waren nicht sonderlich gut aufeinander eingespielt. Das Holz schnitt sich in ihre Finger, und das Gestrüpp zerkratzte ihnen die

Gesichter. Oft mußten sie haltmachen, um sich auszuruhen. Dabei hielten sie sich sorgfältig im Schatten. Bevor sie den Fluß erreichten, waren zwei Straßen zu überqueren. Auf die erste liefen sie zu schnell zu und wären deshalb fast von einem Trupp *Zouaves* entdeckt worden, aber sie zogen sich hastig wieder zurück und verschwanden im Gebüsch, bis die Streife vorüber war. Bei der zweiten Straße warteten sie sorgfältig ab, schauten sich um und lauschten, bis sie sicher waren, daß niemand in der Nähe war. Nachdem sie die Straße hinter sich gebracht hatten, stolperten sie hastig den sanft abfallenden Hang zum Fluß hinunter. Die Mauer ragte hoch und düster über ihnen auf. Auf den Bastionen standen Wachtposten, die auf die Preußen vorbereitet waren: mit Kanonen, *mitrailleuses* und Gewehren. Auf einer der Bastionen konnten sie das Gesicht eines Soldaten erkennen, als er bis zum Ende des Wehrganges kam und dort stehenblieb. Sie sahen den kleinen roten Glutpunkt der Zigarette, die er rauchte. Er warf sie ins Wasser, und sie verfolgten den langen, trägen Fall des Funkens. Nach einer Weile wandte der Wachsoldat sich ab und verschwand. Jenseits des Flusses, auf der gegenüberliegenden Bastion, sahen sie weitere Wachtposten.

»Die passen besser auf als die Streife im Bois«, flüsterte Paul.

»Ich weiß.« Moussa nickte aufgeregt. Alles war perfekt, und bis jetzt war er hochzufrieden mit dem Verlauf der Mission. Die ganze Stadt war ein bewaffnetes Lager, und sie standen im Begriff, ihre Abwehr zu überlisten. »Sei leise. Los!«

Gemeinsam ließen sie ihr Boot in das langsam fließende Wasser gleiten und kletterten hinauf. Es plätscherte kaum, aber in Pauls Ohren klang es wie Donner und Trompeten. Er war sicher, das nächste Geräusch, das sie machen würden, wäre ihr letztes, und das nächste, was er hörte, würde der Knall eines Gewehres sein, das jemand auf sie angelegt hatte. Er fragte sich, wie eine Kugel sich wohl anfühlen würde. Dann kam ihm ein schrecklicher Gedanke. Sein Flüstern klang lauter als beabsichtigt.

»Glaubst du, wir könnten im Dunkeln aussehen wie Preußen?«

»Du sollst paddeln!« zischte Moussa, und Paul hob hastig sein Paddel und begann das Wasser zu bearbeiten, wobei er sorgfältig darauf achtete, es nicht stärker als nötig aufzuwühlen. Sie mußten stromaufwärts fahren, aber die Strömung war nicht stark. Sie waren auf dem Wasser zu Hause, und Pauls Nervosität legte sich, als er sich auf seine Aufgabe konzentrierte. Sie hatten den Fluß zur Hälfte überquert und befanden sich auf der Höhe der Mauer, als er aufblickte. Das helle Flackern eines Streichholzes beleuchtete das Gesicht des Wachtpostens hoch über ihnen. Unbewußt versuchte er mit dem Boden des Floßes zu verschmelzen; es war doch unmöglich, daß er den Posten so deutlich sehen konnte, ohne daß der Mann ihn entdeckte. Paul hatte keine Ahnung mehr, weshalb er sich zu dieser Sache bereit gefunden hatte und weshalb er sich hier im Dunkeln herumtrieb. Er haßte die Dunkelheit immer schon, haßte ihre Schrecken und ihre Geheimnisse; er haßte es, wenn Moussa ihm damit angst machte, haßte es, wenn er Dinge darin hörte, und haßte die Dinge, die er sich darin ausmalte. Jetzt war sie zwar sein Schutz, aber es war ein furchtbarer Schutz, und zum Umkehren war es zu spät. Er nahm sich vor, lieber ein Mädchen zu küssen, bevor er das nächste Mal auf eine von Moussas schwachsinnigen Ideen hereinfiele. Er schloß die Augen, betete stumm um Unsichtbarkeit und paddelte leise weiter.

Marcel Julienne war vierundvierzig Jahre alt und Schmied. Seit sechs Tagen war er Mitglied der Nationalgarde und stand seit fünfen auf der Bastion. Er segnete sein glückliches Schicksal, das ihm den Wachdienst auf der Mauer zugewiesen hatte. Hier war es längst nicht so schlimm wie an manchen Orten, zu denen man ihn auch hätte schicken können. Er konnte sich warm halten, und die soliden Erd- und Steinmassen der Mauer boten eine Menge Schutz für den Fall, daß der Hunne tatsächlich etwas anstellen sollte. Der Nachtdienst schien zwar kein Ende nehmen zu wollen, aber Marcel brauchte ja nur alle paar Minuten einen kleinen Abschnitt der Mauer abzugehen. Dazwischen konnte er ein Schlückchen Cognac nehmen und mit den anderen Posten Karten spielen.

Die Disziplin auf der Mauer war lax. Nach Einbruch der Dunkelheit erschienen selten noch Offiziere hier oben, um die Leute zu kontrollieren, denn das, was hinter ihnen lag, war schließlich immer noch Paris, und da hatte ein Offizier etwas Besseres zu tun, als sich wegen einer Invasion Sorgen zu machen, von der doch alle Welt wußte, daß sie nicht kommen würde. Dennoch war Marcel nie übermäßig lässig. Auch wenn niemand damit rechnete, daß die Preußen in Scharen über die Mauern stürmen würden, wollte er doch nicht überraschend ein Bajonett in den Bauch bekommen. Dann und wann rappelte er sich tatsächlich hoch, schulterte sein Gewehr und spazierte an den Rand der Bastion, um einen Blick hinunterzuwerfen.

Für einen Samstag abend sah Paris gespenstisch aus: Alle Fenster waren wegen der Belagerung schwarz verhängt, so daß die Stadt des Lichts im Dunkeln lag. Abseits der Stadt konnte er die Umrisse des Forts bei Issy erkennen. Dort schimmerte jetzt die neue elektrische Beleuchtung, wie neuerdings bei allen Festungen rund um Paris. Jenseits von Issy sah man die Wachfeuer der Preußen, aber sie waren zu weit weg, als daß man mehr als einen feurigen Glanz hätte erkennen können. Der Fluß unter ihm war dunkel, still und voller Schatten. Marcel war müde. Er rieb sich die Augen und verlegte die Muskete auf die andere Schulter. Er zündete sich eine Zigarette an und wartete einen Augenblick zu lange, ehe er die Augen schloß, als das Streichholz aufflackerte. Einen Moment lang war er blind in der Nacht. Aber das machte nichts. Es gab sowieso nichts zu sehen. Er warf das Streichholz weg und erstarrte jäh. Ihm war, als habe er etwas gehört. Er lauschte. Die Stadt hinter ihm war still. Die Wolken wirkten wie eine große, dämpfende Decke.

Es hörte sich an, als platschte da unten etwas im Wasser.

Marcel nahm die Waffe von der Schulter und beugte sich über die Mauerkante. Er konnte nicht deutlich sehen, denn noch immer tanzten vom Feuer des Streichholzes helle Flecken vor seinen Augen. Er nahm die Zigarette aus dem Mund und legte sie neben sich auf die Mauer, damit ihn der Rauch nicht störte. Noch einmal beugte er sich vor, legte den Kopf ein wenig schräg und spitzte die Ohren. Sein Zeigefinger krümmte sich um den Abzug, und er stand völlig regungslos da.

Unmittelbar unter ihm hatte Moussa aus Versehen mit dem Paddel aufs Wasser geschlagen. Das passierte manchmal. Paul hielt den Atem an. »Pssst!«

»Ich weiß, ich weiß«, zischelte Moussa. Sie hatten beide für einen Augenblick aufgehört zu paddeln, und das Floß begann sich zu drehen und stromabwärts zu treiben. »Wir treiben ab! Weiterpaddeln!« Wieder stießen sie ihre Paddel ins Wasser, aber Paul war unaufmerksam. Er schaute nach oben, wo er den Wachtposten gesehen hatte. Unbedacht fing er an, in die falsche Richtung zu paddeln, und das Floß drehte sich im Kreis. »Nicht dorthin«, zischte Moussa. »In die andere Richtung!« Hastig korrigierte Paul sich, und das Floß drehte sich wieder richtig herum. Paul hatte schweißnasse Hände. Er wunderte sich, wie sie so feucht sein konnten, wenn sein Mund so trocken war. Das Gefühl war ihm zuwider; er wollte nach Hause.

Die Jungen arbeiteten leise und stetig, und das kleine Floß bewegte sich stromaufwärts.

Oben auf seinem Posten lauerte Marcel. Er war sicher, daß da etwas war. Ein zweiter Wächter näherte sich hinter ihm.

»Qu'est-ce qu'il y a? Siehst du etwas?«

Marcel hob die Hand, um ihn zum Schweigen zu bringen. Der zweite Mann blieb neben ihm stehen und lauschte. Er spähte flußabwärts, dorthin, wo die Seine sich teilte und eine kleine Insel bildete. Er konnte ihre undeutlichen Umrisse und eine kleine Baumgruppe erkennen, und sein Blick wanderte über das dunkle Gebüsch am Ufer, dichter an der Mauer, und über die Straßen, die von ihrer hohen Warte aus zu sehen waren. Der Fluß unter ihnen war tintenschwarz. Die Nacht war belebt von tausend Schatten, und einige davon machten Geräusche. Aber keiner dieser Schatten, dessen war er sicher, war ein preußischer Soldat.

»Komm schon«, sagte er gereizt zu Marcel. »Da ist nichts. Du hältst das Spiel auf.«

Zögernd nickte Marcel. Er war ganz sicher gewesen. Jetzt schulterte er die Muskete wieder und knöpfte sich die Jacke auf, um die Flasche Cognac hervorzuholen und einen tiefen Schluck zu nehmen. Sie gingen zurück zum Kartenspiel. Es würde noch eine lange Nacht werden.

Auf dem Wasser unter ihm konnten die Jungen allmählich die düsteren Konturen des Wassertores ausmachen. Das Floß bewegte sich gleichmäßig vorwärts. Dann tauchte etwas auf, das Moussas Mißtrauen erregte. Er paddelte langsamer, und Paul tat es ihm nach. »Was ist das?« flüsterte Moussa. Vor ihnen, dicht vor den Toren, schwammen große, klobige Formen auf dem Wasser. Sie waren undeutlich zu erkennen, riesige, schemenhafte Phantome. Schlote ragten von ihnen auf, die sich über dem Wasser leise wiegten, und dann sahen sie an einem Ende etwas, das aussah wie Kanonen. Und als sie näher kamen, erkannten sie hier und da auch Männer. Moussas Herz setzte einen Schlag aus, als die Formen sich aus der Dunkelheit lösten und ihm klar wurde, was er da sah.

»Kanonenboote!« Es war eine kleine Flottille, und sie waren zusammengebunden und bildeten so eine Sperre auf dem Fluß vor dem Tor. Sie hatten früher nicht hier gelegen, aber man hatte sie geholt, um gegen feindliches Nahen auf dem Wasser gewappnet zu sein. Die Jungen hatten sie fast erreicht, bevor sie begriffen, womit sie es zu tun hatten.

»Schnell! Umdrehen!« sagte Paul. In seiner Panik vergaß er zu flüstern, und seine Stimme hallte über das Wasser.

»Qu'est-ce que c'est?« Auf einem der Boote ertönte eine tiefe Stimme, deren strenge Autorität den Jungen kalte Angst einjagte. Ein Matrose sprang auf und spähte über das Wasser. Instinktiv zogen Paul und Moussa die Köpfe ein und fingen an zu paddeln, so schnell sie konnten, um ihr Floß umzudrehen. Der Matrose hörte die Geräusche, die sie machten, ganz deutlich, aber er konnte sie nicht sehen.

»Wer ist da? Gebt euch zu erkennen!« befahl er. Andere sprangen rasch auf, um zu sehen, was es gab. Stimmen wehten über das kleine Gefährt hinweg, das sich in immer schneller werdender Flucht stromabwärts entfernte. »Boot im Wasser!« schallte der Ruf. »Dampf auf die Maschinen!« ertönte ein anderer. »An die Geschütze!« Die Kanonenboote wimmelten plötzlich von Matrosen, die eben noch geschlafen hatten. Die Jungen paddelten wie rasend und hörten voller Schrecken den wachsenden Aufruhr. Sie ließen alle Vorsicht fahren und paddelten immer heftiger, immer wütender, und der Alarm übertönte alle Geräusche, die sie dabei machten. Von den Booten hörte man metallisches Dröhnen und das Klirren von Werkzeug, als die Matrosen sich in wilder Eile daranmachten, die Maschinen anzulassen. Die Kessel unter Volldampf zu setzen war ein langwieriges Verfahren, und die Besatzungen verschwendeten keine Zeit. Niemand wußte ja genau, was da draußen war – ob es sich um einen heimlichen Überfall der Preußen handelte oder ob am Ende Bismarck persönlich eine nächtliche Kreuzfahrt auf der Seine unternahm.

Ein Bootsmann, der aus tiefem Schlaf geweckt worden war, begriff bald, daß es zu lange dauern würde, die Dampfmaschinen in Betrieb zu setzen. Er beschloß, die Jagd sofort zu eröffnen, und führte fünf Mann in einem ungelenken Tanz über die Decks der Kanonenboote zu einer der eisengepanzerten Schaluppen, einem kleinen offenen Boot mit langen Rudern und einer einzelnen Kanone. Sie würden den Eindringlingen nachrudern. Die Schaluppe war zwischen zwei Kanonenbooten festgemacht und für ein schnelles Ablegen in ungünstiger Position. Der Bootsmann brüllte seine Befehle, und die Seeleute gehorchten in rasender Eile. »Die Leine da los!« schrie er in hilfloser Wut, als einer der Matrosen an einem Tau herumnestelte. Durch die Position des Bootes wurde kostbare Zeit vergeudet.

»Faites vite! Schnell, schnell!«

Eine kaum noch beherrschbare Panik ließ Kraft in ihre Arme schießen, und Paul und Moussa paddelten, so schnell sie sich nur bewegen konnten. Die hinter ihnen aufbrandende Geschäftigkeit hatte ihnen einen Heidenschreck eingejagt. »Verfolgen sie uns?« fragte Moussa. Paul sah sich um. Er konnte auf dem Wasser nichts sehen, und er hatte nicht die Absicht, zu warten und Ausschau zu halten. »Kann ich nicht sagen«, pustete er. Sein Gesicht war tropfnaß: Immer wenn Moussa sein Paddel aus dem Wasser hob, wurde er bespritzt. Die Arme schmerzten den beiden von der Anstrengung. Sie kamen jetzt an der Stadtmauer vorbei, und das Floß flog nur so ins offene Wasser hinaus.

Marcel Julienne saß beim Kartenspiel und hatte ein gutes Blatt, als er das Geschrei hörte. Also doch! Ohne ein Wort griff er zu seiner Muskete und lief zu seinem Posten am Rande der Bastion, wo er das Wasser und die Kanonenboote sehen konnte. Die anderen Wächter ließen ihre Karten fallen und rannten ebenfalls zu ihren Posten. »Ist das ein Großangriff?« fragte einer nervös. Ein nächtlicher Überfall war etwas, was sie alle fürchteten.

Marcel sah, daß die Matrosen auf den Kanonenbooten hin und her liefen, rücklings überstrahlt vom Feuerschein unter den erwachenden Kesseln. Er konnte nicht erkennen, was da vor sich ging, man sah nur, daß Aufruhr herrschte. Irgend etwas war da draußen. Seine Augen suchten das Wasser ab; methodisch wanderte sein Blick zwischen dem diesseitigen und dem jenseitigen Ufer hin und her, angefangen bei den Kanonenbooten und dann immer weiter flußabwärts. Und ohne das Wasser aus den Augen zu lassen, nahm er die Muskete von der Schulter und klemmte sie unter den Arm.

Ich werde einen Hunnen abknallen, sagte er sich, und er war viel zu aufgeregt, um Angst zu haben. Sein Puls beschleunigte sich, und die Wirkung des Cognacs wurde von der Erregung fortgeschwemmt. Systematisch und flink bewegten sich seine Augen hin und her. Verdammt! Nichts als Finsternis! Er fing wieder bei den Kanonenbooten an. Ein paar Laternen waren auf den Decks angezündet worden, und die Besatzungen arbeiteten hektisch. Er sah eine Schaluppe, die sich aus dem Verband löste; die langen Ruder entfalteten sich wie feine Flügel auf beiden Seiten, als die Mannschaft sich in Position manövrierte. Ein schriller Pfiff ertönte, dann neuerliches Gebrüll.

Kaltes, schwarzes Flußwasser spritzte vorn über das Floß, als Moussa sein Paddel eintauchte und sich vorbeugte, eintauchte und sich vorbeugte und mit ganzer Kraft durchzog. Er spürte, das Paul hinter ihm das gleiche tat. Das Floß schaukelte leicht unter ihren Bewegungen. Sie kamen schnell voran, das wußte er. Der Lärm hinter ihnen war furchterregend. Die Hölle war losgebrochen, als wäre ganz Paris aufgewacht, um ihnen zu folgen. Moussa hatte keine Lust, sich den Ärger auszumalen, den sie bekommen würden, den Gesichtsausdruck seines Vaters, wenn die Miliz ihn ins Château schleifte. *Wir müssen entkommen!* Er verdrängte alle Gedanken aus seinem Kopf. Er hatte keine Zeit zum Denken, keine Zeit für irgend etwas: Es gab nur diese Flucht den Fluß hinunter, begeisternd und furchterregend zugleich. Adrenalin durchströmte seinen Körper, und seine Sinne waren auf den Rhythmus der Bewegungen fixiert; er schaute weder rechts noch links, sondern nur noch geradeaus, flußabwärts. Dabei blieb er in der Strommitte; er wollte nicht riskieren, zu dicht bei der Mauer zu nah ans Ufer zu kommen, denn dort würden Männer zu Fuß oder vielleicht zu Pferde unterwegs sein und nach ihnen suchen. Mitten im Fluß, nicht weit vor ihnen, lag eine Insel. Dort wollte er hin. *Vor* und *pull* und *vor* und *pull* – die Jungen paddelten aus Leibeskräften.

Marcel suchte den Fluß Abschnitt für Abschnitt ab und ließ seinen Augen jedesmal Zeit, sich an das Bild zu gewöhnen, bevor er sie wieder bewegte. Alle seine Sinne waren hellwach. Er lechzte nach einer Zigarette, aber er wagte nicht, den Blick vom Wasser zu wenden. *Wo sind die Schweine?,* fragte er sich und tastete nach seiner Muskete. Er wußte nicht, ob sie richtig schießen würde, wenn sie müßte. Manchmal taten die Dinger es nicht, sondern flogen dem ins Gesicht, der sie abfeuern wollte. Wenn er doch nur eins dieser neuen *chassepots* hätte und nicht diese alte *tabatière.* Und dann sah er eine Bewegung auf dem Wasser und erstarrte. Was war das? Eine Welle? Ein Stück Holz? Die Augen taten ihm weh, als er versuchte, seinen Blick zu schärfen. Er rieb sie – aber es war zu dunkel. Das Wasser bot aus diesem Blickwinkel lauter Sinnestäuschungen. Wohin er auch spähte, überall war etwas, und überall war nichts. Aber da war es doch wieder! Was er sah, war nicht mehr als ein Geheimnis, in Dunkelheit gehüllt, aber dieses Geheimnis bewegte sich! Es bewegte sich!

»Oui!« rief er, ohne jemanden damit zu meinen. Er hob das Gewehr, stemmte es an die Schulter und stützte die Ellenbogen auf die Mauerbrüstung. Beim Zielen blinzelte er ein paarmal, um die Augen von Schnaps und Rauch zu klären. Er spürte, wie die Haare in seinem Nacken kribbelten, und drückte ab. Die Kugel zischte neben dem Floß ins Wasser. Beide Jungen hörten es, aber was es gewesen war, begriffen sie erst einen Sekundenbruchteil später, als der Gewehrschuß herüberhallte.

»Moussa, die schießen auf uns!« krächzte Paul. Die Angst schnürte ihm so sehr die Kehle zusammen, daß er kaum sprechen konnte. Es war eine betäubende Erkenntnis, und der Schreck umschloß seine Brust, daß er kaum noch Luft bekam.

»Schneller!« rief Moussa. »Wir müssen außer Schußweite kommen!«

»Nein, wir müssen ihnen sagen –«

Aber bevor Paul fertig war, hatte Marcel sein Gewehr nachgeladen und schoß wieder. Die Kugel verfehlte sie knapper als die erste, und bei ihrem Geräusch überkam Paul die schreckliche Einsicht, daß dieses Abenteuer aus dem Ruder gelaufen war und eine tödliche Wendung genommen hatte: Über und hinter ihnen waren jetzt Soldaten, die entschlossen waren, die Insassen des kleinen Floßes zu finden und zu vernichten. *Die wissen nicht, daß wir nur zwei kleine Jungen sind*, dachte Paul. *Die wissen nicht, daß wir keine Preußen sind.* Sein Herz galoppierte. Er schloß die Augen und merkte, daß er sich in die Hose pinkelte. *Keiner weiß, daß wir nur Spaß machen.*

»Mund halten und paddeln!« zischte Moussa, und das kleine Floß flog regelrecht über das Wasser, während die Jungen um ihr Leben ruderten. In der Ferne sahen sie die trüben Umrisse der Insel, die vor ihnen aus dem Wasser ragte. Weit hinter ihnen, auf der anderen Seite der Stadtmauer, hörte man das Stampfen einer Schiffsmaschine, die jetzt dampfend zum Leben erwachte.

Eine Meile weit mauerauf- und abwärts herrschte planloser Alarm, der aber mehr und mehr seine Richtung fand. Laternen erloschen, Wächter stürzten zu ihren Posten. Soldaten auf den Bastionen riefen andere weiter unten herbei. Männer brüllten Befehle durch die Nacht, und die verschlafene, halb betrunkene Garnison griff zu den Waffen. Übungen hatte es nicht gegeben, und deshalb wußten nur wenige Männer, was sie zu tun hatten. Die meisten liefen halb in Panik an den Rand der Mauer und spähten durch die Dunkelheit nach einem unsichtbaren Feind. »Was ist los?« fragten sie einander unsicher. Niemand wußte es – nur *daß* etwas los war, wußten alle. Gewehrläufe stocherten unsicher in der Finsternis, und Hunderte von Augenpaaren bemühten sich, etwas zu sehen.

Auf der Mauer kamen zwei Soldaten zu Marcel gelaufen, als er den ersten Schuß abgefeuert hatte, neugierig, was passiert war. »Da unten!« schrie Marcel, als er sie sah.

»Wo denn?« fragte der eine. »Ich sehe überhaupt nichts.«

Marcel feuerte selber mehr auf Verdacht als auf ein klares Ziel, aber er wußte doch, in welche Richtung sein Verdacht ging, und streckte den Arm aus. »Dort, seht ihr? In der Mitte!« Die Gewißheit in seinem Ton nahm den andern allen Zweifel: Sie zielten mit ihren Gewehren in die Richtung, in die er zeigte, und schossen. Einen Augenblick später schossen sie noch einmal. Dann hielten sie inne und lauschten, ob ihr Feuer erwidert würde. »Siehst du was?« fragte einer. Marcel schüttelte den Kopf. Er verwünschte die vermaledeiten Musketen, die sie hier hatten. Wahrscheinlich würden sie damit nicht einmal den Fluß treffen, geschweige denn irgend etwas, das darauf schwamm. Unterhalb ihrer Stellung zog der Bug der Schaluppe an der Mauer vorbei, während sich die Besatzung in die Riemen legte, und die schemenhafte Form glitt geschwind stromabwärts, den Eindringlingen nach.

»Feuer einstellen!« schrie der Bootsmann aus der Schaluppe, aber im selben Augenblick fielen weitere Schüsse, die ihn übertönten. Er wartete, bis sie verhallt waren, und versuchte es noch einmal. »Feuer einstellen!« brüllte er zur Mauer hinauf. »Schaluppe im Wasser, bei der Verfolgung! Feuer einstellen, sage ich!« Er lauschte auf eine Antwort, hörte aber nichts, und er schüttelte den Kopf voller Abscheu über die schießwütigen Grünschnäbel oben auf der Mauer. »Ruder einziehen!« befahl er seinen Leuten. »Sonst werden wir von unseren eigenen Leuten unter Beschuß genommen.« Seine Leute brauchten nicht überredet zu werden; rasch zogen sie die Riemen aus dem Wasser.

Die erste Salve von Marcel und seinen Kameraden war die letzte, soweit es Moussa und Paul betraf. Die Kugeln spritzten wild ins Wasser. Wenn sie blieben, wo sie waren, würden sie bald getroffen werden. Beide hatten zur selben Zeit den gleichen Gedanken.

Springen!

Sie warfen die Paddel weg und sprangen über Bord, als oben auf der Mauer die nächste Salve abgefeuert wurde. Eine Kugel fuhr krachend ins Floß, und Holzsplitter flogen durch die Luft: Einer davon traf Paul an der Wange, noch während er sprang. Moussa spürte ein heftiges Reißen an seinem Hemd. Im nächsten Augenblick verschlang ihn kalte, nasse Dunkelheit. Das Platschen, mit dem sie ins Wasser eintauchten, blieb im Pandämonium auf den nahen Verteidigungsanlagen der Stadt ungehört. Die Maschinen der Kanonenboote tuckerten, Männer schrien auf der Mauer durcheinander, und zugleich dröhnten Gewehrsalven, daß die nächtliche Stille zerbarst.

Als die Schießerei von der Bastion aufhörte, ruderte die Besatzung der Schaluppe weiter. Die muskulösen Matrosen legten sich in die Riemen, und das Boot glitt stromabwärts. Der Bootsmann kauerte im Bug und duckte sich so tief wie möglich, damit die leichte Panzerung an den Seiten des Bootes ihn vor feindlichem Feuer schützen konnte – oder auch vor dem der eigenen Leute. Er hatte eine Pistole in der Hand und hielt mit wachen Augen nach Überraschungen Ausschau. Niemand hatte wirklich etwas gesehen, und deshalb wußte auch niemand, wonach er Ausschau halten mußte. Im Heck saß der Kanonier an seiner einsatzbereiten Waffe. Hinter ihnen zog das erste Kanonenboot unter der Mauer vorbei; zwei andere waren jetzt unter Dampf und bereit, sich der Jagd anzuschließen. Die Schaluppe war aber immer noch weit voraus und durchpflügte die Dunkelheit. Eine ganze Weile jagte sie allein durch das dunkle Wasser. Am Ufer in Richtung Billancourt galoppierten Reiter über den weichen Boden, alarmiert von dem Aufruhr auf der Mauer. Über dem fernen Fort bei Issy erstrahlte ein starkes elektrisches Licht, aber es war viel zu weit weg, um etwas zu nützen.

Während der nächsten zwei Stunden waren die Verteidigungsstreitkräfte der Republik am Südwestrand von Paris in voller Alarmbereitschaft. Auf den Mauern standen siebenhundert Mann mit vierzehn Kanonen, einer *mitrailleuse* und Dutzenden *chassepots* und warteten und lauschten, und jeden einzelnen juckte es in den Fingern, endlich zu feuern. Die Schaluppe fuhr einmal um die Insel bei Billancourt und arbeitete sich dann, geduldig suchend, auf der anderen Seite stromaufwärts zurück. Einmal kam sie im Abstand von wenigen Metern an einem kleinen Floß vorbei, das aber leer war bis auf ein zusammengerolltes Seil. Niemand sah es, als es mit der Strömung vorbeitrieb.

Zwei Stunden nachdem die ersten Schüsse gefallen waren, erschien endlich der Major, der für die Wache auf der Mauer zuständig war. Er begab sich eilig zu Marcels Posten, um sich Bericht erstatten zu lassen. Bis dahin hatte Marcel Zeit gehabt, sich über alles klarzuwerden.

»Das waren mindestens drei Boote, Major«, erzählte er, »voll mit Preußen. Ich habe sie deutlich gesehen; sie waren ganz schwarz im Gesicht. Sie müssen Sprengstoff bei sich gehabt haben. Wollten wohl das Tor sprengen, für einen größeren Angriff!« Die anderen Wachtposten meldeten sich auch zu Wort. »So war es, Major! Aber sie sind abgehauen, als wir auf sie gefeuert haben.«

»Gut gemacht, Männer, gut gemacht.« Der Major war froh, daß seine Grünschnäbel sich so wacker geschlagen hatten. Nicht jeder auf den Mauern war derart gut vorbereitet. Noch vor dem nächsten Mittag würden sich die Geschichten von dem Scharmützel in der ganzen Stadt verbreitet haben. »Seit dem ersten Alarm hat niemand mehr Feindberührung gemeldet. Ihr müßt ihnen eine Scheißangst eingejagt haben.«

»So ist es, Monsieur«, bestätigte Marcel. »Die Drecksäcke haben Reißaus genommen.«

Fünfhundert Meter weit flußabwärts hatten Marcels Drecksäcke sich auf die Insel in der Strommitte gerettet. Erschöpft und von Todesangst erfüllt lagen sie im niedrigen Uferdickicht. Sie beobachteten, wie die Schaluppe vorüberglitt, und dann sahen sie auch die Kanonenboote. Einmal stapften ein paar Mann von den Booten an ihrem Ende der Insel herum, aber sie suchten hauptsächlich zwischen den Bäumen. Die Jungen verhielten sich völlig still, bohrten das Kinn in den Schlamm und bemühten sich, nur ja nicht gesehen zu werden. Mehr als eine Stunde lang hörten sie, wie die Besatzungen der verschiedenen Boote einander zuriefen oder sich mit den Reitern am Ufer verständigten. Moussa hatte das Gefühl, noch nie einen derartigen Trubel erlebt zu haben, ganz gleich aus welchem Anlaß, und in den nächsten zwei Stunden ließ der Aufruhr auch kaum nach. In ihrer Angst lagen sie die ganze Zeit regungslos da. Sie waren naß und zitterten, durchfroren bis auf die Knochen.

»Bist du verletzt?« wisperte Moussa, als sie wieder zu Atem gekommen waren.

»Bloß ein Kratzer an der Wange«, antwortete Paul. Er fühlte sich so elend und jämmerlich wie nie zuvor, und seine Angst war immer noch nicht vorbei. »Aber ich habe mir in die Hose gepinkelt. Und du?«

»Mir fehlt nichts.« Moussa schwieg für einen Augenblick und dachte nach. Dann kam er zu dem Schluß, daß er es ruhig zugeben konnte – aber nur Paul gegenüber. »Ich habe mir auch in die Hose gepinkelt.«

»Geschieht dir recht«, sagte Paul. »Das war ein blöder Plan.«

Moussa nickte. Die Sache war nicht ganz so gelaufen, wie er es erwartet hatte. »Vermutlich.«

Zähneklappernd beobachteten sie den Fluß. Ein Kanonenboot zog vorüber, die Wellen des Kielwassers kamen schräg ans Ufer und leckten an ihren Armen. Sie warteten bis eine Stunde vor Sonnenaufgang. Noch nie hatte eine Nacht so lange gedauert. Als das Treiben draußen sich ein wenig gelegt hatte, schnitten sie mit ihren Messern ein paar Zweige ab und deckten sich damit zu, um sich vor der Kälte zu schützen. Viel half es nicht, aber es tat gut, sich ein bißchen zu bewegen. Die Verteidigungstruppen entspannten sich allmählich, die Boote verschwanden wieder zu ihren Liegeplätzen jenseits der Mauer, die Uferpatrouillen zogen sich zurück, und die Gegend versank wieder in der Stille. Als die Jungen sich außer Gefahr glaubten, ließen sie sich wieder ins Wasser gleiten und schwammen ans Ufer. Durch die ausklingende Nacht liefen sie nach Hause zum Château. Erleichtert sahen sie, daß alles noch im Dunkeln lag. Sie kletterten den Baum hinauf und durch das Fenster in ihr Schlafzimmer. Nach dieser langen, scheinbar endlosen Nacht kam ihnen das Zimmer warm, behaglich und sicher vor. Noch nie waren sie so froh gewesen, wieder zu Hause zu sein. Sie sahen beide furchtbar aus. Ihre Gesichter waren vom Gestrüpp zerkratzt, und Pauls Wange war von dem fliegenden Holzsplitter aufgerissen. Sie waren zu müde, um sich jetzt noch eine Geschichte auszudenken, aber wenn sie aufwachten, würden sie an einem ausgewachsenen Roman zu arbeiten haben.

»Sieh dir das an«, sagte Moussa, als sie sich auszogen. Er hielt sein Hemd hoch. Unter dem rechten Arm war ein säuberliches Loch, und ein zweites links neben der Brust. Eine Kugel war glatt durch das Hemd gesaust, von rechts nach links, als er ins Wasser gesprungen war. Mit weit aufgerissenen Augen starrten die Jungen die Löcher an. Moussa untersuchte sich selbst noch einmal, um sicherzugehen, daß sich nicht doch noch irgendwelche überraschenden Löcher fanden. Er entdeckte, daß die Kugel sein Amulett an einer Ecke gestreift und das Leder verschrammt hatte.

Müde fielen sie in die Betten. Paul schlief schon, als sein Kopf das Kissen berührte. Unter der warmen Decke hielt Moussa das Amulett fest. Er strich mit dem Finger über den Rand und fühlte die Kerbe. *Es hat mir wieder Glück gebracht*, dachte er. Seine Mutter hatte ihm gesagt, es sei gesegnet. Im Grunde hatte er ihr geglaubt, aber nie so sehr wie jetzt. Er schloß die Augen und hielt es fest umklammert, und er sah sich selbst im Kugelhagel über die Floßkante springen. Bevor die Erschöpfung ihn überwältigte, hatte er noch einen letzten Gedanken.

Es hat mir das Leben gerettet.

Draußen vor ihrem Fenster krähten die Hähne. Die Sonne ging auf, und Paris war wieder sicher.

11. Wie Henri es vorausgesagt hatte, kam Elisabeth schließlich wieder aus ihrem Zimmer. Sie verging vor Hunger und hatte ihre düstere Stimmung satt, auch wenn sie sie noch nicht abschütteln konnte. Ihre Tränen waren versiegt. Sie konnte eine äußerst nüchterne Frau sein. Ihr war klar, daß sie sich auf die Suche nach Alternativen machen mußte, und in den dunklen Kammern der Melancholie fand sich nichts Verheißungsvolles. Sie mußte der Wirklichkeit ins Auge sehen. Jules war im Gefängnis, und dort schadete er ihr mehr als in der Freiheit. Wenn er kein Marschall werden konnte, so brauchte er doch wenigstens kein Schurke zu sein. Sie würde sich dafür einsetzen, ihn freizubekommen, und ihr Leben dann neu aufbauen. *Unser* Leben, verbesserte sie sich ohne große innere Überzeugung.

Aber es war nicht mehr die alte Elisabeth, die da aus dem Zimmer trat. Das strahlende Gemälde ihrer Zukunft, das einst so prachtvoll geglänzt hatte, war jetzt mit den düsteren Farben des Skandals und der Schande überpinselt. Wichtige Dinge waren für alle Zeit verändert und ließen sich nicht wieder in den alten Stand zurückversetzen. Was immer aus Jules werden würde, tief im Innern wußte sie, daß das Märchen für sie gestorben war. Dieser Tod aber ließ das Funkeln in ihren Augen erlöschen und machte ihre Schritte schwer. Sie war bitter enttäuscht von dem Mangel an Mitgefühl und Verständnis, den Henri und Serena erkennen ließen. Sie hatte Mitleid und gemeinsame Tränen erwartet, sie hatte wenigstens irgend etwas erwartet. Aber statt dessen zeigten sie sich gefühllos und schroff. Elisabeth fühlte sich verraten und allein.

Ein Friseur und eine Maniküre wurden ins Château bestellt, um für ihre kosmetischen Bedürfnisse zu sorgen und sie in einen Zustand zu versetzen, in dem sie sich wieder in die Salons ihrer Standesgenossinnen wagen konnte. In einem davon begegnete sie einer Freundin, die gottlob noch nichts von Jules' Verhaftung gehört hatte oder doch wenigstens nicht erkennen ließ, daß ihr etwas davon bekannt sei. Die Frau schwatzte gedankenlos und beiläufig über die Zerstreuungen, die derzeit dank des Krieges möglich waren. Aus sicherer Entfernung, erzählte sie Elisabeth, hatte sie bei dem Dorf Bagneux tatsächlich eine Schlacht mit ansehen können, begeistert hatte sie applaudiert, als die französischen Truppen vorgerückt waren, um die preußischen Linien herauszufordern, dann aber ob des folgenden – wenn auch zackig ausgeführten – französischen Rückzugs gestöhnt und ihrem Mißfallen lautstark Ausdruck gegeben. »Wirklich, meine liebe Elisabeth, es war die große Oper vor den Toren der Stadt. *Rasend* unterhaltsam. Wie *konnten* Sie es nur versäumen?« Elisabeth hörte nur mit halbem Ohr zu, versprach aber, eine Einladung in eines der Hotels mit Blick auf die Batterien in Erwägung zu ziehen. Ihre Freundin versicherte ihr, man könne dort frühstücken und dabei in der Ferne die winzigen Gestalten der Preußen beobachten, und man könne sehen, ob eines der schweren Geschütze in der Lage sei, sie aus großer Distanz zu töten. Man verfügte über Feldstecher, und es wurden freundschaftliche Wetten abgeschlossen, und das Ganze war sehr in Mode. Unter gewöhnlichen Umständen hätte Elisabeth selbst einen solchen Ausflug organisiert, aber jetzt empfand sie eher Gleichgültigkeit.

Die Zeit war gekommen, da sie Jules besuchen mußte. Ihr graute davor, aber sie hatte keine Wahl. Wenn sie seine Freilassung herbeiführen wollte, mußte sie sich zunächst ein Bild von seiner Lage machen und sehen, was sie über andere Offiziere der Garde in Erfahrung bringen konnte. Henri arrangierte alles Nötige für ihren Besuch.

Ihre Stimmung sank, als sie sich der kalten Fassade der *Ecole* näherte, und war vollends verdorben, als sie durch den Gefängniskomplex in den Innenhof gelangte. Es erforderte ihre ganze Kraft, erhobenen Hauptes fest geradeaus zu schauen, als sie zwischen den Reihen der eingezäunten Gefangenen hindurchschritt. Es war ein übelriechender, abscheulicher Spießrutenlauf für sie. Sie spürte, wie die Männer sie mit Blicken auszogen, und sie hörte ihre wüsten Einladungen und abscheulichen Angebote. Aber was sie am meisten bestürzte, war nicht die rohe Geilheit dieser Leute, denn damit hatte sie gerechnet: Es war der entsetzliche Gedanke, jemand könne sie mit einem dieser Gefangenen in Verbindung bringen. Sie blickte fest geradeaus, beschleunigte ihren Schritt und nahm sich vor, dafür zu sorgen, daß Henri unbedingt einen anderen Eingang ausfindig machte, falls sie noch einmal herkommen müßte.

Ein Segen war es zumindest, dachte sie, daß sie Jules nicht in der Öffentlichkeit, in den gemeinschaftlichen Käfigen, begegnen mußte. Dafür hatte Henri gesorgt, dem Himmel sei Dank. Anfangs hatte man auch Jules draußen festgehalten, in den Käfigen bei den anderen, aber inzwischen hatte man ihn ins Innere der *Ecole* verlegt. Seine Zelle war klein und leer bis auf eine Pritsche und einen Nachttopf. Henri hatte ein paar Bücher mitgebracht, die auf einem kleinen Stapel neben der Pritsche lagen. Es war nicht viel, und doch war es eine gewaltige Verbesserung, denn es ließ Jules ein Maß an Würde, das er schon lange nicht mehr empfunden hatte.

Jules war überrascht, als er Elisabeth sah. Der Soldat, der sie eskortiert hatte, zwinkerte ihm zu, bevor er die Zelle verließ, schloß die Tür und ließ die beiden ungestört zurück. Jules sprang auf und kam ihr entgegen, um sie zu begrüßen, und für einen Augenblick hätte er fast seine militärische Zurückhaltung und sein steifes Wesen verloren. Die Freude in seinen Augen war echt, aber sie bemerkte doch, daß in seinem Blick etwas fehlte. Das strenge Feuer, das dort gebrannt hatte, war in der Hölle erloschen, durch die er hatte gehen müssen. *Er ist nur noch ein Schatten seiner selbst*, dachte sie. Ihr eigenes Lächeln war kühl und schmal, ihre Haltung beherrscht. Sie hielt ihm die Wange hin und wich zurück, als er sie umarmen wollte. Verwirrt trat er einen Schritt zurück.

»Elisabeth! Sind Sie nicht froh, mich zu sehen? Ich dachte, Sie würden sich freuen.«

Einen Augenblick lang geriet die Schauspielerin in ihr aus dem Takt. Sie fühlte sich nicht stark genug, sich weiter zu verstellen. »Wer könnte sich denn hierüber freuen!« Sie wedelte mit der Hand und sah sich um. »Es tut mir leid, Jules, aber wie kann *irgend jemand* hier normal sein. Es ist so abscheulich!«

»Ich habe mir dieses Zimmer nicht ausgesucht, Elisabeth«, sagte Jules mit einem Anflug von Trauer. »Es ist wunderbar, Sie zu sehen und zu wissen, daß Sie wohlauf sind. Ich dachte schon, Sie würden nicht kommen.«

Elisabeth setzte sich auf die Pritsche. Die kleinen Lügen gingen ihr immer noch leicht von den Lippen. »Ich hatte ja so viel zu tun, Jules«, sagte sie. »Die Theater werden zu Spitälern umgebaut, und man braucht dort so viel. Ich habe geholfen.«

Er nickte. »Es war natürlich richtig von Ihnen. Sie waren schon immer so aufopferungsvoll.« Sie sprachen von Paul und plauderten über dies und jenes, wobei sie den Krieg, die Belagerung und die Haft sorgfältig mieden. Als sie überhaupt nicht danach fragte, erzählte er ihr schließlich von sich aus, was geschehen war. Er berichtete ihr in allen Einzelheiten davon und ließ nichts aus – mit Ausnahme der Demütigungen, die er in der Gefangenschaft erlitten hatte. Sie hörte schweigend zu, wie gelähmt von so viel Ungerechtigkeit. Seine Erzählung rief die Erinnerung an all die Schande und den Schmerz wieder wach, und ihre Stimmung versank erneut in schwarzer Finsternis.

Als er fertig war, stand sie auf und ging in der Zelle auf und ab. »Ach, Jules«, sagte sie, »ich bin so furchtbar unglücklich. Wie konnten Sie das nur geschehen lassen?«

»Ich?«

»Ich liebe Sie. Ich habe Sie immer geliebt. Aber ich muß Ihnen sagen, das alles ist so ... so *niedrig*. Ich bin so enttäuscht, so schrecklich enttäuscht. Gab es denn für Sie keine Gelegenheit da draußen, den ehrenhaften Weg einzuschlagen? Gab es keine Gelegenheit, sich ...« Sie sprach nicht zu Ende.

»Wäre es Ihnen lieber, ich wäre tot?« Wie vom Donner gerührt, fuhr er zurück.

»Ihnen denn nicht?« Ihr Klagen kam aus tiefstem Herzen. »Ihnen denn nicht, Jules? Ist Ihnen das hier lieber als der Tod? Ist es das wirklich?«

»Mein Gott, Elisabeth, lieber möchte ich meinen Namen reinwaschen.«

»Aber begreifen Sie denn nicht? Das ist es doch gerade. Unser Name wird nie wieder reingewaschen werden können. Selbst einmal angenommen, man läßt Sie frei ...«

»Angenommen?«

»Also schön, Sie wissen doch, was ich meine – wenn man Sie freiläßt, ist Ihr Name trotzdem vernichtet. Die Leute werden das Schlimmste glauben.«

»Zum Teufel mit den Leuten und dem, was sie glauben! Wichtig ist, daß die Wahrheit gesagt wird und daß ich dadurch die Freiheit wiederbekomme! Ich habe es nicht getan!«

»Jules, Sie sind ein so einfältiger Mann! Sie sehen Dinge völlig klar, die keineswegs klar sind. Auf die Wahrheit kommt es nicht an! Es kommt nicht darauf an, ob Sie es getan haben oder nicht. Alle Welt *glaubt*, daß Sie es getan haben! Sehen Sie das denn nicht? Sehen Sie nicht, daß uns das ruiniert hat? Sehen Sie nicht, daß unsere Träume gestorben sind, da draußen, an Ihrer statt? Sie haben keine Ahnung, was mir dadurch genommen wurde! Ich habe nicht mehr die Kraft, einen neuen Traum zu bauen! Der letzte hat alles erfordert, was ich hatte.«

»Ich …« Jules schaute seine Frau an und sah eine Fremde. »Mein Gott«, sagte er traurig, »ich habe doch nicht … ich kann nicht glauben …« Er konnte nicht mehr stehen und ließ sich schwer auf die Pritsche fallen. Noch nie hatte er sich so müde gefühlt. Dieser finstere Tunnel schien kein Ende zu nehmen. Da kam kein Licht, sondern immer nur neue Dunkelheit, neue Schrecken. Alles lastete schwer und unentwirrbar auf ihm. Er ließ den Kopf sinken, schlug die Hände vors Gesicht und schloß die Augen.

Elisabeth betrachtete ihn mit trauriger Herablassung. Sie hatte wirklich Mitleid mit ihm. Er begriff es tatsächlich nicht. Sie stöhnte, und all die Häßlichkeit und die Schande waren ihr zuwider. »Ach, Jules«, weinte sie, »es tut mir leid, ich habe es nicht so gemeint, ich bin so durcheinander, es ist alles so ungerecht, ich weiß nicht mehr, was ich meine oder was ich will. Ich – ich weiß es einfach nicht.« Ihre Stimme versagte, und sie ließ sich gegen die Wand sinken. »Ich frage mich nur, ob der Tod nicht besser gewesen wäre als diese Schande.«

Jules konnte darauf nicht antworten. Er hatte zwar nicht genau gewußt, was er von Elisabeth zu erwarten hatte, aber so etwas hatte er nicht erwartet. Ihm wurde klar, daß er seine Frau nicht kannte, überhaupt nicht kannte, und dieser Schock verschlug ihm die Sprache. Er hatte ihr nie soviel Aufmerksamkeit gewidmet, wie er es hätte tun sollen. Das wußte er, und er bedauerte es. Die Garde hatte immer an erster Stelle gestanden. Er war immer so beschäftigt gewesen. Ihr gemeinsames Leben hatte aus oberflächlicher Routine bestanden. Er gab ihr eine gesellschaftliche Stellung und Sicherheit. Sie gab ihm ihren Körper, und sie war die Mutter seines Sohnes. War das alles? War es denn wirklich so hohl? Er fragte sich, ob dabei irgendwo Liebe im Spiel war, ob sie jemals im Spiel gewesen war, oder ob es einfach nur Theater zwischen ihnen gewesen war, ein langsamer, sinnentleerter Tanz.

Jetzt wußte er jedenfalls nicht mehr, was er zu seiner Frau sagen sollte.

Der Tod ist besser als die Schande.

Das hatte er sich auch schon gesagt. Er hatte es zu seinen Soldaten gesagt. Und jetzt standen die Worte »Ehre« und »Schande« verschwommen und schemenhaft in seinem Kopf, und er wußte nicht mehr, was es bedeutete.

Alles, was ich angerührt habe, ist tot. Die Frau, ihr Kind, meine Soldaten. Und der junge Etienne.

Und jetzt wir.

Jetzt sind wir auch tot.

»Es war sehr gütig von Ihnen, mich zu empfangen, Hochwürden.«

Sie beugte vor ihm das Knie und küßte seinen Ring, und dann setzte sie sich in den Sessel, auf den er deutete. Der Sessel war samten und weich, genau wie der ganze Palast, eine ruhige Insel des Friedens in einem Meer des Wahnsinns. Sie war in seinen Palast geraten, weil sie nirgends sonst hingehen konnte und weil es am Ende keinen besseren Ort gab. Bernard Delacroix, der General, mit dem sie geschlafen hatte, um die Zusage einer Gefälligkeit für Jules zu besiegeln, war tot: bei Flöing niedergemetzelt mitsamt seiner Kavalleriedivision. Sie hatte die Nachricht von seinem Tod mit Gleichgültigkeit aufgenommen; allenfalls hatte sie ihn als Verschwendung empfunden. *Wie schade, sinnierte sie. All die Mühen, dahin mit einem alten Mann auf dem Schlachtfeld.* Es gab noch andere, die sie kannte, Männer mit Prestige und Einfluß, aber auch sie waren alle fort, tot oder vermißt oder in Belgien. Niemand war noch da, der ihr hätte helfen können. Natürlich hatte sie Bekannte, aber keiner war in einer so mächtigen Stellung, daß er schnelle Hilfe hätte leisten können, und neue Allianzen aufzubauen, dazu hatte sie keine Zeit. Der Krieg war eine höchst ärgerliche Störung.

Während sie sich aber umgehört und einen Weg gesucht hatte, waren immer wieder subtile Zeichen aufgetaucht, die auf den Bischof von Boulogne-Billancourt hingedeutet hatten. Er war überall, in den Ausschüssen für die Verteidigung und für die Versorgung der Bevölkerung, und es hieß, er könne Menschen wie Vieh kaufen und verkaufen. Die Tentakel seines Einflusses reichten weit, zu Generälen und Politikern, und seine Macht erstreckte sich über das Reich der Kirche hinaus.

Und so kam Elisabeth in ihrer Verzweiflung zu ihm, um einen Handel über Jules' Freiheit abzuschließen. Dabei hatte sie keine Ahnung, womit sie bezahlen sollte, was sie von ihm wollte. Sie hatte keine Illusionen über die barmherzige Natur des Bischofs und nur wenig Geld, um daran etwas zu verbessern. Es gab Gerüchte über seine sexuellen Gelüste, und als sie jetzt zu ihm hinüberschaute, hoffte sie, daß diese Gerüchte nicht stimmten.

»Was kann ein alter Bischof für Sie tun, mein Kind?« fragte er. Sein Lächeln war starr, der Ausdruck seiner eisgrauen Augen unergründlich. *Ich kenne diese Augen*, dachte sie. Sie hatte Angst vor ihm, und sie wußte instinktiv, daß die Geschichten von den Talenten des Bischofs zutrafen. *Ich habe den richtigen Mann gefunden.*

»Ich brauche Ihre Hilfe, um meinen Gatten aus dem Gefängnis zu befreien, Hochwürden. Er ist Colonel und heißt Jules de Vries. Man wirft ihm vor, desertiert zu sein. Zu Unrecht natürlich.«

»Natürlich«, sagte Murat. »Ich habe von dem Fall gehört. Höchst unglückselig. Aber ich fürchte, Sie machen sich da ein falsches Bild, Madame. Ich bin ein Bischof, kein General. Ich werde seiner im Gebet gedenken. Aber was kann ich darüber hinaus tun?«

»Sie sind zu bescheiden, Eminenz. Ich habe mit Offizieren gesprochen, die es heutzutage bedauern, daß sie General und nicht Bischof sind«, antwortete sie lächelnd. Sie beugte sich vor und legte großen Nachdruck in ihre Worte. »Und sie glauben, daß Sie im Fall meines Gatten eine Menge tun können, Eminenz. Eine Menge.«

»Sie hatten mehr als genug Ärger mit den Preußen, das stimmt«, räumte der Bischof ein. »Aber ich fürchte, Sie unterschätzen die Probleme, mit denen auch die Kirche zu kämpfen hat. Der

Krieg hat so manche Umwälzung herbeigeführt. Nichts geht mehr so, wie es einmal ging. Die Menschen haben sich abgewandt vom Frieden Gottes, um den Teufeln des Krieges zu folgen. Gleichwohl, es stimmt schon, daß ich mit der Hilfe des Allmächtigen versucht habe, mit meinen geringen Mitteln denen nützlich zu sein, die in Not sind. Madame de Vries ...« Er schaute sie mit wissendem Blick an. Er wußte von ihrer Beziehung zu dem gefallenen General Delacroix, da dessen Diskretion zu wünschen übriggelassen hatte. Er wußte seit Jahren davon, wie er meistens wußte, was höheren Orts vor sich ging. »Ich weiß, daß Sie eine intelligente Frau sind. Sie sind nicht ohne klare Vorstellungen hergekommen. Was ist es genau, was Sie von mir wollen?«

Elisabeth redete nicht um den heißen Brei herum. »Die Kaiserliche Garde ist offiziell aufgelöst worden. Als Militärgouverneur wird daher General Trochu die Richter für das Kriegsgerichtsverfahren benennen. Ich habe erfahren, daß er dies innerhalb der nächsten vierzehn Tage tun wird. Es gibt drei Männer, von denen ich annehme, daß sie die Lage meines Gatten günstig – das heißt, gerecht – beurteilen werden.« Und sie nannte die Namen. Der Bischof nickte, er kannte sie alle. Elisabeth fuhr fort. »Es wäre ... nützlich, wenn diese Männer als Richter für das Kriegsgericht ausgewählt werden könnten, Eminenz. Und wenn sie erst ernannt sind, wäre es – wie soll ich sagen – äußerst vorteilhaft, wenn sie ...«

»... wenn sie wüßten, welches die gerechte und richtige Entscheidung ist«, vollendete er an ihrer Stelle. »Natürlich. Ich verstehe.« Eine einfache Sache.

Murat läutete eine Glocke, und ein Diener erschien. »Einen Cognac«, befahl er knapp. »Möchten Sie vielleicht eine Erfrischung?« fragte er Elisabeth.

»Ich danke Ihnen, Eminenz, vielleicht schließe ich mich Ihnen an.«

Der Diener verschwand und kehrte gleich darauf mit einer Kristallkaraffe zurück. Murat entließ ihn mit einer Handbewegung und schenkte Elisabeth ein Glas ein. Sie nippte daran, denn sie trank nur selten, und der Cognac brannte ihr in der Kehle. Der Bischof stürzte den seinen in einem Zug hinunter und goß sich sofort einen zweiten ein. Dann sah er sie an und lächelte, und Elisabeth wappnete sich. Der heikle Augenblick war gekommen.

»Es liegt durchaus im Bereich des Möglichen, daß ich Ihnen für Ihre Sache von Nutzen sein könnte. Sagen wir vorläufig, ich bin bereit, es zu versuchen. Ich halte Sie in diesen Dingen nicht für naiv. Ich will also einfach sagen, es ist üblich, daß diejenigen, die zum Beten in die Kathedrale kommen, dem Herrn ein Opfer darbringen, damit seine Diener fortfahren können, sein Werk zu tun. Ich muß Sie daher fragen, Madame: Was kann das Haus Gottes für Ihre Gebete erwarten?«

Man hat dir gesagt, er ist direkt. Elisabeth errötete und nahm einen großen Schluck Cognac. Er brannte bis in ihre Brust. »Eminenz, ich fürchte, ich habe Ihnen wenig zu bieten. Ich bin keine bemittelte Frau. Mein Gatte war – das heißt, er ist Berufsoffizier, der für ein Leben im Dienst für Kaiser und Vaterland einen bescheidenen Sold empfangen hat. Das Wenige, was ich habe, steht Ihnen natürlich zur Verfügung.« Sie sah, daß er wegschaute, als sei er gelangweilt. »Aber vielleicht haben Eminenz einen Vorschlag …?« Sie ließ die Worte in der Luft hängen, ohne zu wissen, ob er sie aufgreifen würde. Am liebsten hätte sie angesichts ihrer kläglichen Mittel laut aufgeheult. All die Jahre – und sie hatte nichts anderes zu geben als das. Der Bischof erhob sich und trat ans Fenster. Er schwieg eine Weile, bevor er sprach.

»Da wäre etwas, Madame.«

Jetzt kommt es, dachte sie, überzeugt, daß sie es schon wußte. *Männer sind Männer, was immer sie für eine Uniform tragen – darunter steckt nur Wollust.*

»Ja, Eminenz?«

Er wandte sich zu ihr um, und ihre Blicke trafen sich. Lieber Gott, er ist grotesk, dachte sie. Zornig rote Adern zogen sich durch sein Gesicht, und er war ungeheuer fett. Sie stellte sich vor, wie es sein mußte, unter ihm zu liegen, mit seinem Schweiß, seinem Atem, seinen aufdringlichen, juwelengeschmückten Händen. Bernard hatte sich doch wenigstens in Form gehalten.

»Sie leben immer noch bei Ihrem Schwager, dem Grafen«, sagte der Bischof.

Diese unverhoffte Wendung war eine Überraschung. »Nun … ja, Eminenz.«

»Er hat etwas, was wertvoll für mich ist.«

Elisabeth schüttelte den Kopf. »Aber der Graf berät sich nicht einmal in der Angelegenheit meines eigenen Gatten mit mir, Eminenz. Wenn er allerdings etwas hat, das Sie haben möchten, so könnte ich ihn sicher ansprechen ...«

»Es geht nicht um etwas, das er freiwillig herausgeben würde«, unterbrach der Bischof sie in scharfem Ton. Eindringlich und fest schaute er ihr in die Augen. »Man muß es ihm wegnehmen.«

»Je ne comprends pas.« Elisabeth schüttelte unsicher den Kopf. Sie hatte keine Ahnung, worauf er hinauswollte.

Marius Murat hatte nie das Land vergessen, das Henri ihm vorenthalten hatte – ebensowenig wie seinen tiefen Haß auf die Gräfin. Auf das Land kam es ihm gar nicht mehr an – jedenfalls nicht in finanzieller Hinsicht. Die äußeren Boulevards des Kaisers waren inzwischen fertig, und schon hatten sie den Kaiser überlebt. Die Diözese hatte sich von dem pekuniären Rückschlag erholt, der ernst, aber vorübergehend gewesen war. Murat wollte das Land, weil damit etwas Unerledigtes erledigt wäre. Es ging um seinen Stolz auf diese Transaktion, der wie das Land im Laufe der Jahre an Bedeutung zugenommen hatte, bis er ihn fast verzehrte. Es war eine Frage des Prestiges. Die Erwerbungen des Bischofs brauchten schon lange keine materielle Begründung mehr. Er war reicher als reich, der Krieg hatte seine Schatzkammern überquellen lassen. Aber er hörte nicht auf. Das Siegen war ein Impuls, eine Gewohnheit, die gefüttert werden mußte wie er selbst.

»Sie wissen, wo er seine Papiere aufbewahrt. Die wichtigen, meine ich, die seinen Besitz betreffen.«

Elisabeth blinzelte. Um diese Dinge hatte sie sich nie weiter gekümmert. »Ich nehme es an, Eminenz, aber der Graf hat nie ...«

»Lassen wir den Grafen. Ich möchte, daß Sie bestimmte Papiere suchen. Ich werde Ihnen genau beschreiben, welche es sind, was darauf steht, und wie sie aussehen. Die werden Sie mir bringen.«

»Eminenz, ich ... ich weiß nicht recht, was ich sagen soll«, stammelte Elisabeth. Henri irgendwelche Dokumente zu stehlen – nun, damit hatte sie wirklich nicht gerechnet.

»Madame, ich will unumwunden sprechen. Sie wollen, daß Ihr Gemahl freikommt, wie ungünstig die Fakten sich in diesem Fall auch darstellen mögen. Ich bin mit den Umständen vielleicht besser vertraut, als Ihnen klar ist, und ich muß sagen, seine Aussichten sind nicht eben großartig. Das Militär befindet sich in der Hand von Gesindel, das nicht zwischen einem guten und einem korrupten Offizier unterscheiden kann. Der Unterschied fällt in den Überlegungen dieser Leute auch kaum ins Gewicht. Das Kaiserreich wird hier vor Gericht stehen, und Triebkraft des ganzen Tribunals ist die Verzweiflung einer minderwertigen Meute, die im Felde gegen die Preußen verloren hat. Gerechtigkeit ist in diesen Fragen von geringer Bedeutung. Sie haben mich gebeten, etwas zu tun, das, so Gott will, getan werden kann. Aber diese Aufgabe zu erfüllen erfordert großen Aufwand. Man kann General Trochu nicht unmittelbar darauf ansprechen. In einer solchen Angelegenheit benutzt man Hintertüren und Nebeneingänge. Man wird mit größter Delikatesse vorgehen müssen. Diese Papiere sind das einzige, was mich hinreichend interessiert, um mich zu solchen Mühen zu veranlassen. Sie müssen sie mir beschaffen. Ich werde gewisse Änderungen daran vornehmen lassen, und dann werden Sie mir als Schwägerin des Grafen diese Änderungen bezeugen müssen, damit niemand später ihre Authentizität in Frage stellen kann. Es gibt einen Notar, mit dem ich in diesen Dingen aufs engste zusammenarbeite: Monsieur Pascal. Er wird alles vorbereiten. Auf diese Weise wird Ihr Gemahl gerettet werden. Auf diese und auf keine andere.«

Elisabeths Herz raste. Henri betrügen! Ihm Dokumente stehlen und nachher eine Fälschung bezeugen! Mit ihrer Unterschrift, auf dem Papier! Er würde alles erfahren. Er würde sie hinauswerfen. Das war zu viel. Das konnte sie nicht tun.

»Eminenz, das ist unmöglich! Die Papiere, die könnte ich Ihnen vielleicht beschaffen, aber etwas unterschreiben, etwas bezeugen, wie Sie es vorschlagen – das wäre doch ein Beweis, den er sehen würde! Er würde Bescheid wissen! Er würde mich ruinieren! Das kann ich nicht tun, das kann ich nicht riskieren!«

Der Bischof zuckte die Achseln. »Es ist kaum von Belang für mich, Madame, wenn Sie es nicht über sich bringen, diese Aufgabe zu erfüllen. Es ist eine Entscheidung, die Sie treffen müssen. Aber alle Ihre Entscheidungen sind schwierig. Tun Sie, was ich verlange, und in der Tat, Sie mögen leicht den ewigen Zorn Ihres

Schwagers auf sich ziehen. Ich vermute indessen, es könnte Ihnen Schlimmeres widerfahren. Tun Sie nichts – nun, dann könnte Ihr Gemahl dafür mit seinem Leben bezahlen. Ich beneide Sie nicht um dieses Dilemma.« Er schenkte sich das vierte Glas Cognac ein und leerte es in einem Zug, ohne sich noch einmal die Mühe zu machen, ihr etwas anzubieten.

»Aber ich hätte dann nichts mehr.« Ihre Stimme klang so leer wie diese Aussicht.

»Sie hätten einen Gemahl.«

Elisabeths Gedanken drehten sich rasend im Kreis. Die Sache gefiel ihr nicht. Die einzige Sicherheit in ihrem Leben war jetzt ihr Zuhause. Sie würde immer ein Dach über dem Kopf und etwas zu essen für sich und Paul haben, solange der Graf sie zur Familie zählte. Aber ihn verraten, wie der Bischof es verlangte? Traurig schüttelte sie den Kopf.

»Eminenz, das kann ich nicht. Ich muß an meinen Sohn denken, an seinen Lebensunterhalt, an seine Zukunft. Der Graf ...«

»Da ist noch etwas.« Er wußte, was ihre Bedenken waren. Er sah sie deutlich vor sich, denn er sah immer alles, was die Leute wollten. Er wußte, was sie geben und was sie nicht geben, was sie tun und was sie nicht tun würden, und er wußte, was sie dafür bekommen mußten. Darin bestand sein Talent: daß er all das wußte.

»Vielleicht wird Ihnen folgendes bei Ihrer Entscheidung helfen. Es liegt natürlich ein beträchtlicher Wert in dieser Transaktion. Genug, daß ich Ihnen und Ihrem Sohn eine jährliche Rente aus den Erträgen zusichern könnte. Vorausgesetzt natürlich, Sie können mir die Papiere verschaffen, die ich brauche, und Sie unterschreiben alles, wie wir es vereinbaren. Ein Zurück gäbe es nicht.« Wie er es vorausgesehen hatte, ließen seine Worte ein Funkeln in ihren Augen aufleuchten. Er beobachtete sie aufmerksam.

Kein Zurück, dachte sie. Keine Möglichkeit, es sich später noch einmal anders zu überlegen. Da würde es sich um eine beträchtliche Zahlung handeln müssen.

»Verzeihen Sie die Frage, Eminenz, aber wie hoch würde die Rente sein, an die sie da denken?«

»Vierhunderttausend Francs.«

Elisabeth schnappte innerlich nach Luft. Das war mehr, als sie und Jules in zehn Jahren verdienten. Mit einer solchen Summe könnten sie ein behagliches Leben führen und würden das Dach und die Zimmer des Grafen nie wieder benötigen. Es war nicht genug, um sie reich zu machen, aber den Drachen der Armut konnte sie damit erschlagen. Es war mehr, als sie sich je hatte träumen lassen, und auch mehr, als sie nach dem elenden Krieg hatte erwarten können. Aber es gab noch andere Erwägungen.

»Das garantieren Sie schriftlich?«

»Selbstverständlich. Wobei die Gründe für diese Zahlung naturgemäß weitgehend vage bleiben müssen. Aber ich gebe es Ihnen mit dem Siegel der Diözese, so daß auch meine Nachfolger an meine Verfügung gebunden sind.«

»Die Rente wird zeitlich unbegrenzt gezahlt?«

»Solange Sie oder Ihr Gemahl leben.« Der Cognac erwärmte Murat und ließ ihn großzügig werden. »Und die Hälfte der Summe für Ihren Sohn, falls er Sie beide überlebt.« Es war ein Almosen, verglichen mit dem, was das Land wert war, aber es war nicht der Wert des Bodens, der ihn antrieb. Es war der Besitz.

Elisabeth wägte das Angebot ab. Noch nie im Leben hatte sie so etwas getan, aber sie hatte auch noch nie erlebt, daß alles, was sie kannte, derart bedroht gewesen war. Noch nie hatte für Jules so viel auf dem Spiel gestanden. Und als der Korken einmal aus der Flasche war, flossen die Gründe, die für diesen Vorschlag sprachen, wie Champagner. Es sei für Jules, sagte sie sich, es sei das Beste für Paul. Henri werde den Verlust leicht verkraften, da seine Ländereien riesig seien und es für ihn gar keinen Unterschied ausmachte, überhaupt keinen. Sie habe es verdient, sagte sie sich, sie alle hätten es verdient, und sie sei es ihrer Familie schuldig. Ein letztes Problem bereitete ihr Gewissensbisse. Jules würde es irgendwann erfahren. Er würde ihr Tun niemals hinnehmen. Aber wenn das Gewitter der Entdeckung erst abgezogen wäre, wenn der Sturm seiner Wut nachgelassen hätte – was bliebe ihm dann? Sie hatte ihn immer dahin bringen können, wohin sie wollte. Wenn es ihr diesmal nicht gelänge, würde er sie und Paul verlassen. Dann hätte sie aber noch das Geld, und das Geld bedeutete die Freiheit für sie und Paul. Für sie und Jules würde es sowieso nie wieder so sein wie früher. *Und wäre das wirklich so schlimm?*

Kann der Tod eines Traumes nicht die Geburt eines neuen mit sich bringen?

Und schließlich wußte sie, was sie tun würde. Sie spürte, wie eine schwere Last von ihr genommen wurde, eine Bürde, die seit den Demütigungen von Sedan nicht leichter geworden war. Sie beugte sich dem Bischof entgegen, und ihre Augen blickten so lebhaft wie seit Monaten nicht mehr.

»Ich glaube, ich nehme noch einen Cognac, Eminenz.«

Léon Gambetta ist ein Esel, dachte Henri zum hundertsten Mal. Er kannte den Mann seit Jahren, und seit Jahren fand er ihn aufgeblasen und eingebildet. Er war ein Rechtsanwalt und Politiker mit einem Glasauge und einer geschmeidigen Zunge, über die Maßen herausgeputzt und zur Zeit Innenminister, und er schickte sich an, den Korb eines Ballons zu besteigen. Bei aller Abneigung wünschte Henri ihm doch Erfolg. Es war ein höchst dramatischer Augenblick für das Land und die Stadt, als Gambetta nun abreiste, um eine Armee aufzustellen, die Paris zu Hilfe kommen sollte. Es war ein unsicheres Unternehmen, dachte Henri, aber wenn es jemand schaffen konnte, dann dieser Esel Gambetta.

Henri hatte ohne Pause gearbeitet, während Ballon für Ballon die Herzen und Hoffnungen der Pariser in den Himmel steigen ließ. Von jedem Aussichtspunkt der Stadt aus jubelten die Menschen den Ballonen und ihren Aeronauten zu. Graf Bismarck sah sie von Versailles aus ebenfalls und tobte vor Wut. Er befahl Krupp, eine spezielle Kanone zu bauen, mit der sie abzuschießen wären, aber diese Kanone wurde ein Fehlschlag, und die Ballone fuhren weiter, einer alle achtundvierzig Stunden, Ballone, die Männer und Post und Brieftauben in kleinen Käfigen beförderten. Die Tauben würde man später in der Provinz aufsteigen und mit Botschaften nach Paris zurückfliegen lassen. Einen anderen Kontakt zur Außenwelt gab es nicht, denn die Preußen hatten die Stadt fest im Würgegriff. Aus Sicherheitsgründen starteten die Ballone in der Nacht, aber sie flogen trotzig davon: ein Triumph des französischen Mutes.

Die Ballone erlitten alle möglichen Schicksale, aber meistens ein gütiges. Sie wurden von Ulanen beschossen, die ihnen auf der Erde nachjagten, aber die Kugeln flogen nicht weit genug. Sie gingen über dem Meer verloren. Sie erlitten jähe Abstiege und harte Landungen in Bäumen. Einige schleiften ihren Korb über den Boden, so daß die Fahrer verletzt wurden. Einer trug eine photographische Ausrüstung in die Höhe, mit der die feindlichen Stellungen am Boden aufgenommen wurden, ein anderer transportierte Hunde, die darauf abgerichtet waren, mit Nachrichten am Halsband nach Paris zurückzukehren. Die Besatzung beinahe jedes Ballons pißte mit Vergnügen in die aufwärtsgewandten Gesichter der Preußen. Einer hatte zwei Kisten Dynamit dabei, die über den preußischen Linien abgeworfen wurden, ein anderer hatte optische Geräte zum Studium einer Sonnenfinsternis an Bord. Von ihren Startplätzen in Paris schwebten die Ballone in sämtliche Regionen Europas – einer überquerte sogar die Nordsee und gelangte nach Norwegen. Ein paar Ballone wurden gefaßt, die meisten aber erreichten ihr Ziel wohlbehalten, und sie brachten Hoffnungen, militärische Geheimnisse und Botschaften der Belagerten zu ihren Freunden in der Außenwelt.

Gambetta war ein stämmiger Mann. Er trug einen schweren Mantel und pelzgefütterte Stiefel. Er hatte Mühe, in den Korb zu klettern, aber auch die Begabung, es in den Augen der Zuschauer leicht aussehen zu lassen. Die Stimmung an der Place Saint-Pierre am Montmartre war festlich. Die Leute waren in Scharen zusammengeströmt, um den Minister zu verabschieden. Der Aufstieg war um zwei Tage verschoben worden, weil der Wind nicht günstig gewesen war. Jetzt hatte man zwei kleine Versuchsballone aufsteigen lassen, und die Bedingungen waren vorzüglich. Henri sprach mit Trichet, dem Fahrer, und gab ihm in letzter Minute noch ein paar Anweisungen. »Keine Sorge«, sagte er und deutete dabei auf Gambetta, »wenn Sie einmal nicht genug Auftrieb haben: Im Minister ist genug heiße Luft, um Sie bis nach Tours zu bringen.« Gambetta brüllte vor Lachen, und der Pilot stimmte unsicher mit ein. Der Minister konnte über sich selbst genausogut lachen wie über andere, und zumindest davor empfand Henri Hochachtung. »Gut gesagt, Graf«, strahlte er. »Aber sagen Sie ihm nicht, was er tun soll, wenn er Ballast abwerfen muß.«

Henri lächelte. »Das würde mir nicht im Traum einfallen, Minister. Er ist ein guter Fahrer. Er kommt vielleicht selbst drauf. Gute Reise. Bringen Sie uns eine Armee.«

»Das werde ich tun, de Vries, das werde ich tun.«

Die Leinen wurden losgemacht, und der große gelbe Ballon erhob sich über die Zuschauer. Stets auf theatralische Effekte bedacht, winkte Gambetta der Menge unter ihm mit seiner Robbenfellmütze zu und entfaltete die Trikolore.

»Vive la France!« schrie er mit triumphierender Stimme.

»Vive la République!« brüllte die Menge zurück, und Gambetta war fort.

An diesem Abend nach dem Essen saß Henri erschöpft mit Serena vor dem Château in der großen Schaukel auf der Veranda. Elisabeth war in der Stadt. Paul und Moussa hatten auf dem Rasen Froschrennen veranstaltet; Pauls Frosch hatte siebenmal hintereinander gewonnen und Moussa jede Murmel und jeden Sou aus der Tasche gezogen. Schließlich waren die Jungen müde geworden und auf die Veranda geklettert. Jetzt saßen sie ans Geländer gelehnt mit hochgezogenen Knien da, betrachteten den Himmel und erzählten sich Geschichten von großen Fröschen, die sie gekannt hatten.

Der Oktoberabend war für die Jahreszeit ungewöhnlich schwül. Im Laufe des Nachmittags war im Südosten eine dicke weiße Wolkenbank aufgezogen, große Gewitterwolken, die sich blähten und wölbten wie Watte und sich auftürmten, so hoch das Auge reichte, und sie leuchteten so hell, daß selbst die nahende Dunkelheit sie nicht verschlucken konnte. Hinter ihnen war die Sonne untergegangen und hatte sie mit einem dunklen Karmesinrot durchtränkt, das nun allmählich zu einem sanften Rosa und schließlich zu Violett verblaßte. Und als der Abend kam, erwachten die Wolken unverhofft noch einmal zum Leben, und helle rote und gelbe Blitze durchzuckten sie. Erst konnte niemand erkennen, was es war, aber dann begriff Henri. »Das ist das Mündungsfeuer von Kanonen«, stellte er fest.

Es war schön und hatte gespenstische Ähnlichkeit mit sommerlichem Wetterleuchten: Man sah nur Farben und hörte nichts, aber man wußte, daß man hier das furchtbare ferne Flackern des

Todes erblickte. Ab und zu klapperten die Fenster der Remise. In den Stallungen wieherten nervös die Pferde.

»Kennen die Tuareg Belagerungen wie wir hier, oder gibt es bei ihnen nur einfache Schlachten?« fragte Moussa seine Mutter nach einem besonders spektakulären Blitz.

»Meist sind es Schlachten. Aber einmal gab es auch eine Belagerung, eine sehr berühmte.«

»Erzähl uns davon.«

»Ihr habt doch sicher genug von Belagerungen und Krieg. Es gibt so viel Schlimmes auf der Welt. Möchtet ihr nicht lieber die Geschichte von Tahat, dem Berg, hören, der …«

»Bah.« Moussa zog eine Grimasse. »Nicht schon wieder eine Liebesgeschichte, Maman. Die haben wir schon gehört. Erzähl uns von der Belagerung.« Und Paul nickte zustimmend.

Serena sah Henri an. Er hatte den Kopf auf ihre Schulter sinken lassen und die Augen geschlossen. Sie versuchte, ihn mit ihrem Schal zuzudecken, ohne ihn zu stören. »Also gut«, seufzte sie, »dann erzähle ich euch die Geschichte von Tashmani, dem Jungen, der sein Volk rettete. Er lebte vor langer Zeit im Hoggar, in den Wüstenbergen, wo ich aufgewachsen bin. Tashmani war ein Targui von den Kel Rela, der adligen Familie, aus der auch Moussa und ich stammen. Schon als er sehr jung war, erwies er sich als geschickter Jäger, der Hasen und sogar Gazellen zu fangen verstand. Wie alle Jungen konnte er es nicht erwarten, erwachsen zu werden. Er wollte mit den Männern hinausziehen und die großen Karawanen mit Gold und Salz und Sklaven, die durch sein Land zogen, führen und beschützen, und eines Tages wollte er sein Schwert in der Schlacht berühmt machen. Aber bei den Tuareg muß jeder Junge, so vornehm er auch sei, zuerst lernen, die Ziegen und Kamele seines Stammes zu hüten. Also verließ Tashmani frühmorgens das Lager mit seiner Ziegenherde und verbrachte den ganzen Tag in den Bergen, wo sie grasen konnten. Oft blieb er auch die ganze Nacht draußen, denn unter dem freien Himmel zu leben und nur die Sterne über sich zu haben, das heißt Tuareg sein, und Tuareg sein heißt frei sein, und das war für Tashmani das Kostbarste.«

Moussa war fasziniert. »Ist das alles, was ein Targui-Junge tun muß? Hinausziehen und auf ein paar Ziegen aufpassen? Brauchen sie denn nicht zur Schule zu gehen?«

»Die Sahara ist ein Land mit vielen Lektionen. Jeder Tag ist eine Schule. Man studiert die Welt ringsum.«

»Aber es gibt keine Lehrer?«

»Die Frauen sind Lehrer, und der Marabout manchmal auch.«

»Ist der so etwas wie eine männliche Nonne?«

»So etwas Ähnliches.«

»Dann ist es nicht viel besser«, murrte Moussa. »Aber Ziegenhüten gefällt mir besser, als den ganzen Tag im Klassenzimmer zu sitzen.«

»Du würdest bald feststellen, daß es nicht leicht ist, Moussa«, sagte Serena. »Das stellte Tashmani auch fest. Eines Tages schlief er ein, und ein Löwe überfiel seine Ziegen und fraß sie auf.«

»Gibt es Löwen in der Wüste?« fragte Paul.

»Heute nicht mehr, aber damals schon«, sagte Serena. »In den Höhlen findet man noch Bilder von ihnen. Tashmani hätte besser aufpassen müssen, aber als er aufwachte und den Löwen sah, da lief er weg, statt seine Ziegen zu beschützen. Als er ins Lager kam, um den Erwachsenen davon zu berichten, da glaubte ihm niemand. Löwen waren sehr selten, und alle dachten, er hätte die Ziegen durch seine eigene Unachtsamkeit verloren, und das stimmte natürlich zum Teil. Nur in einem waren sich alle einig: Die Ziegen waren fort.

Tashmani war mutlos. Ein Tuareg-Junge wünscht sich nichts so sehr wie das Vertrauen seines Stammes und die Gelegenheit, seinen Mut zu beweisen. Für Tashmani hatte es keinen guten Anfang genommen. Sein Vater sagte, er werde nur noch eine einzige Gelegenheit bekommen, die Ziegen zu hüten, und sollte er noch mehr verlieren, so werde er die Schmach niemals überwinden. Da könnt ihr euch vorstellen, daß Tashmani Angst bekam, er werde den Tagelmust niemals tragen dürfen.«

»Wann darf er den Schleier anlegen?« fragte Moussa.

»Für gewöhnlich, wenn er sechzehn ist, denn dann gilt er als Mann.«

»Und was trägt er vorher?«

»Solange er noch jünger ist als ihr, läuft er nackt herum«, sagte

Serena, und die Jungen waren sichtlich entsetzt ob dieser Vorstellung.

»Nach seinem Erlebnis mit dem Löwen«, erzählte sie nun weiter, »war Tashmani durch nichts von seiner Pflicht abzubringen. Er hütete seine Ziegen mit großer Aufmerksamkeit. Er schärfte seine Lanze und übte stundenlang damit – für den Fall, daß er wieder einmal einem wilden Tier begegnen sollte. Er schlief immer erst, wenn er die Ziegen hinter einem Zaun in Sicherheit gebracht hatte, den er selbst aus Strauchwerk baute. Es kamen Dürrezeiten, aber nie ließ er eine Ziege Durst leiden. Bei Hochwasser führte Tashmani die Herde schnell auf höheres Gelände. Lange Zeit beging er keinen einzigen Fehler. Und doch vergaß niemand die Ziegen, die er damals verloren hatte. Ein ganzes Jahr verging, und Tashmanis Kopf blieb unbedeckt.

Dann mußte er sich eines Tages weit vom Lager entfernen, um noch eine Weide für seine Ziegen zu finden. Er kam auf eine Hochebene, auf der er noch nie gewesen war. In der Nähe einer Höhle hörte er ein furchtbares Geräusch. Als er nachschaute, gewahrte er den schrecklichsten Anblick seines Lebens: ein Tier, größer als dieses Haus.« Mit einer ausladenden Handbewegung wies Serena auf das Château. Die Jungen machten große Augen.

»Lautlos wie ein Lufthauch schlich Tashmani sich in eine Ecke der Höhle. Er wußte, es war ein Tharben. Er hatte natürlich schon davon gehört, aber er kannte niemanden, der tatsächlich schon eines gesehen hatte. Es war ein Reptil, eine Art Riesenechse. Seine Augen glühten, und weiches Haar wuchs in langen Büscheln auf seinem Hinterkopf. Seine Flanken waren von Schuppen bedeckt, die glitzerten wie Juwelen. An jedem Fuß hatte es sechs Klauen, geschwungen wie Krummsäbel, nur noch schärfer, und in seinem Maul standen drei Reihen Zähne, ein jeder so lang wie ein Dolch. Der Schwanz aber war dornig wie ein Kaktus.

Das Tharben sah Tashmani nicht, denn der hielt sich totenstill, als das Ungeheuer an ihm vorbei zum Höhleneingang kroch. Tashmani sah, wie es vogelgleich in die Luft sprang. Hinter den Vorderbeinen sprossen ihm Flügel, und es stieg in den Himmel auf und flog davon, und der Wind, den es dabei machte, war stark wie ein *simoom*. Tashmani wagte nicht, sich zu rühren.

Nicht lange, und das Tharben kam zurück, und es trug vier wilde Kamele in den Klauen. Und zu seinem Entsetzen sah Tashmani, daß das Untier auch zwei seiner Ziegen gepackt hatte, die er vor lauter Angst und Überraschung allein vor der Höhle zurückgelassen hatte. Jetzt war es zu spät: Er konnte nur noch zuschauen, wie das Tharben Feuer spie und die Kamele damit nacheinander briet, um sie schließlich ganz zu verschlingen. Tashmanis Ziegen fraß es zum Nachtisch.

Tashmani kauerte im Schatten und befürchtete, er werde als nächster an die Reihe kommen, und er schämte sich, daß er schon wieder kostbare Ziegen verloren hatte. Als das Tharben einschlief, schlüpfte er hinaus, um den Rest seiner Herde zu suchen. Er führte sie zu einer kleineren Höhle, wo die Tiere in Sicherheit sein würden, und ließ ihnen Futter und Wasser da. Dann rannte er nach Hause, um den Erwachsenen zu berichten. Aber niemand glaubte ihm. Erst ein Löwe, jetzt ein Tharben. Kannte seine wilde Phantasie denn keine Grenzen? Niemand hatte je ein Tharben zu Gesicht bekommen und die Begegnung überlebt. Die Männer glaubten, er wolle sich herausreden, weil er wieder seine Pflicht nicht erfüllt hatte, die Tiere zu beschützen. Sein Vater war sehr zornig und befahl ihm, erst wieder ins Lager zurückzukommen, wenn er die Ziegen wiedergefunden hätte, die er in seiner Dummheit habe weglaufen lassen.

Tashmani kehrte zurück zur Höhle. Er dachte sich, das Tharben werde vielleicht noch mehr Ziegen fangen, und vielleicht könne es ihm gelingen, sie an sich zu reißen und wegzulaufen, ehe das Tharben sich seinem Nachtisch zuwandte. Aber als er sich der Höhle näherte, hörte er ein gräßliches Kreischen, und er sah, daß das Tharben zwischen zwei Felsen eingeklemmt war. Ein Flügel hatte sich dort verfangen. Zuerst wußte Tashmani nicht, was er tun sollte. Am liebsten wäre er weggelaufen. Aber als er die schrecklichen Schreie des Tharben hörte, nahm er seinen ganzen Mut zusammen, packte seine Lanze und ging tapfer hin, um den Flügel herauszuhebeln. Das Tharben brüllte und schnappte nach ihm, bis es sah, daß Tashmani nur helfen wollte. Tashmani bekam den Flügel frei, aber er war gebrochen, und das Tharben konnte nicht mehr fliegen. Ohne Hilfe würde es verhungern. Tashmani wußte wie alle Tuareg, wie man kranke Tiere versorgte, und er machte eine Schiene aus den Ästen eines Tamariskenbaumes. Sie war so groß, daß er den ganzen Tag dazu brauchte. Er umwickelte die Äste mit Wurzeln und Gräsern und band alles sorgfältig um den Flügel, wobei er darauf achtete, dem Tharben, dessen Blick schmerzgeplagt war, nicht noch mehr weh zu tun.

Während das Tharben genas, ging Tashmani auf die Jagd nach Eidechsen, Hasen und Gazellen. Es war nicht viel für ein Tharben, aber es genügte, und das dankbare Geschöpf versprach, ihn nicht auch noch zu fressen. Nach einer Weile war das Tharben wieder gesund, und als es den Flügel auf die Probe stellte, ließ es Tashmani auf seinem Rücken sitzen. Tashmani war entzückt, als sie so hoch flogen, daß sie sogar auf die Wüstenfalken hinabschauen konnten. Später gingen sie zusammen auf die Jagd. Das Tharben sah, daß Tashmani ein Hirte war, der seine eigenen Ziegen hütete, und weil es sowieso lieber wilde Ziegen fraß, erklärte es sich bereit, keine von Tashmanis Ziegen mehr anzurühren und sie sogar auf seinem Rücken weiden zu lassen, denn dort wuchs fettes Gras. Und das Tharben gab Tashmani die Hälfte der wilden Ziegen, die es fing, damit Tashmanis Herde wieder größer würde.

Über all dem kam Tashmani viele Wochen lang nicht nach Hause. Und während er fort war, fielen die Shamba aus den nördlichen Oasen in das Land des Hoggar ein, und sie hatten ein großes Heer mit vielen Männern und zahllosen Kamelen. Ihre Zahl war zu groß für die verschleierten Männer, die tapfer kämpften, dann aber doch überrannt wurden. Am Ende sahen sich die Tuareg eingeschlossen an den Hängen eines großen Berges namens Tararat. Obwohl auf jeden Tuareg-Krieger mehr als zehn Shamba kamen, erkannten die Shamba bald, daß sie allein mit ihren Waffen niemals den Sieg davontragen würden. Also umzingelten sie den Berg, schnitten alle Fluchtwege ab und waren entschlossen, den Feind auszuhungern.

Von allen Tuareg war nur Tashmani nicht in der Belagerung am Berg Tararat gefangen, denn er war ja noch draußen mit seiner Herde. Als das Tharben wieder ganz gesund war und Tashmanis Herde so groß wie nie zuvor, da zog der Junge stolz zum Lager zurück, um seinem Vater die wunderbaren Neuigkeiten zu bringen. Als er das Lager verlassen vorfand und begriff, in welcher schrecklichen Lage die Kel Rela waren – was, glaubt ihr, tat er da?«

Moussa schnaubte. »Ich wäre in die Stadt gegangen und hätte eine *mitrailleuse* gekauft. Da wären die Shamba schnell erledigt gewesen.«

»Aber so etwas gab es damals noch nicht.« Serena lächelte. »Außerdem kämpfen die verschleierten Männer nicht mit Gewehren.«

»Ich würde einen Ballon aus Kamelhäuten machen, wie Onkel Henri«, sagte Paul. »Und dann würde ich sie hinausfliegen.«

»Das ist beinahe genau das, was auch Tashmani tat«, sagte Serena, »nur, daß er keinen Ballon zu machen brauchte. Er lief zurück zu der Höhle und erzählte dem Tharben von seiner Not. Das Tharben wurde sehr zornig und kniete nieder, so daß der Junge ihm auf den Rücken klettern konnte. Tashmani setzte sich in seinen Nacken, ergriff die Lanze und wies ihm die Richtung. Das Tharben stieß vom Himmel herab auf die Bergfestung, in der die Tuareg sich noch immer kühn gegen die Shamba wehrten. Ihre Säbel blitzten in der Sonne. Alle, Freund wie Feind, erschraken, als sie die gewaltige Bestie erblickten, gelenkt von einem Jungen, der auf ihrem Nacken ritt. Als die verschleierten Männer sahen, daß es Tashmani war, brachen sie in lauten Jubel aus. Das Tharben landete in ihrer Mitte, und einer nach dem andern stiegen sie hinauf. Die angreifenden Shamba konnten nur wütend zuschauen, denn das Tharben hielt sie mit seinem Schwanz fern.

Als sie gerade abfliegen wollten, erinnerte Tashmani das Tharben daran, daß es sein Mittagessen nicht vergessen dürfe. Inzwischen war das Tharben auch ziemlich hungrig von der Anstrengung; bevor es also abflog, raffte es noch ein Dutzend Shamba für einen Imbiß zusammen. Im Fluge spie das Tharben Feuer, um sie zu braten. Dann kostete es einen von ihnen, aber noch nie hatte es etwas so Abscheuliches gefressen wie diesen Shamba. Statt die andern auch noch zu fressen, spuckte es sie alle aus. Sie fielen zur Erde und landeten in einem versteinerten Wald in der Nähe von In Salah. Dort habe ich sie selbst gesehen. Ihre entsetzten Gesichter starren noch immer zum Himmel, für alle Zeit eingesperrt im Stein.

Als sie sahen, daß sie gescheitert waren, zogen sich die Shamba schmählich in ihre Lager zurück, und unterwegs kamen sie an den vom Himmel gefallenen Kriegern vorbei. Weder sie noch ein anderer Stamm wagte es je wieder, in das verzauberte Land des Hoggar einzufallen, denn sie fürchteten die Geister, die sie dort finden würden und die den Befehlen der verschleierten Krieger gehorchten.

Von da an brauchte Tashmani natürlich keine Ziegen mehr zu hüten. Bald darauf bekam er seinen Tagelmust. Überall im Hoggar schrieben die verschleierten Männer Gedichte und sangen Lieder über den tapferen Jungen, der sein Volk gerettet hatte. Er erwarb viele Kamele und wurde ein großer Krieger. Er heiratete Alisha, die Nachfahrin der Königin Tin Hinan, die erste und vornehmste aller Tuareg-Frauen, und sie bekamen viele Kinder. Und ich bin eine Nachfahrin von Tashmani und Alisha, genau wie du, Moussa.«

Aber Moussa war in Gedanken verloren. Er fragte sich müßig, wie lange ein Tharben wohl brauchen würde, um eine Nonne zu braten, und ob die Beziehungen seiner Familie hinreichten, diesen Auftrag ausführen zu lassen.

Später, als die Jungen schlafen gegangen waren, schaute Henri seine Frau verschmitzt an. »Sind alle Tuareg-Frauen so anpassungsfähig im Erzählen ihrer Sagen, oder bist du die einzige?« fragte er.

»Was meinst du damit?«

»Du hast mir die Geschichte vom Tharben auch schon erzählt, aber da kam keine Belagerung vor, und es hat auch keine Shamba gefressen. Wenn ich mich recht erinnere, ging es da um eine ganze Karawane, die verschwand, weil eine Frau eifersüchtig war.«

»Ich dachte, du schläfst«, protestierte sie.

»Bei einem Tharben könnte ich niemals schlafen. Ich könnte jetzt eins gebrauchen, und einen Mann wie Tashmani dazu.«

»Aber das war ein anderes Tharben.« Serenas Augen zwinkerten. »Nur für dich. Die Jungen wollten ja keine Liebesgeschichte hören.«

Der Tag war gekommen. Paul erwachte im ersten Licht des Morgengrauens; er lag im Bett und starrte an die Decke. Es war still im Zimmer, nur Moussa atmete tief im anderen Bett, aber er wußte noch nichts von der Welt.

Paul fühlte sich wohl unter der Decke. Auf dieser Seite des Schlafzimmerfensters herrschte eitel Frieden. Aber die Schmetterlinge waren wieder da, deren Flattern Not oder Gefahr ankündigte. Diesmal aber galt es nicht ihm. Sie waren wegen dieses Tages hier, wegen seines Vaters. Es war der Tag, um den er gebetet und den er zugleich gefürchtet hatte, der Tag, auf den er geduldig warten sollte, wie sein Onkel sagte, der Tag, der ewig auf sich hatte warten lassen.

Es war der Tag, an dem sein Vater vor dem Kriegsgericht stehen würde. Der Tag, an dem Paul ihn endlich sehen würde, denn dazu war er entschlossen. Es war ein Montag, und er sollte nicht zu der Verhandlung, sondern in die Schule gehen. »Das Verfahren ist nichts für Kinder«, hatte Henri ihm gesagt. »Ich selbst werde dort sein. Ich werde dir alles genau so erzählen, wie es sich zuträgt. Das verspreche ich dir.« Paul hatte zugestimmt, aber sein Innerstes hatte sich verknotet bei dem Gedanken daran, wie ungerecht es war, daß er nicht mitgehen durfte. Er wußte, daß sein Onkel Wort halten würde, aber das war nicht das gleiche, wie wenn er alles mit eigenen Augen sehen könnte. Er war doch wohl alt genug! Verdammt! Er verstand doch manches! Vieles!

Er verstand, was Gefangenschaft bedeutete. Wochenlang hatte er das Bild seines Vaters auf dem Karren nicht abschütteln können. Er war im Zoo gewesen, wo er Castor und Pollux gesehen hatte, die beiden Elefanten. Sie hatten auch Ketten an den Füßen, und alle Besucher gafften sie durch den Zaun an und stachen mit Stöcken nach ihnen. Sie machten sich grausam über sie lustig, bewarfen sie mit allem möglichen Zeug und lachten. Aber so schlimm es für die Elefanten auch war, sie wurden doch wenigstens nicht bespuckt, und man hatte ihnen auch keine Schilder um den Hals gehängt. *Elefanten! Die Elefanten behandeln sie besser!* Es schnürte ihm die Kehle zu, wenn er nur daran dachte.

Er verstand, was Grausamkeit bedeutete. Auf dem Schulhof von St. Paul wurde über seinen Vater geredet, und Paul bekam eine Ahnung von dem, was Moussa die ganze Zeit durchmachen mußte. Eines der anderen Kinder, ein netter Junge, den Paul eigentlich gern mochte, machte eine beißende Bemerkung über seinen Vater, den *poltron.* Blind vor Wut stürzte Paul sich auf ihn. Moussa warf sich dazwischen, und als es vorbei war, hatte der andere Junge eine gebrochene Nase und einen lockeren Zahn, und Moussa bekam Schwierigkeiten, obwohl Paul die Schuld auf sich nahm.

Er hatte gehört, wie sein Onkel und seine Tante miteinander sprachen, als sie eines späten Abends dachten, es höre niemand zu. Er war wach und hörte sie durch den Luftschacht, und was sie sagten, erfüllte ihn mit Furcht. Wenn die Sache für seinen Vater einen schlechten Verlauf nähme, könnte es sein, daß er hinausgeführt, vor eine Wand gestellt und erschossen wurde. Das hatte Onkel Henri gesagt. Zweimal sogar. Wenn Paul auch nicht genau verstand, wie das passieren konnte, so verstand er doch, was es bedeutete.

Und damit kam er zu dem, was er am allerbesten verstand. Er würde es nicht zulassen, daß all dies passierte, während er in einem lausigen Klassenzimmer hockte und eine Nonne anstarrte. Niemals – nun ja, fast niemals – war er regelrecht ungehorsam gegen seinen Onkel gewesen. So etwas brachte einfach zuviel Ärger ein. Aber hier lagen die Dinge anders. Wenn es eine Strafe dafür gab, würde er sie auf sich nehmen. Darüber hatten er und Moussa sich am Abend zuvor unterhalten. Meistens war Moussa derjenige, der mit großen Ideen ankam. Diesmal aber stürmte Paul voran und wagte zu tun, was sie nicht tun sollten.

»Ich gehe morgen nicht in die Schule«, gab er bekannt. »Du kannst gehen, wenn du willst. Ich muß sehen, was sie mit meinem Vater machen.«

Moussa fand, es sei eine großartige Idee, die durchaus ihrer beider Anwesenheit erforderte. »Aber wahrscheinlich lassen sie uns nicht hinein«, gab er zu bedenken.

»Dann schleichen wir uns eben hinein. Darin sind wir doch gut. Manchmal wenigstens.«

»Dann werfen sie uns wahrscheinlich wieder hinaus.«

»Und wir schleichen uns wieder hinein. Ich schaue durch ein Fenster zu, lausche hinter einer Tür. Ich werde es nicht versäumen.« Und als Moussa abenteuerlustig grinste, kam Paul noch ein

Gedanke. »Wir gehen diesmal durch das Tor in die Stadt«, sagte er in einem Ton, der keinen Widerspruch zuließ. Moussa tat enttäuscht.

Jetzt sah Paul, wie das Morgenlicht eines neuen Herbsttages langsam das Zimmer erfüllte. Er wußte, daß es richtig war, was er tat, und daß niemand ihn aufhalten würde. Als es Zeit war, weckte er Moussa. Sie benahmen sich, als wäre alles wie immer, und verließen das Haus rechtzeitig für die Schule. Der Graf selbst verspätete sich, er war noch am Schreibtisch beschäftigt. Paul war ziemlich sicher, daß er den Blick des Grafen durch das Fenster des Arbeitszimmers in seinem Rücken spüren konnte, als sie die Straße in Richtung St. Paul gingen. Moussa schien nichts zu merken. An einer Kreuzung, an der sie nach rechts hätten gehen müssen, bogen sie statt dessen nach links ab.

Die anderthalb Monate der Belagerung hatten den munteren Geist von Paris stumpf werden lassen und der Stadt etwas Gehetztes in den Blick gelegt. Die Leute gingen langsamer, redeten leiser, und es wurde weniger gelacht als früher. Sogar die Jungen merkten, daß sich etwas verändert hatte. »Niemand amüsiert sich mehr«, bemerkte Moussa unterwegs. Paul zuckte die Achseln. Ihm war es gleich.

Von der Außenwelt gab es fast keine Neuigkeiten, und so lebte Paris von Phantasien und Gerüchten. Männer und Frauen standen in kleinen Gruppen an den Straßenecken und unter den Laternen, suchten nach frischen Wandzeitungen und hielten wachsam Ausschau nach preußischen Spionen, die vielleicht auf der Straße unterwegs waren, und sie diskutierten die neuesten Klagen über die Regierung und ihre Art, den Krieg zu führen. Rote Fahnen erschienen hier und da, und Zorn flammte auf. Vor den Lebensmittelgeschäften warteten lange Menschenschlangen, denn allmählich wurde die Versorgung knapp und teuer. Die Jungen wanderten über die Champs de Mars, einen großen Lagerplatz voller Gardisten, die ausgemergelt und verkatert aussahen. Die *Ecole* ragte massig über dem Park auf, und Pauls Herz schlug schneller, als er sie sah. Eilig gingen sie am Straßenrand entlang und wichen dem Kutschenverkehr aus, als eine vertraute Stimme sie plötzlich wie angewurzelt stehenbleiben ließ.

»Wißt ihr nicht mehr, wo die Schule ist, oder wollt ihr meine Geduld auf die Probe stellen?«

Beim Ton dieser Worte sträubten sich Pauls Nackenhaare. Er wurde rot und warf einen Seitenblick zu Moussa, der dastand und den Boden studierte. Der Graf brauchte nie laut zu werden, um zornig zu klingen, dachte Paul. Ohne zu brüllen, konnte er einen dazu bringen, daß man sich ganz kläglich vorkam, und er drang einem mitten ins Herz mit seiner samtenen Donnerstimme. Sie drehten sich um und mußten die Köpfe heben, um ihn anzuschauen. Die Sonne stand hinter ihm und blendete sie. Es sah aus, als lodere ein Feuerring um seinen Kopf.

»Es war meine Idee, Onkel Henri«, sagte Paul hastig. »Ich habe Moussa überredet …«

»Hast du keinen eigenen Kopf, Moussa? Muß dein Cousin jetzt für dich denken?«

»Ja … ich meine, nein, Monsieur«, stammelte Moussa. »Ich konnte ihn ja nicht allein gehen lassen.«

»Er sollte überhaupt nicht gehen, und das wußtest du. Du hast uns darüber sprechen gehört.« Moussa nickte, rot vor Scham. »Ich dachte, wir hätten eine Vereinbarung«, sagte der Graf jetzt zu Paul. »Ich nehme dich beim Wort, und du nimmst mich bei meinem.«

»Ich mußte gehen, Onkel Henri«, sagte Paul, und als er daran dachte, fiel ihm ein, daß er recht hatte und daß er sich dessen sicher war, und nun stand er aufrecht und nicht mehr so schuldbewußt da. »Ich weiß, daß ich gestern etwas anderes gesagt habe. Aber es genügt nicht, nur davon zu hören. Ich muß sehen, was sie tun.«

Henri schaute auf die beiden bangen Jungen hinunter. Stumm warteten sie auf sein Urteil. Er hatte gewußt, wohin sie wollten, kaum daß er sie aus dem Haus hatte gehen sehen, und genauso wußte er jetzt, was er tun würde. Aber wenn er verhindern wollte, daß in seinem Haus die Anarchie ausbrach, mußte er sie noch eine Weile in ihrem Sud aus Mut und Schuldbewußtsein schmoren lassen. Paul war nervös und trat unruhig von einem Fuß auf den andern. Moussas Finger nestelten an einem Zweig, aber seine Miene war ein Meisterstück des unschuldigen Ausdrucks. *Das Gesicht hat er von seiner Mutter*, dachte Henri zärtlich. *Die Arglist ist seine eigene Zutat.*

»Einsteigen«, befahl er schließlich. Die Jungen kletterten in die Kutsche, die sich sofort in Bewegung setzte. Sie wußten immer noch nicht, ob er weiterfahren oder wenden und sie nach St. Paul verfrachten würde. Beim Grafen war beides möglich. Henri betrachtete sie streng. »Ich werde euch hineinbringen. Aber ihr seid absolut still und haltet euch abseits. Verstanden?« Pauls Augen begannen zu strahlen, und ein ebenso triumphierendes wie erleichtertes Lächeln huschte über sein Gesicht. Er betete seinen Onkel an. Beide Jungen nickten eifrig.

Die Kutsche bahnte sich ihren Weg durch eine Menschenmenge und bog in den Hof der *Ecole* ein. Ein Wachsoldat erkannte den Grafen und winkte sie durch. Als sie durch das Gebäude gingen, bemerkte Paul, wie gelassen und entspannt sein Onkel sich durch die Menge bewegte. Ob jemand Uniform trug oder nicht, der Graf begrüßte sie alle, schüttelte ihnen die Hände und plauderte mit ihnen. Er schien Aufsehen zu erregen, wohin er auch kam. Einige unter den Leuten hielten sich fern von ihm und runzelten mit haßerfüllten Gesichtern die Stirn. Sie haßten ihn wegen seines Einflusses, seines Adels, seines Geldes. Aber niemandem war er gleichgültig. Paul empfand jähen Stolz darauf, daß er hier mit einem so befehlsgewohnten, so sicheren, so bedeutenden Mann zusammen war. Er fühlte sich daneben selbst groß und wichtig. Für seinen Vater mußte es Gutes bedeuten. Er sah, wie der Graf einem der Wachsoldaten ein paar zusammengefaltete Geldscheine in die Hand drückte, und dann winkte man sie hinein.

Das Kriegsgerichtsverfahren sollte in einem behelfsmäßigen Gerichtssaal stattfinden, einem hohen Raum, an dessen einer Wand sich eine Reihe von Fenstern entlangzog. Ein heller Fleck an der Wand ließ erkennen, wo das Porträt des Kaisers gehangen hatte. An seiner Stelle hing jetzt eine Trikolore, aber die war kleiner und bedeckte den Fleck nicht. Man hatte sich wegen der großen Zahl der erwarteten Zuschauer, Militärs wie Zivilisten, für diesen Raum entschieden, den einzigen, der groß genug war. Vorn stand ein langer Tisch mit drei Stühlen, und die Lehne des mittleren war viel höher als die der anderen. Vor dem großen standen zwei kleinere Tische mit weiteren Stühlen. An einer Seite war ein Podium. Im hinteren Teil des Raumes standen dicht zusammengedrängt

Dutzende von Stühlen und Bänken für die Zuschauer. Die Zivilisten wurden durch eine Lotterie ausgewählt, die im Hof stattfand, denn um jeden Sitzplatz gab es zehn Bewerber. Die Jungen schauten zu, wie sie hereinströmten, einige lärmend und grob, andere still, wieder andere lachend und entschlossen, sich im Prozeß gegen de Vries zu amüsieren, denn sonst gab es kaum noch Unterhaltungsmöglichkeiten in der Stadt. »Ich frage mich, wieso sie so viele hereinlassen«, flüsterte Paul. Es gefiel ihm nicht: Er mochte das Gedränge nicht, das den Saal erfüllte, mochte auch die Schnauzbärte nicht, die Witze, die rauhen Manieren und den Geruch von saurem Wein. Es gefiel ihm nicht, was er in den Augen dieser Leute sah. Es war, als ob sie gekommen wären, um die Elefanten zu sehen. Moussa bemerkte es auch. »Es ist wie beim Karneval«, flüsterte er.

Henri deutete auf zwei Stühle im hinteren Teil, und sein Blick ließ keinen Zweifel daran, daß er erwartete, sie dort vorzufinden, wenn er das nächste Mal hinschaute. Diesmal würden sie gehorchen. Sie setzten sich, und der Graf begab sich zu einem der Tische im vorderen Teil und sprach dort mit zwei Männern in Uniform, die Paul nicht kannte. Weitere Männer kamen herein, große Männer in anderen Uniformen, nicht in der Uniform der Kaiserlichen Garde, und diese Männer nahmen an dem Tisch Henri gegenüber Platz. Der mittlere trug einen Stoß Akten. Er hatte einen großen Adamsapfel, dunkle, brütend blickende Augen und einen dichten Schopf von widerspenstigem grauem Haar. Paul empfand instinktive Abneigung gegen ihn. *Das ist der Feind.*

Eine Tür an der Seite öffnete sich, und Pauls Herz tat einen Freudensprung, denn Jules de Vries trat ein. Paul sah, daß sein Vater blaß und müde war und nicht er selbst zu sein schien, aber er war immer noch groß und stark und stand wie ein Berg vor den Augen des Jungen. Jules' Blick wanderte über Zuschauer und Offizielle, aber seinen Sohn sah er nicht. Steif wie ein Ladestock, mit hoch erhobenem Kopf, schritt er zu seinem Platz. Zunächst ließ sein Erscheinen den Saal verstummen, dann aber hörte Paul, wie die Menge ringsum zu einem häßlichen Leben erwachte. »Voilà le poltron! Traître!« Paul fand, daß die Leute sich aufführten, wie seine Klassenkameraden es manchmal taten, wenn sie es wagten, die

Autorität herauszufordern: Die Rufe waren gerade laut genug, um von allen gehört zu werden, aber nicht laut genug, um zu ihrem Ursprung verfolgt zu werden. Er starrte jeden einzelnen mit vernichtendem Blick an, aber wenn sie es bemerkten, grinsten sie oder kümmerten sich gar nicht um ihn. Er wünschte, er könnte sie alle verprügeln, er wünschte, er könnte irgend etwas tun, damit sie aufhörten.

Jules ignorierte sie alle. Er saß am Tisch und sprach mit dem Grafen und den anderen, die bei ihm waren. Hundert Gespräche erfüllten den Saal.

Nach einigen Augenblicken öffnete sich eine andere Tür, und drei Männer kamen herein, wichtig aussehende Männer, Offiziere, und jedermann stand auf. Paul und Moussa konnten über die Menge nicht hinwegschauen. Sie kletterten auf die Bank, aber sie sahen nur Glatzen und hin und wieder einen Schnurrbart. Der Tag verging wie im Nebel für Paul, der zwar aufpaßte, aber vieles von dem, was hier vor sich ging, doch nicht verstand.

Es fing an mit dem Vertreter der Anklage, dem Mann mit den grauen Haaren: Er stand auf und las von einem Blatt in allen Einzelheiten die Vorwürfe gegen Jules de Vries ab. Noch einmal sagte er all die schrecklichen Dinge, benutzte Worte wie Verrat und Schande und Feigheit und redete vom Verhalten eines Offiziers und von mangelnder Eignung zum Dienst, von Pflichtvergessenheit und Desertion.

Als Paul dem Sinn der Worte nicht mehr folgen konnte, richtete er seine Aufmerksamkeit auf den Mann und sein Verhalten. Die Art, wie er sich benahm, erinnerte Paul an einen Straßenkünstler, den er einmal auf der Place de la Concorde gesehen hatte, einen Mann, der einen Affen und eine Flöte hatte und auf und ab stolzierte und Geschichten erzählte und johlte und sich über Leute im Publikum lustig machte. Der Ankläger spreizte sich und funkelte und streckte den Finger aus und starrte. Er blieb beim Sprechen neben Jules stehen, beugte sich herab und schob das Gesicht dicht an ihn heran und redete mit anklagender Stimme. Paul war fasziniert und abgestoßen zugleich vom hüpfenden Adamsapfel des Mannes, der die Sätze im Takt begleitete. »Dieser Schleicher, dieser Deserteur ...« Seine Stimme dröhnte weiter und weiter, und sein langer Finger richtete sich anklagend auf den Colonel und fuchtelte vor seinem Gesicht herum. Paul sah mit Erstaunen, daß jemand es wagte, so mit seinem Vater umzuspringen. Wußte der Mann denn nicht, wie wütend Jules werden konnte, und wie plötzlich er auf dem Rücken landen konnte? Wußte er nicht, daß er hier mit Colonel de Vries sprach?

Die haßerfüllten Worte nahmen kein Ende. »... diese mutwillige Vernachlässigung seiner Männer, die er den preußischen Säbeln überließ ...« Während er zusah, betete Paul inbrünstig zum Himmel, der Ankläger möge einen Schlaganfall erleiden und tot umfallen, aber statt dessen zog der Mann einen Brief von einem Offizier namens Delescluze hervor. Er war offensichtlich sehr wichtig, denn er las ihn zweimal laut vor und ging dabei vor den Richtern hin und her. Er sprach langsam und leise, aber es klang bedrohlich, als er den Brief verlas.

»... was nun den Charakter seines Verbrechens angeht, die Gewißheit, daß er seine Männer im Stich ließ und sich wie ein Feigling vom Schlachtfeld flüchtete, so kann an all dem kein Zweifel bestehen«, erklärte der Ankläger, und er machte eine Pause hinter jedem Wort, um es zu betonen.

»Der erinnert mich an Schwester Godrick«, flüsterte Moussa düster.

Paul gab ihm einen Rippenstoß. »Pssst!«

Der Vortrag des Anklägers war vernichtend, zumindest soweit Paul es beurteilen konnte. Die Leute spitzten die Ohren. Sie schüttelten die Köpfe und tuschelten miteinander, und viermal mußten die Richter Ruhe befehlen. Paul sah Augen voller Haß und Rachsucht, und sie waren alle auf seinen Vater gerichtet. Die meiste Zeit aber beobachtete er die Reaktionen seines Vaters auf das, was gesagt wurde. Paul konnte am Gesicht seines Vaters erkennen, wenn jemand log, denn dieses Gesicht hatte *ihn* angeschaut, wenn er gelogen hatte. Der Colonel hatte eine Nase dafür, und seine Strafen konnten schrecklich sein. Aber aus irgendeinem Grund saß er vor diesem Gericht einfach da, hörte sich die Lügen an und bestrafte niemanden.

Paul merkte auch, wenn sein Vater aufgebracht war, und das war den ganzen Vormittag über der Fall, und er sah es, wenn er kurz davorstand, vor Zorn zu explodieren. Er sah, wie seine Augen schmal wurden und wie seine Haut die Farbe wechselte. Seine Haltung änderte sich, und es gab hundert andere kaum merkliche Signale, die jemand, der nicht mit ihm zusammenlebte, kaum wahrnehmen würde: An ihnen aber erkannte Paul, wie sehr sein Vater zu leiden hatte. *Warum sagst du denn nichts?*, hätte er am liebsten geschrien. *Sag ihnen, daß es verrückt ist, daß das alles nicht stimmt!* Aber er schwieg. Er verhielt sich still, wie Onkel Henri es befohlen hatte, er saß auf seinen Händen und wünschte, es möge bald ein Ende nehmen.

Er sah, daß es Ärger bedeutete, als der Ankläger ein dickes blaues Rekrutierungsregister aus Vouziers hervorholte. »Aus diesen Dokumenten geht klar hervor«, sagte er, »daß Victor Delescluze tatsächlich Capitain der Irregulären ist, und daß …« Er hielt den Brief in Augenhöhe und schüttelte ihn bei jedem Wort, als würde man ihn dann besser hören oder ihm eher glauben. »… daß … dies … seine … Unterschrift ist. Keine Fälschung. Keine Verwechslung. Der Beweis dafür, daß dieser Brief das unantastbare Zeugnis für das schäbige und feige Verhalten des Angeklagten darstellt.« Wieder erhob sich Gemurmel unter den Zuschauern, und wieder ermahnte der Richter die Leute, still zu sein.

Die Anwälte zankten sich wegen irgend etwas. Das taten sie die ganze Zeit, mit schlechten Manieren und großen Worten. Nie konnten sie sich einigen. Der eine sagte ja, der andere sagte nein. Der eine sagte heute, der andere sagte morgen. Paul mochte sie alle nicht, nicht einmal die, die angeblich für seinen Vater arbeiteten. Sie saßen einfach da und nahmen alles hin, die Beleidigungen und die Lügen und alles andere, und wenn sie mit dem Hinnehmen fertig waren, standen sie auf und teilten selbst ein wenig aus. Sie waren rauh und mürrisch und schienen nicht viel zu tun. Paul wollte, daß sie etwas taten. Er wußte nicht genau, was, vielleicht sollten sie Säbel ziehen und sich in den Kampf stürzen, die Atmosphäre mit einem guten Kampf reinigen, nach dem dann ein paar Gedärme auf dem Tisch liegen und ein oder zwei Köpfe über den Boden rollen würden, aber dazu schienen sie allesamt keine Lust zu haben. Er klammerte sich an die Hoffnung, daß Onkel Henri schon wissen würde, wenn da noch etwas passieren müßte, und daß er all dem ein Ende machen würde, wenn ein Ende gemacht werden müßte. Aber selbst Onkel Henri saß nur da und hörte sich diese häßliche Geschichte an.

Es war heiß im Saal und roch nach Schweiß und altem Tabak. Am späten Vormittag war es fast unerträglich geworden, aber die Verhandlung ging immer noch weiter. Ein neuerlicher Sturm brach los, als der Ankläger einen Zeugen aufrief, von dem er sagte, er habe nicht damit gerechnet, ihn noch ausfindig zu machen, »in Anbetracht der unglückseligen Entwicklung dieses Krieges«.

»So kann man es auch ausdrücken«, flüsterte Moussa, »wenn die Preußen uns den Arsch versohlen.«

Paul erkannte die Uniform eines Dragonersergeanten an einem baumlangen Mann von kraftvoller Erscheinung, einem Kavallerieoffizier, der aussah wie das absolute Inbild französischer Glorie. Seine Uniform war frisch und strahlend. Er trug einen roten Waffenrock mit weißer Schärpe. Er hatte scharlachrote Epauletten auf den Schultern und goldene Knöpfe an den Seiten, und seine blanken Lederstiefel reichten ihm fast bis an die Knie. Er nahm den goldenen Helm ab, klemmte ihn unter den Arm und stand stramm, bis der Richter ihn aufforderte vorzutreten. Alle Blicke richteten sich auf ihn, als er nach vorn marschierte. Der Ankläger forderte ihn auf, sich vorzustellen. Paul sah seinem Vater am Gesicht an, daß er nicht glücklich war, diesen Sergeanten zu sehen.

Der Zeuge begann seine Geschichte zu erzählen, und es war eine verhängnisvolle Geschichte, die mit ruhiger Sicherheit vorgetragen wurde. *Oui*, sagte er dem Ankläger und den Richtern und den Leuten im Gerichtssaal, er sei es gewesen, der die Notiz auf die Rückseite von Delescluzes Brief geschrieben habe. *Oui*, sagte er, er sei es gewesen, der mit angesehen habe, wie der Colonel seinem Bewacher zu entfliehen versucht habe. *Oui*, versicherte er dem Gericht, dies sei der Mann – dabei deutete er auf Jules de Vries, deutete voller Autorität und ohne den kleinsten Fetzen des Zweifels oder des Zögerns – dies sei in der Tat der Mann, und er sagte es mit einer Stimme, die fest klang und erfüllt war von Überzeugung und Wahrheit. *Oui*, hörte das Gericht, er habe diesen Mann von einem unglücklichen Soldaten heruntergerissen, der doch nur bemüht gewesen sei, seinen Befehlen zu folgen und seine Pflicht zu tun und den Gefangenen nach Châlons zu eskortieren. *Oui*, sagte er, er sei von Anfang an Zeuge des Überfalls gewesen, er habe gesehen, wie der Colonel sich hinterrücks an den Soldaten herangeschlichen und ihn bösartig angegriffen habe. *Oui*, sagte er, der Colonel habe ihm gegenüber an Ort und Stelle zugegeben, daß er habe fliehen wollen!

Oui, hörte Paul, *oui*, wieder und wieder, *jawohl*, schuldig, *jawohl*, das hat er getan, *jawohl, Monsieur, jawohl, jawohl* – bis er sich die Ohren zuhalten und weinen wollte, bis er aufspringen und dem Kerl in sein dummes Gesicht schlagen wollte, auf ihn einschlagen wollte, bis sein dreckiges, verlogenes Gehirn auf dem Boden verspritzt läge. Nach einer Weile hörte Paul gar nicht mehr zu. Er schloß die Augen und sperrte ihn aus. Moussa schaute zu seinem Cousin hinüber und sah eine einzelne Träne, die ihm über die Wange rann. Es gab nichts zu sagen. Er legte Paul die Hand auf die Schulter.

Der Sergeant war eben gegangen, als ein Major in den Gerichtssaal stürzte und zum Richtertisch eilte, um dem Richter aufgeregt etwas ins Ohr zu flüstern. Der Richter wurde blaß und hob die Hand, um die Ordnung wiederherzustellen und die Zuschauer zum Schweigen zu bringen. Würdevoll erhob er sich dann und wandte sich an das Gericht.

»Eine Bekanntmachung der Regierung der Nationalen Verteidigung«, begann er. Dann räusperte er sich, und alles verstummte und schaute ihn an. »Marschall Bazaine hat seine Truppen und die Stadt Metz den Preußen übergeben«, fuhr er fort. »Der Marschall hat bedingungslos und ohne Widerstand kapituliert. Die Preußen haben die Stadt besetzt. Unsere tapferen Truppen sind in Gefangenschaft gegangen. Die Verhandlung wird für zwei Stunden unterbrochen. Vive la République!«

Aufruhr ließ den Saal erbeben, als alle drei Richter eilig hinausgingen. Wütende Zuschauer entbrannten in feuriger Leidenschaft und richteten ihr Wutgebrüll gegen alle und keinen. »Die letzte Heimtücke des Kaiserreiches! Der Feigling!« schrie einer. »Bringt uns den Kerl! Wir werden ihm zeigen, zu kapitulieren!« Ein alter Mann, der gebeugt und allein auf einer Bank saß, weinte bittere Tränen. Soldaten begannen die Zuschauer zur Tür zu schieben, und der Gerichtssaal leerte sich rasch. Paul hatte von Bazaine gehört und war als kleiner Junge einmal in Metz gewesen – darüber hinaus sagte ihm das alles nicht viel. Er fragte sich bedrückt, ob dies eine neue schlechte Nachricht für seinen Vater war.

Jules beriet sich mit Henri und erhob sich dann, um sich von einem Soldaten hinauseskortieren zu lassen. Als er stand, sah er Paul zum erstenmal und erstarrte. Paul erhob sich. Vater und Sohn schauten sich quer durch den Saal hinweg an. Zunächst unsicher, ging Paul auf ihn zu, dann aber überwältigten ihn seine Gefühle, und die letzten Schritte flog er regelrecht, warf sich gegen den Colonel und umschlang heftig dessen Taille. Jules war verlegen. Er schaute sich um, ob etwa jemand zusah. Niemand außer Moussa beachtete ihn. Jules erlaubte sich, Pauls Rücken einmal zu tätscheln.

»Vater, Vater!« rief Paul, und die Tränen liefen ihm die Wangen hinunter. Er umarmte ihn fest und wollte gar nicht mehr loslassen, nicht einmal als Jules versuchte, sich von ihm zu lösen, behutsam erst, aber dann immer entschlossener. »Paul, das genügt«, erklärte er. »Beherrsche dich. Dies ist ein öffentlicher Gerichtssaal.« Paul schaute zu ihm auf, halb lächelnd, halb weinend. »Sie haben mir gefehlt, Vater. Ich möchte Ihnen so schrecklich gern helfen. Ich möchte etwas tun, aber ich weiß nicht, was. Ich möchte, daß diese Leute aufhören mit ihren Lügengeschichten. Ich möchte, daß sie Sie gehen lassen. Ich möchte alle Preußen töten, und die Wächter und die Richter und die Anwälte außerdem. Ich möchte, daß Sie nach Hause kommen.«

Jules wagte nicht zu antworten, weil er fürchtete, daß seine Stimme versagen könnte. Noch nie hatte er jemanden so nötig gebraucht wie in diesem Augenblick seinen Sohn, aber er wußte nicht, was er hier und jetzt tun könnte, ohne … schwächlich auszusehen. Also tat und sagte er nichts. In hoffnungsloser Verlegenheit konnte er nur nicken. Er winkte Henri, er möge kommen und Paul abholen und fortbringen. Henri legte Paul eine Hand auf die Schulter. »Komm, Paul«, sagte er sanft.

»Ich gehe nicht«, sagte Paul. »Schicken Sie mich nicht fort, Vater, bitte, schicken Sie mich nicht fort. Ich gehe nicht, ich gehe nicht.«

Jules seufzte. Verzweifelt wünschte er sich, Paul wäre nicht gekommen und hätte nichts von all dem zu sehen brauchen. Wenn doch nur Elisabeth die Güte und den Verstand besessen hätte, ihn fernzuhalten. Aber natürlich war es zu spät. »Also gut.« Jules nickte. »Du darfst hierbleiben, wenn du willst.«

Als Jules gegangen war, spazierten die Jungen draußen umher. Paul war trunken vor Glück darüber, daß er seinen Vater endlich wiedergesehen hatte. Nachdem er ihn nur angerührt hatte, war ihm schon viel wohler; er hatte das Gefühl, daß jetzt noch alles gut werden würde. Nach einem harten Vormittag faßte er jetzt wieder Mut. Er und Moussa wanderten durch die Straßen, in denen es von aufgebrachten Leuten nur so wimmelte, in heller Aufregung über die Nachrichten vom Krieg – dabei war Metz nur das jüngste Debakel. Zwei Tage zuvor war das Dorf Le Bourget von *Francs-tireurs* besetzt worden, nachdem sie die preußischen Besatzer überrascht und vertrieben hatten. Zwei Bataillone Verstärkung waren wenig später zu den französischen Kämpfern gestoßen. Die Pariser Zeitungen posaunten den Sieg hinaus, und die Stadt wurde wild. Innerhalb eines Tages indessen hatten die Preußen das Dorf nach mörderischem Artilleriebeschuß und Straßenkämpfen, die von Haus zu Haus gegangen waren, wieder eingenommen – eine Niederlage, die die Moral lähmte, bevor die Kapitulation von Metz sie vollends zerstörte. Die Regierung wirkte weich und unfähig, und Paris glühte, ja, es stand kurz davor, durch den eigenen Zorn in Flammen aufzugehen. Wütende Redner standen auf Kisten und wetterten vor eifrigen Zuhörermengen. Überall ertönten die Fanfaren und Trommeln der Unzufriedenheit. »Wir werden uns eine neue Regierung geben!« schrie ein Mann unter dem Jubel der Menge von seinem Podest. »Die Commune soll leben!« Hüte flogen in die Luft, Bajonette funkelten, und die Leute umarmten einander unter Freudentränen: »Vive la Commune!«

Jemand warf mit einem Stein nach dem Redner, aber er traf nicht, und der Stein landete vor Moussas Füßen. Er sprang zurück und schaute Paul an. »Es ist wie an dem Tag, als das Kaiserreich fiel!« rief er, und ohne auf weitere Reden zu warten, eilten sie zurück zur *Ecole*.

Am Nachmittag verwandelte sich der Gerichtssaal in einen

Backofen. Paul verfolgte die Verhandlung wie gebannt. Er merkte sich jedes Wort, jedes Geräusch, jede Bewegung. Sein Vater war jetzt an der Reihe, nahm er an, denn der Ankläger schwieg zur Abwechslung, und ein Zeuge nach dem andern wurde von den Anwälten aufgerufen, die bei Onkel Henri saßen. Und die Zeugen sagten lauter nette Sachen.

»Ein prächtiger Offizier ist de Vries«, sagte ein kleiner Mann mit einem Schnurrbart, der Raspail hieß. *Er kommt mir schrecklich klein vor für einen Offizier*, dachte Paul. *Ich bin ja so groß wie er. Na ja, fast.* Aber der Mann war nicht nur Offizier, sondern sogar General. Der Ankläger sprang auf und beschwerte sich über die Uniform. »Ausgemustert!« rief er. »Es gibt keine Kaiserliche Garde mehr! Der Zeuge ist ohne Position!« Einer der Richter befahl ihm, den Mund zu halten und sich hinzusetzen, und Paul fand, daß in diesem Gerichtssaal den ganzen Tag noch nichts Besseres passiert war.

Er genoß jedes Wort und verstand es genau: Mit stolzgeschwellter Brust hörte er, wie der General die Auszeichnungen aufzählte, die sein Vater bekommen, und die prachtvollen Heldentaten, die er im Laufe der Jahre beim Militär vollbracht hatte. Er schaute in die Runde, um zu sehen, wie die anderen Leute im Saal diese Aussage aufnahmen, aber sie schienen sich zu langweilen und wirkten weniger interessiert als während des Vortrags der Anklage. Aber daran gewöhnte er sich allmählich. Nach Raspail kamen andere Offiziere: noch ein Colonel und dann ein Major, der wunderbare Dinge sagte, Dinge über Italien und Afrika und den Dienst für Frankreich. Es waren schwindelerregende Worte, die Paul begeisterten.

Gegen Ende des Tages erhob sich Jules de Vries persönlich und wandte sich an das Gericht. Paul gab Moussa einen Rippenstoß, damit er auch so aufmerksam zuhörte, wie er sollte. *Das wird sie zum Schweigen bringen*, dachte er zuversichtlich. *Unmöglich, daß sie jetzt noch an ihm zweifeln.* Die Stimme seines Vaters war nicht laut, aber kraftvoll und fest, und mit ihrem Klang fesselte sie den Saal, wie es bis dahin niemand vermocht hatte. Es war eine Stimme, die Paul schon tausendmal gehört hatte, eine Stimme, die ihm befohlen hatte, etwas aufzuhören oder etwas anderes anzufangen, eine Stimme, die ihn gefragt hatte, warum er nicht dies saubergemacht oder jenes poliert habe, eine Stimme, die gegen ein lebendes oder totes Tier im Hause Einwände erhoben hatte, eine Stimme, die ihn gescholten oder ihm eine Lektion erteilt hatte.

Paul lauschte hingerissen, als diese Stimme nun schilderte, was passiert war, seit der Colonel Paris verlassen und sich auf den Weg zur Front gemacht hatte. Jules berichtete sorgfältig und in allen Einzelheiten, ohne etwas auszulassen – vom Rauch über Châlons, von der Ulanenpatrouille im Wald bei Attigny und von der Lage der Toten in jenem Bauernhaus. Es war eine Geschichte, die Jules im Schlaf hundertmal von neuem durchlebt hatte. Beim Sprechen schaute er unverwandt die Richter an, den Kopf hielt er aufrecht, die Schultern gestrafft, stolz und wunderbar in seiner Uniform, und für Paul sah er eine Million mal besser aus als der Dragoneroffizier. Aber die Geschichten, die er erzählte, waren verwirrend. Statt von Kavallerieattacken sprach er von betrunkenen Soldaten. Statt von geheimen Patrouillen redete er von französischen Nachschubvorräten, die angezündet wurden. Statt große Schlachten zu schlagen, ermordeten französische Soldaten Frauen und Kinder. Hier war alles schief, alles durcheinander. Paul wußte nicht, was er davon halten sollte.

Er sah, daß die Richter seinem Vater aufmerksam zuhörten: Alle drei neigten sich ihm leicht entgegen und legten die Köpfe ein wenig schräg, als könnten sie dann besser hören. Aber die Zuschauer erwiesen ihm nicht die gleiche Aufmerksamkeit. Er hörte ihre Witze, ihre Zweifel, ihre Gemeinheiten, mit denen sie jedes Wort, jede Äußerung schwächten, während sie lachten und die Köpfe schüttelten und stetig murmelten, abgelenkt und ungläubig. *Hier spricht mein Vater!* funkelte er sie an. Er begriff nicht, daß die Richter sich von diesen Leuten so viel gefallen ließen, selbst wenn es Erwachsene waren. Schwester Godrick hätte hier für Ruhe gesorgt, und sie war bloß eine blöde Nonne. Die Richter aber wirkten schüchtern vor der Menge, fast als hätten sie Angst. Wenn der Mob hier zu sagen hätte, dachte er, stand bald alles auf dem Kopf.

Paul hörte so viel, als sein Vater sprach, daß er Mühe hatte, nichts durcheinanderzubringen. »Delescluze nahm mich gefangen, als ihm klar wurde, daß ich ihn bei einem Mord ertappt hatte«, hörte er seinen Vater sagen. »Er war ein innerlich verkrüppelter Mann. Er schrieb diesen Brief als Rache am Kaiserreich, während wir am Lagerfeuer saßen, und er war betrunken. Er wollte nichts weiter, als meine Ehre zerstören, und er schrieb den Brief in der ausdrücklichen Überzeugung, daß das Reich von den Preußen zu Fall gebracht werden und daß genau dieses Gerichtsverfahren die Folge sein würde ...«

Er sprach fast eine Stunde lang, und als er fertig war, klang seine Stimme heiser. »Ich bin nicht schuldig im Sinne dieser Anklage«, hörte Paul ihn sagen. »Ich bin kein Feigling. Ich habe Ihnen die volle Wahrheit über das gesagt, was ich getan habe und was man mir angetan hat. Ich bin bereit, für mein Land zu kämpfen, und ich bin bereit, dafür zu sterben.«

Es war die beste Rede, die Paul je gehört hatte. Er wollte aufspringen und laut jubeln, aber Jules' Worte schienen auf die anderen Leute im Gerichtssaal nicht die gleiche Wirkung gehabt zu haben. Sie warteten mit weit größerer Spannung auf den Schlußvortrag des Anklägers.

»Die Geschichte Frankreichs ist bedeckt von militärischem Ruhmesglanz«, begann der Ankläger. »Seit fast zwei Jahrhunderten hält Frankreich ganz Europa in seiner Hand. Es ist undenkbar, daß es im Felde so tief hätte fallen können, wäre da nicht die Doppelzüngigkeit, der Verrat, die Desertion führender Offiziere im Spiel gewesen. Das haben wir in Sedan gesehen – an den verachtungswürdigen Handlungen eines Mannes, der vorgab, Kaiser zu sein, und der doch dem Hunnen mit der weißen Fahne entgegenlief. Wir haben es in Metz gesehen, gerade heute – an der schändlichen Tat eines *poltrons*, den wir nicht guten Gewissens als *Maréchal de France* bezeichnen können. Und schließlich« – wieder stand er vor Jules, beugte sich zu ihm herab und schob sein Gesicht bis auf eine Handbreit heran – »haben wir es bei Jules de Vries gesehen. An diesem Mann haben wir gesehen, wie das mächtige Rückgrat Frankreichs zu Staub zerfällt. Für ihn kann es nur ein Ende geben. Von Ihnen, ehrenwertes Gericht, verlangt die Ehre, verlangt der Ruhm Frankreichs nichts anderes als eine Kugel für diesen gemeinen, verschlagenen Feigling.«

Bei diesen Worten brach die Menge in tosenden Beifall aus, und es war ein Aufbranden, wie Paul es den ganzen Tag noch nicht gehört hatte. Wieder senkte sich die schreckliche Ahnung auf ihn herab, ein Gefühl, das Panik und Angst hervorrief. Er rief sich in Erinnerung, daß es nicht darauf ankam, was das Publikum dachte. Sein Onkel hatte gesagt, es seien nur die Richter, die hier zu entscheiden hätten. Aber er sah das jubelnde Publikum, er sah die Richter, die den Jubel zuließen, und die Versicherungen seines Onkels halfen ihm nicht. Überhaupt nicht.

Als wieder Ruhe eingekehrt war, sprachen noch andere, aber es war zu heiß und zu viel, und in Pauls Kopf verlief alles ineinander. Am Ende ergriff der Richter in der Mitte das Wort. Er sagte, man habe nun alle Plädoyers gehört und werde am nächsten Morgen zur Entscheidung zusammentreten.

Wieso brauchen sie bis morgen? Aber Paul stand mit allen anderen auf, und dann war es endlich für diesen Tag vorüber.

Muß Ihnen leider mitteilen, daß Major Duprée bei Flöing gefallen. Rest der Einheit nicht auffindbar. Keine Spur von Delescluze. Suche weiter.

Blanqui

Henri bekam diese Depesche am Nachmittag nach der Verhandlung. Sie war drei Tage zuvor mit einer Brieftaube nach Paris gekommen und stand mit Tausenden anderen mikroskopisch kleinen Botschaften auf photographischem Papier, so daß es lange brauchte, bis die Behörden alles transkribiert und ausgeliefert hatten. Wunderbarerweise hatte die Nachricht schließlich den Weg ins Château gefunden. Henri wurde mutlos, als er sie las. Er überlegte, ob er sie seinem Bruder zur Kenntnis geben oder ob er ihm die schlimme Neuigkeit ersparen sollte. Seine Chancen schmolzen dahin oder waren ganz verschwunden. Henri verfluchte sich.

Der große Graf de Vries hat alles versucht und nichts erreicht.

Er hätte gleich auf Blanqui hören sollen, als dieser vorschlug, Jules zu befreien. Jetzt war es dazu vielleicht zu spät. Er wußte nicht mehr, warum es ihm so wichtig gewesen war, diese Angelegenheit gerichtlich zu regeln. Die Regierung zerfiel, die Rechtsprechung war politisch beeinflußt, und jetzt würde sein Bruder für seinen eigenen törichten Stolz vielleicht mit dem Leben bezahlen.

Er beschloß, Jules die Nachricht trotzdem zu geben. Er konnte ihn nicht belügen. Als er durch Paris ritt, um sie abzuliefern, hörte er ein Geräusch, bei dem es ihn kalt überlief. Es war das rhythmische Trommeln des *rappel*, mit dem die Nationalgarde zu den Waffen gerufen wurde. Es war ein Klang, der Tumult und Terror ankündigte, ein Klang, der hier in der Stadt zuletzt während der Großen Revolution gehört worden war, ein Klang, der dem Tod vorausging. In den Nachmittags- und Abendstunden war die Stadt an den Rand eines neuen Aufstandes gekommen. Auf die Niederlagen von Metz und Le Bourget war sehr bald das Gerede von einem Waffenstillstand mit den Preußen gefolgt. Die Regierung erwog die Zahlung eines beträchtlichen Bußgeldes zur Beendigung des Krieges sowie die Abtretung der Provinzen Elsaß und Lothringen. Der Mob im Hôtel de Ville hatte die Nase voll von dieser Regierung gehabt und Trochu und seine Minister als Geiseln genommen. Die Truppen im Arbeiterbezirk Belleville hatten gemeutert. Ein Ausschuß für Öffentliche Sicherheit hatte die Regierung für abgesetzt erklärt und die Gründung der Commune ausgerufen. Loyalistische Truppen standen auf der Place Vendôme und warteten auf den Befehl zur Niederschlagung des Aufstandes. Die Belagerung war noch keine zwei Monate im Gange, und schon war Paris dabei, sich selbst an die Gurgel zu fahren, wie Bismarck es vorausgesagt hatte.

Und in dieser Atmosphäre erwartet mein Bruder sein Urteil, dachte Henri grimmig.

Jules las die Nachricht. Er zerknüllte sie und warf sie auf den Boden. Er nickte, als habe er damit gerechnet. In den Wochen seiner Haft hatte er zugehört, wie andere Soldaten vom Hof marschiert waren. Er hatte die Salven der Erschießungskommandos gehört, und die Gefangenen waren nicht zurückgekommen. Das letztemal war es vor zwei Tagen geschehen. Seine Gedanken waren morbide.

»Trommeln habe ich schon öfter gehört«, sagte er schließlich.

»Aber ich fürchte, es sieht schlecht aus.« Und Henri erklärte die Lage, so gut er sie selbst kannte. »Es könnte zum Bürgerkrieg kommen, bevor es vorbei ist. Ich weiß nicht, wer morgen das Kommando haben wird, oder ob es sich auf deinen Prozeß auswirkt. Wenn ja, kann es die Lage nur verschlimmern.«

»Ich wüßte nicht, wie es noch schlimmer werden sollte. Mein Gott, vor den Toren die Preußen, und drinnen jetzt *le spectre rouge*. Ich hätte mir niemals träumen lassen, daß so viel so schnell schiefgehen kann.«

Über der Stadt zogen Regenwolken auf, und es schüttete die ganze Nacht. Jules lauschte auf das stetige Prasseln und tat kein Auge zu.

Im Château betete Paul allein in seinem Bett, stille Gebete, vermischt mit Schwüren und Versprechungen und Erklärungen. Es war die erste Nacht, die er wirklich in Angst verbrachte. Er war immer noch verwirrt, auch wenn er sich verzweifelt bemühte zu ordnen, was im Laufe des Tages geschehen war. Im Grunde verstand er jetzt weniger als am Morgen zuvor. Flüsternd wandte er sich an Moussa.

»Schläfst du?«

»Nein.«

»Glaubst du, sie lassen ihn laufen?«

Schweigen. Der Regen trommelt ans Fenster. »Du nicht?«

Wieder Schweigen.

»Doch.«

Im Licht einer Kerze hielten Henri und Serena einander in den Armen und lauschten dem Unwetter. Henri erzählte ihr von seinen Zweifeln.

»Niemand hätte mehr tun können als du«, sagte sie.

»Ich hätte ihn mit Gewalt herausholen können.«

»Dabei hätte ich dir geholfen, und dann säßen wir jetzt alle bei ihm in der Zelle, oder wir wären Ausgestoßene. Wer würde uns dann noch helfen?« Sie drückte seine Hand. »So geht es nicht. Du hast getan, was in deiner Macht steht, mon amour. Du hast getan, was du tun mußtest. Und ich glaube, daß es helfen wird. Morgen wird er frei sein.«

Als einziges Familienmitglied schlief Elisabeth in dieser Nacht tief und fest. Sie war nicht zum Prozeß gegangen. Es war einfach zu peinlich, und es war ja auch nicht nötig gewesen. Sie hatte ihren Handel mit dem Bischof besiegelt. Ihren Teil hatte sie erfüllt, und der Rest war reines Theater. Sie hatte die Papiere gefunden, und fast wäre ihr das Herz stehengeblieben, als Serena in Henris Arbeitszimmer gekommen war, während sie die Dokumente auf dem Schreibtisch ausgebreitet hatte. Aber sie hatte alles verdecken können, und am Ende hatte sie sie erfolgreich hinausgeschmuggelt. Der Notar hatte das Seine getan, der Bischof ebenfalls. Die Richter waren die richtigen Richter und hatten ihre Anweisungen. Der Bischof arbeitete effizient.

Ihre Zukunft war gesichert. Der Tag würde kommen, da Henri es herausfände, und an diesem Tag würde sie ihr neues Leben beginnen – mit Jules oder ohne ihn, das wußte sie nicht, und es kümmerte sie auch nicht weiter. Wer hätte mehr für ihn getan als sie? Der Graf etwa? Der meinte es gut, aber seine Bemühungen hatten nichts bewirkt. Das Militär? Das hatte seinen eigenen Offizier im Stich gelassen und ihn den Wölfen der öffentlichen Meinung vorgeworfen. Die Justiz? Seit die Preußen vor den Toren standen, gab es keine Justiz mehr in Paris. Ja, o ja. Sie hatte mehr getan als alle andern zusammen.

So gern hätte sie ihr Wissen mit den anderen geteilt, mit Paul zumindest, aber das war natürlich unmöglich. Sie hatte ihm zwar gesagt, er brauche sich keine Sorgen zu machen, aber er hatte es mit diesem furchtbaren Blick abgetan, mit diesem Blick, den sie in letzter Zeit immer öfter bei ihm sah. Er schien im Augenblick so weit weg zu sein, und er sprach nicht mit ihr. Sie wußte, daß sie ihn verletzt hatte, indem sie nach Jules' Verhaftung so lange in ihrem Zimmer geblieben war, aber jetzt ging es ihr besser, sie war wieder sie selbst, und sie konnte sich nicht erklären, weshalb er nicht wieder der alte Paul sein wollte. Er verbrachte seine Zeit mit Moussa, und wenn er überhaupt mit Erwachsenen sprach, dann mit Henri oder Serena oder Gascon, aber nie mit ihr. Vermutlich war es eine Phase, die er durchmachen mußte. Sie würde sich später darum kümmern. Später würde alles wieder besser werden, wenn diese Sache nur erst erledigt wäre. Als sie einschlief, lag ein zufriedenes Lächeln auf ihrem Gesicht.

Das Gericht sollte am nächsten Morgen um neun wieder zusammentreten. Um sieben versammelte sich bereits eine Menschenmenge im Hof. Sie war größer als am Tag zuvor, denn die Zeitungsberichte vom Prozeß hatten die Neugier angestachelt. Die Sitzplatzlotterie war schon wieder hitzig im Gange, und nebenher wurden Wetten auf das Urteil abgeschlossen. Auf vielen Gesichtern war nach den Ereignissen der letzten paar Tage die Erschöpfung zu erkennen, und doch waren die Menschen von lebhafter Tatkraft erfüllt. Einige hatten die Nacht vor dem Hôtel de Ville verbracht, wo in den Stunden vor Tagesanbruch ein unsicherer Kompromiß gefunden worden war: Man würde Wahlen abhalten, und gegen die Rädelsführer des Aufstandes würden keine Vergeltungsmaßnahmen eingeleitet werden.

Der Bürgerkrieg war vorläufig abgewendet.

Eine halbe Stunde vor der Zeit, um acht Uhr dreißig, wurde der Gefangene in den Gerichtssaal geführt. Seine Anwälte und den Ankläger hatte man durch spezielle Boten hastig aus ihren Häusern getrommelt und durch einen Nebeneingang ins Gericht gebracht. Der Gerichtssaal war leer bis auf Jules und die Anwälte. Plötzlich kamen, einer nach dem andern, die Richter herein und nahmen ihre Plätze ein. Jules war verwirrt. Offensichtlich war nicht einmal Henri informiert worden. Es war klar, daß die Richter beschlossen hatten, nicht auf die Zuschauer zu warten. Der Ankläger wollte Einwände erheben, aber der Richter hieß ihn schweigen und befahl Jules, sich zu erheben. Dann sagte er nur noch zwei Worte.

Non coupable. Nicht schuldig.

Jules hörte es betäubt und erleichtert. So schnell war es gegangen – ohne Reden, ohne Erklärungen, ein kurzer Höhepunkt nach einem langen Alptraum. Er schloß die Augen. Noch einmal sprang der empörte Ankläger auf, aber die Richter hatten sich schon zum Gehen gewandt. Draußen spürte die Menge, daß sich hier etwas entwickelt hatte, und ein paar Zuschauer drangen in den Gerichtssaal ein. Wie ein Lauffeuer verbreitete sich die Neuigkeit unter den Versammelten und rief Ungläubigkeit und Schrecken hervor. Sie waren gekommen, um Blut zu sehen, und man hatte es ihnen vorenthalten. Gegen die Langeweile des Vormittags hatte ein Erschießungskommando helfen sollen. Aber die Reichen fanden ihre Mittel und Wege. Nur Bestechung und Korruption hatten ein solches Ergebnis herbeiführen können.

Henri und die Jungen kamen zum Gericht, als Jules gerade hinausging. Er wurde von einer Wache eskortiert, die sich ihren Weg durch eine bösartig pulsierende Menge bahnen mußte. Von der Kutsche aus sah Paul seinen Vater inmitten des Gedränges. Er spürte die Stimmung der Menge und wußte sofort, was sie bedeutete.

»Sie lassen ihn frei!« jubelte er. Er sprang von der Kutsche und stürzte sich ins Gedränge, ohne auf die warnenden Rufe des Grafen zu achten. Durch einen Wald von Armen und Beinen schlängelte er sich zu Jules.

»Wir fahren nach Hause?!« Es war halb eine Frage, halb eine Feststellung.

»Ja.« Der Colonel nickte. »Wir fahren nach Hause.« Seine Stimme klang dumpf. Seine Augen blickten kraftlos, seine Stimmung war gedrückt. Die Freude über Pauls Erscheinen konnte die furchtbare Trauer, die ihn zu verschlingen drohte, nicht auslöschen. In den langen, dunklen Stunden seiner Gefangenschaft hatte er sich oft gefragt, wie es wohl sein würde, wenn man ihn freiließ. Aber so hatte er es sich nicht vorgestellt, ganz und gar nicht. Das Frohlocken über die Befreiung, das er erwartet hatte, fehlte ganz: Es war erstickt unter dem Haß der Menge. Er fühlte sich betrogen und leer.

Paul folgte ihm dicht auf den Fersen, als er sich zur Kutsche hindurchdrängte. Die Rufe wurden immer häßlicher, je weiter er kam. »Déserteur! Traître! Allez au Diable!« Die Menge wurde zum Mob. Die Leute stießen und rempelten und zerrten an Jules' Uniform. Einer riß ihm eine Epaulette von der Schulter. Diese Tat brachte Jules jäh zur Besinnung. Ohne nachzudenken, schlug er den Mann und zerschmetterte ihm krachend den Kiefer. Der Mann fiel auf den Rücken, und die Menge ringsum reagierte wütend auf die Brutalität des Colonels. In wachsender Sorge um Pauls Sicherheit nahm Jules seinen Sohn bei der Hand und drängte sich weiter, indem er Paul hinter sich her zerrte.

»Schnell!« rief Henri verzweifelt. Er sah, daß die Situation außer

Kontrolle geriet. Jules stemmte seinen Sohn in die Kutsche und sprang dann selbst hinein. Henri ließ die Peitsche knallen, und die Kutsche ruckte an und rollte schwankend in die Menge, die sie umgab. Die Wache hatte sich in Luft aufgelöst und den Platz ganz dem Taumel der Leidenschaften überlassen.

»Das war doch Schiebung!« schrie ein Mann. »Ein Urteil, bestellt und bezahlt vom Grafen de Vries!« »A bas la noblesse! A bas le gouvernement! Vive la Commune!« Die Menge brüllte, und die Kutschpferde wieherten angstvoll. Die ersten Steine flogen. Den Colonel traf ein Kiesel an der Stirn, daß es blutete. Entsetzt kauerten Paul und Moussa sich auf den Boden der Kutsche. Entschlossene Hände packten die Seitenwände der Kutsche und fingen an, sie hin und her zu schaukeln, um sie umzukippen. Henri trieb die Pferde unbeirrt weiter an, und einmal schlug er mit der Peitsche nach zwei Männern, die dem Gespann in die Zügel fallen wollten. Sie wichen zurück, und die Kutsche rollte vom Hof.

Als das wütende Getümmel hinter ihnen verhallte, vergewisserte Jules sich, daß die beiden Jungen wohlauf waren, und dann schaute er auf seine Hände. Überrascht sah er, daß sie zitterten. Das hatten sie noch nie getan, weder in Afrika noch in Italien, nicht einmal vor Delescluzes. Hinter seinen Schläfen pochte es. Rasch fuhr die Kutsche durch die Stadt. Er starrte hinaus in den kalten Novembertag. Dies war nicht das Paris, das er verlassen hatte, um in den Krieg zu ziehen. Er kannte es nicht mehr, und es kannte ihn auch nicht mehr.

12.

Der November verging, und der Hunger begann den Bauch von Paris zu zwicken. Es gab keine Milch mehr. Die Lebensmittel wurden rationiert, als die riesigen Schaf- und Rinderherden, die einmal den Bois de Boulogne und die Champs-Elysées erfüllt hatten, verschwunden waren. Private Kleinviehbestände wurden beschlagnahmt. Ein Pferdefleisch-Ausschuß reservierte so viele Tiere, wie man für militärische Zwecke benötigen würde, und überantwortete die übrigen dem Schlachthof. Dabei zog man Kutschpferde denen von der Rennbahn vor, weil sie regelmäßig geschlagen worden waren und deshalb zarteres Fleisch hatten. Esel und Maultiere verschwanden. Die Hundepopulation schrumpfte, und Katzenkadaver wurden mit Buntpapier dekoriert und hingen in den Schaufenstern der Metzger über Tafeln, auf denen kundgetan wurde, daß drinnen die delikate Köstlichkeit der »Dachhasen« feilgeboten werde. Butter und Käse gab es nur noch in wehmütigen Erinnerungen. Für einen Franc pro Tag wagten sich Männer in das Niemandsland zwischen den französischen und den preußischen Linien und wichen den Kugeln aus, während sie Wurzeln und Grünzeug aus dem Boden rupften und in Säcke stopften, bevor sie sich hastig wieder in Sicherheit brachten. Die Goldfische in den Teichen im Jardin de Luxembourg wurden gefangen und verspeist. Frauen harrten nächtelang vor den Lebensmittelausgaben aus, stellten sich in Warteschlangen, die sich um ganze Häuserblocks zogen. Nur Wein gab es immer noch reichlich und billig zu kaufen, und so ging der größte Teil der Stadt, von den Wohlhabenden abgesehen, des Abends betrunken und hungrig zu Bett.

Bei einem ihrer Ausflüge am Sonntag morgen sahen Paul und Moussa eine Menschenansammlung an einem Verkaufsstand auf der Place de l'Hôtel de Ville. Der Händler trug eine Augenklappe und eine schmierige Jacke. Vor ihm türmten sich Holzkäfige voll rotäugiger Ratten, die sich darin wie rasend im Kreis drehten und nach einem Ausweg suchten. Sie schnappten nach einander und nagten mit langen, scharfen Zähnen an den hölzernen Käfiggittern. Die Ratten waren fett und braun, und Ohren, Füße und

Schwänze waren rosarot. Eine Bulldogge lag auf dem Bürgersteig neben den Käfigen; hin und wieder klappte sie ein Auge auf und inspizierte die Ratten oder die Gaffer, aber ansonsten war sie reglos wie ein Stein.

»Was macht man mit den Ratten?« fragte Moussa.

»Essen«, knurrte der Händler.

»Warum tut man denn das?« fragte Paul erstaunt.

»Weil man hungrig ist, was denn sonst!« Der Mann zuckte die Achseln.

Das konnte Moussa sich nun nicht vorstellen. »Wie kann man denn so hungrig sein?« Die Ratten waren abscheulich.

Der Händler musterte die Jungen mit ihren feinen Kleidern und runden Gesichtern. Er hatte gute Lust, sie zu verjagen, aber sie waren schließlich nur dumme Kinder der *bourgeois* und meinten es nicht böse. Er spuckte in die Gosse. »Indem man in dieses Höllenloch von Welt geboren wird«, antwortete er. Während er noch sprach, trat eine Frau an den Stand. Sie sah zerbrechlich und grau aus. Zwei kleine Kinder hingen an ihren Röcken. Ein paar Augenblicke lang betrachtete sie die Bewohner der Käfige. Die Ratten balgten sich, spähten heraus, drehten sich im Kreis. Fröstelnd stand die Frau da; sie zog sich den Schal fester um die Schultern und konnte sich nicht entscheiden. Der Mut schien sie zu verlassen, und sie wandte sich zum Gehen. Aber schon nach ein paar Schritten zögerte sie, und dann kehrte sie mit einem Ausdruck der Verzweiflung in ihrem gequälten Gesicht um. Sie hob die knochige Hand und streckte den Zeigefinger aus. Mit einem Stock schob der Händler ihre Ware durch eine kleine Luke in einen kleineren Käfig. Die Bulldogge erwachte aus ihrer Trägheit, setzte sich aufmerksam hin und wartete darauf, daß sie ihre Aufgabe erfüllen könnte. Der Händler öffnete das eine Ende des kleinen Käfigs und hielt den Käfig schräg geneigt dem Hund entgegen. Die Ratte drehte sich und wollte losrennen, aber die Steigung bereitete ihr Schwierigkeiten. Der Händler schüttelte den kleinen Käfig, die Ratte rutschte, krallte sich fest, kratzte und fiel schließlich vor dem wartenden Hund heraus, der sie mit seinen kräftigen Kiefern schnappte, bevor sie den Boden erreichte. Mit einer flinken Bewegung warf er sie in die Luft und fing sie beim Kopf auf. Er schüttelte sie einmal, und die Ratte erschlaffte mit gebrochenem Genick. Lose baumelte der Körper aus der Schnauze der Bulldogge. Gehorsam legte der Hund die Ratte dem Händler vor die Füße und ließ sich gelangweilt sofort wieder zu Boden plumpsen.

Die Jungen verfolgten den Vorgang voller Ehrfurcht. Einen klügeren Hund hatten sie noch nie gesehen. Der Händler bückte sich, packte die Ratte geschickt beim Schwanz, wickelte sie in eine Zeitung und gab sie der Frau. Sie bezahlte zwei Francs und ging. Paul war schockiert.

»Sie meinen, die Leute *bezahlen* dafür, sie zu essen?«

Der Händler verzog spöttisch das Gesicht ob so viel Ahnungslosigkeit. »Oui, kleiner Herr, wie ich dich auch bezahlen werde. Wenn du den Mut und die Nerven hast, geh auf die Jagd und bring mir welche. Ich gebe dir fünfzig Centimes für das Stück.«

»Fünfzig Centimes? Das wäre leichtverdientes Geld«, spottete Paul. »Gascon fängt dauernd welche in den Ställen.« Gascon stellte Fallen auf, in denen Traubenzucker als Köder diente, um die Ratten anzulocken, die dann in Töpfen gefangen wurden. Er ertränkte sie dann und warf sie hinter den Holzschuppen, wo die Katzen der Nachbarschaft sie beseitigten. Manchmal, wenn auch nicht so oft, wie er prahlerisch behauptete, half Moussa ihm mit seiner Schleuder. Er mochte die Ratten nicht besonders, aber Angst vor ihnen hatte er auch nicht.

Wieder trat ein Kunde heran und gab dem Händler Geld. Moussas Gedanken überschlugen sich, als er sich die Möglichkeiten ausmalte, die mit ihrem Dasein als Rattenmagnaten verbunden waren. »Ich weiß eine Stelle, wo wir mehr kriegen«, sagte er. »Viel mehr.«

»Wo denn?«

»An einem Ort, den Schwester Godrick mir gezeigt hat, ohne es zu wollen.«

Der Keller von St. Paul war ein uraltes, dunkles Gemäuer, das Moussa gut kannte. Unter der Krypta lag eine Kammer, in der die alten toten Bischöfe begraben waren, und darunter befand sich noch ein Keller, und das alles war vor Jahrhunderten erbaut worden, aus großen Steinblöcken, die man aus dem Untergrund der Stadt herausgehauen hatte. Nach den Latrinen war dies Schwester

Godricks bevorzugte Vorhölle für ihn, dort unten im Dunkeln, wo ihn irgendeine mit Besen und Staubtuch verbundene Buße erwartete. Irgend etwas gab es dort immer, was er putzen oder aufräumen konnte. Wenn sie ihn nicht kontrollierte, und wenn er die Arbeit satt hatte, verbrachte er seine Zeit in diesen Kellern mit Erkundungen. Es gab Kisten mit alten, ledergebundenen Büchern dort. Ihre Seiten waren braun und bröckelig vom Alter, und sie waren voller Illustrationen, die Männer mit Hörnern und Tiere mit Menschenköpfen zeigten. Ein Buch enthielt drastische Bilder von Männern und Frauen – Heiligen, wie er vermutete –, die Lichtkränze um die Köpfe trugen und unterschiedliche, gräßliche Todesarten erlitten. Sie wurden ausgeweidet und aufgespießt, zerrissen und gevierteilt, enthauptet und verkehrt herum aufgehängt. Gebannt blätterte er die Seiten um und kam zu dem Schluß, daß das Dasein als Heiliger ein hartes Geschäft sein müsse.

An den Wänden lehnten Stapel von alten Gemälden, staubbedeckt und bündelweise zusammengeschnürt. Manche waren größer als Moussa. Er schnitt die Bündel auf und fand weitere grausige Darstellungen, alte, rissige Ölbilder, die Dämonen zeigten und riesige geflügelte Ungeheuer, auf denen Männer in Rüstungen durch die Gegend flogen. Alles in allem gefielen sie ihm besser als die Porträts der Kardinäle und Bischöfe, die oben in der Kathedrale hingen.

Es gab hier mehr Kammern und mehr Kisten, als er jemals öffnen konnte. Er stöberte herum und erforschte, soviel er konnte, immer in der Hoffnung auf einen vergrabenen Schatz. Eines Tages entdeckte er eine steinerne Treppe im unteren Keller, die noch tiefer hinabführte. Der Durchgang dorthin war fast völlig verdeckt von einem verschlissenen Wollteppich, der an der Wand hing, aber als Moussa mit dem Besenstiel dagegenstieß, fand er die Öffnung. Es wäre ganz gegen seine Natur gewesen, diese Treppe *nicht* hinunterzusteigen. Also nahm er die Laterne von ihrem Haken an der Wand und machte sich vorsichtig an den Abstieg. In seinem Bauch kribbelte und bebte es. Er hielt die Laterne hoch erhoben und den Kopf gesenkt. Seine einzige Befürchtung war es, auf eine Kolonie von Spinnen zu stoßen, die sich, wenn sie nicht auf der Latrine der Schule ihr Unwesen trieben, wahrscheinlich hier unten versteckten und nur darauf warteten, daß jemand herunterkam. Zu seiner grenzenlosen Erleichterung waren aber keine da, nicht einmal alte Spinnweben. Zu dunkel und zu feucht, vermutete er. Er stieg eine Treppe hinunter, dann noch eine und noch eine. Unten angekommen traf er auf eine alte, roh behauene Eichenholztür, schwer und abgenutzt. Er versuchte sie aufzustoßen, aber sie rührte sich nicht. Er stellte die Laterne auf den Boden und stemmte sich mit aller Macht gegen die Tür. Endlich bewegte sie sich doch. Die alten eisernen Angeln klagten über Rost und Vernachlässigung. Als er die Tür ein Stückchen weit aufbekommen hatte, hielt er inne und lauschte. Er hörte ein leises Rascheln. Er nahm die Laterne auf, hielt sie durch die Tür und spähte durch den Spalt. Ein breiter Korridor begann hier, und der Lichtschein wurde in der Ferne von schwarzer Finsternis verschlungen. Die Wände waren aus rauhem Stein. Auf dem Boden häuften sich Erde und Schutt.

Und zwischen der Erde und dem Schutt hatte er das Licht der Laterne in tausend winzigen Äuglein reflektiert gesehen, Äuglein, die jetzt hier auf der Straße fünfzig Centimes pro Paar bringen würden. Ein tadelloses Jagdrevier. Er hatte es Paul noch nicht zu Ende geschildert, als ihr Entschluß, auf die Jagd zu gehen, schon feststand.

»Ich will aber nicht, daß es da dunkel ist«, sagte Paul nervös, als sie zusammensuchten, was sie brauchen würden. »Ich will sehen können, was ich tue. Auf die Weise fangen wir auch mehr.« Er fragte sich, ob Moussa die Angst in seiner Stimme wohl hören konnte und ob er wußte, daß Paul Angst vor der Dunkelheit hatte. Wahrscheinlich nicht, denn wenn Moussa dergleichen ahnte, dann sagte er es auch, um es ihm genüßlich unter die Nase zu reiben. Dabei hatte Paul keine Ahnung von der furchtbaren Angst vor Spinnen, die in Moussas Seele lauerte, denn natürlich offenbarte Moussa sie niemals.

»Es wird ja nicht dunkel sein«, sagte Moussa. »Wir haben doch die Laterne.« Paul war nicht so sicher, wie Moussa klang, aber das war er selten. Dennoch, es schien einfach genug zu sein, wenn die Ratten dort wirklich so zahlreich waren, wie Moussa versprochen hatte. Bis zum Abend würden sie einen stattlichen Schatz zusammenbringen. Sie hatten Traubenzucker und Büchsen und Jutesäcke für ihre Beute. Moussa nahm auch seine Schleuder und einen Beutel Kieselsteine mit, »sollte die Jagd für die Fallen zu reichlich werden.« Durch eine Seitenpforte schlichen sie sich in die Kathedrale. Niemand beachtete sie. Sie eilten durch die Korridore und zum Keller. Das alles war ein Territorium, das Moussa gut kannte. Sie stiegen die Treppe hinunter, dann noch ein paar Treppen, bis sie in der Kammer mit dem Wandteppich angekommen waren. Pauls Herz schlug ein bißchen schneller, und er überlegte, ob es schon Zeit war, Magenschmerzen oder so etwas zu bekommen. Aber bis jetzt hatte Moussa recht – es war hell genug, und Paul dachte sich, zumindest gab es keine Preußen in diesem Tunnel, oder – was noch schlimmer wäre – schießwütige französische Wachsoldaten. Also entschied er sich weiterzugehen.

Sie schlüpften hinter den Wandteppich und stiegen die Treppen hinunter, eine nach der anderen. Moussa ging voraus, und Paul folgte ihm dichtauf. Es wurde kälter und feuchter, je tiefer sie kamen, und Tränen des Alters schienen an den steinernen Wänden herabzurinnen. Die Steine waren glatt und fühlten sich schleimig an. Ihre Schuhe machten kaum ein Geräusch auf den massiven Stufen. Endlich hatten sie die alte Tür erreicht.

»Drück sie auf«, flüsterte Moussa. Seine Stimme klang laut in der Enge. Paul stellte die Laterne hin, legte seinen Sack daneben und drückte. Die Tür gab knarrend nach. Sie traten durch die Öffnung in die Finsternis. Die Luft war muffig und still und berührte kalt ihre Hälse. Paul schloß die Tür hinter ihnen wieder, aber er achtete darauf, sie einen Spaltbreit offenzulassen: Er fürchtete, der Riegel könnte einschnappen, so daß sie für alle Zeit dort gefangen wären, in einem einsamen Verlies voller Teufel und Furcht.

»Wir sind da.« Moussa hob seine Laterne, die ihren trüben Schein über das schattenhafte Reich der Geheimnisse und der Ratten warf. »Und sie sind noch hier.« Paul sah sie überall: Kleine rote Augen glitzerten zwischen den Schutthaufen, Augen, die den Eindringlingen aufmerksam entgegenstarrten. Sie wichen zurück, verkrochen sich an den äußeren Rändern des Lichtes.

Warteten.

Die Jungen wagten sich weiter in den Raum hinein und machten sich daran, ihre Fallen aufzustellen. Es half ein bißchen, in Bewegung zu bleiben – als könnten die Geräusche, die sie machten, die Dämonen der Dunkelheit bannen. Sie stellten die Laterne während der Arbeit auf ein Sims. Paul scharrte Mulden zwischen den Steinen am Boden aus, wo sie die Blechdosenfallen aufstellen konnten, in die Moussa dann den Zucker rieseln ließ. Als sie fertig waren, betrachteten sie zufrieden ihr Werk.

»Zwei Stunden – ich schätze, dann sind sie voll. An die hundert Stück sollten wir kriegen«, meinte Moussa. Er sah sich um. Dort, wo sie jetzt standen, verengte sich der Raum zu einem Korridor. »Was wohl da unten sein mag?«

Paul teilte seine Neugier nicht. »Keine Ahnung. Aber von mir aus können wir einfach hier warten.«

»Du kannst nicht hier warten. Die Ratten werden nicht einfach in die Fallen springen, während du sie anstarrst. Du mußt ihnen auch Gelegenheit dazu geben.«

»Dann können wir ja wieder hinaufgehen.«

Moussa antwortete in einem seit langem vervollkommneten Tonfall, bei dem Paul sich mickrig und feige vorkam. »Du kannst ja hinaufgehen, wenn du möchtest. Ich werde mich hier umsehen.«

Paul stöhnte innerlich. So ging es immer. Moussa hatte eine Idee, Paul einen Einwand. Moussa argumentierte, Paul gab nach. Wenn sie es dann getan hatten und alles vorbei war, gab Moussa schließlich zu, daß es von Anfang an eine blöde Idee gewesen war. Die Ideen wurden nicht besser, aber der Ablauf änderte sich dennoch nie. Pauls Angst vor dunklen Orten war nicht so groß wie seine Furcht vor Moussas Mißbilligung, auch wenn Moussa sich nie offen über ihn lustig machte. Das brauchte er gar nicht, denn Paul gab immer nach, bevor es dazu kommen konnte. Und auch jetzt spürte Paul wieder, wie seine Entschlossenheit zusammen mit seinen Einwänden erlahmte. Er verwünschte sich dafür, daß er mitging, und dann ging er mit.

»Oh, d'accord, ich komme ja schon.«

Moussa hielt die Laterne hoch. Sie wagten sich in die Dunkelheit des Tunnels hinein, zögernd zunächst. Die Decke war gewölbt und hoch genug für sie, aber die Dunkelheit erweckte dennoch das Bedürfnis, sich zu ducken, als ob da plötzlich etwas aus der Düsternis herabkommen und ihnen auf den Kopf schlagen könnte. Ein Mantel aus Kälte und Stille legte sich um sie, als sie weiterschlichen, die Sinne hellwach und angespannt. Sie bemühten sich, kein Geräusch zu machen, obwohl dieser Tunnel doch ganz verlassen war und es keinen Grund gab, leise zu sein.

So gingen sie eine ganze Weile. Sie kamen durch mittelgroße Räume und dann durch mächtige Stollen, wo riesige Mengen von Gestein weggeräumt worden waren. An manchen Stellen waren die Wände glatt und völlig gerade, wie mit dem Rasiermesser geschnitten, anderswo dagegen wellig und geriffelt, wie mit Löffeln freigeschabt. Sie fanden verrostetes altes Werkzeug, Meißel und Teile von Sägen sowie hölzerne Griffe, glatt und abgenutzt von längst verstorbenen Handwerkern. An manchen Stellen hatten sich Karrenspuren in den Steinboden eingegraben, und Planken von den Karren lagen verstreut zwischen den eisernen Fassungen der Radspeichen. Hier war eine Stadt unter der Stadt gewesen, und Werkzeuge und Räder gaben stummes Zeugnis von dem Treiben, das hier einmal stattgefunden hatte.

Manchmal zweigten Gänge zur Seite ab, oder rohbehauene Treppen verschwanden nach oben ins Nirgendwo, manche durch Steinhaufen versperrt. Sie gelangten zu einer Kreuzung, wo sechs Korridore wie die Strahlen eines Sterns von dem abzweigten, in dem sie unterwegs waren. Sie beschlossen, geradeaus weiterzugehen. »Wenn wir nirgends abbiegen«, sagte Moussa, »können wir uns auch nicht verlaufen.« Als sie einmal stehenblieben, hörten sie in der Ferne Wasser rauschen, aber sie fanden es nicht. Es gab noch andere Geräusche, unauffällige Geräusche der Dunkelheit, die in ihrer Phantasie tausendfach verstärkt wurden. Auch ihre Augen spielten ihnen immer wieder einen Streich, während sie sich voranbewegten. Sie schauten in die Laterne, und dann tanzten zahllose kleine, schwebende Lichter in verschiedenen Formen um sie herum, während ihre Blicke hastig durch die Dunkelheit huschten, Formen von Köpfen und Körpern, Moussas Spinnen und Pauls Dämonen, lauter Dinge, die auch dann nicht weggingen, wenn sie die Augen schlossen. Aber sie blieben dicht beieinander und berührten sich oft, und nach einer Weile hatten sie sich daran gewöhnt, auch wenn sie ein bißchen flotter gingen als gewöhnlich.

Schließlich standen sie vor einer roh behauenen Treppe, deren Stufen nicht gleichmäßig aussahen wie die in der Kathedrale. Nach allem, was die Jungen erkennen konnten, war es vielleicht nicht einmal eine Treppe, aber die Stufen schienen doch irgendwo hinzuführen. Anfangs fiel ihnen das Klettern leicht, aber sie mußten abwechselnd die Laterne halten, während sie sich an Kanten hochzogen, die immer steiler und höher wurden. Sie waren schon ziemlich weit gekommen, als ihnen unvermittelt der Weg durch eine Steinmauer versperrt wurde.

Paul hatte genug. »Laß uns zurückgehen«, schlug er vor, als sie wieder hinabgestiegen waren. »Wahrscheinlich sind die Fallen inzwischen voll.«

»Noch ein kleines Stück weiter«, drängte Moussa, und sie gingen weiter den Tunnel hinunter. Irgendwann wurde der Boden rauh und uneben, und ihre Füße fanden keinen rechten Halt. Paul stolperte über etwas und fiel hin. Was immer es gewesen war, rollte ein kleines Stück weit weg wie ein leichter Stein.

»Was war das?«

Moussa hob die Laterne und spähte zu Boden. Erst konnte man nichts erkennen, aber dann quiekte Moussa erschrocken auf. Ein menschlicher Schädel war im weichen Staub zur Ruhe gekommen und grinste sie an. In aufflackernder Panik drehten sie sich um – vielleicht waren ja noch andere Körperteile da, oder Mörder mit langen, lautlosen Klingen und Blutdurst im Blick. Aber da war nichts. Niemand sonst, und auch keine einzelnen Arme oder Beine oder Rippen. Nur dieser Schädel im Staub, körperlos und einsam. Moussa trat näher hinzu.

»Nicht anfassen!« zischte Paul.

»Warum nicht? Ist doch bloß ein alter Knochen.« Vorsichtig und behutsam stieß Moussa mit der Schuhspitze dagegen. Der Schädel kippte um, und die Jungen sprangen zurück. Der Schädel musterte sie von der Seite.

Als Moussa sicher war, daß er sich nicht von allein bewegen würde, kniete er daneben nieder und hielt die Laterne davor. Das Licht warf tiefe Schatten. Sie konnten durch das eine Auge in das leere Innere schauen, und sie sahen die feinen Zickzacklinien oben auf der Schädelwölbung, wo der Knochen zusammengewachsen war. Die Nase war ein klaffendes Loch, und die Zähne waren noch intakt. Der Schädel hatte einen freundlichen, spöttischen Ausdruck, der Moussa zu dem Schluß, brachte, er sei harmlos. Er stellte die Laterne auf den Boden und hob den Schädel mit spitzen Fingern auf. Er war trocken und leichter als erwartet. Einen kurzen Moment lang fragte Moussa sich, ob er eine Sünde beging, indem er ihn anfaßte. Mit etwas herumzuspielen, das einmal jemandes Kopf gewesen war, das war höchstwahrscheinlich dicht an der Grenze. Aber als er den Totenkopf in den Händen drehte, fand er, daß er auch nichts anderes war als ein Stück von einem alten Rinderknochen. Wer immer darin gelebt haben mochte, war längst nicht mehr da, und wahrscheinlich war er nicht einmal katholisch gewesen.

»Ich nehme ihn mit«, sagte Moussa. »Wir können ihm einen Hut besorgen und ihn ins Baumhaus stellen. Dann nennen wir ihn Napoleon den Nächsten.«

Paul kam näher – das anfänglich mulmige Gefühl war vor seiner Neugier geschmolzen. Moussas Namenwahl allerdings erheiterte ihn nicht. Napoleon hatte genug Ärger gebracht. »Wie wär's mit Fritz? Wir können sagen, er ist ein Preuße, den wir umgebracht haben.«

Moussa kicherte. Das war ausgezeichnet. »Très bien.« Er hielt den Schädel in Augenhöhe »Fritz, je m'appelle Moussa, et voilà Paul.« Er verneigte sich höflich aus der Hüfte, nahm Fritz in beide Hände und warf ihn leicht in die Höhe. Fritz grinste. Paul fand, daß Moussas Idee mit dem Erkundungsgang doch nicht gar so übel gewesen war.

Aber jetzt richteten sie ihre Aufmerksamkeit wieder auf den Korridor. Es wurde spät, sie mußten gehen. Ein Stück weiter vorn verbreiterte sich der Korridor wieder zu einer mächtigen Höhle, wahrscheinlich ein größerer Sammelplatz des Steinbruchs. Daß der Raum groß sein mußte, erkannten sie nur an dem Hall, der darin herrschte, denn das Licht der Laterne verlor sich im Dunkel, lange bevor es die Decke oder die andere Seite erreichte. Nicht weit vor sich erblickten sie wieder eine aufsteigende Serie von Simsen, bei der es sich ebenfalls um eine Treppe handeln konnte. Alte Seilstränge waren zu dicken Zöpfen zusammengeflochten, die wie baumwollene Wasserfälle über die Stufen herunterflossen, und noch immer waren Schlaufen aus trockenem Leder daran befestigt, an denen die Steinkörbe gehangen haben mußten. Nach der Größe der Höhle und nach den Säulen zu urteilen, waren sie offenbar zu einer Station gelangt, wo die Steine an die Oberfläche geschafft worden waren. Moussa stellte die Laterne ab und spähte in die Höhe. Er wartete, bis seine Augen sich an die Dunkelheit gewöhnt hatten.

»Schau doch!« sagte er dann. »Licht!« Paul sah erst nichts, aber als er ein wenig gewartet hatte, erkannte er es doch: einen diffusen Schimmer, der kaum die Wände über ihnen beleuchtete. Sie stellten Fritz neben die Laterne und machten sich an den Aufstieg, erpicht darauf, herauszufinden, wohin sie dieser geheime Gang geführt haben mochte. Die Seile machten das Klettern leicht, und sie kamen schneller voran als beim erstenmal. Sie hatten ein beträchtliches Stück zurückgelegt, als sie plötzlich Metall an Metall schlagen hörten. Sie hielten an und lauschten, und dabei wagten sie kaum zu atmen. Da war es wieder – und dann hörten sie noch andere Geräusche, leiser und weniger klar: eine Stimme, eine Männerstimme. Man konnte nicht verstehen, was der Mann sagte. Jetzt lachte er. Die beiden schauten einander an. Behutsam, um selbst kein Geräusch zu machen, krochen sie höher hinauf. Das Klettern wurde immer leichter, denn die Stufen waren flacher als am Anfang, und die Kanten waren mit Staub bedeckt, was das Geräusch ihrer Bewegungen dämpfte. Die Stimme wurde deutlicher, und jetzt hörten sie auch andere, vier oder fünf. Am Licht erkannte Moussa, daß sie dicht unter der Erdoberfläche waren. Er legte Paul die Hand auf die Schulter, und sie hielten an. Er konnte jetzt besser hören, und was er hörte, ließ Erkennen aufflackern. Und dann ging ihm ein Licht auf, und er wußte, was er da hörte, so gewiß, wie er seinen eigenen Namen kannte. An Pauls Gesichtsausdruck sah er, daß der es auch wußte.

Die Stimmen sprachen deutsch.

Vorsichtig arbeiteten sie sich weiter hoch, glitten ganz auf jede Stufe und bewegten sich dann weiter, wobei sie sorgsam darauf achteten, keine Steine loszubrechen und keinen Staub aufzuwirbeln. Sie hatten Herzklopfen. Die Stufen verflachten immer mehr, bis sie zu einer Rampe wurden, und dann waren sie oben. Moussa hob den Kopf, um hinauszuschauen. Sie waren am Rand einer Nische angelangt, die so groß war wie ein großes Zimmer. Sie war leer. Die beiden Seiten rechts und links waren aus natürlichem Felsgestein. Die dritte, durch die auch das Licht kam, war eine Mauer aus behauenen Steinen, die fast zwanzig Fuß hoch bis zur Decke gestapelt waren. Die Steine im unteren Teil dieser Mauer waren recht groß, während die oberen immer kleiner wurden. Durch die Lücken in dieser Mauer sickerte Tageslicht. Man hatte den Eingang zum Steinbruch schon vor langer Zeit absichtlich versperrt. Die Jungen befanden sich im hinteren Teil der Eingangshöhle. Die Stimmen kamen aus der vorderen Hälfte, von der anderen Seite der Mauer.

Als Moussa begriffen hatte, daß man sie nicht sehen konnte, winkte er Paul, er solle ihm folgen, und zusammen kletterten sie hinauf in die Nische. Dann warteten sie ab, um sicher zu sein, daß niemand sie gehört hatte. Das Gespräch draußen wurde nicht unterbrochen. Sie rochen den Rauch eines Feuers und den Duft von kochendem Essen. Die Haare standen ihnen zu Berge, als sie auf Händen und Knien zur Mauer krochen und durch eine der Ritzen spähten. Auf der anderen Seite, keine drei Schritte weit entfernt, saßen sechs preußische Soldaten um ein kleines Feuer unter einem Überhang, der aussah wie eine Höhle, in der sich aber die äußere Öffnung des alten Steinbruchs verbarg. Sie hatten die Stiefel ausgezogen, lachten und rauchten und tranken Schnaps aus einer Flasche, die sie herumgehen ließen. Zwei von ihnen spielten Karten. Einer kümmerte sich um das Essen in einem Blechnapf, der auf Steinen über dem Feuer stand. Es war eine behagliche, friedliche Szene: Die Männer waren hier vor dem kalten Herbstwind geschützt, und die Belagerung war für ein Weilchen vergessen.

Es dauerte einen Augenblick stiller Beobachtung, bevor sie das, was sie hier sahen, in seiner ganzen Ungeheuerlichkeit begriffen. Sie waren in einer Höhle mit preußischen Soldaten! *Mit Preußen!* Als der Schock vergangen war und die Erkenntnis einsetzte, betrachtete Paul eindringlich die Gesichter derer, die er sehen konnte. Noch nie hatte er preußische Soldaten gesehen, jedenfalls nicht aus solcher Nähe. Er war überrascht von ihren alltäglichen Gesichtszügen und ihrer schlichten Haltung. Er hatte nicht damit gerechnet, daß sie so normal aussehen würden. Der eine war ein alter Mann mit schneeweißem Haar und freundlichen Augen; er rauchte Pfeife und erinnerte Paul an das Porträt seines Urgroßvaters, das im Château an einer Wand hing. Ein anderer, ein Mann mit kindlichem Gesicht und rosig leuchtenden Wangen, hätte sein Enkel sein können. Aber Paul ließ sich durch ihr schlichtes Äußeres nicht täuschen. Er wußte, das war nur eine raffinierte Tarnung.

Dies waren die Männer, die zumindest teilweise für das verantwortlich waren, was mit seinem Vater geschehen war, Männer, die den Krieg in sein Land getragen und die es fast zerstört hatten. Dies waren die Männer, die jetzt seine Stadt in ihrem Würgegriff hielten, um sie erst auszuhungern und dann auszuplündern, bis nur noch Schutt übrig wäre. Dies waren dieselben Männer, von denen man sagte, daß sie Säuglinge fraßen und Frauen vergewaltigten. Er wußte nicht, was das war, vergewaltigen, aber es klang furchtbar und ganz und gar preußisch. Nein, sagte er sich, so alltäglich sie sich auch geben mochten: Dies waren die Gesichter des Bösen.

Und während in Paul der Haß siedete, spähte Moussa durch die Öffnung hinaus und versuchte festzustellen, wo sie an die Oberfläche gelangt waren. Er konnte es nicht mit Sicherheit sagen, denn sein Gesichtsfeld war durch den Höhleneingang eingeschränkt. Sichtbare Landmale sah er nicht. An der Position der Sonne war zu erkennen, daß er nach Süden blickte. Er konnte einen langgestreckten, sanften Hang hinunterschauen. Zwischen den Bäumen verstreut waren die Dächer kleiner Bauernhäuser zu sehen, und im kräftigen Wind wehte der Rauch aus ihren Kaminen seitwärts. In der Ferne war eine Straße. Das genügte nicht zur Orientierung. Sie konnten überall sein. Fest stand nur, daß die Tunnel überall hinführten. Sie waren viele, viele Meilen lang und reichten unter Tage von St. Paul bis zu den feindlichen Stellungen rings um die Stadt.

Er schaute Paul an und bemerkte dessen eindringlichen Gesichtsausdruck. Er zupfte ihn am Ärmel und bedeutete ihm durch ein Handzeichen, daß sie jetzt besser wieder gingen. Moussa hatte kein Verlangen danach, mit einem Haufen preußischer Soldaten zu spaßen, und je länger sie hierblieben, desto größer wurde die Gefahr, daß man sie entdeckte. Er fragte sich, was wohl passieren würde, wenn sie erwischt würden. Bei der Erinnerung daran, wie sie den französischen Truppen nur um Haaresbreite entgangen waren, flatterten noch immer seine Eingeweide. Es war Zeit zu verschwinden. Er nahm an, Paul müsse darauf brennen, von hier wegzukommen, aber der schüttelte störrisch den Kopf und deutete stumm auf Moussas hintere Hosentasche. Verwirrt schaute Moussa hinter sich. Da hing das Band seiner Schleuder aus der einen Tasche, und ein Sack Kieselsteine beulte die andere. Er wurde blaß. Konnte Paul das ernst meinen? Eine Schleuder? Gegen ein halbes Dutzend preußischer Soldaten?

Wütend schüttelte er den Kopf und wandte sich ab, um wegzukriechen. Paul packte ihn beim Ärmel und zog ihn dicht zu sich heran. »Wenn du es nicht machst, gib mir das Ding!«

»Was denn machen? Merde, das ist eine Schleuder, kein Gewehr!«

»Wir müssen mindestens einen damit treffen!«

»Du bist verrückt!«

»Und du bist ein Feigling!«

Das Wort traf Moussa wie ein Faustschlag. Was war in seinen Cousin gefahren? Paul war rot im Gesicht, und seine Miene war todernst. Noch nie, nie, nie hatte Paul ihn so genannt. Moussa war der größere und kühnere von beiden und übernahm sonst immer die Führung. Er war sonst nicht derjenige, der lange überredet werden mußte, auch wenn er es jetzt für klug hielt, Fritz einzupacken und zu verschwinden, während Paul sich offenbar in den Kopf gesetzt hatte, sich mit Bismarcks Infanterie anzulegen. Er würde es zwar nicht zugeben, aber eines war ihm klargeworden, als er hier zwischen den Steinen hindurchspähte: Aus der Nähe betrachtet jagten ihm die preußischen Soldaten eine Heidenangst ein. Aber es kam nicht in Frage, daß er Paul glauben ließ, er habe Angst.

»Ich bin kein Feigling!« zischte er. »Und das weißt du!«

»Dann mach's!«

»Was soll ich denn machen?«

»Bloß einem ins Auge schießen«, flüsterte Paul.

»*Bloß* einem ins Auge schießen?«

Paul nickte eifrig. »Oui. Das reicht. Dann muß er nach Hause.«

Hilflos schaute Moussa sich um. Das konnte er Paul nicht überlassen. Sie wußten beide, daß Paul ein miserabler Schütze war. Er würde den Schuß verpatzen, und dann würde man sie beide erwischen. Moussa schaute die Mauer an. Sie würde ihnen geraume Zeit Schutz bieten, selbst wenn die Preußen auf die Idee kämen, sie zu verfolgen. Man müßte die Mauer teilweise niederreißen, und die Jungen wären längst fort, bevor das geschafft wäre. Trotzdem war die ganze Idee verrückt, selbst für Moussas Verhältnisse. Aber er hatte kaum eine Wahl. Sein Cousin war entschlossen, und jetzt stand seine eigene Ehre auf dem Spiel. Schließlich gab Moussa nach. »D'accord«, sagte er, »aber nur einen Versuch. Wenn ich danebenschieße, verschwinden wir.«

»Gut«, sagte Paul. »Schieß bloß nicht daneben.«

Zusammen krochen sie zurück zur Mauer, so daß ihre Knie den schweren Staub aufwühlten. Moussa angelte die Schleuder aus der Tasche und nahm ein paar Steine aus seinem Beutel. Er suchte einen scharfkantigen Rosenquarz aus. Der ist *sicher tödlich*, dachte er. Sorgfältig legte er ihn in die Lederschlaufe, befühlte die Kanten und drehte den Stein, bis er sich genau richtig zwischen seine Finger schmiegte, das dickere Ende nach hinten gedreht, damit er es besser halten konnte. So hatte er es schon tausendmal gemacht, ohne hinzuschauen, aber diesmal schaute er doch hin, um absolut sicher zu sein. Als er zufrieden war, richtete er sich auf und stützte sich mit den Ellenbogen an die Steinmauer. Er sah die Köpfe zweier Soldaten und trat ein bißchen weiter nach links, um eine Öffnung zu finden, die groß genug war. Dankbar hörte er den böigen Herbstwind, der draußen wehte. Er hörte, wie er die Zweige der Bäume peitschte. Das Rauschen würde jedes Geräusch überdecken, das er hier machen könnte.

Er wählte sich sein Ziel aus: den Soldaten mit dem Kindergesicht. Dabei überlief es ihn heiß. Er würde es wirklich tun. Langsam zog er die Schleuder straff, bis das Gummi sein Ohr berührte, langgezogen bis zum Zerreißen, stärker gespannt als jemals zuvor. Blinzelnd umrahmte er das Gesicht des Soldaten mit den Gabelzinken seiner Schleuder, schätzte sorgsam messend die Entfernung ab, hob die Hand ein wenig, senkte sie wieder, bis er sicher war, daß alles stimmte und sein Auge das des anderen genau erfaßt hatte. Der Soldat saß mit dem Rücken zur Wand auf einem Stein und hatte Moussa sein Profil zugewandt. Er hielt einen großen Löffel in der einen Hand und starrte ausdruckslos in den Kochtopf. Seine Miene war gedankenverloren. Und endlich war Moussa bereit.

Er schluckte angestrengt, hielt den Atem an und ließ los.

Der Stein schwirrte durch den Spalt in der Mauer und fand sein Ziel, dicht unter dem rechten Auge des Soldaten, am Wangenknochen. Erschrocken fuhr seine Hand zum Gesicht, und er sprang auf. Der Löffel fiel klappernd auf die Steine.

»Gott im Himmel!« brüllte er wutentbrannt. Blut quoll aus der Wunde. »Ich bin angeschossen!« Er fuhr herum und taumelte zur Höhlenöffnung, während die andern panisch hochsprangen und Waffen und Helme an sich rafften. Moussa und Paul schauten durch die Steinritzen, bis sie das Blut sahen, dann ließen sie sich zu Boden fallen und flüchteten voller Angst auf Händen und Knien. Sie rutschten über die Kante und die Treppe hinunter in den dunklen Schutz des tiefen unterirdischen Steinbruchs und waren fort.

Vor der Höhle tanzte der verwundete Soldat von einem Bein aufs andere und brüllte vor Schmerz. An seiner Wange war die Haut weggerissen, und der Knochen lag frei. Die andern schauten sich unsicher um. Sie hatten keinen Schuß gehört, keinen Angriffslärm. Niemand hatte den Stein gesehen, und keiner hatte gehört, wie er zu Boden fiel, wo er jetzt zwischen Dutzenden von anderen Steinen lag. Sie spähten aus der Höhlenöffnung – nicht dahin also, woher der Stein gekommen war, sondern in die entgegengesetzte Richtung, ohne die leiseste Ahnung, wonach sie suchten. Der Hang unterhalb der Höhle lag verlassen da. Sie schauten nach oben und fragten sich, ob da vielleicht etwas von der Höhlendecke herabgefallen sein könnte. Nichts. Sie zuckten die Achseln, wechselten ratlose Blicke. Einer der Soldaten ging ringsum an der Höhlenwand entlang und blieb hinten an der Mauer stehen, an deren Fuß sich Steine aufhäuften, er kletterte auf den Schutt und spähte durch einen Spalt, aber in dieser Richtung und mit dem

Licht hinter sich konnte er nur Finsternis hinter der Wand erkennen. Leer.

Nichts, entschied er. Dort war nichts. Er kletterte wieder hinunter.

Der alte Soldat untersuchte die Verwundung des Jungen. »Das ist keine Schußwunde«, stellte er fest. »Hör auf zu jammern. Dein Auge ist unverletzt. Wahrscheinlich hast du dich mit dem Löffel gestochen.« Der Junge stöhnte. Die andern lachten und setzten sich wieder, und die Aufregung war bald vergessen.

Moussa und Paul hörten davon nichts mehr. Sie rannten, als wäre ihnen die gesamte preußische Armee auf den Fersen. Sie flogen fast die Treppe hinunter, rutschten und glitten über die Stufen, stießen hier an, schrammten dort vorbei und mühten sich verzweifelt, den Korridor zu erreichen, der sie in die Sicherheit von St. Paul zurückführen würde. Sie klammerten sich an die Seile, schürften sich die Ellenbogen auf und holten sich blutige Knie bei ihrem rasenden Abstieg. Dabei warteten sie immer auf Schritte oder Schreie, auf Gewehrfeuer oder Kanonenschüsse – aber sie hörten nichts außer dem Poltern ihrer eigenen Flucht, das ringsum widerhallte. Als sie unten ankamen, stolperte Paul und fiel flach auf den Bauch, daß er aufschrie. Das Laternenglas schepperte laut, und sie erstarrten vor Angst, denn jetzt hatte man sie bestimmt gehört. Paul rappelte sich auf und griff nach der Laterne, die zum Glück nicht zerbrochen war, Moussa raffte Fritz an sich und klemmte ihn unter den Arm wie einen Ball, und dann rannten sie so schnell, wie das trübe Licht es gestattete. Immer weiter stürmten sie durch die Tunnel, immer geradeaus durch Kammern und vorbei an den gähnenden schwarzen Löchern anderer Gänge, die zu unbekannten Orten abzweigten. Zwanzig Minuten lang flüchteten sie so, ohne langsamer zu werden, und sie bemühten sich nicht mehr, leise zu sein, und mit jedem Augenblick, der verging, ohne daß etwas von einer Verfolgung zu hören war, verwandelte sich ihre Angst weiter in Entzücken, und bald waren sie sicher, daß sie davongekommen waren.

»Hast du ihn gesehen? Hast du es gesehen?« keuchte Moussa, als sie schließlich stehenblieben, um zu Atem zu kommen. Sie lachten so leise, wie sie nur konnten, während sie nach Atem rangen und ihre schmächtigen Gestalten in einer Mischung aus Angst und Ekstase bebten. Den Vorwurf der Feigheit hatten sie beide vergessen, und die Anspannung oben in der Höhle ebenfalls. Alles war vergessen – alles bis auf die Vision von dem kleinen Rosenquarz, der durch die Luft flog und sein Ziel traf. Ihr Erfolg stand außer Frage. Sie hatten den Feind verwundet.

»Du hast ihn erwischt! Mitten ins Auge!« jauchzte Paul. Er war von Stolz erfüllt und glücklicher als je zuvor. Er wußte, daß er etwas Mutiges getan hatte – besser gesagt, daß er Moussa dazu gebracht hatte, es zu tun, aber das lief auf dasselbe hinaus, dachte er, denn das war es ja, was Offiziere taten: Sie dachten sich etwas aus, und dann beauftragten sie jemanden, es auszuführen, und hinterher strichen sie den größten Teil des Ruhmes dafür ein. Er hatte nichts dagegen, den Ruhm zu teilen, denn er wußte, daß er mit Fug und Recht einen Teil davon beanspruchen konnte. Solange er zurückdenken konnte, hatte er Angst gehabt, oft vor den trivialsten Dingen, und verzweifelt hatte er sich gewünscht, einmal so tapfer zu sein, wie Moussa anscheinend mühelos war, aber dann hatte er immer im letzten Augenblick gekniffen oder aber die ganze Zeit vor Angst geschlottert. Diesmal aber war es anders gewesen, und das wußte er. Es war wie an jenem Tag des wilden Keilers, an jenem Tag, da er keine Zeit zum Angsthaben gehabt hatte. Er fühlte sich stark und wild und absolut unbesiegbar.

Sie lauschten eine Weile, bis sie sicher waren, daß ihnen wirklich niemand folgte, dann schlenderten sie entspannt durch den Stollen und erzählten Fritz abwechselnd, wie die Schlacht verlaufen war. Paul behauptete, er sei ziemlich sicher, gesehen zu haben, daß das Auge des Soldaten aus der Höhle gesprungen und auf dem Boden herumgerollt sei wie eine Murmel. Moussa meinte, der Mann werde wahrscheinlich bald an seinen Verletzungen sterben, wenn er nicht schon tot sei. Fritz hörte aufmerksam zu und lächelte beifällig, und er zweifelte keine ihrer Behauptungen an.

Sie berieten sich darüber, ob sie jemandem davon erzählen sollten. Ihr Kinderinstinkt sagte ihnen, daß vermutlich keiner der Erwachsenen ihre Begeisterung für ihre Tat teilen würde. Gascon würde es verstehen, und er würde es vielleicht sogar insgeheim billigen, aber sie vermuteten auch, daß er, sobald er sie hinreichend beglückwünscht hätte, den Rohrstock herausholen würde. So kamen sie letzten Endes zu dem Schluß, daß es klüger wäre, diesen Nachmittag der langen Liste ihrer Geheimnisse hinzuzufügen.

Als sie wieder in ihrem Jagdrevier unter St. Paul angekommen waren, stellten sie zu ihrem Entzücken fest, daß auch das Rattengeschäft gut zu laufen versprach. Sie hörten die Beute schon, bevor sie sie sahen: wütend kratzten die Krallen in den Blechdosen. Im trüben Licht sahen sie, daß die Fallen alle voll waren, es wimmelte darin von Ratten. Dutzende von Augenpaaren starrten ihnen bösartig und angstvoll entgegen. Vorsichtig packten sie die Tiere bei den Schwänzen und hoben sie heraus, wobei sie darauf achteten, sich nicht von den langen, schmalen Zähnen erwischen zu lassen, die aufblitzend nach ihnen schnappten. Sie ließen sie in ihre Jutesäcke fallen. Als zwei Säcke voll waren und so schwer, daß sie mehr nicht tragen konnten, schleppten sie sie die Kellertreppe hinauf.

Unterwegs blieb Moussa an einer Kiste in einer der Rumpelkammern stehen und zog ein Stück Tuch heraus. Darin wickelte er Fritz ein, und dann kehrten sie zurück ans Tageslicht. Es war schon spät, und der Nachmittag war bitterkalt geworden. Sie hatten keine Jacken an, und es fröstelte sie beim Gehen. Die Ratten in den Säcken machten ein schreckliches Gezappel, quiekten und warfen sich hin und her. All das Gewühle und die Zähne und Krallen, die hier und da aus den Säcken herausschauten, ließen sie nur langsam und mühevoll vorankommen. Die Leute, denen sie begegneten, musterten die beiden Lausejungen verwundert und geringschätzig.

Als sie an der Place d'Hôtel ankamen, dämmerte es schon, so daß der Rattenverkäufer seinen Stand abräumen mußte. Zuerst erkannte er die Jungen gar nicht, weil sie so blutig und abgerissen aussahen.

»Wir bringen Ihnen die Ratten«, verkündete Paul stolz, und dann fiel es dem Händler wieder ein. »Ach, die edlen Jäger.« Er betrachtete ihre Schrammen und vermutete, daß sie sie wohl beim Rattenfangen davongetragen hatten, und mitleidig schüttelte er den Kopf angesichts der unglückseligen Kinder der *bourgeoisie*, die es fertigbrachten, sich bei einem Geschäft für fünfzig Sou Ärger für hundert Francs einzuhandeln. Und nach allem, was er sah, hatten sie es nicht einmal richtig angefangen.

»Seht doch«, sagte er, »warum habt ihr sie denn so eng in diese Säcke gestopft? Seht ihr denn nicht, was sie gemacht haben?« Er deutete auf die Jute, die überall dunkle Flecken bekommen hatte. Die Jungen hatten davon nichts bemerkt. Als sie die Schnüre aufbanden und in die Säcke schauten, erblickten sie einen scheußlichen Brei aus Fell und Blut. Zusammengewürfelt und panisch nach einem Ausweg suchend, hatten die Ratten sich gegenseitig angefallen. Fast alle waren verwundet, viele tot.

»So kann ich sie nicht verkaufen«, sagte er. Er wußte zwar, was sie durchgemacht haben mußten, um diese Säcke zu füllen, aber er war sicher, daß niemand ein beschädigtes Tier kaufen würde. »Nächstes Mal stopft ihr nicht so viele in einen Sack. Höchstens sechs, verstanden?«

Als sie die gesunden Ratten aussortiert hatten, zählte der Händler den Erlös ab. Moussa und Paul betrachteten betrübt das kleine Häuflein Centimes. Das Rattengeschäft war doch härter, als sie gedacht hatten. Aber immerhin hatten sie Fritz gefunden und den Preußen eins ausgewischt.

So war es letzten Endes doch kein so schlechter Tag gewesen.

»Oha«, sagte Moussa, als sie das Château vor sich sahen. »Da ist dein Vater.« Er hatte ihn in der Zufahrt bei der Küchentür erblickt. Wenn es noch nicht spät genug für den Weg über das Dach war, pflegten sie hier ins Haus zu schlüpfen, wenn ihr Aussehen sie – wie heute – in Schwierigkeiten bringen konnte. Madame LeHavre, die Köchin, warf ihnen dann wohl einen mißbilligen Blick zu, aber sie verriet sie nie und ließ sie sogar die Hintertreppe hinaufschleichen, um sich zu waschen und umzuziehen. Diesmal aber klappte es nicht. Jules saß draußen auf einem Stuhl und versuchte seine Pfeife anzuzünden.

Sie näherten sich ihm so unauffällig, wie sie nur konnten, und hofften, er werde sie nicht beachten. Früher hätte er das auch nicht getan, aber das hatte sich geändert. Paul schaute auf den Boden neben dem Colonel und hoffte, er werde die Flasche nicht sehen, nicht diesmal. Das Herz sank ihm in die Hose, als er sie doch erblickte, und er wußte, es würde Ärger geben. Sein Vater war betrunken.

»Wo seid ihr gewesen?« Die Stimme des Colonels klang gereizt. Die Jungen ließen die Köpfe hängen und kamen schlurfend näher. Jules hing auf dem Stuhl, fast wie hindrapiert. Es war kalt, aber er saß ohne Jacke da und schien es nicht zu spüren. Seine Augen waren glasig und gerötet. Der Alkohol machte ihm die Zunge schwer und verstümmelte seine Sprache.

»Bloß unterwegs, Vater. Weiter nirgends.«

»Bloß unterwegs? Und dann seht ihr so aus? Wie Schweine seht ihr aus, wie dreckige Schweine! Wie könnt ihr es wagen, so nach Hause zu kommen? Blutverschmiert und schmutzig! Habt ihr keinen Stolz? Mach den Mund auf, Paul, und sieh mich an, wenn ich mit dir rede. Ich habe euch etwas gefragt.«

Paul wich seinem Blick aus und starrte zu Boden. Es war ihm ein Greuel, wenn sein Vater in diesem Zustand war. In letzter Zeit nahm dieser Greuel kein Ende, denn Jules war seit einem Monat ständig betrunken, und es wurde immer schlimmer. Seine Laune war miserabel, und manchmal trank er so viel, daß er die Besinnung verlor und mit dem Gesicht in den Teller fiel, am Eßtisch, vor den Augen Onkel Henris und Tante Serenas.

Einmal war er drei Tage verschwunden gewesen. Henri und Gascon hatten die Kutsche angespannt und waren in die Stadt gefahren, um ihn zu suchen. Es war schon spät gewesen, als sie ihn nach Hause gebracht hatten. Paul war aufgewacht und hatte oben an der Treppe gestanden und zugeschaut, wie sie sich bemühten, den Colonel in sein Schlafzimmer zu schaffen. Das ganze Haus hatte nach Erbrochenem gestunken.

Jules fauchte jeden im Château an und hatte einmal sogar Madame LeHavre in Tränen ausbrechen lassen, was beinahe unmöglich war, denn die Köchin war zäh wie ein Maultier und ließ sich von niemandem etwas gefallen. Aber Colonel de Vries konnte vernichtende Standpauken halten, und seine Grausamkeit blitzte hell und häufig auf. Es war eine Seite, die niemand an ihm kannte, und Paul bekam eine Heidenangst.

In letzter Zeit hatte er sich angewöhnt, Paul zu schlagen, wenn der Junge sich nicht schnell genug bewegte. Der kleinste Verstoß genügte, um ihn zu provozieren: wenn man zum Beispiel vergessen hatte, sich zu kämmen, oder wenn man ein paar Minuten zu spät kam, oder wenn man bei Tisch schmutzige Fingernägel hatte – Verstöße, die einem Jungen ein dutzendmal am Tag unterlaufen konnten. Dann schlug Jules mit dem Handrücken zu und lallte irgend etwas, und danach lief er rot an, wurde ganz still und ging davon. Aber daß es ihm leid tat, sagte er nie. Beim ersten Mal war der Schock so groß gewesen, daß Paul in Tränen ausgebrochen war, obwohl es nicht so sehr weh getan hatte. »Es tut mir leid, Vater, ich wollte ja nichts Unrechtes tun«, sagte er, obwohl er gar nichts getan hatte. Einmal sah Henri, wie Jules seinen Sohn schlug. Der Graf lief dunkel an und wollte einschreiten, aber dann hielt er sich zurück. Im Laufe der Jahre hatte er sich daran gewöhnt, in Jules' Abwesenheit für Paul den Ersatzvater zu spielen, und nach einer unausgesprochenen Vereinbarung mit Jules tat er alles Nötige für Paul, wenn Jules es nicht tun konnte. Aber wenn Jules zu Hause war, mischte Henri sich niemals in die Beziehung zwischen Vater und Sohn ein. Später hatte Paul sie dann streiten hören. Ihre Stimmen waren laut gewesen, und man hatte Glas klirren hören, aber alle Einzelheiten wurden von den geschlossenen Türen gedämpft.

Nach den ersten paar Zwischenfällen hatte Paul gelernt, daß es das Beste war, ihm ganz aus dem Weg zu gehen, zumindest bis zur Abenddämmerung, wenn der Alkohol den Colonel überwältigt hatte. Dann erschlaffte er. Seine Augen wurden schwer, sein Kopf hing herab. Er klammerte sich ans Bewußtsein, solange er konnte, und wurde für denjenigen, der ihm vielleicht zuhörte, immer unverständlicher. Und dann, ganz gleich, wo er war – im Sessel, am Tisch – nickte er ein und blieb in einer etwas verrenkten, unbequemen Position sitzen, bis jemand versuchte, ihn fortzubringen. Wenn er zu schwer war oder so leichenstarr, daß man ihn nicht von der Stelle schaffen konnte, dann blieb er dort laut schnarchend bis zum nächsten Morgen.

Paul wußte nicht, was er davon halten sollte. Es war so schnell gegangen, so vollständig. Sein Vater hatte das Trinken ebenso schnell angefangen, wie er in den Krieg gezogen war, mit der gleichen Tatkraft, mit der gleichen Entschlossenheit. Paul sah, wie er kalt und hart wurde, und die Art, wie Jules ihn anfauchte, ließ ihn sicher vermuten, daß er auf irgendeine Weise den Anlaß dazu gegeben hatte.

»Das geht vorbei«, sagten die Erwachsenen, wenn sie ihn aufmuntern wollten, aber in Wirklichkeit wußten sie nicht, was sie dem Jungen sagen sollten. »Er ist ein harter Mann, der Colonel«, sagte Gascon. »Er wird darüber wegkommen.« Serena musterte Jules mit stiller Wut, und einmal versuchte sie mit ihm über Paul zu sprechen. Aber der Augenblick, den sie sich dafür aussuchte, war denkbar schlecht. Er war betrunken. »Geh doch dahin zurück, wo du herkommst«, donnerte Jules sie an. »Steck deine Nase in einen Haufen Kamelscheiße. Davon verstehst du etwas.« Da schlug sie ihn so hart, daß ihr die Hand weh tat, aber er lachte nur und wankte davon. Niemand hatte es mit angesehen. Serena weinte allein. Sie wagte nicht, dem Grafen davon zu erzählen. Am nächsten Tag erinnerte Jules sich nicht mehr. »Er meint es nicht so«, sagte sie zu Paul. »Er ist nicht böse auf dich. Er ist krank.«

Elisabeth war fast nie mehr zu Hause, und wenn sie doch einmal kam, dann spät abends. Paul wußte es nicht genau, aber er glaubte, daß seine Eltern nicht mehr zusammen im selben Zimmer schliefen. Elisabeth sah, wie Jules verfiel, und sie hatte das Gefühl, sie müsse etwas zu Paul sagen, aber sie wußte nicht, wie sie es erklären sollte. »Das sind diese Artikel«, sagte sie und schob die Schuld auf die Zeitungen.

Die Presse hatte Jules bösartig behandelt. Sie hatte ihn seit dem Prozeß nicht einen Tag lang in Ruhe gelassen, sondern immerfort ihre Anschuldigungen hinaustrompetet: Einflußnahme, Bestechung, Korruption im berüchtigten Fall des Colonels, der Reißaus genommen hatte. Sie zerfleischten ihn auf ihren Titelseiten. Sie bekamen Delescluzes Brief in die Finger und druckten ihn ohne Kommentar. Der Ankläger versorgte sie mit Einzelheiten, die sie reichhaltig ausschmückten, bevor sie sie druckten.

Der Prozeß war ein Festessen für die Zeitungen: Die Meldungen darüber hatten wenig Konkurrenz von außen, weil die Hauptstadt ja vom Rest der Welt abgeschnitten war. Paris machte sich seine eigenen Nachrichten, und die Leute hatten nichts anderes zu tun als zu klatschen und zu klagen und die Zeitungen zu lesen, und die Zeitungen waren voll von seiner Geschichte. Sie besaß alle Elemente des Empörenden: der Lakai des Kaisers, weichlich und untüchtig im Feld, in taktischer Hinsicht ein Trottel, der sich nicht einen einzigen toten Preußen an die Fahne heften konnte, ein Deserteur, der dann von seinesgleichen protegiert worden war, seine Soldaten tot, er selbst ein freier Mann, seine Freiheit erkauft mit dem Geld des Grafen de Vries. Präziser wurden sie nicht, aber das brauchten sie auch nicht. Die Leute sahen ja selbst, in welche Katastrophe die Truppen des Kaisers das Land gestürzt hatten, und mit Attacken gegen das Militär waren sie ebenso schnell bei der Hand wie mit solchen gegen die Jesuiten und die Juden.

Jules' Bild erschien in fast jeder Ausgabe, bis sein Gesicht so bekannt war wie die Gesichter Gambettas und Trochus. Auf der Straße wurde er sofort erkannt und weggejagt wie ein tollwütiger Hund. Das Interesse an seiner Geschichte wurde noch verstärkt durch eine andere, die über einen einfachen Sergeanten namens Ignatius Hoff erzählt wurde. Dieser schlich sich nachts aus der Stadt zu den feindlichen Linien, schnitt den deutschen Wachtposten die Kehlen durch und kehrte dann mit ihren Helmen als Trophäen in die Stadt zurück. Man zählte seine Opfer sorgfältig: dreißig Mann allein im Monat November. Seine Erfolge waren Legende, der Kontrast unwiderstehlich. Paris liebte Hoff und verachtete de Vries, und die beiden Geschichten liefen wochenlang Seite an Seite.

Es hatte keine zehn Tage gedauert, bis Jules anfing, zur Flasche zu greifen. Da war er zum Château zurückgekehrt, nachdem er zum fünften oder sechsten Mal erfolglos versucht hatte, sich zu den Pariser Verteidigungsstreitkräften zu melden. Deren Brigaden waren schlecht ausgebildet und jämmerlich organisiert, und sie hätten einen Offizier wie Jules gut gebrauchen können. »Sie wollen mich nicht.« Das war alles, was er sagte, als er nach Hause kam. »Sie wollen mich nicht haben.« Dann putzte er sich den Dreck von der Uniform – Eier oder Schlimmeres –, mit dem sie ihn beworfen hatten, die stolzen Männer der Verteidigungstruppen. Und dann ertränkte er sich in seinem Rum.

Paul tat sein Bestes, das alles von sich fernzuhalten und so zu tun, als passierte es gar nicht, und sein Herz klammerte sich an die Hoffnung, daß es bald vorbei sein werde. Er hatte erlebt, wie seine Mutter aus ihrem Panzer herausgekommen war, als Jules im Gefängnis saß, und er erwartete, daß es mit seinem Vater genauso gehen würde. Wenn er morgens aufwachte, fing er immer wieder von vorn an, konnte es nicht erwarten, seinen Vater zu sehen, zu sehen, ob das Unwetter verzogen war und ob er wieder seinen Säbel polieren oder ihm sonst einen Gefallen tun könnte. Aber der erste Blick von Jules am Morgen ließ diese Hoffnung rasch ersterben. Paul sah an den wütenden Augen, daß dieser Tag nicht anders werden würde als der Tag zuvor und der Tag davor.

Jetzt aber war es früh am Abend, die gefürchtete Zeit, da die Furien des Colonels am heftigsten wüteten. Jules' Zorn gegen Paul flackerte auf, weil der Junge zu spät kam und weil er zerzaust und abgerissen nach Hause kam.

»Es tut mir leid, Vater«, sagte Paul. »Wir haben gespielt, in einem …«

»Mund halten! Ich will nichts hören von euren Belustigungen! Die Stadt ist umzingelt von den Preußen, die Leute verhungern allmählich, und ihr spielt! Spielt! Wo ist euer Respekt? Wo ist eure Ehre?« Einen langen, glutheißen Augenblick lang widerstand Paul seiner vernichtenden Verachtung. Moussa stand hilflos daneben – er teilte die Standpauke mit Paul und teilte sie doch nicht, denn Paul saß sehr viel tiefer in der Tinte als er. Er wünschte, er könnte gehen oder etwas tun, um zu helfen. Jetzt wußte er, wie Paul sich fühlte, wenn er dasitzen und zuschauen mußte, während Schwester Godrick sich mit Moussa befaßte. Nonnen und Colonels lernen aus denselben Büchern, wie man mit Leuten redet, dachte er.

Da vergaß Paul sich in seinem Bemühen, den ungünstigen Eindruck zu zerstreuen, den ihre nachmittäglichen Unternehmungen auf seinen Vater machten, und er brach das Versprechen, daß er und Moussa einander gegeben hatten. »Warten Sie doch, Vater«, rief er, »Sie verstehen ja nicht. Wir waren in den Gängen unter der Stadt. Wir haben ein paar Preußen gesehen, in einer Höhle. Wir haben einem von ihnen ins Auge geschossen und ihn verletzt. Schlimm verletzt. Der muß nach Hause, Vater! Wir haben geholfen, wirklich, wir haben geholfen!«

Der Colonel verdaute diese Worte nur teilweise. Mit wackligen Beinen erhob er sich von seinem Stuhl. Sein Gesicht hatte sich gerötet, während er die Geschichte hörte, seine Augen wurden schmal, und er biß die Zähne zusammen. Seine Hände zitterten, und er ließ die Pfeife zu Boden fallen.

»Du auch?« sagte er. »Du willst mich demütigen? Mein eigener Sohn will mir zeigen, wie ein Mann gegen die Preußen kämpft? Und das mit so einem wilden Märchen? Ein Zehnjähriger, der tut, was der Colonel nicht vermochte? Wie kannst ... du es ... wagen ...« Die Worte gingen ihm aus, und sein Mund klappte in sprachloser Wut auf und zu. »Du kleiner Bastard!« brachte er schließlich hervor. Seine Hand schlug zu und traf Paul an der Wange. Paul fiel zu Boden und hob die Hände, als wolle er einen weiteren Schlag abwehren. Seine Wange leuchtete rot, wo Jules ihn geschlagen hatte. »Nein, Vater, bitte, das stimmt nicht. So habe ich es nicht gemeint. Es ist nicht gelogen! Fragen Sie Moussa. Wir haben es getan, wirklich! Ich dachte, Sie wären stolz auf mich!«

Jules hörte nicht mehr zu. Sein Blick war auf das Tuchbündel gerichtet, das Paul bei seinem Sturz hatte fallen lassen. Der Lappen war aufgegangen, und ein Stück des Schädels lugte hervor. Jules bückte sich unsicher und hob ihn auf. Moussa trat vor, als wollte er ihm den Schädel abnehmen, aber dann wagte er es nicht. Jules betrachtete den Totenkopf mit einer Mischung aus Spott und Verachtung. »Und das ist vermutlich der, den ihr umgebracht habt?« sagte er und nahm den Schädel aus seiner Verpackung. »Mein Gott, Paul, was habt ihr Jungen nur getrieben? Seit wann raubt ihr Gräber aus?« Und er schleuderte den Schädel von sich. Moussa und Paul schauten hilflos und traurig zu, wie Fritz an die steinerne Hauswand prallte. Er war alt und trocken und zersprang in tausend Stücke. Nur der Kiefer landete heil auf der Erde.

Fritz lächelte immer noch.

13.

Nach drei Monaten mit Schwester Godrick und der vierten Klasse lernte Moussa allmählich, mit der Hölle in der Schule zu leben. Sein Dasein, schätzte er, war etwa das gleiche wie das eines Soldaten auf der Festungsmauer, der den Kugeln auswich und Kartätschen fraß. Ihm war, als habe er die Nonne inzwischen verstanden – als habe er zu einer prekären Koexistenz mit ihr gefunden und bringe sie allmählich unter Kontrolle. Noch immer war das Verhältnis zwischen ihnen erfüllt von Feuerwerk, Reibungen und Wettkämpfen in Willenskraft, aber er bildete sich ein, daß er ebensoviel austeilte, wie er einstecken mußte, und manchmal, in kleinen Dingen, sah er sich sogar als Sieger. Er wußte, daß er die Versetzung am Ende des Schuljahres nicht schaffen würde, denn sie weigerte sich immer noch, die Arbeiten zu benoten, die er mit »Moussa« überschrieb, und das waren alle. Aber er hatte beschlossen, seinen Vater dazu zu überreden, ihn überhaupt von der Schule zu nehmen. Sie waren reich, das wußte er – sehr reich, und es schien ihm wenig sinnvoll zu sein, weiter in die Schule von St. Paul zu gehen. Er konnte sich eine Schule kaufen und die Lehrer einstellen, die er haben wollte. Es gab da noch ein paar Details auszuarbeiten, was die Formulierungen und die Logik anging, die er gegenüber dem Grafen anwenden würde, aber er war sicher, daß ihm dazu noch das Nötige einfallen würde. Die Zeit wurde knapp. In einem Monat gäbe es Zeugnisse, und es käme der Tag der Abrechnung vor dem Grafen.

Mit Ausnahme von Pierre ließen die Jungen in seiner Klasse ihn in Ruhe, seitdem er die Prügel wegen der Schlange bezogen hatte. Sie haßten und mieden ihn, zollten ihm aber widerwillig Respekt für die Art und Weise, wie er die Strafe auf sich genommen hatte und wie er Schwester Godrick die Stirn bot. Sie wußten, daß sie selbst es so nicht gekonnt hätten, und was vielleicht noch wichtiger war: Sie wußten, daß er sie immer noch verprügeln konnte.

Von der Gewißheit des Sitzenbleibens abgesehen, lief es daher in seinen Augen im Großen und Ganzen wie jedes andere Jahr in der Schule. Er wußte, daß er es überstehen würde, und im Laufe der Wochen fand er sogar zu einer gewissen Zufriedenheit.

Doch dann entdeckte Schwester Godrick das Amulett.

Sie sprach mit der Klasse das Tagesgebet: Als erstes flehte sie den Allmächtigen an, er möge die jungen Seelen von St. Paul behüten, und zweitens, er solle die Preußen erschlagen, die noch immer die Stadttore belagerten. Es war ein gutes Gebet, fand Moussa – allerdings fand er auch, wenn Schwester Godricks Beziehungen wirklich so gut gewesen wären, wie sie immer vorgab, dann hätte der Feind schon längst alle viere von sich strecken müssen. Während sie betete, hielt er den Kopf gesenkt, aber seine Augen waren offen wie immer. Das war einer seiner kleinen Siege, und einer der ihren. Wenn er die Augen nicht schloß, den Kopf aber senkte, hatte sie das Gefühl, dem Herrn sei hinreichend Respekt erwiesen, und er hatte das Gefühl, ihm sei hinreichende Freiheit gewährt. Ohne darüber zu sprechen, hatten sie sich auf diesen Kompromiß geeinigt. Des Tages Arbeit nicht mit einem Gebet *und* einer Tracht Prügel zu beginnen, kam ihnen beiden entgegen.

Moussa hatte sich an diesem Morgen hastig angezogen, und das Amulett hing außen über seinem Hemd. Während des Gebets spielte er geistesabwesend damit.

Wack!

Er schrak auf, seine Tagträume zerbarsten. Das Paddel hatte noch immer die Wucht eines Donnerschlags, wenn sie es benutzte.

»Und womit spielst du da während des Gebets, Michel?« fragte Schwester Godrick und stieß mit dem Paddel an das Amulett.

Moussa wich zurück. Sie hatte kein Recht, es zu berühren. »Das ist nichts, Schwester«, sagte er und wollte es rasch unter sein Hemd schieben, aber sie packte die Schnur in seinem Nacken und zog daran, so daß er es nicht konnte.

»Das ist nicht ›nichts‹, Michel. Ich bin nicht dumm, und durch die Gnade Gottes bin ich auch noch nicht blind. Ich kann es deutlich sehen. Ich habe dich gefragt, was es ist, und du wirst es mir sagen.«

»Es ist mein Amulett, Schwester.«

»Ah, ein Amulett! Firlefanz für Ungläubige. Und welches Übel wird durch dieses Amulett abgewehrt, Michel?«

»Es ... ich weiß es nicht, Schwester. Es bringt Glück, weiter nichts.«

»Glück!« Ihr Tonfall troff von Verachtung. »Gib es mir.«

Moussa wurde rot, und sein Herz fing an zu rasen. Wieso hatte er es nicht dahin getan, wo es hingehörte? Und was ging es sie überhaupt an? Wieso ließ sie ihn nicht in Ruhe? »Es ist meins, Schwester. Es gehört mir. Ich brauche es. Ich nehme es nicht ab, nie. Es hat mir das Leben gerettet.«

»Ach ja? Dann hat dieses bemerkenswerte Amulett gottähnliche Kräfte?«

»Es hat mir das Leben gerettet, Schwester.«

»Gib es mir.«

»Nein!« Er konnte nicht glauben, daß es so weit kommen sollte. Alles, aber nicht das Amulett. Er sprang von seiner Bank hoch und wollte zur Tür rennen, aber sie packte ihn bei der Schulter und drückte ihn grob nieder. Sie legte das Paddel hin und griff mit der freien Hand nach dem Amulett. Moussa wand sich, und sein Gesicht war rot vor Qual. Er hielt es fest, sie zerrte – aber dann ließ er los, weil er fürchtete, sie könnte es sonst kaputtmachen.

Schwester Godrick hielt es hoch, damit die Klasse es sehen konnte. Es baumelte an ihrer Hand, eine dunkle Lederschnur mit einem Beutel, der ringsum zugenäht war und den Inhalt verbarg. Für sie war es ein Werkzeug der Teufelsanbetung, ein heidnisches Opfer für falsche Götter, ein Zierat des Bösen, der zu Voodoo-Ritualen und wilden Beschwörungen gehörte. Und das Schlimmste war: Es leugnete unverblümt die Macht des Allmächtigen. So etwas hatte keinen Platz unter zivilisierten Seelen, wo aufgeklärte Menschen an Gott glaubten. Das Blut erstarrte in ihren Adern ob solcher Gewißheit.

»Dies ist ein Greuel vor den Augen des Herrn«, erklärte sie mit anschwellender Stimme. »Es ist ein Verstoß gegen seine Gebote. Es ist ein Sakrileg. Es gibt nur eine Kirche und nur einen wahren Gott, und dies« – sie schüttelte es in der Faust – »dies ist *nicht* sein Sakrament. Michel hat seine unsterbliche Seele aufs Spiel gesetzt, indem er es trug, indem er ihm falsche Kräfte zuschrieb und indem er es unter uns brachte.«

Moussa starrte wie gebannt auf ihre Faust. In verzweifelter Angst wartete er, was sie damit tun würde.

Anders als Moussa hatte Schwester Godrick sich nicht mit dem

Status quo abgefunden, und sie war auch nicht bereit, die Dinge einfach so weitergehen zu lassen, wie sie gingen. Wenn es auch längere Abschnitte des Friedens zwischen ihnen gegeben hatte, so wußte sie doch, daß der Junge noch lange nicht gebrochen war. Er war immer noch das Lamm Gottes mit einer Krankheit, die sich in ihrer ganzen Herde ausbreiten konnte. Die Unabhängigkeit strömte durch seine Adern wie ein Gift, das für sie so schädlich war wie der Atemhauch des Bösen selbst. Sie war bereit gewesen, das Amulett an Ort und Stelle zu vernichten, die Schere hervorzuholen und es vor den Augen der Klasse in kleine Stücke zu zerschneiden. Aber dann sah sie Moussas Gesichtsausdruck, und sofort wurde ihr klar, daß sie hier das Werkzeug zur Unterwerfung seines Willens in der Hand hielt. Seine Augen zeigten eine Verwundbarkeit wie nie zuvor bei Strafe oder Drohung. Sie erkannte, daß ihm das Amulett mehr bedeutete als alles andere. Sie ließ ihn los und ging zu ihrem Katheder. Dort nahm sie einen Bogen Papier und zeichnete hastig ein Bild. Dann drehte sie sich um und trat an die Tafel, aus der ein paar Nägel ragten, an denen man Schautafeln aufhängen konnte. Sie drückte das Bild auf einen dieser Nägel. Es war ein grobes Bildnis des Satans, und der Nagel ragte aus seiner Stirn. Dann hängte sie das Amulett ebenfalls daran, so daß es aussah, als hänge es um den Hals des Teufels. Zufrieden mit ihrem Werk, wandte sie sich wieder der Klasse zu.

»Die Münze, welche nicht trägt das Abbild des himmlischen Fürsten, hat keinen Platz in seinem Königreich«, verkündete sie würdevoll. »Die Werke des Menschen, denen nicht eingeprägt ist der Stempel der Liebe zu Gott, haben keinen Wert im Himmel. Dies ist ein Werk der Blasphemie, der Magie und der Zauberei, und es hat keinen Platz in diesem Leben. Es ist ein Zeichen der Schwäche, der Unterwerfung unter das Böse. Hier seht ihr es am richtigen Halse hängen, und ihr werdet euch merken, daß diese beiden zusammengehören. Und in den Wochen, da es nun dort hängen wird, werdet ihr Michel beobachten und feststellen, daß er es nicht braucht, um Glück zu haben, wie er glaubt. Man braucht kein Glück, wenn man den Herrn hat.«

Sie öffnete ihre Kathederschublade. Bevor sie die Hand hineinschob, warf sie einen vorsichtigen Blick hinein, wie sie es jetzt immer tat, wenn sie die Schublade öffnete, und dann nahm sie einen kleinen Rosenkranz heraus. Damit ging sie zu Moussa. »Müßige Hände, die eine Beschäftigung brauchen, können nichts Besseres finden als das hier, Michel«, sagte sie. »Diese Lektion wirst du lernen, und eines Tages wirst du dem Herrn danken für sein Licht.«

Er machte keine Anstalten, den Rosenkranz von ihr ihn Empfang zu nehmen. Sie legte ihn auf sein Pult und wandte sich ab. Es war Zeit für die übrigen Lektionen des Tages.

Schwester Godrick hätte Moussa nicht härter treffen können, wenn sie ihm einen Speer ins Herz gebohrt hätte. Den Rest des Tages saß er dumpf in seiner Bank, vernichtet und starr vor Schrecken. Sie hatte ihm seinen Schutz genommen, den Schild, der ihn beschirmte vor einer feindseligen Welt. Das Amulett hatte ihn vor dem Keiler gerettet und vor den französischen Kugeln, vor Fieber und Unfällen und vor vielem anderen. Es enthielt den Geist und das Wohlwollen seines Onkels, eines Mannes, den er nie gesehen hatte. Seine Mutter hatte ihm von dem Amenokal erzählt, und Moussa sah einen großen und mächtigen Mann vor sich, gerecht und weise. Ein solcher Mann hätte ihm niemals das Amulett gegeben, wenn er nicht sicher wäre, daß es wirkte. Moussa glaubte so fest an seine Kraft, wie er wußte, daß am nächsten Morgen die Sonne aufgehen würde. Nie hatte er angenommen, daß Gott darin sitze oder daß es bedeute, der Gott, der in St. Paul zuständig war, sei schlecht. Er wußte nicht, warum es wirkte, nur, *daß* es wirkte, und jetzt hatte sie es ihm weggenommen, und er hatte Angst.

In der Pause blieb er an seinem Pult sitzen und ging nicht hinaus, bis sie ihn zwang, und auch dann blieb er dicht vor der Tür. Er wollte nicht dahin, wo die anderen Jungen waren. Er fühlte sich nackt. Er schaute in die Klasse, um sich zu vergewissern, daß es noch dort hing. Er hatte verzweifelte Angst, sie könnte es wegwerfen, wenn er nicht hinschaute, und dann wäre es fort, und er wüßte nicht, wo. Im Unterricht paßte er nicht mehr auf. Sie redete, und er hörte nichts. Sie gab Befehle, und Paul mußte ihn anstoßen, damit er sie ausführte. Das Amulett hing beim Teufel, und Moussa überlegte sich, was er tun sollte.

Nach der Schule wartete er, bis die andern gegangen waren, und es war einer der bisher schwersten Augenblicke in seinem kurzen Leben, als er zu Schwester Godrick trat, die schreibend an ihrem Tisch saß.

»Ja, Michel?« fragte sie, ohne aufzublicken. »Was willst du?«

»Schwester, es tut mir leid, daß ich das Amulett mit in die Schule gebracht habe.«

»Mir auch.« Ihr Ton war schneidend.

»Schwester, wenn ich es mit nach Hause nehmen darf, dann verspreche ich, daß ich es nie wieder tragen werde und daß ich es auch nicht wieder mitbringe ...« Sein Tonfall war so flehentlich, so verzweifelt, wie sie es noch nie gehört hatte. Sie war entzückt. Ihre Einschätzung war richtig gewesen. Sie hatte seine schwache Stelle gefunden.

»Knie nieder, Michel«, befahl sie. »Senke den Kopf. Und schließe die Augen.«

Er hatte erwartet, daß sie so etwas tun würde, und er sagte sich, sie würde sich schon erweichen lassen, wenn er gehorchte. Er zögerte kurz, damit es aussähe, als müsse er sich noch entschließen, aber sein Entschluß stand schon fest. Er fiel auf die Knie und schloß die Augen. Dann stützte er die Ellenbogen aufs Katheder und faltete die Hände.

»Laß uns beten.« Sie betete mit ihm das Vaterunser und danach das Sündenbekenntnis. Er wiederholte, was sie ihm vorsprach, und versprach auch, nicht wieder zu sündigen. Dann befahl sie ihm, selbst laut ein Gebet zu sprechen, ein Gebet, das er selbst gemacht habe. Er war verlegen und hatte Mühe, Worte zu finden. Er hatte sich kein Gebet mehr ausgedacht, seit er aufgehört hatte zu beten, und noch nie hatte er ein selbsterdachtes Gebet jemand anderem vorgesprochen.

»Vater, verzeih mir meine Sünden«, begann er. Das war noch einfach, denn mit diesen Worten fingen viele Gebete an. »Ich weiß, daß es unrecht war, das Amulett mit in die Schule zu bringen. Nach St. Paul, meine ich. Ich weiß, es ist dein Haus, und ich habe es nicht böse gemeint. Ich habe meine Lektion gelernt, lieber Gott, und ich verspreche dir, daß ich es nie wieder tun werde ...« Er sagte nicht: » ... wenn du nur machst, daß sie es mir zurückgibt.« Er wollte es nicht allzu offensichtlich machen. Sie war ja schließlich nicht dumm. Sie war nur eine Nonne.

Als er fertig war, hätte er fast etwas vergessen: »Im Namen Jesu, Amen«, sagte er hastig.

»Amen«, wiederholte Schwester Godrick. Er öffnete die Augen. Sie waren voller Hoffnung darauf, daß nun alles in Ordnung wäre.

»Darf ich es jetzt zurückhaben, Schwester?«

»Du hast noch einen weiten Weg zurückzulegen, Michel, auf der Straße zum göttlichen Heil. Ich finde deine Worte selbstsüchtig und deine Beweggründe durchsichtig. Dein Stolz ist dir teurer als deine Seele, die doch in Lebensgefahr schwebt.« Sie erhob sich und entließ ihn mit eisiger Handbewegung. »Das Amulett bleibt, wo es ist.«

»Schwester, bitte«, flehte er mit zitternder Stimme. »Ich werde alles tun, was Sie verlangen.«

»Es geht nicht um das, was ich von dir verlange, Michel, sondern um das, was Gott verlangt. Wenn du das begriffen hast, und wenn du es wirklich weißt, werde ich es merken. Dann werde ich dir das Amulett zurückgeben, und du wirst es selbst zerstören. Und jetzt geh. Ich habe zu tun.«

Er schüttelte den Kopf und versuchte, das alles zu verdauen. Er fühlte sich betrogen und voller Haß. Zitternd vor Zorn erhob er sich von den Knien. »Sie haben mich getäuscht! Sie sind schlimmer als der Teufel! Ich hasse Sie! Ich hasse Sie!« Sie zuckte nicht mit der Wimper. Ihr Blick war durchdringend, kalt und fest, und sie wußte, sie hatte ihn in der Hand. Jetzt würde es nicht mehr lange dauern, bis er den Weg des Herrn einschlüge.

Moussa rannte aus dem Klassenzimmer, blind vor Tränen der Wut, und er nahm sich abwechselnd vor, sie umzubringen, das Amulett zu stehlen oder die Kathedrale niederzubrennen, wenn es sein müßte. Er wußte nicht, was er tun sollte. Er wollte sterben.

14.

»Sie leben unter Schakalen. Sie werden Sie vergessen, sie werden sich auf Sie stürzen und Sie bei lebendigem Leibe auffressen.«

Jede Nacht kam Delescluze zu ihm und verspottete und verhöhnte ihn. Und jede Nacht sagte er es wieder: »Ihre Welt ist erledigt.« Der Colonel lachte über diese absurde Idee – er fühlte sich sicher in seinem Reich, und furchtlos und ungläubig spuckte er ihm ins Gesicht. Eine Windbö kam auf, drehte den Speichel in der Luft herum und ließ ihn auf Jules' eigene Wange klatschen. Delescluze brüllte vor Lachen, als er es sah. »Das steht Ihnen so gut, Colonel.«

Er erwachte in einem immer wiederkehrenden Nebel des Schmerzes. In seinem Kopf kreischte, in seinen Schläfen pochte es. Seine Zunge war geschwollen. Mund und Kehle waren trocken und von einem abscheulichen Geschmack erfüllt. Er preßte die Augen zu, und ihm graute vor dem neuen Tag. Er hatte keine Lust, ihm in die Augen zu sehen. Seine Tage waren eiternde Wunden, die ineinander verliefen, der eine in den andern, der letzte in den nächsten, und morgen war das gleiche wie gestern, und heute steckte genauso dazwischen. Das Aufwachen war der schlimmste Teil des Tages. Im Zimmer war es dunkel. Er war jetzt allein, die andere Hälfte des Bettes war leer. War Elisabeth dagewesen? Er wußte es nicht. Er bezweifelte es aber. Sie schlief nicht mehr im gemeinsamen Bett. Er war nicht sicher, ob sie wenigstens im Château schlief. Aber es war auch gleichgültig.

Er brachte sich schwerfällig in eine sitzende Position, und mit großer Anstrengung stand er auf. Zu schnell. Zu schwindlig. Er setzte sich wieder und nahm den Kopf in beide Hände. Wie konnte es nur so weh tun? Er hatte keine Ahnung, wieviel er am Abend zuvor getrunken hatte. Wo war er gewesen? Zu Hause? Fort? War jemand bei ihm gewesen? Verschwommene Erinnerungen an Paul und an das Abendessen. Nein, das war vorgestern gewesen. Jemand schrie, jemandes Gesicht vor seinem, und er war zornig geworden und – hatte er jemanden verletzt? Er glaubte es nicht. Aber er wußte es nicht. Das war das Schlimmste daran:

nicht zu wissen, ob der Wilde zugeschlagen hatte oder nicht. Er konnte sich nicht vorstellen, jemanden aus seiner Familie zu schlagen. So zornig er im Laufe der Jahre auch zuweilen gewesen war, immer hatte er sein Temperament unter Kontrolle gehabt, säuberlich zugeknöpft und verstaut, und wenn es einmal zuviel geworden war, hatte er es immer noch an seinen Leuten auslassen können. Aber selbst sie hatten niemals seinen Handrücken zu spüren bekommen. Für sie hatte es zusätzlichen Drill bedeutet, gekürzte Rationen – oder sie hatten die ganze Nacht im Regen draußen stehen müssen. Ihn schauderte, denn er spürte es tief drinnen in seiner Seele: Er hatte Paul geschlagen. Er wußte es. Er erinnerte sich nicht daran, wie es geschehen war, sah die Details nicht vor sich, aber er wußte, er hatte es getan. Was im Namen aller Vernunft konnte ihn dazu bringen, Paul zu schlagen? Nichts, überhaupt nichts, aber er wurde so wütend, und er gab seiner Wut Schnaps zu trinken, und der Schnaps übernahm das Kommando, und dann konnte er sich nicht mehr zügeln, wußte nicht mehr, wie ihm geschah. Da war ein Fremder in ihm, ein Fremder, der in der Flasche lebte und mit dem Schnaps herauskam, ein Fremder mit einem Gesicht voller Zorn und mit starken Händen und einem schrecklichen Gift, und die Wut dieses Fremden nahm zu, bis sie blind wurde, und dann konnte nichts auf der Welt sie mehr aufhalten.

Wenn er bei klarem Bewußtsein war, fühlte er sich alt, müde und verloren. Selbst einfache Dinge – sich anzuziehen, zu essen, sich zu kämmen – kosteten ihn Mühe. Sein Appetit, der doch immer so gesund gewesen war, hatte ihn verlassen. Er irrte im Haus umher und ging in Zimmer, ohne zu wissen, was er dort wollte. Er blätterte in Henris Kontobüchern, aber die Seiten verschwammen vor seinen Augen, die Positionen blieben unverständlich. Er starrte auf die Etiketten an Gläsern und Krügen in der Speisekammer. Er saß auf dem Stuhl und lauschte den Eichhörnchen, die auf dem Dach umherrannten.

Wann immer er konnte, ging er seinem Sohn aus dem Weg. Zwar sehnte er sich verzweifelt nach seiner Gesellschaft, aber er konnte nicht damit umgehen. Er konnte mit Paul nicht reden. Er hatte keine Ahnung, was er dem Jungen sagen sollte. Eigentlich wußte er es schon seit Jahren nicht, und die Worte waren immer nur als dünnes Rinnsal über seine Lippen gekommen, aber jetzt war dieses Rinnsal vollends versiegt, und wenn ihre Blicke sich trafen, war es der Vater, der Fremde, der die Augen als erster niederschlug. Und jedesmal, wenn das geschah, verstärkte sich das Gefühl dadurch, und beim nächsten Mal war es dann noch schlimmer. Und es war das schrecklichste aller Gefühle, stumm und beschämt vor seinem eigenen Sohn zu stehen.

Er saß auf dem Bett und übergab sich. Ganz unvermittelt stieg ihm die Galle in die Kehle. Er stand zu schnell auf und taumelte die paar Schritte zum Nachttopf, um dort auf die Knie zu fallen und den Topf mit beiden Armen zu umschlingen. Er hielt das Gesicht über die Öffnung und erbrach sich wieder und wieder, würgte einen scheußlichen gelben Schleim hervor, der nicht aufhören, ihn nicht in Frieden lassen wollte, sondern seine Gedärme zerfleischte und ihn husten und keuchen ließ. Schließlich lehnte er die Wange an das kühle Messing, bis das Elend vorüber war. Dann stemmte er sich hoch und goß Wasser in eine Schüssel, um sich zu säubern. Das Wasser wirkte lindernd, aber nichts konnte seine Qual diesmal wirklich auslöschen. Er wußte nicht einmal mehr, ob es der Zeit gelingen würde.

Er sah, daß die Vorhänge nicht zugezogen waren. Draußen war es noch Nacht. Im Château war es still. Erschöpft kehrte er in sein Bett zurück, und da sah er das zerknüllte Papier auf der Kommode. In einer Woge des Grauens kam alles zurückgeflutet, und er erinnerte sich an den vergangenen Abend, zumindest teilweise, und wieder wallte die Verzweiflung in ihm auf. Am liebsten hätte er laut aufgeheult, aber er hatte keine Laute mehr für seine Qual, das alles war aus ihm entwichen und hatte ihn ausgedörrt zurückgelassen.

Elisabeth würde nicht mehr kommen. Nicht heute nacht und überhaupt nie mehr. Er hatte herausgefunden, was sie getan hatte. Er hatte in einem Wandschrank nach einer seiner Flaschen gesucht und dabei eine Schachtel mit Papieren umgestoßen. Eines hatte in leuchtend rotem Wachs das Siegel der Diözese getragen, und als er seinen Namen darauf gesehen hatte, da hatte er es gelesen. Er war schon nicht mehr nüchtern gewesen, und es dauerte ein paar Augenblicke, bis er sicher war, daß er alles richtig begriffen hatte. Er las es wieder und wieder, bis kein Irrtum mehr möglich war. Eine außergewöhnliche Summe Geldes war seitens der Kirche zu zahlen, solange Jules und Elisabeth de Vries lebten, und die Hälfte davon an Paul, sollten beide sterben.

Als Elisabeth hereinkam, zeigte er ihr das Dokument. Sie erbleichte, als sie es sah, und riß es ihm aus der Hand.

»Das ist nichts, worüber Sie sich den Kopf zerbrechen müßten, mein Lieber«, sagte sie leichthin. »Sie haben genug Sorgen. Ich werde mich darum kümmern« – und sie wandte sich zum Gehen.

»Sag mir nicht, es ist nichts, worüber ich mir den Kopf zerbrechen soll«, donnerte Jules. »Ich habe es gelesen. Ich habe ein Recht darauf, Bescheid zu wissen.«

»Sie sind so schwierig, wenn Sie getrunken haben«, sagte sie in der Hoffnung, ihn damit loszuwerden, und wieder wollte sie hinausgehen, aber er packte sie bei der Schulter und riß sie herum.

»So wirst du mich nicht behandeln. Ich bin nicht zu betrunken, um zu begreifen, daß mit diesem Papier etwas nicht in Ordnung ist. Sag mir, was es damit auf sich hat!«

Elisabeth seufzte. Er hatte es entdeckt. Sie hatte gewußt, daß es passieren würde, früher oder später. Und nun war es eben früher passiert. »Also gut«, sagte sie. »Du hast recht. Du hast ein Recht darauf zu wissen, was man für dich getan hat.« Sie setzte sich auf das Bett und erzählte ihm in aller Ruhe von ihrem Handel mit dem Bischof. Leichthin und sachlich berichtete sie alles. Jules war so verdattert, daß er seine Flasche vergaß und sich in einen Sessel fallen ließ. Lange Zeit war er sprachlos, während er versuchte, alles zu verdauen.

»Wie konntest du das Henri antun?« fragte er schließlich. »Wie konntest du? Er ist unsere Familie. Er hat uns ein Heim gegeben.«

»Er hat nichts für uns getan. Dies ist dein Vaterhaus. Wie gnädig, daß dein Bruder sich herbeiläßt, es mit dir und deiner Familie zu teilen. Er verfügt über ein Familienvermögen, das er nicht verdient hat. Was für ein großartiger, guter und nobler Mann er ist, dein Bruder.« Das alles hatte sie sich schon so oft gesagt, daß es die Wucht der absoluten Gewißheit besaß, und ihre Stimme war bitter und troff von Sarkasmus.

»Er ist der Graf. Es gehört alles von Rechts wegen ihm. Das weißt du.«

»Ich weiß nur, daß du einen schrecklichen Schlamassel angerichtet hast, Jules, und daß du wegen Desertion im Gefängnis und vor Gericht warst. Was ich getan habe, habe ich getan, um dich da herauszuholen. Ich habe es für unsere Familie getan. Für *unsere* Familie.«

»Henri ist unsere Familie«, sagte Jules dumpf.

»Deine Familie vielleicht. Aber er hat nichts für mich oder für Paul getan. Außerdem kann er sich leisten, was geschehen ist. Es macht kaum ein Jota Unterschied für ihn, aber es ist die Welt für uns.«

»Warum hast du ihn nicht einfach gefragt? Er hätte doch alles getan. Natürlich hätte er geholfen. Er hat alles für mich getan, was in seiner Macht stand.«

Elisabeth lachte verächtlich. »Er ist schwach, Jules. Er tut nichts, was sich nicht schickt. Er stinkt nach Recht und Ordnung. Nie wäre er eingeschritten, um dich vor dem Erschießungskommando zu retten, wie ich es getan habe: wie es getan werden mußte. Mon Dieu, Jules, er verließ sich darauf, daß die Gerechtigkeit für deine Freiheit sorgen würde. Er war blind für das, was geschah. Wäre dir das Erschießungskommando lieber gewesen? Ich habe getan, was getan werden mußte. Dein Bruder hat Anwälte engagiert, aber *ich* habe dich gerettet. Und dabei habe ich noch für unsere Zukunft gesorgt. Das habe ich für uns getan, Jules. Siehst du das nicht? Weißt du es nicht? Ich will, daß wir wieder vollständig sind. Ich will, daß wir frei sind. Ich will, daß unsere Familie hat, was sie verdient.«

Sie stand auf und kam durch das Zimmer, kniete vor ihm nieder und wollte ihre Arme um ihn legen, damit er guthieß, was sie getan hatte.

Wild stieß er sie von sich. Er taumelte unter ihren Offenbarungen, nicht zuletzt, weil sie es gewesen war, die seine Freiheit erkauft hatte. Sie hatte seinen Glauben daran zerschmettert, daß er freigesprochen worden war, weil es so rechtens war, weil die Anklage lächerlich war, weil er unschuldig war. Die schäbigen Behauptungen der Presse und des Volkes stimmten: Der Freispruch war gekauft. Jules hatte sich sein Leben lang an die Regeln gehalten. Er mochte steif oder gestelzt erscheinen, aber es hatte keine unscharfen Ränder gegeben. Und jetzt zitterte er ob seiner eigenen Naivität. Er kannte nichts von dieser Welt und niemanden darin.

»Glaubst du, das könnte ich hinnehmen? Hast du geglaubt, ich würde mich von meinem eigenen Bruder abwenden?«

»Ich habe nur geglaubt, dir liegt etwas an deiner Frau und deinem Sohn, Jules.«

»Mein Gott, Elisabeth.« Er schaute sie unter schweren Lidern an. Seine Schultern hingen herab, und er sackte in seinem Sessel zusammen. »Ich hatte keine Ahnung. Du hast immer im Halbdunkel gearbeitet, hast immer versucht, deinen Kopf durchzusetzen, immer deine kleinen Intrigen mit der Welt gesponnen. Ich habe dir selbst freie Hand dazu gelassen, so oft, daß ich mich nicht mehr erinnern kann. Irgendwie war es einfacher als zu kämpfen. Und es war ja immer harmlos. Aber das hier ... das war böse, was du da getan hast. Wirklich böse. Ich weiß ehrlich nicht, was mich mehr bestürzt: herauszufinden, daß du zu so etwas fähig bist, oder zu erkennen, wie dumm ich bin.« Betrübt schüttelte er den Kopf. »Natürlich werde ich es Henri sagen. Was du getan hast, muß man ungeschehen machen.«

Seine Stimme ließ erkennen, daß dieser Entschluß endgültig war: An seinem Tonfall gab es nichts zu deuten. Er war entschlossen, und er würde nicht wanken. Elisabeth wußte, daß sie verloren hatte; weiteres argumentieren wäre vergeblich.

»Du schadest damit deinem Sohn und deiner Frau.«

»Du bist nicht meine Frau, Elisabeth. Meine Frau ist vor langer Zeit gestorben, und ich habe es nie gemerkt. Für meinen Sohn werde ich sorgen, wie ich es immer getan habe. Er wird nicht reich sein, aber es wird ihm gutgehen, trotz allem, trotz dem, was du ihm angetan hast. Und unserem Namen.«

Elisabeth stand auf, und ihre Augen blitzten zornig. Sie hielt das kostbare Papier fest umklammert. »Sag es ihm, wenn du willst. Es wird dir nichts nützen. Es ist bereits geschehen, und weder du noch der Graf, keiner kann es ungeschehen machen. Du bist ein Idiot, Jules, ein kleiner Mann. Ich verachte dich. Geh und ertränke dich in deiner Flasche.«

Danach war seine Erinnerung verschwommen. Er wußte, daß er vor Wut aus der Haut gefahren war und daß er sie geschlagen hatte, mit all der aufgestauten Wut und Hilflosigkeit, die er empfand, hatte er sie geschlagen. Ein Tisch war zertrümmert. Ihre violetten Vorhänge lagen zerknüllt auf dem Boden, und die Scherben eines Tellers waren zu Füßen des Bettes verstreut. Er wußte nicht mehr, wie all das passiert war. Er erinnerte sich an das Gebrüll. Und er erinnerte sich, daß sie keine Träne vergossen hatte, und als sie gegangen war, hatte sie ihm einen Blick zugeworfen, in dem Haß und Genugtuung lagen. Danach hatte er viel getrunken. Das spürte er daran, wie er sich jetzt fühlte. Wieder kam ihm die Galle hoch, jäh und wütend. Er rollte sich auf dem Boden um den Nachttopf zusammen, würgte und spie, bis ihm die Rippen weh taten.

Als es vorbei war, fühlte er sich besser. Fast eine Stunde lag er bewegungslos da, mit offenen, aber blicklosen Augen. Dann stand er auf und wusch sich noch einmal. Eine Weile wanderte er in seinem Zimmer umher und wußte nicht recht, was er anfangen sollte. *Ziellos*, immer *ziellos*. Es war immer noch früh, gerade kurz nach Mitternacht. Der Schlaf würde nicht noch einmal kommen, nicht ohne eine Flasche. Er sah sie auf der Kommode stehen und griff danach, aber dann hielt er inne. Der Gedanke daran, mehr zu trinken, verursachte ihm Übelkeit. *Außergewöhnlich. Selbst ich habe wohl irgendwann genug.*

Er blieb vor dem Kamin stehen, wo sein Säbel hing. Lange Zeit starrte er ihn an. Dann nahm er ihn langsam herunter und balancierte ihn in der Hand. Er strich mit den Fingern über den Elfenbeingriff mit dem Adlerkopf. Die Waffe hatte seinem Vater gehört, seinem Großvater und davor seinem Urgroßvater. Die lange Stahlklinge hatte das Blut der Feinde Frankreichs vergossen, in Waterloo und auf der Krim. Und sie hatte das Blut der Söhne Frankreichs vergossen, in der Großen Revolution. Er selbst hatte sie auf drei Kontinenten getragen, hatte zahllose Stunden damit geübt – aber er hatte nie damit getötet. Und poliert hatte er sie nicht mehr, seit … Er wußte es nicht genau. Lange her war es jedenfalls. Vermutlich war Paul der letzte gewesen, der sie poliert hatte. Und obwohl sie so viel Fleisch und Bein durchschnitten hatte, blinkte die Klinge immer noch rasiermesserscharf. Sie war stets bereit.

Er nahm sie mit zu dem Sessel am Fenster und setzte sich. Von hier aus konnte er über die mächtigen Kastanienbäume hinausschauen, die an der langgestreckten Zufahrt zum Fluß hinunter standen. Ein Halbmond spendete gerade so viel Licht, daß er die nackten Äste sehen konnte, die sich im Wind regten. Das Laub war gefallen, die Bäume waren kahl, bereit für den weißen Mantel des Winters. Er öffnete das Fenster. Der Wind war kalt und wehte die spätherbstliche Nacht ins Zimmer. Die Papiere auf der Kommode wirbelten herunter. Draußen war es still und friedlich. Stundenlang saß er reglos da. Seine Kopfschmerzen waren furchtbar, aber allmählich klärte sich alles.

Er merkte, daß er den Spielzeugsoldaten in der Hand hielt, den Paul für ihn geschnitzt hatte. Das war ein Menschenleben her – seit jenem Tag am Bahnhof, als Paul ihm die Figur gegeben hatte, war sie sein Begleiter gewesen. Der Soldat hatte in seiner Tasche gesteckt, während ein Reich zusammengebrochen war und Delescluze seinen irrsinnigen Plan verwirklicht hatte. Er war sein Zellengefährte gewesen und hatte das Ende seiner Karriere und den Tod seiner Ehe miterlebt. Er drehte ihn in den Händen, den kleinen Soldaten mit dem Zweig anstelle eines Armes, mit der Walnußschale auf dem Kopf und den gemalten Knöpfen auf der Brust. Der Soldat schaute ihn mit seinem albernen Grinsen an. Jules hatte es liebgewonnen, dieses Grinsen, und mit der Zeit hatte das Gesicht Charakter bekommen, und es hatte seine eigenen Geschichten zu erzählen. Das Stück Holz, dieses Geschenk von seinem Sohn, hatte mit der Zeit an Wert gewonnen. Paul hatte wundervolle Arbeit geleistet.

Die Stunden vergingen langsam für den Colonel in seinem Sessel. Er fragte sich, wie das alles so schrecklich hatte schiefgehen können, und was er um Himmels willen getan hatte, das für so viele Leute so verzweifelt böse Folgen hatte haben können. Er glaubte nicht, daß er es je wieder in Ordnung bringen konnte. Er wußte, er konnte die Leute nicht davon überzeugen, daß es falsch war, was sie von ihm glaubten. Es war ein schrecklicher Weg gewesen, den er da gegangen war, und im Geiste ging er ihn jetzt noch einmal. Seine Leute gefallen, alle gefallen. Seine Ehe zerstört. Der Soldat Etienne tot. Sein eigener Bruder von seiner Frau betrogen. Sein Sohn ein Fremder. Die Kaiserliche Garde, der er sein Leben geweiht hatte, aufgelöst und diskreditiert. Er selbst und sein Säbel unerwünscht, selbst angesichts der Preußen vor den Toren. Sein Name rehabilitiert von einem Gericht, das für sein Urteil bezahlt worden war, und geschmäht von der Öffentlichkeit, die wankelmütig und grausam war und ihm das Leben zur Hölle machte. Delescluze hatte alles vollbracht, was er sich vorgenommen hatte, und das Netz der Ereignisse, das er gesponnen hatte, überstieg Jules' Fassungsvermögen. Er hatte die Hoffnung verloren, daß in seinem Leben noch irgend etwas von Wert zu retten sei. Die Worte des Fluches waren Wirklichkeit geworden.

Nicht Sie sind es, den ich vernichten will, Colonel – Ihre Ehre ist es.

Die Stunden krochen mit seinen Alpträumen dahin, und die Teufel umwirbelten ihn und ließen ihre Feuerglut auflodern, bis die Flammen heiß an seiner Seele leckten. Seine Augen und seine Hände fanden immer wieder zum Säbel zurück. Es war eine lange, monströse Straße gewesen, und jetzt, da er die stählerne Klinge in den Händen hielt, erlaubte er sich nach und nach endlich, ihr Ende zu sehen. Der Gedanke war ihm in den letzten paar Monaten mehr als einmal gekommen. Er hatte ihn immer von sich geschoben, anfangs empört und angewidert und mit absoluter Überzeugung. Aber im Laufe der Zeit waren die Gedanken öfter gekommen, und seine Proteste waren schwächer geworden. Seine Angst wurde immer kleiner, und dann – er wußte nicht genau, wann – hatten seine Proteste ganz aufgehört. Als er jetzt am Fenster saß, wurde der Gedanke immer hartnäckiger und ging ihm nicht mehr aus dem Kopf. Und als er ihn schließlich an sich heranließ, als der Gedanke ihn umflutete und durchströmte, da spürte er die selige Erleichterung, und die Trauer verließ ihn beinahe ganz. Er war all dessen so müde, war des Kämpfens so müde, seines Daseins als lebender Toter. So leicht war all dem ein Ende zu machen, so leicht – wenn Paul nicht gewesen wäre, und nur Paul. Doch er wußte, daß Henri dem Jungen immer ein Vater gewesen war, genau wie er selbst. Ein besserer in vieler Hinsicht, und Serena verbrachte mehr Zeit mit ihm als seine eigene Mutter. Paul würde leiden, ja, aber am Ende wäre es besser für ihn.

Er erhob sich aus dem Sessel, und mit einer Zielstrebigkeit, wie er sie seit Monaten nicht mehr verspürt hatte, traf er seine Vorbereitungen. Er setzte sich an seinen Schreibtisch und holte Papier und Feder hervor. Er schrieb einen Brief an seinen Bruder, in dem er ihm erklärte, was mit seinem Besitz geschehen war, und zwar so detailliert, wie er sich an das, was Elisabeth ihm erzählt hatte, erinnern konnte. Er entschuldigte sich für die Last, die er ihnen allen auferlegt hatte und ihnen jetzt noch einmal auferlegte. Er bat Henri, weiter auf Paul achtzugeben, wie er es bisher getan hatte. Als er fertig war, schrieb er noch einen Brief an Paul, und dann schob er die beiden Briefe in separate Umschläge und versiegelte sie.

Er trat an seinen Schrank und legte sorgsam seine Paradeuniform heraus. Sie war gebügelt und sauber – ein strahlend weißer Rock und eine karmesinrote Hose, ein glänzender Gürtel, eine rote Schärpe. Bänder und Auszeichnungen waren bunte Wegmarken seines Lebens. Mit präzisen Bewegungen und unter sorgfältiger Beachtung aller Details zog er die Uniform an und achtete darauf, daß alles haargenau so war, wie es sein sollte.

Als er fertig war, betrachtete er sich kritisch im Spiegel. Perfekt. Er nahm seine Pistolen aus ihrem Etui und schnallte sich den Säbel um. Dann schloß er das Fenster, damit nicht noch mehr kalte Nachtluft ins Zimmer drang. Leise zog er die Zimmertür hinter sich zu und ging den Gang hinunter. Die Briefe legte er auf das Tischchen neben der Tür – er wußte, dort würde man sie sehen. Dann ging er die Treppe hinauf.

Leise bewegte er sich durch den langen, dunklen Korridor. Er brauchte kein Licht, denn er kannte sich gut aus in dieser Zimmerflucht voller Erinnerungen. Als Jungen hatten er und Henri hier gespielt. Sie waren erwachsen geworden, Söhne waren zur Welt gekommen, Mütter und Väter gestorben. Vor einer Tür blieb er stehen, griff nach dem Türknauf, drehte ihn lautlos und trat ein.

Moussa schlief mit leisem Schnarchen. Paul lag im anderen Bett. Die Vorhänge waren offen, und der Mond warf sein fahles Licht ins Zimmer. Jules blieb an Pauls Bett stehen. Er starrte den Kopf seines Sohnes an, das zerzauste Haar auf dem Kissen, das Gesicht, das so ausdrucksvoll sein konnte, so unschuldig. Er spürte, daß er die Beherrschung verlor; seine Kehle schnürte sich schmerzlich zusammen. Am liebsten hätte er Paul geweckt und mit ihm gesprochen, aber er wußte, daß ihm die Worte fehlen würden, und daher war es besser so, wie es war. Er beugte sich herunter und strich dem Jungen sanft die Haare aus der Stirn. Er wollte ihn küssen, aber dann wich er zurück. Lange stand er so da und kämpfte mit sich. Dann wandte er sich ab und ging lautlos zur Tür. Seine Hand lag auf dem Knauf, und er zauderte einen Augenblick lang, als wolle er doch noch umkehren. Dann aber straffte er die Schultern, ging hinaus und zog die Tür hinter sich ins Schloß.

Im Stall sattelte er eins der Pferde, einen alten Hengst, der einmal von feurigem Temperament gewesen war. Mit der Zeit war das Feuer allerdings heruntergebrannt – *wie bei mir*, dachte er. Er hantierte wie mechanisch und ohne nachzudenken. Decke, Sattel, Gurte – alles geprüft und nochmals geprüft, alles genau richtig, wie er es wohl tausend Männern beigebracht hatte. Als er fertig war, nahm er das Pferd beim Zügel, führte es hinaus und schloß die Stalltür. Mühelos schwang er sich in den Sattel und rückte den Säbel an seiner Seite zurecht. Langsam bewegten sich Roß und Reiter am Château entlang. Jules kannte die Bäume, das Dach, jeden Zollbreit des Geländes. Er hatte es immer geliebt. Es war nicht darauf angekommen, daß es ihm auf dem Papier nicht gehörte. Es war trotzdem immer sein gewesen.

Am Himmel im Osten leuchteten die ersten Streifen des Morgengrauens, als Jules durch den Bois de Boulogne kam. Er ritt schnell, denn er wollte sein Ziel erreichen, solange die Nacht noch auf seiner Seite war. Er kam an Soldatenlagern vorbei, deren Wachtposten halb schliefen und ihn vorüberziehen sahen, ohne ihn anzurufen. Im Trab passierte er Neuilly und Villiers und St. Ouen und kam dann unterhalb des großen Fort de l'Est bei St. Denis vorbei. Als er die äußersten französischen Linien erreicht hatte, stand ein einsamer Soldat an einem Vorposten und versperrte ihm den Weg, verunsichert darüber, daß dieser Mann zu dieser frühen Stunde überhaupt unterwegs war, und vor allem, daß er in *dieser* Richtung unterwegs war.

»Sie können hier nicht durch, Monsieur«, sagte der Junge nervös. »Die Straße ist für den Verkehr gesperrt. Befehl des Kommandanten, Monsieur.«

»Aus dem Weg, Soldat«, antwortete der Colonel, und der Junge vernahm die unverwechselbare Stimme der Autorität und gehorchte. Jules ritt vorüber, ohne innezuhalten. Er verließ die Straße und kam an Erdwällen und alten Artilleriestellungen vorbei ins freie Feld. Alles lag verlassen da, gespenstisch still. Niemand wagte sich zwischen die Fronten, nicht hier, nicht mehr.

Kurz vor Sonnenaufgang hielt Jules an und holte sein Fernglas hervor. Langsam suchte er den Horizont ab, bis er gefunden hatte, was er suchte. Da war eine Bauernhütte mit niedrigen Befestigungen zu beiden Seiten. Er sah einen Posten mit dem unverkennbaren Helm, der mit dem Rücken an die Wand gelehnt vor der Hütte saß. Der Posten rührte sich lange Zeit nicht. Er schlief tief und fest. *Preußens Gloria*, dachte Jules und schob das Fernglas wieder in sein Etui. Er schätzte den Winkel der Sonnenstrahlen ab und rechnete sich exakt aus, wo die Sonne aufgehen würde, um sie dann zu seinem Vorteil zu nutzen. Er zog den Säbel und beugte sich vor, um seinem Pferd den Hals zu tätscheln. Das tat er immer vor der Schlacht, um das Tier zu beruhigen und es wissen zu lassen, daß alles gutgehen werde. »Wir sind ein kleines Regiment, du und ich«, sagte er leise. »Wir müssen jetzt allein operieren, und wir müssen es gut machen.« Dann saß er stumm, aufrecht und bewegungslos im Sattel. Er schloß die Augen und atmete die Morgenluft. Er lächelte. Die ersten Strahlen der aufgehenden Sonne berührten federzarte, leichte Wolken am Horizont und durchschossen sie mit rosarotem Licht. Er spürte die willkommene Wärme auf seinem Rücken. Die Sonne würde hinter ihm stehen und dem Feind geradewegs in die Augen scheinen. Er beobachtete, wie das Licht das Dach der Kate berührte und dann langsam herunterkroch, bis es auf dem Helm des Postens blinkte.

Mit einem wilden Tritt spornte Jules sein Pferd an. Das alte Tier stolperte, fand aber gleich wieder Halt. Erst im Trab, dann in vollem Galopp flogen sie über die Ebene und wurden immer schneller. *Die Waffen bereit*, befahl Jules sich mit der alten Vorbereitungslitanei der Kavallerie, während er sich in die Schlacht stürzte. Die Hufe des Hengstes trommelten gedämpft über den weichen Boden. *Die Reihen schließen, alles dicht zusammen.* Jules löste sich auf seltsame Weise von sich selbst, als wäre er ein Beobachter und kein Teilnehmer. Ihm war, als schwebe er leicht wie ein Vogel. *Die Knie zusammen, Stiefel an Stiefel.* Der Wall war vor ihnen. Anvisieren. Er zückte sein Schwert, und sie erhoben sich in die Lüfte.

Der preußische Posten erfuhr nicht mehr, was ihm passierte, als Jules und sein Pferd über den Befestigungswall geflogen kamen. Sein Kopf rollte zu Boden, bevor er Alarm schlagen konnte. Der Helm fiel scheppernd auf die Erde, aber das Geräusch verlor sich im Donnern der Hufe. Ein paar Männer kamen aus der Hütte gestolpert und machten verblüffte Gesichter, als sie niedergemäht wurden, einer nach dem andern, von einem verrückten Colonel der Kaiserlichen Garde, dessen Klinge im Kreis durch die Luft schwirrte. Er feuerte seine Pistole ab und hackte mit seiner Klinge auf sie ein, und kein Laut kam über seine Lippen, die Augen blickten starr in wilder Entschlossenheit unter seinem Helm hervor, als er durch das überraschte Durcheinander watete, ein furchtbarer Derwisch, der im Morgengrauen Schrecken und Tod herabregnen ließ. Vier lagen am Boden, ehe der erste einen Schuß abgeben konnte. Er traf Jules in den Arm, und der ließ seinen Säbel fallen. Mit dem anderen Arm hob er die Pistole und schoß zurück, und ein fünfter Infanterist fiel. Weitere Schüsse kamen aus der Hütte, und nach und nach fanden die preußischen Gewehre ihr Ziel, während Pferd und Reiter durch das Lager wirbelten. Jules bekam eine Kugel in die Brust, die nächste in den Oberschenkel. Sein Herz hämmerte, und er schoß und schoß. Wieder wurde er getroffen, und er fühlte sich taub. Die Welt kreiselte um ihn, sein Pferd brach in die Knie, und krachend stürzten beide zu Boden. Jules hörte nichts, als er dem Staub entgegenschwebte: Eine seltsame Stille hatte sich auf ihn gesenkt, und bleierne Schwere legte sich auf Arme und Beine, während Männer schrien und er auf den Rücken rollte und liegenblieb. Er versuchte sich zu bewegen und konnte es nicht. Er schoß nicht mehr, hackte nicht mehr. Seine Finger zuckten, und sein Blick verharrte irgendwo hoch oben. Jetzt hatte er Frieden. Es war warm und ruhig. Ein Preuße stand über ihm, richtete eine Pistole auf sein Gesicht. Jules versuchte die Lippen zu bewegen, etwas zu sagen, aber da dröhnte der Schuß.

Als einer der Preußen später die Taschen des Wahnsinnigen durchwühlte, fand er einen Spielzeugsoldaten. Er betrachtete ihn und fand, daß die Franzosen doch klägliche Handwerker waren. Kein Wunder, daß sie den Krieg verloren hatten. Ein Spielzeug. Erbärmlich und wertlos. Er warf es weg. Es fiel in den Graben, der gerade ausgehoben wurde, um die Männer aufzunehmen, die der Wahnsinnige getötet hatte, nachdem er die Morgendämmerung mit seiner Wut zerschmettert hatte.

15. Der Winter kam früh nach Paris, roh und grau und deprimierend. Die Straßenlaternen erloschen, da das Leuchtgas für die Ballone rationiert wurde, und die nächtlichen Straßen wurden so dunkel und trist, daß die Leute sich beschwerten, es sähe schon genauso schlimm aus wie in London. Die Düsternis wurde durch die militärische Lage nur noch verstärkt. Pläne für eine Gegenoffensive waren seit Wochen in der Beratung. Die Zweite Armee von Paris unter General Ducrot sollte die preußischen Linien durchbrechen und sich mit Gambettas Loire-Armee vereinigen, die in der Provinz aufgestellt worden war und sich bemühte, der Hauptstadt zu Hilfe zu kommen. Man richtete enorme Hoffnungen auf den Erfolg dieses Ausbruchsversuchs. Ducrot erließ eine aufrührende Proklamation an seine Truppen, als sie sich zur Schlacht bereit machten.

»Was mich selbst angeht«, erklärte der General, »so steht mein Entschluß fest, und ich schwöre vor euch und der gesamten Nation: Ich werde Paris nur tot oder siegreich wieder betreten. Vielleicht werdet ihr mich fallen sehen, aber weichen seht ihr mich nicht!«

Der Feldzug war weniger schön als die Proklamation. Die Armee war unerfahren, die Führung ahnungslos. Das Element der Überraschung ging völlig verloren, da eifrige Hilfstruppen sich massenhaft in der Stadt sammelten, ein Vorgang, der für die Preußen ebenso sichtbar war wie für die Pariser selbst, die auf die Mauern kletterten, um zuzuschauen. Die Stadttore wurden geschlossen, Sanitätswagen in Bereitschaft gestellt: weitere klare Signale, die den Preußen nicht entgehen konnten. Alle Festungen begannen mit einem massiven Bombardement, das Paris bis ins Mark erbeben ließ. Kein Preuße im weiten Umkreis, der nicht wußte, daß eine Offensive bevorstand. Ein Ballon mit strategischen Informationen für Gambetta an Bord stieg auf. Ungünstige Winde hielten ihn neun Stunden in der Luft. Er landete schließlich in Norwegen, und Gambetta erfuhr nichts, was die Pläne der Stadt anging. Und als der Ausfall beginnen sollte, schritt die Natur ein zweites Mal ein: Der Pegel der Marne stieg an, wodurch verhindert wurde, daß man Pontons legte, die aber notwendig waren, damit die Soldaten und die benötigten Geschütze und Nachschublieferungen über den Fluß gebracht werden konnten. Die Pontons reichten nicht mehr, und man konnte nur abwarten, bis das Hochwasser zurückging. Die Verzögerung erlaubte General von Moltke, seine sächsischen Truppen genau dort in Stellung zu bringen, wo sie gebraucht wurden, während französische Streitkräfte, die im Süden Scheinangriffe führten, von dieser Verzögerung nicht in Kenntnis gesetzt wurden und daher ganz umsonst kämpften und starben.

Als die Franzosen den Fluß schließlich überqueren konnten, attackierten sie Brie und Champigny, um auf diese Weise die Höhen von Villiers in ihren Besitz zu bringen. Das Feuer der Kanonen in den französischen Festungen war mörderisch, und es ebnete den Weg für die vorrückenden Einheiten, aber die Granaten fielen planlos und töteten ebenso viele Franzosen wie Preußen. Ducrots Streitkräfte erreichten ihre Ziele erfolgreich, aber dann griffen die Preußen auf ganzer Linie an und überraschten die Franzosen damit beim Frühstück. Im Laufe des langen, blutigen Tages, der nun folgte, wandten sich die Gezeiten der Schlacht zugunsten der Preußen, dann zugunsten der Franzosen und dann wieder zugunsten der Preußen. In der Nacht erfroren die Männer, und ihre Haut klebte am Eisen fest. Schließlich war es die bittere Kälte nicht minder als die preußischen Kanonen, die die Franzosen zur Stadt zurücktrieb, denn die Zweite Armee hatte keine Decken mitgebracht. Das einzige, was den Rückzug verlangsamte, war die Suche nach Proviant. Wenn Pferde auf dem Schlachtfeld erschossen wurden, hielten die Soldaten inne und schnitten ihnen das Fleisch von den Knochen. Sie stopften es in ihre Brotbeutel oder kauten es gleich roh und zogen sich dann in den dichten Nebel zurück. Hinter ihnen lagen zwölftausend Mann, Offiziere und Soldaten, tot im Feld.

Die Verwundeten wurden auf Boote gebracht und am Pont d'Austerlitz ausgeladen, wo man sie dann in die Spitäler karrte – oder fast ebenso oft auch gleich auf den Friedhof Père-Lachaise. Eine mürrische Menge säumte die Boulevards und beobachtete die ungeheure Woge von gemetzelten Truppen, die da in die Stadt zurückflutete. Die zerschlagenen und zerfetzten Körper schwammen wie Treibgut auf dem Strom von Sanitätskarren und Wagen und Kutschen. Der Gestank des Todes mischte sich mit dem Rauch der Kanonen in den Forts, die inzwischen verstummt waren.

Das Ausmaß der Niederlage war überall zu spüren. Weder siegreich noch tot, kehrte General Ducrot an der Spitze seiner demoralisierten Armee nach Paris zurück. Paris suchte nach einem Sündenbock und hoffte zugleich auf ein Wunder von Gambetta. Aber in diesem Augenblick wurde die Loire-Armee bei Orléans geschlagen. Die Nachricht kam später per Brieftaube. Gambetta kam nicht. Orléans war verloren, Rouen stand kurz davor. General Bourbaki und seine Armee des Nordens befanden sich auf dem Rückzug, und die Regierung war von Tours nach Bordeaux vertrieben worden. Katastrophen an jeder Front.

Die Ernährungslage wurde immer schlimmer. Die Getreidevorräte schrumpften. Die Hungerprostitution breitete sich aus. Hufe, Hörner und Knochen wurden zu Knochenmehl zermahlen, aus dem man Suppe kochte. Die Kloaken produzierten Ratten, und die Tiere aus dem Zoo wurden an den Schlachthof verkauft. Die Küchenchefs von Paris kochten Büffel und Zebras, Yaks und Rentiere, Wapitis und Bengalhirsche, Wölfe und Känguruhs und – als nichts mehr da war – Castor und Pollux, die beiden Elefanten.

Wegen der arktischen Kälte verbrannte man Türen und Möbel. Frauen und Kinder sammelten Strauchwerk und Äste, Rinde und Wurzeln. Pocken und Typhus forderten erste Opfer, und Erkrankungen der Atemwege füllten kleine Särge mit den Kindern der Armen. Kleidung wurde knapp, und die Bauern machten sich Hemden aus Zeitungspapier.

Und doch war noch nicht alles verloren. Frankreich besaß die scheinbar unerschöpfliche Fähigkeit, immer wieder neue Männer für neue Armeen gegen Preußen aufzustellen. Also wartete Paris. Man war mächtig stolz darauf, so lange durchzuhalten, was niemand auf der Welt von dieser Stadt erwartet hatte, und die Moral im Innern der Mauern blieb gut. Die Bürger waren entschlossen, dem harten Winter standzuhalten und gegen den noch härteren Hunnen zu kämpfen.

Im Château de Vries wußte niemand, was aus Jules geworden war. In der Nacht, als er die beiden Briefe in der Eingangshalle hinterlassen hatte, war Elisabeth noch einmal zurückgekommen, um ein paar Kleider zu holen. Sie kam kurz vor Tagesanbruch, weil sie jeder Konfrontation aus dem Weg gehen wollte, und rechnete damit, Jules besinnungslos und die übrigen Hausbewohner schlafend vorzufinden. Sie sah die Briefe auf dem Tischchen und erkannte Jules' Handschrift. Sie öffnete den an Henri adressierten Brief und setzte sich auf einen Stuhl, um ihn zu lesen. Dann saß sie lange unbewegt da, ohne zu weinen. Sie sagte sich, es sei am besten, daß Jules endlich doch den Tod der Ehrlosigkeit vorgezogen habe. Nur schade, daß er es getan hatte, ohne daß es jemand merkte. *Es ist so typisch für ihn, daß er den Ruhm dafür verpaßt.* Nun, es war geschehen, und sie war erleichtert, daß sie diese Strapaze nun endlich hinter sich hatte. Sie steckte beide Briefe in ihre Tasche und verließ das Haus.

Der Posten, der Jules gesehen hatte, sagte nichts, denn im Grunde gab es ja nichts zu sagen. Ein Offizier war im Morgengrauen vorbeigekommen, war zu den preußischen Linien geritten und nicht zurückgekommen. Vielleicht hatte er sich betrunken und war vom Pferd gefallen, vielleicht war er auch nach Versailles geritten, um Herrn Bismarck zu erschießen. Was Offiziere taten, ging ihn nichts an. Madame LeHavre war sicher, daß Jules betrunken in irgendeiner Gosse lag, wie er es schon öfter getan hatte, und meinte, für den Haushalt sei es kein Verlust. Zunächst nahm Henri an, daß Madame LeHavre wohl recht habe, aber dann meldete Gascon, daß eins der Pferde fehle. Henri ging in Jules' Zimmer. Er sah, daß Uniform, Säbel und Pistolen verschwunden waren, und da ahnte er, was wirklich geschehen war. Er wühlte in den Papieren und fand keinen Brief, nichts, was ihm hätte Gewißheit geben können. Aber es paßte nicht zu Jules, kein Wort zu hinterlassen. Henri tat es im Herzen weh, wenn er an die Tragödien dachte, die seinen Bruder heimgesucht hatten, und er quälte sich mit der Frage, was er selbst hätte anders machen können. Gascon wollte wissen, ob er wieder die Stadt durchsuchen lassen wolle, wie er es schon einmal getan hatte. Henri schüttelte den Kopf. »Diesmal werden wir ihn nicht finden«, sagte er.

»Wir dürfen es Paul nicht sagen«, meinte Serena. »Nicht jetzt, noch nicht. Vielleicht irrst du dich ja. Es kann alles mögliche passiert sein.« Henri war ihrer Meinung. Paul selbst dachte sich, daß sein Vater entweder irgendwohin verschwunden sei, um sich zu betrinken, oder daß er am Ende so wütend auf ihn geworden sei, daß er keine Lust mehr hatte, noch weiter hier zu wohnen. Die meiste Zeit versuchte er, überhaupt nicht daran zu denken.

Eine Woche verging, dann noch eine, und er mußte wider Willen feststellen, daß das Leben leichter war, wenn sein Vater nicht da war. Er liebte seinen Vater, und er verabscheute sich für diesen Gedanken, aber der Gedanke ging nicht weg. Er wollte nur seinen alten Vater zurückhaben, er wollte, daß alles wieder so wäre wie früher, vor dem Krieg.

Elisabeth wohnte irgendwo in der Stadt. Sie kam und ging, ohne Erklärungen abzugeben. Wenn sie Paul besuchen mußte, tat sie es nur, sofern sie wußte, daß Henri wahrscheinlich nicht da sein würde. Sie hatte den Grafen nicht wiedergesehen. Sie hatte keine Ahnung, ob er den Diebstahl seines Besitzes schon bemerkt hatte, und keine Lust, dabeizusein, wenn er ihn bemerkte. Vermutlich wußte er noch nichts, denn den lächerlichen Brief von Jules hatte sie ja abgefangen. Aber die Kontakte des Grafen waren Legion, und so war es nur eine Frage der Zeit, wann er es entdeckte. Tatsächlich hatte der Liegenschaftsverwalter des Grafen sich freiwillig zur Nationalgarde gemeldet und war von einem Untergebenen erschossen worden. Deshalb herrschte in den Geschäften des Grafen heillose Unordnung – Henri hatte alle Hände voll damit zu tun, sich selbst darum zu kümmern, und war daher nicht sonderlich interessiert.

Elisabeth war nicht ausgezogen, aber sie war nie da. Paul sagte sie, sie habe Geschäfte in der Stadt, und sie werde zurückkommen; es sei alles nur vorübergehend. Eines Tages, als es schneite, sah Paul sie in einer Kutsche neben einem Mann sitzen, der einen eleganten Zylinder trug, einen Pelzkragen und ein kurz getrimmtes Ziegenbärtchen. Sie schmiegte sich an ihn, und er hatte den Arm um sie gelegt. Paul rief sie und lief hinter der Kutsche her, aber sie lachte und sah ihn gar nicht, und dann verschwand sie den Boulevard hinunter.

Henri arbeitete fieberhaft an seinen Ballonen. So hatte er etwas zu tun und mußte nicht ständig an seinen Bruder und an die immer schlechter werdende Lage in der Stadt denken. Die *Volta* stieg auf. Sie trug Geräte und Instrumente, mit denen in Algerien die bevorstehende totale Sonnenfinsternis beobachtet werden sollte. Niemand wußte, ob der Ballon ankam, aber ihn überhaupt aufsteigen zu lassen war ein kleiner Sieg über die Preußen, ein Triumph, der bewies, daß französische Wissenschaft und Willenskraft auch im Angesicht des Krieges blühte.

Eines Nachts im Dezember, als die Jungen schliefen, lag er erschöpft neben Serena. »Ich möchte mit dir in die Oper gehen«, sagte er. »Es gibt eine Vorstellung am Weihnachtsabend. Eine Wohltätigkeitsveranstaltung.« Henri hatte nicht viel übrig für gesellschaftliche Veranstaltungen, vor allem nicht während der Belagerung, aber er liebte die Oper, und es wäre eine willkommene Unterbrechung der Alltagsroutine. Die Wohltätigkeitsveranstaltung sollte Geld für die Spitäler erbringen. Viele Schauspieler und Musiker waren in der Stadt geblieben, und ein bekannter Regisseur hatte sich überreden lassen, die Inszenierung zu übernehmen. Die Stadt suchte verzweifelt nach Möglichkeiten zur Aufrechterhaltung der Moral während der Belagerung, um sich in Erinnerung zu rufen, daß sie immer noch das glorreiche Zentrum der Zivilisation war.

»In die Oper? In welche denn?«

»Diese hier ist wie geschaffen für dich.« Er zeigte ihr die Einladung. »Sie heißt *L'Africaine*. Ich habe sie schon einmal gesehen. Sie handelt von einer afrikanischen Frau namens Selika.«

»Selika? Das klingt fast wie mein Name.«

»Sie gibt sich als Sklavin aus, aber in Wirklichkeit ist sie eine Königin in ihrem Volk.«

»Warum gibt eine Königin sich als Sklavin aus?«

»Um der Geschichte willen und damit sie sich in den Helden verlieben kann. Er ist ein großer Forscher. Sie kann Karten lesen und zeigt ihm den Weg nach Indien.«

»Wer kann denn keine Karten lesen? Und dieser Mann – wenn er ein so großer Forscher ist, wieso braucht er dann Hilfe, um Indien zu finden?«

Henri lächelte. »Kannte ich etwa den Weg ins Herz der Wüste? Er ist nicht der erste Mann, der eine kluge Königin braucht, die ihn führt. Wie dem auch sei, diese Oper hat alles. Sie ist ein großartiges Spektakel. Schiffe und Stürme auf hoher See. Ein giftiger Baum und ein Großinquisitor.«

»Ein Groß…?«

»Inquisitor. Ein Verhörmeister, der im Dienst der Kirche steht und Leute foltern und hinrichten läßt.«

Sie zog die Brauen hoch. Nach ihren Erfahrungen gab es in Henris Kirche anscheinend eine Menge unappetitlicher Gestalten. »Wie amüsant. Singt er auch?«

»Alle singen. Es ist eine sehr hübsche Oper. Mit Flöten und Oboen und Violinen. Sehr bewegend. Und anmutig, genau wie du.«

»Je länger du sie beschreibst, desto alberner hört es sich an.«

»Natürlich ist es albern. Aber schön. Es wird dir gefallen, das weiß ich. Nur am Ende, da läßt die Königin den Forscher mit einer anderen Frau auf seinem Schiff davonsegeln.« Henri drückte sie sanft. »Weißt du, ich würde die andere Frau natürlich über Bord werfen und zu dir zurückkommen.«

»Das wäre nicht nötig«, sagte sie. »Ich würde dafür sorgen, daß es in ihrem Bett von Skorpionen wimmelt. Sie würde die erste Nacht nicht überleben.«

»Siehst du? Du hast die Oper bereits restlos verstanden. Und sie würde dann singen, während sie am Gift stirbt.«

Serena kicherte. »Da wird aber eine Menge gesungen.«

»Es heißt, den Komponisten habe das Schreiben umgebracht. Ich bin ihm einmal begegnet. Er hieß Meyerbeer, und er starb an dem Tag, als er damit fertig war.«

»Eine schwierige Angelegenheit, diese *Africaine.*«

»Ja, in jeder Hinsicht. Ich möchte, daß du dich herausputzt, damit ganz Paris sieht, wie eine echte afrikanische Königin aussieht.«

Das war ein wunder Punkt bei ihr. »Deine Landsleute haben nicht den Wunsch, mich zu sehen, herausgeputzt oder nicht, Henri. Das weißt du. Sie halten mich für eine preußische Spionin.« Paris hatte sie nie besonders warmherzig behandelt. Sie hatte sich hier nie heimisch, nie wirklich angenommen gefühlt. Aber seit Beginn des Krieges war es noch viel schlimmer geworden: abwechselnd erniedrigend und empörend.

Kurz vor der Belagerung hatten die Pariser Zivilbehörden verfügt, daß eine große Zahl von Bürgern, deren Charakter und Verhalten man als wenig vorbildlich betrachtete, verhaftet und aus der Stadt gewiesen werden sollte. Daraufhin hatte man Leute in den ärmeren Vierteln von Paris willkürlich zusammengetrieben, auf Karren steigen lassen und zu einer Verteilungsstelle in der Nähe des Point du Jour gefahren. In langer, kläglicher Prozession waren sie dann zum Stadttor hinausgezogen.

Serena war auf dem Heimweg von einem Besuch bei ihren algerischen Freunden am Montparnasse gewesen, als ein Gendarm vor ihre Kutsche getreten war und ihr den Weg versperrt hatte. Ohne sich auch nur den Anschein von Höflichkeit zu geben, zwang er sie auszusteigen. Er musterte sie argwöhnisch. Sie trug ein schlichtes Kleid und einen einfachen Mantel. Das Haar hatte sie hinten zu einem dicken Zopf geflochten. Zwar war ihre Haltung elegant und vornehm, aber es fehlte die Staffage des Reichtums: Sie trug weder Juwelen noch Pelze. Und eine vermögende Frau hätte die Kutsche niemals selbst gelenkt, wie Serena es immer zu tun pflegte. Ihr Aussehen war unbestimmt europäisch, aber ebenso unbestimmt mediterran. Sie sprach mit Akzent und hatte keine Papiere. Henri hatte ihr immer wieder warnend eingeschärft, sie mitzunehmen, aber ihr behagte die Vorstellung nicht, daß eine freie Frau Papiere mit sich führen sollte, wenn sie unterwegs war. Es war keine Aufsässigkeit, sie achtete einfach nicht auf diese Formalität. Der Offizier sah die teure Kutsche und hielt sie für eine Dienstbotin, eine Hure oder eine Diebin.

»Wo hast du diese Kutsche geklaut, Frau?« fragte er geringschätzig.

»Ich weiß nicht, wonach Sie suchen, Monsieur, aber ich bin die Gräfin de Vries«, antwortete sie eisig. »Diese Kutsche gehört mir. Und jetzt gehen Sie mir bitte aus dem Weg.«

Er brüllte vor Lachen. »La comtesse! Aber natürlich, warum habe ich Sie nicht gleich erkannt? Wie dumm von mir! Bitte verzeihen Sie, Comtesse.« Er verbeugte sich in tiefer Ironie. »Und jetzt wollen Sie sich freundlicherweise zu diesem Tor begeben: Die Königliche Prozession ist in diesem Augenblick dabei, die Stadt zu verlassen.«

Rauh stieß er sie in die trostlose Kette menschlichen Mülls, der zum Tor hinausgefegt wurde, und ließ ihre Kutsche konfiszieren. Serena stolperte und wurde unversehens von einer Frau aufgefangen und gestützt, die in grellen, lasziven Tönen geschminkt war, und sie hielten einander fest, als sie durch die gaffende Menge zum Tor schlurften. »Wird schon wieder, Schätzchen«, sagte die Frau zu ihr. Serena hatte keine Angst, aber sie war doch schockiert über diese Behandlung. Die Schlange war voll von kranken Leuten, blinden Frauen und verkrüppelten Kindern, Straßenbengeln und Huren, Außenseitern und Dieben, armen Leuten und solchen, deren einziges Verbrechen darin bestanden hatte, daß sie in den Augen der Behörden aussahen, als wären sie vor den Toren von Paris besser aufgehoben als in der Stadt.

Die Prozession zog durch den Schatten eines großen Gebäudes. Auf einem der niedrigen Balkone standen ein paar Mitglieder des Verteidigungsausschusses und schauten zu, wie die Opfer ihres Erlasses vorüberzogen, als sähen sie die Abwasser in der Seine vorüberfließen. Serena sah, wie sie alles beobachteten. Und mitten unter ihnen erblickte sie purpurne Gewänder an einer korpulenten Gestalt. Er erkannte sie im selben Augenblick und schaute ihr geradewegs in die Augen. Ihre Blicke trafen sich, und in dieser stummen Sekunde, die zwischen ihnen verging, verstanden sie einander genau. Ohne einen merklichen Schimmer des Erkennens, ohne einen Finger zu rühren, um ihr zu helfen, wandte der Bischof dem Gesindel den Rücken zu und setzte sein Gespräch mit einem der anderen Würdenträger fort.

Die meisten der Ausgestoßenen akzeptierten ihr Schicksal, das sie in diese Reihe gestellt hatte, aber Serena nutzte die erste Gelegenheit, wegzulaufen. Einer der Wächter schrie ihr noch nach, hatte aber keine Lust, die Frau zu verfolgen, die da so flink zwischen den Bäumen verschwand. Auf eine Hure mehr oder weniger kam es in einer so großen Stadt wie Paris nicht an, dachte er sich.

Als die Belagerung länger dauerte, breitete sich in Paris der Verfolgungswahn aus. Jeder, dessen Gesicht nicht gallisch anmutete oder der mit einem Akzent sprach, mußte als Spion der Preußen gelten – mit anderen Worten: Die Hälfte der Pariser Bevölkerung betrachtete die andere Hälfte mit Mißtrauen. Verhaftungen waren an der Tagesordnung. Serenas Auftreten war gebieterisch genug, um die meisten derer, die ihr etwas vorwerfen wollten, zurückweichen zu lassen, aber es glückte nicht immer. Einmal wurde sie von einem rohen Mob zur Präfektur eskortiert, wo der Präfekt selbst sie schließlich erkannte. Der Mann erbleichte, und seine zerknirschten Entschuldigungen mischten sich mit einer sengenden Tirade gegen die Menge. Er geleitete sie persönlich nach Hause und stellte ihr ein *laissez-passer* aus, einen Paß mit seiner Unterschrift und seinem Siegel, und riet ihr, zu Hause zu bleiben. Sie dankte ihm, zerriß das Papier und lebte weiter wie bisher. Henri erzählte sie nie von ihren Schwierigkeiten. Sie sah keinen Sinn darin, ihn zu beunruhigen, und er hätte ja auch nichts tun können. Sie würde weder ihre Gewohnheiten noch ihr Aussehen ändern, und sie würde sich auch nicht im Château verstecken.

Als die Zahl der Verwundeten infolge der Belagerung zunahm, meldete Serena sich als Helferin in einem der Lazarette. Sie wußte nichts von französischer Medizin, begnügte sich aber damit, auf andere Weise zu helfen. Sie wusch das Bettzeug, schrubbte die Fußböden und spendete den Verwundeten ein wenig Trost, wenn die Chirurgen mit ihnen fertig waren. So las sie einem von ihnen vor, einem einfachen Soldaten aus Belleville, der seit Tagen bald wach, bald ohnmächtig im Bett lag. Eines Nachmittags schlug er die Augen auf, sah sie und hörte ihre Stimme, und gleich erhob er schreckliches Gezeter wegen der Ausländerin. »Geh weg!« kreischte er. »Hinaus! Du hast kein Recht, in unserem Land zu sein!« Er stieß sie von sich, und seine Wunde riß auf. Der Chirurg beruhigte den Jungen und erneuerte den Verband, aber dann nahm er sie beiseite. »Wir sind äußerst dankbar für Ihre Hilfe, Madame«, sagte er, »aber vielleicht wäre es besser für alle Beteiligten, wenn sie nicht hier wären und die Leute aufregten.«

Serena wollte protestieren, aber dann bezwang sie sich. Sie würde sich nicht aufdrängen. Sie hatte sich für diesen Weg entschieden, als sie Henri heiratete. Wenn es nun schwierig war, so war es doch ihre eigene Entscheidung. Aufgrund dieser Entscheidung war Frankreich ihre Wahlheimat. Wenn sie gelegentlich den Hochmut dieses Landes haßte, wenn sie allzuoft unter seiner Bigotterie leiden mußte, dann mußte sie eben lernen, damit umzugehen, auch wenn es sie eher befriedigt hätte, den einen oder anderen die Pferdepeitsche spüren zu lassen. Wenn ihr Sohn lernen sollte, tolerant zu sein, so mußte sie es auch selbst können. Aber leicht war es nicht. In der tiefen Wüste sagte man, die Tuareg seien das arroganteste unter allen Völkern der Welt. In der tiefen Wüste, dachte sie, hatte man noch keine Franzosen kennengelernt.

Von da an hatte sie Henri bei seinen Ballonen geholfen. Sie suchte die Stadt nach Stoff für die Hüllen ab. Einiges konnte sie durch ihre Freunde am Montparnasse auftreiben, aber auch indem sie Schneider- und Kurzwarengeschäfte durchstöberte. Anfänglich stieß sie auf Mißtrauen, wenn sie Fremden gegenüber sagte, was sie wollte, aber wenn man dann erfuhr, daß es um die Ballone ging, bekamen die Leute leuchtende Augen, und sie redeten aufgeregt vom Ruhm und Glanz der *Aèronautes* und durchwühlten alle Winkel. So trieb sie Kaliko und Seide auf, einen Fetzen hier, einen Streifen da, und sie lernte, alles zusammenzunähen, und nahm Henri auch andere Erledigungen ab. Sie war zufrieden mit der Arbeit, die sie da gefunden hatte, und sie war gern mit ihrem Mann zusammen. Dennoch – als er sagte, er wolle sie in der Oper vorführen, weckte das die alten Befürchtungen.

»Zum Teufel mit den Leuten«, sagte Henri. »Du wirst zu mir gehören. Du wirst die schönste Frau von allen sein, und sie werden nur an eines denken können, nämlich daran, wie eifersüchtig sie sind: auf mich und meine preußische Spionin.«

Serena lächelte und küßte ihn. Sie würde mit ihm in seine alberne Oper gehen.

Moussas Schuhe knirschten im Schnee, als er die Gasse entlang nach St. Paul ging. Die Luft war still und frisch, und sein Atem umwirbelte ihn in großen Wolken. Er zog sich den Mantelkragen fester um den Hals, um die Winterluft abzuhalten. Seine Lippen waren grimmig zusammengepreßt, und die Kälte ließ ihn die Zähne zusammenbeißen. Er spürte, wie sie in seinem Hals und bis in die Lunge hinunter brannte, und er fragte sich, wie es sein würde, an Lungenentzündung oder Schwindsucht oder einer schlichten Erkältung zu sterben. Ohne das Amulett würde das sicher geschehen. Schon fing alles an schiefzugehen. Er war in seinem eigenen Schlafzimmer von einer Spinne gebissen worden, so daß er jetzt mit einer dicken Beule unter dem Arm herumlief, die anschwoll und sich spannte, daß die Haut glänzte. Bei seiner verzweifelten Suche nach der Spinne hatte er das ganze Zimmer auf den Kopf gestellt und Paul verärgert, als er dessen Bettzeug auseinanderriß und seine Kleider im Flur verstreute.

»Wenn die Spinne in meinen Sachen sitzt, wird sie *mich* beißen«, erklärte Paul gereizt. »Laß mein Zeug in Ruhe.«

Aber Moussa wollte kein Risiko eingehen, kippte Schubladen aus und leerte alle Schränke. Als er das Tier schließlich unter einem Fensterbrett versteckt fand, zerdrückte er es mit seinem Schuh und warf es hinaus. Aber danach konnte er vor lauter Angst nicht schlafen, mußte er doch jetzt befürchten, Verwandte der Spinne könnten ihm auflauern und Rache nehmen. Er mußte die ganze Nacht das Licht brennen lassen, was Paul durchaus recht war, aber die Laterne warf dunkle Schatten an die Wände, und immer wenn Moussa die Lider schwer wurden, sah er, wie sich etwas bewegte, und dann sprang er in panischer Angst auf, um es totzuschlagen. Paul rollte mit den Augen, seufzte und drehte sich auf die andere Seite.

Dann war Moussa hingefallen, als er und Paul auf einer Mauer hinter dem Château entlangbalanciert waren. Das hatten sie schon tausendmal getan, und nie war er auch nur ins Wanken geraten. Die Mauer war niedrig und dick, so breit wie ein Gehsteig. Aber ohne sein schützendes Amulett war er gestolpert und hätte sich beinahe den Arm gebrochen. Es tat jetzt noch weh, und die Finger kribbelten ihm, wenn er schreiben wollte. Er war plötzlich ungeschickt geworden, und die Welt erschien ihm wie ein Ort voller Gefahren. Er war sicher, daß das kein Zufall war.

Als er jetzt daherstapfte, spürte er schon die gräßliche Krankheit, die in seiner Lunge brannte. Er fragte sich, ob es Schwester Godrick wohl leid tun würde, wenn sie hörte, daß er gestorben war. Nie im Leben, das wußte er. Wahrscheinlich würde sie sich dankbar bekreuzigen und mit der Klasse ein frommes Lied singen. Er erwog, einen Brief zu hinterlassen, damit die Gendarmen wüßten, wer die Schuld trug, wenn sie seinen Leichnam aus dem Eise hackten. Aber die Polizei würde es nicht wagen, Schwester Godrick zu verhaften, nicht einmal wegen Mordes. Nach allem, was er wußte, tat kein Mensch einer Nonne etwas an. Die Nonnen waren es, die sich an den Menschen vergingen.

Die Kathedrale ragte dunkel vor dem grauen Winterhimmel auf. Drinnen brannte Licht, und es sah aus, als ob es dort warm wäre. Er wollte beten. Niemand wußte es, niemand außer Paul, und der meinte, es sei Zeitverschwendung. Aber Moussa mußte es versuchen. Es waren nur noch zwei Tage bis Weihnachten, und danach hätten sie vier Wochen Ferien. Er mußte das Amulett vorher zurückbekommen.

Er trat ein, und die Tür schloß sich hinter ihm mit einem Dröhnen, das durch das Gebäude hallte. Die Kathedrale war leer und dunkel bis auf ein paar Laternen, die an den Wänden brannten. Es war nicht annähernd so warm, wie es von außen den Anschein gehabt hatte. Er konnte immer noch seinen Atem sehen. Seine Schritte hallten über den Steinboden, als er zu der Reihe der Opferkerzen ging. Er riß ein Streichholz an und zündete eine Kerze an, warf etwas von seinem Rattengeld in den Opferstock und sprach ein Gebet. Dann ging er zu einer der harten Holzbänke, die dem Altar zugewandt waren. Er kniete nieder und senkte den Kopf. Er wußte nicht genau, wie man ein richtiges Gebet sprach, deshalb fing er mit ein paar anderen an, die er auswendig konnte, und dann redete er einfach drauflos. Es war ihm immer noch unbehaglich dabei, wie bei Schwester Godrick, aber die Worte flossen doch immer schneller, und bald hatte er sich entspannt und redete ohne Punkt und Komma, als säße er vor einem alten Freund. Seine murmelnde Stimme stieg von der kleinen Gestalt in die Höhe und verlor sich oben in der Dunkelheit des großen Kirchenschiffs. Seine Hände und Füße waren steif vor Kälte, aber er merkte es nicht.

Ungekünstelt und ohne zu lügen schüttete der Junge sein Herz aus. Er legte die Dinge dar, wie er sie sah, und beichtete einiges, was niemand wußte, nicht einmal Paul. Er bekannte, was er für

Schwester Godrick empfand, und bemühte sich nach besten Kräften, gerecht zu bleiben. Schließlich nahm er an, daß Gott wußte, was er von ihr zu halten hatte, und ihn deshalb schon verstehen würde. Er entschuldigte sich für das, was er in der Latrine mit Pierre gemacht hatte, räumte aber auch ein, daß es immer noch Ärger zwischen ihnen geben könne. Er beichtete ein altes Verbrechen an einer Katze aus der Nachbarschaft. Er versuchte alles zu erzählen und dabei keine Versprechungen abzugeben, die er nicht halten könnte. Er suchte angestrengt nach seinem Glauben und legte alles in seine Worte. Fast zwei Stunden kniete er da, und als er fertig war, bekreuzigte er sich und sagte »Amen«.

Er öffnete die Augen und stand auf. Er fror und stampfte mit den Füßen, um das Blut wieder in Gang zu bringen und sich aufzuwärmen. Finger und Zehen waren taub, und er hatte Hunger, aber er fühlte sich so wohl wie seit Wochen nicht mehr. Die Nacht war voller Hoffnung. Seine früheren Zweifel an Gott waren ausgelöscht, und er klammerte sich an die in seinem Herzen wachsende Gewißheit, daß es heute abend funktioniert hatte und daß das Amulett bald wieder ihm gehören würde. Er rechnete durchaus damit, daß es am nächsten Tag passieren würde, noch vor der Pause. Gott *mußte* ein solches Gebet doch erhören. Das wußte er, und alle anderen Möglichkeiten verbannte er aus seinen Gedanken. So stapfte er durch den Schnee zurück nach Hause. Das kehlige Grollen ferner Kanonen erfüllte die Luft, aber das war mittlerweile ein vertrautes Hintergrundgeräusch, und er achtete kaum noch darauf. Bevor er schlafen ging, sprach er sicherheitshalber noch ein Gebet. Noch nie im Leben hatte er so viel gebetet.

Am nächsten Tag lief er eifrig zur Schule. Es war Heiligabend, und es würde ein kurzer Schultag werden. Alle Klassen kamen zu einem besonderen Programm in der Aula zusammen. Der Curé war auch immer dabei, und einzelne Schüler lasen Ausschnitte aus selbstverfaßten Gedichten oder aus den Werken ausgewählter Autoren. Es wurde gebetet und gesungen. Und es war jedes Jahr das gleiche. Moussa war es ein Greuel. Diesmal waren besondere Vorbereitungen getroffen worden, denn der Bischof persönlich würde dabeisein. Moussa sah ihn an einer Seite des Saales sitzen; der Curé saß an seiner Seite und die meisten Nonnen im Halbkreis hinter ihm. Der Bischof war riesig wie ein Berg. Es sah aus, als brauche er zwei Stühle. Moussa las seinen Teil fehlerlos und durchlitt den Rest des Programms. Als es vorbei war, spendete der Curé ihnen seinen Segen, und sie waren von dieser Folter erlöst und konnten in ihre Klassen zurückkehren.

Als Moussa das Klassenzimmer betrat, schaute er zur Wandtafel, und sein Herz setzte einmal aus. Die Wand war leer. Es war fort. Kein Bild, kein Amulett. Schwester Godrick kam herein und begann sofort zu sprechen, und er hatte keine Gelegenheit, sie zu fragen. Er war überwältigt von der Angst, sie könnte es weggeworfen oder verbrannt haben oder jemand könnte es gestohlen haben. Aber dann fiel ihm ein, daß ja sein Gebet vielleicht schon wirkte und daß sie es abgenommen hatte, um es ihm zurückzugeben. Als die Pause endlich kam, lief er eifrig zu ihr.

»Schwester, mein Amulett ...«, begann er, den Blick zur Wand gerichtet.

»Ich habe es da weggenommen, Michel. Seine Eminenz, Monseigneur Murat, ist heute bei uns. Du hast ihn selbst gesehen. Da kann man wohl kaum einen solchen Frevel zur Schau stellen, wenn er womöglich hereinschaut.«

»Wo ist es denn, Schwester?«

»Zerbrich dir nicht den Kopf darüber. Es ist in Sicherheit.«

»Ich dachte, Sie würden es mir zurückgeben. Geben Sie es mir doch, Schwester. Bitte.«

»Vielleicht, wenn du im nächsten Schuljahr wiederkommst. Heute nicht. Dies ist nicht der rechte Augenblick, darüber zu sprechen, Michel. Geh auf deinen Platz.«

»Es *muß* aber heute sein, Schwester. Ich kann nicht warten. *Bitte.*«

»Ich habe es dir gesagt. Es wird geschehen, wenn Gott es will. *Falls* es je geschieht.«

»Aber ich habe gestern abend mit Gott gesprochen.« Moussa lief rot an. »Er hat gesagt ... Er hat gesagt, ich kann es wiederhaben.«

»Das hat der Herr zu dir gesagt?«

»Na ja, nicht gerade so, daß ich es hören konnte, aber doch so ähnlich.«

»Es freut mich, daß du dich bemühst, Michel. Jetzt geh auf deinen Platz.«

»Schwester, das kann ich nicht. Sie müssen es mir geben. Bitte. Ich habe gebetet!«

Sie blickte ihm starr in die Augen. »Das ist gut so. Die Auferstehung deiner Seele muß mit dem Gebet beginnen. Du hast den ersten Schritt auf dem richtigen Weg getan. Und wenn du jetzt nicht sofort auf deinen Platz gehst, wirst du bald wünschen, du hättest es doch getan.«

Moussa sah, wie sein Traum vor dieser verhaßten Frau zu Staub zerfiel, wie alles hoffnungslos auseinanderbrach, und eine gewaltige Wut quoll in ihm herauf. Er fühlte bittere, salzige Tränen auf den Wangen, und er schluchzte. Wie konnte sie ihm das immer noch antun, nachdem er doch gebetet hatte? Sprach sie denn nicht mit Gott? Es war nicht recht – das alles war nicht recht.

Sein Blick fiel auf ihr Katheder, und er wußte, daß es dort war, in einer der Schubladen. Dort bewahrte sie alles auf. Wie der Blitz sprang er hinzu, aber sie trat ihm in den Weg. Sie packte ihn bei den Schultern und wollte ihn zu seiner Bank schieben. Aber in seiner blinden Wut stemmte er sich mit all seiner Kraft gegen sie, und seine Balance war genau richtig, während sie genau auf dem falschen Fuß stand. Sie verlor den Halt und kippte hintenüber, stolperte über ihren Stuhl und fiel, und hart schlug sie mit dem Kopf an die Tischkante, bevor sie neben der Wand auf dem Boden landete. Der Stuhl kippte um und klapperte auf dem Steinboden. Moussa bemerkte es kaum, als er sich auf das Pult stürzte. Er würde sein Amulett herausreißen, würde es nehmen und weglaufen, von der Schule, von zu Hause, von allem. Niemand würde ihn aufhalten.

In diesem Augenblick ließ eine Stimme die Stille zerbrechen, die sich über die Klasse gelegt hatte. »Halt! Wie kannst du es wagen! Was hast du getan!« Und Moussa fühlte eine mächtige Hand auf der Schulter, eine Männerhand mit stählernem Griff, und die Schublade behielt ihren Schatz, unerreichbar für ihn. Die Hand riß ihn herum, und er schaute in das harte Gesicht des Curé. Und Moussa sah noch jemanden. Er wandte den Blick vom Curé, um genauer hinzuschauen, und das Herz fiel ihm in die Hose. Dicht hinter ihm stand die imposante Gestalt des Bischofs von Boulogne-Billancourt.

Schwester Godrick rappelte sich hoch. Ihre legendäre Fassung war erschüttert. »Vater, Eminenz, es tut mir so leid«, sagte sie mit rotem Gesicht. Sie zog ihre Tracht zurecht und betastete behutsam ihren Kopf, wo sie sich am Katheder gestoßen hatte. Schon drückte eine zornige Beule von innen gegen die Haube. Man sah ein Tröpfchen Blut. Sie tupfte es weg, während sie fortfuhr. »Eine Meinungsverschiedenheit, die leider unverhältnismäßige Formen annahm. Der Junge hat sich vergessen.«

Der Curé funkelte Moussa an. »Geh hinaus«, befahl er. »Warte in meinem Arbeitszimmer. Ich werde deinen Vater kommen lassen.«

»Nein.« Die Baßstimme klang fest. Der Bischof kam heran, und die anderen traten zurück. Die übrigen Jungen waren erstarrt; wie gebannt verfolgten sie das Spektakel, das sich da in ihrer Klasse abspielte. Mit Moussa und Schwester Godrick hatten sie schon genug Aufregung erlebt, aber neben dem hier verblaßte doch alles andere.

»Das ist doch der Junge von de Vries, nicht wahr?« fragte der Bischof. Seine grauen Wolfsaugen hielten Moussa fest und ließen ihn nicht los. Es waren die kältesten Augen, die Moussa je gesehen hatte. Wenn man in sie schaute, schaute man in einen Nebel. Moussa starrte ihn trotzig an, aber innerlich war ihm sehr unbehaglich. Den Bischof hatte er bisher nur von weitem gesehen. Aus der Nähe hatte der Mann etwas Beängstigendes.

»Jawohl, Eminenz«, sagte Schwester Godrick. »Michel.«

»Michel?« Der Bischof war verwirrt. »Ich dachte, sein Name sei ... Ich hab's vergessen.« Er schüttelte den Kopf. »Es war ein ausländischer Name.«

»In der Schule benutzt er seinen christlichen Namen, Eminenz.«

»Natürlich.« Der Bischof faßte Moussa beim Kinn. Er schaute ihn lange und abschätzend an. Moussa las etwas in diesen Augen. War es Zorn? Haß? Vermutlich würde der Bischof ja wütend sein, weil er eine Nonne geschubst hatte, aber irgendwie steckte in diesem Blick mehr als das. Er konnte es nicht genau sagen.

»Du hast etwas auf dem Herzen, Michel?« fragte der Bischof. »Daß du eine Nonne so behandelst?«

Moussa wußte nicht, was er sagen sollte. Er hatte Angst, und er hätte so viel sagen müssen, um irgend etwas zu erklären. Also sagte er gar nichts. Nach einer Weile sprach der Bischof wieder.

»Schicken Sie das Kind zu mir.«

Schwester Godrick war voller Entsetzen darüber, daß der Prälat persönlich einen solchen Zusammenbruch der Disziplin ausgerechnet in ihrer Klasse hatte mit ansehen müssen und daß er nun womöglich an ihrer Fähigkeit zweifeln würde, ihre Herde zu hüten. Sie bemühte sich, die Situation zu retten. »Eminenz, es tut mir leid, daß Sie diesen unglückseligen Zwischenfall miterleben mußten. Es ist eine disziplinarische Angelegenheit von geringer Bedeutung. Sie brauchen sich meinetwegen nicht selbst darum zu bekümmern. Ich versichere Ihnen, daß ich die Lage wieder vollständig unter Kontrolle bringen werde«, sagte sie.

»Davon bin ich überzeugt«, antwortete der Bischof gleichmütig, aber er wandte den Blick nicht von Moussa. Und dann sagte er es noch einmal, in einem Ton, der keinen Widerspruch mehr duldete. »Schicken Sie das Kind zu mir. Heute nachmittag, in meinen Palast.«

»Wie Sie wünschen, Eminenz.« Die Nonne senkte den Kopf.

»Und jetzt geh in mein Arbeitszimmer«, sagte der Curé zu Moussa.

Nach der Schule wußte Paul nicht, was er anfangen sollte. Moussa hatte sie umgeschmissen! Selbst für seinen Cousin war das eine erstaunliche Tat. Jetzt war er im Arbeitszimmer des Curé eingesperrt und wartete darauf, daß er zum Palast des Bischofs gebracht wurde. Paul kannte niemanden, der je wegen einer disziplinarischen Angelegenheit dorthin geschickt worden war. Er fragte sich, was dort wohl passieren würde. Wenn Schwester Godrick ein Paddel und der Curé eine Peitsche benutzte, dann hatte der Bischof wahrscheinlich ein Verlies voller Folterbänke und Drachen. Es war schrecklich, und er hatte furchtbare Angst um seinen Cousin. Er erwog, die Sache zu vergessen und abzuwarten bis zum Abend, denn dann würde er ihn ja sehen und ausführlich erfahren, was sich zugetragen hatte. Aber das wäre nicht loyal. Paul hatte Moussa durch dick und dünn begleitet, und er wußte, was er durchmachte. Schwester Godrick quälte ihn, die ganze Zeit. Sie hatte ihn so weit getrieben, wie es sonst niemand ausgehalten hätte. Vielleicht hätte er sie nicht umschubsen sollen – obwohl Paul sich nicht erinnern konnte, in seinem ganzen Leben jemals etwas so Wunderbares gesehen zu haben –, aber jetzt mußte jemand die andere Seite der Geschichte erfahren. Es war an der Zeit, es jemandem zu erzählen. Moussa brauchte Hilfe. Und es gab nur einen Menschen, der es verstehen würde. Nur einen Menschen, dem er alles erzählen könnte.

Tante Serena.

»Kurz gesagt, Madame, in Ihrem Sohn steckt zuviel Michel und zu wenig Demut.« Serena stand vor Schwester Godricks Katheder, und diese hatte eine lange und erbitterte Litanei der Sünden ihres Sohnes von Stapel gelassen.

Sie ist keine böse Frau, dachte Serena, während sie zuhörte. Sie ist eine Fanatikerin. Und Fanatiker sind viel schlimmer als nur böse. Ich verstehe, warum Moussa solche Schwierigkeiten hat.

»Er ist außer Kontrolle«, fuhr die Schwester fort und berührte die Beule an ihrer Schläfe. »Er hat eine böse Ader in sich. Ich wußte, daß er eitel ist, und habe seine kindischen Streiche hingenommen, aber Gewalttätigkeit hatte ich ihm nicht zugetraut. Ich habe mich geirrt. Es steckt mehr Wildheit in ihm, als ich erkennen konnte. Vielleicht ist es die Abstammung.«

»Ich kenne meinen Sohn gut«, antwortete Serena ruhig. »Er hat nichts Böses in sich. Sein Geist ist schlicht der Geist eines Jungen. Ich glaube, er bereitet Ihnen Sorge, weil er nicht lammfromm ist. Er ist stolz auf seine ›Abstammung‹, die vornehm ist, und auf seinen Namen, Schwester Godrick: Und der lautet Moussa.«

»In meiner Klasse heißt er Michel. Sie werden mir vergeben, wenn ich unverblümt spreche. Seine Abstammung ist zumindest teilweise heidnisch, und sein Geist, wie Sie es nennen, ist selbstsüchtig und schwach. Nur sein Selbstwertgefühl ist stark.«

»Paul hat mir erzählt, wie Sie Moussa behandeln. Wenn er Sie geschlagen hat, so war das unrecht. Er wird dafür bestraft werden. Aber wenn er es getan hat, so muß ihn etwas dazu getrieben haben. Er konnte so etwas nur tun, weil Sie ihn quälen.«

»Er quält sich selbst. Ich bin lediglich Gottes Werkzeug.«

»Vielleicht ist dieses Werkzeug zu scharf.«

»Vielleicht gehört der Junge nicht in dieses Haus. Wenn das Leben im Schatten des Herrn Jesus zuviel für ihn ist, wäre er vielleicht anderswo besser aufgehoben. Vielleicht sollten sie ihn in die Wüste bringen, wo er sich mit Ihren Sandgeistern herumtreiben kann. Mein Ziel ist es, den betrüblichen Untergang einer Seele zu verhindern, aber ich sehe schon, woher der Junge sein unfrommes Feuer hat. Sie fördern seine Eitelkeit, Madame, auf Kosten seiner Seele. Er ist nur ein Heide, und wie ich sehe, verdankt er das Ihnen.«

»Sie sind anscheinend entschlossen, mich zu verärgern.«

»Wenn Sie Anstoß nehmen, sollten Sie in Ihr Inneres schauen, Gräfin.« Schwester Godrick war keineswegs eingeschüchtert von der Frau, die vor ihr stand. Gräfin, König, Bürgerin – sie alle waren kleine Seelen vor dem Herrn.

»Sie sind hier, um ihn zu unterrichten, und nicht, um die Verantwortung für seine Seele zu übernehmen.«

»Da irren Sie sich, Madame. Ohne seine Seele gibt es nichts zu unterrichten.«

Serena hatte genug gehört. »Und ohne den Jungen werden Sie auch nichts zu unterrichten haben. Ich nehme ihn jetzt mit. Bitte zeigen Sie mir, wo er ist.«

»Er ist nicht hier. Er ist in den Palast gegangen.«

Serena erschrak. »Paul hat mir gesagt, er soll heute nachmittag dorthin. Ich hatte indessen nicht die Absicht, ihn zu … diesem Mann gehen zu lassen.«

»Der Curé mußte frühzeitig fort. Er hat Michel mitgenommen. Inzwischen befindet sich Ihr Sohn in den Händen des Bischofs.«

Der Bischof kochte vor Wut, und seine Untergebenen duckten sich angstvoll. Als er am Vormittag in seinen Palast zurückgekehrt war, hatte der Diözesanschreiber ihn mit sorgenvoller Miene erwartet.

»Auf ein Wort, Eminenz …?«

»Was gibt's?«

»Der Besitz, den Sie zum Verkauf angewiesen haben, Eminenz –

ich war im Katasteramt in der Stadt, um die Transaktion zu Ende zu bringen. Wie es scheint, liegt da ein Irrtum vor.«

Der Bischof war verwirrt. »Was für ein Irrtum?«

Der Schreiber hatte Angst, aber er stürzte sich ins kalte Wasser. »Es ist höchst peinlich, Eminenz«, sagte er. »Das Gelände, das wir verkauft haben, gehört anscheinend gar nicht der Diözese.« Er lachte nervös über die Absurdität dessen, was er da gerade gesagt hatte.

»Aber natürlich. Ich selbst war doch mit dem Erwerb befaßt.«

Erleichtert seufzte der Schreiber. »Nun denn, dann wäre das erledigt. Ich ... ich bin sicher, Eminenz ist kein Irrtum unterlaufen, vielleicht liegt der Fehler also anderswo. Gleichwohl gibt es ein ... ein Problem mit den Akten des Arrondissements. Die Transaktion ist ausgesetzt, bis wir es geklärt haben.«

»Haben Sie die Unterlagen mitgebracht?«

»Selbstverständlich, Eminenz.«

»Zeigen Sie mir das Transaktionsjournal.« Schwer ließ der Bischof sich auf seinen Stuhl fallen, Seine Haushälterin reichte ihm einen Cognac, den er rasch hinunterstürzte. Er nahm gleich noch einen. Der Schreiber legte das Journal auf den Tisch und drehte es so herum, daß der Bischof alles sehen konnte. Mit einem fetten Finger fuhr er an der Liste der Einträge für die Grundstücke entlang. Es gab nicht viele für die größte Parzelle, die einst nur der Familie de Vries und dann der Diözese gehört hatte. Die Eintragungen waren alle da und alle in Ordnung. Und dann –

»Halt! *Was ... ist ... das?*« Der Bischof lief purpurrot an wie seine Gewänder, als er den letzten Eintrag sah, der gerade sechs Tage zuvor vom Bureau dort verzeichnet worden war. Es war klar. Es war geschehen.

»Verkauft durch Msrg. Murat, Evêque de Boulogne-Billancourt. Übertragen auf E. de Vries. Steuer bezahlt. Zeuge: Prosper Pascal, Notar.«

Murat zitterte, als er alles begriff.

E. de Vries. Elisabeth! Das Luder! Sie hatte – sie hatte ihn betrogen! Und Pascal steckte mit ihr unter einer Decke! Der Notar, dessen er selbst sich hundertmal bedient hatte, hatte sich gegen ihn gewendet, gegen die Kirche, gegen das Haus Gottes, ja, gegen

Gott selbst! Murat stand kurz vor einem Schlaganfall. Die Hure schlief mit dem Notar! Es mußte so sein! Sie hatten die Trophäe gesehen, und sie hatten sie ihm gestohlen!

»Eminenz?« Der Schreiber sah, wie der Bischof die Farbe wechselte. Er nahm an, der Prälat stehe vor einem Herzanfall, und er beugte sich vor, um zu helfen. »Eminenz, fehlt Ihnen etwas?«

»Allerdings fehlt mir etwas! Hinaus! Hinaus!« Hastig raffte der Mann seine Bücher zusammen und flüchtete aus dem Zimmer. Als er die Tür schloß, klirrte hinter ihm Glas, während die Wut des Bischofs sich Bahn brach.

Der Bischof fluchte und trank und brütete und trank wieder. Er hatte so einen arbeitsreichen Tag vor sich gehabt – und jetzt das. Den ganzen Nachmittag hatte er Termine. Dann eine Wohltätigkeitsveranstaltung in der Opéra, dann eine Messe in St. Paul. Kurz vor Mitternacht würde er mit dem Erzbischof in Notre Dame zusammentreffen. Er läutete nach seiner Haushälterin und sagte die Termine des Nachmittags ab. Er mußte jetzt nachdenken, planen. Er zwang sich, die Raserei zu unterdrücken und kühl zu kalkulieren. Das Eingreifen des Notars war unerwartet gekommen. Sein früherer Komplize hatte den Spieß gegen ihn gekehrt. Schlau und gefährlich, und sehr kühn. Der Bischof hatte es diesem Pascal nicht zugetraut. Aber dann dachte er an Elisabeth und ihren Körper. Da hatte eine Maus wie Pascal ganz sicher nicht mehr widerstehen können. Dieses Weib. Er hatte sie unterschätzt. Natürlich hatte sie auf diesen Gedanken kommen müssen: Das Gelände war so viel mehr wert als die Rente, die sie akzeptiert hatte. Sie hatte ja nur Pascal verführen müssen, und danach – nun, danach der Diebstahl.

Aber hier hatten sich zwei Amateure mit dem Meister angelegt. Was geschehen war, konnte ungeschehen gemacht werden. Er würde den Besitz zurückbekommen, und dann würde er sich rächen. Er würde seine Rache sorgsam gestalten. Ehe alles vorüber wäre, würden der Notar und das Luder sich noch wünschen, sie hätten sich jemand anderen für ihren kleinen Plan ausgesucht.

Es klopfte schüchtern. Die Haushälterin schob den Kopf herein. »Da ist jemand für Sie, Eminenz. Ein Kind.«

»Ich will niemanden sehen. Ich habe euch gesagt, ich will in Ruhe gelassen werden.«

»Er wurde vom Curé von St. Paul hergebracht, Eminenz. Der Curé sagt, Sie wollen ihn sehen. Der Junge heißt de Vries.«

Der Bischof nahm einen großen Schluck. In seinem Kopf kreiste alles umeinander. Sein Blut war erhitzt von Cognac und Rachsucht. Er schloß die Augen.

Der Junge heißt de Vries.

»Natürlich. Das habe ich gesagt. Ich hatte es vergessen. Lassen Sie ihn herein. Und dann will ich unter keinen Umständen gestört werden.« Seine Stimme war eisenhart. »Und seien Sie diesmal nicht wieder ungehorsam.«

»Selbstverständlich nicht, Emimenz.«

Serena trieb ihr Pferd mit der Peitsche an. Ihr Herz raste vor Angst um Moussa, der von der Nonne an den Bischof geraten war, vom Skorpion an die Kobra. Sie verwünschte sich dafür, daß sie die Erziehung des Jungen so vollständig Henri überlassen und selbst nicht besser achtgegeben hatte. Nach dem Bischof hatte sie wohl gefragt, und Henri hatte gesagt, der Mann komme niemals in die Schule und habe überhaupt wenig mit den Angelegenheiten der Diözese zu schaffen. Moussa wäre in der Hand der besten Lehrer von Paris, hatte er gesagt. In vielen Dingen hatte er recht, aber diesmal nicht. Sie hatte jedenfalls genug von Henris Kirche und ihren Schulen und ihren Marabouts. Sie wollte Moussa dort herausholen, weg von all dem. Sie würden eine andere Schule finden. Es gab weltliche Schulen, private Lehrer. Sie würde schon etwas finden. Sie könnten Hauslehrer ins Château holen, oder sie würde Moussa selbst unterrichten. Alles, nur nicht mehr das hier. Wenn Henri streiten wollte, würden sie sich streiten, aber ihr Urteil stand fest. Die Nonne war besessen, und der Bischof war von Grund auf böse.

Ihre Gedanken zuckten vor dem Bild des Mannes zurück, und sie spornte ihr Pferd noch heftiger an. Sie glaubte nicht, daß er ihrem Sohn körperlich etwas antun würde, aber eigentlich war sie nicht sicher. Sie wußte nicht, was sie Marius Murat zutrauen sollte. Der Mann war zu allem fähig. Sie hatte schon unter ihm zu leiden gehabt.

Sie hatte ihm in die Augen geschaut.

Du kannst mich quälen, Priester, aber nicht meinen Sohn!

Moussa warf von seinem Sessel aus einen nervösen Blick auf den Bischof. Der Sessel war dick und weich gepolstert und verschluckte ihn fast. Er mußte sich vorbeugen, um nicht ganz hineinzusinken. Seine Gedanken rannten in tausend verschiedene Richtungen. Er hatte Angst, aber er wußte nicht genau, wovor. Der Bischof starrte ihn nur an, sagte nichts und trank. Er trank wie Onkel Jules, fand Moussa, nur mehr, und er war mächtig – ungefähr zweihundertfünfzig Pfund mochte er wiegen. Was wohl passieren würde, wenn der Bischof sich auf ein Pferd setzte? *Wahrscheinlich stirbt das Pferd.* Ganz ungebeten erschien eine Vision der Szene vor seinem geistigen Auge: das Pferd zu Boden gequetscht, die Beine nach außen gespreizt und gebrochen – und Moussa schaute weg, damit der Bischof das Lächeln nicht bemerkte, das seine Mundwinkel zucken ließ. Es war nämlich durchaus nicht nötig, daß der Bischof ihn grinsen sah, und eigentlich war Moussa auch nicht nach Grinsen zumute, ganz und gar nicht – es war bloß manchmal schwer zu vermeiden, wenn so ein Gedanke sich plötzlich selbständig machte. Dann aber dachte er an Schwester Godrick und das Amulett und die Nöte dieses Tages, und das kleine Lächeln starb ganz von allein. Er fragte sich, was passieren würde, was er sagen sollte. Er hatte keine Ahnung, was man bei einem Bischof tat, wenn der Ring erst geküßt war. Sollte er versuchen, alles zu erklären, oder lieber abwarten und die Strafe auf sich nehmen?

Sein Blick wanderte im Raum umher. Der Palast war groß und prachtvoll, und das Zimmer, in dem sie saßen, war luxuriöser als alles, was Moussa je gesehen hatte. Die Wände waren mit Leder bezogen, die Teppiche so dick wie ein gutes Bett aus Herbstlaub im Bois de Boulogne. Vor einem Marmorkamin stand ein Schreibtisch, ein Sofa war da, das eine Ecke umschmiegte, Schränkchen aus Walnußholz, und in einem kleinen Alkoven ein Bett mit seidenen Decken. Das Zimmer hatte sechs Türen. Moussa fragte sich, ob der Bischof damit je durcheinanderkam, und was wohl hinter jeder einzelnen liegen mochte. Er sah, daß die Decke sogar mit kleinen Gemälden ausgeschmückt war, aber es waren öde religiöse Darstellungen. Komisch aber, wie jemand so etwas auf dem Kopf malen konnte, und so klein. Am besten hätte man sich auf den Kopf gestellt, um die Bilder anzuschauen. Sie erinnerten ihn an die Gemälde, die er im Keller von St. Paul gesehen hatte, die mit den verstümmelten Heiligen, denen Köpfe oder Arme oder Eingeweide fehlten, und das brachte seine Gedanken wieder auf die Frage nach seiner eigenen Strafe. Er fragte sich, ob es die Bischöfe waren, die veranlaßten, daß Heilige auf diese Weise gemalt wurden. Nach Waffen hatte er sich ja als erstes umgeschaut, aber von einem Paddel oder einer Peitsche hatte er nichts gesehen. Er war sicher, daß es so etwas hier geben würde, wahrscheinlich aus massivem Gold. Am Kamin stand ein Schürhaken, aber der war schwarz und rußig. Kein Bischof würde ihn auch nur anfassen. Er wartete ab und wünschte, er könnte es hinter sich bringen. Er starrte auf die Muster im Teppich und warf einen verstohlenen Blick auf den Bischof, doch dann bemerkte er, daß der Bischof ihn anschaute, und wurde rot.

Die Gedanken des Bischofs waren ziellos umhergeschweift. Er betrachtete den Jungen durch einen Nebel von Alkohol. *Der Erbe de Vries. Ein so unschuldiges Kind aus einer so lästigen Familie. Tante und Onkel, Mutter und Vater. Welche Plagen haben sie mir nicht bereitet. Schade, daß das Blut des nächsten Grafen durch das ihre verdünnt sein muß. Dennoch, ein reizender Knabe, ein ganz reizender Knabe. So schöne Züge. Feine Hände, seidiges Haar. So zart, so blaue Augen. Und seine Haut, so weiß, so glatt, so kostbar, nicht besudelt durch ihr Blut …*

Marius Murat fühlte eine Regung in seinen Lenden, und er stellte das Glas auf den Tisch.

»Komm her, mein Kind«, sagte er mit besänftigender Stimme. »Ich habe viel über deine Probleme nachgedacht. Sie sind nicht so schwerwiegend, daß wir sie nicht gemeinsam aus der Welt schaffen könnten. Komm jetzt her und setze dich zu mir.«

Serena hatte den Palast erreicht und rannte die steinernen Stufen zum Hauptportal hinauf. Sie hatte keine Ahnung, wohin sie gehen mußte, wo er sein könnte. Sie stieß die Türflügel aus massivem Eichenholz auf. Die Eingangshalle war von großartiger Pracht: marmorne Böden und Büsten auf Piedestalen, eine Treppe, die geschwungen in den ersten Stock hinaufführte. Breite Korridore führten nach allen Seiten davon weg. Als sie in der Tür stand, sah sie einen Priester vorübereilen. »Sagen Sie mir, wo ich den Bischof finde«, befahl sie knapp.

Der Priester schaute sie schroff an. »Ich glaube nicht, daß der Monseigneur heute nachmittag empfängt«, antwortete er. »Sie können mit seiner Haushälterin sprechen.«

»Dann bringen Sie mich zu ihr.«

Der Priester führte sie die Treppe hinauf, wo sie die Haushälterin im Gespräch mit dem bischöflichen Kutscher fanden. Die Frau schickte den Kutscher weg und hörte sich an, was Serena verlangte. Dann schüttelte sie den Kopf, und sie ließ sich nicht erweichen. »Das ist unmöglich, Madame. Seine Gnaden ist heute nachmittag gar nicht hier. Kommen Sie nächste Woche noch einmal. Am Dienstag.«

»Der Priester *ist* hier, und ich will ihn sofort sehen.« Serena drängte sich an ihr vorbei und fing an, eine Tür nach der anderen aufzureißen.

»Was machen Sie denn?« rief die Haushälterin. »Ich sage Ihnen doch, er ist nicht da! Hören Sie augenblicklich damit auf!« Voller Angst, Serena könnte die richtige Tür finden, wollte die Frau sich ihr in den Weg stellen. Der Bischof würde sie hinauswerfen, wenn sie irgend jemanden zu ihm durchließe. Er hatte eine seiner Launen, und es war ihm ernst. Aber Serena stieß sie beiseite. Sie hatte die richtige Tür gefunden und stürmte in die bischöflichen Privatgemächer.

Einen Augenblick lang begriff sie gar nicht, was sie da am anderen Ende des Zimmers sah. Ihr Sohn war da, das Hemd zerrissen, die Hose aufgeknöpft. Sein Gesicht war vor Wut und Angst verzerrt, sein Haar zerzaust. Er wehrte sich gegen die massige Gestalt des Bischofs, der seinen Hemdschoß gepackt hielt, während Moussa versuchte, sich loszureißen. Der Junge erblickte seine Mutter, und eine Woge der Erleichterung durchflutete ihn.

»Maman!« schrie er. Erschrocken ließ der Bischof los. Moussa schoß davon. Er kam zu Serena gerannt und vergrub das Gesicht in ihrem Kleid.

»Geh nach Hause, Moussa«, sagte sie leise. »Sofort, schnell. Warte dort auf mich.« Er nickte, und sie sah ihm nach, als er zur

Tür hinauslief. Dann wandte sie sich dem Bischof zu. Er war hastig bemüht, sich aufzurichten, und raffte seine Gewänder um sich. Quer durch das Zimmer war zu erkennen, daß er halb betrunken war. Ein Tier, sabbernd und grotesk. In ihrem Kopf dröhnte es. Sie wußte selbst nicht, was sie vorhatte.

Mit schnellen Schritten durchquerte sie den Raum. Sie sah den Schürhaken am Kamin. Im Vorbeigehen ergriff sie ihn, hob ihn hoch und holte zum Schlag aus. Der Bischof hob den Arm, um den Schlag abzuwehren. »Ich werde ...«, begann sie. In diesem Augenblick stürzte die Haushälterin herein, dicht gefolgt von dem Kutscher, den sie zu Hilfe gerufen hatte.

»Eminenz!« keuchte sie. »Es tut mir so leid, Eminenz! Sie hat mich beiseite gestoßen! Was ist denn passiert? Fehlt Ihnen auch nichts? Hat sie Ihnen etwas getan? Zurück mit Ihnen! Lassen Sie den Monseigneur in Frieden!«

Serena zögerte, das Eisen immer noch hoch erhoben. Der Kutscher stand hinter der Haushälterin und funkelte sie an. Sein Blick war auf den gekrümmten Eisenhaken gerichtet. Er traute dieser Frau zu, daß sie ihm das Eisen in den Schädel schmettern würde, und auf einen Versuch wollte er es nicht ankommen lassen.

»Schafft sie hier raus«, keuchte der Bischof. Er ließ sich schwer in einen Sessel fallen. »Sie ist von Sinnen. Sie hat versucht, mich zu ermorden. Ruft das Personal zusammen, wenn es sein muß und wenn sie sich sträubt. Schafft sie nur hinaus. Und dann verschwindet!«

Der Kutscher trat zögernd vor, um die Anweisungen des Bischofs auszuführen. Es war nicht nötig. Serena ließ das Schüreisen fallen. Dumpf landete es auf dem Teppich. Wortlos wandte sie sich ab und marschierte hinaus.

Verzweifelt wünschte sie sich, Henri wäre zu Hause. Er war in einer seiner Ballonfabriken, und sie wußte nicht, in welcher. Sie haßte die Ballone, den Krieg, die Stadt. Sie haßte alles hier.

Er würde nicht erst ins Château kommen, sondern sie würden sich in der Opéra treffen. Sie wollte nicht in das verdammte Ding, nicht heute abend. Aber sie hatte es versprochen, und er würde auf sie warten.

Moussa war unversehrt. Er hatte geweint und wollte ihr nicht erzählen, was passiert war, aber er war unversehrt. Er war in Sicherheit. Sie hatte sein Gesicht gestreichelt, seinen Kopf, seine Arme und Beine. Sie hatten sich umarmt, und sie hatte ihn einen langen, zärtlichen Augenblick lang festgehalten. Dann hatte er sich ihren Armen entwunden und war nach draußen gelaufen, um mit Paul zu spielen. Das hätte er nicht getan, wenn nicht alles in Ordnung gewesen wäre. Sie sorgte dafür, daß Gascon und Madame LeHavre zugegen waren, um nach ihm zu sehen. Gascon sah die Sorge in ihrem Gesicht und beruhigte sie. »Wenn Sie es wünschen, werde ich ihm nicht von der Seite weichen.«

»Das wünsche ich«, hatte sie gesagt, und er war losgegangen, um auf den Jungen aufzupassen. So gab es eigentlich keinen Grund, nicht zu gehen. Sie würde Henri am nächsten Tag erzählen, was passiert war. Das wäre Noël, sein Feiertag Noël. Meistens gingen sie an diesem Tag auf dem See im Bois Schlittschuh laufen. Sie rutschte und glitschte dann mit wackligen Knöcheln auf dem Eis herum, und er versuchte sie zu stützen, bis sie schließlich lachend zusammenbrachen. Es waren freundliche Erinnerungen. Aber dieses Jahr konnten sie nicht eislaufen gehen. Sie würden miteinander sprechen. Sie wußte, sie würde ihm alles erzählen müssen. Hier ging es nicht darum, daß sie ihm ihre eigenen Nöte verschwieg.

Seine Wut würde schrecklich sein. Aber sie brauchte seine Wut.

Er hat versucht, meinen Sohn zu verletzen.

Während sie im Haus umherging, erlebte sie es immer wieder von neuem, und ihr Zorn brodelte auf. Immer wieder sah sie es vor sich, wie der abscheuliche Priester ihren Sohn begrabschte. Immer wieder dachte sie, es müsse ein Irrtum gewesen sein. Es mußte einer gewesen sein. Es konnte nicht passiert sein. Nicht in Paris, nicht heute. Nicht ihrem Sohn. Aber die Erinnerung stand völlig klar und starr vor ihrem geistigen Auge.

Er hat versucht, meinen Sohn zu verletzen. Sie zitterte bei dem Gedanken. Sie versuchte sich auf ihr Kleid und ihr Haar zu konzentrieren: Das Haar trug sie mit einem Band zu einem dicken Zopf geflochten an der Seite, wie Henri es gern hatte, und sie trug keinen Schmuck außer dem Ring, den er ihr geschenkt hatte, einen Silberring mit einem Türkis aus Afghanistan. Kritisch musterte sie sich im Spiegel. Sie war ungeschminkt. Furchtbar reizlos, fand sie, aber Henri liebte es wirklich, wie sie aussah, das wußte sie. Auch die anderen Männer schienen es zu bemerken, aber sie hatte gelernt, ihre Aufmerksamkeit nicht als Kompliment aufzufassen. Französische Männer waren nicht wählerisch – sie glotzten alles an, was ihnen irgendwie weiblich vorkam.

Sie fand, daß sie zu reizlos aussehe, und suchte sich einen Hut heraus, einen großen mit Federn aus Elisabeths Schrank. Er sah anmutig aus und stand ihr gut. Sie wußte, Henri würde lachen, wenn er sie damit sähe. Sie trug nie Hüte, und er würde wissen, daß sie es nur für seine alberne Oper tat. Sie lächelte. Oh, sie liebte ihn so sehr.

Er hat versucht, meinen Sohn zu verletzen. Der Gedanke drängte sich immer wieder nach vorn, rauschte über sie hinweg wie eine eisige Woge des Grauens. *Was für ein Mann war das, der so etwas mit einem Kind tat?* Sie mußte innehalten in dem, was sie tat, mußte zu Atem kommen und sich über alles klar werden, was hätte sein können. Was, wenn Paul nicht zu ihr gekommen wäre? Was, wenn sie nur etwas langsamer geritten wäre? Was, wenn …

Er hat versucht, meinen Sohn zu verletzen. Jedesmal, wenn sie daran dachte, kochte ihr Blut, und eine entsetzliche Übelkeit umschloß ihre Brust. Sie hatte ihr Kind nicht mehr so bedroht gesehen, seit jener Keiler es vor so langer Zeit im Bois angegriffen hatte. Es schauderte sie, und sie fragte sich, ob sie wirklich nach Paris gehörten. Vor den Toren die Preußen, und Henris Kirche in der Stadt.

Ich hätte ihn umbringen können, sagte sie sich. Ich hätte ihm diese Eisenstange ins Gehirn treiben können. Sie wußte nicht, warum sie innegehalten hatte. Der Kutscher war es nicht gewesen. Sie hatte einfach innegehalten.

Er hat versucht, meinen Sohn zu verletzen. Sein Fleisch war ihr Fleisch. Sein Schmerz war ihr Schmerz. Sein Leiden kam aus ihrem Blut, aus seinem Blut, das ihres war, und sie waren beide so fremd hier. Seine Ehre zu schützen war ihre Aufgabe, sein Leben lag in ihrer Hand, bis er zu seiner Bestimmung herangewachsen wäre. Sie hatte vor vielen Jahren eine Entscheidung getroffen: den

Grafen zu heiraten und seine Kinder zur Welt zu bringen. Es war die richtige Entscheidung gewesen, aber auch eine selbstsüchtige. Damals hatte sie es gewußt. Der Amenokal hatte es auch gewußt. Er hatte sie vor den Schwierigkeiten gewarnt, die daraus folgen würden, vor den Nöten, die ihr Kind heimsuchen würden. Er hatte es klar vorausgesehen. Ihre eigene Selbstsucht war es gewesen, die ihren Sohn in Gefahr gebracht hatte.

Er hat versucht, meinen Sohn zu verletzen.

Und es ist meine Schuld.

16.

Hundert prunkvolle Kutschen hielten vor der Oper an der Rue le Pelletier. Mit Rücksicht auf den Krieg wirkten die Kleider der Frauen gedämpfter, als es sonst der Fall gewesen wäre, aber man sah doch Federn und Spitze und fröhliche Gesichter, munteres Lächeln und leises Lachen. Auch wenn Bismarck vor den Toren stand, wußte Paris sich immer noch zu amüsieren.

Henri sah sie kommen. Sie sah hinreißend aus und bewegte sich anmutig. Seine Augen leuchteten auf, als er ihr entgegenging. »Wie ich es vorausgesagt habe: Du wirst sie alle bezaubern«, sagte er. Beifällig betrachtete er ihren Hut und überraschte sie, indem er nicht lachte. »Steht dir gut«, sagte er.

»Es fühlt sich an, als ob da ein Vogel gelandet wäre«, antwortete sie. »Ich möchte ihn ständig wegscheuchen.«

Trotz des Lächelns spürte er ihre Anspannung sofort. »Ist etwas nicht in Ordnung?«

Sie hatte sich auf den Abend eingelassen. Das andere konnte warten. »Es ist nichts«, sagte sie. »Entschuldige. Wir können später darüber sprechen.«

Er nahm sie beim Arm, und sie gingen hinein. Der Graf erwiderte Dutzende Grüße, die Gräfin ebenso viele Blicke.

Im Opernsaal strahlte das offizielle Paris. Henri zeigte ihr Gouverneur Trochu und den Bürgermeister von Montparnasse, eine kleine Schar von Generälen und Colonels sowie den amerikanischen Botschafter. Sogar Victor Hugo war gekommen. Mit seinen Büchern hatte Serena gelernt, Französisch zu lesen, und jetzt starrte sie ihn hingerissen quer durch den Saal an. Sein Kopf mit dem wallenden weißen Haar war über den Rand der Loge gerade noch sichtbar, und hübsche junge Frauen saßen zu beiden Seiten. Das Publikum schwatzte lebhaft und aufgeregt – alles hoffte auf eine Flucht vor den Sorgen der Außenwelt, und sei sie noch so kurz. Der Abend begann vielversprechend, denn beide Kriegsparteien begingen das Weihnachtsfest mit einem unausgesprochenen Waffenstillstand. Kurz nach Mittag waren die Kanonen in den Forts verstummt, und das Publikum würde alles gut hören können.

Vom ersten Augenblick an war Serena von der Inszenierung gefesselt. Wie Henri es versprochen hatte, gab es ein großartiges Spektakel und wunderschöne Musik. Das Orchester war sehr nah vor ihnen. Sie konnte den Musikern zuschauen, deren Musik von der Kälte nicht beeinträchtigt wurde, obwohl ihr Atem im Saal sichtbar war. Die Darsteller traten unter großem Applaus auf die Bühne, und es gab ein packendes Solo von einer wunderschönen Frau, deren Stimme in der Totenstille des Opernsaals emporstieg. »Sie ist die, von der ...«, wollte Henri ihr zuflüstern, aber sie brachte ihn zum Schweigen. Sie wollte zuhören. An einer Stelle wimmelte es auf der Bühne von Bischöfen in ihren Purpurgewändern, mit dem Großinquisitor in leuchtendem Rot in ihrer Mitte. Serenas Herz schlug schneller beim furchtbaren Anblick all dieser hohen Priester, aber sie erinnerte sich daran, daß es nur ein Schauspiel war, und verdrängte den Bischof aus ihren Gedanken.

In der Pause begaben sie sich ins Foyer, wo Henri ihr die Wandgemälde zeigte, die Porträts berühmter Sänger, die hier aufgetreten waren. Sie spazierten durch das Gewimmel, wo Henri immer wieder durch Begrüßungen und kurze Gespräche aufgehalten wurde. Sie schaute gerade zu einem Kronleuchter hinauf, als sie sich umdrehte und fast gegen den Bischof geprallt wäre. Er sprach mit einer kleinen Gruppe von Männern, die ihn schmeichlerisch umdrängten und andächtig an seinen Lippen hingen. Er drehte sich zur Seite und sah sie. Seine Augen waren immer noch glasig von dem, was er am Tage getrunken hatte, aber er war wieder halbwegs nüchtern. Sein Blick verfinsterte, seine Haltung veränderte sich. Er wandte sich vollends von seiner Gesellschaft ab, und sie begriff, daß er sie ansprechen würde.

»Aber Comtesse.« Er verbeugte sich mit plumpem Spott. »Sie an einem Tag gleich zweimal zu sehen, solche Freude ist mehr, als ich verdiene.«

Serena spürte, wie das Blut in ihren Schläfen pochte. Nackte Bosheit war es, was dieser Mann verströmte. Er war bemerkenswert, das mußte sie ihm lassen. Daß er sich nach dem, was er getan hatte, so normal aufführen konnte, ließ ihr einen kalten Schauer über den Rücken laufen. Sie antwortete mit leiser und fester Stimme, die keines ihrer Gefühle verriet, nichts außer der Drohung, die sie ihm zukommen lassen wollte. »Ich bin heute zu früh gegangen, Priester. Ich hätte dir den Schürhaken zu kosten geben sollen. Und wenn du meinem Sohn noch einmal zu nahe kommst, werde ich es tun. Dann werde ich dich töten.«

Die Augen des Bischofs erstrahlten in echter Heiterkeit, und er lachte. Er beugte sich vor und schob sein Gesicht dicht an sie heran, damit nur sie hörte, was er sagte. »Was für ein Temperament du da an den Tag legst. Tatsächlich hatte ich mir schon vorgenommen, ihn mir eines Tages zurückzuholen. Ich kann nur staunen über dieses feine Kind, wo es doch nichts weiter ist als der halbblütige Bastard einer heidnischen Schlampe. Überaus merkwürdig, nicht wahr?«

Es dauerte einen Augenblick, bis die wüsten Worte ganz zu ihr durchgedrungen waren. Sie hörte seine Stimme, spürte seinen Speichel und sah das verzerrte Lächeln, und das ganze Grauen kehrte mit einem Schlag zurück, als habe er sie geohrfeigt. Ihr Haß wurde blind und leidenschaftlich.

Über das, was als nächstes geschah, dachte sie nicht nach. Sie handelte einfach. Sie bewegte sich wie in einem Traum, und alles war langsam, ruhig, methodisch. Hinter dem Bischof stand ein Major der *Garde Mobile* in seiner Paradeuniform, einem rotblauen Waffenrock mit goldenem Filigran an den Ärmeln, einem *képi* und blanken Kniestiefeln. Er trug einen Säbel an der einen Seite, eine Pistole an der anderen. Sie tat zwei Schritte durch die Menge. Das Gelächter und Geplauder und das Klingen der Champagnergläser, alles klang fern und verschwommen. Mit einer fließenden Bewegung riß sie dem Major die Pistole aus dem Halfter. Sie wandte sich zu ihrem Peiniger um, und alles ging so schnell, daß niemand Zeit zum Reagieren fand – niemand außer dem Bischof, der als einziger sah, was sie tat. Sein Gesicht verzerrte sich vor Entsetzen, als er langsam begriff, was geschah. Er hob die Hände, sagte etwas und wich zurück. Sie hörte ihn nicht. Sie hörte jetzt nichts mehr. Sie hob die Waffe und spannte den Hahn, und sie dachte an den Keiler im Bois vor so langer Zeit, jene andere bösartige Bestie, die versucht hatte, ihren Sohn zu verletzen, und sie schoß und schoß und schoß noch einmal, schoß in das Gesicht, das hinter einer Maske aus Blut verschwand, schoß auf die mächtige, groteske Kreatur, die schon zu Boden sank, schoß Kugel um Kugel in das verhaßte Gehirn. Nach einer Weile wurde ihr klar, daß das Dröhnen verklungen war. Die Kugeln waren verschossen, die Kammern leer. Der Schlagbolzen klickte und klickte, als sie abdrückte. Sie hörte auf.

Im nächsten Augenblick brach in der Oper die Hölle los. Frauen kreischten, Männer duckten sich und schrien. Zuerst wußte niemand, was geschehen war. Die Umstehenden sprangen erschrocken zurück, als der Bischof fiel. Henri hatte sich mit einem amerikanischen Diplomaten unterhalten. Als die Schüsse fielen, wirbelte er herum und sah Serena mit der Pistole in der Hand in einer Rauchwolke stehen, den Bischof von Boulogne-Billancourt zu ihren Füßen. Serena ließ die Pistole fallen und starrte dumpf auf den Toten hinab. Henri war starr vor Fassungslosigkeit.

»Zurücktreten! Aus dem Weg, schnell!« rief eine tiefe Stimme in der Menge, und der Polizeipräfekt drängte sich nach vorn. Dann schwieg er, während seine Augen über die Szene wanderten. Sein Gesicht wurde aschfahl. Er kannte den Bischof. Er kannte den Grafen, und er kannte auch die Gemahlin des Grafen. Es war alles da, er sah es klar und deutlich vor sich, auch wenn es alles andere als klar war. Er schaute Serena an.

»Ich fürchte, Sie müssen mitkommen, Gräfin«, sagte er leise und wollte nach ihrem Arm greifen. Das genügte, um Henri aus seiner Schreckensstarre zu reißen. Er sprang vor und stieß den Präfekten beiseite. Dann nahm er Serena bei der Hand und zerrte sie durch die Menge, die immer noch in heller Aufregung war. Es gab keine Zeit zum Nachdenken, nur zum Handeln. Er würde nicht zulassen, daß sie Serena mitnahmen. Sie mußten fliehen, alles andere war unwichtig. Mit Ellenbogen und Schultern bahnte er sich seinen Weg durch das Gedränge. Serena folgte ihm und hielt seine Hand fest. Ein Mann in der Uniform eines Infanterieoffiziers wollte ihnen den Weg versperren. Ohne im Laufen innezuhalten, schlug Henri mit dem Handrücken zu, so daß der Mann zur Seite taumelte. Noch ein paar Schritte, und sie waren an der Tür. Ringsum herrschten Geschrei und Durcheinander, und der Schock stürzte das ganze Haus ins Chaos. Eine Pfeife gellte.

Sie rannten zur Tür hinaus und die Straße hinunter; Henri führte Serena immer noch bei der Hand. Es war stockdunkel. Die Straßen waren von einer dünnen Schneeschicht bedeckt, und das Eis darunter verlangsamte ihren Lauf. Henri sah sich um. Ein paar Leute hatten sich hinter ihnen in die kalte Nacht herausgewagt und starrten ihnen nach. Bis jetzt aber hatte noch niemand die Verfolgung aufgenommen. Sie kamen zu ihrer Kutsche. Er hob sie mühelos hinein und sprang dann ebenfalls hinauf. Dann ließ er die Peitsche über dem Pferd knallen.

»Wir müssen Moussa und Paul holen«, sagte er, als das Pferd unter dem Peitschenhieb antrabte. »Wir müssen fort.«

Sie nickte dumpf. »Ich mußte es tun«, sagte sie schlicht. »Ich mußte.«

Henri hörte sie kaum. Er lenkte das Pferd weg von der Oper und zum Boulevard Haussmann. Die bitterkalte Luft brannte in seinem Gesicht. Er zitterte ein bißchen, als ihm aufging, was er getan hatte. Sein Handeln war instinktiv gewesen, aber er bekam rasch einen klaren Kopf und wußte, daß er recht getan hatte.

Seine Frau hatte kaltblütig den Bischof erschossen. Dessen war er sicher. Es kam nicht darauf an, warum – noch nicht. Jetzt kam es nur darauf an, sie hinauszuschaffen, hinaus aus der Stadt, weg von diesem Wahnsinn, von der Menge. Jules hatte er den Händen der Justiz überlassen, und dabei war er die ganze Zeit von Zweifeln geplagt worden. Solche Zweifel würde es bei Serena nicht geben. Sie war sein Leben. Er mußte sie beschützen. Er würde sie außer Landes bringen, zumindest weg von Paris, und wenn der Abstand groß genug wäre, würde man sehen, was zu tun war. Er machte sich keine Illusionen über das, was ihr zustoßen konnte, wenn sie blieben. Er hatte mächtige Freunde, aber die hatte der Bischof auch. Die Stadt war von Sinnen, instabil, und die Regierung stand, gelähmt und schwach, kurz vor dem inneren Kollaps, sofern die Preußen ihr nicht von außen den Todesstoß versetzten. Politik steckte hinter allem, befeuert von Korruption, und die Lage wurde von Woche zu Woche schlimmer. Es gab keine Ordnung mehr. Dies war nicht die Zeit, auf die Justiz zu vertrauen und die Form zu wahren. Nicht, wenn es um Serenas Leben ging, nicht jetzt. Er war bereit, alles für sie aufzugeben, wenn es sein müßte. Nie würde er sie ihnen überlassen.

Die Kutsche flog durch die dunklen Straßen. Serena saß neben ihm und hielt sich fest. Er schaute sich noch einmal um. Noch immer folgte ihnen niemand, aber er wußte, daß sie kommen würden. Bald schon. Seine Gedanken überschlugen sich bei der Planung der Flucht mit Berechnungen über Leuchtgas, Wind und Ballast. Es würde gehen – wenn sie nur genug Gas und genug Zeit hätten.

»Ein Ballon ist gerade fertig geworden, im Gare du Nord. Er sollte morgen nacht aufsteigen. Wir holen Moussa und Paul. Er steigt noch heute nacht auf.«

Der Präfekt war erschüttert. Er kniete neben dem Bischof, der in einem See aus Blut und purpurnen Gewändern zusammengesunken war. Der Bischof war tot. Der Präfekt verzog das Gesicht, als er den Brei sah, der einmal ein Gesicht gewesen war. Er zog einen Zipfel der bischöflichen Robe über den Kopf des Toten, um ihn zu bedecken.

Der Präfekt hatte den Bischof verabscheut. An dem Mann und seinen Methoden war nichts Liebenswertes gewesen. Sie hatten gelegentlich Geschäfte miteinander gemacht, und der Präfekt hatte dabei eine Menge Geld verdient. Bei anderen Gelegenheiten hatte er die Reste weggeräumt, wo andere ihre Geschäfte mit dem Bischof hinter sich hatten: Selbstmorde hatte es gegeben, vertuscht, häßlich, und einen Mord. Immer war der Bischof irgendwo am Rande zu finden, nie nah genug am Geschehen, um belastet zu sein. Nach seinem Tod wäre Paris ein besserer Ort. Auf den ersten Blick vermutete der Präfekt, daß die Gräfin in irgendeine unangenehme Angelegenheit mit ihm verstrickt war und endlich das getan hatte, was so viele andere heimlich gern getan hätten. Am liebsten hätte der Präfekt die Leiche in die Seine gekippt und auf eine bessere Stadt getrunken, aber das kam natürlich nicht in Frage. Er hatte eine Aufgabe. Er mußte handeln. Hundert Leute hatten gesehen, wie es passiert war. Hundert Leute hatten die Gräfin und ihre Pistole gesehen. Man würde sie zur Rechenschaft ziehen müssen.

Der Präfekt kannte den Grafen seit Jahren. Nicht gut, aber immerhin. Es hatte ihn zunächst überrascht, daß der Mann die

Flucht ergriffen hatte, aber dann war ihm klargeworden, daß er seine Frau schützen wollte. Der Graf seinerseits würde verstehen, daß der Präfekt seine Stadt schützen mußte.

Er richtete sich auf und wandte sich an einen Sergeanten der Polizei. »Sie werden sich zwei Mann holen und schleunigst zum Château de Vries fahren. Das ist bei Boulogne, an der Straße nach St. Cloud. Sie werden die Gräfin wegen Mordes am Bischof verhaften. Wenn der Graf Widerstand leistet oder sich sonstwie einmischt, werden Sie ihn ebenfalls verhaften.«

»Zu Befehl.« Der Sergeant salutierte, wandte sich um und drängte sich durch das Gewimmel nach draußen.

Am Tor von Neuilly begann sie zu reden. Henri hatte sich aus der Kutsche gebeugt, um mit dem Posten zu sprechen. Als der Mann das Tor öffnete, mußte sie an einen Herbsttag denken, an dem der Bischof auf sie herabgeschaut hatte, während sie aus der Stadt geführt wurde, und da sprudelte alles aus ihr hervor. Sie erzählte ihm, was an jenem Tag passiert war, und dann erzählte sie von dem vormittäglichen Besuch in St. Paul bei Schwester Godrick, und dann auch von dem im Palast. Henri hörte aufmerksam zu und fuhr zugleich wie ein Wahnsinniger durch den Bois de Boulogne. Im Schnee und in der Dunkelheit sah die Gegend gespenstisch aus. Überall ragten Baumstümpfe auf: die Überreste eines großen Waldes, der abgeholzt worden war, um die Feuer der Stadt gegen die bittere Kälte anzufachen. Die Leute hackten jetzt die Stümpfe auf, um die Wurzeln herauszuholen, und selbst die verschwanden zusehends. Es war still im Bois. Die Räder der Kutsche knirschten im Schnee.

Serenas Stimme brach, als sie wiederholte, was der Bischof in der Oper gesagt hatte. »Ich hatte keine Wahl, Henri«, sagte sie, als sie fertig war. »Ich würde ihn wieder erschießen für das, was er unserem Sohn antun wollte.«

Henri legte den Arm um sie, und die Kutsche raste durch den Bois.

Im Château angekommen, wechselte Henri eindringlich ein paar Worte mit Gascon in der Eingangshalle. Er berichtete ihm rasch, was geschehen war, ohne etwas zu verschweigen. Zwischen ihnen gab es keine Geheimnisse. Gascon riß die Augen auf, aber er sagte nichts. »Hol mir frische Pferde«, befahl der Graf ihm dann. »Ich werde Serena und die Jungen aus der Stadt schaffen.«

»Monsieur.« Gascon rannte zu den Stallungen. Er spannte die beiden besten Pferde an und belud die Kutsche mit allen Vorräten, die der Graf vermutlich brauchen würde, unter anderem mit dicken Wolldecken und einer Laterne. Im Haus holte er ein Gewehr und zwei Pistolen aus dem Waffenschrank. Er vergewisserte sich, daß sie geladen waren und daß Ersatzmunition vorhanden war. Dann lief er in die Küche, um Reiseproviant aufzutreiben.

Henri ging in sein Arbeitszimmer, wo er zu seiner Verblüffung Elisabeth antraf. »Sie werden Paul nicht mitnehmen«, sagte sie. Sie hatte mit angehört, was der Graf Gascon erzählte. Henri hatte sie schon seit Wochen nicht gesehen, hatte keine Ahnung gehabt, wo sie gewesen war oder wann sie zurückkommen würde.

»Ich wußte nicht, daß Sie hier sind, Elisabeth. Ich wollte ihn nur schützen. Natürlich nehme ich ihn nicht mit. Er wird bei Ihnen bleiben.« Er ging in seinem Arbeitszimmer hin und her und stopfte Papiere in seine Tasche.

»Wo wollen Sie denn hin?« fragte Elisabeth. Die Neuigkeit hatte ihr Herz in Aufruhr versetzt, aber sie gab sich angestrengt Mühe, ruhig zu bleiben. *Der Bischof tot!* Ein faszinierender Gedanke. Sie begann zu glauben, wirklich zu glauben, daß sie und Pascal mit ihrem Unternehmen durchkommen würden. Nur der Graf konnte ihre Pläne jetzt noch gefährden, und der wollte fort.

»Ich weiß es noch nicht. Irgendwohin. Aufs Land.«

»Sie wollen die *Stadt* verlassen?« Elisabeths Augen weiteten sich ungläubig. »Vermutlich haben die Preußen Ihnen ihren Segen gegeben?«

»Wir nehmen einen Ballon. Im Gare du Nord steht einer bereit.«

»Sind Sie rasend?«

»Allerdings, Elisabeth. Und jetzt lassen Sie mich bitte packen.«

Oben weckte Serena die Jungen und warf ein paar Kleider in eine kleine Tasche.

»Wo gehen wir denn hin?« fragte Moussa und rieb sich die Augen.

»Wir verlassen die Stadt. Mit dem Ballon. Ich werde es dir später erklären. Wir müssen uns beeilen!«

Moussa schaute verunsichert zu Paul hinüber. »Wir verlassen die Stadt? Paul kommt aber auch mit, oder?«

»Nein, er bleibt bei seiner Mutter. Sie ist unten. Du wirst ihn später wiedersehen. Jetzt beeil dich!«

Die Jungen wechselten einen Blick voller Unbehagen. Sie spürten, daß hier etwas im Gange war, was ihr Fassungsvermögen überstieg. Die Erwachsenen rannten hin und her, Gascon war in der Remise, das ganze Haus in Aufruhr. Irgend etwas stimmte hier nicht, irgend etwas Schreckliches.

»Dann sehen wir uns wohl später«, sagte Moussa und zog sich an. Die Aussicht auf eine Ballonfahrt war aufregend, aber bei dem Gedanken, Paul zurückzulassen, war ihm jämmerlich zumute.

»Ja, wahrscheinlich.« Sie wußten beide, daß das Ende der Belagerung noch lange auf sich warten lassen würde. Sie würden sich eine ganze Weile nicht wiedersehen. Paul holte das Taschenmesser, mit dem er Holz zu schnitzen pflegte, aus der Kommodenschublade. »Hier, das nimm mit. Du könntest es brauchen.«

Moussa nickte dankend. Als er hinausgehen wollte, kam ihm plötzlich ein Gedanke, und er geriet in Panik.

»Vater, ich kann nicht weg, noch nicht.«

»Natürlich kannst du. Wo ist dein Mantel?«

»Ich muß mein Amulett holen.«

»*Was?*«

»Mein Amulett. Schwester Godrick hat es mir weggenommen. Ich brauche es. Ich kann sonst nicht weg.«

»Sei nicht albern. Wir haben es eilig, Moussa. Du kannst ein neues bekommen.«

»Nein, das geht nicht, Vater. Es ist das einzige. Es ist etwas Besonderes. Es ist vom Amenokal. Sie hat es mir weggenommen, und ich muß es zurückhaben.«

»Ich weiß, von wem es ist, Junge, aber wir haben keine Zeit! Wir müssen los! Sofort! Schnell!«

»Es ist in St. Paul. Bitte, Vater.« Seine Stimme zitterte. Henri hielt inne in dem, was er tat, und schaute seinen Sohn eindringlich an. Noch nie hatte Moussa in einem so kläglichen Ton geredet.

Serena meldete sich leise zu Wort. »Wir können dort vorbeifahren, Henri. Es ist kein großer Umweg. Bitte. Es ist wichtig.«

Henri seufzte. Wenn sie aus dem Château entkommen könnten, ohne erwischt zu werden, würde vermutlich eine ganze Weile vergehen, ehe die Verfolger auf den Gedanken kämen, sich für die Ballone zu interessieren. Die Zeit müßte also reichen. »Also gut, aber beeilt euch! Sie werden bald hier sein!«

»Ich werde sie aufhalten, solange ich kann, Monsieur«, sagte Gascon, als sie zum Wagen eilten. »Und wenn Sie mich brauchen –«

»Danke, Gascon.« Henri schlug ihm auf die Schulter. Seine Miene war grimmig. »Ich melde mich später, wenn die Belagerung vorbei ist. Kümmere dich einstweilen um alles.«

»Gott schütze Sie, Monsieur«, sagte Gascon, und dann waren sie fort.

Paul stand in der Tür und schaute mit wehem Herzen zu, wie die Kutsche die Zufahrt hinunterfuhr und verschwand. Er sah die schmächtige Gestalt seines Cousins auf dem Rücksitz und wußte, daß Moussa zu ihm zurückschaute. Er winkte und schluckte ein Schluchzen hinunter. Ihm war, als sehe er Moussa in der Ferne zurückwinken.

Zwanzig Minuten waren seit der Abreise des Grafen vergangen, als die Polizei am Château eintraf. Gascon hatte sämtliche Lichter gelöscht. Die Polizei hämmerte an die Tür und rief. Gascon wartete in der dunklen Küche und ließ sie lärmen. Erst als es sich anhörte, als wollten sie die Tür einschlagen, öffnete er schließlich.

»Ich komm ja schon, ich komme!« knurrte er und kratzte sich und rieb sich die Augen, als käme er geradewegs aus dem Bett. »Was ist denn? Wer ist da?«

»Polizei!« kläffte der Sergeant. »Wo ist die Gräfin?«

Gascon zuckte die Achseln und gähnte. »Pardon, Monsieur, aber das weiß ich nicht. Vielleicht beim Grafen?«

»Und wo ist der Graf?«

Gascon zuckte wieder die Achseln. »Keine Ahnung. Vielleicht bei der Gräfin. Ich arbeite für ihn, nicht er für mich. Sie waren heute abend nicht zu Hause. Vielleicht möchten Sie eine Nachricht für sie hinterlassen, falls sie noch kommen? Ich werde sie mit Vergnügen übermitteln, Monsieur.« Er war überaus hilfsbereit.

Der Sergeant schüttelte den Kopf.

»Dann möchten Sie vielleicht hereinkommen und warten? Sie kommen bestimmt noch nach Hause. Ich kann Ihnen ein Glas Wein anbieten, um die Kälte zu vertreiben.«

Der Sergeant überlegte. Dann beschloß er, einen Mann im Château zu lassen und selbst in die Präfektur zurückzukehren. Er hatte kaum Zweifel daran, daß man die Gräfin finden würde. Wo konnte sie schließlich hin? Das war vermutlich einer der wenigen Vorteile der Belagerung. Eine Viertelmillion Preußen würde schon dafür sorgen, daß die Flüchtige in der Stadt blieb, und zwar ohne daß es die Polizei etwas kostete. Man würde sie bald haben.

»Oui«, sagte er zu Gascon, »ich werde einen Mann bei Ihnen lassen.« Er wandte sich ab und sprach mit einem der Gendarmen. Dann dankte er dem Kammerdiener und wandte sich mit dem anderen Polizisten zum Gehen. Gascon lächelte höflich, als sie abzogen, und bot dem Zurückbleibenden noch einmal ein Glas Wein an.

Der Sergeant hatte das Ende der Zufahrt fast erreicht, als plötzlich eine Gestalt aus der Dunkelheit auftauchte. Das Pferd hätte sie beinahe umgerannt und mußte hart gezügelt werden.

»Sind Sie von Sinnen?« schrie der Polizist. »Wir hätten Sie umbringen können!«

Elisabeth kam an die Seite der Kutsche gelaufen. Obwohl es dunkel war, hatte sie sich den Schal vors Gesicht gezogen, so daß man sie nicht erkennen konnte. Sie hatte im Arbeitszimmer ihren Entschluß gefaßt und war zur Hintertür hinausgelaufen, als sie die Polizei kommen hörte. Sie würde die Gelegenheit ergreifen, die Henris Ruin ihr bot. Wenn Henri verhaftet würde, weil er Serena nach dem Mord am Bischof zur Flucht verholfen hatte, wäre seine Glaubwürdigkeit für immer dahin. Mit dem Tod des Bischofs und Henris Ehrverlust wäre ihr Anspruch auf den Besitz besiegelt. Sie schaute zu den Polizisten in der Kutsche hinauf.

»Sie müssen sich beeilen«, sagte sie. »Sonst entkommt der Graf mit der Gräfin!«

Der Sergeant lachte. »Durch einen Ring von Preußen gibt es kaum ein Entkommen«, höhnte er. »Und wer sind Sie?«

»Das ist unwichtig, Dummkopf! Es ist der Graf de Vries, hinter dem Sie her sind!«

»Und?«

»Haben Sie die Ballone nicht gesehen, die die Stadt verlassen? Der Graf de Vries ist es, der sie bauen läßt! Und in diesem Augenblick ist er auf dem Weg zum Gare du Nord, wo sie aufsteigen! Er wird noch heute nacht verschwinden!«

»*Was* hast du getan, Maman?«

»Ich habe ihn erschossen. Ich habe ihn getötet.«

Sie versuchte es ihm zu erklären, als sie Seite an Seite auf dem Rücksitz der Kutsche saßen. Sie hatte erwogen, es ihm nicht zu erzählen oder ihn zu belügen. Aber ihr Leben würde sich jetzt für immer verändern, und nichts würde jemals wieder so sein wie früher. Sie mußte es ihm erzählen. Er war alt genug, um die Wahrheit zu kennen. Und als er die Wahrheit kannte, begann seine Unterlippe zu zittern, und er bekam verzweifelte Angst um seine Mutter, Angst um sie alle, und er klammerte sich an sie und wußte, daß er allein schuld war, schuld an dieser schrecklichen Gefahr, die sie hier durch die Nacht flüchten ließ, und er wünschte, die Pferde wollten schneller laufen.

Serena wartete in der Kutsche, während Henri und Moussa durch das Hauptportal in die Kathedrale eilten. Ein Akolyth bereitete die Kirche für die Mitternachtsmette vor. Verblüfft sah er, wie Moussa seinen Vater durch den Mittelgang zur Sakristei führte, wo sie durch eine Tür verschwanden, die in die hinteren Korridore führte. Henri war seit Jahren nicht mehr hiergewesen, aber Moussa hätte den Weg durch dieses Labyrinth mit verbundenen Augen gefunden, und nach kurzer Zeit standen sie vor seinem Klassenzimmer. Die Tür war verschlossen. Henri rüttelte heftig an dem Messingknauf, aber die Tür gab nicht nach.

»Ich kann außen herumlaufen und vom Hof aus durchs Fenster klettern«, flüsterte Moussa.

»Nein. Keine Zeit.« Henri straffte seine Schulter und rannte gegen die Tür. Sie erbebte, Holz splitterte, aber die schwere Eichentür hielt. Henri warf sich noch einmal dagegen, und die Tür flog krachend auf. Moussa stürmte in das dunkle Zimmer und stolperte über einen Stuhl, der polternd umfiel. Der Graf sah das Licht einer Laterne auf dem Hof hinter der Kathedrale auf sie zukommen. »Der Curé«, sagte er.

Moussa stand am Katheder und durchwühlte hastig die oberste Schublade: Er war sicher, daß sie es dort hineingelegt hatte.

Es war nicht da.

Er zog die zweite Schublade auf, dann die nächste, und seine Verzweiflung wuchs, als er sah, daß er bald alles durchsucht hatte. Er bekam furchtbare Angst. Wenn sie es nun mitgenommen hatte? Wenn sie es vernichtet hatte? Er schob die Papiere zur Seite, und seine Finger tasteten in der Tiefe jeder Schublade herum.

»Beeil dich, Moussa!« drängte der Graf. »Sie kommen!«

Moussa schlug eine Schublade zu und riß die nächste auf. Papier, Bleistifte, Bücher. Es war nicht da! Er war den Tränen nahe.

Und dann hatte er es. Seine Finger schlossen sich um das vertraute Leder. Er zog es heraus und schaute es triumphierend an. »Ich hab's!« rief er, und sie rannten aus der Klasse, während der Curé am anderen Ende des Korridors mit dem Schlüssel im Schloß stocherte.

In der Kutsche hatte Moussa eine Idee. »Ich kenne noch einen Weg aus der Stadt, Vater.«

»Ja?«

»Durch den Keller der Kathedrale. Ich bin mit Paul dagewesen. Da sind Tunnel, die bis zu den preußischen Linien hinausführen. Wir könnten uns an ihnen vorbeischleichen.«

Die Stimme des Grafen klang wie ein Peitschenknall. »Du warst bei den preußischen Linien?«

»Sie haben uns nicht gesehen, Vater.«

»Darüber reden wir später. Aber jetzt müssen wir an den preußischen Linien vorbeikommen, Moussa, nicht nur zu ihnen hin. Wir *müssen* fliegen. Wir nehmen den Ballon.«

Und die Kutsche holperte weiter durch die Dunkelheit.

Der Sergeant peitschte wie wild auf das große Pferd ein, das sich ins Geschirr legte. Dampfwolken wallten vom Hals des Tieres, und es keuchte tief und angestrengt. Der andere Polizist saß neben dem Sergeanten, kaum mehr als ein Junge, nervös und noch unerfahren. Er hielt sein Gewehr mit der einen Hand und klammerte sich mit der anderen an den Rand des Wagens, um nicht hinausgeschleudert zu werden, und dabei bemühte er sich, nicht zu erfrieren. Es war kein einfaches Dasein bei der Polizei. Ihre Kutsche war leicht und schnell, aber instabil; sie rutschte und glitschte und hüpfte durch die Straßen und polterte ohrenbetäubend über das Kopfsteinpflaster, und die Räder knarrten und knackten.

Der Sergeant verfluchte sein entsetzliches Pech. Er wußte, daß er nachlässig vorgegangen war, als er die Verhaftung hatte vornehmen wollen. Von der Oper zum Château hatte er das Pferd gemächlich traben lassen, eingelullt von der Vorstellung, daß eine belagerte Stadt ein gutes Gefängnis abgab. Wenn er die Gräfin so leicht davonkommen ließe, wäre seine Karriere beendet. Aber woher hätte er denn über den Grafen und seine verdammten Ballone Bescheid wissen sollen? Das war zuviel erwartet, dachte er und arbeitete bereits an der Rede, mit der er sein Versagen rechtfertigen würde. Er sah die flammenden Schlagzeilen der Pariser Zeitungen vom nächsten Tag schon vor sich, sah sein Bild neben dem des toten Bischofs und der verschwundenen Gräfin. Joyeux Noël, wahrhaftig. Er kochte innerlich.

Aber er war entschlossen, nicht zu scheitern. Wieder und wieder peitschte er auf sein Pferd ein. Sie flogen über den schmalen Pfad am Quai de Grénelle und vorbei an den weitläufigen, leicht abfallenden Rasenflächen der Champs de Mars, wo Tausende von Soldaten in ihren Zelten lagen und schliefen oder sich um kleine Feuerchen drängten, um sich vor der bitteren Kälte zu schützen. Dann ging es auf den Quai d'Orsay, das Pferd galoppierte am Fluß entlang, der dunkel, tief und kalt aussah. Die mächtigen Umrisse des Louvre ragten wie ein dunkler Schatten am anderen Ufer. Er bog auf den Pont Neuf ein und mußte jäh um eine Gruppe erschrockener Fußgänger herumschwenken, die vor ihm zur Seite sprangen. Die Ile de la Cité war ein verschwommener Schatten, die Türme von Notre Dame kaum sichtbar in der Dunkelheit. Die Menschen strömten auf dem großen Platz zur Mitternachtsmette zusammen. Immer schneller trieb er das Pferd, die Rue St. Denis hinunter. Ein unverhoffter Windstoß riß ihm Hut und Schal weg, aber er verlangsamte die Fahrt nicht.

»Nur noch ein kurzes Stück«, schrie er seinem jungen Kameraden zu. »Wir sind fast da.«

Die Hülle des Ballons wölbte sich in den kalten, dunklen Himmel. Die Wetterfahnen oben auf dem Bahnhofsdach zeigten im leichten Wind nach Südwesten. Viel war es nicht. Die Kälte hatte sich wie eine Decke über die Stadt gelegt, und die Luft bewegte sich nicht mehr. Aber es würde genügen müssen, dachte Henri, als er kurz in die Höhe blickte. Er verfluchte das Wetter. Und seine Finger wollten ihren Dienst auch nicht ordentlich tun. Sie waren taub vor Kälte, und die Knöchel waren blutig aufgeschürft. Er hämmerte auf das Ventil ein, um es gängig zu machen, damit das Leuchtgas möglichst schnell hindurchströmen konnte. Der Ballon war fast voll, aber er wollte noch mehr hineinpumpen, damit sie, wenn es wärmer würde – falls das je noch einmal geschehen sollte –, genügend Auftrieb für eine Weitfahrt hätten. Doch irgend etwas saß hier fest – gefrorenes Schmierfett, ein verklemmter Hebel, er wußte es nicht –, und man hörte nur ein leises Zischen anstelle des gewohnten Rauschens, als das Gas jetzt strömte. Und je mehr er sich beeilte, desto länger schien alles zu dauern.

Henri hatte zu beiden Seiten des Platzes vor dem Bahnhof eine helle Gaslaterne anzünden lassen, damit sie genug Licht zum Arbeiten hätten. Der Platz war von einem hohen Eisenzaun umgeben, den man aufgestellt hatte, um Neugierige von den Gerätschaften und den Gasleitungen fernzuhalten. Durch ein großes Tor an einem Ende wurde das Material angeliefert. Ein schläfriger Posten bewachte dieses Tor. Er war überrascht gewesen, als er den Grafen zu so später Stunde kommen sah, aber die Ballone stiegen ja wirklich zu den verrücktesten Zeiten auf.

»Ein Aufstieg heute nacht?« fragte er.

»Oui«, sagte Henri. Der Mann nickte und schloß das Tor, als die Kutsche auf das Gelände gerollt war. Eine kleine Schar von Zuschauern versammelte sich draußen am Zaun. Sie waren immer da, wenn ein Ballon aufstieg. Sonst gab es hier zwar mehr Licht und mehr Leute zu sehen, aber sie plapperten trotzdem aufgeregt miteinander. Ein Ballonstart war immer ein großes Ereignis, auch wenn man so etwas schon ein dutzendmal gesehen hatte.

Henri machte sich daran, den Ballon zu füllen, und ließ Serena und Moussa die gefüllten Sandsäcke in den Korb laden. Sie mußten sie von einem großen Haufen holen und einzeln über den Platz schleppen. Ein paar hängten sie außen an den Korb, die andern warfen sie einfach drinnen auf den Boden. Moussa lief zur Kutsche und holte die Wolldecken und den Sack mit ihrem Proviant. Dabei trat er auf eine Wolldecke und fiel hin, so daß seine ganze Last auf dem kalten Pflaster landete. Rasch rappelte er sich auf, sammelte alles wieder ein, lief zum Korb und kippte es hinein.

Leichter Schneefall setzte ein. Der Ballon begann an seinen Leinen zu zerren, als mehr und mehr Gas hineinströmte. Henri versuchte abzuschätzen, wie lange es noch dauern würde; im Geiste berechnete er Kubikmeter und Gasfluß. Drei Minuten, zwei Minuten. Der Korb hob sich vom Boden. Sie brauchten mehr Gewicht.

»Serena! Moussa! Steigt jetzt ein!« rief er, und die beiden kletterten über den Korbrand. Der Ballon benahm sich wie eine lebendige Masse, die ihren Fesseln zu entrinnen suchte. Die Leinen über ihnen knarrten, und der Korb knisterte unter ihrem Gewicht.

Sie hörten es alle gleichzeitig, das Poltern von Rädern und das unablässige Trappeln von Hufen auf fernem Pflaster. Ohne etwas zu sehen, wußte Henri, wer da kam. Er konnte nicht mehr Gas aufnehmen. In wütender Hast versuchte er das Ventil zu schließen, im verzweifelten Kampf gegen die Kälte, die jede Bewegung von Messing und Eisen zu vereiteln suchte.

»Die Waffen!« Panik erstickte Moussas Stimme. »Ich habe die Waffen nicht geholt!« Sie lagen noch hinten in der Kutsche.

»Laß sie!« rief Serena, aber er war schon über den Rand des Korbes gesprungen, ehe sie ihn aufhalten konnte. Sie mußte bleiben, wo sie war, und die Leinen festhalten. Hilflos schaute sie ihm nach, als er zur Kutsche rannte und die Waffen vom Rücksitz nahm. Er stopfte sich die Munitionsschachteln in die Taschen und kam hastig über das rauhe Pflaster zurückgeeilt. Erleichtert zog Serena ihn wieder in den Korb.

Sie hörte die Kutsche auf der anderen Seite des Bahnhofs anhalten.

»Henri, komm!« rief Serena verzweifelt. »Sie sind da!«

Der Sergeant war zur falschen Seite des Bahnhofs gefahren. Er hatte keine Ahnung, wo die Ballone aufstiegen, aber als er durch den Bahnhof spähte, sah er gleich das Licht auf der anderen Seite. Der Ballon wurde zum größten Teil durch das Bahnhofsgebäude verdeckt, aber durch die Fenster konnte er den runden Hals und die Leinen erkennen, die sich nach oben spannten. Der Ballon war startbereit! Er schlug auf sein Pferd ein und jagte seitlich um das Gebäude herum. Dann fluchte er. Ein breites Band von Bahngleisen versperrte ihm den Weg. Er hatte keine Zeit mehr, zu wenden und eine Überfahrt zu anderen Seite zu suchen.

»Merde!« sagte er. »Wir müssen zu Fuß weiter. Schnell jetzt!« Sie sprangen aus dem Wagen und hasteten über die Gleise. Der Junge stolperte und fiel schwer auf die Schienen. Er schlug sich am kalten Stahl die Lippe auf und wischte sich mit dem Ärmel das Blut ab, während er aufsprang und weiterrannte. Ihre Stiefel polterten über das Pflaster, und sie liefen zum Zaun. Serena sah sie als erste. Henri war dabei, die Leinen loszuwerfen, die den Ballon an Betonpfosten zu beiden Seiten des Platzes festhielten. Zwei waren noch übrig.

Der Sergeant sah ihn durch den Zaun. »Sie da! Graf de Vries! Arrêtez-vous! Bleiben Sie augenblicklich stehen! Die Gräfin ist verhaftet! Sie müssen hierbleiben!«

Henri warf einen Blick hinter sich, als er zum nächsten Pfosten rannte. Er hob die Leine herunter, drehte sich um und lief zum letzten. Verzweifelt suchte der Sergeant nach einem Weg hinein. Das Tor war an der gegenüberliegenden Seite des Platzes. Keine Zeit.

»Halt, oder ich schieße!« schrie er, und der Junge an seiner Seite hob sein Gewehr. Henri ignorierte ihn und lief, so schnell er konnte, zum letzten Pfosten. Fort mit der Leine. Jetzt hielt nur noch ein Tau den Ballon am Boden, und das befand sich in Serenas Hand. »Leine los!« rief er, und sofort schlang sie die Leine von ihrem Pfosten. Der Ballon wogte aufwärts, sackte gleich wieder ab und erhob sich von neuem. Serena geriet in Panik, als sie sah, wie weit Henri noch zu laufen hatte und daß der Ballon sich bereits vom Boden hob. Henri rannte aus Leibeskräften. Er würde springen müssen.

»Einen Warnschuß abfeuern!« befahl der Sergeant dem jungen Gendarm.

Der Junge war nervös. Er war ein ausgezeichneter Schütze, aber noch nie hatte er sein Gewehr auf einen Menschen gerichtet. Er hatte den Grafen bereits aufs Korn genommen, hatte den langen Lauf des Gewehrs auf den Rücken des Flüchtenden gerichtet. Vielleicht war er zu nervös, vielleicht hatte er auch nur das Wort »feuern« gehört. Jedenfalls holte er tief Luft und drückte langsam den Abzug durch.

Henri hatte gerade den Korb erreicht, als der Schuß knallte. Serena streckte ihm die Arme entgegen und faßte seine Hände, als die Kugel einschlug. Sie hörte einen dumpfen Schlag und fühlte, wie ein Ruck durch seine Arme ging. Sein Griff lockerte sich, und er wollte ihr entgleiten. »Henri!« schrie sie. Der Ballon hob sich vom Boden, und sie hielt ihn ganz allein am Rand des Korbes fest. Seine Beine baumelten ins Leere. Er konnte ihr nicht helfen – wie eine tote Last hing er an ihren Armen. Sie wußte, daß sie ihn nicht lange würde halten können. Er fing schon an abzurutschen, und der Ballon stieg schnell in die Höhe. »Moussa, hilf mir!« rief sie. Moussa beugte sich über den Rand, und zusammen bemühten sie sich verzweifelt, ihn hochzuziehen. Serena sah den roten Fleck, der hinten auf seiner Jacke erblühte.

Endlich hatten sie ihn im Korb. Er sank auf den Sandsäcken am Boden zusammen. Seine Augen waren geschlossen. Serena glitt an der Seitenwand herunter und nahm seinen Kopf auf ihren Schoß. Blut rann aus seinem Mundwinkel. Er schlug die Augen auf und sah sie. Matt drückte er ihr die Hand und lächelte, dann schlossen sich seine Augen wieder. Ihr Gesicht war dicht über dem seinen, und sie sah, wie die Farbe daraus wich. »Oh, Henri, nein, nein, nein!« weinte sie, und sie hielt ihn fest, während der Ballon sich vom Platz erhob und über das Dach des Bahnhofs hinwegschwebte. »Je t'aime«, flüsterte sie. Unten fielen weitere Schüsse. »Ich liebe dich, Henri. Ich liebe dich, ich liebe dich.«

Die beiden Polizisten standen hilflos draußen vor dem Zaun und sahen zu, wie die Nacht den Ballon verschluckte. Der Posten war herbeigeeilt, als er die Schüsse hörte. »Sind Sie verrückt geworden?« rief er. »Was machen Sie denn da? Das ist der Graf de

Vries in dem Ballon! Und da ist Leuchtgas drin! Wenn Sie ihn treffen, explodiert er, und aus der Entfernung bringt er uns alle um!«

Der Sergeant überlegte, ob man sie auf diese Weise herunterholen sollte. Aber er hatte ein Kind in dem Korb gesehen.

»Zur Kalesche!« fauchte er den Polizisten mit dem Gewehr an. »Wir folgen ihnen, solange es geht. Vielleicht kommt der Ballon ja noch in der Stadt wieder herunter.« Er glaubte es zwar nicht, aber er mußte es versuchen. Also liefen sie zu ihrer Kutsche.

Moussa war in Panik. Das alles ging zu schnell. Er wußte nicht, was er tun sollte. »Maman!« schrie er, und sein Blick ging zwischen seinem verwundeten Vater und dem massigen Ballon über ihnen hin und her. Die Welt versank schnell unter ihnen, und er hatte schreckliche Angst vor der Höhe und dem Unbekannten vor ihnen. »Maman, ich weiß nicht, was ich machen soll! Ich kann doch nicht steuern! Wir sind am Himmel! *Was soll ich tun?*«

Aber Serena hörte ihn nicht. Sie hielt den Kopf ihres Mannes auf dem Schoß und wiegte ihn vor und zurück, wiegte ihn sanft, strich ihm übers Haar, küßte ihm die Stirn, drückte seine Hand und flüsterte, und ihre warmen Tränen tropften auf sein Gesicht. Sie wußte, daß ihnen nur noch ein kurzer Augenblick blieb. Mit einem Ballon hatte ihre Liebe begonnen. In einem Ballon sollte sie jetzt enden. Sein Atem ging flacher, und sie merkte, daß er ihr entglitt. Sie weinte verzweifelt, aber sie konnte es nicht verhindern. Sie konnte nichts tun.

Seine Augen schlossen sich noch einmal, und er war tot.

Moussa hörte das Klagen seiner Mutter, und an dem schrecklichen Klang erkannte er, daß sein Vater gestorben war. Es traf ihn wie ein Faustschlag, und sein Herz erstarrte zu Eis. Es war zuviel – er verstand es nicht mehr. Er spähte über den Rand des Korbes und zwang sich dazu, sich mit der Situation zu befassen. Seine Mutter reagierte nicht mehr. Er mußte alles selbst tun. Er sah die Dächer unter ihnen und funkelnde Lichter in einigen Häusern, aber klar zu erkennen war nichts. Er wußte nicht, wo sie waren oder in welche Richtung sie sich bewegten. Er versuchte, ruhig nachzudenken. Sie mußten ihre Höhe halten, und er sah, daß sie schon ein bißchen verloren hatten und sich langsam wieder dem Boden näherten. Er beugte sich über den Rand, und mit dem Taschenmesser, das Paul ihm gegeben hatte, schnitt er einen des Sandsäcke ab, die draußen hingen. Der Sack fiel in die Tiefe, und gleich spürte man den Unterschied.

Es schneite jetzt stärker. Er hielt es für klug, über die Wolken zu steigen – für den Fall, daß der Schnee die Hülle beschädigte oder sie zu schwer machte. Er schnitt noch ein paar Sandsäcke ab, und der Ballon stieg in die Höhe. Die Wolken wurden dichter, und bald war weder die Stadt noch sonst etwas zu sehen. Die Stille und die Wolken umhüllten sie wie ein Leichentuch.

Moussa zog die Leinen herein, die frei draußen baumelten, und band sie am Rand des Korbes fest. Nach einer Weile brach der Ballon durch die Schneewolkendecke und stieg über sie hinaus. Hier oben war der Himmel kalt und schwarz und voller Sterne. Es waren die hellsten Sterne, die er je gesehen hatte. Die Wolken erstreckten sich zu seinen Füßen ins Endlose wie ein Teppich – als könnte man aussteigen und auf ihnen herumspazieren. Es war wunderschön. Er schnitt noch einmal Ballast ab. Wind war nicht zu spüren, aber an den Wolken konnte er sehen, daß sie sich bewegten, vermutlich nach Süden, aber sicher war er nicht. Es kam auch nicht darauf an. Zu tun gab es ja nichts.

Er setzte sich in den Korb neben seine Mutter und seinen toten Vater und zog eine Wolldecke über sie alle, und seine Mutter schlang den Arm um ihn. Moussa berührte sanft das Gesicht seines Vaters, und erst jetzt wußte er mit Bestimmtheit, daß es wahr war. Und leise begann er zu weinen.

Tief unter ihnen, so weit weg, daß man es nicht mehr hören konnte, läuteten die Glocken von Notre Dame das Freudenfest der Weihnacht und den siebenundneunzigsten Tag der Belagerung ein. Der Erzbischof von Paris hob den Kelch mit dem Blut Christi über sein Haupt und zeigte ihn der Gemeinde. Draußen vor den Mauern erfroren die französischen Soldaten in ihren Gräben. In Versailles stand Bismarck vor einem warmen Kaminfeuer und hob das Glas auf Wilhelm, den kommenden Kaiser ganz Deutschlands, den Herrn Europas.

Am nächsten Morgen senkte sich der Ballon im Herzen Südfrankreichs, in der Provinz Auvergne, auf den Boden. Sie landeten hart auf dem Feld eines Bauern, und sie hätten sich sicher verletzt, wenn die weiche Schneedecke ihre Landung nicht gemildert hätte. Niemand sah sie herunterkommen.

Mutter und Sohn begruben den Vater, so gut sie konnten, unter Steinen, die sie mit erfrorenen Händen von den Feldern zusammentrugen. Als sie fertig waren, standen sie eng umschlungen da und starrten den Steinhaufen an. Dann wandten sie sich ab und wanderten durch den Schneesturm, um eine Straße zu suchen.

Während der langen Nacht in der Luft hatte die Gräfin de Vries den Kopf ihres Mannes im Schoß gehalten und darüber nachgedacht, was sie ohne ihn tun sollte. Sie wollte überhaupt nichts mehr tun. Sie wollte nicht weitermachen. Ohne ihn war alles schwarz, trostlos und voller Verzweiflung. Was aus ihr wurde, kümmerte sie nicht mehr. Sie wollte am liebsten sterben. Aber sie mußte an Moussa denken.

Es gab nur eines, was sie tun konnte, und dazu entschloß sie sich jetzt. Sie würde ihren Sohn fortbringen. Sie würden sich nach Marseille durchschlagen und eine Überfahrt nach Algier suchen. Und von dort würden sie durch Algerien zur Sahara reisen.

In der Sahara würden sie die Tuareg finden.

Sie brachte ihn nach Hause.

Die Sahara, 1876

17. Etwas bewegte sich. Da war etwas. Der große, langgliedrige Vogel hörte auf zu grasen und hob den Kopf. Scharfe braune Augen warteten geduldig auf ein Zeichen, eine Bewegung. Still stand der Vogel im hohen Gras des Wadi, in einem Flußbett im Hoggar, dem hohen Wüstengebirge der Sahara. Der Strauß war ein dreijähriges Männchen, mehr als zweieinhalb Meter groß. Ein leichter Wind kräuselte das Gras, aber zu wittern war nichts.

Der Vogel war fast am Ende seiner Kräfte. Drei Tage lang war er seinen Jägern entgangen, schreckliche Stunden in panischer Flucht hatten sich mit ruhigen abgewechselt, derweil die Jäger die Spur gefunden, verloren und wieder gefunden hatten und das tödliche Spiel seinen Fortgang nahm. Die Anstrengung machte sich jetzt bemerkbar: Selbst im Ruhezustand pochte sein Herz schnell, sein Atem ging schwer, und seine Reserven waren fast aufgebraucht. Ein schneller Zwischengalopp war kaum noch durchzuhalten. Viel würde er nicht mehr schaffen. Die ganze Herde brauchte dringend Ruhe. Die Kleinen würden als erste straucheln, dann die Großen. Am Anfang waren sie vierzig gewesen. Jetzt grasten nur noch neun oder zehn andere in der Nähe, und ihre langen Hälse tauchten aus dem Gras auf und wippten hoch und nieder, während sie wachsam weidend an dem Rinnsal entlangwanderten, das nach dem Unwetter noch immer durch das sandige Wadi floß. Die übrigen waren erlegt oder versprengt worden, während die Jagd Jäger und Gejagte über das endlos wilde vulkanische Plateau führte, das zerrissen war von schroffen Klippen, ädrig durchzogen von scharf eingeschnittenen Tälern und von ungezählten Felsen übersät. Das Plateau war ein gewaltiges Labyrinth aus natürlichen Tunneln, Höhlen und Gängen. Es barg tausend Verstecke, die den Vögeln helfen konnten, aber auch ebenso tausend Fallen und Sackgassen, die den Jägern dienten. Das Überleben hing davon ab, daß man an der richtigen Stelle abbog.

Jenseits der Felsen hob Moussa vorsichtig den Kopf. Er trug den blauen Schleier eines Adligen der *Ihaggaren*, des Herrenvolks der Tuareg, die den Hoggar regierten. Die blauen Männer, so nannte man die Tuareg wegen der tiefblauen Indigofarben, die sie für ihre Gewänder und ihre Kopftücher benutzten und die oft abfärbten, so daß ihre Haut blau wurde. Der weiche Stoff war rund wie ein Helm um seinen Kopf gewunden, oben hoch und breit und dann in wirbelnden Kreisen rund um Kopf und Hals, so daß alles bedeckt war bis auf die Augen, die man durch einen schmalen Schlitz wie durch ein Visier sehen konnte. Er trug sein *takatkat*, das fließende blaue Sommergewand aus leichter Baumwolle, das den ganzen Körper bis auf die Hände und die Füße bedeckte, und darunter die weite Hose, die man *takirbai* nannte. Eine Lanze und eine Keule waren seine einzigen Waffen; außerdem hatte er ein Seil dabei und ein Fernglas, das seinem Vater gehört hatte, und eine *guerba*, der Wasserschlauch aus Ziegenhaut, hing über seiner Schulter.

Behutsam manövrierte er sich in den Wind, der von den Vögeln herüberwehte. Mit sorgsamen Schritten suchte er sich seinen Weg zwischen den Felsen hindurch, die den Talboden zwischen ihm und den Vögeln bedeckten. Die Steine waren glühend heiß. Es war Hochsommer in der Sahara, und die Höhe des Plateaus trug nicht dazu bei, das Feuer aus der Luft zu nehmen. Der dunkle Granit sog die Hitze auf, und am Mittag warf die Haut, die ihn berührte, Blasen.

Auch Moussa war entkräftet. Sein ganzer Körper schmerzte vor Erschöpfung. Seit dem Morgen des vergangenen Tages hatte er nichts mehr gegessen, und auch da hatte er sich nur eine Handvoll Datteln gegönnt. Sein Körper war hier in der Wüste schlank und hart geworden. Er war es gewöhnt, wenig zu essen, aber jetzt wünschte er doch, er hätte mehr mitgenommen. Sein Magen grollte ob dieser Vernachlässigung, und seine Muskeln brannten von den Folgen ständiger Anstrengung. Aber dies war seine erste Jagd, und so verdrängte er alle Gedanken an diese Strapazen aus seinem Kopf.

Die Jagd war ein zeitloses Ritual zwischen alten Gegnern: den blauen Männern und den großen Vögeln. Fünf Sommer war es her, daß es zuletzt eine Jagd mit so vielköpfigen Herden gegeben hatte. Zwei Sommer lang hatte Trockenheit geherrscht, und die Vögel waren gar nicht gekommen. In den drei Sommern danach hatte es Krieg in der Wüste gegeben, und die Tuareg hatten keine Zeit für die Jagd gehabt. Doch dann, eines Nachmittags, hatten sie den Blick vom Lager erhoben und das dunkle Unwetter über den Bergen gesehen, und ihr Blut floß schneller, als sie zur Tat schritten.

Essamen! Der Blitz! Einem Zauber gleich, eine machtvolle Sirene, die Mann und Vogel gleichermaßen rief. Wenn eines der seltenen Sommergewitter aufzog, wurde der Himmel zornig und schwarz und knisterte von Feuer. Die Vögel sahen es, und irgendein Instinkt trieb sie zu Paaren, und die Paare taten sich mit anderen zusammen, bis Herden daraus geworden waren, und die Herden wurden groß und liefen gewaltige Strecken, geradewegs auf das Feuer im Himmel zu, denn sie wußten, der Blitz bedeutete, daß es Wasser zu trinken gab, und Wasser bedeutete Blumen und Gräser, die man fressen konnte.

Auch aus anderen Teilen der Wüste kamen Jäger, ganze Gruppen auf schnellen, hellen Kamelen, die sich beim Hetzen der Beute in Staffeln abwechselten. Die eine Gruppe ruhte, während die andern die Vögel in rasender Hatz vor sich hertrieben, bis sie nach einer Weile erschöpft waren, und diese Jagd war erst zu Ende, wenn die Vögel entweder entkommen waren oder in die Enge getrieben und erlegt werden konnten. Ihr Fleisch war eine große Delikatesse, aber ihre Häute und Federn waren eine besondere Kostbarkeit. Man verkaufte sie an die Karawanen, die beladen mit Elfenbein und Sklaven aus den Ländern im Süden kamen und nach Norden zum Meer weiterzogen, und dort, so hieß es, wurden sie in ferne Länder verschifft, wo man sie zu Hüten und Stiefeln verarbeitete. Niemand glaubte solche Geschichten, selbst wenn Moussa schwor, daß es die Wahrheit sei, und ihnen von den prachtvollen Hüten erzählte, die er auf den Champs-Elysées gesehen hatte. Kein Zweifel hingegen bestand daran, daß eine gute Jagd großen Reichtum für den Stamm und Ehre für die Jäger bedeutete, und wer einen Teil der Jagd mit ansehen konnte, hatte immer etwas zu lachen. Man konnte nie mit Sicherheit sagen, wer alberner aussah: die Jäger oder die Gejagten.

Moussa fand einen Rastplatz und hielt an. Er beobachtete die Strauße und überlegte sich, was zu tun war. Am Spätnachmittag des vergangenen Tages war er von den andern getrennt worden. Zuerst war sein Kamel gestorben. Nein, das stimmte nicht: Er hatte es mit seiner Hohlköpfigkeit selbst umgebracht. Dann hatte Mahdi ihn stehenlassen, allein und zu Fuß. Moussa wurde rot vor Verlegenheit und Zorn, wenn er daran dachte: erst wegen seiner eigenen Dummheit, dann über den Verrat seines Cousins. Moussa war mit zehn anderen Männern zusammengewesen und hatte sein kostbares Kamel Taba geritten; sie hatten sich in einer unregelmäßigen Kette voranbewegt, um die Strauße einer anderen Gruppe Tuareg zuzutreiben, die bei Temasint lauerten. Die Strauße sahen sie und rannten weg, nur um sich von der anderen Gruppe zurücktreiben zu lassen, so daß die Linien der Jäger immer enger zusammenrückten, die Vögel bis zur Besinnungslosigkeit rannten und schließlich zur Strecke gebracht werden konnten.

Taba war ein rehbraunes Tibesti-Kamel, das der Amenokal ihm an dem Tag geschenkt hatte, als Moussa zum Mann geworden war und den Schleier angelegt hatte. Es war ein vorzügliches Tier, prachtvoll auf der Jagd, behende, kooperativ und schnell, und sein Schritt auf den Steinen war fest und sicher. Zusammen hatten er und Taba sechs der Vögel in eine Sackgasse getrieben, und Moussa war allein hinterhergeritten, durchglüht von der kribbelnden Erregung im Angesicht der nahen Beute. Er hatte niemanden zu Hilfe gerufen, hatte nicht innegehalten, um nachzudenken. In seinem Eifer war er ihnen eilends nachgeritten, bis er sie in die Enge getrieben hatte. Sie hatten sich zur Flucht wenden wollen und ihren Weg durch den hohen Kamelreiter versperrt gesehen.

»Sieh dich vor«, hatte der Amenokal bei Moussas Aufbruch mit gewohnter Knappheit gesagt. Es war Moussas erste Jagd und die einzige Lektion, die er bekommen hatte: »Sie treten.« Moussa wußte, wie der Amenokal mit Worten umging, und er wußte, daß er nach verborgenen Bedeutungen suchen und über das Naheliegende hinaus denken mußte. Aber diesmal hatte er nicht sorgfältig genug überlegt.

Moussa hatte sein Kamel gezügelt und bewegte sich behutsam auf den größten Vogel zu, ein riesiges schwarzweißes Männchen, das ebenso hoch aufragte wie das Kamel, und dann beging er den einzigen Fehler, vor dem der Amenokal ihn gewarnt hatte: In seinem Übereifer wagte er sich zu nah heran. Die Vögel wurden zwar müde, aber sie hatten immer noch genug Feuer im Leib. In seiner Panik trat der Riese mit seinem kräftigen Bein zu und traf Taba mit voller Wucht am rechten Vorderbein. Mit scharfem Knacken brach der Knochen. Das Kamel brüllte, knickte ein und stürzte krachend zu Boden, und fast wäre Moussa zerquetscht worden; er wurde heruntergeschleudert und kam gerade noch frei. Bevor er aber mit seiner Keule wieder auf die Beine kommen konnte, waren die Strauße an ihm vorbeigestürmt, und der Kleine am Ende rannte in seiner besinnungslosen Flucht einfach über ihn hinweg und stieß ihn ohne feierliche Umstände noch einmal zu Boden. Moussa grunzte bei dem Zusammenprall und flog auf den Rücken, daß ihm hart die Zähne zusammenschlugen. Schließlich konnte er sich wieder aufrappeln, und er schüttelte den Kopf, um wieder klar zu sehen.

Tabas Schreien und Schluchzen hallte von den großen Felsen wider und erfüllte Moussa mit Schmerz. Als er sich den Staub abklopfte, hörte er Gelächter. Ohne aufzublicken, wußte er, wer es war, und wäre am liebsten in den Erdboden versunken. Mahdi hatte das Talent, immer dann zur Stelle zu sein, wenn Moussa eine Dummheit beging, und scheute sich nie, es ihm gleich unter die Nase zu reiben. Er war gerade rechtzeitig erschienen, um die Katastrophe mit anzusehen. Er war auf einer Seite der Felsen einen steilen Hang heruntergekommen, zu weit abseits des Weges, den die flüchtenden Vögel nahmen, als daß er sie hätte aufhalten können. Sie verschwanden unterdessen anmutig im Wadi, wippend und wehend, sie wirbelten Sand auf und ließen das Wasser spritzen. Sie tanzten davon wie Federwische auf Beinen und spreizten die Stummelflügel, um ihre Flucht zu befördern. Man hörte kaum einen Laut, als sie verschwanden.

Mahdi sah ihnen nach und blieb dann stehen, um sich an Moussas Lage zu ergötzen, eher er näher kam. Mahdi verabscheute seinen Cousin, verabscheute auch die Art, wie sein Vater, der Amenokal, ihn behandelte, und er verabscheute es, wie er ihn mit Geschenken und Aufmerksamkeiten überhäufte. Mahdi selbst behandelte der Amenokal nie so. Gegen seinen eigenen Sohn zeigte er sich schroff und unnachsichtig. In Mahdis Augen brannte die

Eifersucht seit jenem Tag, da seine Tante Serena mit dem zarten Kind aus Frankreich zu ihnen gekommen war, um hier zu leben. Mahdi konnte ihn besiegen, wenn sie miteinander kämpften, denn er war zwei Jahre älter und viel größer, aber solche Siege bereiteten ihm keine wirkliche Freude. Eigentlich wollte er nur, daß Moussa des harten Lebens in der Wüste überdrüssig würde und nach Frankreich zurückkehrte. Aber mit jedem Jahr, das verging, wurde diese Möglichkeit weniger wahrscheinlich, und schließlich konnte Mahdi nichts weiter tun, als dem Eindringling das Leben so schwer wie möglich zu machen.

»Gut gemacht!« rief er höhnisch von seinem Mehari herunter. »Eine neue Großtat des edlen *ikufar*.« Er benutzte das Wort für einen ausländischen Ungläubigen, seine übliche Beleidigung. Moussa spürte seine Verachtung, und in diesem Augenblick wußte er, daß sie verdient war.

»Beinahe hätte ich ihn gehabt«, sagte er lahm.

Mahdi jauchzte. »Beinahe hätte er dich gehabt, *w'allahi*! Ein glänzender Tausch. Ein Mehari für eine Staubfahne.« Er wandte sein Kamel, um den Vögeln nachzureiten.

»Warte!« rief Moussa. »Ich brauche ein Mehari! Laß mir eins hier!« Mahdi führte ein Dutzend Ersatztiere am Zügel, die er auf der anderen Seite des Jagdbezirks aufstellen wollte, wo sie frisch bereitstehen würden, wenn man sie brauchte. Ohne weiteres hätte er eines erübrigen können, aber er hatte nicht die Absicht, Moussa die Sache zu erleichtern.

»Damit du es mit einer neuen Dummheit auch umbringst? Sehe ich aus wie ein Trottel? Wenn du ein neues haben willst, geh zurück zum Lager, damit die Frauen und Kinder den edlen Wüstensohn zu Fuß gehen sehen. Am besten läufst du gleich los, Cousin. Es ist schwer, genug Strauße zu fangen, um ein totes Kamel zu ersetzen, wenn man zu Fuß geht!« Er kicherte und ritt davon.

Moussa sah ihm nach und trat gegen eine Sandwehe. Er war wütend auf Mahdi, aber noch wütender auf sich selbst. Der Amenokal würde empört sein. Oh, er würde eine ungerührte Miene wahren, und kein scharfer Ton würde in seiner Stimme mitschwingen. Er würde nicht so unhöflich sein, ihn unmittelbar zu züchtigen. Aber Moussa würde die Enttäuschung im Herzen seines Onkels spüren, und sein Scheitern würde ihn selbst noch schlimmer schmerzen. In der Wüste waren Kamele lebenswichtig. Die andern würden darüber reden, würden lachen und die Köpfe schütteln und auf seine Kosten Witze machen. Von Mahdis Gelächter abgesehen, wäre es ein gutmütiger Spott, aber das machte sein Scheitern nicht minder schlimm.

Moussa fühlte sich elend und besiegt. Erst einen Monat zuvor, als er sechzehn geworden war, hatte er den *litham* angelegt. Den Schleier! Den *tagelmust*, so lang erwartet, so heiß ersehnt der magische Augenblick, da das nackte Gesicht des Knaben für immer hinter dem blauen Tuch des Mannes verschwand. Der Stoff war aus dem Südland gekommen, acht Meter lang, ein Geschenk seiner Mutter. Aus einem Umkreis von zweihundert Meilen waren die Leute des Hoggar zusammengeströmt: andere Edle, Vasallen der Dag Rali, die Frauen und Kinder, die Leibeigenen und Sklaven und Schmiede, die Marabouts und Häuptlinge, alle waren gekommen, um Zeugen der Zeremonie zu sein, jenes großen Augenblicks, da ihr Leben innehielt und sie stumm wurden, jenes Augenblicks, da er selbst sich wie das Zentrum des Universums fühlte. Von diesem Augenblick an konnten die Zuschauer nur noch vermuten, was für ein stolzes Grinsen da unter den baumwollenen Falten erblühte.

Er stand an jenem Tag in der Sonne, und sein Großonkel, der heilige Marabout Moulay Hassan, rief den Segen Gottes auf ihn herab, verzeichnete mit schwungvollem Schnörkel seinen Namen im Register des Kel Rela und erklärte ihn vor aller Welt zum Mann. Vor dem *litham* hatte er den *takouba* empfangen, das große Kampfschwert, das Zeichen seines Ranges. Schwerter wurden von Generation zu Generation weitergegeben, vom Vater an den Sohn. Die besten Klingen waren verzaubert, erfüllt von der Kraft der Männer, die sie besessen hatten, durchströmt von höchster Ritterlichkeit, von Ehre und Tapferkeit, die ihre Besitzer großgemacht hatten. Geschichten von den Schlachten, die sie gesehen, von den Tugenden, die sie verteidigt, von den Überfällen, die sie abgewehrt hatten, wurden mit ihnen überliefert. Als Moussas nächster männlicher Verwandter hatte der Amenokal die Aufgabe übernommen, eine Klinge für ihn zu finden. Er hatte Keradji, den einäugigen *inad*, den besten Schmied in den Bergen des Hoggar, nach Murzuk entsandt, wo ein Kaufmann sich nur widerwillig von dieser Klinge getrennt hatte, denn sie war hart und scharf und von feinstem, blinkendem Stahl aus Sevilla. Keradji hatte die Klinge an einem kreuzförmigen Heft befestigt, und den Griff hatte er mit Jaspis eingelegt und poliert, bis er funkelte wie die Sonne selbst. Reibungslos glitt die Waffe in die geprägte Lederscheide, die Moussa um den Hals trug. Es war eine prächtige Arbeit. Moussa wies darauf hin, daß der Griff zu groß war für seine Hand, aber Keradji betrachtete ihn mit zusammengekniffenen Augen und drehte dann Moussas Handfläche nach oben. »Du mußt Geduld haben«, sagte er. »Es ist wie mit der Pfote eines Welpen. Du wirst hineinwachsen.« Stundenlang schwang Moussa das Schwert zur Übung, bis seine Muskeln schrien – hin und her und über dem Kopf, bis er das Geräusch kannte, mit dem die Klinge durch die Luft schnitt, und bis er ganz nach Belieben einen *willik*-Halm enthaupten konnte.

Nach dem Schwert hatte er neue Kleider bekommen, und dann steinerne Reifen für beide Arme, die ihm Kraft geben und ihn gleichzeitig vor den Klingen anderer schützen würden. Und schließlich war die kostbarste Gabe von allen gekommen: Taba. Es war eine schwindelerregende Zeit gewesen, die Wirbel männlicher Veränderungen hatten sein Leben durchflutet, und er hatte darin geschwelgt. Einen Monat lang war er auf Wolken umhergeschwebt, hatte seinen großspurigen Gang geübt, war umherstolziert und hatte hoch aufgerichtet dagestanden und sich unter die Männer mit ihren Kamelen gemischt, nicht mehr unter die Kinder mit den Ziegen. Und auf subtile Weise glaubte er zu spüren, daß die Leute ihn anders behandelten. Nichts Übertriebenes, dachte er – es war einfach ein neues Maß an Ehrerbietung und Respekt.

Doch jene Zeremonie war soviel leichter gewesen als diese Realität. Er warf einen Blick auf das Kamel, das sich in seiner Qual im Sand wälzte, und er fühlte sich nicht wie ein Mann. Er fühlte sich wie ein dummer Junge, der sich nur verstellt hatte. Die Wüste hatte ihm Arroganz und Unachtsamkeit heimgezahlt. Das Leben in der Sahara war so schwierig. Man mußte dazu geboren sein, um alles wirklich zu verstehen, und selbst dann brauchte man viel Talent und Gerissenheit, um zu überleben. Er hatte sich so sehr bemüht, aber es gab auch so viel zu wissen.

Einmal hatte man ihm erlaubt, mit einigen Männern auf einen Marsch zu gehen, der drei Nächte dauerte. Es war gegen Ende des Sommers, und die Luft war tagsüber immer noch sengend heiß. Moussa war dafür verantwortlich gewesen, die Wasserschläuche zu füllen und zu schleppen. Am ersten Tag hatte er sie auf sein Kamel geladen und sorgfältig darauf geachtet, daß auch nicht ein Tropfen vergossen wurde. Am Abend, als der letzte Tee bereitet war, stellte er die Schläuche neben seinem Lager in den Sand und achtete darauf, daß die Öffnung nach oben kam. Aber als er am Morgen aufwachte, stellte er zu seinem Entsetzen fest, daß sie alle leer waren: Der Sand hatte das Wasser durch die Häute gesogen.

»Das Wasser aus den Schläuchen in den Sand laufen zu lassen, das ist eine Sünde in der Wüste.« Einer der Männer tadelte ihn, weil er sie hätte aufhängen müssen. »Weißt du denn nichts? Überhaupt nichts? Sind alle Franzosen solche Dummköpfe?«

Moussa sagte sich, er hätte es wissen müssen. Es war etwas, das schon die einfachsten Kinder wußten. Aber er hatte es nicht gewußt, und deswegen hatten sechs Männer zwei Tage und zwei Nächte ohne Wasser auskommen müssen. Die andern hatten auf ihn vertraut, und er hatte sie im Stich gelassen.

Die Wüste war voll von solchen Lektionen, an denen jede Eitelkeit zuschanden wurde. Er wollte verzweifeln und glaubte nicht, daß er sie jemals meistern würde. Würde er je soweit kommen, daß er die Waffen des Adels tragen und den Mantel eines Fürsten der Kel Rela anlegen dürfte, der verantwortlich war für das Leben seiner Vasallen und Sklaven, verantwortlich für deren Familien und ihren Besitz? Verantwortlich für die Feldzüge gegen die Tebu und die Shamba und für die Überfälle auf die Karawanen, die es wagten, durch die Wüste zu ziehen, ohne ihren Tribut zu entrichten? Verantwortlich für den Handel mit den Herren dieser Karawanen, für den Reichtum des Stammes und seine Mehrung? Die Liste der Bürden eines Edelmanns war endlos, und er empfand nur Zweifel. So viel Verantwortung. Zuviel, dachte er manchmal.

Mehr, als ein Mann tragen konnte, und er war noch kein Mann. Was immer die andern glaubten, er wußte, daß das Kinn unter dem Schleier keine Bartsprossen trug, sondern nur den Flaum der Jugend – und er hatte ja noch nicht einmal den Stimmbruch hinter sich gebracht. Er bemühte sich, seine Stimme tiefer klingen zu lassen, wenn er sprach, aber unweigerlich überschlug sie sich dann und versetzte ihn in Verlegenheit.

Sein Mannesalter hatte einen schrecklichen Anfang genommen. Er kam sich vor wie ein Betrüger.

Widerstrebend wandte Moussa sich der furchtbaren Aufgabe zu, dem Leiden seines Kamels ein Ende zu machen. Er ließ die Klinge aus der Scheide in den Falten der Gewänder unter seinem Arm gleiten. Taba hatte Schaum vor dem Mund, und seine Augen blickten wild vor Schmerz. Er mühte sich hochzukommen, brach aber wieder zusammen und rollte auf die Seite. Dabei stieß er einen langen, dunklen Seufzer der Wut und der Hilflosigkeit aus. Moussa nahm das Messer in beide Hände und holte tief Luft. Er stieß die Klinge fest hinein und tat einen schnellen Schnitt. Das Blut quoll heiß und klebrig hervor und bespritzte ihm Arme, Hände und Gewand. Es war zu spät, um noch auszuweichen, und so blieb er einfach knien und ließ es strömen und schloß die Augen, während das Leben aus dem Tier in den Sand rann.

Ein Kamel konnte man nicht lieben, wie man einen Hund oder ein Pferd liebte. Kamele waren wankelmütig und übellaunig und spuckten gern. Sie konnten einem Mann mit einem Biß den Kopf zermalmen, und sie konnten einen ekelhaften grünen Schleim hervorwürgen und mit verblüffender Zielsicherheit durch die Luft speien. Sie schrien und klagten und meckerten. Sie waren ungelenke Konstruktionen, eigentlich für nichts sonderlich gut geeignet – nur für das Reisen durch die Wüste. Aber Moussa war dicht davor gewesen, dieses hier zu lieben. Taba besaß Würde und ein sanftes Naturell. Er hatte dieses Kamel schon lange bewundert, bevor es sein Eigentum geworden war. Er hatte geholfen, es abzurichten, und seine Wunden versorgt. Er hatte dafür gesorgt, daß es den besten Weideplatz bekam und daß seine Vorderbeine nicht allzu straff zusammengebunden wurden. Er hatte seinen Dung nach Krankheitsanzeichen durchsucht und ihm das Wasser herangeschleppt, wenn die Tränke zu tief war. Einmal, im Morgengrauen, als niemand in der Nähe war, hatte er das Kamel bestiegen und war darauf von einem Ende eines Platzes zum andern geritten. Taba hatte unverzüglich auf den leisesten Druck seiner Fersen reagiert, und Moussa hatte laut gelacht, als das Tier einen unerwarteten Sprint eingelegt hatte, aber er hatte darauf geachtet, es nicht allzu heftig anzutreiben. Dann hatte er sich umgedreht und gesehen, daß der Amenokal ihn beobachtete. Sofort hatte er angehalten und sich geschämt, weil er das Tier in dieser Weise und ohne Erlaubnis geritten hatte.

»Es tut mir leid, Abba«, sagte er. *Abba*, so nannte er den Amenokal, wenn sie allein waren. Sie standen einander nahe, der alte Fürst und der Junge, und doch konnte der Amenokal streng und schroff und kalt sein, und seine Worte konnten brennen wie Peitschenhiebe. Aber an jenem Morgen lachte der Alte nur und winkte ihn weiter. »Gib Taba deine Flügel«, sagte er, »und sieh, wie es ist, wenn er fliegt.« Moussa riß entzückt die Augen auf. Er spornte das Tier an, und obwohl das junge Kamel noch nie so frei hatte laufen dürfen, fühlte sein Schritt sich doch kraftvoll und sicher unter ihm an. Der Wind wehte ihm durchs Haar, und anfangs schüttelte der ungewohnte Gang ihn noch durch, aber rasch hatte er sich gefaßt, und dann hielt er sich aufrecht und führte Taba schneller und immer schneller, bis sie in vollem Angriffstrab dahinstürmten, und Moussa sah sich an der Spitze einer mächtigen Kriegerkolonne, und sein neues Schwert schlug den Feinden der *Ihaggaren* die Köpfe ab.

Ja, Taba, du warst ein gutes Kamel, dachte er. Ein gutes Kamel, das etwas Besseres verdient hatte als den Tod durch seine Unfähigkeit. Mit geschlossenen Augen streichelte er den Kopf des Tieres und flüsterte ihm zu, während es starb. Heiße Tränen liefen ihm über die Wangen. Auch wenn niemand unter seinen Schleier schauen konnte, war er doch froh, daß keiner da war und ihm zusah.

Als es vorbei war, schüttelte er sein Selbstmitleid ab und machte sich daran, die Situation zu retten, so gut es noch ging. Der Verlust des Kamels war schlimm genug. Er wußte, daß er besser nicht auch noch das Fleisch verlor. Schnell fing er an, es zu häuten und zu zerteilen. Salz brauchte er nicht, die Wüstenluft würde das Fleisch schnell genug trocknen. Zäh würde es werden, aber daran war nichts zu ändern. Er fand eine natürliche Höhle zwischen den Felsen, wo er Fleisch und Haut zurücklassen konnte. Nachdem er alles hingeschleppt hatte, häufte er kleinere Steine vor die Öffnung, um die Aasfresser fernzuhalten. Dann markierte er die Stelle mit einem Steinhaufen. Er würde später mit einem anderen Kamel zurückkehren, um alles abzuholen.

Die Arbeit nahm fast den ganzen Nachmittag in Anspruch, aber als er fertig war, ruhte er sich nicht aus. Er war entschlossen, seinen Fehler wettzumachen, und begab sich zu Fuß auf den Weg.

Er kletterte auf die Spitze eines Granitpfeilers, der wie ein Wachtposten hoch über die Umgebung aufragte. Eine einsame Zypresse stand dort oben, ein dicker alter Baum, der seit zweitausend Jahren als unfehlbare Wegmarke diente. Ein dutzendmal hatte der Blitz sie getroffen und überall am knotigen Stamm schwarze Narben hinterlassen. Aber der Baum schien davon nur stärker geworden zu sein: verdreht und versengt, aber unnachgiebig wie der Beherrscher des Landes zu seinen Füßen. Seine mächtigen Äste hatten Schatten gespendet in einer feuchteren Welt, in der es von Streitwagen und Geparden gewimmelt hatte, von Flußpferden und Krokodilen und Fischen in funkelnden Teichen und Bächen. Cornelius Barbus mit seinen römischen Legionen hatte darunter kampiert. Seltene Krokodile und Fische und Löwen gab es noch immer, aber die meisten waren verschwunden und der unerbittlich vorankriechenden Wüste gewichen.

Aber was immer aus dem Land werden mochte, der Baum würde noch da sein. Moussa setzte sich in seinen Schatten und schaute in die unermeßliche Weite hinaus, wo die Hitze über den Felsen flimmerte und die Erde vor ihm golden und schwarz und endlos war und sich hinstreckte zu den zerklüfteten Gipfeln des Akator, des höchsten Teils jener Wüstenberge. Der Hoggar war eine erstaunliche Welt, deren Schönheit er eben erst zu begreifen anfing. *Bled el Shuf* nannten die Shamba ihn, das Land des Durstes und der Angst, aber die zivilisierten Männer des Hoggar wußten, daß sie unwissend waren, diese Shamba, ein ebenso hohlköpfiges wie wildes Volk, das völlig außerstande war, eine solche Schönheit zu erfassen. Es gab hier Kegel und Türme und beseelte Formen, die lebendig zu sein schienen, Silhouetten der Fantasia, die Tagträume nährten und Geschichten erzählten und Legenden hervorbrachten. Sie waren von harter Schönheit, männlich oder weiblich, je nach den Sagen der Tuareg, und alles hatte einen Namen: eine Gipfelkette, die Falken und Adlern und Bergschafen Zuflucht gab, aber auch Menschen. Er war eine Festung, der Hoggar, kühler und nasser als die Wüste ringsum. Seine Felsen türmten sich zu einer mächtigen Wüstenburg, einer steinernen Schutzfeste, in der die Tuareg schon fast ebenso lange Sicherheit und Nahrung fanden, wie hier die Zypresse stand.

Die Stimmung der Berge änderte sich im Laufe des Tages, und ihre Farben waren reichhaltig und vielfältig. Die Morgendämmerung war Moussas liebste Zeit: frisch und kühl und verheißungsvoll. Mittags im Hochsommer war die Sonne hier der Herr, und sie demütigte alles mit ihrem unerbittlichen Feuer. Wenn das Feuer vorbei war, sah die Wüste weicher aus; die gelben Töne wurden zu Gold, und wenn die Sonne unterging, flammte der Himmel in Rot und Orange, ehe er dann purpurn verblaßte und einem Teppich aus Sternen wich.

An diesem Nachmittag hatten Regenfälle den Staub aus der Luft gewaschen, und als der Tag jetzt hinstarb, hatte er keine Farbe außer einem Blau, das fast so tief war wie der Nachthimmel. Das Unwetter hatte sich verausgabt, und keine Spur von ihm war mehr am Himmel, keine fernen Wolken, nicht einmal ein feuchter Dunst. Moussa fragte sich, ob es noch mehr solche Unwetter geben würde, in diesem Jahr oder im nächsten. Wenn der Regen einmal kam, dann war er wild und prasselte in Sturzbächen vom Himmel. In den ersten drei Jahren seines Lebens in der Wüste hatte es überhaupt nicht geregnet. Sogar ein paar der sonst nie versiegenden *gueltas* waren ausgetrocknet. Im vierten Jahr brachte der Regen eine Flut, die ein ganzes Lager der Kel Ulli fortschwemmte; nachher lagen aufgedunsene Leichen trocknend in der gleißenden Sonne. Er hatte die verrenkten Gestalten gesehen, die Kinder und die Ziegen, die Männer und Frauen, die zwischen den Blumen lagen, als nach dem Unwetter alles aus dem Boden sproß. Schönheit und Leben und Tod: alles vom Regen.

Er spähte durch sein Fernglas und lauschte nach dem Lärm der Jagd, nach den aufgeregten Rufen der Männer, die bedeuteten, daß sie dem Wild dicht auf den Fersen waren, nach dem Brüllen und Blöken von Männern und Kamelen, das zwischen den Felsen widerhallte – aber da war nichts. Kein Targui, kein Strauß. Nur ein leichter Wind, der wispernd von Osten her wehte. Er wartete, hielt die Augen offen und lauschte, während die Schatten länger wurden und der Nachmittag in den Abend überging.

Als es dunkel war, kletterte er wieder hinunter. Er machte sich Tee, und dann rollte er sich in einem Sandbett im Schutz eines überhängenden Granitfelsens zusammen und zog den Mantel fest um sich, um die kalte Nachtluft abzuhalten. Zum Schlafen war er zu beunruhigt, und so schaute er die ganze Nacht hindurch zu dem dichten Sternenhimmel hinauf. Er versuchte die Sterne zu zählen, aber er konnte es nicht; dann suchte er nach den Sternzeichen, die seine Mutter ihm gezeigt hatte, und sah zu, wie sie langsam ihren schimmernden Bogen über ihm zogen.

Er erinnerte sich, mit welch ehrfürchtigem Staunen er die erste Nacht in der Wüste erlebt hatte, dieses gleißende Sternennetz, so hell und so klar. Nie hatte er in Paris einen solchen Himmel gesehen; die Lichter der Stadt waren zu hell. Die Lichter, solche Lichter ... Sechs lange Jahre war es her, daß er sie zuletzt gesehen hatte. Oder waren es jetzt sieben, oder sogar acht? Die Jahre verliefen ineinander, und die Zeit verlor ihre Dringlichkeit: Manchmal merkte er gar nicht mehr, wie sie verging. Aber gewiß war seit Paris ein ganzes Menschenleben vergangen. Er war glücklich in der Wüste, und doch sehnte er sich manchmal in die Stadt zurück, um zu sehen, wie es jetzt dort war. Seine Erinnerungen waren freundlich; die schlimmen Seiten erschienen nicht mehr so schlimm und die guten besser, als sie gewesen waren. Aber im Laufe der Zeit wurde es immer schwerer, sich überhaupt zu erinnern. So sehr er sich auch bemühte, die Schätze der Vergangenheit festzuhalten, sie glühten doch nicht mehr so hell in seinem Gedächtnis. Die Einzelheiten verschwammen, die Menschen wurden schemenhaft, und bei manchen konnte er sich schon gar nicht mehr erinnern, wie sie ausgesehen hatten. Das beunruhigte ihn sehr, und wenn er die Augen schloß, versuchte er sie heraufzubeschwören: Paul und Gascon und Tante Elisabeth. Aber manchmal gelang es nicht. Es machte ihm schreckliche Sorgen, wenn er sich nicht erinnern konnte, denn es sah so aus, als läge ihm nichts daran. Aber es lag ihm viel daran, ermahnte er sich. Er wollte nicht untreu sein. Er wollte sein anderes Leben nicht verlieren, es nicht einfach völlig entgleiten lassen. Er bat den Marabout um Papier und zeichnete mit Holzkohlebröckchen Bilder von seinem Vater. Es waren rohe Bilder, aber sie halfen ihm, sich zu erinnern. Tausendmal versprach er sich, was immer aus den anderen Bildern und Orten in seinem Herzen werden mochte, er würde niemals zulassen, daß er das Gesicht seines Vaters vergäße. Er faltete die Blätter sorgfältig zusammen und steckte sie in einen Lederbeutel, den er am Hals trug, und nachts am Feuer nahm er sie heraus und schaute sie an. Wenn er sie zu oft auseinander- und wieder zusammengefaltet hatte, verschmierten die Bilder, und dann malte er sich neue.

Einmal im Winter hatte er eine einsame Viper gefunden, in der sandigen Einöde bei Amguid. Aufgeregt hatte er sie Lufti, seinem Sklaven, gezeigt und gesagt: »Schau, da ist eine –«, Und da war ihm klargeworden, daß er das französische Wort nicht mehr wußte und das Tamaschek-Wort noch nicht kannte, und da war er entsetzt gewesen. Den Rest des Winters hindurch hatte er sich für alles, was er sah, im stillen das französische Wort ins Gedächtnis gerufen.

Seine Gedanken kamen in beiden Sprachen, aber immer öfter kamen sie in Tamaschek. Er wehrte sich gegen diese Veränderung, aber er konnte ihr langsames Fortschreiten nicht aufhalten. Außer seiner Mutter war niemand da, mit dem er Französisch hätte sprechen können, und als er älter wurde und mehr Zeit mit Reisen durch die Wüstenlager verbrachte, sah er sie zu selten, als daß es noch geholfen hätte. Er fragte, ob jemand Lust hätte, es zu lernen, aber keiner seiner Freunde hatte Interesse an dieser barbarischen Sprache, und so begnügte er sich damit, Lufti zu unterrichten, der dem fremdartigen Geplapper seines Herrn hingerissen lauschte, aber nichts davon lernte.

Er vermißte Paul – am Anfang so sehr, daß es weh tat, aber auch dieses Feuer war mit der Zeit niedergebrannt. Ob sein Cousin noch an ihn dachte, wenn er nachts einmal nicht schlafen konnte? Schaute er etwa in diesem Augenblick auch zu diesem Stern hinauf? Hatte er diesen Wind auf seinem Gesicht gespürt? Er hatte ihm Dutzende Briefe geschrieben und den Karawanenmeistern mitgegeben, damit sie sie an der Küste auf die Post brächten. Aber kein Brief war je gekommen. Er hörte nichts. Vielleicht war Paul im Krieg gestorben. Vielleicht hatten die Preußen das Château mit all seinen Bewohnern niedergebrannt. Er fragte dieselben Karawanenmeister nach Neuigkeiten aus Frankreich. Aber sie wußten über nichts Bescheid – außer über den Zustand ihrer Straßen und den Preis für Sklaven in Tanger, über Gerüchte von einer Pest im Haussaland im Süden, über neue Steuern, die der Bey von Constantine erlassen hatte, und über Unruhen in Tripolitanien. Manche sprachen sechs Sprachen, und ihre Kenntnisse erstreckten sich über Tausende von Meilen. Aber von Frankreich und seinen Kriegen wußten sie wenig, und es kümmerte sie noch weniger.

Und so verschwand im Laufe der Zeit eine ganze Welt.

Manchmal sprach er mit seiner Mutter darüber, aber ihre Augen verschleierten sich, und ihre Stimme wurde brüchig. Er wußte, daß es schwierig war für sie, und so dauerte das Schweigen über diese Zeit zwischen ihnen immer länger, und sie blieben in der Gegenwart. Inzwischen geschah es nur noch nachts, wenn er allein war wie jetzt, daß seine Gedanken nach Paris wanderten, zurück zu kurz aufscheinenden Farben und prächtigen Kutschen, zu Seide und weißem Schnee und dem Herbstlaub im Bois de Boulogne, und zu den bitterkalten Winternächten, wenn sein Vater vor einem lodernden Feuer in seinem Arbeitszimmer saß, ein Buch las oder einen Brief schrieb oder den beiden Jungen, die bei ihm saßen, eine Geschichte erzählte. Es war ein anderes Leben gewesen, und das meiste davon war inzwischen kaum noch zu glauben: das Eislaufen oder die träge Seine, die in einer Stunde mehr Wasser hatte vorbeifließen lassen, als diese Welt hier in einem ganzen Jahr zu sehen bekam. Manchmal, wenn er seinen neuen Freunden von der alten Welt erzählte, fragte er sich, wieviel davon wirklich Erinnerung war und wieviel er sich ausgedacht hatte.

Es war eine mühselige Zeit, in der nichts in seinem Leben klar geordnet war. Er saß zwischen allen Stühlen, war weder Franzose noch Targui, nicht Mann und nicht Junge. Als er Frankreich verlassen hatte, war er zu jung gewesen, um zu verstehen, was dort geschehen war, und diese Wüste verstand er immer noch nicht. »Du mußt Geduld haben«, sagte der Amenokal. »Du hast es zu eilig zu leben, zu verstehen. Du bist Moussa, und das ist für den Augenblick genug.« Das hatte er gesagt, als ob damit alles erklärt und erledigt wäre.

Endlich schlief er unruhig ein. Die Stunden vergingen, und das erste graue Licht des Morgens zog seine Streifen über den Horizont. Er schüttelte die Nachtkälte ab und machte Feuer für seinen Tee, und seine Gedanken kehrten zur Jagd zurück, als er vor den Flammen hockte. Er beschloß, seine Zeit nicht mit der Suche nach den andern zu verschwenden. Er würde die Jagd allein fortsetzen.

Als es hell wurde, war er wieder in Bewegung; mit schnellem Schritt trabte er durch steiniges Gelände, folgte zuweilen einem Wadi oder sprang von Fels zu Fels. Alle seine Sinne waren hellwach. Er kannte die Stellen, an denen sich das Suchen am meisten lohnte: Stellen, wo die Vegetation nach dem Regen am dichtesten war und wo die Vögel den besten Schutz finden würden. Er ging und rannte abwechselnd, Stunde um Stunde. Seine Füße strichen leicht über den Sand, und der Rhythmus seiner Bewegungen war fließend und geschmeidig, während er nach Hinweisen auf die Herde Ausschau hielt. Irgendwann am Vormittag blieb er plötzlich jäh stehen. Er sah ihre Spuren im hartgebackenen Sand. Noch konnte er die Zeichen nicht gut genug lesen, um zu wissen, wie viele es waren, wie schnell sie sich bewegten, oder auch nur, wie frisch die Spuren waren. Lufti hätte ihm das alles sagen können, und wahrscheinlich hätte er sogar das Geschlecht und das Alter der einzelnen Vögel gekannt. Aber Lufti war im Lager geblieben, weil er Fieber hatte.

Er war seit mehreren Stunden unterwegs, als er das große Männchen erblickte und hinter ihm die andern. Er versuchte seine Aufregung zu bezähmen, aber als er die Vögel beobachtete, frohlockte er innerlich. Das ist *meine Herde. Damit werde ich gutmachen, was passiert ist.* Er legte Seil und *guerba* auf einen Stein und erkundete die Umgebung. Vorsichtig kletterte er in die Höhe und umher, stets darauf bedacht, daß die Tiere ihn nicht sahen. Als er erkannt hatte, wo sie sich befanden, bekam seine Hoffnung noch mehr Auftrieb. Sie grasten am schmalen Ende eines Einschnitts mit steilen Wänden zu beiden Seiten. Am anderen Ende rieselte das Wasser von einem darüber gelegenen Plateau und plätscherte in einen kleinen Tümpel. Er schlich oben einmal ringsherum, um sich zu vergewissern. Die Vögel hatten keinen Ausweg! Natürlich mußte er sie dazu bringen, in die richtige Richtung zu laufen, und dann käme der schwierige Teil: Er mußte ihre Flucht verhindern, wenn ihnen klar wurde, in welcher Lage sie sich befanden. Er hatte kein Verlangen danach zu sehen, was ein Tritt von diesem großen Tier mit seinem eigenen Bein machen würde.

Er begann Gestrüpp und Reisig zu sammeln. Es wuchs überraschend viel zwischen den Felsen, und nach kurzer Zeit hatte er einen ganzen Haufen zusammengetragen. Aus kräftigeren Ästen baute er eine Art Gerüst über dem Boden, und die Lücken füllte er dann mit Gezweig. Mit seinem Seil band er das Ganze lose zusammen, bis er ein langgestrecktes, leichtes Bündel hatte, ungefähr drei Meter lang. Wenn es ihm gelang, es schnell genug von der Stelle zu schleifen, könnte er damit den Eingang zu der Schlucht versperren. Hoffentlich waren die Vögel zu dumm, um zu sehen, daß sie mühelos daran vorbeikommen konnten, hoffentlich würde es für sie aussehen wie eine undurchdringliche Wand. Er würde natürlich auch dastehen und kreischen wie zehn *djenoums*, um sie davon abzubringen, sich die Sache genauer anzusehen. Und dann – nun, was er dann tun würde, wußte er noch nicht. Er hatte noch nie Strauße gejagt.

Als er fertig war, zog er probeweise an seinem Seil. Etwas Reisig an der Oberseite ballte sich zusammen, das Ganze lehnte sich zur Seite und kippte dann um. Geduldig stapelte er es wieder auf und führte das Seil dann neu herum. Es war eine zerbrechliche Konstruktion, aber er hatte keine Zeit, sie stärker zu machen.

Verstohlen setzte er seinen kleinen Reisigzaun in Bewegung und zog ihn geduckt auf die Öffnung zu. Der Wind wehte von den Straußen zu ihm; sie hatten keine Angst erkennen lassen. Er sah, daß sie ihre Köpfe in der Arbeit vergraben hatten und die zarten jungen Schößlinge ausrupften. Als er ihnen so nah gekommen war, wie er es nur wagte, sprang er plötzlich auf, wedelte mit den Armen und rannte geradewegs auf die kleine Herde zu. Die Köpfe der Vögel fuhren hoch, als sie seine Anwesenheit bemerkten. Sofort wandten sie sich ab und jagten das Wadi hinunter. Moussa jauchzte und schrie, obwohl sie taub waren. Sowie sie an der Öffnung vorbei waren, die er versperren wollte, hielt er inne und rannte zurück zu seinem Reisighaufen. In wilder Hast schleifte er ihn heran, verzweifelt bemüht, den Vögeln zuvorzukommen, die bald das andere Ende der Falle erreicht haben und durch die Schlucht zurückgestürmt kommen würden, ihm in vollem Lauf entgegen.

Es war harte Arbeit. Zweimal verhedderte sich sein Zaun an den Felsen, aber er zog und zerrte und drängte, bis er ihn in der Öffnung hatte. Er ließ das Seil fallen und rannte nach hinten, um das Ganze herumzuziehen und die Falle zu schließen, als er die Vögel kommen hörte, alle neun, mehr als hundertfünfzig Kilo schwer der größte, während der kleinste noch ein Küken war, aber auch schon mehr wog als Moussa. Das Herz blieb ihm im Halse stecken. Sie rannten mit einer Geschwindigkeit von fast sechzig Kilometern pro Stunde und hoben die Beine so zierlich, als liefen sie auf Luft. Das große Männchen war an der Spitze, zwei kleinere dicht hinter ihm, und die Weibchen und Jährlinge bildeten den Schluß. Verzweifelt zerrte Moussa an seiner Reisigsperre, und als die Lücke sich schloß, fiel ihm das Herz in die Hose: Die Barriere war zu kurz, um die Öffnung vollständig zu verschließen. Da aber nun nichts mehr zu ändern war, drehte er sich um und blickte der anstürmenden Horde entgegen. Er baute sich vor der Lücke auf, hob und spreizte die Arme und machte sich so furchterregend groß und schrecklich, wie es nur ging, und dann fuchtelte er mit den Armen, sprang auf und ab und würgte die aufsteigende Panik herunter, als er die Flügel und Hälse und Federn und Füße sah, die da wie von Sinnen auf ihn zugestürmt kamen. Er schrie ihnen entgegen, und im letzten Augenblick, als er schon um sein liebes Leben rennen wollte, machte der vorderste Vogel kehrt und lief zurück.

Moussas Herz klopfte, und seine Kehle war trocken. In der Ferne hörte er jemanden rufen. Er wußte nicht, wer es war, aber Hilfe war nicht weit. Alle Vögel bis auf einen machten mit dem großen Männchen kehrt. Der eine hatte die Lücke entdeckt und war entschlossen, an Moussa vorbeizustürmen. Näher und näher kam er mit jedem federnden Schritt. Er riß den Schnabel auf und zischte. Doch unvermittelt blieb er stehen, als müsse er sich überlegen, was zu tun sei. Einen kurzen Augenblick lang zauderte er, und dann setzte er sich wieder in Bewegung. Impulsiv tat Moussa einen Satz, streckte die Hände aus und packte ihn unten am Hals. Er hatte keine Ahnung, wie es weitergehen sollte, aber der Vogel auch nicht; er flatterte nur wie wild mit den Flügeln. Kraftvolle Beine rissen Moussa von den Füßen. Halb ritt er, halb wurde er mitgeschleift, versuchte sein Gleichgewicht zu halten, versuchte sich hochzuziehen, nach oben zu gelangen – viel zu erschrocken, um das einzig Vernünftige zu tun und einfach loszulassen. Es war ein Höllenritt: Der Vogel war in Panik, und Moussas Kopf wurde bei jedem Schritt auf und ab geschleudert. Der Vogel geriet mit einem Fuß in sein Gewand, und beide, Junge und Vogel, stürzten zu Boden. Moussa klammerte sich aus Leibeskräften fest. Er wollte nicht, daß der Strauß wieder aufstand.

Hinter sich hörte er das johlende Gelächter der anderen Tuareg, die ihre Meharis hinter seiner Buschbarriere aufgereiht hatten und seine Jagdtechnik entzückt und fassungslos zugleich beobachteten. Mit machtvoller Anstrengung rappelte der Vogel sich wieder auf; er war zu stark für Moussa und zog ihn mit hoch. Moussa war auf den Knien, als der Vogel sich losriß, und fiel flach aufs Gesicht, als der Strauß in rasender Flucht davoneilte.

Drei der Meharis stellten sich rasch vor dem Gestrüpp in Position; die anderen Tuareg wirbelten an Moussa vorbei zu den Straußen am Ende der Schlucht. Moussa erkannte Taher und hinter ihm Zatab. Sie hielten ihre Keulen bereit. Trotz der Schleier waren die Tuareg leicht zu unterscheiden: an der Art, wie sie ihre Meharis ritten, wie sie gingen und wie sie ihre Gewänder und Waffen trugen, an ihren Eigenheiten, an der Art, wie sie ihre Kopftücher schlangen, und an tausend anderen Dingen. Man brauchte kein Gesicht zu sehen, um jemanden zu erkennen.

»Das sind meine Vögel, Taher!« schrie Moussa. »Meine Beute!« Die andern durften ihm seinen Triumph nicht stehlen.

Taher zügelte sein Kamel neben Moussa. Seine Augen glitzerten vor Heiterkeit. »*Eoualla*, Moussa, natürlich gehört die Beute dir. Ahl-et-Trab ist mein Zeuge, daß ich dir die Trophäe nicht stehlen würde. Aber strenggenommen sind sie noch nicht gefangen. Ich meine, sie sehen zumindest nicht aus, als wären sie gefangen, für mich jedenfalls nicht. Willst du mithelfen, die Sache zu Ende zu bringen, oder möchtest du jeden einzelnen auf diese Weise reiten, bis sie tot umfallen?«

Zatab lachte. »Nein, er wollte sie mit seinem Gebrüll zu Tode ängstigen.«

»Gebrüll? War das Gebrüll? Ich dachte, es wären französische Gedichte«, antwortete Taher, der als Meisterdichter der Hoggar Tuareg berühmt war. »Vielleicht wollte Moussa sie damit in den Schlaf lullen. Ausgezeichnete Idee, aber wahrscheinlich hätte er sie damit eher umgebracht.«

»Du hast recht, Taher, seine Worte sind besser als Gift. Starkes Gift. Welch ein Segen, so schnell zu sterben und keine weiteren französischen Gedichte mehr ertragen zu müssen.«

»Sag uns dein Gedicht noch einmal auf, Moussa«, bat Taher. »Bitte. Das, bei dem deine Arme flattern wie Palmwedel, während die Worte aus deinem Mund fließen, als sei er vom Durchfall gepackt.« Er imitierte Moussas Gejohle, wedelte mit den Armen auf und ab und lachte so sehr, daß er fast vom Kamel gefallen wäre.

Moussa nahm ihre Späße gutmütig auf. Er schämte sich, daß er an ihnen gezweifelt hatte. Wenn Mahdi bei ihnen gewesen wäre, hätte die Sache vielleicht einen anderen Verlauf genommen, aber Mahdi mußte sich der anderen Jägergruppe angeschlossen haben, als er fortgeritten war. »*Eoualla*, Taher. Ich danke dir für deine Hilfe. So sehr, daß ich den Rest meiner Gedichte für mich behalten werde, bis wir wieder im Lager sind.«

Damit stürmten die Meharis davon, und drei Stunden später lagen Berge von Häuten und Fleisch und kostbaren Federn bereit zum Abtransport ins Lager. Es war eine reiche Beute, und Moussa war jetzt viel wohler, wenn er an sein Mißgeschick mit dem Kamel dachte. Er hatte die Sache wiedergutgemacht.

Einer der Vögel kam davon, ein Küken. Moussa selbst trieb es in die Enge und brachte es dann nicht über sich, es zu töten. Er hatte seine Keule schon erhoben, als er sich gestattete, einen Blick in die großen, feuchtsamtenen Augen zu werfen. Das Tier sah so verloren und unschuldig aus, daß er die Keule sinken ließ, ohne zuzuschlagen, und nach langem Verrenken, Staksen, Jagen und Locken gelang es ihm, dem kleinen Vogel eine Schlinge um den Hals zu legen. Danach hatte er neue Späße abzuwehren, denn wieder machten die andern sich über ihn lustig. Amadan nannten sie ihn, den Tierhüter, und alle wußten, daß dies seine große Schwäche war. Die Tuareg liebten ihre Hunde, aber Moussas Tierliebe ging darüber weit hinaus. Er war bekannt dafür, daß er sogar seine Ziegen geliebt hatte, als er noch klein gewesen war und sie hatte hüten müssen. Niemand kannte irgend jemanden außer Moussa, der Ziegen liebte, denn Ziegen waren nicht liebenswert. »Er muß sie in *jeder* Hinsicht lieben, um sie überhaupt zu lieben«, hatte einer von ihnen gespottet, aber Moussa verstand nicht, weshalb sie lachten, und es kümmerte ihn auch nicht.

Und so verließ die Karawane an diesem Tag die kleine Schlucht und machte sich auf den Rückweg zum Lager der Tuareg: acht müde Männer, siebzehn Kamele, beladen mit Häuten, Federn und Fleisch, und am Ende ein hüpfendes Straußenküken mit einer Schlinge um den Hals.

Moussa war von der Jagd erhitzt und müde, und auf dem Rückweg zum Lager trennte er sich von den andern, um sein *guelta* zu besuchen. Es war sein Lieblingsort im Hoggar, ein tiefes Wasserbecken, das sich an einer geheimen Stelle zwischen die Felsen schmiegte. Taher versprach, dem kleinen Strauß kein Leid geschehen zu lassen, und nahm ihm das Führungsseil ab. Moussa lenkte sein geborgtes Mehari durch zerklüftetes Terrain, bis es nicht weiterkam. Dann band er ihm die Vorderbeine locker zusammen und kletterte den Rest des Weges zu Fuß weiter auf einem Pfad, der für Uneingeweihte nicht zu sehen war. Unvermittelt lag es vor ihm, ein tiefes blaues Gewässer, schimmernd in der Sonne. Ob Winter oder Sommer, das *guelta* verschwand nie, auch nicht während einer Dürre. Es wurde von einer unterirdischen Quelle gespeist, die träge Luftblasen in beständigem Strom an die Oberfläche steigen ließ. Grasbüschel hingen an den Steinen rings um das Becken, unerreichbar für Tiere. Massige Felsen erhoben sich an zwei Seiten daneben. Einer bildete ein natürliches Dach über dem Wasser, auf der anderen Seite führte ein Sims in steiler Linie zum Wasser hinunter. Der Rest des Tümpels war von einem sandigen Ufer gesäumt; hier fanden sich oft die Spuren von Tieren, die im Morgengrauen oder in der Abenddämmerung zum Trinken herkamen: die wilden Berberschafe oder kleine Ziegenherden mit ihren Hirten. Ein einsamer Oleander wuchs in einer Tasche von reichem Vulkanboden, und seine feurigen rosaroten Blüten dufteten so süß, als wären sie giftig. Tiefe Schatten umgaben das *guelta*; hier fand Moussa Schutz vor der lastenden Hitze, und auf den steinernen Simsen konnte er an kalten Wintermorgen sitzen und die warme Sonne genießen. Das *guelta* war durch die Felsen völlig windgeschützt, und die Stille, die man hier fand, war so makellos wie der blaue Himmel.

Niemand kam je mit ihm schwimmen. Sie redeten abergläubisch von den Geistern, die im Wasser wohnten, aber Moussa glaubte, daß sie nur Angst vor dem Ertrinken hatten. Mit banger Ehrfurcht schauten sie zu, wenn er schwamm, und wenn er unter Wasser verschwand, waren sie sicher, daß er nie wieder auftauchen würde – oder wenn doch, dann würde ein *djenoum* auf seinem Rücken sitzen.

Er kletterte auf den überhängenden Felsen und streifte die Kleider ab. Als er nach dem *litham* griff, zögerte er kurz. Seit der Zeremonie war er nicht mehr schwimmen gewesen, und den Schleier hatte er nicht mehr abgenommen, nicht einmal zum Schlafen oder Essen. Ein Targui trug den Schleier überall und immer. Aber schwimmen konnte er damit nicht, und es war ja auch niemand da, der ihn sehen könnte. Also ließ er das Tuch neben Gewand und Hose auf den Boden fallen. Dann sprang er in den Tümpel, und das Wasser wirkte wie ein Hammer aus Eis. Es war tief und kalt und kristallklar. Er blieb unter Wasser, bis seine Lunge zu bersten drohte, dann holte er tief Luft und tauchte noch einmal unter, und er genoß das Gefühl der Kälte, als er die Arme durch das Wasser zog und seine Muskeln spielten. Hin und her glitt er unter der Oberfläche, und anmutig zog er von einer Seite zur andern. Schließlich holte er noch einmal Luft und tauchte dann senkrecht hinunter. Er wußte nicht, wie tief das Becken war, er hatte den Grund noch nie erreicht. Er spielte ein Spiel mit sich selbst, wenn er herkam: Jedesmal tauchte er tiefer und tiefer, bis ihm die Ohren kreischten und die Lunge schmerzte und er umkehren mußte. Eines Tages würde er den Grund berühren.

Als er erschöpft war, ließ er sich auf dem Rücken treiben; er schloß die Augen und ließ sich vorn von der Sonne wärmen, während er hinten kalt blieb. Das Wasser wurde still und ruhig, und er trieb mit ausgebreiteten Armen frei dahin und genoß jeden Augenblick.

Nach einer Weile wurde ihm kalt, und er beschloß, das Wasser zu verlassen. Da ließ ihn ein Platschen aufschrekken, ein tiefes Plumpsen am anderen Ende des Tümpels. Er riß die Augen auf, ließ die Füße nach unten sinken und trat Wasser. Sanfte Wellen kräuselten die Oberfläche. Jemand war hineingesprungen und noch nicht wieder aufgetaucht. Eine lange Minute verstrich. Moussa befürchtete, daß jemand ins Wasser gefallen sei und jetzt vielleicht ertrinke, und er tauchte unter, um nachzusehen. Erst sah er nichts, aber dann machte er eine verschwommene Gestalt aus. Er kam näher, bis er einen zweiten Schwimmer erkannte, der die Felsen erkundete. Moussa zupfte an den Kleidern der Person. Der Schwimmer drehte sich um, und mit Schrecken erkannte er, wer es war.

Daia!

Sie lächelte und sagte etwas, aber es kam nur ein Schwall von Blasen aus ihrem Mund. Dann deutete sie auf etwas zwischen den Felsen, aber Moussa war zu erschrocken und verlegen, um zu erkennen, was es war. Er konnte nur noch daran denken, daß er nackt war. Er wandte sich ab und schwamm hastig zurück zur anderen Seite des Beckens, wo er japsend auftauchte. Einen Augenblick später brach sie an seiner Seite an die Oberfläche. Sie schüttelte den Kopf, und das Wasser sprühte von ihrem Haar, das sie zu langen Zöpfen geflochten trug. Sie lächelte; ihre Zähne waren makellos und weiß, und ihre Augen glänzten. Sie wirkte ganz entspannt im Wasser.

Daia war fünfzehn oder sechzehn – er wußte es nicht genau. Sie gehörte zur vornehmen Sippe der Kel Rela wie er selbst, aber sie lebte mit einer anderen Gruppe zusammen, und deshalb sah er sie nur selten. Sie war schon als Kind zur Waise geworden, als ihr Vater einem Shamba-Überfall zum Opfer fiel und ihre Mutter an einem Fieber starb. Sie war wild, lebendig und voller Energie. Sie konnte besser reiten als mancher Mann und schneller laufen als ein Junge. Darüber hinaus wußte er wenig von ihr.

»Moussa!« rief sie lachend. »Warum bist du weggeschwommen? Hier sind Fische! Ich habe sie gesehen!« Seine Verlegenheit schien sie gar nicht zu bemerken. Moussa ließ sich so tief, wie es nur ging, ins Wasser sinken und wandte das Gesicht von ihr ab, um ihr möglichst wenig von sich zu zeigen.

»Natürlich sind hier Fische«, fuhr er sie an. »Der Teich ist voll davon. Aber du solltest weggehen. Ich bin nicht anständig angezogen.«

»Nicht anständig?« Sie lachte. »Du bist überhaupt nicht angezogen!« Sie tauchte wieder unter. Moussa spähte hinauf zu dem überhängenden Felsen und fragte sich, wie schnell er wohl an seine Kleider kommen könnte. *Dummkopf! Wieso konnte ich nicht wenigstens die Hose beim Schwimmen anbehalten?* Aber das tat er nie. Jetzt konnte er nicht an Land, und er konnte auch nicht mit ihr schwimmen. Wassertretend bemühte er sich, an einem Ende zu bleiben und ihr den Rücken zuzuwenden. Es durchlief ihn eisig, als ihm klar wurde, daß er sich auf dem Rücken hatte treiben lassen, vor aller Welt entblößt. Ob sie ihn beobachtet hatte, bevor sie hineingesprungen war? Natürlich hatte sie das – aber wie lange?

Sie schwamm fast eine halbe Stunde lang herum, und Moussa fror bald so sehr, daß er sich kaum noch rühren konnte. Er schwamm auf und ab, um sich zu wärmen, aber es half kaum. Er verriet sein Unbehagen mit keinem Wort, entschlossen, keine Schwäche zu zeigen, und fest davon überzeugt, daß er die Kälte länger aushalten würde als sie. Einstweilen bemühte er sich, Abstand zu halten. Völlig sorglos und unbekümmert schwamm sie im Wasser umher und lachte entzückt, während sie alles erkundete. Ein paarmal verschwand sie unter Wasser, und er sah ihre Gestalt unter der Oberfläche, als sie sich in seine Richtung bewegte. Einmal streifte sie seine Beine, als sie unter Wasser an ihm vorbeizog, und die Berührung verursachte ein merkwürdiges Kribbeln.

Sie war wieder ganz am anderen Ende, als sie auftauchte. Sie war eine starke Schwimmerin. *Sie muß oft hier sein*, dachte er. *Wundert mich, daß ich sie noch nicht gesehen habe*. Erschrocken merkte er, daß er sie anstarrte und daß sie zurückstarrte. Er tauchte unter.

Schließlich schien es ihr doch zu kalt zu werden, und sie stieg hinaus. Er seufzte erleichtert: Endlich würde sie verschwinden. Aber zu seiner Bestürzung legte sie sich auf einen Felsen am Wasser, wo heiß die Sonne schien, so daß sie sich wärmen konnte. Als sie aus dem Wasser kletterte, sah er ihren Körper unter dem dünnen Baumwollhemd. Sie war von sehr zierlicher Gestalt. Er sah die Umrisse ihrer kleinen Brüste und die Konturen der Brustwarzen, und er verspürte eine seltsame Regung in den Lenden, ein Kribbeln, das ihn verwirrte, das sich aber doch warm und wundervoll anfühlte; es bebte hinauf bis in seine Nackenhaare und in seinen Kopf, ein warmes Gefühl, das sich mit der Kälte mischte. Er konnte den Blick nicht von ihr wenden und schämte sich deshalb nur noch mehr für diese Situation. Er wußte nicht, was er tun sollte. Er fror, und die Haut an seinen Händen war verschrumpelt.

Sie schloß die Augen. Moussa wartete wassertretend.

Als er es nicht länger aushalten konnte und ihre Augen auch schon geraume Zeit geschlossen waren, schlüpfte er leise aus dem Wasser. Sobald er aber die Felsen hinauf zu seinen Kleidern kletterte, hörte er sie kichern. Ihr Kopf ruhte immer noch auf dem Felsen, aber ihre Augen waren weit offen, und sie beobachtete ihn lächelnd. Jeder andere hätte weggeschaut, um ihn nicht zu behelligen, aber Daia war voller Boshaftigkeit und starrte ihn an. Moussa schaute an sich hinunter. Die Kälte hatte seinen Penis ebenso schwinden lassen wie seinen Stolz. Er war so sehr zusammengeschrumpft, daß es aussah, als wollte er in seinen Körper hineinkriechen. Was noch übrig war, sah so groß aus wie eine Erbsenschote. Ein Segen nur, daß er dort, wo sie lag, wahrscheinlich überhaupt unsichtbar war.

»Dreh dich um!« Die Kälte ließ ihn quieken. Eine weitere kleine Demütigung. Hoffentlich würde seine Stimme bald tief werden. Er wußte, daß sie im Augenblick nicht gerade wie Donnerhall klang.

Sie sagte nichts, aber sie dachte auch nicht daran, den Kopf wegzudrehen. Das Lächeln blieb auf ihrem Gesicht. Sie amüsierte sich, wie er wütend erkannte. Außerdem hatte sie sich aufgewärmt.

Er war vor Unschlüssigkeit wie gelähmt. Er mußte die Hände benutzen, um auf das Sims hinaufzukommen, aber das konnte er nicht tun, ohne sich völlig vor ihr zu entblößen, es sei denn, er ginge rückwärts, aber er konnte nicht rückwärts auf das Sims klettern, ohne sich vollends zum Narren zu machen. Ins Wasser würde er jedenfalls nicht wieder springen. Er wußte nicht, was er bedecken und was er überhaupt tun sollte. Die eine Hand ging automatisch zu seinem Geschlecht, auf welches sich – eingeschrumpft oder nicht – der größte Teil seiner Scham konzentrierte, und die andere hielt er vors Gesicht. Einen Augenblick lang blieb er so stehen, und sie kicherte wieder. Ihm war klar, wie albern er aussehen mußte. Qualvoll unentschlossen stand er da, und dann gab er seine Versuche auf. Er ließ die Hände fallen und kletterte die Felsen hinauf. Kaum war er aus ihrem Gesichtsfeld verschwunden, hielt er in jähem Entsetzen inne. Sein Schwert lag da, wo er es zurückgelassen hatte. Sein Dolch und seine Sandalen waren auch da. Und sein *guerba* hing immer noch am Busch.

Aber seine Kleider waren fort.

Er stöhnte.

»Daia!« rief er über die Felsen. »Was hast du mit meinen Sachen gemacht?«

Er hörte sie lachen und wartete, daß sie etwas sagte, aber es blieb still.

»Daia!« schrie er noch einmal. Seine Stille hallte scharf über die Felsen.

»Die *djenoum* müssen sie geholt haben«, rief sie zurück. »Du hast sie wütend gemacht, weil du nackt in ihrem Tümpel geschwommen bist.«

»Hör auf! Laß die Spielchen! Wo sind meine Sachen?«

Stille.

Er stapfte umher, spähte in Spalten und zwischen Felsen und hoffte, die Kleider zu finden. Er stieß sich den Zeh, schrie vor Schmerz auf und setzte sich hin, um sich den Fuß zu reiben. Allmählich dämmerte ihm der Ernst seiner Lage. Würde er womöglich nackt zum Lager zurücklaufen müssen, nackt wie ein Kind? Das war zu entsetzlich, zu furchtbar, um daran zu denken. Lieber würde er sich umbringen. Nein – er würde sein Schwert nehmen und warten, bis eine Karawane käme, und dann, wenn es Nacht geworden wäre ...

W'allahi! Bei Gott!

»Daia! Das ist nicht komisch!«

Wieder quälendes Schweigen. Er kroch zur Felskante, spähte hinunter und sah sie immer noch dort liegen. Sie rührte sich nicht. Er beobachtete sie. Er konnte sehen, wie sie atmete. Wieder bemerkte er ihren Körper unter dem Hemd – diesmal den Schwung ihrer Beine und die Art, wie ihre Hüften sich allmählich zu runden begannen. Ob er wohl in die Hölle kommen würde, wenn er sie anschaute? Das Ziegenmädchen wurde zur Frau. Und sie war sehr hübsch. Wieder spürte er, daß sich da etwas regte. Er zwang sich, wegzuschauen, setzte sich mit gekreuzten Beinen auf den Felsen und überlegte, was er tun sollte. Die Sonne war warm, gottlob, aber er war immer noch durchgefroren bis ins Mark und klapperte mit den Zähnen.

Nach einer Weile merkte er, daß etwas hinter ihm war; er spürte es mehr, als daß er es hörte. Er sah sich um. Daia hatte sich auf die Felsen heraufgeschlichen und stand jetzt hinter ihm. Sie lächelte breit. In den ausgestreckten Händen hielt sie seine Kleider. »Ich habe sie unten gefunden«, behauptete sie unschuldig. »Die *djenoum* haben sie bestimmt fallenlassen, als sie mich kommen sahen.«

»Sehr komisch«, fauchte Moussa. Er kehrte ihr weiter den Rücken zu und zog die Knie an die Brust, um sich besser zu bedecken. Er schaute sie nicht an. »Leg sie da hin und laß mich allein.«

»Du mußt sie dir schon holen kommen«, neckte sie.

»Niemals!«

»Gut.« Sie zuckte leichthin die Achseln. »Dann bringe ich sie eben in euer Lager. Dort kann ich ja sagen, ich habe sie gefunden ...«

»*Nein!*« Blitzartig war Moussa aufgesprungen und griff nach den Sachen; seine Schamhaftigkeit war vergessen.

Sie riß die Hand weg und hielt die Kleider hinter sich, und er mußte sich zügeln. Sie betrachtete ihn von oben bis unten, die Augen fasziniert geweitet. Er spürte sie, ihre Augen, wie sie in sein Gesicht blickten und dann – *da unten hin*! Entsetzt merkte er, daß das Gefühl schon wieder kam. So sehr er sich mit seiner Willenskraft dagegen sträubte, sein kleiner Penis schüttelte die Kälte von sich ab und erwachte zum Leben. Er ließ hastig die Hände sinken und bedeckte sich, aber sie hatte es schon bemerkt.

»Du solltest dich schämen!« fuhr Moussa sie in scharfem Ton an.

»Wofür? *Ich* habe meine Kleider anbehalten!« Ihre Augen funkelten in einem boshaften Lächeln. Dann ließ sie ohne ein weiteres Wort seine Sachen fallen, wandte sich ab und sprang die Felsen hinunter. Er mühte sich in seine Hose und hörte dabei das schwindende Geräusch ihrer Schritte. Als er sich sein Gewand übergestreift hatte und an seinem Schleier arbeitete, war sie längst fort.

Wenn die Sache mit den Kleidern ihn leicht aus der Fassung gebracht hatte, so war seine Rückkehr ins Lager vollends niederschmetternd. Das Schwimmen hatte ihn mehr als nur seine Schamhaftigkeit gekostet. Er hatte auch noch eine *djemaa* verpaßt.

Sein Sklave Lufti erwartete ihn bang und aufgeregt am Ende des Wadis. Lufti war krank; seine Augen tränten und waren rot geründert. Er trug seinen Schleier weit unten und hatte seine breite Nase entblößt, auf der die Schweißperlen des Fiebers glitzerten. Ihn fröstelte, und trotz der Hitze hatte er sich einen zusätzlichen Mantel um die Schultern gelegt. Seine Augen leuchteten auf, als er Moussa kommen sah. Obgleich seine Neuigkeiten drängten, war der Sklave vor allem höflich und erkundigte sich zunächst, wie sein Herr den Nachmittag verbracht habe.

»Herr, ich beglückwünsche dich zu deiner Jagd. Es heißt, du hast viele Strauße gefangen und dazu nur Gedichte gebraucht.«

»Das hat Taher gesagt?«

»Jaja, Herr. Es hat sich schon im ganzen Lager herumgesprochen. Niemand hat so etwas je gehört. Und das Schwimmen – hat es Spaß gemacht?«

»Es war einprägsam.«

Lufti nahm den Zügel des Kamels. »Aber Herr! Wo ist dein Kamel? Warum reitest du Herrn Tahers Mehari?«

Moussa schüttelte den Kopf. Er wollte nicht darüber sprechen.

»Herr, du mußt dich beeilen«, sagte Lufti, fast als sei es ihm nachträglich erst eingefallen. »Es hat eine Ratsversammlung gegeben, eine große. Alle Edlen waren dabei. Der Herr Amenokal hat nach dir gesucht! Ich glaube, du hast sie verpaßt, Herr. Die andern sind schon beim Abmarsch. Du solltest gleich gehen, schnell-schnell!«

»Eine *djemaa*? Ohne Ankündigung?«

»Dazu war keine Zeit.«

Lufti führte das Kamel weg, um ihm für die Nacht Fußfesseln anzulegen, und Moussa lief eilig zum Zelt des Amenokal. Die Vorbereitungen für die kommende Nacht erfüllten das Lager mit regem Treiben. Kleine Jungen, die den Tag über ihre Ziegen gehütet hatten, kehrten jetzt mit ihnen zurück; andere schleppten büschelweise Reisig für die Feuer heran. Nackte Kinder spielten Fangen vor den großen Felsen, an die sich das Lager schmiegte. Hunde bellten, und Sklaven kümmerten sich um das Melken der Ziegen und um das Kochen. Die roten Dächer der Zelte leuchteten dunkel im schwindenden Licht. Das Zelt des Amenokal war größer als die anderen. Es stand auf einer höher gelegenen Stelle und ragte über den Rest des Lagers hinaus. Das Dach war aus Häuten von Berberschafen gemacht. Seitenwände hatte es keine, nur Grasmatten, die herabgerollt werden konnten, um Wind und Sand abzuhalten. An der einen Seite loderte ein Feuer; in der Asche lagen die Karkassen von zwei Ziegen, die hier gebraten und dann sauber ausgelöst worden waren. Moussa fiel das Herz in die Hose. Das Mahl war vorbei. Die *djemaa* ebenfalls. Es wäre die erste Ratsversammlung gewesen, an der er als Mann hätte teilnehmen können. Als Junge hatte er zuhören dürfen, aber er konnte nichts sagen und mußte für die anderen Tee kochen. Jetzt, wo er ein Mann war, würde diese Pflicht jemand anderem zufallen, und Moussa hatte das Recht teilzunehmen, wenn er wollte.

Und das hatte er verpaßt, weil er in einem Wasserloch schwimmen mußte.

Er erkannte die verschiedenen Oberhäupter der kleineren Stämme, die jetzt aus dem Lager strömten. Es war offenbar eine wichtige Versammlung gewesen, denn alle großen Sippen und Stämme des Hoggar waren vertreten gewesen. Als er das Zelt des Amenokals betrat, sah er, daß nur noch der Amenokal und Mahdi da waren.

Der Amenokal litt an dem gleichen Fieber, das auch Lufti befallen hatte. Er war sonst ein kräftiger Mann, aber jetzt hatte er tagelang das Bett gehütet. Er war immer noch schrecklich schwach und saß mit dem Rücken an einen Zeltpfosten gelehnt. »Ah, Moussa, du bist wieder da«, sagte er.

»Hast du den müßigen Nachmittag genossen?« fragte Mahdi. Es machte ihm Spaß, Moussa vor dem Amenokal in Verlegenheit zu bringen. »Hier gab es ja nichts Dringendes, was deine Aufmerksamkeit erfordert hätte. Es ging nur um einen Krieg.«

»Was ist passiert, Herr?« fragte Moussa, ohne auf die Spitzen seines Cousins einzugehen.

»Die Kel Ajjer treiben wieder ihre alten Verräterspiele«, sagte der Amenokal. »Wir haben erfahren, daß sie sich bei Ademer zum Angriff sammeln. Alle Stämme sind sich einig. Wir werden über sie herfallen, bevor sie die Hand gegen uns erheben können. Alle Edlen ziehen wieder ab. Und sämtliche verfügbaren Vasallen der Kel Ulli werden ebenfalls zu den Waffen greifen.«

Die Kel Ajjer Tuareg lebten im Osten in der Nähe des Plateaus von Tassili an einer der großen Handelsstraßen zwischen Tripolitanien und dem Südland. Zu Anfang war es bei diesem Krieg darum gegangen, die Rechte eines kleinen Tuareg-Stammes zu verteidigen, und er wütete inzwischen seit drei Jahren, bald in Form von kleinen Scharmützeln, bald als ausgewachsene Schlacht.

»Werden die Türken ihnen wieder mit Truppen helfen?« fragte Moussa. Im Jahr zuvor hatte der türkische Bey von Murzuk den Ajjer-Tuareg mit Waffen und arabischen Truppen geholfen, und dafür hatte er in der Oase Ghat eine Garnison ansiedeln dürfen. Den Türken, die ihren Einfluß in der Region auszudehnen trachteten, war es in einer Schlacht fast gelungen, die Waagschale zuungunsten der *Ihaggaren*, der Hoggar-Tuareg, zu senken.

»Ich glaube, die wollen mit diesem Krieg nichts zu tun haben«, sagte der Amenokal. »Ich habe einen Gesandten zum Bey geschickt. Er sagt, er hat nicht den Wunsch, sich weiter an unserem Streit zu beteiligen. Ich glaube, er hat jetzt die Absicht, die Ajjer zu schwächen, wie wir selbst zuvor geschwächt wurden. Er hofft, auf diese Weise alle Völker des Schleiers so schwach zu halten, daß sie seinem Einfluß nicht gefährlich werden können. Aber auf seine Beweggründe kommt es nicht an. Unserem Zweck ist jedenfalls gedient.«

»Mit anderen Worten, die Türken haben die Ajjer unseren Klingen ausgeliefert«, sagte Mahdi.

»Man darf nicht außer acht lassen, daß es neuen Verrat geben kann«, warnte Moussa. »Ich traue den Türken nicht. Während wir uns bei Ademer um die Ajjer kümmern, sollten wir eine Reservestreitmacht vor Ghat postieren. Nur für den Fall, daß der Bey sich vergißt.«

Der Amenokal lächelte. Moussas Beobachtung war scharfsinnig. Der Junge hatte viel gelernt. »Es ist schade, daß du die *djemaa* versäumt hast. Dein Rat hätte unsere Überlegungen bereichern können. Es wurde bereits befohlen.«

»Hätte ich von der *djemaa* gewußt, so hätte ich sie nicht versäumt, Herr.«

»Hättest du dich nicht wie ein Ausländer mit den Fischen gemein gemacht, so hättest du Bescheid gewußt«, sagte Mahdi. Moussa lief puterrot an und war dankbar, daß sein Schleier es verbarg. Aber der Amenokal überging die Spötteleien seines Sohnes.

»Du hast Moussa noch nichts von seiner Aufgabe hier gesagt, Herr«, sagte Mahdi. Moussa straffte sich. Er spürte die Schadenfreude im Tonfall seines Cousins.

»Der *tobol* der *Ihaggaren* reitet mit Ahitagel. Er ist bereits aufgebrochen und führt einen Trupp Edle in meinem Namen.« Der *tobol* war die Kriegstrommel, das Symbol für die Autorität des Amenokal. Ahitagel, ein Cousin Serenas und El Hadj Akhmeds, war der voraussichtliche Erbe, und wenn der Amenokal zu krank war, um eine solche Streitmacht zu führen, dann war er der nächste Ersatzmann.

Moussas Herz tat einen Satz. »Ich werde sogleich aufbrechen und mich Ahitagel anschließen, Herr«, sagte er.

Der Amenokal schüttelte den Kopf. »Du sollst hierbleiben, Moussa. Mit zehn Kel Ulli.« Die Kel Ulli, das Volk der Ziegen, waren Vasallen der Kel Rela. Sie kämpften nur selten, brauchten eine besondere Erlaubnis zum Waffentragen und standen immer unter dem Befehl eines Edlen.

Moussa hörte entsetzt, daß er zurückgelassen werden sollte. »Aber Herr, es ist meine Pflicht, zu ...«, begann er. »Aber ich trage doch den Schleier und das Schwert!« wollte er rufen.

»Es ist deine *Pflicht*, zu tun, was ich will!« schnarrte der Amenokal kurz angebunden. »Die Kel Ajjer sind nicht die einzigen Räuber in der Wüste. Ich kann den Schutz unserer Lager nicht den Weibern und Kindern und einem alten Mann überlassen.« Damit meinte er sich selbst. »Du wirst hierbleiben und uns den Rücken decken. Und du wirst selbstverständlich die Kel Ulli befehligen, wenn sie kommen. *Das* ist deine Pflicht, Moussa, und sie ist von großer Wichtigkeit.«

»Jawohl, Herr.« Moussa war tief enttäuscht. Natürlich mußte jemand hierbleiben. Aber es war erniedrigend, derjenige sein zu müssen. Das war kein Dienst wie der Kriegsdienst, hier auf Ziegen und Kinder und Vasallenlager und Sklaven aufzupassen. Es war zweitklassig. Er fragte sich, ob Abba ihm das antat, weil er meinte, Moussa sei noch nicht soweit. Drei Jahre lang hatte er zugeschaut, wie andere in den Kampf gezogen und als Helden zurückgekehrt waren, mit Schlachtenblut getauft. Viele kehrten auch gar nicht zurück, aber darauf schien es nicht anzukommen. Man schrieb Gedichte über die Krieger, über die Lebenden wie über die Toten. Lieder wurden komponiert. Schwerter wurden gerühmt, und Legenden wuchsen.

Er selbst aber blieb davon ausgenommen, und seine eigene Legende schien zum Dasein eines totgeborenen Kindes verurteilt zu sein. Schon jetzt bekam er Mahdis sengenden Spott zu spüren. »So wird der edle *ikufar* sich also um kleine Kinder und Kameldung kümmern«, lachte er verachtungsvoll, als sie das Zelt verließen. Moussa bemühte sich, ihn zu ignorieren.

In der Nacht, als alle in den Krieg gezogen waren, machte er einen Rundgang durch das Lager und wanderte dann allein hinaus, um im Mondschein zu brüten. Er beschloß, schwimmen zu gehen.

Ihr Bild war verschwommen, geheimnisvoll und schön. Sie schwammen langsam im Kreis, dicht unter der Oberfläche, und mit jeder Runde kamen sie näher aneinander vorbei, und jedesmal wurden die Einzelheiten klarer. Er sah, daß auch sie diesmal keine Kleider trug, daß sie – unfaßbar – nackt ins Wasser gestiegen war, um zu ihm zu kommen. Er schaute sie an und versuchte die geheimen Stellen ihres Körpers zu erkennen, aber Wasser und Dunkelheit umwirbelten sie und ließen nur ein anmutiges Geheimnis sehen, das sein Blut in Wallung brachte. Sie winkte ihm, er solle ihr folgen. Er versuchte sie einzuholen, aber immer wenn er in ihre Nähe kam, entzog sie sich ihm wieder, schwamm schneller als er, schaute über die Schulter zurück, winkte und lächelte. Sie schwamm so mühelos, so frei, und sie schien überhaupt nicht Luft holen zu müssen. Er folgte ihr, bis er es nicht mehr aushalten konnte. Nach Luft schnappend tauchte er auf. Das Mondlicht lag hell auf seinem Gesicht, hell wie der Tag, und das Wasser schimmerte wie silberne Perlen ringsum. Der Sand am Rand des Wassers lag verlassen da, die Felsen waren kahl. Er wußte, daß sie allein waren. Niemand würde kommen, niemand würde sie sehen.

Und entzückt erkannte er, daß sie es auch wußte.

Er holte jetzt tiefer Luft und tauchte wieder unter, und blinzelnd sah er sich um, wo sie in mildem Glanz vorüberzog. Diesmal spürte er sie mehr, als daß er sie sah, als sie hinter ihm von unten heraufkam und die Hände nach ihm ausstreckte. Ihre Berührung durchfuhr ihn wie ein Schock. Er drehte sich zu ihr um, und sie kam herauf, mit zarten, neugierigen, langsamen Fingern. Er fühlte sie an seinen Knöcheln, seinen Waden. Sie liebkoste die Mulde seiner Kniekehle, dann seine Schenkel, und er schloß die Augen und ließ sich treiben, schwelgte in dem Gefühl ihrer Haut, die ihn berührte wie Seide, und ihrer Wärme, die ihn in der sanften Strömung umspülte. Jedes Haar, jede Pore seines Körpers war durch ihre Anwesenheit wild befeuert. Sie berührte seine Hüften, strich mit den Fingern sacht an seiner Seite herauf. Dann war sie auf einer Höhe mit ihm. Erregt und hart zog er sie an sich, spürte ihre Nacktheit an sich, und ihre beiden Körper erbebten. Noch nie hatte er etwas so Weiches und Glattes wie ihre Haut unter seinen Händen gespürt. Seine Hände fuhren über ihren Rücken, die Fingerspitzen nur, zart und langsam, und beide verloren sich in diesem Gefühl, trieben wie in Trance im Wasser, und ihre Hüften und ihre Brüste schmiegten sich an ihn, bis er sich ihr gab, ohne zu wissen, was er tun mußte oder was er finden würde, und dann war alles warme Ekstase, weich und gleitend und vollkommen, und sie umklammerten einander, und ein Sturm erwachte zwischen ihnen, ein Sturm von Luftblasen und Hitze und Leidenschaft, als sie verschmolzen, und zusammen stiegen sie empor, um Luft zu holen, und sie brachen durch die Oberfläche und schrien voller Staunen, und sie rief seinen Namen, und er spürte, wie er sich losließ und wie das Feuer seine Lenden verließ …

Verwirrt und erregt erwachte er. Er war schweißgebadet und atmete schwer, noch immer verloren an einem köstlichen Ort, der einem warmen, wunderbaren Bad glich. Leise Nachtgeräusche huschten in sein Bewußtsein. Er hörte, wie der Wind das Dach seines Zeltes flattern ließ. Leises Stimmengemurmel kam aus der Umgebung des Feuers. Sein Geist erhob sich nur langsam aus den Nebeln des Traums.

Unbestimmt merkte er, daß er eine Erektion hatte, steif, pochend, warm. Er berührte sein Glied. Das Gewand dort war warm und naß und klebrig, und bei der Berührung erschauerte er von neuem. Die Lust durchfuhr ihn wie ein Blitzschlag: Er straffte und entspannte sich dann, als das Gefühl über ihn hinwegflutete und er noch einmal kam. Es kribbelte am ganzen Körper.

In seinem Kopf drehte sich alles vor Staunen. So etwas war ihm noch nie passiert. Er wußte immer noch nicht, wo er war oder wo sie war. War sie dagewesen? War es Wirklichkeit? Er wußte, daß es nicht so war, aber er gestattete sich eine ganze lustvolle Zeitlang, es zu leugnen. Er versuchte das alles im Geiste festzuhalten, es zurückzuholen: das Gefühl, den Traum, Daia. Er wollte es genießen, sie nah bei sich halten, mit ihr zusammensein. Es war ungerecht, es war zu schnell vorbei. Er war nicht bis zum Ende dort gewesen, und er wollte die Orte sehen, die er noch nicht gesehen hatte, wollte verstehen, was er nicht verstand, wollte wissen, was ihm zu einem solchen Delirium verholfen hatte, zu solchen Freuden. Aber so sehr er sich auch bemühte, er konnte es nicht festhalten. Er schloß die Augen und suchte sie unter Wasser, aber er konnte sie nicht sehen. Er zog die Falten seines Gewandes fest zusammen, wollte sie noch einmal berühren, aber er fühlte sie nicht mehr. Die Welt drang rücksichtslos in seine private Sphäre ein. Daia entglitt ihm langsam, verschwand unter der Oberfläche der Erinnerung, bis sie fort war. Und dann schlief er wieder.

18. August 1876

18\. *Lieber Moussa,*
na, endlich bin ich sechzehn geworden. Aber das weißt Du wahrscheinlich. Ich habe an Dich gedacht, als Du im Juli sechzehn geworden bist. Du hattest ja immer vor mir Geburtstag. Ich habe in dem alten Turm von St. Paul gesessen und auf den Fluß geschaut. Da gehe ich immer hin, wenn es mir hier zu ungemütlich wird. Sie haben die Kathedrale immer noch nicht repariert, nachdem sie im Krieg ausgebrannt ist. Letzten Monat haben ein paar von uns ein Fest da oben gefeiert, und es war schon nach Mitternacht, als wir erwischt wurden. Da war ernsthaft die Hölle los. Ich durfte das Château vierzehn Tage nicht verlassen – nur um zur Schule zu gehen. Danach haben sie die Kathedrale mit Brettern vernagelt, aber ich habe mir ein Loch aufgestemmt und kann immer noch bis ganz oben hin.

Das Fest war für Antoine. Habe ich Dir von ihm erzählt, in einem anderen Brief? Ich weiß es nicht mehr. Er ist jetzt vermutlich mein bester Freund. Das Fest war ganz gut. Wir haben ein paar Mädchen mitgenommen, die Antoines älteren Bruder kannten, und ich hatte eine Flasche Charente, die ich aus dem Keller geholt hatte. Mein Mädchen war neunzehn! Ich durfte ihre Brust anfassen, aber dann wurde mir von dem Cognac schlecht, bevor ich an die guten Sachen rankam. Antoine sagt, er hat es mit seinem Mädchen richtig getrieben, aber das glaube ich nicht. Er konnte mir nicht mal erzählen, wie es denn gewesen war, und wußte nur ganz unbestimmtes Zeug zu sagen, das er wahrscheinlich erfunden hat. Wenn Gras über die Sache gewachsen ist, werden wir sie wieder auftreiben und noch so ein Fest feiern. Wenn ich was zuwege bringe, lasse ich es Dich wissen. Was Richtiges, meine ich, keine erfundenen Sachen. Ich weiß, Du würdest es mir auch erzählen.

Ich dachte immer, sechzehn wäre ein wichtiger Geburtstag für mich, aber ich fühle mich genauso wie immer. Ich will zwanzig sein. Ich glaube, das ist ein besseres Alter. Das beste vielleicht. Da kann ich tun, was ich will, und meine Mutter kann nur zugucken. Aber Du kennst sie ja: Sie wird mir noch im Nacken sitzen, wenn ich hundert bin. An meinem Geburtstag ist sie mit mir zum Rennen nach Chantilly gefahren. Es war das erste Mal, daß sie mich etwas tun ließ, was nicht völlig steif und förmlich war. Sie war mit einem ihrer »befreundeten Herren« da, wie sie sie nennt. Sie hat eine ganze Menge. Ich muß sie Monsieur Hier und Monsieur Da nennen, aber für mich sind sie alle Monsieur Kack. Na, Monsieur Kack hat mir hundert Francs gegeben und mir gesagt, auf welches Pferd ich setzen sollte – richtig neunmalklug. Vor dem Lauf bin ich hinuntergegangen und habe mir die Pferde angesehen. Das, was er mir genannt hatte, keuchte, als ob es die Schwindsucht hätte. Ich habe ein anderes genommen und siebenhundert Francs zurückgekriegt. Monsieur Kacks Pferd ist als allerletztes durchs Ziel gegangen. Er behauptete, jetzt hätte er zwanzigtausend verloren, aber er tat, als wäre es ihm egal. Ich glaube, er wollte bloß vor meiner Mutter großtun. Er ist Minister bei der Regierung. Zur Zeit jedenfalls. Wir haben eine Menge Regierungen gehabt, seit Du weg bist. Man hält sie sich eine oder zwei Wochen, und dann fliegen sie raus. Meine Mutter wirft die Männer genauso schnell raus. Leiden konnte ich noch keinen von denen. Ich hoffe immer, daß sie eines Tages mal einen anbringt, den ich ertragen kann, aber ich bezweifle es. Jedenfalls nicht, bis ich von hier verschwinde. Ich schätze, das wird geschehen, wenn ich zwanzig bin. Antoines großer Bruder ist auf die Militärakademie nach St. Cyr gegangen, und danach kam er nach Indochina oder irgendwohin. Ich will nach Afrika. Ich glaube, das würde meinem Vater gefallen. Er war da, und Du bist jetzt auch da.

Noch ein Jahr an der Ecole. Verglichen mit den Jesuiten dort war Schwester Godrick ein wahres Lämmchen, aber ich tue meine Arbeit, und sie lassen mich in Ruhe. Sie unterrichtet übrigens immer noch, aber an einer anderen Schule, seit sie St. Paul geschlossen haben. Jetzt kriegen ein paar andere arme Schweine die harte Seite ihres Paddels zu schmecken. Ich konnte es nicht glauben, als ich sie sah. Sie sieht noch genauso aus, nur kommt sie mir kleiner vor als früher. Ich hätte gern Dir zu Ehren irgend etwas getan – ihr einen Ziegelstein an den Kopf geworfen oder sie mit meinem Pferd niedergeritten –, aber ich war mit einem der Priester von der Schule unterwegs und mußte so tun, als wäre ich erfreut, ihr zu begegnen.

So sehr mir dieser Gedanke auch zuwider ist: Ich glaube, sie gehört zu der Sorte Leute, die an Altersschwäche stirbt.

Gascon ist im Herbst krank geworden. Er hatte einen Klumpen im Bauch, so groß, daß man ihn sehen konnte, und es ging ihm einfach immer schlechter. Es ist dann ziemlich schnell gegangen. Ich habe ihn jeden Tag in seiner Wohnung am Montparnasse besucht. Ich wünschte, er würde noch bei uns wohnen. Als er so krank war, hatte ich das Gefühl, er gehörte nach Hause, aber er und Mutter haben sich ja nie verstanden, und sie hat ihn rausgesetzt. Viel Besuch kriegte er nicht – es kamen nur ein paar alte Bekannte vom Militär und ich. So krank er auch war, er hat mir immer Geschichten erzählt, genau wie früher. Wir haben viel von Dir gesprochen. Eines Tages kam ein Priester und gab ihm die Letzte Ölung, und er sagte mir, Gascon müßte ein Armenbegräbnis kriegen. Ich nehme an, Gascon hatte kein Geld. Aber diese Vorstellung konnte ich nicht ertragen, und deshalb habe ich dem Priester natürlich genug Geld gegeben, damit er für alles sorgen konnte.

Da gab Gascon mir seine alten Pistolen, denn er glaubte, er wäre fertig mit der Welt. Und dann passierte etwas ganz Merkwürdiges: Einen oder zwei Tage später erklärte er, er fühle sich besser, und er stand auf und verließ sein Bett. Der Klumpen wurde immer kleiner, und schon bald war er ganz weg, und Gascon war so gesund wie früher. Aber seine Pistolen wollte er nicht wiederhaben, und das Geld von dem Priester habe ich auch nicht zurückgekriegt, was aber in Anbetracht dessen, wie die Sache ausgegangen ist, ganz in Ordnung ist. Gascon meinte, ich sollte mir deshalb nicht den Kopf zerbrechen, denn wenn er später mal sterben und, wie die Dinge mal lägen, kein anständiges Grab kriegen sollte, dann könnte ich seine Pistolen nehmen und den Pfaffen erschießen. Jetzt ist Gascon mein einziger erwachsener Freund. Ich kann ihm alles mögliche erzählen, und er lacht nicht. So oft ich kann, stehle ich dem Butler etwas von seinem Haushaltsgeld und gebe es ihm. Ich weiß, daß dieses Geld Deinem Vater gehört, aber ich bin mir ziemlich sicher, daß er nichts dagegen hätte.

Ich denke immer noch dauernd an Dich. Ich vermisse Dich und Onkel Henri und Tante Serena. Ich hatte damals das Gefühl, daß mich alle gleichzeitig verlassen hätten. Es ging alles so schnell. Erst mein Vater, dann ihr alle, und seitdem ist es hier ziemlich einsam. Meine Mutter sagt, ihr seid alle tot. Was meinen Vater angeht, so weiß ich nicht, ob er gestorben ist, nachdem er von uns weggegangen ist, aber bei Euch glaube ich es nicht. Einem toten Cousin würde ich keine Briefe schreiben. Ich frage mich zwar, warum Du nie antwortest, aber das hat sicher gute Gründe. Vielleicht gibt es da, wo ihr hingegangen seid, keine Post. Aber ich versuche es von hier aus weiter.

Dein Cousin Paul

Er faltete den Brief zusammen und schob ihn in einen Umschlag. Darauf schrieb er, wie immer:

Monsieur Moussa Michel Kella de Vries
Avec les Touareg
Le désert du Sahara
Afrique

Er gab den Brief dem Butler, der ihn auf die Post bringen sollte. Und wenig später gab der Butler ihn, gemäß ihren Anweisungen bezüglich solcher Briefe, Pauls Mutter.

19.

Der Shamba-Überfall kam in der stillen Stunde der Nacht, als der Mond tief am Himmel stand und das Leben im Lager der Tuareg verebbt war. Einer nach dem andern schlüpften die Angreifer lautlos über die Felsen, verharrten, um zu lauschen und sich umzuschauen, und bewegten sich dann weiter. Sie sahen verschwommen die Umrisse der Zelte, die auf dem sanft abfallenden Hang verstreut standen, schützend überragt von den Felsen dahinter, durchkreuzt von den dunklen Schatten schmaler Erdspalten, die zu den Brunnen und den mageren Weiden führten. Vor einem der Zelte glühte noch die Asche eines Küchenfeuers. Eine Nacht, die schwarz war wie der Tod, hätten die Shamba dem Licht der schmalen Mondsichel vorgezogen, aber sie hatten sich diesen Zeitpunkt für ihren Überfall nicht ausgesucht. Die Ajjer mit ihrem Krieg hatten ihn für sie bestimmt.

Sie kamen aus Wargla, einer Shamba-Oase im Norden. Ihr Anführer, Abdul ben Henna, war der jüngere Bruder eines Karawanenmeisters, der die Kaufleute von In Salah nach Ghadames führte. Auf dieser Route hatte Abdul einen ganz persönlichen Haß auf die Tuareg entwickelt – in dem Jahr, als sein Bruder krank geworden war und ihm die Verantwortung für eine Karawane übertragen hatte. Abdul, jung und von sich selbst überzeugt, hatte diese große Verantwortung würdevoll übernommen. Eine Karawane war eine Ansammlung unabhängiger Kaufleute mit Gold oder Sklaven, Straußenfedern oder Salz. Diese Kaufleute schlossen sich unter einem Karawanenmeister zusammen, der die Route kannte, der ihnen Kamele vermieten konnte, wenn sie welche brauchten, der unterwegs Wasserlöcher und Weideplätze wußte, der ihnen helfen konnte, die Gefahren des Weges zu überwinden, und der es verstand, mit den Herren dieser Route, den Tuareg, sicheres Geleit auszuhandeln.

Als Karawanenmeister war Abdul ben Henna so entzückt über die Gebühren, die er namens seines Bruders kassieren konnte, daß er ein Drittel davon für sich selbst abzweigte. Fast einen Tag lang brütete er über diesen Diebstahl, und dann beschloß er, statt dessen lieber die Hälfte zu stehlen, und den Rest schickte er rasch an seinen Bruder, bevor am Ende noch alles weg wäre. Aber das war der leichtere Teil des Unternehmens. Kurz vor der Abreise, während er mit einer Gruppe der verfluchten Tuareg verhandelte, wie es Brauch war, beging er zwei Fehler: Er bezahlte zuviel, und er bezahlte die falschen Tuareg.

Die Karawane hatte den halben Weg zurückgelegt, als er den wahren Herren der Wüste begegnete, die ihren Tribut forderten. Zunächst weigerte Abdul sich, empört über die Doppelzüngigkeit der Tuareg. Störrisch befahl er, daß die Karawane weiterziehen solle, obwohl die Kaufleute Einwände erhoben, weil sie wußten, daß man den Tuareg-Teufeln ihren Tribut nicht verweigerte.

In dieser Nacht wurde Abdul ben Hennas jüngerer Bruder von unbekannten Händen erschlagen, und fünf Kamele verschwanden. Am Morgen tauchten die Tuareg wieder auf; nur zwei der hochgewachsenen, arroganten Halunken versperrten einer ganzen Karawane den Weg. Sie verkündeten, daß sich der Preis für ein sicheres Geleit infolge der Anwesenheit von irregulären Banditen in der Gegend verdoppelt habe. Wiederum stellte Abdul sich taub gegen die Beschwörungen der Kaufleute, die verlangten, daß er bezahlte. Er befahl den Tuareg, den Weg freizumachen, wenn ihnen ihr Leben lieb sei. Die Karawane zog weiter.

In der nächsten Nacht starb wieder ein Mann, und vier weitere Kamele gingen verloren. Die Kaufleute murrten aufrührerisch, aber Abdul bestand darauf, daß er die Situation im Griff habe. In der Nacht verdoppelte er die Wache um das Lager und ließ helle Feuer aus Reisig und Kameldung brennen. Er selbst patrouillierte an der Karawane auf und ab und ließ den Blick suchend durch die Dunkelheit wandern. Gegen ein Uhr morgens nickte er ein. Gegen zwei Uhr war einer der Kaufleute tot, und Abduls eigenem Kamel hatte jemand die Kehle durchgeschnitten. Niemand hatte etwas gehört.

Bis Ghadames waren es noch zwanzig Nächte, und so hatten die Kaufleute genug von ihrem hitzköpfigen jungen Karawanenmeister. Sie ließen Abdul wissen, daß das nächste Menschenleben, das man den Tuareg schenken werde, sein eigenes sei. Abdul gab sich geschlagen, aber seine Demütigung war noch nicht vollendet. Trotz der Gebühren, die er seinem Bruder gestohlen hatte, besaß er nicht genug Geld, und so war er gezwungen, sich von seinen Kunden etwas zu borgen, um den Engpaß zu überbrücken.

Abduls Bruder hatte ein Jahr gebraucht, um den Verlust der Kamele und des Geldes wieder wettzumachen, und er hatte Abdul aus dem Haus geworfen.

Abdul ben Henna wartete geduldig auf die Rache. Die Gelegenheit kam, als Gerüchte über ein neuerliches Aufflammen des Kriegs zwischen den *Ihaggaren* und den Kel Ajjer die Runde machten. Erfahrene Karawanenmeister schüttelten bestürzt die Köpfe, als sie die Neuigkeit erfuhren. Aufruhr unter den Tuareg konnte sich empfindlich auf die Routen und Rhythmen der Wüste auswirken. Abdul aber frohlockte. Jeder Krieg, in dem Tuareg-Teufel gegen Tuareg-Dämon antrat, war ein guter Krieg, und Allah sollte gepriesen sein, wenn das Gezücht sich gegenseitig umbrachte. Aber das Beste daran war, daß man in einem Krieg der blauen Männer ein Vermögen gewinnen konnte: Beute lagerte unbewacht, und Kamele waren zu stehlen.

Er verschwendete keine Zeit und stellte einen Trupp von vier Mann für die *razzia* zusammen: seine Brüder Bashaga und Hammad und seine Söhne Kadder und Baba. Er traute keinem von ihnen, aber sie waren zähe Karawanenreiter, die sich schnell von Ort zu Ort bewegten und die Wüste ebenso gut kannten wie er selbst. Und vor allem teilten sie seinen Haß auf die Tuareg. Es war eine zeitlose Fehde, weitergetragen von Generation zu Generation, vom Vater zum Sohn, vom Onkel zum Neffen. Die Tuareg töteten die Shamba, und die Shamba töteten die Tuareg. Es hatte keinen Anfang und kein Ende, es gab nur Witwen und Waisen und heißes, zorniges Blut, das im Sand versickerte.

Der Stoßtrupp stahl bei einer Karawane schnelle Kamele und Proviant und jagte dann durch die Wüste nach Süden. Vor einer *razzia* mußte man bestimmte Formalien einhalten, und das taten sie mit peinlicher Sorgfalt. Als erstes war da die Sache der Almosen für die Bedürftigen. Weil sie unterwegs waren, war es gebräuchlich, daß sie ihre Opfergaben dem Anführer überließen, und der würde sie nach dem Überfall an diejenigen weitergeben, denen sie zugedacht waren. Dies zu tun schwor Abdul beim Namen seines Vaters und seines Großvaters. Die anderen wußten aber, daß er das Geld behalten würde, und achteten deshalb darauf, daß sie ihm nicht zuviel gaben. Als nächstes kam das feierliche Gelübde, daß ein Fünftel der Beute Allah gehören sollte. In der Praxis wurde daraus eher ein Zehntel oder gar nichts und ein Gelübde, es beim nächsten Überfall anders zu halten. Das war eine Sache zwischen einem Mann und seinem Gott. Und schließlich beteten sie um den Erfolg und beschworen Allah, er möge ihre Sache so unbarmherzig vertreten, wie er den Gläubigen barmherzig half. Abdul ben Henna war der Vorbeter, und seine Stimme hallte kraftvoll über die unfruchtbare Einöde. »O Sidi Abd-el-Kader, laß uns Furcht einflößen den Herzen derer, die ungläubig sind, und sie versammeln in der Hölle, auf daß Allah die Bösen trenne von den Guten.« Es war ein Gebet, das Allah wahrscheinlich erhören würde, denn die blauen Männer waren unter den Gläubigen wohlbekannt als die Gottverlassenen.

Als sie sich den Ausläufern des Hoggar näherten, gingen sie dazu über, nur noch nachts zu reiten; tagsüber verbargen sie sich zwischen den Felsen und achteten sorgfältig darauf, verräterische Spuren ihrer Anwesenheit stets zu verwischen. Sie zündeten kein Feuer mehr an, verzichteten auf ihren Tee und aßen nur noch Datteln. Sie machten kein Geräusch und blickten stets wachsam umher. Obwohl sie damit rechneten, daß die meisten Männer der Tuareg in den Krieg gezogen waren, blieben die Shamba vorsichtig. Auch wenn man Allah auf der Schulter trug, drang man nicht leichtfertig in die Festung des Hoggar ein, denn in den Felsen und Tälern dort verbargen sich tausend Gefahren. Ein unbedeutendes Hirtenmädchen konnte sie verraten, oder ein Hund.

Sie fanden das Lager genau da, wo sie es erwarteten, in der Nähe von Tadent, wo die Weiden gut waren und die Lüfte kühl. Und wie sie gehofft hatten, waren nur wenige Männer da. »Nur ein einziger blauer Teufel«, flüsterte Abdul aufgeregt, als er beobachtete, wie Moussa durch das Lager ging. »Der Rest sind Sklaven, Frauen und Kinder.« In seinen Schläfen pulsierte der Haß, als er die friedliche Szene vor sich sah. Er lechzte danach, sie alle zu töten. Jawohl, auch die Kinder, denn ein totes Kind konnte nicht heranwachsen und den Schleier anlegen. Er zwang sich, Disziplin zu wahren und sich mit dem zu begnügen, was als erstes zu tun war. Der Tuareg-Mann würde ohne Zweifel sterben, aber Abduls Mission war es, durch Plünderung und Beute zu Ruhm zu gelangen, nicht durch das Feuer. Er war hier, um Kamele zu stehlen. Wenn bei diesem Überfall Kinder sterben sollten – *mektoub*. Dann stand es geschrieben, und es war ein Segen, auch wenn es nicht in seiner Absicht lag.

Er hatte seinem Bruder Bashaga befohlen, sich fortzuschleichen und die Erdrinnen hinter dem Lager zu erkunden, in denen der größte Teil der Kamele stehen würde. Bashaga war zurückgekommen, als es dunkel geworden war, völlig außer Atem. »Hamdulillah!« keuchte er und deutete auf die obere der Schluchten. »Da stehen mehr als vierzig Kamele bei den Brunnen! Keine Wachen! Keine Hirten!«

Abdul ben Henna pries sein übergroßes Glück. Vierzig Kamele! Wie großzügig war Allah! War dies nicht ein Zeichen seines Segens? Oh, die abscheulichen Tuareg würden heute seine Rache zu kosten bekommen. Er würde seinen rechtmäßigen Platz an der Spitze einer großen Karawane wieder einnehmen, und zwar auf dem Rücken der Tuareg-Kamele!

Abdul verteilte seine Befehle. »Hammad, Kadder. Ihr werdet ins Lager eindringen und ihren Ziegen die Kehlen durchschneiden.« Das war nicht unbedingt nötig, aber ein paar feindliche Bäuche würden später vor Hunger schreien. »Aber achtet darauf, daß es nur die sind, die weit genug weg stehen, damit man euch nicht hört. Ihr müßt leiser sein als ein Lufthauch. Baba, du holst die Kamele, die beim Lager stehen. Bashaga und ich holen die am Brunnen. Wir treffen uns alle dort wieder, wo wir vor zwei Nächten gelagert haben. Haltet die Augen offen! Geht jetzt, geht mit Allah.«

Die Gruppe teilte sich, und die Männer verschwanden in der Nacht. Hammad zog sich aus und rollte seine Kleider zu einem Bündel zusammen. Dort steckte er seine Pistole hinein, aber den Griff ließ er herausschauen, damit er ihn schnell ergreifen konnte. Dann verschnürte er das Bündel und warf es sich über die Schulter. Er sah Kadders verwunderte Blicke. Das Ausziehen war eine verbreitete Praxis bei den Arabern der nördlichen Oasen, in Oran und Marokko, aber nicht bei den Shamba. »Meine Sachen sind zu hell«, erklärte Hammad. »Einen nackten Mann kann man nicht so gut sehen. Du solltest dich auch ausziehen.«

Kadder kicherte. »Wenn einer von uns aussieht wie ein Trottel, genügt das doch wohl.«

»Wie du willst.« Hammad zuckte die Achseln. Er liebte es, sich zu einer *razzia* auszuziehen. Er fand es erregend, den Wind im Rücken zu fühlen, die Erde unter den Füßen, das Blut überall …

Die Stunden vergingen, das Lager schlief. Hammad bewegte sich lautlos zwischen den Ziegen umher, tief gebückt, das Messer ständig in Bewegung, Arme und Beine und Füße naß vom Blut. Es war ein seltsam sinnliches Erlebnis, nackt zu sein und Kehlen durchzuschneiden. Er tauchte eine Hand in eine frische Wunde und rieb sich mit dem Blut ein, bis er ganz glitschig davon war. Es war naß und warm, und es durchströmte seinen Körper wie eine elektrische Ladung. Er arbeitete schnell und schnitt tief. Wie bereitwillige Opferlämmer machten die Ziegen ihm Platz, aber sie gaben keine ungewöhnlichen Geräusche von sich und schlugen keinen Alarm. Es gab nur ein leises Gurgeln, wenn sie starben, und das hörte niemand außer Hammad. Überaus entgegenkommend, dachte er und wischte sich die Hände an den Schenkeln ab. Er merkte, daß er sich gefährlich nah an die Tuaregzelte heranbewegt hatte. Der Blutgeruch war stark, aber etwas anderes war noch stärker.

Weihrauch. Süß. Weiblich. Hammad lauschte nach Geräuschen, die sein Neffe machte, aber er hörte nichts. Er fand, daß er jetzt genug Ziegen erledigt hatte, und er kroch dichter an das Zelt heran, um zu kundschaften.

Kadder grunzte, als er ausrutschte und hinfiel. Eine der Ziegen blökte voller Panik und entwischte seinem Griff. Leise fluchend erstarrte er und wartete darauf, daß Alarm gegeben wurde.

Nichts.

Er machte weiter. Zehn, fünfzehn, achtzehn. Sie starben still und schnell. Eine Schande, sie so zu vergeuden, dachte er, aber eine Freude, sie den blauen Teufeln zu nehmen. »Tu Allahs Vergeltung«, hatte sein Vater ihm aufgetragen, und Kadder führte gehorsam die Klinge.

Plötzlich erstarrte er und fuhr dann geduckt herum. Hinter ihm stand eine menschliche Gestalt. Sie war klein, aber nah bei ihm, und die Person hatte ihn offenbar gesehen. Kadder hatte keine Ahnung, weshalb kein Alarm gegeben wurde, warum niemand schrie, aber das war auch nicht wichtig. Ohne einen Laut sprang er auf die Gestalt zu, und seine Klinge blitzte schnell, tödlich und tief. Als er zustieß, sah er, daß es nur ein Hirtenjunge war, den irgendein Geräusch aus dem Schlaf geweckt hatte. Der Junge fiel zu Boden, von seinem Angreifer überwältigt. Kadder spürte die vertrauten Dinge an seinem Messer: Haut, Blutgefäße, Sehnen. Sein Herz pochte, als er seinen Schnitt machte, und das Zappeln unter ihm hörte rasch auf. Zu seiner Überraschung merkte er, daß es nicht viel anders war als mit einer Ziege. Er wußte nicht, ob der Junge ein Tuareg oder ein Sklave war. Es kam auch nicht darauf an.

Das Blut an seinen Händen fühlte sich immer gleich an. Genauso wie bei einer Ziege.

Das Zappeln hörte auf. Das verhaßte Ding war tot.

Serena schrak aus tiefem Schlaf, weil ein großes Gewicht sie plötzlich erdrückte. Eine Hand bedeckte ihren Mund, eine andere bewegte sich an ihrem Körper herunter und tastete grob zwischen ihren Beinen umher. Sie spürte den heißen Atem ihres Angreifers, fühlte seinen Bart rauh an ihrer Wange. Adrenalin durchströmte sie, als ihr klar wurde, was hier vor sich ging. Sie wehrte sich wütend, stemmte die Schultern hoch und versuchte, ihn abzuwerfen, aber er war zu schwer, zu stark. Er arbeitete an ihren Kleidern und wollte sie herunterreißen. Dann fand er eine Ende ihres Schals und stopfte es ihr in den Mund, um den aufsteigenden Schrei zu ersticken.

»Still«, zischte er auf Arabisch und drückte ihr die Spitze seines Messers an die Kehle. »Hast du mich verstanden, Tuareg-Hure? Still!« Mit großen Augen nickte sie. Sein Körper war naß vom Blut der Ziegen, und sein Penis pochte hart. Er nahm ihre Hand und zwang sie, ihn anzufassen. Sie konnte fast nichts sehen, es war zu dunkel, aber als sie ihn fühlte, packte sie das ganze Grauen, und eine Woge der Übelkeit überflutete sie. Angst, Ekel und Abscheu mischten sich mit Haß, aber zugleich fühlte sie den kalten Stahl, und sie hörte auf sich zu sträuben. Ihre Brust wogte. Sie spürte, wie er an ihrem Hemd herumzerrte. Er riß roh daran, versuchte es zu zerreißen, versuchte sich zu beeilen und hörte nur auf, um ihre Hand wieder an sich zu legen, als sie ihn losließ, und beharrlich zerrend hielt er sie dort fest und zeigte ihr, was er wollte, ehe er nestelnd wieder nach ihrem Rock griff.

Serena schloß die Augen; sie spürte die Klinge am Hals und bemühte sich verzweifelt, einen Gedanken zu fassen. Tausend Schrecknisse kreischten in ihrem Kopf. *Haben sie Moussa umgebracht? Den Amenokal? Sind es die Kel Ajjer? Nein, nein, die würden so etwas nicht mit mir tun, und dieser Mann trägt keinen Schleier. Tebu? Shamba? Ja, die würden es tun, und beide würden mich umbringen, wenn sie fertig sind. Sie werden uns alle umbringen. Aufhören! Aufhören!*

Mit bewußter Anstrengung zwang sie sich zur Ruhe und schob die Hysterie von sich fort. Sie durfte nicht in Panik geraten. Im Geiste suchte sie ihr Zelt nach Waffen ab. Am Abend hatte sie doch an einer Lederhaut gearbeitet.

Wo ist mein Messer?

Lufti kehrte fröstelnd zu seiner Schlafmatte zurück. Das Fieber war gesunken, aber er fühlte sich immer noch schrecklich. In seinem Kopf stampfte es, und wenn er die Augen schloß, sah er blitzende Lichter. Nachts wachte er immer noch oft auf, und jetzt war er aufgestanden, um Wasser zu lassen. Unterwegs wurde ihm übel, sein Magen drehte sich um, und er übergab sich auf den Knien, wobei er sich mit zitternden Armen abstützte, während er sich gegen die Krämpfe wehrte. Der Anfall dauerte zwanzig Minuten. Als er sich wieder besser fühlte, stand er auf, um zu seiner Schlafmatte zurückzukehren, die er für die Zeit seiner Krankheit von den Zelten der Edlen zur anderen Seite des Lagerplatzes gebracht hatte. Mit pochendem Schädel tappte er geistesabwesend daher. Plötzlich stolperte er über etwas. Er stürzte schnell und hart zu Boden und schlug mit dem Kopf auf die Steine. Er stöhnte: Diese Nacht wurde wirklich immer schlimmer. Er richtete sich auf, rieb sich die Stirn und fühlte Feuchtigkeit. Er roch daran. Blut!

Er tastete im Dunkeln herum, und seine Hände fanden eine Ziege. Dann noch eine und noch eine. Alle tot. Er bekam Herzklopfen, sein Fieber war vergessen; er kroch auf den Knien umher, und seine Knie erkannten undeutlich die Umrisse von Ziegen. Sie waren überall! Ziegen, tot! Was um alles in der Welt …? Dann fand er Sala. Den stummen Jungen, den kleinen Kel Ulli, der Ziegenhirte gewesen war, verrenkt und mit durchschnittener Kehle. Luftis Finger betasteten alles, befühlten Salas Haut und sagten seinem Verstand etwas, was er nicht begreifen konnte. Wie war das möglich? Er hatte kein Geräusch gehört, nichts. Wer konnte so etwas ...?

Und dann, blitzartig, war es ihm klar, und er stand auf.

»*Ouksad!*« schrie Lufti, die Hände um den Mund gewölbt. Seine Stimme ließ die Stille der Nacht zerbersten. »*Ouksad! Aradaaaaaarrr!*«

Hammad hielt die Hand um Serenas Hand geschlungen, zwang sie, sein Glied zu drücken, schob ihre Hand auf und ab, auf und ab, schneller und schneller, und seine Hüften bogen sich hoch. Mit der anderen Hand war er überall, auf ihren Brüsten, zwischen ihren Beinen, grabschend, fordernd, brutal. Er hatte ihr Hemd jetzt vollends hochgezogen und wollte sich auf sie wälzen. Sie heulte innerlich, und ihr Herz schrie in stiller, hilfloser Wut über dieses Tier, aber sie wußte, sie würde ihn nicht aufhalten können.

Da zerriß Luftis Schrei die Nacht. Sie spürte, wie Hammad bei seinem Klang für einen Augenblick erstarrte.

Das genügte.

Mit aller Kraft packte sie seine Hoden, schloß die Hand um sie und drückte zu, während sie daran riß, fester und fester, bis ihre Hand vor Anstrengung zitterte. Sie spürte, wie einer unter ihrem Griff zerplatzte. Brüllend richtete Hammar sich auf, und sie ließ los. Sie stieß ihn zurück, und er fiel zu Boden. Wie der Blitz war sie auf und über ihn hinweggesprungen; sie riß sich den Schal aus dem Mund und stürzte sich auf den Lederbeutel mit ihrem Messer.

Durch die Tränen der Wut und des Schmerzes sah Hammad, wie sie sprang. Er hatte sein Messer wieder in der Hand und stach nach ihr. Er erwischte sie an einem Bein, so daß die Klinge durch

Stoff und weiches Fleisch fuhr, aber sie blieb in Bewegung und war sofort außer Reichweite. Die eine Hand auf sein Geschlecht gepreßt, in der anderen das Messer, kam er taumelnd auf die Beine. Bei Gott, die Hexe hätte ihn beinahe kastriert! Seine Eier standen in Flammen, und in seinem Bauch wütete ein Schmerz, der so intensiv war, daß er sich fast übergeben mußte. Er versuchte sich wieder in die Gewalt zu bekommen. Er wollte sie töten. Er wußte, daß er sie töten mußte, daß er sie schnell töten mußte. Er würde nur wenige Sekunden Zeit haben, aus dem Lager zu entkommen, bevor sich lauter Tuareg auf ihn stürzten und die Flucht unmöglich würde. Sie riß etwas vom Boden an sich und wirbelte zu ihm herum. Er konnte nichts erkennen, aber es war sicher eine Waffe. Er hatte keine Zeit mehr, an die Pistole in seinem Kleiderbündel zu kommen. Er mußte sie *jetzt* sofort erledigen, mit seinem Messer. Er hatte schon ein Dutzend Männer getötet und fürchtete sich nicht vor diesem Weib.

Er vergaß seinen Schmerz und sprang.

Moussa wollte nicht aufwachen. Seine Träume waren farbenfroh und weich und neu. Er lernte gerade erst, sie festzuhalten, sie zu fühlen und seinen Geist zarte Seidenfäden zwischen Wirklichkeit und Phantasie spinnen zu lassen. Es war eine köstliche Unterwelt – ein flüchtiger, aber kostbarer Augenblick, den er für den Rest des Tages genießen konnte.

Aber dann hörte er Lufti, sein Verstand erkannte, daß dieser schrille Schrei kein Teil des Traumes war, und er war hellwach. Endlich hörte er das Wort klar und deutlich.

Aradar! Überfall!

Er warf seine Decke von sich, sprang von der Matte und packte seinen Säbel, als er aus dem Zelt rannte. Seine Sinne waren wach, und seine Blicke sonderten im Dunkeln Formen von Umrissen. Er rannte durch das Lager. Hier herrschte wildes Durcheinander; überall liefen Leute umher. Von den Angreifern war nichts zu sehen. Lufti konnte er auch nicht entdecken. Er lief zu den Kamelen. Sie hatten es natürlich auf die Kamele abgesehen. Das A und O waren die Kamele. Immer.

»Moussa!« Er hörte die Stimme seiner Mutter und fand sie vor ihrem Zelt. Sie hatte eine Fackel angezündet und wickelte sich einen Streifen Stoff ums Bein. Es blutete. »Mutter! Ist alles in Ordnung? Was …?«

»In meinem Zelt«, sagte sie und deutete mit dem Daumen über ihre Schulter. »Shamba, glaube ich – aber man kann es nicht mit Sicherheit sagen. Er ist zu hell für einen Tebu. Das hier hatte er bei sich.« Sie hielt ihm ein Messer entgegen, das eine unverwechselbare Krümmung an der Spitze hatte. Shamba. Serena versuchte sich zu beherrschen, aber Moussa sah, daß ihre Hände zitterten, und sie bebte am ganzen Leib. Ein dunkelroter Fleck breitete sich schnell auf ihrem Verband aus. Er führte sie ins Zelt, und sie sank auf die Matte. Automatisch begann er sich um ihre Verletzung zu kümmern.

»Laß das«, sagte sie. »Mir fehlt nichts. Du mußt dich um die andern kümmern, um das restliche Lager.«

Moussa wußte, daß sie recht hatte. Er stand auf und sah den Toten auf dem Boden. Daneben lag ein Bündel Kleider. Er kniete hin, wickelte es rasch auseinander und fand eine Pistole und ein kleines Stoffpäckchen mit Munition. Die Pistole war verrostet und würde ganz sicher zerplatzen und den Mann töten, der sie benutzen wollte. Er warf sie beiseite. Eine Börse enthielt drei Silbermünzen. Der Rest war ein zerlumptes Hemd, eine Hose, ein Paar Sandalen. Das war alles, was von dem Mann übrig war. Ein Almosen, Lumpen und Rost. Der Eindringling lag auf der Seite, die Knie an die Brust gezogen. Die eine Hand klemmte zwischen den Beinen und umklammerte sein Geschlecht, die andere krallte sich um den Griff von Serenas Messer, das ihm aus der Kehle ragte. Sein Gesicht war leuchtend rot, und die Augen waren weit aufgerissen und quollen grotesk aus den Höhlen. Er war voller Blut, war damit beschmiert, dunkle Streifen überall. Moussa schüttelte sich. Der Mann war eines harten Todes gestorben.

Die Ungeheuerlichkeit dieses Überfalls ließ ihn fassungslos dastehen. Es war ein Schock, sich vorzustellen, daß sie so nah hatten herankommen können.

Das ist meine Mutter, die da blutet, dachte er, und sein Zorn wuchs. *Sie haben versucht, meine Mutter zu ermorden.*

Lufti stürzte ins Zelt. »Hamdulillah! Du bist wohlauf, Herr, und deine Mutter auch! Aber Sala haben sie ermordet. Sie haben ihm die Kehle durchgeschnitten und seine Ziegen geschlachtet. Ich habe – *aieee!*« Er hatte den Toten auf dem Boden erblickt und machte einen Satz rückwärts. »Oh-oh-oh, *Iblis* war fleißig heute nacht!« Der Teufel war überall, und Lufti wußte, er würde mehr Amulette brauchen, um dieser schrecklichen Nacht etwas entgegenzusetzen, viel mehr, und er würde den Marabout bezahlen müssen, viele Male würde er ihn bezahlen müssen, damit er die Geister vertrieb. »Die Kamele auf der unteren Weide sind weg, Herr«, fuhr er fort, ohne den nackten, blutbeschmierten Leichnam aus den Augen zu lassen. »Ich … ich habe noch keine Zeit gehabt, mir die obere anzusehen.«

»Sie werden sie inzwischen alle haben«, meinte Serena. Sie ließ sich auf ihrer Matte zurücksinken, um das Brennen in ihrem Bein zu lindern. Sie hatte die Lage vor den andern erfaßt. Das Lager war praktisch wehrlos. Moussa war der einzige Mann der Kel Rela, der einzige, der Waffen tragen durfte. Sklaven taugten nichts mit Waffen. Andere Edle, die hätten helfen können, oder Vasallen waren nicht da. Alle waren schon vor Tagen abgezogen, in den Krieg gegen die Kel Ajjer. Sehr gerissen von den Shamba, sich diesen Zeitpunkt auszusuchen. Sie erschauerte bei dem Gedanken, daß ihr Sohn diese Bürde allein tragen mußte. *Er ist noch nicht soweit!* O ja, er trug die Waffen und den Schleier, aber er war noch ein Junge, ein Kind. Und in ihren Augen würde er nie soweit sein. Sie hatte Henri verloren und könnte es nicht ertragen, auch ihn zu verlieren.

Von Kindesbeinen an lebte sie mit der *razzia*, jenem großen, furchtbaren Sport, bei dem Männer ihre Mannhaftigkeit auf die Probe stellten und der normalerweise mit anerkannten Regeln betrieben wurde. Es war nichts, worüber man nachdachte. So war das Leben. Aber jetzt sah sie die *razzia* mit den Augen einer Mutter, und alles sah ganz anders aus. Sie hatte nur noch Angst.

Es war ihr ein Greuel, aber sie wußte, daß sie sich damit abfinden mußte. Wenn die Gefahr ihren Sohn heute nicht ereilte, so würde sie es morgen tun oder übermorgen. Er hatte schon Wildschweine und Bischöfe und Ballone überlebt. Und wenn es jetzt nicht die Shamba waren, dann würden es die Kel Ajjer oder die

Tebu sein, oder ein Skorpion oder ein Unwetter. Sie konnte ihn nicht verstecken, konnte ihn nicht schützen. Sie hatte keine Wahl. Sie hatte nur Moussa, und –

»Der Amenokal!« sagte sie plötzlich. »Bitte! Seht rasch nach ihm!«

»Bleib du bei ihr«, sagte Moussa zu Lufti. »Kümmere dich um ihr Bein.« Serena drückte fest seine Hand. Er ging hinaus und lief rasch über den Platz. Vor dem Zelt des Amenokal rief er: »Abba?«

Es kam keine Antwort. Er schob die Matten vor dem Eingang beiseite und sah, daß niemand im Zelt war. Rasch lief er den Pfad hinauf, das blanke Schwert erhoben. Er fand den Amenokal nach wenigen Schritten, ein dunkles Gespenst in der schwarzen Nacht, vornübergebeugt, das Schwert in beiden Händen. Vor ihm lag eine Gestalt auf dem Rücken.

»Abba?«

Der Amenokal hob eine Hand. Moussa hörte seinen rasselnden Atem. Er war erschöpft und krank, aber nicht verletzt. »Er ist geradewegs in mich hineingelaufen«, sagte er schließlich und hielt einen Dolch hoch. »Damit wollte er mich stechen.« Moussa hörte einen Unterton von humorvollem Stolz in seiner Stimme.

»Komm, Abba, laß dir helfen«, sagte Moussa und griff nach seinem Arm. Der Amenokal winkte ab.

»Ich bin unverletzt, Moussa. Du mußt laufen. Schnell. Es werden noch andere kommen. Sie werden inzwischen unsere besten Kamele haben, die von den oberen Weiden am Brunnen. Sie werden sich so lange wie möglich dicht an den Felsen halten, damit es dir um so schwerer wird, sie zu verfolgen. Nimm Lufti mit, er hat gute Augen. Er weiß viel, was du nicht weißt. Sie haben einen der ihren zurückgelassen, damit er ihnen den Rücken deckt. Halte Ausschau nach ihm, denn er wird nach dir Ausschau halten.«

»Ja, Abba, natürlich, aber ...«

Der Amenokal hob wiederum schweigengebietend die Hand. »Du bist immer so schnell dabei mit dem Reden, Moussa. Aber nie mit dem Zuhören. Wir beide sind die einzigen Kel Rela hier, und ich kann nicht mitgehen. Ich würde dich nur aufhalten, und die Schnelligkeit ist unser Verbündeter. Also liegt sie allein in deinen Händen, diese Sache. Wenn die Kel Ulli kommen, werde ich sie zu dir schicken, aber ich habe keine Ahnung, wann das sein wird. Wir haben keine Zeit zum Warten. Auf Schnelligkeit kommt es an.«

»Eoualla, Abba. Ich verstehe.«

»Es werden viele sein, und du bist nur einer.« Aber darauf kam es natürlich nicht an. Ob es fünf oder zwanzig waren, es wurde erwartet, daß Moussa sie verfolgte und für ihren Überfall zur Rechenschaft zog, auch wenn er sein eigenes Leben dabei verwirkte. Er akzeptierte es, ohne nachzudenken.

»Dein Leben wird von deinem Verstand abhängen, Moussa, nicht von deiner Kraft. Du mußt dich daran erinnern, was der unbedeutende Strauß mit deinem mächtigem Mehari getan hat. So mußt du nun mit den Shamba verfahren.« Es war das erste und einzige Mal, daß der Amenokal den Zwischenfall erwähnte. Und es war kein Vorwurf.

»Folge ihnen nicht durch die Felsen. Damit werden sie rechnen. Lauft schnell außen herum. Sie werden dem Gassi Touil folgen, durch die großen Dünen. Erwarte sie, lauf ihnen nicht hinterher. Jetzt komm. Es gibt noch etwas, das du haben mußt.« Der Amenokal stieg über Babas Leiche und kehrte zu seinem Zelt zurück, und er winkte Moussa, ihm zu folgen. Drinnen zündete er eine Fackel an. Von seinem Ehrenplatz auf einer hölzernen Strebe nahm er ein langes Paket herunter. Sorgfältig zog er die äußere Lederhülle ab und wickelte dann die innere Baumwollschicht auf. Das Gewehr war so blank wie an dem Tag, als Henri, der Graf de Vries, es ihm geschenkt hatte. Moussa sorgte dafür und kümmerte sich um das Putzen. Er war der einzige außer dem Amenokal, der je damit schoß. Der Amenokal hütete es wie einen Schatz, aber nach zwanzig Jahren konnte er noch immer keinen großen Berg damit treffen.

»Nimm das«, sagte El Hadj Akhmed. »Du wirst es brauchen.« Widerstrebend hielt er es Moussa entgegen – nicht, weil Moussa nicht damit hätte umgehen können, sondern weil das nicht die Art und Weise war, wie die Tuareg kämpften. Es lag keine Ehre darin, mit einem Gewehr zu töten. Schwert und Lanze, Messer und List: Das waren die Waffen der Tapferen, mit denen Männer einander auf die Probe stellten und an denen ein Mann sich erweisen konnte. Gewehre waren etwas für Feiglinge; schwache Männer benutzten sie, die damit von ferne töten konnten, ohne auch nur zu wissen, ob sie wirklich getötet hatten – oder wen. Eine Kugel war anonym und unpersönlich. Eine Kugel flog niemals mit der Kunstfertigkeit einer Klinge. Vielleicht mit dem gleichen Ergebnis, aber niemals mit der gleichen Inspiration. Es war besser, wenn Männer einander im Kampf nah waren, damit der Sieger wissen konnte, daß er gut gekämpft und gewonnen hatte, und damit der Besiegte seinen Bezwinger anerkennen konnte, bevor er starb.

Aber wie der Amenokal es befürchtet hatte: Die Feinde hatten in einem Augenblick angegriffen, da sie am verwundbarsten waren. Zwar war es geplant gewesen, daß nicht weniger als zehn Männer, Moussa eingeschlossen, im Lager sein sollten, aber irgend etwas hatte die Kel Ulli aufgehalten. Moussa war allein, und der Amenokal konnte herzlich wenig tun, um ihm zu helfen. Er empfand brennende Gewissensqualen, weil er nicht mitgehen konnte, aber El Hadj Akhmed wußte, daß er in diesem Augenblick mehr Last als Hilfe sein würde. Sein Fieber war noch hoch, und seine Gelenke brannten wie Feuer.

Die Chancen seines Neffen waren gering. Er war jung, allein und schließlich nur ein halber Tuareg. Und er sah sich einer Aufgabe gegenüber, auf die er nur halbwegs vorbereitet war. Moussa hatte mehr als die Hälfte seines Lebens unter Barbaren zugebracht, deren Ausbildung den Jungen nur unzureichend auf die Strapazen eines Lebens in der Wüste vorbereitet hatte. Sein Vater und dessen Vasall Gascon hatten den Jungen viel gelehrt; das hatte der Amenokal immer anerkannt. Er wußte sein Messer zu werfen, und seine Schleuder war eine große Neuheit gewesen, von der man überall in der Wüste gesprochen hatte. Unter der Anleitung Abu Bakars, des Meisterfechters, machte seine Arbeit mit dem Schwert gute Fortschritte. Moussa war ein solider Fechter und ein starker Kämpfer. Aber es fehlte ihm an Finesse und auch an dem tödlichen Instinkt, den Mahdi besaß.

Jetzt wünschte der Amenokal, es wäre Mahdi gewesen, den er hierbehalten hätte, nicht Moussa. Mahdi war viele Male in der Schlacht erprobt worden, Moussa noch nie. Er ertappte sich oft dabei, daß er die beiden Jungen miteinander verglich. Es stimmte schon, Moussa war sein Liebling. Er gestand es sich ungern ein, nie gab er es andern gegenüber zu, und er bemühte sich auch, seine Vorliebe niemals erkennen zu lassen. Es schmerzte ihn ja, daß er so für seinen eigenen Sohn empfand. Es erschien unrecht, aber es war so. Mahdi bereitete ihm soviel Schmerz.

Mahdi war acht gewesen, als er das erstemal getötet hatte. Das Opfer war ein versprengter Tebu gewesen, der bei einem Überfall von seinem Kamel gefallen war und sich innerlich verletzt hatte. Mahdi hatte ein verlorenes Kamel gesucht, als er auf den Mann gestoßen war. Dieser war halb im Delirium gewesen und hatte aus dem Mund geblutet, und er hatte mit seinen flüchtenden Kameraden nicht mehr Schritt halten können. Mahdi wußte nichts von dem Überfall, aber er erkannte das gestohlene Kamel, das in der Nähe des gestürzten Mannes graste. Und er wußte, daß er einen Tebu vor sich hatte, er wußte es so gut, als hätte er dem Teufel selbst ins Angesicht geschaut. Und das genügte für den schmächtigen Jungen mit den zornigen Augen.

Der Tebu sah Mahdi über sich stehen. Schwach bat er das Kind um Wasser. Ohne Vorwarnung und ohne Erbarmen stürzte Mahdi sich auf ihn, und seine einzige Waffe war der Stab, den er bei sich trug. Mahdi prügelte auf ihn ein, bis der Stab zerbrochen war, und danach stach er mit dem abgesplitterten Ende auf ihn ein. Er machte noch lange weiter, als der Tebu tot war – bis einer der Tuareg, der zu den Verfolgern gehörte, am Schauplatz vorbeikam. Er befahl Mahdi aufzuhören, aber in seiner Raserei war der Junge taub und mußte zurückgezerrt werden.

Mit zehn geriet Mahdi in Streit mit einem erwachsenen Sklaven aus dem benachbarten *ariwan*; es ging um den Zugang zu einem Brunnen. Von allen Kindern des Hoggar, Edlen, Vasallen oder Sklaven, wurde erwartet, daß sie sich mit ihren Herden dort abwechselten. Mahdi wartete nur widerwillig, bis er an der Reihe war, und er hatte nur zwölf Ziegen dabei. Der Sklave hatte eine größere Herde und war schon dabei, seine Tiere zu tränken. Der Brauch gestattete es ihm, dies zu Ende zu bringen, weil er zuerst dagewesen war, aber Mahdi ließ man nicht warten.

»Mach Platz!« befahl Mahdi. »Ich will meine Ziegen tränken!«

»Geduld, kleiner Herr«, antwortete der Sklave freundlich. »Alle Tiere Gottes müssen trinken. Ich bin gleich fertig.«

»Mach Platz, sage ich, oder du trägst die Folgen!« fauchte Mahdi, und seine Augen blitzten ob so viel Unverschämtheit. Er richtete seine zierliche Gestalt auf und legte die Hand auf den Griff des Messers an seiner Seite.

»Wie du befiehlst, mein kleiner Herr«, antwortete der Sklave und lächelte gutmütig über dieses herrische Kind. Aber er bewegte sich nur langsam, und tatsächlich hatten alle seine Tiere getrunken, als er endlich seine Sachen zusammengepackt hatte und bereit war, auf die Weide zurückzukehren. Mahdi funkelte ihn an, als er abzog. In der Nacht brütete er über dieser Frechheit, die in seiner Erinnerung zu einer ausgewachsenen Beleidigung anschwoll.

Später brachte derselbe Sklave drei Ziegen in Mahdis *ariwan*; er bezahlte damit die Weidepacht für seinen Herrn. Mahdi erblickte ihn, und sein aufgestauter Zorn explodierte: Er stürzte sich mit Flüchen und wirbelnden Fäusten auf den überraschten Mann. Der Sklave hielt den Jungen mühelos auf Armeslänge von sich ab und schlug nicht zurück. Daß Mahdi in seinem einseitigen Kampf gegen den viel größeren Mann keine Chance hatte, schien ihn nur noch wütender zu machen. Der Amenokal selbst mußte ihn von dem Sklaven wegziehen, und dieser warf sich zu Boden und stammelte demütigste Entschuldigungen. »Es tut mir leid, Herr, anscheinend habe ich deinen Sohn verärgert. Das wollte ich nicht.« Der Amenokal war den Jähzorn seines Sohnes gewohnt; er nickte nur und entließ sie beide.

Ein paar Tage später war der Sklave mit dem Rest seiner Herde noch immer nicht in seinen *ariwan* zurückgekehrt. Man machte sich auf die Suche. Was von seiner Leiche übrig war, nachdem die Krähen mit ihm fertig waren, sah aus, als habe ihm jemand die Kehle durchgeschnitten. Mahdi leugnete, irgend etwas über seinen Tod zu wissen. Aber der Amenokal hatte seinem Sohn tief in die Augen geschaut und dort die Wahrheit gesehen.

Die Jahre hatten nichts dazu beigetragen, den Jungen sanfter werden zu lassen. Im Kampf war er beängstigend selbst für einen anderen Tuareg. Ein Feuer brannte in ihm, das nur wenige hatten, ein Feuer, das eines Tages außer Kontrolle geraten und alles in seiner Nähe verzehren mußte. Aber ein gut gelenktes Feuer war nützlich, und Mahdi eignete sich vorzüglich für solche Dinge. Er tötete, skrupellos und verschlagen – ein Mann, für die Wüste geboren. Kein Araber hatte eine Chance gegen ihn. Er würde nicht ruhen, das wußte der Amenokal, bis die Köpfe der Shamba von ihren Körpern getrennt wären.

Aber so sollte es nicht sein. Mahdi war nicht da, und der Amenokal konnte Moussa nicht im Handumdrehen mit der Finesse oder mit dem Mordinstinkt versehen, den der Junge brauchen würde. Lufti würde die Unzulänglichkeiten teilweise aufwiegen können. Der Sklave war gewitzt und klug in kleinen Dingen, in Wüstendingen, zu denen man geboren sein mußte, in den Dingen, die die Shamba gegen sie verwenden würden, Dingen, die Moussa vielleicht fehlten. Das Gewehr würde hoffentlich den Rest ausgleichen. Moussa war sowieso der einzige, der mit dem Gewehr umgehen konnte. Wenn sie zusammen auf die Jagd gingen, Moussa mit seinen Falken und der Amenokal mit dem Gewehr, dann waren es Moussas Falken und Moussas Treffsicherheit, die für Nahrung sorgten.

Moussa schaute das Gewehr an und schüttelte den Kopf. »Es ist nicht recht, Abba, mit einem Gewehr zu kämpfen. Das habe ich dich selbst sagen hören, schon viele Male.«

»Es ist wahr. Aber du hast mich auch sagen hören, daß der Schakal nicht ohne Freunde dem Löwen entgegentritt. Es gibt Gelegenheiten, da muß die eine Wirklichkeit sich über die andere legen. Dies ist eine solche Gelegenheit. Nimm das Gewehr mit.«

Insgeheim war Moussa erleichtert, daß er die Waffe hatte. Er wußte, was ein Gewehr vermochte. Aber er nahm sich vor, es nicht zu benutzen, wenn es nicht sein mußte.

»Gib ihnen keinen Pardon«, sagte der Amenokal schließlich. »Sie werden dir auch keinen geben.«

»Nein, Abba. Keinen Pardon.«

Im Zwielicht vor dem Morgengrauen brachen sie eilig auf, nachdem sie das Allernötigste für die Jagd zusammengerafft hatten: Wasserschläuche, Proviant, Waffen. Sie liefen durch das Lager, vorbei an den andern, die aus den Zelten gekommen waren. Er fühlte ihre Blicke auf sich, als er losging, spürte die unerbittliche Last ihrer Erwartungen. Er war Ihaggaren, der Edle, der ihre Bürde auf seinen Schultern trug. Er würde ihre Kamele zurückholen und den Tod des Knaben Sala rächen. Zielstrebig, mit wehendem Gewand, schritt Moussa an ihnen vorbei, und seine Haltung war aufrecht, gerade und vornehm. Er war zu stolz, um Angst zu haben.

Die Kamele waren alle fort. Das hatten sie die ganze Zeit gewußt, aber trotzdem hielten sie Ausschau nach versprengten Tieren. Es war gutes Weideland, das Gras war dicht, und die wenigen Kamele, die hier gehalten wurden, konnten nicht weit weglaufen. Daher dauerte es nur einen Augenblick, bis sie Bescheid wußten. Lufti zögerte nicht.

»Wir müssen zum *ariwan* der Kel Ulli laufen, Herr. Sie werden uns Reittiere geben«, sagte er. Das Lager lag zwei Täler weiter. Einen Tag zu Fuß, schneller, wenn sie sich beeilten.

Moussa zögerte unsicher. Er wollte zurückgehen und mit dem Amenokal sprechen, ihn fragen. Er hatte solche Entscheidungen niemals selbst treffen müssen. Was würde Abba tun? Der Druck ließ es dröhnen in seinem Kopf. Die ersten Sonnenstrahlen strömten über den Horizont. Der neue Tag hatte begonnen.

»Herr?« Lufti schaute ihn erwartungsvoll drängend an. »Wir müssen uns beeilen, schnell-schnell. Wir verlieren Zeit.«

Moussa wußte, daß es auf ihn ankam, auf ihn allein. Er konnte nicht umkehren und um Rat fragen. Jetzt nicht, und niemals wieder.

Er war *Ihaggaren.*

»Ja«, sagte er. »Wir müssen uns beeilen.« Und zusammen stiegen sie die Felsen hinauf und waren fort.

20.

Es war spät am Nachmittag des Tages nach dem Überfall, als Abdul ben Henna blinzelnd zur Sonne spähte, die Lage erwog und endlich beschloß, seinen Bruder und seinen Sohn ihrem Schicksal zu überlassen.

Die Kamele zu stehlen war beinahe zu einfach gewesen. Er und Bashaga waren überraschend schnell mit ihren vierzig Tieren am Treffpunkt angekommen, und kurz danach war Kadder mit den restlichen Kamelen erschienen, die er in der Nähe des Lagers gestohlen hatte. Abduls Herz erhob sich in die Lüfte, als er sah, daß die Tat vollbracht war, und es geriet kaum ins Straucheln, als Kadder seine Nachricht offenbarte.

»Ich habe Schreie gehört«, berichtete er. »Sie haben Alarm geschlagen. Hammad und Baba waren noch im Lager, bei den Ziegen. Ich habe nicht abgewartet, um zu sehen, was aus ihnen geworden ist.«

Abdul betrachtete die Möglichkeiten. Hammad und Baba konnten tot oder in Gefangenschaft sein. Vielleicht waren sie entkommen. Wenn ja, dann waren sie zu Fuß und hatten keine Kamele zum Reiten, und in diesem Fall würden sie umherirren, bis die Tuareg sie aufstöberten oder sie in der Wüste zugrunde gingen. Keine der Alternativen ließ hoffen, daß sie überleben könnten. Am Ende jedes Weges sah er nur ihren Tod. Zurückzukehren und nach ihnen zu suchen, das kam nicht in Frage. Er hatte seine Kamele, eine wimmelnde Herde, fett und ausgeruht und bereit für den langen Marsch, der ihn reich machen würde. Er konnte kein Risiko eingehen. Sein Bruder und sein erstgeborener Sohn hatten die Gefahren gekannt. Der Engel des Todes würde zu ihnen kommen – oder die Hand Gottes würde sie befreien. Ihr Schicksal stand längst in den Sand geschrieben. Es war der Wille Allahs, der alles zu entscheiden hatte. Abdul ben Henna würde sich da nicht einmischen.

Malish, mektoub. Macht nichts, es steht geschrieben.

Er verschloß sein Herz vor ihnen, während seine Augen nervös über die Felsen wanderten und nach dem blauen Tod suchten, der bald kommen würde. Schon fühlte er, wie sie ihn beobachteten und lauerten; ihre Augen waren im Schatten verborgen, ihre Messer scharf. Sein Magen zog sich nervös zusammen.

»Wir werden nicht warten«, sagte er. Er zog ein altes Steinschloßgewehr, die älteste der beiden Waffen, die sie bei sich hatten, aus seinem Gepäck. Er gab es seinem Bruder und behielt das bessere Gewehr für sich. »Bashaga, du bleibst hinten, um unseren Rücken zu bewachen und die Herde zusammenzuhalten. Bleib aber nicht zu weit zurück. Heute abend werden wir nur eine Stunde haltmachen, und dann ziehen wir bis morgen mittag weiter. Wir müssen eine große Strecke hinter uns bringen. Wenn ein Kamel es nicht schafft, warte nicht und treibe es auch nicht lange an, sondern schlachte es gleich.« Er gedachte sie alle gnadenlos voranzutreiben, selbst wenn ihn das ein paar Kamele kosten sollte. Die Tiere waren kerngesund, ihre Buckel waren groß und voller Fett, von dem sie sich ernähren konnten. Die meisten würden einen Gewaltmarsch überleben, wenn er nicht zu viele Tage dauerte. Er wußte genau, wie weit er sie würde treiben können, er kannte die Zeichen, die ihm sagen würden, daß sie erschöpft waren, weil sie zu wenig Futter oder Wasser bekamen. Ihre Beine würden schwach werden, und dann würden sie schwanken oder umfallen. Von da an würden sie sich noch zwei- oder dreimal so weit drangsalieren lassen, daß sie wieder aufstanden und weiterliefen, aber dann würden sie zum letzten Mal stolpern, und keine Macht der Erde würde sie mehr dazu bringen weiterzugehen. Deshalb würde er die, die anfingen zu stolpern, kurzerhand opfern, damit er sie nicht alle verlor. Und die Zurückgebliebenen würde er seinen Feinden rauben, indem er ihnen die Kehle durchschnitt.

So zogen sie rasch in nördlicher Richtung davon. Der Weg führte sie über die Pfade und Geröllhänge des Hoggar, und die Kamele schrien und grunzten und rempelten einander an. Drei Tage und Nächte trieben die Männer die Herde voran. Sie rasteten kaum und hörten nicht auf, die störrischen Tiere drängend, lockend und knurrend weiterzuhetzen. Dauernd suchten die Kamele nach Weidegrund, und dauernd schauten die Männer hinter sich. Nachts, wenn sie sich einmal eine Rast gönnten, schliefen sie nur unruhig. Abdul und Kadder wechselten sich mit dem Wachen ab, und Bashaga bildete irgendwo die Nachhut. Abdul blieb immer an der Spitze und hieb bösartig auf sein Tier ein. Er trat, fluchte und peitschte das Kamel, bis es blutete, und häufig mußte er sein Reittier wechseln, weil es ermüdet war. Er schwitzte und betete und hetzte voran. Der Staub war erstickend, die Tage glühend heiß, die Nächte kalt, und sie kamen langsam, aber doch stetig voran, immer weiter nach Norden, nach Norden, wo Erlösung und Reichtum warteten.

Sie ließen den Hoggar hinter sich und kamen zum Amadror, einer kiesbedeckten Ebene, die sich endlos, konturlos dehnte: nichts als schwarze Kiesel, die auf der sandigen Fläche glühten. Aus der Ferne war die Karawane ein prachtvoller Anblick, wie sie sich in langer Reihe über die Ebene erstreckte und in ihrem zeitlos wogenden Rhythmus voranbewegte, aber von nahem sah man, daß die Tiere unter dem scharfen Tempo zu leiden begannen. Der Amadror war ein Glutofen, der die Schleimhäute austrocknete, die Gehirne buk und die weichen Füße der Kamele verbrannte. Normalerweise hätte man um diese Jahreszeit vom Vormittag bis zum späten Nachmittag gerastet, und nachts hätte man die Kamele frei laufen lassen, damit sie sich Weideland suchten, aber Abdul war besessen, und sie machten nur kurz halt, um Tee zu trinken, wenn sie zu müde waren, um weiterzureiten. Sie unternahmen nicht den Versuch, ihre Spuren zu verwischen. Nur auf Geschwindigkeit kam es an, und die Shamba wußten besser als irgend jemand sonst auf der Welt, wie man eine Karawane vorantrieb.

Am vierten Tag verloren sie die ersten Kamele, zwei junge Tibesti, die nicht mehr mitkamen. Kadder schrie sie an und zerrte an ihrem Zaumzeug, aber nacheinander brachen sie in die Knie, und nacheinander schnitt er ihnen die Kehle durch. Ihr Blut hatte noch nicht aufgehört zu fließen, als die restliche Karawane schon weiterzog. Abdul wollte zu den Brunnen von Tan-tan, wo er ihnen eine kurze Rast gewähren würde, ehe es weiterginge. Das wären fünf Tage voller Strapazen. Niemals hätte er einen solchen Marsch unternommen, wenn die Tiere nicht in so ausgezeichnetem Zustand gewesen wären. Abdul konnte das nur bewundern. Die Tuareg mochten Dung sein im After der Menschheit, die Gottverlassenen, aber Allah war sein Zeuge: Sie verstanden es wahrlich, für ihre Meharis zu sorgen! Es waren prächtige Tiere, überwiegend die zottelhaarigen Bergkamele des Hoggar: groß, stark, dunkelfarben mit langen Bärten. In Wargla würde er ihnen sechs Monate Urlaub gönnen. Dort könnten sie sich an saftigem Gras und süßem Wasser mästen und ihre Kraft zurückgewinnen. Sie würden das Rückgrat seiner neuen Herden bilden; ihr Same würde neue Generationen hervorbringen, die der Stolz der Shamba wären.

Solche glorreichen Visionen tanzten vor ihm in der flimmernden Hitze der Ebene. Er sah sich selbst mit vier Frauen und einem Dutzend Söhnen, in Seide gekleidet, und wieder ließ er die Peitsche auf das blutige Hinterteil seines Tieres niederfahren, um es voranzujagen, damit das alles wahr würde.

»Die Geister haben zu essen bekommen, Herr, ich habe dafür gesorgt. Du kannst jetzt unbekümmert ruhen.«

Lufti war zwischen den Felsen umhergelaufen und hatte den besten Platz gesucht, wo er eine Schale Grütze und eine kleine Kalebasse Wasser hinstellen könnte. Er mochte noch so müde sein: Dies war sein allabendliches Ritual auf der Reise, das er treu und ausnahmslos vollzog. Und morgens waren Speise und Wasser fort. Immer. »Die Kel Had, das Volk der Nacht, haben immer viel Durst, Herr.«

»Ich habe bereits unbekümmert geruht, Lufti.« Moussa war erschöpft. Der ganze Körper tat ihm weh von den Anstrengungen der vergangenen Tage. Er konnte Luftis Aberglauben ganz gut ertragen und fand ihn sogar amüsant. »Ich glaube, die Geister werden uns heute nacht in Ruhe lassen.«

»Jaja, Herr, natürlich werden sie das. Aber nur, weil ich ihnen zu essen gebe.« Seine Stimme klang abwehrend. »Verzeih mir, Herr, aber du solltest nicht an der Wirksamkeit meiner Maßnahmen zweifeln. Hast du Anfälle gehabt, seit du mein Herr bist?«

»Niemals.«

»Warst du besessen? Warst du krank im Kopf?«

»Nein.«

»Hat dich eine Schlange gebissen?«

»Noch nicht.«

»Hattest du Pockenfieber?«

»Keineswegs.«

»Nun, bist du etwa gestorben?«

»Nein, natürlich nicht.«

Lufti hob triumphierend die Hände ob dieses glorreichen Beweises für seine Wissenschaft. »Siehst du? Nur weil ich mich ordentlich um diese Dinge gekümmert habe, ist solches Leid nicht über dich gekommen.«

Moussa grunzte unverbindlich. »Ich dachte, für all das hätten deine Amulette gesorgt.« Der Sklave trug nämlich ein Arsenal von Amuletten. Sie waren an sein Gewand und seinen Turban geheftet und hingen an seinem Hals. Sie enthielten Adlerklauen und Eidechsenschwänze, Koranfetzen, Löwenzähne und zerknüllte Papiere voll magischer Quadrate. Das wenige Wertvolle, das Lufti ergattern konnte, verwandte er darauf, die Marabouts für immer neue und verbesserte Amulette zu bezahlen: Amulette, die ihn davor bewahrten, daß er in einen Brunnen fiel, Amulette, die Krankheiten abwehrten, Amulette, die verhinderten, daß er seine Manneskraft verlor oder seinen Verstand.

»Die Amulette beschützen *mich*, Herr, nicht dich. Du willst sie ja nicht tragen. Oh-oh-oh, wie habe ich dich schon beschworen, welche zu tragen. Aber solange du es nicht tust, werde ich den Geistern für dich zu essen geben.«

An einem kalten Morgen vor langer Zeit, in einem Ballon über Frankreich, hatte Moussa das einzige Amulett aufgegeben, das er je getragen hatte. So viel war seinetwegen passiert, so viel Schlimmes und Schmerzliches. Moussa wußte, es war seine Schuld, daß sein Vater tot war. Hätte er ihn nicht angefleht, den Umweg über St. Paul zu machen, um das Amulett zu holen, wären sie längst fort gewesen, ehe die Polizei beim Gare du Nord ankam. Serena hatte mit ihm geschimpft, als er es ausgesprochen hatte, aber er wußte, daß es trotzdem stimmte. Die schlimmsten Ereignisse in seinem Leben waren wegen dieses Amuletts geschehen. Schwester Godrick hatte es benutzt, um ihn zu foltern, und sein Vater war dafür gestorben. So hatte er es aus dem Ballon geworfen und ihm nachgesehen, wie es träge nach unten fiel, bis es in einer Wolke versank und die Last der väterlichen Seele mit sich nahm. Jetzt kam der *Taleb*, der heilige Mann, ins Lager und brachte neue Amulette mit, und er kassierte Gebühren und verteilte dafür *baraka*, die Segnungen, welche gesundes Kleinvieh und erfolgreiche Karawanen garantierten. Der Taleb mit seiner mystischen Macht erinnerte Moussa an die Bischöfe und Priester: Alle streckten sie die Hand aus und bewegten die Lippen in leeren Versprechungen, predigten donnernd von der Rechtschaffenheit ihres Gottes und nahmen die dankbaren Opfer verängstigter Seelen gern entgegen. Heute war Moussa der einzige Mann der Kel Rela, der keine Amulette trug. Lufti machte sich große Sorgen um die *baraka* seines Herrn, und deshalb kümmerte er sich in seinem Namen darum, daß die Geister gefüttert und versorgt wurden.

»Gut, gut, Lufti. Sieh nur zu, daß du ihnen nicht unseren letzten Proviant gibst.«

»Natürlich nicht, Herr.«

»Herr, ich habe eine Bitte an dich.«

Lufti hatte Tee gekocht, hatte sich geräuspert und herumgezappelt und die Kohlen in dem kleinen Feuer, über dem ihre Teekanne brodelte, hin und her geschoben. Mit wachsender Heiterkeit hatte Moussa zugeschaut, wie er sich langsam heranarbeitete, und er war versucht gewesen, ihm zu sagen, er solle nur einfach damit herausrücken. Aber es war nicht recht, ihn zu drängen. Lufti würde dazu kommen, wenn er soweit wäre.

Moussa nickte. »Nur zu.«

»Verzeih mir, wenn ich so unverblümt spreche, Herr, aber da gibt es eine Frau …« Lufti wußte nicht, wie er es ausdrücken sollte. »Nun, Herr, wenn wir mit den Kamelen zurück sind, dann hätte ich gern, oh, so schrecklich gern deine Zustimmung zu …« Wieder räusperte er sich. »Herr, wenn es dir gefallen könnte, mir zu erlauben, daß ich, äh, diese …«

»Was denn nur, Lufti?«

»Sie heiraten«, platzte Lufti heraus. »Ich möchte sie heiraten, Herr. Ich würde so schrecklich gern ihr Mann werden.«

»Wovon redest du? Wen willst du heiraten?«

»Ach ja, Entschuldigung – Chaddy ist es, aus dem *ehen* von Mano Biska.«

»Chaddy!« Moussa kannte sie flüchtig. Eine hübsche Frau mit einem strahlenden Lächeln. »Du willst sie heiraten? Aber natürlich, Lufti. Wenn du es möchtest ...«

»Es kommt mir nicht zu, einfach zu tun, was ich möchte, Herr. Es kommt mir zu, zu tun, was du möchtest.«

»Dann ist mein Wunsch auch dein Wunsch, was diese Frau angeht.«

Lufti fing an zu blubbern. »Herr, du bist zu gütig. Möge Allahs Segen auf dir ruhen wie immer. Der Preis für Braut und Mitgift, Herr, beträgt vier Ziegen.« Er überlegte einen Moment und erhöhte dann den Einsatz. »Fünf Ziegen.«

Es oblag Moussa, den Preis für die Frau seines Sklaven zu bezahlen und dann ihn und seine Familie zu unterstützen. »Fünf Ziegen sollen es sein«, sagte Moussa.

»Und ein Schaf, Herr. Äh, drei Schafe.«

Moussa lächelte. »Sonst noch etwas?«

»Nein, Herr, sonst nichts mehr. Fünf Ziegen und fünf Schafe. Das ist alles, absolut alles. Und fünf Maß Baumwolle. Sonst nichts. Mehr zu bezahlen wäre ein Verbrechen. Sechs Maß wären besser. Sie ist schließlich nur eine Sklavin wie ich, aber sie wird eine höchst wertvolle Bereicherung deines *ehen* sein.« Wiederum nickte Moussa zustimmend. Lufti tanzte vor Entzücken und verschüttete ihren Tee in die Kohlen, daß es zischte und eine Dampfwolke aus dem Feuer stieg. »*Aiyee*, Herr, das tut mir leid. Ich war nur gerade mit dem Gedanken beschäftigt ...«

»Deine Gedanken erscheinen mir kostspielig, Lufti. Noch etwas?«

Luftis heilige Pflicht bestand darin, Moussas Habe zu schützen und darauf zu achten, daß nichts vergeudet oder schlecht verwendet wurde. Aber in der Frage seiner eigenen Braut geriet er damit in Konflikt. »Nur, daß Mastan aus dem *ehen* von Zenat Mel die Absicht hat, auch um Chaddy anzuhalten. Ich will keinen Ärger haben. Ich will diese Angelegenheit nur zu meinen Gunsten zu Ende bringen. Ein Kamel, Herr, wäre ...«

»Zuviel«, sagte Moussa entschieden.

»Genau«, sagte Lufti hastig. »Viel zuviel, das dachte ich auch. Aber ein *tirik*? Ein *tirik* wäre genau richtig.«

Moussa seufzte. Ein Sattel war nicht so viel, aber seine neue Schwiegertochter wurde allmählich doch ziemlich teuer. »Also gut. Aber dann ist Schluß.« Ihm war es wie immer unbehaglich, wenn er mit Lufti verhandelte wie ein Herr mit seinem Sklaven. Er hatte nie damit gerechnet, einmal für einen anderen Menschen verantwortlich sein zu müssen, nicht auf diese Weise wenigstens, und bestimmt nicht für einen Mann, der zehn Jahre älter war als er – oder waren es fünfzehn? Zwanzig? Moussa hatte nie sein Gesicht gesehen und konnte es deshalb nicht mit Sicherheit sagen, aber er wußte, daß Lufti ein Mann war, der sehr viel mehr über die Sahara wußte, als er selbst jemals zu lernen hoffte.

Mit gerade vierzehn Jahren war Moussa mit dem Amenokal nach Ideles gereist. Lufti hatte dort einem Edelmann gehört, der ihn gleichgültig behandelte und ihn weit schlechter kleidete und unterbrachte, als es seinen Verhältnissen entsprach, weit schlechter auch, als Lufti es verdiente. Lufti hatte den vornehmen Gästen den Tee servieren müssen. Alle Blicke waren unverwandt auf den Amenokal gerichtet gewesen, nur nicht die des Sklaven. Der hatte seine Teekanne hoch in die Luft gehoben, um den Tee zierlich in die rituellen Gläser fließen zu lassen, und dabei diskret den jungen Kel Rela beobachtet, der noch keinen Schleier trug. Der Junge war von offenkundig sanftem Naturell und hatte ein freundliches Gesicht. Er war eine Kuriosität, über die lange vor seiner Ankunft im Lager unter Sklaven, Vasallen und Edlen gleichermaßen gesprochen worden war: der Sohn des französischen Ballonfahrerbarbaren und der Schwester des Amenokal, Serena. Lufti schaute nach, ob der Junge wirklich sechs Zehen an jedem Fuß hatte, wie gerüchteweise über die Barbaren behauptet wurde, und zu seiner Erleichterung sah er, daß das Tuaregblut sich hier durchgesetzt und dem Jungen nur fünf Zehen gegeben hatte. Auch in anderer Hinsicht erschien er ganz normal. Und impulsiv faßte Lufti den Entschluß, dem Kamel des jungen Herrn, das draußen stand, die Spitze des Ohrs abzuschneiden. Nach dem Gesetz der Tuareg war diese Tat nur auf eine Weise wiedergutzumachen: Der Sklave, der den Schaden angerichtet hatte, wurde Eigentum des geschädigten Edlen.

Die Missetat wurde entdeckt, und Moussa hatte einen Sklaven.

»Ich will ihn nicht«, sagte er schlicht zum Amenokal und zu

dem früheren Besitzer des Sklaven, als man ihm sein neues Eigentum vorstellte. Dieser Einwand hatte nichts mit Lufti zu tun. Moussas Leben war schon schwierig genug, ohne daß ihm noch ein anderes menschliches Wesen aufgebürdet wurde. Nach allem, was er gesehen hatte, bedeuteten Sklaven harte Arbeit. Sie waren wie Kinder: Man mußte sie versorgen und sich um sie kümmern. Moussa war noch zu jung, um Kinder zu haben.

»Du hast keine Wahl in dieser Angelegenheit«, sagte der Amenokal schroff. »Er gehört schon dir. So will es das Gesetz.«

»Dann ist es ein schlechtes Gesetz, Herr«, sagte Moussa. »Ich brauche keinen Sklaven.«

»Du hast keinen Schleier, du kannst unsere Sprache nicht richtig schreiben, aber du fühlst dich schon berufen, das Gesetz zu beurteilen.« El Hadj Akhmed seufzte. »Es ist eine Ehre, auf diese Weise einen Sklaven zu bekommen. Jetzt gehört er dir. Die Sache ist erledigt.«

»Gut.« Moussa nickte. »Wenn er mir gehört, lasse ich ihn jetzt frei. Sofort.«

»Ich verbiete dir diese Albernheit!« donnerte der Amenokal. »Du wirst warten, bis du mindestens achtzehn Jahre alt bist, bevor du anfängst, die Gesetze der Menschen und der *Ihaggaren* umzuschreiben. Dann – aber nicht vorher – magst du jeden Wahnsinn begehen, der dir Freude macht. Und jetzt halt den Mund. Er ist dein Vasall.« Und so wurde der Junge zum Herrn des Mannes.

Luftis Vorfahren waren aus Berr-al-Abid, dem Land der Sklaven im Süden. Sie waren mit einer Sklavenkarawane nach Murzuk gekommen, zum größten Sklavenmarkt in ganz Afrika. Sechshundert waren es am Anfang gewesen. Sandstürme und Durst, die Hitze und die grausamen Messer und Peitschen der Sklavenmeister hatten ihre Zahl um vier Fünftel verringert. Nur hundert waren noch übrig, als die Pocken zuschlugen. Die Sklavenhändler verfluchten ihr Mißgeschick und verschwanden mit sämtlichen Kamelen und mit allem Proviant und Wasser in der Wüste. Die Überlebenden ernährten sich von Gras und Strauchwerk, und als sie einen Brunnen fanden, wurden sie von säbelschwingenden Nomaden verjagt. Wie ein Pestschiff auf dem Meer irrten sie ausgestoßen umher, nirgends willkommen.

Als sie am Fuße der Aïr-Berge anlangten, waren von den ursprünglich sechshundert nur noch zwölf Männer und Frauen übrig. Sie waren frei von Pocken, aber die Elemente hatten sie dem Tode nahe gebracht. Die Kel Owi Tuareg fanden sie, nahmen sie als Sklaven und behandelten sie freundlich. Dann wurden die Kel Owi von den Kel Ajjer überfallen, und alle Sklaven wurden Eigentum der Kel Ajjer. So war es dann viele Jahre geblieben. Kinder wurden geboren, alte Männer starben, und das Leben fand seinen Trott. Dann kamen die Kel Rela aus dem Hoggar und führten Krieg gegen die Kel Ajjer, und wieder bekamen die Sklaven neue Herren. Luftis Mutter war auf jenem Zug aus der libyschen Wüste zur Welt gekommen, und seitdem war ihre Familie bei den Kel Rela. Es war zu erwarten, daß es für immer ihre Heimat bleiben würde, denn wenn die Ajjer auch die Owi und die Owi die Taitok überfielen, so hatte doch bis dahin noch niemand die Kel Rela überfallen. Sie waren die Herren der Wüste, und ihre Lager und Zelte waren sicher in den abweisenden Bergen des Hoggar. Das war freilich vor dem Krieg mit den Kel Ajjer gewesen, aber bis jetzt war auch dieser zugunsten der *Ihaggaren* verlaufen: zugunsten der Kel Rela und der Taitok und der Teghe Mellet sowie zugunsten ihrer Vasallen, des Ziegenvolks der Kel Ulli, und – jawohl – ihrer Sklaven. Die *Ihaggaren* waren zahlreich und unbesiegbar.

Die Shamba stahlen bei ihren Raubzügen nur die Kamele, denn sie mochten die Sklaven der Tuareg nicht: Ihr Sklavengeist, so fanden sie, war von den blauen Männern verdorben worden. Die Tuareg behandelten sie gut und ließen ihre Kinder mit ihren eigenen zusammen aufwachsen. Sie ließen sie in ihren Zelten schlafen, sie gewährten ihnen Eigentum, und – Allah behüte! – sie ließen sie sogar frei. Sklaven, die unter solchen Bedingungen groß wurden, taugten für die Shamba wenig. Nicht, daß die Tuareg weich waren, wenn es um die Sklaven ging, aber es war viel besser, als Sklave bei den Tuareg zu leben, als in eine ihrer Karawanen zu geraten. Hier nämlich ging es den Kamelen besser als den Menschen. Eine Sklavenkarawane, das war Geschäft. Handel. Das Leiden dieser Sklaven war den Tuareg gleichgültig, auch wenn sie zu ihren eigenen freundlich waren. Das war eins der vielen Rätsel an diesen Wüstenfürsten – wie so manches andere verborgen hinter ihren Schleiern.

Lufti war unbekümmert und gelassen, zufrieden und stolz auf seine Stellung als *buzu*, als Sklave, der im Freien arbeitete. Sein Status war höher als derjenige der gemeinen *iklan*, der Haushaltssklaven, die sich um niedrige Arbeiten zu kümmern hatten. Lufti sah sich nicht so sehr als Sklave, er betrachtete sich eher als einen *Kel Ahaggar*, einen Mann des Hoggar. Er trug den Schleier, er lebte im Zelt seines Herrn und reiste im Auftrag seines Herrn durch die Wüste, und dabei fühlte er sich so frei, wie man es nur sein konnte. Er trug keine Kriegswaffen, aber das war eine Einschränkung, die Lufti nie bedauerte. Es bestand zudem die Aussicht, eines Tages freigelassen zu werden; dann könnte er *imrad* werden, ein Vasall, der Vieh und – jawohl – sogar eigene Sklaven besitzen konnte. Aber damit war keine Eile. Lufti war zufrieden. Er hatte den besten Herrn im ganzen Hoggar, auch wenn sein Herr selber das noch nicht wußte. Moussa erwartete wenig von ihm und schien sogar dankbar zu sein, wenn er tat, was seines Standes war.

Tuareg-Edle waren nicht zum Arbeiten geboren. Sie waren geboren als Könige der Wüste. Geboren zum Führen, zum Befehlen, zum Kämpfen. Sie spielten und dichteten und veranstalteten Kamelrennen und lebten von der Arbeit ihrer Vasallen. Ein echter Edelmann ließ ein Feuer ausgehen, bevor er sich rührte, um es zu retten. Aber zum Entsetzen seiner Standesgenossen warf Moussa lieber etwas Kameldung auf ein Feuer, als daß er es niederbrennen ließ. Er kochte sich oft selbst Tee, ja, manchmal kochte er sogar welchen für Lufti! Moussa behandelte den Sklaven wie seinesgleichen und schien daran nichts Ungewöhnliches zu finden. Die anderen Sklaven schüttelten insgeheim die Köpfe und fürchteten peinlich berührt um Herrn Moussas Würde. Lufti grämte sich, bis er den Mund nicht länger halten konnte. Es war schließlich seine Pflicht, mitzuhelfen, seinen Herrn zu unterrichten, denn es war ja schließlich nicht die Schuld des Jungen, daß sein Blut mit europäischen Mängeln verunreinigt war.

»Der Kopf ist der Kopf, und der Schwanz ist der Schwanz«, hatte er eines Tages entnervt gesagt, nachdem er genügend Mut gesammelt hatte, um überhaupt mit seinem Herrn auf diese Weise zu sprechen. »Du solltest das Ende akzeptieren, an dem du geboren bist, Herr, und mich an meinem lassen.«

Aber sie alle hatten Moussa nur mißverstanden. Seine Halsstarrigkeit war auf französischen Schulhöfen ausgebildet worden. Je mehr die Edlen johlten, je mehr die Sklaven schwatzten, desto verstockter wurde er. Er war Lufti scharf in die Parade gefahren. »Ich bin nicht so sehr interessiert an Köpfen und Schwänzen und solchem Zeug«, hatte er zu ihm gesagt, »aber wenn es dir lieber ist, erlaube ich dir gern, dem Mehari eines neuen Herrn das Ohr abzuschneiden.« Da hatte es Lufti eisig überlaufen. Er hatte nie wieder ein Wort über diese Sache verloren, und seitdem war das Verhältnis zwischen ihnen gelassen, undefiniert und unbeschwert. Einige Formen mußten aber immer noch eingehalten werden; so mußte Moussa zum Beispiel Lufti die Erlaubnis zum Heiraten geben. Lufti gewöhnte sich daran, und schließlich akzeptierte er seinen exzentrischen Herrn und segnete insgeheim sein eigenes Glück. Er war stets mit scharfem Blick auf der Hut vor anderen Sklaven, die bei Tage herumerzählten, wie unschicklich sein Herr sich doch verhalte, und nachts versuchten, einem seiner Kamele ein Ohr abzuschneiden. Lufti wußte, daß man bei skrupellosen Sklaven nicht vorsichtig genug sein konnte.

Und ab und zu erlaubte er seinem Herrn, Tee zu kochen.

Sie waren ein gutes Gespann, der *Ihaggaren* und der *buzu*, als sie jetzt die Shamba jagten: Moussa, der widerstrebende Führer, drängend, nervös und wachsam, und Lufti, der Wüstenfuchs, der Zeichenleser, der fast überall unter den Felsen etwas zu essen finden konnte, der wußte, welche Pflanzen eßbar und welche tödlich waren, wo man die Wasserlöcher fand und wie man die Spuren ihrer Jagdbeute deutete. Der Herr schaute zu, lauschte und stellte Fragen, und der Sklave lehrte ihn mit geduldigem Eifer. Wenn sie rasteten, brütete Moussa und polierte gedankenverloren die Klinge seines Schwertes, während Lufti restlos auf Allah und auf das Schicksal vertraute, das er ihm zugedacht hatte, und dabei fröhlich summte. Moussa drängte unerbittlich voran und ritt noch weit nach Einbruch der Dunkelheit, wenn die Nacht pechschwarz war und die Kamele zu stolpern begannen; erst dann beugte er sich Luftis behutsamen Andeutungen, daß sie vielleicht jetzt genug geritten seien und ein wenig rasten sollten.

Einmal, als sie schon vor dem Morgengrauen wieder ritten, war Moussa eingenickt, und sein Mehari war vom Weg abgeirrt. »Herr!« hatte Lufti sanft gerufen, und Moussa schrak hoch. »Das hier ist der Weg der Shamba. Und das dort« – er zeigte in die Richtung, die Moussa eingeschlagen hatte – »das ist sicher der Weg zur Hölle.« Und dann klatschte er in die Hände und kicherte und wollte sich gar nicht wieder fassen, und Moussa dankte seinem Schicksal für einen so erfahrenen Gefährten.

Als sie aus dem Hoggar auf die Ebene des Amadror kamen, untersuchte Lufti Kameldung, betastete Hufspuren und betrachtete umgedrehte Steine. Seine Augen sahen alles. »Es sind drei, und sie reiten in zwei Abteilungen. Zwei sind an der Spitze. Einer bildet den Schluß. Ist mindestens einen Tag hinter den andern zurück.«

»Nur drei?« Moussa war überrascht. Er hatte mehr erwartet.

»Jaja. Sicher nur drei. Sind drei nicht genug, Herr?«

»Doch. Drei sind genug.«

Einen Tag später verkündete Lufti, daß sie aufgeholt hatten: Sie waren schneller als die Shamba. Das war zu erwarten, wenn zwei Männer mit einer Kamelherde um die Wette eilten. Trotz der Verzögerung, die eingetreten war, weil sie zu Fuß hatten gehen müssen, bis sie neue Kamele erhalten hatten, waren Moussa und Lufti so schnell vorangekommen, wie er es nur je gesehen hatte. Sie ritten durch die Hitze, scheinbar ohne sie zu spüren, und die Meilen flogen nur so vorbei. Kein Mensch auf der Welt konnte reisen, wie die Tuareg reisten – mit so wenig Nahrung, wenig Wasser, wenig Rast. Moussa saß bequem in seinem leichten Reisesattel. Wenn der Horizont grenzenlos war und die Hitze auf ihm lag wie eine mächtige Decke, ließ er sich zeitweilig in tranceähnliche Träume gleiten, und die einzigen Geräusche waren der Wind und das *schuff-schuff* der Hufe seines Mehari. Sanft wiegte er sich im Sattel vor und zurück und verlor sich in Gedanken an sie, an Daia, und es begann zu kribbeln, und er fragte sich, was Männer und Frauen wohl miteinander taten, da unten, wo es kribbelte.

Und dann zerbarsten seine wohligen Tagträume beim Anblick der durchschnittenen Kehlen jener Kamele, die unterwegs von den Shamba geschlachtet worden waren. Er schalt sich selbst, weil er sich hatte treiben lassen. Sie haben Sala ermordet, erinnerte er sich streng. *Sie haben versucht, meine Mutter zu ermorden.*

»Sie werden zu den Brunnen von Tan-tan wollen«, weissagte Lufti und betrachtete den Boden. »Weiter können sie nicht kommen, ohne umzubringen, was sie gestohlen haben. Die Brunnen führen nicht viel Wasser. Sie werden dort mindestens eine Nacht aufgehalten werden. Wir holen sie dort ein.«

Moussa nickte.

»Darf ich fragen, Herr, wie dein Angriffsplan aussieht? Dein Plan, wie du die Shamba zur Strecke bringen willst?« Luftis Augen blitzten eifrig durch den Sehschlitz seines Schleiers, und sein Vertrauen war grenzenlos.

Moussa dachte darüber nach. »Ich habe noch keinen«, antwortete er dann ehrlich.

Lufti glaubte ihm nicht einen Augenblick lang. Das Grinsen, das unter dem Schleier des Sklaven erblühte, spürte Moussa mehr, als daß er es sah, aber dann fing Lufti an zu lachen und schlug sich auf den Schenkel, als hätte er den besten Witz der Welt gehört. »Du hast ganz recht, Herr, daß du es mir nicht sagst. Ich bin sicher, es ist ein prächtiger Plan. Wenn Allah will, daß ich ihn kenne, wirst du ihn mir verraten, damit ich dir behilflich sein kann.« Er spornte sein Mehari an. »*Bok bok*«, sagte er zu ihm, und dann summte er fröhlich vor sich hin, als das Tier sich in Bewegung setzte.

Moussa zögerte noch eine Weile, bevor er ihm folgte. Sein Puls schlug schneller, und in seinem Herzen herrschte ein Aufruhr, der ihm die Kehle zuschnürte und die Brust zusammendrückte.

Vor ihnen lagen die Brunnen von Tan-tan, und er hatte keinen Plan.

Die Landschaft veränderte sich und wurde unebener. Ihr winddurchfegtes Antlitz war zernarbt von kleinen Wadis, die der Regen vor Urzeiten aus der toten Ebene von Amadror geschnitten hatte. Felsblöcke lagen verstreut herum, mächtige Steinbrocken, die sonderbar deplaziert aussahen, beinahe beiläufig durcheinandergewürfelt, als hätten die Götter sie hier fallenlassen und dann vergessen.

Bashaga sah sie von seiner hohen Warte auf einem der Felsblöcke kommen. Fast eine Stunde zuvor hatte er sie aus dem Sattel seines eigenen Reittiers erblickt: zwei Gestalten, die sich schnell über die Ebene bewegten, beinahe aufgelöst in flimmernden Hitzewellen. Ihre hoch aufragenden Silhouetten schimmerten gespenstisch, als sie näher kamen.

Bei Gott, die Teufel sind schnell! Er wußte, daß er nicht vor ihnen weglaufen konnte. Er würde sich ihnen stellen müssen. Rasch wählte er sein Gelände und machte sich daran, seine Falle zu stellen. Er peitschte die Kamele voran, bis er sie außer Sicht gebracht hatte. Dann kletterte er auf einen Felsen, lud sein Steinschloßgewehr und legte sich Pulver und Kugeln auf einem Tuch zurecht. Er würde einen Schuß abfeuern, dann zurückrutschen und nachladen. Es war eine gute Verteidigungsstellung. Die Tuareg konnten ihn mit ihren Schwertern hier nicht erreichen, und er konnte nach Belieben nachladen und schießen, bis er sie hatte. Er wischte sich den Schweiß von der Stirn und spähte am Lauf entlang, dem nahenden Feind entgegen. Er war bereit – *insh'allah* –, ihr abscheuliches Blut zu vergießen.

Moussa ritt vorn, Lufti ein gutes Stück hinter ihm, als das Gewehr losdonnerte. Moussa hörte, wie die Kugel an seinem Ohr vorbeipfiff, und duckte sich instinktiv, so daß er fast vom Kamel gefallen wäre. Dann blickte er wild in die Runde, um zu sehen, woher der Schuß gekommen war, und zerrte zugleich an seinem eigenen Gewehr, das mit seinem Riemen am *tirik* hing. Er sah, wie sich oben auf einem der Felsen etwas bewegte, und glitt von seinem Mehari.

Bashaga verfluchte sein Pech, als er sah, daß er ihn verfehlt hatte. Er richtete sich auf den Knien auf und rutschte auf dem Felsen zurück, um neu zu laden. Seine Aufmerksamkeit war geteilt, und entsetzt merkte er, daß er zu nah an die Felskante geraten war; der Fels neigte sich hier und fiel dann jäh senkrecht ab. Er ließ sein Gewehr los, und es fiel klappernd am Felsen hinunter. Seine Finger scharrten verzweifelt haltsuchend über den Stein. Mit einem Aufschrei stürzte er seitlich ab. Er schlug schwer auf und schrie vor Schmerz.

Moussa rannte los, das Gewehr in der einen Hand, die schwere

Klinge blank in der andern. Er hörte ein Stöhnen. Langsam und auf eine List gefaßt, schob er sich um den Felsen herum. Bashaga lag lang hingestreckt auf dem Rücken, das linke Bein unter sich eingeknickt; es war offensichtlich gebrochen. Ein gezackter Knochensplitter hatte sich durch die Haut gebohrt. Bashaga schaute voll Angst und Haß zu ihm auf, als er das verschleierte Ungeheuer herankommen sah. Keuchend vor Anstrengung zerrte er den Dolch aus seinem Gewand und warf ihn. Moussa duckte sich, und das Messer fiel harmlos zu Boden. Jetzt war Bashaga unbewaffnet. *Allah, hole mich rasch*, betete er bei sich. Vor Schmerzen rannen ihm Tränen über die Wangen. Moussa richtete sich auf und betrachtete den zerschlagenen Mann, der vor ihm lag. Mit einem Fußtritt schleuderte er das Steinschloßgewehr beiseite.

Lufti tauchte schüchtern hinter einem Felsen auf. Als er den Schuß gehört hatte, war er von seinem Kamel gesprungen und hatte seine Zügel und die von Moussas Mehari gepackt und die beiden Tiere in Deckung geführt. Jetzt sah er den hilflosen Shamba auf dem Boden liegen, und seine Augen leuchteten auf. »Hamdulillah, Herr!« rief er, sicher, daß Moussa für die Lage des Mannes verantwortlich war. »Sehr gute Arbeit!«

Bashaga versuchte das Gesicht seines Henkers zu erkennen, aber hinter dem Schleier konnte er nur Moussas Augen sehen, sonst nichts. Er wand sich und weinte.

»Du mußt ihn erledigen, Herr«, sagte Lufti.

Moussa stand da, und seine Gedanken überschlugen sich. Von diesem Augenblick hatte er seit seiner Kindheit geträumt. Er hatte den Geschichten der Tuareg-Krieger und Gascons Erzählungen gelauscht und sich selbst in tausend Schlachtenszenen gesehen: stolz, siegreich, triumphierend. Er hatte sich selbst gesehen, wie er das Schwert schwang. Er hatte im heißen Grauen des Nahkampfs hundert Feinde erschlagen, und ihre Köpfe hatten sich seiner Klinge gefügt und waren folgsam von den Schultern gepurzelt.

Aber es hätte einen Kampf geben müssen, nicht bloß einen ungeschickten Sturz. Blindes Glück hatte ihm zum Herrn dieses Mannes gemacht, der hier wimmerte wie ein Kind und keine Waffe mehr hatte. Aber Glück war besser als Können, auch wenn es nicht so gut schmeckte. Nutze jeden Vorteil, ergreife jede Chance.

Töte ihn jetzt mit einem Schlag. Endlich würde seine Klinge Blut schmecken, und ihre Legende würde ihren Anfang nehmen. Es war ein Kinderspiel.

Gefangene wurden in der Wüste nicht gemacht. Niemals.

Moussa reichte Lufti sein Gewehr und nahm das schwere, tödliche Schwert in beide Hände. Endlose Visionen von der Grausamkeit und Heimtücke der Shamba durchfluteten sein Herz. *Hier liegt die Geißel der Wüste. Der gefürchtete Feind. Ein Dieb, ein Mörder. Ein Mann, der mitgeholfen hat, meine Mutter anzugreifen. Vielleicht war er es, der Sala ermordet hat.*

Tausend Gründe, einen Mann sterben zu lassen.

Gib ihnen keinen Pardon, hatte der Amenokal gesagt. *Sie werden dir auch keinen geben.*

Langsam hob er die Waffe. Die rasiermesserscharfe Klinge blitzte in der Sonne. Seine Muskeln bebten unter dem Gewicht. Er schätzte den Winkel ab, um sicher zu sein, daß er einen sauberen Schlag führen würde. Lufti schaute erwartungsvoll zu und prägte sich jede Einzelheit ein, damit er später allen *buzu* davon erzählen könnte. Die Wüste war still, man hörte nur das Stammeln und Winseln des Verurteilten. Moussa starrte ihn an: seinen grauen Bart, die rundlichen Wangen, den schmutzigen Turban, die Augen, die vor Entsetzen aus den Höhlen quollen. Und dann seufzte er und ließ das Schwert sinken.

»Wir lassen ihn hier«, sagte er. »Such seinen Wasserschlauch und seinen Proviant. Laß alles hier neben ihm liegen. Nimm seine Waffen, und treib alle Kamele zusammen, auch das seine. Wir nehmen sie mit.« Bashaga starrte ihn mit angstvollem Blick an; er verstand das Kauderwelsch der Tuareg nicht und fragte sich, was für ein schreckliches Schicksal sie wohl für ihn ersinnen mochten. Bei Allah, war denn der Tod durch die Klinge nicht schrecklich genug für diesen blauen Teufel?

»Verzeih mir, Herr«, sagte Lufti und schüttelte ernsthaft den Kopf. Er war entschlossen, seinen Herrn von dieser Narretei abzubringen. »Du mußt ihn töten. Schnell-schnell, denn die andern fliehen weiter. Dieser Mann ist ein *Shamba.*« Er spuckte das Wort aus. »Er wird sich das Bein abschneiden und auf dem Stumpf weiterkriechen, um dich zu jagen, und wenn er dich gefunden hat, wird er dir im Dunkeln die Kehle durchschneiden, wie er es bei Sala getan hat. Jaja, Herr, ich bitte um Vergebung, aber du mußt ihn töten.«

»Es gibt nichts mehr, wohin dieser Mann noch kriechen könnte. Er wird hier sterben, und sein Tod wird sein eigenes Werk sein oder das Werk der Wüste. Wir haben zurückbekommen, was er gestohlen hat. Das genügt. Jetzt tu, was ich sage.«

Als sie davonritten, verfolgte Bashagas Heulen sie, bis der Wind es verschluckte.

Den ganzen Nachmittag über quälte Moussa sich mit der schrecklichen Unsicherheit, die sein ganzes Leben heimzusuchen schien. Er war bitter enttäuscht von sich selbst. Er hatte vier Kamele zurückerobert, aber er hatte nicht vermocht, es zu beenden wie ein Mann. *Merde*, seine Mutter hätte es besser gemacht.

Lufti ritt hinter ihm und schwieg seit Stunden. Zuerst war er sicher gewesen, daß hier ein Irrtum vorlag. Aber je länger er darüber nachdachte, je mehr hatten seine Zweifel sich in Stolz verwandelt, und er brachte sich selbst zu der Überzeugung, daß Moussa diesen Shamba gründlich gedemütigt habe. Schließlich fing er an, aufgeregt vor sich hin zu nicken und über Moussas Streich zu kichern. Nur ein großer Krieger konnte sich erlauben, diesem Ungeziefer gnädig zu sein. So ein gütiger Mann, sein Herr Moussa. So jung, und schon so weise und ein so großer Soldat. Geschichten begannen in Luftis Kopf zu erblühen: ein kleiner Schnörkel hier, eine kleine Ausschmückung dort, und der Tag würde sich in eine Legende verwandeln. Seine Gedanken richteten sich auf das unglückselige Jagdwild, das da vor ihnen flüchtete. Er beeilte sich, Moussa einzuholen.

»Es war ein glorreicher Tag, Herr«, sagte er, als er neben Moussa ritt. Moussa schwieg, und so fuhr Lufti fröhlich fort. »Oh, oh, wie er da vor dir lag! Dieser angstvolle Blick seiner Augen! Wie ein Kind vor einer Schlange. Sicher glaubte er, sein letztes Stündlein hätte geschlagen! Und ebenso sicher ist, daß die andern nicht ahnen, welch gewaltiges Unwetter ihnen da auf den Fersen ist! Jaja, sie sollten besser fliehen, wenn ihnen ihr Leben lieb ist!«

Moussa reagierte nicht. Er blickte starr geradeaus und hörte dem Geplapper zu. Er hatte Luftis mißbilligenden Tonfall am Anfang genau gehört, und jetzt, in seinem Elend und seiner Unsicherheit, fragte er sich, ob der Sklave sich etwa über ihn lustig machte, wie sie sich bald alle über ihn lustig machen würden. Dieser Gedanke träufelte Wut in seine Scham, und die Mischung begann in ihm zu kochen. *Ich bin der Herr, sagte er sich. Ich bin der Ihaggaren. Was er dazu sagt, ist ohne Bedeutung.*

»Sei still!« zischte er. »Hast du gehört? *Sei still!*«

Gekränkt und verwirrt ließ der Sklave den Kopf hängen. Er zügelte sein Kamel und fiel zurück, um schweigend und beschämt weiterzureiten.

Moussa knirschte mit den Zähnen. Wieder ein Fehler. Ein richtiger Targui zeigte keinen Zorn und sprach nicht grob mit einem andern, schon gar nicht mit einem Sklaven. Es lag keine Würde in solchem Verhalten. Würde er es denn niemals lernen?

Er fühlte sich so trostlos wie die weite, leere Ebene von Amadror, die sich vor ihm erstreckte. Seine Kehle war trocken, und er hatte einen bitteren Geschmack im Mund. Schmerz erfüllte ihn, es pochte in seinem Kopf, und die heiße Luft ließ seine Augäpfel kochen.

Ich bin kein Ihaggaren. Ich bin ein Feigling, ein Trottel.

Er weinte hinter seinem *litham.*

Abdul ben Henna schaufelte mit den Händen den Sand vom Rand des Brunnens von Tan-tan weg und grub eine Mulde, aus der seine Kamele trinken konnten. Ihm gegenüber tat Kadder das gleiche; die beiden Männer arbeiteten fieberhaft, um möglichst schnell genug Wasser für die durstige Karawane zu beschaffen, damit sie weiterziehen konnten. Wie Abdul befürchtet hatte, würde die Sache nicht so rasch vonstatten gehen. Manche Brunnen in der Wüste waren tiefe Löcher, in die man Wasserschläuche an Seilen hinabließ und wieder herauszog, um das kostbare Wasser dann in Sandtröge zu gießen, aus denen die Tiere saufen konnten. Andere Brunnen – wie der, an dem sie jetzt arbeiteten – enthielten Sickerwasser. An der Oberfläche sahen sie trocken aus, aber wenn man Löcher in den Boden grub, erschien das Wasser. Allerdings mußten sie warten, bis Wasser in die Mulden sickerte, denn erst dann konnten die Kamele trinken. Die lärmenden Tiere drängten sich gegenseitig beiseite, um an das Wasser zu kommen, und schlürften es gierig auf. Sie stapften im Sand herum und pißten, während sie soffen, bis die ganze Mulde ein stinkender, nasser Brei war. Die Kleider der Männer waren mit Schweiß und Gestank durchtränkt. Sie hatten den ganzen Nachmittag gearbeitet, und sie würden bis in den Abend hinein und die Nacht hindurch weiterschuften müssen. Wenn Allah mit ihnen war, würden sie weg sein, wenn es Morgen würde. Abdul hätte am liebsten überhaupt nicht haltgemacht, aber ohne Wasser würden sie alle sterben.

In regelmäßigen Abständen spähte er nach Süden in die leere Weite. »Sie werden nicht weit hinter uns sein«, sagte er immer wieder.

»Bashaga wird sie bestimmt mit seinem Gewehr abfangen«, sagte Kadder voller Hoffnung.

Abdul grunzte. »Bashaga ist ein Narr«, knurrte er. »Der wird nichts abfangen außer einem Tuaregschwert.«

Die Sonne wurde golden am Himmel, als sie anfing unterzugehen. Die Farben wurden sanfter, die Schatten der saufenden Kamele länger, bis sie sich wie flache schwarze Riesen über die Ebene erstreckten.

Von Norden her, nicht von Süden, beobachteten Moussa und Lufti sie. Als Lufti ganz sicher gewesen war, daß Tan-tan das Ziel der Karawane war, hatte er sie auf einer anderen Route am Brunnen vorbeigeführt und oberhalb davon in Stellung gebracht. Sie hatten ein flaches Wadi gefunden, in dem sie ihre Kamele verstecken konnten; dort hatten sie sie an Vorder- und Hinterbeinen gefesselt zurückgelassen. Vorsichtig und halb kriechend hatten sie sich zum Brunnen zurückbewegt, und jetzt lagen sie platt auf dem Bauch und spähten hinüber. Lufti trug einen kurzen Dolch bei sich; er hatte Moussa versichert, er sei bereit und willens, ihn auch zu benutzen, aber Moussa war skeptisch.

Mit klopfendem Herzen ließ Moussa seinen Blick über die Szenerie wandern. Die beiden Shamba hatten ihnen bei der Arbeit den Rücken zugewandt und waren im Gewimmel der Kamele meist nicht zu sehen. Das Gelände rings um Tan-tan war völlig flach. Sie konnten nicht näher herankommen, ohne gesehen zu werden. »Hier finden wir nirgends Deckung«, sagte er leise zu Lufti, der schon den Dolch in der Hand hielt. »Wir werden warten müssen, bis es dunkel ist.«

»Jaja, Herr«, sagte Lufti. »Bis es dunkel ist, gewiß.« Er schwieg und dachte nach. »Und was tun wir dann, Herr, wenn es dunkel ist?«

»Das sage ich dir später.«

Lufti nickte. »Natürlich, Herr.«

Gegen vier Uhr in der Frühe waren die Shamba erschöpft und die Kamele beinahe fertig getränkt. Zweimal war Abdul in der Nacht aufgesprungen und zum Rand ihres Lagers gerannt, weil er sicher war, daß jemand dort war. Nervös hielt er sein Gewehr umklammert und lauschte gespannt, er sah Schatten, wo keine waren, und imaginäre Tuareg sprangen vor seinen Augen auf. Er wußte, daß sich im Dunkeln der Tod verbarg, aber gegen Dinge, die er nicht sehen konnte, konnte er nichts unternehmen. Sie hatten zu viele kostbare Stunden an diesem Brunnen verschwendet. Es war kein gutes Zeichen, daß Bashaga noch nicht aufgetaucht war.

»Kadder«, fauchte er und versetzte seinem schlaftrunkenen Sohn einen Tritt, als dieser eindöste. »Steh auf. Es wird Zeit, daß wir den Tieren die Fußfesseln abnehmen. Und mach dein eigenes Mehari bereit. Wir müssen los.«

Kadder stöhnte. Seine Hände waren voller Blasen und bluteten von der Arbeit. Jeder Muskel in seinem Körper lechzte nach Ruhe. Er brauchte noch mindestens eine Stunde. Also wandte er dem Stiefel seines Vaters den Rücken zu.

In diesem Augenblick wurde die ganze Welt rings um den Brunnen völlig verrückt. Lufti stieß einen Ruf an die Kamele aus. Der größte Bulle erkannte den vertrauten Schrei auch gleich und rappelte sich hoch, um zu antworten. Einen Augenblick später schoß Moussa auf der anderen Seite des Lagers mit seinem Gewehr in die Luft und tat einen Schrei, der das Blut in den Adern gefrieren ließ, und sofort verwandelte sich die ganze Szenerie in ein Tollhaus. Mit panischem Kreischen stürmte ein großes Tibesti vor dem Lärm davon und riß an den Stricken, die es mit anderen

Kamelen verbanden, und diese schlossen sich der wilden Flucht an. Wieder andere kamen gleich darauf auf die Beine und folgten ihnen, und alle bewegten sich ungelenk und kämpften mit Fußfesseln oder Stricken, und stöhnend und brüllend stolperten sie auf Abdul und Kadder zu. Kadder sprang auf, den Säbel in der einen Hand, das Messer in der andern, und lief schnurstracks der anstürmenden Masse der Kamele entgegen, um sich dann zwischen ihren Beinen und Leibern hindurch auf die Tuareg zuzukämpfen, die auf der anderen Seite sein mußten. Abdul stürzte sich voller Panik auf sein Gewehr und feuerte blindlings in die Dunkelheit. Er verwundete ein Kamel, und dessen Schreie verstärkten das Chaos. Er fluchte laut und versuchte sein Gewehr mit fliegenden Fingern nachzuladen.

Aus dem Augenwinkel sah Moussa, wie Lufti sich auf Kadder zubewegte, dann verlor er ihn in dem Gewirr von Beinen, Leibern und Raserei aus den Augen. Er konzentrierte sich auf den Mann mit dem Gewehr. Sorgfältig hob er die Waffe und spähte wartend durch die Dunkelheit, bis die Herde vorbeigestürmt war und er den Mann im Visier hatte. Der Shamba war ihm hilflos ausgesetzt, solange er sich mit seiner Flinte abplagte. Moussa wußte, daß er ihn hatte. Diesmal gab es kein Zögern.

Sein Finger drückte auf den Abzug.

Nichts passierte.

Er drückte noch einmal ab. Nichts. Das Gewehr funktionierte nicht. Er warf es beiseite, zog sein Schwert aus der Scheide und rannte durch die Dunkelheit auf den Shamba zu. Abdul sah wirbelnde Gewänder und blinkenden Stahl. Er hob sein Gewehr wie eine Keule, um den Schwerthieb zu parieren, der da durch die Luft auf seinen Hals zuzischte. Die Klinge biß ein Stück aus dem Kolben. Moussa ließ sie kreisen und schlug noch einmal zu, aber wieder parierte Abdul, nur daß ihm diesmal die Flinte aus der Hand flog und zu Boden fiel. Sofort hatte er sein Messer gezogen; die Klinge stieß blitzend zu und erfaßte Stoff und Fleisch. Moussa spürte, wie sie seine Seite schrammte, aber er blieb in Bewegung, drehte und wendete sich, bis er Abdul wieder vor sich hatte. Sie umkreisten einander wachsam. Moussas Blut raste in den Adern, und seine Gedanken konzentrierten sich auf die tödliche Spitze des Shamba-Messers. Er hielt das Schwert mit beiden Händen und wußte, daß er im Vorteil war, und als er sich bewegte, hörte er Gascon und Abu Bakr, die flüsternd seine Schritte lenkten. Er fühlte sich beinahe beschwingt und hatte keine Angst. Es gab nur sein Schwert und seinen Gegner und das Wissen, was zu tun sei. Moussa holte mächtig aus, Abdul duckte sich, und die Klinge verfehlte knapp seine Schulter. Noch ein Streich, noch ein Fehlschlag, und ehe Moussa sich versah, hatte der andere sich auf ihn gestürzt, und sein Messer blitzte an Moussas Kehle. Das Schwert glitt Moussa aus der Hand, und beide Männer fielen hart zu Boden und rollten umeinander. Moussa packte Abduls Handgelenk, während die Klinge noch seinen Hals suchte. Zweimal berührte sie seine Haut. Zweimal drängte er sie zurück, ohne zu wissen, ob er schon geschnitten worden war. Es gab keine Zeit zum Nachdenken, nur die Anspannung von Muskel an Muskel – Moussa noch ein Knabe, aber muskulös, hart und stark für seine Größe, Abdul dagegen der größere Mann, aber erschöpft von der Arbeit am Brunnen. Durch sein Gewicht begünstigt, konnte Abdul nach oben gelangen, und Moussa lag unter ihm auf dem Rücken. Der Shamba preßte die Messerklinge immer näher heran, die Arme beider Männer zitterten vor Anstrengung, und ihr Schweiß mischte sich mit Konzentration und Anstrengung. Moussa nahm all seine Kraft zusammen und stieß Abdul mit den Beinen von sich, und im nächsten Moment fand seine Hand den Dolch, den er in seinem Ärmel verwahrte. Abdul sprang auf, und Moussa stürmte ihm entgegen, Messer gegen Messer.

Abdul stieß zu, Moussa parierte, aber diesmal nicht schnell genug: Die Klinge des Shamba fand ihr Ziel. Moussa schnappte nach Luft, als der sengende Schmerz durch seine rechte Schulter und bis in seinen Arm hinunterschoß. Er hatte alle Mühe, das Messer nicht zu verlieren. Er nahm es in die andere Hand und blieb in Bewegung. Abdul frohlockte über seinen Treffer. Er sah, daß der Teufel versuchte, beide Arme erhoben zu halten, aber der rechte Arm, der starke, war unten, war beinahe unbrauchbar. Er wußte, daß er ihn hatte. Der nächste Ausfall würde tödlich enden. Dann sah er, wie der Teufel stolperte. Mit jeder Unze Kraft und Geschwindigkeit, die ihm noch geblieben war, machte Abdul sich an den Todesstoß, das Messer erst in der einen, dann in der andern Hand, eine Finte und dann der Stich nach dem Hals des Teufels. Aber in einem blendenden Augenblick stürzte sein Herz aus der Höhe herab, und er wußte, daß er danebengestochen hatte, um ein Haar. Seine Klinge hatte sich im Wirbel der Tuchfalten verloren, die Kopf und Hals des Ungeheuers umgaben. Und noch bevor er den Stahl der feindlichen Klinge unter seinem Kinn spürte, wußte er, daß er verloren hatte. Wieder fielen sie beide zu Boden, und er konnte nichts vom Gesicht seines Gegners erkennen. Das war einer der Gründe, weshalb er sie haßte. Sie töteten geheimnisvoll.

Abdul ben Henna starb, als Moussas Dolch in sein Gehirn hinaufdrang, und seine letzten Gedanken waren erfüllt von Rachedurst und verlorenen Träumen.

Lufti erwachte im Morgengrauen mit dröhnendem Schädel. Er war von der Woge der Kamele überrannt worden und hatte das Bewußtsein verloren. Jetzt rappelte er sich hoch und betrachtete blinzelnd die Szenerie. Neben der glühenden Asche des Feuers lag der Leichnam Kadders, dem dieselbe Woge den Hals gebrochen hatte.

Moussa sah er am Brunnen sitzen, mit dem Rücken an ein totes Kamel gelehnt. Lufti rannte zu ihm. Moussa war benommen. Zu seinen Füßen lag die Leiche des anderen Shamba. Irgendwann in der Nacht hatte Moussa ein Stück vom Turban des Toten zu einem Verband zurechtgeschnitten und sich um den Arm gewickelt. Der Stoff war rot durchtränkt. Moussa zitterte leise.

Der Sklave fiel auf die Knie. »Herr? Ist alles in Ordnung?« Der Turban seines Herrn war verrutscht und verdeckte fast seine Augen. Sein Blick wirkte abwesend; er war starr auf etwas gerichtet, das nur er selbst sehen konnte. »Herr?« Lufti schüttelte ihn sanft bei der Schulter.

Moussa sah ihn ausdruckslos an. Er nickte fast unmerklich.

Erleichtert fing Lufti an zu plappern. »Das war ein wunderbarer Plan, Herr. Oh, oh, jaja, ganz wunderbar! *Hamdulillah!* Die wußten gar nicht, wie ihnen geschah! Sicher dachten sie, sämtliche *Ihaggaren* wären über sie hergefallen!« Lufti schwoll an vor Stolz.

Moussa schaute auf die leblose Gestalt vor ihm, und sein Verstand nahm nur langsam auf, was passiert war. Sein Dolch hatte seine Arbeit getan. Seine Pflicht war erfüllt. Er hatte Wiedergutmachung geleistet. Er war ein Mann. Aber er empfand keine Begeisterung, nichts von dem, was er erwartet hatte. Er starrte auf seine Hände, die besudelt waren mit dem Leben eines anderen Mannes.

Seine Hände. Edle Hände. Die Hände eines *Ihaggaren.*

Und dann überwältigte es ihn, und er beugte sich vor und übergab sich. Woge um Woge brach es aus ihm heraus. Lufti war verwirrt. Er konnte sich nicht erklären, was hier nicht in Ordnung war und wieso es keine Feier gab. Nur dieses seltsame Erbrechen. Vielleicht auch so ein Defekt an der französischen Seite seines Herrn – aber selbstverständlich würde Lufti jedem die Kehle durchschneiden, der es wagen sollte, etwas in dieser Richtung anzudeuten. Dieser Edle war ein prachtvoller Krieger.

Der Sklave konnte sich nur abwenden und anfangen, die gestohlenen Kamele zusammenzutreiben, damit sie den weiten Heimweg antreten könnten. Er würde keinen weiteren Blick auf die würgende Gestalt seines Herrn werfen, und er würde diese Szene überhaupt aus seinem Gedächtnis auslöschen. Die Würde seines Herrn sollte bewahrt bleiben.

Er erhielt nicht einmal die Genugtuung einer triumphalen Rückkehr ins Lager der Tuareg. Moussa wußte sofort, daß etwas nicht stimmte, daß etwas Schreckliches vorgefallen sein mußte. Überall hätten Kinder sein müssen, hätten zwischen den Beinen der zurückkehrenden Kamele herumlaufen, hätten schwatzen, schreien und lachen müssen. Aber er sah sie stumm dastehen. Es brannten nicht wie sonst die Feuer, und es herrschte kein reges Treiben im Lager. Kleine Gruppen von Sklaven saßen für sich und redeten miteinander.

Er sah Serena, die ihn vor ihrem Zelt erwartete. Sie war schön, wie sie da in der Sonne stand, das Haar leicht vom Wind umspielt. Er sah die Freude und Erleichterung in ihrem Blick, als sie ihn kommen sah, und auch ihren Stolz auf die Reihe der Kamele, die er führte. Aber er sah auch den Schmerz, der alles andere überschattete.

»Mutter, was ist geschehen?« fragte er, als er vor ihr stand.

»Der Amenokal ist tot«, sagte sie schlicht.

»*Abba?*« Moussa rutschte schnell von seinem Kamel herunter. Er legte ihr den Arm um die Schulter, und zusammen begaben sie sich in den Schatten ihres Zeltes. Wie betäubt hörte er zu, als sie es ihm erzählte.

»Ihr wart drei Nächte fort, da kamen die Kel Ajjer. Es waren zwanzig, vielleicht mehr. Sie griffen den *ariwan* der Dag Rali an. Nur der Amenokal war da, der gegen sie kämpfen konnte, und drei andere von den Kel Ulli. Alle andern sind noch fort. Ich habe versucht, ihn aufzuhalten, habe ihm gesagt, er sollte warten, bis wir Hilfe bekommen könnten. Er war zu krank, um zu gehen, aber er wollte nichts davon hören. Ein Hirte hat heute früh ihre Leichen gefunden.« Moussa nahm sie in den Arm und streichelte sanft ihre Wange. »Ich kann das nicht noch einmal ertragen!« weinte sie leise.

An diesem Abend standen Mutter und Sohn zum zweiten Mal im Wind vor einem Haufen Steine und begruben einen Teil ihres Lebens.

21.

»Sie wollen also nach Afrika.« Lieutenant Colonel Flatters saß an seinem geborgten Schreibtisch im Kommandeursquartier von St. Cyr, der Militärakademie bei Versailles vor Paris, und studierte das Dossier des zwanzigjährigen Zweiten Lieutenant, der da vor ihm strammstand. Er hob den Kopf und schaute in das eifrige Gesicht.

»Jawohl, Monsieur le Colonel.«

»Es heißt, daß Afrika eine gute Gegend ist, wenn man seine Karriere voranbringen will. Ist das Ihr Interesse?«

»Das ist eine wohlbekannte Theorie, Monsieur le Colonel, aber ich glaube, es ist auch eine gute Gegend, um meinem Land zu dienen. Ich habe nichts dagegen, wenn das auch meine Karriere befördert. Ich glaube, ich könnte Ihnen auf Ihrer Mission von Nutzen sein.«

»Ja, vermutlich ist es wirklich eine gute Gegend, um Ihrem Land zu dienen. Es ist aber auch eine gute Gegend zum Sterben.«

»Ich habe nicht die Absicht, dort zu sterben, Monsieur le Colonel.«

»Das glaube ich. Aber ich frage mich doch, wie Sie darauf kommen, daß Sie mir von Nutzen sein könnten. Ihr Dossier ist schmerzlich kurz. Sprechen Sie Arabisch?«

»Nein, Monsieur le Colonel. Latein.«

»*Latein!* Das wird in der Sahara sicher sehr nützlich sein, Lieutenant«, sagte der Colonel sarkastisch. »Wie steht es mit Berber?«

»Kann ich nicht.«

»Waren Sie schon in Algerien?«

»Nein, Monsieur le Colonel.« Paul war in Spanien gewesen, unternahm aber lieber nicht den Versuch, den Colonel mit dieser Tatsache zu beeindrucken.

»Schon mal auf einem Kamel geritten?«

Paul trat von einem Fuß auf den andern und blickte starr geradeaus. »Nein, Monsieur le Colonel.«

»Hmmm.« Flatters lehnte sich in seinem Sessel zurück und las weiter. Dann sagte er, ohne aufzublicken: »Ich habe Ihren Vater gekannt.«

»Jawohl, Monsieur le Colonel.« Das sagten die Leute oft, vor allem ältere Offiziere. Es konnte günstig sein, und es konnte ungünstig sein. Manchmal war es gar nicht wahr, sondern nur infames Gerede, mit dem jemand die Reaktionen des Sohnes erkunden wollte. Er hatte gelernt, überhaupt nicht zu reagieren, sondern den Rest abzuwarten: das verlegene Hüsteln, die abgewendeten Augen – oder das Mitleid und die lebhaften Verteidigungsreden. Der Fall Jules de Vries entfachte immer noch heftige Reaktionen. Aber in den Augen des Colonels war nichts zu lesen.

»Seinetwegen ebenso wie wegen Ihrer Leistungen in St. Cyr hat der Kommandeur Sie mir empfohlen.«

»Ich würde es vorziehen, wenn Sie mich auf der Grundlage meiner eigenen Verdienste beurteilen könnten«, antwortete Paul steif.

»Dann wird meine Beurteilung im besten Fall kurz ausfallen«, sagte der Colonel und studierte die Akte. »Hohes Maß an Eigeninitiative, was Ihre Stärke zu sein scheint. Akzeptable Zensuren. Ausgezeichnete Kenntnisse in Geschichte und Mathematik, wie ich sehe. Beides rangiert ja etwa auf der Stufe des Lateinischen, was die Nützlichkeit in der Wüste angeht.«

»Ich glaube, der Colonel selbst hat ein Buch über die Geschichte der Wüste vor der Ankunft der Araber geschrieben. Es war ein exzellentes Werk, Monsieur le Colonel, wenn ich das sagen darf.«

»Sie haben es gelesen?« fragte Flatters skeptisch.

»Ja, Monsieur le Colonel. Sie äußerten die Vermutung, daß die Araber und der Islam in einem Berberland niemals Fuß fassen können.«

»Und jetzt gedenke ich festzustellen, ob die christlichen Franzosen es besser können. Sie müssen sich über meinen Optimismus wundern.«

»Überhaupt nicht, Monsieur le Colonel. Die Franzosen können es besser.«

»Und wieso?«

»Weil es Frankreichs Bestimmung ist zu herrschen.«

Flatters nickte abwesend. »Ich hoffe, seine Bestimmung ist es, mehr als nur eine gräßliche Wüste zu beherrschen«, brummte er so leise, daß Paul es kaum verstand. Dann schwieg er einen Moment lang. Er sah gelangweilt aus, und erhitzt; seine Haut war glühend rot. Sein Ischiasschmerz bereitete ihm heftiges Unbehagen. Er schaute den Lieutenant mit glasigen Augen an. »Weitere Qualifikationen, mit denen Sie mich beeindrucken möchten, Lieutenant?«

»Ich bin sehr gut in Geographie, Monsieur le Colonel, und im Kartenlesen.«

»Es gibt wenige Karten von der Gegend, in die wir gehen. Und sie sind fast alle falsch.«

»Ich kann mithelfen, sie zu korrigieren, Monsieur le Colonel. Ich kann mit dem Sextanten umgehen und verstehe mich auf Navigation.« Paul wünschte sich verzweifelt, von diesem Colonel akzeptiert zu werden. Wochenlang hatte er sich auf dieses Gespräch vorbereitet. »Ich selbst habe Algerien nicht bereist, aber meine Tante war eine Tuareg.« Er bereute es in dem Augenblick, als er es sagte.

»Ja, ich habe von der Gräfin gehört. Eine entflohene Mörderin, glaube ich«, sagte der Colonel trocken. »Spricht kaum zu Ihren Gunsten. Wissen Sie, wo sie jetzt ist?«

»Nein, Monsieur le Colonel.«

»Wissen Sie denn, ob sie überhaupt noch lebt?«

»Ich habe von ihr oder dem Grafen nichts mehr gehört, seit … seit der Belagerung, Colonel. Das ist jetzt zehn Jahre her.«

»Man hielt sie damals für tot. Ich erinnere mich, daß ein Polizeibeamter schwor, er habe den Grafen erschossen, aber man hat die Leiche nie gefunden. Sie und ihr Sohn – das wäre dann Ihr Cousin? – sollen mit einem Ballon im Sturm umgekommen sein. Interessante Geschichte. Tragisch. Aber ich nehme an, sie würde uns sowieso nichts nützen. Immerhin, sie war eine Hoggar Tuareg, nicht wahr?«

»Ja, Colonel.«

»Ausgerechnet durch den Hoggar wollen wir nämlich.«

»Das ist mir bekannt, Monsieur le Colonel. Ich habe Minister Freycinets Vorlagen zu dem Thema gelesen. Alle.«

Die Expedition, die der Minister für öffentliche Bauten, M. Freycinet, plante, war die größte, die Frankreich jemals in der Sahara unternommen hatte. Lieutenant Colonel Paul Flatters hatte bereits eine Expedition in die Wüste geleitet und organisierte jetzt seine zweite. Seine Aufgabe war es, eine Eisenbahnstrecke durch die Sahara zu vermessen, mit deren Hilfe der Handelsverkehr zwischen Frankreich und hundert Millionen schwarzafrikanischer Kunden eröffnet werden sollte. Der Stolz Frankreichs ruhte auf diesem Projekt. Physisch hatte die Nation sich von den Demütigungen durch die Preußen wieder erholt, aber die geistigen Wunden waren noch nicht verheilt. Nichts war besserer Balsam für ein geschundenes Ego als ein grandioser Plan wie jener, der jetzt in den Hallen der Nationalversammlung ausgekocht wurde, wo die Aufregung über eine so wagemutige Tat immer größer wurde. Die Amerikaner hatten mehr als ein Jahrzehnt zuvor eine Eisenbahn von Küste zu Küste durch unwirtliche Landstriche vollendet. Alle Welt aber wußte: Was die Amerikaner konnten, das konnten die Franzosen besser – und was noch wichtiger war: mit mehr Stil. Der Einwand, der amerikanische Westen sei aber nicht die Sahara, stieß auf taube Ohren, ebenso die Befürchtung, daß im unsteten Sand der Wüste keine Gleisstrecke lange Bestand haben könne und daß es kein Wasser gebe, keine Kohlen und kein Holz, um die Züge anzutreiben. »Detailfragen, die Kleingeister erschrecken sollen«, fauchte der Minister seine Kritiker an. Die Politiker glaubten, daß die gewaltige Wüste erschlossen werden müsse, denn sie sei das kritische Bindeglied zwischen ihren Provinzen in Algerien und dem Senegal und Timbuktu im Süden. Französische Interessen änderten zusehends die innerafrikanische Landkarte, und die Sahara stand zwischen diesen Interessen und der Heimat. »Wenn Frankreich nicht schleunigst Anstalten macht, dieses Vakuum aufzufüllen«, erklärte der Minister vor der Nationalversammlung, »dann werden es die Briten und die Deutschen ganz sicher tun.« Einen solchen Handschuh, einmal hingeworfen, mußte die französische Nation unweigerlich aufheben. Es galt neue Grenzen zu erobern, von Indochina bis zu den reichen Schattenwäldern Afrikas. Man durfte nicht alles den anderen Nationen überlassen. Wenn die Sahara selbst auch kein Juwel war, so war sie doch der Weg, der zu den Juwelen führte. »Von Paris in die Tropen in sechs Tagen!« trompeteten die Schlagzeilen, und in rasendem Selbstbewußtsein gewährte die Nationalversammlung das nötige Geld.

Verschiedene Routen wurden in Betracht gezogen, aber diejenige, auf der die Flatters-Expedition reisen würde, war die nächstliegende, denn sie begann in Wargla, einer Wüstenstadt, bis zu der Frankreich seinen Einfluß bereits ausgedehnt hatte. Flatters hatte eine Gruppe von Ingenieuren und Landvermessern zusammengestellt, und sie sollten von einer Eskorte begleitet werden, die aus französischen Offizieren bestand, dazu aus fast fünfzig *tirailleurs* der *Armée d'Afrique*, um für Feuerkraft zu sorgen, und aus Kameltreibern vom Volk der Shamba – Dienstpflichtigen mit einem legendären Ruf als große Karawanenführer, die mit dazu beitragen konnten, den Erfolg der langen Reise sicherzustellen.

Unter den Kadetten, die im Begriff standen, die Akademie von St. Cyr zu verlassen, hatte nur wenig Interesse an der letzten verbleibenden Position bestanden, und jetzt war Paul einer der beiden Endkandidaten. St. Cyr war voll von trinkfesten, spiellustigen Männern, und die meisten von ihnen würden sich mit einem gemütlichen Posten in einer der französischen Garnisonen in der Nähe von Paris zufriedengeben. Aber Paul wollte so etwas nicht. Zehn Jahre zuvor hatte er an der Hand Gascons dagestanden und zugeschaut, wie Wilhelm und Bismarck ihre preußischen Truppen die Champs-Elysées hinunterführten. An jenem Tag hatte die ganze Schmach Frankreichs auf seinen schmalen Schultern gelegen. Dann hatte er sich mit seiner Mutter im Keller des Châteaus verkrochen, als die wahnsinnigen *pétroleuses* Ströme von Feuer durch Paris hatten fließen lassen und Bruder gegen Bruder gekämpft hatte in jenem Bürgerkrieg, den sie »Commune« nannten. Er hatte nichts von all dem verstanden, hatte nur gewußt, daß er sich wie ein Feigling vorkam, der sich hinter den Röcken seiner Mutter vor den tollwütigen Weibern mit ihren Petroleumkanistern versteckte. Danach hatte er nur noch von der Armee geträumt – und von der Wüste. Dort hatte sein Vater gedient. Über die Einwände seiner Mutter hinweg hatte er sich nach St. Cyr vorgearbeitet, und dort hatte er studiert, während die anderen spielten. Von dem Augenblick an, da er von der Flatters-Expedition gehört hatte, konnte er seine Aufregung kaum noch bezähmen. Er wollte dabeisein. Es war eine Chance, stark zu sein. Es war eine Chance, Geschichte zu machen.

Der Colonel versuchte, die Kraft des jungen Mannes abzuschätzen, der da vor ihm stand. Was er ihm nicht offenbart hatte, war ein weiteres lästiges Problem bei seinen Plänen. Flatters hatte an den Amenokal der Hoggar Tuareg geschrieben, einen Mann namens Ahitagel. Er hatte um Erlaubnis für eine zweite Expedition durch das Territorium des Amenokal gebeten. Erst vor kurzen hatte er die Antwort erhalten, und er hatte sie noch niemandem offenbart, nicht einmal seiner eigenen Frau.

Ihr seid hier nicht willkommen, stand in dem Brief. *Versucht es auf einer anderen Route.*

Flatters hatte jahrelang im Arabischen Bureau gearbeitet, und zwar in verschiedenen nördlichen Oasen in der Wüste. Der Brief war die typische Aufplusterei eines lächerlichen Schwächlings, hatte er entschieden. Grobheiten beantwortete man mit Stärke. Der Colonel würde zuerst die Tuareg dafür bezahlen, daß sie ihre Einwände vergaßen. Alle Welt wußte, daß sie auf der Welt waren, um sich bestechen zu lassen. Wenn das nicht funktionierte, würde er sie beiseite schieben, ja, auch zermalmen, wenn es nötig wäre.

»Wir könnten Schwierigkeiten mit etlichen der Eingeborenenstämme dieser Region bekommen«, sagte der Colonel zu Paul. »Beunruhigt Sie das?«

»Selbstverständlich nicht, Monsieur le Colonel. Dafür bin ich ausgebildet worden.«

»Ich muß mich darauf verlassen können, daß meine Offiziere auf alles vorbereitet sind.«

»Unserer Truppe wird niemand gewachsen sein, Colonel. Wie ich höre, werden Sie die Shamba einsetzen. Ich habe gehört, daß es unter den arabischen Völkern keine besseren Soldaten gibt.«

»Romantischer Mist, de Vries. Sie sollten sich von solchen ignoranten Vorstellungen lieber trennen. Die Shamba sind Feiglinge, wie alle Araber. Aber ich gebe zu, daß sie die Besten unter den Feiglingen sind. Sie sind kaum abzurichten, genau wie Hunde. Sie klauen nach Strich und Faden. Man muß sie ständig im Auge behalten.«

Es beunruhigte Paul, daß er in den Worten des Colonels so viel Verachtung für die Männer spürte, die doch unter ihm dienen würden, aber er sagte nichts. Der Colonel hatte genügend Jahre mit ihnen verbracht, um ein Recht auf seine Meinung zu haben. Er mußte jedenfalls wissen, wie er mit seinen Leuten umzugehen hatte. Und doch, wenn er den Colonel so anschaute, wunderte er sich unwillkürlich. Der Mann war keineswegs so, wie Paul ihn sich vorgestellt hatte. Er sah kaum aus wie ein gerissener Wüstenkrieger. Paul hatte gedacht, daß ein solcher Offizier mehr … Ausstrahlung besitzen würde. Flatters benahm sich wie ein Mann, den die ganze Welt langweilte und der das Leben eher durchlitt, als daß er es genoß. Er war übergewichtig, hatte eine hohe Stirn und einen kurzen, fetten Hals. Er hatte einen adrett gewichsten Schnurrbart, ein rundes Gesicht und gerötete Haut. Sein Jähzorn war legendär, und manche behaupteten, er neige anfallsweise zu Depressionen. Im Zusammenhang mit der ersten Flatters-Expedition hatte Paul Gerüchte von Katastrophen vernommen, von Feigheit und falschen Führungsentscheidungen. Aber solche Klagen hörte man über jedes militärische Unternehmen, und Paul tat sie mit einem Achselzucken ab. Ob der Colonel, der hier vor ihm saß, der ideale französische Soldat war oder nicht, eines stand jedenfalls fest: Paul war entschlossen mitzugehen.

Flatters starrte den eifrigen jungen Offizier an. »Anscheinend haben Sie genug Feuer im Leib, Lieutenant«, stellte er fest. »Na, die Wüste wird es bald genug zum Erlöschen bringen. Sie wird Sie zermürben, wie sie es mit jedem Mann tut, der dorthin geht.«

»Mit mir wird sie es nicht tun, Colonel.«

»Hmm. Das sagen sie alle. Immerhin, Sie scheinen ganz gut auf dem Damm zu sein, wenn es Ihnen auch noch ein bißchen an Substanz fehlt.« Flatters hatte seine Entscheidung getroffen. Er nickte ohne Begeisterung. »Also gut, Lieutenant de Vries, man wird sich vermutlich mit Ihnen begnügen müssen. Ich werde die Sache mit Ihrem Kommandeur regeln. Wir marschieren in vierzehn Tagen ab. Setzen Sie sich in Bewegung, Sie haben viel zu tun.«

»Du tust das, um mir weh zu tun.« Elisabeth schniefte. Sie saßen im Arbeitszimmer des Châteaus vor einem lodernden Feuer.

»Unsinn, Mutter. Ich tue es, weil ich es tun will. Es hat nichts mit Ihnen zu tun.«

»Das ist ja das Schlimme. Nichts von dem, was du in letzter Zeit tust, scheint irgend etwas mit mir zu tun zu haben. Und warum jetzt ein ödes Hinterland mit lauter Wilden? Wir haben Geld, wir haben Beziehungen. Du kannst einen Posten hier in Paris bekommen. Ich kann das arrangieren.«

»Ich will nicht, daß Sie etwas arrangieren, Mutter. Ich will keine Beziehungen. Ich will das allein tun.«

»Du bist so halsstarrig, Paul. Ehrlich, ich wünschte, du könntest ein *bißchen* mehr Würde an den Tag legen, wie es einem Grafen zukommt.«

»Bitte fangen Sie nicht wieder an, Mutter. Ich bin kein Graf.«

»Aber du wirst einer sein, sobald das Gericht deinen Onkel für tot erklärt.«

»Sie *wollen*, daß er tot ist, nicht wahr?«

»Was für eine gräßliche Bemerkung! Selbstverständlich nicht. Aber was ich will, ist doch gar nicht wichtig. Er *ist* tot. Ich will nur, daß das Gericht das anerkennt, damit es amtlich ist. Damit du der neue Graf de Vries bist.«

Es war ein alter, sinnloser Streit zwischen ihnen. »Wenn Onkel Henri tot ist, dann ist Moussa der Graf, nicht ich. Aber es kommt ja auch gar nicht mehr darauf an. Frankreich ist eine Republik, Mutter – falls Sie das vergessen haben. Die Tage der Grafen und Könige sind vorbei. Es *gibt* keinen Adel mehr.«

»Es gibt Titel und Traditionen.«

»Aber sie bedeuten nichts. Sie sind Staffage.«

»Dieses Vermögen ist nun wahrlich keine Staffage!« Sie seufzte. »Lieber Gott, Paul, ich habe es dir tausendmal gesagt: Sie sind auf der Flucht umgekommen! Alle, auch Moussa! Niemand kann überlebt haben. Wenn sie entkommen wären, hätten sie uns doch inzwischen geschrieben, wenigstens heimlich. Das *weißt* du! Zehn Jahre, und nicht ein Wort! Nicht eines! Nur der Tod kann sie so lange schweigen lassen! Warum fällt es dir so schwer, das zu akzeptieren?«

»Weil ich es nicht so eilig damit habe, sie zu begraben, Mutter. Ich will nichts, was ihnen gehört. Ich will nur zur Armee. Ich will nach Afrika.«

»*Afrika! Die Armee!*« Sie ließ die Worte von ihrer Zunge gleiten wie ekelhafte Schlangen. »Was kann die Armee nur an sich haben, das dir soviel Faszination und Respekt abnötigt? Genügt es nicht, was die Armee deinem Vater angetan hat? Genügt es nicht, daß die Armee sich hat demütigen lassen – von den *Hunnen*? Das ist doch keine Karriere für einen Mann mit deinen Talenten! Außerdem *brauchst* du keine Karriere! Was immer du willst – alles –, gibt es hier in Paris! Madame Deveaux fleht mich an, ich soll dich dazu überreden, ihre Tochter Monique auf einen der Bälle mitzunehmen!«

»Monique ist eine Idiotin, Mutter. Ich würde sie nicht mal zu einem Hahnenkampf mitnehmen.«

»Paul! Hüte deine Zunge!«

»Es ist aber wahr. Ich habe es satt, daß Sie versuchen, eine Frau für mich zu finden, Mutter. Ich habe es satt, daß Sie mein Leben kontrollieren wollen. Nehmen *Sie* doch Monique zum Ball mit, wenn es Ihnen Freude macht! *Ich* gehe nach Afrika!«

Er schlug die Tür hinter sich zu. Elisabeth saß lange Zeit still da. Ihr Herz raste, ihre Hände zitterten. *Mon Dieu*, wenn sie nur daran *dachte*, daß er sie so behandeln konnte! Sie hörte Pauls Pferd, als er die Zufahrt hinuntergaloppierte. Sie goß sich einen Cognac ein und ging zu dem Schreibtisch, an dem Henri so viele behagliche Abende vor dem gleichen Kaminfeuer verbracht hatte. Sie setzte sich auf den Stuhl und starrte die Schublade an.

Sie haßte diese Schublade, und doch war sie von ihr fasziniert.

Sie nahm eine feine Goldkette vom Hals, an der ein Schlüssel hing, schob den Schlüssel ins Schloß und zog die Schublade auf. Sie war vollgestopft mit Briefen, zu zwei Bündeln verschnürt. Abwesend blätterte sie in dem einen. Die Daten der Briefe darin erstreckten sich über den größten Teil des vergangenen Jahrzehnts, und die Umschläge waren in einer Handschrift adressiert, die im Laufe der Jahre sichtlich gereift war. Alle waren an Paul gerichtet. Alle kamen von einem gräßlichen kleinen Jungen in einer elenden kleinen Gegend in der Sahara namens Hoggar. Elisabeth wußte, was der Hoggar war. In den ersten paar Jahren hatte sie die Briefe aufmerksam gelesen. Sie hatte sie gerade lange genug gelesen, um zu erfahren, was aus dem Grafen, seiner Frau und seinem Sohn geworden war. Als klar war, daß sie nicht nach Frankreich zurückkehren würden, hatte sie aufgehört, sie zu lesen, und die neuen einfach zu dem Bündel hinzugefügt. Und seit zwei Jahren kamen keine Briefe mehr.

Das andere Paket enthielt die Briefe, die Paul im selben Zeitraum an Moussa geschrieben hatte. Die hatte sie alle gelesen, manche davon viele Male. Nur auf diese Weise hatte sie auf dem laufenden darüber bleiben können, was ihr Sohn tat und dachte. Sie waren ein Tagebuch über sein Leben, und hier offenbarten sich Dinge, die er *ihr* jedenfalls nie erzählte. Obwohl sie oft kränkend waren, las sie diese Briefe, denn es war nützlich, wenn sie ihn einmal auf diese oder jene Art anstacheln wollte.

Die beiden Bündel lagen in der Schublade auf dem jämmerlichen kleinen Brief, den Jules in der Nacht seines Todes an seinen Sohn geschrieben hatte. Sie wußte nicht, warum sie nicht alles vernichtet hatte. Sie sollte sie alle verbrennen, wie sie auch den Brief von Jules an Henri verbrannt hatte. Der allerdings hatte einfach zu viel Zündstoff geboten.

Als sie jetzt die Schublade zuschob und abschloß, dachte sie besorgt daran, daß Paul in der Wüste auf irgendeine Weise seinem Cousin begegnen könnte. Daß er sich ausgerechnet mit diesem geisteskranken Colonel Flatters zusammentun und in die Weltgegend fahren mußte, in der die Vergangenheit, wie sie geglaubt hatte, für immer verschwunden war – das war unglaublich und so ungerecht! Sie hatte schreckliche Angst davor, daß etwas geschehen würde, was ihre Pläne durcheinanderbringen könnte, die Pläne, die sie so sorgfältig in die Tat umgesetzt hatte. Seit der Graf und die *Mörderin* – Elisabeth liebte dieses Wort – in jener Nacht verschwunden waren, war sie in jeder praktischen Hinsicht Gräfin geworden. Sie konnte über das Geld verfügen, über das Vermögen, über alles, und es gab niemanden, der ihr Recht dazu in Zweifel gezogen hätte. Das Château gehörte ihr, die Feste waren großartig, Henris Möbel waren verbrannt, ihre eigenen aufgestellt. Aber noch immer begehrte sie den Mantel, der ihr stets vorenthalten worden war. Ihr Ehemann war nie imstande gewesen, ihn zu erringen, aber jetzt würde sie ihn für ihren Sohn bekommen. Sie hatte die neun Jahre abgewartet, die nach dem Gesetz verstreichen mußten, ehe sie das Verfahren in Gang setzen konnte, in dem der verschollene Graf für tot erklärt wurde. Andere Erben, die sich hätten einmischen können, gab es nicht. Und sollte Serena jemals zurückkommen, würde sie im Gefängnis landen.

Nun blieb nur noch eine Gefahr: das elende Halbblut Moussa. Mit Entzücken hatte sie gelesen, wie er den Wüstenscheich spielte. Sie hatte frohlockt, als er von seiner Liebe zur Wüste schrieb, und daß er für immer dort leben wolle. Als sie sich endlich sicher gefühlt hatte, war sie zum Gericht gegangen und hatte die nötigen Anträge gestellt, und sie hatte in den entsprechenden Betten geschlafen. Und jetzt war sie so nah daran, alles zu bekommen – so nah, daß sie es schmecken konnte.

Elisabeth saß allein im Zimmer, und es wurde dunkler. Einer von dem halben Dutzend ihrer Diener erschien, um sich schüchtern zu erkundigen: »Möchten die Gräfin vielleicht zu Abend essen?«

Sie winkte ab, trank ihren Cognac und starrte ins Feuer.

22.

Daß eine solche Ekstase im selben Herzen neben so großem Jammer wohnen konnte, war ein Schock für Daia. Seit Tagen war sie hin und hergerissen, bald himmelhoch jauchzend, bald in tiefer Düsternis versunken. Sie liebte es, sie haßte es, und sie wußte nicht, was sie tun sollte. Sie hatte nichts zu verbergen und schämte sich doch für ihre Gefühle.

Sie lebte im *ariwan* eines der minderen Fürsten der *Ihaggaren*, Mano Biska. Von einem klapperdürren Ziegenmädchen war sie zu einer schönen Frau herangewachsen. In den letzten Jahren hatte sie mehrere Freier gehabt, aber sie hatte sie alle abgewiesen, ohne sich für einen von ihnen zu interessieren. Nur ein Mann hatte ihr Interesse gefunden, und der hatte sich nicht um sie gekümmert. Sie hatte es aber auch nicht eilig mit der Ehe.

Dann hatte Mahdi angefangen, zu Besuch zu kommen. Er war öfter in ihrem *ariwan* erschienen, als er eigentlich im Lager zu tun gehabt hätte, und er hatte sich immer die Zeit gekommen, sie aufzusuchen. Die anderen Frauen waren eifersüchtig. Mahdi war von ausgezeichneter Abkunft, der Sohn von El Hadj Akhmed, dem großen Amenokal, der im Krieg mit den Ajjer gefallen war. Mahdi war ein Mann, der all die großartigen Stärken der *Ihaggaren* in sich vereinte, ein Mann, der dem Hoggar und seiner Geschichte ganz sicher sein Zeichen aufprägen würde. Aber alle Eifersucht war vergebens. Mahdi hatte Augen für keine außer Daia.

Mahdi mochte einen außergewöhnlichen Ehemann abgeben, aber er war von harter Art. Sie wußte, daß er grausam sein konnte; er war jähzornig, und seine Zunge war schärfer als jede Klinge. Er war bekannt und berühmt als Krieger, dessen Überfälle schnell und blutig waren. Sein Pferch war immer voll von geraubten Kamelen, und seine Tiere waren immer die besten. Seiner Familie würde es niemals an Essen oder an Reichtum fehlen. Doch seine Wutanfälle bereiteten selbst seinen eigenen Leuten viel Ärger. Sein eigener Vater hatte ihn öffentlich wegen seiner Ausbrüche gemaßregelt. Unter den *Ihaggaren* war er fast als einziger dem Islam treu ergeben, und seine Augen glühten, wenn er davon sprach. Er war angespannt wie eine Natter und stieß ebenso schnell zu.

Aber Mahdi schien ein anderer Mensch zu werden, wenn er in ihre Nähe kam. Er brachte ihr Geschenke: Juwelen und Stoffe. In ihrer Anwesenheit schmolz alle Wildheit dahin, und er war sanft wie ein Lamm. Er behandelte sie mit Höflichkeit und Respekt. Er war steif und nervös; seine Rolle als Freier war ihm ungewohnt, und ihre Anwesenheit war offensichtlich überwältigend für ihn.

In einer herrlichen Nacht unter dem Wintermond hatte es ein *ahal* gegeben, ein romantisches Zusammentreffen, bei dem die Frauen zu den Klängen des einsaitigen *imzad* sangen und die Männer Gedichte lasen, die mit dem stillen Rhythmus der nächtlichen Trommeln einhergingen. Mahdis Stimme wurde sanft, als er überraschend zärtliche Dinge sagte, Dinge, die sie nie erwartet hätte von einem Mann, dessen Natur glühte, als wäre sie im Feuer des Schmiedes geprägt worden. Vor den beifällig nickenden Zuhörern rezitierte er ein Gedicht, das er für sie geschrieben hatte:

Mein Herz ist der Adler,
Dessen Schwinge den Gipfel streift,
Der Daia heißt,
Doch sie nie besitzt.

Ich raste dort und finde Schönheit,
Unsichtbar aus der Luft.
Sanfte Formen, seidene Orte,
Die mein Herz erfreuen.

Daia, der wundersame Gipfel,
Wird nun ein Lied,
Ein süßer, zarter Rhythmus in meinem Herzen.
Wer ist sie, diese Frau, die den Adler zähmt,
Und die mein Herz gefangenhält?

Sie wußte, daß er sich mit diesen Worten geplagt hatte, denn so etwas ging ihm nicht leicht von der Zunge, und so kam es ihr um so liebreizender und bedeutsamer vor. Sie wußte, daß sie zusammen prachtvolle Wüstensöhne und -töchter hervorbringen würden. In so vieler Hinsicht war er der perfekte Mann für sie.

Es schmeichelte ihr auch, daß sie sein Interesse erregt hatte, das so viele Frauen eifersüchtig ersehnten. Seine Wutanfälle bereiteten ihr ein vages Unbehagen, seine dunkle Seite, die auf so beängstigende Weise explodieren konnte. Anna, die alte Sklavin, die zu ihr wie eine Mutter war, hatte sich über ihre Zweifel lustig gemacht. »Es ist die harte Schneide, die ein Schwert groß macht«, hatte sie gesagt. »Du verdienst sein Interesse, und er verdient das deine. Es wäre ein Fehler, ihn abzuweisen.«

Ja, sie wußte, daß sie Glück hatte. Und sie redete sich ein, ihr Einfluß könne das Feuer eindämmen, das in ihm wütete.

Vier Tage nach dem *ahal* hatte Mahdi einen Boten in ihren *ariwan* geschickt. Wie es dem Brauch entsprach, war der Schmied gekommen, um die Frage der Heirat zur Sprache zu bringen. Daia hatte weder Mutter noch Vater noch Onkel, die man hätte fragen können, und mit Anna würde man eine solche Angelegenheit nicht diskutieren, also sprach der Schmied gleich mit Daia selbst. Sie hatte bereits sorgfältig darüber nachgedacht. Es war keine leichte Entscheidung, wie sie es immer erwartet hatte, aber am Ende willigte sie ein.

Das alles war jetzt dreißig Tage her. Ein ganzes Leben. Vor dem Lachen. Ach, dieses Lachen.

Sie saß auf ihrem Mehari und beobachtete schweigend den Quell ihrer Probleme. Moussa führte seinen Falken mit Händen, die lang und zart und beinahe weiblich aussahen, und seine Berührung war weich wie die Federn des wunderschönen Vogels. »Sie heißt Taka«, erzählte Moussa ihr stolz. »Das Schwert des Orion.« Sie war ein kleiner *terakel*, ein Weibchen, schnell und stark und fast weiß, bis auf einen kleinen grauen Fleck auf der Brust. Er hatte sie hoch droben im Atakor gefangen und lange, geduldige Monate damit zugebracht, den Vogel abzurichten. Daia hatte in den letzten paar Tagen, die sie zusammen unterwegs gewesen waren, viel über Falken gelernt. Und sie hatte viel über sich selbst gelernt.

Sie hatte ihn nur zweimal gesehen in den vier Jahren seit der Episode im *guelta*, als sie sein Gesicht und seinen Körper betrachtet und ihn so sehr in Verlegenheit gebracht hatte. Dieses Bild hatte sie nie vergessen können. Einmal hatte sie versucht, ihm durch

Vermittler klarzumachen, daß ihr seine Gesellschaft willkommen wäre. Sie wußte nicht, ob es Schüchternheit oder Groll war oder ob er bloß nicht an ihr interessiert war – jedenfalls hatte er nie geantwortet. Im Laufe der Zeit war die Erinnerung an das *guelta* verblaßt, und sie hatte den Gedanken an ihn aufgegeben. Dann hatte sie ihn zwei Jahre lang überhaupt nicht mehr gesehen, und Mahdi war in ihr Leben getreten.

Moussa war auf einer Rundreise durch die Vasallenlager der Dag Rali gewesen, als ihn die Nachricht erreichte, daß man eine *djemaa* einberufen habe. Der Amenokal Ahitagel hatte alle Kel Rela zusammengerufen, um die bevorstehende Expedition der Franzosen zu erörtern. Die Franzosen waren nämlich dabei, in Wargla eine Karawane zusammenzustellen. Die Ratsversammlung sollte in zehn Tagen in Abalessa stattfinden, im Winterlager des Amenokal. Auf dem Weg dorthin war Moussa nun Daia begegnet, die allein nach Abalessa ritt, um dort mit Mahdi zusammenzutreffen.

Der erste Blick auf ihn hatte gleich für eine Überraschung gesorgt. Sie hatte ihn aus beträchtlicher Entfernung gesehen und doch sofort gewußt, wer er war. Sie merkte, wie eine ganz unverhoffte Vorfreude sie erröten ließ. Er sah königlich aus, stolz und prächtig auf seinem Mehari. Seine Gewänder waren hellblau, sein Schleier weiß. Ein Falke mit Haube, an sich schon majestätisch, saß auf seiner Schulter, düster und wachsam. Als Daia näher kam, wandte sich der Falke ihr zu und neigte den Kopf unter der Haube zur Seite – er spürte ihre Anwesenheit. Gleichzeitig sah sie die strahlend blauen Augen des Mannes, der hinter seinem Schleier lächelte.

Moussa war hingerissen von ihrer Schönheit und von den Veränderungen seit der letzten Begegnung. Sie trug silberne Ohrringe und eine dünne Perlenhalskette. Ein Tuch bedeckte ihr dunkles Haar zum Teil, aber er sah lange, dicke Zöpfe auf ihrem Rücken. Ihr Gesicht blickte lebhaft und intelligent, und ihr Lächeln war atemberaubend. Sie war ganz anders als das Mädchen, das er einst gesehen hatte. Sie war eine Frau geworden.

»Du bist gut herangewachsen, Daia«, sagte er ohne Einleitung, als sie einander erreicht hatten. »Es freut mich, dich zu sehen.«

In ihrem Ton war nichts außer der angemessenen Höflichkeit, aber sie merkte dennoch, daß sie rot wurde. »Mich freut es ebenfalls. Es ist lange her.«

»Du bist allein?«

»Ich war mit dem *ehen* von Mano Biska unterwegs«, sagte sie. »Ich habe mich von den andern getrennt, um in Ideles haltzumachen und meinen Cousin zu besuchen. Ich will nach Abalessa.«

»Ich auch. Möchtest du eine Eskorte?«

»Ich brauche keine«, antwortete sie ein bißchen hochfahrend. »Ich kann selbst auf mich aufpassen.«

Moussa wußte, daß das Schwert, das an ihrem Sattel hing, kein nutzloser Zierrat war. »Ich weiß, daß du mit deiner Klinge besser umgehen kannst als die meisten Männer«, sagte er. »Dein Ruf findet den Weg in mein Lager, auch wenn du selbst ihn nicht findest. Mit Eskorte meinte ich natürlich Gesellschaft, nicht Schutz.«

»Ich glaube, du meintest Schutz.«

»Also schön.« Er seufzte. »Möchtest du mich nach Abalessa eskortieren?«

»Wirst du deine Kleider anbehalten?« fragte sie unschuldsvoll.

Moussa fuhr zusammen. Die Anspielung auf den Zwischenfall am *guelta* hatte ihn unvorbereitet erwischt. Aber er faßte sich rasch wieder. »Wenn keine Diebe in der Nähe sind, ja, dann werde ich sie anbehalten.«

»Diebe sind überall in der Wüste.«

»Dann, Mademoiselle, sollen sie sich hüten vor dem nackten Mann.« Moussa vermischte seine Sprachen, wie er es oft tat, und seine Augen funkelten vergnügt.

Daia stürzte sich sofort auf diese Chance. »Da ist wenig, wovor man sich hüten müßte, wie ich mich erinnere«, sagte sie, und sie lachten beide. So begann ihre Reise.

Als die Meharis in ihren geruhsamen Rhythmus verfielen, erlebte sie die nächste beunruhigende Überraschung: So erfreut sie gewesen war, ihn zu sehen, noch mehr freute es sie, daß sie allein waren. Sie tadelte sich selbst für solche Gedanken und verdrängte sie aus ihrem Kopf.

Sie waren fünf Tagesritte von Abalessa entfernt. Moussa ritt langsam und machte oft Station, um mit Taka zu arbeiten. Morgens und am späten Nachmittag saß der Vogel auf seiner Schulter, in der übrigen Zeit, wenn die Sonne hoch am Himmel stand, reiste er unter einem eigenen Schutzdach. Moussa hatte auf dem Sattelknauf ein kleines Zelt gebaut, das vorn offen war, so daß beim Reiten ein sanfter Wind hindurchfahren und den Vogel kühlen konnte. Daia staunte über die Mühe, die er sich machte. »Ich habe gehört, daß nur der Sultan von Marokko in einer solchen Sänfte reist«, sagte sie.

»Wenn er nicht so fett wäre und für mich fliegen könnte wie meine Taka, würde ich ihm mit Freuden noch eine bauen«, sagte Moussa.

Mehrmals täglich machten sie halt, wenn Moussa Wild entdeckte. Manchmal war es eine Eidechse oder eine Schlange, die sich auf einem Stein sonnte, vielleicht hüpfte auch ein *jerboa*, eine kleine Wüstenmaus, in panischer Hast zwischen den Verstecken hin und her. Ein Skorpion huschte durch den Sand. Gelegentlich sahen sie sogar einen Hasen. In der Felsenwüste, durch die sie ritten, gab es solches Wild reichlich, wenn man nur die Augen offenhielt. Moussa hatte anscheinend genauso scharfe Augen wie sein Falke. Daia hatte oft gar nichts gesehen, aber er gab ein Zeichen, und ihre Kamele warfen sich vor und zurück und sanken in die Knie. Behutsam lockte Moussa den Falken von seinem Sitz auf den ledernen Handschuh, den Serena ihm gemacht hatte.

Moussa hatte seine Jagdmethode recht gut an die Wüste angepaßt. Normalerweise war niemand da, der das Wild aufstöberte, auf das der Falke wartete, und so benutzte er die Werkzeuge seiner Kindheit. Mit einer Bewegung, die endlos viel Übung und Geduld erkennen ließ, zog er seine Schleuder aus dem Gewand und legte mit einer Hand einen Kieselstein hinein. Dann nahm er dem Falken die Lederhaube ab, löste seine Fessel und warf ihn in den Himmel. Während der Vogel mit kraftvollen Flügelschlägen kreiste, hob Moussa seine Schleuder und ließ schnell seinen Stein losschwirren. Neben dem Wild stob Stein oder Sand, das Wild flüchtete, und die Jagd hatte begonnen. Anmutig, schnell und kraftvoll kreiste der Falke und stieß dann herab, geradlinig wie eine Lanze, der geflügelte Tod, und dabei schätzte er ab, welchen Weg das flüchtende Tier nehmen würde, um unter irgendwelchen Steinen oder unter den

Cram-cram-Büschen, die hier verstreut wuchsen, Schutz zu suchen. Manchmal gewann das Wild und verschwand in letzter Sekunde in einem Loch oder unter einem Stein, und dann schlug Taka mit den Flügeln wutkreischend in die Wüstenluft. Sie ließ sich von Moussa locken, und dann hockte sie da und schmollte und hätschelte ihren gekränkten Stolz, während sie auf die nächste Gelegenheit wartete.

Aber Niederlagen waren selten bei Taka. Weit öfter fanden ihre kraftvollen Krallen das Ziel, sie packte das Wild und brach ihm den Hals oder – im Fall einer Schlange – stieg wieder in den Himmel hinauf, um es auf die Felsen fallen zu lassen, wo es betäubt oder tot liegenblieb. Dann kreischte Taka wieder, als Siegerin jetzt noch lauter, und stieß auf ihr Opfer herab. Schnell lockte Moussa sie mit dem Federspiel. Taka starrte ihn für einen Augenblick an, als müsse sie es sich überlegen, und dann erhob sie sich von ihrem Opfer und kam zum Federspiel, und ihr Ausflug endete auf seiner Lederfaust. Sofort belohnte er sie mit einem Stück Leber oder Hirn von der Beute und sang ihr mit gurrender Stimme leise Lobgesänge. Er streifte ihr die Haube über, und wenn sie wieder ruhig war, setzte er sie auf ihren Platz auf dem Sattel. Taka putzte sich sorgfältig. Erst sträubte sie sich und spreizte die Federn, bis sie aussah wie ein Staubwedel, und dann schüttelte sie sich heftig, um alles wieder an seinen Platz zu bringen. Danach fettete sie ihr Gefieder mit dem Schnabel ein und strich Feder für Feder glatt. Wenn sie damit fertig war, streckte sie erst das eine, dann das andere Bein nach hinten, dann spreizte sie die Flügel und schließlich den Schwanz.

Moussa betrachtete sie stolz. »Sie ist ein Prachtstück«, sagte er. »Manierlich und hartnäckig. Ihr Kampfgeist ist großartig. Sie ist der beste Vogel, den ich je hatte.«

Daias Faszination wuchs mit jeder Jagd. Jedes Beutetier erforderte einen etwas anderen Ansatz, und Jäger und Falke mußten harmonisch zusammenarbeiten, eine nahtlose Mischung aus Moussas Bemühungen und den natürlichen Talenten des Falken. Moussa machte den Plan, Taka führte ihn aus. »Du bist wie ein Dichter mit ihr«, sagte Daia staunend.

Jetzt schwebte Taka hoch über ihnen und strebte nach der

Höhe, aus der sie sich herabstürzen wollte. Sie war nur noch ein Punkt im tiefen Blau.

»Warum kommt sie immer zurück? Warum fliegt sie nicht einfach weg?«

»Weil sie mich kennt. Wir fühlen uns wohl zusammen. Sie gehorcht mir, und ich ihr. Ich füttere sie, sie füttert mich. Ich erfülle heute ihre Bedürfnisse, und sie erfüllt meine.«

»Und wenn sie wegfliegt?«

Er zuckte die Achseln. »Dann ist sie frei und wieder eine Tochter der Wüste. Sie *wird* eines Tages wegfliegen. Ich werde sie dazu bringen, wenn sie es nicht von selbst tut. Sie war einmal wild, und sie wird wieder wild sein. Ich habe ihren Geist nur von der Wüste geborgt. Sie ist nicht dazu geboren, am Ende einer Fußfessel zu leben. Sie gehört mir nur für eine Weile, und eigentlich gehört sie mir nie. Wenn sie fortfliegt, fange ich einen neuen Vogel und beginne von neuem. So geht es eben. Ich bezweifle allerdings, daß ich noch einmal eine Taka finden werde.«

Es lag grenzenlose Geduld darin, sah sie, genau wie in ihm selbst. Wenn er vom Abrichten sprach, merkte man, daß er es liebte, daß er die Vögel liebte, die Jagd und alles, was damit zusammenhing. Sie hörte die Leidenschaft in seiner Stimme, sah sie in seinem Blick und in seiner Berührung. »Mein Vater hat mich jagen gelehrt«, sagte er. »Fast jeden Tag sind wir in die Wälder bei unserm Haus gegangen und haben Kaninchen und Wachteln gejagt. Einmal, als ich sechs war, haben wir sogar einen Keiler erlegt.«

»Was ist ein Keiler?«

»Zuviel für einen Falken.« Er lachte und erzählte ihr dann von jenem Tag am Rande des Bois de Boulogne, als Paul ihm das Leben gerettet hatte, und von der kleinen Festung, die sie in der großen Eiche gehabt hatten, an dem See, an dessen anderem Ufer er den Kaiser von Frankreich gesehen hatte. Stundenlang plauderte er über diese andere Welt, eine Welt der Zylinderhüte und der Kutschen, wo das Wasser reichlich war und im Winter zu Eis gefror und wo überall Schnee fiel, nicht nur auf den höchsten Bergen.

»Es gibt breite Boulevards in Paris, mit Bäumen gesäumt und voller Kutschen«, erzählte er ihr und spreizte ausladend die Arme. »Und die Häuser dort sind fast so groß wie unsere Dünen.«

Sie machte große Augen und zog dann eine Grimasse, als sie es sich vorstellte. »Warum um alles in der Welt möchte denn jemand in einem solchen Gedränge leben?« fragte sie. »Warum in einem Haus wohnen, das aus unbeweglichem Stein ist, festgewachsen an einem Ort? Warum wollen sie ein Dach über dem Kopf haben? Woher kennen sie denn den Himmel? Woher die Freiheit?« Sie schüttelte den Kopf. »Es ist traurig, daß Menschen auf so rückständige Weise leben müssen. Nicht besser als die *Harratin*, die den Boden beackern, in Ewigkeit angekettet an ihr bißchen Land.«

Darauf wußte er keine Antwort.

Aber abgesehen vom Handicap der Ketten, die sie festhielten, schienen die Franzosen ein interessantes Völkchen zu sein. Jedenfalls lauschte sie hingerissen seinen Schilderungen, ganz verzaubert von der Weite seiner Phantasie – denn die, dachte sie, war gewiß der einzige Ort, an dem einiges von dem, was er da beschrieb, existieren konnte. Er erzählte ihr von Feuerwerk und Kanonen und Gaslicht, von Märkten, auf denen man Seide kaufen konnte und die Federn, die hier durch ihre Wüste gezogen waren, und von Brunnen, deren Wasser aus den Mäulern steinerner Figuren drei Stockwerke tief herabfloß. »Deine Geschichten sind schön und erfindungsreich«, sagte sie.

»Ich frage mich oft, ob du nicht einfach ein außergewöhnlicher Lügner bist«, neckte sie ihn, als er ihr vom Telegraphen erzählte. Er beteuerte lachend seine Unschuld und versicherte ihr, es sei alles wahr, »nur nicht das, was ich erfunden habe«.

Ob sie ihm glaubte oder nicht, sie war gefangen von seinen Worten, von seinen Beschreibungen, seiner Begeisterung für die Welt seiner Kindheit. Er war bezaubernd und scharfsinnig und der seltsamste Mann, den sie je kennengelernt hatte. Er war von Kopf bis Fuß ein Edelmann, aber ein Edelmann, wie sie ihn unter den *Ihaggaren* nie gesehen hatte. Er saß aufrecht und bewegte sich mit lässiger Anmut und hatte die feinen Hände und Füße, die seine hohe Geburt verrieten. Aber die hochfahrende Zurückhaltung ihres Volkes, auf die andere soviel Wert legten, fehlte bei ihm. Er war statt dessen eine Mischung aus Respektlosigkeit und Witz, eine Mixtur, die ihr gefiel.

»Deine barbarische Seite ist irrsinnig«, sagte sie mehr als einmal, während sie über eine Bemerkung lachte, die er über sich oder andere gemacht hatte.

»Ganz und gar.« Er nickte, nicht ohne einen stolzen Unterton in der Stimme.

Nie hatte sie solch eine Mischung bei einem Mann erlebt. Es war ansteckend, und sie plapperte unbeschwert zurück. Die Meilen zogen vorbei, Taka jagte, und am Abend schlugen sie ihr Lager auf und zündeten ein Feuer an. Er kochte mit großem Theater wie ein Sklave für sie, auch wenn sie nicht viel von dem essen mochte, was Taka fing. »Diese Eidechse könnte dein Onkel sein«, erinnerte sie ihn, während sie wachsam das Reptil beobachtete, das da über der Kohlenglut röstete. Es war bekannt, daß die Ahnen in den Körpern von Reptilien wohnten. Bei den *Ihaggaren* hätte niemand außer Moussa so etwas gegessen. Er aber lachte leise über ihren Aberglauben und aß es trotzdem. »Schmeckt gar nicht so schlecht für einen Verwandten.« Er lächelte, aber dann kochte er *Couscous* für sie, während sie Brot für sie machte; sie knetete den Teig und buk ihn im Sand unter den Kohlen. Das gemeinsame Kochen bereitete ihnen ebensoviel Vergnügen wie das Essen. Es war ein schlichtes Mahl, und doch war es ein Festschmaus. Sie fand das alles köstlich, die Nacht war vollkommen, und sie sah mit Wohlgefallen, wie er sich im Lager bewegte.

Als sie gegessen hatten und die Kamele versorgt waren, machten sie es sich vor dem Feuer bequem, lehnten sich an die Felsen und tranken starken Tee. Er erzählte ihr Geschichten, bis das graue Zwielicht die Morgendämmerung ankündigte; dann erst schmiegten sie sich in ihren Mänteln aneinander, um den kalten Wind der Dämmerung abzuhalten. Die Sonne war eben aufgegangen, als sie sich widerstrebend vom Schlaf überwältigen ließen.

Durch alles, was sie taten, zog sich der starke Faden des Lachens. Unbeschwert, behaglich und überall. Sie lachten über Dinge, über die sie noch nie gelacht hatten, über Dinge, die nie komisch gewesen waren, bis sie sie im selben Moment zusammen gesehen hatten. Sie lachten über die Possen des *jerboa*, das vor ihrem nächtlichen Feuer hin und her hoppelte und Brotkrumen in sein Mäusehaus schleppte, und über die grotesken Klagen ihrer

Meharis, wenn sie sie am Morgen beluden, und über Moussas Imitation einer Äbtissin namens Godrick, eine durch und durch blasphemische Aufführung, die Daia zwar nur teilweise verstand, über die sie aber trotzdem Tränen lachte.

Es war eine zauberhafte Zeit für sie beide, eine Zeit, die viel zu schnell verging.

Die ganze Zeit wußte sie, daß er ihr nicht den Hof machte; er wußte, daß sie auf dem Weg zu ihrem Verlobten war. Es lag kein Druck auf ihnen, und so hatten sie Freiheit: die Freiheit, sich aneinander zu erfreuen, ohne daß fremde Augen oder Ohren in der Nähe waren, die es mißbilligt oder die Klatsch verbreitet hätten, die Freiheit, albern und jung zu sein, die Freiheit, zu sagen, was sie wollten, die Freiheit, zu leben.

Sie wußte nicht, wann sich daran etwas geändert hatte; sie wußte nur, daß es geschehen war. Am dritten Morgen war es, daß ihr klar wurde: Das leise Beben kam nicht vom Hunger oder von der Kälte, sondern es strich über sie hinweg wie eine Brise, wann immer er in ihre Nähe kam. Im ganzen Leben hatte sie so ein Gefühl noch nicht erlebt.

Sie tat ihr Bestes, um es vor ihm – und vor sich selbst – zu verbergen. Sie ertappte sich dabei, daß sie ihn anstarrte: die gelassene Art, wie er sein Mehari ritt, oder seine Hände, wenn er mit dem Falken umging oder Mehl und Wasser für das Brot mischte. Wenn er sie anschaute, blickte sie rasch weg, damit er nicht merkte, daß sie ihn beobachtete. Wenn er nachts eingeschlafen war, stützte sie sich auf einen Ellenbogen und betrachtete ihn bis zum Morgengrauen mit zärtlichem Lächeln.

Am Morgen des vierten Tages standen sie vor dem Feuer, an Geist und Körper taub vor Erschöpfung und dennoch hellwach vor Glück. Sie hatten ohne Unterlaß geplaudert, geschwatzt und gekichert und dabei die Vorbereitungen für diesen Reisetag getroffen. Jetzt trat kurzes Schweigen zwischen sie, und ihre Blicke trafen sich. Impulsiv hob sie die Hand zu ihm, um seinen Schleier zu berühren. Die Hand zitterte bei dieser Bewegung, und im nächsten Augenblick fing sie sich wieder. Sie spürte Mahdis brennende Augen in den Tiefen ihrer Seele, wo Dinge im Gange waren, die sie nicht einmal selbst verstand. Schuldbewußtsein zog über sie hinweg wie eine Wolke. Sie ließ die Hand sinken und wandte sich ab, und der Augenblick war vorbei.

Es ist schändlich, was ich tue, dachte sie. Es ist unrecht, was ich denke. Meine Gedanken sind nicht unschuldig. Ich dürfte nicht mit diesem Mann reisen. Ich bin mit Mahdi verlobt. Ich sollte allein reisen. Nichts in ihrem Leben war je so stark gewesen, daß es sie bewogen hätte, ihr Wort zu brechen. Sie wappnete sich gegen ihre Gefühle. Den Rest des Tages über bestärkte sie sich selbst in ihrer Entschlossenheit, nichts mehr zu tun, was dieses Schuldbewußtsein wecken könnte. Es gelang ihr, sich gleichgültig gegen Moussa zu stellen, indem sie sich abwandte und versuchte, nicht zu lachen, wenn er etwas Komisches gesagt hatte. Zum ersten Mal entstand Verlegenheit zwischen ihnen. Davon wurde ihr ganz elend zumute.

»Bekümmert dich etwas?« fragte Moussa mit sanfter Besorgnis.

»Nein«, sagte sie. »Ich dachte nur an meine Heirat.« Es stimmte, und deshalb verstand sie nicht, warum sie sich sofort dafür haßte, daß sie es gesagt hatte. Ihr war, als habe Moussa bei ihren Worten leicht mit dem Kopf gezuckt. Das war bestimmt nur Einbildung gewesen, aber danach war er ungewohnt still, und zum ersten Mal seit vier Tagen ritten sie in einem traurigen, unnatürlichen Schweigen, das so erstickend war wie die Hitze der Wüste, durch die sie reisten. Es war ein Schweigen, das keiner von beiden wollte, ein Schweigen, das keiner von beiden verstand. Plötzlich kam ihr jeder Schritt des Kamels endlos vor, und Daia wußte nicht mehr, was sie tun sollte. Ein Teil von ihr wollte, daß die Reise schnell zu Ende ging, wollte in Abalessa eintreffen, wo all diese Verwirrung vielleicht ein Ende hätte. Aber der andere, der größte Teil wollte, daß diese Reise niemals aufhörte.

Während der langen Stunden, in denen es sie zerriß, machte Moussa halt, um zu jagen. Sie schaute zu, ohne von ihrem Mehari zu steigen. Als er losging, um das Wild zu holen, das Taka gefangen hatte, fand er ein kleines Büschel Blumen, die unter einem Strauch wuchsen. Er pflückte eine und schaute sie an. Die Blüte war leuchtend blau und nicht einmal einen Tag alt. Am Abend würde sie welk und vergangen sein. Er behielt die Blume und wollte sie ihr geben. Aber als er dorthin zurückkam, wo sie auf ihn wartete, sah er sie auf ihrem Mehari sitzen, sah den Schmerz in ihrem Gesicht und kam zu dem Schluß, daß er einen Fehler machte. Er hatte kein Recht dazu. Offensichtlich litt sie, und er wußte, daß er etwas getan haben mußte, was der Grund dafür war. Er verstand nichts von Frauen oder von Daia. Sie hatten eine so wunderbare Zeit miteinander verbracht, und dann ... dann war etwas wie ein Schatten, so schien es, zwischen sie getreten. Er fühlte traurige Sehnsucht. Es gab so vieles, was er ihr sagen wollte, doch da war Mahdi, und Moussa wußte, daß sie ihm gehörte, und so sagte er nichts.

Und als er sicher war, daß sie nicht hinschaute, ließ er die Blume zu Boden fallen.

Aber sie sah es doch.

In dieser Nacht lag er fröstelnd in seinem Gewand vor dem erlöschenden Feuer und betrachtete die funkelnden Sterne. Er war zu erschöpft zum Schlafen, zu betäubt, und seine Gedanken waren zu beschäftigt. Er lauschte dem gleichmäßigen Geräusch ihres Atems, als sie in ihr eigenes Gewand gehüllt neben ihm lag. Als er die Augen schloß, eröffnete sich ein Kaleidoskop von Bildern der vergangenen, zauberhaften Tage. Jedes hielt er fest, bis es ins nächste überging, und dann begann es von vorn. Er merkte, daß er lächelte, und einmal lachte er laut auf. Später kämpfte er eine Träne nieder. Noch nie war er einem anderen Menschen näher gewesen, und noch nie hatte er sich so allein gefühlt. Irgendwann in der Nacht versank er endlich in unruhigen Schlaf.

Und dann kam der Traum, ein Traum, den er schon einmal gehabt hatte, aber er war so intensiv, daß er gleich wußte, es war etwas völlig anderes. Er fühlte sie, wie sie unter seine Gewänder glitt, und wie warm und weich ihr Körper war, als sie zu ihm kam, und es war ein vollkommener Traum, so viel besser als die anderen, ein Traum, in dem er jede Rundung fühlte, jeden Atemzug, ihre seidige Haut an der seinen, ihre Finger, als sie ihn betastete und er hart wurde, ein Traum, in dem er sie mit einer Zartheit berührte, von der er nicht geahnt hatte, daß er sie besaß, sie berührte mit mehr Gefühl, als er je gekannt hatte, so zart, als wäre sie aus Sand und könnte unter seiner Liebkosung zerfallen, zarter, als er je im Leben etwas berührt hatte, und dann, in aufblitzender Leidenschaft, fielen sie übereinander her und stöhnten und wisperten ihre Namen und klammerten sich verzweifelt aneinander, und dann war er in ihr, und es flossen Tränen des Glücks und Tränen der Lust, und ihre Leidenschaft zerbarst in einem weißglühenden Augenblick voller Sonnenlicht. Er dauerte die ganze Nacht, dieser Traum, lange, wohlige Stunden des Forschens, des Fühlens, des Verzauberns, und in diesen Stunden fand er alles: fand ihre Wangen mit seinen Lippen, fand das Grübchen an ihrem Rücken mit seinen Fingerspitzen, fand ihre Brüste und all die weichen, süßen, geheimnisvollen Stellen, die er sich bisher nur hatte vorstellen können. Sein Herz pochte, und er wollte gleichzeitig lachen und weinen, und er wollte, daß der Traum nie zu Ende ging, nie aufhörte, daß alle seine Träume so sein sollten, ihn forttragen sollten auf den Schwingen der Leidenschaft, zu Orten, zu denen er noch nie geflogen war …

Und die ganze Zeit wußte er, daß es kein Traum war, und das bewirkte, daß er sich mit desto größerer Verzweiflung an sie klammerte und sie sich an ihn, und sie wußten, wenn die Nacht vorüber wäre, dann wäre es zu Ende, und diesen Traum würde es nie wieder geben.

Ein Sturm der Intrige tobte durch die Sahara über Colonel Flatters und seine Mission.

In Libyen, in der geschäftigen Stadt Murzuk am Knotenpunkt der Karawanenstraßen, bemühte sich der türkische Bey, die Nerven der Kaufleute zu beruhigen, die um ihr Geschäft fürchteten, sollte es den Franzosen gelingen, ihre Eisenbahn zu bauen. Der Bey erhielt Weisungen aus Tripolis und kam dann mit seinen eigenen Agenten zusammen. Er entsandte sie mit detaillierten Befehlen und einer beträchtlichen Geldsumme aus seiner Schatulle nach In Salah, wo sie auf den Amenokal der Hoggar Tuareg warten sollten.

In der Oase Ghat beriet sich eine Gruppe von Senussi-Fanatikern darüber, wie man mit der Bedrohung durch die Ungläubigen fertig werden solle. Die Senussi hatten ihr Leben Allah und der *jihad* gegen die Ketzer gewidmet. Ihr Orden war klein, aber er wuchs. In den Oasen von Kairo bis In Salah, von Ghat südwärts durch den Fezzan, bereitete sich eine wachsende Armee von Eiferern darauf vor, ihr Leben für die heilige Sache zu opfern, und das hörte bei den Ungläubigen nicht auf. Ihnen war es gleich, daß die derzeitige Bedrohung aus Frankreich kam, es hätte sich ebensogut um Italiener oder Türken handeln können. Alle Ausländer waren Teufel. Wenn die Türken auch Moslems waren, so waren sie doch Eindringlinge, die sich allzu innig mit den Europäern verbündeten. Auch sie verdienten den Tod. Daß sie Gläubige waren, würde ihnen gewiß helfen, an der Seite Allahs ewigen Trost zu finden, aber den heiligen Zorn der Senussi konnte es nicht lindern. Die Sahara war kein herrenloser Fluß, aus dem jedermann trinken durfte. Die Sahara gehörte den Völkern der Sahara, und unter ihnen würde eines Tages Allah der oberste Herrscher sein, auch unter den heidnischen Tuareg. Bis zu diesem Tag aber mußten die Ausländer sterben.

Ein Mann unter ihnen hatte ein besonderes Interesse an den Franzosen. Tamrit ag Amellal lebte bei den Senussi, seit er vor mehr als zwanzig Jahren diesem Orden beigetreten war. Bis zu diesem selbstauferlegten Exil war er ein Tuareg der Kel Rela gewesen. Er hatte versucht, den *ikufar* de Vries umzubringen, einen Edelmann, der unter dem Schutz des Weibes Serena gereist war. Damals hatte er Serena mehr geliebt als sein Leben, mehr als Allah. Aber jetzt liebte er sie nicht mehr. Unter den Senussi hatte er zu sich gefunden. Das Feuer der Leidenschaft, das in seinen Augen brannte, war jetzt von der Hingabe an Gott angefacht. Im Kommen der Franzosen sah er die Gelegenheit zur Vergeltung.

In Marokko lauschte der Sultan den Beschwörungen seiner Untertanen, die ihn anflehten, einzuschreiten und die Oasen des Tuat vor der französischen Bedrohung zu schützen. Der Rebell Bou Amama schwor, er werde seine eigene *jihad* beginnen, wenn der Sultan nichts unternähme und die Franzosen weiter vordringen dürften. Der Rebell Abd-el-Kader reiste nach In Salah, um dort auf den Amenokal Ahitagel zu warten, entschlossen, diesen Mann seinen Zwecken gefügig zu machen.

In Wargla debattierten die Sheiks der Shamba, wie sie selbst auf das unwillkommene Eindringen der arroganten und ignoranten Europäer reagieren sollten, die sich hier in ein Skorpionennest wagten.

Im Hoggar selbst, in dem Land, durch das die Franzosen zu marschieren gedachten, hörten der Amenokal und der ganze Adel zu, wie Mahdi und Attici, die beiden wütendsten Franzosenfeinde unter ihnen, für den Tod der Eindringlinge argumentierten, während Moussa und sein Freund Taher auf Mäßigung drängten.

»Während wir hier reden, trifft der Barbar Flatters seine Vorbereitungen, um Wargla zu verlassen«, erklärte Mahdi. »Unsere Spione dort berichten, daß er dreihundert Kamele für seine Reise aufgetrieben hat. Er hat seine Absicht kundgetan, durch In Salah zu ziehen. In Salah gehört den *Ihaggaren!* Wie kann er es wagen zu glauben, er könne durch dieses Land einfach hindurchziehen? Wie kann er es wagen, eine Bande von Ungläubigen mitzubringen? Sie haben kein Recht zur Durchreise. Der Amenokal hat ihnen bereits gesagt, daß dieser Weg ihnen nicht offensteht, und sie kommen trotzdem! Solcher Arroganz muß mit dem Schwert des Himmels begegnet werden, nicht mit der Palme der Freundschaft!«

»Du schlägst allzu schnell zu, Mahdi«, wandte Taher ein. »Wir haben auch gehört, daß sein Troß mit Geld und Geschenken beladen ist. Er bringt zwei Schimmel von feinstem arabischem Blut mit. Es liegt nahe, daß wir diesen Colonel um seine Habe erleichtern und ihn dann durchziehen lassen. Seine Durchreise kann uns nichts bedeuten, sein Reichtum aber ist uns willkommen.«

»*Willkommen!* Sie werden Shamba als Kameltreiber bei sich haben. In diesem Augenblick sind sie dabei, sie in den Souks anzuwerben, und mühelos können sie sie kaufen. *Shamba!*« zischte er. »Wollt ihr Leuten wie denen, Männern, die mit dem Teufel im Bunde stehen, vielleicht erlauben, den Hoggar zu besudeln, nur weil ihr dafür französische Schätze bekommt? Laßt ihr eure Weiber mit einem Landstreicher ins Bett gehen, weil er euch dafür sein Geld gibt? Ist der Rachen des Löwen weniger gefährlich, wenn sein Atem süß riecht?«

»Sie wollen doch nur durchziehen. Laßt sie durchziehen und nehmt ihr Geld, sage ich!«

»Nehmt ihr Geld, jawohl! Und dann tötet sie!« Mahdi kochte vor Wut. »Sind es nicht Ungläubige? Welcher Ungläubige hat das Recht, aus irgendeinem Grund dieses Land zu betreten? Welcher *ikufar* verdient etwas anderes als das Schwert Allahs?«

Attici hob die Hand, um Mahdi zu ermahnen. Religiöse Gründe ins Feld zu führen, würde hier kaum Erfolg bringen. Bei den Tuareg stießen solche Argumente oft auf taube Ohren, aber Vorsicht in religiösen Fragen war nicht Mahdis Art. Attici wollte die Debatte auf festes Gelände zurück führen: Die *Ihaggaren* mußten die Karawanenrouten beherrschen und durften niemals vor einer äußeren Macht weichen.

»Glaubt ihr, das werden die letzten Barbaren sein, die kommen?« fragte Attici. »Glaubt ihr, der Teufel Flatters ist der letzte, der ein Interesse am Hoggar zeigen wird? Wer von euch glaubt denn, daß die Franzosen nicht den Zug der Karawanen stören werden, die bisher nur nach unserem Belieben haben reisen können? Wer von euch glaubt denn, daß die Franzosen nicht eines Tages versuchen werden, den Sklavenhandel zu verbieten? Wer das glaubt, muß auch glauben, daß Kamele fliegen können.«

»So etwas würden sie nicht tun«, sagte Moussa, aber er war nicht sicher, ob er seine Worte selbst glaubte. Tatsache war, daß er keine Ahnung hatte, wozu die Franzosen imstande waren. Gleichwohl glaubte er nicht, daß sie den Tuareg gegenüber feindselig auftreten könnten. Die Franzosen waren schließlich ebenfalls sein Volk, auch wenn seine Erinnerung sich im Laufe der Jahre getrübt hatte. Er konnte sich nicht entsinnen, daß sie bösartig gewesen waren, aber er wußte auch, daß seine Erinnerungen die eines zehnjährigen Knaben waren. Solchen Erinnerungen war vielleicht nicht zu trauen. Dennoch hatte er sie den ganzen Nachmittag über gegen die unerhörtesten Behauptungen verteidigt: Die Franzosen würden die Männer massakrieren, die Frauen vergewaltigen, die Kinder ermorden. Die Franzosen kochten ihre Opfer. Vergifteten Brunnen. Verbrannten die Dattelernte in den nördlichen Oasen.

»Der Hoggar gehört uns«, erklärte er. »Hier gibt es nichts, was die Franzosen interessiert. Es wird ihnen nichts daran liegen, sich in unseren Handel einzumischen. Niemals! Es ist nicht logisch und nicht notwendig! Allenfalls könnte ihnen daran liegen, unseren Handel zu stärken, um dann die Karawanen auf der algerischen Seite selbst zu besteuern! Das ist die Art der Franzosen.«

»Moussa redet mit der französischen Hälfte seiner Zunge«,

fauchte Mahdi, »aber ohne seinen Verstand. Sie haben das alles schon getan. Es *ist* ihre Art. Was sie anfassen, stehlen sie. Was sie nicht stehlen können, verderben sie mit ihren heidnischen Sitten und barbarischen Gesetzen. Haben sie in Algerien nicht das fruchtbarste Land für sich genommen? Haben sie die *Harratin* nicht von ihrem Land verdrängt und in ihre Städte getrieben, wo sie in Dreck und Fäulnis verrecken? Haben sie nicht alles zerstört, was sie angefaßt haben?«

»Dafür gibt es keine Beweise, Mahdi«, sagte Taher.

»Ich habe Beweise genug. Ich habe das Wort Abu Hassans, der viele Male im Tell war, wo sich solches ereignet hat. Wer von euch will sein Wort in Zweifel ziehen?« Er blickte herausfordernd in die Runde. Niemand würde dem Wort des ehrwürdigen Marabout widersprechen, der so viel Zeit in den nördlichen Provinzen von Algerien verbracht hatte.

»Es ist, wie Mahdi sagt.« Abu Hassan nickte, und seine Stimme klang brüchig. »Eine Spur aus Blut und Tränen folgt den Franzosen auf jedem ihrer Wege. Als sie Sidi Ferook plünderten, regneten ihre Bomben tagelang auf Frauen und Kinder. Sie brannten Häuser nieder und zündeten Olivenhaine an. Den Frauen, die Schmuck trugen, verstümmelten sie Ohren, Hände und Füße: Die Klingen der Ungläubigen schnitten ihnen um des Silbers willen die Gliedmaßen ab. Große Pflanzungen der Kabylen wurden vernichtet, ihre Palmen gefällt; man nahm ihnen Tiere und Land, ohne zu bezahlen. Ganze Dörfer mußten Strafe bezahlen, Unschuldige wurden hingerichtet. Moslems durften ihre eigenen Märkte nicht betreten, wenn Franzosen anwesend waren. Vom Atlas bis zum Meer wiederholte sich diese Geschichte viele Male. Den *Harratin* blieb am Ende nichts mehr. Diese Tatsachen sind wohlbekannt unter den Menschen des Tell. Es gibt keinen Grund zu der Annahme, daß der französische Schakal seinen Appetit verlieren wird, wenn er unsere Lager sieht.«

»Den *Harratin* geschieht ganz recht«, murrte Taher. »Schande kommt über die Familie, die das Land beackert. Ihr Schicksal hat für uns nichts zu bedeuten. Wir sind keine Bauern wie sie. Oder willst du sagen, die Franzosen werden unser Land stehlen? Und was wollen sie dann damit machen? Ackerbau betreiben? Unfug!

Tausend Meilen weit im Umkreis des Hoggar kann man keinen Ackerbau betreiben! Es gibt hier nur das Leben des Nomaden, das Leben der *Ihaggaren.*«

»Nein, sie werden keinen Ackerbau betreiben. Aber sie werden nach der Herrschaft über das Land streben, denn sie wollen Herren über die Karawanenstraßen werden, die wir seit Anbeginn der Geschichte beherrschen! Und dann werden sie den Sklavenhandel abschaffen! Was aber wird ohne Sklaven aus den Karawanen? Was wird ohne Karawanen aus uns? Was wird aus unserer Lebensweise?«

»Ich glaube nicht, daß die Franzosen all das tun werden«, beharrte Moussa.

»Wenn sie kein Auge auf unsere Karawanen und auf unseren Handel geworfen haben, Moussa«, fragte der Amenokal und brach damit das Schweigen, mit dem er dem Wortwechsel zugehört hatte, »warum reden sie dann von einer Eisenbahn? Dient eine Eisenbahn nicht dem Zweck, Waren zu transportieren? Würde so etwas ihnen nicht erlauben, nach ihrem Belieben durch den Hoggar zu reisen?«

Hier war Moussa selbst ratlos. »Ich kann nicht dafür garantieren, daß sie bei Verstand sind, Herr, wenn sie hier eine Eisenbahn anlegen wollen«, antwortete er. Er kniete nieder und zeichnete ihnen ein Bild in den Sand, so daß alle die Hälse reckten, um es zu sehen. Fast niemand unter ihnen hatte je eine Eisenbahn oder eine Lokomotive gesehen, und in diesen Dingen war Moussas Wissen geachtet. »So sieht das Gleis aus, wenn ich mich recht erinnere«, sagte er. »Sie müssen zwei Schienen auf Holzblöcke legen. Der Stahl ist sehr schwer; er muß das Gewicht eines Zuges tragen. Er müßte in Frankreich oder Spanien hergestellt werden und über das Meer verschifft werden, Stück für Stück, und dann muß man ihn durch Algerien transportieren. Das gleiche gilt für die Holzblöcke, denn bei uns wächst nichts, was ein solches Gleis tragen könnte. Dann kommt die Frage des Zuges selbst. Lokomotiven brauchen Dampf, um die Kurbeln zu drehen, die den Zug auf dem Gleis vorantreiben. Dazu aber braucht man Wasser, und zwar in großen Mengen, und außerdem Brennmaterial für das Feuer, das die Dampfmaschine antreibt. Zwischen Wargla und dem Südland gibt es kein Wasser für diesen Bedarf. Auch gibt es nichts, was man verbrennen kann, um einen Zug in Gang zu halten. Und selbst wenn es etwas gäbe – sie müßten dann durch die Großen Dünen fahren und durch den Gassi Taouil, wo der Erg sich am Tag um fünfzig Schritt weiterbewegt. Da wird unter Sand begraben, was immer sie bauen. Was könnte gegen ihn bestehen? Ein Zug gewiß nicht.« Moussa schüttelte ratlos den Kopf. »Es liegt keine Logik im Plan der Franzosen, Herr, das muß ich bekennen.«

Ahitagel dachte darüber eine Weile nach. »Wenn wir annehmen, daß die Franzosen nicht dumm sind – und ich bin durchaus nicht sicher, daß sie es sind –, dann lassen diese Tatsachen vermuten, daß sie ein anderes Motiv haben herzukommen.«

»Unsere Spione sagen, die Franzosen haben *tirailleurs* gedungen, Herr«, sagte Mahdi. »Was nützen algerische Gewehrschützen bei der Erkundung einer Eisenbahnstrecke? Die Antwort ist: Ihre Absichten sind feindselig. Feindseligkeit müssen wir mit Feindseligkeit erwidern.«

»Reisen wir nicht auch voll bewaffnet, wenn wir fremdes Territorium durchqueren müssen?« fragte Taher. »Wären sie nicht töricht, wenn sie es anders hielten?«

»Wer fürchtet sich vor ihren Gewehren? Was sind fünf Franzosen gegen einen Wüstensohn?«

»Wer Gewehre nicht fürchtet, will sterben wie ein Narr«, warnte Taher. »Mit einem Gewehr ist der gemeinste Feigling dem größten Krieger ebenbürtig. Welcher *Ihaggaren* spürt die Kugel nicht?«

»Die Franzosen sind zu stark, als daß man sie aufhalten könnte«, stimmte Moussa zu. »Ich selbst habe als Kind ihre Waffen gesehen. Sie waren damals schon furchtbar, und sie können nur besser geworden sein. Wenn sie kommen wollen, werden sie kommen. Es ist besser, ihnen in Frieden zu begegnen und ihnen zu zeigen, daß es hier nichts gibt, was sie interessieren könnte. Die Hand, die wir nicht abhacken können, müssen wir küssen. Wenn sie kommen wollen, können wir nichts tun, um sie daran zu hindern.«

»*Wir können nichts tun, um sie daran zu hindern?*« Mahdi wiederholte diese Worte langsam, und seine Stimme troff von Sarkasmus und Verachtung. »Spricht so ein wahrer Wüstensohn, oder winselt da ein schwaches, besiegtes Kind? Du willst dein Fleisch dem Löwen zum Biß hinhalten und dich seinen Zähnen freiwillig aussetzen? Du willst die kalte Viper in die warme Sonne legen, damit sie desto kräftiger zustoßen kann? Ob die Franzosen stark sind oder nicht, das ist ohne Bedeutung. Ihre Stärke gilt hier nichts. Sie können nicht mit einer großen Streitmacht reisen. Dafür gibt es nicht genug Wasser. Sie werden in so geringer Zahl kommen, daß sie verwundbar sind, wie es alle unsere Feinde waren. Die Wüste wird an ihren Kräften zehren, und wir werden von dem, was übrig ist, die Knochen abnagen.«

»Was ist ehrbar daran, sie zu töten?« fragte Moussa.

»Was ist ehrbar daran, daß sie ungebeten herkommen?« erwiderte Mahdi. Wütend stapfte er vor der Versammlung hin und her. »Logik, Argumente – das sind die Fesseln eines Feiglings. Wenn Moussa den Mut nicht hat, den Franzosen entgegenzutreten, so soll er wenigstens aufhören, sich hinter diesen Vorspiegelungen zu verstecken. Vielleicht fließt das französische Blut ja allzu dick in seinen Adern. Vielleicht steht er auch in ihrem Sold.«

Moussa war auf den Beinen, bevor Mahdi reagieren konnte, und die stumpfe Seite seines Schwertes fuhr seinem Cousin an den Kopf. Mit einem Aufschrei taumelte Mahdi betäubt zurück. Aber so schnell, wie er zu Boden ging, kam er auch wieder hoch und zog rasend vor Wut seine Klinge.

»*Halt!*« donnerte der Amenokal, und es wurde still im Zelt. Moussa und Mahdi beäugten einander erbost, aber sie hielten ihren Zorn im Zaum. Ahitagels Stimme traf sie wie ein Peitschenhieb. »In der *djemaa* zu kämpfen ist unverzeihlich!«

»Es ist unverzeihlich, daß er mich einen Verräter nennt«, fauchte Moussa.

»Ein Glückstreffer, Cousin«, zischte Mahdi. »Wir beenden die Sache ...«

»Ihr beendet *gar nichts*«, fuhr der Amenokal dazwischen. »Wir haben jetzt Ärger genug, ohne daß wir unter uns auch noch welchen anrichten.«

Ahitagel war zutiefst beunruhigt. Die Debatte hatte ihm nicht zu einem klaren Kopf verholfen. Zu Beginn dieses Tages hatte er hundert Fragen zu den Franzosen gehabt, aber jetzt hatte er tausend. Sicher war nur, daß dieser unwillkommene Wind aus Frankreich nichts Gutes herüberwehte. Sein Instinkt riet ihm, mit den Eindringlingen skrupellos aufzuräumen, denn wenn er diese Expedition gestattete, würden andere Franzosen ganz sicher folgen. Aber wenn er sie aufhielt, wenn er sie alle töten ließ – würde das Ergebnis dann anders sein? Waren die Franzosen nicht zahlreich und rachsüchtig? Konnte das Volk des Schleiers in einem Krieg allein gegen sie bestehen? In der gesamten bekannten Geschichte war der Hoggar die unverletzliche Heimat der Tuareg gewesen, gefürchtet von allen, die in seine Nähe kamen, ein Reich, in dem die edlen *Ihaggaren* stets die unangefochtenen Herrscher über Karawanen und alle anderen Angelegenheiten gewesen waren. Immer hatten sie dieses Reich verteidigen, es als ihren unbestrittenen Besitz bewahren können. Immer waren sie stärker gewesen als die feindselige Welt, die sie umgab. Immer hatten sie das Gesicht ihres Feindes gekannt und verstanden. Jetzt war all das in Gefahr. Düstere Vorahnungen überkamen ihn, als er nun sah, wie sich Dinge regten, auf die er keinen Einfluß hatte.

Sorgen machte Ahitagel sich auch über das Rätsel des jungen Moussa. Trotz der zehn Jahre, die er im Hoggar verbracht hatte, trotz des Blutes seiner Mutter, die Ahitagels Cousine war – trotz all dem war Moussa immer zum Teil Franzose geblieben. Konnte denn ein Mensch auch an der Tatsache seiner Geburt etwas ändern? Ahitagel glaubte nicht, daß Moussa je die Hand gegen die *Ihaggaren* erheben könnte. Sorgen machte er sich, weil er Moussa auch nicht zutraute, daß er die Hand gegen die Franzosen erhob. Seine Loyalität wäre so sehr gespalten, daß es jedermanns Kräfte überstiege, dagegen zu kämpfen. Seine bloße Anwesenheit konnte schon zu Schwierigkeiten führen. Bereits jetzt zeigte er die Anspannung dieser inneren Zerrissenheit.

»Ich habe eure Argumente gehört«, sagte er der wartenden *djemaa.* »Ich habe noch nicht entschieden, welchen Weg wir einschlagen werden. Zuerst muß ich nach In Salah reiten. Die Türken haben Abgesandte dorthin geschickt, und auch die Italiener. Auch andere haben den Wunsch, unsere Entscheidung zu beeinflussen. Es scheint, daß sich plötzlich alle Welt für Sheik Flatters interessiert. Wir müssen alles mit großer Sorgfalt bedenken, bevor wir unsere Entscheidung treffen.« Mahdi wollte Einwände erheben, aber der Amenokal brachte ihn mit eine Handbewegung zum Schweigen.

»Moussa, es gibt Dinge, die dringend meiner Aufmerksamkeit bedürfen, Dinge, die unser Wohlergehen in anderer Hinsicht berühren. Bedauerlicherweise werde ich anderwärts beschäftigt sein. Ich setze dich daher an meine Stelle. Du wirst nach Admer reiten, um dort mit den Kel Owi zusammenzutreffen und das jährliche Salzgeschäft auszuhandeln. Und es gibt noch anderes zu erledigen, worüber ich heute abend mit dir sprechen werde.«

»Aber, Herr, ich sollte lieber zu den Franzosen reiten! Ich kann mit ihnen sprechen, wie es sonst keiner kann! Ich kann dir helfen zu verstehen, wie sie denken.«

»Wir haben schon früher mit ihnen Arabisch gesprochen«, entgegnete Ahitagel. »Wir werden es wieder tun. Und hör mir gut zu: Nicht wir müssen verstehen, wie sie denken. Sie sind es, die verstehen müssen, wie wir denken. Und jetzt gehorche mir – ich brauche dich in Admer.«

Damit stand er auf und wandte sich zum Gehen. Die Diskussion war beendet.

23.

»Mein Gott, ist das schön!« Paul de Vries stand auf dem Gipfel einer Düne am südlichen Rand jener Welt, die man in Frankreich kannte, und schwelgte im Anblick der endlosen Wüste, die sich vor ihm erstreckte wie eine stille Decke, unter der sich lauter Geheimnisse verbargen. Remy Cavour stand neben ihm. Der Sergeant war stark und stämmig und einen Kopf kleiner als Paul. Er hatte buschiges schwarzes Haar, lodernde Augen und eine dunkle Hautfarbe. Sie hatten sich auf der Überfahrt von Frankreich kennengelernt. Paul fand die anderen Offiziere distanziert, und es fiel ihm schwer, mit ihnen zu reden. Remy war ein respektloser Unteroffizier aus den Slums von Paris, fast in jeder Hinsicht das Gegenteil des jungen Lieutenants und zehn Jahre älter als dieser, aber zwischen den beiden Männern hatte sich ein enges Band gebildet. Remy hatte ihn aufgezogen, als er herausgefunden hatte, daß Paul aus *der* Familie de Vries stammte. »Näher bin ich dem königlichen Adel nie gewesen«, sagte er, »außer einmal, als ich in einen Haufen getreten bin, den das Pferd des Kaisers hatte fallenlassen.«

Hinter ihnen, unterhalb der Düne, sahen sie die Stadt Wargla, eine Oase von über einer halben Million Palmen, ein mächtiger grüner Wald, den man gepflanzt hatte, um die große Sahara in Schach zu halten. Es war die älteste der Sahara-Städte, eine freundliche Ortschaft in einer Ebene aus strahlend weißem Sand. Ein zerklüftetes Plateau erhob sich im Süden und im Westen. Ein Schott, ein meist ausgetrockneter Salzsee, lag im Norden. Das verdunstete Wasser des Schotts hatte schwere Salzablagerungen zurückgelassen, deren Ränder sich beim Trocknen gekräuselt hatten, krustig und hell wie bereifte weiße Korallen, ein angenehmer Kontrast zu den Palmen, die in einem weiten Halbkreis angepflanzt waren. Im Nordosten lag das Ende einer Dünenkette, die zum Großen Östlichen Erg gehörte, dem Dünenmeer der algerischen Sahara.

Die Stadt war zum Schutz vor Plünderern von einem Wassergraben und zwei Mauern umgeben. Im Zentrum lag ein großer, von Kolonnaden umgebener Platz, der als Markt diente. Er war von kleinen Geschäften gesäumt, deren Inneres dunkel und kühl war. An jeder Seite des Platzes stand eine Moschee, überragt von strahlenden Minaretten, von denen die melodischen Worte des Koran durch die Oase wehten, wenn die Muezzins die Gläubigen zum Gebet riefen. An Markttagen fielen Scharen von Leuten aus allen Himmelsrichtungen in die Oase ein. Bauern kamen auf Eselskarren, Nomaden auf Kamelen, andere kamen zu Fuß, manche aus weiter Ferne: eine brodelnde Masse von Menschen, die hier waren, um zu feilschen und zu handeln und sich den heißen Tag zu vertreiben. Der Platz verwandelte sich in einen Jahrmarkt mit Akrobaten und Bettlern, Kaufleuten und Musikern, Schmieden und Zimmerleuten. Man sah Gesichter und Trachten aus der ganzen Wüste, und es gab Szenen, Gerüche und Geräusche, von deren Existenz Paul sich nichts hätte träumen lassen, Speisen, die er nie gekostet, Zauberkunststücke, die er nie gesehen, Musik, die er nie gehört hatte.

»Sie sind ungeduldig, nicht wahr?« Remy sah, wie Paul ins Unbekannte hinausschaute.

»Ich spüre meine Bestimmung da draußen.«

Remy schnaubte. »Nach allem, was ich in der Garnison höre, werden Sie da aber eher Fliegen finden.«

»Fliegen sind besser als dieses Warten. Es ist eine gottserbärmliche Angelegenheit, so eine Karawane auf die Beine zu stellen.« Paul hatte den Auftrag, Teile der Expedition auszurüsten. Eine unschätzbare Hilfe dabei war sein neuer Adjutant Hakim, ein klapperdürrer Shamba, dem die Kleider in Fetzen am Leibe hingen und dessen Zähne vom gezuckerten Tee verfault waren. Er war eher Knabe als Mann, aber er sprach Französisch und Arabisch und wußte anscheinend alles zu finden, was man sich in dem geheimnisvollen Labyrinth dieser Straßen nur wünschen konnte.

Paul arbeitete nach einer Liste, die Colonel Flatters aufgestellt hatte. Dieser überprüfte täglich die Fortschritte, die gemacht worden waren, und beklagte sich über jede Ausgabe. »*Trop cher*!« maulte er unweigerlich, ob etwas teuer war oder nicht, und Paul gelobte jedesmal Besserung.

Aber so hart er auch arbeitete, er kam nur langsam voran. Es war keineswegs einfach, große Einkäufe vorzunehmen, auch wenn Paul angenommen hatte, es sei ein Kinderspiel. Er oder Hakim erkundigten sich in den *souks* nach einer bestimmten Ware, die sie benötigten. Es kamen Rückfragen, und dann machte man sie mit dem entsprechenden Kaufmann bekannt, der seinen ausgezeichneten Ruf in leuchtenden Farben schilderte und Pauls glückliches Schicksal pries, das ihn hergeführt habe. Paul lernte bald, die Kaufleute nach diesen Vorstellungen zu beurteilen: je unangenehmer der Mann, desto funkelnder die Ausdrücke, die seinen guten Namen beschreiben sollten.

Aber mit den Vorstellungen hatte es am ersten Tag auch sein Bewenden. Erst am nächsten Tag besuchten sie den Kaufmann in seinem Geschäft. Dort erörterte er die vorzügliche Qualität seiner Ware und versicherte ihnen, daß sich Besseres in keinem Winkel der Wüste werde finden lassen. Dann bot er ihnen Tee an und erzählte Geschichten aus der Oase. Das war der zweite Tag.

Am dritten Tag – vorausgesetzt, die Bedingungen stimmten – durften Paul und Hakim einen Blick auf die in Frage stehenden Wolldecken oder Schafe oder Vorräte werfen, der Eigentümer aber akzeptierte keinerlei Diskussion über die von ihm erwarteten Komplimente hinaus. In dieser Nacht war es den Käufern überlassen, sich Gedanken über den angemessenen Wert solcher Schätze zu machen. Erst am vierten Tag sprach man über Preise, und zwar in langen, teegetränkten Sitzungen, in denen sich Gelächter mit dem Vorwurf des Mißtrauens oder Zweifeln an der jeweiligen Vorfahrenschaft mischte. Die meisten dieser Verhandlungen führte Hakim. Er war ein geborener Feilscher und hielt leidenschaftliche Reden in galoppierendem Arabisch. Paul war ziemlich sicher, daß Frankreich mit Hakims Hilfe nur das Doppelte von dem ausgab, was die Ware wert war, und nicht das Vier- oder Fünffache, wie es der Fall gewesen wäre, wenn er allein hätte verhandeln müssen.

Es konnte aber noch einen oder zwei volle Tage dauern, ehe man sich auf einen Preis einigte. Dann kam es zu neuen Diskussionen über Mengen und Konditionen. Der Kaufmann stöhnte und rang die Hände und beklagte die bevorstehende Armut, der diese Transaktion ihn und alle seine Nachkommen überantworten werde. Nachdem man sich schließlich auf einen Preis geeinigt hatte, kehrten die Käufer noch einmal zurück, um die endgültige Lieferung zu verabreden, nur um zu erfahren, der Kaufmann habe gehört, daß in einem anderen Souk für dieselbe Ware ein besserer Preis zu erzielen sei; er habe das Geschäft deshalb – und das war das einzige in dem ganzen Verfahren, was jemals wirklich schnell vonstatten ging – abgesagt. Der Colonel platzte vor Wut über das elende Tempo, in dem die Einkäufe für die Karawane vorankamen, und Paul fing wieder von vorn an. Es lag eine aufreizende Vorhersehbarkeit in diesem Prozeß, bei dem Ausdauer mehr zählte als Gerissenheit. Ungeduld zahlte sich niemals aus. Europäische Nichtigkeiten wie Zeit und Effizienz, wie Paul sie für wichtig hielt, hatten in den Souks von Wargla keinen Platz. Je mehr er die Sache zu beschleunigen trachtete, desto langsamer ging alles.

Eines Nachmittags beschwerte er sich darüber, daß Hakim fast eine halbe Stunde gebraucht hatte, um eine Handvoll Datteln zu kaufen, die sie beim Einkaufen essen wollten.

»Oui, patron«, stimmte Hakim liebenswürdig zu. »Aber die Datteln sind jetzt auch besser, wo sie älter sind, finden Sie nicht?«

Paul knurrte, und Hakim mußte über die Aufregung lachen. »Sie werden mir verzeihen, wenn ich das so sage, patron, aber Sie müssen lernen, langsamer zu denken. Entsteht eine Düne denn über Nacht?«

»Nicht, wenn ein Araber aus Wargla sie baut«, sagte Paul.

Tag für Tag verhandelten sie über Schafe, Kamele, Ziegen, Wasserschläuche, Sättel, Datteln, Mehl, Körbe und tausend andere Dinge. Jeden Morgen folgten ihnen Bauern mit leeren Eselskarren, und jeden Abend kehrten sie mit vollbeladenen Karren zurück, und die Esel mußten sich mit aller Kraft ins Geschirr legen, um die Ladung zu bewegen. Stetig füllten sich die Vorratszelte im Lager vor den Mauern der Garnison, dann die Lagerschuppen in der Garnison und schließlich auch die Innenhöfe. Neben dem Lagerplatz befand sich ein stetig wachsender Pferch mit Kamelen und anderen Tieren, die sie kauften. Er platzte bald aus den Nähten von blökendem, stinkendem Vieh, das mit Futter, Wasser und Bewachung versorgt werden mußte. Und während Paul daran arbeitete, rekrutierten andere Offiziere Führer, *tirailleurs* – die algerischen Gewehrschützen – und Shamba-Kameltreiber, und das Datum für den Aufbruch der Karawane rückte immer näher.

Eines Abends nach getaner Arbeit gingen Paul und Remy mit Hakim über den Markt, als Hakim Paul plötzlich am Ärmel festhielt. »*Regardez!*« sagte er eifrig und streckte den Finger aus. In einer Ecke hatte ein Artist eine große Zuschauermenge um sich versammelt. Sie gingen hin und sahen zu, wie der Mann das Gesicht aufwärts wandte und zwei Skorpione über Stirn und Wangen kriechen ließ, die in der weichen Sicherheit seines buschigen schwarzen Bartes verschwinden wollten. Sie bewegten sich behutsam und ein bißchen wacklig. Unvermittelt stieß der Mann einen lauten Schrei aus. Mit blitzartiger Bewegung riß er sich die Skorpione vom Gesicht und warf einen der Menge entgegen, die rasch auseinanderstob. Im selben Augenblick riß er dem zweiten Schwanz und Zangen ab, steckte den sich windenden Körper in den Mund und verspeiste ihn mit sichtlichem Behagen. Es war aufregend und ekelhaft zugleich, und niemand konnte wegschauen. Dabei bemerkte Paul nicht, daß der erste Skorpion eilig zu ihm gekrochen kam. Remy sah es wohl, und ein Grinsen zog über sein Gesicht. Er sagte aber nichts, sondern wich nur ein paar Schritte zurück, um dem Lieutenant den Skorpion zu überlassen. Als Paul das Tier bemerkte, ergriff er die Flucht. Trotz seiner Panik bewegte er sich mit einer gewissen Anmut, aber in seinem Bestreben, wegzukommen, fiel er doch hin und schlug hart auf. Der Skorpion hastete davon, den Schwanz hoch aufgereckt, aber harmlos, denn der Schausteller hatte ihm zuvor den Stachel entfernt. Die Menge war entzückt, daß die Unterhaltung durch einen *kafer* bereichert wurde, sie brüllte vor Heiterkeit, und am lautesten brüllte Remy. Paul rappelte sich auf und klopfte sich den Staub ab, während der Artist den fliehenden Skorpion einfing und in den Mund steckte.

»Erzählen Sie mir noch mal, wie Sie Offizier geworden sind«, sagte Remy. »Eines Tages möchte ich auch einer sein, aber ich glaube, ich werde mir dann andere Lehrgänge aussuchen.«

Wann immer sie Gelegenheit hatten, erforschten Paul und Remy die großen Gärten unter den Palmen und spazierten über die Wege auf den flachen Dämmen, die man zu Bewässerungszwecken angelegt hatte. Die üppigen Palmen spendeten kühlen Schatten; friedliche, saftige Gärten wurden von weißgewandeten

Gestalten gepflegt, die Gemüse auf kleine Esel und Karren luden, um es zum Markt zu schaffen. Zu gern saß Paul da und lauschte mit geschlossenen Augen der Oase. Wasser plätscherte leise durch die schmalen Kanäle, die von Sklaven freigehalten wurden, von Männern mit breiten Schultern und gebeugten Rücken, die bei der Arbeit eintönige Gesänge anstimmten. Ihre Musik mischte sich mit dem Zwitschern der Vögel und dem Rascheln des Windes in den Palmwedeln. Die Oase war von lebendigen Lauten erfüllt, ein wunderbarer Platz, um die Hitze des Tages vergehen zu lassen, während der Markt geschlossen war.

Niemals sahen sie Frauen in den Gassen – immer nur stille, verhüllte Gestalten, die sich in dunklen Hauseingängen oder auf den Dächern der Privathäuser zusammenkauerten, Gestalten, die rasch verschwanden, wenn ein Mann zu ihnen hinüberblickte.

»Von Mexiko bis Italien bin ich mit dieser Armee überall gewesen«, meinte Remy nachdenklich. »Und es gab noch keinen Ort, an dem ich mehr als zwanzig Minuten und eine Flasche Rum brauchte, um einer Frau unter den Rock zu gehen. Aber diese Frauen hier kommen mir vor wie Ausgestoßene. Fast, als ob sie Lepra hätten.«

»Sie sind nicht für die Augen der Männer gedacht.« Hakim zuckte höflich die Achseln. »Für Sie ist es besser, wenn Sie sie gleich vergessen.«

Eines Tages nach dem Mittagessen fand Paul Floop. Er war in einen Laden gegangen, hatte den Kopf eingezogen, um sich in der niedrigen Tür nicht zu stoßen, hatte den Händler begrüßt und angefangen, um ein paar Hühner zu feilschen, die hinter dem Laden in einem Stall hockten. Er fing allein an, entschlossen, sein primitives Arabisch ohne Hakims Hilfe zu verbessern.

Der Händler wirkte aufgeregt und schien ihnen nichts verkaufen zu wollen. Paul verstand nur ein paar Brocken und mußte sich doch an Hakim wenden. Der Adjutant stellte dem Mann Fragen und schien sich ein paarmal mit ihm zu streiten, was den Kaufmann aber nur noch verstockter werden ließ. Sein Tonfall wurde strenger, und schließlich hatte er die Diskussion satt, schlug mit der Faust in die flache Hand und stand auf, um zu zeigen, daß die Debatte beendet sei. Mit sichtlichem Unbehagen wandte Hakim sich Paul zu. »Es tut mir leid, patron«, sagte er verlegen. »Er will seine Hühner nicht verkaufen.«

»Das weiß ich bereits, Hakim. Aber warum will er sie nicht verkaufen?«

Hakim fiel so schnell keine Lüge ein, wie die Höflichkeit sie erfordert hätte. Er mußte die Wahrheit sagen. »Er sagt, es hätte überhaupt keinen Sinn, tote Männer zu füttern. Hühner wären zu rar in Wargla.«

»Sag ihm, ich füttere keine toten Männer«, befahl Paul. »Ich brauche Lebensmittel für die Karawane des Colonels.«

»Das habe ich ihm schon gesagt, patron.«

»Und?«

»Er sagt, das ist dasselbe.«

Es war nicht der erste Kaufmann, der diese Ansicht zum Ausdruck brachte. Überall in Wargla munkelte man, die Expedition sei zum Untergang verurteilt. In den *souks* wurden Wetten abgeschlossen, wie viele Tagereisen weit südlich der letzte Mann sterben werde. Die Gerüchteküche brodelte, aber die meisten Kaufleute interessierten sich nicht für das Schicksal ihrer Ware, sondern für den Ertrag, der mit ihrem Verkauf erzielt werden konnte.

»Wir brauchen die Hühner, Hakim. Biete ihm mehr Geld.«

»Das habe ich schon versucht, patron. Aber der Trottel ist so dumm wie seine Vögel. Er sagt, ihm sind die Hühner lieber als Ihr Geld.«

»Also schön.« Paul sah ein, daß weiteres Drängen nutzlos wäre, und wandte sich zum Gehen. In diesem Augenblick erhob sich hinter dem Laden ein großes Getöse: Hundert Hühner gerieten in Panik. »*Floop!*« Der Kaufmann stieß den Namen hervor wie einen Fluch. Er sprang auf und stürmte nach hinten. Paul und Hakim folgten ihm.

In dem ummauerten Hof herrschte das Chaos. Federn wirbelten durch die Luft, und panisch flatternde Flügel ließen dicke Staubwolken aufsteigen. Der Händler stürzte sich mitten in das Getümmel, schob die Vögel beiseite und fluchte die ganze Zeit. Man hörte ein Japsen, und einen Augenblick später tauchte der Kaufmann auf und hielt einen dürren kleinen Welpen am Genick.

Der Hund wedelte wie wild mit dem Schwanz, und seine Zähne hielten entschlossen ein Huhn fest, daß zweimal so groß war wie er selber.

Der Kaufmann versetzte dem Hündchen einen bösartigen Schlag ins Gesicht. Mit einem Schmerzenskläffen ließ der Hund los und winselte. Der Kaufmann erblickte einen Rohrstock, der in der Ecke lehnte. Er nahm ihn auf und holte aus, um den Dieb damit zu verprügeln.

»*Arrêtez!*«

Paul trat vor. Der Händler blickte auf, den tödlichen Stock über dem Hund gezückt. Er beäugte Paul wachsam und wußte einen Moment lang nicht recht, wie er mit der unwillkommenen Störung fertig werden sollte. Aber Pauls Blick war unmißverständlich, und er beschloß, den Fall auf sich beruhen zu lassen.

Er richtete sich auf, hielt den Welpen beim Nackenfell in die Höhe und stieß eine langgezogene, ausdrucksvolle Tirade hervor. Als er fertig war, warf er Paul den Hund zu und lachte.

Paul fing ihn auf. Der Hund zitterte; er war von Flöhen zerbissen und schaute mit großen Augen zu ihm hoch. Paul schaute Hakim fragend an. »Was hat er gesagt?«

»Er sagt, patron, da er den Hund sowieso umbringen wollte, gibt es keine bessere Möglichkeit, als ihn einem toten Mann zu schenken. Seine Hühner kannst du nicht kaufen, aber den Hund schenkt er dir.«

Paul lachte und hielt das verängstigte Tier hoch. »Nun, Floop«, sagte er, »mindestens einer der Todgeweihten braucht wohl ein Bad.«

Floop war ein plumpes Ding mit einer hübschen goldenen Färbung, aber viel zu schlappen Ohren und riesigen Pfoten. Er war dreckverkrustet, und das Bad ließ er mit gekränkter Miene über sich ergehen. Er folgte Paul überallhin durch die Straßen, kletterte in Körbe und Lebensmittelkisten und mußte mehr als einmal gerettet werden. Bei den Mitgliedern der Expedition war er bald beliebt, und sie verwöhnten ihn mit kleinen Leckerbissen und kraulten ihn an den Ohren. Aber mit Colonel Flatters hätte Paul es sich wegen dieses Hundes beinahe verdorben, und dabei war das Auskommen mit ihm ohnehin schon schwierig genug.

Der Colonel hatte den Agha von Wargla, Abd-el-Kader ben Amar, wichtige Gefolgsleute des Agha und den Hauptmann der örtlichen Garnison zum Essen in sein Zelt eingeladen. Er hatte alles gründlich vorbereitet. Es sollte Musik und den allerbesten Wein geben. Der Colonel persönlich suchte die Schafe aus, die geschlachtet werden sollten, und er gab dem Koch detaillierte Anweisungen. Brame, sein Bursche, deckte trotz der beschränkten Mittel, die ihm zur Verfügung standen, prachtvoll den Tisch.

Man brachte Trinksprüche aus, und der Colonel und seine Gäste nahmen Platz. Der Koch kam mit großem Prunk herein, und der Duft des dampfenden Bratens war unwiderstehlich. Der Colonel hob die Kuppel von der Platte und gestattete sich ein rares Lächeln. Dankend entließ er den Koch und fügte noch hinzu, daß man außerhalb Frankreichs sicher keinen zarteren Hammel finden werde.

Irgendwann im Laufe des Nachmittags hatte Floop entschieden, daß das Zelt des Colonels der beste Unterschlupf im ganzen Lager sei. So war er an der Wache vorbei durch die Zeltklappe geschlüpft und hatte es sich unter der Pritsche des Colonels bequem gemacht. Er war an das Kommen und Gehen in Pauls Zelt gewöhnt und ließ sich daher in seinem Nickerchen nicht stören. Als der Koch aber den Hammel auftrug, war dieser Duft nicht zu ignorieren.

In das Gespräch mit den Gästen vertieft, bemerkte der Colonel den Hund nicht, und bis zu den Tischmanieren war Paul in seinem Hundeunterricht noch nicht gekommen. Floop war groß für einen Welpen und konnte mit den Vorderpfoten an der Tischkante Halt finden – so stand er plötzlich da, die Nase auf den Tisch gereckt, und wedelte in lebhafter Erwartung heftig mit dem Schwanz.

Vor Schreck sprang der Colonel zu hastig auf und stieß mit den Schenkeln unter den Tisch. Der auf diese Weise unterbrochene Schwung genügte, ihn sein Gleichgewicht verlieren zu lassen. Halb sitzend, halb stehend, taumelte er rückwärts und fiel gegen die Holzstange, die das Zeltdach trug. Die Stange brach, das Zelt stürzte ein und nahm den Agha und sein Gefolge, den Hauptmann und seinen Burschen und alles andere mit sich.

Vor dem Zelt glaubte der entsetzte Koch, aus irgendeinem Grund trage sein Essen die Schuld, und panisch suchte er nach der Stelle, wo der Eingang sich befunden hatte. Im Dunkeln herrschte große Verwirrung. Endlich hatte er den Eingang gefunden und rief den Wachtposten zu Hilfe. Zusammen hoben sie die Zeltbahn hoch.

Floop kam durch die Öffnung herausgeschossen und flüchtete in die Nacht, den Hammelbraten des Colonels fest zwischen die Zähne geklemmt.

In den nächsten paar Tagen mußten Paul und Floop sich im Hintergrund halten – Paul, weil er es für ratsam hielt, und Floop, weil er in Pauls Zelt angebunden war und mehr Zeit als sonst mit dem Unterricht verbringen mußte. Paul war nicht einmal sicher, daß der Colonel wußte, wem der Hund gehörte, aber in einem kleinen Lager wie diesem verbreiteten sich solche Kenntnisse rasch. Allerdings wirkte der Colonel nicht saurer als sonst.

Erst ein paar Tage später, in einem Gespräch über den Stand der Bevorratung, kam der Colonel auf die Angelegenheit zu sprechen. Flatters hatte ihn gerade entlassen, und Paul war im Begriff zu gehen.

»Ach, übrigens, Lieutenant«, sagte der Colonel, und Paul blieb stehen und drehte sich um.

»Mon Colonel?«

Flatters kritzelte eine Notiz und ließ den jungen Offizier warten, bis er fertig war. Dann legte er den Federhalter aus der Hand und hob den Kopf. Seine Augen glühten wie Kohlen.

»Wenn ich diesen Hund noch einmal sehe«, sagte Colonel Flatters, »lasse ich ihn erschießen.«

Paul trat von einem Bein aufs andere und wußte nicht, was er sagen sollte. Schließlich nickte er. »Ausgezeichnet, Monsieur le Colonel.«

Natürlich hatte Paul nicht die Absicht, das Tier loszuwerden. Es war nur eine Frage der Ausbildung. Nachts verließ er sein Zelt, sattelte sein Kamel und richtete den Hund auf die Tasche ab. Er setzte ihn mit den Hinterbeinen voran in einen Beutel, der seitlich am Sattel hing. Floop verabscheute das; er wand sich heraus, während Paul ritt, und ließ sich mit einem theatralischen Schmerzenskläffen zu Boden fallen. Paul hob ihn jedesmal wieder geduldig auf und steckte ihn in die Tasche. Er gab ihm Stückchen von Dörrfleisch, streichelte ihn beim Reiten und sprach leise mit ihm, bis der Klang seiner Stimme den Hund beruhigte.

Schließlich war Floop soweit, daß es ihm in der Tasche ganz gut gefiel. An der Seite des Kamels war es warm, und seine Bewegungen waren fließend – genau das Richtige für ein Nickerchen. So fand er schließlich eine bequeme Lage, indem er sich wie ein Mensch auf sein Hinterteil setzte, die Hinterbeine einknickte, die Vorderpfoten auf den Rand der Tasche legte und damit eine Art Kissen formte, auf das er sein Kinn stützen konnte. Das ging ganz gut, fand Paul: Selbst wenn er die Tasche offenließ, sah man von Floop nur eine schwarze Nase zwischen zwei Pfoten.

Hakim sah diesen geduldigen Unterricht mit einiger Verwunderung. So viel Aufwand für einen bloßen Hund, das konnte er nicht verstehen. Der *patron* warf einen Stock weg, so weit er konnte, und dann gab er dem Hund ein tadelloses Stück Fleisch dafür, daß er ihn zurückbrachte. Als er es das erstemal sah, konnte Hakim seine Neugier nicht im Zaum halten. Nonchalant schlenderte er näher heran und schaute verstohlen genauer hin, um zu sehen, was an diesem Stock so Besonderes war. Es war nichts als ein wertloser Palmenstengel. Er konnte nur die Achseln zucken, wie er es immer tat, wenn er sah, daß der Hund Fleisch bekam, weil er sich hinlegte und sich nicht rührte, wenn Paul wegging. Dies verblüffte Hakim mehr als alles andere: Wenn man alle Hunde, die er kannte, dafür belohnen wollte, daß sie sich hinlegten und nicht mehr rührten, dann bliebe für die Menschen von Wargla nichts mehr zu essen übrig.

Einmal fragte Paul den Shamba, was er von dem Hund hielt. Hakim, stets höflich, überlegte einen Moment und antwortete dann mit feierlichem Ernst. »Allah ist mein Zeuge«, sagte er dann, »daß dies eines Tages ein wunderbarer Hund, ja, ein wahrhaft großer Hund sein wird.« Er schwieg und betrachtete Floop. »Aber einstweilen, patron, ist er ein Maul auf großen Füßen.«

Spät abends, wenn Pauls Dienst und Floops Unterricht vorbei waren, unternahmen die beiden lange Spaziergänge. Im Mondschein erkundeten sie die Dünen, kämpften sich durch den weichen, kühlen Sand auf den Gipfel hinauf, wo sie rasteten und schweigend die Schönheit der anderen Dünen ringsum betrachteten, die still und seidig im Mondlicht schimmerten, und dann rannten und purzelten sie in rasendem Wettlauf an der steilen, windabgewandten Seite hinunter.

Pauls Zeit war nie so ausgefüllt gewesen wie hier, obgleich er lernte, die Garnison nach Möglichkeit zu meiden. Die Garnison Wargla lag weiter südlich als jede andere von Frankreich unterhaltene. Die Anspannung der Isolation machte sich bei den Leuten bemerkbar: Sie waren hart und vulgär, ihre Disziplin war lax, und ihre Uniformen waren so verlottert wie ihre Manieren. Zwischen den Männern der Expedition und denen in der Garnison herrschte eine unbehagliche Stimmung, eine unheimliche Anspannung, die an Feindseligkeit grenzte. Paul mußte mindestens einmal täglich dienstlich den Quartiermeister aufsuchen, und er fand die Einstellung des Mannes beunruhigend. Er roch nach Palmwein, und wenn er Paul anstarrte, lag Mitleid in seinen glasigen Augen oder er wandte den Blick ganz ab.

»Stimmt etwas nicht, Sergeant?« fragte Paul ihn schließlich. »Habe ich Sie irgendwie geärgert?«

»Ob was nicht stimmt? Aber ganz und gar nicht, Lieutenant. Ich werde bloß immer so, wenn ich sehe, daß ein Mann unter der Klinge einer Guillotine einpennt. Da mache ich mir Sorgen, daß was schiefgehen könnte«, sagte er schwerzüngig und lachte über seinen eigenen Humor. »Wenn ich Sie wäre, würde ich diese Kisten und Wolldecken vergessen und statt dessen lieber mehr Munition einpacken. Eine *mitrailleuse* wäre meine Gefährtin, da wo Sie hingehen, Lieutenant, nicht ein gottverdammter Schimmel.« Er bezog sich auf die beiden Hengste, die der Colonel als Geschenke mitnahm.

»Sind Sie so sicher, daß wir Schwierigkeiten bekommen werden?«

»Schwierigkeiten? Merde, die Türken haben schon Ihr Todesurteil unterschrieben, und die Tuareg haben es besiegelt. Jeder Pipifax in der Wüste scheint das zu wissen, bloß nicht Ihr Colonel.«

»Sie sind betrunken«, fuhr Paul ihn an. »Ich könnte Sie für diese Unverschämtheit vor ein Kriegsgericht stellen lassen.«

Der Mann wollte sich ausschütten vor Hohn. »Das wäre eine brillante Antwort, Lieutenant. Ich wette, das haben Sie in St. Cyr gelernt. Disziplin und Form und Scheiß auf die Tatsachen.« Er lachte bei sich. »Wie dem auch sei, Lieutenant, ich bin noch nicht betrunken. Nicht so betrunken, wie ich in einer Stunde sein werde. Und wieder eine Stunde später werde ich sternhagelvoll sein. Ich werde kaum noch gehen können. Und danach – nun, wenn ich das Pech haben sollte, morgen früh wieder aufzuwachen, fange ich wieder von vorn an. Ich muß zugeben, daß es mir gefallen könnte, mich an diesem gottverlassenen Ort zu Tode zu saufen. Das ist besser als ein Tuareg-Speer im Bauch. Eins jedenfalls ist sicher, Lieutenant: Keiner von uns beiden wird an Altersschwäche sterben.«

»Die Tuareg sind nicht stark genug, um uns etwas anzuhaben.«

»Hah! Ihre Gewehrschützen sind denen egal. Was Sie nicht sehen, können Sie nicht erschießen. Die warten, bis Sie nicht aufpassen, bis Sie in die andere Richtung gucken. Sie werden glauben, die sind vor Ihnen, aber sie sind hinter Ihnen. Oder Sie werden glauben, sie kommen nachts, aber dann kommen sie mittags. Das einzige, worauf Sie sich bei diesen Schweinen verlassen können, ist, daß sie einen Weg finden werden, Ihnen die Gedärme aus dem Leib zu rupfen, ohne dabei Ihren mächtigen Gewehren in die Quere zu kommen.«

»Le cafard«, sagte Remy später, als Paul ihm von dem Gespräch berichtete. »Wüstenwahnsinn.« Er war noch nie in Afrika gewesen, wohl aber in vielen anderen entlegenen Weltgegenden, und er wußte, was da mit den Männern passierte. »Das kriegen viele. Sie haben nichts zu tun und brüten die ganze Zeit. Ihre Zeit verbringen sie lieber mit einem Maultier als mit einem Araber. Sie sind von der Sonne verbrannt, und sie langweilen sich. Sogar ihre Arschlöcher sind wund vom Sand. Die Zeit behandelt sie schlecht, sie zieht sich hier in die Länge, weil der Schnaps miserabel ist und weil es keine Frauen gibt. Diese Gegend verschleißt sie ganz einfach.«

»Ich werde nie zulassen, daß die Wüste eine solche Wirkung auf mich hat«, sagte Paul. »Vorher fahre ich nach Hause.«

Über so viel naiven Enthusiasmus konnte Remy nur sanft spotten. »Ich glaube, Sie verfallen da ein wenig ins andere Extrem. Mal sehen, ob ich Ihre Ansicht richtig verstanden habe. Auf dem Markt wetteifern Wolken von Fliegen mit Schwärmen von Bettlern um das Vergnügen, Kamelscheiße vermischt mit faulem Gemüse zu fressen. Was sie nicht runterkriegen, sammelt der Koch auf, würzt es schön mit alter Spucke und schmiert es dann auf eine Mischung aus Couscous, Kieselsteinen und Sand. Dann tischt er es Ihnen auf, zum Sechsfachen dessen, was er jemand anderem berechnen würde. Sie wissen, was Sie da essen – Sie *sehen*, wie er es zubereitet –, aber es schmeckt Ihnen trotzdem, weil es exotisch ist.«

»So ungefähr.« Paul lächelte. »*La haute cuisine d'Afrique.*«

Remy brüllte vor Lachen.

Tatsächlich sah Paul die Stadt Wargla mit den staunenden Augen seiner Jugend, und er sah Straßen, die wunderbar waren, lebendig und geheimnisvoll. Jede dunkle Straße führte zu einem Abenteuer, einer Geschichte, einer Sehenswürdigkeit, zu tausend Farben, Sprachen und Gewändern. Wo andere über die Insekten klagten, sah er die Vögel, die über den Palmen kreisten und schwirrten. Wo andere über den fauligen Gestank des Marktes die Nase rümpften, roch er nur den süßen Duft der Gärten. Wenn sie sich über die schrille Gleichförmigkeit der Musik beschwerten, hörte er den Zauberklang magischer Flöten. Am liebsten hätte er aus schierem Glück über die Welt laut gelacht, und er war froh, auf sich selbst gestellt zu sein, frei von den Grenzen, die Paris und seine Mutter ihm gesetzt hatten.

Die Wüste, die er von den Kämmen der Dünen aus sehen konnte, war nicht die Wüste der Garnison, sondern die Wüste aus Serenas Geschichten, ein gewaltiges Bilderbuch voll mit tapferen Kriegern und großartigen Schicksalen. Vielleicht mehr als jeder andere unter denen, die mithalfen, diese große Karawane auf die Beine zu stellen, die da auf der Ebene vor der Stadt Gestalt annahm, fühlte Paul die Geschicke Frankreichs auf seinen Schultern. Er hörte die Glorie in dem kalten Wind, der aus dem Wintersand hereinwehte, eine Glorie, die für alle Zeit verloren war für die traurigen Männer in der Garnison, die sie jetzt hinter sich ließen.

»Erzähl mir von den Tuareg«, sagte Paul am Abend vor dem Aufbruch zu Hakim.

Hakim nickte würdevoll, denn er hatte es gern, wenn man ihn konsultierte. »Es ist zuverlässig bekannt, patron, daß die Sitten bei den Tuareg ausnahmslos abscheulich sind. Sie kopulieren mit Bergschafen, und zwar Männer und Frauen gleichermaßen. Die Männer verhüllen ihre Gesichter, weil sie so häßlich sind, daß selbst ihre Frauen sie nicht anschauen können. Ihre Weiber dagegen sind schamlos und gehen unverschleiert. Sie sind allesamt Diebe und Briganten, jeder einzelne. Auch die Kinder. Allah wohnt nicht in ihren Zelten. Es gibt keine Ehre unter ihnen. Ihre wichtigsten Waffen sind Verrat und Betrug. Sie begrüßen dich offen in ihren Zelten, stehlen dir alles, was du hast, während du von ihrer Gastfreundschaft trinkst, und wenn du schläfst, ermorden sie dich und werfen dich den Geiern hin. Wenn du aber nicht in ihr Zelt kommen willst, erweisen sie dir den Gefallen, dich in deinem eigenen zu ermorden. Ihnen ist es egal. Sie sind abscheulich, patron, abscheulicher noch als *kafers.*« Hakim unterbrach sich und schlug sich die Hand vor den Mund. »Verzeihen Sie mir, patron. Meine Zunge läuft zu schnell und vergißt meinen Verstand. Oder ist es umgekehrt? Ich meinte damit ja nicht …«

Paul lachte über die unbeabsichtigte Beleidigung und winkte ihm fortzufahren.

»Ihr Land ist verzaubert, patron, es ist voll von schrecklichen Ungeheuern und furchtbarer Trockenheit. Mit einer solchen Gegend kann man nur eines anfangen: so schnell wie möglich hindurchziehen und sie dann vergessen. Es ist ein Land der Alpträume und des Todes. Darum haben die Shamba sich nie die Mühe gemacht, es ihnen wegzunehmen. Die Tuareg sind tüchtige Krieger, das ist wahr. Aber mit Ausnahme des Amenokal sind die Besten unter ihnen nicht so tödlich wie die Schwächsten unter den Shamba.«

»Der Amenokal?«

»Oui, patron. Der Sheik. Er ist der Erstgeborene aus einer Verbindung zwischen dem Teufel und einer Tuareg-Hure. Er ist groß wie ein Meharibulle. Seine Arme haben den gleichen Umfang wie die größten Palmen in Wargla. Er hat sechs Finger an jeder Hand.

Er spricht mit *djenoums*, wie kein Sterblicher es kann, und seine Augen sind Kohlen aus dem Feuer der Hölle.«

»Ein bemerkenswerter Mann«, sagte Paul mit leisem Lächeln. Er mußte an Tante Serenas Geschichten über ihren Bruder denken, der keineswegs so zu sein schien, wie Hakim ihn beschrieb.

Hakim rieb heftig den Talisman, der ihn gegen den bösen Blick schützen sollte. »Er kann zwei Speere gleichzeitig werfen, ein jeder so groß wie eine Palme, und damit Melonen durchbohren, die fünfzig Schritte auseinander liegen und so weit weg, daß die meisten Leute sie nicht einmal mehr sehen können. Unter den gebildeteren Menschen der Sahara ist überdies bekannt« – er senkte die Stimme – »daß er zwei Penisse hat.«

»Zwei Penisse? Da muß er ein vielbeschäftigter Mann sein.«

»Oui, patron, das ist er, wenn er nicht gerade Leute ermordet. Der eine ist für seine Frauen, der andere für seine Schafe.«

»Hast du Angst vor ihm?«

Bei dieser Frage richtete Hakim sich auf und holte tief und trotzig Luft. Er besaß weder die Gestalt noch die Neigung dazu, war aber dennoch erfüllt von der Tollkühnheit der Shamba. »Ich habe keine Angst vor irgend jemandem, patron, schon gar nicht vor den Tuareg«, log er. »Außerdem gibt es für einen wahren Sohn des Islam nichts zu fürchten. Allah hat mir das Datum meines Todes bereits auf die Stirn geschrieben. An diesem Tag werde ich sterben, sei es durch den Biß einer Viper, sei es durch das Schwert eines Feindes. Aber bis zu diesem Tag, patron, kann mir nichts geschehen. Wovor also sollte ich Angst haben?« Sein Gesicht leuchtete in der schlichten Gewißheit seines Glaubens. Er unterließ es allerdings zu erwähnen, daß es vielleicht nicht ratsam sei, das Schicksal ungebührlich zu beschleunigen, indem man die Tuareg in Versuchung führte.

24.

»Wir haben letzte Nacht wieder vier Kamele verloren, Colonel«, meldete Paul. Auch im Halbdunkel des Zeltes sah er, daß die Augen seines Vorgesetzten wütend aufblitzten. Ein Besuch beim Colonel, auch wenn es um Kleinigkeiten ging, war ohne Zweifel die unangenehmste Aufgabe im Tageslauf eines Offiziers. Sein Jähzorn loderte wie die Sonne, und seine Wutanfälle waren beängstigend.

»Und was soll ich jetzt tun, Lieutenant? Was hätten Sie gern? Gibt es bei toten Kamelen etwas, womit Sie nicht allein fertig werden?«

»Nein, Colonel, natürlich nicht. Ich dachte nur, Sie möchten es gern wissen. Sie sind bereits zerlegt. Das macht bisher insgesamt zweiunddreißig.«

»Sie stellen meine Geduld auf eine harte Probe, de Vries. Ich kann genauso gut zählen wie jeder andere.«

»Jawohl, Colonel.«

»Achten Sie darauf, daß die Führer das Fleisch nicht an eine andere Karawane verkaufen. Sie haben die Kamele wahrscheinlich vergiftet, um ein paar *Sous* zu verdienen.« Der Colonel hatte sich hingelegt; er versuchte, die Feuerqualen des Ischiasschmerzes zu lindern, der an seiner Hüfte hinabstrahlte. Plötzlich erstarrte er. »Holen Sie Brame«, keuchte er.

Paul suchte den Burschen des Colonels, und der seufzte, als er hörte, daß er kommen sollte. »Wieder eine Spritze«, knurrte er. Unter den Offizieren war es inzwischen ein offenes Geheimnis. Der Colonel traute weder seinen Offizieren noch seinen Führern noch sonst jemandem. Der einzige Gefährte, dem er vertraute, war das Morphium.

Ein solches Geheimnis konnte man in Frankreich bewahren – sogar noch in Wargla. Aber auf einer Reise, die man in enger Gemeinschaft verbrachte, welkte es rasch dahin. Wenn die Karawane in Bewegung war, ritt Flatters auf seinem großen weißen Kamel allein vor der Expedition. Steif saß er da und litt Höllenqualen und lehnte jede Gesellschaft ab. Im Lager kam er kaum je aus seinem Zelt. Seine Stimmungen schwankten wie die Temperaturen zwischen Feuer und Eis. Er konnte freundlich sein, aber auch wild. Entscheidungen schienen ihm schwerzufallen. In einfachen Dingen, die eigentlich nicht viel Nachdenken erfordern sollten, schien er sich völlig zu verheddern. Seine Augen waren oft glasig, sein Blick in weite Ferne gerichtet. Er wanderte allein zwischen Dünen und Felsen, schlurfte schmerzgepeinigt umher und murmelte vor sich hin. Wenn Paul oder andere Offiziere mit ihm sprachen, hörte er kaum zu. Die Offiziere bemühten sich, mit ihren Angelegenheiten die günstigsten Augenblicke bei ihm abzupassen, und kamen nach Möglichkeit dann, wenn er gerade eine seiner Spritzen bekommen hatte, aber Probleme, die auf dem Marsch entstanden, ließen sich nicht immer so säuberlich regeln.

Es war Remy, der das Unaussprechliche bei Paul, seinem vorgesetzten Offizier, ausgesprochen hatte. Nur das Band zwischen ihnen und die gute Absicht, mit der er die Sache zur Sprache brachte, verhinderten, daß Paul ihn tadelte, und tatsächlich hatte er auch nur Pauls eigenen Befürchtungen Ausdruck verliehen.

»Der Colonel hätte in Paris bleiben sollen«, knurrte Remy, als Brame im Zelt verschwand. »Ich weiß nicht, weshalb er mit seinem Kreuz so etwas versuchen mußte. Er hat offensichtlich einen starken Willen, aber dieses Morphium könnte für uns alle den Tod bedeuten.«

Paul nickte düster. »Die halbe Zeit ist er nicht bei Sinnen und die übrige Zeit unmöglich.«

»Gestern hat er mir innerhalb einer Stunde dreimal gesagt, ich sollte sein Kamel satteln lassen, und nachher konnte er sich jedesmal nicht erinnern«, erzählte Remy. »Ich habe gehört, wie er Brame fragte, wer das getan hätte. Dann hat er sein Journal verloren – das, in dem er die ganze Nacht herumkritzelt. Er hat ein höllisches Theater gemacht. Hat sein ganzes Zelt auf den Kopf gestellt. Es war aber die ganze Zeit in seiner Satteltasche. Da hat er Brame beschuldigt, er hätte es versteckt.«

Widerstrebend gelangte Paul zu der Erkenntnis, daß der Colonel dienstuntauglich war. »Wir übrigen müssen eben einfach für Ausgleich sorgen.« Der zweithöchste Offizier nach dem Colonel war Capitaine Masson. Lieutenant Dianous, der Paul rangmäßig am nächsten stand, war kühl, aber tüchtig. Pobéguin und Dennéry waren Unteroffiziere mit einer gewaltigen Wüstenerfahrung. Und Remy war natürlich auch noch da. Er wußte nichts über die Sahara, aber er war ein kampfgestählter Soldat mit einem guten Instinkt.

»Das mußte ich schon öfter tun«, sagte Remy jetzt. »Eine böse Sache. Ebensogut könnte man erwarten, daß der Körper seinen Dienst weiter tut, wenn die Guillotine ihre Arbeit erledigt hat.«

Ende Januar war die Expedition Hunderte von Kilometern weit südlich von Wargla vorgedrungen. Die Ingenieure machten ihre Vermessungsarbeit und führten endlose Aufzeichnungen über das Gelände. Abends saßen sie über ihre Tische gebeugt und fixierten ihre Position auf den detaillierten Landkarten, die sie zeichneten.

Sie kamen an der Schlucht von Amguid vorbei, ohne daß sie ein Zeichen oder eine Nachricht von den Tuareg erhalten hätten, deren Gebiet sie jetzt ohne Erlaubnis betraten. Sie hatten schon vor geraumer Zeit erwartet, Kontakt mit ihnen zu bekommen; die Führer hatten sie in ein Territorium geführt, in dem selbst sie sich nicht genau auskannten. Das Schweigen der Tuareg rief Aberglauben und Angst hervor. Nachts waren die Shamba nervös, die *tirailleurs* wachsam. Es galt als gefährlich, nachts außerhalb des Lagers spazierenzugehen. Man schoß in wilder Panik auf Gespenster und Angstschemen. Wenn sie in der Nähe der Dünen lagerten und der Wind wehte, hörte man ein seltsames Summen im Dunkeln über dem fernen Sand. »Das ist das Gelächter der *djenoum*«, behaupteten die Shamba. »Das Heulen des Todesengels.« Der Wüstenboden vor ihnen war voller Spuren, die darauf hindeuteten, daß ihnen eine große Gruppe von Reitern vorausgeritten war. Spekulationen schossen ins Kraut. »Das sind die Tuareg«, brummte Remy. »Wieso zeigen sie sich nicht? Sie spielen mit uns.«

Wochen waren so vergangen. Die Führer, Iforass Tuareg, die man in Wargla angeheuert hatte, blieben unter sich. Sie kamen aus dem Südwesten zwischen Gao und Timbuktu und unterhielten eigentlich freundschaftliche Beziehungen zu den Hoggar Tuareg. Aber weil selbst sie einen Hinterhalt fürchteten, gaben sie sich verschlossen, beinahe mürrisch. Bei den Brunnen von El Hadjadj erhob der Führer einer Karawane, die ihnen entgegenkam, warnend den Finger gegen den Colonel. »Ahitagel betrachtet alle Ausländer mit Haß, und eure Mission sieht er mit Argwohn«, sagte er. »Ihr wäret klug beraten, wenn ihr dahin zurückkehrtet, woher ihr gekommen seid.«

»Unfug«, sagte der Colonel an diesem Abend zu seinen Offizieren. »Botschaft um Botschaft hat dem Amenokal versichert, daß wir keine bösen Absichten haben. Er wird uns durchziehen lassen. Wir sind zu weit vorgedrungen, als daß es noch anders sein könnte. Wir werden weiterziehen.«

»Die Moral der *tirailleurs* ist schlecht, Colonel«, sagte Capitaine Masson. »Einige mußten bereits gerügt werden, weil sie dafür eintraten, daß wir umkehren ...«

»Ich will das nicht hören!« kreischte der Colonel, und seine Unterlippe zitterte vor Wut. »Zum Teufel mit ihrer Moral! Sorgen Sie dafür, daß sie ihre schmutzigen Zungen im Zaum halten! Sie werden jeden erschießen, der noch einmal so redet! Verstanden?« brüllte er seine Offiziere an. »*Haben Sie verstanden?*«

Zwei Tage später kam die Antwort des Amenokal. Sie folgte den acht Iforass Tuareg auf den Fersen. Normalerweise ritten die Führer weit vor der Expedition – kaum erkennbare Punkte am Horizont. Capitaine Masson sah etwas und zügelte sein Tier. Er überschattete seine Augen und spähte voraus. Die Führer waren nicht mehr in weiter Ferne, sondern kamen auf ihn zugeritten, alle acht, und sie wurden rasch größer, als sie näher kamen. Noch nie hatten sie so etwas getan. Der Capitaine regelte die Schärfe an seinem Feldstecher und spähte zum Horizont. Die Führer ließen ihre Meharis in schnellem Trab laufen und wirbelten graue Staubwolken auf. Der Colonel kam an seine Seite geritten, und auch die anderen Offiziere, Dianous und de Vries, hielten neben ihm an.

»Wie es aussieht«, sagte Masson und schaute durch sein Fernglas, »begegnen wir jetzt dem Amenokal. Zweiunddreißig Mann, schwer bewaffnet. Lanzen, Schilde, Schwerter. Ich glaube, auch ein paar Gewehre. Was noch, kann ich nicht erkennen.«

Hinter den Führern, aber schon sehr viel näher, sah man eine gespenstisch hoch aufragende Linie in Blau und Gold. Aus der Ferne sahen sie unwirklich aus, wie aus einer anderen Welt; die heiße Luft ließ ihre Gestalten flimmern und verwehen. Der Capitaine reichte Colonel Flatters das Glas.

»Lassen Sie die *tirailleurs* nach vorn kommen. Säbel einstecken. Karawane aufschließen lassen.«

»Dianous, de Vries, kümmern Sie sich darum.«

Mit rasendem Puls setzten die beiden Lieutenants sich gleichzeitig in Bewegung und gaben die entsprechenden Befehle an Cavour, Dennéry und Pobéguin weiter. Zu fünft ritten sie an der langen Kolonne von Männern und Tieren entlang nach hinten, brüllten Anweisungen und brachten die Karawane in Ordnung. Die Nachricht vom Kommen der Tuareg flog wie ein Blitz durch die Reihen. Die Gewehrschützen traten hinter den Offizieren in einer Reihe im rechten Winkel zur Karawane hinter ihnen an und bemühten sich unter chaotischem Gebrüll, ihre Reihen zu schließen. Die Kameltreiber scheuchten ihre Packtiere unter Flüchen zu einer dichtgedrängten Gruppe hinter die *tirailleurs*, während sie durcheinanderschrien und versuchten, sich hastig zu ordnen. Es war ein lautstarkes Manöver, aber schnell durchgeführt. Monatelang hatten sie kaum von etwas anderem geredet als von den Männern, die jetzt auf sie zugeritten kamen. Jetzt, da sie ihnen von Angesicht zu Angesicht begegnen sollten, lief alles ab wie hundertmal geprobt.

Die Front der Tuareg war noch zehn Meter von den Franzosen entfernt, als einer, der an der rechten Seite ritt, anhielt. Die andern taten es ebenfalls, und die Reihe stand wie ein Mann. Die Staubwolke, die sie aufwirbelten, verschluckte die Gruppe fast vollständig.

Paul schaute aufmerksam zu, als die beiden Formationen zur Ruhe kamen. Nur die Kamele bewegten sich, schoben sich zurecht, schnaubten und reckten die Hälse. Die Männer saßen auf beiden Seiten bewegungslos im Sattel und musterten sich gegenseitig. Der Staub verwehte endlich, die Kamele beruhigten sich, und dann war es still.

Der Colonel saß aufrecht auf seinem großen weißen Reittier, und der Paradedegen hing an seiner Seite. Er trug keine Waffen außer einer Pistole in seinem Halfter. Seine Offiziere waren hinter ihm, fast in der Mitte. Dahinter warteten in langer Linie die algerischen *tirailleurs* wachsam und voller Unbehagen. Sie trugen keine Uniformen, sondern die Wüstenkleidung, an die sie gewöhnt waren. Die meisten hatten Turbane auf, die vielleicht einmal weiß gewesen, aber so selten gewaschen worden waren, daß sie inzwischen hellere und dunklere Brauntöne aufwiesen. Andere hatten den roten Fez schief auf dem Kopf sitzen, und einige hatten sich nur zerfetzte Lumpen um die Schädel gewickelt. Ihre Gewänder waren ebenso unterschiedlich: Von Wolldecken, die sie sich um die Schultern geworfen hatten, über grobe Baumwollhemden bis zu europäischen Hemden mit Kragen und Knöpfen sah man alles. Ihre Hosen waren Pluderhosen mit tiefsitzendem Schritt, meist von dunkler Farbe. An den Füßen trugen sie Sandalen oder überhaupt keine Schuhe. Die meisten hatten Sättel, simple Konstruktionen aus Weidengeflecht, die vor den Kamelhöckern saßen; die Vorderkanten waren erhöht, um für eine ebene Sitzfläche zu sorgen. Durch die Vielfalt an schmutzigen Kostümen sahen sie aus wie eine bunt zusammengewürfelte Bande von Strauchdieben. Nur ihre Gesichter, hart und von der Wüste verwittert, straften diesen Eindruck Lügen, die Gesichter und ihre Gras-Karabiner, deren tödliche schwarze Läufe matt in der Sonne blinkten. Hinter den *tirailleurs* standen die Shamba-Kameltreiber, die Herren der nördlichen Wüsten, der *Haab el Reeh*, der »Hauch des Windes«, die Todfeinde der Tuareg.

Paul war fasziniert von dem Kontrast zwischen den beiden Linien. Die Tuareg hatten nichts Abgerissenes an sich. In stolzer, gerader Linie saßen die blauen Männer der Sahara auf ihren Kamelen, die Hoggar Tuareg, die edlen *Ihaggaren*, groß und prächtig, in Schwarz und Indigo gehüllt. Bis auf den letzten Mann hatten sie ihre Gesichter verhüllt; Schleier waren über Mund und Nase hochgezogen. Während die meisten Shamba ihren Turban lässig anlegten, als sei es ihnen erst nachträglich eingefallen, trugen die Tuareg den ihren wie einen kunstreichen Schmuck. Die langen Baumwollbahnen waren in unterschiedlichen Farben reich gefärbt, aber alle waren dunkel. Viele Meter des weichen Materials trugen sie um den Kopf und unter dem Kinn hindurch geschlungen, und die Enden waren über die Schultern drapiert oder hingen in eleganten Falten vorn auf der Brust. Ihre Haut, soweit man sie sehen konnte, war heller als die der Algerier, die ihnen gegenüberstanden. Ihre Augen, blau und grau und braun in allen Schattierungen, waren so gut wie alles, was man von ihnen sehen konnte. Viele trugen weite blaue Mäntel, die an den Schultern ein Loch für Hals und Arme hatten, aber vorn offen waren; die Ränder und Säume waren zierlich umstickt. Andere hatten prachtvoll geschmückte Umhänge, die ihnen bis auf die Waden herabhingen. Wegen dieser Gewänder waren die Hosen kaum zu sehen, aber sie waren von dunkler Farbe und lang. Ihre Füße steckten in ledernen Sandalen.

Mehr als die Hälfte der Tuareg trugen Gewehre, aber ihre Waffen waren mit den Gras-Karabinern kaum zu vergleichen. Läufe mit vielfältigem Kaliber tanzten in der Sonne: alte Vorderlader, Steinschloß- und Perkussionsgewehre, einige fast hundert Jahre alt. Von den Gewehren abgesehen, war ihre Bewaffnung gleichförmiger. Sie hatten Schilde aus zähem Antilopenfell, fein gepunzt und straff über einen Holzrahmen gespannt, und Lanzen, deren Messingspitzen zum Himmel wiesen, während die langen Holzschäfte mit verschlungen geschnitzten Linienmustern verziert waren. Alle trugen Schwerter, groß und zweischneidig, in ledernen Scheiden. Dolche steckten unter jedem Gewand, an den Unterarm geschnallt oder in einer Scheide um den Hals gehängt. Säbel hingen den Schwertern gegenüber; ihre Klingen waren lang und gebogen: Waffen zum Schlagen und Schneiden.

Ihre Zahl betrug nur ein Drittel der französischen Expedition, aber mit ihrer schieren Präsenz überwältigten sie den viel größeren Zug. Paul sah die Männer, die die Geschichten seiner Kindheit bevölkerten, und sie waren genau so, wie er sie sich vorgestellt hatte. Sie sahen furchterregend und wild aus, stolz bis zur Arroganz, Aristokraten der Sahara. Während die Franzosen einfach auf ihren Kamelen saßen, thronten die Tuareg auf den ihren. Paul sah, weshalb sie ihren Feinden so viel Angst einflößten. Auf ihren prachtvollen Renn-Meharis und mit ihren furchtbaren Waffen erschienen sie überlebensgroß und unbesiegbar. Daß man ihre Gesichter nicht sehen konnte, verstärkte noch die Ehrfurcht und gab der Angst Nahrung.

Paul saß starr im Sattel und studierte diese Augen Paar für Paar und suchte nach irgend etwas, das ihm vertraut vorkam. Sein Blick wanderte an der Reihe entlang, von einem Augenschlitz zum andern. Ein Paar war grau, eines blau, eines undefinierbar.

Paul fragte sich, ob er Moussas Augen nach so langer Zeit überhaupt erkennen würde. Wenn Moussa unter ihnen war, so gab er sich nicht zu erkennen.

Einer der Tuareg kam langsam heran. Es war derselbe Mann, der sie hatte anhalten lassen. Rangunterschiede waren bei ihnen nicht zu erkennen, nur daß dieser Mann eine Trommel hinten am Sattel hängen hatte. Das war die *tobol*, die Trommel der Autorität. Er trieb sein Kamel mit den Fersen voran, und der Colonel lockerte seinem Reittier die Zügel, so daß es sich ebenfalls in Bewegung setzte. Dabei sagte er beinahe unhörbar leise. »Madani – vorwärts.«

El Madani verließ seine Position in den Reihen der *tirailleurs*, kam an Flatters' linke Seite und hielt sich ein kleines Stück weit zurück. Der Colonel sprach Arabisch, aber er benutzte gern einen Dolmetscher, um sicherzugehen, daß er keine Bedeutungsschattierung überhörte. El Madani war ein ergrauter Unteroffizier, ein Veteran, dessen Vater Kaufmann in Akabli gewesen war, einem Ort, wo sich die Karawanenstraßen kreuzten. Als Junge hatte er die Sprache der Tuareg erlernt, die er auch lesen konnte, und sein Französisch war makellos.

Der Targui sprach als erster. »Ich bin Attici«, sagte er. »Ich überbringe Grüße vom Herrn Amenokal.«

Während El Madani diese Worte für Colonel Flatters wiederholte, griff Attici unter sein Gewand und zog ein Papier hervor, zusammengerollt und mit einem feinen Lederband verschnürt. Er beugte sich vor, ignorierte Madanis ausgestreckte Hand und reichte Flatters das Dokument. Schweigend wartete er, während der Colonel es öffnete. Die Botschaft war mit Tinte aus Kamelurin und Holzkohle geschrieben. Der Colonel warf einen Blick auf die Worte und reichte das Blatt dann El Madani.

Während der *tirailleur* es studierte, sagte Flatters: »Ich bin Lieutenant Colonel Paul Flatters und bringe friedliche Grüße und Geschenke der Republik Frankreich für den Amenokal und das Volk des Hoggar.«

El Madani blickte von seiner Lektüre auf und übersetzte, und dabei fügte er dem Namen des Amenokal ein »Herr« hinzu. Als er damit fertig war, las er dem Colonel die Botschaft vor.

»Die Straße nach Süden ist nicht sicher. Es gibt dort Schwierigkeiten. Die Sudanesen haben eine ganze Karawane aus Tripolis erschlagen, weil sie glaubten, es seien Christen dabei. Nehmt daher den direkten Weg, denn uns liegt nichts daran, euch in unsere *ariwans* kommen zu sehen.«

Attici ergriff wieder das Wort. »Der Herr Amenokal ist im Süden in der Gegend von Abalessa«, sagte er. »Er schickt seinen tüchtigen Gesandten Chikkat, der euch durch den Hoggar führen wird.« Attici deutete auf den Führer, der in der Reihe der Tuareg stand. »Er kennt den Weg ebensogut wie Ahitagel selbst. Er und drei andere werden euch führen. Eure eigenen Führer sind nicht willkommen. Sie müssen sofort umkehren.«

Keiner der Iforass rührte sich. Sie hatten so etwas erwartet.

»Wir sind einverstanden«, sagte El Madani für den Colonel, »und wir danken euch für eure Gastfreundschaft.«

Paul trieb sein Mehari nach vorn und hielt neben dem Colonel. Er sprach so leise, daß nicht einmal Madani es hörte. Soweit Paul wußte, ahnte außer dem Colonel niemand, daß er womöglich Verwandte unter den Tuareg hatte, und das sollte einstweilen auch so bleiben. »Ich bitte um Vergebung, Monsieur, aber könnten Sie sich nicht nach meiner Tante und meinem Cousin erkundigen? Ich könnte mir denken, es wäre nützlich ...«

»Nicht jetzt, de Vries«, blaffte Flatters. »Später, wenn wir in der Nähe ihrer Lager sind.«

»Selbstverständlich, Monsieur le Colonel.«

Paul kehrte an seinen Platz zurück, während El Madani die Tuareg einlud, etwas zu essen. »Der Colonel gibt sich die Ehre, euch einzuladen, bei uns zu bleiben und –«

Ohne den Rest abzuwarten, ritt Attici unvermittelt durch die Reihe der *tirailleurs* und hielt vor zwei prachtvollen gelben Tibesti-Kamelstuten. Sie wurden von einem Shamba geführt, der ihm mit unverhohlenem Haß entgegenstarrte.

»Das sind die Geschenke für den Herrn Amenokal«, sagte Attici. Es war eine Feststellung, keine Frage.

»Der Colonel übergibt die Kamele und Pferde persönlich ...«, begann El Madani, aber Attici hatte bereits die Zügel ergriffen und führte die Kamele davon. Der Shamba wollte sich ihm in den Weg stellen, aber der Colonel winkte ab. Ohne auf die Einladung zu antworten oder sich für die Geschenke zu bedanken, ritt Attici durch die Reihe seiner Leute zurück. Bis auf vier – die neuen Führer – wendeten alle ihre Kamele und folgten ihm, und die Tuareg waren ebenso schnell verschwunden, wie sie aufgetaucht waren.

»Freche Hunde«, sagte Remy.

Die Iforass drängten sich um Pobéguin, um ihren Sold zu kassieren, und dann verschwanden auch sie, und zwar nach Westen.

Es ging alles so schnell, staunte Paul.

Und fast ebenso schnell war auch der Pessimismus, der sich in der Karawane breitgemacht hatte, verflogen. Ihre Zweifel an ihrem Colonel waren unbegründet. Der Mann wußte also doch, was er tat. Die Tuareg hatten geantwortet.

Die Tuareg hatten ja gesagt.

Der Platz zum Töten war sorgsam ausgewählt. Mahdi hockte blinzelnd in der gleißenden Sonne. Sein geübtes Auge durchstreifte das Amphitheater aus Felsgestein mit den Tamariskenbäumen auf dem Grund. Es lag in der Nähe jenes Brunnens, der Tadjenout tin Tarbine hieß. Sie würden ihr Lager im Westen aufschlagen, jenseits des Höhenzuges, wo man sie nicht sehen würde. Von dort könnten sie nach Belieben in die Arena eindringen, denn verborgene Felsspalten ermöglichten den unbemerkten Zutritt und gaben die nötige Deckung.

Seine Hand ruhte auf dem Schwert in seiner prachtvollen Scheide. Die Lederumwickelung des Griffs war glatt und abgegriffen. Seine Hand fühlte sich dort wohl, sehr viel wohler als am Gewehr. *Gewehre.* Waffen für Feiglinge. Aber Attici hatte darauf bestanden, und Attici war der *agg ettebel*, der Mann, der in der Erbfolge eines Tages dem Amenokal nachfolgen würde, und sein Wort hatte das meiste Gewicht in der Diskussion gehabt.

Mahdi war es zufrieden. Für die Sünde ihres arroganten Eindringens würde die vorrückende französische Expedition einen hohen Preis bezahlen. Tadjenout eignete sich perfekt dafür. Tamrit und Attici würden erfreut sein.

Zum ersten Mal seit Wochen empfand Mahdi Zufriedenheit. Seit der *djemaa* in Abalessa hatte er gebrütet. An dem Abend, als

Daia zu ihm gekommen war, hatte er sie mit Freude im Herzen begrüßt. Er hatte sie mit Geschenken überschüttet, die er mit so großer Sorgfalt beschafft hatte: Ohrringe aus dem Haussaland, ein Gewand aus Timbuktu. Es hatte ihm große Freude gemacht, sie ihr zu geben, und er hatte erwartet … nun, jedenfalls mehr als kühlen Gleichmut. Und dann, als es Nacht geworden war und das Feuer gelodert hatte, da hatte er es zum ersten Mal gesehen. Er war im Umgang mit Frauen nicht sonderlich gewitzt – unbeholfen war er und konnte nicht hoffen, ihre Geheimnisse je zu ergründen. Aber wenn er Daias sehnsuchtsvolle Blicke sah, brauchte er keine Gewitztheit, um zu erkennen, daß sie nicht für ihn bestimmt waren. Moussa saß abseits im Gespräch mit seinem Freund Taher und trank Tee. Daia schien er gar nicht wahrzunehmen. Als Mahdi ihren Blick das erste Mal sah, war sie so diskret, daß es ihm fast entgangen wäre. Dann beobachtete er sie aufmerksamer, bis er sicher sein konnte, daß es kein Zufall war. Sie bemühte sich, es zu verbergen, aber vor Mahdi, der sie anbetete und dem alle ihre Blicke und Bewegungen schmerzlich bewußt waren, konnte sie es nicht verheimlichen. Sogleich machte er sich Sorgen, weil er befürchtete, daß auch alle andern es sehen könnten, und Wut und heiße Scham überkamen ihn. Aber auch wenn er innerlich kochte, zwang er sich zur Geduld.

Mahdi hatte nicht geahnt, daß ein bloßer Ausdruck im Blick eines Weibes ihm solchen Schmerz bereiten könnte. Er war beschämt und wütend zugleich. Wie konnte eine Frau solch eine Wirkung auf ihn haben? Es war ein hilfloser, dumpfer Schmerz, den er verspürte, wenn sie die Klinge ihrer Gleichgültigkeit in seiner Wunde herumdrehte. Er besaß keine Waffe, mit der er gegen einen solchen Blick, ein solches Gefühl hätte ankämpfen können. Er versuchte es mit seiner Willenskraft zu vertreiben, aber es wollte ihn nicht verlassen. Er versuchte ihre Aufmerksamkeit auf sich zu ziehen und dann interessante Dinge zu sagen, witzige und intelligente Dinge, und sie hörte höflich zu. Aber er wußte, daß er sich gezwungen benahm, daß er überhaupt nicht interessant war, daß sie nur höflich reagierte.

Seine Hand klammerte sich fest um den Schwertgriff. Sollte er Moussa umbringen? Es wäre ein Kinderspiel, ihn mitten in der

Nacht zu beseitigen und gewisse Spuren zu hinterlassen, die auf Shamba hindeuteten, so daß sie nichts ahnen würde. *Nein.* Undenkbar. Er war nicht dazu geboren, zuzuschlagen wie ein Feigling. Er würde ihn in einem anständigen Kampf sauber töten – und früher oder später würde er es in Anbetracht des Schlages, den Moussa ihm in der *djemaa* verpaßt hatte, ohnehin tun müssen. Er würde offen reagieren, ehrenvoll. Daß er Moussa im Einzelkampf besiegen würde, daran zweifelte er nicht. Aber Moussa schien Daias Blicke gar nicht zu bemerken, und er erwiderte sie auch nicht. Oder schmiedete er Ränke hinter seinem Schleier? Schlichen sie sich nachts hinaus und machten sich über ihn lustig? Hielten sie ihn mit ihrem grausamen Spaß zum Narren?

»Ich habe deinen Blick gesehen«, sagte er zu ihr, als sie schließlich allein waren; seine Augen schauten verletzt, und seine demütige Stimme paßte nicht zu einem Mann, der so aufbrausend war.

»Ich verstehe nicht, was du meinst«, log Daia, und sein Vorwurf ließ ihr Herz schneller klopfen. War sie so leicht zu durchschauen?

»Heute abend im Lager«, sagte Mahdi, »beim Essen, sogar als wir beide miteinander sprachen, konntest du den Blick nicht wenden ... von *ihm.*«

»Du bildest dir etwas ein«, sagte sie und wurde rot. »Ich habe mich dir verlobt, Mahdi. Habe ich das nicht gesagt?«

»Doch, aber du schaust mich nicht mit den gleichen Augen an, Daia. Dein Herz lebt nicht im Einklang mit deinen Worten. Ich werde ihn töten und die Sache so erledigen.«

»*Nein! Das darfst du nicht!*« sagte sie eine Spur zu hastig. Sie wußte, daß er sie einzuschätzen versuchte, aber sie konnte nicht anders. Sie fürchtete um Moussas Leben. Mahdi hatte schon aus geringfügigeren Gründen getötet. Irgendwie war das alles zu weit gegangen. Ihr Herz war ihr vorausgeeilt, und sie war ihm gefolgt, und jetzt stand alles auf dem Spiel, was ihr lieb und teuer war. War sie denn eine so leichtfertige Frau? So leicht von ihrem Weg abzubringen?

Und in diesem Augenblick wußte sie, daß sie die Sehnsüchte ihres Herzens beiseite schieben, daß sie ihre verbotenen Gedanken aufgeben und sich ihrer Ehre erinnern mußte, daß sie tun mußte, was sie gelobt hatte. *Ich darf diesen Weg nicht weitergehen*, warnte sie sich selbst. *Ich werde Mahdi nicht betrügen. Auch werde ich Moussa nicht in Gefahr bringen, dem ich anscheinend ohnehin gleichgültig bin. Ich habe meine Entscheidung getroffen.*

»Er hat nichts getan, was deinen Zorn verdiente, Mahdi. Laß ihn in Frieden.«

»Als du mit ihm von Ideles hierhergereist bist ...?« Er brauchte die Frage nicht zu vollenden, sie wußten beide, worum es ging.

Sie beschloß, ihn zu belügen, die Sache zu beenden und für alle Zeit hinter sich zu lassen.

»Es war nichts als eine Reise. Wir sind zusammen geritten, Mahdi, von einem Ort zum andern. Moussa hat sich ehrenhaft benommen. Das ist die Wahrheit. Ich habe mich dir versprochen, und so soll es auch sein.«

Er hörte die Festigkeit in ihrem Ton, und doch glaubte er ihr nicht.

»Ich verbiete dir, noch einmal mit ihm zu reisen.«

Jetzt brauste Daia doch auf. »Du *verbietest* es? Sind das die Lehren, die deine Senussi dir predigen? Verschwindest du deswegen manchmal wochenlang mit ihnen – um zu lernen, wie sie mit Frauen umgehen? Würdest du den Koran gegen dein Weib schwingen wie eine Keule? Ich bin kein Esel, Mahdi, den du mit einem Stock antreibst! Du hast mir *nichts* zu verbieten! Du hast nicht das Recht, mir etwas zu erlauben oder zu verbieten! Spare dir deine Befehle für die *imrad*, für die, die dir gehorchen!«

»Schmähe die Senussi nicht, Daia! Es sind heilige Männer mit einer gerechten Sache.«

»Heilige Männer, die dich lehren, mich zu mißachten?«

»Ich wünsche über diese Angelegenheit nicht zu diskutieren. Ich wollte dir keine Befehle erteilen.«

»Mir wäre es lieber, du würdest lernen, mich zu überreden, Mahdi. Damit wäre uns beiden besser gedient.«

Mahdi spürte, daß er dabei war, eine kleine, aber wichtige Schlacht in einem geheimnisvollen Krieg mit ihr zu verlieren, aber er wußte nicht, was er anders machen sollte. Herrschen konnte er nur durch Kraft, nicht durch Überredungskunst. Die Senussi würden keine solche Unverschämtheit von einem einfachen Weib hinnehmen, und sie würden ihn wegen seiner Schwäche verspotten.

Aber sie war kein einfaches Weib, und die Senussi waren Araber, die nicht verstehen konnten, wie die Tuareg dachten – ein Volk, das niemals gute Moslems hervorbringen würde, weil es zu stolz war, zu unabhängig, als daß es seinen Willen einem anderen ganz unterworfen hätte – nicht einmal, wenn es sich um Allah handelte. In diesem Punkt war er ewig zwischen zwei Welten hin und hergerissen. Er betete um Anleitung, aber er fand keine. Er war ihr Gefangener, nicht sie die seine. Sie würde niemals fügsam sein. Keine *Ihaggaren*-Frau war das, aber bei ihr ging es noch weiter. Sie war frei, zu frei, und er wußte, daß ihm die Idee der Freiheit bei ihr besser gefiel als die Realität. Die Heirat würde sie nicht an ihn fesseln, aber er betete, daß sie wenigstens helfen würde. Das genügte ihm nicht, aber es war alles, was er hatte. Wie hilflos er sich vor ihr fühlte!

Er versuchte, die Sache wiedergutzumachen. »Es tut mir leid, Daia. Ich habe geredet, ohne nachzudenken. Ich wollte dich nicht kränken.«

Sie nickte, aber sie sagte nichts.

»Wir werden heiraten, sobald diese Angelegenheit mit den Franzosen erledigt ist«, sagte er und fügte dann hastig hinzu: »Wenn es dir recht ist, natürlich.«

»Ja«, antwortete sie, und wiederum sagte sie sich, daß sie sich doch glücklich schätzen könne, ihn zu bekommen, aber sie war trotzdem froh, daß die Franzosen kamen, denn so hatte sie noch ein wenig Zeit. »Natürlich. Das habe ich schon gesagt. Nach den Franzosen soll es sein.« Sie trennten sich in angespannter Stimmung, und keiner von beiden war zufrieden.

In den nächsten paar Wochen verzehrte es ihn, während er kreuz und quer durch die Wüste zog und seine Vorbereitungen traf. Es beschäftigte ihn in seinen Diskussionen mit Tamrit, der ihm vorwarf, er sei unaufmerksam. Es lenkte ihn sogar ab, wenn er sich im Gebet vor seinem Gott auf den Boden warf. Seine Konzentration hatte ihn noch nie im Stich gelassen. Aber jetzt gab es in seinen Gedanken, so sehr er sich auch bemühte, nur noch Daia. Ja, er würde sie unverzüglich heiraten. Das war der geringste Teil dessen, was er tun mußte. Es war längst nicht genug.

Moussa. Er war starr vor Haß auf den *ikufar*.

Moussa. Hatte Moussa ihm nicht den Amenokal gestohlen? Seinen eigenen Vater? Kam es darauf an, ob Moussa sich darum *bemüht* hatte, oder nur darauf, daß es geschehen war, daß sein eigener Vater so weit gekommen war, Mahdi in die Asche der Gleichgültigkeit zu verbannen, daß er schließlich nur noch Moussa in seinem Zelt willkommen geheißen hatte, als wäre Moussa und nicht Mahdi sein einziger Sohn?

Kam es jetzt darauf an, bei Daia? Konnte er jetzt zulassen, daß Moussa ihm diese Frau wegnahm, wie er ihm den Vater weggenommen hatte?

Es genügte nicht, sie zu heiraten. Er würde sich um Moussa kümmern müssen.

Er gelobte es sich, aber dann ermahnte er sich zur Geduld. Es genügte, wenn man die Franzosenprobleme nacheinander in Angriff nahm. Das Problem mit dem Ungläubigen Flatters stand als erstes an. Nachher hätte er immer noch genug Zeit, sich mit Moussa zu befassen.

Er stand auf und ging zu seinem Kamel, das im Sand kniete. Zum letzten Mal betrachtete er die Brunnen dort unten. Zufrieden brach er dann auf, um sich mit Tamrit und Attici zu treffen und die letzten Pläne zu besprechen.

Die Karawane zog eilig weiter zur Durchquerung des Amadror, jener endlosen Kiesebene von glühender Trostlosigkeit. Die Berge des Hoggar ragten endlich im Süden auf. Mit der Ankunft von Atticis Führern hatte die Karawane ihren Weg um zwanzig Grad nach Osten verlegt. Die Offiziere bemerkten diesen Kurswechsel mit Unbehagen, nachdem die Iforass sie so stetig geradeaus geführt hatten, aber sie schwiegen, wenn der Colonel sie fragte, wer von ihnen denn bereit wäre, statt dessen die Führung zu übernehmen.

Die ästhetische Gleichförmigkeit des Amadror verlor sich allmählich. Hin und wieder sah man jetzt Sand und sogar ein paar Akazien. Wann immer man einen Baum erblickte, entstand das fast unwiderstehliche Verlangen, auszubrechen und zu ihm hinauszureiten, um diese neue Erfahrung von nahem zu sehen und zu berühren. Ab und zu entdeckten sie auch einen Vogel oder sogar mehrere, die zusammen daherflogen, und dann erhob sich ein mächtiges Geschrei, und die Männer streckten die Finger aus und lachten und schwatzten durcheinander.

Die Ebene wurde wellig, die Wellen wurden zu Hügeln, die Hügel zum Hoggar, dessen eigentümliche vulkanische Gipfel und Türme sich durch den beinahe irisierenden violetten Dunst mühten, der von ihnen auszugehen schien. Die Männer waren gefesselt. Nie hatten sie eine solche Landschaft gesehen, und wie gebannt ritten sie weiter. Die Kamele stiegen behutsam über die Steine hinweg, denn aus dem glatten Kies war rauher Schotter und schließlich scharfkantiges Gestein geworden, zunächst weit verstreut, aber bald immer dichter. Es behinderte ihr Fortkommen, und bisweilen zog sich die Karawane über zwei Kilometer weit in die Länge, ein weithin wogendes Gewirr von Buckeln und Körben und Taschen und Männern, das sich durch schrundige Klüfte und lange Wadis schlängelte. Die Kamele stöhnten, als wären sie lebensgefährlich verletzt, wenn sie sich die Füße zerschnitten, und ihr Schmerz wurde als geisterhaftes Echo von den Felswänden zurückgeworfen. Sie neigten sich in übertriebenen Bewegungen zur Seite, um ihre Füße zu schonen, und verloren manchmal die ganze Ladung oder ließen sie so stark verrutschen, daß ihre Führer anhalten und alles wieder zurechtrücken mußten. An den schlimmsten Stellen gingen die Männer zu Fuß und führten ihre Tiere am Zügel.

Eines späten Vormittags erreichten sie ein weites, offenes Plateau im Bergland. Es war in der Nähe eines hohen Gipfels – Serkout nannten ihn die Führer, die Fragen nur selten und dann widerwillig beantworteten. Einer von ihnen machte halt und sprach mit Flatters. Er wies zum Rand des Plateaus, wo ein wasserfleckiges Becken sich in den Granit schnitt.

»Wir hatten gehofft, in diesem *guelta* Wasser zu finden«, sagte er zum Colonel. El Madani übersetzte. »Aber der Regen war spärlich, und es ist ausgetrocknet. Ohne Wasser können wir nicht weiter. Seit wir zuletzt welches gefunden haben, sind wir vier Tage unterwegs, und auf unserem Weg gibt es in den nächsten sieben Tagen nichts.« Er deutete auf ein Tal, das in den Bergen verschwand. »Dort gibt es einen Brunnen namens Tadjenout. Anderthalb Stunden für ein Kamel. Wir müssen die Schläuche füllen.«

»Also gut«, sagte der Colonel und spähte in das Tal. »Dann werden wir den Umweg machen.«

»Nein.« Der Tuareg schüttelte entschieden den Kopf. »Die Strecke ist zu schwierig für bepackte Meharis. Ihr müßt sie nur mit Wasserschläuchen beladen hinschicken und alles andere hierlassen, bis wir zurückkommen.«

Als El Madani dies übersetzte, sah er sich veranlaßt, dem Colonel einen unerbetenen Ratschlag zu erteilen. Normalerweise hielt er den Mund, aber bei Dingen, die sich auf seine Leute auswirken konnten, scheute er sich nicht, etwas zu sagen. »Ich bitte den Colonel um Vergebung«, sagte er.

»Madani?«

»Wenn der Colonel gestatten – vielleicht wäre es besser, mit der ganzen Truppe zu diesem Brunnen zu ziehen. Ich traue diesen Leuten nicht. Es ist eine wohlbekannte List der Tuareg. Sie wollen unsere Truppe spalten, um sie zu schwächen. Wir haben keine Späher an unseren Flanken, die uns ...«

»Das reicht, Madani. Sie überschreiten Ihre Kompetenzen«, unterbrach der Colonel ihn scharf. Es war nicht das erstemal, daß er eine ähnliche Anordnung traf, um Wasser zu beschaffen. In unwegsamem Gelände war so etwas naheliegend. »Ich habe nicht gewußt, daß Sie in Fragen der Strategie ausgebildet sind. Wenn ich Ihre Anweisungen zur Truppenbewegung benötige, werde ich Sie darum bitten.« Seine schneidende Stimme drang durch die vorderen Reihen der Männer, die hinter ihnen die Ohren spitzten. Ein paar Männer unter den *tirailleurs* hörten den Tadel, aber er nahm ihn entgegen, ohne eine Miene zu verziehen und ohne an Widerspruch zu denken. Er hatte seinen Einwand vorgebracht, der Colonel hatte ihn zurückgewiesen. Darin lag keine Schande.

Der Colonel wandte sich an Capitaine Masson. Dieser war wie El Madani der Meinung, daß man die Truppe besser nicht aufspaltete, aber er hatte sich längst abgewöhnt, mit dem Colonel zu diskutieren.

»Capitaine! Lassen Sie hier abladen! Alle Kamele sollen Wasserschläuche tragen. Cavour und Dennéry sorgen mit fünfzehn

Mann für Deckung und übernehmen das Wasserfassen. De Vries flankiert mit fünf Mann den Weg bis zum Brunnen. Dianous befehligt das Basislager mit den restlichen Leuten und den Vorräten. Sie und ich nehmen die Pferde. Der Arzt und die Ingenieure können uns begleiten, wenn sie möchten.«

Und damit wandte sich der Colonel ab und ritt den Hang hinauf zum Brunnen von Tadjenout.

Es war die vierte Woche von Moussas Reise. Seit seiner Abreise von Abalessa hatte er mit den Kel Owi in Admer über Salz und Kamele verhandelt. Dann hatte er eine kleine Karawane von diesem Dorf nach Timissao begleitet. Danach hatte er einen Streit um Ackerland schlichten müssen, der zwischen Vasallenfamilien der Dag Rali und der Iklan Tawsit ausgebrochen war. Das alles gehörte zum Alltagsgeschäft der *Ihaggaren*, aber es war alles völlig bedeutungslos. Seine Stimmung war finster. Es machte ihn wütend, daß man ihn ausgerechnet jetzt mit solchen Aufträgen nach Süden geschickt hatte, da von Norden her die Franzosen anrückten. Er wußte, was das für seinen Ruf bedeutete, und fühlte den Makel an seiner Ehre, der auch in seinem Herzen glomm. *Der Amenokal vertraut mir nicht.* Er hatte nichts getan, um dieses Mißtrauen zu verdienen, außer daß er halb als dieses, halb als jenes geboren war. Es war die Krankheit des Blutes, die ihn schon sein Leben lang plagte.

Einen Lichtblick hatte seine Reise gehabt. Ein Händler in Admer hatte ihm ein seltenes Manuskript gezeigt, sorgfältig gearbeitet und schön gebunden, eine Sammlung von Fabeln, die, wie der Händler erklärte, von einem Marabout in Ägypten transkribiert worden waren. Moussa wußte nicht, ob das stimmte, denn er konnte kein Arabisch lesen, aber als er den geprägten Lederband in den Händen drehte, erkannte er sofort, wie kostbar er war. Er mußte an Daia denken, als er das Buch sah, und an die vielen Stunden, die sie damit zubrachte, die Kinder in ihrem *ariwan* zu unterrichten. Er malte sich aus, wie sie den Kindern aus diesem Buch vorlas, und diese Vorstellung machte ihm Freude. Er wickelte das Buch in ein Öltuch und nahm sich vor, es ihr zur Hochzeit zu schenken.

Das wochenlange Reisen hatte die Trauer und die Sehnsucht, die er bei dem Gedanken an sie empfand, nicht leichter werden lassen. Mahdi war nach der *djemaa* noch zu ihm gekommen. Moussa hatte damit gerechnet, daß er kämpfen wollte, nachdem er ihn geschlagen hatte, aber Mahdi war seltsam bedrückt gewesen. Er hatte angefangen, Moussa nach seinen Absichten zu befragen, aber es war ihm sichtlich schwergefallen, und seine Frage war in Verlegenheit versackt, ehe er sie richtig gestellt hatte. Aber Moussa wußte, was er wollte.

»Sie hat mir deutlich gesagt, daß ihr heiraten werdet. Ist das nicht so? Ich werde mich nicht einmischen, Cousin.« Die Hochzeit war am nächsten Morgen vom Amenokal selbst angekündigt worden. Die Ereignisse waren in Gang gebracht, und so schwer es ihm auch fiel, er würde sich nach ihrem Willen richten.

Aber als er dann das Lager verlassen hatte, um sich auf die Reise in den Süden zu begeben, war er noch zu seiner Mutter gegangen, um ihr Lebewohl zu sagen. Sie hatten über unwichtige Dinge gesprochen. Aber Serena kannte den Ausdruck in seinem Blick. »Dich beschäftigt etwas«, sagte sie.

Er zuckte die Achseln. »Es ist nichts weiter«, sagte er.

»Oh«, sagte sie und arbeitete an einem Stück Leder. »Ich dachte schon, es ginge um Daia.«

»Nun, geht es aber nicht«, sagte er zu hastig. Er versuchte, dem Blick seiner Mutter auszuweichen, aber das war ihm noch nie gut gelungen. Er sah auch keine Notwendigkeit mehr, sich zu verstellen. »Sie ist Mahdis Frau. Die beiden werden heiraten. Das hat sie gesagt, und Mahdi sagt es auch.«

Serena legte ihr Messer aus der Hand. »Und was sagst du?«

»Daß ich mich nicht einmischen werde.«

»Ich frage nicht deinen Kopf, Moussa. Ich frage dein Herz.«

»Das ist dasselbe.«

Darüber mußte sie lächeln. »Ich verstehe nicht, wieso es dir so leichtfällt, einem Kamel zu zeigen, was du empfindest, wenn es dir bei einer Frau solche Mühe macht.« Sie stand auf, um Tee zu machen, und stocherte in der Asche des Feuers, bis sie glühte. »Als ich deinen Vater kennenlernte, sagte der Amenokal, ich sei selbstsüchtig und dächte nur an mich, weil ich sagte, ich wollte ihn heiraten. Er meinte, es sei falsch, was ich da tun wollte. Die anderen Edlen und die Marabouts gaben ihm recht. Mein Kopf wußte, daß er recht hatte. Nur mein Herz sah es anders. Aber von dem Augenblick an, als ich Henri gesehen hatte, wußte ich, daß ich meinem Herzen folgen würde. Und muß ich dir sagen, was richtig war?«

Seitdem hatte er jeden Tag daran gedacht – an das, was hätte sein können, an das, was vielleicht immer noch sein könnte. *Malish, mektoub*, würde der Imam sagen. Gleichviel, es steht geschrieben. Er zuckte die Achseln. Stand irgend etwas je geschrieben? War irgend etwas je erledigt? Das alles war mehr, als er bewältigen konnte. Er kippte seinen kalten Tee in die Asche des Feuers und stand auf, um mit Taka zu jagen.

Das Mehari, das über die trostlose Ebene herankam, die er durchquert hatte, spürte er mehr, als daß er es sah. Er zog das alte Messingfernrohr aus der Tasche, die an der Flanke seines Kamels hing, und stützte sich mit dem Arm auf den Sattel, als er es auf den verschwommenen Reiter richtete. Es war Lufti, und er ritt wie ein Mann, dessen Kamel in Flammen stand. Das Bild wurde größer und klarer, bis es die Linse ausfüllte. Lufti sah ihn und winkte.

»Hamdulillah, ich habe dich gefunden, Preis sei Allah!« Das Mehari rollte vor Anstrengung wild mit den Augen, und sein Atem ging mühsam und keuchend.

»Du treibst dein Tier aber gewaltig an bei dieser Hitze«, sagte Moussa besorgt. »Ist alles in Ordnung im *ariwan*?«

»Jaja, Herr, alles ist bestens, aber die Herrin Serena hat mir mächtig gedroht, wenn ich dich nicht schleunigst finde. Ich habe dich in Timissao nur um eine Nacht verpaßt. Und dann, Allah ist mein Zeuge, habe ich deine Spur verloren.« In seiner Stimme lag eine Mischung aus Stolz und Fassungslosigkeit. Daß Moussa seine Spuren so gut verwischte, daß sein Lehrer in diesen Dingen ihm nicht mehr hatte folgen können, war schon bemerkenswert. »Du hast gut gelernt, Herr, wenn dein Diener so etwas sagen darf. Kein Tebu-Teufel wird dich finden, das steht fest, jaja! Es gab einmal eine Zeit, da … aber wie dem auch sei!« Er ließ sich eilig von seinem Tier gleiten und zog einen Lederbeutel unter dem Gewand hervor. Er öffnete ihn und nahm vorsichtig einen Brief heraus.

»Die Herrin schickt dir eine Nachricht, Herr, und sie bittet dich, sie schleunigst zu lesen.« Moussa sah die klare Handschrift seiner Mutter auf dem Papier.

Moussa, schrieb sie. *Ich hoffe, dieser Brief findet Dich wohlauf. Ich schreibe auf Französisch, damit sonst keiner die Nachricht erfährt. Die Frau des Amenokals hat mir einen Brief gezeigt. Er kam von der französischen Expedition und war an Ahitagel gerichtet. Der war aber schon auf dem Weg nach In Salah, und deshalb bat man mich, ihn zu öffnen und zu übersetzen. Der Brief war eine Antwort auf eine frühere Botschaft von Ahitagel. Es ging darin um einen Treffpunkt und um eine Route, die die Franzosen zu nehmen planten. Außerdem baten sie um ein Zusammentreffen. Am Ende standen die Namen einiger Offiziere, die an der Expedition beteiligt sind. Einer dieser Namen – ich mußte ihn immer wieder lesen, um sicher zu sein – lautete Paul de Vries. Ich konnte es nicht glauben! Alt genug wäre er natürlich, um Offizier bei der Armee zu sein. Ich kann ihn mir so gut in Uniform vorstellen, trotz allem, was mit seinem Vater passiert ist. So war es in der Familie Deines Vaters seit Generationen. Und es würde zu ihm passen, seinen Weg hierher auf diese Weise zu finden. Ach, Moussa, nach so vielen Jahren des Schweigens – kann es jemand anders sein als unser Paul?*

Und es gibt noch etwas Neues. Ich habe erfahren, daß Tamrit ag Amellal unter denen ist, die in In Salah mit dem Amenokal zusammentreffen. Ich habe Dir nie von ihm erzählt – es war nicht wichtig, denn ich dachte, er sei für immer verschwunden. Er ist aber ein Mann, der versucht hat, Deinem Vater etwas anzutun. Es heißt, er habe sich den Senussi angeschlossen, und sie hätten die Absicht, Colonel Flatters und seine Expedition aufzuhalten. Ich weiß nicht, ob es wahr ist, aber Tamrit ist ein Mann, dessen Herz hart und voller Haß ist. Er kennt nichts als Verrat, und wenn er daran beteiligt ist, kann nichts Gutes dabei herauskommen.

Ich spüre, daß rings um die französische Expedition vieles im Gange ist, das man nicht hören oder sehen kann. Nie habe ich un-

ter den Ihaggaren so viel Geheimniskrämerei erlebt. Ich glaube aber, wenn Du erfahren kannst, welchen Weg die Franzosen nehmen, wirst Du auch unsere Absichten kennen. Wenn sie nach Westen geführt werden, ist das ein gutes Zeichen. Sie werden an Abalessa vorbeikommen und ungehindert weiter nach Süden ziehen dürfen. Biegen sie aber nach Osten in Richtung Serkout, so bedeutet das ihren Untergang.

Ich wünschte, der Amenokal wäre noch am Leben! Dein Abba wüßte, was man Dir in dieser Sache raten soll. Ich muß gestehen, ich weiß es nicht. Ich bin hin und hergerissen. Wenn es Ärger gibt, so macht die Tatsache, daß die Franzosen selbst ihn herbeigeführt haben, das Ganze nicht weniger schmerzhaft. Und daß unser Paul unter ihnen sein könnte, macht mir schreckliche Angst. Vielleicht ist es schon zu spät, noch etwas zu unternehmen.

Ich denke immer an Dich. Mögest Du wohlbehalten reisen.

Moussa setzte sich und las den Brief noch einmal.

Paul!

Sein Herz machte einen Freudensprung, als er an seinen Cousin dachte. Eine Flut von aufregenden Erinnerungen rollte über ihn hinweg. So lange fragte er sich schon, was aus Paul geworden war, so oft hatte er an ihn gedacht! Daß er hier sein sollte, mitten in der Wüste! Das war unglaublich. Moussa dachte über die Warnung seiner Mutter vor Verrat nach. Er war überrascht, von diesem Mann namens Tamrit zu hören. Er hatte geglaubt, er wisse alles über die kurze Zeit, die sein Vater hier in der Sahara verbracht hatte.

Er warf einen Blick auf das Datum des Briefes. Drei Wochen waren vergangen, seit er geschrieben worden war. *Verdammt* sollte der Amenokal sein, daß er ihn von den Franzosen ferngehalten hatte! Moussa wußte sofort, was er zu tun hatte.

»Laß dein Mehari ausruhen, Lufti. Dann kehrst du zum *ariwan* zurück.« Er schnallte sein Gepäck an den Sattel. »Sag niemandem, daß du mich gesehen hast.«

»Der Ahl-et-Trab selbst könnte es mir nicht entlocken«, versprach Lufti. »Aber, Herr, wo willst du denn hin?«

»Ich weiß es noch nicht genau. Die Franzosen suchen.« Moussa hatte plötzlich einen Einfall. Er zog das Öltuchpäckchen aus seiner Tasche, setzte sich mit Papier und Stift hin und schrieb hastig.

Daia,

möge es Dir gefallen, den Kindern aus diesem Buch vorzulesen und ihnen sein Licht zu bringen. Vielleicht könntest Du auch dieses Kind hier eines Tages lehren, welches Leben in seinen Worten wohnt. Ich wünsche Dir viel Glück in Deiner Ehe.

Moussa

Er las seinen Brief noch einmal. Er war nicht fertig. Es gab noch so vieles, was er sagen wollte, aber er wußte nicht, wie er es anfangen sollte. Es war alles so heikel. Diese Zeilen mußten reichen. Aber dann schüttelte er den Kopf und zerriß das Blatt. Auf ein zweites Stück Papier schrieb er das gleiche, nur ließ er diesmal die Worte »in Deiner Ehe« weg. Vielleicht hatte seine Mutter recht. Vielleicht war sein Herz noch nicht bereit, sich zu fügen.

»Gib das der Herrin Daia«, sagte er, faltete das Blatt zusammen und schob es unter die Schnur, die um das Öltuch geknotet war.

»Jaja, Herr.«

Dann trieb Moussa sein Kamel eilig nach Nordosten. Lufti sah ihm nach, bis sein Herr zu einem Punkt geschrumpft war, und dann war auch der Punkt verschwunden.

25.

Das Sonnenlicht tanzte auf dem Wasser, das durch den Felsentrog schwappte, und seine Reflexe verschwammen zu einem unbestimmten gelben Flirren auf den goldenen Hälsen der Tiere, die Seite an Seite davorstanden. Sie tranken Liter um Liter, lautstark saugend und gierig, und die Muskeln in ihren gestreckten Kehlen wallten zusammen mit dem Sonnenschimmer an den gesenkten Hälsen hinauf. Zwei lärmende rote Bengalivögel spielten in den Zweigen der Tamarisken und schwirrten zwischen den Blättern umher, ohne sich vom Treiben unter ihnen stören zu lassen.

Die Franzosen saßen im Schatten der Bäume vor dem Brunnen von Tadjenout. Sie schauten den schwitzenden Shamba bei ihrer Arbeit zu, während diese den Trog und die ziegenledernen Wasserschläuche füllten. Der Brunnen war tief. Ein Shamba ließ ein Seil mit einem Eimer in die schwarze Finsternis hinunter und wartete, bis der Eimer unten mit leerem Scheppern auftraf. Er schüttelte das Seil, bis der Rand des Eimers ins Wasser tauchte und man das Gewicht spürte, wenn er sich füllte und versank, und zog ihn dann, Faust über Faust, wieder herauf. Muskeln wölbten sich unter schmutzigen Gewändern, bis der Eimer oben war und er ihn in die von Helfern aufgehaltenen Ziegenlederschläuche entleeren konnte. Währenddessen trat ein anderer Shamba an den Brunnen und kippte seine nasse Fracht für die Tiere in den Trog. Sie arbeiteten schnell, aber es würde noch eine Stunde dauern, bis sie fertig wären. Noch immer kamen durstige Kamele den steilen Hang herunter, um zu saufen. Die Pferde waren als erste getränkt worden. Sie waren eindrucksvolle Vollblüter, aber sie kamen mit der Hitze nicht so gut zurecht wie die Kamele und mußten deshalb immer sofort zum Wasser geführt werden. Atticis Führer hatten sie beiseite gebracht, als sie fertig waren, und jetzt weideten sie an den kargen Grasbüscheln, die am Grund des Felsentals verstreut wuchsen.

Capitaine Masson stellte seinen Blechbecher hin. Abwesend hatte er das einschläfernde Flimmern des Sonnenlichts an den Hälsen der Kamele betrachtet und dabei langsam sein Wasser getrunken, verloren in der Erinnerung an milde Pariser Abende. Aber etwas störte ihn in seinen Tagträumen. Irgend etwas kam ihm merkwürdig vor. Er hatte ein warmes Kribbeln im Nacken, als ob da jemand zart sein Haar berührte. Er war sicher, daß er es spürte, denn er kannte dieses Gefühl, aber er wußte nicht, woher es kam. Unvermittelt schaute er sich um.

Der Colonel sprach mit Dr. Guiard und den Ingenieuren Beringer und Roche, und ihm schien nichts Außergewöhnliches aufzufallen. Er trank Tee, den sie hatten kochen lassen, während sie darauf warteten, daß die Shamba ihre Arbeit beendeten. Die *tirailleurs*, die auf ihrem Posten standen, wirkten entspannt und plauderten leise in einzelnen kleinen Gruppen, auf ihre Gewehre gestützt. Remy Cavour und die anderen waren oben jenseits des Höhenkamms und beaufsichtigten die Prozession der Kamele, die jetzt endlich zu enden schien. Er sah Remy dort oben, und der Mann ließ nicht erkennen, daß es irgendein Problem gab. Die Kamele waren ruhig, und die Bengali-Vögel zwitscherten weiter.

Der Capitaine zuckte die Achseln und verlor sich im Scheppern der Eimer und im Plätschern des Wassers.

Remy folgte den letzten Kamelen bergauf. Er war zu Fuß und führte sein Tier am Zügel. Als er oben am Ostrand des Tales angekommen war, schaute er hinunter auf die Szenerie im Tal, in dem sich die Kamele fast von einer Wand zur andern drängten. Einige tranken, andere standen nur da, und ein paar knieten auf allen vieren, wie es nur Kamele konnten. Der Colonel und die andern saßen in der Nähe des Brunnens. Er sah, wie Capitaine Masson zu ihm heraufschaute und sich dann wieder abwandte. Es war heiß, aber friedlich. Er sah, wie zwei der Führer die Pferde außer Sicht brachten, zum anderen Ende der Talschlucht. Sie bewegten sich langsam und beiläufig; die Pferde wollten grasen und versuchten ungeduldig die Köpfe zu senken, aber die Führer hielten sie hoch und schienen sie eher zu ziehen als zu führen. Komisch.

Er schlug den steilen, gewundenen Pfad ein, der im Zickzack an der steilen Talwand hinunter in die Senke führte. In solchem Gelände sehnte er sich nach einem Pferd. Die elenden Kamele haßten diese Felsen und hatten hier große Schwierigkeiten. Sie waren nicht so sicher auf den Beinen wie Pferde und klagten viel mehr. Auf flachem Sand bewegten sie sich mit plumper Anmut, aber auf Felsgestein schien die Anmut zu verfliegen, und was blieb, war die plumpe Bewegung. Während sein Tier über einen großen Stein hinwegstieg, zog eine Bewegung weiter unten und ein Stück weit links seinen Blick auf sich. Er schaute hin und sah, wie einer der Führer auf seinem Mehari zum westlichen Taleingang galoppierte, wo zwei andere Führer gerade mit den Pferden hinter einem Felsen verschwanden, der den Westrand der Talschüssel verdeckte. Ob da ein Durchgang war? Wollten sie die Pferde stehlen und die Gruppe hier sitzenlassen? Er ließ seine Zügel fahren, wölbte die Hände um den Mund und schrie. Der Targui schaute über die Schulter zu ihm herauf und peitschte sein Kamel zu größerer Eile an. Sollte er schießen? Verunsichert und verwirrt nahm Remy seinen Karabiner von der Schulter. Er warf einen Blick zu den Offizieren im Tal. Sie hatten nichts bemerkt, aber die Kamele, die vor dem Brunnen wimmelten, nahmen ihnen auch die Sicht. Die *tirailleurs*, die verdammten Trottel, hatten ihm den Rücken zugewandt. Niemand hörte ihn rufen.

Er hob sein Gewehr.

Dr. Guiard lächelte über etwas, was einer der Ingenieure gesagt hatte. Hoffentlich war es auch komisch gewesen, er hatte nicht richtig zugehört. Seine Gedanken waren mit dem Kampf gegen seine Eingeweide beschäftigt, die sich seit Tagen in Krämpfen verknoteten. Das kam natürlich vom Wasser: Er, der kluge Arzt, hatte es nicht abgekocht. Er hatte die Qualen verdient, die seine Innereien ihm bereiteten. Aber es erging ihm auf Reisen wohl immer so, ob er das Wasser abkochte oder nicht. Er war mit einem schwachen Magen geboren. Der Tee hatte ihm überhaupt nicht gutgetan. Er zog eine Grimasse. Gleich würde er hinter einem der Felsen verschwinden müssen.

Er hielt seinen Becher vor den Knien, die er an die Brust gezogen hatte, um die Krämpfe zu unterdrücken. Jetzt wippte er auf den Fußballen nach vorn und wollte den Teebecher absetzen. Während er noch hinschaute, schien der Becher in seinen Händen zu explodieren; er flog hoch und rückwärts gegen seine Brust. Die

Vorwärtsbewegung des Arztes kehrte sich jäh um. Er hatte nichts gehört, überhaupt nichts. Aber ihm war, als habe ihm jemand mit einem Brett vor das Brustbein geschlagen. Er wußte nicht, weshalb jemand das tun sollte. Und er hatte keine Ahnung, was mit dem Becher passiert war.

Paul hatte etwas mehr als die halbe Strecke zwischen dem Basislager und dem Brunnen zurückgelegt. Zweimal war er den Weg abgeritten, von oben bis unten. Es war ein unwegsames Gelände, wie der Targui gesagt hatte, aber Pauls Kamel schien gleichmäßiger auszuschreiten als die meisten und kam sicher, wenn auch langsam, voran.

Floop war überall, sprang frei und voller Begeisterung zwischen den Felsen herum, folgte Fährten und stürmte über das Terrain, und immer wenn er glaubte, daß er es sich leisten könnte, sauste er unter Pauls Mehari hindurch. Einmal hatte ein anderes Kamel ihn für diesen Verstoß mit einem Tritt bestraft, aber aus dieser Erfahrung hatte er nur gelernt, daß er schneller sein mußte. Pauls Kamel schien es aber nicht zu stören: Es hatte sich an das lästige Hündchen mehr oder weniger gewöhnt, wie man sich an Fliegen mehr oder weniger gewöhnen kann. Aber Paul wußte, daß es nur eine Frage der Zeit war, wann dieser waghalsige Sturmlauf im falschen Augenblick unternommen wurde und zu Problemen führte, besonders in diesen Bergen. Er mußte sich überlegen, wie man den Hund davon abbrachte, bevor etwas passierte.

Er hielt an, um mit El Madani zu plaudern, der sich mit den vier anderen *tirailleurs* einen Ausguck knapp über der halben Wegstrecke gesucht hatte, von dem aus sich ein freier Blick über das Tal bot. Paul mochte den gerissenen alten *tirailleur*. Der Mann war fast fünfzig, aber er war so listig und zäh wie nur irgendeiner in der Karawane. Er stand seit zwei Jahrzehnten im französischen Dienst und verfügte über einen großen Vorrat an Wüstenerzählungen und Geschichten von den alten Zeiten in Akabli. Und er war anscheinend der einzige Algerier, der Floop gern hatte oder überhaupt Notiz von ihm nahm. Er hatte freundliche braune Augen und lächelte normalerweise gern und oft. Jetzt aber hatte er es schon seit Tagen nicht mehr getan.

»*A votre santé*, Lieutenant.«

»*Santé*, Madani. Gibt's was Neues?«

»Nein, aber ich kann's nicht glauben«, knurrte er, und seine Augen suchten die Landschaft ab. »Es kommt mir sonderbar vor. Der Tag ist zu ruhig.«

Paul lachte. »Ich dachte, Sie wären froh, wenn es ruhig ist.«

»Ich bin froh, wenn diese Berge Vergangenheit sind«, sagte Madani. »Diese Tuareg sind abscheuliche Hurensöhne. Trauen kann man nur denen, die im Grab wohnen. In Akabli pflegten sie immer zu verkaufen, was sie den Leuten gestohlen hatten, die sie abgeschlachtet hatten. Ganze Karawanen waren das. Und dann kamen andere Karawanen durch, die kauften, was die Tuareg verkauft hatten. Und später tauchte dieselbe Ware wieder in Akabli auf – wieder in den Händen der Tuareg.« Er schüttelte den Kopf. »Und diese Karawanen waren zusammengeblieben. Anders als die hier.«

»Na, bis jetzt sieht doch alles ganz gut aus.«

»Nein, sieht es nicht. Schauen Sie mal da.« El Madani deutete in die Gegend südlich des Lagers, wo ein Mehari-Reiter in vollem Galopp davonritt, gefolgt von den Saluki-Hunden der Expedition. Es war der Führer, der im Basislager hatte bleiben sollen.

»Was macht der denn da?« fragte Paul.

»Die reiten in dieser Hitze nicht zum Üben«, sagte Madani. »Er haut ab.«

»Ich glaube, Sie haben recht. Wir sollten wohl den Colonel alarmieren.«

Als sie sich abwandten, kam Floop hinter ein paar Felsen hervorgetrottet. Ein Eidechsenschwanz baumelte ihm aus der Schnauze wie eine Zunge. Er hatte das Reptil nicht gefressen, wenigstens noch nicht. Es war ein Spiel, das er spielte, wenn er eins der Tiere gefangen hatte.

»In die Tasche, Floop!« Der Hund zögerte, winselte, bettelte.

»In die Tasche!« wiederholte Paul in scharfem Ton, und sein Kamel setzte sich bereits in Bewegung. Der Hund ließ die Eidechse fallen, kam herbeigelaufen und sprang in die Höhe, als er in der richtigen Position war. Sie waren inzwischen ganz gut darin: Paul packte seine Vorderpfoten mit einer Hand und nutzte Floops

Schwung aus, um ihn hochzuheben, herumzudrehen und in die Tasche fallen zu lassen. Floop zappelte, bis er die richtige Stellung gefunden hatte, und dann starrte er mürrisch zwischen seinen Vorderpfoten der Eidechse nach, die hinter ihnen zurückblieb.

Und während die Kamele noch losstürmten und in ihren Trab verfielen, hörte Paul Schüsse und ein Geräusch, das klang wie der leise grollende Donner eines fernen Gewitters.

Mahdi lächelte. Sein Gewehr war neu, und er hatte damit geübt, aber er wußte doch, was es in Wahrheit gewesen war: ein Glückstreffer.

Attici hatte ihm die Ehre überlassen, den Anfang zu machen. Die *tirailleurs* waren ihm am nächsten, einfache Zielscheiben, wie sie auf ihre Gewehre gestützt dastanden, aber sie waren Gläubige wie er. Er hatte einen der Ungläubigen vorgezogen, die gerade ihren Tee tranken. Die Pferde waren wohlbehalten hinter ihm auf der anderen Seite des Felsens vorbeigekommen. Der andere Führer würde selbst auf sich achtgeben müssen. Es wurde Zeit.

Er nahm sich den Blechbecher als Ziel. Der Ungläubige hielt ihn genau richtig; der runde Rand blitzte im Sonnenlicht wie ein Leuchtsignal, das ihm den Weg wies. Mahdi lächelte unter dem Schleier und drückte ab.

Dr. Guiard flog rückwärts, die Kugel wurde von seinem Brustbein abgelenkt und verausgabte sich in seinem Herzen. Es kam kaum Blut aus der Wunde, weil kein Herz mehr da war, das es hätte hinauspumpen können. Seine Arme wurden zurückgeschleudert, seine Beine waren ungelenk gespreizt. Mit leblosen Augen starrte er zum Himmel, und ein verblüffter Ausdruck lag auf seinem Gesicht.

Nach Mahdis Schuß dröhnte das stille Tal plötzlich vom Lärm vieler Gewehrschüsse und vom schrillen Geschrei aus hundert Tuaregkehlen, die aus ihrem Versteck am westlichen Ende hervorstürzten. Die Hufe ihrer Kamele donnerten, und ihre Raserei wurde noch angestachelt vom tiefen, rhythmischen Schlagen der *tobol*, der Kriegstrommel, das von einem verborgenen Punkt oben auf dem Höhenkamm herabschallte. Jedes dieser Geräusche, an sich schon beängstigend, schwoll mit den anderen zusammen zu einer Wand aus dröhnendem Terror, verstärkt durch die Felswände des Tales.

Colonel Flatters und Capitaine Masson reagierten sofort, als der Arzt hintenüberflog. Lange Ausbildung und ihr Instinkt waren stärker als die natürliche Neigung, beim schrecklichen Lärm der angreifenden Tuareg zu erstarren. Sie rollten sich weg von dem Toten, packten ihre Gewehre und kamen in kniender Haltung hoch, und dabei feuerten sie bereits in die heulenden blauen Massen, die auf sie zugeritten kamen. Sie schauten sich nach ihren Pferden um, weil sie beritten und beweglich kämpfen wollten, aber die waren nirgends zu sehen. Also mußte es so gehen, mit dem Rücken zum Brunnen, zu Fuß. Ihre Hände waren sicher, ihre Bewegungen geschmeidig, ihre Schüsse tödlich, aber die Zahl der Tuareg war überwältigend, und sie drängten in wütendem Feuer heran. So schnell die Offiziere auch schießen konnten, die Tuareg kamen schneller heran, und Kamele und Männer stürzten ihnen vor die Füße. Die vorn fielen, ließen die nachfolgenden Kamele stürzen, aber ihre Reiter sprangen herunter, setzten über das Gewirr hinweg und stürzten sich auf die Franzosen, die schossen und schossen und wieder schossen.

Der Colonel hielt kurz inne und wollte neue Munition aus der Tasche an seinem Gürtel nehmen. Wütend zerrte er an dem Metallverschluß. Es dauerte zu lange. Über den Berg von Leibern, in dessen Mitte er stand, flog ihm ein Targui entgegen, der seine Lanze vor sich hielt und hart damit zustieß, bis er die graue Schulter fand und durchbohrte. Flatters spürte keinen Schmerz, nur einen schweren Schlag, der ihm den Karabiner aus der Hand fliegen ließ. Er taumelte rückwärts und stolperte über die Leichen zu seinen Füßen. Dann fand er sein Gleichgewicht wieder und griff mit der unverletzten Hand nach seinem Degen, zog ihn aus der Scheide, schlug, stach, parierte den Targui vor ihm. Als der Mann fiel, erschien ein anderer an seiner Stelle, dann noch einer, und der Colonel war überwältigt. Ein mächtiges Schwert blitzte auf, fand seinen Hals. Nicht einmal drei Minuten waren vergangen, seit der Arzt getroffen worden war.

Capitaine Masson hatte ebenfalls keine Munition mehr, aber er hatte seine Pistole ziehen können und feuerte jetzt aus nächster

Nähe in das Gedränge der Tuareg. Das Gewirr der Leichen türmte sich fast zu einem Berg, aber er wußte, daß es hoffnungslos war. Er hatte Sergeant Dennéry fallen sehen, und die *tirailleurs* in seiner Nähe wurden eben überrannt. Die Shamba am Brunnen hinter ihm waren fast so schnell tot gewesen wie der Doktor; sie waren in das Feuer einer wilden Tuareg-Salve geraten. Trotzdem schoß er. Er hatte keine Zeit mehr, auf die Sehschlitze der Gesichtsschleier zu feuern, aber das brauchte er auch nicht, denn schon hörte er ihr Keuchen und das Rascheln ihrer Gewänder und das grausige schrille Geschrei, mit dem sie sich auf ihn stürzten. Eine Schwertklinge zerschmetterte sein Schlüsselbein und riß ein mächtig klaffendes Loch über seine Brust hinunter. Wie betäubt spürte er von hinten einen zweiten Hieb. Irgend etwas war mit seinem Rücken passiert. Er fühlte keinen Schmerz, der ihm sagte, was es war, nur ein schweres Ziehen und dann ein furchtbares schneidendes Geräusch aus seinem Innern. Er drückte immer wieder den Abzug seiner Pistole und roch das Blut und das Schießpulver und fiel langsam über etwas Weiches nach hinten, und dann schlug er mit dem Kopf auf den Boden. Seine Augen schauten an den blauen Massen vorbei und fanden die Tamariskenbäume. Schade, dachte er, die Bengali-Vögel waren weggeflogen.

Remy schoß beinahe gleichzeitig mit Mahdi, und der fliehende Führer stürzte zu Boden. Remy betete, daß er es richtig gemacht hatte. Doch dann hörte er das Donnern und sah die blaue Flut, die wie ein Sturzbach hinter demselben Felsen hervorströmte, hinter dem die Pferde verschwunden waren, und da wußte er Bescheid.

Er fand eine schmale, flache Stelle und versuchte sein Kamel niederknien zu lassen, aber bei dem Pandämonium dort unten blähte das Tier entsetzt die Nüstern. Es wollte nicht gehorchen, sondern begann an den Zügeln zu zerren, um bergauf zu flüchten. Fast hätte es Remy von den Füßen gehoben. Während er sich noch an die Ledergurte klammerte, hörte er ein scharfes Singen an einem Felsen irgendwo hinter ihm. Er mußte in Deckung gehen.

Er zerrte seine Pistole aus dem Halfter, erschoß das Kamel und sprang beiseite, als es zusammenbrach. Der massige Körper schlug hart auf den Boden und rutschte bergab, bis er vor einem kleinen Felsensims zur Ruhe kam. Im nächsten Moment kauerte Remy dahinter.

Er riß an seiner Gürtelschnalle, öffnete sie, zog die Munitionstasche herunter und warf sie auf den Boden. Dann ließ er den Gewehrverschluß einrasten, wandte sich dem Gemetzel dort unten zu und eröffnete das Feuer. Zuerst war es einfach. Die meisten Tuareg waren beritten und überragten so die Kamele ringsum: ein leichtes Spiel für einen geübten Schützen. Er feuerte stetig und genau und grunzte zufrieden, wenn seine Ziele zu Boden stürzten, und er zählte sie bei sich ab: *six, sept, huit.* Er hielt nur inne, um nach neuen Patronen zu greifen und nachzuladen. Ein paar Tuareg sahen ihn von unten und wollten den Hang heraufstürmen, aber er erledigte sie mühelos, beinahe beiläufig. Er war allein, aber in einer guten, erhöhten Position. Hier, dachte er, könnte er stundenlang bleiben, bis all diese gottlosen blauen Bastarde tot wären.

In den ersten zehn Sekunden waren die Kamele der Expedition, die sich im Tal drängten, von Sinnen vor Angst. Jedes neue Geräusch verstärkte ihre Panik. Sie schrien und bockten und stürmten in alle Richtungen davon, scheuten vor einem Echo zurück oder rannten vor einem neu heranbrandenden Getöse davon, aber sie fanden keinen Ausweg aus all diesen Schrecken. Sie prallten gegeneinander, manche stürzten und brüllten dann, wenn die andern über sie hinwegtrampelten und ihnen die Beine brachen. Eines fiel halb in den Brunnen; es baumelte mit den Vorderbeinen in der Dunkelheit und mit der Kehle über dem Rand, und das Kinn ruhte halsbrecherisch auf der Steinkante gegenüber. Hektisch suchte es freizukommen, die Vorderbeine suchten strampelnd nach einem Halt, aber dann lief ein zweites Kamel oben über es hinweg, trat ihm knapp hinter seinem Kopf in den Nacken, brach ihm den Hals und drückte es in den Brunnenschacht. Das Hinterteil rutschte über die Steine, bis es auch verschwunden war, und das tote Mehari fiel klatschend ins Wasser. Das zweite Kamel stürzte dem ersten nach, und sein Schrei hallte aus der Tiefe.

Einige versuchten, unbezwingbare Steilhänge hinaufzuflüchten; ihre Beine pumpten wie rasend auf dem Fels, bis sie den Halt verloren und rückwärts hinunterkippten, wobei sie gegen andere prallten, die gleichfalls hinaufsteigen wollten, und auch sie über den Haufen warfen. Beine verhedderten sich mit anderen Beinen, Körper kollidierten, rutschten, fielen, bis eine mächtige goldene Lawine aus wütender Angst zu Tal rollte. Zwei der *tirailleurs*, die im Knien auf die Tuareg schossen, wurden von einem dieser Massenstürze mitgerissen, ihre Gewehre flogen durch die Luft, und sie selbst wurden auf dem Boden zermalmt.

Paul erreichte den Gipfelgrat als erster und sah das Meer des Todes, das dort unten im Tal wogte. Der Gestank von Blut, Pulver und Schweiß ließ ihn zurückfahren.

Er brauchte ein paar Sekunden, um die wimmelnden Farben in sich aufzunehmen, die toten *tirailleurs* und Offiziere und Ingenieure, die blauen Massen, die rasend umherhastenden Kamele. Er konnte sich vorstellen, wie das Tal ausgesehen haben mußte, bevor sie gekommen waren. Was er nicht begriff, war das, was er jetzt vor sich sah. Es war nicht so sehr das Chaos, der Gestank, die Niederlage. Es war das, was die Tuareg begonnen hatten, nachdem sie gesiegt hatten.

Ihr Blutdurst schien sich noch gesteigert zu haben, als sie sich um die Leichen der Expeditionstruppe versammelten. Daß die Leute schon tot waren, konnte man sehen: Ihre Leichen waren verrenkt und blutüberströmt und reglos. Aber die Tuareg schienen gerade erst anzufangen. Sie bewegten sich wie Besessene. Sie nahmen Gewehre, Säbel, Ringe und was sie sonst an Wertvollem finden konnten. Dann rissen sie den Leichen die Kleider herunter, warfen die nackten Leiber auf einen Haufen und fingen an, auf sie einzuhacken und zu stechen, zu sägen und sie zu verstümmeln, Gliedmaßen abzutrennen, Köpfe, Finger – bis der ganze Leichenberg ein schleimiger, blutiger Brei war. Rauchwolken quollen träge aus den Kleidern. Sie hatten sie angezündet, aber der Stoff war naß vom Blut und brannte schlecht.

Plötzlich erhob Tamrit ag Amellal seine volltönende Stimme von einer Stelle, die Paul nicht sehen konnte. Paul verstand die Tamaschek-Worte nicht, die über das Amphitheater wehten, Worte, die von den Wänden widerhallten und die Männer für einen Augenblick innehalten ließen mit dem, was sie taten. Aber er brauchte die Worte auch nicht zu verstehen, um ihren gespenstischen Klang zu vernehmen. Als Tamrit geendet hatte, wiederholte er das Ganze auf Arabisch – eine Botschaft für Shamba und Tuareg gleichermaßen: »*Und die Ungläubigen werden versammelt in der Hölle, auf daß Allah die Bösen von den Guten scheide. Die Bösen wird er auftürmen Stück um Stück, er wird sie alle auf einen Haufen werfen und sie der Hölle anheimgeben. So geschieht es den Besiegten. Und Allah sagte: Ich werde Furcht tragen in die Herzen derer, die ungläubig sind. Sodann zerschmettert ihr Genick und zerschmettert jeden ihrer Finger …*«

Paul übergab sich; er konnte es nicht zurückhalten, konnte sich nicht einmal zur Seite lehnen, um sich nicht zu besudeln. Es ging zu schnell und kam zu heftig, und alles platschte auf den Nacken seines Kamels. Er beugte sich vor, krallte die Hände in den Leib, schloß die Augen und würgte, keuchte, hustete.

El Madani erreichte die Höhe, dicht gefolgt von seinen vier Männern, und sah den würgenden Offizier und die Szene im Tal. Er spürte den vertrauten Geschmack der Galle, aber er hatte gelernt, so etwas zu unterdrücken, bis die Gefahr vorüber war. Das Schießen hatte fast aufgehört. Nur Remy war noch da und kauerte hinter seinem Kamel, aber seine Lage war hoffnungslos. El Madani hatte schon seinen Karabiner von der Schulter genommen, als sein Kamel zum Stehen kam, aber er konnte nichts tun, ohne ihre Position zu verraten. Also feuerte er nicht und winkte auch seinen Leuten, sich zurückzuhalten.

Remy stand allein hinter seinem toten Kamel den berittenen Tuareg gegenüber. Er hatte keine Munition mehr, aber auf den Felsen vor ihm lagen an die zwanzig Tote. Er packte sein Gewehr wie eine Keule am Lauf, kletterte auf den Bauch seines Kamels, um an Höhe zu gewinnen, und dann hatte der erste Reiter ihn erreicht. Er wich der Lanze des Targui aus und holte den Reiter mit einem furchtbaren Aufwärtsschwung seines Karabiners aus dem Sattel. Er traf ihn voll an der Brust und ließ den Mann rückwärts vom Kamel fliegen. Er ließ sein Gewehr nicht los, sondern holte von neuem aus, aber dann wurde er von einem blauen Strudel verschlungen.

Paul hörte das schrille Geschrei der Tuareg und hob den Kopf. Er sah, wie Remy sein Gewehr schwang, und er sah, wie ein mächtiges Schwert herabsauste. Remys linker Arm wurde abgetrennt, und die Hand hielt noch immer den Karabiner umfaßt, als er vom eigenen Schwung getrieben wirbelnd in die Höhe flog. In weitem Bogen schwebten Arm und Gewehr, sich überschlagend, zu Boden. Im selben Augenblick fuhr Remy eine Lanze durch die Brust und warf ihn rückwärts von seinem toten Kamel. Die Wucht des Wurfs trieb die Spitze durch ihn hindurch in den Boden, und er starb aufgespießt wie ein Insekt. Im nächsten Augenblick fiel der Schwarm der blauen Krieger über ihn her, und das blutige Ritual des Entkleidens und wüsten Gemetzels begann von neuem.

Paul mußte sich wieder übergeben, und fast wäre er aus dem Sattel gefallen. El Madani streckte die Hand aus, um ihn zu stützen. Es gab nichts, was er dem Jungen hätte sagen können. Paul schämte sich, aber die Würgekrämpfe der Übelkeit lähmten ihn. Er hörte, wie El Madani beinahe bei sich flüsterte: »Les chameaux ...« Es drang nicht gleich zu ihm durch. Sein Verstand war verzehrt von dem, was seine Augen gesehen hatten, und sein Körper versuchte es wieder loszuwerden. Aber dann verstand er blitzartig: *die Kamele!* Das Morden dort unten war vorbei, aber im Basislager waren immer noch Leute. Ohne Kamele würden auch sie sterben, und die Tuareg brauchten dazu keinen einzigen Schuß abzufeuern. Sie mußten die Kamele zurückschaffen. Es war das einzige, was noch zu tun war. Der Gedanke rang mit der Übelkeit um die Oberhand. Paul atmete tief durch, konzentrierte sich und richtete sich dann auf. Sein Gesicht war gespenstisch bleich, und Bröckchen von Erbrochenem klebten an seinem Kinn. Er warf noch einen Blick in das Tal. Überall wimmelte es von Kamelen, haufenweise, von Osten nach Westen. Ja, es war möglich, es ließ sich machen, wenn sie hinter der Stelle, wo Remy gekämpft hatte, hinuntergelangen konnten. Es bestand Hoffnung. Er schaute Madani an, der das Tal studierte.

»Sie bleiben hier«, befahl Paul dem alten *tirailleur* keuchend. »Wir gehen hinunter.« Er rechnete mit Widerspruch, aber Madani nickte. Was jetzt getan werden mußte, war etwas für jüngere Beine. Hier oben konnte er besser helfen.

»Aber Sie müssen sich beeilen«, sagte El Madani. »Sie haben schon angefangen.« Er deutete auf den Felsblock vor dem westlichen Talausgang. Ein paar Tuareg waren dabei, die ersten Kamele hinauszuführen. Paul sprang aus dem Sattel, griff nach seinem Gewehr und gab den *tirailleurs* rasch ein paar Befehle. Sie stiegen sofort ab, als sie begriffen, wie dringend es war. Ohne ein weiteres Wort machten sich die fünf an den Abstieg. Paul hatte kaum ein paar Schritte getan, als er fluchend kehrtmachte und den Hang hinauf zu seinem Kamel zurücklief, um eine Hand auf die Tasche zu legen.

»Floop, *hiergeblieben.*« Aber dieser Befehl war ganz überflüssig. Der Lärm und der Geruch hatten Floop davon überzeugt, daß die Tasche im Augenblick ein vorzüglicher Aufenthaltsort war. Das einzige, was man von ihm sehen konnte, war eine Beule in der Tasche. Paul tätschelte ihn kurz und verschwand dann ins Tal.

El Madani stieg ab, nahm Munition aus der Vorratstasche und suchte sich einen Felsen, der ihm die nötige Aussicht bot.

Halb rennend, halb rollend, hasteten die fünf bergab. Sie bewegten sich, so schnell sie konnten, über den steinigen Hang. Sie waren ein gutes Stück weit an den Tuareg vorbei, die sich um Remys Leiche drängten, als sie entdeckt wurden, und sie hörten aufgeregtes Geschrei, als sie im Gewimmel der Kamele verschwanden. Fluchend, schreiend, zerrend und lockend trieben sie die Tiere zusammen, versuchten sie zu Gruppen zu scharen und den Hang hinaufzumanövrieren. Anfangs hatten sie kein Glück. Immer noch herrschte großes Durcheinander, und die Kamele wußten nicht, wohin sie sich wenden sollten. Aber der mächtige Lärm im Tal hatte inzwischen deutlich nachgelassen, so daß die Kamele ihre Fassung halbwegs wiederfanden und begannen, auf die Stimmen zu reagieren. Als die Männer sie bei den Zügeln packten und eins oder zwei in Gang brachten, folgten ihnen ein paar andere sofort.

Paul war am weitesten östlich und arbeitete allein. Er war in einem Bogen bergab gelaufen, nicht geradeaus wie die andern. Die Kamele boten bei der Arbeit reichlich Deckung. Er achtete sorgfältig darauf, sie immer zwischen sich und den Tuareg zu halten, die Mühe hatten, die Kamelräuber zu erkennen.

Paul wußte kaum, wo er anfangen sollte. Er hielt seinen Karabiner in der linken Hand und angelte mit der Rechten nach den Zügeln eines Kamels. Als er sie hatte, versuchte er das nächste zu erwischen und verlor dabei das erste wieder. Seine Hand griff nach dem baumelnden Lederriemen, packte ihn, verlor ihn, packte ihn wieder. Er wich Nasen, Hälsen und Hufen aus, sprach mit besänftigender, beruhigender Stimme und bemühte sich, sich die kostbaren Zügel, die er schon erwischt hatte, nicht wieder entgleiten zu lassen. Als er so viele hatte, wie er halten konnte, benutzte er sein Gewehr als Gerte, zu grob erst, so daß eines der Tiere durchging, doch dann sanfter. Er ging los und klopfte mit dem Lauf gegen die Flanken der Tiere, erst links, dann rechts, bis er zwei dazu gebracht hatte, in die richtige Richtung zu gehen, dann vier, dann noch mehr. Es dauerte nicht lange, bis auch andere sich vom Sog mitführen ließen, und in der Herde beruhigten sich die einzelnen Tiere gegenseitig.

Bald befand Paul sich mitten zwischen fünfzehn Kamelen, und verdattert stellte er fest, daß sie tatsächlich in die gewünschte Richtung liefen. Er redete unablässig, klatschte, stieß, drängte, überredete, und oft lief er halb geduckt und bückte sich noch tiefer, um durch den Wald von Beinen zu spähen, sich zu orientieren und nachzusehen, wo die Tuareg waren. Beim ersten Mal sah er dabei nur Kamelbeine und Steine. Beim zweiten Mal hätte er vor Freude beinahe gejauchzt. Er sah, wie die *tirailleurs* in der Deckung, die El Madani ihnen gab, sich mit mindestens fünfzig Kamelen den Hang hinaufbewegten. Und das beste war: Er sah keine Tuareg.

Als er sich aufrichtete, erschrak eins der Kamele, die er führte, und ging ihm durch, und er verlor die Zügel von allen vieren. Gleich blieben sie stehen, starrten ihn arrogant an, machten dann kehrt und trotteten in die andere Richtung. Fluchend rannte Paul hinterher und bemühte sich, seine Stimme weiter ruhig klingen zu lassen, damit er sie nicht erschreckte. Schließlich hatte er drei wieder eingefangen, aber das letzte ließ er gehen, als er sich umdrehte und etwa vierzig Schritte weit entfernt eine Gruppe von Tuareg sah, die ihn entdeckt hatten und auf ihn zugelaufen kamen.

Das Adrenalin rauschte in seinen Ohren, als Paul die Kamele voranzerrte, so schnell er konnte, bis er wieder in seiner Herde hatte unterschlüpfen können, die einfach stehengeblieben war, als er sie verlassen hatte. Wieder mußte er sie in der richtigen Richtung in Gang bringen, eine Aufgabe, die um so schwieriger war, als sie ihren Schwung verloren hatten und er ständig nach blauen Gewändern Ausschau halten mußte. Immer wieder hörte er den beruhigenden Knall von Madanis Karabiner, aber er hatte keine Ahnung, worauf der Mann da schoß. Er spähte noch einmal unter den Beinen hindurch nach rechts und konnte zu seiner Besorgnis nichts Blaues erkennen. Sie hätten ihn doch inzwischen erreichen müssen. Er blieb geduckt und drängte die Tiere hartnäckig voran, froh über die Deckung, die sie ihm gaben, aber frustriert, weil er aus demselben Grund nichts sehen konnte.

Und dann hörte er die Stimmen und wußte Bescheid. Er hatte zu lange gebraucht, die Streuner zurückzubringen. Die Tuareg hatten Zeit gehabt, ihn von Madanis Stellung abzuschneiden, und waren einfach vor die Herde gelaufen, die er wegtreiben wollte. Jetzt lenkten sie die Tiere beiseite, standen da und erwarteten ihn mit gezückten Schwertern.

Ein Grinsen zerknautschte El Madanis faltiges, staubiges Gesicht, als er das Auge zusammenkniff und feuerte. Sie hatten es fast geschafft, *w'allahi!* Die Tuareg konnten sie jetzt nicht mehr aufhalten. Er hatte sie so gut beschäftigt, daß es ihnen nicht gelungen war, die *tirailleurs* zu überholen, die dabei waren, die Kamele zurückzutreiben, und das wütende Zorngebrüll der Tuareg verdoppelte sein Vergnügen. Er sah die Beine seiner Männer in der heraufziehenden Herde und hörte ihre Schreie, mit denen sie die Tiere bergauf trieben.

Es würde doch kein Totalverlust werden. Jetzt hatten sie eine Chance – mit den Kamelen. Madani schoß immer weiter auf die Tuareg, die seinen Leuten am nächsten waren. Sie lagen nur zwanzig, dreißig Meter zurück und würden bald durch andere verstärkt werden, die vom westlichen Ende aus der Richtung des Brunnens dazukamen.

Die Tuareg hatten das Feuer eingestellt. El Madanis Karabiner war die einzige Waffe, die jetzt noch Lärm machte. Er wußte gleich, was die Stille bedeutete, und frohlockte: Den Tuareg war die Munition für ihre antiken Büchsen ausgegangen. In dieser – und nur in dieser – Hinsicht waren sie für ihren Überfall schlecht gerüstet gewesen. Ihre Waffen waren alt und im Laufe vieler Jahre von Karawanen und Händlern erworben – ein Dutzend verschiedener Kaliber und ebenso viele Sorten Munition. Daß sie überhaupt so viel hatten schießen können, war ihrem händlerischen Geschick zugute zu halten. Mit den Waffen, die sie den Opfern des Massakers abgenommen hatten, war das Arsenal der Tuareg um Gras-Karabiner erweitert worden, aber viel Munition hatten sie nicht erbeutet.

El Madani feuerte sorgfältig und gleichmäßig, bis Kamele und Männer zu seiner Rechten oben über die Felskante heraufgestiegen kamen. Sobald die vier *tirailleurs* außer Gefahr waren, wandte er seine Aufmerksamkeit Paul zu. Zwischen den vorüberziehenden Köpfen und Buckeln sah er Pauls Herde, und dann hielt El Madani den Atem an: Vor den Kamelen des Lieutenant standen mindestens ein Dutzend Tuareg. Der Franzose war isoliert, und er würde sterben.

El Madani schwenkte seinen Karabiner in Pauls Richtung und versuchte zu zielen. Er fluchte. Der Strom der Kamele versperrte ihm das Schußfeld. Er mußte auf die andere Seite hinüber, bevor er helfen konnte. Er sprang auf und stürmte mit gesenktem Kopf los, stieß die Kamele mit seinem Gewehr beiseite und versuchte, schnell hinüberzukommen, aber das war unmöglich. Die Kamele gingen dicht aneinandergedrängt, vier, fünf Stück nebeneinander, die Köpfe ans Hinterteil des vorderen gedrückt, und sie gehorchten hastig dem Geschrei der *tirailleurs*, die bemüht waren, sie in Gang zu halten. El Madani hatte sich eben erst in den Strom gestürzt, als er auch schon über ein Bein stolperte und schmerzhaft mit dem Knie aufschlug. Verzweifelt rappelte er sich auf, fiel aber gleich wieder hin, gestoßen, geschoben, halb getragen vom schnell fließenden Strom der Kamele, und sein Zorn nahm mit jeder Sekunde zu. Er hatte keine Zeit! Wütend schlug er nach den Tieren, verfluchte sie und versuchte sich ein bißchen Platz zu schaffen, um aufzustehen und weiterzustürmen. Seine Knie taten weh, und die Kamele drängten sich vorbei. Er brüllte verzweifelt und hoffte, seine *tirailleurs* würden ihn hören.

»Der Lieutenant!« schrie er. »Helft dem Lieutenant!« Aber seine Stimme wurde verschluckt vom Getrappel der Kamele, und El Madani wußte, daß niemand ihn hören konnte. Also versuchte er weiter, sich auf die andere Seite durchzukämpfen.

Als Paul seine Lage erkannte, fühlte er den warmen Rausch der Angst, vermischt mit Adrenalin. »O Gott!« flüsterte er. Seine Augen waren weit aufgerissen, und seine Gedanken überschlugen sich. Es waren bestenfalls sechs oder sieben Kamele zwischen ihm und den wartenden Tuareg, und es war nur noch eine Frage von Sekunden, wann seine Deckung dahin sein und er allein dastehen würde. Die Stimmen waren näher gekommen, und es waren zu viele für sein Gewehr.

Immer noch geduckt, ließ er die Zügel der Kamele, die ihm folgten, fahren und zog die Pistole aus dem Halfter. Er spähte zwischen den Beinen vor ihm hindurch und versuchte, den richtigen Augenblick abzupassen. Noch vier Kamele … noch drei … jetzt!

Das Gewehr fest umklammert, richtete er sich auf. Mit all seiner Kraft rammte er die Mündung seiner Waffe in den After des Kamels vor ihm. Mit einem Schmerzensschrei machte das Tier einen Satz vorwärts, mitten zwischen die Tuareg. Vier stieß es gleich zu Boden, dann verhedderte es sich in den Gewändern eines fünften und stürzte schwer auf zwei weitere. Paul schoß mit der Pistole in die Luft und schrie, so laut er konnte. Die anderen Kamele gerieten durch diesen Ausbruch in Panik und galoppierten geradewegs auf die Tuareg zu.

Die Überraschung war sein, aber seine Deckung war weg, und so rannte Paul um sein Leben. Er wandte sich schnurstracks nach links, und sein Blick suchte die Felsen nach einer Deckung ab. Wenn er es schaffte, zwischen die großen Pfeiler am Ostende zu kommen, dann könnte er sich vielleicht wieder zu El Madani hinaufarbeiten. Es war seine einzige Chance. Als er einen Blick hinter sich warf, sah er ein Gewirr von Kamelen und blauer Farbe – und vier Tuareg, die ihm dicht auf den Fersen waren, keine fünfzehn Meter mehr entfernt. Aber es waren noch über hundert Meter bis zu den Pfeilern. Er fluchte. Wo blieb El Madani? Sein Gewehr war verstummt. Paul hatte keine Zeit, sich umzudrehen und zu schießen: Einen oder zwei würde er vielleicht treffen, aber dann würden die andern sich auf ihn stürzen.

Seine Stiefel setzten ihn gegenüber den Tuareg in Vorteil. Sie waren zwar in diesen Bergen zu Hause, aber er trug keine langen Gewänder oder Sandalen, die ihn behindert hätten. Er konzentrierte sich auf die Strecke vor ihm. Wenn er stolperte, war er tot. Wenn er langsamer wurde, war er tot. Wenn El Madani ihm nicht bald half, war er tot. Es gab so viele Möglichkeiten, zu sterben – aber die Flucht erfüllte ihn mit einer seltsamen Begeisterung, und er wußte, er würde nicht sterben, er würde die Deckung erreichen, er würde am Leben bleiben, er wußte es, und er behielt die Felsen im Auge und zwang sich, noch schneller zu laufen, und seine Füße flogen auf den Schwingen seines Willens.

Der Verzweiflung nahe, drängte sich El Madani, von Seelenqualen getrieben, zwischen den letzten Kamelen hindurch und kam dann an der anderen Seite heraus. Er hatte nicht geahnt, daß er sich noch so schnell bewegen konnte, als er jetzt vorwärts rannte und sich dann an der Kante des Abhangs auf den Bauch warf. Er stützte sich auf den Ellenbogen und schwenkte sein Gewehr dahin, wo er Paul zuletzt gesehen hatte. El Madani betrachtete die Szenerie dort unten, die sich sehr verändert hatte. Irgendwie war es dem Lieutenant gelungen, auszubrechen, und jetzt rannte er zum östlichen Ende des Canyons, dicht gefolgt von einer Gruppe Tuareg.

Der alte Krieger rückte sich zurecht, zielte und fing an zu schießen.

Die anderen *tirailleurs* hatten ihre Kamele auf den Höhenkamm gebracht und hörten jetzt, wie El Madani das Feuer von neuem eröffnete. Sie wandten sich um und schauten bergab – ihren eigenen Verfolgern entgegen. Atemlos und der Erschöpfung nahe, wußten sie doch, daß sie sich mit diesen Tuareg dort unten befassen mußten, denn diese waren schon bis auf dreißig Meter an sie herangekommen. Automatisch schwärmten die *tirailleurs* zu einer Linie auseinander und schossen.

Als die Kamele oben auf dem Höhengrat angekommen waren, hatten sie nicht mehr viel Bewegungsspielraum. Dicht zusammengedrängt füllten sie das Felsensims bis zum Rand. In allen Richtungen ging es steil hinunter, und der Pfad, auf dem sie vom Basislager heraufgekommen waren, war tückisch, gewunden und steil. Für die Tiere war es überhaupt kein Pfad, sondern ein Steilhang wie alles andere hier. Es waren fast sechzig Stück, eine große, wimmelnde Masse, die den Weg verloren hatte.

Das Donnern der Gewehre ging von neuem los und entfachte die Reste der eben überstandenen Panik, so daß die Angst sich wieder unter ihnen ausbreitete. Die *tirailleurs* mußten auf die Tuareg unter ihnen achten und kümmerten sich nicht um die Kamele. An der äußeren, dem Brunnental abgewandten Kante kamen zwei Tiere halsbrecherisch nah an den Abgrund, verloren den Halt und fielen unter lautem Gebrüll den Steilhang hinunter. Die anderen in ihrer unmittelbaren Nähe bäumten sich angstvoll auf und versuchten auf flacheres Gelände zurückzuweichen, wobei sie die Tiere hinter ihnen so sehr in Panik versetzten, daß sie nur noch die Augen wild aufrissen. Wie eine Welle verbreitete sich die Bewegung in der nervösen Herde, verstärkt durch das ohrenbetäubende Knallen der Gewehre.

Das genügte. Das Tier, das der Brunnenseite am nächsten stand, wurde von hinten abgedrängt, und es stürmte den Hang hinunter und zurück zum Brunnen. Sofort folgten ihm andere, dann noch mehr, und schließlich waren sie wie eine Flutwelle verschwunden. Zu spät sprangen die *tirailleurs* auf. Hilflos mußten sie zuschauen, wie alles, wofür sie gearbeitet, wofür sie ihr Leben riskiert hatten, wieder ins Tal hinunterflüchtete. Wenn sie nicht mitten zwischen die Tuareg dort unten laufen wollten, konnten sie nichts dagegen tun.

El Madani hörte den Lärm, aber er sah sich nicht um. Er hatte Pauls Verfolger unter Beschuß genommen. Einen hatte er getroffen, aber es war ein Glückstreffer gewesen – sie waren zu weit weg und entfernten sich bei der Verfolgung ihrer Beute immer weiter. Ihre schrumpfenden Gestalten sprangen unberechenbar zwischen den Felsen dahin. Wieder und wieder schoß El Madani – und immer wieder daneben. Er sah, daß Paul die Felssäulen am Ostende fast erreicht hatte. Der Junge war leichtfüßig wie eine Gazelle und hatte den Abstand zwischen sich und den Tuareg vergrößert, aber wo lief er da hin? Für El Madani sah es aus wie eine

Sackgasse in den Felsen. Die Pfeiler ragten höher als der Felsengrat, der sie umgab, und sie sahen aus wie eine massive Wand. Er feuerte, so schnell er konnte, und murmelte, als ob Paul ihn hören könnte: »Da rüber, Junge – du mußt da rüberlaufen!«

Aber Paul lief geradeaus weiter und verschwand zwischen den Pfeilern. Spannen, abdrücken, spannen, abdrücken – El Madani setzte seinen drei Zielscheiben unerbittlich zu, aber mit jeder Sekunde schwand seine Hoffnung dahin, und dann erstarb sie ganz: Auch sie waren weg, von den Felsen verschluckt.

Er spähte noch einen Moment lang hinüber und hoffte etwas zu sehen, hoffte auf eine zweite Chance, aber da war nichts mehr, nur noch Felsen. Er ließ das Gewehr sinken und wischte sich den Schweiß von der Stirn. Niedergeschlagen richtete er sich auf und sah sich nach dem Felsengrat um. Der Lärm, den er nur mit halbem Ohr gehört hatte, wurde zu einem Getöse in seinem Kopf. Er traute seinen Augen nicht, und ohnmächtige Wut erfüllte ihn. Dort unten versetzten die Tuareg seinen Überlebenschancen den Todesstoß. Sie hatten die Kamele wieder. In fassungslosem Schmerz ließ er den Blick über den Grat wandern – sie konnten sie doch gewiß nicht alle verloren haben! Aber da waren allein die vier entmutigten *tirailleurs*, die selbst nur noch ihren verzweifelten Gedanken nachhingen.

El Madani griff nach seinem Gewehr und hob es wieder, um so viele der fliehenden Kamele abzuschießen, wie er konnte, damit sie wenigstens nicht den Tuareg in die Hände fielen. Aber dann hielt er inne. Es wäre eine sinnlose Geste, das zweite Gemetzel an diesem Tag. Die Tiere waren weg. Seine Schultern sackten herab. Er ließ das Gewehr sinken.

Da fiel ihm noch etwas ein. Er spähte den weglaufenden Kamelen nach und suchte sie eilig ab. Dann sah er es, und zum ersten Mal ließ er es zu, daß er sich völlig besiegt fühlte. Dabei war es nur eine Kleinigkeit, das wußte er, eine fast lächerliche Sorge an diesem Tag, da so viele gestorben waren.

Fast am Ende der flüchtenden Kamelkolonne, aber von ihr mitgerissen, lief Pauls Mehari. El Madani erkannte es am Sattel und an der Tasche, die daran hing. Die Tasche mit Floop.

Paul konnte die Tuareg hinter sich weder sehen noch hören, aber er spürte ihre tödliche Anwesenheit wie eine Lanze im Rücken, die ihn vorwärts schob und drängte und ihn schneller laufen ließ als je zuvor in seinem Leben.

Er würde so nicht sterben!

Der Gedanke beseelte ihn, trieb ihn weiter, nährte die Hitze seiner leidenschaftlichen Flucht. Er wagte nicht, sich umzuschauen. Die Steine unter seinen Füßen dröhnten und klapperten, knirschten und gaben nach, als er das Tal hinauffloh. Jeder Stein war ein Risiko, und bei jedem Risiko sah er den Arm, diesen grausigen, einsamen Arm, der da durch die Luft wirbelte und ein leeres Gewehr umklammert hielt.

Er würde nicht sterben wie Remy!

Er bewegte sich schnell, nicht anmutig, und sein Atem war laut, aber beherrscht. Er hielt die Pistole in der einen Hand, das Gewehr in der anderen, und beide Arme pumpten vor und zurück, pumpten im Takt mit den Beinen, mit starken und sicheren Beinen, mit jeder Faser seines Wesens, jeder Sehne, jedem Muskel, und jeder Gedanke bis ins Mark seiner Seele suchte Schnelligkeit, nur Schnelligkeit, fand Balance, Kadenz, hielt sie, vervollkommnete sie, bis der Rhythmus stimmte und die Symmetrie da war, und dann waren auch die Pfeiler da, sie kamen näher und immer näher, und er hörte das selige Dröhnen von El Madanis Zorn, das durch den Wind in seinen Ohren hallte, und dann endlich war er zwischen den Steinpfeilern.

Im Schutze der Felsen verlangsamte er sein Tempo nicht. Er raste im Zickzack zwischen den Säulen hindurch, erwartete jeden Augenblick, plötzlich keinen Platz mehr zu haben und in der Falle zu sitzen, aber jedesmal sah er doch wieder einen Durchgang zwischen weiteren Pfeilern. Seine Augen huschten hin und her, während er rannte. Es sah aus, als sei er in einen weiterführenden Canyon geraten, einen Wald aus großen vulkanischen Pfeilern und Türmen, die den Zugang verdeckt hatten und auch jetzt den Blick in den restlichen Canyon versperrten. Es war ein gespenstischer Ort, in Stille getaucht. Das Sonnenlicht fing sich an den glänzenden Oberseiten der Monolithen, und die warfen es auf den Sandboden zurück, wo es sich zu weichen Lichttümpeln sammelte, durch die er floh. Die Pfeiler waren wie ein massiver versteinerter Wald, dessen dunkelgraue Rinde sich in gemeißelten Spiralen aus wirbelnden Schichten schwindelerregend in die Höhe schraubte. Dazwischen wuchsen vereinzelt Akazien und verstreute Grasbüschel. Schmetterlinge flatterten sanft in der Stille, und ihre großen bunten Flügel leuchteten irisierend im gespiegelten Sonnenlicht.

Während er weiterlief, wurden die Wände der Talschlucht sichtlich steiler, bis sie schließlich zu fast senkrechten Klippen geworden waren, nur hier und da durchbrochen von steilen, schmalen Felsrinnen, die sich tief ins Gestein schnitten und bald außer Sicht gerieten. Der Felsboden wurde immer sandiger: Erst war er nur leicht bestreut, dann war es eine dünne Schicht, die unter seinen Füßen knirschte, und schließlich ein dickes Polster, das hartnäckig an seinen Sohlen saugte, ihn langsamer vorankommen und zugleich härter arbeiten ließ.

Die Muskeln in seinen Schenkeln begannen die zähe Last zu spüren und schmerzten bei jedem Schritt, seine Lunge tat weh, sein Atem ging angespannt und rauh, und helle Flecken tanzten vor seinen Augen. Fünfzehn Minuten dauerte dieser Sprint jetzt. Er war gut in Form, aber der Hoggar lag hoch über dem Meeresspiegel, und die Luft hier war dünn. Schließlich konnte er das Tempo nicht mehr halten und mußte eine Pause machen, um zu Atem zu kommen. Mit wogender Brust stützte er den Arm mit dem Gewehr gegen einen der Pfeiler und schaute über die Schulter zurück. Sein Auge sah nichts als diese Pfeiler. Vor lauter Anstrengung klang es ihm in den Ohren, und er hörte nichts. Einen hochfliegenden Augenblick lang glaubte er schon, seine Verfolger hätten aufgegeben. Sicher hatten sie doch bei diesem Tempo nicht Schritt halten können. Aber dieser Gedanke währte nur einen Augenblick. Um den letzten Pfeiler, das Schwert in der einen, den Gras-Karabiner in der anderen, kam ein Targui in hitziger Jagd. Der Mann hatte seine Sandalen abgestreift, und seine Füße bluteten, so schnell war er gelaufen.

Sie sahen einander gleichzeitig – beide hatten halb damit gerechnet und waren doch überrascht. Der Targui kam jäh zum Stehen, ließ sein Schwert fallen und riß das Gewehr hoch. Paul war verschwunden, bevor der ohrenbetäubende Schuß hallte, verschwunden hinter dem schützenden Felsen, an den er sich gelehnt hatte. Der Targui stieß einen schrillen Schrei aus, hob sein Schwert auf und rannte weiter. Sekunden später war der zweite da, und dann der letzte.

Alle stießen schrille Schreie aus.

Sie wußten, wo der Franzose da hineingerannt war.

Sie hatten ihn.

Paul lief weiter, erstaunt über die Schnelligkeit und die Entschlossenheit der Tuareg. Von seinen eigenen Anstrengungen verzehrt, hatte er auf die ihren keinen Gedanken verwandt und sich selbst viel weiter in Führung geglaubt. Er würde noch schneller laufen müssen.

Er war nicht sehr viel weitergekommen, als er plötzlich innehielt. Vor ihm waren keine Pfeiler mehr. Er war zwischen den letzten hindurchgerannt. Dieser Canyon war kein Canyon. Es war ein Kasten, und er hatte das Ende erreicht.

Seine Blicke rasten an den Wänden entlang, erforschten Schatten und Nischen, suchten etwas, irgend etwas, das ihm erlaubte, weiterzulaufen. Aber vor ihm ragten nur schroffe, zerklüftete Felsen auf, mit steilen Rinnen, Simsen und Vorsprüngen. Er war kein Bergsteiger. Er überlegte, ob er versuchen sollte, durch den Canyon zurückzulaufen, sich zwischen den Säulen zu verlieren und an seinen Jägern vorbeizuschlüpfen. Aber dazu war der Canyon zu schmal. Zweifellos wußten sie, was er hier vor sich sah, und schwärmten schon auseinander, um sich bereit zu halten. Er hatte keine Ahnung, wie viele es waren und ob sie alle Gewehre hatten oder nur dieser eine. Wie dem auch sei, diese letzte Säule gab ihm zu wenig Schutz, denn sie stand fast allein vor den anderen, die sie zu beiden Seiten flankierten. Hier konnte man sich nicht verteidigen. Er mußte weiter.

Verzweifelt sah er seine einzige Chance in einer der steilen Felsrinnen, die von den tosenden Wassern der Jahrtausende in die Wand geschnitten worden war, kaum breit genug für einen Mann und sehr, sehr steil. Keine zehn Meter weiter oben verlor sich ihr weiterer Verlauf. Aber vielleicht war es nicht zu steil, um hinaufzuklettern. Vielleicht würde er auf diesem Weg zum oberen Rand der Schlucht hinaufgelangen, der fast hundertfünfzig Meter über ihm wartete. Zumindest käme er so auf höheres Gelände und hätte bessere Deckung. Er mußte es versuchen.

Als er dort hinrannte, hallte wieder ein Schuß. Die Kugel schlug nicht annähernd in seiner Umgebung ein. Zumindest einer von ihnen, dachte er, war ein schlechter Schütze. Er drehte sich um und feuerte im Laufen dreimal seine Pistole ab, schnell und ohne zu zielen. Er wollte sie nur in Deckung treiben. Von den Felswänden verstärkt, waren die Schüsse beinahe ohrenbetäubend; es klang eher wie eine Kanone denn wie eine Pistole. Er hatte die Felsrinne erreicht und sprang die ersten paar Schritte hinauf. Sie waren leicht und schnell bewältigt, wie große Stufen, aber als er weitersprang, wurden sie höher und standen dichter beieinander. Bald wurden ihm seine Waffen hinderlich, denn er brauchte mindestens eine freie Hand. Er schlang sich den Gewehrgurt um Schulter und Hals, so daß der Karabiner auf seinem Rücken hing. Die Pistole hielt er weiter in der Hand, als er jetzt anfing, sich eine ganze Serie von stufenartigen Felsen hinaufzuziehen. Bis auf ein paar Falten waren diese Felsen glatt abgeschliffen. Er stemmte sich hoch, lief oben zur nächsten Stufe und wiederholte die Übung, und so kletterte er stetig höher.

Er war auf halber Höhe, als wieder ein Schuß fiel. Die Kugel fuhr krachend in die Stufe über ihm und ließ Steinsplitter auf ihn herabregnen. Er ließ sich auf das Sims darunter fallen, hob die Pistole und drehte sich um. Da war nichts – nur die steile Treppe, die sich nach unten wand. Er wartete ab, so tief geduckt, wie er nur konnte, ohne das Gleichgewicht zu verlieren, und hielt die Pistole ausgestreckt schußbereit. Es gab nur eine Stelle, an der sie sein konnten. Die Entfernung war zu groß für einen genauen Schuß mit der Pistole, aber das Gewehr von der Schulter zu nehmen, konnte eine tödliche Verzögerung bedeuten.

Dann sah er den mattschwarzen Lauf und den weichen Rand einer schwarzen Turbanbinde, tief unten vor der nächsten Biegung. Er zielte und wartete noch eine Sekunde, bis aus dem Tuch ein Kopf und eine Schulter geworden war. Dann schoß er.

Er verfehlte den Kopf, auf den er gezielt hatte, aber der Fels neben dem Turban explodierte und beschoß den Targui mit scharfen Steinsplittern. Paul hörte einen schrecklichen Schrei und sah, wie der Turban hochfuhr und dann rückwärts kippte und auch das Gewehr hinunterfiel. Paul feuerte noch einmal auf dieselbe Stelle, dann wandte er sich ab und zog sich wieder zwei Stufen höher. Die Felsenrinne verlief weiter in einer Kurve. Er würde ihr Schußfeld gleich verlassen und vielleicht eine Stelle finden, wo er selbst sein Gewehr benutzen könnte. Der Targui schrie noch immer. Das schreckliche Kreischen zerrte an seiner Konzentration, während die Schmerzenslaute die Felsenrinne erfüllten. Die Splitter mußten dem Mann die Augen zerfetzt haben. Paul kletterte weiter und verdrängte solche Gedanken aus seinem Kopf.

Die Beschaffenheit der Felsen veränderte sich, und das Klettern wurde schwieriger; die Stufen wurden immer höher und steiler. Er brauchte jetzt zwei freie Hände. Daß die Rinne so gewunden verlief, war ein Segen. Er konnte seine Verfolger zwar nicht sehen, aber sie konnten ihn auch nicht sehen, und ihre Waffen waren ihnen gleichermaßen nutzlos, wenn sie ihm folgten. Natürlich folgten sie ihm, das wußte er. Er schob die Pistole ins Halfter und konnte nun klettern.

Er hatte fast drei Viertel des Weges nach oben hinter sich gebracht, als er selbst mit zwei freien Händen kaum noch weiterkam. Die Stufen waren an der Oberseite immer schräger geworden, als der Aufstieg steiler wurde, und er fand immer weniger Raum zum Stehen. Seine Beine stemmten ihn hoch, die Zehen tasteten nach einem Halt; seine Arme zogen ihn höher, die Finger krallten sich fest, und jede Stufe war schwieriger als die letzte, und schließlich waren sie ganz verschwunden, und er hing auf einer steil aufwärts geneigten Granitfläche. Dennoch arbeitete er sich weiter, Brust und Bauch beständig an die Felswand geschmiegt, obwohl er mit jedem Augenblick weniger Halt fand. Er schaute hoch. Über seinem Kopf ragten zu beiden Seiten Felswände in die Höhe. Er betete, daß es da irgend etwas geben mochte, das ihm helfen würde, weiterzukommen – sehen konnte er es von hier aus nicht. Höher und höher kletterte er, und immer wieder fand er einen kleinen Vorsprung, an dem er sich festhalten konnte, aber jedesmal mußte er sich mehr strecken, und seine Beine baumelten an dieser Steilwand, während seine Stiefelspitzen Halt in kleinen Felsennischen suchten. Mehrmals brachen Steine, an denen er sich festhalten wollte, einfach weg und polterten klappernd den Hang hinunter. Sie fielen, schlugen irgendwo auf, zersprangen, fielen weiter und schlugen wieder auf, bis sie tief unten dumpf landeten. Er schloß die Augen und stellte sich vor, daß er sich auch so anhören würde, nur weicher vielleicht, und dann klammerte er sich um so fester an. Er wußte, wenn es noch steiler werden sollte, würde er sich nicht mehr halten können, und seine Kopfhaut spannte sich. Die Schreie des verletzten Targui machten alles nur noch schlimmer. Sie waren seltener geworden und klangen auch, als kämen sie aus größerer Ferne, aber die geisterhaft animalischen Schmerzenslaute zerrten immer noch an seinen Nerven.

Er hielt an und schaute durch die Lücke zwischen seiner Achsel und dem Felsen an seinen Stiefeln vorbei und sah zwei blaugewandete Gestalten zwanzig Meter tief unter sich, die ihm nachkletterten. Er schloß die Augen. Der Blick in die Tiefe war schwindelerregend, und Angst durchströmte ihn vom Bauch bis in die Fingerspitzen. Er war noch nie geklettert, hatte nicht gewußt, welches Grauen solche Höhen auslösen konnten. Es war Wahnsinn, dachte er. Sie konnten einander deutlich sehen, aber sie waren außerstande, irgend etwas zu tun, und konnten sich nur wie Fliegen an die Wand klammern. Vielleicht hätten die Jäger ihr Wild laufenlassen, vielleicht hätte das Wild auch kehrtgemacht und ihnen im Kampf die Stirn geboten, wenn sie vorher gewußt hätten, wohin diese Jagd sie führen würde, aber jede Felskante, jeder neue Handgriff hatte ihren Weg unwiderruflich festgelegt, und sie waren gezwungen weiterzugehen. Er würgte seine Angst herunter, öffnete die Augen wieder, schaute hinauf und kletterte weiter.

Endlich erreichte er ein Sims. Seine Finger fanden es zuerst, ein Stück weit oberhalb seiner Schulter, eine Körperbreite weit entfernt. Behutsam tastete er mit dem rechten Stiefel nach einer Trittkerbe, fand eine, verwarf sie, fand eine, die brauchbar war. Er schob die Stiefelspitze hinein, verlegte sein ganzes Gewicht auf die Zehen, stemmte sich hoch, streckte sich halsbrecherisch über die Entfernung und hielt sich an dem Sims fest, um sich hinaufzuschieben. Er arbeitete sich hoch, bis sein rechtes Bein gerade ausgestreckt war, und dann zog er das linke Knie zwischen Körper und Fels auf das Sims herauf. Er verlagerte sein Gewicht und zog vorsichtig das andere Knie hoch, und die ganze Zeit achtete er darauf, daß er sich keinen Millimeter zurücklehnte, denn er war sicher, es würde zuviel sein und er würde abstürzen. Die Anstrengung und der elektrische Aufruhr seiner Nerven ließen ihn am ganzen Körper zittern. Stück für Stück richtete er sich auf, die Arme ausgebreitet, das Gesicht an den Felsen gelehnt, denn nur so konnte er sich eng genug an die Wand schmiegen.

Er holte tief Luft und schaute wieder nach unten. Sie waren ein bißchen näher herangekommen, aber er konnte nicht nach seiner Pistole greifen. Er mußte an der Wand bleiben. Schon die Drehung seines Kopfes verlagerte sein Gleichgewicht in unbehaglichem Maß nach hinten. Er schürfte mit der Nase am Fels entlang – wohl war ihm nur, wenn er die Brust ganz anlehnen konnte.

Das Sims führte in sanfter Steigung zu der Wand hinauf, die die eine Seite der Rinne bildete. Er sah ein zweites Sims über sich, wahrscheinlich am oberen Rand oder dicht unterhalb davon. Und er sah die Äste eines Baumes! Mit neuem Mut begann er sich seitwärts auf dem Sims voranzuschieben. Der linke Fuß tastete sich vor, der Körper wanderte seitwärts, der rechte Fuß folgte, der linke Fuß bewegte sich wieder ein Stück weit hinauf, die Hände suchten nach kleinen Haltepunkten, die Wange preßte sich an den Fels.

Als er die Wand fast erreicht hatte, hielt er inne und starrte hinüber. Er kam nicht weiter. Ein Abgrund, über drei Meter breit, fiel senkrecht in unsichtbare Tiefen. Er versuchte sein Entsetzen niederzukämpfen. Wenn dieses Sims nicht um die Ecke führte, würde er niemals umkehren und wieder zurückklettern können – nicht, solange die Tuareg da waren, nicht ohne Flügel. Langsam schob er sich bis zum Ende des Simses, spähte vorsichtig um die Ecke. Dann preßte er verzweifelt die Augen zu. Die Felswand war glatt. Das Sims war zu Ende.

Zitternd drehte er sich um und schaute in die andere Richtung. Einer der Tuareg hatte das Sims erreicht; das Gewehr hing über seiner Schulter. Der zweite war dicht hinter ihm. Verzweifelt betastete Pauls Hand den Fels über ihm und suchte nach einem Halt, nach irgendeiner Möglichkeit, weiter nach oben zu klettern. Er fand ein Loch. Er konnte nicht sagen, wie tief es war, aber jetzt hatte er eine Idee. Fest an die Wand gedrückt, hob er eine Hand über den Nacken, bis er den Riemen seines Gewehrs fühlte. Mit entsetzlich langsamen, gedehnten, furchterregenden Bewegungen zog er den Riemen über den Kopf, ließ ihn über den Arm bis zum Ellenbogen hinuntergleiten und konnte endlich das Gewehr mit der Hand erreichen. Er packte den Schaft und hob den Arm am Fels entlang. Der Lauf kratzte über den Stein, bis die Waffe über seinem Kopf war. Er drückte sie an die Wand und schob die Hand am Lauf hinauf, bis sie auf halber Strecke zwischen Schaft und Mündung angekommen war. Dann schlang er die Finger um den Stahl, packte fest zu und straffte sich. Er schwenkte den Kolben weg von der Wand, und das Gewicht ließ ihn nach Luft schnappen, als der Lauf sich hart in das fleischige Gewebe zwischen Daumen und Zeigefinger preßte. Seine Fingerknöchel färbten sich weiß, und sein Handgelenk war angespannt, als er verzweifelt versuchte, den Kolben hochzuhalten. Er schob die Mündung in das Loch, das er gefunden hatte, und bohrte den Lauf hinein. Fast hätte er das Gleichgewicht verloren, als der Lauf verschwand und das Gewicht des Kolbens seinen Arm nach hinten zog, aber dann hatte er es geschafft, und er rüttelte das Gewehr tiefer und tiefer in das Loch, bis der Lauf so fest klemmte, wie es nur ging.

Es würde genügen müssen. Der Targui schob sich seitwärts auf ihn zu.

Paul packte den herausragenden Gewehrschaft mit beiden Händen. Seine Füße verloren den Halt auf dem Sims, und mit einem entsetzlichen Taumel hing er plötzlich mit seinem ganzen Gewicht an dem Gewehr, und seine Füße baumelten in der Luft. Der Targui war kaum noch fünf Meter weit entfernt und beobachtete ihn stumm. Er sah Paul dort baumeln, schaute hoch und sah das Sims über ihnen und schaute wieder den Franzosen an, der da an seinem Gewehr hing. Paul wartete, daß das Schwingen aufhörte, während er die braunen Augen des Targui durch den Sehschlitz beobachtete. Sie blickten durchdringend, kalt und äußerst konzentriert. Der Targui faßte einen Entschluß. Mit den gleichen langsamen, vorsichtigen Bewegungen, die Paul eben vollführt hatte, fing der Mann an, sein Gewehr von der Schulter zu nehmen.

Paul wußte, daß er nur noch Sekunden hatte, um hinaufzugelangen. Mit bebenden Muskeln zog er sich in einem Klimmzug hoch, bis sein Kinn über den Gewehrlauf schaute. Mit vor Anstrengung rotem Gesicht arbeitete er sich höher, bis er erst den einen, dann den anderen Ellenbogen heraufgebracht hatte, dann die Brust, dann den Bauch. Ihre Augen fixierten einander in diesem tödlichen Wettlauf, ihre Bewegungen waren langsam, vorsichtig, bedächtig, und jeder von beiden trachtete das eigene, empfindliche Gleichgewicht zu bewahren. Das Gewehr des Targui hatte jetzt die Ellenbeuge erreicht. Seine Hand tastete nach dem Schaft.

Paul hielt die Arme starr und den Blick fest auf den Targui gerichtet. Er stemmte sich hoch, bis seine Knie oben auf dem Sims waren. Er hob den linken Arm und stützte sich an die Wand. Mit der rechten Hand griff er langsam zu seinem Pistolenhalfter. Seine Knie preßten sich schmerzhaft gegen Stahl und Holz, aber alle seine Gedanken waren bei dem Mann vor ihm und bei dem Gewehr, das dieser jetzt Stück für Stück hob, die Hand am Abzug. Pauls Finger waren zittrig vor Anspannung. Verzweifelt hantierten sie an dem Verschluß und öffneten ihn schließlich.

Sie hörten das Geräusch beide gleichzeitig. Ohne hochzuschauen, wußten sie, was es war. Beide erstarrten totenstill und wagten nicht, sich zu rühren, sondern preßten sich dicht an die Wand, um möglichst viel Deckung zu finden. Zuerst kamen nur kleine Steine mit Sand, aber dann krachten größere Brocken herab, und Lärm ging ihnen voraus. Paul biß die Zähne zusammen, hielt den Atem an und schloß die Augen. Dies war eine Gefahr, der sie beide hoffnungslos ausgeliefert waren und der sie nichts entgegensetzen konnten. Er fühlte, wie ihm kleine Steinchen auf den Kopf prasselten, und rechnete damit, daß er jetzt sterben würde.

Er hörte einen Schrei und öffnete die Augen. Einer der Steine hatte den Targui an der Schulter getroffen und ihm das Gewehr aus der Hand geschlagen. Der Arm war scharf nach unten gestoßen worden und hatte den Mann aus dem Gleichgewicht gebracht. Entsetzt und fasziniert sah Paul, wie der Arm panisch durch die Luft fuchtelte, um die Balance wiederzufinden, aber es war hoffnungslos, und der Targui war verloren: Er fiel rückwärts, der Kopf zuerst, dann die Füße, und seine Gewänder flatterten in der Luft. Mit einem schrecklich knirschenden, knackenden Geräusch schlug er weiter unten auf den Felsen auf, Arme und Beine schlenkerten um ihn herum, und er fiel weiter. Der erste Aufprall hatte das Ende seiner Turbanbinde gelöst, und als er jetzt immer weiter in die Tiefe stürzte, wehte der Stoff hinter ihm her, wallte wie eine lange Fahne im Wind. Wieder schlug er irgendwo an – es klang jetzt gedämpfter –, und er fiel weiter, überschlug sich wieder und wieder, krachte gegen die Felsen, wirbelte durch die Luft. Eine Ewigkeit schien vergangen zu sein, als er auf einer der kleinen Stufen zur Ruhe kam, und sein Turban reichte bis zur nächsthöheren. Nach dem anfänglichen Schrei hatte der Mann keinen Laut mehr von sich gegeben.

Paul schluckte; seine Gedanken waren wie betäubt. Wieder fielen lose Steinchen herab. Er schaute zu dem letzten Targui hinüber, der immer noch reglos an seinem Platz klebte und wie gebannt zu dem blauen Haufen tief unter ihnen starrte.

Zitternd stand Paul auf seinem Gewehr. Sein Magen drehte sich um, und das Gewehr wackelte ein bißchen unter seinen Füßen, als er sich aufrichtete, aber es hielt. Er griff nach seiner Pistole, zog sie aus dem Halfter und hob sie. Er konnte nicht danebenschießen. Der Blick des Targui löste sich von den Felsen dort unten und hob sich langsam zu dem Franzosen, der da auf seinem Gewehr stand. Ohne mit der Wimper zu zucken, wartete er.

Paul spürte den Abzug an seinem Finger, und sein Blick war fest auf den Kopf des Gegners gerichtet. Er zögerte. Der Targui hatte kein Gewehr, er hatte überhaupt keine Schußwaffe, nur sein großes Schwert, das noch in der Scheide steckte und ihm hier nicht helfen konnte. Eine volle Minute lang hielt Paul ihn im Visier, und seine Hand zitterte nicht mehr. Dann senkte er den Blick auf das Gewehr, auf dem er stand. Langsam ließ er die Pistole sinken. Noch immer rührte der Targui sich nicht. Mit Gesten zeigte Paul ihm, was er wollte. Erst bewegte der Targui sich nicht, aber als Paul seine Pistole wieder hob, zog er vorsichtig das Schwert aus der Scheide. Er hielt es einen Augenblick lang in der Hand und ließ es dann fallen. Der Stahl blitzte. Die Klinge stieß klirrend gegen den Felsen und war dann verschwunden. Der Mann ließ Paul nicht aus den Augen.

Als es wieder still geworden war, steckte Paul die Pistole in das

Halfter. Er wuchtete sich ganz hinauf auf das obere Sims, und fast wäre er vor Erleichterung zusammengebrochen, als er endlich wieder festen Boden unter den Füßen spürte. Das Sims war breit, und bis ganz oben waren es nur noch wenige, leichte Schritte. Er rastete kurz und drehte sich dann um, und er beugte sich über die Kante, soweit es ging. Seine Zehen krallten sich haltsuchend hinter ihm ins Gestein, als er das Gewehr aus dem Loch hervorzerrte. Beinahe hätte er es verloren, als es sich löste, aber er hielt es am Lauf fest und zog es jetzt zu sich auf das Sims, und dann rutschte er zurück, bis er wieder auf ebenem Grund lag. Er spähte noch einmal über die Kante. Der Targui hatte sich nicht von der Stelle bewegt. Paul war zufrieden. Der Mann konnte ihm nicht folgen, und ohne ein Seil konnte er sich auch nicht umdrehen und wieder hinunterklettern. Jetzt mußte er sich Flügel wachsen lassen oder dort in der Felswand alt werden.

Paul stand auf. Der Gewehrlauf war verbogen, der Karabiner war nicht mehr zu gebrauchen. Mit aller Kraft, die er noch aufbrachte, warf Paul ihn über die Kante, als könnte er mit dieser Anstrengung all das Grauen der letzten Stunden von sich schleudern. Dann drehte er sich um und kletterte das letzte Stück nach oben.

Ihm war, als habe er noch nie etwas so Schönes gesehen wie den Anblick, der sich ihm bot, als er das letzte Felsstück erklommen hatte. Er stand auf einem Plateau, einer massiven Felsenfläche, umgeben von niedrigen Gipfeln. Dahinter, im Nordosten, erhob sich der Serkout, und vor ihm erschien alles winzig. Mächtige Felsblöcke und Steinformationen waren über das Plateau verstreut und wirkten seltsam deplaziert auf der ebenen Fläche, als hätten Götter sie von ihrem angestammten Ort weggetragen und hier abgestellt. Die Berge waren zerklüftet wie überall, aber hier waren die schroffen Konturen durch spektakuläre Sandmäntel durchbrochen, die zwischen ihnen hervorflossen. Einige stürzten hernieder wie Wasserfälle und sammelten sich wie Wasser zu Füßen der Berge, und andere sahen aus wie prachtvolle Schneegletscher, die von der alterslosen Hand der Zeit durch die Pässe gedrängt in die Täler hinabkrochen und sich unerbittlich über alles hinwegwälzten, was sich ihnen in den Weg stellte. Der Fels war dunkelgrau, die Farbe des Sandes hingegen eine satte, helle Mischung aus Grau und Gold. Die Sonne stand tief am Himmel, und ihr Licht ließ alle Farben milder erscheinen. Paul fühlte sich an den Anblick von Schnee und Eis auf den Alpenpässen zu Hause erinnert. Der Himmel leuchtete geisterhaft durch den leichten Dunst in der Atmosphäre, und die Felsen schienen rosarote und purpurne Farbstreifen auszustrahlen.

Es wurde spät. Er war matt vor Hunger und Erschöpfung. Aber so gern er auch haltgemacht und ein paar Minuten gerastet hätte, er hatte doch keine Zeit dazu. Er mußte nach Südosten zurückkehren, zum Basislager.

Er ging los, zögerte dann aber. Seine Pistole war fast leer. Er setzte sich mit gekreuzten Beinen auf den Boden und fing an, sie nachzuladen. Als er die Patronen ins Magazin schob, erfaßte ihn plötzlich ein unbeherrschbares Zittern. Arme, Beine, Hände, Schultern – alles verweigerte den Dienst, war zu nichts mehr fähig außer zu einem wütenden Schauder. Es war beängstigend. Seine Hand wurde taub, und er ließ die Pistole fallen, konnte sie nicht mehr halten. Er lag auf dem Rücken, streckte sich aus, starrte zum Himmel hinauf und versuchte, sich wieder unter Kontrolle zu bringen, aber das Zittern wurde immer schlimmer. Angst und Staunen fluteten über ihn hinweg, und ein unwirkliches Gefühl durchströmte sein Bewußtsein. Er begann über die Unermeßlichkeit des Geschehenen nachzudenken. Die Veränderung, die in seinem Leben stattgefunden hatte, war nicht zu ermessen, ja, nicht einmal zu definieren. Er konnte ihren Umfang kaum fassen und fühlte sich hilflos angesichts ihrer Größe. Am Morgen war er noch ein Mann unter vielen gewesen, ein unbedeutender Offizier, wohlbehalten in der zweiten Reihe und in der Illusion von heiterer Gelassenheit, die der Hoggar verbreitete. Sein Leben war so leicht gewesen, so absurd leicht. Bis heute. Bis Tadjenout. Er schloß die Augen, um den Himmel auszusperren, und einen Moment lang fühlte er undeutlich die Tentakel des Grauens, die sich um sein Herz schlossen und sich zu den finsteren Orten vortasteten, wo es ganz schwarz war und er nichts sehen konnte.

Die Woge flutete so schnell über ihn hinweg, wie sie gekommen war, und dann war wieder alles ruhig. Er schlug die Augen auf. Das Zittern war vorbei. Ausgelaugt und still blieb er liegen und schloß die Augen wieder. Sein Kopf war kühl, die Welt im Frieden. Unbeschwert trieb er dahin und atmete tief.

Erschrocken wachte er auf. Über den Bergen ging die Sonne unter. Der Abend dämmerte. Er richtete sich auf, wütend über sich selbst, weil er eingeschlafen war. Er lud seine Pistole zu Ende, stand dann auf und nahm in lockerem Laufschritt Kurs nach Südosten. Dabei fühlte er sich wohler, und er beschleunigte sein Tempo ein wenig, so daß er nicht schnell, aber gleichmäßig lief, und dieses Laufen ohne den Druck der Verfolgung war wie eine Befreiung für ihn. Er kam an einer Reihe wuchtiger Felsen vorbei, deren Formen im Zwielicht mit ihren Schatten verschmolzen. Auch der Sand in den Pässen verlor allmählich seine subtilen Schattierungen und windgeformten Konturen.

Unvermittelt blieb er stehen und lauschte mit schräg gelegtem Kopf. Ihm war, als habe er ein Kamel gehört – aber jetzt war alles still. Dann hörte er es wieder, und jetzt war er sicher. Er ließ sich auf die Knie fallen und spähte zwischen den Felsen hindurch. Nichts. Er kroch vorwärts und zog dabei die Pistole. Wie es klang, war das Tier weit entfernt, aber der Schall zwischen den Felsen konnte dem Ohr Streiche spielen. Er mußte sich vergewissern.

Er versteckte sich im Schatten einer Felsplatte und suchte die Gegend ab. Im Dämmerlicht sah er sie – etwa hundert Meter weit entfernt. Es war eine Gruppe von Tuareg auf ihren Meharis, die im Schrittempo geradewegs auf ihn zukamen. Er konnte nicht erkennen, wie viele es waren, denn ihre Umrisse waren nur undeutlich auszumachen, und sie ritten dicht beieinander. Aber er war sicher, daß sie ihn noch nicht gesehen hatten. Sie redeten miteinander und lachten. Er mußte ihnen aus dem Weg gehen und um sie herumschleichen. In geduckter Haltung lief er zu dem nächsten Felsblock. Ihm war bewußt, daß er ungedeckt und sichtbar war, als er über die freie Fläche zwischen den beiden Felsen rannte. Wenn sie herschauten, würden sie ihn ganz sicher sehen. Hinter dem Block blieb er wieder stehen. Sie lachten immer noch. Er huschte zum nächsten Felsen und zum übernächsten, huschte flink voran und rechnete jedesmal mit Alarmgeschrei, aber er hörte keins. Als er sicher war, daß sie ihn nicht mehr sehen konnten, richtete er sich auf und lief weiter. Er schaute sich immer wieder um, während er locker durch das Dämmerlicht lief, zwanzig Minuten, dreißig – bis er schließlich wußte, daß er in Sicherheit war. Als er eine große Felsformation erreichte, beschloß er, in ihrem Schutz die Nacht zu verbringen.

Er bog um eine Ecke, und der Schreck ließ ihm das Herz bis zum Halse schlagen.

Im Zwielicht stand ein einzelner Targui. Er hatte soeben seinem Mehari die Kehle durchgeschnitten, weil es sich ein Vorderbein gebrochen hatte. Er hatte Paul kommen hören, nach seinem Gewehr gegriffen und sich aufgerichtet, um ihn zu erwarten. Paul war völlig überrascht, aber er reagierte trotzdem schnell und automatisch, als er die Pistole zum Schuß hob. Das alles dauerte nur den Bruchteil einer Sekunde, aber mit blitzartiger Schnelligkeit riß der Targui den Kolben seines Gewehrs hoch, schlug zu, und traf Paul seitlich am Kopf. Der Hieb durchzuckte Paul bis in die Füße. Er kippte vornüber, und der Knall seiner Pistole dröhnte ihm in den Ohren.

Während er fiel, wütete sein Verstand gegen die Dunkelheit, die ihn zu überwältigen drohte. Paul begriff, daß er kampflos sterben würde. Er sank in die Knie, fiel schwer auf den Bauch, drängte den Nebel zurück, der ihn erfassen wollte, schob ihn von sich weg und betrachtete die Bilder des Tages, die sich vor ihm abspielten: das Stechen, das Hacken, das Feuer und das Blut, den beißenden Rauchgeruch, und natürlich Remy, der tapfere Remy, der die starken Arme schwang, bis einer plötzlich abgetrennt war und seinen eigenen Weg nahm und sein Blut verspritzte, während er durch die Luft wirbelte und blaue Gewänder und graue Röcke und den kalten toten Bauch des Kamels zu seinen Füßen besudelte, und Paul rannte durch Feuer und Rauch den Berg hinunter, um den Arm aufzuheben und seinem Freund zurückzugeben – es mußte sehr weh tun, und er würde ihn doch auch noch brauchen –, und dann hatte Paul ihn, faßte ihn bei der Hand, der Hand, die das Gewehr losließ und bereitwillig mitkam, aber Remy wollte ihn nicht zurücknehmen, verdammt, er wollte nicht aufstehen, seine Augen starrten leer und dumm an dem Schaft der Lanze in seiner Brust vorbei zu Paul herauf, *o Gott, Remy, es tut mir so leid, das muß doch sehr weh tun, hier, nimm ihn, bitte nimm ihn zurück*, und die

Tuareg waren zurückgewichen, um das Ganze zu beobachten, und sie sahen, daß Remy den Arm nicht mehr wollte, und drängten sich heran, ein Ring aus rotem Stahl und blauen Gewändern und Sehschlitzen mit feurigen Augen, und sie kamen, um sich noch einen zu holen ...

26.

Es mochten zehn Minuten oder zehn Stunden gewesen sein, die Paul schwebend in einer grauen Unterwelt zwischen Bewußtsein und Finsternis verbrachte. Alles war so vage, alles war nur beinahe etwas. Er konnte nicht atmen. Eine schwere Last drückte auf seine Brust, aber vielleicht war es auch nichts. Geräusche, Geschrei, schreiende Männer! – aber nein, nur der Wind, der seine Spiele spielte – hier gibt es nur Stille. Halt, das waren doch Kamele, was er da hörte ... nein, keine Kamele, aber Blut, der süße Geruch von Blut. Sein eigenes? Nein, es war der Geruch der Wüstenluft, und sie roch gut, so gut. Er wünschte nur, das Trommeln in seinem Kopf würde aufhören, tausend Trommler, die langsam und rhythmisch auf tausend Trommeln schlugen, und es tat so weh – aber nein, das waren Brandungswellen, die ans Ufer schlugen! Dann war er am Meer, mit Moussa, zwei kleine Jungen, die unermüdlich mit der Brandung Fangen spielten. Das Wasser wich zurück, wenn sie ihm entgegenliefen, und kam ihnen nach, wenn sie zurückwichen, und er liebte das Meer so sehr, aber jetzt war keine Zeit, er wollte nur schlafen, aber der Falke ließ ihm keine Ruhe, er kreischte triumphierend über seiner Beute, er schlug mit den Flügeln, und sein Schnabel zerriß das Fleisch einer kleinen Eidechse.

Dann dieses Summen, ein beharrliches, undeutliches Summen in seinen Ohren, und während er noch versuchte, es auszublenden, sah er einen flüchtigen Augenblick lang alles wieder ganz klar, die blitzenden, hackenden Schwerter, die blauen Metzger bei ihrer Arbeit in einem menschlichen Schlachthaus, und der Geruch von Schießpulver brannte ihm in den Augen. Der Arm – o Gott, der Arm, abgeschnitten und allein wirbelte er durch die Luft, und dann überkam ihn lähmende Übelkeit, daß er sich zusammenkrümmte, und alle waren tot oder starben.

Und die Dunkelheit überkam ihn von neuem und löschte das Grauen aus.

Viel später weckte das lastende Gewicht auf seiner Brust ihn wieder. Er schüttelte den Kopf und öffnete die Augen. Da war Licht, aber man sah keine Einzelheiten. Er tastete sich ins Bewußtsein. Er krümmte und streckte die Hände. Sie bewegten sich noch. Mit größerer Anstrengung, als er es für nötig gehalten hätte, gelang es ihm, sich die eine vors Gesicht zu halten, und dann fühlte er noch eine Hand. Eine Hand, die kalt war. Tot.

Diese Erkenntnis riß ihn jäh ins Bewußtsein. Grunzend drückte er gegen den Leichnam, der da auf ihm lag, und jetzt endlich sah er alles wieder klar: Er schaute in die Augen eines Mannes, den er erschossen hatte. Die Augen waren offen. Ein hübsches Blau, dachte er, aber leblos, blicklos. Dumpf starrte er sie an und begriff es kaum. Er wußte, er hatte es getan, aber das war vorläufig alles.

Mit rasenden Kopfschmerzen und einem Magen, der sich vor Übelkeit zusammenkrampfte, stieß er unter übermenschlichen Anstrengungen den Toten von sich herunter auf die Steine. Atemlos richtete er sich auf und schaute sich um. Zu seinen Füßen lag ein Kamel mit schrecklich verrenkten Beinen. Daneben sah er ein mächtiges zweischneidiges Schwert und ein blutiges Messer mit lederumwickeltem, kreuzförmigem Heft.

Ihn fröstelte. Entweder graute der Morgen, oder der Abend dämmerte. Er konnte es nicht sagen: Kälte und Zwielicht paßten zu beidem. Er wischte sich mit dem Ärmel durchs Gesicht. Der Geschmack in seinem Mund war ekelhaft. Schlucken half nichts. Die Zunge war geschwollen, der Mund trocken, und der Speichel wollte nicht fließen. Er schaute auf sein Flanellhemd hinunter, das nicht mehr grau, sondern von dunkel rötlichem Schwarz war: Blut hatte es gefärbt. Das Blut eines anderen Mannes.

Matt stand er auf. Er streckte sich, schlang sich dann die Arme um den Oberkörper und drückte fest zu, um sich zu wärmen. Er hatte keine Ahnung, wo er war. Er sah nur den Himmel und die dunklen Felsen, die in der Ferne aufragten. Wie lange mochte er bewußtlos gewesen sein? Er beugte sich über den toten Targui, um ihm den Mantel abzunehmen. Die Kleider des Mannes waren von getrocknetem Blut verkrustet. Er bemühte sich, das gezackte, angesengte Loch im Stoff nicht zu beachten, während er arbeitete. Der Leichnam war starr wie eine schwere Holzpuppe, und es war schwierig, ihm den Mantel auszuziehen. Die Pistole löste sich aus den Falten und fiel klappernd zu Boden. Paul erschrak. Er mußte sich wieder hinsetzen, ihm war schwindlig vor Anstrengung.

Ein neues Geräusch ließ ihn aufblicken. Auf der Spitze eines hohen Felsens saß ein einsamer Rabe und starrte ihn vorwurfsvoll an. Paul hielt ihn von seiner Mahlzeit ab. Es hieß, die Geier seien die abscheulichen Herren des Todes in dieser Wüste, die häßlichen Vertilger faulenden Fleisches. Aber nie hatte er etwas anderes gesehen als diese Raben – groß und glatt, schweigende, geflügelte Bedrohung. Er hob einen Stein auf und warf ihn nach dem Vogel, und der flatterte mit wütendem Krächzen davon. Paul schloß die Augen und versuchte, sich zu sammeln und nachzudenken. Es war noch alles wirr, aber Stück für Stück kam die Erinnerung zurück – kein mächtiger Schwall füllte die Lücken, sondern kleine, grauenvolle Splitter. *Tadjenout!* Das Massaker, die Verfolgung. Ihn schauderte.

Das Hämmern in seinem Kopf ließ allmählich nach. Er brauchte Wasser. Vorsichtig stieg er über den Toten und das Kamel hinweg und ging zu der Ausrüstung, die der Targui bei sich gehabt hatte. Er fand einen ziegenledernen Wasserschlauch. Eifrig zog er den ledernen Stopfen heraus und trank in tiefen Zügen, zu hastig, so daß das Wasser über sein Kinn zu Boden lief. Das Wasser schmeckte schlammig, aber für ihn war es kalt und wunderbar. Er spülte sich den Mund aus und spuckte.

Dort lag ein weicher Lederbeutel, fest zugeschnürt. Er öffnete ihn und fand Datteln, Mehl, Salz, Zucker, Tee und eine kleine Messingschale. Gierig stopfte er sich eine Handvoll Datteln in den Mund, kaute heißhungrig, spuckte die Kerne aus, nahm noch eine Handvoll und noch eine, und dann spülte er alles wieder mit Wasser herunter.

Er wußte, daß er weitergehen mußte. Er warf sich die beiden Beutel über die Schulter und holte seine Pistole. Auch das Schwert und den Dolch des Targui nahm er mit. Er wischte die Messerklinge an seinem Hosenbein ab und steckte sie in den Gürtel. Dann wandte er sich zum Gehen, doch unvermittelt blieb er stehen, schamrot im Gesicht. Er drehte sich um.

In seinem ganzen Leben hatte er noch keinem Menschen etwas angetan. Aber soeben hatte er einem Mann, den er erschossen hatte, seinen Proviant, sein Wasser und den Mantel gestohlen. Er wußte nicht, wie er sich jetzt fühlen sollte, aber er hatte doch das

Gefühl, daß es anders sein müßte als so: ohne Trauer, ohne Tränen. Er hatte getötet und ging fort – fertig. Es hätte sein Leichnam sein können, der jetzt da lag. Der Targui hätte ihn ausgezogen und verstümmelt und dann gleichgültig liegenlassen. Er wußte, daß er kein Targui war, aber es war doch ein unwirkliches Gefühl, so kalt und unbewegt dazustehen. Es war nicht recht. Der Tod zu seinen Füßen verdarb ihm alle lässigen Rechtfertigungen.

Mit rotem Gesicht ließ er sich auf die Knie fallen und beugte sich über den Toten, um ihm den Schleier über die offenen Augen zu ziehen. Dann senkte er den Kopf und schloß die Augen.

Vater unser, der Du bist im Himmel ...

Nein! Er konnte es nicht. Das Gebet erstarb auf seinen Lippen, und die Wut kochte in ihm.

Nicht nach dem, was in Tadjemout passiert ist.

O gütiger Jesus, was haben die Tuareg getan!

Remy! Der Colonel und Masson! Dennéry! Tot, alle tot! Ich werde nicht beten für dieses Tier.

Er schlug den Schleier zurück und entblößte das Gesicht. *Die Krähen sollen das Gesicht des Bösen sehen, bevor sie es fressen!*

Er nahm den Mantel von den Schultern und ließ ihn fallen. Er würde das Gewand des Feindes nicht tragen!

Ich bin im Krieg.

Er hob Proviant und Wasser auf und ging los. Der Morgen dämmerte, zeigte sich nun. Die Sonne stieg in einen makellos klaren blauen Himmel hinauf und erhob sich über einen fernen Gipfel, einen großen, gezackten Monolithen, der oben hinter einem der Täler zu sehen war. Wie die anderen Berge war er Fantasia, geformt aus einem Traum – der ganze Hoggar war so, unheimlich und verspielt, Märchenbuchgestalten, ferne Schlösser und Türme und Köpfe im Profil, Berge wie nirgendwo sonst, unirdisch und geheimnisvoll. Eine Heimat für Drachen und Feen.

Eine Heimat für den Tod.

Er erinnerte sich jetzt. Der große Berg dürfte der Serkout sein. Sie waren an jenem letzten Tag in seinem Schatten vorbeigezogen, und Floop – verzweifelt stürzten seine Gedanken sich auf den Hund. Panisch schaute er sich um. Er hatte den Hund völlig vergessen. Er hatte ihn in der Tasche gelassen.

»Floop!« Nichts. Nichts als seine Stimme, die von den Bergen widerhallte, allein. »Floop!«

Er setzte sich hin, und endlich kamen die Tränen und spülten über ihn hinweg wie mächtige Wellen des Schmerzes. Sein Innerstes verknotete sich qualvoll, und er weinte, bis es weh tat. Nach einer Weile riß er sich aus seinen elenden Gedanken. Die Streifen auf seinen Wangen, wo die Tränen getrocknet waren, spannten sich wie straffe Narben in seinem Gesicht, als er in den Tag hinausspähte.

Er genierte sich vor sich selbst wegen seiner Tränen. Er wußte, er mußte weiter, oder er würde sterben wie ein jammernder Idiot. Die Sonne war höher gestiegen. Die Kälte, die er verspürt hatte, war vergangen. Es würde ein heißer Tag werden. Nicht sengend heiß, denn es war erst Februar – oder war es schon März? Er konnte sich nicht erinnern.

Ich werde sie alle töten.

Er sah sich um, starrte den Riesen Serkout an, ließ den Blick langsam über den Horizont wandern, verharrte bei jedem Gipfel, jedem Grat, jeder Steinformation, immer in der Hoffnung, daß eine dieser wilden, unheimlichen Formen ihm vielleicht bekannt vorkommen möge. Aber da war nichts, überhaupt nichts. Seine Augen kehrten wieder zum Serkout zurück.

Schaut Dianous jetzt diesen Berg an? Oder ist er auch tot?

Nein. Er hat überlebt. Er hat jetzt das Kommando, nachdem der Colonel und der Capitaine tot sind.

Was würde er jetzt tun?

Paul trat abwesend gegen einen Stein.

Du weißt, was er tun würde. Er würde die Schweine jagen.

Wahnsinn! Zwei zu eins in der Minderzahl.

Na und? Man muß es ihnen heimzahlen.

Zerbrich dir jetzt nicht den Kopf über deine Rache. Jetzt kommt das Überleben. Die Rache kommt später.

Jetzt kommt der Kampf! Was muß ein Soldat sonst tun?

Laufen muß er. Nach Norden laufen. Laufen wie der Teufel.

Dianous würde nicht laufen. Du etwa?

Verflucht, nein. Verflucht, ja. Ich weiß es nicht. Die Tuareg haben wahrscheinlich an zwei Stellen gleichzeitig angegriffen. Wahrscheinlich sind jetzt sowieso alle tot.

Dianous? Der ist nicht tot! Der ist auf dem Weg nach Wargla. Beweg dich. Du mußt ihn einholen.

Wo liegt denn Wargla?

Weiß ich nicht. Im Norden.

Viel weißt du ja nicht. Hast nie aufgepaßt. Keiner dieser Berge sieht bekannt aus. Wieso hast du nicht aufgepaßt?

Weil immer ein Offizier da war, der das für dich getan hat. War nicht nötig aufzupassen.

Wie konnten sie dich bloß zum Offizier machen, wenn du nie aufpaßt? Dir fallen die Dinge nicht zu, wie sie einem Offizier zufallen sollen. Remy hat gewußt, daß du ein Blender bist.

Ah, Remy.

Kommt sowieso nicht mehr drauf an. Kein Kompaß, kein Gewehr, kein Kamel. Zu Fuß kannst du sie nicht einholen. Wenn Offiziere sterben, sind sie genauso tot wie einfache Soldaten.

Ihn schauderte. Die Sonne schien ihm warm auf den Rücken. Um ihn herum war nur grenzenlose Leere. Und Stille.

Ich habe Angst.

Sieh der Angst ins Gesicht. Dann geht sie vorbei.

Ich werde sterben.

Hör auf! Armseliges Gewinsel! Nach Norden! Amguid, dann Wargla! Nach Norden zum Wasser. Nach Norden zum Leben.

Und wenn sie noch in der Nähe sind und die Tuareg verfolgen? Gehst du nach Norden, wirst du sie verpassen. Wirst dich irgendwo verirren und sterben, allein.

Sterben wirst du so oder so. Immer verirrt. Aber besser, du verirrst dich auf dem Weg nach Norden als nach Süden. Besser, du verschwindest von hier.

Und fast ehe er dies alles zu Ende gedacht hatte, fast ohne sich darüber klarzuwerden, ging er schon, und sein Schritt wurde freiwillig immer länger und kraftvoller, vorangetrieben von Zielstrebigkeit und schrecklicher Angst.

Ich habe mich verirrt. Ich habe Angst. Ich will nicht sterben.

Er beschleunigte seinen Schritt immer mehr, seine Beine pumpten, schnell, immer schneller, gehetzt von den Dämonen in seinem

Kopf. Er schob alles von sich weg. Keine Zeit für Theorien, keine Zeit, Remy zu betrauern, keine Zeit für Hunde, keine Zeit für Angst. Es gab nur noch den Norden und Wargla.

Ich bin im Krieg.

Er marschierte lange, bis in die Abenddämmerung hinein, ohne unterwegs zu essen oder zu rasten. Nur hin und wieder nahm er einen Schluck Wasser. Er kam gut voran, erst durch eine endlose Kette von Felsen, dann durch Wadis, jene ausgetrockneten Flußbette, in denen es toste, wenn der Regen fiel, dann bergauf und bergab durch immer neue Felsen. Winzig in der Unermeßlichkeit des Landes kroch seine kaum sichtbare Gestalt durch die gebirgige Wüste, aber sie blieb in Bewegung, immer in Bewegung. Oft mußte er von seinem Kurs abweichen, aber er achtete darauf, daß er die Sonne im Rücken behielt und sein Schatten vor ihm im Laufe des Tages von links nach rechts wanderte.

Die düstere Realität seiner Lage machte ihn blind für die Schönheit des Landes, durch das er wanderte. Berge und Felsen waren nur noch Hindernisse, die er überwinden mußte. Wenn er doch einmal hinschaute, so wollte nicht einmal ein Fünkchen des Wiedererkennens aufblitzen. Und so war der Weg, den er jetzt nahm, sein eigener, neu und einzigartig. Das unerschütterliche Tempo tat gut, denn es hatte sein Denken abgelöst. Er widmete alle seine Gedanken der Eile, dem Fortkommen, und sein Blick wanderte über die Myriaden von Routen, die vor ihm lagen, und wählte diejenige aus, die ihn am wenigsten aufhalten würde. Es wurde ein Spiel: Sein Geist schätzte Entfernungen, berechnete Winkel, und seine Füße, sicher, stetig, trugen ihn schnell über das Gelände. *Nicht dort hergehen, da liegt Sand zwischen den Felsen – besser dort, nach links und außen um das Feld mit den Felsblöcken herum: Sie stehen so weit auseinander, daß man nicht von einem zum andern springen kann, und man verschwendet zuviel Zeit, wenn man immer wieder hinauf- und hinunterklettern muß.* So ging das Spiel immer weiter, Stunde um Stunde, mit niemals nachlassender Geschwindigkeit, in vollkommener Konzentration. Sein Körper verschmolz mit seinem Geist, sein Geist verschmolz mit den Felsen, die Felsen verschmolzen mit seinem Schatten, und sein Schatten wanderte nach Norden, immer weiter nach Norden.

Erst als die Sonne sich zum Horizont senkte, spürte er seine Erschöpfung, und er machte halt, um sich auszuruhen. Er legte Proviant und Wasser auf den Boden und sackte zu einer sitzenden Position zusammen. Dann durchwühlte er den Proviantbeutel. Die Datteln waren gut, aber hart und trocken; es mochten vierzehn oder fünfzehn Pfund sein, und das Mehl war noch mehr. Er kaute auf einer Handvoll Datteln und dachte über ein neues Problem nach: Was sollte er mit dem Mehl anfangen? Er hatte sich noch nie im Leben etwas zu essen gekocht, und er hatte auch nie sonderlich darauf geachtet, wenn andere es für ihn getan hatten. Es war Vollkornmehl, durchsetzt von etwas, das aussah wie Insektenteile, aber es war schwer und körnig. Er wußte nur, daß man daraus Brot und Kuchen backen konnte. Dazu aber brauchte er Hitze, und dazu wiederum brauchte er Holz. Im Laufe des Tages hatten verstreut an seinem Weg einzelne Bäume gestanden, aber da, wo er jetzt haltgemacht hatte, gab es überhaupt keine Vegetation. Er saß auf einem Sandbett neben einem großen schwarzen Felsen, der sich noch warm von der Sonne anfühlte. Paul fragte sich, ob er nicht vielleicht noch heiß genug sein mochte, um aus dem Mehl etwas zu machen.

Er zuckte die Achseln und schüttete ein bißchen von dem Mehl in die Schüssel. Dann träufelte er Wasser aus dem Ziegenlederschlauch dazu. Er gab eine Handvoll Salz dazu, und weil ihm das zuviel erschien, nahm er auch noch zwei Handvoll Zucker. Dann fing er an, das alles mit den Fingern einer Hand zu vermischen. Es ging nicht sehr gut. Ein Teil war klebrig, ein anderer klumpig, und wieder ein anderer trocken, es war harte Arbeit, und das Ganze wollte seine Teile nicht akzeptieren. Klumpen klebten an seinen Fingern, und so sehr er auch damit hantierte, sie wollten das Mehl nicht aufnehmen, und dieses blieb daher trocken und pulvrig. Schließlich gab er die einhändigen Bemühungen auf und wühlte auch die andere Hand hinein, verschränkte sie, quetschte, knetete, rubbelte.

Er merkte, daß er zuviel Wasser genommen hatte. Der Teig geriet überallhin. Er schien ihm an den Armen heraufzukriechen, während er arbeitete. Er versuchte ihn in die Schüssel zurückzubringen, aber ein großer Teil blieb an seinen Händen kleben. Er drückte ihn von den Handflächen und von den Handrücken herunter, strich ihn dann von jedem einzelnen Finger ab und schüttelte die Hände, um die Klümpchen von den Fingerspitzen abzubekommen. Als er alles entfernt hatte, so gut es ging, starrte er auf seine Hände. Sie waren immer noch von einer Schicht Teig überzogen. Er wagte nicht, etwas zu vergeuden, und fing an zu lecken, was sich als schwierig erwies, weil ein Teil des Mehls bereits steinhart getrocknet war und an den Härchen auf seinen Handrücken klebte. Widerwillig nahm er Zuflucht zu seinen Hosenbeinen.

Den Teigklumpen setzte er auf den warmen Felsen, dann zog er sein Hemd aus, bedeckte ihn damit und wartete, daß etwas passierte. Nach einer Weile stach er mit dem Finger hinein. Nichts tat sich. Sein Finger hinterließ ein Loch. *Kein großartiger Kuchen*, dachte er. Er gab ihm noch eine halbe Stunde und stach dann noch einmal hinein. Sein Finger machte immer noch eine Delle, aber keine tiefe mehr. Vermutlich war das Ding so fertig, wie es nur werden konnte. Er hob es auf und stellte zu seiner Genugtuung fest, daß es zumindest nirgends anklebte. Außen war es hart, innen klebrig. Er hatte nicht alles richtig gemischt und fand deshalb Klumpen von Zucker und von Salz. Irgendwie war auch Sand hineingeraten, der jetzt zwischen seinen Zähnen knirschte. Mutig verschlang er das Ganze mit etlichen Datteln in zwölf Bissen. Besonders begeistert war er nicht, aber er hatte schon ein paar Ideen für das nächste Mal. Und es war, wie er befriedigt feststellte, das beste Essen, das er je gekocht hatte.

Er schaute durch die Dämmerung zum Serkout. Der Berg war im Laufe des Tagesmarsches zurückgewichen, aber nicht annähernd weit genug. Die Venus stand bereits hell über dem Horizont. Darüber, ein paar Grad weiter östlich, leuchtete die Mondsichel, die ihm genug Licht spenden würde, um noch ein paar Stunden zu marschieren.

Er lud sich Proviantbeutel und Wasserschlauch auf und ging weiter. Es tat gut, wieder in Bewegung zu sein und die Kälte abzuschütteln, die mit dem Sonnenuntergang eingesetzt hatte. In diesem Zwielicht kam er sehr viel langsamer voran. Eingedenk des Schicksals, das dem Kamel des Targui beschieden gewesen war, suchte er sich seinen Weg durch das Gelände mit vorsichtigen und behutsamen Schritten, denn er war nicht immer sicher, ob die Formen vor ihm fester Boden oder nur tiefe Schatten waren. Er behielt die Venus links hinter sich und richtete sich nach ihr, bis der Himmel dunkler wurde und er sich an den Sternen genauer orientieren konnte. Wenn er zu dem funkelnden Planeten hinaufschaute, erfaßte sein Blick die Umrisse der Felsen am Horizont. Ihre Formen begannen mit dem dunkelvioletten Himmel zu verschmelzen.

An dem Platz, wo Paul gerastet und sein Brot gebacken hatte, stieg ein Targui von seinem Kamel und untersuchte den Boden. Überall sah er Spuren des Weges, den der Franzose genommen hatte. Als er sich vergewissert hatte, daß er auf der richtigen Fährte war, stieg er wieder auf und trieb das Mehari hoch. Der Targui fror nicht, Turban und Gewand und das Kamel unter ihm hielten ihn warm. Er fühlte sich wohl. Seine Füße ruhten im Nacken des Kamels, und er konnte die ganze Nacht hindurch reiten, wenn es nötig wäre. *»Bok bok.«* Der Laut reichte kaum weiter als bis zu den Ohren des Kamels. Das Tier folgte gehorsam dem Druck, den der Fuß des Reiters ausübte, und wandte sich nach Norden.

Paul wanderte noch zwei Stunden lang weiter. Eine Stunde nach Einbruch der Dunkelheit setzte der Wind ein – ein starker, unwillkommener Besucher aus dem Osten, lärmend und kalt. Der Mond war noch nicht voll genug, um die Wüste zu beleuchten. Er genügte gerade, um die Formen am Horizont erkennbar zu machen, und an ihnen maß Paul sein Vorankommen. Es war stetig, aber viel langsamer als bei Tageslicht. Er schätzte, daß er fünf oder sechs Kilometer zurückgelegt hatte – nicht schlecht für einen Nachtmarsch in schwierigem Terrain, dachte er, aber bedeutungslos in der ungeheuren Weite, die er zu durchqueren hatte. Als der Mond sich zum Horizont senkte, beschloß er, sich einen Platz für die Nacht zu suchen, ehe der Mond ganz verschwunden wäre und er im Dunkeln zurückbliebe.

Er fand einen großen Felsen mit einer Höhlung an der Seite, der sich in ein Bett aus Sand und feinem Kies schmiegte. Er setzte sein Gepäck ab und ließ sich zu Boden fallen, wo er den Beutel als Kopfkissen benutzte, als er erschöpft die Augen schloß.

Nach zehn Minuten wußte er, daß er keinen Schlaf finden würde, weil der Wind zu kalt war. Er hatte nichts als die Kleider, die er am Leibe trug, um sich zu wärmen, und es gab hier kein Holz für ein Feuer. Also würde er sich einen Unterschlupf bauen müssen.

Im schwindenden Mondlicht trug er flache Steine zusammen und stapelte sie in einem Halbkreis vor seiner Höhle. Steine gab es reichlich, und so ging diese Arbeit rasch vonstatten. Er war darüber froh, denn die Kälte machte seine Hände gefühllos und ließ seine Nase laufen. Er wollte nur noch schlafen.

Er wußte, daß es nicht ratsam war, die Steine achtlos aufzuheben, wußte, daß man nicht die Hand darunterschieben durfte, ohne sie vorher mit dem Stiefel zu bewegen. El Madani hatte ihn auf dem Weg nach Süden davor gewarnt und ihm eingeschärft, nachzuschauen, immer erst nachzuschauen. Aber die Erschöpfung, die Dunkelheit und sein Bedürfnis nach Wärme machten ihn unachtsam. Er war fast fertig; sein Windfang war kniehoch. Er legte die letzte Lage auf, und die Steine machten ein scharfes, hohles Geräusch, wenn er sie auf seinen Bogen stapelte, wobei er sich bemühte, sie so genau zusammenzufügen, wie ihre Formen es gestatteten, damit der Wind nicht hindurchpfeifen konnte.

Der große Skorpion war von der Nachtluft träge, aber nicht unbeweglich. Er reagierte instinktiv auf die Störung, wie er es mußte. In seinem Stachel wohnte der Blitz, und so schnell stieß er auch zu – krümmte sich nach vorn, nach oben, bis er das weiche Fleisch der Gefahr fand und sein Gift hineinspritzte. Dann zog er sich zurück und krabbelte rückwärts – langsamer, als er es am Tag getan hätte, aber immer noch flink, und verkroch sich im Schutz eines anderen Steins.

Paul spürte das Feuer und wußte sofort, was es war. Das Brennen sengte sich durch seine Hand, durch das Handgelenk und in den Arm hinauf, und die Erkenntnis der eigenen Dummheit durchzuckte seinen Verstand wie der Blitz. Mit einem lauten Aufschrei sprang er zurück, preßte die Hand an den Leib und krümmte sich, und er betete, es möge in Wirklichkeit nicht passiert sein. Aber es war passiert – das Feuer in seiner Hand lähmte ihn. Er schleppte sich in seinen Unterschlupf und fiel schwer auf das Sandbett, ohne zu fühlen, wie sein Kopf auf den Fels schlug.

Einstweilen fühlte er auch die Kälte auf den Schwingen des Windes nicht mehr, die ihn anflog, als wäre seine Mauer gar nicht vorhanden. Er fühlte nichts als das Feuer.

Das Gift wirkte schnell. Er krümmte sich seitwärts in den Sand, zog die Knie an die Brust wie ein Embryo und schmiegte sich um seine Hand. Der Wind heulte wie ein Lebewesen in dem engen Raum, aufdringlich, schneidend, roh, und der Ton schien die Qualen noch zu verschlimmern. Paul hatte kein Mittel gegen den Schmerz, kein Mittel gegen die Kälte. Er sehnte sich nach den Wolldecken, die er zusammengerollt am Sattel seines Mehari zurückgelassen hatte, sehnte sich nach seinem Zelt mit den Segeltuchwänden, die diese Kälte von ihm abhielten. Er sehnte sich nach dem toten Dr. Guiard, nach seinen Arzneien und seiner Hilfe. Er verfluchte sich, weil er den Mantel des Targui verschmäht hatte: ein Akt törichten Zorns.

Er zitterte und schluchzte. Beulen schwollen unter seiner Achsel. Er versuchte sich trotz aller Schmerzen zu konzentrieren, zwang seine Gedanken in die Zuflucht einer wärmeren, milderen Umgebung: irgendwohin, wohin es auch sei, nur fort von hier. Aber seine Gedanken spielten nicht mit. Wildes Feuer und bittere Kälte hatten ihm die Fluchttür versperrt.

Es wurde unerträglich, weiter auf der Seite zu liegen. Er versuchte sich aufzurichten, die Beine unter sich zu ziehen und sich zu wiegen. Er konzentrierte sich auf diese Bewegung; es wirkte beruhigend, so zu schwanken, langsam erst, und als das nicht mehr half, auch schneller. Der Rhythmuswechsel war eine Erholung, bis das schnelle Wiegen auch nicht mehr wirkte, so daß er wieder langsamer wurde, die Bewegungen in die Länge zog, sie übertrieb, bis er mit dem Gesicht die Felswand berührte. Als das alles nicht mehr funktionierte, versuchte er, wieder auf der Seite zu liegen, und er wand sich langsam im Sand, als wolle er sich ein Grab wühlen und darin verschwinden.

Er sprach mit sich, und der Klang seiner Stimme spendete ihm Trost.

»Verdammt, es ist kalt, o Gott, Gott hilf mir. De Vries, du bist ein Trottel, ein dummer wahnsinniger Trottel, versuch doch den Arm zu krümmen, das wird helfen. O Jesus, heilige Mutter Maria,

das ist ja noch schlimmer, bitte mach, daß es weggeht, laß mich hier nicht erfrieren, Vater, laß es aufhören und mach, daß die Nacht vorbei ist, bitte Gott, mach, daß es aufhört weh zu tun, bitte mach, daß mir warm wird, Gegrüßet seist du Maria voll der Gnaden, der Herr ist mit dir …«

Er biß die Zähne zusammen, bis er glaubte, daß sie gleich abbrechen müßten, und stammelte dabei immer weiter. Seine Stimme war ein Winseln im heulenden Wind.

Fieber setzte ein und brachte Schweiß hervor, der im Wind verdunstete und die Kälte verstärkte. Es wütete in ihm und verursachte ihm Schüttelfrost. Er öffnete die Augen und sah den nördlichen Himmel, und er verfolgte den Großen Wagen, wie er in weitem Bogen langsam dahinkroch, um sich über dem Horizont zu entleeren. Nie war er langsamer gekrochen. Paul war verzweifelt. Er glaubte nicht mehr, daß diese Nacht jemals zu Ende gehen würde, denn irgendwann hörte der Wagen ganz auf, sich zu bewegen: Er war am Himmel festgefroren.

Er schrie, ein rauher, heiserer Schrei, der aus dem Bauch durch die Brust heraufquoll. Alles an ihm war geschwollen, unbrauchbar, die Hand so aufgebläht, daß die Haut sich rot und glänzend spannte und er glaubte, daß sie gleich platzen müsse. Schon das Atmen war eine Tortur, aber das schlimmste war der Schüttelfrost, der sich durch den Arm in die Hand hinunter zu verstärken schien.

Ich werde sterben. Ich will sterben. Bitte, Gott, laß mich sterben.

Die Schreie kamen und gingen, verklangen in einem Schluchzen, einem wütenden, bitteren, erstickten Schluchzen, und auch seine Kehle war geschwollen. Der Rücken tat ihm weh von der verkrümmten Haltung. Seine Beine waren verkrampft. Er genoß das, denn es war eine andere Sorte von Schmerz, die ihn von jenem anderen Schmerz ablenkte, und fast lachte er vor Erleichterung und klammerte sich an diesen Augenblick. Aber dann begann der Zyklus von Schmerz und Fieber und Kälte von neuem, heftige Ausbrüche schüttelten seinen ganzen Körper, begannen tief in seinem Innern und arbeiteten sich nach außen, und wieder wanderten sie durch seinen Arm hinunter und endeten verstärkt in seiner Hand.

Er war empört und verzweifelt, und der Schweiß tropfte ihm von der Stirn und brannte salzig in seinen Augen. Er hieb mit der Faust gegen die Steine, stieß die Mauer um, schmetterte sie in den Sand, bis die scharfen Steinchen blutige Wunden rissen, und bei diesem neuen Schmerz sog er die Luft zwischen den Zähnen ein, als wäre er in kaltes Wasser gesprungen, und er schrie und weinte wieder, und noch immer krochen die Sterne viel zu langsam durch die gottverlassene Nacht.

Endlich verloren die Zyklen ihre scharfen Ränder. Er fiel in kurzen Dämmerschlaf und kam wieder zu sich, aber die Erschöpfung zerrte mit ihren Klauen an seinem Gehirn und suchte es in ihre Gewalt zu bringen. Seine Lider wurden schwer. Seine Schreie erstarben zu einem leisen Wimmern, die Sterne schwanden aus seinem Blick, sein Körper wiegte sich, wiegte sich durch die Nacht, und endlich flutete Erleichterung über ihn hinweg, machtvolle Wogen seliger Erleichterung, und er schlief.

Langsam kreisend drang die Welt wieder in sein Bewußtsein. Es war dunkel, aber er war nicht mehr im Freien. Er wollte sich aufsetzen, sank aber gleich schwindlig zurück. Er stöhnte. Der Kopf tat ihm schrecklich weh. Er öffnete die Augen und sah eine Felsendecke über sich, die das Flackerlicht eines Feuers reflektierte. Und endlich war ihm warm, war die Kälte verflogen.

Langsam klärten sich seine Gedanken. Ein Feuer, eine Höhle. Er blinzelte und schüttelte den Kopf. Über sich erkannte er nach und nach eine Gestalt. *Ich bin nicht allein.* Die Gestalt flimmerte wie ein Spiegelbild in einem Wassertümpel. Sein Blick wurde zusehends klarer. Weiße Baumwolle, blaues Gewand. Ein Schock durchfuhr ihn.

Tuareg!

Seine Hand fuhr zu seiner Pistole. Der Targui packte sie und hielt sie mühelos fest. Paul sträubte sich wild und wollte sich aufrichten.

»Paul, hör auf! Ich bin's, Moussa!«

»Den Teufel! Weg, sage ich!« Paul wehrte sich kraftlos, halb im Fieberwahn, und Schmerz zermarterte ihm den Körper.

»Wirklich! Ich kenne dich, Paul de Vries! Und du kennst mich!«

»Nimm deine Maske ab, du Teufel!« keuchte Paul und versuchte immer noch, an seine Pistole zu kommen.

»Das ist keine Maske! Das bin ich!«

»Nein!«

»Doch! Wir haben zusammen einen Totenkopf gefunden, unter St. Paul! Fritz haben wir ihn genannt! Und ich habe mit meiner Schleuder auf einen Preußen geschossen. Hier, schau doch, ich habe sie immer noch!« Moussa nestelte unter seinem Gewand, aber bevor er sie hervorziehen konnte, wußte Paul, daß es stimmte.

»Moussa! Bei Gott, du bist es wirklich!« Paul war so erleichtert, daß ihm die Tränen kamen. Er stemmte sich hoch und wollte seinem Cousin um den Hals fallen, aber er schrie vor Schmerz auf, als er den Arm hob. Moussa half ihm, sich wieder hinzulegen.

»Vorsicht. Du bist noch nicht kräftig genug, um dich zu bewegen.«

Paul erkannte seine eigene Hand nicht wieder. Sie war grün und blau und auf die zweifache Größe angeschwollen, und die Finger waren dick und glänzend wie groteske Ballone. Sie ließ sich nicht bewegen, wie er es wollte. Die Haut war rissig verkrustet, und sie näßte. Ein Tuchverband über dem Handgelenk war von Blut dunkel verfärbt.

»Du hast deiner Hand mehr Schaden zugefügt als der Skorpion«, sagte Moussa. »Du mußt damit gegen die Steine geschlagen haben.«

»Ja, ich glaube, das habe ich getan.«

»Es war ein übler Bursche. Er hätte dich umbringen können. Ich mußte es aufschneiden. Ich habe etwas draufgetan. Ein paar Tage wirst du dich elend fühlen. Du brauchst Wasser und Ruhe. Schrecklich siehst du aus.« Pauls Haar hing in schlaffen Strähnen in die feuchte Stirn, die immer noch vom Fieber erhitzt war. Dunkle Ringe umgaben tiefliegende Augen in einem ausgemergelten, aschgrauen Gesicht. Moussa schüttelte den Kopf. »Aber du siehst trotzdem wunderbar aus. Es ist schön, dich wiederzusehen. Und schön, mal wieder Französisch zu hören. *Merde*, wie oft habe ich mir diesen Augenblick vorgestellt.«

»Ich auch.«

»Ich dachte, du hättest Verstand genug, um einen Skorpion zu überlisten. Die sind dümmer als ein Huhn, weißt du. Es müßte dir peinlich sein.«

Paul lachte müde. »Ich wünschte, es wäre ein Huhn gewesen. Ich hätte lieber etwas zu essen gehabt als das, was ich gekriegt habe.«

»Ich mach' dir etwas.« Moussa ging zum Feuer und hockte sich nieder. Paul sah eine dampfende Teekanne und eine Eidechse auf einem Spieß. Ihre Haut war schwarz, und sie duftete köstlich. Paul sah staunend seinen Cousin an.

»Ich wußte nicht, ob du noch lebst! Du hast nie geschrieben.«

»Aber natürlich. Ein dutzendmal habe ich geschrieben. Ein dutzendmal und noch ein dutzendmal. Jedesmal wenn eine Karawane vorbeikam, habe ich einen Brief mitgeschickt. Aber ich habe nie Antwort bekommen.«

»Ich habe keinen einzigen bekommen. Geschrieben habe ich auch.« Paul nahm all seine Kraft zusammen und setzte sich auf. Dann sah er sich um. Sie waren in einer großen natürlichen Sandsteinhöhle mit gewölbter Decke. An den Wänden waren Bilder, uralte Zeichnungen von Antilopen, Elefanten und Krokodilen, gespenstisch vom Feuer beleuchtet. Die Flecken vom Rauch alter Feuer hatten einige von ihnen überlagert. In der Nähe des Feuers war ein Gewölbebogen, und dahinter lag schwarze Nacht. Nach und nach konnte Paul immer mehr Einzelheiten erkennen. Andere Gemälde, farbenprächtige. Bäume, ein Wald. Vögel. Einst hatten Menschen in der Höhle gewohnt. Sie hatten Borde in die Wand gemeißelt, und flache Steine waren zu Sitzbänken geworden.

»Was ist das hier? Das ist bemerkenswert. Muß uralt sein.«

»Es gibt noch andere solche Höhlen überall auf dem Plateau. In dieser hier hat man früher … aber das ist jetzt unwichtig. Ruh dich aus. Da ist Tee. Wir können uns unterhalten.«

Ihre Stimmen hallten sanft von den Wänden wider, und eine ganze Flut von Worten füllte die leeren Stellen. Der Tod des Grafen, die Flucht mit dem Ballon, die Reise über das Meer und durch die Wüste, der Sieg der Preußen, die Commune, St. Cyr. Es gab so viel zu erzählen, und sie hatten es so eilig damit. Ein Meer von Worten, erfüllt von alten Erinnerungen, flutete heran, Fragen wurden beantwortet, Geheimnisse aufgeklärt, und hastig füllten sie die tiefen Täler der Ratlosigkeit, die sich im Laufe der Jahre vor ihnen aufgetan hatten. Sie lachten, sie erinnerten sich, und jeder beendete die Sätze des anderen, und sie fühlten den warmen Rausch der Freundschaft, die sie so lange hatten vermissen müssen. Sie tranken ihren Tee, Tasse um Tasse, und die heiße Flüssigkeit gab Paul seine Kräfte nach und nach zurück. Sie aßen Scheiben von Eidechsenfleisch, und draußen vor der Höhle verging die Nacht, während Stunden und Jahre vorüberflogen.

»Deiner Mutter geht es gut?« fragte Moussa.

»Sie hat sich kein bißchen verändert«, sagte Paul. »Nur, daß sie sich jetzt als *la Comtesse de Vries* betrachtet. Es gibt niemanden, der ihr widerspricht. Sie war sicher, daß ihr alle tot wäret. Oh, ich kann es kaum erwarten, es ihr zu sagen! Sie wirft das Geld der de Vries mit vollen Händen zum Fenster hinaus und ist die ganze Zeit damit beschäftigt, nichts zu tun.«

»Tja, was das angeht, schätze ich, sie ist jetzt die Gräfin. Meine Mutter wird nie mehr zurückkehren.«

»Aber was ist mit dir? Es gehört ja dir, weißt du, das Château und das Land und alles. Es wartet immer noch da, wartet auf den Grafen de Vries. Jedenfalls, soweit meine Mutter es nicht ausgegeben hat – und Gott weiß, sie tut es schnell. Mein Gott, sie wollte, daß *ich* der Graf werde, weil sie dich für tot hielt. Kannst du dir das vorstellen?«

»Besser du als ich. Ich habe hier alles, was ich mir wünsche. Mir fehlt es an nichts.« Moussa zuckte die Achseln. »Außerdem, kannst du dir die Gesichter im Hôtel de la Ville vorstellen, wenn ich da so auftauche?« Er strich mit der Hand über seine Gewänder und lachte. »Sehe ich aus wie ein Graf? Die würden bei so einer Erscheinung doch gleich die *gendarmes* rufen.«

Und es war, als habe diese Geste einen Bann gebrochen. Paul verstummte und starrte in seinen Tee, als die Welt dort draußen ihn von den schwindelerregenden Höhen der Wiedersehensfreude herunterholte. Er schämte sich, weil er so leichtfertig gelacht hatte, nachdem doch so viel Blut vergossen worden war. Er hatte sich vergessen, war Paul gewesen und nicht Lieutenant de Vries.

Er hob den Kopf und sah seinen Cousin an, und jetzt war sein Lächeln voller Unbehagen und Unsicherheit.

»Ich frage mich, wie du dich wohl verändert hast, Moussa. Man kann es nicht sehen. Ich bitte dich noch einmal, diesen abscheulichen Gesichtsschleier abzunehmen. Warum verbirgst du dich vor mir?«

Moussa hob abwesend die Hand zu dem Tuch. »Er ist inzwischen fast ein Teil von mir. Ich trage ihn immer. Ich denke gar nicht mehr daran.«

»Aber ich. Bitte trag ihn nicht vor mir. Er macht ... er macht dich zu einem von – ihnen.«

»Aber ich fühle mich nicht wohl ohne ihn.«

»Und ich nicht mit ihm.« Paul betrachtete seinen Cousin und fragte sich, mit wem er tatsächlich redete. »Merde, Moussa. Das ist unrecht, alles unrecht! Wir sitzen hier und reden, als ob da draußen nichts passiert wäre. Wir tratschen über alte Zeiten, und sie sind alle tot. Abgeschlachtet. Es war schrecklich – wie in einem *abattoir*. Mein Gott, ich habe so etwas noch nie gesehen! Sie haben mit ihren Schwertern ...« Seine Stimme brach.

»Ich weiß. Ich habe es gesehen. Ich war da, als alles vorbei war. Ich konnte es nicht mehr verhindern.«

In Pauls Kopf begann es zu stampfen. »Ich muß etwas wissen, Moussa. Und ich muß es jetzt gleich wissen.«

»Natürlich. Was denn?«

»Bist du Franzose oder bist du Tuareg?«

»Ich bin beides. Das weißt du.«

»Nein, in diesem Fall nicht. Du kannst nicht beides sein.«

»Ich kann nicht ändern, was ich bin. Ich bin einfach Moussa.«

»Das genügt nicht! Du kannst deine Hände nicht sauber halten, indem du dich zwischen den Stühlen versteckst! Entweder du gehörst dazu oder nicht! Aber du mußt dich entscheiden.«

Moussa seufzte. Er wußte nicht, wo er anfangen sollte. »So einfach ist das nicht.«

»Und warum nicht? Was ist kompliziert an der Wahl zwischen Gemetzel und Frieden? Zwischen Ehre und Unehre? Oder bist du selbst zum Schlächter geworden? Hast du dich so weit entfernt von unserer Welt? Hat dieses Leben den Menschen, den ich kannte, so sehr zerstört?«

»Ich bin nicht mehr der Mensch, den du kanntest, das stimmt.

Ich habe mich verändert. Aber ich bin immer noch Henris und Serenas Sohn. Und ich bin kein Schlächter. Ich hatte nichts mit Tadjenout zu tun. Ich habe dagegen gesprochen.«

»Du wußtest also, daß es passieren würde.«

»*Nein!* Sie haben darüber geredet, aber es war eine von vielen Möglichkeiten. Ich dachte …«

»Erspar mir das! Du weichst so gut aus, so geschmeidig und selbstgerecht! Wenn du wußtest, daß es eine Möglichkeit war, und nichts getan hast, um es zu verhindern, dann ist es, als hättest du selbst ein Schwert in die Hand genommen!«

»Es ist leicht für dich, so zu reden. Du verstehst davon nichts.«

»Dann erklär es mir! Warum hast du sie nicht aufgehalten?«

»Der Amenokal hat mich in anderen Angelegenheiten fortgeschickt. Ich war überhaupt nicht hier. Er hat mir befohlen wegzugehen. Und dies sage ich dir ganz ehrlich, weil es mich verfolgt: Ich wußte, daß er mich fortschickt, weil er befürchtete, ich könnte Schwierigkeiten machen.«

»Du hast gewußt, warum er es tat, du hast gewußt, wie der Plan aussehen könnte, aber du bist gegangen? Du hast dich wegschicken *lassen*?«

»Ich habe nicht geglaubt, daß sie so etwas tun würden. Niemals! Ahitagel selbst hat mir bei meiner Abreise gesagt, daß es nicht geschehen würde.«

»Bist du denn so dumm? Verfahren die Tuareg nicht mit allen so? Ich habe die Araber und die Shamba gehört. In welchem Teil der Wüste ist denn irgend jemand bei den Tuareg sicher? Welche Karawane ist je hier durchgezogen, ohne Tod oder Katastrophe zu finden? Und ich dachte, die Leute übertreiben!«

»So einfach liegen die Dinge nicht. Die Shamba kämpfen seit Jahrhunderten gegen uns. Die Karawanen können ganz gefahrlos durch unser Land ziehen ...«

»Da, siehst du? Du sagst, ›sie kämpfen gegen uns‹. Du sagst ›unser Land‹. Du machst mit jedem Wort klar, wie du dich entschieden hast.«

»Ich erkläre dir die Position der Tuareg in der Wüste, Paul. Ich versuche nicht, Wortspiele mit dir zu spielen. Der Hoggar gehört den Tuareg, wie Frankreich den Franzosen gehört.«

»Massakrieren die Franzosen denn alle, die durch ihr Land reisen wollen?«

»Meine letzte Erinnerung an Paris – zumindest, bevor sie meinen Vater erschossen – besteht darin, daß französische Soldaten auf preußische Eindringlinge schossen. Oder hast du das alles vergessen? Wo liegt der Unterschied?«

»Wir sind keine Preußen, und wir sind nicht gekommen, um Krieg zu führen!«

»Warum seid ihr dann gekommen? Wenn nicht, um eine Eisenbahn durch ein Land zu legen, das euch nicht gehört? Mit welchem Recht hat Flatters den Brief des Amenokal ignoriert, in dem stand, daß er nicht willkommen ist und daß er einen anderen Weg nehmen soll?«

»Das glaube ich dir nicht. Ein solcher Brief existiert nicht.«

»Natürlich existiert er. Ich war dabei, als er geschrieben wurde, vor mehr als einem Jahr!«

»Und warum hat der Amenokal uns dann vier Führer geschickt, die uns durch den Hoggar bringen sollten? Ein Mann namens Attici hat diesen Brief überbracht. Ich habe gehört, wie er verlesen wurde. Er war von Ahitagel unterschrieben, und darin stand, daß wir durchziehen dürfen. Geführt haben sie uns allerdings: geradewegs nach Tadjenout! Erwartest du etwa, daß ich diesen Brief für eine Fälschung halte? Oder das alles für einen Irrtum?«

Moussa war ratlos. Davon hatte er nichts gewußt.

Paul machte ein höhnisches Gesicht, als Moussa schwieg. »Das dachte ich mir. Verrat ist alles, was ihr betreibt, du und deinesgleichen.«

»Ich wußte davon nichts, Paul. Das mußt du mir glauben.«

»Ich muß gar nichts glauben, was ich nicht mit eigenen Augen sehe. Und ich sehe einen Mann, der sich kleidet wie ein Wilder und der sich hinter einem Schleier vor der Wahrheit versteckt. Ich sehe einen Mann, der seine Entscheidung getroffen hat.«

»Ich habe gar nichts entschieden. Man hat mir keine Gelegenheit gegeben.«

»Ich gebe dir die Gelegenheit jetzt, die Gelegenheit zu einer Entscheidung, die du treffen mußt. Ich will deine Hilfe. Man muß die Überlebenden finden und ihnen helfen. Und dann mußt du mir helfen, diejenigen aufzustöbern, die für dieses Gemetzel verantwortlich sind, damit man es ihnen mit gleicher Münze heimzahlen kann.«

Moussa stöhnte innerlich. »Ich kann dir nicht helfen, sie umzubringen, Paul. Ich werde dir helfen, deine Leute zu finden. Ich werde euch Kamele besorgen. Ich werde euch hier hinausführen, zurück nach Wargla. Das alles werde ich tun, und ihr werdet meine Hilfe brauchen, denn sonst werdet ihr sterben. Niemand kann diese Reise ohne Kamele unternehmen, und eure Kamele sind weg.«

»Das genügt mir nicht.«

Moussa war unendlich traurig, und seine Stimme klang leise. »Was man mit der Expedition gemacht hat, war unrecht. Aber ich habe den Tuareg nicht geholfen, gegen euch die Waffen zu erheben. Und ich werde euch auch nicht helfen, die Waffen gegen sie zu erheben.«

»Dann hast du dich gegen mich entschieden, Moussa«, sagte Paul. »Gott im Himmel! *Moussa. Moussa!* Habe ich diesen Namen denn nie gehört? Weißt du noch, was Schwester Godrick darüber gesagt hat? Ich hätte mir bis zu diesem Augenblick nicht träumen lassen, daß sie recht haben könnte.« Er lachte verbittert. »Ein gottloser Name, sagte sie, glaube ich. Ein heidnischer Name. Und du hast immer darauf bestanden, ihn zu behalten! Hast den Moussa stets dem Michel vorgezogen! Bei Gott, vielleicht wußte Schwester Godrick ja doch, was sie da redete. Sie wußte, was in deinen Adern fließt. Nur wir – *ich* – ich habe ihr bis heute nicht geglaubt.«

Moussa schüttelte traurig den Kopf. »Sag so etwas nicht zu mir, Paul. Ich habe nichts getan, womit ich deinen Haß verdiente.«

Paul schloß die Augen, und die blutigen Dämonen von Tadjenout erhoben sich vor ihm. »Du Dreckschwein! Was, glaubst du, hast du denn verdient?« Rasend vor Wut rappelte er sich auf und zerrte die Pistole aus seinem Gürtel. Er machte ein paar kurze, wacklige Schritte auf Moussa zu und hielt ihm die Pistole so dicht vors Gesicht, daß Moussa das Öl am Lauf riechen konnte. Er fuhr zurück und tastete instinktiv nach dem Dolch in seinem Ärmel, aber dann erstarrte er. Nie würde er gegen Paul zum Messer greifen. Würde so der Tod kommen – von der Hand seines Cousins?

Paul wankte. Sein Körper war schwach vom Fieber, und seine Brust wogte, als er sich bemühte, die verwirrten, schmerzhaften Gedanken zur Ruhe zu bringen. Schließlich sackte er zusammen, bis er auf dem Boden saß, aber die Mündung seiner Pistole zielte weiter auf den Kopf seines Cousins. Er wußte nicht, was er tun sollte. Er wußte nur, daß er nicht bleiben konnte, wo er war.

»Es tut mir leid, daß du vergessen hast, wer du bist, daß du irgendwie deine Seele verloren hast. Du glaubst, du hast keine Entscheidung getroffen. Aber keine Entscheidung ist auch eine Entscheidung. Wenn du Frankreich nicht helfen willst, dann hast du dich mit denen verbündet, die Krieg gegen Frankreich führen. Und wenn du zu ... zu *denen* ... gehörst ..., wenn die Zeit des Gerichts kommt, werde ich nicht verantwortlich sein für das, was passiert, Moussa.«

Paul fühlte sich alt und todtraurig. Langsam raffte er sich auf und erhob sich. Er suchte seinen Beutel und wankte halb gehend, halb stolpernd, zum Ausgang der Höhle.

»Du solltest noch nicht gehen«, sagte Moussa. »Du bist noch zu schwach. Die Sonne wird die Wirkung des Giftes verstärken. Du wirst den Tag nicht überstehen.«

Paul drehte sich um. »Fahr zur Hölle.«

»Dann nimm mein Kamel. Und laß dir wenigstens das hier mitgeben.« Moussa griff nach einer Tasche. »Du wirst es brauchen, wenn du ...«

»Ich will von dir nichts als das, worum ich dich gebeten habe. Wenn du mir das nicht geben kannst, dann halte dich ganz heraus, jetzt und auch da draußen. Wenn du nicht genug Rückgrat hast, um dich zu entscheiden, dann will ich dich nicht wiedersehen. Stell meine Gutwilligkeit nicht auf die Probe, Moussa. Stell *mein* Blut nicht auf die Probe. Es ist französisch, und zwar jeder Tropfen. Ich bin Offizier in der Armee meines Landes. Ich habe eine Pflicht. Und die werde ich erfüllen, selbst wenn ich dich dazu umbringen muß.«

Eine ganze traurige Weile schauten sie einander in die Augen.

Ohne ein weiteres Wort wandte Paul sich ab und verschwand in der Morgendämmerung.

Die Sonne stand hoch und heiß am Himmel und brannte sich in seinen Schädel. Er lag still in der Hitze, in der es keinen Schatten gab, und wartete, daß sein Kopf sich klärte. Seine Gedanken schienen sich im Nebel zu verirren, als wäre er betrunken. Er setzte sich auf und betrachtete seine Knie. Blutig. War wohl wieder hingefallen.

Er hatte keinen Appetit, aber er trank unersättlich aus seinem Lederschlauch. Es war ihm gleichgültig, ob ihm das Wasser ausging. Er konnte nicht aufhören. Zum zehnten Mal rappelte er sich auf, vielleicht auch zum zwanzigsten Mal. Er wußte es nicht. Jede seiner Bewegungen war lang und unbeholfen und gedehnt. Das Licht blendete ihn und machte seine Kopfschmerzen schlimmer. Er betrachtete den Horizont. Noch nie hatte er etwas so Gewaltiges und Trostloses gesehen. Der Himmel war leer, nicht einmal Wolken gab es. Die Felsen waren kahl, kein Lüftchen regte sich. Keine Bäume, kein Gras, keinerlei Leben. Er fühlte sich vor dieser Leere so verwundbar wie ein Blatt vor dem Hurrikan. Das Prickeln der Angst kehrte zurück, dieselbe Angst, die ihn auf dem Berg angerührt hatte, aber das Fieber machte sie stumpf.

Er versuchte sich zu erinnern, woher er kam. Er versuchte sich zu erinnern, wohin er wollte. Alles sah vertraut aus, und doch auch wieder nicht. Es war schwer zu sagen. Er versuchte sich zu erinnern, was er gestern beschlossen hatte. War es gestern gewesen? Nach Osten marschieren, die Spur der Karawane suchen? Nach Westen? Das Denken fiel so schwer ... Nach Norden? Er war von Norden gekommen, das wußte er. Alles war so leer. Nichts war klar. Er war müde, so müde. Er wollte nur schlafen.

Er sah einen Punkt am Himmel und überschattete seine Augen mit der Hand. Es war eine Art Vogel, ein Falke vielleicht, der hoch droben gelassen nach Norden schwebte. Was es war, konnte er nicht erkennen, aber jetzt erinnerte er sich wieder. Nach Norden. Das war es. Nach Norden.

Mühsam hob er Proviant und Wasser auf. Er konnte auf der rechten Seite nichts tragen, und so schwang er sich das Gepäck über die linke Schulter. Jeder Schritt durchzuckte schmerzhaft Arm und Hand. Die Drüsen unter den Achseln, am Hals und an den Leisten waren geschwollen. Das Schlucken tat weh, das Gehen tat weh, und die Lederriemen schnitten sich in die Schulter. Er zwang sich vorwärts, setzte einen Fuß vor den andern, aber an das Tempo, das er gestern angeschlagen hatte, war heute nicht zu denken, die Felsenspiele waren vergessen. Er schleppte sich durch die Sandflächen in den Wadis und knickte auf den Steinen um. Wenn er stolperte, schrie er vor Schmerz auf. Und jedesmal kam er ein bißchen langsamer wieder auf die Beine.

Die Sonne stieg immer höher in den windstillen, heißen Tag. Manchmal fühlte die Wärme sich gut an, denn sie half gegen die Schüttelfröste des Fiebers und wärmte ihm Rücken und Nacken. Aber dann war der Schüttelfrost vorbei, es wurde unerträglich heiß, und seine Füße brieten auf dem schwarzen Felsengrund. Wenn sein Hemd den Rücken oder die Brust berührte, war es gleich tropfnaß, doch sofort hatte die Wüstenluft es wieder getrocknet. Er rastete oft und trank sein Wasser, das bald zu Ende gehen würde.

Er versuchte dort zu rasten, wo er Schatten fand, er schlüpfte unter Vorsprünge und Felsblöcke, aber Schutz war schwer zu finden. Er kam zu einer Senke mit zwei Akazien, ein paar gelben Büschen und einem Boden aus buntem Sand. Der Anblick beschwingte ihn. Der feine Sand war übersät von den Spuren von Mäusen, Eidechsen, Vögeln und Skorpionen, die in Büschen und Höhlen und unter Steinen verschwanden. Er sah keines dieser Tiere, aber die Spuren und die Vegetation gaben ihm das Gefühl, nicht mehr so allein zu sein. Er rastete dort im spärlichen Schatten eines der Bäume. Es war der letzte Schatten, den er an diesem Tag fand. Er konnte nichts essen. Er raffte sich auf und stapfte weiter, Stunde um Stunde, und sah nirgends einen Unterschlupf, nicht auf dem Weg nach Norden, nicht ohne einen Umweg zu einem fernen Felsengrat zu machen, und er sagte sich immer wieder, daß er nicht von seinem Kurs abweichen, nicht in die Irre gehen durfte, daß keine andere Himmelsrichtung als Norden in Frage kam, und daß er sich mit dem Schatten begnügen mußte, den er auf dieser Route fand. Und er fand keinen.

Am Nachmittag ließ er die Berge des Hoggar hinter sich und gelangte in den hügeligen Teil des Amadror. Das Fieber tobte in den langen, heißen Stunden und stumpfte seine Sinne ab. Anfangs hatte er sich noch auf Felsen konzentrieren können, auf seine Füße, auf den Kies, auf die wenigen Grashalme. Aber es kam eine Zeit, da er das nicht mehr konnte, da er überhaupt nicht mehr viel denken konnte, und die weite, schimmernde Ebene, durch die er wanderte, war so tot wie sein Geist. Er ging weiter und weiter, ging nach Norden, setzte einen Fuß vor den andern, wieder und wieder. Er stieg die langgedehnten Hügelflanken hinauf, und seine umwölkten Augen sahen nichts als den nächsten Hügel und dahinter noch einen.

Einmal glaubte er Spuren zu sehen, viele Spuren, aber seine Augen taten ihren Dienst nicht mehr richtig, und die Spuren waren schwer zu erkennen. Er ließ sich auf die Knie fallen und schaute hin, die Nase dicht über dem Boden, und er streckte die linke Hand aus und berührte eine der Spuren. Die Spur war schwarz und glänzend und verbrannte ihm die Finger. Die Spur war ein Kieselstein. Er hob ihn auf und warf ihn fort, fast ohne den Schmerz zu spüren. Entrüstet richtete er sich auf und ging weiter.

Sein Zeitgefühl verschwamm und verschwand dann vollends. Er wußte nicht mehr genau, wann er haltmachen und etwas trinken sollte, und deshalb tat er es, wann immer er Lust dazu hatte. Dann setzte er sich hin und kämpfte mit dem Stopfen und fühlte, wie das heiße Wasser sich in seinen versengten Leib ergoß und dort ebenso schnell verdampfte, wie es hineinlief. Bei einer dieser Pausen verlor er den Wasserschlauch. Er legte ihn neben sich, während er sich ausruhte, und als er aufstand, ließ er ihn einfach liegen. Später versuchte er den Stopfen aus dem Proviantsack zu ziehen, bevor ihm klar wurde, was es war. Der Proviantsack hatte keinen Stopfen. Seine Hand ertastete die Datteln darin, aber kein Wasser. Er konnte sich nicht erklären, was er damit gemacht hatte. Er durchwühlte seine Taschen, schaute unter seinen Füßen nach, spähte über den Hügel hinweg und lief im Kreis herum. Er versuchte zu pfeifen, als müßte der Wasserschlauch dann schwanzwedelnd herbeigelaufen kommen, aber sein Mund war so trocken, daß kein Pfiff daraus hervorkam, und so kam der Wasserschlauch auch nicht. Er steckte sich die Finger in den Mund, um zu pfeifen, aber das hatte er nie gelernt, und so brachte er nur einen kraftlosen warmen Luftstrom zustande. Er zuckte die Achseln. Nach Norden, er mußte weiter nach Norden marschieren. Der Wasserschlauch würde vielleicht später nachkommen.

Er ging weiter und blieb dann wieder stehen. Das Herumlaufen im Kreis hatte alles durcheinandergebracht. Er konnte sich nicht mehr erinnern, in welche Richtung sein Schatten wandern sollte. Von links nach rechts? Oder von rechts nach links? Er kämpfte mit dem Problem. Er starrte zur Sonne, dann drehte er sich um und betrachtete seinen Schatten und versuchte herauszufinden, wieviel Uhr es wohl sein mochte, und das Fieber verbrannte sein Gehirn, sein Gehirn arbeitete nicht richtig, und *verdammt, in welche Richtung soll ich denn gehen*? Die Antwort wollte ihm nicht einfallen, so angestrengt er auch nachdachte. Das war nicht gerecht. Er war wieder entrüstet.

Aber jetzt wußte er, was er tun mußte. Er würde Remy fragen. Remy würde Bescheid wissen. Er war der klügste Mann, den er je gekannt hatte. Remy wußte alles. Wacklig, aber sehr zufrieden mit sich, ging Paul los, der Sonne entgegen.

27.

Belkasem ben Zebla war von Beruf Metzger. Er war ein häßlicher, kugelförmiger Mann, fett und behaart, und sein rundes, fleischiges Gesicht schwabbelte beim Gehen. Seine Arme waren dick, und seine Bizepsmuskeln hatten den Umfang normaler Männerbeine. Sein Bart war so grob wie seine Manieren. Seine üble Laune war vom Rum geschärft, und sein Gesicht war zernarbt von zahllosen Prügeleien.

Die Sonne würde bald untergehen, aber es war immer noch höllisch heiß. Seine Stimmung war miserabel. Der reine Wahnsinn, daß der Lieutenant ihn draußen an der Flanke postierte, wenn es jede Menge guter *tirailleurs* in der Kolonne gab. So etwas war deren Aufgabe, nicht seine. Er hatte hier angemustert, um beim Kochen und bei den Kamelen zu helfen, und weil der Sold hier fast das Doppelte von dem betrug, was er in den Souks von Wargla verdienen konnte. Aber es gab nichts zu kochen, keine Kamele zu versorgen, und die Gewehrschützen hatten nichts zu tun. Und schlimmer noch, sie zwangen ihn, den Paradedegen des Colonel zu schleppen. Das Ding taugte als Werkzeug nicht halb soviel wie sein Hackbeil. Es war zu schwer und hatte keine vernünftige Schneide. Damit würde er nicht mal Kamelfleisch zuschneiden und schon gar nicht einem der blauen Teufel den Kopf abschneiden können. Er trug es am Gürtel und hielt Ausschau nach einem Stein, an dem er es schleifen könnte.

Er hatte den Blick schon zu Boden gerichtet, als er zögerte. Etwas war ihm ins Auge gefallen, ein dunkler Umriß am Fuße eines Hügels. Etwas, was dort nicht hingehörte. Seine Augen waren schlecht, wohl wahr, aber in diesem Teil der Wüste bedeuteten dunkle Umrisse immer irgendwelchen Ärger. Er würde sie nicht sehr viel näher an sich herankommen lassen. Er hatte die Hände auf seinem Karabiner ruhen lassen wie auf einem Joch – jetzt nahm er ihn vom Nacken, hob die Waffe und kniff die Augen zusammen. Nervös wartete er ab und überlegte, ob er etwas zur Kolonne hinüberrufen sollte, aber dann ging er statt dessen mit erhobenem Gewehr vorsichtig weiter und blinzelte angestrengt, um besser zu sehen.

Die Männer hockten um sechs kleine Lagerfeuer herum und wärmten sich winzige Rationen von Dörrfleisch und Reis über dem Holz, das sie im Laufe des Tages gesammelt und mitgeschleppt hatten. Die Gespräche an den Feuern waren gedämpft, die Stimmung düster. Vor einem saß El Madani und kraulte Floop geistesabwesend hinter den Ohren. Der Hund lag teilnahmslos auf dem Bauch, den Kopf zwischen die Vorderpfoten gelegt, und hatte kaum Augen für das, was rings um das Feuer vorging. Die Männer kauten ihr Fleisch langsam und bemühten sich, den Geschmack so lange wie möglich zu bewahren. El Madani schob Floop ein Stückchen zu. Der Hund hatte nicht gejagt, also mußte er halb verhungert sein. Floop stupste es gleichgültig mit der Nase an.

Ein paar Männer von einem anderen Feuer kamen herüber, als sie zu Ende gegessen hatten. Einer von ihnen sprach aus dem Dunkeln.

»Reste? Hat jemand noch Reste?« Es war Belkasem, der Metzger.

»In Tadjenout«, sagte jemand. »Schlepp deinen Fettarsch dort hin und bring uns allen was mit.«

Belkasem funkelte ihn wütend an. Die Gruppe am Feuer öffnete sich, um den andern Platz zu machen. Sie würden noch ein Weilchen plaudern und dann versuchen, drei Stunden zu schlafen, um vor Tagesanbruch weiterzumarschieren.

Plötzlich hob Floop den Kopf. El Madani merkte es und sah den Hund an. Floop winselte, als sei er nicht sicher, legte dann den Kopf schräg und wedelte langsam mit dem Schwanz. Er stand auf und trottete schnuppernd zu den Neuankömmlingen hinüber. Dann bellte er aufgeregt, stieß mit der Nase gegen Belkasems Füße und schnüffelte unter den Gewändern des Metzgers herum. Belkasem trat wütend nach ihm, aber Floop kam unerschrocken zurückgesprungen, schwenkte wild den Schwanz hin und her und bellte immer aufgeregter. Der Metzger gab ihm noch einen Tritt. Der kleine Hund sprang ihn begeistert an, und die andern lachten. Mit rotem Gesicht bückte Belkasem sich nach einem Stein.

»Woher hast du diese Stiefel?«

Belkasem ließ den Stein fallen und blickte auf. El Madani ragte vor ihm auf, und sein graubärtiges altes Gesicht war hart vor Zorn. Das Geplauder am Feuer erstarb.

»Du sollst antworten!«

Schwitzend schaute Belkasem in die Runde und suchte Rückendeckung bei den andern. Alle Blicke waren auf seine Stiefel gerichtet. Wie sie alle hatte er bisher nie etwas anderes als Sandalen getragen. Totenstille senkte sich herab. Mit zitterndem Doppelkinn schaute Belkasem zu El Madani auf und sah das Feuer in dessen Blick.

»Die ... das sind meine«, stammelte er matt. »Ich … ich hatte sie ...«

»Lügner!« brüllte El Madani und drückte Belkasem seine Pistole ins Gesicht. Der kalte Lauf bohrte sich in die fleischige Wange.

»Ich habe sie gefunden!« bekannte der Metzger hastig und zog entsetzt den Kopf ein. »Allah ist mein Zeuge, ich habe sie heute gefunden! Jemand hat sie an der Strecke liegenlassen! Es ist wahr! Ich schwöre!«

»Was hat das zu bedeuten?« Lieutenant Dianous drängte sich kurzerhand durch den Kreis der Männer und sah die Pistole. »Madani, was ist hier los?«

»Belkasems Stiefel, Lieutenant. Er hat ein neues Paar. Und ich glaube, sie gehören Lieutenant de Vries.« Floop war sich bereits sicher: Er beschnupperte sie und kratzte daran.

Dianous schaute erst die Stiefel, dann den Hund und schließlich Belkasem an, der vor Angst zitterte. Seine Stimme war tödlich leise. »Du hast genau dreißig Sekunden Zeit für eine Erklärung, Belkasem. Wenn das, was du zu sagen hast, mich nicht zufriedenstellt, werde ich El Madani anweisen, dich unter vier Augen zu vernehmen. Außerhalb des Lagers.«

Floop raste durch den Mondschein, die Nase am Boden und laut kläffend, und er fand ihn als erster. Die andern folgten langsamer. El Madani führte sie an. Hinter ihm stieg Belkasem mit bloßen Füßen vorsichtig über die spitzen Steine. Die Stiefel trug er in den Händen. Hakims Gesicht leuchtete aufgeregt, während er neben Sergeant Pobéguin herlief, einem harten Veteranen aus der Bretagne. Zwei *tirailleurs* bildeten den Schluß. Sie hörten, wie der Tonfall des Hundegebells sich veränderte. Hakim, der Jüngste, löste sich von der Gruppe, rannte einen Hang hinauf und über eine Kuppe hinweg.

»Er ist hier!« rief er. »Hier, hier! Der *patron* lebt!«

El Madani funkelte Belkasem wütend und erleichtert zugleich an. Der Metzger sah nur die Wut. Er hob beschwörend die Hände und hielt die Stiefel vor sich wie einen Schild. »Ich schwöre, ich dachte, er wäre tot! Das schwöre ich! Allah sei gepriesen, der Lieutenant lebt!« Belkasem war den Tränen nahe, und seine Stimme zitterte.

Paul lag auf dem Rücken. Sein Kopf ruhte in Hakims Schoß. Der Junge flößte ihm Wasser ein und murmelte: »Ça va, *patron*, ça va, ça va.« Gleichzeitig bemühte er sich, Floop beiseite zu scheuchen. Der Hund war außer sich; er bestand nur noch aus Zunge, Pfoten und Schwanz. Neben Pauls Füßen lagen Belkasems Sandalen. Der Proviantsack war aufgegangen, und überall lagen Datteln und Mehl.

El Madani kniete neben Paul nieder. Paul hustete matt. »Hamdulillah«, flüsterte Madani. Der *tirailleur* berührte Pauls Gesicht. »Er glüht vom Fieber.« Er nahm seinen Turban ab, tränkte den Baumwollstoff mit Wasser und wickelte ihn Paul um den Kopf. Er sah, wie Floop Paul die Hand leckte, nahm die Hand und schälte behutsam den Verband ab. »Agrab«, murmelte er.

Belkasem kam atemlos schnaufend heran. »Hamdulillah«, sagte er, als er Paul erblickte. »Es ist wahr, er ist von den Toten auferstanden! Ein Wunder!« Die andern starrten ihn an. Er mied ihre Blicke.

Sie hoben Paul auf und legten ihn auf eine Decke. Hakim breitete eine zweite über ihn, und zu sechst packten sie die behelfsmäßige Trage an den Rändern und eilten damit durch die Nacht. Floop folgte ihnen bellend auf den Fersen.

Die Männer im Lager hatten einen Totentransport erwartet. Als sie die Gruppe mit Paul in der Wolldecke zurückkommen sahen, brachen sie in lauten Jubel aus. Es war das erste gute Omen, das sie in den vier Tagen seit dem Massaker zu Gesicht bekamen. Einer von ihnen war dem Tod von der Hand der Tuareg entrissen worden, und sie alle empfanden es als Triumph. Hastig errichteten sie aus Wolldecken und Gewehren ein Schutzdach. Mit den Vorräten des Arztes und von Hakim unterstützt, machte El Madani sich daran, Paul zu versorgen. In den nächsten paar Stunden schaute Lieutenant Dianous häufig vorbei, die Brauen fragend hochgezogen. Nach einiger Zeit konnte El Madani, der ohne seinen Turban ganz nackt aussah – sein silberschwarzes Haar glänzte im Mondlicht –, zu ihm aufschauen und lächeln. »Ça va, Lieutenant«, sagte er. »Il va vivre.«

Paul schlief die ganze Nacht durch, bald fest wie ein Toter, bald halb dämmernd, wohlig warm und behaglich, und er fühlte Floops warmen Körper neben sich oder sah El Madani undeutlich über sich, wie er ihm eine Tasse mit irgend etwas Heißem reichte. Dankbar schluckte er alles und schlief dann weiter.

Als sie am nächsten Tag weitermarschierten, trugen sie ihn: Abwechselnd packten die Männer die Wolldecke, ohne auf die Hitze zu achten, und schützten seinen Kopf vor der Sonne. Paul schlief die ganze Zeit. Er wachte nur auf, um die Brühe zu essen, die Hakim ihm brachte, und um etwas zu trinken. Belkasem marschierte wie ein Ausgestoßener mit finsterer Miene am Schluß der Kolonne. Unter seinen Gewändern blitzten seine alten Sandalen hervor. Er schleppte noch immer den Degen des Colonel, aber Dianous hatte ihm sein Gewehr abgenommen. Hätte er einen moslemischen Glaubensbruder bestohlen, und hätte er es nicht im Dienst der Franzosen getan, dann hätte er wohl auch noch seine Hand eingebüßt. »Um dich wird man sich in Wargla kümmern«, sagte Dianous zu ihm.

Sie marschierten im Dunkeln weiter, bis der Mond unterging und sie haltmachen mußten. Mit dem letzten Rest Holz wurden Feuer angezündet, und dann begannen sie sich etwas zu essen zu kochen. Paul stand auf und setzte sich zu den Offizieren und El Madani ans Feuer. Er hatte sich eine Decke um die Schultern gewickelt, um die Kälte abzuhalten. Er sah schlechter aus, als er sich fühlte.

»Der Tote wandelt«, sagte Dianous. Paul setzte sich, nahm einen Becher Tee und einen kleinen Teller Essen. Es war eine kalte, klare Nacht. Eine gleichmäßige Brise wehte von der Ebene herein und fachte das Feuer an.

»Was ist denn im Basislager passiert?« fragte Paul und deutete mit dem Kopf zu den Bergen. »Ich dachte, ich würde euch nie wiedersehen.«

»Sie haben gewonnen.« El Madani zuckte die Achseln. »Unsere Bemühungen waren umsonst. Die Kamele sind etwa um die gleiche Zeit weggerannt wie Sie. Sie haben sie alle erwischt. Und dann«, seine Stimme bekam einen scharfen Ton, als wolle er etwas sagen, was er dann doch herunterschluckte, »dann haben wir einfach ... im Basislager gewartet, den ganzen restlichen Tag über. Haben nicht mal versucht, sie zurückzuholen. Und als es Abend wurde, war es zu spät.«

Dianous straffte sich, aber er wandte den Blick nicht vom Feuer. »Ich habe mit einem weiteren Angriff gerechnet. Aber er kam nicht.«

»Als wir schließlich einen Versuch unternahmen, verloren wir weitere zwölf Mann. Von achtundneunzig Mann sind nur noch dreiundfünfzig übrig. Vierundfünfzig – Sie sind ja von den Toten auferstanden.« El Madani fiel etwas weniger Ernstes ein. »Floop war der einzige, der entkommen konnte. Anscheinend hat er sich in ihrem Lager wiedergefunden und ist dort lieber abgehauen. Ich glaube, er hat ein bißchen von ihrem Essen mitgenommen.« El Madani lächelte. »Und mehr als das, w'allahi. Er hat einen ganzen Tag lang blaue Fäden ausgespuckt.«

»Wir haben vier oder fünf Verwundete«, berichtete Dianous. »Aber sie können alle noch gehen. Wir haben Wasser, genug jedenfalls, bis wir übermorgen nach Temassint kommen.« So hieß der letzte Brunnen, an dem die Karawane auf ihrem Weg nach Süden vorbeigekommen war. »Proviant haben wir noch für zwei oder drei Tage, aber dann ist Schluß.«

Paul dachte an die kleine Portion Reis und Dörrfleisch, die er eben gegessen hatte, und an die Berge von Vorräten, die er in Wargla zusammengekauft hatte. Aus irgendeinem Grund machte es ihm Gewissensbisse, daß er überhaupt gegessen hatte. Floop knabberte zufrieden an den Knochen eines kleinen Tiers, das er gefunden hatte, und merkte überhaupt nichts von der Proviantknappheit.

»Wir sind fast tausend Kilometer von Wargla entfernt«, fuhr

Dianous fort. »Das heißt, wenn wir uns nicht verirren. Wenn wir im Durchschnitt fünfundzwanzig Kilometer am Tag schaffen, sind das vierzig Tage. Vierzig Tage ohne Essen, zu Fuß. Wie es mit dem Wasser aussieht, weiß ich nicht. Falls wir überhaupt welches finden, werden wir tragen müssen, was wir brauchen.«

»Wieviel Wasser kann ein Mann tragen?« fragte Paul.

»Ich weiß es nicht – mit den Waffen und bei der Hitze ... Zwanzig oder dreißig Liter. Nicht genug. Aber es ist auch unwichtig. Die meisten Wasserschläuche haben wir ohnehin in Tadjenout verloren.«

Die Offiziere verstummten, als sie an das dachten, was vor ihnen lag. Man konnte der Länge nach durch ganz Frankreich marschieren und brachte es nicht auf tausend Kilometer.

»Gott sei Dank haben wir keinen Sommer«, sagte Pobéguin.

»Sie werden glauben, es ist Sommer.« El Madani schnaubte.

»Das einzige, was wir reichlich haben, ist Munition«, sagte Dianous. »Jeder hat ein Gewehr, und manche sogar mehr als eins. Die meisten haben Pistolen. Seit Tadjenout haben wir keine Tuareg mehr gesehen. Vielleicht geben sie sich mit den Kamelen und den Pferden zufrieden und lassen uns in Ruhe.«

El Madani grunzte. »Seien Sie kein Narr«, grunzte er. »Sie werden sich nur mit unserem Blut zufriedengeben.«

Paul verzog das Gesicht bei dieser offenkundigen Respektlosigkeit. Aber Dianous ließ es durchgehen. El Madanis Ansichten über die Tuareg, mit denen er auf dem Weg nach Süden nicht hinterm Berg gehalten hatte, waren seit Tadjenout von beträchtlichem Gewicht. Dianous hielt ohnedies viel zu große Stücke auf die Erfahrung und die Gerissenheit des Mannes, um ihn wie einen einfachen Soldaten zu behandeln. Der Alte war eine imponierende Erscheinung. Wenn sich in irgendeiner Umkehrung der üblichen militärischen Praxis Kompetenz plötzlich mit dem entsprechenden Rang vereinigt hätte, dann wäre es General El Madani gewesen, der hier das Kommando führte, und das wußte jeder.

»Wenn Madani recht hat und die Tuareg in der Nähe sind, dann sollten wir sie suchen gehen und mit ihnen kämpfen«, meinte Paul. »Unsere Kamele zurückholen.«

Dianous schüttelte den Kopf. »Die finden wir nie.«

»Diese Chance haben wir verpaßt«, sagte El Madani. »Jetzt werden sie uns finden.«

»Das reicht, Madani«, fuhr Dianous ihn an.

Pobéguin fragte Paul nach seinen eigenen Erlebnissen. So gut er sich erinnern konnte, erzählte er ihnen alles, was passiert war, nachdem er hinter den Kamelen die Flucht ergriffen hatte. Fast alles. Er wußte nicht, wie er ihnen Moussa erklären sollte, und deshalb schwieg er über ihn und sagte auch von der Höhle nichts. Er beendete seine Erzählung mit dem Verlust des Wasserschlauchs. Danach konnte er sich an nichts mehr erinnern.

»Mais, mon Lieutenant«, sagte Pobéguin verwundert. Er war ein munterer, herzlicher Mann mit einem dichten Vollbart und lebhaften Augen. »Sie haben Ihr Wasser nicht verloren. Ich habe den Wasserschlauch Ihres Targui neben Ihnen gefunden. Wir haben sonst keinen, der so aussieht. Er war fast voll. Der Boden rings um Ihren Kopf war naß. Sie müssen sich mit dem Wasser übergossen haben, bevor Sie ohnmächtig wurden.«

Paul starrte ihn verständnislos an. El Madani schwieg versonnen. Er sagte nichts von den Kamelspuren, die er gesehen hatte.

Dianous war verwirrt. »In der ersten Nacht lagen Sie bewußtlos unter dem Targui. In der zweiten wurden Sie gebissen. In der dritten haben wir Sie gefunden, n'est-ce pas?«

Paul nickte zu dieser Zusammenfassung.

»Aber wir haben Sie erst am vierten Tag nach Tadjenout gefunden«, sagte Dianous. »Sie haben da irgendwo eine Nacht verloren.«

Paul hatte nicht daran gedacht, eine Erklärung für die zusätzliche Nacht zu finden. Er zuckte die Achseln. »Vielleicht habe ich den Harem vergessen.« Er grinste. »Die haben mich dort wohl länger aufgehalten, als ich dachte. Die Frauen hier sind verrückt nach Liebe.«

El Madani stimmte in das Gelächter ein, aber in Gedanken war er bei den Kamelspuren.

Bevor Paul in dieser Nacht einschlief, dachte er an das Wasser. Er hatte Moussa gesagt, er solle sich von ihm fernhalten, aber das hatte sein Cousin offenbar nicht getan. Nun, es änderte nichts.

Am nächsten Morgen fühlte er sich nicht nur besser, er sah

auch besser aus. El Madani war zufrieden. Pauls Hand hatte fast wieder ihren normalen Umfang, aber der *tirailleur* schärfte ihm ein, sie aufmerksam im Auge zu behalten. »Es kann anfangen zu faulen«, sagte er, »wie Ihr Gehirn es offenbar schon getan hat, als Sie da unter diesen Steinen herumstocherten.«

Paul lachte betreten. El Madani sah ihn forschend an. »Darf ich fragen, Lieutenant, wo Sie gelernt haben, den Stich eines *agrab* in dieser Weise zu behandeln?«

»Das weiß ich nicht. Ich kann mich nicht mehr genau erinnern, was ich eigentlich getan habe. Ich muß irgend etwas draufgeschmiert haben.«

»Das ist höchst interessant«, sagte El Madani. »Ich kenne niemanden außer den Tuareg, die es auf diese Weise behandeln.«

»Vermutlich ein glücklicher Zufall.«

»Wundersam trifft es wohl eher. Nach Ihrer Reaktion zu urteilen, war es ein äußerst giftiger Skorpion. Hätte Sie umbringen müssen. Ich habe eine Salbe auf der Wunde gefunden, wo Sie sie aufgeschnitten hatten – aus einer Pflanze namens *effellem*. Es ist schon außergewöhnlich, daß Sie so etwas kennen, Lieutenant. Und noch außergewöhnlicher, daß Sie es bei sich hatten.«

Paul rutschte unbehaglich hin und her. »Ich habe ja gesagt – es gibt eine Menge, woran ich mich nicht erinnern kann.«

El Madani nickte. »Oui, Lieutenant«, pflichtete er bei. »Eine ganze Menge.«

Die Kolonne erwachte in der schwarzen Stunde vor dem Morgengrauen zum Leben. Pobéguin stand als erster auf, vergewisserte sich, daß die Wachen auf dem Posten waren, teilte den Flankendienst ein und sorgte dafür, daß Proviant und Wasser eingesammelt wurden. Überflüssige Kleider und Wolldecken wurden zurückgelassen. Zu Beginn ihres Rückzugs hatten die Männer so viel mitgeschleppt, wie sie tragen konnten, aber da waren sie noch frischer gewesen und ihre Augen für das, was ihnen wichtig erschien, größer als ihre Entschlossenheit nach fünf Tagesmärschen. Nun warfen sie alles von sich, was sie entbehren konnten, und schleppten doch immer noch mühsam an ihrer Last.

Paul beobachtete sie besorgt. »Nur fünf Tage. Schon jetzt sehen sie erschöpft aus, und dabei haben sie noch Wasser und Proviant«, sagte er zu Dianous. »Es sieht nicht so aus, als könnten sie es auch nur noch eine Woche schaffen.«

Dianous antwortete nicht. Sein Schweigen ließ Paul mit Wehmut an Remy denken, dessen Gesellschaft er schrecklich vermißte. Er spürte, wie die Bitterkeit aufkam, wie Galle und Wut und sogar Tränen in ihm aufstiegen, aber er verabscheute dieses Gefühl und versuchte es gewaltsam zu verdrängen. In all dem konnte er sonst ertrinken, dachte er, und er mußte sich auf sein Überleben konzentrieren.

Paul hatte ein neues Gewehr, Proviant und Wasser, eine Wolldecke und einen Mantel zu tragen. Er schnürte alles zu einem Bündel und warf es sich über die gesunde Schulter. Den breitkrempigen Hut, der eigens in Paris angefertigt worden war und ihm ausgezeichneten Sonnenschutz gespendet hatte, hatte er verloren. Nur Pobéguin und Dianous hatten ihren jetzt noch. Paul kniete vor einem Berg weggeworfener Kleider nieder, riß ein Hemd in Streifen und schlang es sich um den Kopf.

Er bemerkte, daß Sandeau, einer der Ingenieure, Mühe hatte, am Ende der Kolonne mitzukommen. Er war ein schmächtiger, schlanker Mann, dessen knochige Gestalt sich in seinen zu großen Kleidern verlor. Er hatte das freundliche Gesicht eines Bücherwurms und war weit in den mittleren Jahren. Seine Schultern hingen herab, und seine dürren Beine wackelten, während er mühsam das Gepäck auf seinem Rücken balancierte. Sein Gesicht war angespannt und blaß. Eine Wolke von Fliegen umschwirrte ihn und drang ihm in Augen, Nase und Mund. Die Hände brauchte er, um seine Last zu halten, und deshalb versuchte er, die Fliegen wegzublasen – er blinzelte und zwinkerte und zog Grimassen, um sie zu vertreiben, doch ohne großen Erfolg. Paul ging zu ihm und wedelte sie fort.

»Kommen Sie, ich trage das für Sie«, sagte er.

Sandeau schaute seitwärts zu dem jüngeren, größeren Mann auf und schüttelte den Kopf. »Non, merci«, sagte er. »Sie hatten es schwerer als ich, Lieutenant. Ich komme schon zurecht. Es geht nur ein bißchen langsam, das ist alles.«

Ohne sich auf weitere Diskussionen einzulassen, nahm Paul

dem Mann den Wasserschlauch und den Proviantbeutel von den Schultern. Sandeau wollte protestieren, aber die Erleichterung in seinem Blick war nicht zu übersehen, als er sich von der Last befreit fühlte.

»Gott segne Sie, Lieutenant«, sagte er. »Wenn wir glauben, wir können nicht weiter, sieht der Herr unsere Bürde und macht sie uns leichter.« Er schaute über die Ebene hinaus und an der endlosen Reihe von Männern entlang, die sich vor ihnen zum Horizont erstreckte, und er wedelte die Fliegen weg, die zurückgekommen waren, um ihn zu plagen. »Ich werde hier sterben.« Er sagte es leichthin, nüchtern, als habe er gesagt: »Es ist kühl heute morgen.«

Paul runzelte die Stirn. »Unsinn, Sandeau. Wir werden alle wieder nach Hause kommen.« Er hörte den hohlen Klang seiner Stimme bei diesen Worten. Hoffentlich hatte Sandeau es nicht bemerkt.

Der Ingenieur lächelte nur. »Machen Sie sich meinetwegen keine Sorgen, Lieutenant. Ich habe nichts dagegen. Wirklich nicht. Ich habe meine Brücken gezeichnet, meine Straßen geplant. Meine Frau ist letztes Jahr gestorben.« Er winkte ab, als Paul etwas sagen wollte. »Deshalb bin ich mitgekommen. Ich habe nichts zu Hause zurückgelassen, nichts, was mich noch halten könnte. Und, ehrlich gesagt, ich habe das Zeichnen satt. Ich glaube, die Brücken haben mir am besten gefallen. Straßen sind so langweilig. Man denkt eigentlich nie viel über eine Straße nach – außer, wohin sie einen führt. Aber eine Brücke – ah, da haben Sie ein Kunstwerk. Etwas Bewundernswertes, etwas, das die Unwegsamkeit überspannt.« Sein Blick wurde lebhaft. »Ich habe die Seine-Brücke bei Rouen gemacht. Kennen Sie die?«

Paul schüttelte den Kopf.

»Macht nichts. Sie ist schön. Der Fluß ist dort breit. Früher gab es eine Fähre. Bezahlen und warten, warten und bezahlen. Sinken und ertrinken manchmal auch. Aber jetzt nicht mehr. Ich glaube, das war meine beste Arbeit. Ich habe eine Photographie davon zu Hause. Stahl und Beton, ein vollkommener Entwurf. Sie ist schön, gratis und schnell, und sie sinkt nicht.« Er humpelte dahin und versuchte sich zu beeilen, während er redete, aber sie fielen immer weiter zurück.

»Meine Frau meinte, diese Eisenbahngeschichte wäre genau das Richtige. Sie hatte darüber in der Zeitung gelesen. Sie war ziemlich lange krank, mußte das Bett hüten, und da hat sie viel gelesen. Und hat noch mehr geredet als an gesunden Tagen, was ich für unmöglich gehalten hätte. Hat mir abends immer ein Loch in den Bauch geredet. Ich sollte ihnen zeigen, wie man eine Eisenbahn baut, meinte sie. Sie wußte, daß sie sterben würde. Ich glaube, sie wollte sicher sein, daß ich danach noch etwas zu tun habe.« Er schwieg eine Weile, in die Erinnerung versunken. Seine Augen schwammen. Mit einer Handbewegung wies er auf die Wüste. »Vorher wußte ich nichts von dieser Gegend. Nur das, was sie mir vorgelesen hatte. Aber selbst ohne die Tuareg habe ich gesehen, was für Narren die Leute in Paris sind. Niemals werden sie hier eine Eisenbahn bauen, nicht in zweihundert Jahren. Oh, bauen könnte man sie schon, aber sie würde nicht halten. Die Dünen würden sie ersticken, der Regen würde sie fortschwemmen. Hier überlebt nur, was sich anpassen kann. Eine Eisenbahn kann sich nicht anpassen. Deshalb werde ich sterben, denn ich fürchte, ich kann es auch nicht.« Er stolperte über einen Stein. Paul stützte ihn. »Danke, Lieutenant. Möchten Sie mit mir beten?«

Paul schüttelte den Kopf.

Sandeau schloß die Augen und hielt sich an Pauls Arm fest, um sich beim Gehen führen zu lassen. »Gegrüßest seist du, heilige Königin, Mutter der Barmherzigkeit, unser Leben, du süße Hoffnung. Zu dir rufen wir, wir armen verbannten Kinder Evas, dir senden wir unser Seufzen, Weinen und Klagen in diesem Tal der Tränen ...«

Die Stimme des Ingenieurs hatte einen angenehmen, beruhigenden Rhythmus. Paul erinnerte sich an den Text. Er hatte ihn in der Schule von St. Paul viele Male gesprochen. Jetzt aber fühlte er sich so leer wie die Ebene, und Worte hätten ihn nicht füllen können. Sandeau bekreuzigte sich und öffnete die Augen. Sie strahlten heller.

»Danke für Ihre Hilfe, Lieutenant. Es geht jetzt wieder.«

»Rufen Sie mich, wenn Sie irgend etwas brauchen.« Paul drückte ihm die Schulter und ging nach vorn. Die Sonne war kaum über den Horizont gestiegen, aber der Tag versprach bereits jetzt, sengend heiß zu werden. Paul kannte die meisten der Männer, an denen er vorbeikam, und grüßte sie mit Namen. Die meisten wirkten bedrückt und machten düstere Mienen. Als er Belkasem überholte, dem die Anstrengung des Marsches heftig zusetzte, trafen sich ihre Blicke. Der Metzger schaute weg. El Madani hatte Paul erzählt, was der Mann getan hatte. Paul empfand keine Bitterkeit, aber auch keine besondere Nachsicht. Er war froh, daß der Mann ihn nicht umgebracht, sondern ihm nur die Stiefel gestohlen hatte.

Binnen einer Stunde begann Paul unter der zusätzlichen Last von Sandeaus Gepäck zu taumeln. Er hatte sich zu schnell zuviel zugetraut. Hakim sah es und machte ihm Vorwürfe. »Selbst ein Kamel hat genug Verstand, sich zu beklagen, wenn man ihm zuviel auflädt. Ich hoffe doch, der *patron* ist klüger als ein Kamel?«

Paul lachte und gab ihm eine der Taschen. Der Junge schulterte sie mühelos.

Unter allen Männern in der Kolonne schienen nur Hakim und Pobéguin die Situation von der abenteuerlichen Seite zu nehmen. Sie waren chronisch guter Dinge. Pobéguin sang beim Gehen – laut und schräg – und hörte erst auf, als ihn ein Stein im Rücken traf. Er fuhr herum und funkelte die schweigende Kette der Algerier an, die hinter ihm herstapfte, aber dann lachte er und sang noch lauter. Er war praktisch veranlagt und übernahm bald die Rationierung von Proviant und Wasser. Er verkündete, wann getrunken werden durfte, und erlaubte es den Männern sehr viel seltener, als es ihnen lieb war, aber dafür trank er selbst gelegentlich überhaupt nichts und ging so mit gutem Beispiel voran. Die Energie dieses Mannes war grenzenlos. Trotz der Gluthitze schien er beim Gehen zu hüpfen. Gegen Mittag wurde so viel Vitalität geradezu ärgerlich.

Die beiden französischen Soldaten, Brame und Marjolet, blieben dicht beieinander. Brame war ein schlaksiger, gutaussehender Pariser mit schwarzem Haarschopf und schmalem Gesicht. Er war der vielgeschundene Bursche des Colonels gewesen. Für ihn bildete dieser stille Rückzug einen seligen Kontrast, und er wirkte beinahe zufrieden. An seinem Kinn sprossen die ersten Bartstoppeln. Der Colonel hatte darauf bestanden, daß er sich rasierte, wie vor ihm Brames Vater darauf bestanden hatte, und das erste, was er auf dem Rückmarsch weggeworfen hatte, war sein Rasierzeug gewesen. Marjolet war ein hochgewachsener, strammer, dunkelhäutiger Jüngling aus Südfrankreich, der zum Militär gegangen war, nachdem die Weinberge seiner Familie durch eine Krankheit vernichtet worden waren. Er kochte für die französischen Expeditionsmitglieder. Flatters hatte ihn für diese Aufgabe eingeteilt, getreu der geheiligten militärischen Tradition, daß nur solche Männer zu Köchen gemacht wurden, die wirklich überhaupt nichts von der Sache verstanden. Paul vermutete, nur er selbst wäre eine noch bessere Wahl gewesen.

Endlich erstarb Pobéguins Singen doch. Wer ihm zugehört hatte, wußte nicht, ob er dafür dankbar sein sollte oder nicht, denn in der Stille wirkte die Sonne noch drückender als zuvor, und die Ebene flimmerte in ihrem unerbittlichen Feuer. Müde Füße schlurften über endlosen Kies und verursachten dabei das einzige Geräusch, das man außer einem gelegentlichen Husten oder ein paar gemurmelten Worten hören konnte. Die Hitze machte es unmöglich, zu denken, und nicht zu denken war ein Segen. Ohne irgendeinen Anhaltspunkt am Horizont war es unmöglich abzuschätzen, wie gut sie vorankamen. Es schien, als bewegten sie sich überhaupt nicht, als plagten sie sich auf einer riesenhaften, grausamen Tretmühle, die nirgendwo hinführte.

Am Nachmittag rief Dianous eine kurze Rast aus. Die Männer ließen sich dankbar zu Boden fallen, und Pobéguin ließ sie trinken. Sie stellten Gewehre oder Säbel auf und spannten Decken darüber, um Schutz vor der Sonne zu finden; einige versuchten zu schlafen, aber das war unmöglich. Andere saßen reglos da und starrten ins Leere.

Plötzlich kam einer der Außenposten im Laufschritt heran und schrie schon von weitem. Seine Gestalt sah durch die Verzerrung der heißen Luft seltsam komprimiert aus; das Licht spielte mit seinem Körper. Erst schien er ohne Beine zu rennen, dann rannte er durch die Luft. Die Wirkung hätte komisch sein können, aber er war sichtlich aufgeregt und fuchtelte schreiend mit den Armen. Paul und Dianous liefen ihm entgegen. Atemlos und heftig schwitzend deutete er nach Osten.

»Die Tuareg, Lieutenant«, keuchte er.

»El Madani! Pobéguin! Schnell!« Zu viert folgten sie dem Posten. Nach ein paar Minuten gelangten sie an eine Bodenfalte, wo die Ebene scharf nach unten wegbrach und sich dann in die Ferne erstreckte. Der Mann bedeutete ihnen, sich zu ducken, und sie krochen bis zur Kante.

Unter ihnen, ein paar hundert Meter weit entfernt, war eine lange Reihe von Kamelreitern zu sehen. Paul hielt den Atem an. Es waren fast zweihundert Tuareg, allesamt beritten, und sie bewegten sich parallel zu den Franzosen. In der Ferne hörte er sie plaudern und lachen.

Dianous beobachtete sie durch sein Fernglas. »Merde«, sagte er leise und reichte Paul das Glas. Der stützte sich auf die Ellenbogen und spähte ebenfalls hindurch. Die lange Kolonne war gut ausgerüstet. Sie hatten zusätzliche Lastkamele, die alle voll beladen waren. Ein paar Tuareg waren mit eroberten Gras-Karabinern bewaffnet. Er schwenkte das Fernglas an der Kolonne entlang und erstarrte plötzlich vor Wut.

Die Tuareg hatten bei Tadjenout sechs Gefangene gemacht. Die Männer gingen in einer Lücke zwischen den Reihen ihrer Bewacher. Aber das Schreckliche war die Art und Weise, wie man sie zu gehen zwang. Paul hätte fast geweint. Keiner von ihnen trug ein Hemd. Selbst aus dieser Entfernung sah ihre Haut blasig und blutig aus. Man hatte ihnen Lederhauben über die Köpfe gestülpt. Paul konnte nur ahnen, welche Qualen diese Hauben verursachten, so eng und hart. Sie machten die Männer blind und verstärkten die furchtbare Hitze.

Der erste in der Reihe der Gefangenen trug einen Metallring, den man ihm bis unter das Schulterblatt gedrückt hatte. Sein Rücken war blutverschmiert, und er war offenkundig der schwächste von allen. Zwei Seile waren an den Ring geknotet, so daß das eine zum Schwanz des Kamels vor ihm führte, das andere nach hinten zum nächsten Gefangenen in der Reihe, wo es zu einer straffen Schlinge gebunden war und dann weiter zum nächsten und bis zum Ende reichte. Jeder Schritt des Kamels ging wellenartig durch die elende Reihe. Wenn der vordere Gefangene seine Bewegungen nicht mit denen des Kamels in Einklang bringen konnte, zerrte das Seil am Ring, und er schrie unter seiner Haube auf und wurde vorwärts gezerrt. Mit seinem Taumeln riß er seinerseits an den Schlingen um die Hälse derer, die nach ihm kamen, so daß ihnen die Luft genommen wurde. Wenn einer stolperte, fielen die anderen hin, aber erst wenn die ganze Gruppe am Boden lag, hielt der Targui an, um sie aufstehen zu lassen.

»Gott erbarme sich ihrer«, flüsterte Paul. Er ließ das Fernglas sinken, überlegte kurz und wandte sich an Dianous. »Wir müssen sie da herausholen. Wir müssen angreifen.«

»Seien Sie kein Narr«, sagte Dianous. »Sie sind vier zu eins in der Überzahl. Sie haben Kamele. Wir sind zu Fuß. Wir können nur garantieren, daß sie sterben.«

»Sie können nicht viel Munition haben. Wir haben reichlich.«

»Sie wissen nicht, was die haben. Wir können keinen direkten Angriff führen.«

»Dann tun wir es heute nacht. Wir überfallen das Lager, stehlen ein paar Kamele und befreien die Gefangenen.«

»Und töten ein paar Tuareg«, knurrte El Madani. Pobéguin grunzte zustimmend.

Dianous schüttelte den Kopf. »Das wäre dumm«, sagte er. »Die wissen genau, wo wir sind und daß wir gut bewaffnet sind. Glauben Sie, die stellen keine Wachen auf? Glauben Sie, wir spazieren einfach in ihr Lager, bitten um Entschuldigung und holen uns, was wir wollen?« In seinem Tonfall lag Spott, aber auch noch etwas anderes. Paul konnte nicht genau sagen, was es war.

»Wir könnten von der anderen Seite ihres Lagers kommen und angreifen«, beharrte er. »Sie ablenken und dann ein paar Mann von dieser Seite kommen lassen.«

Dianous wollte nichts davon wissen. »Sie werden so etwas erwarten. Die Gefangenen wären tot, bevor Sie sie finden könnten.«

Paul deutete auf die Reihe der gemarterten Gefangenen, die dort unten vorüberwankten. »Schauen Sie die Leute doch an, um Gottes willen. Sie werden sowieso sterben, wenn wir es nicht versuchen.«

El Madani stimmte ihm zu. »Ich denke, wir könnten es schaffen, Lieutenant«, sagte er. »Zwei Stunden vor Tagesanbruch. Einen Versuch wäre es wert.«

Dianous richtete sich auf. Seine Augen wurden schmal, und er wurde wütend. »Ich sage Ihnen, es ist eine Dummheit«, fauchte er. »Ich werde es nicht zulassen.«

Paul setzte sich neben ihm auf. »Also gut, vergessen Sie die Gefangenen«, zischte er mit zusammengebissenen Zähnen. »Diese Kolonne wird uns folgen, bis wir keine Kraft mehr haben. Wollen Sie in zwanzig Tagen gegen sie kämpfen, wenn es *denen* paßt, oder jetzt, solange wir es noch können? Wir sind zu Fuß, unser Proviant geht zu Ende. Wie viele Tage, glauben Sie, halten wir noch durch? Wie viele Tage, glauben Sie, schafft Sandeau es noch? Mit diesen Kamelen können wir nach Wargla reiten, Dianous. Wir hätten zumindest eine Chance!«

»Das reicht, Lieutenant«, sagte Dianous eisig. Er deutete über die Ebene unter ihnen. »Dies ist weder die Zeit noch der Ort für einen Angriff. Es ist zu flach, zu ungeschützt. Wir werden weiter nach Norden marschieren, bis wir eine bessere Gegend finden. Und das ist ein Befehl, Lieutenant. Ich habe bereits zuviel diskutieren lassen. Jetzt ist dieses Gespräch für mich beendet. Zurück zum Lager.«

»Eine bessere Gegend?« wiederholte Paul fassungslos. »Wovon reden Sie da? Das hier ist alles, was wir haben, Dianous. Es ist alles, was wir finden werden, bis es zu spät ist. Erinnern Sie sich nicht mehr an den Ritt nach Süden? Es ist *überall* so, bis Amguid! Es wird nicht besser! Um Gottes willen, Mann, wir müssen doch etwas *tun*!« Paul reckte sich Dianous so weit entgegen, daß ihre Gesichter einander fast berührten, und er war kurz davor zu explodieren.

»Halten Sie den Mund, verdammt!« Dianous kochte vor Zorn, und seine Stimme klang eiskalt. »Vielleicht haben Sie meinen Befehl nicht verstanden, Lieutenant. Die Diskussion ist beendet. Wir werden nach Norden marschieren. Nach *Norden*! Und wenn Sie mir weiter widersprechen, lasse ich Sie verhaften. Ist das klar?«

»Hören Sie, Dianous, Sie haben doch sicher ...«

Dianous hob die Hand und wurde lauter. »Ich habe gefragt, ob das klar ist, Lieutenant!«

Einen Moment lang konnte Paul ihn nur anstarren. Er bemühte sich, das Ganze zu begreifen. Verlegen schaute Pobéguin weg.

Endlich nickte Paul. Dianous stand auf und nahm ihm das Fernglas aus der Hand.

»Und jetzt zurück zur Kolonne, und zwar alle.« Er wandte sich ab und ging davon. Die andern schauten ihm schweigend nach. Wie vom Donner gerührt, schüttelte Paul den Kopf.

»Das ist die Hitze«, sagte Pobéguin lahm.

»Kamelscheiße«, blaffte El Madani. »Das ist genau wie in Tadjenout. Der Mann ist ein ...«

»Ein was?« fragte Paul.

»Nichts. Schon gut.«

Sie drehten sich noch einmal um und schauten zum Zug der Tuareg hinüber. Lange Zeit sagte niemand etwas. Sie beobachteten, wie die Gefangenen unter Qualen dahinstolperten.

»Vielleicht sollten wir sie gleich erschießen«, meinte Paul. »Wir könnten jeder zwei übernehmen. Dann wäre diese Qual für sie jedenfalls zu Ende.«

El Madani legte Paul die Hand auf die Schulter. »Es kommt uns nicht zu, ihnen das Leben zu nehmen«, sagte er leise. »Wenn sie durch die Hand der Tuareg sterben – mektoub – dann steht es geschrieben.«

Paul nagte an der Unterlippe und starrte hinüber. Madani schüttelte ihn leicht. »Lassen Sie es einstweilen gut sein. Er hat zu befehlen. Wenn wir das vergessen, haben wir Anarchie. Dann sterben wir alle.«

Er und Pobéguin wandten sich zum Gehen. »Kommen Sie, Lieutenant?«

»Gleich.« Er schaute den Tuareg nach, bis die Hitze sie in der Ferne verschwimmen ließ. Die erbärmlichen Gestalten der Gefangenen verschwanden hinter den Kamelen. Paul blieb auf dem Bauch liegen. Als sie fort waren, ließ er den Kopf auf die Arme sinken und schaute über die leere Ebene hinweg.

Er versuchte, den Sinn des Ganzen zu erkennen. Er wußte, daß Dianous die größere Erfahrung hatte, aber es schien doch falsch zu sein, so falsch, hier einfach in der Sonne wegzuschmelzen, während die Tuareg die viel klügere Strategie anwandten und darauf warteten, daß die Wüste erledigte, was sie selbst nicht schaffen konnten. Sie verloren die beste Chance, die sie hatten. Er erinnerte sich, wie das Land im Norden ausgesehen hatte. Erst bei den Brunnen von Amguid eignete sich das Terrain besser für einen Angriff – aber bis Amguid waren es noch fast drei Wochen. Wieder und wieder kaute er die Argumente im Geiste durch, suchte die Stärken in Dianous' Auffassung und die Schwächen in seiner eigenen. Er kam immer zu demselben Schluß. Dianous hatte unrecht, aber El Madani hatte recht: Dianous hatte die Entscheidung getroffen, und Dianous hatte das Kommando. Paul durfte nichts unternehmen, was seine Autorität schwächte.

Wieder fühlte er den Stachel der Angst. Er spürte, wie die Lage außer Kontrolle geriet, überwältigt von der machtvollen Weite der Sahara. Er versuchte zu beten, aber das brachte ihm keinen Frieden. Die Vernunft half auch nicht. Nichts half. Vielleicht hatte El Madani schon wieder recht. *Mektoub.* Es war ihm zuwider.

Plötzlich kam Floop herbeigelaufen, sprang ihn an, leckte ihn trotz aller Proteste ab und schob ihm seine Nase unter die Arme, bis Paul ihn nicht länger ignorieren konnte. Sie rangen miteinander und wälzten sich zusammen durch den Kies. Als sie müde waren, blieben sie liegen und ruhten sich aus. Die Sonne stand schon tief am Himmel, als sie zur Kolonne zurückkehrten.

In dieser Nacht brannte im Lager kein Feuer. Sie hatten kein Holz mehr und hatten im Laufe des Tages auch keinen Kameldung gefunden. Also aßen sie ihre Reisportionen roh, so daß die Körner geräuschvoll zwischen ihren Zähnen knirschten. Die meisten Männer legten sich früh schlafen, weil sie erschöpft waren, während andere noch sitzen blieben und plauderten. Die Nachricht von den Tuareg und ihren Gefangenen hatte sich rasch durch die Reihen verbreitet, ebenso die Geschichte von Dianous und seiner Weigerung, die Tuareg anzugreifen. El Madani versuchte das Gemunkel zum Schweigen zu bringen, aber er hatte nur teilweise Erfolg damit.

Paul stand am Rande des Lagers und schaute in die Ebene hinaus, als einer der *tirailleurs*, ein Mann namens Mustafa ben Jardi, an ihn herantrat. Der *tirailleur* war sichtlich nervös und verwandte mehr als das Doppelte der üblichen Zeit darauf, sich nach dem Stand der Dinge in Pauls Leben zu erkundigen. Normalerweise begrüßten sich die Mitglieder der Expedition kurz und knapp und kamen gleich zur Sache, aber Mustafa nutzte die Einsamkeit, um sich umsichtiger – eben algerischer – zu verhalten.

»Bon soir, Lieutenant«, sagte er. »Comment allez vous?«

»Bien, merci, Mustafa.«

»Wirklich? Es geht Ihnen gut? Gott sei gepriesen – nach all den schrecklichen Strapazen, die Sie allein durchmachen mußten.«

»Wirklich gut. Und Sie?«

»Mir geht es sehr gut heute abend, Allah sei gepriesen, denn es ist sehr schön unter seinem Himmel. Und Ihr wunderbarer Hund Floop, er ist in guter Verfassung?«

»Ja.«

»Und Ihr Vater erfreut sich guter Gesundheit?«

»Mein Vater ist seit vielen Jahren tot.«

Mustafa machte ein ehrlich betrübtes Gesicht. »Eine große Tragödie. Doch so genießt Allah nun den Reichtum seiner Gesellschaft. Aber Ihre Mutter, sie ist wohlauf?«

»Das ist sie.«

»Hamdulillah«, sagte Mustafa. »Möge sie ein langes Leben im Wohlstand führen, von Allahs Güte beschienen. Und Ihre Brüder sind gleichfalls gesund?«

»Ich habe keine Brüder.«

»Ah, wie schade, wahrhaftig. Alle Menschen sollten mit Brüdern gesegnet sein. Aber Ihre Schwestern sind gewiß zahlreich und ebenso munter wie ihre Kinder und Ehemänner?«

»Ich habe auch keine Schwestern.« Paul hoffte, daß diese Antwort den endlosen Höflichkeiten ein Ende machen würde. Hakim, der einmal gesehen hatte, wie ungeduldig er auf diese Sitte reagierte, hatte ihm geraten, einfach zu sagen: »Meine Familie und alle meine Verwandten sind vor zehn Jahren an der Pest gestorben.« Das werde die Formalitäten abkürzen.

»Aber Ihrer Frau geht es gut, hoffe ich.«

»Ich habe keine Frau und auch keine Kinder.«

»Das ist wirklich schade, Lieutenant, daß die Welt die Fortsetzung Ihres vorzüglichen Stammes noch nicht kennt.« Mustafa schüttelte traurig den Kopf. »Daß ein Mann wie Sie unvermählt bleiben und der Welt keine Nachkommenschaft hinterlassen soll ...« Er sinnierte kurz über diese Tragödie. »Ich habe gehört, der Präsident von Frankreich ist auch ein tapferer und weiser Mann«, sagte er dann. »Ich hoffe, es geht ihm gut.«

Paul murmelte unbestimmt zustimmende Worte.

»Und seine Gemahlin …?«

Jetzt hatte Paul genug. »Sie haben doch etwas auf dem Herzen, Mustafa.«

Der Mann war verlegen. Es widerstrebte ihm, mit so unziemlicher Hast zur Sache zu kommen, und er schlug die Augen nieder. »Oui, mon Lieutenant. Wenn Sie mir erlauben, offen zu sprechen ...« Er sah sich um, als könnte jemand zuhören.

»Selbstverständlich.«

»Wir haben von den Gefangenen bei den Tuareg gehört.«

»Ja.«

»Wir glauben, daß der *mokkadem* unter ihnen ist. Er war mit beim Brunnen. Aber nachher hat niemand seinen Leichnam gefunden. Ohne ihn haben wir niemanden, der uns im Gebet führt.«

Paul nickte. »Kann sein, daß er bei ihnen war«, sagte er. »Ich konnte es nicht erkennen. Sie trugen alle … Hauben.«

»Oui, Lieutenant, das ist es ja, was ich meine. Wenn er tot ist – mektoub. Aber wenn er bei ihnen ist und von den gottlosen Kamelfladen, den Tuareg, auf diese Weise mißhandelt wird, dann muß diese Infamie gerächt werden. Wir dürfen ihn nicht in ihren Händen lassen.«

»Und was wollen Sie?«

»Nun«, sagte er und senkte seine Stimme, »wir haben gehört, daß Lieutenant Dianous sich geweigert hat, die Tuareg anzugreifen.« Er räusperte sich. »Und daß Sie … nun, daß Sie anderer Meinung waren.«

Paul hatte Mühe, seinen Ärger zu unterdrücken. Der Posten hatte also geschwatzt. Mustafa fuhr fort.

»Sie sollen wissen, daß wir bereit sind, mit Ihnen zu gehen und zu kämpfen wie Männer. Wir wollen die Gefangenen zurückholen.«

Paul sah ihn an. »Wer ist ›wir‹, Mustafa?«

»Es sind noch fünfundzwanzig oder dreißig andere, die es genauso sehen wie ich. Lieutenant Dianous wollte nach dem Massaker nicht angreifen. Er will es auch jetzt nicht. Und morgen wird er es auch nicht tun. Er ist ein … wie soll ich es sagen? Nun, er ist zu zaghaft. Wir sind bereit, Ihren Befehlen zu gehorchen. Wir könnten heute nacht losziehen.«

Paul wollte den Mann nicht vor den Kopf stoßen, aber die Richtung, die dieses Gespräch nahm, bereitete ihm Unbehagen. »Ich verstehe«, sagte er schließlich, »aber einstweilen kann ich nichts tun. Lieutenant Dianous hat recht. Ein Angriff ist im Augenblick nicht durchführbar.«

Mustafa beäugte ihn kurz. Er machte ein skeptisches Gesicht. »Aber wir haben gehört, daß Sie ...«

»Es interessiert mich nicht, was Sie gehört haben, Mustafa. Es trifft nicht zu. Ich stimme mit dem Lieutenant überein. Wir werden die Gefangenen zurückholen. Wir werden den *mokkadem* rächen. Aber wir müssen abwarten. Es gibt keine andere Möglichkeit.«

Mustafa glaubte ihm offensichtlich nicht, aber er war nicht der Rädelsführer einer Meuterei, sondern hatte nur fragen wollen. Er wußte nicht, was er jetzt noch sagen sollte. »Sehr wohl, Lieutenant.« Er wandte sich zum Gehen. »Aber wenn Sie es sich anders überlegen, müssen Sie es mich bitte wissen lassen.«

Als die andern sich schlafen gelegt hatten, versuchte Paul das Thema noch einmal bei Dianous zur Sprache zu bringen, aber dieser stand schroff auf und marschierte davon.

Paul schlief unruhig; seine Gedanken waren in Aufruhr. Erst El Madani, dann Mustafa: versteckt oder offen hatten sie Dianous vorgeworfen, er habe bei Tadjenout nicht gehandelt. Er sei – feige gewesen. Paul war nicht dabeigewesen und konnte darüber kein Urteil fällen. Aber vorhin war er dabeigewesen.

Er fand in dieser Nacht keine Antwort.

»Mit welchem Recht habt ihr bei den Franzosen zu diesem Mittel gegriffen?«

Moussas Worte klangen wie Donnerhall. Er war in hartem Trab ins Lager der *Ihaggaren* geritten und hatte sein Mehari schnurstracks durch die Scharen der Tuareg getrieben, bis er vor dem Feuer im Zentrum des Lagers stand. Er schaute auf Attici hinab, der am Feuer saß. Neben ihm saßen Mahdi und ein Mann, den

Moussa nicht kannte. Attici hob den Kopf und schaute den Störenfried an.

»Ich will dir deine Grobheit nachsehen, Moussa, da du offenbar in Erregung bist. Es ziemt sich für einen Edlen der Kel Rela nicht, sich derart zu vergessen. Diese Höflichkeit lernen schon die kleinsten Kinder im Hoggar.« Mahdi schenkte sich und den andern Tee ein. »Komm herab von deinem mächtigen Mehari. Komm und trinke Tee mit uns.« Er sprach wie mit einem Kind.

»Ich frage dich noch einmal.« Moussa rührte sich nicht. »Mit welchem Recht bist du zum Schlächter geworden?«

»Betrachte den Rücken meines Mehari«, sagte Attici freundlich, »wo die tobol jetzt hängt. Hast du sie nicht gesehen?«

»Dann war es der Amenokal, der dir aufgetragen hat, die Franzosen so zu behandeln? Es war seine Entscheidung?«

»Wenn es dich denn etwas angeht, Moussa: Der Amenokal hat keine genau umrissenen Anweisungen gegeben, sondern die Angelegenheit in meine Hände gelegt. Er hat mir lediglich aufgetragen, Sheik Flatters zu ›entmutigen‹. Ich glaube, er ist jetzt gründlich entmutigt.« Gelächter ging um das Feuer.

»Hat er dir aufgetragen, sie in Stücke zu hacken? Ist das deine Vorstellung von einem ehrenhaften Kampf – einen Feind zu überraschen und abzuschlachten? Selbst das *mouflon* zerfleischen wir nicht so.«

»Welcher *ikufar* wäre es würdig, barmherzig geschlachtet zu werden wie ein *mouflon*?« fragte Tamrit, und neues Gelächter erhob sich. »Was stört dich, Grobian? Daß die Franzosen tot sind, oder daß sie in Stücke gehackt wurden?«

»Wer ist dieser Mann, Attici, der da zu deiner Rechten sitzt?«

»Tamrit ag Amellal«, antwortete Tamrit. »Und du dürftest das zarte Söhnchen des Barbaren de Vries sein.«

Moussa ließ sich von seinem Kamel gleiten und legte die Hand auf sein Schwert. »Hüte deine Zunge, Tamrit, wenn du sie nicht verlieren möchtest.«

Tamrit reckte sich erzürnt. »Aus Respekt vor deiner Mutter schlage ich dir nicht den Kopf ab. Aber sprich noch einmal so, und ich werde mich vergessen.«

Moussa wandte sich verachtungsvoll an Attici. »Du umgibst

dich mit Senussi? Sind sie es, die dich führen wie ein Lamm? Sind sie es, die das Feuer des Hasses und des Verrats in dir nähren?«

»Hier führt niemand außer mir«, antwortete Attici gleichmütig.

»Dann klebt zu viel Blut an deinen Händen. Ich bin gegen die Tebu und gegen die Shamba gezogen. Ich habe gegen die Ajjer gekämpft. Nie habe ich erlebt, daß die *Ihaggaren* einen Feind so barbarisch behandelt hätten.«

»Vielleicht lebst du noch nicht lange genug unter uns, um es gesehen zu haben«, sagte Mahdi. »Vielleicht solltest du als echter *ikufar* nach Frankreich zurückkehren, wo dir besser gefällt, was du siehst.«

»War denn Tadjenout ein gefälliger Anblick?« fragte Moussa. »War Tadjenout ein Schlachtfeld der Ehre?«

»Unsere Ehre ist unverletzt!« sagte Mahdi hitzig. »Ist die Täuschung nicht eine Waffe, die schon seit langem unter Feinden benutzt wird? Ist die Überraschung nicht eine Waffe wie das Schwert? Welcher unserer Feinde benutzt diese Waffen nicht gegen uns? Wo man den Vorteil sieht, muß man ihn ergreifen. Und wenn unsere Sache nicht gerecht wäre, hätte Allah uns den Sieg nicht geschenkt.«

»Seit Menschengedenken führen wir Krieg gegen die Tebu und die Shamba«, sagte Moussa. »Die Regeln dieses Krieges sind unter unseren Stämmen wohlbekannt. Aber nie haben wir vom Krieg gegen die Franzosen gesprochen, die damit rechneten, friedlich durchziehen zu dürfen. Und dann werden ihnen in Tadjenout die Gliedmaßen abgeschnitten, die Köpfe abgehackt. Ist das ein edles Werk nach unserer Art?«

»Ich werde darüber nicht mit dir streiten, Moussa. Du sprichst nicht als *Ihaggaren*. Deine Worte sind sanft wie die eines Lammes.«

»Dann sag mir wenigstens dies: Was hast du jetzt vor? Die Überlebenden sind jenseits der Höhe, und sie wandern parallel zu uns. Zu welchem Zweck verfolgst du sie? Soll es noch ein Gemetzel geben?«

»Sag ihm nichts«, riet Tamrit.

»Er ist unbedeutend.« Attici winkte verächtlich ab. »Fürchte ich den Biß eines französischen Welpen?« Er sah Moussa an. »Man wird sie weiter ›entmutigen‹ – bis Wargla.« Das Wort gefiel ihm offenbar. »Und von dort nach Frankreich, damit sie ihren Landsleuten die Botschaft bringen, daß eine Gegend, in die man auf der Landkarte ›Frankreich‹ hineinschreibt, deshalb noch lange nicht französisch ist. Daß der Hoggar kein Ort für französische Abenteuer ist. Nicht einmal ein Ort, den sie besuchen dürfen.«

»Sie werden es nicht schaffen, bis Wargla zu kommen. Ihr habt ihnen ihre Kamele gestohlen, und sie haben nur wenig Proviant. Sie werden binnen vierzehn Tagen sterben.«

»Kamele sind rechtmäßige Kriegsbeute«, fauchte Attici. »Ob die Ungläubigen und ihre Shamba-Hunde Wargla erreichen, kümmert mich nicht. Ihr Schicksal liegt in Allahs Hand.«

»Nein«, sagte Moussa, »nicht in Allahs Hand. In deinen Händen.«

»Wo ist der Unterschied? Meine Hände bewegen sich, wie es ihm gefällt.« Attici verlor die Geduld. »Ich habe schon einmal gesagt, ich bin nicht bereit, diese Angelegenheit mit dir zu diskutieren. Du solltest dich um die Geschäfte kümmern, mit denen der Amenokal dich beauftragt hat, und dich fernhalten von Dingen, die dich zu sehr beunruhigen. Oder hast du dich auf die Seite der Barbaren geschlagen?«

Zum zweiten Mal in drei Tagen hörte Moussa sich das gleiche sagen. »Ich stehe in dieser Sache auf niemandes Seite.«

»Das liegt allerdings in deiner Hand«, sagte Attici. »Es sind viele unter uns, die mit großem Interesse verfolgen werden, was du tust. Jetzt schließ dich uns an oder verlaß das Lager.«

Moussa drehte sich um. Ein Dutzend Tuareg stand hinter ihm und hörte dem Wortwechsel zu.

»Wer unter euch will hier nicht länger mitmachen? Wer hat genug davon? Wer hat nicht vergessen, wie man Reisende behandelt wie die, welche jetzt jenseits der Höhe dahinziehen, wenn sie nichts mehr zu essen und zu trinken haben? Kämpft später mit ihnen, wenn ihr wollt – aber jetzt erweist ihnen die Gastfreundschaft der Wüste.«

»Das sind keine gewöhnlichen Reisenden«, sagte einer. »Das ist ausländischer Abschaum. Eindringlinge, die sich nicht auf die gerechten Gesetze der Wüste berufen können.«

»Eoualla«, sagte ein anderer. »Ausländer. Genau wie du.« Moussa schlug zu, und der Mann fiel zu Boden wie ein Stein. Niemand sonst rührte sich, aber Moussa spürte bei vielen eine Feindseligkeit, die er nie zuvor erlebt hatte. Er nahm die Zügel seines Mehari und führte es durch die Menge. Taka saß auf dem Sattelknauf; sie drehte den Kopf und nickte. Sie war nervös.

Atticis Stimme folgte ihm zum Rand des Lagers.

»Misch dich nicht ein, Moussa. Es würde dir schlecht bekommen.«

Taher, sein alter Freund, kam draußen vor dem Lager zu ihm. »Du hast wahr gesprochen«, sagte er. »Die Franzosen wurden getäuscht und verraten. Es war ein Blutrausch in Tadjenout. Ich habe so etwas noch nie gesehen. Als es einmal begonnen hatte, war kein Halten mehr. Es war, als wären sie besessen, Moussa. Ich weiß keine Erklärung dafür, außer daß Tamrit manches gesagt hat, was sie in Hitze gebracht hat. Ich habe ihnen nicht geholfen.«

»Ich auch nicht«, sagte Moussa. »Aber das Ergebnis ist das gleiche.«

»Das ist wahr. Viele sind nicht mehr sie selbst. Ich werde mit dir reiten, Moussa, wenn du es möchtest.«

»Nein, Taher, aber ich danke dir. In dieser Sache bin ich allein.«

Sie erreichten den Brunnen von Temassint am folgenden Nachmittag. Er lag in einem großen, sandigen Wadi in der Ebene. Eine verlorene Akazie stand dort, flach und vom Wind verkrümmt, und ein paar Büsche waren auch da, aber wie die Männer jauchzten und jubelten, hätte man meinen können, es wäre die blühende Oase von Wargla.

Die meisten ließen sich irgendwo im Wadi zu Boden fallen. Ihre bleiernen Glieder waren schwer und träge von der Sonne. Die ersten vier oder fünf kämpften um einen Platz unter der Akazie, aber deren Schatten lohnte die Mühe kaum. Pobéguin beauftragte ein paar andere damit, die Wasserschläuche neu zu füllen. Es war eine mühselige Aufgabe, die durch den Sand noch erschwert wurde. Temassint war kein richtiger Brunnen mit festen Wänden wie der von Tadjenout. Es war ein *tilma*, ein Sickerbrunnen. Er war nicht gekennzeichnet, nichts machte ihn als Brunnen erkennbar. Man konnte darauf stehen und verdursten, ohne je zu wissen, daß er da war. Man mußte im Sand graben, bis dieser feucht und dann naß wurde. Wenn das Loch tief genug war, wartete man, bis Wasser hineingesickert war, und dann füllte man die Wasserschläuche. Man konnte immer nur zwei oder drei füllen und mußte dann wieder eine Weile warten.

In der Nähe des Brunnens fanden sie Spuren ihres vorherigen Aufenthalts: zerbrochene Körbe, Asche von Lagerfeuern und – zu ihrem Entzücken – Lebensmittelreste. Sie waren dankbar für das, was sie auf dem Weg nach Süden – verschwenderisch, wie es ihnen jetzt erschien – zurückgelassen hatten. Da lagen Datteln, die ihnen steinhart vorgekommen und deshalb weggeworfen worden waren: Jetzt fanden sie sie saftig und tadellos. Reiskörner waren verstreut und sogar kleine Stücke Fleisch, beiseite geworfen von zufriedenen Männern mit vollen Bäuchen. Noch litt niemand unter extremem Hunger, denn sie hatten ja noch ein bißchen Proviant. Aber Pobéguin stellte doch einen Trupp zusammen, der alles einsammeln mußte. Aufgeregt schwatzend stöberten die Männer auf den glutheißen schwarzen Felsen herum, hoben einzelne Reiskörner auf und fanden manchmal ganze Klumpen, und jedes Körnchen, jede Frucht wurde wie ein Edelstein behandelt, ans Licht gehalten und betrachtet, dann am saubersten verfügbaren Kleidungsstück sorgfältig abgewischt und in einen Beutel gesteckt. Belkasem arbeitete mit: Grunzend wie ein Eber schürfte er sich die fleischigen Hände und Knie blutig auf seiner eifrigen Suche nach einer Mahlzeit. Als das Gelände sauber abgesucht war, teilte Pobéguin alles auf, so genau er konnte. Jeder Mann bekam eine kleine Handvoll.

Djemel, der Anführer der Kameltreiber, war auf dem Rückweg ohne seine Schützlinge verzweifelt gewesen. Er hatte sich damit beschäftigt, ihren Dung einzusammeln, der ihnen als Brennmaterial diente. Darauf verzichtete niemand gern. Tagsüber schmorten die Männer in der Sonne, aber nachts bildete sich Eis in ihren Wasserschläuchen. An den Abenden ohne Feuer mußten sie knirschenden Reis essen, bevor sie sich frierend schlafen legten, und so war Djemels Arbeit entscheidend wichtig für ihr Wohlbehagen.

Djemels Vater war ein Kameltreiber gewesen, und dessen Vater ebenfalls. Er war ein kleiner, rastloser Mann, energisch wie eine Spiralfeder, sehnige Leidenschaft, eingewickelt in einen grünen Turban, dessen kränkliche Farbe vom Kamelspeichel stammte. Seine bemerkenswertesten Züge waren sein legendärer Jähzorn und seine Nase, die nicht vorhanden war. In einer seiner hitzigen Auseinandersetzungen mit einem Kamel hatte das Tier sie ihm abgebissen. Man erzählte sich, Djemel habe das Kamel als erster gebissen, aber er sprach nie darüber und hatte längst gelernt, mit den Späßen der anderen Kameltreiber und den unhöflichen Blicken der Leute auf der Straße zu leben. Als ihm die Verletzung zugefügt worden war, hatte er seinen Turban lange nach Art der Tuareg angelegt und sein Gesicht damit verhüllt, aber irgendwann hatte er sich entschlossen, die Wunde wie ein Ehrenzeichen zu tragen. Selten sprach oder verkehrte er mit menschlichen Wesen, sondern verbrachte die meiste Zeit mit seinen Kamelen. Im Laufe der Jahre bekam die Art, wie er sich äußerte und benahm, immer mehr Ähnlichkeit mit den Geräuschen und Gewohnheiten der Tiere, die er zu versorgen hatte. Wenn er knurrte, kam aus seiner fehlenden Nase ein schmatzender Laut, wie ihn auch die Kamele von sich gaben, und im Ausmaß der geringschätzigen Arroganz, die in seiner Miene lag, konnte er es jedem Mehari gleichtun.

Der Biß hatte ihn aber nicht nur die Nase gekostet, sondern ihm auch eine Syphilis eingebracht, übertragen durch den Speichel des Tieres an den Schleimhäuten seiner Nase. Sein Gesicht war mit dem allmählichen Fortschreiten der Krankheit immer pockennarbiger geworden, und wer ihn beobachtete, sah gleich, daß es mit seinem Gehirn nicht viel besser stand: Sein Benehmen ließ wenig Zweifel daran, daß der Mann halbwegs verrückt war. Normalerweise waren die Kamele durchaus friedfertig. Wenn sie sich aber schlecht benahmen und er üble Laune hatte, bellte er sie an wie ein Hund, knurrte sein schmatzendes Grollen und schlug oder trat sie, bis sie gehorchten. Ein Kamel, das Djemel anspuckte, konnte damit rechnen, daß es ihm im Handumdrehen mit gleicher Münze heimgezahlt wurde. Er löste einen der Dattelkerne, an denen er zu lutschen pflegte, unter seiner Zunge, spie ihn mit aller ihm zu Gebote stehenden Kraft aus und traf das Kamel damit schmerzhaft auf dem Nasenrücken. Wenn sie störrischer waren als gewöhnlich und wenn er annahm, daß sie es ihm nicht so flink vergelten könnten, wie er die Flucht ergriff, schlug er wohl auch mit seinem *karouass* nach ihnen und sprang dann schnell zurück, wobei er mit eingezogenem Kopf eine Pirouette vollführte, um ihnen auszuweichen und dann gleich noch einmal zuzuschlagen.

Aber der kampfzernarbte Mann liebte seine Tiere. Sie waren sein Leben, das einzige, was er kannte und was ihm am Herzen lag. Er fütterte sie, versorgte sie mit Wasser und gab ihnen grüne Datteln, wenn er welche finden konnte. Er sorgte dafür, daß die Lasttiere ihren gewohnten Platz in der Karawane bekamen, damit sie nicht allzusehr in Aufregung gerieten, und er selbst behandelte auch ihre Verletzungen und Geschwüre, an denen sie schneller sterben konnten als am Wassermangel. Auch nachts mied er die Menschheit und schlief bei ihnen, ein wolldeckenumhüllter Buckel inmitten vieler anderer.

Daß ihm ohne sie elend zumute war, sah man ihm an, als er jetzt umherlief, die Dungklumpen aufsammelte und in einen Beutel steckte. Immer wieder hielt er die Nase, oder den Teil seines Gesichts, wo die Nase gesessen hatte, in den Beutel und atmete tief ein. Er war fast betrunken von dem, was für ihn der berauschendste Duft der Wüste war, übertroffen nur von den Tieren selbst. Er sprach sogar mit dem Inhalt des Beutels, wie er mit den Tieren selbst zu sprechen pflegte, schnaufte, grollte und murmelte, während er sich bückte und auflas, was er fand. Wenn andere ihm helfen wollten, verjagte er sie. Für die Kamele war *er* verantwortlich – und damit, vorläufig jedenfalls, auch für das Einsammeln dessen, was sie fallenließen. So füllte er einen Beutel, einen zweiten und dann einen dritten.

Während die Wasserschläuche gefüllt wurden, stellte El Madani einen Jagdtrupp auf und zog damit in ein Wadi hinein, um dort nach Wild zu stöbern. Er nahm die beiden Salukis mit, die nach Tadjenout zur Karawane zurückgekehrt waren. Das waren die wunderbaren Jagdhunde der Shamba, deren Stammbaum über tausend Jahre zurückreichte, Gefährten der großen Sultane und Sheiks im Nordland. Nicht der Geruchssinn, sondern ihr scharfes Auge war es, womit sie ihre Beute aufspürten. Mit phänomenaler Geschwindigkeit und Ausdauer hetzten sie das Wild dann, bis es irgendwann vor Erschöpfung zusammenbrach. Floop war diesen schlanken Araberhunden offenkundig um Klassen unterlegen: Bei einer Jagd pflegte er überall zu sein, nur nicht bei ihnen.

Aber es gab kein Wild, und El Madani und die Salukis kehrten unverrichteter Dinge zurück. Die Salukis machten sich daran, die Knochen eines längst verendeten Kamels abzunagen, und sie knurrten, wenn Floop in die Nähe kam. Floop stromerte allein umher. Nicht lange, und er kehrte mit einer Eidechse zwischen den Zähnen zurück. Der Schwanz baumelte ihm wie immer aus der Schnauze, als wäre es seine Zunge. Paul fand, daß er ziemlich hochmütig an den Salukis vorbeistolzierte, und er begrüßte die Beute mit so ungewohnter Begeisterung, daß Floop schon nach kurzer Zeit mit einer weiteren Eidechse ankam, und wenig später mit einer dritten. Jedesmal kam er zu Paul getrabt, der sich dann den endlosen Hundespielen widmen mußte, die sich um die Herausgabe der Reptilien drehten. Floop ließ ihn die Eidechse fast ergreifen, sauste dann aber im letzten Augenblick davon. Er ließ sie auf den Boden fallen und tappte eine Zeitlang mit den Pfoten darauf herum, oder er zermalmte ihr den Kopf, wenn die Eidechse zu keck wurde und weglaufen wollte. Schließlich aber gab er sie ab. Floop trieb dieses Spiel, bis er sechs Stück gefangen hatte, dann ließ er sich fallen und gab die letzte nicht mehr her, sondern behielt sie lieber für sein eigenes Abendessen.

Für die Shamba war Floop ein Held. Eidechsen waren sehr beliebte Delikatessen bei ihnen, und an diesem Abend bedeuteten sie zusätzliche Nahrung für ihre knurrenden Mägen. Rasch hatten sie ein Kameldungfeuer angezün- det und den Eidechsen unter rituellen Gebeten die Hälse durchgeschnitten. Dann weideten sie die Tiere aus und spießten sie auf Akazienzweige, um sie über dem Feuer zu rösten. Jeder nahm einen kleinen Bissen und reichte den Spieß dann weiter. Die Algerier aßen nichts davon. Paul hatte nichts gegen den Geschmack, weil er an die Eidechse dachte, die Moussa in der Höhle für ihn gebraten hatte, aber die anderen Franzosen behaupteten, diese Delikatesse sei ihnen zu bitter, und sie begnügten sich mit dem Rest des Dörrfleisches.

An diesem Abend herrschte gute Stimmung im Lager. Fast alle hatten etwas zu tun gefunden, das ihnen im Angesicht der überwältigenden Herausforderung, die vor ihnen lag, als Ermutigung diente. Die Ereignisse des Nachmittags waren Gegenstand von Diskussionen und Gelächter.

Paul brachte einen Becher Reis zu Sandeau, der an den Stamm der Akazie gelehnt auf der Erde saß. »Gott segne Sie, Lieutenant.« Er nickte dankbar. »Ich hatte nicht mehr die Energie, mir selbst etwas zu holen.« Paul war bestürzt, als er den Mann sah. Sein Gesicht war von ersten Fieberschüben gerötet, und seine Lider waren rot und geschwollen.

Mit Sandeau ging es rasch bergab.

28.

Feuer leuchteten auch von einem anderen Lager in der Ebene. Die rote Glut von Akazienästen und Kameldung glomm in weichen Sandmulden. Weiße Asche tanzte im Takt eines kalten, unsteten Windes durch die glühenden Kohlen. Der schwere, süße Duft von Brot mischte sich mit den beißenden Ausdünstungen der Kamele. Es herrschte keine Anspannung in diesem Lager, kein Proviantmangel – hier war nichts als die schöne Wüstennacht und das wohlige Behagen der Stärke. Die Tuareg erzählten sich Geschichten und lachten.

Attici, Mahdi und Tamrit hockten bei einem Feuer am Rande des Lagerplatzes und sprachen miteinander, während ein Sklave ihnen den Tee kochte. Ihre großen Schwerter lagen auf dem Boden neben ihren Gras-Karabinern. Attici trug einen kunstvoll gearbeiteten Silberanhänger in der Form eines Kreuzes oben an seinem Turban; er baumelte dicht über dem Sehschlitz. An seinem Hals hing ein viereckiger Lederbeutel mit Amuletten aus Eidechsenklauen, die ihn vor den *djenoum* beschützten. Er trug einen Armreif aus Speckstein, geformt wie eine Reihe von Eidechsen, die jeweils den Schwanz der vorderen im Maul hielten und so in einem endlosen Zirkel um sein Handgelenk krochen. Mahdi besaß als Amulett nur einen einzigen Beutel mit einer Prise Erde aus Mekka. Er hatte ein kostbares Kamel dafür gegeben. Beide, er selbst und der Verkäufer, hatten geglaubt, das bessere Geschäft zu machen. Aber Mahdi trug die Erdkrumen noch immer auf dem Herzen, und er wußte, daß das Kamel längst tot sein mußte. Nach Art der Senussi trug Tamrit keinen Schmuck außer an seinem Schwert, einem Gegenstand, der verziert werden durfte, weil sein heiliger Zweck darin bestand, die Ungläubigen niederzumähen.

Mit bloßen Händen schob der Sklave rasch die glühende Asche auseinander, dann wischte er eine Schicht Sand beiseite und betastete das Brot, das darunter lag, geformt wie ein dicker Fladen. Mit flinken Fingern drehte er es um, bedeckte es wieder mit Sand und schob die Glut darüber.

»Ich habe keine Lust mehr, zu warten«, sagte Mahdi in schneidendem Ton. »Wir sollten ihnen jetzt den Rest geben.«

»Das wäre töricht«, sagte Attici. »Sie sind zu stark. Es hat keinen Sinn, es zu überstürzen. Die Zeit und die endlose Wüste sollen sie zermürben. Es ist nicht nötig, daß wir auch nur einen einzigen Krieger opfern.«

Mahdi hob den unteren Rand seines Gesichtsschleiers und spuckte aus. »Wann hätte eine Karawane, die zehnmal so stark war wie wir, uns jemals abgeschreckt? Sie können uns nicht alle töten.«

»Wann wäre eine Karawane jemals bewaffnet gewesen wie sie? Sie haben zu viele von denen hier.« Attici berührte seinen Karabiner. Er hatte großen Respekt vor dieser Waffe. »Wir haben weder genug Munition noch die nötigen Schützen, um sie zu benutzen.«

»Was man im Kampf gegen die Ungläubigen verliert, ist nicht das Leben«, sagte Tamrit. »Im Kampf für Allah zu fallen bedeutet ewiges Leben. Wir sind sein rechter Arm, wir können nicht sterben. Er hat für uns im Paradies besondere Vorkehrungen getroffen.«

Attici seufzte. Hatte er nicht Probleme genug, ohne auch noch wilde Hunde zähmen zu müssen, die Koransuren hechelten? Attici hatte nichts übrig für Allah und den Koran, ihn kümmerten nur die *Ihaggaren*, sonst gar nichts, gar nichts außer der Aussicht, eines Tages Amenokal zu werden. Aber Tamrit und seine Senussi-Brüder wurden immer stärker. Jeden Tag fanden sich neue Wüstensöhne, die sich zum Islam bekehrten. Vielleicht waren es noch nicht viele, aber Attici konnte sie nicht einfach abtun, und das wollte er auch nicht. Er mußte sie lediglich zähmen, wenn auch nur für kurze Zeit, um die Befehle des Amenokals zu erfüllen. »Es ist deutlich geworden, daß die Franzosen eine Botschaft nicht verstehen, wenn sie mit Tinte geschrieben wurde«, hatte Ahitagel am letzten Abend in In Salah zu ihm gesagt. »Du wirst ihnen noch einmal von mir schreiben, Neffe. Diesmal mit Blut.«

Und er war ungeheuer erfolgreich gewesen. Mehr als zweihundertfünfzig Kamele hatten sie erbeutet, und sie hatten den unverschämten Franzosen gezeigt, daß die Herren des Hoggar nicht so leicht zu zähmen waren wie die Bauern im Norden. Man hatte ihnen einen mächtigen Schlag versetzt, und sie würden nicht so bald zurückkommen, um sich noch mehr Prügel abzuholen. Für andere aber, die aufmerksam zuschauten – für Türken und Italiener, Shamba und Tebu, für den Sultan von Marokko und für den Amenokal selbst – benötigte Attici einen kompletten Sieg, einen weithin hallenden Sieg, einen Sieg ohne Zweifel und zu einem geringen Preis, einen Sieg, nach dem niemand mehr in Frage stellen konnte, wer die Herren der mittleren Sahara waren. Zu diesem Zweck hatte Attici in Tadjenout einen ersten vernichtenden Schlag geführt. Jetzt mußte man der Sahara Zeit geben, ihr Werk zu tun.

»Selbst Allah bewegt seinen rechten Arm erst im richtigen Augenblick«, sagte er.

»Er hat seinen rechten Arm in Tadjenout bewegt«, sagte Mahdi. »Er will, daß wir es zu Ende bringen.«

»Du bist ungeduldig wie ein brünstiges Kamel«, sagte Attici kichernd. »Ich sehe nicht, welchen Gewinn es bringt, wenn wir unseren Sieg mit unziemlicher Hast aufs Spiel setzen. Wir werden abwarten, Mahdi.«

»Woher weißt du, daß sie nicht immer noch stark sind, wenn sie in Wargla eintreffen?« fragte Tamrit. »Wir wären es, auch wenn wir zu Fuß gehen müßten.«

»Aber sie gehören nicht zum Volk des Schleiers.« Nüchtern zuckte Attici die Achseln und nippte an seinem süßen Tee. »Es ist unmöglich.«

»Ich stimme dir zu, daß es unwahrscheinlich ist. Aber wenn es ihnen nun doch gelingt?« Tamrit hob seinen Karabiner und betrachtete ihn im Feuerschein, wobei er Attici den Lauf dicht vors Gesicht hielt. Er drehte das Gewehr hin und her, bewunderte seine Konturen und hob es dann an die Wange, als wollte er schießen.

»Auch wenn wir vier zu eins in der Überzahl sind«, sagte er und spähte am Lauf entlang, »ist die Zahl ja nicht das einzige, worauf es ankommt. Ein winziger Skorpion kann einen erwachsenen Mann töten, obwohl sein Stachel viel kleiner ist als das hier.« Der Lauf des Karabiners erfaßte den Feuerschein, und das Funkeln spiegelte sich in Atticis Augen. »Der französische Skorpion ist darin geübt, diese Waffe zu benutzen. Wir sind es nicht.«

»Das stimmt.« Attici nickte.

»Deshalb habe ich nachgedacht«, sagte Tamrit. »Vielleicht gibt es eine Möglichkeit, beiden Erfordernissen entgegenzukommen. Eine Möglichkeit, die Franzosen jetzt anzugreifen und sie zugleich überhaupt nicht anzugreifen.«

»Ich verstehe nicht, was du meinst.«

»Efelehleh«, sagte Tamrit ruhig.

Mahdis Blut geriet bei diesem Gedanken in Wallung.

Attici schüttelte den Kopf. »Sie würden uns nicht nah genug herankommen lassen.«

»Natürlich nicht. Wir müssen erst mit ihnen spielen, damit sie es tun.« Und Tamrit umriß seinen Plan, während sie das Brot aßen, das heiß aus der Asche kam.

Mahdi und Attici hörten aufmerksam zu.

»Ich bin froh, daß du nicht mein Feind bist«, sagte Attici, als Tamrit fertig war. *Dieser Hund des Islam mag tollwütig sein*, dachte er. Aber seinen Verstand hat er vorzüglich in der Gewalt. »Es ist ein guter Plan. Ein Weg, der weder zu gewunden noch zu geradlinig ist. Es soll geschehen.« Er wandte sich an Mahdi. »Du reitest heute nacht noch los, mit zwei andern. Wir treffen uns in Ain El Kerma.«

Bevor er ging, warf Mahdi sich eine weitere Decke über die Schultern, nahm etwas Brot und eine frisch gebraute Kanne Tee und ging damit hinüber zu der Stelle, wo die elenden Gestalten der Gefangenen frierend zusammengekrümmt auf dem kalten Boden lagen. Er hörte sie unter den Hauben winseln und weinen. Man hatte ihnen die Füße gefesselt, so daß keiner weglaufen konnte. Zweimal am Tag nahm man ihnen die Hauben für eine halbe Stunde ab, damit sie essen und trinken konnten. So konnte man sie wochenlang auf der feinen Grenze zwischen Leben und Tod halten.

Mahdi stellte Brot und Tee auf den Boden und kniete neben dem Schweigenden nieder, neben dem, der niemals jammerte, und nahm ihm dann die Haube ab. Der Mann hatte dichte Augenbrauen, einen kurzgeschnittenen Bart und eine Nase wie ein Falke. Er sah ausgemergelt und schwach aus, aber er starrte seinen Widersacher stumm an.

Mahdi löste seine Fesseln und half ihm, sich aufzurichten. Der

Mann rieb sich die Handgelenke, um den Blutkreislauf in Gang zu bringen, und währenddessen warf Mahdi ihm die Decke über die Schultern und zog sie um den Hals zusammen, der vom Strick wund und rot war.

Er goß Tee in einen Becher und hielt ihn dem *mokkadem* entgegen. »Trink das, heiliger Mann«, sagte er auf arabisch. Der Mann schloß die Augen, sprach ein stummes Gebet und stürzte den Tee dann herunter. Mahdi schenkte ihm noch einmal ein.

»Ich habe diese Behandlung nicht für dich ausgesucht«, sagte er, während der Mann trank. »Du selbst hast diesen Weg gewählt, indem du den Ungläubigen geholfen hast.« Er riß ein Stück Brot ab und hielt es dem Mann hin. Ebenso schnell war es aufgegessen. Der *mokkadem* aß geräuschvoll, aber er sagte kein Wort.

»Ja, iß nur, iß«, gurrte Mahdi und gab ihm mehr. »Du darfst nicht sterben, heiliger Mann. Du mußt leben, denn jetzt brauchen wir dich.« Der Mann schlang den Rest des Brotes hinunter und trank auch den Tee aus.

Als der *mokkadem* fertig war, band Mahdi ihm wieder die Hände auf den Rücken, aber nicht so stramm wie zuvor. Die Haube setzte er ihm nicht mehr auf. Er starrte den Mann durch den Sehschlitz des *litham* an. *Er leidet schweigend*, dachte Mahdi. *Er ist stark, sein Glaube fest. Er ist ein würdiger Mann.*

Er wandte sich ab und ging ins Lager zurück. Dort befahl er einem Sklaven, dafür zu sorgen, daß die Gefangenen gefüttert und zugedeckt wurden. Dann suchte er sich zwei Mann, die ihn begleiten sollten, und ließ die Kamele bereitmachen. Einer der beiden fragte, wohin sie gingen.

Mahdi lächelte. »Wir müssen etwas ernten«, sagte er.

Der Falke gewann in der glutheißen Luft schnell an Höhe. Anmutig trugen die kraftvollen Flügel ihn nach oben. Als er hoch genug war, beendete er den Steigflug und schwenkte gemächlich in eine weite Kreisbahn ein, wo er mühelos in den Luftströmungen schwebte und nur hin und wieder eine Flügelspitze senkte, um sich zu stabilisieren. Taka spielte mit der Luft, erprobte sie, neckte sie, orientierte sich. Sie schwebte kurz auf der Stelle, senkte dann die Schwanzfedern und ließ sich vom Aufwind nach oben tragen, wo sie einen weiteren Luftstrom fand und mit gesenktem Kopf und zurückgelegten Flügeln abwärts stieß. Gleich fing der nächste Aufwind sie, sie drückte die Flügel leicht nach vorn, ihre Federn raschelten kaum hörbar, ihr Schwanz schwenkte kaum sichtbar, und fast unmerklich fand sie ihr neues Gleichgewicht. Stundenlang konnte sie so fliegen, ohne sich anzustrengen.

Sie flog über die Berge am Westrand der Ebene, und ihr Blick strich über die Wüste. Vier Kamele suchten nach Futter in einer Senke zwischen den Felsen dort unten. Weit im Osten, kaum noch sichtbar selbst für Takas scharfe Augen, stapfte eine winzige Kolonne von Menschen nordwärts durch die Ebene. Der Vogel ließ sich vom Wind über die Kamele tragen, flog einen engen Kreis über den grasenden Gestalten und strich dann über die Felsen, um zu jagen.

Sie studierte die Berge unter sich, ihr Blick suchte sonnendurchglühte Felsen und die Schatten dazwischen nach Beute ab. Ein Pärchen Sanddrosseln flog zwischen den Bäumen in einem Wadi umher. Ihre Flügel flatterten kurz und heftig, dann ruhten sie wieder, dann flatterten sie weiter, und so schwirrten sie zwischen den Zweigen des einen Baumes hindurch und zum nächsten, blieben kurz zwitschernd sitzen und sanken dann auf den sandigen Boden hinab. Taka schaute ihnen interessiert zu. Die doppelte Fovea ihrer Augen ließ sie die Drosseln so scharf und deutlich sehen, als wären sie viel näher. Dann entdeckte sie eine Eidechse, die sich auf einem Felsen sonnte. Jetzt hatte sie die Wahl, und das Reptil war ihr lieber.

Die Eidechse lag völlig still, die Stummelbeine auf dem heißen Stein ausgebreitet, und die dunklen Schuppen sogen die Wärme der Sonne auf. Nur die kugelförmig gewölbten Augen bewegten sich und blinzelten träge. Taka legte die Flügel an, senkte den Kopf und stieß beinahe senkrecht hinunter. Sie wurde rasch immer schneller, und der Wind rauschte durch ihr Gefieder. Sorgsam choreographierte sie den blitzartigen Absturz, schätzte Windgeschwindigkeit und Richtung und beobachtete die Eidechse, ob sie sich etwa bewegte. Es sah aus, als müsse sie im nächsten Moment zerschmettern, als sie die Flügel ausbreitete, den Schwanz niederdrückte und die Beine im selben Moment vorstreckte, während die gespreizten Flügel ihren Sturzflug bremsten: sechs rasiermesserscharfe Krallen vorn, zwei hinten für den tödlichen Griff. Bevor sie zuschlug, korrigierte sie mit kurzem Schwanzzucken ihre Flugbahn. Die Eidechse spürte die Gefahr, aber sie sah den Schatten zu spät. Takas Krallen durchbohrten den Hals, den Kopf und die fleischigen Flanken und töteten sie auf der Stelle. Taka flatterte mit den Flügeln und stieg mit der Beute sofort wieder auf. Ihr Flug war kaum unterbrochen, und die Eidechse baumelte schlaff in ihrem Griff.

Sie flog eine Weile umher, bis sie Moussa gefunden hatte, der bei seinem Kamel wartete. Einen Augenblick lang hatte sie die Wahl: Sie konnte zu ihm zurückkehren oder wegfliegen. Laut kreischend und stolz flog sie knapp an ihm vorbei und senkte sich mit wirbelnden Flügelschlägen hinab. Sie faltete die Flügel und hüpfte ein Stück rückwärts, um abzuwarten.

Moussa trat vor und zog das Messer aus der Scheide an seinem Handgelenk. Mit geschickten Schnitten trennte er der Eidechse Beine, Kopf und Schwanz ab. Er riß die Eingeweide heraus und warf sie samt Kopf zu Taka hinüber. Eifrig zerfetzte ihr Schnabel das Fleisch und zerbrach den Knochen, und sie verschlang das Gehirn.

Den Rest des Fleisches stopfte er in eine Ledertasche und wischte Hände und Messer mit Sand sauber ab. Dann bestieg er sein Mehari, das sich unbeholfen erhob und ihn rückwärts und vorwärts und dann nochmals rückwärts und wieder vorwärts kippen ließ, während seine langen Beine den komplexen Vorgang des Aufstehens absolvierten. Er stieß einen Pfiff aus. Taka hatte ihre Mahlzeit beendet und putzte sich, und jetzt erhob sie sich mit zwei lässigen Flügelschlägen auf seinen ausgestreckten Arm und ließ sich die Haube überstreifen. Dann nahm sie ihren Platz auf seinem Sattelknauf ein.

Moussa wandte sich in die Richtung, in der Taka ihre engen Kreise in der Luft gezogen hatte. Dort würden Menschen oder Tiere sein. Er mußte es herausfinden. Als er sich der Stelle genähert hatte, ließ er sich von seinem Mehari gleiten und kletterte schnell die Felsen hinauf. Es waren keine Menschen zu sehen, aber vier wilde Kamele zupften die Blätter von den Wipfeln der

Akazien. Er kehrte zu seinem Mehari zurück, um ein Seil zu holen, und machte sich daran, die Kamele einzufangen.

Pauls Bursche Hakim verzog vor Schmerzen das Gesicht. Er konnte sich nicht erinnern, daß ihm je so elend zumute gewesen war. Er scherte aus der Kolonne aus und setzte sich. In langem Zug strömten die Männer an ihm vorbei, kämpften gegen den Wind und gegen ihre eigenen Probleme, von denen viele schlimmer waren als seine. Eine Blutspur markierte seinen Weg, und sein Fußabdruck brutzelte auf Stein und Sand.

Er zog die Überreste seiner Sandalen aus. Von den Sohlen waren nur noch die Ränder übrig, denn sie verwandelten sich zur Mitte hin in Löcher, von scharfen Steinen ins Leder geschnitten, als wäre es Papier. Jetzt fraßen die Schotterscherben an seinen Füßen, zerfetzten dicke Schwielen und rissen blutige Löcher in Fußballen und Sohlen. Er wickelte den klebrigen Stoffstreifen ab und zuckte zusammen, als sich geronnenes Blut mit löste. Er warf den Lappen weg, der Wind erfaßte ihn, und er verschwand in der Ferne, ein zerfetztes Purpursegel, das südwärts über die Ebene wehte. Mit schmutzigen Fingern strich er den Sand von den Wunden und zupfte die Fäden ab, die der Stoff hinterlassen hatte. Er betupfte die aufgerissene Haut mit dem Ende seines Turbans. Blut quoll aus den tiefsten Verletzungen. Kaum hatten Zeit und Hitze die Blutgefäße verschlossen, dehnte sich durch das Gehen die Haut, und sie rissen wieder auf. Sand verstopfte die Löcher und wurde von anderen Steinen hineingerieben, und die Wunden blieben qualvoll offen. Er versuchte sich behutsam seinen Weg durch den Kies zu suchen, aber das war unmöglich. Seine Wadenmuskeln waren verkrampft, weil er ständig auf den Sohlenkanten ging. Er kämpfte auf verlorenem Posten. Was er brauchte, war Ziegenbutter und ein neues Paar Sandalen. Dieser Gedanke war komisch, und er lachte bei sich, war er doch nicht ganz sicher, ob er das eine oder das andere in der unmittelbaren Umgebung finden würde.

Der Wind wirbelte um ihn herum und peitschte sein Gesicht mit scharfen Splittern von Kieselerde. Hakim zog sich das blutige Ende des Turbans um Nase und Mund und stopfte es hinten wieder fest. Er haßte den Wind. Manchmal war die Luft in der Wüste ganz still. Das hatte er gern, vor allem nachts, wenn die Stille ihn wie eine dicke Wolldecke umhüllte, so daß es schien, als käme das einzige Geräusch von den Sternen, die über den Himmel zogen. Aber meistens wehte doch ein mehr oder weniger leichter Wind. Dieser hier war in der vorletzten Nacht von Norden her aufgekommen – erst als eine leichte Brise, von kleinen Böen aufgelockert, dann hatten die kleinen Böen sich mit größeren abgewechselt, und die größeren waren ineinander übergegangen, bis sie zu langen und bald unaufhörlichen Windstößen geworden waren, die über den Kies pfiffen und stechende Sandkörnchen in Augen und auf empfindliche Haut schleuderten. Der Sand bedeckte seine Zähne und füllte seine Kleider, daß sie steif wurden von der Mischung aus Schweiß und knirschenden Partikeln.

Das Geräusch scheuerte seine Nerven auf wie der Sand seinen Körper und schrammte wütend über seinen Verstand. Nach ein paar Stunden war es schlimmer als der Wind selbst, denn das klagende Heulen drang bis zu jenen wenigen Stellen, die der Sand nicht erreichte, und schließlich schien es, als sei kein Teil seines Körpers mehr unverletzt.

Seit dem Morgen hatte der Wind an Heftigkeit noch zugenommen. Er peitschte durch die Reihen der Kolonne und ließ sie kaum mehr als kriechend vorankommen. Es war kein Sandsturm, aber den ganzen Tag mußten sie sich Meter um Meter vorankämpfen, und die Männer stemmten sich in übertriebenen Winkeln gegen diesen Wind, plagten sich gegen diese unsichtbare Hand, die sie zurückdrängen wollte.

Hakims schmächtige Gestalt und sein geringes Gewicht machten ihm das Gehen schwer. Der Wind erfaßte seine *gandourah* und blähte sie wie einen Drachen. Er hatte alle Mühe, auch nur auf den Beinen zu bleiben. Wenn er in die Höhe spränge, würde der Wind ihn ganz sicher davontragen wie ein Blatt. Seine Bewegungen waren ungelenk. Wenn der Wind auch nur für einen Augenblick nachließ, mußte er aufpassen, daß er nicht vornüberpurzelte, aber dann mußte er sich ebenso schnell wieder anpassen, wenn es wieder stärker wehte, damit er nicht nach hinten fiel, und die ganze Zeit mußte er darauf achten, daß er auf den Rändern seiner Fußsohlen ging. Er war ganz sicher, daß er einen lächerlichen Anblick bot, und schaute mit feindseliger Miene in die Runde, ob etwa jemand über ihn lachte. Aber niemand schien etwas zu bemerken. Jeder hier hatte seinen eigenen Kampf zu kämpfen.

Um seine Probleme noch zu vermehren, war der Wind kalt, ein eisiger Gruß von den Bergen des Atlas im Norden, oder vielleicht kam er sogar von noch weiter her, vom großen Meer womöglich, das dahinter lag. Er durchbohrte sein Gewand wie die Steine seine Füße, so daß er vorn eine Gänsehaut bekam, während sein Rücken, der ja der Sonne ausgesetzt war, in der Hitze gebraten wurde. Eine Zeitlang versuchte er rückwärts zu gehen, bis ihm vorn wieder warm geworden wäre, dann drehte er sich wieder um und versuchte es anders herum, weil sein Rücken so kalt geworden war, daß es nicht mehr auszuhalten war. So etwas hätte ihm als Kind großen Spaß gemacht. Als Kind hatte er bei solchem Wind gespielt, aber da hatte er auch Schutz suchen können, wenn er genug davon hatte oder wenn er fror. Jetzt aber gab es kein Haus, kein Zelt, in das er sich hätte zurückziehen können, und der Gedanke daran machte das Elend nur noch schlimmer.

Seine Augenlider waren vom Sand verkrustet, der sich in den Augenwinkeln sammelte und sich dort in Zement verwandelte, durchfeuchtet von den Tränen seiner Augen, die gegen Kälte, Wind und Schmerz protestierten. Wenn er blinzelte, rieb er die Körnchen noch tiefer hinein, und schon jetzt waren die Augen von einem filigranen Netz gereizter und entzündeter Äderchen überzogen. Und wenn er die Sandklümpchen wegwischte, sammelten sich neue, die ihm in die Augen getrieben wurden.

Sein Mund war ausgedörrt, die Zunge dick vom Staub, die Kehle wie zugeschnürt. Der Wind sog das Wasser schneller aus seinem Körper, als er es hineinschütten konnte, und unter Sergeant Pobéguins Aufsicht ging es mit dem Hineinschütten nicht eben schnell. Seine Nase war wund und blutete. Die Tröpfchen sammelten sich auf der Nasenspitze, wo der Wind sie erfaßte und auf sein Gewand sprühte, und vor lauter roten Flecken sah es bald genauso aus wie seine Augen. Er fragte sich, wieviel Blut wohl in seinem Körper war und ob es je vollständig aus ihm hinauslaufen könnte, Tröpfchen für Tröpfchen aus Nase und Füßen. Er würde den *patron* danach fragen.

Er zog den Dolch aus der Scheide, um einen Streifen vom unteren Rand seines Gewandes zu schneiden. Es war das dritte Mal, daß er es tat, und jedesmal war der Streifen breiter, damit er ihn besser schützte. Er wickelte sich den Stoff um die Füße. Wenn sich neue Löcher auftaten, verschob er den Streifen in eine neue Position, bis auch sie verschlissen war. So trieb er es, bis der Tuchstreifen ein zerfaserter Strang aus blutiger Baumwolle war und er einen neuen abschneiden mußte. Was würde wohl zuerst aufgebraucht sein, sein Blut oder sein Gewand? *Malish,* dachte er. Er hatte ja noch sein Hemd, und dann seine Hose. Mit Allahs Hilfe würde er es bis Wargla schaffen, bevor er splitternackt und ganz leer wäre.

Das natürlich, dachte er, setzte voraus, daß er vorher nicht einfach verhungerte. Sie hatten nämlich keinen Proviant mehr. Seine gute Stimmung, die schon durch alles andere auf eine harte Probe gestellt wurde, erstickte nach und nach in den Knoten seines Magens. So dünn er sein mochte, war er es doch gewöhnt, mehrmals am Tag etwas zu essen. Wenn er es nicht tat, fühlte er sich schwach. In der letzten Stunde hatte er trotz des Windes schon ein paarmal seinen Magen knurren hören. Das letzte Mal hatte er mit dem *patron* gegessen, der mit ein paar Männern Datteln und Mehl geteilt hatte. Hakim bereute, daß er ihm die Arbeit überlassen hatte. Er hatte sich erboten, die Mahlzeit zuzubereiten, aber der *patron* hatte darauf bestanden, es selbst zu machen. Er habe, behauptete er, bei seiner einsamen Wanderung durch die Wüste ein paar Ideen hinsichtlich des Kochens gehabt. Hakim war beeindruckt gewesen, als der *patron* ein paar Datteln kleingeschnitten und unter das Mehl gemischt hatte. Es hatte vielversprechend, ja, schmackhaft ausgesehen. Das hatte er auch gesagt, bevor er sich entfernt hatte, um seine Notdurft zu verrichten. Das Feuer hatte im Wind aber wohl heißer gebrannt, als der *patron* erwartet hatte. Als Hakim zurückgekommen war, hatte nicht nur der Kameldung gequalmt. Tapfer hatte er die knusprige Speise trotzdem zerkaut und in der Kohle nach möglichen Komplimenten gesucht, aber selbst ein Meister der Diplomatie hätte hier keines gefunden. Jetzt nährte sich seine Erinnerung vom Knurren des Magens, und er erinnerte sich an diese Mahlzeit, als wäre es das feinste Brot von ganz Afrika gewesen. Er hatte einen mörderischen Hunger, aber dagegen war nichts zu machen.

Er wickelte den Rest des Tuchstreifens um seine Füße, schlüpfte wieder in die Sandalen und humpelte unter Schmerzen in den Wind hinaus.

Die Prozession trug die Bürde dieses Windes wie ein Joch, das durch die Notwendigkeit, auf Nachzügler zu warten, nur noch schwerer wurde. In zehn Stunden hatten sie weniger als zehn Kilometer zurückgelegt, und zwanzig hätten es sein müssen. Immer wieder mußten sie haltmachen und sich um wunde Füße, Verletzungen und Muskelkrämpfe kümmern. Die kräftigeren Männer gingen beim Warten in kleinen Kreisen herum oder stampften mit den Füßen, um die Krämpfe zu verhindern, die sicher einsetzen würden, wenn sie rasteten.

»Wir sollten sie zurücklassen«, beschwerte sich einer der Shamba. »Sie können uns heute abend einholen.« Andere murmelten zustimmend.

El Madani knurrte sie an. »Jeder hier, der glaubt, er kann mit der Wüste und den Tuareg allein fertig werden, ist herzlich eingeladen, voranzugehen«, erklärte er mit finsterem Blick. »Wir andern werden zusammenbleiben.«

Der Shamba, der geredet hatte, warf ihm einen verachtungsvollen Blick zu. »Allein sterben oder in Gesellschaft sterben – wo ist da der Unterschied?«

»Der Unterschied ist groß, wenn man allein ist. Wenn du es versuchen willst – nur zu. Die *tirailleurs* bleiben zusammen. Wir begraben euch, wenn wir vorbeikommen.«

Der Shamba senkte den Blick und stapfte schließlich doch weiter mit der Kolonne.

Paul ging neben Sandeau. Der Ingenieur hatte immer noch sein leichtes Fieber, das allmählich an seinen Kräften zehrte. Das Gemisch aus Schweiß und grauem Sand ließ ihn trostlos aussehen. Seine grünen Augen verloren sich in grauen Ringen. Seine Hosenbeine waren an den Knien zerrissen und blutig, weil er hingefallen war. Wenn man die Wunden gesäubert und verbunden hatte, stürzte er wieder. Selbst wenn er jemandem den Arm um die Schultern legen konnte, stellten die Muskeln in seinen Beinen zuweilen einfach die Arbeit ein, und er sackte zu Boden. Im Laufe des Tages passierte es immer öfter, bis er fast so lange am Boden lag, wie er auf den Beinen war. Er ging gebeugt, und seine Fingerknöchel spannten sich weiß um eine Tuareg-Lanze, die man ihm als Stütze gegeben hatte.

Dabei war er überraschend guten Mutes, auch wenn seine Gebrechlichkeit ihn bedrückte. Er wußte, daß er der Langsamste der Langsamen war, und doch plagte er sich weiter und bemühte sich, munter zu bleiben.

»Gottes Segen ist überall«, sagte er beim Gehen.

»Was?« Paul hatte ihn durch den Wind nicht verstanden.

Sandeau hob die Stimme. »Der Wind! Zum ersten Mal seit Wochen habe ich nicht lauter Fliegen im Gesicht!« Er lächelte und wischte sich die Sandschicht von den Zähnen. Dabei rutschte seine Hand an der Lanze ab, und er fiel hart auf ein Knie. Er schrie nicht auf, aber der Schmerz trieb ihm die Tränen in die Augen. Nach Luft schnappend mühte er sich, wieder hochzukommen. Paul bückte sich und warf einen Blick auf das Knie. »Sie haben die Wunde wieder aufgerissen. Wir müssen es neu verbinden.«

Sandeau rutschte an der Lanze herunter und sackte zusammen, bis er saß. Er sah zu, wie Paul das Tuch abwickelte und die zerfetzte Haut entblößte. »Es ist hart, wenn man zuschauen muß, wie der Körper versagt.«

»Hier versagt niemand«, sagte Paul. Er konnte ein Stück Knochen von der Kniescheibe sehen und versuchte, es mit der Hand zu verdecken. »Ihre Knie werden nur ein bißchen knotiger, Sandeau, das ist alles. Wie ich höre, haben die arabischen Frauen dafür eine besondere Vorliebe. In Wargla werden Sie sich nicht vor ihnen retten können.«

Sandeau lachte trotz seiner Schmerzen, als Paul die Wunde säuberte.

»Es ist nett, daß Sie das sagen, aber leider spüre ich, wie alles an mir den Dienst einstellt. Eine demütigende Erfahrung. Ihr Verstand kann so gesund sein, wie er nur jemals war, aber er ist doch nur Gepäck auf einem scheiternden Transport. Schade, daß der

Körper nicht aus robusterem Material sein kann.« Er zog die Brauen hoch und schaute nach oben. »Nicht, daß er nicht eine höchst bemerkenswerte Schöpfung wäre«, sagte er rasch. »Ich wünschte, ich hätte etwas nur halb so Gutes erdacht. Aber wie alles Gebaute bricht er irgendwann zusammen. Ich hatte gehofft, noch ein paar Jahre herauszuschinden. Aber meine Beine brennen wie Feuer, sie sind nichts als heißes Gummi. Dabei bin ich nur gegangen. Bin gegangen und habe geschlafen. Nur der Herr im Himmel weiß, wie es mit mir aussähe, wenn ich auch noch gearbeitet hätte.«

»Ich wünschte, Sie hätten mehr Zutrauen zu sich. So weit ist es nun auch wieder nicht bis Wargla.«

Sandeau schnaufte. »Ich sagte, mein Körper versagt, Lieutenant. Nicht mein Verstand.«

Paul lächelte. »Mein Onkel hat mich einmal gefragt, wie man einen Elefanten ißt«, sagte er. »Ich habe ihm natürlich geantwortet, das sei ganz unmöglich, ein Elefant sei viel zu groß. Aber er schüttelte den Kopf: ›Einen Bissen nach dem andern‹, sagte er. Und er hatte recht. So kommen Sie auch nach Wargla, Sandeau. Einen Bissen nach dem andern. Erst lassen die Fliegen Sie in Ruhe. Dann schauen Sie auf und sind in Amguid. Und dann ist es Wargla. Sie schaffen es, Sandeau. Wir alle werden es schaffen.«

Der Ingenieur schaute ihn prüfend an. »Das glauben Sie wirklich, was, Lieutenant?«

Gegen Abend legte sich der Wind. Die Sonne ging unter, und ganz plötzlich war es totenstill. Gespenstische Stille legte sich auf das Lager. Die Männer atmeten erleichtert auf, dankbar für die Ruhe. Feuer brannte nirgends. Es gab nichts zu kochen, nichts zu essen. Niemand wollte sich unterhalten. Die Männer schliefen ein, wo sie sich hingesetzt hatten. Pobéguin und seine Soldaten Marjolet und Brame patrouillierten abwechselnd um den Lagerplatz herum und spähten in die Nacht hinaus. Von den Tuareg war nichts zu entdecken.

Ehe der Morgen graute, zog El Madani mit vier Mann hinaus, um Wild zu suchen, wie er es gewohnt war. Sie folgten einem Wadi. Zunächst fanden sie nichts, aber nach einer Stunde jauchzte einer seiner Männer plötzlich laut auf. Da standen vier wilde Kamele und ästen an altem Gestrüpp und dürren Gräsern.

El Madani sah die Spur des fünften Kamels im weichen Sand des Wadis wohl. Er hockte sich nieder und untersuchte sie. Sie war frisch und tief, tiefer als die Abdrücke der wilden Tiere. Ein Mehari hatte sie hinterlassen, und es hatte einen Mann getragen. Die Spur verschwand im Wadi. Er folgte ihr ein kleines Stück weit mit dem Karabiner im Anschlag, aber sie führte dann die Böschung hinauf und verlor sich im Kies. El Madani schüttelte den Kopf. Es war, als habe jemand die Kamele so hinterlassen, damit er sie finden konnte.

Im Triumphzug kehrte er ins Lager zurück. Sogar die sonst so zurückhaltenden *tirailleurs* hüpften herum und führten einen ekstatischen Tanz auf. »Hamdulillah! Allah hat unsere Gebete erhört!« Es war ein Omen: Der Allmächtige würde sie auf dem Rücken von vier wilden Kamelen aus dieser Wildnis führen. Den schwächsten Männern wurde das Gepäck abgenommen und auf die Tiere geladen. Auf eines setzte man Sandeau, dessen gebrechliche Gestalt sofort zusammensackte. Vier Kamele, das war nicht viel, aber sie fühlten sich fast wieder komplett. Djemel war außer sich: Er schnaubte und hustete und spuckte, klatschte den Tieren zärtlich aufs Hinterteil, reihte sie in der gehörigen Weise auf und knurrte und fauchte sie dann an, als sich alles wieder in Bewegung setzte.

Jubel beherrschte den Morgen, aber Hitze und Hunger regierten am Nachmittag. Als der Abend dämmerte, taumelte Dianous. Paul hielt sich besser, aber auch er war benommen. Dreimal hatte die Kolonne haltgemacht, und Ohnmächtige mußten wiederbelebt werden. Bis kurz vor Mitternacht kämpften sie sich voran. Und wieder wurde kein Feuer angezündet.

Mitten in der Nacht ertönte ein Schuß. Die Hölle brach los, als die Männer erwachten, ihre kalten Waffen an sich rissen und sich nach dem blauen Alptraum umschauten, der da aus der Dunkelheit kommen würde. El Madani war wach gewesen und hatte das Mündungsfeuer gesehen. Im nächsten Augenblick war er zur Stelle, die Pistole in der Hand. Gleich sah er, was passiert war. Er kniete neben der Gestalt nieder, die da am Boden lag.

Dianous kam hinter ihm heran. »Was ist los, Madani?«

»Abd-el-Krim, Lieutenant. Er hat sich in den Kopf geschossen.«

»Ist er tot?«

»Nein, Lieutenant. Er ist ein schlechter Schütze.«

Abd-el-Krim war bewußtlos. Die Kugel hatte ihm nur eine blutige Schramme in den Schädel gerissen. El Madani verband ihm den Kopf. »Nimm ihm die Waffen weg«, befahl El Madani einem *tirailleur*, »und feßle ihm die Hände.«

Langsam sank das Lager wieder in unruhige Müdigkeit zurück. Nur wenige schliefen. Am nächsten Morgen war die Stimmung finster. Das Omen der Kamele verblaßte neben dem Omen des Selbstmords. Der unglückliche Mann marschierte allein mit seinem Versagen: ein Paria. Die Männer musterten Abd-el-Krim mit einem unterschiedlichen Maß an Mitleid und voller Angst um sich selbst. Er war der erste gewesen, der zerbrochen war, der erste, der aufgegeben hatte. Sie redeten sich ein, daß sie stärker seien als er. Aber niemand war wirklich sicher. »Es ist eine Todsünde, sein Schicksal aus der Hand Allahs zu stehlen«, ermahnten die Männer einander nervös; sie schüttelten die Köpfe, die voller Blasen vom Sonnenbrand waren, und sie waren wie betäubt vom Hunger. Sie vermißten ihren *mokkadem*. Er hätte gewußt, was zu sagen und zu tun war.

Am Nachmittag brachen zwei Mann zusammen und wurden wie Säcke auf die Kamele gelegt. Am Abend ließ Dianous früh haltmachen, weil seine Leute keinen Schritt mehr tun konnten. Langsam ging er durch die erschöpften Reihen, vorbei an hageren Gesichtern und gehetzt blickenden Augen. Hier und da blieb er stehen, um nach den Wasservorräten zu sehen. Hinter sich, an einer niedrigen Böschung, sah Dianous die Salukis. Sie hatten selbst kein Glück gehabt und streiften nervös vor Floop hin und her, der an einer Eidechse nagte und die anderen Hunde ignorierte. Die mächtigen Salukis taugten nicht zur Jagd auf Eidechsen, aber anderes Wild gab es nicht im Amadror. Dianous musterte die Hunde und faßte einen Entschluß.

»Pobéguin!« rief er.

»Lieutenant?«

»Töten Sie die Salukis.«

»Jawohl, Lieutenant.«

Hakim hörte den Befehl und kam mit entsetztem Blick hastig zu Paul gehumpelt. »*Patron*«, keuchte er, »Sie müssen ihn aufhalten!«

Paul schüttelte den Kopf. Er hatte den Befehl auch gehört und billigte ihn, aber er hatte trotzdem Herzklopfen. »Die Männer sind schwach. Wir brauchen das Fleisch.«

»Sie verstehen das nicht, *patron*. Die Salukis sind Verbündete der Shamba. Ihre Geschichte ist unsere Geschichte, ihr Blut unser Blut. Es ist unrecht, sie zu schlachten.«

»Sie können uns Leben geben, Hakim, und wir müssen es annehmen. Es gibt keine andere Möglichkeit.«

Zum ersten Mal, seit Paul seinen Burschen kannte, blitzten Hakims Augen vor Wut. »Es ist unrecht, *patron*«, wiederholte er. »Sie wissen nichts vom Leben in der Wüste. Sie sollten eher ein Kamel schlachten.«

»Die Zeit dazu ist noch nicht gekommen. Wir brauchen die Kamele als Transportmittel.« Hakim starrte ihn erbittert an. Er wollte noch etwas sagen, aber dann hinkte er einfach davon.

»Warum nicht auch den anderen Hund da?« fragte ein Shamba. »Sie verschonen ihn, weil er dem Lieutenant gehört?«

»Ich verschone ihn, weil er Eidechsen fängt, und wir haben sonst nichts zu essen«, sagte Dianous. »Wenn er damit aufhört, oder wenn es keine Eidechsen mehr gibt ...«

»... wird der gleiche Befehl gegeben.« Es war Paul, der das gesagt hatte.

Zwei Schüsse fielen schnell hintereinander. Paul zuckte zweimal zusammen, und es schauderte ihn innerlich. Floop wedelte mit dem Schwanz.

Alle aßen, nur die Shamba nicht.

Daia war froh über die Ablenkung. Der Umzug des Lagers erforderte ihre ganze Aufmerksamkeit. Eigentumsstreitigkeiten mußten geregelt werden, Schafe waren zu identifizieren, Ziegen einzufangen, Weideplätze zu erkunden, Brunnen zu kontrollieren. Das Einpacken von sieben Zelten mußte beaufsichtigt werden, und es gab alte Packtaschen zu flicken und neue zu nähen. Ein Dutzend

Sklaven stellte Hunderte von Fragen, kümmerte sich um die Kinder, die allen zwischen den Beinen herumliefen, und bereicherte das Durcheinander um gutmütige Fröhlichkeit. Wie alle Tuareg verlegte Mano Buska sein *douar* mit allen Zelten, Verwandten, Sklaven und Tieren ein paarmal im Jahr, je nachdem, wie gut das Weideland war. Wenn seine Frau nicht da war, hatte Daia die Aufgabe, alles zu organisieren. Sämtliche Sklaven erwarteten Anweisungen und Befehle von ihr, und wenn sie sich beschäftigte, hatte sie keine Zeit zum Nachdenken.

Sie konnte in letzter Zeit nicht mehr schlafen und auch nicht viel essen. Ihr Magen war übersäuert. Anna, die Sklavin, die sie kannte wie ihre eigene Tochter, hatte schon vor Daia die Wahrheit ausgesprochen. Dabei hatte sie gestrahlt. »Ein Kind wächst in dir«, hatte sie gesagt.

»Nein«, sagte Daia, aber es war gelogen, und das wußten sie beide. Sie wußte, daß es in ihr nicht mehr so war wie früher. Ihre Regel war noch nie verspätet gekommen. »Ja, Anna. Es ist wahr.«

»Das ist gu...« Anna redete, ohne nachzudenken, aber dann stockte sie doch. Es war *nicht* gut. Es war schrecklich. Es war eine große Schande, unverheiratet ein Kind zur Welt zu bringen. Ein Makel auf dem Kind, und Ehrlosigkeit für die Mutter. Sie machte sich Sorgen um Daia.

»Dann mußt du schleunigst heiraten«, sagte sie.

Daia nickte nur. Das Schlimmste wußte Anna noch gar nicht. Sie nahm ja an, daß Mahdi der Vater sei.

Daia ging zum *guelta*, um nachzudenken. Sie setzte sich allein oben auf die Felsen und schaute auf das Wasser hinaus. Sie sah die Sonne untergehen, und bei Sonnenaufgang war sie immer noch wach, aber die lange Nacht dazwischen hatte keine Antwort gebracht. Daia kämpfte mit dieser Last. Wie hatte sie nur so töricht sein können? Wie hatte sie so leicht straucheln können? Ihre eigene Ehre war zerstört, weil sie Mahdi belogen hatte. Nie im Leben war sie eine Lügnerin gewesen, nie hatte sie sich wie eine Betrügerin gefühlt. Noch nie hatte sie einen Menschen verletzt. Und jetzt mußte sie entscheiden, was zu tun war. Sie fühlte sich hilflos und schwach.

Es gab eine alte Frau bei den Dag Rali, die dem Problem ein

Ende machen konnte, bevor es zu groß wurde. Aber sie wußte nicht, ob sie dazu imstande war. Vielleicht später.

Sie konnte auch fortgehen, bevor ihr Bauch dick wurde. Sie konnte das Kind zur Welt bringen und es dann zwischen den Felsen liegenlassen, damit Tiere es töteten. Das taten andere Frauen. Oft war es der weniger schändliche Weg. Die Wüste war hart, und manchmal war es nötig. Dann könnte sie zu ihrem Leben zurückkehren und von vorn anfangen.

Oder sie konnte sich umbringen. Aber auch darüber nachzudenken war noch Zeit genug.

Muß denn jemand sterben wegen meiner Schwäche?

Es gab noch andere Fragen. Sie betrafen Mahdi und Moussa. Aber zu Moussa gab es keine Frage. Er war nicht an ihr interessiert, und das tat ihr weh. Sowieso – zum *Teufel* mit ihm! So höflich und fürsorglich auf ihre Gefühle bedacht. So schicklich! Er hatte ein Buch geschickt, ein wunderschönes Buch mit Geschichten, und einen Brief, der sie zutiefst verletzt hatte. Es war nicht seine Absicht gewesen, sie zu verletzen. Er hatte ihr lediglich Glück gewünscht. Natürlich hatte er das getan. Es *gehörte* sich, daß er es tat. Aber es war nicht das, was sie von ihm hören wollte. Sie hatte es sich selbst eingestanden, als sie seinen Brief zum achten oder zehnten oder zwanzigsten Mal gelesen hatte, während ihr Finger jeder Zeile seiner Schrift folgte und ihr Geist sich seine Hand auf dem Papier vorstellte und sie sich wünschte, sie könnte sie berühren. Dann hatte sie das Papier vors Gesicht gehalten und gehofft, sie könnte seinen Geruch dort finden. Sie wollte etwas ganz anderes von ihm hören: Sie wollte hören, daß er sie begehrte und daß er mit ihr zusammensein wollte. Aber er hatte es nicht gesagt, und er würde es nie sagen. Fand er sie denn so wenig begehrenswert? Wieso lag ihm nichts an ihr? Sie kannte die Antwort: Sie hatte ihm keine Gelegenheit gegeben. Sie bereute, daß sie Mahdi je ihr Jawort gegeben hatte, und jetzt war es zu spät, um es zurückzunehmen, aber sie mußte es zurücknehmen, weil Mahdi ...

Oh, Mahdi! Sie konnte ihn nicht noch einmal anlügen. Einmal hatte sie ihn belogen, und damit öfter als jeden anderen Mann. Sie konnte ihm die Wahrheit sagen und die Verlobung auflösen.

Das war ihr Recht, das Recht einer Frau. Aber Mahdi hatte nichts getan, womit er es verdient hätte. Wollte sie ihr lügen noch schlimmer machen, indem sie ihn vor den Kopf stieß?

Am meisten fürchtete sie sich vor dem, was die Wahrheit für Moussa bedeuten würde. Es war sein Todesurteil. Sie hatte das alles herbeigeführt, nicht Moussa. Aber wenn Mahdi die Wahrheit erfuhr, würde Moussa mit seinem Leben bezahlen, und das wäre ihre Schuld. Sie konnte nur hoffen, daß Mahdi sie dann auch umbringen und all dem ein Ende machen würde.

Muß jemand sterben wegen meiner Schwäche? Oh, Teufel Iblis, wann bist du in mein Herz gekommen?

Die Ehre ruiniert, ein Mann tot, ein Kind ohne Vater geboren – oder überhaupt nicht geboren. Die faulen Früchte ihres Verlangens. Es war ihr selbst ein Greuel, was sie da getan hatte.

Und sie wußte, daß sie es wieder tun würde.

Als die Sonne aufging, zählte sie die Strahlen, die sich über den Horizont heraufstreckten wie die Finger eines Fächers. Einen ähnlichen Sonnenaufgang hatte sie auf der Reise mit Moussa gesehen. »Das ist ein glückbringender Sonnenaufgang«, hatte sie zu ihm gesagt. »Fünf Strahlen, das ist der Sonnenaufgang eines Glückstages.«

Sie weinte.

Sie versenkte sich in die Einzelheiten des Umzugs, damit ihr Kopf sich von all diesen Sorgen ausruhen konnte. Da sah sie ihn auf seinem Mehari heranreiten. Sie schnappte nach Luft.

»Mahdi! Ich dachte, du bist im Norden!«

»Ich bin nur gekommen, um ... etwas zu holen«, sagte er. »Da war ich in der Nähe und konnte der Versuchung nicht widerstehen, hier vorbeizukommen, um dich zu sehen. Das hier habe ich dir mitgebracht.«

Er beugte sich von seinem Mehari herunter und reichte ihr eine Sandrose.

Sie war wunderschön: eine zarte Blüte aus Sandstein, die sich im Laufe von Äonen gebildet hatte. Solche Rosen galten als sehr kostbar. Schuldbewußt nahm sie sie entgegen, und ihr Elend war vollkommen.

»Komm, geh ein Stück mit mir, weg vom Lager.« Er war bester Stimmung.

Sie gingen an dem Platz vorbei, wo die Kamele beladen wurden, und wandten sich dahinter in eine Schlucht, die zu ihrem *guelta* hinaufführte. Als sie außer Hörweite des Lagers waren, sprudelte es aus ihr hervor.

»Ich bin schwanger.«

Er mußte es wissen. Sie konnte ihm nicht noch mehr Lügen auftischen. Sie konnte nicht zulassen, daß er es herausfand, wenn er sah, wie sie dick wurde. Er mußte es von ihr erfahren, und zuwarten würde da nichts nützen.

Fassungslos starrte Mahdi sie an. Er sagte nichts – als habe er sie nicht gehört oder nicht verstanden. In seinem Kopf drehte sich alles im Kreis, und seine Gedanken irrten zurück durch Alpträume und düstere Ahnungen, die er mit so viel Mühe aus seinem Herzen gedrängt hatte – und die wahr gewesen waren. Ihm war, als habe er einen Fußtritt in den Magen bekommen.

»Du hast mich entsetzlich belogen.«

»Ja. Ich hielt es in jenem Augenblick für das Beste, Mahdi. Es war bereits geschehen, als wir miteinander sprachen. Ich dachte, ich hätte ihn hinter mir gelassen, Mahdi, und das ist die Wahrheit. Es war unrecht, dich zu belügen. Es tut mir leid.« Tränen stiegen ihr in die Augen.

Starr und aufrecht stand er da und kämpfte um Beherrschung. Seine Finger krümmten und streckten sich, umklammerten den Griff seines Schwertes. Es kostete ihn all seine Kraft, es nicht zu ziehen, aber es gab ja nichts, wogegen er es hätte richten können. Wut ließ sich mit keiner Klinge vernichten, und Trauer auch nicht. Er wollte Moussa umbringen, wollte sie umbringen, sich selbst umbringen, wollte alles umbringen, was er sah. Aber selbst wenn die Ehre es verlangte, würde er seine Klinge nicht gegen sie richten. Ein anderer hätte es getan. Jeder hätte es getan. Zum tausendsten Mal fragte er sich, wie sie diese Wirkung auf ihn haben, wie sie ihn so hilflos machen konnte. Zum tausendsten Mal fand er keine Antwort. Was Moussa anging – nun, was mit Moussa geschehen würde, stand bereits fest. Nur die Gelegenheit hatte sich noch nicht ergeben, aber die würde noch früh genug kommen.

»Es tut dir *leid*, Daia? Hat das denn etwas zu bedeuten? Soll dieses Wort mir das Herz erleichtern oder das Unrecht ungeschehen machen? Sollte es mich zufriedenstellen?«

»Es ist unmöglich, in dieser Angelegenheit irgend jemanden zufriedenzustellen, Mahdi. Das zumindest weiß ich.«

»Ich muß bekennen, Daia, daß ich so etwas nicht von dir erwartet habe. Niemals.«

»Ich habe es ja selbst nicht erwartet.«

»Lügen und betrügen und mir dann nur ein Wort zu lassen – nie hätte ich dich für so grausam gehalten.«

Sie schüttelte den Kopf und biß sich auf die Lippe. »Es war nicht meine Absicht, grausam zu sein.«

»Weiß es sonst noch jemand?«

»Niemand außer Anna.«

»Anna! Dann wird es bald die ganze Welt wissen. Dieses Weib ist eine schwatzhafte Kröte.«

»Sie hält dich für den Vater. Sie wird nichts sagen. Sie will mich schützen.«

Mahdi brütete. Seine Selbstachtung war alles für ihn. Nein, nicht alles, jetzt nicht mehr. Diese Frau da vor ihm – *sie* war alles. Neben ihr bedeutete seine Selbstachtung gar nichts.

»Das will ich auch, Daia.«

»Ich habe uns beide entehrt. Natürlich kann es keine Heirat geben. Ich werde fortgehen.«

Das Herz schlug ihm bis zum Hals. »*Nein!* Daia, das darfst du nicht! Sag das nicht! Du hast mir versprochen, mich zu heiraten, wenn die Sache mit den Franzosen erledigt ist. Das wird in zwei, höchstens vier Wochen der Fall sein. Willst du mich denn erst mit der Lanze der Lüge durchbohren und dann mit einem Wortbruch niederschlagen? Selbst der Skorpion sticht doch nur einmal! Hat denn dein Abscheu gegen mich keine Grenzen?«

»Ich habe keinen Abscheu in meinem Herzen, Mahdi, außer gegen mich selbst. Aber ich kann nicht von dir verlangen, daß du dabei bleibst.«

»Bitte, Daia, sprich nicht für mich. Du hast dich mir versprochen, und ich will es so.«

»Das kann ich nicht verlangen.« Sie haßte sich selbst. Es war abscheulich, was sie diesem stolzen Mann antat, der da vor ihr stand.

»Mein Herz gehört dir, Daia. Ich habe es schon einmal gesagt. Ich wäre ... ich wäre sogar bereit, das Kind mein eigen zu nennen. Für dich würde ich es tun.«

Sie war erstaunt. Das war das Letzte, was sie von ihm erwartet hatte.

»Das könnte ich niemals verlangen. Es wäre nicht recht gegen dich.«

»*Recht?* Was trägt hier noch den Mantel des Rechten? Wenn du mich nimmst, zählt nur das.« Sein Blick war wund, seine Stimme voller Sehnsucht. »Das heißt, wenn ... beantworte mir eins, Daia. Ist es aus, das mit Moussa? Wirklich aus und vorbei?«

Sie wußte, wie wichtig die Antwort war. »Er hat keinen Zweifel daran gelassen, Mahdi. Er hat ein Hochzeitsgeschenk geschickt. Und einen Brief, in dem er mir Glück wünscht.«

»Das ist keine Antwort auf meine Frage. Ich habe nach deinen Gefühlen gefragt, nicht nach seinen.«

Sie biß sich auf die Lippe, um das Zittern zu unterdrücken. »Bitte bedräng mich nicht so, Mahdi. Habe ich nicht gesagt, es ist aus?« Sie wandte sich ab. Sie konnte nicht wieder lügen, aber sie konnte auch nicht sagen, was er hören wollte. Mahdi ließ geschlagen den Kopf hängen. Doch dann dämmerte es ihm: Das war ihre Schwäche. Hier lag endlich doch noch ein Vorteil für ihn.

»Deine Antwort ist deutlich genug. Es macht es mir nicht leichter, ihn zu töten, wenn ich weiß, daß er einen solchen Platz in deinem Herzen einnimmt.«

Das war es, was sie am meisten gefürchtet hatte, und als er es aussprach, wußte sie sofort, was sie tun mußte. Sie sah nur einen einzigen Weg zur Rettung. Sie durfte nicht das Leben anderer vernichten. Sie würde einen Handel abschließen – für Moussa, und damit das Kind einen Platz hatte. Vielleicht würde sie so eines Tages einen Rest Ehre aus der Asche ihrer Lügen auferstehen lassen.

»Ich werde dich heiraten, Mahdi, wenn das wirklich dein Wunsch ist. Aber vorher muß ich wissen, daß Moussa vor deinem Zorn sicher ist. Daß du ihm deshalb nichts antun wirst. Er hat ja nichts getan. Es war mein Werk.«

»Sehe ich aus wie ein Dummkopf, Daia? So etwas tut man nicht allein.«

»Aber er hat nichts getan, um es zu befördern. Das mußt du mir glauben, Mahdi. Es ist das einzige, was an all dem wahr gewesen ist. Er hat seine Ehre behalten, nur ich habe die meine verloren. Du mußt ihn in Frieden lassen. Das mußt du mir versprechen.«

»Wenn ich es bin, dem Unrecht geschehen ist, kommt es dir dann zu, Bedingungen zu stellen?«

»Diese eine muß ich stellen, Mahdi.«

Es war mehr, als man vernünftigerweise von ihm verlangen konnte, daß er diesen Makel ungesühnt ließ. Aber sie zu verlieren war ein Preis, den er nicht freiwillig zahlen würde. Er würde ihr das Versprechen geben. Wenn Moussa doch etwas zustoßen sollte – und Allah war sein Zeuge, daß ihm etwas zustoßen würde –, nun, *malish, mektoub*. So ging es manchmal. Die Wüste war eine gefährliche Gegend. Das konnte auch Daia nicht leugnen.

»Dann verspreche ich es dir.«

29.

Beten ist besser als schlafen, als schlafen!
Beten ist besser als schlafen!
Allah ist groß! Groß ist Allah!
Es gibt keinen Gott außer dem einen Gott,
Und Mohammed ist sein Prophet!

Die singende Stimme tönte durch das Lager. Sie gehörte einem *tirailleur*, der den Platz des gefangenen *mokkadem* eingenommen hatte. Erschöpfte Männer und Kamele rührten sich schlaftrunken und stöhnten in einem Chor kollektiver Qual. Die Moslems im Lager vollzogen ihre Waschungen mit Sand und schleppten sich zum Morgengebet auf ihre Gebetsteppiche, nach Osten gewandt, um Gott zu finden. Gleich würde die Sonne aufgehen, und es war Zeit, verbrauchte Muskeln und verschlissene Haut zu ordnen, um weiterzuziehen.

Paul starrte zum Himmel und kraulte Floop den Bauch. Er lauschte den Gebeten. Wie für die Flatters-Expedition hatte Tadjenout auch für seine Gebete das Ende bedeutet. Die Worte, die er sein Leben lang benutzt hatte, erschienen ihm hier so unbrauchbar wie seine Muskeln. Und eigentlich vermißte er sie nicht. Sie bewirkten offenbar nichts, weder so noch so. Irgendwo unterwegs hatte Gott sie vergessen. Er lauschte dem Gemurmel der Moslems. Allah machte seine Sache kaum besser als Gott.

Abwesend kaute er auf einem Stück Leder von einem alten Wasserschlauch. Hakim hatte gesagt, es helfe gegen den Durst. Das tat es nicht, aber es half ihm, nicht an den Durst zu denken. Es gab nie genug Wasser. Anscheinend konnten sie sich nur drei- oder viermal täglich den Mund befeuchten. Seine Lippen waren tief eingerissen und fast zu trocken, um noch zu bluten. Seine Kehle war verstopft von vulkanischer Asche, aufgewirbelt von schlurfenden Füßen. Das Wasser, das er trank, war weg, bevor es den Schlund erreichte, weil die ausgedörrten Stellen in seinem Mund es aufsogen. Er hatte heftig hämmernde Kopfschmerzen vom Wassermangel. So müde er auch war, er schlief doch nur noch flüchtig. Jeder neue Tag forderte mehr als der letzte, und so stählte er sich nun für den nächsten. Nur noch sein Wille hielt ihn aufrecht. Seine Kräfte waren fast aufgebraucht, und sein Proviant war es längst.

Zwei Tage zuvor hatte Dianous eins der kostbaren Kamele schlachten lassen. Die Moslems schnitten ihm die Kehle durch und sprachen die rituellen Gebete. Hernach schwang Belkasem den Paradedegen des Colonels und zerlegte das Tier. Ein paar Männer aßen das Fleisch roh, denn sie konnten nicht warten, bis es gebraten war. Die meisten krümmten sich nachher und erbrachen das gehaltvolle Fleisch, nachdem sie so lange darauf verzichtet hatten. Im Magen des Kamels war Flüssigkeit gewesen, aber es war ein ekelhafter grüner Schleim. Paul hatte nichts davon trinken können. Er kaute sein Fleisch und schaute weg, während andere das Zeug herunterwürgten.

Das Fleisch war zu schnell aufgezehrt gewesen. Er konnte sich jetzt kaum noch erinnern, wie es geschmeckt hatte. Ein Kamel reichte nicht lange bei fünfzig verhungernden Männern.

»Tuareg!«

Der Ruf ließ eine Welle der Angst durch die Kolonne laufen. Die Männer packten ihre Gewehre und legten an. In der Ferne, knapp außer Schußweite, saßen zwei hochgewachsene Gestalten auf ihren Meharis und beobachteten den Zug. Offenbar wollten sie eine Unterredung.

»Ich kann den Schuß schaffen.« Der *tirailleur* brannte darauf, es zu versuchen. Alle brannten darauf.

»Nein. Wir wollen sehen, was sie vorhaben. De Vries, Sie bleiben hier. El Madani kommt mit mir.«

Dianous und El Madani gingen allein über die Ebene. Die Tuareg rührten sich nicht. Paul beobachtete sie durch den Feldstecher. Seine Kehle zog sich zusammen. *Arrogante Hunde*, dachte er. *Ziemlich kühn, so nah heranzukommen.* Am liebsten hätte er sie selbst erschossen. Er sah, wie Dianous und El Madani mit ihnen sprachen. Dianous war erregt und gestikulierte mit beiden Armen. El Madani sagte etwas, erst zu Dianous, dann zu den Tuareg. Dann wandten sich die beiden ab und kehrten zur Kolonne zurück.

»Sie sagen, sie haben zwei Kamele zu verkaufen. Und Datteln und Kekse.«

»Das ist ein Trick«, knurrte El Madani. »Ich traue ihnen nicht.«

»Was soll das für ein Trick sein? Entweder haben sie, was sie sagen, oder sie haben es nicht. Wenn sie es nicht haben, bezahlen wir nichts. Wenn doch, nehmen wir es.«

»Warum schießen wir sie nicht einfach nieder?« murrte einer der *tirailleurs*. »Dann nehmen wir uns die Kamele, auf denen sie reiten.«

»Was würde uns das nützen? Wir brauchen mehr als das. Vielleicht verkaufen sie uns später noch mehr.«

»Wir haben kaum eine Wahl.« Paul zuckte die Achseln, als Dianous ihn fragend ansah. Es gab wenig Raum für Debatten.

Dianous hatte immer noch das Silber der Expedition bei sich. Er zählte die Summe ab. Paul stieß einen Pfiff aus, als der Stapel wuchs.

»Das ist eine Menge Geld für zwei Kamele und ein bißchen Proviant.«

Dianous zuckte die Achseln. »Es ist ihr Preis. Wüßten Sie im Augenblick etwas Besseres mit dem Geld anzufangen? Außerdem brauchen wir es dann nicht mehr zu schleppen.«

Dianous schickte Pobéguin und El Madani mit dem Geld hinüber. Einer der Tuareg verschwand hinter einer flachen Anhöhe in der Ferne und kam bald mit zwei beladenen Kamelen am Zügel zurück. Pobéguin und El Madani brachten die Kamele mit zurück.

Pobéguin öffnete begierig die Packtaschen. Wie versprochen, enthielten sie Datteln und Kekse, so fest verpackt wie an dem Tag, als sie in Wargla verstaut worden waren.

El Madani lachte erbittert, als er es sah. »Das paßt zu diesen blauen Teufeln«, sagte er. »Verkaufen uns unseren eigenen Proviant.«

Die Ironie der Sache war an leere Mägen verschwendet. Die Männer fingen an zu essen. Sogar Floop schnupperte an den Datteln.

In der Ferne schauten die beiden Tuareg zu, wie die verhungernden Männer über die Lebensmittel herfielen.

»Sie benehmen sich, wie Tamrit es vorausgesagt hat«, stellte der eine fest. »Ein Fuß ist in der Falle. Attici wird zufrieden sein.«

Sie zogen im Schatten des Garet el Djenoum, des Teufelsbergs, dahin, als Floops Heulen über Felsen und flache Hügel hallte, ein schreckliches Heulen, das in die schrille, aufgeregte Raserei eines wütenden Hundes überging. Und man hörte noch ein Geräusch, einen Tierlaut, den Paul nicht deuten konnte. Er stürmte los, in einigem Abstand gefolgt von El Madani und vier *tirailleurs.* Verzweifelt sah er sich um und versuchte festzustellen, woher der Lärm kam. In diesem Terrain fiel man leicht akustischen Täuschungen zum Opfer. Er bog um einen Felsen und rechnete mit dem Schlimmsten, als er Floop erblickte, Nase an Nase mit einem Wildesel. Der Esel schrie, und Floop sprang vor ihm hin und her und schoß von einer Seite zur anderen. Noch nie hatte der Hund eine solche Erscheinung gesehen, und er verbarg sein Erschrecken hinter einem Vorhang von Lärm. Als er Paul erblickte, stürmte Floop ihm entgegen und verbarg sich hinter ihm, und seine Tapferkeit wie auch sein Kläffen schwoll weiter an.

El Madani erschien und schlang dem Esel mit Hilfe der anderen *tirailleurs* rasch einen Strick um den Hals. Paul beruhigte Floop und kraulte ihn erfreut an den Ohren. »Noch viel besser als eine Eidechse – auch wenn er eher dich gefangen hat.«

El Madani durchstöberte die Umgebung und studierte den Boden. Er kniete nieder und strich mit den Fingern über Kies und Sand. »Da sind sie wieder«, sagte er mehr zu sich selbst.

»Was?«

»Die Spuren eines Mehari, das nicht hierhergehört«, sagte der alte *tirailleur.* »Das erste Mal habe ich sie gesehen in der Nacht, als wir Sie gefunden haben. Dann wieder bei den vier wilden Kamelen.« Er schüttelte ratlos den Kopf. »Warum sollte uns hier jemand helfen?«

Auf dem Rückweg zum Lager hielt Paul nach ihm Ausschau, ohne etwas zu sehen. Aber damit hatte er gerechnet. *Du bist also immer noch da. Unwichtig. Die Männer sterben, und du versuchst dich mit Proviant freizukaufen. Zum Teufel mit dir, Moussa! So einfach ist das nicht!* Sie brieten den Esel zum Abendessen.

Seit zwei Tagen hatten sie kein Wasser mehr gefunden. Einer der Späher fand ein kleines Feld mit eßbaren Kakteen, und sie fielen darüber her, schnitten die Pflanzen in Stücke und lutschten gierig die bittere Flüssigkeit. Paul versuchte Sandeau auch etwas zu geben, aber der Mann war fast bewußtlos. Sie hatten ihn auf das Kamel gebunden, damit er nicht herunterfiel. Er murmelte irgend etwas und drückte Paul matt die Hand. Das Tuch, das Hals und Kopf bedecken sollte, war heruntergefallen. Mit den Bewegungen des Kamels war ihm das Hemd von der Schulter gerutscht, und er war stundenlang der grellen Sonne ausgesetzt gewesen. Seine Haut war heiß wie Feuer und warf entsetzliche Blasen. Paul versuchte das Hemd hochzuziehen und das Kopftuch in Sandeaus Kragen zu stopfen. Dabei streifte er versehentlich mit einer Hand über die Haut. Ein ganzer Placken löste sich. Sandeau schien es gar nicht zu merken.

Wer sprechen konnte, sprach von Amguid und von wenig anderem. Sie waren nicht mehr weit davon entfernt. Auf dem Weg nach Süden waren sie dort durchgezogen. Paul erinnerte sich an eine große Schlucht mit einem kleinen Bach und an Brunnen mit gutem Wasser. Aber andere erinnerten sich an viel mehr: an kühlen Wind und an Vögel, die über Dattelpalmen flatterten, an Kanäle und an das erfrischende Plätschern von Wasser, mit dem Gärten voll süßem Obst und Gemüse bewässert wurden. Aber Paul wußte, daß all das eine Fata Morgana war. Sie gaben ihren Erinnerungen an Wargla den Namen Amguid. Sogar Hakim hatte es getan.

»Wir sollten fischen gehen in Amguid, *patron.* Es gab fette Fische dort.«

»Ich erinnere mich nicht an Fische in Amguid.«

»O doch, *patron*, prächtige Fische in einem herrlichen Bach. Er lief durch die Oase. Da gab es Palmen und einen kleinen Souk, wo sie Obst verkauften. Allah hat tausend Segnungen über Amguid ausgegossen. Haben Sie so schlecht aufgepaßt? Wir haben dort Aprikosen gekauft, und Pfirsiche.«

»Nein. Ich erinnere mich, daß es einen Bach gab in Amguid, aber sonst nichts.«

»Dann haben Sie ein schwaches Gedächtnis, *patron.* Ich weiß es noch genau.«

Paul schüttelte geduldig den Kopf. »Es gibt keine Aprikosen in

Amguid, Hakim. Und keine Fische. Du hast zuviel Sonne abbekommen.«

Hakim lachte ohne Heiterkeit. »Das ist wunderbar komisch, *patron*. Zuviel Sonne – wahrhaftig.« Sein Gesicht verhärtete sich. »Sie machen sich über mich lustig. Sie waren einmal ein guter *patron*, aber Sie haben sich verändert und sind grausam geworden. Erst haben Sie uns die Salukis weggenommen. Jetzt nehmen Sie mir die Fische. Ich schäme mich für Sie.«

Paul war es, als umflorten sich die Augen des kleinen Mannes, aber Hakim hatte sich schon abgewandt und humpelte auf blutigen Füßen davon, um jemanden zu suchen, der ihm zuhörte, wenn er von Fischen erzählte.

Paul fühlte sich schäbig. Er hatte keinen Traum stehlen wollen.

Am Nachmittag dachten die Offiziere anders über Amguid. Von der Hitze gelähmt saßen sie da und warteten, bis das Schlimmste vorüber wäre.

»Der Späher sagt, die Tuareg sind noch da und begleiten uns«, bemerkte Dianous. »Fast zweihundert Mann. Was mögen sie vorhaben?«

»Sie planen etwas«, sagte El Madani. »Sie sind zu still.«

»Vielleicht wollen sie nur sichergehen, daß wir wirklich abziehen«, meinte Pobéguin hoffnungsvoll.

»Seien Sie nicht töricht«, fuhr El Madani ihn an. »Was sollten wir denn sonst tun? Das ist nicht ihre Art. Ich sage Ihnen, was sie planen. Sie warten bis Amguid. Sie warten, bis wir von Hunger und Durst völlig fertig sind. Dann werden sie zuschlagen. Sie werden uns einen Kampf aufzwingen, wenn wir überhaupt keine Kraft mehr haben.«

»Wir sind doch jetzt schon fast erledigt.«

»Damit rechnen sie.«

»Ich finde, wir sollten einen Stoßtrupp auf die Beine stellen. Sie nachts überfallen.« Paul brachte das Thema erneut zur Sprache.

»Halten Sie den Mund«, sagte Dianous.

Am nächsten Morgen erschienen wieder drei Tuareg in der Ferne und warteten auf ein Gespräch.

»Sind das dieselben?« fragte Pobéguin.

»Woher soll ich das wissen?« fauchte Dianous. »Diese Teufel sehen doch alle gleich aus. Nehmen Sie Madani und stellen Sie fest, was sie wollen.«

Pobéguin und El Madani überquerten die freie Fläche. Wenig später standen sie vor den drei Männern. Pobéguin gefiel es nicht, so steil zu ihnen hinaufzublicken, aber es blieb ihm nichts anderes übrig. Die Sonne stand hinter den Tuareg, so daß sie noch schlechter zu sehen waren. Er mußte blinzeln und seine Augen beschirmen.

»Wir gehören nicht zu der Sippe der Kel Rela, die euch quälen«, sagte einer der Tuareg. »Wir haben gehört, welche Behandlung euch von ihrer Hand droht. Das ist unverzeihlich. Sie sind abscheuliche Leute. Wir haben schon oft selbst gegen sie gekämpft. Wir wollen nichts mit dem zu tun haben, was sie getan haben. Lieber wollen wir euch helfen.«

»Auf welche Weise?« fragte El Madani feindselig.

»Wir haben Datteln zu verkaufen. Und wir können auch Kamele und Schafe beschaffen. Zu einem gewissen Preis natürlich. Wir sind nur arme Nomaden. Solche Schätze sind hier nicht leicht zu finden.«

»Und wie hoch ist euer Preis?«

Der Mann nannte eine Summe, die etwas weniger exorbitant war als das, was sie bereits bezahlt hatten. »Ich werde mit unserem Kommandanten sprechen«, sagte El Madani und übersetzte für Pobéguin.

»Sagen Sie ihm, wir brauchen ein Zeichen für ihren guten Willen«, sagte der Sergeant.

Madani gehorchte. Die Tuareg besprachen sich leise miteinander. Einer zog einen schweren Sack hinter sich von seinem Mehari und warf ihn dem *tirailleur* vor die Füße.

»Das hier geben wir euch zum Zeichen unserer Vertrauenswürdigkeit. Wir wissen, daß ihr Männer von Ehre seid und uns den Preis dafür bezahlen werdet. Morgen früh werdet ihr den Brunnen von Ain El Kerma erreichen. Dort erwarten wir euch mit mehr.«

El Madani und Pobéguin schulterten den Sack und kehrten damit zur Kolonne zurück. Die drei Tuareg schauten ihnen nach.

»Sie tanzen vorzüglich nach unserer Musik«, stellte Mahdi fest.

»Wer sich einen Strick um den Hals legt, dem sendet Allah auch jemanden, der daran zieht«, sagte Tamrit.

Attici lachte. »Morgen werden wir ihn zuziehen.«

Ein Schwarm von halb verhungerten Männern stürzte sich auf die Datteln, ohne darauf zu warten, daß Pobéguin sie verteilte. Der Hunger hatte jeden Anschein von Ordnung zunichte gemacht. Gebrüllte Kommandos stießen auf taube Ohren. Klebrig verklumpte Datteln wurden aus dem Sack gezerrt. Männer stießen einander beiseite. Belkasems Ellenbogen ließ Zähne splittern und Nasen brechen, während er wie ein Wilder versuchte, sich den Löwenanteil zu sichern. Es war nicht genug für alle. Paul konnte eine Handvoll für Sandeau ergattern, aber für sich selbst bekam er nichts. Er hoffte, daß Floop in dieser Nacht eine gute Jagd haben würde, aber Floop hatte die Eidechsen satt und drängte sich eifrig in das Knäuel, um auch für sich einen Teil zu schnappen.

Pobéguin betrachtete das Chaos in der bitteren Erkenntnis, daß sie den Tuareg auf Gedeih und Verderb ausgeliefert waren. »Noch nie habe ich solche Gier gesehen«, sagte er. »Jetzt werden sie erst zufrieden sein, wenn sie uns für unsere eigenen Vorräte unser ganzes Geld abgenommen haben. Das ist demütigend.«

»Solange wir zu essen haben, was kümmert Sie das?« fragte Dianous.

Moussa jagte ostwärts durch die Wüste und trieb seine kleine Karawane so schnell voran, wie er es nur wagte. Die Kamele waren mit Lebensmitteln und Wasserschläuchen beladen. Er war wie der Wind nach In Salah geritten, um sie zu besorgen, und hatte sich gerade lange genug aufgehalten, um sein Mehari ausruhen zu lassen. Lange nach Einbruch der Dunkelheit war er dort eingetroffen, als die Öllampen erloschen waren und die Stadt hinter geschlossenen Toren schlummerte. Den Wächter konnte er nicht rufen, also kletterte er neben dem Tor über die Mauer. Der Mann schlief fest und bemerkte nichts. Sofort fing Moussa an, gegen Türen zu hämmern, Leute aus dem Bett zu holen und zu kaufen, was er brauchte, ohne sich die Zeit zum Handeln zu nehmen.

Aber die Kaufleute dort kannten ihn gut und betrogen ihn nur ein klein wenig. Ehe der Morgen graute, war er wieder fort, schlich sich an dem immer noch schlummernden Wächter zum Tor hinaus. Für die Reise hatte er nur acht Nächte gebraucht – ein Rekord. Trotzdem hoffte er, daß es nicht zu lange gedauert hatte. Menschen starben hier schnell.

Er hatte die Absicht, die Spur der Franzosen gleich nördlich von Amguid wieder aufzunehmen. Dann würde er vor ihnen bleiben und Kamele und Vorräte nach und nach am Weg zurücklassen, so daß sie alles finden könnten. So würde er eine Spur des Überlebens bis Wargla für sie legen.

Er erreichte ein niedriges Plateau und führte die Kamele einen schwierigen Pfad hinauf. Sie stöhnten, sträubten sich und maulten. Viermal mußte er absteigen und ihre Ladung zurechtrücken, damit sie nicht stürzten. Nur mühsam kam er voran. Jetzt bereute er, daß er Lufti nach Abalessa zurückgeschickt hatte. Er hätte seine Hilfe gebrauchen können.

Oben angekommen, schlängelte er sich durch etliche Wadis. Er hatte gewendet, um das Tier am Schluß der Karawane zu beschimpfen, ein störrisches Biest, mehr Esel als Kamel, und so sah er die Reiter nicht sofort, die schweigend zwischen den Felsen hervorgekommen waren und ihm den Weg versperrten

»Du bist also Händler geworden, Moussa?«

Moussa zügelte jäh sein Mehari. Ein Dutzend *Ihaggaren* wartete hinter Attici.

»Wenn es dich etwas anginge, würde ich dir antworten, Attici«, sagte Moussa knapp. »Aber da dem nicht so ist, sei so gut und geh zur Seite. Ihr versperrt mir den Weg.«

»Die Franzosen gehen mich etwas an«, sagte Attici und rührte sich nicht. »Ich habe dich gewarnt und dir gesagt, du sollst nach Süden zurückkehren und dich von Dingen fernhalten, die deine Sache nicht sind. Ich glaube, du hast dich vergessen, wenn diese Kamele da Proviant für die Franzosen tragen sollten. Ich sage es noch einmal – ich bin es, der die *tobol* trägt.«

»Und ich bin es, der sich an unsere Ehre erinnert.«

»Zatab! Mastan! Nehmt ihm die Tiere ab.« Zwei der Tuareg kamen heran, um zu gehorchen. Moussa zog sein Schwert.

»Bleibt da. Mit euch habe ich keinen Streit.« Sie zögerten, trieben ihre Kamele dann aber weiter und schoben sich auf beiden Seiten neben Moussa. Es war ein klassisches Manöver, das er schon oft gesehen hatte. Er konnte nicht vor und nicht zurück. Er verfluchte sich, weil er es hatte geschehen lassen, auch wenn er es nur hätte verhindern können, indem er sie umbrachte. Im nächsten Moment war er umzingelt. Er starrte in die Runde, das Schwert in der Hand, aber sie waren überall.

Einer hielt dicht hinter ihm und trennte ihn von seinen Lasttieren. Mit beiden Händen schwang er seine Lanze wie eine Keule. Moussa hörte sie kommen und hob sein Schwert, aber es war zu spät. Er kippte von seinem Mehari. Taka kreischte wütend unter ihrer Haube.

Sie ließen ihre Meharis behutsam zurückweichen und achteten darauf, daß keines auf den Bewußtlosen trat. Sie alle kannten Moussa, und mochte er sich in dieser Franzosensache auch vergessen haben, so wollte ihm doch keiner etwas antun.

Attici überlegte sich, wie man Moussa am besten davon abhalten konnte, sich weiter einzumischen. »Laßt ihm nur sein Mehari und genug Wasser für zwei Nächte. Nichts zu essen. Setzt den Falken in den Schatten und gebt ihm Wasser. Alles andere wird mitgenommen.« Bis Moussa neue Vorräte beschaffen und zurückkommen könnte, würden zweifellos alle Franzosen tot sein.

Mitten in der Nacht erreichten sie den Brunnen von Ain El Kerma. Halb gehend, halb kriechend, schleppten sie sich zu der Mulde. Wunde Finger scharrten in der widerspenstigen Erde, um das Wasser zu erreichen. Männer stritten um ihren Teil, und nur langsam füllten sich die *guerbas*. Die Kamele wurden ignoriert, sie mußten warten. Es dauerte Stunden, jeden einmal trinken zu lassen.

Vor der Morgendämmerung rief der Ruf des *tirailleurs* die Moslems zum Gebet. Paul spürte, wie Floop ihn mit der Nase anstieß, weil er gestreichelt werden wollte. Er drehte sich auf den Rücken und schlug die Augen auf. Als sie sich an das trübe Licht gewöhnt hatten, erstarrte er. In der Ferne sah er Lanzen und Turbane und Meharis und eine bedrohlich lange Reihe von Tuareg, die das schlafende Lager beobachteten.

»*Tuareg!*« rief er und sprang auf.

Das Lager erwachte mit Donnerhall zum Leben, die Männer griffen nach ihren Gewehren, und Befehle wurden gebrüllt. Die Reihe der Tuareg rührte sich nicht.

»Dianous, das ist unsere Chance!« rief Paul und streckte aufgeregt den Finger aus. »Sehen Sie doch, wo sie stehen! Sie sind verwundbar. Wenn wir schnell handeln, können wir auf das hohe Gelände dort am Hang gelangen! Fünfzehn Mann dort, noch einmal fünfzehn hier drüben, der Rest hier! Dann können wir sie ins Kreuzfeuer nehmen. Und wenn wir sie nicht besiegen können, so können wir doch wenigstens einigen Schaden anrichten und sie zur Abwechslung mal in die Flucht schlagen! Aber wir müssen uns beeilen!«

Dianous tat, als habe er nichts gehört. Er schob Paul beiseite. »Pobéguin! Lassen Sie die Männer in Verteidigungsstellung gehen. Bilden Sie Schützenlinien.«

Während Pobéguin sich daran machte, die Linien zu formieren, setzten sich die Tuareg gelassen in Bewegung, verließen ihre Position und ritten nach Norden. Bald waren sie vollends außer Sicht.

»Sehen Sie?« sagte Dianous und deutete in die Richtung, in die sie verschwunden waren. »Wir hätten sowieso nichts tun können. Es war zu spät. Sie wollen sich nicht mit unseren Gewehren anlegen. Sie wollen hier nicht kämpfen.« Er sprach halb triumphierend, halb verunsichert, und sah sich um, ob andere ihm nicht zustimmten. El Madani schaute weg. Pobéguin war beschäftigt. Brame und Marjolet machten unverbindliche Gesichter.

»Natürlich wollen sie sich nicht mit unseren Gewehren anlegen«, sagte Paul. »Gerade deshalb müssen wir sie da dazu zwingen.« Er war wütend und rang mit sich und dem, was er tun sollte. Er dachte an das, was der *tirailleur* Mustafa ben Jardi gesagt hatte. *Sie sollen wissen, daß wir bereit sind, mit Ihnen zu gehen und zu kämpfen wie Männer. Wir sind bereit, Ihren Befehlen zu gehorchen.*

Das wäre Meuterei. Aber vielleicht war es die einzige Möglichkeit, zu überleben. Er war jetzt davon überzeugt, daß Dianous niemals kämpfen würde. Er würde immer nur weglaufen.

In diesem Augenblick erschienen drei Meharis im Südosten.

»Das sind dieselben wie gestern«, sagte Dianous, als er sie herankommen sah. »Bei den Männern kann ich es nicht mit Sicherheit sagen, aber die Kamele erkenne ich wieder.«

Die Tuareg hatten schwere Säcke dabei und näherten sich dem Brunnen. Dort fielen die Säcke zu Boden und ließen eine Staubwolke aufwirbeln.

»El Madani!« rief Dianous. »Bezahlen Sie sie! Und fragen Sie nach den Schafen!«

El Madani und Pobéguin stapften den Tuareg entgegen.

»Was ist mit den Schafen und den Kamelen, die ihr versprochen habt?« fragte El Madani, während Pobéguin das Geld für die Datteln abzählte.

»Die Kel Rela Tuareg sind im Augenblick zu nah«, sagte einer. »Es sind zu viele für uns. Wir kommen heute nachmittag wieder, wenn sie weg sind.« Sie nahmen das Geld in Empfang und ritten davon.

Die Linien der *tirailleurs* lösten sich auf, und die Männer stürzten sich auf die Dattelsäcke. Wieder wurden die Säcke aufgerissen, und wie rasend gruben sich Hände in die dunkle, süße Masse. Diesmal waren es genug Datteln, reichlich genug für alle, aber das hinderte die Leute nicht daran, zu hamstern und zu streiten. Wieder verteilte Belkasem blaue Augen und blutige Nasen, während er seinen Beutel vollstopfte. Floop war überall im Gewirr der Füße, schnappte alles auf, was zu Boden fiel, und schlang es hinunter.

Paul betrachtete das gierige Gewimmel und beschloß, abzuwarten, ehe er sich seinen Anteil holte. Sein Magen war so zusammengeschrumpft, daß es auf ein paar Minuten mehr nicht ankam. Lieber ging er jetzt zum Rand des Lagers, um sich zu vergewissern, daß die Tuareg keinen Verrat geplant hatten. El Madani hatte den gleichen Einfall gehabt und ging in die andere Richtung. Viele der Shamba-Kameltreiber hockten regungslos da und beobachteten mit mürrischen Mienen die Meute der Männer, die sich da um das Essen balgten. Dianous, Brame und Marjolet saßen zusammen an einem Feuer und kochten ihre Datteln, um sie weicher zu machen. Pobéguin versuchte Sandeau dazu zu bringen, daß er etwas aß.

Paul und El Madani hatten ihren Rundgang beendet und trafen sich am anderen Ende des Lagers, zwischen dem Brunnen und der Stelle, wo die Kette der Tuareg gestanden hatte. Zusammen setzten sie sich in den Schatten eines Felsens, der ihnen von hinten Deckung gab.

»Es ist bizarr«, sagte Paul. »Hinter der Höhe sind Tuareg, die uns töten wollen. Und andere verkaufen uns Proviant. Ich verstehe das nicht.«

»Dies ist nicht die Gegend, in der man etwas versteht.«

Paul überlegte sich, was er sagen sollte. El Madani war der erfahrenste unter den *tirailleurs*, der am meisten geachtete. Er selbst hatte Vertrauen zu dem Mann. Er mußte wissen, was El Madani tun würde, wenn er versuchen sollte, Dianous seines Kommandos zu entheben, denn die andern würden ihm folgen.

»Mustafa ben Jardi war bei mir.« El Madani zog die Brauen hoch, aber er schwieg. »Was er sagte, hielt ich zu jenem Zeitpunkt für ungehörig. Daß wir es unterlassen hätten, gegen die Tuareg zu kämpfen. Er sagte ...«

Paul hatte keine Gelegenheit, zu Ende zu sprechen. Schüsse knallten. Männer schrien. Paul und El Madani waren im nächsten Augenblick auf den Beinen, die Gewehre schußbereit. Sie schauten zum Lager hinüber und rechneten mit einem Überfall. Aber es war kein Tuareg zu sehen. Statt dessen sah es aus, als ob im Lager plötzlich der Irrsinn ausgebrochen sei. Männer tanzten kreischend umher, zerkratzten sich Gesichter, rissen sich die Hemden vom Leib und prügelten sich miteinander. Paul sah ungläubig, daß Dianous wie ein Verrückter um das Feuer rannte und mit dem Gewehr in die Luft schoß.

»Was in aller Welt ...?« Unsicher schaute Paul zu El Madani hinüber.

El Madani lief los, langsam erst, aber dann immer schneller, als ihm ein Licht aufging. »Ich hätte es wissen sollen, w'allahi! Die Tuareg haben uns doch noch angegriffen. Es ist eine Pflanze, die sie *efeleleh* nennen. Nachtschatten. Sie haben die Datteln vergiftet.«

Zusammen liefen sie dem Alptraum entgegen.

Hakim kreischte und schlug um sich. Er erkannte Paul nicht

und stieß ihn mit übermenschlichen Kräften von sich. Dann warf er sich in die glühende Asche eines Feuers und raufte sich brüllend die Haare. Verzweifelt zerrte Paul ihn herunter und trampelte auf dem glimmenden Gewand herum. Hakim war ein rauchender Wirbel von Armen und Beinen. Verzweifelt versuchte er hochzukommen. »Der Teufel!« würgte er hervor, und seine Stimme war kaum verständlich. »Da! Da drin! Ich muß ihn anfassen!« Wieder wollte er sich ins Feuer stürzen. Paul schlug ihn bewußtlos. Dann zerrte er einen Strick von einem Bündel herunter und fesselte den Mann hastig an Händen und Füßen.

Ein paar *tirailleurs* stürmten in die offene Wüste hinaus, rissen sich im Laufen die Kleider vom Leib und versuchten, das innere Feuer zu kühlen. Paul konnte erst einen, dann noch einen aufhalten, aber es war nicht mit ihnen zu reden. Sie waren von Sinnen, hysterisch. Sie schluchzten und stöhnten. Er ohrfeigte sie, bis sie aufhörten. El Madani hatte sich auf Dianous gestürzt und ihm die Waffe entwunden. Pobéguin stopfte sich Sand in den Mund. Beide Offiziere mußten gefesselt werden.

Brame, der Bursche des Colonels, lief mit täppischem Gang in einem schiefen Kreis herum. Er wollte etwas zu Paul sagen, aber er konnte nur würgen. Dann brach er in irres Gelächter aus, und Schaumflöckchen erschienen in seinen Mundwinkeln. Paul packte ihn bei den Schultern und schüttelte ihn, um ihn zu beruhigen. Brames Gesicht füllte sich mit Grauen. Seine Augen wurden wild, und Dämonen und Wüstendrachen tanzten in seinem Blick. Paul schlug ihn und stieß ihn zurück. Er fiel schwer zu Boden und blieb schluchzend sitzen. Paul wandte sich ab, um einen Strick zu holen, und im nächsten Augenblick hatte Brame sich auf ihn gestürzt. Unverständlich kreischend prügelte er mit einem Stein auf Pauls Rücken ein. El Madani tauchte auf und hielt Brame die Arme fest, so daß Paul ihn fesseln konnte.

Wie ein Derwisch wirbelte Paul durch das Lager und versuchte die Flammen einer wahnsinnig gewordenen Welt zu löschen. Verzweifelt sah er sich nach Hilfe um. Gesunde Männer, die nichts von den Datteln gegessen hatten, kauerten mit angstvoll eingezogenen Köpfen am Boden. Er schrie sie an, und dann prügelte er erbost auf einen von ihnen ein, um ihn aus seiner Lähmung zu reißen. Das schien die Verängstigten aufzurütteln, und sie setzten sich endlich in Bewegung. Er schickte vier Mann als Wache zum Rand des Lagers für den Fall, daß die Tuareg angriffen. Andere liefen zum Brunnen, um Wasser zu holen. Ein paar fingen an, Stoff in Streifen zu reißen, um damit die Vergifteten zu fesseln. Der Rest half mit, die tobenden Opfer zu überwältigen, die irrwitzig taumelnd durch das Lager tanzten.

Einer der *tirailleurs* versuchte einen anderen mit dem Gewehrkolben totzuschlagen und richtete die Waffe dann gegen sich selbst. Andere lagen schluchzend auf dem Boden und drückten ihre Karabiner an sich oder krümmten sich kugelförmig zusammen. Einer der Shamba stürzte sich mit dem Kopf voran in den Brunnen und ertrank. Paul fand keine Zeit zum Nachdenken – er konnte nur reagieren, während er seine Befehle gab und sich bemühte, die Normalität wiederherzustellen. Nach der ersten halben Stunde waren die schlimmsten Fälle stramm gefesselt und lagen nebeneinander auf dem Boden – eine würgende Reihe gepeinigter Menschenwesen. Trotz der Fesseln tobten viele immer noch, sträubten sich gegen die Stricke und wüteten gegen Dämonen, die nur sie selbst sehen konnten. Sie übergaben sich und rangen verzweifelt nach Luft. Ihre Haut war heiß und gerötet, und ihre Pupillen waren so stark geweitet, daß sie in der grellen Sonne vor Schmerzen schrien. Nur Sandeau war still. Sein Atem ging flach, sein Blick war leer. Seine Glieder zuckten hin und wieder leise.

Hakim kam wieder zu sich. Er verbrannte innerlich und warf den Kopf von einer Seite auf die andere. Paul versuchte ihn zu beruhigen, aber Hakim erkannte ihn immer noch nicht. Ein zornig roter Ausschlag bedeckte Gesicht und Hals, und sein Bauch war geschwollen. Paul wollte ihm Wasser geben, aber er konnte nicht schlucken. Er hustete. Dann riß er die Augen auf und geriet in Panik. »Ich bin blind, ich bin blind!« rief er und zappelte wild, um sich zu befreien. Paul konnte nichts für ihn tun.

Gespenstische Töne verfolgten Paul bei seiner Arbeit durch das Lager. Männer wimmerten, andere weinten. »Ich will sterben«, flehte Mustafa ben Jardi. »Töte mich, töte mich, oh, barmherziger Allah, nimm mich zu dir. Verlaß mich nicht. Den Tod, bitte. Den

Tod, jetzt gleich.« So flehte er mit zusammengebissenen Zähnen, zischte und heulte und bäumte sich auf. Paul versuchte seine Ohren zu verschließen und entfernte sich, um einem anderen Mann zu helfen. Ein paar Augenblicke später verstummte Mustafa plötzlich. Paul schaute zu ihm hinüber. Ein *tirailleur* hatte es ebenfalls nicht länger ertragen können. Er hatte mit dem Gewehrkolben auf Mustafa eingeschlagen, bis er still war.

Als Paul getan hatte, was er konnte, ließ er sich erschöpft zu Boden fallen. Seine Lider waren schwer. Er mußte ein paar Augenblicke rasten, aber er wußte, daß er es nicht konnte. Dann kam ihm ein schrecklicher Gedanke. Er raffte sich auf und lief hastig durch das Lager, vorbei an den gefesselten Opfern, vorbei an gesunden Männern, die leise und gehetzten Blicks miteinander sprachen. Paul schaute sich überall um, spähte, hoffte, suchte.

»Floop!«

Er bemühte sich, die Panik in seiner Stimme zu unterdrücken, aber er bekam keine Antwort. Pauls Magen verkrampfte sich zu einem schrecklichen Knoten der Angst.

»Floop!« *Merde*, wo war er nur?

Beschwörend schaute er die Männer an. Sie zuckten die Achseln, schüttelten die Köpfe. Er lief schneller, zum Brunnen und zu den Felsen dahinter. Nichts.

»Floop!«

Und dann sah er ihn.

Floop hatte sich in die Ebene hinausschleppen können. Vielleicht hatte er versucht, Schatten und Kühlung zu finden. Er war nicht weit gekommen, als er zusammengebrochen war. Er war dann noch ein Stück weiter gekrochen, hatte die Hinterbeine über den Boden geschleift und eine breite Spur hinterlassen. Dann waren seine Vorderbeine eingeknickt. Er bewegte sich nicht mehr, als Paul ihn erreichte. Seine Augen waren offen, aber es war kein Leben mehr darin.

Paul fiel auf die Knie und nahm Floops Kopf auf den Schoß. Er wiegte sich vor und zurück. Dann stieg sein Schrei empor und legte sich mit markerschütterndem Grauen über den Brunnen von Ain El Kerma.

Auf der fernen Anhöhe schauten die Tuareg schweigend zu, wie das *efeleleh* seine Wirkung tat und die französische Kolonne zu einem Höllenchaos zerfiel. Auf Befehl Atticis griff niemand an. Der richtige Augenblick dazu würde bald gekommen sein, aber einstweilen gedachte er sein giftiges Gebräu in der Wüstenhitze köcheln zu lassen. Vielen Tuareg war nicht wohl dabei. Taher ging zu seinem Mehari, um nach Süden zurückzureiten. »Gift entspricht nicht der Art der *Ihaggaren*«, sagte er. »Moussa hatte recht. Dies ist nicht ehrenhaft.«

»Du kannst ja gehen.« Attici zuckte die Achseln. Er konnte Taher nicht befehlen zu bleiben, und auch nicht dem Dutzend Männer, die sich ihm anschlossen. Sie hatten das Recht, Einwände zu erheben. Aber er war derjenige, der hier die *tobol* trug. Was die Ungläubigen anging, so war er hier der Anführer. Es würden noch genügend mutige Männer übrigbleiben, um die anstehende Aufgabe zu erfüllen.

Attici begab sich auf den Hang, der Ain El Kerma zugewandt war, und blieb bei Tamrit und Mahdi stehen. »Der zweite Schlag trifft die Barbaren«, stellte er fest. »Die Welt wird bald erfahren, wie stark das Volk des Schleiers ist. Ahitagel wird erfreut sein.«

Mahdi hörte nicht zu. Sein Blick ruhte auf der reglosen Gestalt des Hundes und des Mannes, der darüber gebeugt kniete.

Mahdi war ehrlich gerührt.

Es war schade um den Hund.

Paul stolperte und fiel auf die Knie. Seine Muskeln zitterten schmerzhaft. Er trug Hakim auf dem Rücken. Auf den Kamelen war kein Platz mehr, sie waren schon mit den anderen Männern überladen. Mit einem nächtlichen Gewaltmarsch versuchten sie Amguid zu erreichen.

Sandeau war gestorben. Zwei Stunden lang hatte es niemand bemerkt, bis er unter den Stricken verrutscht war und unter dem Bauch des Kamels gebaumelt hatte. Sie hatten weder die Zeit noch das Werkzeug oder die Kraft gehabt, um ihm ein richtiges Grab zu schaufeln. Paul häufte Sand über ihn, bis seine Hände bluteten. Dann starrte er den Hügel im Dunkeln an. Er war wie betäubt und fand keine Tränen.

»Je suis désolé«, flüsterte er. »Es tut mir leid, Sandeau, daß ich mehr nicht tun konnte. Und es tut mir leid, daß ich nicht mehr beten kann.«

Dianous und Pobéguin waren kaum bei Verstand – sie konnten mit knapper Not allein gehen. Brame und Marjolet stützten sich gegenseitig, hielten ihre Gewehre umklammert und taumelten benommen voran. »Sie werden sich erst in ein paar Tagen wieder ganz erholt haben«, sagte El Madani. »Das *efeleleh* wirkt lange.«

Die Kolonne war in einem jammervollen Zustand – vernichtet und demoralisiert. Sie hatten keine Zeit gehabt zu rasten, ehe sie weitergezogen waren. Fünf Mann waren verschollen, vielleicht tot. Mehr als dreißig waren zum Verzweifeln krank. Noch nach zwei Tagen ließ das Gift sie halb wahnsinnig stammeln. Man mußte sie in die richtige Richtung schieben, und einige mußten mitgeschleift werden. Mehr als einmal sah Paul *tirailleurs*, die ihr Gewehr wegwarfen und unbewaffnet weiterstolperten. Manche taten es, weil das Efeleleh sie dumm gemacht hatte und weil sie sich vergaßen. Andere aber hatten einfach aufgegeben.

»Was macht das schon?« fragte einer, als Paul ihn beschimpfte. »Was nützt ein Gewehr gegen den Teufel? Wie kann man auf etwas schießen, was man nicht sieht? Wie kann man töten, was nicht stirbt?«

Paul war wütend. Er zog seine Pistole und fuchtelte dem *tirailleur* damit vor dem Gesicht herum. »Willst du deine Waffen dem Feind hinterlassen, damit er sie gegen uns richten kann?« Seine Stimme hallte weithin. Er schoß in die Luft. Erschrocken kam die Kolonne zum Stehen. Niemand hatte Lieutenant de Vries je so gesehen. Er war anscheinend ebenso wahnsinnig wie alle andern.

»Wir haben es nicht mit dem Teufel zu tun! Diese Leute besitzen keine übernatürlichen Kräfte! Es sind primitive Wilde, hast du gehört? *Mit Kugeln kann man sie töten!* Den nächsten, der seine Waffe wegwirft, werde ich niederschießen! *Hast du das verstanden?*« Betreten nickte der *tirailleur* und hob sein Gewehr wieder auf.

Die Schlacht begann, wie El Madani es vorausgesagt hatte, in Amguid.

Zuerst sahen sie die Dünen, eine hoch aufragende Kette, die den westlichen Zugang zu den Brunnen abschirmte. Dahinter lagen die Höhen des Tassili, eines Plateaus voll bizarrer Formen und Sandsteingeheimnisse, das sich nach Osten in Richtung Murzuk erstreckte. Es war eine zerklüftete, schöne Landschaft. Die Kolonne erreichte den Gipfel eines langgezogenen Grates, hinter dem es steil in eine Schlucht hinunterging. Am Grund der Schlucht floß der Bach, von dem sie alle geträumt hatten. Und zwischen der Kolonne und dem Bach saßen die Tuareg auf ihren Meharis: eine lange Kette, die ihnen den Weg versperrte.

Paul ließ Hakim zu Boden gleiten. Hakim stöhnte, blieb aber bewußtlos. Paul betrachtete die Tuareg durch seinen Feldstecher. Er fühlte, wie seine Brust sich zusammenzog. Sie waren mehr als bloße Feinde für ihn. Sie waren der Gegenstand seines Hasses. Am liebsten wäre er aufgesprungen und hätte sie alle eigenhändig niedergemacht, hätte jeden von ihnen auf ebenso schreckliche Weise getötet, ja hingerichtet, wie sie es selbst getan hatten. Er hatte Mühe, sein Herz zur Ruhe zu bringen.

»Sie haben Karabiner«, sagte er zu Dianous, als der Lieutenant neben ihm zusammensackte. »Aber nicht viele. Und sie sind in einer äußerst schlechten Verteidigungsposition. Wir können sie angreifen.«

»Es sind zu viele«, flüsterte Dianous. Er war zu schwach zum Sprechen. »Es wäre Selbstmord.«

Paul platzte der Kragen. »Herrgott, wann werden Sie nur aufhören, sich vor ihnen zu winden? Sie sind nicht besser als die *tirailleurs*, die ihre Waffen weggeworfen haben! Warum spazieren Sie nicht einfach da hinunter und ergeben sich? Warum wollen Sie auf den Tod warten, wenn Sie nicht kämpfen? Was für ein Mann sind Sie denn? Sie sind ein Feigling!«

Dianous lief rot an und holte aus, um Paul zu schlagen, aber er verfehlte ihn und fiel kraftlos um. »Sie haben kein Recht«, keuchte er. »Sie werden meinen Befehlen gehorchen, Lieutenant de Vries. *Schauen Sie sich doch um.* Die Männer hinter Ihnen sind nicht in der Lage, zu kämpfen. Sie sind doch schon halbtot. Sie haben keine Kraft mehr.«

Paul starrte zu den Männern hinüber, die sich hinter ihm auf dem Hang verteilt hatten. Dianous hatte nicht ganz unrecht. Nur zwanzig Mann waren noch gesund, und darunter waren nur zwölf Gewehrschützen. Dennoch sah Paul keine andere Möglichkeit.

»Wir haben keine Wahl, Dianous. Jetzt nicht mehr. Wir müssen hier kämpfen, oder wir werden ganz sicher sterben.«

Dianous schüttelte wieder den Kopf. »Abwarten, sage ich. Mal sehen, was sie tun.«

Pauls Entschluß stand fest. »Ich habe genug vom Warten.«

Er wandte sich ab und wollte zurückkriechen.

»Und ich habe genug vom Diskutieren«, sagte Dianous. Seine Hand zitterte, aber seine Pistole war auf Pauls Kopf gerichtet. »Sollten Sie etwas anderes tun als das, was ich Ihnen befehle, werde ich Sie auf der Stelle erschießen.«

Attici winkte, und die erste Welle der *Ihaggaren* ging brüllend zum Angriff über, fünfzig heulende Krieger, die ihre Schwerter schwenkten und die Schilde vor sich hielten. Ihre Meharis schrien, und der Lärm zerriß die Stille, die bis dahin die Schlucht erfüllt hatte. Und obwohl sie nur mittelalterliche Waffen trugen, wirkten sie furchterregend.

Überall entlang der französischen Linie versuchten die *tirailleurs*, sich zu ordnen und ihre Salven zu konzentrieren. El Madani lief hin und her und brüllte seine Befehle. Anfangs feuerten die Männer wild drauflos, aber Präzision und Disziplin nahmen zu, und ihre Ausbildung machte sich wieder bemerkbar. Die Karabiner donnerten durch die Schlucht. Paul und Dianous eröffneten ebenfalls das Feuer auf die heranstürmenden Krieger; ihr Streit war vergessen. Paul traf einen Targui, und Erregung durchströmte ihn, als der Mann von seinem Mehari stürzte. Er schoß wieder und verfehlte sein Ziel, er schoß noch einmal, und ein weiterer fiel vom Kamel. Das Blut rauschte wie im Fieber in seinen Ohren, seine Arme waren sicher und ruhig, und die Erschöpfung war verflogen.

Die angreifenden Tuareg wichen schon sehr bald vor den tödlichen Salven der Gras-Karabiner zurück. Ein Dutzend war gefallen, als die andern hastig den Rückzug antraten. Staub und Lärm erfüllten die Schlucht so, daß man nicht atmen konnte. Die Tuareg formierten sich rasch neu und griffen wieder an. In einem Frontalangriff stürmten sie heran, während andere lautlos von der Seite kamen und die Flanken angriffen: Ihre Krieger krochen heran und überfielen ahnungslose *tirailleurs* mit Lanzen und Messern. Männer schrien und starben. Stundenlang ging es so; wüste Explosionen von Grauen und Tod wechselten sich mit stiller Erwartung ab.

Bei all dem blieben die Gewehre der Tuareg auffällig stumm. »Offenbar haben sie keine Munition mehr«, sagte Dianous.

In einer der stillen Pausen winkte Attici wieder. Auf einer Klippe oben auf der anderen Seite der Schlucht wurde ein Gefangener von einem Krieger nach vorn geführt. Auf beiden Seiten schauten alle wie gebannt der Szene zu.

»Der *mokkadem*!« schrie einer der *tirailleurs* auf. »Er lebt noch.«

Der Gefangene wurde in die Knie gezwungen, und man nahm ihm die Lederhaube vom Kopf. Er blinzelte im grellen Licht und sah sich um; langsam erfaßte er die Szene-rie. Offenbar war ihm klar, was gleich geschehen würde, und seine gelassene Gebetsstimme hallte quer über die Schlucht herüber. Der Targui hinter ihm hob sein mächtiges Schwert in die Höhe, hielt es mit beiden Händen über den Kopf des *mokkadem* und ließ es in einem wuchtigen Schlag herabsausen. Der heilige Mann kippte vornüber in die Schlucht. Jetzt wurden die anderen Gefangenen aus Tadjenout herangeführt und gezwungen, laut ihre Namen zu rufen. Sie heulten und schüttelten die Köpfe und duckten sich vor dem Schwert. Sie waren durch alle Leiden der Hölle gegangen, um hierherzukommen. Einer nach dem andern wurden sie enthauptet und vornüber in den Abgrund gestürzt.

»Mein Gott«, sagte Dianous dumpf. Endlich war er aufgewacht. Er stand auf, trat vor und machte kehrt, um den Männern hinter ihm etwas zu sagen. Andere hatten sich voller Entsetzen über das Geschehen ebenfalls erhoben, und die ganze französische Truppe war jetzt wild zum Angriff entschlossen. Genau darauf hatte Attici gewartet. An verschiedenen Stellen, verborgen zwischen den Felsen, eröffneten die Gewehre der Tuareg, die den ganzen Tag geschwiegen hatten, jetzt das Feuer. Dianous wurde von einer Kugel in den Kopf getroffen und fiel. Brame starb, Marjolet wollte ihm helfen und starb gleich darauf. Überall entlang der Front fielen Shamba und auch etliche der *tirailleurs.* Die übriggebliebenen französischen Gewehre erwiderten wütend das Feuer, doch sie richteten nicht viel aus. Die Tuareg-Krieger waren gut versteckt, und sie bejubelten ihren Erfolg mit schrillem Geheul.

Attici strahlte. Auch seine letzte Überraschung war gelungen.

Die Sonne versank hinter den Dünen, die aufleuchteten wie Berge aus Gold. Rosarote Wolken erstreckten sich über den endlosen Himmel, leichte Wattefasern, strahlend im Feuer der Sonne. Ihr Leuchten badete Amguid in einem geisterhaft traumartigen Glanz. Es war der schönste Sonnenuntergang, den Paul je gesehen hatte.

Er saß zusammengesunken da, völlig ausgelaugt. Sie hatten die Toten in flachen Gräbern bestattet. Hakim hatte er selbst beerdigt, hatte die kleine Gestalt aufgehoben und behutsam in einen Rand aus Steinen gebettet, und er hatte darauf geachtet, daß der Kopf nach Osten wies, wie der Islam es vorschrieb, und dann hatte er Sand und Erde darauf gehäuft und schließlich alles mit Steinen zugedeckt. Zu Anfang der Schlacht hatte Hakim noch gelebt, aber irgendwann im Laufe des Nachmittags hatte das Fieber oder das Gift ihn unbemerkt dahingerafft. Paul hatte es erst gesehen, als er zu ihm gekommen war, um ihm Wasser zu geben.

Nach der Schlacht war er durch die französischen Stellungen gekrochen und hatte sich ein Bild von der Lage gemacht. Alles in allem waren achtzehn Mann gefallen; dreiunddreißig waren noch übrig, aber auch sie waren halbtot. Paul fühlte sich ungeheuer allein. Von den Franzosen hatten nur er und Pobéguin überlebt, und Pobéguin war von Sinnen.

Jetzt lag alles bei ihm.

In Amguid war es seit Stunden still. Die Tuareg waren noch da, aber sie wollten sich nicht zeigen. Im Gelände verstreut warteten sie ab. Paul beobachtete ihre Stellungen, berechnete Entfernungen und Chancen. Es widerstrebte ihm, aber er kam immer wieder zu demselben Schluß: Sie hatten ihre Gelegenheit verpaßt – durch

Feigheit und Inkompetenz, aber auch durch Gift und die furchtbare Gerissenheit ihrer Gegner.

»Wir kommen nicht an den Brunnen heran«, sagte er niedergeschlagen zu El Madani.

Der alte Schütze nickte. »Das glaube ich auch nicht. Ich habe zwar fast fünfzig tote Teufel gezählt, aber sie sind immer noch fünfmal so viele wie wir. Und sie haben Wasser und Proviant. Sie können ewig warten. Wir müssen außen herum, wir müssen weiter.«

»Was, glauben Sie, werden sie als nächstes tun?«

El Madani überlegte. »Mag sein, daß ich mich irre, aber ich glaube, sie sind fertig mit uns, Lieutenant. Vielleicht schicken sie uns noch ein paar Mann hinterher, um uns zu drangsalieren, aber wir sind am nördlichen Rand ihres Territoriums. Sie brauchen nicht weiterzugehen. Sie haben uns zur Tür gebracht. Jetzt verlassen sie sich darauf, daß die Wüste ihr Werk vollendet. Wenn ein paar von uns lebend nach Wargla kommen und der Welt berichten, was passiert ist, dient das nur ihrer Sache.«

»Ich schätze, was die Wüste angeht, so haben sie recht.« Paul machte sich keine Illusionen über das, was vor ihnen lag. Seit dem Massaker von Tadjenout waren nur drei Wochen vergangen, drei Wochen, die ihm wie ein ganzes Leben vorkamen – und sie hatten noch nicht den halben Weg bis Wargla zurückgelegt.

»Ein Jammer, daß wir Amguid verpassen, *w'allahi*«, sagte El Madani wehmütig. »Ich hatte mich darauf gefreut, ein paar Fische zu essen.«

Paul warf ihm einen scharfen Blick zu. »Es gibt keine Fische in Amguid, Madani. Hakim hat mir diesen Unsinn schon vorgeplappert. Fangen Sie jetzt nicht auch noch an.« Paul wußte, daß er verloren war, wenn El Madani verrückt wurde.

»Aber natürlich gibt es welche, Lieutenant. Weshalb sollte ich so etwas erfinden? Ich habe sie ja selbst gesehen, auf dem Weg nach Süden. Ich dachte, jeder hätte sie gesehen. Ich kann mir nicht vorstellen, daß sie Ihnen entgangen sein sollten.«

Paul starrte dem *tirailleur* in die Augen und suchte nach einem Anzeichen dafür, daß der Mann log oder den Verstand verlor. Aber er fand keines. El Madani sagte die Wahrheit.

Sein Blick wanderte zu Hakims Grab. Es mochte eine Kleinigkeit gewesen sein, aber jetzt fühlte er sich noch elender als zuvor. *Sie haben sich verändert und sind grausam geworden*, hatte Hakim gesagt, und er war zornig auf Paul gewesen, als er gestorben war – zornig wegen ein paar verdammter Fische mitten in der Sahara.

Sie brachen mitten in der Nacht auf. Die schwächsten Männer packten sie auf die verbliebenen Kamele, und alle andern stapften hinterdrein. Sie marschierten die ganze Nacht und den nächsten Tag hindurch, ohne zu essen oder zu trinken oder zu rasten. Ab und zu sahen sie Tuareg, die ihnen folgten, aber die blauen Männer hielten großen Abstand und ließen sie in Ruhe. In der zweiten Nacht rasteten sie eine Stunde und zogen dann weiter. Es war ein verzweifelter Wettlauf zwischen ihren entkräfteten Körpern und der Zeit und der Wüste.

Paul versuchte sich zu erinnern, wie weit es bis Wargla war. Er konnte es nicht. Die ganze Reise nach Süden verschwamm in seiner Erinnerung. Er hatte ja nicht einmal die Fische in Amguid gesehen. Wie sollte er da etwas über Entfernungen und Richtungen wissen? Dünen und Ebenen und Berge und Wadis und Felsen. Kies und Sand, Sand und Stein, Stein und Himmel, Himmel und Sonne, und die Sonne hörte nie auf zu scheinen. Das alles verlief ineinander, wirr und heiß und endlos.

Er versuchte, so oft er konnte, mit El Madani zu sprechen, aber das Sprechen raubte ihm Feuchtigkeit und Kraft. Bald begnügte er sich mit Grunzen, und dann schien auch das Grunzen zuviel Kraft zu kosten, und er zuckte die Achseln oder nickte oder tat gar nichts mehr.

Nach zwei Tagen – oder waren es drei? – fanden sie Wasser. Wie gespenstische Schatten drängten sie sich um ein kleines Dreckloch, wo sie in ihrer Hast ebensoviel Sand wie Wasser zu sich nahmen. Mitten in der Nacht stahlen vier *tirailleurs* zwei der Kamele und desertierten. Ihre Spuren verschwanden Richtung Norden. Paul wollte ihnen nachjagen, aber das war unmöglich. Hilflos schoß er mit seinem Gewehr in ihre Richtung, und die Kugel schwirrte in sandiges Nichts.

Jetzt hatten sie nur noch ein Kamel. Sie schlachteten und zerlegten es schnell. Danach mußte Pobéguin zu Fuß gehen. Seine Augen waren von dunklen Ringen umschattet. Er zitterte am ganzen Körper, wenn seine Muskeln den Dienst versagten. Er war ständig verwirrt und stellte törichte Fragen. Er starb Stück für Stück.

Sie wagten nicht zu rasten, denn rasten hieß sterben. Jede Rast verzögerte die Ankunft in Wargla. Wargla wurde zu einer Obsession – Wargla war das Leben. Stunde um Stunde gingen sie, Tag um Tag durch glühenden Sand, über Kies und Granit. Jeder Tag krümmte ihre Rücken und zerfetzte ihre Füße ein bißchen mehr. Unter Sternen, unter dem Mond stolperten sie voran, vorbei an Bergen und Plateaus. Zwei volle Tage lang schleppten sie sich durch ein Stück Wüste, in dem es nicht die geringste Spur von Leben gab – keine Fliege und keinen Grashalm, keine Eidechse und keinen Vogel.

Paul wurde es fast unmöglich, die Disziplin aufrechtzuerhalten. Er konnte ihnen nichts sagen, was sie aufgemuntert hätte. Drohungen beeindruckten niemanden mehr. In Ain El Kerna war den Leuten das Rückgrat gekrümmt, in Amguid war es gebrochen worden. Jetzt hatte jeder seinen eigenen Kampf zu kämpfen, um diesen Todesmarsch zu überleben. Es gab nicht mehr genug Proviant und Wasser für alle, und daran würde sich auch nichts mehr ändern. Unweigerlich begann jeder für sich selbst zu kämpfen.

Paul sah eine Eidechse im selben Augenblick wie zwei andere Männer. Sie sonnte sich auf einem breiten Felsen und schien ihre Anwesenheit nicht zu bemerken. Alle drei stürzten sich gleichzeitig auf das kleine Reptil, nur um festzustellen, daß es verschwunden war.

»Idioten!« kreischte Paul. »Wenn ihr gewartet hättet, bis ich sie fange, hätten wir etwas zu essen gehabt!«

»Und wer hätte sie gegessen?« Auf diese Frage gab es keine Antwort.

Paul machte sich Vorwürfe, weil er die Zügel aus der Hand gleiten ließ, aber er wußte nicht, wie er es verhindern sollte.

Männer starben. Sie wurden langsamer und fielen dann um, oder sie standen nach einer Rast nicht mehr auf. Manchmal bemerkte es niemand.

Sie fanden etwas Gras an der windabgewandten Seite einer großen Düne. Es war hart und spröde, aber sie aßen es trotzdem. Sie zerbrachen es in kleine Stücke, die ihre wunden Kehlen aufrissen wie winzige Speere. Sie aßen Gürtel und Sandalen, zerschnitten das Leder in kleine Stücke, gerade groß genug, um sie zu kauen. Ihre Kiefermuskeln verkrampften sich und arbeiteten nicht mehr.

El Madani fing ein Jerboa, eine dürres Mäuschen, das vor ihm vorbeihüpfte, als er sich ausruhte. Der alte *tirailleur* umschloß es mit beiden Händen und drückte zu, bis es sich nicht mehr bewegte. Sorgfältig zog er ihm das Fell ab und aß es roh. Ein anderer Mann fand im Morgengrauen eine Schlange, eine Viper, die sich unter dem Sand zu einer festen Kugel zusammengerollt hatte. Er riß ihr den Kopf ab, bevor das kalte, träge Ding sich bewegen konnte. Fliegen schwirrten ihnen unaufhörlich um Gesichter und Augen. Eine geriet auf Pauls Zunge. Er fuhr zurück und wollte sie ausspucken, aber dann schloß er den Mund und schluckte sie herunter. Sie klebte in der trockenen Kehle fest, und er fühlte noch fünf Minuten lang, wie sie zappelte, bevor sie weiterrutschte. Danach versuchte er, die Fliegen mit den Händen zu fangen.

Eines Morgens kam eine Gazelle in Sicht spaziert. Der Wind wehte von ihr weg, und so hatte sie nichts gewittert. Ein Dutzend Gewehre glitt von einem Dutzend Schultern, und Schüsse zerrissen die Stille wie ein Gewitter. Als der Rauch sich verzogen hatte, sahen sie die Gazelle davonspringen, erschrocken, aber unverletzt.

Eines Nachmittags sammelten sich wütende Wolken am Himmel, düster und wild und von Blitzen durchzuckt, aber das Unwetter, um das sie beteten, kam nicht. Die Wolken wurden dünner und verschwanden in der Erinnerung. Sie fanden einen Brunnen mit Süßwasser. Einen ganzen Tag blieben sie dort und wollten das kostbare Naß nicht wieder verlassen. Andere Brunnen am Weg waren manchmal ausgetrocknet, oder sie enthielten nur salzige Brühe, die sie statt des Wassers in ihre Schläuche füllten.

Paul hatte überall Schmerzen. Sein ganzer Körper war eine Sammlung von Blasen und Verbrennungen und Schürfwunden, die zu nahtloser Qual verschmolzen. Jeder Schritt verschlimmerte irgend etwas an seinem Fuß oder zwischen den Schenkeln, unter den Armen oder im Schritt. Seine Füße waren wund, die Ledersohlen seiner Schuhe hatten sich aufgelöst. Der Hemdkragen sägte an seinem Nacken. Seine Lippen schwollen an und bluteten. Das Sprechen tat weh, und die trockene Luft reizte ihn zum Schlucken, aber wenn er es tat, ließ der Schmerz in der Kehle ihn zusammenfahren.

Er stapfte weiter, von Rachegedanken verzehrt. Er durchlebte jeden Augenblick der Reise, und die Erinnerung vergrößerte alles, bis er sich wieder von neuem in Wut bringen ließ, denn je wütender er wurde, desto leichter fiel es, einen Fuß vor den andern zu setzen, und er wußte, daß er es schaffen würde, er wußte, daß er lebend nach Wargla gelangen würde, er wußte, daß er am Leben bleiben und den Tuareg die Rechnung präsentieren würde.

Sie fanden den Kadaver eines Kamels, mumifiziert von der Wüstenluft. Die Haut war getrocknet und spannte sich straff über das hagere Gerippe, die Augenhöhlen waren im zeitlos starren Blick des Todes erstarrt. Sie fielen auf die Knie und schnitten es in Streifen, und ihre Messer zerhackten und zersägten den ausgedörrten Körper wie Schuhleder. Was einst Fleisch gewesen war, hatte sich in Pulver verwandelt. Sie vermischten es mit Wasser zu einer Paste, die sie gierig herunterschlangen. Mit bloßen Händen rissen sie das Skelett auseinander, daß die Knochen zerbrachen wie trockenes Reisig, sie zermahlten sie mit Stiefelabsätzen und Steinen, bis sie noch mehr Pulver hatten, das sie mit Wasser mischen und trinken konnten. Und beim Arbeiten und beim Essen grunzten sie wie Tiere.

Wind kam auf und wehte ihnen von Norden her entgegen. Er wurde stärker, und sie mußten dagegen ankämpfen. El Madani betrachtete den Himmel und winkte Paul, er solle hinaufschauen.

»Wir müssen zusammenbleiben«, flüsterte er heiser, und jedes Wort bereitete ihm Schmerzen. »Sturm. Groß.«

Einen Nachmittag lang hielt der Wind gleichmäßig an und ließ ihnen einen Fluß aus Sand entgegenströmen, der sich nur wenige Fuß hoch über den Boden erhob. Oberhalb davon blieb die Luft klar. Kamele hätten sie darüber hinweggetragen, aber wie die Dinge nun einmal lagen, brandete ihnen der Sand entgegen und fand Augen und Ohren und Münder und Wunden, und er glühte und brannte und scheuerte ihnen den kostbaren Rest Verstand aus dem Leib, an den sie sich noch hatten klammern können. Sie bedeckten sich mit Stoffetzen. Der Wind wurde stärker und kreischte, und der Sand stieg auf wie ein Nebel, bis er die Sonne verhüllte. Der Sturm nahm an Stärke zu, bis sie haltmachen mußten, weil sie nicht mehr weitergehen konnten, weil sie nichts mehr sahen, weil sie gegen diesen Wind nicht mehr ankamen.

Schutzlos brachen sie zusammen und kauerten allein unter dem wütenden Sturm. Der Sand strömte ihnen wie eine Flüssigkeit über den Rücken und sammelte sich in hohen Wehen wie Schneegestöber. Paul wollte El Madani rufen, aber seine Stimme verlor sich im Getöse. Er sah niemanden und nichts außer einer Wand aus Sand. Er zog sein Hemd aus, legte sich flach auf den Bauch und versuchte, ein kleines Zelt für seinen Kopf zu bauen, eine Kammer, in der er atmen könnte. Es war dunkel darin, und er glaubte zu ersticken. Zum ersten Mal seit dem Hoggar hatte er Angst. Er dachte an die Geschichten über große Stürme in der Sahara, Stürme, in denen ganze Karawanen, ja Armeen verschollen waren, mit Haut und Haaren verschluckt von der Wüste. Erstickt, begraben, vergessen. Er kämpfte die Panik nieder, als das Gewicht auf seinem Rücken zunahm. Immer wieder bewegte er sich, um sicher zu sein, daß er es abwerfen konnte, entschlossen, sich nicht davon begraben zu lassen. Der Lärm zerrte an seinem Verstand und ließ ihn nicht schlafen oder nachdenken. Er fand keine Ruhe, nicht für einen Augenblick. Das war das schlimmste, fand er, diese ständigen Attacken gegen seine Sinne. Nein, dachte er dann, das schlimmste war, daß er kein Wasser mehr hatte. Er hatte seinen Schlauch irgendwo in der Nähe fallenlassen, aber er konnte ihn nicht erreichen. Der Durst war ein scharfer Schmerz, der an jedem Teil seines Körpers fraß. Ein Stampfen erfüllte seinen Kopf, und er spürte, wie das Blut in seinen Schläfen pulsierte, schwer und pochend in seinem trägen Rhythmus. Wäre der Wind nicht gewesen, hätte er es auch hören können, sein eigenes Herz, wie es in der Brust schlug. Es war heiß. Heilige Mutter Gottes, so heiß. Am liebsten wäre er aus seiner Haut gekrochen und hätte in seinen Knochen dagelegen.

Der Sturm wütete die ganze Nacht und den ganzen nächsten Tag und auch noch die folgende Nacht hindurch. Dabei war es schwer, den Tag von der Nacht zu unterscheiden, denn es war immer dunkel. Immer wenn er dachte, der Wind könnte nicht mehr stärker werden, wurde er es doch, er kreischte ihn an wie tausend *djenoums*, so daß er sich verzweifelt nach seinem Ende sehnte. Seit zwei Tagen und zwei Nächten hatte er nicht mehr geschlafen, und er wußte, daß er es nicht länger ertragen konnte. Er rief nach Floop und weinte nach seiner Mutter. Er sprach mit seinem Vater. Das hatte er noch nie getan, aber jetzt redete er murmelnd und stöhnend und stammelnd auf seinen toten Vater ein, beschimpfte ihn, weil er ihn verlassen hatte, und flehte ihn an, zurückzukommen und ihm zu helfen.

Zweimal tastete seine Hand nach der Pistole an seinem Gürtel, und seine Finger schlossen sich um den Kolben. Beim ersten Mal zog er die Hand leer wieder weg. Beim zweiten Mal wanderte die Waffe zu seinem Kopf. Mühselig drehte er sie in der Enge unter dem Hemd herum, bis die Mündung auf ihn gerichtet war. Er schob den Lauf in den Mund und spürte die Verheißung süßer Erlösung. Sein Zeigefinger krümmte sich um den Abzug, er schloß die Augen, seine Nasenflügel weiteten sich, und er holte tief Luft.

Schmerzerfüllt schrie er auf. Er konnte es nicht.

O Gott, bitte laß es zu Ende gehen, bitte bitte, wenn du es nur aufhören läßt, dann will ich wieder an dich glauben, ich werde alle Lästerungen und Zweifel und Ketzereien widerrufen und ein guter Katholik sein bis zu meinem Tod.

Aber es hörte nicht auf, noch viele Stunden lang nicht. Erst in den frühen Morgenstunden des dritten Tages ließ der Wind langsam nach. Zunächst wollte er es nicht glauben. Er nahm an, daß ihm die Wüste wieder einen ihrer grausamen Streiche spielte, aber nach und nach ließ der Lärm nach, die Luft wurde klar, und der Morgen eines neuen Tages dämmerte in rosaroter Pracht.

Langsam richteten die Männer sich auf, schauten aus ihren Sandbetten hervor und starrten einander an, und sie konnten nicht glauben, daß es vorbei war und daß sie es überlebt hatten. Aber nicht alle standen auf. Einige waren im Sturm gestorben, waren erstickt oder weggerafft worden vom Wahnsinn oder vom

Durst oder vom Hunger oder von eigener Hand. Beine, Arme oder Turbanenden ragten aus dem Sand und markierten die Stellen, wo sie lagen. Niemand hatte Lust, sie auszugraben und festzustellen, wie sie gestorben waren. Sie waren ja schon begraben.

Wieder wanderten sie zwei Tage, welke Bohnenstangen, die immer unsicherer voranstolperten. Ein Schwarm Krähen erschien und folgte ihnen wie der schwarze Schatten des Todes. Es waren große, scheußliche Vögel. Sie tanzten krächzend im Sand herum und verhöhnten die Männer, und ihre Schnäbel klafften, als ob sie grinsten. Die *tirailleurs* versuchten sie abzuschießen, aber die Krähen hüpften nur beiseite.

Djemel, der nasenlose Kameltreiber, starb neben dem Brunnen von Gassi Toul. Am Abend zuvor war er scheinbar wohlauf gewesen, aber am Morgen war er einfach nicht mehr wach geworden. Seine kleine Gestalt war um den Sack gekrümmt, in dem er seinen Kameldung gesammelt hatte. Sie warfen ein bißchen Sand auf ihn und legten ein paar Steine darauf. Ein weiteres Grab, wieder dieses Ritual, das zur Routine geworden war.

Paul bemerkte, daß an diesem Morgen mehr gesprochen wurde als sonst. Normalerweise ließen die Leute sich, wenn sie nicht marschierten, schweigend zu Boden fallen, wo sie gerade standen, zu erschöpft zum Reden. Und beim Marschieren schwärmten sie weithin aus und suchten nach irgend etwas Eßbarem. Jetzt, kurz vor dem Aufbruch, steckten einige die Köpfe zusammen. Er sah, daß ein paar von ihnen zu ihm herüberstarrten, aber dann schauten sie rasch weg. Wenn er in ihre Nähe kam, hörten sie auf zu reden. Irgend etwas war hier im Gange. Er mußte El Madani fragen.

Sie waren nicht weit gegangen, als Belkasem zurückblieb. Paul sah ihn weit hinten in der Ferne. Er hatte kehrtgemacht und ging zum Brunnen zurück, und er trug den Degen wie ein Joch quer über den Schultern, ganz nach seiner Gewohnheit.

Paul schwenkte zu El Madani hinüber. »Wo geht Belkasem hin?«

El Madani zuckte die Achseln. »Zur Hölle.«

»Da sind wir schon«, flüsterte Paul heiser. Er war froh über das, was er für einen Scherz des alten *tirailleurs* hielt. »Warum will er noch mehr davon?«

»Vielleicht geht er auf die Jagd. Was weiß ich.« El Madani wollte nicht reden. Er mied Pauls Blick.

Am Mittag, als sie rasteten, holte Belkasem sie wieder ein. Er wankte unter einer schweren, in schmutzige Lumpen gewickelten Last. Er kam zu Paul und warf einen Packen Fleisch auf den Boden. Paul schaute ihn erstaunt an.

»Nehmen Sie was, Lieutenant«, sagte Belkasem eifrig. »Mir war gleich, als hätte ich es gesehen, hinten am Brunnen. Deshalb bin ich zurückgegangen, um nachzusehen. *Hamdulillah*, ich hatte recht! Allah hat uns endlich mit Glück gesegnet. Ein großes Bergschaf!«

Paul blinzelte und starrte das Fleisch an, das da vor ihm auf dem Boden lag. Sein Gehirn arbeitete in der Hitze nur langsam, und er brauchte geraume Zeit, um zu begreifen. Dann aber überwältigte ihn die Erkenntnis. Das war kein Bergschaf. Entsetzt fuhr er zurück, und voller Angst rollte er sich zur Seite. Er mußte sich übergeben, aber er hatte nichts im Magen. Auf den Knien richtete er sich auf, hustete, würgte und versuchte zu spucken.

Dann stand er auf und taumelte auf Belkasem zu. Der Metzger beobachtete ihn wachsam, den Degen des Colonels noch immer in der Hand. Er würde ihn gegen den Lieutenant erheben, daran ließ sein Blick keinen Zweifel.

»Was hast du getan? Wie konntest du? Oh, gütiger Jesus, Belkasem. Wenn du noch einen einzigen Mann anrührst, ob tot oder lebendig, bringe ich dich um. O Gott, o Gott, verzeih ihm, verzeih uns allen. Begrab das, Belkasem. Begrab es auf der Stelle.«

Der Metzger schüttelte den Kopf. Er bückte sich, um das Fleisch aufzuheben. »Wenn Sie nicht essen wollen – andere wollen es wohl.« Pauls Stiefel trat zu und traf Belkasem an der Schläfe. Der Mann sackte neben dem Fleisch zusammen.

»Begrabt das, sage ich! Begrabt es sofort!« Er schaute die *tirailleurs* an, aber keiner machte Anstalten, ihm zu gehorchen. Paul schoß mit der Pistole in die Luft. Die Männer zuckten zusammen, rührten sich aber nicht von der Stelle.

El Madani kam heran. Paul starrte ihn an, die Augen weit aufgerissen vor Grauen. El Madani berührte ihn sanft bei der Schulter.

»Das Beste ist jetzt nicht, Lieutenant, es zu begraben. Das Beste ist, es zu essen. Was geschehen ist, ist geschehen, und auf diese Weise läßt es sich nicht mehr ändern. Er war schon tot.«

»Nein! Das kann ich nicht erlauben! Das werde ich nicht erlauben!« Paul wollte ihn von sich stoßen, aber El Madani blieb unerschütterlich stehen und faßte ihn beim Arm. Paul hätte ihn niedergeschossen, aber er hatte mit diesem Mann so viel erlebt. El Madani war nicht der Feind. El Madani war ein Fels.

»Wir werden sterben, wenn wir nicht essen, Lieutenant. Was ist daran weise? Sind wir denn so weit gekommen, nur um hier zu sterben?«

»Aber doch nicht so, Madani, nicht so!« Paul fiel auf die Knie, und seine Stimme war ein ersticktes Schluchzen. Er wollte Sand über das Fleisch schaufeln und es zudecken, aber zwei der *tirailleurs* stürzten herbei und zogen es weg. Sein Blick ging von einem Augenpaar zum andern, und er sah ihre Entschlossenheit. Diesmal waren sie gegen ihn, sie alle.

Sogar El Madani.

Paul schaute hilfesuchend zu Pobéguin hinüber. Der Bretone war erschüttert. Das Gift war nie wieder aus seinem Gehirn gewichen. Er war körperlich erschöpft und selbst dem Tode nah. Sein Gesichtsausdruck war leer – Paul sah nur den Hauch einer Andeutung dafür, daß er begriff, was hier vor sich ging. Er schaute Paul an, dann El Madani, dann den Fleischhaufen auf dem Boden. Eine Träne quoll in sein Auge und rollte dann die staubige Wange hinunter. Dann nickte er langsam.

»Essen«, wisperte er.

Paul saß allein auf dem Boden, den Kopf in die Hände gelegt. Er würde nicht mit ihnen essen. Konnte nicht. Stürme tobten in seinem Hirn, während er versuchte, sich zu überlegen, was zu tun sei. *Von den Toten zu leben!* Das war abstoßend, unmoralisch.

Aber was ihn am meisten ängstigte, war das sichere Wissen, daß der Augenblick kommen würde, da auch er sich seinen Anteil nehmen würde.

Der Shamba war außer sich. »Ich glaube, wir sind nah beim Lager eines unserer ersten Führer«, behauptete er beharrlich. »Ich kann es finden. Allah selbst wird mich führen. Dort, sehen Sie? Die Düne da mit dem Stein unter dem Gipfel, der geformt ist wie ein Schwert. Ich erinnere mich genau. Wenn ich recht habe, liegt gleich dahinter ein Wadi mit einem Bett aus grünem Stein. Da, genau da.« Eifrig streckte er den Zeigefinger aus. Er sprach in rauhem Flüsterton und war sehr erregt. Und er war seiner Sache sicher. »Wenn es stimmt, komme ich sofort zurück. Ich werde nicht lange wegbleiben.«

Paul überlegte es sich. »Also gut«, sagte er. Der Shamba lief armschlenkernd davon, so schnell er konnte.

Pobéguin stürzte zu Boden. Paul lief zu ihm, um ihm zu helfen. Der Shamba verschwand hinter einem Hügel, als Belkasem und ein *tirailleur* sich plötzlich von der Gruppe lösten und ihm nachliefen. Paul hätte es vielleicht gar nicht bemerkt, denn er sah die Bewegung nur aus dem Augenwinkel. Niemand sonst schien davon Notiz zu nehmen. Ein paar Augenblicke später hörte er einen Schuß.

Jetzt schaute Paul wild in die Runde. Alle zuckten die Achseln und schüttelten den Kopf. Niemand schien zu wissen, was da los war.

Paul wußte es ausnahmsweise.

Jetzt war es soweit, daß gemordet wurde.

Es war zu weit gegangen.

Wenn sie sich alle gegen ihn wandten, wenn sie ihn jetzt umbrachten, so machte das auch nichts. Er zog seine Pistole. »Nein!« rief er. »Das darf nicht sein!« So schnell er konnte, rannte er hinter den dreien her. Sein Körper ächzte unter der zusätzlichen Anstrengung, und seine Bewegungen fielen übertrieben aus, weil sich die Muskeln abwechselnd verkrampften und ganz erschlafften. Zweimal stürzte er, während er den Hügel hinaufstürmte, weil die Kräfte ihn verließen. Als er oben war, sah er nur Felsen und noch mehr Hügel. Er lief weiter und erblickte den *tirailleur*, der ihn noch nicht gesehen hatte. Dann sah er auch Belkasem, der sich über den toten Shamba beugte.

»*Arrêtez!*« schrie Paul. Überrascht fuhr der *tirailleur* herum und schlug ihn hart mit dem Gewehrkolben. Paul ging zu Boden. Der *tirailleur* trat über ihn und schaute fragend zu Belkasem hinüber. Der Metzger nickte. Wenn der Rest überleben sollte, mußte der Lieutenant sterben.

»Töte ihn.«

Der *tirailleur* hob lässig sein Gewehr. Er brauchte nicht einmal zu zielen. In dem Augenblick, als er abdrückte, traf ihn etwas mit solcher Wucht, daß es seinen ganzen Körper durchfuhr und ihm den Atem verschlug. Dumpf schaute er an sich hinunter und sah den Fleck, der sich auf seinem Hemd ausbreitete, und den Schaft der Lanze, die seine Brust durchbohrt hatte. Er hatte keine Ahnung, was da passiert war. Er kippte rückwärts und war tot.

Belkasem richtete sich auf und sah mit Entsetzen die turmhohe Erscheinung. Der Targui ragte vor ihm auf, eine Vision aus der Hölle. Er war völlig geräuschlos erschienen. Seine Augen hielten Belkasem durch den Schlitz in seinem Schleier fest. Sie waren blau, und ihr Blick war erfüllt von kalter Zielstrebigkeit. Hinter dem Teufel saß ein Falke auf dem Sattelknauf des Mehari und beobachtete ihn ebenfalls, ein weißer Falke mit einem grauen Fleck auf der Brust. Der Targui zog sein Schwert und trat heran. Und so sicher, wie Belkasem nur jemals gewesen war, wußte er, daß dies der Geist des Todes war. Er war ein Metzger, kein Kämpfer. Er wich zurück und ließ den Paradedegen des Colonels fallen. Dann drehte er sich um und floh, und er stolperte über die Steine und schlug brüllend Alarm ob dieses neuen Tuareg-Überfalls.

30.

Pater Jean Moreau leitete die Mission der Weißen Väter bei Wargla. Er hatte schneeweißes Haar und freundliche Augen und wog kaum mehr als ein Blatt von einem Baum. Seine Mission bestand aus einem Waisenhaus, einem Spital und einer Kapelle, und das ganze Anwesen schmiegte sich in den Schatten eines großen Palmenhains außerhalb der Oase. Die Mission war arm. In der Kapelle gab es nur ein einzelnes Kruzifix über einem Altar aus Lehmziegeln. Im Waisenhaus lag eine Strohmatte für jedes Kind mit ein paar Wolldecken für kalte Nächte. Das Spital war ein kleiner Raum mit zwei Pritschen, einem Tisch und einer Kiste, in der Pater Jean Medizin aufbewahrte. Die Mission war von einer Lehmmauer umgeben, und das große Holztor darin war nie geschlossen. An der einen Seite lagen ein Gemüsegarten und ein paar Ställe für Schafe, Ziegen und Hühner.

Waisenhaus und Spital waren immer überfüllt. Dafür war die Kapelle immer leer. Die Leute von Wargla waren froh über die Fürsorge und die Medizin des Weißen Vaters, aber nicht über seine Religion. In zwanzig Jahren in Afrika hatte er eine einzige Bekehrung gezählt. Aber Pater Jean war ein geduldiger Mann. »Wenn wir uns um Körper und Geist bemühen, werden die Seelen schon folgen«, sagte er immer, und er arbeitete unermüdlich, vom Sonnenaufgang bis tief in die Nacht hinein. Die Leute von Wargla hatten Vertrauen zu ihm.

Pater Jean wandte sich regelmäßig flehentlich um Unterstützung an Kardinal Lavigérie, den Erzbischof von Algier und Gründer der Weißen Väter. Der Kardinal antwortete jedesmal mit großzügigen Segensworten, aber nie mit Hilfsgütern. Pater Jean ging seinen alten Freunden in Frankreich auf die Nerven, und diese schickten ihm Medikamente und Lebensmittelkonserven.

Die eine, die er bekehrt hatte, war Melika, eine junge Frau, die als Säugling ausgesetzt worden war. Er hatte sie mit einem Dutzend anderen Kindern großgezogen. Für gewöhnlich verließen Kinder das Waisenhaus, wenn sie acht Jahre alt waren, um kleineren Platz zu machen, aber Melika war geblieben. Sie lernte schnell, und als sie zehn war, half sie mit, die anderen Kinder zu unterrichten. Mit achtzehn verstand sie fast soviel von Medizin wie Pater Jean. Sie hatte eine wundervolle Art, mit den Patienten umzugehen. Sie war überhaupt unentbehrlich, versorgte die Tiere und kümmerte sich um die Kinder und unterrichtete sie in Französisch, Geographie und Rechnen. Sie kochte für sie und behandelte Pickel, Beulen und Augenentzündungen.

Melika betete Pater Jean an. Eigentlich war auch sie keine Konvertitin, denn der Priester hatte sie großgezogen. Und an den Gott des Weißen Vaters glaubte sie nicht annähernd so inbrünstig wie an den Mann selbst.

Moussa brachte Paul mitten in der Nacht zu dieser Mission. Paul war bewußtlos auf das Mehari gebunden. Pater Jean hatte Melika gerufen, und zu dritt hatten sie Paul in Melikas Zimmer untergebracht: Das Spital war voll, und es gab sonst nirgends Platz für ihn. Melika hatte nichts dagegen. So etwas kam oft vor. Sie konnte im Waisenhaus auf einer Matte schlafen.

Pater Jean arbeitete die ganze Nacht durch. In seinem ersten Leben – bevor er seine Gelübde abgelegt hatte – war er Arzt gewesen. Der Krieg in Europa hatte seine Frau und seine Kinder getötet und sein Haar weiß gefärbt, ehe er fünfundzwanzig gewesen war. Er hatte schon jede nur vorstellbare Verletzung behandelt. Er hatte Glieder amputiert und Verstümmelte zusammengeflickt. Von Medizin verstand er soviel wie nur irgend jemand in Südalgerien. So konnte er dem Targui, der im Hof wartete, mit einiger Sicherheit eine Prognose geben, nachdem er den Franzosen auf der Pritsche versorgt hatte.

»Er wird sterben. Er ist zu sehr heruntergekommen. Auch ohne die Kugel hat die Wüste ihn, glaube ich, getötet.«

»Er wird nicht sterben, Pater. Er ist stark und ein guter Mann. Die Wüste hat ihn nicht getötet, als die Gelegenheit für sie am günstigsten war. Er ist eins der Wunder Ihres Gottes.«

Pater Jean lächelte. »Ich vergesse mich. Ich bin zu lange Arzt gewesen. Sie sagen zu mir, was ich zu Ihnen sagen sollte. Natürlich bete ich, daß Sie recht haben. Ich werde alles tun, was in meiner Macht steht.«

Melika ließ sich nieder, um als erste bei dem Patienten zu wachen. Kurz vor Morgengrauen verschwand der Targui.

Die Wunde schwärte und faulte an den Rändern. Es stank gräßlich. Pater Jean schüttelte den Kopf.

»Wenn er in den Arm oder ins Bein geschossen worden wäre, könnte ich amputieren, um die Vergiftung aufzuhalten«, sagte er zu Melika. »Aber bei der Schulter kann ich nichts machen.«

Er stutzte die Haut ringsum und wusch die Wunde mit Karbolsäure. Er betete. Melika säuberte sie alle paar Stunden und erneuerte den Verband. Manchmal schrie Paul auf, wenn sie es tat. Die Haut löste sich in großen Stücken ab. Man sah ein großes Loch, wo die Kugel eingedrungen, und ein größeres, wo sie wieder herausgekommen war. Wenn sie ihn umdrehte, blutete es. Sie wedelte die Fliegen fort.

Im Delirium redete er viel, murmelte von Moussa und St. Paul, von Flatters und Floop und Remy. Sie kannte diesen Namen bald gut. Remy, Remy. Ein Arm. Sein Arm. Einmal fuhr der Soldat hoch, packte seinen Arm und schrie, er sei abgeschnitten. Sie beruhigte ihn wieder und wieder. »Ihr Arm ist ganz in Ordnung. Ihr Arm ist noch da. *Ssschhh* …«

Sie wischte ihm die Stirn ab und wusch ihn mit einem Schwamm, um das Fieber zu lindern. Sie strich ihm Ziegenbutter auf die geschwollenen Lippen und rieb auch seine Füße damit ein, die rissig waren und bluteten. Sie las ihm vor, obwohl sie nicht glaubte, daß er sie hörte. Sie las ihm aus Pater Jeans Bibel vor und aus einem medizinischen Buch, das er hatte. Sie las ihm die Namen der Orte auf den Landkarten vor, mit denen sie die Kinder unterrichtete, und alles andere, was sie finden konnte.

Sie war fasziniert von ihm. Noch nie hatte sie einen so hübschen Mann gesehen. Sein Haar war dicht und honigfarben und reichte ihm bis auf die Schultern. Sein Bart war schwarz. Während sie ihn pflegte, malte sie sich aus, wer er wohl sei, und dachte sich alles mögliche über ihn aus. Sie wußte, daß er ein Soldat war und daß er Paul hieß. Das hatte der Targui gesagt, der ihn hergebracht hatte. Aber sonst wußte sie kaum etwas.

Er schrie nachts; furchtbare Schrecken plagten ihn und wirbelten in dem kleinen Zimmer herum. Er weinte, und seine Stirn war schweißnaß, und sie nahm ihn in die Arme und wiegte ihn vor und zurück und sprach mit ihm, um ihn zu beruhigen. Was er durchgemacht hatte, wußte sie nicht. Der Targui hatte es nicht gesagt.

Sie gab ihm Ziegenmilch auf einem Löffel, den sie ihm zwischen die Lippen schob. Er schluckte, ohne aufzuwachen, und seine Mundbewegungen verlangten mehr. Seine Rippen stachen hervor, und sie gab ihm viel. Sie sang für ihn – Kirchenlieder, die sie gelernt hatte, als sie die einzige war, die zum Gottesdienst in die kleine Lehmziegelkapelle gekommen war. Sie kannte ein paar Shamba-Legenden und kleidete sie in Verse, und die Verse vertonte sie, nur um etwas zu tun. Sie war sicher, daß es sich furchtbar anhörte, aber der Soldat war schließlich bewußtlos, und es schien ihn nicht zu stören. Manchmal erschien es ihr, als trete ein Lächeln in sein Gesicht. Pater Jean hörte ihr Singen auch. Er nickte und lächelte bei sich.

Sie betrachtete sein Gesicht und stellte sich vor, was er alles gesehen und was er getan hatte. So viel Not war dort zu erkennen, so viel Grauen lag in seinen Schreien. Sie konnte es sich nicht vorstellen. Das Leben bei ihrem Weißen Vater war so friedlich, und sie war froh darüber, als sie ihn tröstete. Sie streichelte seine Wange mit den Fingerrücken. Sie berührte die Haare auf seiner Brust, die fein wie Seide und ganz golden waren. Sie schlug die Decke zurück und betrachtete seine Arme, seine Muskeln, seine Hände. Sie wusch ihn, hob erst den einen, dann den anderen Arm und badete sie in kühlem Wasser. Pater Jean hatte gesagt, es sei gut, ihn sauberzuhalten. Und sie spürte an der Art, wie es sich anfühlte, daß es gut war.

Sie wußte auch, daß Pater Jean es anders gemeint hatte.

Sie fuhr mit dem Schwamm über seinen Bauch und an den Beinen hinunter. Sie hatte noch nie einen Mann gesehen, wenigstens keinen wie diesen hier. Sie spürte, wie sie in Brand geriet, wenn sie es tat, und sie errötete vor Scham. Sie nahm sich bei diesem bewußtlosen Mann ganz außergewöhnliche Freiheiten heraus. Niemand hatte ihr jemals dergleichen beigebracht. Ganz bestimmt nicht Pater Jean.

Am fünften Tag trieb er langsam an die Oberfläche des Bewußtseins. Da waren Stimmen. Schönheit. Musik. Eine Frauenstimme, sanft und beruhigend. Hübsch. Er wollte sie sehen.

»Wer bist du?« Seine Augen waren groß und voller Angst.

»Melika.«

»Melika ... schön ... willkommen«, sagte er und versank wieder in der Tiefe, wo der Nebel wirbelte.

Am nächsten Tag wachte er wieder auf.

»Wer bist du?« Seine Augen waren groß und voller Angst.

»Melika«, sagte sie wieder und nahm seine Hand.

»Melika.« Die Angst verging. Er lächelte und drückte ihre Finger. Dann trieb er wieder in den Nebel.

Am nächsten Tag waren seine Augen groß, aber frei von Angst. »Melika«, sagte er. »Bin ich tot? Kommst du von Gott?«

Sie lachte. »Sie sind nicht tot, Monsieur Paul. Dicht davor vielleicht, aber nicht tot. Sie sind in der Nähe von Wargla. Sie sind in Sicherheit.«

»*Wargla.*« Er sagte es voller Staunen. »Wargla, Melika. Melika, Wargla«, murmelte er. »Musik.« Durch den Nebel sah er sanfte braune Augen und dunkles Haar und ein warmes Lächeln in einem runden Gesicht. Es war eine wunderschöne Vision. Vollkommen. Er schlief. Er atmete tiefer, entspannter.

Sie kämmte ihm das Haar. Sie stutzte es, wo es ihm in die Augen fiel, schnippte mit Pater Jeans Chirurgenschere daran herum. Es war seit Monaten nicht geschnitten worden. Hoffentlich hatte er nichts dagegen.

Sie verließ das Zimmer immer nur kurz, um in der Kapelle für ihn zu beten.

Er schlief ein, wachte auf. Er erinnerte sich an dies und jenes. An seinen Namen. »Paul«, sagte er zu ihr. »Ich bin Paul.«

»Ja.« Sie nickte und berührte seine Stirn. Es fühlte sich kühl an, wenn sie das tat, und es ließ ihn lächeln. Er lernte bald, oft zu lächeln, damit sie ihn immer wieder berührte.

Ein Unwetter kam. Der Regen peitschte das Haus und strömte außen an den Lehmziegelwänden herunter. Er wachte auf, sah die Blitze und hörte den Donner, und das alles trug ihn an einen Ort voller Panik. Er schrie und weinte, und sie hielt ihn fest, zog ihn an ihre Brust, und er klammerte sich so fest an sie, daß sie kaum noch Luft bekam. Aber das Grauen verzog sich mit dem Unwetter, und wieder schlummerte er friedlich ein. Sie schaute zu, wie er schlief, und strich ihm das Haar aus der Stirn.

Zwei Wochen lang war er halb wach, halb besinnungslos. Das Fieber wollte nicht vergehen, und Pater Jean machte sich deshalb große Sorgen. Zwei Wochen lang saß sie bei ihm, flüsterte, sang, redete, erzählte Geschichten, säuberte seine Wunde, wusch die Hitze mit kühlen Tüchern ab. Und jeden Tag kam sie ihm näher.

Eines Abends beugte sie sich über ihn, um ein Tuch aufzuheben, das ihm von der Stirn gefallen war. Ihre Brust streifte seine Wange. Sie spürte ein atemberaubendes Strömen in sich, ein kribbelndes Rauschen voller Schönheit und Furcht. Verlegen schaute sie ihm ins Gesicht, um zu sehen, ob er aufgewacht war. Er schwebte tief unten in der Welt zwischen Schlaf und Bewußtlosigkeit, in der er so viel Zeit verbrachte.

Sie schaute zur Tür. Es war spät abends. Alles schlief. Niemand würde kommen.

Mit klopfendem Herzen setzte sie sich zu ihm aufs Bett. Impulsiv, und ohne genau zu wissen, was sie tat, hob sie ihre Bluse und dann das Hemd darunter und entblößte ihre Brüste. Ihre Brustwarzen waren hart. Wieder spürte sie das Feuer in sich, heiße, köstliche Flammen, die von verbotenem Schrecken glühten. Sie konnte nicht fassen, was sie hier tat, und zugleich fielen alle Bedenken von ihr ab. Zitternd beugte sie sich vor und berührte seine Lippen mit ihrer Brustwarze. Sie schloß die Augen und ließ die Wogen der Lust über sich hinwegfluten. Paul regte sich bei dieser Berührung, aber er wachte nicht auf. Er leckte sich die Lippen, und seine Zunge streifte sie. Leise und lustvoll stöhnte sie auf. Sie hatte schreckliche Angst, daß er aufwachen könnte, und zugleich wünschte sie es sich. Sie bewegte sich an ihm, und wieder reagierte er.

Draußen war ein Geräusch. Jäh fuhr sie hoch und zog ihre Kleider zurecht.

Nur irgendein Nachtgeräusch. Überhaupt nichts. Aber der Augenblick war vorbei.

Sie schaute ihm ins Gesicht, das im Licht der Kerze vor ihr lag. Fast lächelte er, dachte sie. Ob er es wußte?

Nach und nach kehrte sein Bewußtsein wieder. Er hatte noch Fieber, und die Schulter schwärte auch noch, aber mit jedem Tag gewann er neue Kraft. Jeden Tag aß er mehr, trank er mehr. Jeden Tag kam ein bißchen mehr Farbe in seine Wangen. Bei seiner Ankunft war sie sicher gewesen, daß Pater Jean recht hatte und daß er sterben würde. Das hatte sie geglaubt, weil er so bleich gewesen war und weil er kein Fleisch auf den Knochen gehabt hatte, und weil seine Augen ausgesehen hatten wie der Tod. Jetzt wußte sie, daß er am Leben bleiben würde.

»Wer bist du?« fragte er, als er die Antwort schon lange kannte. Er hörte nur so gern, wie sie es sagte.

»Melika«, antwortete sie jedesmal geduldig.

»Melika, Melika, wie ein Gedicht«, sagte er. Wenn er sich an das erinnerte, was geschehen war, so ließ er es sich nicht anmerken.

Er setzte sich auf und blieb eine Stunde wach. Dann zwei. Dann fünf.

»Sie sind wieder unter den Lebenden«, stellte sie fest, während er aß. Sie gab ihm Brot in Ziegenmilch und kleingeschnittenes Obst. Er konnte noch nicht kauen.

»Dies ist ein wunderbarer Ort zum Leben«, sagte er. Er wußte nicht genau, wie er hergekommen war, aber er wußte, daß er es nicht eilig hatte, wieder zu verschwinden. Es kam alles ganz langsam zurück. Er wollte sich nicht beeilen. Sie war vollkommen. Sie war schön. Er brauchte sich nicht zu rühren, brauchte nichts zu tun. Sie tat alles für ihn, ohne daß er sie bitten mußte, und er wollte, daß es nie aufhörte. Es war, als spüre sie, was er brauchte, bevor er es selbst wußte. Er hörte ihre Stimme, wenn er schlief. Er sah ihr Gesicht, wenn er aufwachte. Er sah sie in seinen Träumen. Das war genug. Mehr als genug. Alles andere lag jetzt hinter ihm. Die andern waren gestorben. Er hatte überlebt. Irgendwie.

»Was ist aus den andern geworden?« fragte er voller Panik, als er endlich doch wieder an diese Frage denken konnte.

»Welche andern?« fragte sie. »Man hat Sie allein hergebracht.«

»Hergebracht? Wer hat mich hergebracht?«

»Ein Targui.«

Ein Schatten zog über sein Gesicht. Es machte ihr Angst.

»Ich muß mit dem Kommandanten der Garnison in Wargla sprechen.«

»Natürlich. Wenn es Ihnen wieder gut genug geht.«

»Nein. Es gibt noch andere. Vielleicht leben sie noch. Ich muß es ihnen sagen.«

»Gut. Ich frage Pater Jean.«

Der Kommandant der Garnison kam mit ein paar anderen Männern. In lauten, groben Stiefeln kamen sie hereingepoltert und füllten das Zimmer. Pater Jean schickte Melika hinaus. Sie hatte Angst, daß sie ihn mitnehmen würden. Aber sie redeten nur mit ihm, und dann schickte Pater Jean sie auch wieder weg. Als sie gingen, waren sie nicht mehr so laut. Und ihre Gesichter waren düster.

Er schlief viel. Manchmal, wenn er aufwachte und sich wohl fühlte, nahm er ihr das Buch weg und las ihr vor. Das hatte sie gern. Sie lehnte sich auf dem harten Holzstuhl zurück und schloß die Augen. Er las ihr von Pasteur und von allgemeiner Chirurgie vor. »Wunderbares Zeug«, sagte er trocken, aber sie liebte es.

»Wenn Sie es sagen, klingt sogar Milzbrand und Tollwut angenehm«, sagte sie, und er lachte. Sie liebte den vollen Klang seiner Stimme. Er las, bis er einnickte. Sie fragte Pater Jean nach anderen Büchern.

»Andere Bücher! Ist er denn der einzige Patient im Spital?« knurrte Pater Jean, aber er sagte es ohne Härte. Noch nie hatte er Melika so glücklich gesehen. Sie lächelte ständig und kümmerte sich immer geschäftig um dieses und jenes. Er schaute ihr zu und mußte an seine tote Frau denken. Seine Augen verschleierten sich, und er wandte sich rasch den Dingen zu, um die sie sich sonst immer gekümmert hatte, den Kindern, den Ziegen und den Schafen, und sein Abendbrot machte er sich selbst. Und mit dem Spital wurde er auch allein fertig. Nur für ein Weilchen, sagte er sich.

Paul stand auf. Sie stützte ihn, und er legte ihr einen Arm um die Schultern. Er tat fünf Schritte und stürzte hart auf den Boden. Die Schulter öffnete sich, und dunkles Blut quoll hervor. Sie schrie, und Pater Jean kam herbeigerannt, um zu helfen. Zusammen schafften sie ihn wieder ins Bett. Und wieder pflegte sie die Wunde, wechselte die Verbände, wisperte verzweifelte Entschuldigungen. Sie beobachtete sein Gesicht. Sie war sicher, daß sie ihn umgebracht hatte. »Bitte bleib am Leben«, flüsterte sie. »Bitte, bitte.« Die Wunde entzündete sich, das Fieber schüttelte seinen ganzen Körper. Sie hatte panische Angst um sein Leben. Sie wagte nicht mehr, das Zimmer zu verlassen, sondern kniete vor dem Bett und betete den Rosenkranz.

Am zweiten Tag fiel das Fieber endgültig. Melika lachte und weinte, als er aufwachte.

»Du«, sagte sie glücklich und mit tränennassen Wangen.

»Du«, sagte er und lächelte sie an.

Er genas zusehends. Bald aß er allein. Er konnte den Löffel halten, aber sie taten beide immer noch so, als brauche er Hilfe.

Er bat um eine Tasse Tee. Sie brühte ihn sorgfältig und borgte sich die Blätter dazu aus dem geheiligten Vorrat des Weißen Vaters. Später würde sie eine Möglichkeit finden, sie zu ersetzen.

Er bat um eine Orange. Sie marschierte den ganzen Weg bis zum Hauptmarkt von Wargla, um sie selbst auszusuchen. Sie nahm eine ganze Kiste. Als der Saft ihm in den Bart rann, wußte sie, daß der weite Weg sich gelohnt hatte. Er lächelte sie an und berührte ihre Wange. »Ich muß mich rasieren«, sagte er. Sie half ihm mit Wasser und Schere und schwang dann Pater Jeans Rasiermesser. Das Resultat war blutig, »aber nicht annähernd so schlimm wie eine Schußwunde«, erklärte sie.

Das nächste war eine Aprikose. »Hakim hat sie so gern gegessen«, sagte er. Er wollte ihr von Hakim erzählen, aber seine Stimme brach, und er fing an zu weinen. Sie nahm seine Hand, und er schaute weg, verlegen wegen seiner Schwäche. Sie fand ihn wunderbar.

»Fisch«, sagte er, und sie geriet in Panik. Im Umkreis von fünfhundert Meilen gab es keinen Fisch. Sie bestach den zweiten Cousin des ersten Dieners des Aghas von Wargla, und der besorgte ihr ein Paket Dörrfisch von der Berberküste. Sie fand den Fisch abscheulich, aber er war sichtlich entzückt.

»*Tu es un ange*«, sagte er zu ihr. *Du bist ein Engel.* Das hatte noch niemand zu ihr gesagt.

Er sah sie kommen und gehen und genoß jeden Augenblick. Sie lachte oft, und jedesmal erhellte es seine Seele.

»Ich weiß nichts über dich«, sagte er eines Nachmittags. »Erzähl mir von Melika.«

»Da gibt es wenig zu erzählen.« Sie lächelte. »Mein Leben ist diese Mission. Sie ist alles, was ich kenne. Sie ist alles, was ich tue. Ich bin hier glücklich. Ich trage keinen Schleier wie die Frauen in Wargla. Die Marabouts lassen mich in Ruhe, und der Weiße Vater läßt mich tun, was ich kann, was ich möchte. Pater Jean sagt, er wird mich eines Tages zum Studieren nach Frankreich schicken, aber das glaube ich nicht. Hier gibt es mehr zu tun, als der Tag Stunden hat. Es gibt immer zu viele Kinder ohne Familie, zu viele Krankheiten. So war es gestern, und das wird sich morgen nicht ändern. Ich werde hierbleiben und helfen.« Sie zuckte die Achseln. »Das ist Melika.«

»Woher kommst du?«

»Aus dieser Gegend. Meine Mutter war eine Shamba. Sie starb, als ich noch sehr klein war. Sie soll sehr schön gewesen sein.«

»Das muß wahr sein. Ich sehe es, wenn ich ihre Tochter anschaue.«

Sie wurde rot.

Sonntags las der Weiße Vater die Messe in der Kapelle. Manchmal kamen ein paar Männer aus der Garnison dazu, meistens aber nicht. Melika half Paul hinüberzugehen. Er nahm auf einer einfachen Holzbank Platz. »Sind Sie bereit zu beichten, mein Sohn?« fragte der Pater. Paul schüttelte den Kopf und hielt während des Gottesdienstes höflich den Kopf gesenkt. Wenn er die Augen öffnete, sah er nicht das Kruzifix an der weißgestrichenen Wand und auch nicht den Weißen Vater.

Er sah nur sie.

Er fühlte sich längst stark genug, um allein aufzustehen, und tat es immer noch nicht. Lieber saß er in dem kleinen Zimmer und ließ sich von ihr versorgen. Er fragte sich, wie er es anstellen könnte, daß es ewig so weiterginge. Sie fütterte ihn mit Couscous, hob den Löffel an seine Lippen. Er kleckerte absichtlich, so daß sie ihn waschen mußte. Sie war glücklich über diesen Vorwand. Sie sehnte sich danach, es zu tun.

Er lernte zu stöhnen und Schmerzen vorzuspielen. Sie erschien sofort. Er liebte ihren Geruch. Er liebte ihr Lächeln. Er sah die Sorge in ihren Augen. Einen winzigen Moment lang fühlte er sich schuldbewußt. Aber die meiste Zeit fühlte er sich ganz wundervoll.

Als er kräftig genug war, ging sie mit ihm spazieren. Erst waren es kleine Spaziergänge. Sie packte ein kleines Paket mit Ziegenkäse, Brot und Obst ein, und dann setzten sie sich in den Garten der Mission. In der Ferne konnte er den Reichtum Warglas sehen, seine Blumen und Dattelpalmen und Gärten. So lange hatte er sich nach diesem Anblick gesehnt, und jetzt hatte er kein Bedürfnis, den Rest des Weges zurückzulegen. Er pflückte einen Palmzweig und schenkte ihn ihr. Sie lachte entzückt und umarmte ihn.

»Danke«, flüsterte sie, und sie klammerte sich an ihn und er sich an sie. Sie war seine Zuflucht vor dem Grauen. Sie hatte ihn vom Abgrund zurückgeholt und ihm das Leben wiedergegeben. Sie war schön. Er war dabei, sich in sie zu verlieben.

Die Spaziergänge wurden länger. »Es gibt eine Stelle, die ich dir zeigen muß«, sagte er.

Er führte sie auf den Gipfel einer Düne. Es war ein schöner Platz. »Hier habe ich einmal gestanden, mit einem Freund«, sagte er.

»Du warst hier?«

»Vor einem Menschenleben«, sagte er, »mit einem Mann namens Remy.« Der Blick reichte ins Endlose, genau wie damals. Er war so schön wie in seiner Erinnerung, aber was die ferne Wüste barg, war nun kein Geheimnis mehr für ihn.

»Du hast oft von ihm gesprochen, als du bewußtlos warst.«

Er wechselte das Thema und sprach von einem anderen Gefährten, der auch mit auf der Düne gewesen war. Sie mußte lachen, als er ihr erzählte, wie er mit dem Hund den Hang hinuntergerollt war. Aber was aus dem Tier geworden war, erzählte er ihr nicht. Seine Geschichte kam nur in Bruchstücken zum Vorschein. Sie wußte immer noch sehr wenig. Sie ließ ihn erzählen, wenn er wollte, und sie ließ ihm auch sein Schweigen, wenn er es brauchte.

Paul wußte, daß es allmählich Zeit für ihn wurde, sich in der Garnison zurückzumelden. Eigentlich war es längst Zeit dazu. Er war in Wirklichkeit gesund genug oder würde es doch bald sein. Er hatte viel zu tun, was die Tuareg anging. Aber er brachte es noch nicht über sich, an all das zu denken. Er konnte sich nur treiben lassen und war außerstande, die Rettungsleine durchzuschneiden.

Eines Tages kam ein Besucher. Melika begrüßte ihn vor dem Garten im Hof und hielt ihn zunächst für einen neuen Patienten für das Spital. Es war ein hagerer alter Mann mit grauem Haar. Er konnte nicht ohne Hilfe gehen. Zwei Männer stützten ihn und hielten ihn aufrecht. Er war keine schwere Last für sie; Melika hatte den Eindruck, daß eine Windbö ihn forttragen könnte. Er war von der Sonne schwarz gebrannt, und sein Körper war ausgelaugt, aber in seinem Gesicht lag große Kraft. Er war höflich, seine Augen blickten freundlich, und sie mochte ihn sofort.

»Istanna«, sagte sie und deutete auf eine Bank am Garten. »Ruh dich aus, bitte. Ich hole den Lieutenant.«

Er schüttelte den Kopf. »Ich komme von zu weit her, um mich auszuruhen. Ich werde dich begleiten, wenn es recht ist.«

»Natürlich.« Sie führte ihn zu dem kleinen Zimmer. Paul hob den Kopf und war für einen Augenblick so überwältigt, daß er nicht reagierte. Sein Herz war so voll wie seit Monaten nicht. Die Tränen standen ihm in den Augen.

»El Madani.«

»Lieutenant.«

Paul stand auf, um ihn zu begrüßen. El Madani ließ die beiden Männer los und stand allein auf unsicheren Beinen. Sanft, zitternd umarmten sie einander, der alte Algerier und der junge Franzose, und geraume Zeit konnte keiner von beiden etwas sagen. Sie klopften einander auf die Schultern, schauten einander in die Augen und nickten und lächelten. Paul half ihm, sich hinzusetzen, und Melika und die beiden *tirailleurs* gingen leise hinaus.

Paul runzelte die Stirn. »Sie hätten nicht selbst herkommen dürfen. Sie sind noch nicht kräftig genug dazu. Sie hätten mir eine Nachricht schicken sollen. Ich wäre zu Ihnen gekommen.«

»Als ich hörte, daß Sie noch lebten, konnte ich nicht widerstehen. Ich mußte Ihnen die Nachricht selbst bringen.«

»Wie haben Sie ...«

»Ein Hirte hat uns gefunden.«

»Uns? Wie viele ...«

»Zwölf.«

Paul schloß die Augen. »*Zwölf*«, flüsterte er. »Nur zwölf von achtundneunzig.«

»Dreizehn mit Ihnen, Lieutenant. Es ist das zweite Mal, daß Sie von den Toten zurückgekommen sind.«

»Pobéguin?«

El Madani schüttelte den Kopf.

Paul biß sich auf die Lippe und schaute überwältigt zu Boden. Er war also der einzige Franzose, der am Leben geblieben war.

»Ich bin Sie suchen gegangen, Lieutenant, nachdem Sie weggelaufen waren und Belkasem anfing, etwas von einem Tuareg-Überfall zu schreien. Er sagte, es seien sechs gewesen, und sie hätten Sie umgebracht. Ich fand den toten *tirailleur* mit einer Tuareg-Lanze in der Brust. Aber Sie waren schon weg. Wo Sie gewesen waren, fand ich nur noch Ihr Blut. Ich nahm jedenfalls an, daß es Ihres war. Und ich fand etwas, was ich schon öfter gefunden hatte: die Spuren eines Kamels, die dort nicht hingehörten.«

Er wartete, aber der Lieutenant blieb stumm.

»Ich bin wohl ein bißchen schwach im Kopf geworden. Ich habe lange gebraucht, um darauf zu kommen. Die Kamelspuren gehörten immer dorthin. Sie waren Ihretwegen da, Lieutenant.« El Madani schaute Paul forschend in die Augen.

Paul wußte nicht, was er sagen sollte. »Ich werde es Ihnen eines Tages erklären, Madani«, sagte er. »Wenn ich es selbst verstanden habe.«

Capitaine Chirac, der neue Befehlshaber der Garnison Wargla, begab sich auf der Stelle zu Lieutenant de Vries.

»Sie sind ein Held«, sagte er. »Ganz Frankreich kennt Ihren Namen. Die Beförderung ist Ihnen sicher.«

»Eine Beförderung«, wiederholte Paul ungläubig und lachte verbittert. »Weil ich nicht getötet wurde?«

Chirac zuckte die Achseln. »Besser als ein Orden für den Heldentod. Den meisten Soldaten wäre dieser Unterschied ganz recht.«

Paul wußte, daß er nichts dergleichen verdient hatte, aber seine Gedanken drehten sich um die Vergeltung. »Was wird Frankreich unternehmen?«

»Unternehmen?«

»Gegen die Tuareg natürlich. Ich nehme an, daß man eine Offensive plant. Ich möchte dabeisein, Capitaine.«

»Unwahrscheinlich, Lieutenant. Ich habe natürlich keine offiziellen Informationen. Aber ein Freund von mir im Ministerium hat mir Berichte über die Debatte in der Nationalversammlung geschickt. Die Leute sind empört über *le mission Flatters*. Es ist ein nationaler Skandal, eine Schande. Aber man fürchtet auch die Reaktionen des Auslands auf eine großangelegte Invasion des Hoggar. Die Türken, die Italiener – das ist alles höchst heikel. Und, offen gesagt, es bestehen beträchtliche Zweifel, daß es überhaupt zu bewerkstelligen ist. Unsere Garnisonen liegen zu weit im Norden.«

»Schicken Sie *mich*.« Pauls Blick war eindringlich. »Ich kann es.«

Chirac zuckte wieder die Achseln. »Ich glaube, Sie könnten es, Lieutenant. Aber so gern ich es auch täte, es liegt doch nicht in meiner Zuständigkeit, eine Renegatentruppe in den Hoggar zu entsenden. Ich kann ohne Befehle nichts unternehmen.«

»Es wird also keine Reaktion geben. Überhaupt keine.«

Chirac reichte ihm ein Blatt Papier. »*Das Außenministerium verurteilt in allerschärfster Form den feigen Überfall ...*«

Erbost warf Paul das Blatt zu Boden. »Zum Teufel damit«, sagte er. »Wir müssen etwas tun, das *zählt*.«

Chirac hatte Verständnis für den jungen Offizier, aber in Paris hatte er gesehen, wie all die großen Reden über die Eisenbahn und das Imperium ebenso vollständig in sich zusammengefallen waren wie die gescheiterte Mission. All die Empörung war nichts weiter als Tünche über einen peinlichen Fleck auf dem Stolz Frankreichs. Es würde keine militärische Reaktion auf das Massaker geben. Es würde überhaupt keine Reaktion geben. Frankreich würde die häßliche Flatters-Geschichte bald vergessen und irgendeinen hübschen Firlefanz finden, um sich damit zu beschäftigen.

»Haben Sie Geduld«, sagte Chirac. »Ich weiß, was Sie empfinden. Die Zeit wird Ihnen nicht helfen zu vergessen, aber sie wird Ihrer Bitterkeit die Schärfe nehmen.«

»Nichts außer einem Sieg über die Tuareg wird das tun können, Capitaine.«

»Aber der kommt vorläufig nicht in Frage. Später vielleicht. Die Stimmung kann sich so entwickeln, wie Sie es hoffen. Wer weiß, wie der Wind in der Nationalversammlung in sechs Monaten weht? Aber genug davon. Ich schicke Sie jetzt nach Hause. Sie können sich in Paris erholen.«

»Ich will nicht nach Hause.«

»Sie haben keine Wahl, Lieutenant. Sobald Sie so weit genesen sind, daß Sie reisen können, fahren Sie nach Algier. Der Gouverneur möchte ein Fest für Sie geben. Danach fahren Sie nach Hause, nach Frankreich.« Chirac sah den niedergeschlagenen Offizier an. »Hören Sie, ich kann es Ihnen nachfühlen«, sagte er wahrheitsgemäß. »Dieses Stillhalten ist ein Schlag für die Moral aller Männer hier.«

»Dieses Stillhalten ist eine Beleidigung all derer, die gestorben sind, Capitaine, und ich habe nicht die Absicht, sie zu vergessen. Ich habe nicht die Absicht, die Tuareg zu vergessen.«

Paul brütete tagelang. »Ist etwas nicht in Ordnung?« fragte Melika. »Habe ich etwas falsch gemacht?«

»Natürlich nicht«, sagte er. »Es tut mir leid.« Aber seine Gedanken waren in Aufruhr. Im Grunde seines Herzens glaubte er, daß er auf dem Marsch nach Norden ein schlechter Offizier gewesen war. Er hatte die Männer im Stich gelassen, die auf ihn gezählt hatten. Es gab so vieles, was er hätte tun können und nicht getan hatte. Daß sie jetzt ungerächt bleiben sollten, war undenkbar, denn es hieße, sie ein zweites Mal im Stich zu lassen. Er mußte nach Algier zum Gouverneur, aber nicht für ein Fest. Er mußte Stimmung machen, um die Ehre Frankreichs zurückzukaufen – mit dem Blut der blauen Männer.

Der Regen hatte ein Stück der Umfriedung aufgeweicht, und Pater Jean plagte sich in der heißen Sonne damit, es wieder aufzubauen. Eins der Kinder brachte Kalk und Sand, und zusammen mischten sie beides auf einer Segeltuchplane. Pater Jean legte die Ziegel auf und strich den Mörtel darüber. Paul sah zu und erbot sich zu helfen.

»Danke, Lieutenant, aber Sie sollten sich Ihre Kräfte lieber aufheben.«

»Ich habe seit Wochen nichts getan. Ich muß etwas tun.« Er fing an, dem Priester Steine zuzureichen und Wasser zu tragen. Die Bewegung tat ihm gut.

Jenseits des Gartens sah er Melika, die nach Wargla ging, um für Pater Jean einzukaufen. Der Priester beobachtete, wie er sie beobachtete.

»Sie ist eine ganz besondere Frau«, sagte Pater Jean.

»Ja, das stimmt. Und sie betet Sie an, wissen Sie.«

»Sie hat kaum eine Wahl.« Der Priester lächelte. »Außer mir hat sie nie eine Familie gehabt.«

»Woher stammt sie?«

»Aus Shebaba. Das liegt im Südwesten. In der Wüste.«

»Sie hat mir erzählt, ihre Mutter war eine Shamba.«

»Ja. Sie wurde bei einem Überfall vergewaltigt, und sie starb bei Melikas Geburt. Als die Mutter tot war, wollte niemand das Kind haben. Man hätte sie draußen sterben lassen, aber sie hatte Glück. Ein Händler hat sie hergebracht.«

»Man hätte einen Säugling sterben lassen?«

»Einen Säugling wie sie, ja.« Pater Jean nickte. »Die Leute von Wargla haben nicht viel übrig für dieses Waisenhaus. Das Spital können sie gut gebrauchen, aber es gefällt ihnen nicht, daß Barbaren ihre Kinder großziehen. Manchmal haben wir kein einziges Kind hier, obwohl viele in Not sind. Aber Melika war das Kind eines Tuareg-Überfalls. Als man sie nach Wargla brachte, hatte niemand Lust, sie zu nehmen, und deshalb kam sie schließlich hierher.«

Paul stellte seinen Eimer Wasser hin und starrte den Priester an. »Ein Tuareg-Überfall?«

»Ja. Es waren die Kel Ajjer. Die Tuareg des Tassili. Reichen Sie mir die Kelle, ja?«

Paul stand wie betäubt da und reagierte nicht. Pater Jean sah, daß er blaß geworden war. »Ist alles in Ordnung, Lieutenant? Ist

Ihnen nicht gut?« Paul stand stumm da und atmete schwer. Er hatte Mühe zu begreifen, was der Priester ihm soeben erzählt hatte.

»Melika ist ein Kind der Tuareg?« Seine Stimme war ein Wispern.

»Ja«, sagte Pater Jean. »Aber vor allem ist sie ein Kind Gottes.«

Eine *Tuareg*! O gütiger Jesus, wie konnte das sein?

Ihm war plötzlich schwindlig, und er lehnte sich an die neue Mauer. Sie stürzte teilweise ein, und ein schwerer Bottich mit Mörtel kippte um.

Der Priester half ihm hoch. »Kommen Sie, setzen Sie sich ...« begann er.

Paul winkte ab. »Es geht schon, Pater. Ich muß jetzt allein sein.«

Vom Schock benommen fand er den Weg in den Garten und ging dort unter den Palmen umher, blind für die Schönheit, die ihn umgab. Ein kalter Wind war über seine Seele gestrichen, und die Blumen, die er so gern mit ihr angeschaut hatte, hätten ebensogut verwelkt sein können. Der Himmel, vordem so schön, so blau, so tief, war plötzlich grau, und alle Verheißung war ausgebleicht. In der Luft, die so süß geduftet hatte, lag jetzt die Witterung der Sahara, der ganze dunkle Gestank seines Lebens.

Gott, wie sehr er die Tuareg haßte! *Wie konnte sie eine Tuareg sein?*

Tadjenout ließ ihn nachts noch immer hochschrecken. Das Gemetzel, der Marsch, die Datteln, der Kannibalismus. Das alles tanzte vor seinen Augen, bis er glaubte, er müsse schreien. Remy. Dianous und Hakim und der Colonel. Dennéry und Pobéguin. Brame, Marjolet. Masson, Sandeau. Ihre Gesichter wehten an ihm vorbei. Frankreich hatte sie alle vergessen und die Last der Vergeltung auf seinen Schultern zurückgelassen. *Ich bin als einziger übrig.*

Blind lief er umher, hörte nicht die Vögel und sah nicht die Schmetterlinge. *Es ist meine Pflicht, die Tuareg zu töten.*

Wie konnte sie eine Tuareg sein?

Sein Innerstes verknotete sich, sein Kopf dröhnte von all dem. Er konnte nicht zulassen, daß sie ihm bei seiner Pflicht in die Quere kam. Er hatte kein Vertrauen zu sich, wenn es um sie ging, kein

Vertrauen zu dem, was sie ihn womöglich tun ließ, kein Vertrauen zu seinen Gefühlen. Seine erste Pflicht, seine einzige Pflicht, bestand darin, die Männer der Expedition zu rächen. Das verlangte die Ehre. Danach – es war zuviel, sich über das Danach Gedanken zu machen.

Er brachte es nicht über sich, sie noch einmal zu sehen. Er glaubte nicht, daß er ihr Lebewohl sagen konnte. Er wußte, daß er nichts erklären konnte. Es zerriß ihm das Herz, und er haßte sich, und unversehens fand er sich am Tor der Mission.

Und ging einfach weiter.

31.

Sie ruhte entspannt auf seinem Arm. Sie war dort zu Hause. Er streichelte die Federn in ihrem Nacken, und sie senkte wohlig den Kopf. »Taka, Taka«, gurrte er. »Du wirst mir fehlen.«

Moussa löste die Knoten der kurzen Lederbänder an ihren Füßen. Sie fielen herunter. Sie streckte die Klauen, noch nicht vertraut mit dem Gefühl der Freiheit.

Er stand auf und nahm ihr die Haube ab. Taka spähte nach Wild. Sie sah nichts. Auf starken Schwingen, die in der Sonne blitzten, erhob sie sich, und rasch gewann sie an Höhe und suchte die Aufwinde, auf denen sie stundenlang mühelos schweben konnte. Sie schaute hinunter zu Moussa und seinem Mehari. Instinktiv wußte sie, daß sie nicht zurückkommen sollte. Sie konnte sich nicht erinnern, je ohne die Riemen geflogen zu sein. Sie kreiste, erprobte die Luftströmungen, schwebte höher und höher.

Moussa sah ihr stolz und traurig nach. Er würde ihre Gesellschaft vermissen. Sie war der beste Falke, den er je gehabt hatte. Sie war etwas Besonderes, und er hatte sie lange über die übliche Zeit hinaus behalten. Der Sommer war nah. Sie würde sich beeilen müssen, um einen Gatten zu finden. Sie mußte sich fortpflanzen, damit es mehr gab wie sie. Er wußte, es würde ihr gutgehen, Taka würde es immer gutgehen. Er würde ihre Tochter fangen oder ihre Enkelin, und sie würden zusammen fliegen.

Lange kreiste sie so. Ihre scheinbare Unschlüssigkeit paßte zu seiner eigenen Stimmung. Er saß allein an seinem Lagerplatz vor In Salah. Seit vier Tagen war er hier, dach- te nach und versuchte zu entscheiden, wohin er gehen und was er tun sollte. Er war rastlos und innerlich zerrissen.

Nach dem Grauen der letzten Wochen war er ausgelaugt und unsicher. Er hatte das Gefühl, daß er in den Lagern der *Ihaggaren* nichts mehr verloren hatte. Natürlich war seine Mutter dort, und auch Lufti gab es noch. Er hatte sich noch immer um die Belange seiner Vasallen zu kümmern und in ihren *douars* nach dem Rechten zu sehen. Was immer in Tadjenout oder in Ain El Kerma passiert war, deren Leben ging weiter wie bisher. Sie waren von ihm abhängig, ja, sie brauchten ihn sogar. Aber er fühlte sich dort im Augenblick nicht zu Hause. Hatte er das je getan? Hatte er je hierhergehört? Er hatte sich schon vor langer Zeit mit der Tatsache abgefunden, daß er anders war. Aber war er denn in Ewigkeit dazu verurteilt, auf der einsamen Seite zu stehen, auf der anderen Seite, auf der Außenseite?

Ein Teil seiner selbst wollte fortgehen und alles hinter sich lassen. Er erwog, nach Frankreich zu reisen. Er dachte mit Neugier daran, denn er fragte sich, ob die Wirklichkeit wohl noch Ähnlichkeit mit seinen Erinnerungen hatte. Aber es war ein fremdes Land – ebenso fremd inzwischen, als wäre er nie dagewesen. Er kannte niemanden außer seiner Tante Elisabeth und Gascon, und nach dem, was mit Paul passiert war, glaubte er nicht, daß er ihnen gegenübertreten konnte. Außerdem hatte er alle Gebräuche vergessen. Er wäre Sackleinen in einer Welt aus Seide. Paris würde ihn für einen Hanswurst halten. An sich machte das nichts, aber so wäre auch Paris ein Ort, den er von außen sehen würde, von der anderen, der einsamen Seite.

Ein Teil seiner selbst wollte vor den Amenokal treten und Gerechtigkeit fordern, ihn für seine Lüge zur Rechenschaft ziehen, ihn zwingen zu mißbilligen, was Tamrit und Attici getan hatten. Aber seine Einwände galten nur wenig. Er hatte bereits getobt und gewütet, und er hatte die halbtoten Überlebenden in der Mission in Wargla abgeliefert. Er wußte, daß die meisten *Ihaggaren* an der lügenhaften Zusage des sicheren Geleits und an dem Gift Anstoß nehmen würden. Aber alles andere, so furchtbar es Moussa auch erscheinen mochte, war nichts als Wüstenkrieg. Da hatte alles seine Ordnung. Und es kam jetzt eigentlich auch nicht mehr darauf an, wie andere es sahen. Es war geschehen.

Er konnte allein in der Wüste bleiben. Vielleicht war das noch die verlockendste Möglichkeit von allen – und doch hatte solche Einsamkeit im Augenblick irgend etwas an sich, das eine gewisse Sehnsucht in ihm aufkommen ließ.

Nein, es war nicht »irgend etwas«, wonach er sich sehnte.

Es war Daia, und er wußte es.

Es war fast drei Monate her, daß er sie gesehen hatte, und sie lastete schwerer denn je auf seinem Herzen. Er hatte versucht, sie aus seinen Gedanken zu verbannen, ehrlich, er hatte es versucht, aber er konnte es nicht. Er wollte sie wiedersehen, bevor sie heiratete. Er wußte, daß es unrecht war und daß es sie nur in Verlegenheit bringen würde – oder ihn selbst. Womöglich wäre ihm danach vollends elend zumute, und Mahdi würde er damit sicher zur Weißglut treiben. Es würde Staub aufwirbeln, der sich gerade erst gelegt hatte. Und um die Sache noch komplizierter zu machen: Er hatte keine Ahnung, was er ihr sagen wollte oder wie er es sagen würde. Und während er an all die Gründe dachte, die dagegen sprachen, sie noch einmal zu sehen, mußte er auch an die Worte seiner Mutter denken. *Von dem Augenblick an, als ich Henri gesehen hatte, wußte ich, daß ich meinem Herzen folgen würde. Und muß ich dir sagen, was richtig war?*

Er wußte, daß er nicht logisch, nicht vernünftig dachte. Zum ersten Mal im Leben wollte er all das auch nicht sein. Es kümmerte ihn nicht. Sein Herz mußte sie sehen. Und sein Herz hatte noch nie die Zügel in der Hand gehalten. Immer nur sein Kopf.

Er beobachtete Taka, die nur noch ein Punkt am Himmel war. Endlich hatte sie ihren Entschluß gefaßt. Sie kreiste nicht länger, sondern flog nach Süden, Richtung Hoggar. Er sah ihr nach, bis sie verschwunden war.

Er beschloß, seinem Herzen zu folgen. Er würde zu Daia gehen. Er würde mit ihr sprechen und ihr endlich sagen, was er für sie empfand. Und dann würde er sie gehen lassen – wie Taka. Dann hätte er es zumindest getan. Freude durchströmte ihn bei diesem Entschluß.

Und er würde eine *djemaa* einberufen. Dazu hatte er das Recht, und man würde es ihm nicht verweigern. Es würde eine Abrechnung geben, und zwar vor dem versammelten Adel der *Ihaggaren.*

Er wußte, daß auf beiden Wegen Gefahr lauerte. Vielleicht führte der eine oder andere zu seinem Tod, vielleicht auch beide. Aber davor hatte er keine Angst. Die Qual der Unentschlossenheit lag hinter ihm.

Er würde nach In Salah reiten und Proviant kaufen, und dann würde er nach Süden gehen.

Er sattelte sein Mehari, und zum ersten Mal seit Monaten brauchte er Takas Platz nicht herzurichten.

In In Salah herrschte geschäftiges Treiben. Eine große Karawane war aus dem Südland heraufgekommen, mit über tausend Kamelen und fünfmal so vielen Sklaven, und alle drängten sich zum Wasser und zum Schatten. Spielende Kinder erkundeten die Geheimnisse der Karawane. Fleischspieße brieten über offenen Feuern. Kaufleute schlürften ihren Tee, feilschten um Waren und erzählten die unglaublichsten Geschichten. Moussa wanderte durch den lärmenden Souk, kaufte Datteln, Mehl und Tee und begrüßte seine Freunde unter den Kaufleuten.

Mahdi und Tamrit waren in eine ernste Diskussion vertieft. Mahdi blickte auf und sah Moussa, und sein Blut wurde eiskalt vor Haß. Er konnte ihn noch nicht umbringen, schon gar nicht hier im Souk, aber verhöhnen konnte er ihn.

Als er Mahdi rufen hörte, blieb Moussa stehen und drehte sich zu ihm um. Er grüßte ihn nicht. Tamrit musterte ihn verdrossen.

»Nun, Cousin?« begann Mahdi. »Wie ich höre, hat Attici einen Franzosen aufgegriffen, der eine kleine Karawane mit Proviant zu Sheik Flatters' Hunden führen wollte.« Er lachte. »Er war gekleidet wie wir, damit man ihn nicht erkennen sollte, aber Attici ließ sich nicht zum Narren halten.«

»Ich bin sicher, daß die Geschichte, die er dir erzählt hat, dir gut gefallen hat«, sagte Moussa. »Genau wie die Heimtücke, die dann folgte.«

»Allahs Zorn gegen die Ungläubigen erfüllt mich mit Befriedigung, wenn es das ist, was du meinst.«

»Billigt Allah auch Gift?«

»Das Schwert seiner Rache ist lang und gewunden.«

»Genau wie deine Zunge. Und die Shamba und die Algerier? Mußten auch sie Allahs langes Schwert zu kosten bekommen? Waren sie nicht Gläubige wie ihr?«

Mahdi zuckte die Achseln. »Wer mit dem Schakal umherzieht, wird auch mit dem Schakal sterben. So geht es alle Tage. Und ich sehe schon, daß Attici nicht unrecht hatte: Ein weiches Franzosenherz schlägt in deiner Brust.«

Moussa ließ sich nicht aus der Ruhe bringen. »Ich habe keine Lust, darüber jetzt zu reden. Ich werde diese Angelegenheit vor dem Amenokal und allen *Ihaggaren* in der *djemaa* zur Sprache bringen. Sie ist noch nicht erledigt, weder für dich noch für deinen Schakalschlächter Amrit noch für Attici. Man wird noch zur Ehre zurückfinden.«

Er wandte sich zum Gehen.

Mahdi faßte ihn sanft bei der Schulter. Seine Stimme war leise.

»Da wäre noch etwas«, sagte er. »Unabhängig von unseren Meinungsverschiedenheiten in der Frage der Ungläubigen sind wir immer noch Cousins. Es gibt da etwas, das du wissen mußt.«

Moussa wartete.

»Es ist allerdings eine höchst heikle Angelegenheit. Ich weiß, daß ich auf deine Diskretion zählen kann, um ihrer Ehre willen.« Mahdi wartete, zog den Augenblick in die Länge. »Daia ist schwanger.«

Die Worte trafen Moussa wie ein Schlag ins Gesicht.

»Sie und ich, wir hätten – nun, wir hätten besser aufpassen sollen. Jetzt werden wir rasch heiraten, damit unser Kind im Gehege der Ehe zur Welt kommt. Ich sage dir das, weil Daia große Stücke auf dich hält. Sie würde wollen, daß du zur Hochzeit in Abalessa bist.«

Moussa hatte Mühe, sich nicht anmerken zu lassen, wie groß sein Schock war. Er schaute in diese Augen, die ihn von Kindheit an verachtet hatten. Ihr Blick war kalt und undeutbar. »Ja, natürlich«, murmelte er.

Vernichtet wandte er sich ab. Er zitterte am ganzen Körper wie ein dürres Blatt.

Es war eine gewaltige Lüge, ein unglaublicher Affront, ein Verstoß gegen jede Etikette – ein vollkommener Schlag. Mahdi frohlockte innerlich. Er sah die Wirkung, denn Moussa konnte sie nicht verhehlen, und ein paar köstliche Augenblicke lang genoß er diesen Schlag. Moussa durfte niemals auf den Gedanken kommen, daß das Kind in ihrem Leib von ihm sein könnte. Diesen Gedanken würde Mahdi ihm nicht gestatten.

Doch dann begann er zu brüten. Es war nicht genug, noch

nicht annähernd genug. Seine Absicht war lediglich gewesen, Moussa die richtigen Gedanken einzugeben und Daia seinem Zugriff zu entziehen: zu demonstrieren, daß Daia ihm gehörte, ihm, Mahdi, und für jeden anderen Mann unerreichbar war. Bei der Hochzeit wollte er Moussa nicht haben, er wollte ihn überhaupt nicht in Daias Nähe haben. Er würde ihn von ihr fernhalten, das hatte er sich geschworen. Er konnte Moussa auf dem Weg nach Abalessa überfallen. Aber nein. Er hatte Daia geschworen, die Hand nicht gegen ihn zu erheben. Er konnte jemanden dafür bezahlen. Es gab keinen Steinwurf weit von hier ein Dutzend Männer, die es mit Vergnügen übernehmen würden.

Eine Stunde später, er trank gerade Tee mit Tamrit, kam ihm der Einfall zu einem Meisterstreich, der viele Probleme gleichzeitig lösen würde.

»Moussa wird in der *djemaa* Ärger machen«, sagte er. »Von Attici habe ich schon gehört, daß der Amenokal wegen des *efeleleh* vor Wut getobt hat.«

»Bah! Der Amenokal hat nichts zu sagen. Sein Rückgrat schlenkert wie ein Strahl Kamelpisse. Seine Zähne sind weich geworden. Was kann er auch tun? Er wird sich über Attici beklagen und einen Brief an die Türken schreiben, damit sie ihm gegen die Franzosen helfen. Atticis Zeit wird kommen, aber die Franzosen werden nicht kommen.«

»Dennoch wäre es gut, wenn man Moussa aus dem Weg räumen könnte.«

Tamrit zuckte gleichgültig die Achseln. »Kann sein. Aber wir müssen uns mit wichtigeren Dingen befassen. Bou Amama erwartet uns beide in Timimoun. Wir sollen mit dem Pasha zusammentreffen. Er ist bald soweit, daß er die *jihad* gegen die Franzosen im Norden beginnen kann. Er plant kleine Überfälle auf ihre Siedlungen im Tell. Wir werden weiter östlich noch eine Truppe aufstellen und dort das gleiche tun. Araber und Shamba werden sich uns dabei anschließen. Es wird sich wie der *simoom* über die ganze Sahara ausbreiten. Die Ungläubigen werden von Strömen von Blut davongeschwemmt werden.«

»Für eine *jihad* brauchen wir Geld«, sagte Mahdi.

»Wir brauchen nur willige Männer.«

»Willige Männer brauchen Waffen.«

»Willige Männer *sind* Waffen.«

»Natürlich. Aber mit den neuen französischen Karabinern könnten sie sich im heiligen Krieg noch besser bewähren.«

»Das stimmt. Aber wir haben kein Geld. Bou Amama hat nichts. Jubar Pasha hat versprochen, mich zu unterstützen, aber der einzige Reichtum, den er in Wirklichkeit besitzt, ist eine silberne Zunge, mit der er Lügen und leere Versprechungen in die Welt setzt. Er bettelt beim Sultan von Marokko um Brosamen von dessen Tisch, und der Sultan gibt ihm nichts. Es ist eine Sache, von der *jihad* zu träumen, und eine andere, sie zu finanzieren. Ich brauche ihr Geld nicht. Ich bin bereit, auch so anzufangen.«

Während Tamrit redete, beobachtete Mahdi den Karawanenmeister Babouche, der Tee über den Hof trug. Babouche war ein bekannter Mann an allen Karawanenstraßen. Er war skrupellos, korrupt und reich.

Und in diesem Augenblick hatte Mahdi seine Idee. Sie durchfuhr ihn wie ein Blitz aus heiterem Himmel.

»Aber es gibt eine Möglichkeit, alles zu bezahlen.«

»Ich höre.«

»Diese Möglichkeit heißt Moussa.«

»Was ist denn mit ihm? Er besitzt nichts außer seinem unreinen Blut.«

»Ah ja, unreines Blut. Genau, das Blut seiner Familie. Sein Vater war ein französischer Edelmann, dessen Reichtum, wie es heißt, unermeßlich war. Seine Familie lebt noch in Frankreich. Ich habe meine Tante Serena davon sprechen hören.«

»Eoualla.« Tamrit nickte finster. Die Erinnerung verdüsterte seinen Blick. »Über Serena und die Familie de Vries weiß ich nur allzugut Bescheid. Und?«

Mahdi deutete auf den Karawanenmeister. »Babouche ist immer glücklich über neue Fracht. Wir könnten ihm einen Sklaven mitgeben, den er nach Norden bringen und in Timimoun verkaufen könnte. Jubar Pasha zahlt gut für gesunde Männer, wenn auch nicht für *jihads*. Seine *foggaras* fressen Männer auf wie Flöhe.« Die *foggaras* waren ein gewaltiges System von unterirdischen Bewässerungstunneln, die von Sklaven gegraben wurden.

Tamrit grunzte. »Gut, wir verkaufen ihn für eine Handvoll Münzen ins Wasserwerk, damit er da stirbt. Was hat das mit Frankreich zu tun? Wieso kann man damit eine *jihad* bezahlen?«

»Hat Jubar Pasha dir nicht seine Unterstützung zugesagt?«

»Ja. Die Unterstützung einer Feder für einen Stein.«

»Aber es liegt in unserer Macht, ihm die nötigen Mittel in die Hand zu geben. Er hat gute Verbindungen, wir nicht. Er verhandelt mit dem Teufel in Algier. Er kann dafür sorgen, daß Moussa gegen ein Lösegeld an seine französische Familie verkauft wird. Die bezahlt ganz sicher. Es ist eine rückständige französische Sitte, daß der Sohn des Vaters den Rang des Vaters erbt. Moussa hat infolgedessen Anspruch auf den Reichtum seines Vaters. Die Familie wird gar keine Wahl haben. Wenn sie das Lösegeld gezahlt haben, bringen wir ihn um – falls die *foggaras* das nicht schon erledigt haben. Überleg doch, Tamrit! Jubar Pasha füllt seine Schatzkammer. Wir bekommen unsere *jihad*. Moussa macht keinen Ärger in der *djemaa*. Und er wird nie erfahren, daß wir damit etwas zu tun hatten. Wenn er nicht mehr lebt, ist es sowieso ohne Belang, was er weiß.« Außerdem – aber das sagte Mahdi nicht laut – wäre Moussa damit für alle Zeit von Daia entfernt.

Tamrit dachte darüber nach. Ein Lächeln erstrahlte unter seinem Schleier.

»Mit dem Geld der Ungläubigen gegen die Ungläubigen arbeiten.« Das gefiel ihm. »Der Plan hat seine Vorzüge, Mahdi. Du bist der Senussi wahrhaft würdig.«

Man hatte Babouche gewarnt: Er müsse mindestens sechs Mann beauftragen, um ihn zu fangen. Der bloße Gedanke war verachtenswert. Er respektierte die Tuareg wegen ihrer Arroganz, aber nicht wegen ihrer Kraft – zumindest nicht, wenn er sich außerhalb ihres Landes aufhielt. Seine Männer waren *Ouled Sidi Sheik*. Von denen konnte selbst ein Krüppel einen einzelnen Targui bezwingen.

Aber sicherheitshalber schickte er trotzdem vier. Sie überraschten Moussa im dunkelsten Teil der Stadt, aber er hatte nicht geschlafen: Zwei starben sofort, der dritte etwas langsamer. Aber der vierte überbrachte den Gefangenen, wie Babouche es befohlen hatte. Zu diesem Zeitpunkt befand sich die Karawane schon ein gutes Stück weit nördlich von In Salah. Babouche hatte kein Verlangen danach, sich sehen zu lassen, wie er einen gefangenen Targui in der Nähe seines eigenen Territoriums transportierte. Die Teufel machten seinem Geschäft so schon genug Schwierigkeiten.

Der Targui hatte schlimme Prügel bezogen, aber er war nicht gezähmt. Trotzig stand er vor dem Karawanenmeister, die Hände auf dem Rücken gefesselt.

»Wie ich höre, bist du ein wahrer Dämon mit deiner Klinge«, stellte Baouche fest. »Laß sehen, welcher Irrsinn da unter dem Schleier lauert.« Mit der Spitze seines Dolches lüftete er das blutverkrustete Tuch. Moussa spuckte ihm ins Gesicht.

Babouche hatte Mühe, sich zu beherrschen. Man hatte ihm eingeschärft, daß diese Fracht von ganz besonderem Wert für Jubar Pasha sei. Seine Belohnung hing davon ab, daß die Ware in einigermaßen gutem Zustand abgeliefert wurde, und Geld war mehr wert als Rache. Gleichwohl konnte er unterwegs nicht dulden, daß jemand Schwierigkeiten machte.

»Wir müssen das Gift aus diesem Targui-Skorpion herausquetschen. Verprügelt ihn noch einmal.«

Die Wächter dürsteten nach Rache und konnten sehr präzise arbeiten. Sie waren es gewöhnt, den Sklaven ihren Trotz auszutreiben, ohne sie umzubringen. Babouche gebot ihnen frühzeitig Einhalt, bevor sie irreparablen Schaden anrichten konnten. Er war ein Experte in der Beurteilung solcher Fragen. Jubar Pasha war ein strenger Mann.

Moussa wurde zum Ende der Karawane geschleift und mit Schlägen auf die Fußsohlen zu sich gebracht. Er würde allein gehen, hinter den Kamelen und den schwarzen Sklaven aus dem Südland.

»Gebt ihm den Ehrenplatz der Tuareg, wo er tief im Dung von Tausenden watet. Legt ihm Ketten um den Hals und die Füße«, befahl Babouche. »Und zwar fest, so daß die Bewegung der Füße an seinem Hals zerrt. Kein Wasser für einen Tag, nichts zu essen für zwei. Und laßt ihn nicht schlafen und nicht sitzen. Wir werden sehen, wie es danach mit seinem Mut bestellt ist.«

Bevor er In Salah verließ, setzte Mahdi sich mit Papier und Feder hin. Eine Sache war noch unerledigt geblieben. Ein paarmal begann er den Brief, aber jedesmal zerknüllte er ihn und warf ihn weg. Erst der vierte Entwurf stellte ihn zufrieden.

Schöne Daia,

so sehr es mich schmerzt, ich kann doch noch nicht zu Dir zurückkehren. Ich muß mit Tamrit dringend noch etwas im Norden erledigen. Ich werde mich beeilen, so gut es geht, und zurückkehren, sobald Allah es gestattet. Der Gedanke an unsere Hochzeit erfüllt mein Herz.

Ich habe traurige Neuigkeiten. Ich möchte nicht, daß Du sie von einem Reisenden oder einem Fremden erfährst. Moussa ist getötet worden. Briganten der Ouled Sidi Sheik haben ihn überfallen, als er in der Nähe von In Salah unterwegs war. Wir waren zu weit weg, um ihm zu helfen. Er hat wacker gekämpft, aber es waren zu viele. Ich habe seinen Leichnam mit eigenen Augen gesehen und ihn begraben, nachdem wir die Ouled Sidi Sheik zu ihrem Schöpfer geschickt haben.

Es ist wahr, daß Moussa und ich einander nicht nahestanden. Dennoch teile ich Deine Trauer, denn ich weiß, wie es Dich schmerzt.

Mein Herz ist bei Dir.

Mahdi.

Ein erfolgreicher Tag. Erst hatte er Moussa diese Frau weggenommen. Dann hatte er ihnen allen Moussa weggenommen.

Er gab den Brief Attici, und der versprach, ihn eigenhändig abzuliefern.

Jubar, Pasha von Timimoun, Herr der Herren, Verteidiger des Glaubens, Bewahrer des Siegels, Löwe von Tuat, saß in seiner Empfangshalle, umgeben von seinem Hof. Er lebte in einer Welt von beträchtlichem Komfort. Seine Kleidung war aus Seide und heller Baumwolle, reich bestickt. Er trug einen gewaltigen Turban, mit Goldfäden und bunter Seide gesäumt. Seine Stiefel waren aus weichstem marokkanischem Leder, dick und rot und fein gebürstet. Er trug einen silbernen Gürtel mit prunkvollen Scheiden, in denen juwelenbesetzte Dolche steckten, und er saß auf einem weichen Federkissen. Die Wände waren mit Teppichen bedeckt. Diener schenkten seinen Gästen Tee aus einem kostbaren Silberservice ein.

Jubar Pasha musterte den Targui, der in seinen Ketten am anderen Ende der großen Halle stand. Babouche saß neben dem Pasha. Auf der anderen Seite saß Tamrit; er trug Gewänder und Turban der Ouled Sidi Sheik. Auf seinem Weg durch die düstere Welt der Senussi hatte Tamrit gelernt, so manche Verkleidung anzulegen. Moussa hatte sein Gesicht nie gesehen, denn stets hatte der *litham* der Tuareg es bedeckt. Solange er jetzt seine Stimme senkte, wußte Tamrit, daß seine Identität weiter geheim bleiben würde. Moussa konnte ihn quer durch die Halle jedenfalls nicht hören.

»Was für eine Art Mann ist denn das nun? Ist er Franzose oder Tuareg?« fragte der Pasha.

»Er ist weder das eine noch das andere, hoher Herr. Oder sollte ich sagen, er ist beides? Er ist ein Halbblut.«

»Du kannst ihn jedenfalls gefahrlos verachten, so oder so«, sagte Babouche. »Oder umbringen. Seine Unverschämtheit kennt keine Grenzen. Es war sehr kostspielig für mich, ihn zu dir zu bringen.«

»Die Inkompetenz deiner Agenten interessiert mich nicht«, antwortete der Pasha. »Wenn sein Leben kostspielig für dich war, so wäre sein Tod für mich noch kostspieliger. Ich hoffe doch, das ist dir nicht lieber?«

»Selbstverständlich nicht«, sagte Babouche hastig. »Ich wollte nur ...«

»Du wolltest nur sehen, ob du für deine Mühen nicht noch mehr Geld herausschlagen kannst.«

»Ich verlange nicht mehr als einen angemessenen Preis, hoher Herr.«

»Es heißt, du seist ein frommer Moslem«, sagte Jubar Pasha.

»Alle, die mich kennen, werden es beschwören, Herr.«

»Dann wird es ein schönes Zeichen deiner Frömmigkeit sein, daß du mir diesen Mann zum Geschenk machst. Dieser Gefangene steht jenseits allen Handels. Der Preis, den er erzielen wird, soll einer heiligen Sache dienen. Gewiß würdest du doch angesichts solcher Aussichten nicht nach persönlichem Gewinn streben.«

»Aber, Herr, ich bin Kaufmann …«

»In zweiter Linie bist du Kaufmann«, unterbrach ihn Jubar Pasha. »In erster Linie bist du Moslem. Ich bin sicher, deiner Großzügigkeit wird man im Paradies ebenso gedenken, wie mein Schatzkämmerer sich ihrer erinnern wird.« Dann winkte er ab. Die Diskussion über den Preis war beendet.

Babouche konnte nur stirnrunzelnd schweigen. Jubar Pasha war ein wertvoller Auftraggeber.

Der Pasha wandte sich an Tamrit.

»Ich wünsche wegen dieses Mannes keine Schwierigkeiten mit den Hoggar Tuareg zu bekommen«, sagte er. »Ich habe schon genug Ärger mit diesen Wilden.« Daß Tamrit selbst ein Targui war, schien ihn nicht zu kümmern. »Sie wagen sich selten so weit nach Norden herauf, aber sie sind eine Plage für meine Karawanen, die zwischen uns und dem Südland reisen. Wenn ich die Reichtümer zählen könnte, die sie mich schon gekostet haben …« Verdrossen winkte er ab. »Ich kann gut darauf verzichten, daß sie wegen einer Geisel besonders aufmerksam werden. Er ist ein Edler unter ihnen, sagst du. In solchen Dingen können sie sehr unangenehm werden.«

»Es wird keinen Ärger geben«, beruhigte Tamrit ihn mit leiser Stimme. »Sie wissen nichts davon. Sie halten ihn für tot.«

»Das wird er unzweifelhaft auch bald sein.«

»Durchaus, hoher Herr – sobald es uns paßt. Überdies – wenn sie von unseren Plänen wüßten, würden viele von ihnen insgeheim zustimmen. Alles, was den Ungläubigen zum Nachteil gereicht, bereitet ihnen große Freude, was man daran sieht, wie sie Sheik Flatters behandelt haben. Dieser Mann wird ein weiterer Stich in das französische Furunkel sein. Außerdem ist er nicht beliebt bei ihnen.«

Jubar Pasha nickte. »Ich habe über deinen Vorschlag nachgedacht. Es gibt einen Mann, der es übernehmen könnte. Nur einen. El Hussein. Auch er ist ein Halbblut. Er spricht Französisch. Er hat ihre Küstenstädte bereist. Er besitzt jenes unbezahlbare

Kaufmannstalent, einem Mann die Kehle durchzuschneiden und sein Opfer nichts als Freude empfinden zu lassen.« Der Pasha lächelte schmal. »Zusätzliche Eignung erhält er durch den Umstand, daß er mein Schwager ist. Man kann ihm vertrauen.«

»Eine ausgezeichnete Wahl.«

»Leider ist er zur Zeit als mein Gesandter am Hof des Sultans in Marrakesch. Ich habe formell darum ersucht, daß der Sultan sämtliche Oasen des Tuat annektieren möge, einschließlich dieser hier. Ich erwarte ihn erst in ein paar Monaten zurück.«

»Aber, Herr, Verzögerungen sind für niemanden von uns von Vorteil. Es gibt doch sicher noch jemanden ...?«

»Euer eigenes Abenteuer mit dem Sheik Flatters hat mein Angebot erst notwendig gemacht! Oder soll ich etwa abwarten, bis der französische Löwe aufwacht und uns mit Haut und Haaren verschlingt?«

»Natürlich nicht. Aber die *jihad* ...«

»... ist Teil eines größeren Ganzen. Aber eben nur ein Teil. Mit eurem heiligen Krieg könnt ihr sie nur ärgern und euch Märtyrer schaffen. Um sie aufzuhalten, ist allein die Macht des Sultans groß genug. Auch ich kann allein nicht gegen sie bestehen. Zwischen den Oasen des Tuat gibt es keine Bündnisse. Es gibt nur Überfälle und Gegenüberfälle unter Männern, die eigentlich Brüder sein sollten, und derweilen schlägt der französische Löwe uns einen nach dem andern, als wären wir eine Herde von Lämmern.«

»Du unterschätzt die Macht der *jihad*«, sagte Tamrit düster.

»Ich unterschätze gar nichts. Was ihr mit Sheik Flatters gemacht habt, ist ein Segen und ein Fluch zugleich. Ein Segen, weil es uns helfen könnte, das eine große Schwert des Islam gegen die Franzosen zu erheben, statt uns untereinander zu bekämpfen. Ein Fluch, weil es die französische Bestie aufstacheln wird, die nach Rache dürstet. Wir müssen auf breiter Front gemeinsam handeln. Eure *jihad* muß weitergehen, und der Sultan muß uns unter seine Fittiche nehmen. Und der einzige, der beides zustande bringen kann, ist El Hussein.«

So sehr es dem Pasha widerstrebte, dem Sultan noch mehr Macht einzuräumen, und so sehr ihm der Gedanke an die Steuern und Einmischungen, die daraus folgen würden, gegen den Strich ging, es gab doch keine andere Möglichkeit, dem Vorrücken der Ungläubigen Einhalt zu gebieten. Die Herrschaft des Sultans sah er ohnehin als unausweichlich an, und so wollte er wenigstens das Sprachrohr des Sultans im Tuat sein. Dabei war ihm daran gelegen, auch die Senussi zu ermutigen. Sie konnten ihm wertvolle Zeit einbringen. Er hatte noch nicht entschieden, ob er das Lösegeld mit den Senussi teilen sollte, wie er es Tamrit versprochen hatte, oder ob er es lieber selbst behalten würde. Darüber konnte er später nachdenken.

»Alles, was du sagst, ist wahr«, pflichtete Tamrit ihm bei. »Aber es gibt doch sicher noch einen anderen Mann?«

»Keinen, der mir zusagt. Er wird heikle Verhandlungen führen müssen. Sodann wird man ihm – wenn es stimmt, was du über den Wert deiner Geisel sagst – gewaltige Summen Geldes anvertrauen müssen. Es gibt nicht viele Männer, in die ich ein solches Vertrauen setzen würde.«

Jubar Pasha machte sich über El Hussein keine Illusionen. Selbstverständlich würde sein Schwager einen Teil des Lösegeldes unterschlagen. Aber El Hussein hatte es noch immer verstanden, seine Habgier im Zaum zu halten, und er hatte stets Verstand genug gehabt, nur einen Teil einzustecken. Ein anderer würde vielleicht alles nehmen.

»Also gut, wenn es dein Wunsch ist, soll es so sein. Es ist nur wichtig, daß der Gefangene am Leben erhalten wird, hoher Herr. Es kann sein, daß man den Beweis dafür erbringen muß, ehe ein Lösegeld bezahlt wird.«

»Es liegt eine hauchdünne Grenze zwischen Leben und Tod. Der Herr der *foggaras* kann dafür sorgen, daß er dicht vor dieser Grenze bleibt. Ich werde entsprechende Anweisungen geben. Er wird in den oberen Feldern arbeiten, wo der Tod nicht gar so nah ist.«

»Es ist aber auch wichtig, daß er nicht entkommt.«

Darüber mußte Jubar Pasha nun herzlich lachen. »Entkommen? Welcher Mann flieht vor dem Regen in den Brunnen? Wir sind von der großen Wüste umgeben. Kein Gefangener aus den *foggaras* ist je lange fort gewesen. Aber genug geredet.« Man schenkte mehr Tee aus und reichte honiggetränktes Gebäck. Schließlich winkte der Pasha den Gefangenen heran. Moussas Ketten schleiften über den Steinboden.

»Schäm dich, Babouche! Versteckt man ein Geschenk für einen Pasha unter Tuareg-Lumpen? Ich will ihn ganz sehen!« Er schnippte seiner Hofgarde mit dem Finger.

»Zieht ihn aus.«

Moussa hörte den Befehl. Voller Scham sträubte er sich wild, aber er war angekettet und schwach von der Reise. Sie hatten ihn schnell überwältigt. Zwei Männer hielten ihn fest, während ein dritter erst sein Gewand, dann seine Hose herunterriß. Schließlich wickelten sie den Tuchstreifen von seinem Kopf, Meter um Meter der weichen Baumwolle, bis Moussa nackt vor ihnen stand. Er hatte Blutergüsse und Platzwunden, wo die Wache ihn bearbeitet hatte. Sein Nacken war wund von dem Eisenring, den sie ihm angelegt hatten, und das Metall hatte den Turbanstoff durchgescheuert. Trotzdem sah er immer noch kräftig aus, und trotzig starrte er seine Widersacher an. Er kannte nur Babouche, den Sklavenhändler und Karawanenmeister. Der große weiche Mann in der Mitte war sicher der Pasha. Die Augen des dritten kamen ihm bekannt vor, ihr Blick war beunruhigend und intensiv, aber Moussa fiel nicht ein, wem sie gehören konnten. Er schaute den Pasha an.

Jubar Pasha musterte ihn mit geübtem Blick und einem gewissen Hunger. Der Teufel hatte einen schlanken, harten Körper. Die Muskeln schmiegten sich anmutig um Arme und Beine. Seine Haltung war von einer gewissen Eleganz. Der Mann stand da wie ein König. Jenseits des Trotzes waren seine Augen hinreißend, fand der Pasha. Ihr Blick fesselte ihn. Sie waren blau und durchdringend und auch ohne den Schleier erfüllt von Tuareg-Geheimnissen. Es wäre faszinierend, diese Geheimnisse in seinen Gemächern zu ergründen. Er erwog es einen Moment lang. Ein schöner Mann, wirklich. Aber so einladend er auch aussehen mochte, dieser Mann war nichts für sein Bett. Er war zu alt und zu kräftig. Der Pasha seufzte. Jammerschade.

Dieser Mann würde ihm Lösegeld bringen.

»Bringt ihn in die *foggaras.*«

Der Abend dämmerte, als sie ihn aus der Festung hinaus und durch ein Labyrinth von überdachten Straßen durch die ummauerte Stadt führten. Die Hauswände waren aus Lehmziegeln und von dunkelrotem Braun. In den engen Straßen drängten sich die Menschenmassen, aber niemand achtete auf ihn. Ein Sklave erweckte kein Interesse, auch wenn er hellhäutig war.

Moussa hatte jede Orientierung verloren. Die Straßen krümmten und bogen sich und kreuzten einander in einem wirren Netz. Man führte ihn zum Tor hinaus, einen Hang hinauf und zu einem ummauerten Lager. Es schien eines von mehreren gleichartigen zu sein, die in die offene Wüste hineinreichten. Im Innenhof befand sich eine große Gruppe schwarzer Sklaven aus dem Südland. Sie liefen frei umher, schwatzten und kochten an offenen Feuern. Es waren Hunderte. Ihre gemeinschaftlichen Unterkünfte waren stallähnliche Pferche mit Wänden und Dächern aus Palmgeflecht. Am hinteren Ende des Hofes führte eine Tür zu einem Durchgang mit einem Wachtposten an jedem Ende. Zu beiden Seiten davon stand eine Reihe von geduckten Lehmhütten mit Holztüren und schlitzförmigen Fenstern. Man führte Moussa zu einer dieser Hütten und stieß ihn hinein. Die Tür schloß sich hinter ihm.

Blinzelnd versuchte er sich an die plötzliche Dunkelheit zu gewöhnen. Der Raum war klein, und die Decke war so niedrig, daß er nur sitzen oder auf dem Lehmboden knien konnte. Möbel gab es nicht. Undeutlich sah er die Umrisse anderer Männer, die an den Wänden entlang saßen. Sie starrten ihn stumm an. Er sah einen Mann in der Ecke, dessen Gesicht vom schwindenden Licht, das durch das schmale Fenster hereinfiel, matt beleuchtet wurde. Er trug einen schmutzigen Turban, einen Lendenschurz und sonst nichts. Er war klein, ein hartes Bündel Muskeln. Seine dunklen Augen blickten munter. Er hatte Moussa betrachtet. »Allahs Segen sei mit dir, Großer. Du wirst es uns nachsehen, wenn wir nicht aufstehen.« Er lachte. »An enge Räume wirst du dich gewöhnen. Dies ist die höchste Decke, die du hier finden wirst. Bald wirst du an diese Decke denken, wie du einst an den Himmel dachtest.«

Moussa setzte sich in die Ecke gegenüber und versuchte, seine

Gedanken zu sammeln. Der kleine Mann huschte zur Tür, die plötzlich geöffnet worden war. Moussa hatte draußen niemanden gehört. Der Mann nahm die Schüsseln entgegen, die hereingereicht wurden. Die Tür schloß sich wieder.

Der Mann reichte die Schüsseln herum. Moussa bekam seine als letzter. Er schaute ohne Interesse hinein. Im trüben Licht sah er nur einen Klecks einer unerfindlichen Masse auf einem steinharten Klumpen Couscous. Es sah unappetitlich aus. Er hatte keinen Hunger.

»Es heißt, du bist Tuareg«, sagte der kleine Mann und aß gierig mit den Fingern. »Stimmt das?«

»Woher weißt du denn das schon? Ich bin doch gerade erst angekommen.«

»Manchmal treffen die Neuigkeiten vor dem Ereignis ein. Man kann ja nichts anderes tun als reden und tratschen. Jeder redet. Sogar die Wachen und die Karawanentreiber. Und ein Targui erweckt großes Interesse.«

»Ich bin teilweise Tuareg, ja.«

»Du hast nicht genug an für einen Targui. Du bist ziemlich nackt und trägst keinen Schleier. Wie heißt du?«

»Moussa.«

»Ich hatte mal einen Esel, der Moussa hieß. War ein ziemlich guter. Ich werde ihn nicht beleidigen, indem ich einen Targui so anrede. Ich werde dich Sidi nennen.« In seinem Tonfall lag reine Gutmütigkeit.

»Sie haben mir meine Kleider weggenommen.«

»Sie nehmen einem hier alles weg, Sidi. Was macht das schon? Vor Allah sind wir alle nackt. Ich bin Abdulahi. Ich gehöre zum Stamm der *Ouled Nail.* Der da«, er streckte den Zeigefinger aus, »ist Monjo. Er ist ein Haussa.« Monjo lag ausgestreckt auf dem Rücken. Er sah klobig und stark aus und war kohlschwarz. Seine Augen blickten durchdringend, aber freundlich. Er nickte stumm. »Der andere ist Mahmoud. Er ist Maure, ein Berber wie du, aber aus dem Hohen Atlas.«

»Ma'-tt-uli, du Tuareg-Hund«, sagte Mahmoud liebenswürdig, streifte Moussas Hand mit seiner eigenen und berührte dann seine Brust. »Wie geht es dir?«

»El kheir 'ras, du Maurenschwein.« Moussa grinste und berührte sein Herz auf gleiche Weise. Er mochte diesen Mann sofort. Abdulahi lachte entzückt über diese Begrüßung.

»So ist es hier immer, Sidi. Tuareg, Mauren, Haussa, Ouled Nail. Außerhalb dieser Mauern würden wir uns gegenseitig die Kehle durchschneiden. Aber hier drin sind wir alle Brüder. Jubar Pashas Kehle ist die einzige, die in Gefahr schwebt. Wie der Teufel sind wir Bewohner der Dunkelheit. Alle sind gleich. Das ist gut, nicht wahr? Wir brauchen einander, um zu überleben.«

»Sprich für dich selbst«, sagte Mahmoud. »Ich habe mit dem Teufel nichts zu schaffen.«

»Ah, aber du bist ein Bewohner der Dunkelheit.«

»Wie kommt ihr hierher?« fragte Moussa.

»Monjo ist ein Sklave.« Abdulahi sagte es, als sei dies der Anfang, die Mitte und das Ende von Monjo. »Ich wurde bei einer *razzia* gefangengenommen. Mahmoud wird als Lösegeldgeisel festgehalten. Er wird aber schon lange festgehalten und ist, glaube ich, nicht soviel wert wie ein Kamel. Für ein Kamel hätten selbst die Berber inzwischen bezahlt – zumindest wenn es gut ist. Aber Mahmoud sitzt hier und wird nicht freigekauft. Immerhin, für einen Mauren ist er kein so schlechter Gesellschafter. Wir alle haben uns hier auf diese oder jene Weise unbeliebt gemacht. Deshalb halten sie uns hier drin fest, statt uns draußen mit den Schwarzen herumlaufen zu lassen. Die hast du gesehen?«

»Ja.«

»Sie haben hier zu sagen. Sie leben jahrelang hier – oder bis sie sterben. Sie machen niemals Ärger und versuchen auch nicht zu fliehen. In diese Hütten stecken sie nur die schwierigen Gefangenen. Aber es gibt schlimmere Orte, Sidi. Es gibt einen Haftbereich für die härtesten unter den Gefangenen. Das sind nur noch Löcher in der Erde, bedeckt mit schweren Falltüren. Sie haben keine Fenster, und niemand leistet dir dort Gesellschaft. Du wirst drinnen angekettet, außer wenn du arbeitest, und arbeiten mußt du in den schlimmsten Tunneln, wo der Sand weich ist und du sicher bei der Arbeit umkommen wirst. Ich habe einige Zeit in diesen Löchern verbracht, Sidi. Zwei Monate haben sie mich dabehalten. Ich war völlig von Sinnen, als sie mich rausließen.«

»Du warst schon von Sinnen, als du reinkamst«, sagte Mahmoud.

»Wohl wahr. Aber ich kann es trotzdem nicht empfehlen. Du wärst gut beraten, wenn du es vermeidest, Ärger zu machen, Sidi.«

»Du bist schon lange hier?«

»Vier Jahre. Ich bin ein Experte für die *foggaras*, Sidi. Du hast Glück, daß du mich gefunden hast. Ich bin ein guter Lehrer.« Er beäugte Moussas Schüssel. Sie war unangetastet. »Hast du die Absicht, das noch zu essen, Sidi?«

»Nein.« Moussa reichte sein Essen hinüber.

»Sei gesegnet«, sagte Abdulahi und machte sich eifrig darüber her. Mit einem Stein brach er das Couscous in zwei Stücke, die er hinunterschlang, ohne erst zu versuchen, sie zu kauen. »Das war übrigens die erste Lektion.«

»Nämlich?«

»Gib niemandem dein Essen. Du wirst jeden Bissen brauchen, um zu überleben. Deshalb habe ich vier Jahre hier überlebt. Und ich werde noch einmal vier Jahre überleben.«

Er grinste und leckte sich die Lippen.

»Erzähl mir von den *foggaras*. Ich habe sie schon gesehen, aber ich weiß wenig über sie.«

»Es gibt viel Wasser hier, Sidi, auch wenn wir von Dünen umgeben sind. »Es kommt von ...« Er zuckte die Achseln. »Allah weiß, woher es kommt. Manche sagen, es kommt von weither, von den Bergen am großen Wasser, und es fließt den ganzen Weg unter der Erde, unter dem Dünenmeer, bis hierher. Das Problem ist, daß das Wasser – genau wie die Erlösung – nicht zu uns kommt. Wir müssen es suchen gehen. Es fließt tief. Wir müssen es ans Tageslicht bringen. Das ist unsere Arbeit, Sidi – die Arbeit der *foggaras*. Wie der Teufel, sind wir Bewohner der Dunkelheit. Wir finden Wasser im Dunkeln und führen es ans Licht.«

»Es sind also Brunnen?«

»Nein. Ein Brunnen würde in Timimoun wenig hergeben und ewig brauchen, um sich zu füllen. Die *foggaras* sind Tunnel. Zuerst graben wir einen tiefen Schacht. Manche dieser Schächte, im Tiefland bei der Oase und den Palmen, sind nicht so tief. Ein

Mann kann fast herausschauen, wenn er darin steht. Aber andere, näher an der Wüste gelegene, sind viel tiefer – mindestens hundert Schritte tief. Wir graben also nach unten, bis wir Wasser finden, ganz wie bei einem gewöhnlichen Brunnen. Und dort beginnen wir dann mit den Tunneln. Wir graben sie auf der Höhe des Wasserspiegels und führen sie auf abschüssigem Weg zur Oase hinunter. Durch diese Tunnel fließt das Wasser. Je länger die Tunnel sind, desto mehr Wasser bringen sie. Und manche sind viele Meilen lang, Sidi. Wenn du eines Tages die Oase selbst besuchen solltest, so wirst du reiche Ströme von Wasser sehen, die in die Gärten und zu den Palmen fließen. Der Pasha verkauft sein Wasser an die *harratin*, die das Land beackern und ihm Tribut zahlen. Timimoun ist eine schöne Oase. Ohne die *foggaras* könnte sie nicht existieren. Sie würde sterben, und die Dünen würden sie bedecken. Aber mit den *foggaras* – da sind nur wir es, die sterben und von den Dünen bedeckt werden.«

»Wie viele Sklaven sind denn hier?«

»Das wissen nur Allah und Jubar Pasha, und sie sagen es uns nicht. Es gibt fünf Lager wie unseres, die man von hier aus sehen kann. Andere liegen auf der anderen Seite der Festung. Wie viele werden das sein? Man braucht Heerscharen, um die *foggaras* zu unterhalten. Die *foggaras* sind hungrig wie ein unterirdischer Drache, der Menschen frißt. Es gibt Einbrüche dort unten. Menschen ertrinken, andere verschwinden. Die Karawanen sind in Timimoun immer willkommen, denn die Karawanen bringen Futter für den Drachen. Es ist eine andere Welt da unten, eine Welt der Dunkelheit. Du mußt lernen, alle deine Sinne zu benutzen, Sidi.«

Es war dunkel geworden. Sie hörten das leise Geplapper der Sklaven im Hof, die immer noch gesellig an ihren Feuern saßen. Ein Säugling weinte. In der Dunkelheit ihrer kleinen Hütte gab es nichts zu sehen. Nichts zu tun. Die Männer legten sich zum Schlafen hin. Es gab kaum genug Platz für vier. Moussa spürte ein Knie im Rücken, und sein Kopf lag neben einem Fuß. Abdulahi hatte den besten Platz, nämlich an der Wand gegenüber der Tür, wo er sich ausstrecken konnte. Er gähnte.

»Du wirst lange leben, wenn du den Drachen überlistest, Sidi. Wenn nicht, wirst du sterben.«

Moussa lag auf dem Lehmboden und versuchte all das zu verdauen. Seine Gedanken überschlugen sich in einem Wirbel von Zorn und Empörung, und er hatte noch tausend Fragen zu stellen. Aber er war zu müde von seinem Gewaltmarsch und zu wund von der Prügel, die er bekommen hatte. Blinzelnd bemühte er sich, seinen Kopf zu klären und nachzudenken. Aber statt dessen schlief er ein.

Man weckte sie vor dem Morgengrauen. Wieder wurde Essen durch die Tür gereicht. Diesmal kaute Moussa knirschend, was man ihm gab. Man erlaubte ihnen, die Gemeinschaftslatrine aufzusuchen. Hier hockten sich die Männer vor aller Augen nieder. Trotz der Dunkelheit war Moussa sich seiner Nacktheit bewußt. Er versuchte sich zu bedecken, aber es half nichts. Abdulahi sah ihn. »Da ist zuviel nackter Mann, um es mit einer Hand zu bedecken, Sidi«, rief er lachend. Aber als sie über den Hof gingen, blieb er bei einem der Schwarzen stehen und sprach mit ihm. Anscheinend kannten die beiden einander gut, und der Mann trabte zu seiner Hütte. Einen Augenblick später kam er mit einem Stück Stoff wieder zum Vorschein und gab ihn Abdulahi lächelnd und schwatzend.

Abdulahi kam mit dem Stoffstück zu Moussa. »Für deine Schamhaftigkeit, Sidi.« Er strahlte. Beim Gehen riß Moussa den Stoff in Streifen und machte sich einen Lendenschurz und einen spärlichen Turban für seinen Kopf. Es reichte nicht aus, um sein Gesicht zu bedecken: Er fühlte sich zwar wohler, aber immer noch nackt. Es tröstete ihn nicht, daß alle andern genauso gekleidet waren wie er.

Sie zogen durch ein Tor, wo ein Sklave stand und aus einem Weidenkorb Werkzeug verteilte. Moussa bekam eine Hacke, ein Stück Seil und einen steifen Ziegenlederbeutel. Er beobachtete Abdulahi und schlang sich wie dieser das Seil um den Leib. Dann schob er den Griff der Hacke hindurch und hängte sich den Lederbeutel um den Hals. »Gib acht auf diese Sachen«, sagte Abdulahi. »Wenn du sie heute abend nicht zurückbringst, bekommst du nichts zu essen.«

Ein anderer Mann gab jedem eine Handvoll Datteln, zehn

Stück für jeden, als sie vorbeikamen. Wieder machte Moussa nach, was er bei den anderen sah: Er wickelte seinen Turban ab, knotete die Datteln in das Ende und schlang sich den Stoff wieder um den Kopf. Zehn Datteln. Nicht viel, nicht einmal nach Tuareg-Maßstäben.

Ihr Wächter hieß Atagoum, ein vierschrötiger Mann mit sonnengegerbter Haut. »Er ist dumm wie ein Maultier, Sidi«, flüsterte Abdulahi, »aber er kann mit dem Schwert umgehen. Aber noch mehr als das Schwert solltest du die Palmgerte fürchten. Die benutzt er, ohne zu zögern. Sie reißt dir das Fleisch auf wie der Schnabel einer Krähe.«

Moussa betrachtete die Gerte in Atagoums Hand. Es war ein großer Palmzweig. Auf beiden Seiten zogen sich bösartig aussehende Stacheln wie eine Reihe Nadeln entlang. Sie waren so zurechtgeschnitten, daß sie vom Zweig abstanden, und dann mit Zwirn festgebunden. Sie würden sehr wirkungsvoll sein.

Atagoum ging ein Stück weit abseits neben ihnen her und beäugte Moussa mit einem Blick, der zwischen Feindseligkeit und Neugier schwankte. »Wie alle andern fragt er sich, was es mit dem Tuareg-Teufel auf sich haben mag«, erklärte Abdulahi. »Heute morgen auf der Latrine waren alle erleichtert, als sie sahen, daß du nicht zwei Penisse hast, Sidi.«

»Ja?«

»Aber natürlich. Das ist so eine Sache bei euch Teufeln, über die ich mir selbst schon von Kindheit an den Kopf zerbrochen habe.«

Atagoum führte sie zum Tor hinaus, weg von der Stadt und in die offene Wüste hinaus. Sie marschierten eine halbe Stunde lang leicht bergauf. Sie sahen, wie die Sonne hell über den orangegelben Dünen aufging. Timimoun erwachte zum Leben. Man hörte den Ruf des Muezzins. Esel, Kamele und Menschen rührten sich hinter den Mauern. Es gab zwei *kasbahs*, Festungen, eine auf jeder Seite der Stadt. Zwischen ihnen erstreckte sich eine lange Mauer. Auf der anderen Seite der Stadt lag die Oase, ein üppig grünes Meer vor dem goldenen Hintergrund. Und jenseits der Oase konnte Moussa ein *sebkha* erkennen, einen blendend weißen Salzsee, der sich alle paar Jahre mit wilden Fluten füllte.

Das Terrain, durch das sie gingen, war von niedrigen Hügeln übersät, die sich in geraden Linien den Hang hinauf zum Plateau aneinanderreihten. Sie lagen etwa zwanzig oder dreißig Meter weit auseinander, und sie waren aus Erde und Steinen aufgeschüttet. »*Foggara*-Schächte«, sagte Abdulahi. »Dort werden wir heute arbeiten.« Er deutete auf einen Bezirk, der etwa auf halber Höhe am Hang lag. Gruppen von Männern versammelten sich um jede Öffnung. Moussa sah, wie sie über die Ränder verschwanden und von der Erde verschluckt wurden.

Er versuchte sich die unterirdische Welt vorzustellen, die Abdulahi ihm beschrieben hatte, die Tunnel und die Dunkelheit. Er war ein Mann der freien Luft, ein Sohn der Wüste. Ihn schauderte.

Er hatte Angst.

Er saß am Rand des Schachtes und umschlang das Seil. Er spähte in das Loch hinunter. Es verschwand in schwarzer Finsternis. Sein Herz klopfte. Abdulahi, Mahmoud und Monjo warteten mit zwei anderen Männern, die Moussa nicht kannte.

Abdulahi legte Moussa die Hand auf die Schulter und sprach schnell auf ihn ein.

»Du mußt dich an den Knoten festhalten, Sidi«, sagte er. »Und du mußt lernen, deine Zehen zu benutzen. Nimm das Seil zwischen sie und laß dich von Knoten zu Knoten hinab. Dies ist ein tiefer Schacht, wie ich zu meinem Bedauern sagen muß. Dreimal wirst du das Seil wechseln müssen, ehe du am Grund ankommst. Es wird dir sehr lange vorkommen, ehe das geschieht. Wenn die Wand um dich herum einstürzt, halte dich am Seil fest und warte. Wir werden versuchen, von oben zu dir zu kommen und dich herauszuheben. Wenn du das Seil losläßt, wirst du sterben, Sidi. Laß nie los.«

Moussa nickte. Er hielt das Seil fest umklammert.

»Genug geschwatzt«, sagte Atagoum. »Hinunter.« Die Palmgerte hob sich bedrohlich über Moussas Rücken.

»Allahs Segen, Sidi, und möge er dich beschützen. Ich bin bald bei dir.«

Moussa ließ sich über den Rand ins Loch gleiten. Das Seil baumelte lose unter ihm. Er hörte, wie es an die Schachtwand schlug.

Er brach ein paar Steinchen vom Rand los und hörte, wie sie fielen. Wie sie unten aufschlugen, hörte er nicht.

Hand über Hand greifend ließ er sich hinunter und versuchte das Seil mit den Zehen zu halten, wie Abdulahi es ihm geraten hatte, aber er bekam es nicht dazwischen. Es rutschte ihm immer wieder weg. Also hielt er sich mit den Händen fest. »Versuche nicht, dich nur mit den Händen festzuhalten«, hatte Abdulahi ihn gewarnt. »Sie werden ermüden, und dann wirst du Spaß bekommen.« Aber er hatte keine Wahl. Seine Zehen nützten ihm nichts. Vielleicht würden sie mit der Zeit und mit zunehmender Erfahrung wachsen, dachte er. Er war größer als andere und stellte fest, daß er sich ausruhen konnte, indem er sich mit den Beinen an der gegenüberliegenden Schachtwand abstützte, so daß Füße und Rücken ihn hielten. Als er das Ende des ersten Seils erreicht hatte, atmete er heftig, und schon taten ihm die Arme weh. An diese Anstrengungen war er nicht gewöhnt. Er wechselte das Seil und setzte seinen Abstieg fort.

Am Ende des zweiten Seils angekommen, fand er den Anker, an dem das dritte befestigt war. Als er das eine Seil losließ und sein Gewicht dem anderen anvertraute, rutschte er ab. Er schrie auf und packte das Seil mit der ganzen Kraft seiner Hände, aber er rutschte fast zehn Meter tief hinunter, ehe er Halt gefunden hatte. Das Seil verbrannte ihm die Handflächen, die Knoten rasten einer nach dem andern vorbei, als er abwärts sauste, und jeder war eine Erschütterung für seinen Halt und drohte ihn vollends zum Grund des Schachtes stürzen zu lassen.

»Sidi! Alles in Ordnung?« Die körperlose Stimme folgte ihm nach unten.

Moussa schnappte vor Schmerzen nach Luft. »Alles in Ordnung!« rief er hinauf.

»Nicht loslassen, Sidi.«

Der Schacht ging nicht völlig senkrecht hinunter, und so konnte er das Einstiegsloch nicht mehr sehen. Es war dunkel, ja, mehr als dunkel: Die Schwärze war so vollständig, daß sie wirkte wie eine Wand, als wäre sie körperlich vorhanden. Er konnte seine eigene Hand nicht sehen. Ihn schauderte. Es war kühl hier, viel kühler als oben, und klamm. Wenn er mit dem Rücken die

Schachtwand berührte, fühlte sie sich fast schleimig an. Er hätte etwas anziehen müssen, aber er wußte nicht, was. Seine Kleider hatten sie ihm weggenommen. Er mußte sie zurückbekommen. Vermutlich würde er erfrieren, bevor dieser Tag zu Ende wäre.

Als er kurz vor dem Ende des Seils noch einmal rastete, hörte er etwas.

Wasser. Das Plätschern von Wasser. In der weiten Wüste war das ein wunderbares Geräusch, das Geräusch des Lebens. Hier im Schacht war es ein geheimnisvolles Geräusch, ominös und einschüchternd, das Rieseln der Angst. Moussa näherte sich dem Grund. Noch einmal versuchte er, seine Zehen einzusetzen. Wieder scheiterte er. Knoten um Knoten ließ er sich mit schmerzenden Armen hinunter.

Endlich spürte er festen Boden unter den Füßen. Seine Füße standen im Wasser. Er ließ das Seil los und rieb sich die Arme. Ein Geräusch von oben ließ ihn hochschauen. Steinbröckchen und Sand rieselten auf ihn herab und fielen ihm in die Augen. Jemand kam hinter ihm hinuntergeklettert. Er machte die Augen zu.

Wieder eine Lektion gelernt.

»Nicht nach oben schauen, Sidi«, hatte Abdulahi ihn gewarnt. »Das wirst du immer bereuen.« Er rieb sich die Augen. Es hatte ohnedies wenig Sinn hochzuschauen, wenn man nichts sah.

Es war so eng, daß man nur knien konnte. Er befand sich an einem Kreuzungspunkt mehrerer Tunnel, die sich von dem Schacht entfernten und sich hier zu einer kleinen Kammer erweiterten. Die Tunnel waren gerade so groß, daß man auf Händen und Knien hindurchkriechen konnte. Aber selbst dabei schürfte er mit dem Rücken an der Decke entlang. Die *foggaras* waren von Männern gegraben, die kleiner waren als er. Er drückte sich zur Seite und wartete auf Abdulahi. Langsam tastete er sich voran, und seine Finger tasteten durch die Dunkelheit. Er hatte in einer Welt des endlosen Himmels ohne Mauern gelebt, und jetzt bedrängte ihn die Schwärze des Tunnels um ihn herum. Er spürte es, auch wenn er nichts sehen konnte. Er hörte sich atmen, und er hörte das Plätschern des Wassers. Die Geräusche in seiner Umgebung wurden verstärkt, die weiter entfernten, die Abdulahi bei seinem Abstieg durch den Schacht machte, klangen gedämpft. Es war zum

Ersticken. Er hatte Mühe, das Kribbeln der Panik zu unterdrücken.

Ein Mann landete neben ihm. Er bewegte sich flink in der Dunkelheit. Behende wie eine Katze.

»Abdulahi?« Seine eigene Stimme hallte zu ihm zurück.

»Nein.«

Moussa konnte nicht sagen, wem diese Stimme gehörte. Er roch Knoblauch. Das Geheimnis huschte an ihm vorbei in einen Tunnel. Moussa lauschte, bis er nichts mehr hörte. Wieder kam ein Mann herunter.

»Abdulahi?«

»Nein, Mahmoud. Laß es dir heute gutgehen, Tuareg-Hund.« Auch er huschte an Moussa vorbei und folgte dem anderen Mann in die Dunkelheit. Moussa konnte sich nicht erklären, woher sie wußten, wohin sie kriechen mußten. Wie Ratten verschwanden sie in der Unterwelt.

Wieder fiel ein Körper herab.

»Alles in Ordnung, Sidi?«

»Ja, aber ich kann nichts sehen.«

»Du wirst lernen, mit den Fingern zu sehen, Sidi, und mit einem Auge deines Geistes, von dem du gar nicht wußtest, daß du es besitzt. Hab Geduld. Sorge macht es auch nicht heller. Halt den Kopf gesenkt und folge mir.«

Er wieselte in einen der Tunnel hinein. Moussa kroch ihm nach und stieß sich sofort den Kopf. Er rieb sich die Stelle und kroch so schnell voran, wie er konnte, aber er kam nicht mit. Er steckte mit Händen und Knien im Wasser, und es war eiskalt. Seine Knie waren schon aufgescheuert, aber er beeilte sich, denn er hatte eine Todesangst davor zurückzubleiben. Niemals würde er hier wieder hinausfinden. Er dachte daran, sein Seil loszuwickeln, um es als Wegzeichen zurückzulassen, aber er hatte keine Zeit dazu, und er wußte auch nicht, wie weit sie gehen würden. Verdammt! Abdulahi hatte ihm bereits tausend Anweisungen hingeworfen. Wie schwer konnte es denn sein, in den *foggaras* zu arbeiten? Trotz allem, was er schon gelernt hatte, war ihm, als wisse er überhaupt nichts.

Er hielt an und lauschte. Er hörte etwas. Geradeaus vor ihm

oder eher rechts? Das Geräusch war klar und deutlich, aber die Richtung war nicht zu erkennen. Moussa kroch auf einer Hand weiter und betastete die Wand mit der anderen. Und richtig, da war eine Öffnung. Wieder lauschte er. Dann bog er in den neuen Tunnel ein, der rechtwinklig von dem anderen abzweigte. Er fragte sich, wie er sich nachher umdrehen sollte. Er hatte keine Lust, den ganzen Weg rückwärts zurückzukriechen. Eilig kroch er ein paar Augenblicke lang weiter. Ihm war, als sei das Geräusch näher, und dann prallte er mit dem Gesicht gegen Abdulahis Hintern.

»Nicht so schnell, Sidi. Wir sind da. Das ist das Ende des Tunnels.« Er sprach in normalem Ton, und doch klang seine Stimme überlaut. Der Hall spielte dem Ohr Streiche. Moussa wünschte, er könnte etwas sehen.

»Dies ist ein Seitenarm des Haupttunnels«, sagte Abdulahi. »Ein kurzer Zufluß, der den Wasserstrom verstärken soll. Wir werden noch einen oder zwei Meter weiter graben. Und wir müssen den Boden absenken. Ich arbeite hier als erster. Du bist es noch nicht gewöhnt. Du wirst im Schacht arbeiten.«

»Was soll ich machen?«

»Binde dein Seil los.« Moussa tat, was Abdulahi ihm sagte. »Knote das eine Ende an deinen Ledersack. Hier, kannst du es fühlen? Das andere Ende schlingst du dir um den Leib. Dann kriechst du zum Schacht zurück, wo wir hergekommen sind. Ich werde hier graben, bis ich den Sack gefüllt habe. Dann ziehe ich einmal am Seil: So. Du wirst den Sack mit deinem Seil herausziehen. Mein eigenes Seil wird am anderen Griff festgebunden sein. Mach beide Seile los und binde den Sack an das Seil, das von oben herunterhängt. Oben steht ein Mann. Zieh am Seil. Er wird den Sack hochziehen und ausschütten, und dann läßt er ihn wieder zu dir herab. Während er das tut, nimmst du deinen eigenen Sack und knotest ihn an unsere beiden Seile. Zieh einmal an meinem Seil, wenn du fertig bist. Ich ziehe den Sack wieder zu mir und fülle ihn, und der ganze Vorgang fängt wieder von vorn an. Du wirst immer wieder die Säcke und die Seile wechseln. Hast du verstanden?«

»Ja.« Moussa dachte nur daran, daß er jetzt allein zurückkriechen und den Schacht wiederfinden mußte.

»Wie du feststellen wirst, ist das eine unterhaltsame Art und

Weise, den Tag zu verbingen, Sidi. Und es hat wirklich seine Vorteile.«

»Ach?«

»Dir wird niemals heiß, und es gibt immer reichlich zu trinken.« Er lachte. »Und jetzt ist es Zeit zum Arbeiten, Sidi. Aber noch etwas: Du mußt die Ohren offenhalten. Du mußt immer und mit all deinen Sinnen lauschen und fühlen. Es kann einen Einbruch geben. Eine Decke kann einstürzen, eine Wand. Vielleicht hörst du es nicht. Vielleicht fühlst du es nur. Wenn du erst eine Zeitlang hier warst, wirst du wissen, wie es sich anfühlt. Und manchmal staut sich das Wasser in verborgenen Kavernen und bricht dann heraus, und es kann den Tunnel für eine Weile überfluten. In all diesen Dingen muß ich mich darauf verlassen, daß du dich an deinen guten Freund Abdulahi am anderen Ende des Seils erinnerst und rasch handelst. Benutze deine Hacke und rette ihn, wie du dich selbst retten würdest.«

»Selbstverständlich. Aber was soll ich machen, wenn der Tunnel überflutet wird?«

»Kannst du schwimmen, Sidi?«

»Ja.«

Abdulahi kicherte. »Darauf kommt es hier nicht an. Wenn der Tunnel überflutet wird, kannst du hier nicht wegschwimmen. Du wirst wahrscheinlich ertrinken.« Er war entzückt von dieser heiteren Vorstellung. »Dreh dich auf den Rücken und versuche die Nase unter die Tunneldecke zu drücken, damit du atmen kannst. Stemme dich mit Armen und Beinen seitwärts gegen die Wände, damit der Strom dich nicht fortträgt. Du bist ein großer Mann und solltest das ohne Mühe schaffen. Und wenn du merkst, wie ich vorbeischwimme, hältst du mich fest. Wenn du es nicht kannst – *mektoub*. Eines Tages werde vielleicht selbst ich den Drachen nicht mehr überlisten können, und vielleicht hat Allah auch einmal satt, wie unaufmerksam ich beim Gebet bin.«

Moussa fühlte sich überwältigt. Sein Blut raste bei dem Gedanken an eine rauschende Flut unter der Erde.

»Wir sind Bewohner der Dunkelheit, Sidi. Wir brauchen einander. Wir leben zusammen. Wir dürfen nicht zusammen sterben.«

»Das werden wir nicht.«

»Geh mit Gott, Sidi, aber vertrau nur deinen Sinnen.«

Abdulahi schlug ihm auf die Schulter. Moussa war überrascht, daß der Mann im Dunkeln wußte, wo seine Schulter war. Ihn schauderte bei der Berührung. Er war es nicht gewöhnt, an der nackten Haut berührt zu werden. Er würde sich hier an vieles gewöhnen müssen, das war jetzt schon klar. Er fühlte die schreckliche Bürde der Verantwortung – für Abdulahi, für sich selbst. Er biß die Zähne zusammen und kroch rückwärts durch den Tunnel, und dabei wickelte er sein Seil ab, das an die Tasche geknotet war. Als er an der Einmündung ankam, schob er die Füße um die Ecke, die dem Schacht abgewandt war. Dann kroch er vorwärts, betastete die Wände, befühlte alles, und sein Herz pochte. Er war allein. Er war nur wenige Meter von seinem Gefährten entfernt, und doch kam er sich vor wie der einzige Mensch auf der Welt.

Er geriet in Panik, als er sich fragte, wie er den Schacht wiederfinden sollte. Er spürte die Decke des Tunnels am Hinterkopf, als er vorankroch, und wußte, daß er irgendwann auf den Schacht stoßen würde. Aber woher sollte er wissen, daß es der richtige Schacht war? Wie viele Schächte mochte es hier geben? Wenn er jetzt den falschen nahm, und wenn oben niemand war? Würde er stundenlang hier stehen und darauf warten, daß ein nicht vorhandener Mann das Seil hochzog, wenn er daran zupfte? Und wenn er sich schon geirrt hatte und gleich in die falsche Richtung gekrochen war? Hier unten verließ einen jedes Richtungsgefühl, wirklich jedes. Das Gedächtnis mußte einspringen, und wenn das Gedächtnis versagte? Wie weit sollte er kriechen, bevor er wieder zurückkehrte? Er hatte den Trost, daß Abdulahi am anderen Ende des Seils hing. Aber wenn das Seil ihm nun entglitt, ohne daß er es bemerkte? Oder wenn er daran zog und das andere Ende irgendwo außerhalb von Abdulahis Reichweite lag?

In der schwarzen Finsternis schrien tausend Schrecken auf ihn ein. Er haßte die Dunkelheit, haßte auch dieses Gefühl der Enge. Er brauchte den Himmel, die Sonne, die Sterne. Er brauchte die offene Wüste.

Die Decke des Tunnels wurde nicht höher. Sein Hinterkopf schürfte darunter hin, und der neue Turban schluckte diese Mißhandlung. Er wußte nicht, wie weit er gekommen war. Er konnte überhaupt keine Entfernungen abschätzen. Es schien ein sehr weiter Weg zu sein, den er da auf Händen und Knien zurückgelegt hatte. Dann spürte er einen Luftzug, so sanft, daß er ihm fast entgangen wäre. Aber – ja, es *war* ein Luftzug, der da wispernd über seine Wangen strich.

Du mußt alle deine Sinne benutzen, Sidi.

Erleichterung durchströmte ihn, als er den Schacht erreichte und das baumelnde Seil fühlte. Natürlich, das Seil. Es hätte ihm auch gesagt, wo er war. Es gab Zeichen, man mußte sie nur finden.

Auf zittrigen Beinen richtete er sich auf, froh, wieder stehen zu können. Sein Kopf ragte in den Schacht, seine Füße standen im Tunnel. Sofort fühlte er ein Rucken an dem Seil an seiner Seite. Er kniete nieder und fing an zu ziehen. Er fühlte, wie das Seil sich zu seinen Füßen zusammenrollte. Er hörte, wie der Sack über den Boden rutschte. Dann erfühlte er ihn und nestelte den Knoten los. Als er ihn gelöst hatte, band er den Sack an das Seil, das von oben herabhing, und zog einmal daran. Der Sack bewegte sich nicht. Er zog noch einmal. Nichts. War der Trottel dort oben eingeschlafen? Während er wartete, beschloß er, seinen eigenen Sack an Abdulahis Seil zu befestigen, aber gleich merkte er, daß er im Dunkeln nicht mehr wußte, welches Seil nun welches war. Es war alles verschlungen und verheddert. Er strich mit den Fingern darüber hin, befürchtete, es könnten sich Knoten hineingeschlungen haben, wenn es sich wieder spannte, Knoten, die dann an Ecken hängenbleiben oder die verhindern könnten, daß er daran zog, wenn er jemanden retten mußte – oder wenn er selbst gerettet werden mußte.

Unversehens war diese einfache Aufgabe zuviel für ihn. Er tat seine Arbeit nicht! Er ließ sich wieder auf die Knie sinken und kroch zurück in den Tunnel. Er faßte das eine Seil, das zu Abdulahi zurückführte und ließ es nicht mehr los, sondern tastete sich daran entlang, bis er das Ende fühlte. Als er es gefunden hatte, band er rasch den Sack daran und ruckte einmal. Sofort rutschte der Sack davon. Dann richtete er sich wieder auf, um nach dem vollen Sack zu sehen. Er tastete umher. Er war immer noch da. Wütend zog er am Seil. Erdbröckchen fielen ihm auf den Kopf.

Dann begriff er. Er hatte den Sack an das falsche Seil geknotet: an das Ende des Abstiegsseils, an dem er herabgeklettert war. Es war dicker und kürzer. Es waren drei Seile im Schacht gewesen. Hier konnte er in alle Ewigkeit ziehen, und niemand würde reagieren.

Er knotete den Sack los und fand das richtige Seil. Dort band er ihn wieder fest und riß einmal daran. Sofort stieg der Sack in die Höhe. Moussa hielt die Augen geschlossen. Er fühlte sich gedemütigt. Die Sache war nicht so einfach, wie sie aussah. Dann fiel ihm ein, daß er sich wieder auf die Knie sinken lassen mußte. Abdulahi verließ sich darauf, daß er die Ohren offenhielt, und er tat es nicht. Er fummelte hier herum wie ein Idiot und versuchte, Säcke voll Erde dahin fliegen zu lassen, wo er sie haben wollte, und die ganze Zeit war er unaufmerksam.

Überflutungen. Einbrüche.

Er war ein Bewohner der Dunkelheit. Er mußte die Ohren spitzen.

So arbeitete er an den Seilen. Mit der Zeit bekam er Übung. Er begann Geräusche zu deuten. Ein leerer Sack, der im Schacht herunterkam. Ein voller Sack, der durch das Wasser rutschte. Arm über Arm, Hand über Hand – seine Bewegungen wurden glatter, mechanischer. Und er fand eine Möglichkeit, das Seil ordentlich aufgerollt zu seinen Füßen zu verwahren.

Einmal knotete er den Sack nicht richtig an das Seil. Er schwebte hinauf zur Erdoberfläche und schürfte an den Schachtwänden entlang. Dann hörte Moussa, wie er sich löste. Er riß die Arme hoch, um seinen Kopf zu schützen, blieb aber mit den Ellenbogen an der Schachtwand hängen. Hätte der Sack ihn getroffen, hätte er ihn bewußtlos geschlagen oder Schlimmeres angerichtet, aber er sauste knapp an ihm vorbei und fiel ihm krachend vor die Füße. Er konnte fühlen, wo der Schutt herausquoll. Mit den Händen versuchte er, alles wieder hineinzuschaufeln, aber das Wasser schwemmte den größten Teil davon, und irgend jemand anders würde es wieder einsammeln müssen.

Von da an achtete er besser auf seine Knoten.

Stunde um Stunde, Sack um Sack, wanderte der Schutt nach

oben. Moussa dachte an die tausend anderen Männer in der Unterwelt der großen *foggaras*, die sich dort abrackerten, damit das Wasser des Pasha nicht versiegte. Die Galle stieg ihm in die Kehle, wenn er an seine Lage dachte. *Ein Gefangener!* Ein so alltägliches Geschick in der Wüste, und doch hätte er sich niemals träumen lassen, daß es ihn ereilen könnte. Aber jetzt hatte er keine Zeit, sich darüber den Kopf zu zerbrechen. Dazu würde er heute abend Zeit haben, oder morgen. Jetzt durfte er nur an Knoten denken, an Rucke am Seil, an Säcke, die durch die Dunkelheit herabfielen, an Überflutungen, die nur darauf warteten, ihn umzubringen. Jetzt wollte er nur den Tag hinter sich bringen.

Der Hunger nagte an seinem Magen. Er tastete nach dem Ende seines Turbans, wo er die Datteln eingeknotet hatte. Als er den Klumpen gefunden hatte, wickelte er ihn sorgfältig aus. Er aß nur zwei. Er wollte sie so einteilen, daß sie den ganzen Tag reichten, aber bald wurde ihm klar, daß er von der Zeit ebensowenig Begriff hatte wie von Entfernungen. Es konnte Vormittag sein, Nachmittag, aber auch Mitternacht. Sommer oder Winter. Die Bewohner der Dunkelheit konnten es nicht erkennen.

Er kniete nieder und trank Wasser vom Boden des Tunnels. Es war gut, aber zu kalt. Die Kälte wollte nicht von ihm weichen. Er sehnte sich danach, in die Wärme an der Oberfläche zurückzukehren. Nicht einmal ein Tag war vergangen, und er wußte kaum noch, wie die Hitze sich anfühlte. Er kannte nur noch Kälte. Die Luft war kalt, das Wasser war kalt. Und am kältesten von allem war die Dunkelheit. Daran würde er sich nie gewöhnen. Schnell zog er die Säcke zu sich heran, denn es wärmte ihn, sich schnell zu bewegen. Er rieb sich die Schultern mit beiden Händen und stampfte mit den Füßen. Er fror und wartete und arbeitete.

Er zog einen Sack von Abdulahi zu sich heran, als er ein neues Geräusch hörte. Sofort konzentrierte er sich aufmerksam und hörte auf, das Seil zu sich heranzuziehen.

»Was machst du da, Sidi? Wieso hörst du auf?« Abdulahis Stimme war nah. Er war hinter dem Sack zum Schacht gekrochen. Moussa entspannte sich und kauerte sich nieder.

»Ich habe das neue Geräusch nicht erkannt. Ich dachte, es ist vielleicht ein Einbruch.«

Abdulahi lachte. »Du hast noch einen weiten Weg vor dir, Sidi, wenn du den Unterschied zwischen Abdulahi und einem Einbruch nicht kennst.«

Moussa nickte in der Dunkelheit. »Ja, es ist ein weiter Weg. Sind wir für heute fertig?«

»Nein, wir haben die Hälfte geschafft. In der Dunkelheit spielt einem die Zeit grausame Streiche. Aber jetzt bist du an der Reihe mit graben. Meine Arme haben genug. Findest du den Weg zurück?«

»Ich glaube ja.« Moussa war keineswegs sicher. Die Vorstellung, daß er erst den halben Tag geschafft hatte, war bedrückend.

»Halt die Ohren offen, wenn du gräbst. Wenn du an einem Stück Fels arbeitest, hinter dem sich Wasser verbirgt, wird der Klang deiner Hacke sich verändern. So hoch in den *foggaras* sollte es eigentlich nicht vorkommen, aber der Drache steckt voller Überraschungen.«

»Und woher weiß ich, wann ich zurückkommen soll?«

»Du zählst die Schläge deiner Hacke. Wenn du sie auch nicht ein einziges Mal mehr heben kannst, Sidi, dann mußt du noch zweimal solange graben. Dann erst ist es Zeit, aufzuhören.«

»Aber das ist zu lange. Warum setzen wir uns nicht einfach hin, ohne zu graben?«

»Eine wunderbare Idee. Aber es geht nicht. Sie schicken jede Woche Sklaven herunter, die uns kontrollieren. Das sind Männer, die nach langem Dienst von der Schwerarbeit befreit wurden. Sie brauchen nicht mehr zu graben, wenn sie ihre Sache gut machen – du kannst dir also vorstellen, *wie* gut sie sie machen. Sie kennen jeden Zollbreit des Drachen. Sie vermessen ihn. Sie kriechen von einem Ende zum andern. Sie wissen, wie viele Männer in einem Bereich gearbeitet haben, und wieviel geschafft worden sein müßte. Und sie passen auf, daß es keine geheimen Tunnel oder Kammern gibt. Und wenn wir in der Woche keine gute Arbeit geleistet haben, werden unsere Rationen gekürzt. Und wenn wir weiter trödeln – nun, da gab es mal eine Gruppe Sklaven, die nicht weitergraben wollte. Es waren zwölf, und es war kurz nach meiner Ankunft in Timimoun. Jubar Pasha wußte, was zu tun war. Er schloß die Enden der Tunnel ab, in denen sie an jenem Tag arbeiten sollten, und zog das Seil in ihrem Schacht hoch. Dann rief er uns andere zusammen. Zog uns aus den *foggaras* herauf, nur damit wir zuschauen konnten. In der ganzen Oase wurde die Arbeit unterbrochen. In einem zwanzigfachen Ring standen die Leute um den Schacht. Wir hörten die Männer dort unten heulen. Und dann mußte jeder von uns einen Korb Erde in den Schacht schütten, bis das Heulen aufhörte.« Er spuckte aus. »Danach sprach niemand mehr davon, langsam zu arbeiten.«

Moussa überlief es eisig bei dem Gedanken daran, lebendig begraben zu werden.

Er fand den Rückweg ohne Mühe, und er wußte, daß er sich niemals an die Tunnel gewöhnen würde. Seine Haut war naß und gereizt. Seine Hände und Knie waren wundgeschürft. Sand und spitze Steine scheuerten an ihm. Die Kälte griff ihn unablässig an. Als er die Stelle gefunden hatte, an der er graben sollte, ruhte er sich einen Moment aus, und dann betastete er die Fläche, die er zu bearbeiten hatte. Der Tunnel hatte eine ovale Form, aber der Boden war flach. Zum Arbeiten mußte er sich mit Bauch und Beinen in das kalte Wasser legen, das vom Fels herunterrieselte.

Das Graben war mühsam. Er konnte die Hacke nicht hoch genug heben, um schwungvoll auszuholen, sondern mußte den weichen Fels stochernd bearbeiten. Erst tat er es mit offenen Augen, aber bald fand er heraus, daß er sie besser schloß, um sich vor fliegenden Splittern zu schützen. Die Hacke löste mit jedem Schlag nur kleine Bröckchen heraus. Wenn er eine Weile gearbeitet hatte, scharrte er den Schutt mit den Händen zusammen und bemühte sich unbeholfen, sie in den Sack zu schaufeln. Es schien ewig zu dauern, bis er voll war. Wenn er am Seil zog, rutschte der Sack sofort davon. Er ruhte einen Moment lang aus und merkte überrascht, wie schnell das Rucken an seinem Seil ihm anzeigte, daß ein leerer Sack bereitlag und herangezogen werden mußte. Es gibt keine Ruhe, dachte er.

Es war eine furchtbare Arbeit. Seine Hände hatten am schlimmsten darunter zu leiden. Sie waren keine körperliche Arbeit gewöhnt, und der Schutt scheuerte sie beim Zusammenscharren auf. Sie waren so kalt, daß er es nicht richtig spüren konnte, aber ihm war, als sei die Haut zerfetzt und blutig, als er dabei war, den vierten Sack zu füllen. Wenn es so weiterginge, hätte er am Ende des Tages nur noch Fingerstümpfe. Er drehte die Hacke herum und benutzte den Griff, um den Schutt zusammenzuschieben, statt es mit den Händen zu tun. So dauerte es länger, aber es ging nicht anders. Im Lager würde er sich etwas suchen müssen, das ihm als Schaufel dienen könnte.

Nein! Er verfluchte sich für diesen Gedanken. Er versuchte hier nur, durch den Tag zu kommen, aber es durfte ihm nicht zur Gewohnheit werden.

Ich darf nicht nach Wegen suchen, mir die Sache zu erleichtern. Ich muß einen Weg finden, von hier zu entkommen.

Der Tag schleppte sich endlos hin. Die Arbeit verwüstete seinen Körper. Seine Muskeln schmerzten. Blasen bildeten sich, platzten auf, bildeten sich neu. Sack um Sack rutschte davon. Der Drache gierte unersättlich nach mehr. Moussa arbeitete, bis er wußte, daß er keinen Sack mehr würde füllen können, und als es seine Kräfte überstieg, die Hacke auch nur noch einmal zu heben.

Dann dachte er an Abdulahis Worte: daß er jetzt noch zweimal soviel schaffen müsse. Er ließ den Kopf auf den Unterarm sinken und fror in der Dunkelheit und nahm seine ganze Willenskraft zusammen, um weiterzumachen. Ihm wurde bewußt, daß er wie die andern Edlen der *Ihaggaren* noch nie körperliche Arbeit geleistet hatte. Das taten Sklaven für sie. Jetzt war er ein Sklave. Ein verblüffender Gedanke.

Und er machte sich zähneknirschend wieder an die Arbeit.

Er bewegte sich automatisch, und langsam, so schien es, wurde sein Empfinden stumpf für alles außer seinen Bewegungen, als er plötzlich das erste Steinrieseln fühlte. Es fiel von der Decke hinter ihm in seine Kniekehlen, während er seine Hacke schwang. Entsetzt schrie er auf.

Ein Einbruch!

Panisch kroch er zurück, ließ Hacke und Sack, wo sie waren, suchte in irrer Hast der Gefahr zu entkommen. Er riß sich beim eiligen Kriechen Knie und Ellbogen auf, als er so schnell, wie er nur konnte, rückwärts davonrutschte. Sein Herz klopfte voller Panik, und die Kehle war ihm zugeschnürt. Als er die Einmündung in den Haupttunnel erreicht hatte, hielt er an und lauschte.

Er hörte nichts. Nur seine eigene Lunge, die in feuchter Angst rasselte.

Es hatte keinen Einbruch gegeben. Ein bißchen loses Gestein war herabgefallen, und allenfalls sein Mut war verschüttet worden. Aber er schämte sich seiner Angst nicht. Niemand, der bei Sinnen war, konnte an einem solchen Ort arbeiten, ohne Angst zu haben.

Er biß die Zähne zusammen und beruhigte sich. Jeder Instinkt riet ihm zu verschwinden, zum Schacht zu kriechen und hinauszuklettern. Er hatte genug getan – mehr, als man vernünftigerweise von einem Mann erwarten konnte. Aber er wußte, daß es noch zu früh war, und er wußte auch, daß er heute abend nichts zu essen bekommen würde, wenn er Hacke und Sack zurückließe. Aber er mußte essen. Und um zu essen, mußte er arbeiten.

Er fragte sich, ob dieser schreckliche Tag jemals enden würde.

Fliehen.

Widerstrebend kroch er wieder vorwärts, zurück in das Maul des Drachen.

Erschöpft streckte er sich in der kleinen Hütte auf dem Rücken aus. Er fühlte sich schrecklich und wunderbar zugleich. Es war eine Erleichterung, den *foggaras* entronnen zu sein, aber sein Körper hatte einen furchtbaren Preis gezahlt. Jeder Muskel tat ihm weh. An seinen Händen und Knien war die Haut abgerissen, anderswo war sie blasig und aufgeschürft. Er zitterte immer noch vor Kälte. Der Lehmboden der Hütte hatte die Wärme des Tages gespeichert, und er wand sich und versuchte, sich hineinzuwühlen, um sich mit dieser Wärme zu umgeben.

Er konnte sich nicht vorstellen, noch einen solchen Tag zu überstehen. Abdulahi war seit vier Jahren hier. Und andere noch länger.

Vier Jahre! Lieber würde er sterben.

Abdulahi lächelte mitfühlend über sein Elend. »Du wirst dich an die Arbeit gewöhnen, Sidi. Dein Körper wird sich an die Kälte anpassen, deine Haut zäher werden. Bald wirst du dich am Ende eines Tages nicht mehr fühlen wie jetzt.«

»Nein«, widersprach Moussa entschieden. »Niemals. Ich werde

mich nicht daran gewöhnen, denn vorher werde ich verschwinden.« Er wollte weitersprechen, aber da öffnete sich plötzlich die Tür, und die Schüsseln mit Essen wurden hereingereicht. Moussa mußte sich zwingen, sich aufzurichten. Aber er mußte essen und seine Kräfte bewahren. Also setzte er sich hin. Der Abend dämmerte bald. Er starrte den steinharten Couscous an, und dann fielen ihm die Datteln ein, die er immer noch im Turban hatte. Er hatte ganz vergessen, den Rest im Laufe des Tages aufzuessen. Jetzt mischte er alles zusammen und aß es mit den Fingern. Dabei sah er, daß seine Hände zitterten. Er schlang alles herunter wie ein Wolf. Es war nicht genug – nicht annähernd genug.

»Wie kann ich von hier fliehen?« Er stellte die Frage mit leiser Stimme, damit man ihn draußen nicht hörte.

Abdulahi kicherte. »Kannst du fliegen, Sidi? Das wäre eine große Hilfe.«

»Ich meine es ernst.«

»Ich auch. Es gibt keine Flucht ohne Flügel. Glaubst du, ich säße noch hier, wenn es möglich wäre, von hier zu verschwinden? Nur wenige haben es versucht. Alle sind gestorben. Niemand kommt durch die Wüste des Todes, die uns umgibt.«

»Dann nach Westen. Dort liegen andere Oasen.«

Monjo nickte und leckte sich die Finger ab. Es war das erste Mal, daß er sprach. »Der Mann, der vor dir hier gewohnt hat, war der letzte, der das versucht hat. Ammoun war sein Name. Er hat sein Essen aufgehoben, Dattel für Dattel, bis er einen ganzen Sack voll hatte. Als er soweit war, haben wir ihm unsere Rationen auch noch dazugegeben. Er stahl eine Decke, um sich vor der Sonne zu schützen. Er machte sich einen Wasserschlauch aus alten Ziegenledersäcken aus den *foggaras*. Es dauerte sechs Monde, bis er alles fertig hatte. Dann wartete er, bis einer der Wächter, die sonst hier Dienst tun, krank war. Am Morgen versteckte er sich in der Latrine, und als die Arbeitskolonnen weg waren, kletterte er über den Zaun. Der neue Wächter bemerkte nichts. Ammoun wollte nach Timoudi.«

»Das ist eine Oase in der Nähe«, erklärte Abdulahi. »Der Weg dorthin führt am Saoura entlang, einem Fluß, der manchmal nach Westen fließt. Weit außerhalb des Machtbereichs des Pasha.«

Moussa nickte. Er hatte von dem Fluß gehört.

»Tagsüber versteckte Ammoun sich, damit Reisende ihn nicht sahen. Nachts marschierte er. Nach zwölf Nächten erreichte er die Oase. Er war fast tot, aber er hielt sich für einen freien Mann. Er gab sich als Pilger aus, der nach Fez wollte. Aber dann wurde er von Agenten des Agha von Adrar ergriffen, die ihn zum Sklavenmarkt brachten und an eine durchziehende Karawane verkauften. Und nach zwei Monaten stand er in der großen Halle vor niemand anderem als Jubar Pasha, seinem ehemaligen Herrn. Du kannst dir vorstellen, wie mißmutig der Pasha wurde, als er feststellte, daß der Mann, den man ihm da verkaufen wollte, schon sein Eigentum war. Er kaufte ihn ein zweitesmal und ließ ihn kopfüber am Tor zu unserem Lager aufhängen. Einen Knochen haben die Krähen übriggelassen. Er hängt noch da – du kannst ihn sehen.«

Moussa zuckte die Achseln. »Das war ein schlechter Plan. Er ist nicht weit genug gegangen. Außerdem hätte er sich ein Kamel besorgen müssen.«

»Ein Kamel, ach ja!« höhnte Mahmoud. »Ein feines Kunststück für einen Tuareg-Hund! Aber hier gibt es keine Kamele, wie du schon gesehen hast. Sie werden alle hinter den Mauern von Timimoun gehalten. Du müßtest dich nach Timimoun hineinschleichen, um eins zu stehlen, und dich dann wieder hinausschleichen. Die Oase ist nicht groß. Jeder kennt da die Geschäfte des anderen. Die Wächter wissen, wer die Leute sind, die da durch die Tore kommen. Da ist es unmöglich, so etwas unbemerkt zu tun.«

»Unwahrscheinlich vielleicht. Aber nicht unmöglich.« Moussa dachte an den Wächter in In Salah, der die ganze Zeit geschlafen hatte, während er in der Stadt versucht hatte, Proviant für die französische Expedition aufzutreiben. »Wächter sind überall gleich. Sie schlafen. Sie lassen sich bestechen.«

Mahmoud zuckte die Achseln. »Wenn Allah es will, wird es dir gelingen«, sagte er. »Aber bis jetzt hat Allah es noch bei niemandem gewollt.«

»Ich warte nicht, bis Allah etwas will«, antwortete Moussa. »Ich muß es selbst wollen, und dann muß ich es tun.«

»Wir haben alle schon gehört, daß die Tuareg keinen Gott kennen«, sagte Mahmoud. »Du magst an der Macht des Allmächtigen zweifeln, aber du brauchst uns deine Blasphemien nicht unter die Nase zu reiben.«

»Dann reibt ihr mir eure Resignation nicht unter die Nase«, erwiderte Moussa. »Es gibt einen Weg hinaus. Wenn ihr ihn nicht sucht, werdet ihr ihn nicht kennenlernen. Aber ich gedenke ihn zu finden.«

Mahmoud winkte frustriert ab. Dieser Targui war von Sinnen.

»Jubar Pasha statuiert ab und zu ein Exempel an einem Mann«, sagte Monjo. »Aber es ist kein so schlechtes Leben, wenn man sich daran gewöhnt hat. Wenn du arbeitest, bekommst du zu essen. Sie behandeln uns nicht grausam. Sie schlagen uns nicht, wenn wir ihnen keinen Grund dazu geben.«

Moussa schüttelte den Kopf. Er begriff nicht, wie man darauf warten konnte, daß man starb.

»Kann ich in die Oase gehen?«

»Nein.«

»Kann ich das Obst essen, das dort wächst?«

»Nein.«

»Kann ich fortgehen, wenn ich will?«

»Natürlich nicht.«

»Dann werde ich mich nie daran gewöhnen.«

»Aber dann wirst du sterben.«

»Dann soll es sein.« Moussa schaute die andern an. »Soll das heißen, daß keiner von euch mitkommt, wenn ich einen Weg finde und fortgehe? Daß ihr mir nicht helfen werdet? Daß ihr lieber für immer hierbleibt?«

»Ich würde natürlich mitgehen«, sagte Abdulahi. »Aber du findest keinen Weg.«

Monjo schüttelte den Kopf. »Ich komme aus dem Nichts, und zum Nichts werde ich zurückkehren, Sidi. Ich kann nirgends hin, wo es besser wäre als hier. Ich schaffe es niemals, ins Südland zurückzukehren. Es ist besser, Sklave hier in einer Hölle zu sein, die ich kenne, als in einer anderen, die ich nicht kenne. Und sterben kann ich hier so gut wie anderswo.«

Mahmoud seufzte. Der Targui war ein Verrückter. Aber vielleicht, vielleicht verkörperte er auch den Willen Allahs, der nur darauf wartete, endlich getan zu werden. »Ich habe nicht den Wunsch, im Bauch des Drachen zu sterben. Besser ist es, ich sterbe draußen mit dir. Ich komme mit.«

32.

Der Sturm wütete zuerst an den Hängen des Djebel Amour, des Liebesgebirges, und tötete einen französischen Bauern und seine Familie. Der Bauer war zwei Jahre zuvor eingewandert und scharrte einen kargen Lebensunterhalt aus dem Land, das man einem Algerier weggenommen und beschlagnahmt hatte. Er hatte den Brunnen ausgebaut und Bewässerungsgräben angelegt, aber der Boden war schlecht, und seine Feigen und Oliven verdorrten in der Sonne. Er war dabei, ein Stück Erde von Steinen zu befreien, um hier einen neuen Gemüsegarten anzulegen, und sein kleiner Sohn spielte in der Nähe. Seine Frau und die Tochter, ein Säugling noch, waren im Haus.

Er sah sie kommen, ein Dutzend Männer, die von einem Höhenkamm herunterkamen. Zunächst war er nicht weiter beunruhigt. Es hatte nirgends Unruhen gegeben. Er sah wohl, daß sie ein merkwürdig zusammengewürfelter Haufen von verschiedenen Stämmen waren. Sie ritten schnell. Einer war ein Targui – und erst jetzt ahnte er, daß hier etwas nicht stimmte. Die Tuareg kamen nicht oft so weit in den Norden. Als der Bauer ihre blanken Waffen sah, raffte er seinen Sohn an sich und wollte zum Haus laufen. Mahdi holte ihn mühelos ein und streckte ihn nieder. Der Bauer war tot, ehe er am Boden lag. Er fiel auf den kleinen Jungen in einem vergeblichen Versuch, ihn zu schützen – es half nichts: Der Junge starb als nächster. Dann schwärmten die Reiter um das Haus, und wieder blitzten ihre Klingen. Eine Fackel vollendete das Werk. Das alles war rasch getan.

Der Rauch war von einem benachbarten Anwesen aus zu sehen. Der Bauer dort, ein sizilianischer Sträfling mit Bewährung, griff nach seinem Gewehr, bestieg seinen Esel und kam eilends zu Hilfe. Auf seinem Weg begegnete er den Männern der *jihad.* Einen Schuß konnte er abfeuern, ehe man ihn überwältigte. Sein eigenes Bauernhaus ging als nächstes in Flammen auf.

Es gab noch vier weitere Überfälle, ehe der erste Alarmruf die französische Garnison in Laghouat erreichte. Der Kommandant war nicht übermäßig besorgt. Seit Jahren gab es sporadische, aber nicht besonders wirksame Aufstände. Er schickte einen Trupp von zehn *tirailleurs* unter dem Befehl von Lieutenant Lébeque aus, einem über alle Maßen arroganten Pariser. Seine Leute ritten auf prachtvollen Araberpferden, Maultiere zogen einen Troßkarren mit seinem Zelt, einem Faß Wein und anderen Dingen, die in den elenden Regionen, die er zu bereisen hatte, lebensnotwendig waren. Er hatte nur Verachtung für die schmutzige Bande von Schurken, die er hier jagte. Seine Späher fanden ihre Fährte und folgten ihr in ein Wadi, das in die offene Wüste hinausführte. Sein Karren blieb stecken. Seine Pferde plagten sich durch den tiefen Sand. Seine Leute waren damit beschäftigt, die Räder freizuschaufeln, als der Blitz der *jihad* wieder zuschlug. Diesmal waren es mehr, sicher dreißig Mann, und sie benutzten Gewehre und Schwerter. Mit machtvoll schrillem Geschrei brachten die Krieger des Islam die französische Streitmacht zur Strecke. Lieutenant Lébeque starb als letzter. Einem *tirailleur* wurde das Leben geschenkt. Der Anführer der Rebellen sprach mit ihm, ehe sie ihn laufenließen. »Sag ihnen, mein Name ist Tamrit«, sagte er, »und meine Sache ist heilig. Sag ihnen, ich werde erst aufhören, wenn sie alle von hier verschwunden sind. Und sag deinen Brüdern, den *tirailleurs*, daß alle, die den Franzosen helfen, ebenfalls sterben, auch die Moslems unter ihnen.«

Und um diesen Worten Nachdruck zu verleihen, wurden zwei Algerier, die für die Franzosen Ländereien verwalteten, noch am selben Tag am hellichten Tag mitten auf dem Marktplatz ihrer Stadt ermordet.

Tamrit war berühmt. Er terrorisierte weite Landstriche, während Bou Amama ein paar hundert Meilen weiter westlich einen ähnlichen Aufstand anführte. Die Siedler gerieten in Panik. In Paris begannen die Abgeordneten Reden zu halten, in denen sie den unerträglichen Mangel an Sicherheit beklagten. Laghouat entsandte neue Patrouillen, stärker an der Zahl. Und die Garnison in Wargla wurde alarmiert.

Ein paar Monate bevor die Überfälle begannen, hatte Paul sich auf den Heimweg gemacht, wie Capitaine Chirac es ihm befohlen hatte. Und wie Chirac es versprochen hatte, wurde er in Algier vom Gouverneur empfangen, der darauf bestand, ihn mit einem großen Fest zu feiern. Die Damen und Herren der feinen Gesellschaft von Algier versammelten sich um ihn, schwatzten munter und umschmeichelten ihn wie einen Helden, den einzigen französischen Überlebenden der Märtyrerexpedition. Eine junge Frau in einem atemberaubenden Kleid versuchte ihn zu verführen. Paul war schockiert über so viel Jubel, denn dadurch verstärkte sich in ihm nur das Gefühl, er sei ein unwürdiger Versager und nicht etwa der Held, den sie hier verehren wollten. *Wo bleibt ihr Zorn? Sie sollten mich doch verachten.* Aber der Gouverneur war ein begabter Redner, und das Publikum war aufmerksam. Während der Ansprache beim Diner hörte Paul ungläubig, wie der Redner es fertigbrachte, die Flatters-Expedition in einen Triumph des französischen Willens zu verwandeln. *Wäre seine Zunge mit dabeigewesen*, dachte Paul verbittert, *hätte noch alles gut werden können.* Er schaute zu Boden, während der Mann sprach, und bemühte sich, sein schlechtes Gewissen zu verbergen. Er litt schweigend, bis er es nicht mehr ertragen konnte. Dann stand er abrupt auf und zog sich ins stille Arbeitszimmer des Gouverneurs zurück. Dort fand er eine Flasche Cognac und betrank sich sinnlos.

Die Aussicht darauf, in Paris noch mehr davon zu hören, war ihm unerträglich. Er konnte nicht ehrlos zurückkehren. Also bestieg er nicht das Schiff nach Marseille. »Ich will nicht fahren«, sagte er am nächsten Tag zum Gouverneur. »Ich will nach Wargla zurück. Ich will die Feinde Frankreichs töten.«

»Da wäre viel zu töten«, sagte der Gouverneur lächelnd. »Eine Aufgabe für eine Nation, nicht für einen einzelnen Mann.«

»Die Nation wird es nicht tun«, sagte Paul. »Also muß ich es tun.«

So geschmeidig der Gouverneur vor einem Publikum auch zu reden wußte, er spürte doch, was dieser junge Offizier durchgemacht haben mußte, und war zutiefst beunruhigt, als er ihm in die Augen schaute. »Lassen Sie sich etwas Zeit. Kehren Sie nach Paris zurück, wenigstens für eine Weile. Suchen Sie sich ein Mädchen und amüsieren Sie sich. In ein paar Monaten geht es Ihnen besser. Dann können Sie entscheiden, was zu tun ist.«

Aber Paul wußte, was er wollte. Und er nutzte die Beziehungen der Familie de Vries, die er nie zuvor erprobt hatte, um es zu erreichen. Es ging viel leichter, als er sich je hätte träumen lassen. Der Kriegsminister persönlich hob den Befehl zu seiner Heimkehr nach Frankreich auf und erfüllte seine Bitte um Stationierung in der Garnison Wargla. Wenn es jemals möglich sein sollte, Erlösung zu finden, dann würde sich nur dort die Gelegenheit dazu ergeben.

Aber er hatte sich verrechnet. In Wargla passierte nichts. Die Zeit kroch dahin und stellte ihn auf eine harte Probe. Die Untätigkeit verschärfte das Gefühl des Versagens. Sein Haß auf die Tuareg siedete in ihm, und zugleich quälte ihn das Gewissen, weil er Melika verlassen hatte. Er kannte sich selbst nicht mehr und begriff nicht, was er durchmachte. Er war zu jung, um zu wissen, was er mit seinem Haß anfangen sollte. So brodelte es in ihm, und er löste sich in der Säure seiner Besessenheit innerlich auf.

Er blieb in der Garnison für sich und brütete. Er hatte nichts zu tun und wurde dadurch so mürrisch und hart wie die Männer, die früher sein Mitleid erregt hatten. Nie ging er in die Oase, nie spazierte er durch die Straßen. Er schlief allein in einem Zimmer, abseits von den anderen Offizieren, die er mit seinen Alpträumen am Schlafen hinderte. Dort hockte er im Dunkeln, dachte an Melika und trank bis zur Besinnungslosigkeit. Er aß nur wenig. Er rasierte sich nicht mehr und badete nicht. Es war keine Freude mehr in ihm, kein Lebensfunke. Es war nichts mehr übrig von dem naiven, aber enthusiastischen Offizier, dem einst die kleinen Dinge der Wüste so kostbar erschienen waren. Mit den anderen Männern sprach er nicht über das, was geschehen war. Sie begannen ihm aus dem Weg zu gehen und schauten zur Seite, wenn er vorbeikam, und sie murmelten etwas von *le cafard*, jener tiefen Depression, die so viele Wüstensoldaten an den Rand des Wahnsinns oder darüber hinaus trieb.

Allerdings übte er weiter das Schießen mit seinem Gewehr, und er reinigte und polierte seine Waffen. Diese leisen Geräusche hörte man täglich in seinem Zimmer – das Gleiten des Wetzsteins über die Klinge seines Degens, das sanfte Wispern des Öltuchs an Pistole und Gewehr, den Korken im Flaschenhals.

Er dachte an seinen Vater, wie er nach dem Prozeß betrunken und allein in seinem Zimmer im Château gesessen, seinen Säbel poliert und jedermann weggeschickt hatte. Er fragte sich, was für Gedanken dem Colonel in jenen dunklen Tagen am Ende des Kaiserreichs wohl durch den Kopf gegangen sein mochten. Und wieder fragte er sich, warum sein Vater ihn verlassen hatte und was wohl aus ihm geworden war. Nur eins war sicher: Vater und Sohn hatten ein gleichermaßen bitteres Ende gefunden. Überraschend war nur, daß der Sohn es so viel schneller gefunden hatte als der Vater.

Aber das machte nichts. Er schloß die Augen und fühlte das weiche Tuch am harten Stahl, und dann nahm er noch einen Schluck im Dunkeln. Das war alles, was von seinem Leben noch übrig war: Poliertücher und Alkohol, Träume und Haß.

Eines Tages kam ein Wachtposten zu ihm und meldete, am Tor der Garnison sei eine Frau, die nach ihm gefragt habe. »Sie sagt, sie kennt Sie, Lieutenant. Heißt Melika, sagt sie. Sie sieht ganz gut aus wie eine einheimische ...« *Hure*, hätte er fast gesagt, aber dann besann er sich. Er beneidete den Lieutenant um dieses Mädchen.

Paul schaute weg. Er ballte die Fäuste und schloß die Augen und kämpfte mit seiner Seele. Er holte tief Luft.

»Schicken Sie sie weg«, sagte er leise.

Ein paar Tage später kam sie wieder. »Schicken Sie sie weg«, sagte Paul. Von einem Fenster aus sah er, wie sie fortging, und Tränen liefen ihm übers Gesicht.

Als sie das nächste Mal kam, machte der Posten sich nicht mehr die Mühe, nachzufragen. Er lud sie in seine Wachstube ein und knöpfte sich die Hose auf. Sie wandte sich wütend ab. Er packte sie beim Arm und bot ihr Geld, drückte ihr ein paar Münzen in die Hand. Sie schlug ihm kräftig ins Gesicht, und er ließ sie los. »Wohl gerade gut genug für einen Offiziersschwanz, was?« fauchte er mit verzerrtem Mund.

Pater Jean kam in die Garnison. Paul war zerzaust und roch nach Rum. Aber vor dem Priester gab es kein Entrinnen; man hatte ihn geradewegs zu Pauls Quartier geführt. Paul starrte ihn mit stumpfen Augen an.

»Ich wollte mich erkundigen, ob es Ihnen gutgeht«, sagte Pater Jean. Seine Augen ließen Mißbilligung erkennen, aber er sagte nichts.

Paul zuckte die Achseln, verlegen über seinen Zustand. »Ich weiß, daß Sie mir das Leben gerettet haben«, sagte er nach peinlichem Schweigen. »Ich hätte Ihnen dafür danken müssen. Es tut mir leid, daß ich ohne Abschied fortgegangen bin.«

»Mir auch, mein Sohn«, sagte der Priester mit leiser Schärfe. Dies war der eigentliche Grund für sein Kommen. Melika war wie eine Tochter für ihn. Das unverhoffte Verschwinden des Lieutenants hatte sie todunglücklich gemacht. Irgendwo in sich verspürte Pater Jean den Wunsch, Paul zu schlagen und ihn zu schütteln, bis er wieder zur Vernunft käme. Aber statt dessen gestattete er sich nur einen Hauch von Verachtung.

»Sie hätten wenigstens ihr auf Wiedersehen sagen können. Sie hatte etwas übrig für Sie.« Diese Worte wirkten, als hätte er Paul ein Messer in den Leib gestoßen und es umgedreht.

»Ich konnte nicht«, flüsterte Paul. »Sie können das nicht verstehen.«

»Helfen Sie mir. Ich werde Ihnen zuhören.« Der Blick des Priesters war jetzt voller Mitgefühl. Er sah, wie Paul sich quälte.

»Ich kann nicht, Pater.«

»Dann lassen Sie uns zusammen beten. Bitten Sie den Herrn um das, was Sie brauchen. Er wird Ihnen zuhören.«

»Ich glaube nicht an Gott, Pater. Ich glaube nur an den Teufel. Ich habe den Teufel gesehen. Ich weiß, wer er ist. Ich habe gesehen, wo er wohnt. Aber Gott habe ich nie gesehen. Wenn es ihn gibt, hört er nicht zu. Ich bete nicht für taube Ohren. Nicht mehr.« Pater Jean wollte etwas sagen, aber Paul winkte ab. »Ich will darüber nicht diskutieren. Lassen Sie mich in Ruhe. Kümmern Sie sich um Ihre eigenen Angelegenheiten.«

»Selbstverständlich. Ich wollte nicht aufdringlich sein.« Pater Jean wandte sich zum Gehen. »Kann ich ihr irgend etwas von Ihnen sagen? Eine Botschaft?«

Paul schüttelte den Kopf, aber als der Priester die Hand auf den Türgriff legte, besann er sich.

»Doch, Pater. Sagen Sie ihr … sagen Sie ihr, Paul de Vries ist tot.« Er bemühte sich um Beherrschung, als er es sagte, aber seine Stimme brach trotzdem.

»Ich kann sie nicht anlügen.«

»Es ist keine Lüge, Pater.«

Als Capitaine Chirac von Tamrits Überfällen hörte, rief er drei seiner Offiziere zu sich und befahl jedem, eine Patrouille aufzustellen, den Rebellen zu jagen und zur Strecke zu bringen. Mit leichter Besorgnis ließ er auch Lieutenant de Vries dabeisein. Der Ausdruck in seinen Augen beunruhigte ihn wie schon vorher den Gouverneur. Aber er wußte, daß ein solcher Auftrag genau das Richtige für de Vries sein könnte, damit er sein Selbstvertrauen und seine Beherrschung wiederfände. Der Lieutenant war dem Wahnsinn gerade so nah, daß die Leidenschaft, mit der er Tamrit verfolgen würde, auch den Interessen Frankreichs dienen könnte. Und tatsächlich nahm Paul diesen Befehl mit einer Begeisterung entgegen, wie der Capitaine sie seit Monaten nicht mehr bei ihm gesehen hatte. Er raffte sich aus seiner Lethargie auf und rührte keinen Tropfen Alkohol mehr an, und einen vollen Tag früher als die beiden anderen Patrouillen waren er und seine Leute marschbereit.

Paul nahm zwanzig Mann mit, ein Drittel der Zahl, die der Capitaine vorgeschlagen hatte. Paul überzeugte ihn, daß eine allzu große Truppe eher hinderlich als hilfreich sein würde. Als Vertreter suchte er sich Messaoud ben Sheikh aus, einen knorrigen alten Unteroffizier, der ihn an El Madani erinnerte. Messaoud stammte aus Algier, ein Mischling, dessen Vater ein französischer Seemann und dessen Mutter Algerierin gewesen war. Er haßte die Shamba und die M'zabiter und die Tuareg und jeden anderen Stamm, dessen Blut er für minderwertiger als sein eigenes hielt. Obgleich Frankreich ihn nie zum Staatsbürger machen und ihn nie über seinen jetzigen Rang hinaus aufsteigen lassen würde, zeigte er eine wilde Hingabe an alles Französische. Er war ein disziplinierter Soldat, der jeden Befehl befolgte. Für Paul war er genau der richtige Mann, und er kümmerte sich um die Einzelheiten der Bewaffnung und die Ausrüstung des Trupps.

Im Morgengrauen zogen sie durch das Tor der Garnison. Aus

dem Schatten eines Brunnens sah Melika ihnen nach. Er ritt nur wenige Schritt weit an ihr vorbei. Sie rief ihn, aber er hörte nichts. Und dann war er fort.

Tamrit bewegte sich durch die Wüste wie ein Phantom. Bald sah man ihn, bald wieder nicht. Er bewegte sich schnell und im Dunkel der Nacht. Seine Streitmacht war klein, aber sie rief überall Angst und Schrecken hervor. Ohne Vorwarnung schlug er zu und verschwand dann wieder, nur um ganz woanders gleich wieder zuzuschlagen. Niemand wußte genau, wie er aussah. Es hieß, er trage den Schleier eines Tuareg, dann wieder, er trage gar keinen Schleier, sondern sei gekleidet wie ein Kaufmann aus dem M'zab, oder er trage Lumpen wie ein Bettler. Wieder andere schworen, sie hätten ihn gesehen und er gehöre zu den Ouled Sidi Sheikh. Seine Augen waren braun, blau, grau, abhängig vom jeweiligen angeblichen Beobachter. Er hatte eine Narbe auf der Wange, sein Gesicht war makellos, man konnte sein Gesicht gar nicht sehen. Seine Bewegungen waren ein Geheimnis, und das Geheimnis mehrte die Legende.

Paul kannte den Mann, den er jagte, wenn er auch sein Gesicht noch nicht gesehen hatte. Er hatte den Namen gehört – in jener langen Nacht in der Höhle mit Moussa. Er erinnerte sich an alle Namen: Attici, Mahdi – und, o ja, Tamrit. Ahitagels innerer Zirkel von Verrätern. *Tamrit.* Er war dabeigewesen in Tadjenout. Paul wußte es. Er war unter denen gewesen, die zuschauten, als das Gift seine Wirkung tat in Ain El Kerma und wie Flatters' Männer einer nach dem andern gestorben waren. Nur Attici trug noch mehr Schuld, aber Attici hob er sich für später auf. Jetzt war Tamrit an der Reihe.

Lieutenant de Vries war ein Getriebener, der seine Leute bis an ihre Grenzen hetzte. Kreuz und quer jagte er durch die Wüste, über große Entfernungen hinweg, immer auf der Fährte von Schemen und Gerüchten. Er schlief wenig und ließ niemals zu, daß seine Leute es sich im Lager bequem machten. Er stellte Posten auf und prüfte sie selbst, entschlossen, sich nicht überraschen zu lassen. Seine Männer hatten Mühe mit ihren Pferden, die sich für den Rand der Wüste nicht gut eigneten, aber der Capitaine hatte abgelehnt, als Paul vorgeschlagen hatte, Kamele zu benutzen. »Würdelos«, meinte er, »und viel zu langsam.« Paul war anderer Meinung. Die Pferde der Jäger waren es, die auf langen Märschen versagten, nicht die Kamele der Gejagten. Dennoch gehorchte er dem Capitaine, zunächst jedenfalls.

Paul suchte nach Regelmäßigkeiten in den Überfällen, damit er vorhersehen könnte, wo Tamrit als nächstes zuschlagen würde. Es gab keine. Wenn er annahm, Tamrit werde nach Westen ziehen, zog der nach Osten. Wenn er dachte, als nächstes werde er einen Bauernhof überfallen, überfiel er ein Dorf. Wenn er vermutete, er werde mit dreißig Mann zuschlagen, tat er es mit zweien. Tamrit erwies sich als unberechenbar – nur in einem nicht.

Er tötete ohne Erbarmen.

Selbst die Härtesten unter seinen *tirailleurs* wandten sich von den grausigen Bildern ab, die sich ihnen boten. Nur Paul war in der Lage, die Leichen anzuschauen, ohne mit der Wimper zu zucken. Nichts von dem, was er sah, war vergleichbar mit dem, was er schon gesehen hatte. Tamrit und seine Tuareg konnten ihn nicht mehr überraschen. Seine Entschlossenheit verhärtete sich, und der Haß strömte heiß durch seine Adern.

»Wir werden sie fassen«, sagte er mit voller Überzeugung zu Messaoud. »Und wir werden sie alle töten.«

Die Jagd dauerte Monate, und sie erstreckte sich von Wargla bis zum Rand des Großen Westlichen Erg und nach Süden fast bis zum Rand des Plateaus von Tademit – weiter in die Wüste hinein, als sich je eine französische Patrouille vorgewagt hatte, und weit über den Bereich hinaus, den Capitaine Chirac ihnen genehmigt hatte. Aber so heftig sie auch vorandrängten, sie lagen stets Tage oder Wochen hinter Tamrit zurück, und gerade die Leichtigkeit, mit der er sich bewegte, schien sie zu verhöhnen.

Beinahe hätten sie ihn bei einem Lager gefaßt, das aus ein paar Zelten bestand und Nomaden gehörte, die mit einer Schafherde zum Souk nach Wargla unterwegs waren. Es war klar, daß die Nomaden Tamrits Leuten zu essen gegeben hatten und daß diese bei ihnen übernachtet hatten. Sie waren zwar schon seit einer Weile fort, aber die Spuren ihrer Anwesenheit waren überall zu sehen.

Messaoud befragte den Patriarchen der Sippe, der die wartende französische Kolonne nervös beäugte, während er erklärte, was geschehen war. »Er sagt, jawohl, sie hätten Tamrit etwas zu essen gegeben, aber nur, um ihr Leben zu retten. Er sagt, er hätte sie gezwungen, ihnen Proviant zu geben«, berichtete Messaoud.

Paul nickte. »Dann muß er dafür bezahlen«, sagte er ungerührt. Tamrit bekam überall von sympathisierenden Einheimischen Lebensmittel und frische Kamele. Um ihm Einhalt zu gebieten, mußte man ihm die Unterstützung nehmen. Paul wußte nicht, ob der Nomade die Wahrheit sagte oder nicht, aber das war auch nicht so wichtig. Es war Zeit, daß ein Exempel statuiert wurde. Er zögerte nicht. »Zündet ihre Zelte an. Tötet alle Schafe. Schlachtet eins und bringt uns das Fleisch.«

Messaoud erteilte unverzüglich die entsprechenden Befehle. Der Patriarch schaute mit wachsendem Entsetzen zu, als ihm klar wurde, was passieren würde. Er flehte um Milde und begann zu heulen und an Pauls Hosenbein zu zerren. Paul saß unbewegt im Sattel.

»Was sagt er?«

Messaoud schnaubte. »Daß wir zu hart handeln, Lieutenant. Das hier ist alles, was sie auf der Welt besitzen.«

»Nein. Ihr *Leben* ist alles. Und das nehme ich ihnen nicht – diesmal jedenfalls nicht. Sagen Sie ihm, dafür soll er dankbar sein. Sagen Sie ihm, er soll überall erzählen, daß Leute, die Tamrit helfen, keine Gnade zu erwarten haben. Wer ihn berührt, muß darauf gefaßt sein, einen hohen Preis zu bezahlen.«

Messaoud übersetzte alles und hielt den rasenden Mann fest, während die Soldaten sich daranmachten, Pauls Befehle auszuführen. Die Frauen des Lagers erhoben ein schrilles Geheul, als ihre Habseligkeiten in Rauch aufgingen. Eine versuchte eine Ledertasche aus den Flammen zu retten, die billigen Schmuck und Nähzeug enthielt. Ein *tirailleur* gab ihr einen rauhen Stoß, und sie fiel tränenüberströmt auf die Knie. Der Soldat entriß ihr die Tasche und warf sie in das brennende Zelt zurück. Paul schaute ohne Mitgefühl zu.

Die Schafe wurden ohne die rituelle Zeremonie getötet, die es wenigstens ermöglicht hätte, sie zu essen. Sie wurden erschossen, wo sie standen; ein Soldat lief mit seiner Pistole eilig durch die ganze Herde. Bei jedem Schuß stießen die ruinierten Nomaden einen neuerlichen Schrei aus, schlugen sich an die Brust und weinten.

Außer den Schafen hatten die Nomaden acht Kamele, die am Rande des Lagers grasten. »Messaoud!« rief Paul. »Bringen Sie mir das Mehari des Oberhauptes.«

Messaoud schnitt dem Kamel die Fußfesseln durch und führte das Tier zu Paul. Es war ein kräftiges, hellbraunes Weibchen. Der Patriarch fürchtete das Schlimmste. Er folgte ihm, rang die Hände und wimmerte. Er schaute zu dem französischen Lieutenant auf, aber dessen Gesicht war hart wie Stein.

»Sagen Sie ihm, ich will alles über Tamrit wissen – wo er hingegangen ist, wie er angezogen ist, wie viele Leute er bei sich hat, was für Waffen sie tragen«, sagte Paul.

Messaoud verhörte den Patriarchen, der kurze Antworten gab und immer wieder den Kopf schüttelte. Der Unteroffizier kläffte ihn an, sichtlich unzufrieden mit den Antworten. »Wir können genausogut sein Kamel fragen, Lieutenant. Er sagt, er weiß nicht, welcher von ihnen Tamrit war. Es waren mehrere Männer dabei, die Befehle zu geben schienen. Alle waren verschleiert. Er weiß auch nicht, wohin sie wollten. Sie hätten es ihm nicht gesagt. Und er hat nicht gezählt, wie viele es waren.«

Paul zog seine Pistole aus dem Halfter und erschoß ohne ein Wort das Kamel. Das Tier sackte auf die Knie und rollte dann auf die Seite. Die Sippe erhob neuerliches Geheul.

»Bringen Sie ein neues Mehari«, sagte Paul eisig. »Und dann fragen Sie ihn noch einmal.«

Es geschah. Der Patriarch schüttelte den Kopf. Er sah sich in ein tödliches Spiel verstrickt, von dem er wußte, daß er es nicht gewinnen konnte. Was immer die Franzosen oder die Krieger der *jihad* ihm antun mochten, den Verlust seiner Kamele konnte er sich nicht leisten. Er fing an zu reden. Er deutete zum östlichen Ende einer niedrigen, kahlen Hügelkette. Er zeichnete eine Karte in den Sand. Messaoud stellte noch ein paar Fragen und nickte zu den Antworten. Als er fertig war, schaute der *tirailleur* zu Paul auf. In seinen Augen lag der Glanz der Befriedigung.

»Sein Gedächtnis ist besser geworden, Lieutenant. Es sind zwanzig, vielleicht fünfundzwanzig Mann, und sie reiten in Richtung El Gassi. Sie haben alte Musketen und zwei neue Karabiner – er glaubt, italienisches Fabrikat. Tamrit ist wie ein Targui gekleidet. Er schwört, daß er nur seine Augen sehen konnte, und die waren grün wie Smaragde. Ungewöhnlich fand er, daß der Mann keine Amulette und keinerlei Schmuck trug. Alle Tuareg tragen Amulette.«

Paul war zufrieden. Er wußte, daß der Mann jetzt endlich die Wahrheit sagte. Vom Sattel aus sah er zu, wie seine Leute die Schafe abschlachteten. Die Nomaden begannen die rauchenden Überreste ihres Lagers zu durchwühlen. Bald darauf waren die Soldaten fertig, und sie brachen unverzüglich auf. Messaouds Warnungen vor einem Ritt durch die Tageshitze wischte Paul beiseite. »Die Hitze hält Tamrit nicht auf. Sie wird auch mich nicht aufhalten.«

Als sie losritten, war die Luft so still, wie nur die Wüste sie sein läßt: dick vom Geruch von Blut und Rauch und zerstörtem Leben.

Paul sah sich nicht um.

Während sie auf El Gassi zuritten, versank Paul in seine Gedanken. Es erfüllte ihn mit leiser Beunruhigung, daß es ihm so leichtgefallen war, das Kamel zu erschießen. Gewiß, es war schwerer gewesen, als den Befehl zum Anzünden des Lagers zu geben. Aber beides hatte er ohne Zögern getan, und er verspürte keine Reue. Er wußte, er hätte sämtliche Kamele erschießen können, eines nach dem andern. Und wenn ihm die Kamele ausgegangen wären, hätte er einen der Männer erschossen.

Sie haben sich verändert und sind grausam geworden. Er erinnerte sich an das, was Hakim vor einem Menschenleben zu ihm gesagt hatte, und er wußte, daß es stimmte. Es war nicht seine Schuld. Er spürte, wie er innerlich kalt wurde, gleichgültig gegen die Menschen. Es war ungemütlich, aber nicht so sehr, daß man es ändern mußte. In manchen Nächten fragte er sich, was aus seinen Gefühlen geworden war, in Nächten, in denen Bilder von Remy mit Visionen von Melika in seinen Träumen um die Oberhand kämpften. Er versuchte, die Vergangenheit aus seinen Gedanken zu vertreiben, aber sie nagte an ihm, nagte an den wunden Rändern seiner Seele und sorgte dafür, daß er hart blieb. Anfangs hatte er sich auf Tamrit konzentriert, das Symbol für alles, was er haßte. Aber der Haß hatte Wurzeln geschlagen und strebte in ihm der Blüte entgegen, in seinem Herzen genährt vom Tod, den er sah, und vom Tod, den er verbreitete. Er spürte, daß etwas in ihm verwelkte. Bald waren die Männer, die mit Tamrit unterwegs waren – Männer von ganz unterschiedlichen Stämmen –, in seinen Augen ebenso böse wie Tamrit selbst. Die Grenze zwischen den Tuareg und allen Menschen der Sahara, allen Menschen Afrikas, verschwamm immer mehr. Die Gesichter der Wüste begannen einander zu gleichen, die der Opfer wie die der Verbrecher. Einen zu hassen war nicht leichter, als sie alle zu hassen. Die Vergeltung trug keinen Schleier.

Es war ein schrecklicher Ort, an den er da gelangt war, das wußte er wohl. Aber die Dämonen von Tadjenout waren stärker als er, und sie zerfraßen seine Seele.

Er wußte auch, daß es zwei Steinchen gab, die nicht in sein hübsches Mosaik paßten.

Er wollte Moussa hassen, wie er die andern haßte. Moussa hatte es ihm schwierig gemacht, weil er sich auf dem Marsch immer wieder eingemischt hatte. Er hatte Pauls Befehl, sich von ihm fernzuhalten, absichtlich ignoriert. Jetzt wußte Paul nicht, wozu er fähig wäre, wenn er seinen Cousin irgendwann einmal wiedersehen sollte. Wie oft hatte Moussa ihm unterwegs das Leben gerettet? Er wußte es nicht genau. Es war alles so schwierig. Er liebte seinen Cousin, und er haßte ihn auch – und er haßte die Welt, die sie auseinandergerissen hatte.

Und nachts, wenn im Lager alles still war und der Schlaf nicht kommen wollte, erlaubte er sich, an Melika zu denken. Er sah ihr Gesicht deutlich vor sich und fühlte ihre Berührung an seiner Wange, und er hörte ihr leises Lachen. Er wußte, daß er dabeigewesen war, sich in sie zu verlieben, aber als er von ihr fortgegangen war, hatte er eine unsichtbare Brücke überschritten. Konnte er je zurück? Und würde sie ihn lassen, wenn er könnte? Er wußte es wirklich nicht, und er hatte Angst vor der Antwort. Seine

Pflicht stand ihm klar vor Augen, bis er an sie dachte – also versuchte er, nicht zu denken. Aber Melika verließ ihn trotzdem nie.

Er trank immer noch keinen Alkohol. Er aß wenig und schlief noch weniger. Er wurde hart wie die Wüste selbst. Er lernte viel über Spuren und über die verräterischen Zeichen für das Vorübergehen von Mensch und Tier. Er beobachtete den Himmel und den wandernden Sand, aber nur soweit es die Jagd betraf. Die Schönheit des Landes oder der Sterne in der Nacht sah er nicht. Zarte Wüstenblumen vergingen unbemerkt unter den Hufen seines Pferdes.

Die Jagd ging weiter.

Elisabeth verzehrte sich in Gedanken an ihren Sohn. Natürlich wußte sie, wie die Flatters-Expedition geendet hatte. Ganz Frankreich kannte die erlittene Demütigung und empfand sie gemeinschaftlich. Es war so unerträglich schlimm, daß ihr eigener Sohn an einem solchen Debakel beteiligt gewesen war. Militärische Fehlschläge waren ihr Fluch. Erst Jules, jetzt Paul. Was die Zeitungen schrieben, war entsetzlich. Gemetzel, Rückzug, Kannibalismus. Von Wilden mit Schmach überhäuft. Und überall Berichte über den Überlebenden de Vries. Manche nannten ihn einen Helden. Andere – nun, andere benutzten Worte, die sie nicht wiederholen konnte. Ihre Freundinnen betrachteten sie mit einer furchtbaren Mischung aus Mitleid und Herablassung.

Nun, genug war genug. Selbst Paul würde das jetzt einsehen müssen. Sie würde ihn aus diesem gräßlichen Militär herausholen und ihm seine ihm gehörige Rolle als Graf de Vries zuweisen. Vor Gericht war sie ihrem Ziel betörend nah und rechnete jeden Tag mit dem Urteil. Doch jetzt, als sie den Sieg schon auf der Zunge kostete, war Paul verstummt. Sie wußte, daß er in Sicherheit war, aber er machte sich nicht einmal mehr die Mühe, ihr zu schreiben. Vom Gouverneur in Algier hatte sie einen Brief über ihn bekommen, und einen weiteren von Capitaine Chirac. Aber von Paul selbst hatte sie nicht das geringste gehört. Sie hatte seinen Vorgesetzten geschrieben und verlangt, sie sollten ihm *befehlen*, ihr zu schreiben. Sie hatte Briefe an ihn beigelegt, Briefe, in denen sie keinen Zweifel daran ließ, was in seinem besten Interesse sei. Und noch immer hatte er nicht geantwortet. Wie konnte er so gefühllos, so gleichgültig gegen sie sein? Sie nahm an, daß er wegen des Fiaskos bedrückt war, aber das war ja kein Grund, der eigenen Mutter nicht zu schreiben. Und jetzt war er irgendwo in dieser unerträglichen Wüste verschwunden und jagte dort irgendeinen arabischen Gauner.

»Da ist ... jemand, der Sie sprechen möchte, Madame la Comtesse«, meldete der Butler eines Nachmittags. »Ein – ausländischer ... Herr.« Sein Gesicht ließ keinen Zweifel an seinem Mißfallen, als er nach dem passenden Wort suchte, um den Mann zu beschreiben. Er wußte, wie seine Herrin auf eine so unappetitliche Kreatur reagieren würde. Sie würde verlangen, daß er die Zimmer ausräucherte, wenn der Besucher gegangen wäre. Es war ja nicht einmal der richtige Tag, um Besucher zu empfangen, und außerdem noch viel zu früh. Zivilisierte Menschen machten nicht vor halb vier am Nachmittag ihre Aufwartung, und jetzt war es noch nicht einmal Mittag. »Er hat keine Visitenkarte und kein Empfehlungsschreiben. Aber er ist sehr hartnäckig. Er sagt, er hat Neuigkeiten vom Grafen de Vries. Und er besteht darauf, Sie persönlich zu sehen.«

»Vom Grafen? Aber warum sagen Sie das nicht gleich? Ich empfange ihn im Arbeitszimmer.«

Wenige Augenblicke später wurde der Gast hereingeleitet und blieb vor ihr stehen. »Madame, es ist sehr gütig von Ihnen, mich zu empfangen. Mein Name ist El Hussein. Es erfüllt mich mit Demut, daß ich Ihnen zu Diensten sein kann.« Der Sprecher verbeugte sich tief. Er war groß und dunkelhäutig und trug die prachtvollen Gewänder eines Beduinen, gewoben aus einer Seide, wie man sie feiner in Frankreich nicht kaufen konnte. Ein Edelstein zierte seinen Turban. Sein Gesicht über dem sauber gestutzten Ziegenbärtchen hatte die scharfen Züge eines Falken. Er hatte lackierte Fingernägel und trug Ringe an beiden Händen. Sie sah wohl, daß der Mann eine gewisse Eleganz besaß – für einen Wüstengauner. Sie war fasziniert von ihm und fühlte sich angezogen und abgestoßen zugleich. Er wirkte poliert und glatt, aber irgendwie kam er ihr auch ölig vor. Sie wußte, wäre seine Herkunft nicht gewesen, so wäre er ein vornehmer Herr gewesen, ein Mann, der sich in einem französischen Salon ebenso heimisch fühlte wie in einem Zelt in der Wüste. Ein Manko – von seiner Herkunft abgesehen – bestand darin, daß seine Zähne lang und spitz waren und daß er leise an ihnen saugte. Das störte sie ebenso wie seine Augen, die scharf und durchdringend blickten, zu frech. Als er ihre Hand nahm und sich darüberbeugte, um sie zu küssen, ruhten diese Augen einen Moment lang auf ihren Brüsten, und sie fühlte seinen Blick fast so, als hätte er sie dort berührt. Er zog sie mit Blicken aus. Seine Aufmerksamkeit wandte sich in kaum merklicher Weise auf die Diamanten, die sie trug, und offensichtlich schätzte er eher ihren Wert ab, als daß er ihre Schönheit würdigte. Als nächstes wanderte sein Blick über die reiche Einrichtung des Arbeitszimmers – vom Kristall über den silbernen Kandelaber bis zu den kostbaren, mit Perlmutt eingelegten Schatullen und den unbezahlbaren Gobelins an den Wänden –, über all den goldenen Glanz der Reichtümer im Château. Das alles geschah blitzschnell und mit geübtem, geschmeidigem Blick. Die meisten Leute hätten es gar nicht bemerkt, aber Elisabeth fiel es doch auf. Sie hatte immer schon eine ausgezeichnete Menschenkenntnis besessen, vor allem in bezug auf Männer. Und dieser hier hatte irgend etwas an sich, das ihr akutes Unbehagen bereitete. Es lag nicht nur am Anstarren. Es war mehr als das, etwas Beunruhigendes, bei dem ihr zutiefst mulmig wurde. Sie hätte nicht sagen können, was es war. Er glich einer Kobra mit angelegtem Kragen: nicht unmittelbar bedrohlich, aber doch unverkennbar gefährlich. Ein unheimlicher Mann, ein Edelmann in der Haut eines Bettlers, ein Mörder mit einem freundlichen Lächeln. Wenn El Hussein ihr Unbehagen bemerkte, so ließ er sich nichts anmerken. Er kam zum Geschäft.

»Vielleicht hat Ihr Diener Sie schon in Kenntnis gesetzt, Madame: Ich komme wegen des Grafen de Vries.«

»*Oui.* Wegen meines Sohnes. Sie haben ihn gesehen? Ich warte begierig auf Nachricht.«

El Hussein sah sie verständnislos an. »Er ist Ihr Sohn, Madame? Vielleicht habe ich mich geirrt. Man hat mich glauben lassen, der Graf sei Ihr Neffe.«

Elisabeth gefror das Blut in den Adern. *Moussa.* Rasch faßte sie sich wieder.

»Ach, mein Neffe. Es gibt Leute, *oui*, die nennen – *nannten* ihn Graf. Er ist aber vor Jahren mit seinem Vater ums Leben gekommen. Mit einem Ballon abgestürzt. Jetzt ist mein Sohn Paul der ...«

»Aber verzeihen Sie, Madame«, unterbrach er sie aufgeregt, »genau deshalb komme ich ja zu Ihnen!« Seine Augen strahlten triumphierend, da er mit einer so frohen Botschaft zu ihr kam. »Zu meinem Entzücken kann ich Ihnen die freudige Nachricht bringen, daß er *nicht* tot ist!« Er erwartete Erleichterung, einen Aufschrei – etwas mehr jedenfalls als diese mißvergnügt herabgezogenen Mundwinkel. Aber das war alles, was Elisabeth zustande brachte.

»Ist das wahr?«

Ihre Reaktion machte Hussein ratlos. Auf seine Neuigkeit reagierte sie angespannt und wachsam. *Hier gibt es etwas, was ich nicht verstehe, dachte er. Sie sagt, er ist tot, aber sie wußte schon, daß er es nicht ist. Sonderbar.*

»Durchaus, Madame. Indessen muß ich zu meinem Bedauern hinzufügen, daß ich nicht nur gute Nachrichten bringe. Er schwebt in großer Gefahr, denn er ist ... ah, wie soll ich es ausdrücken? Er ist gefangen in einem entlegenen Wüstendorf. Ein mächtiger Sheik hält ihn fest. Eine höchst unangenehme Angelegenheit. Stammesrivalitäten. Normalerweise kann man in solchen Fällen nichts tun, überhaupt nichts. Aber ich habe zu meiner Freude erfahren, daß er hier Familie hat. Damit eröffnet sich die Möglichkeit, daß er in der Gefangenschaft nun doch kein unerfreuliches Geschick erleiden muß. Statt dessen könnten wir zu einer glücklicheren Lösung gelangen. Es steht in meiner Macht, bei diesem Sheik zu ... zu intervenieren. Ihnen und der Familie des Grafen de Vries dabei zu helfen, seine Freilassung zu erreichen.«

Elisabeths Zorn flammte auf. »Sie maßen sich eine Menge an, indem Sie hierher zu mir kommen. Ihr Hilfsangebot ist nichts weiter als eine unverhohlene Lösegeldforderung. Ich sollte den Präfekten der Polizei herbeirufen. Der weiß, wie man mit Briganten verfährt.«

»Ich maße mir nichts an, Madame, und ich versichere Ihnen,

daß ich kein Brigant bin. Und was könnte Ihr Präfekt mir vorwerfen? Daß ich mich des Versuchs schuldig gemacht habe, Ihnen zu helfen? Wo liegt da der Schaden? Ich habe eine weite Reise unternommen, Madame, die beträchtliche Kosten und Mühen erfordert hat, um Ihnen ein bißchen behilflich zu sein. Ich persönlich habe dabei nichts zu gewinnen. Ich komme im Geist des Koran. Ist es nicht besser, zu helfen, statt den armen Mann in einer Lage schmachten zu lassen, die – nun, sagen wir, alles andere als glücklich ist? Und – mit Verlaub, Madame – was könnte Ihr Präfekt tun, solange der Graf in einem fremden Land leidet? Er befindet sich tief in der Wüste, weit außerhalb des französischen Einflußgebiets. Nicht einmal Ihr Militär kann ihm helfen. Ich versichere Ihnen, es gibt nur eine Möglichkeit zur Rettung des Grafen.«

El Hussein spreizte flehentlich die Arme. »Ich muß gestehen, ich verstehe Ihren Zorn nicht ganz, Madame. Ich hatte angenommen, daß Sie sich über meine Neuigkeit freuen und mir für meine bescheidenen Bemühungen dankbar sein würden.«

»Natürlich bin ich … interessiert«, sagte sie und musterte ihn wachsam. Sie mußte auf der Hut sein. Dieser Mann war raffiniert.

Elisabeth setzte sich und läutete nach dem Butler, der sofort hereinkam. Er hatte draußen vor der Tür gewartet, als müsse er damit rechnen, daß der Fremde seine Herrin angriff.

»Gräfin?«

»Cognac.« Sie schaute ihren Gast fragend an. El Hussein wollte ablehnen. »Es ist nicht gestattet …« begann er, aber dann besann er sich. Schließlich war er in Frankreich. »Aber natürlich – Sie sind zu gütig.« Sein Glas wurde gefüllt, und er hob es Elisabeth entgegen, aber sie beachtete ihn nicht. Der Alkohol brannte in seiner Kehle. Während er trank, verfluchte er Jubar Pasha dafür, daß er ihn unzureichend aufgeklärt hatte. Der Butler hatte die Frau als »Gräfin« angeredet. Wenn ihr Neffe Moussa der Graf war, konnte diese Frau nicht die Gräfin de Vries sein. Bei sich zuckte er die Achseln. In Frankreich gab es vieles, was er nicht verstand. Die wenigen Sitten, die nicht seltsam waren, waren rückständig. Auch diese Frau hatte vieles an sich, was er nicht verstand. Er spürte, daß sie eine höchst findige Frau war, und es gefiel ihm nicht, daß er von all dem nichts gewußt hatte.

»Sie sagen, Moussa lebt. Haben Sie ihn selbst gesehen?«

»Aber natürlich, Madame.« Jubar Pasha hatte Moussa kommen lassen; er hatte nackt vor ihnen gestanden, die Hände auf den Rücken gefesselt. El Hussein war langsam um den Gefangenen herumgegangen, hatte ihn berührt, betastet und sich jede Einzelheit für diesen Augenblick eingeprägt. Und trotz der straffen Fesseln hatte Moussa zugeschlagen und ihm das Knie zwischen die Beine gerammt. Ein höchst unangenehmer Mann. El Hussein hatte auf ihn eingeprügelt, bis der Pasha ihm befohlen hatte aufzuhören.

»Beschreiben Sie ihn mir.«

El Hussein tat es. Elisabeth wußte nicht, wie Moussa heute aussah, und sie hatte keine Ahnung, ob die Beschreibung paßte. Die blauen Augen, das dunkle Haar, die vornehmen Züge, das alles paßte zu dem Mann, der aus dem Jungen in ihrer Erinnerung geworden sein konnte. Manches in der Beschreibung erinnerte auch an Henri. Aber sicher konnte sie nicht sein. Tausend Männer konnten ähnlich aussehen.

»Das ist alles? Das ist kaum ein Beweis.«

»Da wäre noch eine Narbe, Madame.«

»Eine Narbe?«

»*Oui*. Ich habe sie selbst gesehen. An seiner Seite. Gleich hier, unter den Rippen.« Er bezeichnete die Stelle an seinem eigenen Brustkorb und zeichnete mit dem Finger eine Linie. »Sie ist groß, aber gut verheilt. Sie scheint schon recht alt zu sein.«

Elisabeth schloß die Augen. *Der Keiler*. Nur mühsam wahrte sie die Fassung.

»Und seine Mutter? Sie wissen, wer sie ist? Und wo sie ist?«

»*Certainement*, Madame, wenngleich ich sie persönlich nicht kennengelernt habe. Sie heißt Serena und gehört zu den Tuareg. Sie lebt in ihren Zelten in den Bergen des Hoggar. Tief in der südlichen Wüste.«

»Ich weiß, wo diese Berge sind«, fauchte sie.

El Hussein sah sie mit schmalem Lächeln an. »Natürlich. Bitte verzeihen Sie. Dann sind Sie also jetzt überzeugt, daß ich die Wahrheit sage? Daß der Graf wirklich der Gefangene ist?«

Elisabeth schwankte. Sie würde mit diesem Mann keine Haarspaltereien über die Identität des wahren Grafen beginnen. »Ich glaube, daß Sie Moussa gefangenhalten, ja.«

»Ich kann selbstverständlich für seine Sicherheit garantieren. Auch ein Treffen arrangieren, bei dem der Austausch vorgenommen werden kann. In Algier vielleicht. Wo Sie wollen.«

»Und sagen Sie, wie hoch wäre das Lösegeld, das nötig ist, um den – meinen Neffen den Klauen dieses Sheiks zu entwinden?«

El Hussein machte ein peinlich berührtes Gesicht. »Ich ziehe es vor, hier nicht von einem ›Lösegeld‹ zu sprechen, Madame. Es ist ein so grober Ausdruck für ein Geschäft, das in der Wüste ganz alltäglich ist.«

»Welcher Ausdruck ist Ihnen alltäglich genug?«

»Tribut, Madame.« Er lächelte. »Und bescheiden noch dazu. Fünf Millionen Francs.« Er hatte über die Summe ausführlich mit Jubar Pasha diskutiert. Sie hatten sich auf vier Millionen geeinigt. El Hussein hatte auf fünf erhöht, als er das Château gesehen hatte. Der Pasha würde die zusätzliche Million ebensowenig vermissen wie die Familie de Vries. Ein Riesenvermögen in der Wüste, ein Handgeld im Vergleich zu solchem Reichtum.

»Fünf Millionen!« Elisabeth wäre fast an ihrem Cognac erstickt. »Das nennen Sie ›bescheiden‹? Offensichtlich kostet Bescheidenheit in Ihrem Lande mehr als in meinem.«

»Verzeihen Sie, Madame, aber wir sprechen von einem Mitglied des Adels, oder? Von Ihrem eigenen Neffen, dem Herrn dieses großartigen Anwesens? Es scheint mir ein geringer Preis für seine Sicherheit zu sein. Gewiß ist doch die Einrichtung dieses Zimmers allein schon …«

»Sie maßen sich wirklich zuviel an!« fauchte Elisabeth. Lautloser Aufruhr kochte in ihr. Wie hatte sie all die Jahre dafür gearbeitet! Wie viele Opfer hatte sie gebracht! Sie verdiente dieses Anwesen, wie Paul den Grafentitel verdiente! Und jetzt kam dieser übelriechende kleine Dieb mit Neuigkeiten von ihrem Neffen, der alles ruinieren konnte! Alles stand auf dem Spiel. Warum jetzt, wenn alles so dicht vor der Vollendung stand? *Nicht jetzt!* Ein Lösegeld? Das kam nicht in Frage. Sie würde ihn in Gefangenschaft schmachten lassen. Sollte er sterben, so wäre es besser für alle.

Aber wenn er nicht starb? Wie raffiniert konnte so ein Wüstensheik sein? Ignoranten waren sie, alle diese Leute. Das wußte jeder. Wenn Moussa ihm nun entkam? Was dann? Solange er lebte, war er eine Gefahr für sie, was immer er in seinen Briefen davon faseln mochte, daß er in der Wüste bleiben wolle. Wenn sie nur glauben könnte, daß ein Mann auf ein solches Vermögen verzichtete, dessen Erbe er doch war! Solche Männer kannte sie nicht. Selbst wäre sie dazu jedenfalls nicht imstande.

Es war zum Verrücktwerden. Sie konnte ihn nicht lassen, wo er war. Aber auf keinen Fall würde sie diesem Halunken hier ein Vermögen für seine sichere Heimkehr zahlen. Was also blieb? Sie nahm einen Schluck aus ihrem Glas.

Und dann fiel es ihr ein, und der Gedanke wärmte ihr Inneres wie der Cognac.

Sie hatte immer einen Einfall, wenn sie ihn am dringendsten brauchte.

Sie schaute El Hussein an. Seine Augen waren schmal. Hoffentlich beurteilte sie ihn nicht falsch. Sie brauchte einen Mann, der so verachtungswürdig war, wie dieser hier es ganz sicher war.

»Sie sagen, Sie können bei dem Sheik im Namen meines Neffen intervenieren. Das scheint mir nicht das Maß an Einflußmöglichkeit zu sein, das ich brauche. Ich brauche mehr als einen Mann mit Einfluß. Ich brauche einen Mann mit Macht.«

»Ich kann tun, was die Umstände erfordern, Madame.«

»Spielen Sie nicht mit mir. Ich muß wissen, wie weit Ihr Einfluß bei diesem Sheik reicht. Wenn Sie sich weiter zieren möchten, werde ich dieses Gespräch auf der Stelle beenden, und Sie können in den Dreck zurückkriechen, aus dem Sie gekommen sind.« Sie stellte ihr Glas auf den Tisch und tat, als wolle sie sich erheben und El Hussein damit zu verstehen geben, daß es Zeit war zu gehen. Sofort gab er sich geschlagen.

»Ich versichere Ihnen, Madame, daß ich mehr als beträchtlichen Einfluß besitze. Ich habe die Sache in der Hand.«

»Sehr gut.« Sie nickte. »Das dachte ich mir. Ich nehme an, Sie sind ein Verwandter dieses Sheiks, wenn nicht gar der Sheik selbst.«

El Hussein lächelte. Sie war eine würdige Gegnerin – für eine Frau. »Ich bin sein Schwager, Madame. Sie sind …«

»Ich bin bereit, Ihren Preis zu bezahlen. Den ganzen.«

»Allah sei gepriesen! Eine weise Entscheidung, Madame. Es ist offensichtlich, daß Ihnen das Wohl Ihres Neffen am Herzen liegt.«

»Zum Zeichen meines Vertrauens werde ich Ihnen fünfhunderttausend Francs auszahlen. Heute noch, bevor Sie gehen.«

El Hussein war verdutzt. Das war mehr, als er erwartet hatte. Mehr, als er für möglich gehalten hatte. Er änderte seine Meinung über sie. Sie war doch nicht so raffiniert, wie sie aussah. »Das ist überaus großzügig, Madame. Und wahrhaft weise.«

Sie hob eine Hand. »Den Rest werden Sie bekommen, wenn unser Geschäft zu einem erfolgreichen Abschluß gebracht worden ist.«

»Natürlich. Sie können ihn ja selbst sehen, wenn Sie wollen.«

Elisabeth musterte ihn kalt. »Sie haben mich mißverstanden, Monsieur. Ich will ihn nicht sehen. Die Restsumme ist erst fällig, wenn Sie mir beweisen können, daß mein Neffe tot ist.«

Als El Hussein in seiner Kutsche saß und das Château verließ, überschlugen sich seine Gedanken.

Eine schöne Frau. Und gefährlich war sie auch. Das machte sie um so anziehender. Er hatte während des Gesprächs eine Erektion bekommen. Höchst ablenkend.

Er fragte sich, was sie zu diesem außergewöhnlichen Entschluß gebracht haben konnte. Selbstverständlich würde er seinen Teil des Handels erfüllen. Mit Vergnügen. Der Graf de Vries – oder was immer er sein mochte – würde innerhalb von zwei Wochen tot sein.

Was kurz vor seinem Abschied geschehen war, ließ ihm das Herz immer noch bis zum Hals pochen. Sie hatte ihm befohlen, zu warten, und war ins Nachbarzimmer gegangen. Während er sich auf dem luxuriösen Sofa geräkelt und den verbotenen Cognac genossen hatte, war ihm ihr Spiegelbild in einer Glasscheibe im Flur ins Auge gefallen. Sie war zur Wand gegenüber gegangen und hatte ein Gemälde heruntergenommen. In die Wand war ein Schrank eingelassen. Sie hatte ihn geöffnet und ein dickes Bündel Papier herausgenommen. Er hatte einen Augenblick gebraucht, um zu begreifen, was er da sah. Elektrisiert hatte er zugeschaut, wie sie das Geld abzählte, das sie brauchte, und den Rest zurücklegte. Sie hatte keinen Versuch gemacht, es zu verbergen, aber sie hatte ja auch nicht gewußt, daß er sie beobachtete. Sein Atem ging schneller. Er fragte sich, wieviel dieser Tresor wohl enthalten mochte, ja, was für Reichtümer überhaupt noch in diesem Château verborgen waren. Die Familie de Vries war viel reicher, als er sich vorgestellt hatte. Sie war reicher als reich. Seine Gedanken überschlugen sich in Anbetracht der vielen Möglichkeiten.

Sein Kutscher fuhr ihn durch den Bois de Boulogne zum Herzen der Stadt. Sie war schön. Er beschloß, sich für diese Nacht ein teureres Zimmer zu mieten, als er zur Zeit bewohnte – ein viel teureres Zimmer. Im *Hôtel du Louvre.*

Er liebte Paris.

»Wo zum Teufel steckt de Vries?« donnerte Capitaine Chirac seinen Adjutanten an. »Er sollte vor drei Wochen Bericht erstatten!«

»Ich weiß es nicht, Capitaine. Ich habe gehört, er ist in der Nähe von El Gassi.«

»El Gassi!« Der Capitaine war rot vor Wut. »Das überschreitet seine Befehle bei weitem!«

»*Oui, mon capitaine,* das tut es.«

»Merde! Ich habe einen tollwütigen Offizier von der Leine gelassen! Der Kommandant in Touggourt wird mir den Kopf abreißen!«

Der Adjutant lächelte innerlich. Die französischen Offiziere in dieser Gegend waren nicht dafür bekannt, daß sie zurückhaltend waren oder ihre Befehle besonders sorgfältig auslegten. Chirac spielte Theater. Er übte vielleicht schon für den Colonel. Der Adjutant räusperte sich. »Wie ich höre, hat er auch seine Pferde aufgegeben.«

»Was?«

»Jawohl, mon Capitaine. Er hat sie gegen Kamele eingetauscht.«

»Mon Dieu, ein französischer Offizier auf einem Kamel unter *meinem* Kommando? Das ist ja unerträglich! Gegen alle Befehle! Hat der Mann denn kein Schamgefühl?« Diese Neuigkeit beunruhigte den Capitaine wirklich.

»Anscheinend nicht, mon Capitaine. Aber Tamrit scheint er Feuer unterm Hintern zu machen. Das wird überall berichtet.«

Chirac nickte. Insgeheim war er entzückt. Die Legende des Lieutenants wuchs so schnell wie die des Mannes, den er jagte. Es gab unbestätigte Berichte über »Exzesse«, wie er es vorzugsweise nannte, Berichte über Zivilisten – sogar ein paar Frauen und Kinder –, die im Rahmen unglücklicher Zwischenfälle zu Tode gekommen waren. Aber solche Zwischenfälle waren der Preis, den man für die Ordnung zu entrichten hatte. Außerdem folgten darauf andere Berichte, daß die Unterstützung der Einheimischen für den Rebellen Tamrit allmählich versiegte und daß er mehr Zeit auf die Flucht als auf das Morden verwandte. Das Gewehr Frankreichs erwies sich dem Schwert des Islam denn doch überlegen.

Der Capitaine entließ den Adjutanten. »Ich hoffe nur, daß er sich noch irgendwann in diesem Jahr zurückmeldet«, sagte er seufzend. »Es wird ja peinlich, wenn ich sagen muß, daß ich keine Ahnung habe, wo er ist. Und *wenn* er kommt, dann reitet er hoffentlich nicht auf einem *Kamel.*«

»Gott behüte, mon Capitaine.«

33.

Schwitzen. Frösteln. Frieren.

Und dieses Geräusch.

Die Hacke schlug im Dunkeln gegen das weiche Gestein, und der Tunnel wuchs.

Moussa arbeitete mit geübtem Schwung. Seine Arme hatten sich an die Arbeit gewöhnt, seine Muskeln bewegten sich fließend. Seine Haut hatte sich an die beständig tröpfelnde Feuchtigkeit gewöhnt, in der er bei der Arbeit liegen mußte. Aber niemals würde er sich an die Dunkelheit gewöhnen, nicht an die Kälte, nicht an die feuchten Wände, die ihn bedrängten. Statt dessen verlor er sich im langsamen, gleichmäßigen Rhythmus seiner Arbeit, und er stellte fest, daß er in der Wiederholung alles andere vergessen konnte, zumindest solange er hier im Höllenloch seiner Angst zu graben hatte. Abdulahi war am anderen Ende des Seils. Sie arbeiteten gut zusammen, er und der kleine Ouled Nail, während sie den hungrigen Drachen fütterten. Sie bewegten mehr Erde als irgendein anderes Paar Männer. Es war die einzige Möglichkeit, den Tag hinter sich zu bringen.

Aber dann hörte und fühlte er sie gleichzeitig, die Gefahr, die durch die Hacke in seine Arme drang, und sein Gehirn registrierte die Bedrohung, als er schon instinktiv zurückkroch.

Wasser!

Erst ein Spritzer, oben in der Höhe, wo er nicht hätte sein dürfen, Wasser vermischt mit Erde und Sandbröckchen, die ins Gesicht stachen. Dann stärker – ein Schwall, der an ihm zerrte, herausgepreßt von unglaublichem Druck. Und dann brach es hervor mit all seiner Wut, hervorgetrieben aus einem verborgenen Reservoir auf der anderen Seite des Felsens. Wie viele tausend oder Millionen Liter dort aufgestaut waren, wußte kein Mensch. Wasser, das auf seine Befreiung wartete, das darauf wartete, ihn zu zermalmen und die Tunnel zu überfluten.

Abdulahi hatte versprochen, daß er früh genug gewarnt werden würde. Er hatte nur einmal mit der Hacke zugeschlagen. Abdulahi hatte sich geirrt.

Moussa schrie aus vollem Halse, um seinen Gefährten zu warnen, aber seine Stimme verlor sich im Tosen des rauschenden Stroms. Er versuchte es noch einmal, bekam den Mund voll Wasser und würgte. Er hustete und konnte dann noch einmal Luft in die Lunge saugen.

Das Wasser spritzte und wirbelte, um den Tunnel zu füllen, und es riß die kostbaren Luftkammern mit, die ihm Leben spenden konnten. Instinktiv versuchte er sich aus dem Wasser zu erheben, aber er konnte nirgends hin. Der Tunnel war voll. Das Wasser schleuderte ihn zurück, warf ihn wie eine Puppe gegen die Wände. Er rutschte auf dem Bauch hinunter, und das Wasser trieb ihn rückwärts, mit den Füßen zuerst, durch den Seitentunnel zum Hauptstollen, und die reißende Strömung tobte durch die Schwärze. Die ganze Zeit versuchte er an den Seitenwänden Halt zu finden, wie Abdulahi es ihm eingeschärft hatte, aber es ging nicht. Er war nicht stark genug.

Nicht dagegen ankämpfen! Laß dich treiben!

Er wehrte sich gegen den verzweifelten Impuls, nach Luft zu schnappen. Hier war nur Wasser. *Wie weit bis zum Ende? Wie weit bis zum Haupttunnel? Zwanzig Meter? Dreißig?* Er hielt den Atem an, seine Lunge schrie, seine Arme tasteten, während er versuchte, sich treiben zu lassen und gleichzeitig wenigstens halbwegs die Kontrolle über sich selbst zu bekommen. Es war unmöglich. Die Wucht des Wassers ließ ihn gegen die Seitenwände des Tunnels prallen, und er riß sich die Haut ab, als er daran entlangschürfte. Er spürte, wie er in Panik geriet.

Ich kann nicht atmen! Ich kann nicht atmen!

Er kämpfte das Entsetzen nieder und zwang sich zum Nachdenken.

Laß dich zum Hauptstollen treiben. Vielleicht findest du dort Luft.

Er bewegte sich sehr schnell, noch immer mit dem Gesicht nach unten und den Füßen voran, als er den Haupttunnel erreichte. Seine Füße krachten gegen eine Wand, und die Knie knickten ihm ein, als der reißende Strom um die Ecke bog und wütend den Hauptstollen hinuntertobte. Der Aufprall war betäubend und hätte fast noch das letzte bißchen Luft aus seiner gemarterten Lunge getrieben. Er war immer noch völlig unter Wasser und kämpfte verzweifelt gegen den Drang, Atem zu holen. Es brannte entsetzlich.

Er führte sich den Tunnel vor Augen. Es gab einen leichten Anstieg in der Decke, auf halbem Weg zwischen dem Bereich, in dem er gearbeitet hatte, und dem Schacht zur Oberfläche: Ein Teil des Deckgebirges war dort bei einem geringfügigen Einbruch herabgebrochen. Vielleicht war dort noch eine Luftkammer. Es war seine einzige Chance.

Auf den Rücken drehen! Auf den Rücken!

Er stemmte die Arme in die Strömung und rollte sich herum, und er bemühte sich, die Entfernung zu schätzen. Es konnte nicht mehr weit sein. Er spreizte Arme und Beine und versuchte Halt zu finden. Der kleine Zeh des rechten Fußes blieb irgendwo hängen. Der Zeh brach, und er wurde weitergerissen. Schmerz fühlte er nicht. Er stemmte sich härter gegen die Wände, und nach und nach wurde er langsamer und hielt dann an. Das Wasser wütete um ihn herum, aber er war nicht mehr völlig hilflos. Er schob sich aufwärts, und seine Nase suchte die Luft.

Da!

Die Kammer war winzig und kostbar. Spuckend und japsend sog er die süße Luft ein. Sein Gesicht ragte in einen Raum, der nicht mehr als eine Handbreit hoch war. Noch einen Atemzug, und noch einen. Ein tiefer Schmerz durchzog seine Lunge. Er wußte, daß er wenig Zeit hatte, sich zu überlegen, was er tun sollte. Warten? Vielleicht würde die Flut rasch vorbeigehen. Er hatte gehört, daß es oft so ging. Aber manchmal dauerte es auch stundenlang, je nachdem, wie groß der unterirdische Stausee gewesen war, der da auf seine Befreiung gewartet hatte. Nach der Wucht des Stroms zu urteilen mußte es sich hier um einen großen gehandelt haben. Wenn er also wartete, würde ihm die Luft ausgehen. Wenn er aber losließe, würde er vielleicht keine mehr finden.

Keine leichte Entscheidung.

Doch die Wahl wurde ihm abgenommen. Er merkte, daß er ins Rutschen kam, und ehe er sich irgendwo festhalten konnte, riß die Strömung ihn wieder weiter und trieb ihn in das schwarze Loch. Er hatte gerade noch Zeit, einmal Luft zu schnappen, bevor er wieder unterging. In der Rückenlage spürte er jetzt, daß ihm das Wasser in die Nase drang. Wieder zwang er sich dazu, nicht dem Instinkt nachzugeben und auszuatmen. Er brauchte jedes bißchen Luft. Flüchtig dachte er an Abdulahi. War er ertrunken? Er mußte im Schacht gestanden haben, als der Fels gebrochen war. Vielleicht hatte er sich noch rechtzeitig hochziehen können, aber vielleicht war er auch unten geblieben und hatte an Moussas Seil gezogen, um ihn zu retten. Aber das hätte nichts geholfen, denn Moussa hatte sein Ende des Seils verloren.

Seine Gedanken konzentrierten sich auf den Schacht. Noch einen Augenblick, und er würde dort ankommen. Mit erhobenen Händen tastete er unter der Decke des Tunnels entlang, um sofort zu reagieren, wenn er den Schacht erreichte. Dort hing ja das Seil von oben herab. Er würde weniger als eine Sekunde Zeit haben, aber vielleicht konnte er das Seil zu fassen bekommen und sich in den Schacht hinaufziehen, um dann wohlbehalten zur Oberfläche hinaufzuklettern.

Es kam und ging zu schnell. Er fühlte das Seil, aber es rutschte an seiner Hand vorbei, ehe er es packen konnte. Er bekam die Kante des Schachtes zu fassen, und seine Finger krallten sich in den Sandstein, aber der zerbröckelte und brach, und dann riß es ihn weiter, nicht ohne daß er noch einen Mundvoll Wasser zu schlucken bekam. Von Abdulahi keine Spur.

Noch einmal versuchte er die Fahrt zu verlangsamen. Er drehte die Fersen nach außen und versuchte Halt an den Wänden zu finden, und er versteifte die Knie, damit sie nicht wegknickten. Er wußte, daß ihm die Luft ausging, daß er nur noch wenige Sekunden Zeit hatte, ehe er ausatmen und seine Lunge tun lassen würde, wonach sie sich verzweifelt sehnte, nämlich tief einatmen, und dann würde die Dunkelheit kommen, und der Tod würde ihn holen.

Plötzlich prallte er gegen etwas. Es war weich, nicht hart wie der Fels. Ein bloßer Fuß ertastete eine Schulter. Ein Mann verstopfte den Tunnel.

Abdulahi?

Er hatte nicht die Absicht gehabt, gegen die Schulter zu drücken, er wollte den Mann nicht weiterstoßen, einen Mann, der wahrscheinlich auch eine kleine Luftkammer gefunden hatte und in der schwarzen Finsternis japste, wie er selbst es auch gern getan hätte.

Aber es war zu spät. Er fühlte eine Hand an seinem Fußknöchel, und dann siegte die Strömung, und der Mann verschwand. Inzwischen war Moussa so langsam geworden, daß er anhalten konnte. Und da war wirklich eine Luftkammer. Dankbar atmete er wieder hastig aus und ein und versuchte, so viel Sauerstoff zu speichern, wie er konnte, ehe die rasende Fahrt von neuem begann. Seine Muskeln stemmten sich gegen die Strömung, die immer noch wütend an ihm riß. Er war erschöpft, und er wußte nicht, wie lange er das noch durchhalten konnte. Die Luft war herrlich, aber in jeden erleichterten Atemzug mischte sich Schuldbewußtsein, denn jeden Atemzug bezahlte ein anderer mit seinem Leben.

Er wußte, wie sehr Abdulahi das Wasser fürchtete, wie er dieses Unglück mehr fürchtete als irgendein anderes: daß er im Bauch des Drachen ertrinken könnte. Der kleine Mann konnte nicht schwimmen. Der Tod würde ihn schnell holen.

Es tut mir leid, Abdulahi.

Und dann, fast so schnell, wie sie begonnen hatte, war die Flut vorbei, das Reservoir leer. Er fühlte, wie die Wucht des Wassers nachließ, wie der Pegel sank und wie der Druck an Armen und Beinen nachließ. Das Wasser lief ab, und bald lag er völlig verausgabt auf dem Rücken im Stollen. Ein paar Augenblicke lang konnte er nur husten. Seine Brust hob und senkte sich heftig, und Arme und Beine waren entkräftet. Wasser tropfte ihm von der Decke ins Gesicht. Er drehte sich um und lauschte dem Rauschen der Flut weiter unten, wo sie der Oase zuströmte. Wie viele Männer mochte sie auf ihrem Weg mitgerissen haben, wie viele Sklaven mochten heute gestorben sein? Und die Gefahr war noch lange nicht vorbei. Sie hatte erst angefangen. Das Wasser hatte den Tunnel teilweise aufgeweicht, und demnächst würde es Einbrüche geben. Noch eine ganze Woche lang würde dieser Stollen ein Todesloch sein.

Sein Kopf tat weh, in seiner Brust brannte und in seinem Zeh pochte es. Seine Haut war wund und blutig.

Aber ich lebe noch.

Ihn schauderte, und das Zittern begann tief in seinem Innern, als sein Körper auf Kälte und Angst reagierte. Er mußte sich bewegen. Mit Mühe drehte er sich um, so daß er den Tunnel hinunterkriechen und den anderen Mann suchen konnte, wer immer es gewesen sein mochte, um ihm womöglich zu helfen. Jede Bewegung erforderte ungeheure Anstrengung. Er zwang sich voran.

»Abdulahi?« rief er. Es war still. Er rutschte den Tunnel hinunter, so schnell er konnte, und er fand ihn dicht vor dem nächsten Schacht. Er prallte gegen ihn und stieß beim Kriechen mit dem Knie an seinen Kopf.

»Abdulahi?«

Nichts. Er lehnte sich nach vorn, beugte sich über ihn und hielt die Wange über seinen Mund, um zu fühlen, ob er noch atmete.

Plötzlich hustete der Mann, prustete und spuckte Moussa ins Gesicht.

»Sidi?«

»Ja.« Moussa war so erleichtert, daß er den kleinen Mann am liebsten umarmt hätte. »Ja.«

Abdulahi schnappte nach Luft. »Schade. Wenn du es bist, dann weiß ich, daß ich nicht im Paradies bin.« Er ruhte sich aus und sammelte seine Kräfte in der tröpfelnden Finsternis. »Heute haben wir den Drachen besiegt«, prustete er.

»Das haben wir, ja, das haben wir. Komm, dreh dich jetzt um, damit wir den Schacht erreichen, bevor er noch einmal spuckt.«

Er half Abdulahi, sich auf den Bauch zu wälzen.

»Ich *dachte* mir doch, daß du das warst, der mir gegen die Schulter getreten hat, Sidi. Wolltest du vielleicht auf mir reiten?« Wieder hustete er. »Ich dachte, wir wären uns einig gewesen. Bei einer Überschwemmung reite ich *dich.*«

Und trotz aller Angst brachen sie beide in Gelächter aus.

Zum ersten Mal seit sechs Monaten in Gefangenschaft gestattete Moussa sich ein Gefühl der Verzweiflung. Die Überschwemmung hatte es ihm klargemacht: Er saß in der Falle. Es gab keinen Ausweg. Anfangs hatte er es nicht glauben wollen. Aber allmählich sah er es ein.

Alles in allem waren an diesem Morgen sechs Männer gestorben, ertrunken unter einer unwirtlichen Wüste.

Sie waren die einzigen, die jetzt frei waren.

Nicht, daß er sich nicht umgeschaut hatte. Jeden Morgen sah er sich um und spitzte die Ohren, wenn er den Hang hinauf zu den *foggaras* ging, und jeden Abend, wenn er den Berg hinunterkam, tat er das gleiche. Immer achtete er auf Regelmäßigkeiten, auf Gelegenheiten, auf verräterische Dinge, die anderen vielleicht entgingen. Aber das Leben in der Oase war zeitlos und vorhersehbar. Karawanen kamen und gingen. Wächter patrouillierten mit Schwertern und dornigen Palmgerten. Sklaven arbeiteten und schliefen und pflanzten sich fort und starben. Der Muezzin rief fünfmal täglich, und fünfmal täglich ließen Männer ihr Werkzeug sinken und duckten sich vor ihrem barmherzigen Gott. Die Sonne ging auf und unter und wieder auf, und das Wasser floß in die rote Oase von Timimoun, gespeist vom großen Drachen.

Moussa erwog, einen Aufstand anzuzetteln, aber er mußte feststellen, daß die meisten Sklaven ganz zufrieden damit waren, gegen Nahrung und Obdach ihren Körper zur Verfügung zu stellen. Nur wenige wurden wie er nachts in eine Hütte gesperrt. Der Rest führte in Timimoun ein Leben, das mindestens so sicher, überschaubar und behaglich war wie anderswo, wenn man von den Launen des Drachen absah. Und, wie der Haussa-Sklave Monjo mehr als einmal zu ihm gesagt hatte: »Wo in der Wüste gibt es denn keinen Drachen?«

Selbst wenn sie hätten kämpfen wollen, so hatten die Männer kaum genug Kraft dafür oder für die Flucht, die darauf folgen mußte. Sie lebten von fast nichts. Sie fütterten den Drachen und warteten jeden Tag darauf, daß er sich gegen sie wendete. Und selbst wenn sie hätten kämpfen können, was wäre mit einem Aufstand zu gewinnen gewesen? Wenn sie jeden Wächter in ihrer Umzäunung getötet hätten, so hätten sie ein Lager in ihren Besitz gebracht, weiter nichts. Früher oder später würde die Garde des Pasha sich durchsetzen. Männer würden sterben, ohne etwas zu gewinnen.

Andere Möglichkeiten waren nicht minder düster. Die einzigen Tiere, auf denen eine Flucht möglich gewesen wäre, standen hinter Mauern verborgen. Wenn man sich mit einer abziehenden Karawane hinausschleichen wollte, würde der Karawanenmeister einen sofort entdecken und zu Jubar Pasha zurückbringen, denn dieser war ein wertvoller Auftraggeber, um dessen Gunst alle buhlten. Geld, um jemanden zu bestechen, hatte hier niemand.

Er erwog, eine Nachricht an die Tuareg zu schicken. Das schien ihm mehr Erfolg zu versprechen als alles andere. Aber würden sie kommen? Er kannte ein paar, die nicht kommen würden, Männer, die ganz zufrieden damit waren, daß er aus dem Weg geräumt war, Männer, die ihn nicht betrauern würden, sollte er in den *foggaras* sterben. Andere aber würden kommen. Taher zum Beispiel, Lufti und noch mehr. Aber wie sollte er die Nachricht hinausbringen? Wer würde mit den Tuareg verkehren? Wer würde seine Nachricht ins verbotene Herz der Wüste bringen? Er hatte keine Ahnung, wußte nicht einmal, wo er jemanden treffen könnte, der es wenigstens versuchen würde. Wenn er nicht arbeitete, war er mit Mahmoud, Abdulahi und Monjo in der keinen Hütte eingesperrt. Er sprach mit niemandem außer ihnen. Ein gesichtsloser Wärter schob ihnen das Essen durch die Tür. Und es war unwahrscheinlich, daß er unten in den *foggaras* einem geeigneten Boten begegnen würde.

Es war hoffnungslos.

Dennoch wiederholte er es sich jeden Tag: *Ich werde einen Weg finden. Ich werde niemals aufgeben.* Er sagte es zwischen zwei Schlägen seiner Hacke. Er sagte es, wenn er auf dem Bauch durch den kalten Schlamm rutschte. Er sagte es, weil er Angst hatte, er könnte werden wie die andern, aus denen alle Hoffnung gewichen war, wie Wasser im Sand versickert. Er wehrte sich gegen die Routine und versuchte, sich nicht an die Regelmäßigkeit von Timimoun zu gewöhnen. Aber er spürte auch, daß die Routine ihn unerbittlich umschlang – er freute sich auf die Mahlzeiten, auf einen friedlichen Abend, auf das Geplauder im Hof, auf den Glanz des Sonnenaufgangs, wenn ein Tag begann. Man konnte lernen, mit diesem Rhythmus zu leben. Man konnte sagen, dies ist alles, was es gibt, und alles, was es geben wird. Andere sagten es, gute Männer, die schließlich resigniert hatten. Manche waren sogar besessen von den *foggaras*, beeindruckt von ihren eigenen erzwungenen Leistungen. Es wurde zu ihrem Lebenszweck, den Fluß des Wassers zu befördern und mitzuhelfen, das Wunder am Leben zu erhalten, das sie der Tiefe der Erde entrungen hatten.

Aber ich nicht! Ich werde niemals aufgeben!

Bis jetzt. Bis zu der Überflutung. In ihrem Gefolge schwappten die Wellen der Verzweiflung allzu nah heran. Die andern hatten recht. Es gab kein Entkommen aus Timimoun. Er schloß die Augen und verlor sich in Gedanken an sein anderes Leben, an sein Leben mit Daia. Sie war inzwischen wohl verheiratet, vielleicht schon Mutter. Er wußte es nicht. Die Zeit, die er hatte, verbrachte er mit ihr. Im Leben hatte er sie verloren, aber nicht in seinem Kopf. Dort war sie zum Mittelpunkt seiner Tagträume geworden – und auch seiner Träume in der Nacht. Er malte sich aus, wie es mit ihr zusammen hätte sein können, wie ihr gemeinsames Leben hätte sein können. Die Farbe ihres gemeinsamen Zeltes, die Beschaffenheit seiner Wände, und wie es drinnen aussehen würde. Und wie ihre Kinder aussehen könnten.

Und es war keine Qual, an diese Dinge zu denken. Es war wundervoll. Es hielt ihn bei Verstand.

Er dachte sich ganze Tage mit ihr aus, ersann jedes Detail, führte komplette Gespräche. Sie reiste mit ihm durch die Lager seiner Vasallen, um dort nach dem Rechten zu sehen. Zusammen stiegen sie auf den Berg Tahat. Sie fanden Höhlen, in denen Gemälde zu sehen waren, Spuren der Vergangenheit, und malten mit Holzkohle eigene Bilder daneben. Er lehrte sie Französisch, und sie brachte ihm bei, Arabisch zu lesen. Sie spielte die *imzad* für ihn und sang Lieder, die zu schön waren für die *tahals.* Abends saßen sie vor ihrem Zelt und schauten zu, wie die Sonne unterging. Mit den Jahreszeiten zogen sie durch das Land und folgten den Weidegründen im zeitlosen Ritual der Tuareg. Er schenkte ihr ein großes weißes Pferd, einen prächtigen Araber, und sie ritt wie der Wind.

Sie bauten sich ihr Leben, Tag auf Tag, wie es normale Menschen taten.

»Targui! *Yal-la!* Aufwachen! Komm!«

Er wachte nur langsam auf, hielt sich an seinen Träumen fest, aber ein wütender Fußtritt traf seine Seite. Er öffnete die Augen und richtete sich blinzelnd auf. War es Tag oder Nacht? Er wußte es nicht. Er hatte geträumt.

Es war Atagoum, der Wärter.

»Was denn?«

»Du sollst kommen, sage ich. Beeil dich.«

Monjo, Mahmoud und Abdulahi regten sich. Also war es Nacht.

»*Fee 'eyh!*« stöhnte Abdulahi. »Was ist los?«

»Geht dich nichts an«, kläffte Atagoum. Moussa stand auf. In seinem Zeh pochte es, und seine Haut war wundgeschürft. Sie verließen die Hütte und gingen über den Platz. Sklaven hockten in kleinen Gruppen um ihre nächtlichen Feuer, plauderten, lachten, redeten mit leiser Stimme. Sie nahmen kaum Notiz von ihm. Atagoum stieß ihn mit der Palmengerte voran; das Schwert steckte in der Scheide an seiner Seite. In einer Hand hielt er eine Fackel. Atagoum war ein großer Mann, und anders als die meisten Wärter war er stark und wachsam. Niemals gab er Gefangenen Gelegenheit, wegzulaufen, und nie wurde er unachtsam.

Sie verließen das Lager und gingen den langen Weg zu den Toren der Oase hinunter. In den anderen Lagern flackerten Küchenfeuer. Fackeln beleuchteten die Mauern in großen Abständen. Wächter öffneten die Tore auf Atagoums Befehl und ließen sie in die Stadt. Moussas Blicke huschten hin und her, immer auf der Suche nach Einzelheiten, die ihm eines Tages nützlich sein könnten. Er wurde durch ein verwirrendes Labyrinth von Straßen geführt, manche überdacht, andere unter freiem Himmel, und bald hatte er die Orientierung verloren. Nie würde er hier wieder hinausfinden, nicht ohne Hilfe. Dann erreichten sie die nördliche *kasbah*, die Festung, in der sich die Gemächer des Pasha befanden. Über eine breite Treppe gelangten sie auf eine Veranda. Schläfrige Wachen standen vor den Türen, mit Schwertern bewaffnet. Atagoum sagte etwas, und einer verschwand im Haus.

Ranken bedeckten die eine Seite der Veranda, wo man auf einen großen Garten hinausschauen konnte, der sich leicht abfallend zur Oase hin erstreckte. Moussa hörte irgendwo unter den Bäumen Wasser plätschern – Wasser aus den *foggaras*, Wasser, das den Menschen, die hier wohnten, Leben und Vergnügen brachte, Wasser, das mit dem Leben der Sklaven bezahlt wurde. Ein warmer Wind trug die Düfte der Oase zu ihm herüber. Moussa schloß die Augen und atmete tief ein. Genüßlich sog er den Geruch von Flieder und Veilchen, von Aprikosen und Pfirsichen ein. Es war wunderbar, grün und üppig. Und neben Blumen und Früchten dufteten hier noch andere Dinge. Irgendwo wurde etwas gekocht, mit Gewürzen, die er nicht kannte, aber sein Magen fing an zu knurren. Dann ... Parfüm, der liebreizende Duft einer Frau. Durch die Wedel der Palmen sah er die Sterne am Himmel. Es war wunderschön, einmal außerhalb der Hütte zu sein. Wunderschön, über der Erde zu sein und den Abend zu riechen. Wunderschön, zu leben.

Der Wächter kam wieder heraus. »Tretet ein!« Atagoum gab Moussa einen Stoß, und sie gingen hinein. Moussa blinzelte. Sie waren in der Empfangshalle des Pasha. Das Licht war gedämpft. Irgendwo unsichtbar ertönte Musik, ein Saiteninstrument, das Moussa nicht kannte. Im Schatten am anderen Ende der Halle sah er die schemenhaften Gestalten verschleierter Frauen. Sie verließen die Halle durch eine Hintertür, lachend und schwatzend. Offenbar war soeben ein Bankett zu Ende gegangen. Tabletts mit unverzehrten Speisen standen auf dem Boden – mehr als alles, was man im Sklavenlager in einer Woche zu Gesicht bekam. Moussa beäugte die Tabletts. Er wurde nie satt.

Der Pasha saß auf dicken Kissen und lachte über etwas, was der Mann neben ihm gesagt hatte. Moussa erkannte den Mann, erinnerte sich an die Schläge, die er von seiner Hand empfangen hatte. *El Hussein, der Gesandte.* Eine Karaffe mit Alkohol stand vor ihnen, Cognac, den Hussein zur Freude seines Schwagers aus Frankreich mitgebracht hatte. Das fromme Feuer des Islam war heute abend durch den verbotenen Trunk der Ungläubigen eingedämmt worden. Beide Männer waren ein bißchen betrunken. Zunächst ignorierten sie Moussa. Er stand einfach da, und Atagoum wartete hinter ihm. Nach einer Weile aber schaute der Pasha herüber und sah, daß sein Blick auf dem Essen ruhte.

»Der Hund möchte einen Knochen von unserem Tisch?« Er machte eine einladende Gebärde. »Heute abend ist ein Abend der

Großzügigkeit, eine Zeit, in der wir Allahs Fülle mit dem teilen, der sie uns zugänglich macht. Meinst du nicht auch, Hussein?«

El Hussein war der vorsichtigere der beiden. Auch halb betrunken zog er es vor, diesen Mann in Ketten zu sehen. Er hatte das Knie in seinem Unterleib nicht vergessen. »Er braucht nichts, Herr, bis auf sein Ende. Es ist besser, ihn stehen zu lassen.«

»Unsinn! Steht es nicht geschrieben, daß die Großzügigkeit der Weg zu Allahs Gnade ist? Er soll essen! Atagoum!«

»Herr?«

»Mach ihm die Hände los, damit er sich an den Resten laben kann. Aber bleib in seiner Nähe. Wenn er Anstalten macht, etwas anderes zu tun als zu essen, tötest du ihn sofort.«

Atagoum band dem Gefangenen die Hände los. Moussa rieb sich die Handgelenke. Er schaute das Essen an, machte einen Schritt darauf zu und blieb dann stehen. Jubar Pasha schaute ihn verwundert an.

»Du bist nicht hungrig? Eßt ihr denn so gut in euren Quartieren? Dann muß ich die Rationen kürzen, für alle dort.«

»Ich habe keine Lust, mit dir zu essen.«

Jubar Pasha lachte entzückt. »Wie ich die Impertinenz eines vornehmen Sklaven liebe! Welch vorzüglicher Charakter in einem Halbblut! Der Mantel der Arroganz steht dir gut. Er ziert dich.«

»Du hast mich doch nicht herkommen lassen, um mir etwas zu essen zu geben.«

Die Augen des Pasha funkelten vom Cognac und von seinem wunderbaren Plan. »Nein, Moussa de Vries. Oder sollte ich sagen, Graf de Vries? Du hast ganz recht. Ich habe dich nicht herkommen lassen, um dir etwas zu essen zu geben. Ich habe dich geholt, um dich zu töten.«

Moussa erstarrte. *Graf de Vries!* Niemand hatte ihn je so genannt. Woher konnte dieser Mann das wissen? Die ganze Zeit hatte er sich für einen gewöhnlichen Gefangenen gehalten, für das Zufallsopfer eines Überfalls in der Wüste. Das war offenbar sehr töricht gewesen. Es steckte mehr dahinter, sehr viel mehr. Er spürte Atagoums Hand auf seiner Schulter. Der Wärter hatte seine leise Bewegung wohl bemerkt. Er war auf der Hut und würde kein Risiko eingehen.

Auch der Pasha bemerkte die Reaktion. »Du brauchst dich nicht zu fürchten, Graf. Es wird schnell geschehen, das versichere ich dir. Ich bin human – selbst gegen einen Ungläubigen. Und was für ein Ungläubiger! Ein zweifacher, glaube ich. Ein ungläubiger Franzose – Christ, nehme ich an?« Moussa antwortete nicht. »Und ein ungläubiger Tuareg. Wie schade, daß diese beiden Hälften weniger als nichts ergeben. Wärest du nur gläubig, so könntest du noch heute nacht an der Seite des Propheten selbst im Paradiese stehen. Ein so nobles Werk tust du für das Haus des Islam, Targui, ohne irgend etwas zu tun.«

El Hussein war beunruhigt. Der Pasha redete zuviel, der ungewohnte Alkohol lockerte seine Zunge. Mahnend hob er seine Stimme. »Ich halte es nicht für klug, Herr, ihm zu erzählen ...«

»Was macht das jetzt noch?« Der Pasha winkte ab. »Woran erinnert sich ein Mann im Grab? Daß man ihn verraten hat?«

»Du sprichst in Rätseln«, sagte Moussa.

Der Pasha schaute ihn triumphierend an. »Es ist kein Rätsel, Targui. Jawohl, man hat dich verraten. Und nicht einmal wie einen gewöhnlichen Sterblichen, sondern viele Male – wie einen König! So viel Treulosigkeit von deinen eigenen Leuten! Es schmerzt mich doch zu sehen, daß ein Mann von seiner Verwandtschaft so schlecht behandelt wird.« Er korrigierte sie. »Von seinen *Verwandtschaften*. Ich vergesse, daß du ein Halbblut bist.« Er kicherte und nahm einen großen Schluck direkt aus der Karaffe. Dann wischte er sich mit dem Ärmel den Mund ab.

»Bevor einer stirbt, sollte er wissen, wieviel er gilt – oder wie wenig. Offenbar giltst du überhaupt nichts. So viele Leute, die dir übel wollen, und so viel Geld, das man dafür zahlt. Ich halte natürlich überhaupt nichts von der sinnlosen Beseitigung eines Mannes. Nicht einmal eines halben Mannes. Ich könnte dich in meinen *foggaras* gebrauchen.«

Ein Einfall schien den Pasha zu amüsieren. »Welche Ironie doch in all dem liegt! Erst heute nachmittag wurde der Herr der *foggaras* ausgepeitscht, weil er zugelassen hat, daß du dem Tod so nah gekommen bist. Es widersprach den Anweisungen, die er bekommen hat, und wäre höchst unglückselig gewesen.« Moussas Blick verriet seine Überraschung. »O ja, ich weiß von der Überflutung.

Ich weiß alles, was mit dir passiert. Ich habe dich am Leben erhalten, Moussa de Vries, und zwar sehr sorgfältig. Aber ich bin nur ein einfältiger Mann der Wüste. Jetzt muß ich mich dem Wind der Überredungskunst beugen.«

»Herr.« El Hussein wurde ungeduldig. »Verzeih mir, aber bitte – das genügt jetzt.«

Jubar Pasha seufzte und trank noch einen Schluck. »Ja, vermutlich.« Er wedelte mit der Hand zu den Speisen hinüber. »Schade, daß du nicht essen willst. Es ist wirklich ganz gut. Den Ziegen wird es schmecken, wie du den Krähen schmecken wirst. Die Zeit ist gekommen. Atagoum, feßle ihn.«

Der große Wärter kam sofort heran. Er trat hinter Moussa und packte seinen rechten Arm.

Moussa handelte, ohne nachzudenken. Wie der Blitz wirbelte er herum und schlug dem großen Mann aufs Ohr, aber er streifte ihn nur und verblüffte Atagoum, ohne ihn zu verletzen. Atagoum zögerte keine Sekunde, sondern schwang die Palmgerte, die er in der Hand hielt. Moussa sprang zurück, aber die Gerte erwischte ihn an der Schulter, und die bösartigen Dornen rissen ihm die Haut auf. Dann packte er die Gerte, daß die Dornen ihm die Hand zerfleischten, und riß daran. Atagoum verlor für einen Augenblick das Gleichgewicht. Moussas Knie fuhr dem Wärter mit scheußlichem Knacken ins Gesicht. Atagoum brüllte auf und fiel schwer zu Boden. Moussa fuhr herum. Der Pasha zerrte wie wild an dem Dolch an seinem Gürtel, und sein Mund war fassungslos aufgerissen. El Hussein rappelte sich hoch und griff ebenfalls nach seiner Waffe. Die Wachen am anderen Ende des Saales kamen schreiend herangelaufen. Draußen erhob sich Gebrüll und Aufruhr. Moussa sprang mit einem Satz über die Speiseplatten und prallte gegen El Hussein, daß dieser rückwärts zu Boden flog. Der Pasha war kein Kämpfer; seine fette Hand verhedderte sich in den Falten seines Gewandes, als er verzweifelt nach seinem Dolch stocherte. Moussa war im nächsten Augenblick hinter ihm und riß ihm die juwelenbesetzte Waffe aus der Hand. Mit einem Arm umschlang er den Hals des Pasha, und mit der anderen Hand drückte er ihm die Klinge an die Kehle. Das alles hatte nur wenige Sekunden gedauert.

»Noch einen Schritt, und er stirbt«, brüllte er die Garde an. Jubar Pasha schnappte angstvoll nach Luft; er konnte kaum atmen. Die Garde wich unsicher zurück. »Legt eure Schwerter auf den Boden«, zischte Moussa. Sie gehorchten hastig.

Moussa schaute El Hussein an. »Ich werde die Pistole nehmen, die du da in deiner Schärpe hast«, sagte er. Er hatte den Kolben gesehen, als der Mann ihn verprügelt hatte. El Hussein starrte ihn finster an und rührte sich nicht. »Sofort!« Noch immer zögerte El Hussein. Moussas Klinge drückte sich in den fleischigen Hals des Pasha, und es fing an zu bluten.

»Gib sie ihm schon, du Dummkopf!« quiekte Jubar Pasha.

El Hussein schlug seinen Mantel zurück und zog die Pistole heraus. Er reichte sie herüber. »Du wirst nicht weit ...« begann er.

»Still!« Moussa wußte, daß er schleunigst handeln mußte, ehe sie sich organisieren konnten. Er schob den Mund ans Ohr des Pasha. »Sag deiner Garde, sie soll fünfzehn Kamele bringen, gut ausgeruht, mit fetten Höckern. Und Proviant. Und Wasser für zwanzig Tage. Und Waffen. Karabiner und Pistolen, mit Munition. Sie werden alles am Tor bereithalten, und zwar in dreißig – in zwanzig Minuten. Sag es ihnen richtig, Jubar Pasha. Dein Leben hängt davon ab.«

Der Pasha wimmerte.

»Sag's ihnen!«

»Tut, was er sagt«, japste der Pasha und ließ einen Strom von Befehlen hervorsprudeln. Der Hauptmann der Garde schaute Atagoum an, der immer noch stöhnend am Boden lag. Er sprach ein leises Gebet für sich und seine Familie, denn noch heute würde sein eigener Kopf von seinen Schultern fallen. Er lief hinaus, um zu gehorchen.

Moussa sah El Hussein an. »Zieh dich aus.«

»Was?«

»Sofort! Gib mir deine Sachen.« El Husseins Gesicht war dunkelrot vor Scham. Seine Beine waren wacklig vom Cognac. Er zog die Gewänder und das seidene Hemd aus und hörte erst auf, als er nur noch eine Pluderhose anhatte. Ohne seine kostbaren Kleider sah er mager und erbärmlich aus. In der kühlen Abendluft fröstelte er.

»Alles.«

Widerstrebend gehorchte El Hussein. Schließlich stand er nackt vor ihnen. Moussa ließ den Pasha für einen Augenblick los, behielt aber die Pistole in der einen Hand, während er eilig die Kleider anlegte. »Den Turban«, befahl er. Langsam wickelte El Hussein den Turban ab und reichte ihn herüber.

Moussa schlang sich den Stoff hastig um den Kopf. Zum ersten Mal, seit er in Timimoun war, fühlte er sich wieder vollständig: Seine Haut war bedeckt, und in seinen Adern rauschte die Hoffnung. Unwillkürlich mußte er lächeln, als er sah, wie der nackte El Hussein sich wand. Er musterte ihn von Kopf bis Fuß und lachte dann schallend. »Du bist offensichtlich ein schamhafter Mann, Botschafter«, sagte er. »Mit gutem Grund.«

Er zog den Pasha hoch und bohrte ihm die Pistole in den Hals. »Los!« befahl er und stieß seinen Gefangenen vorwärts. Sie stiegen über die Speisetabletts. Moussa blieb stehen und gab Atagoum einen Fußtritt. »Aufstehen! Mitkommen!«

Atagoum rappelte sich mühsam hoch. Er stöhnte. Sein Mund war ein blutiger Brei. »Laß dein Schwert liegen«, befahl Moussa, und die Klinge fiel klirrend zu Boden. »Du führst uns zu meinem Lager zurück«, sagte Moussa. »Verirre dich ja nicht, denn sonst stirbt dein Herr. Und beeil dich.« Atagoum sah die verängstigten Augen des Pasha und den Pistolenlauf an seinem Hals. Er nickte.

»Und du gehst hinter ihm«, sagte Moussa zu El Hussein.

Der Gesandte war starr vor Scham. »Ich laufe nicht durch die Straßen der Stadt wie ein gemeiner Sklave ...« Moussa schlug mit dem Pistolenlauf zu und riß eine kleine Fleischwunde in seine Wange. El Hussein schrie auf, aber dann setzte er sich in Bewegung.

Die Wächter traten beiseite, als sie durch die Tür der Halle auf die Treppe hinausgingen. Ein kleiner Trupp Wächter stand am Eingang zu einer der Gassen, die zur Oase führten. Ein paar hatten Steinschloßgewehre, und alle hatten Schwerter. Sie beobachteten die Prozession und wußten nicht recht, was sie tun sollten. Moussa sprach mit dem Pasha. »Sag ihnen, sie sollen sich zurückhalten. Wenn einer schießt, werde ich auch schießen. Sie schießen vielleicht daneben, ich aber bestimmt nicht.«

»Zurück, ihr Trottel!« schrie der Pasha. »Bleibt weg, habt ihr gehört?« Sie drückten sich hilflos in die Seitengassen und ließen Moussa mit seinen Gefangenen vorbeigehen. Atagoum führte sie durch das Gewirr der Gassen zurück. Neugierige betrachteten die Gruppe, und manche ließen die Körbe fallen, die sie trugen, oder schrien auf, wenn sie den Pasha erkannten. Moussa trieb sie halb im Laufschritt voran und benutzte den fetten Körper des Pasha als Schild. Der Gestank von Alkohol und Angst mischte sich in den Schweißgeruch des Mannes. Als sie am Tor ankamen, genügte ein Befehl von Atagoum, um es zu öffnen, und die kleine Schar eilte den Weg zu Moussas Lager hinauf. Jubar Pasha keuchte atemlos. So viel Anstrengung war er nicht gewohnt. »Bitte«, brachte er hervor, »ich muß mich ausruhen.« Moussa stieß ihn noch härter voran.

Am Lagertor, unter einer Fackel, die am Torpfosten hing, blieben sie stehen, und Moussa wandte sich an Atagoum. »Du holst die andern aus meiner Hütte«, befahl er. »Wenn du in drei Minuten nicht wieder da bist, stirbt dein Herr.« Atagoum gehorchte und verschwand durch das Tor im Dunkeln. Drinnen standen ein paar Wächter, die nichts von dem ahnten, was vorging.

Gleich war Atagoum wieder da. Im Dunkeln erkannte Moussa die Gesichter, die er erwartete.

»Was gibt's denn?« fragte Abdulahi und rieb sich immer noch den Schlaf aus den Augen. »Was ist denn das?« Begleitet von Monjo und Mahmoud ging er in die Richtung, die Atagoum ihm wies – zu den beiden Männern, die am Torpfosten standen. Seine Augen wurden groß wie Untertassen, als er den Pasha erkannte, der da im Dunkeln stand wie ein gewöhnlicher Mann. Sein Mund klappte auf, als er die Pistole am Hals des Pasha sah. Daneben stand ein nackter Mann dürr und frierend in der Nacht. Er kannte ihn nicht. Wachsam spähte er dem Mann mit der Pistole entgegen, aber im schwachen Licht konnte er das Gesicht nicht erkennen.

»Unsere Zeit ist gekommen«, sagte Moussa hinter seinem neuen Schleier. »Der Pasha selbst war so gütig, uns zu eskortieren. Seid ihr reisefertig?«

Abdulahi stand da und wäre vor Verblüffung fast zusammengebrochen. »*Sidi?*«

Mahmoud lachte laut. »Gut gemacht, Tuareg-Hund!« Er trat auf den Pasha zu und spuckte ihm ins Gesicht.

»Nicht jetzt«, sagte Moussa. »Wir müssen uns beeilen. Wir haben keine Zeit zu verlieren.« Er wandte sich ab und ging den Weg zum Tor von Timimoun hinunter. Ohne zu zögern, folgten ihm Abdulahi und Mahmoud. Abdulahi blieb noch einmal stehen und drehte sich um.

»Monjo! Worauf wartest du?« Der Haussa-Mann hatte sich nicht von der Stelle gerührt.

»Ich habe es euch schon einmal gesagt. Ich kann nirgends hin. Es ist nirgendwo besser als hier. Aber vieles ist schlimmer.«

»Bleib bei mir. Ich werde dich beschützen. Sei kein Dummkopf. Du kannst nicht hierbleiben. Die werden dich jetzt ganz bestimmt umbringen. *Komm schon!*«

Monjo schwankte noch einen Augenblick. Dann schüttelte er den Kopf, murmelte einen kurzen Fluch und schloß sich ihnen an.

Die Kamele warteten. »Monjo, Mahmoud, stellt fest, in was für einem Zustand sie sind«, sagte Moussa. »Abdulahi, du siehst nach Wasser und Proviant. Und Waffen müssen auch dabeisein.« Die drei Männer beeilten sich, alles zu überprüfen; sie öffneten Packtaschen und kontrollierten Hufe und Buckel. Dann nahmen sie von den wartenden Wachen die Waffen entgegen. Es war für alles gesorgt.

Der Pasha hatte endlich seinen Atem wiedergefunden. »Ihr werdet nie entkommen. Meine Leute werden euch finden, bevor diese Nacht vorbei ist.«

»Dann werden sie dich auch finden, Jubar Pasha. Oder glaubst du, ich würde mir die Gelegenheit entgehen lassen, dir zu zeigen, wie gastfreundlich die Tuareg auf Reisen sind?«

»Das kannst du nicht!« blubberte der Pasha. »Ich komme nicht mit!«

»Doch, das tust du.« Moussa wandte sich an den Hauptmann der Garde. Der Mann sah ganz elend aus. Er würde mit seinem Leben dafür bezahlen, daß er es nicht vermocht hatte, seinen Herrn zu beschützen. Moussa spannte den Hahn seiner Pistole und hielt sie dem Pasha an die Schläfe. Seine Worte klangen scharf und laut genug, daß auch alle anderen Gardesoldaten sie hören konnten. »Der Pasha hat beschlossen, uns auf unserer Reise zu begleiten. Wir werden sorgfältig aufpassen: Wenn irgend jemand uns folgt, und hielte er sich auch zehn Meilen hinter uns, dann werde ich es wissen, und er wird sterben. Habt ihr das verstanden?«

Der Hauptmann nickte. »Ich habe es verstanden.«

Moussa schaute El Hussein an. »Und du solltest dir etwas anziehen. Du siehst aus wie ein Trottel.« Der nackte Gesandte starrte ihn eisig an.

Die andern saßen auf, und ihre Kamele erhoben sich. Moussa nahm die Zügel des Leitkamels in die eine Hand, drückte dem Gefangenen die Pistole an den Hals und führte die Prozession von der Mauer weg den Hang hinauf, an den Lagern vorbei und in die Dunkelheit. Ein paarmal drehte er sich um. Überall an der Mauer wimmelte es von Männern, aber niemand folgte ihnen. Als er wußte, daß ein Gewehrschütze sie nicht mehr sehen und daher auch nicht mehr auf sie schießen konnte, blieb er stehen und steckte die Pistole in seinen Gürtel. Er fesselte dem Pasha die Hände und half ihm in den Sattel. Es war mühsam, denn Jubar Pasha war fett und ungeübt, ein Mann für eine Sänfte, nicht für ein Kamel.

Als es geschafft war, stieg Moussa auf sein eigenes Mehari. Er schaute zum Himmel hinauf. Milliarden Sterne funkelten verheißungsvoll. Die offene Wüste lag vor ihnen. Am liebsten hätte er laut gelacht.

Wir sind frei!

Er gestattete sich einen Augenblick der Freude, dann trieb er sein Mehari an und führte seine kleine Karawane in die Nacht hinaus.

Moussa mußte seine ganze Überredungskunst aufwenden, um seine Gefährten davon abzuhalten, Jubar Pasha voreilig umzubringen. In der Gefangenschaft hatten sie endlose Stunden damit ausgefüllt, sich Folterqualen für den Mann auszudenken, der jetzt ihr Gefangener war. Die Versuchung war groß, und sie peinigten ihn mit ihren Reden.

Sie kamen an einem Brunnen vorbei. Abdulahi warf einen Stein in das schwarze Loch. Alle hörten das leise Platschen. »Du wirst mehr Lärm machen, viel mehr«, sagte er vergnügt zu Jubar Pasha und stieß ihm gegen den umfangreichen Bauch. »Kannst du schwimmen?«

»Ersäufen geht zu schnell.« Mahmoud zog sein Messer. »Wir verfüttern ihn an die Krähen. Stückchen für Stückchen. Da kann er selbst zusehen, wie er verschwindet.«

Abdulahi lachte begeistert. »So viel, wie von ihm da ist, kann er ja viele Stunden lang zuschauen. Das ist ein guter Plan, Sidi.«

Moussa schüttelte den Kopf. »Vielleicht brauchen wir ihn noch. Tot nützt er uns nichts.«

»Wir brauchen keine Geisel!« Mahmoud spuckte aus. »Niemand kann uns folgen, so wie du uns vorangetrieben hast! Kein Wunder, daß die Leute sagen, die Tuareg sind verrückt.« Vor ihrer ersten Rast waren sie fast vierzig Stunden ununterbrochen geritten und hatten nur häufig die Kamele gewechselt. Mahmouds Hintern war wund. Er hatte seine Berber-Cousins aus dem Süden unterschätzt, sie waren wirklich ein ehrfurchtgebietendes Volk. Aber selbst nach den Maßstäben der Tuareg war es ein außergewöhnlicher Ritt gewesen. Moussa schien niemals müde zu werden, während er sie über das Plateau führte, das südwestlich von Timimoun lag. Es war nicht der leichteste Weg, aber Moussa hielt ihn für den sichersten. Die Höhen waren steinig, und man würde sie nicht leicht verfolgen können. Er gedachte außen um In Salah herumzureiten, denn dort würde es bald von Agenten des Pasha wimmeln, und sich geradewegs ins sichere Arak zu begeben, wo Tuareg ihre Herbstlager aufschlagen würden.

Aber obwohl sie gut vorangekommen waren, entspannte Moussa sich nicht. »Die Freiheit ist mir lieber als meine Rache«, sagte er. »Ich muß sicher sein, daß wir nicht verfolgt werden, bevor ich ihn aufgebe.«

»Sich zu rächen ist aber auch nicht dumm«, knurrte Mahmoud, doch er beließ es dabei.

Monjo war es, der dem Pasha die meisten Sorgen bereitete. Der Haussa sprach kaum ein Wort und starrte den Gefangenen nur stundenlang an. Seine Miene war ausdruckslos, seine Augen dunkel und undurchdringlich. So verbrachte der Pasha seine Zeit halb mit allerlei Befürchtungen wegen des Haussa und halb mit Stöhnen über die Auswirkungen der Reise auf seinen schmerzenden Leib. Eine Wüstenreise war wirklich die reinste Folter.

Wenn sie aßen, war es Moussa, der ihm seine Ration brachte. Niemand sonst wollte es tun. Der Pasha aß gierig schmatzend und leckte sich die Finger.

»Ich will wissen, wer mich verraten hat«, sagte Moussa.

»Von mir erfährst du es nicht.«

»Gut. Du hast den Mauren gehört. Wenn du nicht redest, lasse ich ihm freie Hand mit dir.«

Der Pasha beäugte ihn furchtsam. »Und wenn ich es dir sage?«

»Dann lasse ich dich laufen – wenn die Zeit dazu gekommen ist.«

»Wie kann ich dir vertrauen?«

Moussa lachte. »Eine lustige Frage – in diesem Augenblick. Dir bleibt nichts anderes übrig. Aber ich bin ein Mann, der sein Wort hält.«

Jubar Pasha war rasch entschlossen. Er fing an zu reden.

Drei Tage später wußte Moussa, daß die Zeit gekommen war. Er ließ die kleine Karawane anhalten. Von einem der Lastkamele nahm er eine *guerba* mit Wasser und einen kleinen Beutel voll Datteln. Er band dem Pasha die Hände los und reichte ihm beides. Der Pasha sah ihn unsicher an.

»Du bist frei und kannst gehen«, sagte Moussa.

Mahmoud explodierte. »Du läßt dieses Schwein laufen? Das kann nicht dein Ernst sein! Gib ihn mir!«

»Nein. Er ist mein Gefangener. Ich habe das Recht, über ihn zu bestimmen.«

»Das ist wahr.« Abdulahi nickte, weil er schon sah, was Moussa im Sinn hatte. Monjo nickte nur.

Zuerst war Jubar Pasha euphorisch. Er lenkte sein Mehari nach Norden und zögerte dann. Er wußte nicht genau, wo er sich befand. Es gab keine Spur, der er folgen konnte. Der nächste Brunnen lag vierzig Wegstunden weit weg, und er machte sich keine Illusionen über seine Fähigkeit, ihn zu finden. »Du mußt verrückt sein«, stammelte er. »Das ist ein Irrtum. Da brauche ich doch mehr Vorräte, mehr Wasser und mehr Proviant. Ich kann hier nicht überleben. Wo soll ich denn hin? Was soll ich denn tun?« Angst klang in jedem Wort.

Moussa zuckte die Achseln. »Tu, was du willst. Du kannst gern bei uns bleiben, aber von jetzt an will ich nichts mehr mit dir zu tun haben. Die andern werden sich um dein Wohlergehen kümmern. Wie die Dinge liegen, schenke ich dir die Freiheit. Mehr wirst du nicht bekommen, und es ist mehr, als du verdienst.«

Moussas Mehari stand auf. Die vier Männer und ihre Lasttiere setzten sich in Bewegung. Jubar Pasha saß hilflos und voller Angst auf seinem Kamel. Er schaute ihnen nach, bis sie verschwunden waren.

»Du bist zu weich, Tuareg«, murrte Mahmoud, als sie eilig in Richtung Arak weiterritten

Moussa nickte. »Wahrscheinlich.«

»Weich?« Abdulahi schnaubte. »Er wird viel Zeit haben, dem Tod ins Gesicht zu schauen. Er geht da draußen so sicher zugrunde, als hättest du ihn an die Krähen verfüttert.«

»Ja«, sagte Monjo. »Es dauert nur länger.«

34.

Paul hörte die erstickten Schreie aus der Höhle, in der Messaoud den Gefangenen vernahm.

Er hatte gewußt, daß sie in Tamrits Nähe waren. Er hatte seine Gegenwart gespürt. Tamrit war unvorsichtig geworden. Die Spuren seiner Tiere waren frisch. Statt zu fliehen, hatte er sich am Abend zuvor entspannt. Er hatte Tee getrunken und angenommen, seine Verfolger seien weichlich und faul wie alle Ungläubigen.

Tamrit schätzte ihn falsch ein.

Es war dunkel geworden, und die Angreifer konnten nicht gut sehen. Dazu kamen Lärm und Rauch, Verwirrung und Schießerei. Und die Höhle hatte zwei Eingänge. Das Glück war mit Tamrit und seinen Leuten gewesen, und die meisten hatten zur anderen Seite hin entkommen können.

Alle bis auf den, dessen Schreie jetzt in der Luft hingen.

Die Patrouille war in die Höhle eingedrungen, als das Schießen aufgehört hatte. Sie zählten acht tote Rebellen, Männer mit Schwertern oder Gewehren.

Aber sie hatten auch andere Leichen gefunden. Sechs Frauen und vier Kinder, zusammengekauert in einer dunklen Ecke der Höhle. Feuer, Rauch, Kugeln – alles konnte ihnen den Tod gebracht haben. Er hatte nicht genau hingeschaut. Es genügte, daß sie tot waren. Sie waren dort drinnen gewesen, und die Krieger der *jihad* auch. Sie hatten keine weiße Fahne geschwenkt, sie hatten nicht um Gnade gefleht, sie hatten ihre Anwesenheit auch sonst nicht kundgetan. Lieber hatten sie sich versteckt. Und dann waren sie gestorben.

Paul fröstelte, obwohl es gar nicht kalt war. Es ging vorbei, aber er merkte, daß seine Hand noch nicht ruhig war. Er umklammerte seinen Karabiner, um das Zittern zu unterdrücken. Er mußte etwas essen, aber er konnte nicht. Die Erschöpfung grub ihre Klauen in ihn, aber er fand keine Ruhe. Er war dicht vor dem Zerreißen, und sein Inneres bebte ebenso stark wie seine Hände. Seine Augen blickten glasig, beinahe wild. Er schloß sie vor der Vision der zusammengeduckten Toten in der Höhle.

Waren es Frauen und Kinder der Rebellen gewesen? Nomaden? Man konnte es nicht mehr erfahren. Sie konnten nichts mehr sagen. Es gab niemanden, zu dem sie hätten gehören können. Niemanden, der etwas hätte erklären können. Niemanden, der weinte.

Und kam es eigentlich noch darauf an? Es hatte so viel Durcheinander gegeben, so viel Irrsinn. Niemand hatte das wissen können.

Das sagte er sich immer wieder. *Niemand hatte das wissen können.*

Es hatte andere Fälle gegeben. Einmal ein Dorf, beim nächsten Mal eine Karawane. Ein paar Schuldige tot, ein paar Unschuldige fort.

Ich bin im Krieg. Das hat der Krieg getan.

Es fiel ihm immer schwerer, mehr als eine oder zwei Stunden hintereinander zu schlafen. Er ging viel auf und ab. Er trieb sich bis zum Äußersten. Manchmal hatte er das Gefühl, daß er innerlich aus dem Leim ging, aber er durfte nicht nachlassen. Er wollte vor seinen Männern keine Schwäche zeigen. Er erwartete keinen Pardon, und er würde auch keinen geben.

Die Wüste ist hart. Fragt die Tuareg, was Töten heißt. Fragt die Tuareg, was Gnade ist.

Die Schreie wurden schwächer. Nach einer Weile hörten sie ganz auf.

Messaoud erschien im Höhleneingang. Sein Gesicht war blutbespritzt und lehmverschmiert. Er wischte sich mit dem zerfransten Ende seines Turbantuchs ab und trank in tiefen Zügen Wasser. Dann kam er zu den Felsen herüber, wo Paul wartete.

»Er ist tot, Lieutenant.«

Paul nickte ausdruckslos.

»Er sagte, Tamrit und seine Leute wollen nach Arak. Ich glaube, er hat die Wahrheit gesagt. Übers Lügen war er hinaus.«

»Arak?« Von diesem Ort hatte Paul noch nie gehört.

»In den Muydir-Bergen. Im Hoggar, Lieutenant. Einige Tuareg haben dort ihr Winterlager. Das ist eine gute Nachricht, Lieutenant. Arak ist ziemlich weit weg. Tamrit hat es offensichtlich satt, von uns gejagt zu werden, und will sich dort in Sicherheit bringen.«

Paul spähte über die Hügel hinaus. Eine träge Rauchfahne wehte aus der Höhle. *Die Hoggar Tuareg.*

»Arak.«

»Oui, Lieutenant. Es ist schade, daß wir sie auf diese Weise verlieren, aber unsere Mission ist erfolgreich gewesen. Ich glaube, sie haben genug von uns. Wir haben sie von den französischen Siedlungen vertrieben. Die Gefahr ist vorbei. Der Capitaine wird sehr erfreut sein.«

Paul schüttelte den Kopf. Seine Obsession war noch nicht zufriedengestellt. »Ich bin noch nicht fertig, Messaoud. Es ist *nicht* erledigt.«

»Aber Lieutenant, was gibt es denn noch zu tun? Sie sind entkommen. Wir können ihnen nicht folgen. Nicht nach Arak, das liegt zu weit im Süden. Malish, mektoub.« Er zuckte die Achseln. Alles andere war unvorstellbar.

Paul betrachtete den Rauch. Ein sanfter Wind trug ihn nach Süden, zur offenen Wüste, wo er verschwand. Er konnte ihn fast berühren. *Wie ähnlich unser Wild dem Rauch ist. Wie dicht wir davor sind, es zu berühren.*

Er konnte es schaffen. Er wußte, daß er es konnte. Seine Männer waren zäh und gut bewaffnet. Sie würden sich von niemandem überraschen lassen, und überlegene Gewehre würde es nirgends geben.

Und wenn er sich irrte? Wenn er scheiterte, wenn in Arak der Tod wartete – ja, selbst wenn der Tod dort sicher wäre? Gut, das war auch in Ordnung. Im Tod würde er vielleicht Erlösung von seinem Wahnsinn finden. Im Tod würde er vielleicht Ehre finden. Er würde sterben, weil er getan hatte, was er tun mußte.

»Die Männer sollen sich bereitmachen, Messaoud. Tamrit wird jetzt langsamer reiten. Er wird niemals damit rechnen, daß wir ihn in den Hoggar verfolgen.«

Messaoud schaute den Lieutenant an, als habe der nun völlig den Verstand verloren. Der Algerier genoß es, Tuareg und die Senussi und ihre ganze Bande umzubringen, aber er hatte kein Verlangen danach, im Streben nach solchen Genüssen eines törichten Todes zu sterben. »Mit Verlaub, Monsieur, aber natürlich rechnen sie nicht damit, denn sie wissen, daß wir verrückt wären, wenn wir es versuchen wollten. Keiner von uns ist je so weit gegangen. Ich weiß nicht, ob die Männer uns folgen werden, Lieutenant. Wir haben keine Befehle, keine Karten ...«

»Sie haben Ihre Befehle, Messaoud, und ich brauche keine Karten. Sagen Sie den Leuten, ich zahle jedem einen Bonus von zehntausend Francs. Aus meiner eigenen Tasche. Und wer nicht Manns genug ist, hat meine Erlaubnis, nach Wargla zurückzukehren.«

Messaoud gab den Leuten Pauls Angebot bekannt und kehrte bald zurück.

»Nur vier Mann wollen den Bonus, Lieutenant. Die übrigen wollen lieber nach Hause.«

Paul starrte mit leerem Blick in den Rauch. »Hunderttausend.«

Jetzt waren es nur sechs von zwanzig, die nicht mitkommen wollten, aber Messaoud war einer von ihnen. Als sie sich trennten, gab Paul seine letzten Befehle bezüglich derer, die in der Höhle gestorben waren.

»Verbrennen Sie die Leichen.«

»Aber Lieutenant, das sind Moslems. Wenn man ihre Körper verbrennt, können sie nicht in den Himmel.« Messaoud war nicht religiös, aber es erschien ihm abwegig, daß Männer, die in einer *jihad* gekämpft hatten und gestorben waren, ausgerechnet das verlieren sollten, wofür sie gekämpft hatten: den Zugang zum Himmel. So etwas taten Menschen anderen Menschen nicht an. Es war mehr als grausam, einen Menschen von seinem Schöpfer fernzuhalten.

»Ich habe gesagt, Sie sollen sie verbrennen, Messaoud. Mögen andere Moslems ihnen um den Preis ihrer Seele nachfolgen.«

Lieutenant de Vries, erkannte Messaoud, war wirklich über jedes Maß der Grausamkeit hinaus. Aber Befehl war Befehl, und so wurden die Leichen verbrannt.

Arak erinnerte sie an Henri.

Jedes Jahr, wenn die kargen Regenfälle sie mit ihren Kamelen, Ziegen und Zelten hierherführten, durchlebte sie noch einmal ihre erste gemeinsame Reise durch die magische Landschaft bei Arak. Noch immer sah sie alles so klar vor sich: den Ballon, wie er über die Dünen kam, den Absturz, ihre sofort erwachte Liebe zu ihm, die Bedrohung durch Tamrit, die Nacht, in der sie das erste Mal miteinander geschlafen hatten. Alle ihre Erinnerungen an Henri waren süß, aber keine war süßer als Arak.

Sie liebte die Gipfel und Plateaus und Täler des Muydir, das zerklüftete Land, in dem sie fast immer den Winter verbrachten. Ihre kleine Karawane zog unter den turmhohen Felswänden und kantigen Türmen des Canyons dahin, während das frühe Morgenlicht herabströmte und den Sandboden des trockenen Flußbetts in Seen aus weichem Licht badete. Die Geräusche ihrer Tiere hallten sanft von den Klippen wider, als sie vorüberzogen, und störten lärmende Bengali-Vögel auf, die kreischend um die Äste der Tamariskenbäume flatterten. Sie suchte die Felswände nach *aoudad* ab, jenen wilden Schafen mit den krummen Hörnern und zottigen Bärten, die man zuweilen dort finden konnte. Wenn es viele gab, bedeutete es, daß es reichlich geregnet hatte. Dann würde man sie mit Lanzen jagen können, und den Tuareg würde es an nichts fehlen. Gab es wenige, so würde der bevorstehende Winter hart werden, und die Tuareg würden sich auf viele Lager verteilen müssen, während sie nach ausreichendem Weidegrund für ihre Herden suchten.

Serena kam dieses Jahr früh nach Arak, denn Daias Niederkunft stand bevor, und sie wollte sie unterbringen, bevor das Kind kam. Mit acht Kindern und einem Dutzend Sklaven hatte Serena das Lager bei Abalessa verlassen, während die Edlen ihre Angelegenheiten mit den weit verstreuten Vasallen und den Sklaven, die zurückbleiben würden, zu Ende führten. Die Männer ihres eigenen *douar* würden frühestens in einer Woche eintreffen, aber das machte nichts. Meistens waren Männer nur im Weg, wenn man ein Lager aufzuschlagen hatte.

Serena wartete auf Lufti. Er war mit seinem Mehari vorausgeritten, um einen guten Platz zu suchen. *Er ist ein guter Mann*, dachte sie. Moussa hatte Glück gehabt mit ihm. Lufti war sofort zu ihr gekommen, als er von Moussas Tod gehört hatte. Sie wußte, daß er ihren Sohn angebetet hatte. »Wenn es dir recht ist, werde ich dir und deinem Haushalt dienen, wie ich meinem Herrn gedient habe«, sagte er. »Er würde wollen, daß ich dir zur Seite stehe.«

Erst hatte sie nein gesagt. Es war eine furchtbar schwierige Zeit für sie gewesen. Sie hatte nicht glauben wollen, was in Mahdis Brief stand, sie hatte alles für einen Irrtum gehalten. Abends war sie auf die Felsen über dem Lager gestiegen und hatte den Horizont im Norden beobachtet: Sicher würde sie die vertraute Gestalt auf dem Mehari bald wie immer zum Lager zurückkommen sehen. Sie konnte sich nicht erlauben, die Tatsache seines Todes zu akzeptieren, und wenn sie Lufti in ihren Haushalt ließe, verriete sie damit ihren Glauben an Moussas Überleben. Wenn sie ihn zu sich nähme, hieße das: Moussa war tot.

Aber die Monate waren vergangen, und er war nicht gekommen. Es kam auch keine Nachricht, und Karawanen und Reisende wußten nichts von ihm. Keiner seiner Vasallen hatte ihn gesehen.

Dann hatte Mahdi ihr Einzelheiten berichtet, als sie ihn bei seiner Hochzeit mit Daia gesehen hatte – nicht viele Einzelheiten, aber genug, um ihre Hoffnungen zu zerschlagen. Sie versank in der Trostlosigkeit der Trauer, und ihr Optimismus starb. Eine Mutter wollte vor ihren Kindern sterben, eine Frau vor ihrem Mann. Sie hatte beide überlebt, ihren Mann und ihren Sohn. Das war nicht richtig so. Es war nicht recht. Sie hatte alle verloren, die ihr teuer waren, erst Henri, dann ihren Bruder, den Amenokal, und jetzt Moussa. Ihre Nächte waren lang und einsam, und ungesehen vergoß sie manche Träne.

Aber Serena war eine starke Frau. Ihre Trauer würde nie vergehen, aber sie durfte nicht aufgeben. Also hatte sie Luftis Angebot schließlich angenommen. Er hatte Chaddy mitgebracht, die Braut, die Moussa ihm gekauft hatte, ihren kleinen Sohn Rhissa und Moussas ganze Herde, und über Nacht war Serenas *ehen* verwandelt gewesen. Sofort war sie froh über ihren Entschluß, war dankbar für die zahlreichen Ablenkungen und fand großes Vergnügen daran, mit Rhissa zu spielen.

In diesen Monaten schloß sie auch Daia in ihr Herz. Serena hatte sich immer gefragt, wie nah ihr Sohn und Daia einander wirklich gestanden hatten. Daia hatte seinen Tod ebenso betrübt zur Kenntnis genommen wie sie selbst. Serena wußte, daß Daia um ihn weinte, aber wenn ihre Tränen auch mehr zu sein schienen als die Tränen, die man um einen Freund vergoß, so fragte sie doch nie nach Einzelheiten. Das ging sie nichts an. Es genügte, daß Daia zärtlich von Moussa sprach – so saßen sie zusammen am Feuer und lachten und weinten und erinnerten sich gemeinsam an seine Angewohnheiten und seinen Humor. Sie wurden gute Freundinnen. Als Daias Kind in ihrem Leib wuchs, kümmerte Serena sich persönlich um ihr Wohlergehen und leistete ihr Gesellschaft, während Mahdi unterwegs war. Zusammen nähten sie Ledersachen, und Serena erzählte Geschichten über das Leben in Frankreich. Und Daia verlangte immer noch mehr, auch wenn sie die Geschichten schon hundertmal gehört hatte.

Serena beneidete Daia nicht um den Mann, den sie geheiratet hatte. Sie kannte die harten Kanten ihres Neffen. Sie wußte, er würde oft fort sein, und ein gewaltsamer Tod war ihm vorherbestimmt. Die Stürme, die in ihm tobten, konnte niemand stillen – nicht Daia und auch sonst niemand. Sein Haß auf Moussa hatte sie immer geschmerzt, aber das war jetzt nicht mehr wichtig. Moussa war tot.

Auch andere Dinge bereiteten ihr um Daias willen Sorge. Es waren beunruhigende Berichte über die Flatters-Expedition eingetroffen, Geschichten von Verrat und Giftmord, und in all diesen Geschichten hatte Mahdi eine herausragende Rolle gespielt. Unter den *Ihaggaren* hatte es einen mächtigen Aufschrei gegeben, aber die Ereignisse des Jahres hatten die Edlen überall im Hoggar verstreut, und so war niemand zur Rechenschaft gezogen worden. Moussas Freund Taher hatte ihr erzählt, was er über Moussas Bemühungen, die Ehre der *Ihaggaren* zu retten, wußte, und dieses Wissen war ihr kostbar. Aber sie wußte auch, daß es ihren Neffen dem Sohn nur noch weiter entfremdet haben konnte.

Sie wußte auch, daß Mahdi sich mit den Senussi eingelassen hatte. Darüber wurde nicht laut geredet. Er war zu seiner eigenen Hochzeit nur kurz erschienen und dann gleich wieder mit Tamrit nach Norden geritten, in eine Gegend, in der die Tuareg nach Serenas Empfinden ebensowenig zu suchen hatten wie die Franzosen. Es gab Geschichten von ihren Überfällen, geflüsterte Berichte über das Morden im Namen einer Religion, auf die die Tuareg wenig Wert legten, einer Religion jedoch, der Mahdi sich in hitzigem Fieber angeschlossen hatte. Sie fürchtete, daß die Konsequenzen überkochen und sie alle verbrühen könnten. Vor allem aber Daia würde darunter zu leiden haben. Hoffentlich waren alle diese Geschichten so stark übertrieben, wie Geschichten es für gewöhnlich waren. Sie verbarg ihre Sorgen vor Daia und sprach nur ermutigend mit ihr.

Ein durchdringender Schrei riß sie aus ihren Gedanken. Daia ritt auf dem Mehari hinter ihr. Die Reise war beschwerlich für sie gewesen. Lufti hatte zwei Sättel für sie so zusammengeschnallt, daß sie fast liegend reiten konnte, aber es war dennoch eine langwierige Strapaze gewesen. Daia hatte nicht geklagt. Aber jetzt sah Serena, daß sie plötzlich blaß geworden war.

»Daia! Ist alles in Ordnung?«

»Das Wasser ... es – es ist soweit«, keuchte Daia und umklammerte den Knauf ihres Sattels, und sie krümmte sich zur Seite, als eine Wehe einsetzte. »Ahhh!« Fast wäre sie heruntergefallen. Serena trieb ihr Mehari hastig an ihre Seite, um sie zu stützen, und Anna, die alte Sklavin, die Daia aufgezogen hatte, kam auf der anderen Seite von hinten heran. Was sie in Daias Gesicht sah, beunruhigte sie. Wie die meisten Tuareg ertrug Daia Schmerzen ziemlich unbewegt, aber jetzt hatte ihr Gesicht alle Farbe verloren, und ihr Atem ging keuchend und flach. Sie litt sehr. Die Frauen ließen ihre Meharis niederknien und halfen Daia herunter, um sie auf einen Berg Decken zu legen. Anna blieb noch ein paar Augenblicke bei ihr. »Da ist nicht alles in Ordnung, Herrin«, sagte sie ernst zu Serena. Sie hatte schon viele Geburten miterlebt. Äußerlich war sie ruhig, aber Serena hörte den nervösen Unterton in ihrer Stimme. »Es gibt Schwierigkeiten. Vielleicht eine Steißgeburt.«

»Lufti!« rief Serena in die Felsen hinauf, und ihre Stimme hallte zurück. Wo war er nur? Sie konnte nicht warten. Einer der alten Lagerplätze lag dicht vor ihnen. Er war eigentlich immer gut gewesen – ein Amphitheater, umgeben von Felsen, die ihnen Schutz vor dem kalten Nordwind boten. Dort würde sie absteigen lassen. Weiterziehen konnten sie später immer noch, wenn es sein mußte. Rasch erteilte sie ihre Anweisungen. »Abdou, Chaddy! Schnell! Stellt die Zelte auf, dort im Schatten!« Gehorsam eilten sie davon und führten die Packtiere am Zügel mit. Die kleinsten der Kinder tollten – aufgeregt, weil sie schon so früh am Tag haltmachten – zwischen den Felsen davon, um alles zu erkunden und zu spielen. Die größeren Kinder halfen den Sklaven, das Lager einzurichten. Nach wenigen kurzen Augenblicken stand für Daia ein Zelt bereit. Auf Häuten, die wie eine Trage straff gespannt waren, hoben sie sie hinein. Serena und Anna halfen ihr, sich auf einem weichen Bett aus Fellen niederzulassen. Ihre Wangen glühten jetzt und waren feucht vom Schweiß.

Serena trat beiseite und ließ Anna freie Hand. Sie schaute hinaus und erblickte Lufti in der Ferne. Er winkte, als er das Lager sah. Hinter ihm ritt ein zweiter Mann, ein Targui, den sie gleich erkannte. Es war Mahdi.

Serena begrüßte ihren Neffen, als er abstieg. »Ma'-tt-uli«, sagte sie ohne Wärme und spähte an ihm vorbei. »Wo sind die andern, Mahdi? Tamrit und der Rest? Du bist doch sicher nicht allein?«

»Nein. Sie lagern bei der Schlucht. Sie wollten nicht ... stören.«

»Das war klug. Tamrit wird niemals willkommen sein bei denen, die er entehrt hat. Die andern würden hier auch keinen freundlichen Empfang finden.«

»Sprich für dich allein, Tante Serena. Es gibt andere, die nicht so kalt sein werden wie du.«

»Vielleicht. Wir werden sehen.«

Mahdi sah sich verwirrt um. Er hatte ein volles Lager erwartet und konnte nur ein paar Kinder und Sklaven entdecken. »Wo sind die andern? Der Amenokal? Und Attici?«

»Wir sind vorausgegangen. Daia wird bald ihr Kind zur Welt bringen. Wir wollten, daß sie es bequem hat.«

Mahdi nickte. »Dafür danke ich dir.« Er schwieg einen Augenblick, aber er wußte, daß er es ihr sagen mußte.

»Ihr seid in Gefahr, Serena. Ich fürchte, ich habe die Franzosen nach Arak gebracht.«

»Gefahr? Die Franzosen? Was soll das heißen?«

Mahdi war jetzt ernstlich besorgt, nachdem er erfahren hatte, daß die Männer noch nicht da waren – besorgt nicht um sich selbst, aber um Daia, Serena und alle andern. Erst an diesem Morgen hatten er und Tamrit die Verfolger gesehen. Wochenlang war keine Spur von ihnen zu entdecken gewesen, und sie hatten fest geglaubt, daß die Franzosen im Norden geblieben waren, wo die *ikufar* sich immer aufhielten.

Aber dieser Franzose war anders. Er ruhte nicht, er rastete nicht. Er hatte seine Araberpferde gegen schnelle Shamba-Meharis eingetauscht, und er reiste mit leichtem Gepäck wie ein Targui. Er hetzte wie ein Besessener, ritt in verbotenes Land hinein, ohne Rücksicht auf die Tatsache, daß er damit leicht sein Leben verwirkt haben konnte. Es war unbegreiflich.

»Dieser Franzose ist der Dämon selbst.« Tamrit hatte staunend gelacht, als er die Kolonne der *tirailleurs* gesehen hatte – bloße Punkte am Horizont, als das Licht der Dämmerung gerade hell genug gewesen war, um sie auszumachen. Er war überrascht und entzückt gewesen. »Sie reiten geradewegs in die Arme des Islam.«

Mahdi hatte seine Begeisterung zunächst geteilt. Er fürchtete sich vor niemandem – nicht vor diesem Offizier und vor keinem anderen *ikufar*, und auch vor keinem Araber und keinem Tuareg. Er freute sich auf die Schlacht. Aber Mahdi hatte auch damit gerechnet, daß alle Krieger der *Ihaggaren* inzwischen in Arak sein würden, zusammen mit ihren Frauen und Kindern und Sklaven. Er wußte, daß Daia in einem der Lager sein und auf ihn warten würde. Sie hatten nach der Hochzeit davon gesprochen. Er war hier, um sie und das neue Kind zu sehen, wenn es zur Welt gekommen wäre. Er hatte sich nach diesem Tag gesehnt.

Und jetzt wurde ihm klar, daß er die Gefahr geradewegs zu ihrem Zelt geführt hatte. Die Franzosen und ihre algerischen *tirailleurs* waren bei der Verfolgung äußerst brutal vorgegangen. Er hatte die Barbaren, was die Erfordernisse des Krieges anging, immer für weich und zimperlich gehalten. Aber diese Männer waren schwer bewaffnet und zum Äußersten entschlossen. Unschuldige waren zu Tode gekommen. Mahdi hatte das nicht gekümmert – bis jetzt. Aber das hier war keine Kleinigkeit mehr. Tamrit hatte sich bereit gefunden zurückzubleiben, um den Trupp abzulenken oder zu überfallen, während Mahdi die Lager der Tuareg warnen und Krieger für die Schlacht zusammenrufen wollte. Aber das ging nun nicht. Es waren keine Krieger da.

»Ihr werdet schnell weiterziehen müssen«, sagte Mahdi. »Ohne die Männer der *Ihaggaren* seid ihr in großer Gefahr.«

Serena schüttelte den Kopf. »Bei Daia haben die Wehen eingesetzt. Es geht ihr nicht gut. Sie hat Schwierigkeiten. Das Kind liegt falsch. Sie kann nicht weiterziehen, nicht jetzt. Vorläufig überhaupt nicht.«

»So hör doch! Ihr habt keine Wahl!« Er zwang sich zur Ruhe, denn er wußte genau, seine Tante hörte nicht auf Befehle. Er mußte sie überreden. »Da ist ein französischer Offizier. Er wird keine Bedenken haben, jeden hier im Lager zu töten. Die Frauen, selbst die Kinder. Niemand ist vor ihm sicher.«

Serena verzog das Gesicht. »Hast du meine Vergangenheit vergessen? Die Franzosen sind keine Dämonen, Mahdi. Ich kenne sie gut. Verschone mich, Neffe. Verbreite deine Lügen unter denen, die es nicht besser wissen.«

»Der hier ist nicht wie die andern, die du kennengelernt hast, Serena. Ich habe sein Wüten gesehen. Er *ist* ein Dämon. Er ist ein Schwein.«

Da war etwas, das er ihr nicht erzählte, das merkte sie. »Woher kommt denn solche Wut? Warum ist er hier? Weshalb will ein solcher Mann uns übel?« Dann dämmerte es ihr. »Ach – Sheik Flatters … Sucht dieser Mann Rache für das, was ihr seinen Leuten angetan habt? Gift für Gift?«

Mahdis angewidertes Grunzen verriet ihr, daß sie recht hatte, aber er hatte keine Lust, solche Dinge mit einer Frau zu erörtern, nicht einmal mit seiner Tante. »Dafür ist jetzt keine Zeit. Hör gut zu«, sagte er. »Ihr müßt sofort weg von hier. Wenn du Daia nicht fortbringst, werde ich es selbst tun.«

»Dann bist du für ihren Tod verantwortlich. Vielleicht auch für den des Kindes.«

Mahdi fluchte. Er wußte nicht, was er tun sollte. Wütend schob er sich an ihr vorbei und betrat das Zelt.

Er sah selbst, daß Daia große Schwierigkeiten hatte. Ein Krampf ließ sie erstarren, und sie krümmte den Rücken hoch, bis er vergangen war. Anna hielt ihre Hand und wischte ihr den Schweiß von der Stirn. »Hinaus, Weib«, befahl Mahdi.

Anna funkelte ihn an. Sie verabscheute ihn, aber sie gehorchte sofort.

Er kniete neben Daia nieder. Sein Gesicht unter dem Schleier wurde sanft. Er nahm ihre Hand, und seine Stimme klang kraftvoll und beruhigend.

»Ich bin es, Daia. Ich bin jetzt bei dir.«

»Mahdi«, sagte sie und versuchte zu lächeln, aber dann knirschte sie mit den Zähnen, als ein neuerlicher Schmerz sie durchflutete.

»Es tut mir weh, dich so leiden zu sehen.«

»Es ist nicht so schlimm. Nur etwa so, wie wenn man von wütenden Kamelen niedergetrampelt wird, glaube ich« – doch dann schnappte sie wieder nach Luft.

»Anna!« Mahdi war nervös. Ein Mann mit einer tödlichen Verletzung war nicht so beunruhigend wie eine Frau in den Wehen. Er bekam Angst. Anna kam wieder herein und kniete neben Daia nieder. Mahdi hielt Daias Hand, während die alte Frau arbeitete.

»Ist denn kein *inad* bei dir, Herr?« fragte Anna. Die *inad* waren Schmiede und Wundärzte, geheimnisvolle Vagabunden, der von den Tuareg meistens verachtet wurden, aber ganz nützlich waren, wenn sie von Lager zu Lager zogen. Anna hätte einen von ihnen gebrauchen können.

»Nein.«

»Dann wird sie eine Menge *baraka* brauchen.«

»Serena! Herrin! Da kommen Männer!« rief Lufti von seinem Posten auf einer Felsnase, wo er den Durchgang zum Canyon beobachten konnte. Eingedenk der warnenden Worte Mahdis hatte Serena ihn dort aufgestellt. Sie lief über den Platz und kletterte zu ihm hinauf.

»Sind das die Franzosen?«

Lufti spähte ihnen entgegen. »Nein, Herrin, das glaube ich nicht. Ich kann es nicht sagen. Es sind Reisende, keine Soldaten. Ich weiß nicht, von welchem Stamm. Vier Männer, doppelt so viele Meharis.«

Sie beobachtete den kleinen Trupp. Der Vorderste trug weiße Gewänder. Sein Turban war seltsam gebunden – eine Mischung zwischen einem *litham* und einem marokkanischen Turban. Hinter ihm kam ein Sklave, der ein paar Kamele führte, gefolgt von zwei Männern mit Gewehren. *Vielleicht ein reicher Kaufmann,* dachte sie. Es kam selten vor und war in der Tat kühn, daß ein Reisender ungebeten in ein Tuareg-Lager ritt, aber dieser hier näherte sich, als hätte er auf der ganzen Welt nichts zu befürchten.

Zwanzig Meter vor ihr ließ er sein Mehari halten. Er hatte die Frau und den Sklaven gesehen und musterte sie stumm. Lufti nestelte an dem Dolch in seiner Scheide – er war unsicher, furchtsam und so gut wie nutzlos. Serena wartete darauf, daß der Mann seine Absichten erkennen ließ. Schließlich gab er einen leisen Laut von sich, und das Kamel sank in die Knie. Er stieg ab und kam geradewegs auf sie zu; seine Haltung war kraftvoll und sicher. Und in diesem Augenblick wußte sie Bescheid, noch ehe sie ihn aus der Nähe gesehen hatte. Lufti hatte ihn im selben Moment erkannt. Sie kannten seinen Gang so gut wie seine Augen, diesen kraftvollen, zielstrebigen Gang, den Gang seines Vaters, der ebenso sein eigener war.

»*Herr …?*« Lufti sagte es zögernd und ungläubig. Sein Dolch fiel zu Boden, und er umklammerte die Amulette an seinem Hals und drückte sie, als wolle er noch den letzten guten Geist aus ihnen herauspressen. »Oh-oh-oh, bist du es wirklich oder kommen die *djenoum* mich holen?« Aber dann war er doch überzeugt, daß es kein Geist war. Er machte einen Luftsprung, drehte sich um sich selbst und jauchzte lauthals. »Hamdulillah, Herr, du lebst!«

Moussa fing an zu laufen, seiner Mutter entgegen, die ganz überwältigt dastand. Er nahm sie in die Arme, hob sie mühelos hoch. Er fühlte ihr Zittern und hörte den Schrei des Entzückens, der aus ihrem Herzen emporstieg.

Dann begann sie zu flüstern, und die Worte sprudelten aus ihr hervor, ein Sturzbach in französischer Sprache, der Sprache seiner Kindheit. »Est-çe possible – ist es … oh, mon Dieu, mein Sohn, ich dachte, du bist tot! Wie kann das sein? Wie kann das sein? Wie kann das sein?«

»Maman, maman, wie schön du aussiehst! Que tu es belle! Wie hast du mir gefehlt!« Er wirbelte sie im Kreis herum und drückte sie an sich. Sie konnte sein Gesicht sehen, und sie nahm es zwischen beide Hände, während sie sich drehte. Sie weinte, und die Freudentränen mischten sich mit denen der Fassungslosigkeit. Sie war ganz schwach vor Glück. »Komm, komm herein, setz dich, erzähl uns alles ...« Und dann zögerte sie plötzlich verwirrt, und alles überschlug sich in ihren Gedanken. Aber mit wachsender Zielstrebigkeit führte sie ihn an der Hand über die Lichtung und in das Zelt. Mahdi hatte nur Augen für Daia.

»*Mahdi!*« Serenas Stimme klang herrisch und kalt. »Etwas höchst Sonderbares! Ein Toter, der lebt!«

Mahdi erstarrte. Er drehte sich um, und sein Auge erfaßte die weißen Gewänder, den seltsamen, edelsteinbesetzten Turban, das teilweise entblößte Gesicht – und er schnappte nach Luft, als er erkannte, wer da vor ihm stand. Er fuhr hoch, und seine Hand zuckte zum Schwertgriff.

»Cousin.« Seine Stimme klang leise und bedrohlich.

Daia riß die Augen weit auf. Mahdi hatte nur einen Cousin. *»Moussa?«*

Moussa beachtete Mahdi nicht. Tränen traten ihm in die Augen, als er sie sah. Einen Moment lang brachte er kein Wort hervor. So oft hatte er an sie gedacht, so oft von diesem Augenblick geträumt. Endlich konnte er wenigstens nicken. »Eoualla. Ja.«

»Wie kann das sein? Ich dachte, du bist tot! Wir alle ... Mahdi hat gesagt ... Ich verstehe nicht ...« Ihr Blick ging zu Mahdi, und jäh bäumte sie sich vor Schmerzen auf und schrie. Anna beugte sich über sie. »Mahdi!« keuchte Daia. »Dein Brief! Ich habe ihn noch! Du hast geschrieben, er ist tot ...«

»Du hast es mit eigenen Augen gesehen«, fuhr Serena an ihrer Stelle fort. »Du hast noch versucht, ihm zu helfen. Die ganze Zeit haben wir deinem Wort geglaubt und meinen Sohn für tot gehalten.« Ein furchtbarer Schmerz lag in ihrer Stimme. »Ich kann nicht glauben, daß jemand so grausam ist, Mahdi. Nicht einmal du.«

Mahdi sagte nichts. Seine Hand drückte den Schwertgriff und ließ ihn wieder los. Er war wie vom Donner gerührt. Dies nun hatte er als letztes befürchtet. Niemand konnte aus Timimoun entkommen! *Niemand!* Seine Wut war grenzenlos. Am liebsten hätte er Tamrit und diesen Trottel Jubar Pasha mit eigenen Händen erwürgt. Er verfluchte sich dafür, daß er seine eigenen Instinkte von dem Gedanken an ein Lösegeld hatte zum Schweigen bringen lassen. Er hätte Moussa schon vor langer Zeit umbringen sollen. Aber er hatte es nicht getan. Und jetzt sah er sich ausgerechnet vor der Frau, für die er das alles getan hatte, in eine Lüge verstrickt. Wut pochte in seinem Schädel.

»Ich habe mich geirrt! Ich wußte es nicht! Ich dachte, du wärest es, der da gefallen …«

»Du hast in deinem Brief behauptet ..., du hättest ihn … selbst … *begraben*!« Jedes Wort kostete Mühe, aber Daia zwang sich, es auszusprechen. Mahdi krümmte sich innerlich, als er ihren Ton hörte. Er wußte, daß dieser Schaden nicht mehr zu beheben war.

»So etwas hat er geschrieben?« Moussa starrte seinen Cousin an und schüttelte den Kopf, als das monströse Bild in seinem Geist Gestalt annahm. »Dann ist das nicht alles, was er mir angetan hat – oder uns allen.« Es gab so vieles, was er nicht verstanden hatte, nachdem er Jubar Pashas weitschweifige Geschichte gehört hatte, so viele Lücken, die er nicht hatte ausfüllen können. Nicht bis zu diesem Augenblick. Er empfand mehr Trauer als Zorn, als ihm das Ausmaß von Mahdis Verrat klar wurde: Die langen Monate in den *foggaras* hatte er seinem Cousin zu verdanken. »Wie kann man einen anderen Menschen so sehr verachten? Was habe ich getan, daß ich solche Heimtücke verdient habe?«

Mahdi wollte protestieren, aber Moussa schnitt ihm das Wort ab.

»Es ist Zeit, mit dem Lügen aufzuhören, Mahdi. Ich habe ein langes Gespräch mit Jubar Pasha selbst geführt. Erst vor vierzehn Tagen. Er hat mir eine wilde Geschichte erzählt, eine Geschichte über Tamrit und ein Lösegeld. Ich hielt ihn für verrückt. Tamrit konnte das alles doch gar nicht wissen. Aber jetzt verstehe ich es. Jubar Pasha wußte nichts von dir – *er wußte einfach nichts von dir.*«

»Lösegeld? Tamrit? Was soll das heißen?« fragte Serena. Ihre Verwirrung war noch größer als vorher, und beunruhigt spürte sie die tödliche Spannung zwischen den beiden Männern, die immer stärker wurde.

Zum Antworten war keine Zeit. Daia schrie wieder auf – ob es die Trauer war oder der Schmerz der Geburt, konnte man nicht sagen. Aber der Klang ihrer Stimme trieb Mahdi zur Tat. Ohne Vorwarnung tat er einen Satz und stieß Moussa hart zu Boden. Zusammen rollten sie hinaus und nahmen eine Stange mit, die eine Ecke des Zeltes stützte. Das Zelt stürzte teilweise ein. Anna warf sich schützend über Daia, als der Zeltpfosten umkippte. Daia kämpfte gegen Schock und Wehen und Angst und schrie: »Mahdi! Hör auf! Rühr ihn nicht an!« Aber ihre Stimme ging im Getöse unter.

Mahdi hatte plötzlich sein Messer in der Hand. Instinktiv wollte Moussa nach seinem eigenen greifen, als ihm einfiel, daß es nicht an seinem Unterarm saß. Seit Monaten war es dort nicht mehr. Sein Schwert und seine Pistole waren bei seinem Mehari. Er war unbewaffnet. Mahdis Klinge blitzte an seinem Hals, aber sie fand dort nichts als Stoff. Moussa packte Mahdis Hand und drückte sie zu Boden. Ihre Blicke bohrten sich ineinander, als der tödliche Kampf weiterging. »Ich hätte dich schon längst umbringen sollen, Cousin!« zischte Mahdi. Haß glühte heiß in seinen Augen, die den Triumph schon vor sich sahen. *Ich habe dich*, sagten diese Augen. *Du gehörst mir.*

Mahdi gelang es, Moussa zurückzustoßen und aufzuspringen. Aus der Hocke stach er zu, verfehlte Moussa aber wieder.

Monjo, Mahmoud und Abdulahi hatten auf ihren Kamelen darauf gewartet, daß Moussa sie hereinwinkte, als sie die beiden Männer plötzlich aus dem Zelt stürzen sahen. Von den dreien war nur Mahmoud ein Kämpfer, er aber reagierte schnell, als er das Messer in Mahdis Hand sah.

»Nimm das hier!« schrie er, zog das juwelenbesetzte Schwert des Pasha aus der Scheide und warf es seinem Freund zu. Moussa fing es geschickt auf und wirbelte zu Mahdi herum. Mahdi drehte und duckte sich. Dabei blitzte seine Klinge wieder auf, diesmal zu Moussas Knie. Und diesmal durchdrang sie das Gewand und fand Fleisch. Moussa schrie auf, taumelte rückwärts und fiel schwer hintenüber. Mit unglaublicher Geschwindigkeit ließ Mahdi das Messer im Ärmel verschwinden und zog mit derselben Bewegung sein großes Schwert. Er lächelte bei sich. Sein Cousin ließ schneller nach, als er erwartet hatte. Er wollte die Sache schnell beenden. Er stieß zu, aber Moussa rollte zur Seite, und die Klinge klirrte gegen den Fels, daß vom kalten spanischen Stahl die Funken stoben. Ohne ins Stocken zu geraten, schlug Mahdi noch einmal zu, und auch diesmal verfehlte die Klinge Moussas Kopf nur um Haaresbreite. Moussa kam auf die Beine und sprang zurück. So ging der Kampf weiter. Mahdi war der Stärkere und Schnellere der beiden, immer offensiv, ein prachtvoller Krieger, wirbelnd und stechend. Moussa war in der Defensive, rollte und drehte sich zur Seite, und die leichte Säbelklinge des Pasha war dem schweren Stahl des großen Schwerts, das Mahdi schwang, nicht gewachsen. Die beiden Männer bewegten sich durch das Amphitheater, und ihre Klingen klirrten mit furchterregender Geschwindigkeit und Wucht aneinander.

Mahdi war ein ausdauernder Kämpfer. Er atmete schwer, aber gleichmäßig, während er sich langsam zum Todesstoß anschickte. Er schwang die Klinge über dem Kopf und ließ sie immer wieder niedersausen, und Moussa parierte, blockierte und wich zurück, konnte aber selbst keinen Treffer anbringen. Mahdi ermüdete ihn mit blanker Kraft, nicht mit Finesse oder Tempo. Das Mißverhältnis begann sich bemerkbar zu machen, als Moussa sich plötzlich drehte und in die Hocke sank, das Schwert seitlich von sich gestreckt wie eine Sense. Er traf Mahdi am Schenkel, und Blut quoll hervor. Sofort wirbelte Moussa in die andere Richtung, außerstande, das Schwert zu einem zweiten Schlag hochzubringen, aber er traf Mahdi mit einem kraftvollen Faustschlag am Kopf.

Mahdi schüttelte sich, aber er wankte nur eine Sekunde, bevor er zu neuer Attacke vorsprang, entschlossener denn je. Aber sein Schlag ging ins Leere, und Moussa packte sein Handgelenk mit kraftvollem Griff, gestärkt von der monatelangen Arbeit mit der Hacke in den *foggaras*. Mahdi wollte sich heftig losreißen, aber er war aus dem Gleichgewicht geraten und hatte keine Chance. Moussa stieß ihm sein Schwert bis zum Heft in den Leib. Der tödliche Kampf war so schnell zu Ende, wie er begonnen hatte. Mit langgedehntem Stöhnen sank Mahdi zu Boden.

Mahdis letzte Gedanken galten nicht ihm selbst, seiner Seele oder der *jihad* oder seinem Haß auf Moussa, der jetzt mit jammervollem, gequältem Gesicht über ihm stand. Mahdi hatte Mühe, die Worte hervorzubringen. Moussa sah, wie er sich plagte, und kniete nieder, um zuzuhören.

»Bring Daia in Sicherheit, Cousin«, wisperte Mahdi. »Der Franzose. Tamrit wird ihn nicht lange aufhalten können. Er wird sie umbringen. Er wird euch alle umbringen.«

Dann starb er.

Die französische Kolonne kam immer näher, während Tamrit seine letzten Vorbereitungen traf. Es war perfekt, sie ritten geradewegs in seine Falle. Er konnte ihre Meharis sehen, wie sie in schnellem Trab voranstapften, eines ans andere gereiht, ahnungslose Lämmer auf dem Weg zur Schlachtbank. Die Männer waren besser bewaffnet, aber die seinen waren dreifach in der Überzahl und hatten zudem das Überraschungsmoment auf ihrer Seite. Sie warteten rechts und links neben dem Eingang zum Canyon, hinter massiven Felsen versteckt. Die zwei mit den Karabinern überwachten den Zugang, während die vier mit Musketen bewaffneten dicht am Boden des Canyons kauerten, bereit, ihre antiken Waffen auf sein Kommando abzufeuern. Nach der ersten Salve würde der furchtbare Zorn Allahs über die Eindringlinge kommen, wenn der Rest seiner Leute mit Schwertern, Lanzen und Messern über sie herfiel.

Tamrit war beeindruckt von dem französischen Offizier. Es würde eine Ehre sein, einen so ernsthaften Mann zu töten.

Pauls Truppe hatte das Undenkbare vollbracht, sie hatte die unerforschte Wüste durchquert und sich geradewegs in die Höhle des Löwen begeben. Er war stolz auf die *tirailleurs*, die ihm gefolgt waren, aber Befriedigung bereitete ihm nicht die Großtat selbst, sondern die Erkenntnis, daß die lange, qualvolle Reise ihrem Ende zuging.

Was er vor sich sah, war die Schlucht von Arak. Er sah die gewaltigen Klippen, die sich da aus dem Wüstenboden erhoben, und er wußte sofort, daß sie dort auf ihn warteten. Einmal zuvor hatte er Tamrits Gegenwart gespürt und ihn beinahe gefaßt. Und jetzt spürte er sie wieder: ein eigentümliches Kribbeln im Magen. Er schaute an den hochaufragenden Mauern der natürlichen Festung hinauf. *Ein spektakulärer Ort*, dachte er. *Ein guter Ort zum Sterben.*

Seine Männer waren ernst, aber wachsam, als sie das verbotene

Land der Tuareg betraten. Nervös hielten sie ihre Waffen bereit, und alle spähten forschend in die Schatten, wo die Gefahr lauerte. Paul ließ sie halten und nahm einen *tirailleur* beiseite. Er deutete auf einen massiven Granitpfeiler, der wie ein Wachtposten vor dem Eingang der Schlucht stand. Der Boden zu seinen Füßen war übersät von Steinblöcken, groß wie Häuser, mächtigen Brocken, die aus den Wänden gebrochen waren. Der Pfeiler spiegelte sich in einem großen Wasserbecken, und sein Abbild tanzte in dem Sonnenlicht, das auf der Oberfläche blitzte.

»Sie beobachten uns. Ich glaube, sie erwarten uns dort.«

»Ja, das ist eine gute Stelle, Lieutenant. Aber ich weiß nicht, ob sie überhaupt wissen, daß wir ihnen noch folgen. Seit Wochen lassen sie es nicht mehr erkennen.«

»Sie wissen es.« Paul hatte keinen Zweifel. »Außerdem – wollen Sie ein Risiko eingehen?«

Der *tirailleur* schüttelte entschlossen den Kopf. »Nein, Lieutenant.«

Zusammen kletterten sie so hoch, daß sie den Eingang zum Canyon ganz überblicken konnten. Paul studierte den Zugang und die Felswände gründlich mit seinem Fernglas und folgte den Simsen und Konturen im Granit. Als er seinen Plan fertig hatte, sprach er ernst mit dem *tirailleur*, gab ihm Anweisungen, deutete auf Simse und Blöcke. Dann kehrten sie zu der wartenden Patrouille zurück und gaben den Männern ihre Befehle. Einige stiegen ab und warteten, andere formierten sich, wie es aussah, zu zwei kleinen Spähtrupps. Bevor sie abmarschierten, sprach der Lieutenant kurz zu ihnen.

»Heute wird es keine Gefangenen geben«, sagte er. »Auf keiner Seite.«

Grimmig verschwanden sie in entgegengesetzte Richtungen zwischen den Felsen und waren bald nicht mehr zu sehen.

Tamrit sah sie kommen.

Er wußte nichts von der Taktik der Kriegsführung. Er kannte nur nächtliche Überfälle und Frontalangriffe bei Tageslicht. Innerhalb weniger Augenblicke hatte Pauls Attacke seine Leute ausmanövriert und auf beiden Flanken in die Zange genommen, und auch von oben ließen die *tirailleurs*, die dort Stellung bezogen hatten, tödliches Feuer auf sie herabregnen. Drei seiner Schützen waren tot, ehe sie auch nur einen einzigen Schuß hatten abfeuern können. Die vierte Muskete versagte, und die beiden Männer mit den Karabinern brachten sich hastig in Sicherheit, als sie sahen, daß sie ohne Deckung waren.

Nichts lief so, wie Tamrit es erwartet hatte. Er mußte mit ansehen, wie seine Überraschung verpuffte, und dann sah er den Franzosen, der wie ein Wilder mit einem halben Dutzend Mann auf Meharis die Schlucht heraufgestürmt kam, auf seine Stellung zu. Tamrit schrie seinen Leuten Befehle zu, und diese stürzten sich mit schrillem Kreischen auf die angreifende Truppe. Die wütenden Krieger des Islam schwangen ihre Schwerter, und die grimmigen *tirailleurs* schossen sie aus nächster Nähe nieder. Einige von Tamrits Leuten hatten Pistolen, die sie jetzt abfeuerten, ohne viel zu bewirken. Der Lärm war ohrenbetäubend, und die Stille des Canyons versank in Rauch und Geschrei und dem panischen Brüllen der Kamele. Die beiden Truppen durchdrangen einander, und das Schießen hörte fast völlig auf, als die Männer befürchten mußten, ihre eigenen Kameraden zu treffen. Aus der Schlacht wurde ein wüster Nahkampf, Mann gegen Mann.

Es war ein Gestrüpp des Todes, und Paul stand mitten darin, den Degen in der Hand. Schweiß und Staub mischten sich zu schlammigen Streifen, die sich über seine Stirn und in seine Augen zogen, während er attackierte und parierte und wieder attackierte. Alles war mit furioser Schnelligkeit vonstatten gegangen, gerade so, wie er es gehofft hatte. Er war zweimal verwundet worden, beide Male blutig, aber nicht ernst. Jede Wunde schien seine Besessenheit weiter zu befeuern, und er drängte mit einer Wildheit vorwärts, die niemand sonst an den Tag legte. Er sah, wie zwei seiner *tirailleurs* im heulenden Gedränge der Schwertkämpfer getötet wurden; ein dritter wurde tödlich verwundet. Aber der Rest seiner Leute schlug sich hervorragend und forderte selbst einen beträchtlichen Tribut.

Und endlich sah er den Mann, den er suchte. Er hatte ihm den Rücken zugewandt, aber Paul erkannte ihn sofort.

Tamrit.

Paul trieb sein Mehari durch das Getümmel und ritt dabei einen seiner eigenen Männer nieder, ohne es in seiner Leidenschaft zu bemerken. Tamrit drehte sich um und sah ihn kommen. Sein *litham* bedeckte das ganze Gesicht bis auf die Augen, und endlich sah Paul, daß diese Augen kobaltblau waren und nicht mit der Wimper zuckten, als der Mann seine Pistole zog, eine antike Waffe. Die beiden bewegten sich aufeinander zu, und die übrige Schlacht war vergessen wie eine lärmende Ablenkung; ihre Aufmerksamkeit war fest aufeinander gerichtet. Ihre Kamele berührten einander, und Paul hob den Degen. Im selben Augenblick feuerte Tamrit seinem Gegner mitten ins Gesicht.

Mit gleißendem Blitz detonierte das Pulver, aber die alte Pistole versagte, so daß die Kugel Paul nur an der Stirn streifte und eine Kerbe in die Haut riß. Aber der Schuß schleuderte ihn von seinem Mehari auf den Boden. Halb betäubt, vom Pulver verbrannt und fast geblendet, lag Paul am Boden. Tamrit trieb sein Kamel voran, um ihn zu zertrampeln, aber Pauls Tier war im Weg und wollte im allgemeinen Durcheinander nicht weichen. Tamrit schlug mit seiner leeren Pistole fluchend auf das Mehari ein und zog sein Schwert, um es niederzuschlagen. Paul kam wieder so weit zu sich, daß er sich zur Seite rollen konnte. Dann fand er seinen Degen wieder. Mit brennenden Augen und heftig zwinkernd, kam er unsicher auf die Beine und stand dicht neben Tamrits Bein. Tamrit erblickte ihn zu spät. Paul stieß seinen Degen mit aller Kraft hoch und bohrte ihn Tamrit glatt durch den Leib.

Der Tod im Namen Allahs war ein Sieg, keine Niederlage. Tamrit nahm die Klinge mit einer Zufriedenheit in sich auf, die kein Europäer je verstehen würde. Mit einem Aufschrei kippte er aus dem Sattel und fiel geradewegs auf Paul. Dabei versuchte er, mit seinem Schwert nach dem Franzosen zu stechen, aber er verfehlte ihn. Schreien konnte er nicht, aber als sie beide zu Boden gingen, hörte Paul, wie er hervorpreßte: »Allahu akbar! Allah ist groß!«

Taumelnd, aber wild entschlossen, zwang Paul sich, wieder aufzustehen. Mit brennenden Augen starrte er die verhaßte Kreatur zu seinen Füßen an, eine Kreatur, die immer noch lebte und murmelnd ihre Treue zu Gott beteuerte und sich den wie Feuer brennenden Bauch hielt. Paul hob Tamrits großes Schwert auf und hob es im Gedenken an Remy, im Gedenken an sie alle, hoch über den Kopf. Sein Herz pochte in der Leidenschaft der Rache, und mit aller Kraft, die er aufbringen konnte, ließ er die Klinge niederfahren. Noch einmal schlug er zu, und Tamrit bewegte sich nicht mehr. *Das kann nicht alles gewesen sein*, wütete Paul. *Das war nicht genug.* Als es längst nichts mehr zu töten gab, schlug er immer noch zu, wieder und wieder, und ein furchtbarer Laut stieg aus einer Kehle, während er in blinder Raserei die schwere Klinge schwang.

Als sie ihren Anführer fallen sahen, lösten sich drei von Tamrits Leuten aus dem Getümmel, um sich neu zu formieren und das nahe gelegene Tuareg-Lager zu suchen, wo sie vielleicht Hilfe finden würden. Paul hielt noch immer Tamrits Schwert in beiden Händen, als er aufblickte und die fliehenden Männer sah. Im nächsten Augenblick war er ihnen auf den Fersen und folgte ihnen zu Fuß durch den Canyon, als sie in einer Rinne verschwanden. Er zerrte seine Pistole aus dem Gürtel und feuerte einmal blindlings. Er konnte nur verschwommen sehen, denn seine Augen waren von Blut, Schweiß und Dreck verkrustet. Er hörte, wie das Tosen der Schlacht hinter ihm verhallte, als er in die Felsenrinne hineinlief. Die Männer, die er jagte, waren nicht zu sehen, sie waren zwischen den Felsen verschwunden.

Hier bin ich schon gewesen, sagte er sich. Er erinnerte sich an Tadjenout. *Nur, daß damals sie mich gejagt haben.*

Er stolperte und stürzte hart. Benommen taumelnd kam er wieder auf die Beine. Blut lief aus der Wunde an seinem Kopf. Er wischte es mit dem Ärmel ab, rannte zwischen den Felsen hindurch und feuerte auf Schatten und Stimmen und alles, was sich bewegte. Schossen sie zurück, oder war es seine eigene Pistole, die da Felsen splittern ließ und in seinen Ohren dröhnte? Es war schwer zu sagen, denn nichts war mehr klar, überhaupt nichts, alles brüllte nur in seinem Kopf, alles war ein Gewirr von Bewegungen, Lärm und Rauch. Er hörte einen schrillen Schrei und sah einen Mann, der zwischen zwei Felsen kauerte. Der Mann starrte ihm entgegen, angstvoll, flehentlich. Er ließ sein Schwert fallen und streckte die Hände vor sich, als könnten sie ihn vor Pauls

Kugeln beschirmen. Paul schoß, ein rundes Loch erschien in den Händen des Mannes, und der Mann fiel um. Paul sank auf die Knie und lud die Pistole neu. Seine Hände zitterten, und er konnte kaum etwas sehen. Ihm war schwindlig, schrecklich schwindlig. Er zwang sich aufzustehen.

Er war in der Nähe eines Lagers. Er sah Zelte mit roten Dächern, und Blutdurst erfüllte seine Kehle. Die roten Dächer bedeuteten, daß er endlich mitten unter ihnen war, unter den verhaßten Tuareg, und er wußte, er würde sie alle umbringen. Er bewegte sich wie im Traum durch Rauch und Geruch und Leidenschaft, und alles war langsam geworden, alles gespenstisch und still, nur sein Herz nicht, sein Herz dröhnte in seinem Kopf wie eine Kanone.

Ein Blitzen, eine Bewegung. Da rannte jemand. Klein ... ein Kind? Er konnte nicht warten, um es herauszufinden. Er schoß. Traf nicht. Er richtete sich auf und lief mit unsicheren Schritten weiter. Ein Messer flog durch die Luft, traf ihn am Bauch, mit dem Griff zuerst, und harmlos fiel es zu Boden. Eine Lanze landete klappernd neben ihm. Er sah seinen Angreifer und schoß. Der Mann fiel. Paul sah daß er arabische Gewänder trug, und seine Wut schwoll an. *Wo sind die Tuareg? Sie können sich nicht verstecken!* Er wollte sich gern hinlegen, sich ausruhen, aber nackte Willenskraft trieb ihn weiter. Er konnte nicht auf seine Leute warten, deren Gewehrschüsse er dumpf hinter sich hörte.

Ich werde sie töten. Ich werde sie alle töten.

Er rannte geduckt los, auf das erste Zelt zu. Plötzlich trat ihm ein Mann in den Weg, in weißen Gewändern mit einem Schwert in der Hand. Paul richtete sich auf, um ihn anzugreifen, aber der Mann ließ die Sturmattacke ins Leere laufen und warf ihn zu Boden. Endlich – der Feind, aber seine Klinge blieb unten.

»Paul! Hör auf!« schrie Moussa. Er machte keinerlei Anstalten, sich zu schützen oder zu kämpfen.

»Ach, *du*. Geh mir aus dem Weg, und zur Hölle mit dir«, keuchte Paul atemlos. »Sonst bringe ich dich auch um.«

Erschöpft stemmte er sich wieder hoch. Seine Pistole war ihm aus der Hand gefallen, er konnte sie nirgends sehen. Er wollte Tamrits Schwert zum Schlag heben, aber seine Kräfte waren erschöpft, und die schwere Klinge rührte sich kaum. Wieder versetzte Moussa ihm einen dröhnenden Hieb, der ihn zu Boden schleuderte. »Hör auf! Es ist genug!«

»Es ist nicht genug! Erst wenn alle ...« Verzweifelt tastete er nach der Pistole, strich mit der einen Hand über den Boden, mit der anderen wischte er sich Sand, Schweiß und Blut aus den Augen, damit er wieder sehen konnte. Dann hatte er die Waffe gefunden. Er hob sie, und in seinen Augen pulsierte der Haß. Moussa stand nur da und wartete auf den Tod, und Paul wußte, daß er sich nur dann läutern konnte, wenn er das hier zu Ende führte, wenn er sie alle tötete, wenn er nur sein Gleichgewicht wiederfände. Die Welt drehte sich um ihn herum, alles bewegte sich, wurde scharf und wieder unscharf. Wieder wischte er sich über die Augen und versuchte das Zittern in seiner Hand zu unterdrücken, aber der Lauf seiner Pistole schwankte wild hin und her. Wieder streckte ihn ein Schlag zu Boden, aber diesmal war es nicht Moussa, der ihn geschlagen hatte. Paul wußte nicht, wer es gewesen war. Das Blut war zu dick in seinen Augen, er konnte nichts sehen, und er hörte sich stöhnen wie ein Stier, wund und wütend und mordlüstern, aber er konnte nicht morden, er war halb blind und verletzt und rollte über den Boden.

Und er wußte, daß sein eigener Tod bevorstand, daß sie ihn hatten. Ein friedvolles Gefühl zog über ihn hinweg, und er hatte keine Angst, überhaupt keine Angst, aber auch wenn er jetzt erledigt war, würde er es ihnen doch nicht gar so leicht machen. Mit gewaltiger Anstrengung richtete er sich auf und hob noch einmal die Pistole.

Eine zweite Gestalt stand vor ihm.

Er blinzelte und versuchte, klar zu sehen. Er wollte abdrücken, aber seine Hand gehorchte nicht. Jemand hatte sie gepackt, jemand hielt sie fest. Wütend schrie er auf und krümmte den Finger. *Wieso geht es nicht? Wieso kann ich das gräßliche Ding nicht töten?* Tränen traten ihm in die Augen, Tränen der Wut und des Zorns und der Hilflosigkeit.

»Paul!«

Eine Frauenstimme.

Er zögerte, schwankte, weinte.

»Hör auf, Paul! Kennst du mich nicht?« Er schaute ihr ins Gesicht, und es wirbelte vor seinen Augen, alles wirbelte, ihm war so schwindlig. Er kämpfte mit seiner Pistole, und seine Hand zitterte heftig, während er sich mühte zu verstehen. Eine Frau. Eine Tuareg. Ja, die konnte er auch töten.

»Geh mir aus dem Weg«, krächzte er mit erstickter Stimme. »Hört auf, die Mörder zu verstecken.«

»Paul! Ich kenne dich, und du kennst mich!«

Er blinzelte und versuchte noch immer, ihr Gesicht zu erkennen. Die Stimme klang beruhigend, so beruhigend und vertraut.

»Paul de Vries, hier ist Serena. Deine Tante Serena, hörst du? Laß es gut sein, hörst du? Fällt das Töten dir so leicht? Bist du ein solches Tier geworden?«

Er stemmte sich gegen sie, versuchte an ihr vorbeizukommen, aber sie war stark, und er war schwach, und sie hielt ihn fest.

»Muß töten«, flüsterte er heiser. »Alle.«

Sie ohrfeigte ihn, um ihn zur Besinnung zu bringen. Sie ließ die Pistole los, und er hob sie wieder, aber jetzt kümmerte es sie nicht mehr. »*Ich* bin Targui, Paul. Ich war Targui, als du mich kanntest, als Kind, in Paris. Und ich bin heute Targui. Ich bin das, was du haßt. Hörst du mich? *Ich bin das, was du haßt!*«

Er schüttelte den Kopf, benommen und unsicher. Das alles war zu viel, zu verwirrend.

»Serena?« *Targui? Ja, natürlich.* Kommt es darauf an? Er versuchte stillzuhalten, nachzudenken, aber seine Hand zitterte, und er konnte nicht denken.

»Moussa hat mir erzählt, was dir passiert ist. Ich schäme mich dafür. Aber du hast zugelassen, daß es dich vernichtet. Du bist das geworden, was du haßt. Du bist zu dem geworden, was du vernichten wolltest!«

Noch immer hatte er damit zu kämpfen. Er schüttelte den Kopf. Sie schlug ihn wieder, so fest, daß er fast das Gleichgewicht verlor. »Paul! Siehst du mich? Hörst du mich?«

Er wollte sie anbrüllen, aber aus seiner Kehle kam nur noch ein rauhes Rasseln. »Geh weg!«

Da nahm sie seine Hand und führte sie zu ihrem Gesicht, bis der Pistolenlauf ihre Wange berührte und er die Wärme ihres

Atems auf seinem Handrücken spürte. »Wenn du so sehr hassen mußt, Paul, dann mußt du mich als erste erschießen.«

Er zitterte am ganzen Leib und versuchte, einen Sinn in all das zu bringen, und sein Zeigefinger war gefährlich nah daran, auf den Abzug zu drücken. Er sah die Bilder aus seinen Alpträumen – Remy, den Arm, wie er durch die Luft wirbelte, die Schlächter von Tadjenout, die vergifteten Datteln, Floop, das Fleisch des Kameltreibers Djemel, und wie seine Gefährten anfingen, ihn aufzuessen.

Und er sah Melika.

Sein Kopf dröhnte von all dem, und endlich stürzten diese Visionen über ihm zusammen, und er fiel auf die Knie. Tränen strömten ihm über die Wangen, die Pistole fiel ihm aus der Hand auf den Boden.

Er vergrub das Gesicht in ihrem Gewand und weinte wie ein kleines Kind.

35. Es war eine heikle Zeit für sie beide: So viel Ende und so viel Anfang. Sie blieben zusammen im Zelt und bewegten sich langsam durch Sonnenaufgänge und Sonnenuntergänge, und sie hielten einander in den Armen und versuchten, einen Weg durch alles zu finden. Anna billigte es nicht. Kein Targui-Fürst benahm sich so unverblümt bei einer Frau. Man hatte sich an Formen zu halten, Gebräuchen zu folgen. Aber der Herr Moussa, das wußte alle Welt, war schon immer komisch gewesen.

Außerdem wollte er das Zelt einfach nicht verlassen.

Daia war bei der Entbindung fast gestorben, aber am Ende eines langen Nachmittags war Anna mit einem stolzen Lächeln auf dem müden Gesicht herausgekommen und hatte ein gesundes kleines Mädchen auf den Armen gehalten.

»Sie ist von dir«, flüsterte Daia Moussa zu, als sie wieder sprechen konnte. Verdattert ließ er sich zu Boden fallen und starrte staunend in das winzige Gesicht.

»Das wußte ich nicht«, sagte er schließlich. »Ich dachte, das Kind ist von Mahdi.«

»Es war der Preis für dein Leben. Er sagte, er würde das Kind als sein eigenes annehmen, wenn ich ihn heirate. Ich hatte keine Wahl, Moussa. Er sagte, dann würde er dich in Frieden lassen.« Die Erinnerung an diesen Handel trieb ihr die Tränen in die Augen. »Da war es schon zu weit. Ich wagte nicht, davon zu träumen ... Ich hielt es ja nicht für möglich, daß wir ...« Sie sprach nicht weiter. Sie wußten es beide.

Sie nannten sie Tashi. Er hatte heilige Ehrfurcht vor ihr.

Daia versuchte zu begreifen, was Mahdi getan hatte. Sie trauerte um ihn und haßte ihn gleichzeitig wegen seiner Lügen. Sie verstand nur zum Teil, was ihn bewogen hatte, aber was der Kern gewesen war, wußte sie. »Er hat mich zu sehr geliebt.«

»Das kann nicht sein«, sagte Moussa, »denn ich liebe dich noch mehr.« Überrascht hörte er seine eigenen Worte, aber er war entschlossen, sein früheres Zögern wettzumachen, das ihn gehindert hatte, ihr sein Herz zu offenbaren. In den *foggaras*, als er geglaubt hatte, er werde sie wohl niemals wiedersehen, hatten die Worte seiner Mutter ihn verfolgt: *Ich verstehe nicht, wieso es dir so leichtfällt, einem Kamel zu zeigen, was du empfindest, wenn es dir bei einer Frau solche Mühe macht.*

Sie hatten einander so viel mitzuteilen, und sie redeten, bis sie heiser waren und bemühten sich, verlorene Augenblicke und kostbare Gedanken zurückzuholen. Manchmal mischten sich in Moussas Erinnerung Wirklichkeit und Phantasie, und er brachte sie mit Dingen durcheinander, die ihm nur in seinen Träumen in den *foggaras* widerfahren waren. Er erprobte ein paar dieser Träume an ihr, um zu sehen, ob sie Wirklichkeit waren oder nur seiner Sehnsucht entstammten. Und zu beider Entzücken war vieles davon Wirklichkeit.

Als Daia zu Kräften kam und sie einander wiedergefunden hatten, drang bald auch Lachen aus ihrem Zelt, fröhliche Laute, die sich mit Tashis Stimme mischten, und das lustvolle Geschrei der Kleinen hallte durch die Berge des Muydir.

Eines Abends nahm Daia ein Öltuchpäckchen aus ihren Sachen und wickelte das Geschenk aus, das er ihr aus dem Süden geschickt hatte. Es war das Buch, das er von dem Händler gekauft hatte und das er selbst nicht lesen konnte. Seine Augen leuchteten auf, als er es erblickte, denn er sah auch, welche Freude es ihr machte.

»Ich will dir eine Geschichte erzählen«, sagte sie und las ihm vor – Geschichten von Aladin, von Ali Baba und von Sindbad dem Seefahrer und all die anderen bezaubernden Erzählungen der Sheherazade. Im Licht der Kerze las sie bis tief in die Nacht, während Moussa auf einen Ellenbogen gestützt dalag und ihr Gesicht betrachtete, und Tashi schlief zwischen ihnen. Serena hörte es und dachte an eine andere Frau, die vor so vielen Jahren einem anderen Mann vorgelesen hatte, in den Wäldern um das Château de Vries. Daias Stimme hatte einen melodischen Klang. Serena schloß die Augen und lauschte von ihrem Platz am Feuer aus, und sie ließ sich davontragen. Ihr war, als habe sich nun etwas vollendet, als sei ein zerbrochener Kreis wieder heil.

Serena sorgte dafür, daß die wenigen von Pauls Leuten versorgt wurden, die den Kampf mit Tamrit überlebt hatten. Sie richtete ein kleines Lager für sie ein, abseits des Hauptlagers der Tuareg, weil sie spürte, daß ihnen unbehaglich zumute war. Obwohl Serena besser Arabisch und Französisch sprach als sie und sich auch um ihren Lieutenant kümmerte, beäugten sie diese Frau mit Mißtrauen. Also ließ sie ihnen von Lufti Essen und Wasser bringen, sie zeigte ihnen, wo sie auf die Jagd gehen konnten, und dann ließ sie sie in Ruhe.

Paul versorgte sie in einem eigenen Zelt. Von den körperlichen Auswirkungen seiner Wunden hatte er sich rasch erholt, aber tagelang war er wie eine leere Hülse: Seine Augen waren blutunterlaufen und hohl, seine Lebensgeister matt. Ausgelaugt lag er auf seiner Matte, weit über die Auswirkungen von Reise und Schlacht hinaus erschöpft. Er sah ihr zu, wie sie sich im Lager bewegte, und stellte fest, daß sie immer noch die Frau war, die er in Erinnerung hatte. Er dachte daran, wie sehr er sie als Kind geliebt hatte, und ihn schauderte bei der Erinnerung an das, was er beinahe getan hätte. Als sie ihm Essen brachte, nahm er es dankbar, aber verlegen in Empfang. »Ich habe nicht ...«, begann er, aber seine Stimme brach, und er konnte nicht zu Ende sprechen. Er schämte sich so sehr, daß er Mühe hatte, sie auch nur anzuschauen. Sie legte ihm eine Hand auf die Schulter. »Es ist gut«, sagte sie. »Du bist jetzt bei deiner Familie. Du brauchst nichts zu sagen.«

Nachher hörte sie ihn schluchzen.

Sie pflegte ihn geduldig und bedrängte ihn nicht.

Abdulahi und Mahmoud wurden unruhig, und es drängte sie, in den Norden zurückzukehren, wo sie zu Hause waren. »Ihr solltet auf eine Karawane warten«, sagte Moussa. Aber Abdulahi schnaubte nur. »Damit sie uns an Jubar Pashas Söhne verkaufen? Wir werden lieber außen um In Salah herumreiten, Sidi. Auf die Weise dauert das Leben länger.«

»Und man bleibt am Tageslicht«, sagte Moussa. »Du hast natürlich recht.« Er gab ihnen frische Kamele und Vorräte. »Ich schulde dir mein Leben«, sagte er zu dem kleinen Mann, als sie sich verabschiedeten.

»Da du ein Targui bist, schuldest du mir zum Glück nicht viel«, sagte Abdulahi. »Du wirst mir fehlen, Sidi.« Sie umarmten einander. »Kein Drache ist so schlau wie die Tuareg.«

»Und kein Hund so räudig«, sagte Mahmoud, und damit waren die beiden fort.

Ein paar Tage später kam eine große Karawane auf ihrem Weg nach Süden an Arak vorbei: fast dreihundert Kamele, beladen mit dicken Tuchballen und bunten Perlen aus Italien, die für Kano bestimmt waren. Moussa setzte sich mit dem Karawanenmeister zusammen, einem ehrlichen Mann, der Monjo nicht an einen Sklavenhändler verkaufen würde, und sorgte für sicheres Geleit. Dann gab er ihm Geld, Waffen und Kleidung für die Reise. Monjo war überwältigt: Er konnte nicht fassen, daß er nach so vielen Jahren als freier Mann ins Haussaland zurückkehren sollte. Als der Augenblick des Abschieds gekommen war, fand er keine Worte. Der große Mann nahm Moussa bei den Schultern und umarmte ihn, und dann hob er ihn in die Höhe, als wiege er nichts.

Die Erinnerung an die *foggaras* und an seine Sklavenzeit dort verfolgte Moussa. Eines Nachmittags rief er Lufti und Chaddy zu sich. Sorgfältig schenkte er ihnen Tee ein, füllte dreimal feierlich ihre Gläser. Chaddy rutschte unbehaglich hin und her, als der Herr die Sklaven bediente. Sie konnte sich nie an seine seltsamen Angewohnheiten gewöhnen.

Als sie ihren Tee getrunken hatten, überreichte Moussa Lufti ein Dokument, das sorgfältig in Tifinar, Arabisch und Französisch abgefaßt war. Lufti nahm es mit beiden Händen, schaute Moussa erwartungsvoll an und wartete auf weitere Anweisungen. »Soll ich das abliefern, Herr? Wo denn?«

»Es ist bereits dort, wo es hingehört«, sagte Moussa.

»Ein Rätsel also? Aber ich kann nicht lesen.«

»Es ist eure Freiheit«, sagte Moussa schlicht. Man brauchte es nicht aufzuschreiben, es genügte, wenn ein Edler es sagte. Aber Moussa wollte es schriftlich festhalten und Lufti ein Dokument geben, das er behalten konnte. Er erinnerte sich, wie er es an dem Tag versucht hatte, als er ihm das erstemal begegnet war – als der Sklave kühn seinem Kamel das Ohr abgeschnitten hatte. Der alte Amenokal, El Hadj Akhmed, hatte es verboten und ihm gesagt, er müsse wenigstens achtzehn Jahre alt werden, ehe er sich an den Gesetzen der Tuareg vergriff.

Jetzt hatte er achtzehn und mehr Jahre hinter sich. Sklaven freizulassen war unter den *Ihaggaren* durchaus nicht ungewöhnlich, und was seine eigenen betraf, so war es längst überfällig.

»Aber Herr, das brauche ich doch nicht. Ich war in deinem Haushalt immer glücklich. Bei dir hatte ich immer den Stand eines freien Mannes und nicht den eines Sklaven. Jaja, die anderen wissen es wohl und beneiden mich deshalb. Wer soll denn die Geister für dich speisen und den bösen Blick im Zaum halten, wo du doch keine Amulette trägst?«

»Ihr seid willkommen, immer bei mir zu bleiben. Es braucht sich nichts zu ändern«, sagte Moussa. »Nur, daß du jetzt ein freier Mann bist und selbst eine Ziege besitzen darfst, wenn das dein Wunsch ist.«

Lufti dachte darüber nach, und der Gedanke gefiel ihm immer besser. Er schaute Chaddy an, und auch auf ihrem Gesicht lag ein breites Lächeln.

Eine eigene Ziege zu besitzen, das war wundervoll.

Eines Morgens nahm Paul einen Wasserschlauch und eine Lanze, die er als Stab benutzen wollte, und machte sich allein auf den Weg in die Berge. Am oberen Ende eines Pfades, von dem er auf das Lager der Tuareg hinabschauen konnte, sah er Moussa bei einem der Zelte. Eine Frau war bei ihm, und Moussa hielt einen Säugling auf dem Arm. Sein Cousin spielte unbeschwert mit dem Kind, wiegte es in den Armen, hob es hoch in die Luft und wirbelte es vorsichtig herum. Pauls Herz war seltsam voll, als er das sah. Er hörte sie lachen, und das zauberte ein Lächeln auf sein Gesicht. Der Anblick erfüllte ihn mit Sehnsucht.

Nach einer Weile ging er weiter, und ziellos wanderte er den ganzen Tag umher. Es tat gut, so zu gehen, die Muskeln zu dehnen und die frische Luft zu atmen. Zum ersten Mal seit Monaten hatte er ein Auge für seine Umgebung, und sie war wunderschön. Er sah den Gipfel eines Vulkans und eine Gazelle. Ein Schmetterling landete auf seiner Hand. Es überraschte ihn immer, wenn er in der tiefen Wüste derart verletzliches Leben erblickte. Er bestaunte die zart opalisierenden Flügel, die ihre Farbe wechselten, als sie im sanften Licht flatterten. Als er behutsam mit der Hand wedelte, um den Schmetterling fortfliegen zu lassen, wollte der ihn nicht verlassen. Eine Kleinigkeit, aber Paul mußte lächeln.

Als er am nächsten Morgen aufbrechen wollte, um seine Wanderung zu wiederholen, erschien Moussa an seiner Seite. »Stört es dich, wenn ich mitkomme?«

Paul blickte starr zu Boden, über die Maßen verlegen. »Nein. Nicht, wenn du es möchtest.«

Sie gingen zusammen los, ohne ein besonderes Ziel vor Augen zu haben. Moussa versuchte nicht zu reden, Paul sollte bestimmen, wann der Zeitpunkt gekommen war. Paul stellte zu seiner Überraschung fest, daß das Schweigen nicht unbehaglich war. Es war angenehm, so neben seinem Cousin herzugehen. Ihre Schritte glichen einander so sehr, und wenn einer von ihnen abbiegen oder anhalten oder hinaufklettern oder hinuntersteigen wollte, so schien es der andere ebenfalls zu wollen, und jeder ahnte irgendwie die Absichten des andern. Am späten Vormittag setzten sie sich in den Schatten eines Tamariskenbaumes, und Moussa packte Ziegenmilch und Käse aus. Während sie aßen, schauten sie ein paar Bergschafen zu, die sich wie durch Zauberei an einer unbezwingbaren Felswand hinaufbewegten.

Am Nachmittag zog Moussa unvermittelt seine Schleuder hervor, und er erlegte einen Hasen, den Paul nicht einmal gesehen hatte, mit einer so schnellen Bewegung, daß man sie fast nicht erkennen konnte. Paul lächelte und stieß einen leisen Pfiff aus. Moussa zog dem Hasen flink das Fell ab und zündete ein Feuer an. Paul spießte das Tier auf das Ende seiner Lanze und fing an, es zu braten. Er ließ sich vor dem Feuer nieder und verlor sich in der Betrachtung des Himmels.

Plötzlich bekam er einen leichten Rippenstoß. »Es wird ein bißchen knusprig«, sagte Moussa.

Paul warf einen Blick auf die qualmende Ruine und lachte über sich selbst. »Ich bin wohl kein großer Koch«, sagte er, bevor er die schwärzesten Teile für sich selber abschnitt und Moussa den Rest reichte. Alles knirschte.

Der Tag ging dahin, und Paul merkte, daß Grauen und Scham

von ihm abglitten und er sich in der gelassenen Gesellschaft seines Cousins verlor, der ihn auf Besonderheiten der Landschaft hinwies, kleine Späße machte und völlig unbefangen wirkte. Paul merkte, daß er sich im Grunde nicht sehr verändert hatte. Und da war noch etwas. Monatelang hatte er sich innerlich wie ein alter Mann gefühlt. Bei Moussa war er wieder ein Junge.

Am Nachmittag machten sie an einem *guelta* halt. »Als ich das erstemal hier war, wohnte ein kleines Krokodil in diesem Teich«, erzählte Moussa. »Ich habe keine Ahnung, wie es hergekommen oder was aus ihm geworden ist. Ich habe es seitdem nicht wiedergesehen.«

Paul schaute ihn skeptisch an: Er kniete am Wasser nieder und steckte die Hand hinein. »Meine Güte«, flüsterte er, »ist das kalt.«

Moussa schnaubte verächtlich. »Bei Abalessa gibt es ein *guelta*, in dem ich schwimme. Wenn ich da reinspringe, zerbreche ich mit dem Kopf eine Eisschicht. *Das* ist kalt.« Er begann sich auszuziehen, erst das Gewand, dann die Hose und schließlich die langen Bahnen seines blauen Schleiers, bis er nackt vor seinem Cousin stand. Paul sah die alte Narbe, die immer noch auffällig hervorschien, und dann bemerkte er etwas, was ihn überraschte. »Dein Gesicht sieht blau aus«, stellte er fest.

Moussa nickte. »Das ist die Farbe im Stoff. Sie färbt ab. Deshalb nennen sie uns die blauen Männer, du Idiot. Kommst du jetzt?« Er kletterte auf einen Felsen und sprang ins Wasser; es spritzte kaum. Paul zog sich eilig aus und folgte ihm. Das kalte Wasser schlug ihm entgegen wie ein Hammer aus Eis.

Prustend tauchte er wieder auf. »Zehn Minuten hier drin, und ich wette, das ist nicht der einzige Teil an dir, der blau wird.« Moussa lachte, und sie schwammen und plantschten und sprangen von einem noch höheren Felsen und schlugen Saltos in der Luft, bevor sie ins Wasser eintauchten.

Als sie beide bis auf die Knochen durchfroren waren, legten sie sich nebeneinander auf die Felsen, um sich von der Sonne den Rücken wärmen zu lassen. Paul schmiegte das Gesicht in die Armbeuge. Er schloß die Augen und spürte die heilende Wärme auf der Haut, und er wünschte, dieser Tag würde nie zu Ende gehen.

»Es tut mir leid, Moussa«, sagte er schlicht.

»Mir auch. Alles. Aber jetzt ist es vorbei.«

An diesem Abend kam Paul zu Moussa und Serena ans Feuer.

»Ich weiß nicht, was ich dir sagen soll.« Paul schaute Serena an, während Moussa ihnen Tee einschenkte. »Ich glaube, ich hätte wirklich auf dich schießen können.«

Sie schüttelte den Kopf. »Ich habe es nicht geglaubt. Unter all dem Blut und dem Dreck habe ich immer noch jemanden gesehen, den ich kannte. Ich hatte ja gehört, was dir zugestoßen war, aber ich konnte trotzdem nicht glauben, daß du innerlich gar nicht mehr vorhanden sein solltest.«

»Ich *war* aber nicht mehr da – beinahe jedenfalls. Ich war rasend, das steht fest. Und was du gehört hast, stimmt – aber was mir zugestoßen ist, war nicht so schlimm wie das, was ich getan habe.« Er starrte ins Feuer. »Das Schlimmste kennt niemand. Niemand außer mir. Es wurde viel gemordet, auf beiden Seiten. Ich stelle mir immer vor – hoffe immer –, daß ich das alles nur gesehen und nicht selbst getan habe, aber ich weiß, daß es nicht so ist. Irgendwann war alles völlig verdreht. Ich war nicht mehr ich. Das wußte ich, aber ich konnte es anscheinend nicht ändern. In mir wohnt ein Ungeheuer. Ich weiß nicht, ob ich mir je verzeihen kann.« Er flüsterte.

»In jedem von uns wohnt ein Ungeheuer«, sagte Moussa. »Ich habe gesehen, was in Tadjenout passiert ist, und ich habe von Ain El Kerma gehört. Wenn so etwas passiert, kann niemand lange bei Verstand bleiben. Ich weiß nicht, ob ich anders reagiert hätte als du.«

»Das frage ich mich. Ich sah mich unversehens über Tamrit, ich hatte sein Schwert in der Hand und tat das gleiche, was er uns angetan hatte. Und die ganze Zeit sagte ich mir, ich täte es um der Ehre willen. Um der *Ehre* willen! Dieser Gedanke ängstigt mich mehr als alles andere in meinem Leben. Und jetzt sind Tamrit und Mahdi tot. Aber andere werden kommen und ihren Platz einnehmen, so wie jemand kommen wird, der *meinen* Platz einnimmt. Nach all dem ist also nichts erreicht.«

»Gar nichts«, sagte Serena. »Aber es hört nie auf.«

Stundenlang sprachen sie miteinander und versuchten alles zu verstehen. Paul wußte, daß er lange brauchen würde, seine Vergangenheit zu bewältigen – falls es ihm je gelingen sollte – und eine lebbare Zukunft daraus zu schmieden. Aber während er mit Moussa und Serena sprach, spürte er, daß eine schreckliche Last von seiner Seele genommen wurde. Er war endlich aus einem langen Alptraum aufgewacht.

Als Paul ihnen gute Nacht gesagt hatte, blieb Serena bei ihrem Sohn sitzen und sprach mit ihm. Sie war besorgt um ihn. »Es wird schwierig für dich werden, wenn der Amenokal mit Attici kommt«, sagte sie. »Es gibt viele, die wütend auf dich sind, weil du versucht hast, Flatters zu helfen.«

»Ich habe nicht so sehr versucht, ihm zu helfen, als vielmehr, zu verhindern, daß wir uns selbst schaden.«

»Den Unterschied werden aber nur wenige verstehen.«

Er zuckte die Achseln. »Mein Leben lang hat es Leute gegeben, die mich haßten – wegen meiner Herkunft oder wegen irgend etwas anderem. Ich war immer zu viel von diesem und zu wenig von jenem. Zu vornehm, zu gewöhnlich. Zu sehr Tuareg, zu sehr Franzose – oder nicht genug von beidem. Kein Katholik, kein Moslem. Immer ein *ikufar*.« Er sah, wie sich ihre Augen umwölkten, und griff nach ihrer Hand.

»Es ist ja niemandes Schuld, maman. Ich habe immer zwischen den Welten gestanden. Ich kann mich nicht erinnern, daß es in Frankreich besser war als hier. In mancher Hinsicht war es schlimmer.« Er lächelte wehmütig. »Schwester Godrick hat mir so viel Qualen bereitet wie nur irgendein Sohn der Wüste. Eigentlich noch mehr. Ich war immer ein Außenseiter, habe immer auf der falschen Seite gestanden. Ich glaube nicht, daß sich daran je etwas ändern wird.«

Er schaute einem Funken nach, der vom Feuer in den Himmel stieg und sich dort zwischen den Sternen verlor. Er sah das Schwert des Orion und dachte an Taka. Es war Zeit, sich einen neuen Falken zu suchen, einen jungen, den er hegen und abrichten konnte.

»Ich glaube, ich würde gern für eine Weile fortgehen und mir über alles klarwerden. Ich weiß noch nicht, was ich tun werde. Daia möchte auch einmal etwas anderes sehen. Du hast mit ihr gesprochen, als ich fort war, wie ich sehe. Sie ist mehr als eine Nomadin, ich glaube, sie hat den gleichen Reisedrang wie mein Vater. Ich habe mich gefragt, wie es sein würde, Frankreich wiederzusehen. Ich könnte mit ihr und Tashi hinfahren und ihr das wenige zeigen, das ich kenne, obgleich wir jetzt wohl alle fremd dort sein werden. Ich habe das Château geliebt, und die Wälder waren wunderschön, aber leben möchte ich dort nicht wieder. Ich wüßte nicht, was ich mit einem Dach über dem Kopf anfangen soll. Ich hatte ein Dach über dem Kopf, als ich in Timimoun war. Es hat mir nicht gefallen.«

»Was wirst du Paul über seine Mutter erzählen?« Moussa hatte ihr von Jubar Pashas Geständnis berichtet und ihr erzählt, daß Mahdi und Tamrit für ihn ein Lösegeld verlangt hatten, während Elisabeth El Hussein für seinen Tod bezahlt hatte.

»Ich glaube, gar nichts. Es hat ja keinen Sinn. Er kennt sie genausogut wie jeder andere, und dies würde ihn nur verletzen. Er wird erfahren, was er erfahren muß. Und er wird einen guten Grafen abgeben, wenn er es sein will.«

»Willst *du* es denn überhaupt nicht sein?«

Er zuckte die Achseln. »Der Titel bedeutet mir nichts, und das Geld auch nicht. Besser, man überläßt es Elisabeth mit ihren kleinen Ränken, wenn sie es sich so sehr wünscht.«

»Das finde ich nicht. Und du solltest es auch Paul sagen. Er kennt seine Mutter, gewiß, aber das weiß er nicht. Es ist mehr als eine ihrer harmlosen kleinen Intrigen, Moussa. Sie hat versucht, dich ermorden zu lassen. Er muß es wissen, und er muß es von dir erfahren.«

»Nach allem, was passiert ist, befürchte ich, daß er mich nur wieder hassen wird. Das will ich nicht.«

»Ich auch nicht. Aber du hast keine Wahl. Außerdem glaube ich, daß es euch nur noch enger zusammenführt.«

Am nächsten Abend briet Moussa Ziegenfleisch am Spieß über dem Feuer und erzählte Paul die Geschichte. Paul war wie vom Donner gerührt ob solcher Vorwürfe. Zunächst stapfte er wütend vom Feuer weg in die Dunkelheit und marschierte im Schatten am Rand des Lagers auf und ab, nicht bereit, vor sich oder vor

Moussa einzugestehen, daß es wahr sein könnte. Aber als er darüber nachdachte, wußte er, daß es stimmte. Unter den geschilderten Umständen hatte Jubar Pasha keinen Grund gehabt, Moussa zu belügen. Außerdem hatte er sie ein Leben lang beobachten können und wußte nur zu gut, wie sehr sie von Reichtum und gesellschaftlichem Rang besessen war. So niederschmetternd dieser Gedanke auch sein mochte, im Grunde seines Herzens wußte er, daß sie zu einem solchen Handel durchaus fähig war.

Er kam zurück und ließ sich neben dem Feuer zu Boden fallen. Zusammengesunken starrte er in die Flammen. »Ich fühle mich verlorener denn je«, sagte er. »Mein Gott, was für eine Vorstellung. Ich könnte sie erwürgen, Moussa.«

»Der Gedanke ist mir auch schon gekommen.«

»Davon abgesehen, weiß ich nicht, was ich tun soll. Vielleicht sollten wir sie der Polizei übergeben?«

»Welcher Polizei? Der afrikanischen? Wenn Jubar Pasha noch lebt, ist er die Polizei. Ich bin sicher, daß er es nicht geschafft hat, aber in Timimoun werden wir trotzdem nichts erreichen. Und in Frankreich wird man ihr niemals etwas nachweisen können.«

»Nun, dann könnten wie sie vielleicht irgendwie entführen«, meinte Paul. »Das wäre ihr eine Lehre.«

Moussa lachte grimmig. »Aber dann müßtest du sie selbst zurückkaufen.«

»Es muß doch etwas geben.«

»Willst du überhaupt haben, was sie mit ihren Intrigen an sich zu bringen versucht? Den Besitz, den Grafentitel?«

»Ich habe mir eigentlich nie gestattet, darüber nachzudenken. Es hat ja rechtmäßig immer dir gehört. Ich glaube eigentlich nicht, daß es mir etwas bedeutet. Im Augenblick erscheint es mir jedenfalls ziemlich unwichtig.«

»Ich weiß nicht viel über die rechtliche Seite dieser Dinge. Wenn nichts weiter passiert, wird vermutlich sowieso alles an dich fallen.«

»Eher an meine Mutter, wie ich sie kenne.« Paul überlegte. »Sie ist seit Jahren bei Gericht und versucht etwas zu deichseln. Ich habe keine Ahnung, was sie getan hat. Sie hat mir vor ein paar Monaten einen Brief geschrieben. Ich habe ihn in Wargla gelesen, aber nie beantwortet. Sie redete nur vom Gericht, wie immer. Wenn ich mich recht erinnere, sagte sie, im Dezember werde die endgültige Entscheidung getroffen.« Paul brütete eine Weile. »Ich weiß, daß du es nicht willst, und ich will es auch nicht. Jedenfalls nicht alles, was da ist. Aber nach dem, was meine Mutter getan hat, wäre es nicht richtig, alles so zu lassen, wie es ist. Irgend etwas müssen wir tun.«

»Mir fällt nichts mehr ein«, sagte Moussa.

»Dir ist noch gar nichts eingefallen«, erinnerte Paul ihn.

»Wahrscheinlich nicht.«

Paul stand auf, wärmte seinen Rücken am Feuer und drehte sich dann wieder um. Er starrte in die Flammen und beobachtete, wie das Fleisch auf den Spießen briet, als ihm eine Idee kam. Ein Grinsen breitete sich langsam über seinem Gesicht aus. »Moussa!« Aufgeregt fing er an zu reden. Anfangs schien er nur laut zu denken, aber Moussa stellte eine Menge Fragen, und seine Begeisterung wuchs. Es war unumgänglich, daß Moussa ein paar Verfeinerungen hinzufügte, und bald waren die beiden Männer in ein wildes Geplapper verfallen, und sie lachten und planten und tranken Tee. So saßen sie unter den Sternen, und die Stunden flogen vorbei, bis die Nacht verging und der Morgen dämmerte.

36.

Endlich, endlich waren der alte Graf und seine Erben rechtmäßig tot.

Lang lebe der neue Graf!

Natürlich hatte Elisabeth einen großen Empfang geplant, bei dem sie die Entscheidung formell bekanntgeben wollte. Es war schade, daß Paul nicht dabeisein würde, daß der neue Graf immer noch in Afrika Soldat spielen mußte. Genaugenommen hatte sie überhaupt keine Nachricht von Paul, wenngleich der Kommandant der Garnison Wargla vor einem Monat geschrieben und ihr versichert hatte, daß der Lieutenant, der zusehends zu einer Wüstenlegende wurde, immer noch unter den Lebenden weile, man allerdings leider nicht wisse, wo. Das hatte sie aber auch schon aus der Zeitung gewußt, wo man begeistert über den Lieutenant berichtete, der den Sahara-Aufstand niederschlug, den Mann, der immer wieder eine Beförderung abgelehnt hatte, der lebte und reiste wie ein Eingeborener. Diese Geschichte hatte die Presse gefangengenommen, und der unstete Wind der öffentlichen Meinung wehte nach und nach aus einer günstigen Richtung. Zu Elisabeths Entzücken wurde ihr Sohn berühmt. Seine Erfolge bei der Jagd auf die Senussi bewirkten, daß die Flatters-Expedition bald eher wie ein Muttermal als wie ein Furunkel auf dem öffentlichen Bewußtsein haftete.

Sie bedauerte seine Abwesenheit, aber der Empfang konnte nicht einen Moment länger warten. Paul würde das verstehen. Es ging schließlich um ihn.

Und dann brachten zwei Telegramme herrliche Nachrichten. Das erste, von ihrem Butler auf einem Silbertablett präsentiert, ließ sie vermuten, daß Gott selbst den Zeitpunkt ausgewählt habe.

Ich habe meinen Abschied genommen, stand da schlicht. Ich komme nach Hause. Ich bin bereit, Graf zu werden.

Ihr Herz raste bei diesem wunderbaren Omen. Endlich war er zur Vernunft gekommen! Elisabeth war niemals glücklicher gewesen. Doch weniger als eine Stunde später schwang sich ihre Seligkeit zu neuen Höhen auf, denn der Butler brachte schon wieder ein Telegramm.

Ich habe die traurige Pflicht, Ihnen mitzuteilen, daß Moussa Graf de Vries verstorben ist. Bitte nehmen Sie mein aufrichtiges Beileid entgegen. Ich werde innerhalb der nächsten zwei Wochen bei Ihnen vorsprechen.

El Hussein

Pauls Kutsche bog in die lange, baumgesäumte Zufahrt zum Château de Vries ein. Er lauschte dem Trappeln der Hufe auf dem Kopfsteinpflaster und schwelgte in dem altvertrauten Bild, das sich ihm bot. Die Luft war frisch, und die Bäume hatten ihr Laub verloren. Er schnupperte den Holzrauch aus dem Kamin des Château. Es war herrlich, zu leben und in Frankreich zu sein.

Er sah, daß es auf dem Gelände und am Château von zusätzlichem Personal wimmelte: von Kutschern, Lakaien, Butlern und Köchen. Er gestattete sich ein schmales Lächeln. Natürlich plante seine Mutter ein Fest. Das hätte er sich denken können, denn sie war so berechenbar wie die Jahreszeiten. Dabei kam ihm eine Idee. Er schaute auf die Uhr. Er hatte immer noch reichlich Zeit. Er würde dafür sorgen, daß seine Mutter sich ein wenig winden mußte, bevor das eigentliche Fest begann.

Elisabeth begrüßte ihn mit ihrer gewohnten atemlosen Munterkeit, als wäre er nur eine Woche fort gewesen und hätte jeden Tag geschrieben. Seine Kleidung betrachtete sie geringschätzig und rümpfte die Nase ob der unappetitlichen Erscheinung des neuen Grafen, der immer noch in seinen Wüstenflanell gekleidet war. »Du mußt dich wirklich frisch machen«, sagte sie. »Deine Gäste werden bald eintreffen.«

»Meine Gäste?«

»Aber natürlich! Du gibst ein Fest! Jetzt komm für einen Augenblick beiseite, damit ich dir berichten kann, warum.« Sie zog ihn ins Arbeitszimmer und schloß die Tür. »Paul, es ist alles ganz wunderbar! Ein Geschenk zu deiner Heimkehr. Das Gericht hat dich zum neuen Grafen erklärt. Die Papiere sind auf dem Weg hierher.«

»Wirklich«, sagte er.

»Ist das alles, was dir dazu einfällt? ›Wirklich‹? Ich dachte, du wärest glücklich. In deinem Telegramm stand, du wärest bereit.«

»Es fällt mir schwer, glücklich zu sein, wenn es bedeutet, daß Onkel Henri und Moussa tot sind.« Er beobachtete ihr Gesicht aufmerksam und wartete auf irgendeine Reaktion, aber sie blieb geschmeidig wie immer.

»*Natürlich* ist es das, mein Lieber. Aber wir müssen uns damit abfinden und nach vorn schauen.«

»Darüber wollte ich mit dir reden«, sagte er. »In der Eisenbahn habe ich nachgedacht.«

»Hat das nicht Zeit?« fragte sie. »Unsere Gäste werden jeden Augenblick kommen. Du mußt dir etwas Passenderes anziehen.«

»Sicher hat es Zeit, Mutter«, sagte er gehorsam.

»Gut.« Sie nickte. »Dann sprechen wir später darüber. Wenn du gestattest, werde ich dann jetzt ...«

»Es ist nur, daß ich nicht Graf sein möchte«, sagte er. »Ich werde verzichten. Auf alles.«

Sie schnappte entsetzt nach Luft. »Das kannst du nicht! Dazu ist es zu spät! Was ist mit meinen Freunden? Sie sind doch alle deshalb hier!«

»Das tut mir leid, Mutter, aber ich habe Sie nicht gebeten, ein Fest zu geben. Ich will es nicht. Wenn das alles mir gehört, wie Sie sagen, dann verschenke ich es.« Er fand die Gleichgültigkeit in seinem Tonfall meisterhaft – hoffentlich würde er sich nicht verraten, indem er sich anmerken ließ, wie sehr er ihr sichtliches Unbehagen genoß. Eine Zeitlang würde er sie in ihrer Panik belassen. Er wußte, daß es grausam war, aber es machte ihm Spaß.

»Das ist doch absoluter Unsinn. Du bist zu lange in der Sonne gewesen. So etwas verschenkt man nicht. Du hast die Pflicht, deine Stellung im Leben zu akzeptieren. Tu es jetzt, Paul. Danach kannst du doch tun, was du willst. Siehst du das denn nicht?« Ihre Augen waren groß vor Schreck.

»In Afrika ist zu viel geschehen. Ich habe erkannt, daß es mir nichts bedeutet.«

»Nun, aber mir bedeutet es etwas!«

»Dann seien Sie mir willkommen, Mutter. Sie können es gern nehmen.«

»Du weißt, daß ich das nicht kann.«

»Tut mir leid, Mutter. Ich kann es auch nicht.«

Sie war allmählich ernsthaft beunruhigt. »Du *mußt*! Dein Vater würde es von dir erwarten. Er würde dir befehlen, es für die Ehre der Familie de Vries zu tun.«

»Was würde ihn das kümmern? Er hat seine Familie doch verlassen.«

»Nein, das hat er nicht!« schimpfte Elisabeth. »Sein Brief beweist doch, daß ...« Sie fing sich gerade noch, und sie wußte sofort, daß sie einen schrecklichen Fehler begangen hatte, aber sie faßte sich elegant, und im Strom ihrer Worte war kaum eine Unterbrechung zu spüren. »Seine Karriere, sein ganzes Leben beweisen doch, daß Ehre ihm wichtig war. Ja, es gab nichts Wichtigeres für ihn.«

Paul schaute sie scharf an. »*Sein Brief*? Was für ein Brief? Was heißt das, er hat uns *nicht* verlassen? Sie haben das immer behauptet.«

»Habe ich Brief gesagt? Ich habe mich versprochen. Du hast mich so aufgeregt, das ist alles. Es gab keinen Brief. Ich meinte nur ...«

»So versprechen Sie sich nicht, Mutter. Sie meinten genau das, was Sie gesagt haben.« Ihre Miene verriet ihm, daß er recht hatte. Damit hatte er nun nicht gerechnet, aber er würde nicht lockerlassen. »Zeigen Sie mir diesen Brief, sofort, oder ich gehe auf der Stelle weg und komme nie wieder.«

»Ich habe ihn dir nur noch nicht gezeigt, weil du damals zu klein warst«, schniefte sie. »Es war ja nur eine kurze Mitteilung, weiter nichts. Gar nichts.«

Er wandte sich zur Tür. »Leben Sie wohl, Mutter.«

»Nein, warte! Also gut!« Sie ging zum Schreibtisch, nahm den Schlüssel an der Kette vom Hals und schloß die Schublade auf. Er sah, wie sie in einigen Papieren wühlte und einen Umschlag herausnahm »Wie gesagt, es ist im Grunde überhaupt nichts. Lies es nur, wenn du möchtest. Und dann wirst du sehen – wenn du es nicht für mich tun willst, tu es für deinen Vater. *Er* würde gewollt haben, daß du es tust, für die Familie. Vielleicht hätte ich dir ...«

»Geben Sie nur her.«

Sie reichte ihm den Brief. Draußen hörte sie Leute lachen und plaudern. Die ersten Gäste trafen ein. Verflucht, daß diese elende Konfrontation ausgerechnet jetzt stattfinden mußte!

Zitternd starrte Paul auf den Umschlag. Er erkannte die klare, ausgeprägte Handschrift seines Vaters, der in großen Buchstaben »Paul« auf die Vorderseite geschrieben hatte. Der Umschlag sah alt und abgegriffen aus. Offensichtlich hatte seine Mutter diesen Brief mehr als einmal gelesen. Er schaute sie an und versuchte, sich zu beherrschen.

»Wie konnten Sie es wagen, mir diesen Brief vorzuenthalten?«

Noch nie hatte Elisabeth diesen bedrohlichen Ton in der ruhigen Stimme ihres Sohnes gehört. Einen kurzen Augenblick lang hatte sie beinahe Angst. Aber dann ging sie in die Offensive. »Heb dir deine Empörung für jemanden auf, der nicht sein Leben darauf verwandt hat, dich zu beschützen«, schmollte sie. »Du hast ja nie zu schätzen gewußt, was ich in deinem Interesse alles auf mich genommen habe.«

»Zum Beispiel, daß Sie diesen Brief versteckt haben?«

»Ja. *Genau* solche Dinge. Es war nur zu deinem Besten. Du vergötterst deinen Vater, aber er war ein jämmerlicher Versager. Ich habe dich vor ihm beschützt. Ich habe dich vor seiner Schande beschützt. Und wenn du fertig bist mit deinem Gegreine und wieder zu Verstand kommst, dann wirst du das auch einsehen. Auf dieser Welt müssen unangenehme Kleinigkeiten geschehen, damit du deinen Weg machen kannst, und wenn dir das nicht paßt, dann solltest du dich auf ein unsanftes Erwachen gefaßt machen. Was dir heute schmerzhaft erscheint, wird sich morgen gelohnt haben. Je eher du das lernst ...«

»Gehen Sie einfach hinaus, Mutter.« Paul setzte sich an ihren Schreibtisch und winkte ab. »Ich möchte allein sein.«

Fast hätte sie noch etwas gesagt, aber sie besann sich. Sie war immer noch erschüttert, aber ihre Unsicherheit nahm zusehends ab. Was konnte er schon tun? Jules war seit zehn Jahren tot. Paul würde eine Woche grollen, und dann würde er darüber wegkommen. Das Leben würde weitergehen, und eines Tages *würde* er ihr dankbar sein – für alles.

»Also schön«, sagte sie und richtete sich auf. »Wenn du fertig bist, sei bitte so freundlich, auf das Fest zu kommen und dich zu benehmen wie der Graf, der du bist. Die Gäste sind da, um dich zu sehen.«

30. November 1870

Mein lieber Sohn,

heute nacht spüre ich die ganze Last der Welt auf meinen Schultern, und ich bin nicht stark genug, sie zu tragen. Ich kann nicht mehr kämpfen. Ich habe meine Ehre verloren. Sie wurde mir nicht gestohlen, auch wenn man Dich eines Tages verleiten könnte, das zu glauben. Ich will nicht zulassen, daß Du Dir falsche Vorstellungen von Deinem Vater machst. Die Wahrheit ist, ich habe sie mir nehmen lassen, ich habe sie aufgegeben.

Ich habe während des Prozesses den Haß des Anklägers, ja, den Haß der Stadt Paris und ganz Frankreichs gespürt. Ich bilde mir ein, daß ich ihn nicht verdient habe, aber das hat nicht verhindert, daß das Gift in mein Blut gedrungen ist. Mein Leben lang habe ich Feinden gegenübergestanden, deren Waffen tödlich waren, aber nie einem Feind wie dem Haß. Er war stärker als ich, und ich habe mich ihm unterworfen. Erst da – und nicht vorher – habe ich meine Ehre verloren. Jetzt weiß ich, daß der einzige Ort, wo ich sie wiederfinden und zurückholen kann, bei den preußischen Linien draußen vor der Stadt liegt.

Ich bin in vieler Hinsicht gescheitert in meinem Leben, aber nichts bereue ich mehr, als daß ich als Dein Vater versagt habe. Der Wunsch, meinem Vaterland zu dienen und meine Pflicht zu tun, stand immer an erster Stelle. Erst heute nacht wird mir klar, wie groß dieser Irrtum war. Ich werde nie ganz verstehen, wie ich Dich in den letzten paar Wochen behandelt habe, und ich bitte Dich nicht um Verzeihung. Ich weiß mir solche Extreme nicht zu erklären, denn niemand auf der Welt bedeutet mir mehr als Du. Es war nie meine Absicht, Dir ein Leid anzutun, und doch habe ich es in schrecklicher Weise getan. Niemals kann ich Dir meine Trauer darüber auf eine Weise vermitteln, die Du so tief empfinden kannst, wie ich sie meine.

Ich habe Dir keine Lektion zu hinterlassen, denn ich habe mich selbst verirrt und kann Dir nicht länger den Weg weisen. Aber Du hast ausgezeichnete Lehrer in Henri und Serena. Sei gut zu ihnen, denn sie waren gut zu Dir.

Zeige Stärke im Namen der Familie.
Du hast mich immer stolz gemacht.
Dein Dich liebender Vater
Jules de Vries

Pauls Kehle brannte. Eine Träne lief ihm über die Wange. Er wischte sie weg und schaute mit blicklosen Augen aus dem Fenster. *Verzeih mir, Vater. Es war nicht so, wie ich dachte. All die Jahre dachte ich, es sei meine Schuld.*

Unversehens starrte er die Schublade an, aus der sie den Brief genommen hatte. Was mochte sie sonst noch alles darin versteckt haben – zu seinem Besten? Einen Moment lang war er unschlüssig. Er zog am Griff, aber die Schublade war verschlossen. Er riß heftiger daran, aber es war ein alter, solider Schreibtisch, und die Schublade rührte sich nicht. Er ging zum Kamin und holte eine eiserne Aschenschaufel, die er hinter die Ecke der Schublade schob, um diese behutsam aufzuhebeln, ohne sie zu beschädigen. Dann kümmerte es ihn nicht mehr, und er drückte die Schaufel mit Gewalt hoch. Die Vorderseite der Schublade splitterte krachend auf, und das Schloß brach heraus.

Zwei Bündel Briefe lagen darin. Er blätterte den einen durch. Wie betäubt erkannte er, daß es seine Briefe an Moussa waren, Dutzende waren da im Laufe der Jahre zusammengekommen, und alle waren geöffnet. Er legte sie hin und griff langsam nach dem anderen Bündel, aber er wußte schon, was er finden würde. Er zog einen Brief aus der Mitte heraus. September 1875. Moussa war fünfzehn gewesen. Paul lächelte, als er ihn las: Es war die begeisterte Erzählung eines Knaben, der eine Karawanenreise mitgemacht hatte. Er lachte laut über eine Stelle, die von einer Ziege handelte, aber dann verging das Lachen in seinem Zorn, und seine Miene verhärtete sich.

Er hatte geglaubt, mit ihrem Komplott gegen Moussa habe er das Schlimmste über sie erfahren. Aber seine Mutter war eine Frau von großer Tiefe, wenn es ums Lügen ging. Alles wirbelte um ihn herum: Er sah sie vor sich, wie sie seinen Vater betrog, in jener Nacht in der Speisekammer. Er hörte ihre Stimme, wie sie ihm erzählte, sein Vater habe die Familie verlassen, weil sie ihm gleichgültig sei. Er hörte sie sagen, daß Moussa und Serena tot seien, obwohl sie wußte, daß es nicht stimmte. Ein Leben voller Lügen.

Er wußte nicht, was ihn mehr schmerzte: das Ausmaß ihrer Falschheit oder die Größe seines Verlustes. Fast tat es ihm leid, daß er mit ihr gespielt hatte. Sie hatte es ihm heimgezahlt, ohne es zu wissen.

Er verlor alles Zeitgefühl, als er so am Schreibtisch saß, die Briefe las und nachdachte. Es klopfte, und der Butler kam herein. »Verzeihen Sie, Herr Graf, aber Madame hat mich gebeten, Sie zu erinnern. Ihre Gäste warten.«

Paul erschrak bei dieser Anrede. »Nicht jetzt«, sagte er und wollte abwinken, aber da fiel sein Blick auf die Kaminuhr. Er hatte etwas zu erledigen. Es war beinahe Zeit. »Gut. Ich bin gleich da.« Er steckte den Brief seines Vaters in die Rocktasche und legte die andern wieder in die Schublade. Nacheinander öffnete er dann die anderen Schubladen, die nicht verschlossen waren. Sie enthielten Haushaltskorrespondenz und zahlreiche Einladungen zu gesellschaftlichen Veranstaltungen. Nichts von besonderem Interesse. Dann fiel ihm das auffällige Grau eines Telegramms ins Auge. Er zog es heraus und öffnete es. Es waren zwei Telegramme. Das eine war seine eigene Mitteilung an seine Mutter. Das andere kam von El Hussein und enthielt die Nachricht von Moussas Tod. Verblüfft las Paul es zweimal. Dann glaubte er zu verstehen, und er lächelte mit grimmiger Befriedigung. Er legte die Telegramme wieder in die Schublade und stand auf.

Er sah sich im Spiegel. Sein Gesicht war so braun wie der Flanell seiner Uniform, und er hatte eine Rasur nötig. Sein Haar war wild, hellblond, lang und nach hinten gestrichen, als sei er soeben von einem schnellen Pferd gestiegen. Und seine Augen, fand er, sahen genauso wild aus wie der ganze Rest. *Viel zu schmuddelig für einen Grafen,* dachte er, aber jetzt war es Zeit, auf das Fest zu gehen.

Er öffnete die Tür und betrat den Ballsaal. Elisabeth hatte ihn bang erwartet. Als sie ihn jetzt kommen sah, lächelte sie großartig und tat, als sei nichts gewesen. Sie rauschte quer durch den Saal und hakte sich bei ihm unter. »Ich bin froh, daß du zur Besinnung gekommen bist, *Graf*«, sagte sie mit strahlendem Gesicht. Er antwortete nicht, und sein Blick war eisig, aber sie kannte ihren Sohn, und sie kannte diesen Blick. Er würde sie ein paar Tage wütend anfunkeln, und dann würde er darüber wegkommen. Seine bloße Anwesenheit in diesem Raum genügte schon als Beweis. Er spielte mit. Sie hatte gewonnen.

Mit Paul an ihrer Seite begrüßte sie eine Reihe von Gästen und plauderte kurz mit jedem von ihnen. »Ah, Baron!« sprudelte sie fröhlich hervor. »Sie erinnern sich sicher an meinen Sohn, den Grafen?«

»Glückwunsch!« sagte der alte Mann. »Wie ich höre, haben Sie Tamrit erwischt. Gut gemacht, gut gemacht. Brillant.«

Paul antwortete nicht. Abwesend beobachtete er die Tür.

»Bitte.« Elisabeth gab ihm einen Rippenstoß, als sie weitergingen. »Versuch doch wenigstens, höflich zu sein, ja?«

»Natürlich, Mutter.«

»Ah, der Held der Flatters-Expedition!« schwärmte die Baronesse de Chabrillan, und Elisabeth strahlte.

»Bei der Flatters-Expedition gab es keine Helden«, antwortete Paul mit frostigem Lächeln. »Die meisten wurden abgeschlachtet oder vergiftet. Der Rest hat sich gegenseitig aufgefressen.«

Die Baronesse erbleichte.

»Paul!« Elisabeth war entsetzt. »Es tut mir furchtbar leid, Célestine. Er ist einfach erschöpft von der Reise. Er ist nicht er selbst. Wenn Sie uns jetzt bitte entschuldigen wollen.«

Hastig führte sie ihn beiseite. »Das war durchaus nicht nötig.«

»Ich war nur höflich, Mutter. Ihre Freundin schien mir eine so empfindsame Person zu sein. Ich hatte den Eindruck, sie wollte sich über das unterhalten, was wirklich geschehen ist.«

»Das möchte niemand, Paul. Du machst mich – ah, Monsieur Jacquard! Paul, erlaube, daß ich dich mit dem Präsidenten der Zentralbank bekannt mache.« Sie führte ihn durch die Gäste, und Paul bestaunte ihre Fähigkeit, dermaßen kühl zu bleiben. Nichts konnte seine Mutter aus dem Konzept bringen. Überhaupt nichts.

Kellner machten mit Tabletts voller Hors d'œuvres und Getränke die Runde. Musik wehte aus dem Ballsaal, und das Haus platzte aus allen Nähten. An der Tür rief der Butler noch immer die Namen neuer Gäste aus; er las sie von den Visitenkarten ab, die ihre Kutscher ihm reichten. Und was der Butler da vorlas, war eine Litanei des offiziellen, vornehmen, funkelnden Paris. »Der Herr Finanzminister. Die Comtesse Greffuhle. Monsieur Jules Ferry. Der Marquis Hérisson. Monsieur le Maire de Montmartre. Monsieur le Prefect de Police. General Georges Boulanger. Der Chefredakteur des *Figaro*. Le Duc d'Aumale. Monsieur le Maire de Paris.«

Elisabeth schwebte auf Schwingen des Stolzes durch den Raum. Die alten Zeiten, da ihre Bemühungen, eine solche Veranstaltung mit erstklassiger Gesellschaft zu füllen, die reinste Plage gewesen waren, hatten jetzt für immer ein Ende. In den Jahren, da sie das Château und das Haus de Vries geführt hatte, waren ihre Feste von Mal zu Mal erfolgreicher geworden und hatten Scharen von Gästen aus der Welt der Politik, der Literatur und der Kunst angelockt. Die Kunst hatte sie großzügig gefördert. Sie war stets geistreich und gutgelaunt gewesen und bewirtete die Allerbesten. Und jetzt – ob sie herkamen, um sie und ihren Sohn zu feiern, oder ob sie kamen, um einander zu sehen, oder ob sie einfach nur den feinsten Champagner trinken und die beste Küche genießen oder die anregendsten Gespräche führen wollten: Sie *kamen*. Und als selbst die Höchststehenden unter ihnen Elisabeth mit dem Vornamen begrüßten und sie mit dem neuen Grafen am Arm umherspazierte, da wußte sie, daß diese Welt die ihre war.

Sie ließ Paul im Gespräch mit General Boulanger stehen und wollte eben mit dem Küchenchef reden, als sie wieder eine Ansage von der Haustür hörte, diesmal aber nicht im reservierten, würdevollen Ton des Butlers vorgetragen, sondern von jemand anderem.

»Meine Damen und Herren.« Die neue Stimme war tief, und sie hallte wie Donner durch den Saal. Sie erkannte sie sofort, obwohl sie sie schon seit Jahren nicht mehr gehört hatte.

Gascon! Was um alles in der Welt wollte der hier? Verblüfft schaute sie zu Paul hinüber, der sich immer noch mit dem General unterhielt. Paul schaute über die Schulter des Generals zu ihr herüber. Er sah kein bißchen überrascht aus. Die Stimme dröhnte weiter.

»Meine Damen und Herren, verehrte Gäste. Zu meiner großen Freude melde ich Ihnen Graf und Gräfin de Vries.«

Es dauerte einen Moment, bis diese atemberaubende Ansage wirklich in ihr Gehirn vorgedrungen war. Dann setzte ihr Herzschlag einmal aus, und sie wußte, daß sie sich verhört haben mußte. Eilig durchquerte sie den Saal.

Und sie sah es. Ihre Hand flog zum Mund, aber nicht schnell genug, um den Aufschrei zurückzuhalten. Beinahe hätte sie das Gleichgewicht verloren, und nur der schnelle Zugriff eines Kellners rettete sie vor dem Umfallen. Aber das bemerkte niemand. Alles starrte zur Tür.

Dort, mitten im Eingang, stand ein hochgewachsener Mann in den fließenden Gewändern der Tuareg. Seine Erscheinung war gebieterisch, außergewöhnlich. Niemand hatte diesen Raum so sehr beherrscht, seit Henri selbst darin gestanden hatte. Alle Gespräche verstummten. Neben ihm stand eine Frau mit einem in dicke Tücher gehüllten Säugling auf dem Arm. Die Frau hatte ihr Haar mit einem Kopftuch bedeckt und war von hinreißender Schönheit. Das Gesicht des Mannes war nicht zu erkennen, aber die Frau sah anmutig und würdevoll aus. Paul ging ihnen mit schnellem Schritt entgegen, und allmählich erwachten die Gespräche im Saal wieder, und Lachen mischte sich mit eindringlichem Getuschel, während die Spekulationen ins Kraut schossen.

Atemlos und bleich suchte Elisabeth sich einen Stuhl. Sie setzte sich aber nicht, sondern stützte sich nur auf die Lehne. Dann sah sie, daß Paul mit Moussa geradewegs auf sie zukam, und tat ihr Bestes, um ihre legendäre Haltung wiederzugewinnen.

Paul hatte sie von dem Augenblick an beobachtet, als er Gascons Stimme gehört hatte, und mit großer Genugtuung hatte er gesehen, welche Wirkung Moussa auf sie hatte. Jetzt lächelte er breit. »Ist das nicht *wundervoll*, Mutter?« sagte er. »Ach, habe ich es Ihnen nicht gesagt? Moussa lebt!«

Fast krächzte sie ihre Begrüßung, statt sie hervorzusprudeln, wie sie es beabsichtigte.

»Moussa! Ist es ... ist das ... kannst du ... unter all dem Tuch? Ich dachte, du wärest ... du siehst so ... so *gesund* aus!« Sie hatte alle Mühe, nicht völlig den Faden zu verlieren, und bemühte sich, die Augen hinter dem Schleier zu deuten. »Was für eine ... interessante Verkleidung. So ... *interessant*. Und wie praktisch für dich.« Anfangs sah es noch so aus, als sei ihr das Lächeln ins Gesicht geklebt, aber nach und nach faßte sie sich wieder. »Ich bin so *glücklich*, dich zu sehen.«

»Ich dachte, du würdest vielleicht sagen, ›überrascht‹.«

»Ja, natürlich, aber was für eine *wunderbare* Überraschung ist das! Und das?« Mit leiser Herablassung nickte sie Daia zu. »Das ist dann wohl deine ...«

»Das ist dann wohl die *Gräfin*«, sagte er, und Elisabeth zuckte zusammen. »Meine Frau Daia und meine Tochter Tashi. Schade, daß sie nicht französisch spricht, denn ich weiß, wie gern sie sich mit dir unterhalten würde.« Elisabeth wußte seinen Tonfall nicht recht zu deuten. Wollte er sich etwa über sie lustig machen? »Ich muß mich außerdem entschuldigen«, fuhr Moussa fort, »daß ich einen besonderen Gast heute nicht mitbringen konnte. Einen Freund von dir, glaube ich. El Hussein aus Timimoun.«

Moussa sah, wie alle Farbe aus dem Gesicht seiner Tante wich. Sie setzte sich so schnell hin, daß es aussah, als habe man sie fallenlassen. »Ich ... ich glaube nicht, daß ich diesen Namen kenne, Moussa.«

»Wirklich nicht. Dann muß man mich falsch informiert haben. Aber es macht nichts, ich konnte ihn ohnedies nicht ausfindig machen. Wenn du jetzt gestattest – ich habe noch eine Kleinigkeit zu erledigen.«

Elisabeth sah ihm nach, als er davonging, und in ihren Gedanken herrschte Aufruhr. *Warum hat Paul es mir nicht gesagt? Weiß er etwa auch von El Hussein? Was hat Moussa vor? Wenn Paul wußte, daß Moussa noch lebt, was soll dann das Getue, ob er Graf werden will oder nicht? Was geht hier vor?* Kreischend schwirrten ihr die Fragen durch den Kopf. Wo blieb nur ihr Anwalt, Oscar Bettencourt? Der Richter hatte ihr versichert, daß die Entscheidung an diesem Morgen fallen werde, und Oscar hatte ihr die Papiere persönlich noch vor dem Fest bringen sollen, an dem der Richter als Gast teilnahm. Natürlich nahm er teil, er wollte seit Monaten mit ihr schlafen, und er wußte, daß ihm nur diese Papiere ihre Schlafzimmertür öffnen würden.

Was immer Moussa im Schilde führte, sie wußte, daß noch nicht alles verloren war. Wenn das Gericht Paul bereits zum rechtmäßigen Erben erklärt hatte, dann hatte sie alles, was sie für einen Kampf brauchte, und der Herrgott war ihr Zeuge: Einen Kampf würde es geben. *Soll dieser elende kleine Sheik doch mit mir darum streiten, wenn er es haben will,* dachte sie. *Ich werde ihm zeigen, was er verpaßt hat, während er in seinem großen Sandkasten spielte.*

Sie winkte dem Butler.

»Madame?«

»Nehmen Sie meine Kalesche und die schnellsten Pferde«, sagte sie. »Fahren Sie zu Oscar Bettencourt in die Kanzlei, an der Rue Madeleine.«

Mit den Papieren in der Hand würde sie sich wohler fühlen.

»Sofort, Madame«, sagte der Butler, aber ehe er sich noch zum Gehen wenden konnte, erschien Oscar Bettencourt in der Tür. Er trug einen schweren Kasten. Erleichtert lief Elisabeth ihm entgegen. »Oscar!« rief sie, aber zu ihrer Verblüffung wedelte er sie beiseite.

»Nicht jetzt, Madame.«

»*Madame?*« wiederholte Elisabeth. »Oscar, was tun Sie denn? Sprechen Sie mit mir, auf der Stelle!«

Aber er hatte schon den Raum durchquert und sich Moussa und Paul angeschlossen.

»Du hast mir nicht gesagt, daß du es auf einem Fest machen willst«, flüsterte Moussa, während sie sich durch die Menge drängten.

»Das wußte ich ja nicht«, sagte Paul, »aber ich hätte es mir denken können. Sie veranstaltet es natürlich zu Ehren des neuen Grafen. Wir werden ein bißchen improvisieren müssen.«

Er hörte Moussa glucksen. »Mit Vergnügen.«

Auf seinem Weg durch die Menge blieb Moussa hier und da stehen und begrüßte höflich den einen und anderen, und er zeigte dabei nicht wenig vom Charme seines Vaters. Es waren viele Leute da, die ihn als Kind gekannt hatten. Nun stellten sie sich vor, schüttelten ein bißchen zögernd seine Hand und versuchten sich darüber schlüssig zu werden, was sie mit der verschleierten Erscheinung anfangen sollten.

Als sie an der Treppe angekommen waren, führte Moussa Daia zu einem Sessel, in den sie sich mit Tashi setzen konnte. Er hatte ihr ein wenig von dem, was hier vor sich ging, erklärt, aber die Masse der Lichter und Kerzen und Gäste war überwältigend, und sie verstand überhaupt nichts.

Paul und Moussa stiegen ein paar Stufen hinauf und drehten sich dann um. Hier konnten sie den vollen Saal überblicken. Der Lärm erstarb, als Paul alle um Aufmerksamkeit bat. »Meine Damen und Herren, mit großer Freude stelle ich Ihnen meinen Cousin Moussa vor, den Grafen de Vries.« Höflicher Applaus erhob sich: Die meisten Gäste wußten immer noch nicht, wie sie reagieren sollten. Ihre Gastgeberin war keine Hilfe. Elisabeth hatte sich auf die Treppe zubewegt und saß jetzt auf einem gepolsterten Diwan. Ihr Gesicht war das Inbild der Neutralität.

Moussa sprach mit volltönender Stimme, und die Gäste vernahmen fasziniert das perfekte Französisch, daß da unter dem *litham* des vornehmen Targui hervorkam. »Es ist mir eine große Freude, Sie alle zu sehen«, begann er. »Jahrelang habe ich an viele von Ihnen mit Neugier gedacht, wie Sie auch an meine Familie, das weiß ich wohl, mit Neugier gedacht haben. Zu meinem Bedauern muß ich Ihnen sagen, daß mein Vater, der Graf de Vries, im Jahr 1870 gestorben ist.«

Erschrockenes Wispern ging durch den Saal. Viele der Anwesenden hatten Henri gekannt, und die Geschichten kannten alle.

»Ich habe viele Jahre fern von Frankreich gelebt, aber in den letzten Monaten hat der Gedanke an die Rückkehr in dieses wunderschöne Château mit seinem Wald – und natürlich in die Stadt Paris – mein Denken beherrscht.«

Elisabeth schloß die Augen. Niemals hatte sie schlimmere Augenblicke durchlitten. *Also kämpfen. Nach all der Arbeit, die ich getan habe, ist es immer noch nicht erreicht.*

»Als ich heute herkam, rechnete ich damit, ein paar Angelegenheiten, die dieses vornehme Haus betreffen, mit den Mitgliedern der Familie zu besprechen – unter uns. Ich wußte nicht, daß heute diese Gesellschaft hier sein würde, aber als ich erfuhr, zu welchem Zweck sie hier ist – um nämlich den Grafen de Vries zu feiern –, da habe ich auf der Stelle meine Pläne geändert. Ich sehe ja, daß ich unter alten Freunden bin, und es könnte keine bessere Gelegenheit geben, die glücklichen Angelegenheiten dieses vornehmen Hauses mit Ihnen zu teilen.« Wieder erklang höflicher Applaus, und die Menge hörte mit wachsender Erwartung zu. »Es ist mir bewußt, daß die Verpflichtungen einer Familie, deren Wurzeln die Wurzeln Frankreichs sind, auch in einer Republik – *besonders* in einer Republik – nicht ganz unbedeutend sind. Das Vermögen ist in meiner Abwesenheit gewachsen und verdient eine ordentliche Verwaltung zum Wohle des Landes und seiner Pächter sowie der Nation, deren Bestandteil es ist. Es wird also Zeit, daß der Graf seinen Platz an der Spitze dieses Haushalts einnimmt.«

Elisabeth und ihre Hoffnungen versanken immer tiefer in dem Diwan, bis die Polster sie fast verschlungen hatten. »Ist alles in Ordnung, Liebste?« flüsterte die Baronesse de Chabrillan. »Sie sind sehr blaß.«

»Ja, es ist nur ... danke, es geht mir gut.«

»Heute«, fuhr Moussa fort, »habe ich auf dem Weg hierher einen Besuch beim Gericht gemacht. Dort wurde eine Bestandsliste des Vermögens eingereicht, und zwar durch meine Tante Elisabeth, die seit meiner Abreise vor zehn Jahren die Geschäfte dieses Haushalts in so selbstloser Weise verwaltet hat. Ich glaube, auch ihr Bestreben war es, diese komplizierte Angelegenheit durch die Gerichte einer Regelung zuführen zu lassen, da sie mich für tot hielt. Zum Glück bin ich es nicht.«

Elisabeth krümmte sich innerlich bei diesen Worten, aber es gelang ihr, so zu tun, als lache sie mit den anderen Gästen.

»Sie hat ein paar Fehler begangen, aber immer nur in bester Absicht, dessen bin ich sicher. Mit Hilfe Oscar Bettencourts habe ich sie hoffentlich alle korrigieren können.« Elisabeth erstarrte. *Oscar! Hatte sich mit Moussa getroffen! Dann wußte Moussa alles! Dann wußte er auch von dem Besitz, der erst nach Henris Tod erworben worden war. Wieso hatte Oscar nicht ...*

Moussa deutete auf den Kasten im Arm des Rechtsanwalts. »Monsieur Bettencourt war so freundlich, gewisse Unterlagen für mich zusammenzustellen, darunter auch das Dokument, welches mich für tot erklärt.« Oscar reichte ihm das Papier, und Moussa zerriß es mit schwungvoller Gebärde. »*Voilà!* Moussa de Vries atmet wieder.« Neuerliches Gelächter ging durch den Raum. »Nachdem ich nun die Bücher geprüft und mich davon überzeugt habe, daß alles in Ordnung ist, muß ich bekennen, daß mein Platz hier wohl nicht ist. Meine Frau und ich haben beschlossen, unseren Wohnsitz nicht in Frankreich zu nehmen.«

Elisabeth richtete sich ein bißchen höher auf.

»Mit Freude präsentiere ich Ihnen deshalb den Mann, den zu feiern Sie ja heute gekommen sind. Meine Damen und Herren: mein Cousin Paul, der Graf de Vries, dem ich am heutigen Tage sämtliche Rechte und Titel zu diesem Anwesen abgetreten habe.«

Oscar holte eine neue Urkunde hervor, und Moussa überreichte sie Paul unter Applaus und Glückwünschen.

Elisabeth riß sich aus ihrem Brüten, als Moussas Worte in ihr Bewußtsein drangen. Seine Bekanntmachung war ein ebensolcher Schock, wie es sein Auftauchen gewesen war. *Der Narr hat Paul selbst zum Grafen gemacht! Es kommt nicht mehr darauf an, was er weiß! Auf El Hussein kommt es auch nicht mehr an! Auf die Gerichte kommt es nicht an! Es wird keinen Kampf geben!*

In ihrem ganzen Leben hatte man ihr noch nie etwas so säuberlich zu Füßen gelegt, und der elende kleine Erbe selbst hatte es getan! Sie schloß die Augen und schwelgte in dieser wunderbaren Wendung der Ereignisse.

Jetzt ergriff Paul das Wort, und Elisabeth fand, er hatte nie vornehmer ausgesehen, ungeachtet seiner schäbigen Reisekleidung. Kein Mensch, kein Gericht konnte je wieder aufheben, was Moussa da verfügt hatte. Sie war immer noch verdattert. Es ging alles so schnell, daß sie es kaum richtig aufnehmen konnte. Aber sie merkte, daß sie wieder stehen und in den Beifall einstimmen konnte, und sie trat näher an ihren Sohn heran, um sich in diesem Augenblick zu sonnen.

»Mit großer Demut nehme ich das Vertrauen meines Cousins und das Haus de Vries in Empfang. Ich muß gestehen, daß ich nichts weiter bin als ein einfacher Lieutenant – besser gesagt, ein ehemaliger Lieutenant – der Armee. Ich befürchte, daß das de Vries'sche Vermögen viel zu umfangreich ist, als daß ein so schlichter Mann es verwalten könnte. Deshalb habe ich ein paar

Bekanntmachungen abzugeben, und dann lasse ich Sie zum wirklich wichtigen Gegenstand dieser Zusammenkunft zurückkehren, nämlich zu den feinen Gewächsen aus Bordeaux.«

Während wieder gelacht wurde, nahm Paul aus der Hand des Anwalts ein weiteres Blatt entgegen. Er schenkte seiner Mutter ein kurzes Lächeln, ohne auf ihre verwunderten Blicke einzugehen. »Ah ja, hier steht es. Erstens: Allen zum Vermögen gehörigen Besitz, der auf dem Gebiet der eigentlichen Stadt Paris liegt, gebe ich in eine dauerhafte Stiftung. Die Erträge aus seinem Verkauf sind für die Errichtung einer Universität zu verwenden, die den Namen Henri de Vries tragen und die, wie er es gewünscht hätte, auf die Förderung der Geographie und der Naturwissenschaften spezialisiert sein soll.«

Begeisterter Applaus brandete auf. *»Bravo! Magnifique!«* Elisabeth nahm die Glückwünsche, mit denen man sie überhäufte, mit ausdruckslosem Nicken entgegen. Ihr Gesicht war in einem leeren Lächeln erstarrt, während sie die Zahlen im Geiste durchrechnete. Das war grotesk! Es kam nicht in Frage! Ihr Sohn hatte doch keine Ahnung …! *Den ganzen Pariser Besitz!* Er redete hier von Millionen von Francs – von zig Millionen! Diese Narretei würde sie später aus der Welt schaffen müssen, unter vier Augen mit ihrem Sohn.

Aber zu ihrem wachsenden Entsetzen war er noch nicht fertig.

»Sodann ergehen folgende Spenden: zwölf Millionen Francs an die *Société Geographique* … zweieinhalb Millionen an das Nationaltheater … zwei Millionen an das Ballett … drei Millionen an den Louvre für die Restaurierung der im Krieg beschädigten Kunstwerke …« Und bei jeder neuen Summe schnappte die Menge nach Luft, während Elisabeth jedesmal dem Zusammenbruch näher kam. Diese Beträge waren atemberaubend.

Aber er redete immer noch weiter.

»Es gibt zwanzig tapfere Männer, die in der Sahara an meiner Seite gekämpft haben, als wir die Rebellen Tamrit und Mahdi jagten. Die meisten sind dabei gestorben. Jeder ihrer Familien hatte ich hunderttausend Francs versprochen …«

Und es ging weiter. Die Weinberge in Burgund, die Liegenschaften in der Provence, die Güter im Midi, die Wertpapiere …

und immer weiter ... »Und ich darf die Höfe nicht vergessen, die dem Haus de Vries seit Jahrhunderten gehören. Diese Bauernhöfe, ihr Vieh und ihre Einrichtungen, werden den Familien übereignet, die auf ihnen arbeiten ...« Zehn Minuten lang standen die Gäste in einem gewaltigen Regen von Reichtum, wie er nie zuvor auf Wohltätigkeitseinrichtungen, Menschen und ihre Anliegen niedergegangen war, soweit sich jemand erinnern konnte.

Während Paul vorlas, was auf seinem Dokument stand, mied Oscar Bettencourt beflissen Elisabeths Blicke, deren Hitze mit jeder neuen Verfügung spürbar zunahm. Paul und Moussa waren schon einige Tage zuvor in Paris eingetroffen und unangemeldet in seiner Kanzlei erschienen. Für Oscar war es ein großer Schock, als ihm klar wurde, daß es Moussa selbst war, der rechtmäßige Graf de Vries, der da in seinem Vorzimmer stand. Dennoch hatte er sich anfangs geweigert zu kooperieren. Er hatte den beiden Männern einigermaßen pedantisch dargelegt, daß Elisabeth seine Mandantin sei, nicht das Haus de Vries.

»Da haben Sie ganz recht«, hatte Moussa gesagt. »Wenn ich einen neuen Anwalt engagiert habe, werde ich vermutlich als erstes prüfen lassen müssen, wie Sie in meiner Abwesenheit die Geschäfte des Hauses geführt haben.« Sofort hatte Oscar die Gelegenheit ergriffen, etwas mehr Hilfsbereitschaft zu zeigen. Er hatte sich freundlich bereiterklärt, Elisabeth von ihrer Anwesenheit nichts zu sagen und ihnen nach besten Kräften behilflich zu sein. Alles andere war danach einfach, wenn auch zeitraubend gewesen. Tag und Nacht hatten die drei gearbeitet und eine Bestandsaufnahme der Besitztümer vorgenommen. Dann hatten sie versucht, eine Liste der würdigen Empfänger dieser Werte aufzustellen – wobei, darin waren die Cousins sich nachdrücklich einig, alle von der französischen Kirche geführten Einrichtungen ausgeschlossen blieben.

Die Resultate waren atemberaubend, und als Paul jetzt die Zusammenfassung ihrer Arbeit präsentierte, herrschte ehrfürchtige Fassungslosigkeit angesichts des Umfangs und der außergewöhnlichen Großzügigkeit – des nackten Wahnsinns, wie manche auch fanden – des neuen Grafen. Der Redakteur des *Figaro* kritzelte geschäftig wie ein Volontär in sein Notizbuch, um alle Einzelheiten der gewaltigen Neuigkeit festzuhalten, die ganz Frankreich am nächsten Morgen die Sprache verschlagen sollte.

»Der Rest des Vermögens«, schloß Paul, »abgesehen vom Schloß, das ich mitsamt dem dazugehörigen Wald zu behalten gedenke, besteht aus den sieben Bauernhöfen, die dem Grafen Auguste de Vries von Ludwig IX. für die dem König während des siebten Kreuzzugs geleisteten Dienste verliehen wurden. Diese Bauernhöfe bildeten stets den Grundstock für die Stärke des Hauses.« Paul hörte, wie seine Mutter bei der Erwähnung dieser letzten Liegenschaften leise aufstöhnte. »Ich übereigne sie als freien Besitz dem Mann, der dem Grafen Henri de Vries stets gleichermaßen ausgezeichnet gedient hat: Gascon Villiers.«

Unerkannt, aber stolz, stand Gascon an der hinteren Wand, und seine Augen glitzerten feucht.

Paul sah Moussa an und lächelte. Ihr Werk war fast vollendet. Sie hatten alles aufgelöst. So sehr Elisabeth sich auch bemühte, es zu verhehlen, ihr Gesicht legte doch unmißverständlich Zeugnis davon ab, daß sie einen vernichtenden Schlag erhalten hatte. Aber Paul mußte noch zum letzten Kapitel kommen. Etwas war noch übrig, etwas, was er auch mit Moussa nicht besprochen hatte. Etwas, was nur ihr galt.

»Meine wichtigste Bekanntmachung schließlich habe ich mir bis zuletzt aufgehoben.« Die Menge wurde still, und alles fragte sich, was wohl gewichtiger sein konnte als das, was bereits geschehen war. »Es bleibt noch etwas für meine Mutter zu tun, eine Frau, die Ihnen allen wohlbekannt ist.« Elisabeth zwang sich zu einem tapferen Lächeln, als Applaus ertönte. Sie fragte sich, was für ein Almosen er ihr wohl nach diesem Mildtätigkeitswahnsinn noch zugedacht haben konnte.

»Ich verkünde, daß Elisabeth de Vries enterbt ist und ausgeschlossen vom Genuß des Vermögens und all seiner Werte. Vom Grund und Boden des Anwesens ist sie verbannt. Sie darf mitnehmen, was sie an Kleidung und persönlichen Gegenständen in einer Kalesche unterbringen kann, nicht mehr. Sie muß vor Ende des heutigen Tages fortgehen und darf nie zurückkehren.« Pauls Gesicht zeigte keinerlei Regung, als er diese Worte sprach.

Man hörte ungläubige Ausrufe, und die erstaunten Gäste

schauten zwischen Mutter und Sohn hin und her. Man fragte sich, ob dies ein monströser Scherz sein konnte. Aber das Gesicht des Grafen de Vries war versteinert, und Elisabeths Miene war leichenstarr, so daß alle wußten, etwas Außergewöhnliches mußte geschehen sein, etwas, das in diesem Raum kaum je offenbart werden würde. Langsam erstarb das Raunen, und es wurde totenstill. Elisabeth tat ein paar unsichere Schritte auf ihren Sohn zu.

»Paul!« Ihre Stimme flatterte kraftlos. Ihre Selbstsicherheit war mit ihren Träumen verflogen. »Hör jetzt auf! Du mußt dieser gräßlichen kleinen Charade auf der Stelle ein Ende machen! Das ist nicht mehr amüsant, überhaupt nicht! Sag ihnen – sag allen Leuten, daß es nur …« Aber als sie die Hand nach ihm ausstreckte, wich er zurück, und sein Blick war kalt.

»Wenn Sie nicht sofort gehen«, sagte er mit eisiger Stimme, »werde ich persönlich den Präfekten ersuchen, Sie zu entfernen.«

Einen tödlicheren Schlag hätte er ihr mit keiner Waffe versetzen können.

Moussa erinnerte sich, wie er als Junge einen Mann in der Wüste dem Tod überlassen hatte, jenen Shamba-Räuber, der versucht hatte, seiner Mutter etwas anzutun. Er erinnerte sich an den Schrei, den dieser Mann ausgestoßen hatte, als ihm sein Schicksal klar geworden war. Dieser Schrei, dachte er, war nichts gegen das, was er jetzt von seiner eigenen Tante hörte.

Eine halbe Stunde später waren die meisten Gäste gegangen, nach den Ereignissen des Nachmittags peinlich berührt, aufgeregt und entzückt zugleich. Paul und Moussa saßen mit den letzten Gästen im Arbeitszimmer. Paul sprach mit dem Chefredakteur des *Figaro*, und ihre Köpfe waren in ernsthaftem Gespräch gesenkt.

Elisabeth kam herein. Sie schien innerhalb einer Stunde um Jahrzehnte gealtert zu sein. Ihr Haar war zerzaust, ihre Augen gerötet, ihr Blick leer vom Schock. Sie hatte ihre Habseligkeiten zusammengepackt und suchte jetzt Paul, bevor sie ging. Sie war überrascht, noch andere Gäste anzutreffen, und ihr graute davor, ihn anzusprechen, solange sie im Hause waren, aber sie spürte, daß ihr nichts anderes übrigblieb. Als sie sah, mit wem Paul da sprach, wußte sie gleich, daß die ganze schmutzige Geschichte am nächsten Tag in der Zeitung stehen würde. Dann sah sie, daß Moussa mit dem Polizeipräfekten redete. Moussa warf einen Blick zu ihr herüber und sagte etwas zu dem Präfekten, und der starrte sie an. Sie hatte das Gefühl, innerlich zu sterben. Sollte das als nächstes kommen? Die Polizei? Sie konnte nicht glauben, daß ihr eigen Fleisch und Blut zu solchem Verrat imstande war, und sie betete zum Himmel, daß sie aus diesem Alptraum bald erwachen möge.

Paul hob den Kopf, als sie herankam. »Sie sind hier nicht willkommen, Mutter«, sagte er, und seine Grausamkeit verschlug ihr erneut den Atem.

»Wir müssen miteinander reden, Paul«, sagte sie, und zum ersten Mal in seinem Leben hörte er an ihrer Stimme, daß sie vollständig vernichtet war. Fast hatte er Mitleid mit ihr. »Bitte«, flüsterte sie. »So viel schuldest du mir immerhin.«

»Ich schulde Ihnen nichts«, sagte er. »Es gibt nichts zu besprechen.«

»Aber man kann doch einfach nicht ...«

In diesem Augenblick unterbrach Moussa sie. »Paul«, sagte er mit leiser Stimme, aber doch laut genug, daß sie ihn hören konnte, »der Präfekt möchte wissen, ob wir Strafanzeige stellen wollen.« Paul zog ihn ein paar Schritt weit beiseite, und sie wandten sich ab, so daß man nicht hören konnte, was sie sagten.

»Natürlich nicht«, antwortete er dann leise. »Ich will sie nur ein bißchen schmoren lassen.«

»Er hat mich überhaupt nicht danach gefragt«, sagte Moussa. »Mir ist nur für die Ohren deiner Mutter nichts Besseres eingefallen.« Er deutete mit einer Kopfbewegung zum Chefredakteur des *Figaro*. »Was will er?«

»Sich über Afrika unterhalten.«

»Deine Mutter glaubt, ihr redet über sie.«

»Um so besser. Wahrscheinlich sollte ich es tun.«

Elisabeth sah sich stehengelassen. Sie begriff, daß sie nicht darauf hoffen konnte, die Situation wieder unter Kontrolle zu bringen, sie war sicher, daß die Schlagzeilen des nächsten Tages den Skandal ins Land hinausschreien würden, und sie war überzeugt, daß ihre eigene Verhaftung unmittelbar bevorstand. Sie wandte sich ab und versuchte, mit Anstand zur Tür hinauszugelangen. Irgendwie knickten ihre Knie doch nicht ein, wie sie es befürchtet hatte, aber ihre Schultern hingen herab, und ihr Schritt war schleppend. An der Tür erlitt sie eine letzte Kränkung. Der Richter war endlich erschienen, mit einem Stapel Dokumente unter dem Arm. Moussa kam ihm entgegen, um ihn zu begrüßen, und führte ihn zu einem Tisch auf der anderen Seite des Zimmers. Der Richter ging im Abstand von einer Armeslänge an Elisabeth vorbei. Ihrem Blick wich er aus.

Der Abend dämmerte, als Gascon eine Kutsche vor dem Château vorfahren ließ. Elisabeth sah es von ihrem Schlafzimmerfenster aus. Sie sah, wie Moussa, Daia und Tashi einstiegen, ein paar Augenblicke später gefolgt von Paul, der eine Reisetasche trug. Der Butler hatte ihr gesagt, daß Paul zum Bahnhof wollte. Er reiste heute noch ab, aber der Butler wußte nicht, wohin.

Jetzt war das Château leer bis auf sie und den Butler, der von Paul die Anweisung erhalten hatte, Madame aus dem Château zu begleiten und sie in die Stadt zu eskortieren, wo immer sie hinwollte. Unter diesem und jenem Vorwand hatte Elisabeth ihren Abschied hinausgezögert, bis alle fort waren. Sie hatte noch eine Kleinigkeit zu erledigen. Der Butler würde dabei hoffentlich keine Schwierigkeiten machen; er hatte die Anweisungen des Grafen, wie sie fand, mit kaum verhohlener Begeisterung übermittelt. Was immer er für Befehle hatte, sie wußte, daß sie ihn notfalls würde bestechen können.

Als sie die Kutsche abfahren und am Ende der Zufahrt verschwinden sah, eilte sie mit einer großen Ledertasche die Hintertreppe hinunter. Dann zögerte sie und lauschte nach dem Butler. Sie hörte ihn in der Küche. *Wahrscheinlich stiehlt er den Wein.*

Sie betrat den Salon neben dem Arbeitszimmer und ging zum Wandtresor. Sie fummelte ein-, zweimal am Schloß herum, aber dann bekam sie ihn auf, und sofort stopfte sie den Inhalt in die Tasche: Wertpapiere, Bargeld, Schmuck, sogar ein paar Urkunden. Während sie hastig alles einpackte, empfand sie einen Schimmer von Befriedigung. Er mochte sie hinauswerfen, aber es war ihm nicht gelungen, alles zu stehlen, was ihr gehörte. Mit dem, was in diesem Tresor war, konnte sie Paris verlassen und der Armut entgehen.

Es war nicht das, was sie verdient hatte, aber doch immerhin etwas.

Sie standen auf dem Bahnsteig und warteten auf die Abfahrt des Zuges nach Marseille. Paul hatte sich seine Tasche über die Schulter geworfen. Andere Reisende glotzten beim Anblick Moussas in seinen fließenden Gewändern und Daias mit ihrem strahlenden Gesicht und dem Kind auf den Armen.

»Wo wollt ihr jetzt hin?« fragte Paul.

»Nach Österreich«, sagte Moussa. »Wir bleiben ein paar Tage in Paris, und dann habe ich Daia die Berge versprochen. Danach muß ich eine *djemaa* halten.« Eine Lokomotive gab einen schrillen Pfiff von sich, sie erschreckte Daia, die große Augen machte, und weckte Tashi, die wie ein Falke kreischte. Moussa nahm sie behutsam auf den Arm und bedeckte ihr Gesicht mit seinem Mantel. Er wiegte sie hin und her, und bald war sie wieder still. »Ich finde immer noch, du solltest ein paar Tage dableiben«, sagte Moussa, »um alles in Ordnung zu bringen. Deine Mutter wird nur Unheil anrichten, wenn niemand da ist, der ihr auf die Finger sieht.«

Paul zuckte die Achseln. Nach den Ereignissen des Tages erfüllte ihn eine seltsame Mischung aus Hochstimmung und Niedergeschlagenheit. Er hatte das Ganze genossen und sich gleichzeitig selbst gehaßt. Jetzt war er ausgelaugt, und im Grunde war es ihm gleichgültig, was sie noch anstellen würde. »Das wird sie zweifellos. Aber eigentlich kommt es jetzt nicht mehr darauf an. Das meiste ist erledigt. Und Gascon wird ja da sein. Er holt heute abend seine Sachen und wird wieder ins Château ziehen, bis ich zurückkomme. Außerdem kann Wargla nicht mehr warten. Ich war schon zu lange weg.« Paul hatte einen Monat lang Moussa und Daia beobachtet. Er hatte die Zärtlichkeit zwischen ihnen gesehen, und sie hatte seine Sehnsucht befeuert.

Moussa nickte. »Aber sicher, das verstehe ich. Dann also bis zum September.«

»Ich werde dasein.« Sie hatten verabredet, sich in neun Monaten in einem Hotel in Algier zu treffen. Paul wandte sich Daia zu und nahm ihre beiden Hände. »Ehentaúded«, sagte er. »Auf Wiedersehen. Und wenn wir uns wiedersehen, kann ich genug Tamaschek und du genug Französisch, daß wir zur Abwechslung in derselben Sprache über Moussa lachen können.« Moussa übersetzte es ihr, und Daia lächelte. »Ar essaret«, sagte sie und küßte ihn auf beide Wangen. »Für solches Lachen braucht man keine Sprache. Es soll dir gutgehen in Wargla.«

Moussa gab ihr vorsichtig Tashi zurück. Er schüttelte seinem Cousin die Hand, und dann umarmten sie einander. Paul wollte eben in den Waggon steigen, als ihm noch etwas einfiel. Er drehte sich um. »Das Telegramm war übrigens eine hübsche Idee.«

»Was für ein Telegramm?«

»Das von El Hussein, in dem er Mutter mitteilt, daß du tot bist. Das hat ihren Schock verdoppelt, als sie dich dann sah. Es gehörte nicht zu unserem Plan. Du hattest vergessen, es mir zu erzählen.«

Moussa starrte ihn verständnislos an. »Aber ich habe kein Telegramm geschickt.«

El Hussein beugte sich über die Spieluhr, ein Porzellankleinod aus dem Palast des Zaren in St. Petersburg, und drehte den kleinen Schlüssel. Die Figur auf der Decke, ein Kosak auf einem Schimmel, der sich zur Levade aufbäumte, drehte sich zur Musik von Tschaikowski, die in dem Kästchen klimperte. Das war Zauberei! Wundervoll! Er klatschte vor Freude in die Hände. Und das Haus war voll von solchen Schätzen, Wandbehängen, Juwelen, Seidenstoffen, größeren Reichtümern, als er sich vorstellen konnte. Behutsam legte er die Spieluhr in den Karton zu den anderen Dingen, der auf dem Boden neben der Tasche stand, in die er Bündel um Bündel neuer Franc-Noten gestapelt hatte. Er hatte sich nicht die Zeit genommen, alles zu zählen. Aber es war weit über eine Million, das wußte er, ohne zu zählen. Genug, um ihn eine beträchtliche Zeitlang gut zu ernähren.

Er drehte sich um und stieg über die Leiche hinweg. Er hatte ihr nichts antun wollen, wirklich nicht. Sie war viel zu schön: ein

Schatz, der ebenso kostbar war wie all die Dinge im Château. Höchst unglückselig. Aber ach, was sollte man tun? Nach seiner Ankunft in Paris war er geradewegs zum Château gekommen, um der Gräfin vorzugaukeln, ihr Neffe sei tot. Zu diesem Zweck hatte er ein Stück Haut vom Bein eines unglücklichen Sklaven gekauft, dessen Farbe derjenigen Moussas ähnlich war. Die Haut wies eine alte Narbe auf. El Hussein bezweifelte, daß die Frau den Unterschied erkennen würde.

Er hatte die Kutschen gesehen, die zu dem großen Fest erschienen waren, und sich im Wald verborgen, von wo aus er das Haus beobachtete und auf seine Gelegenheit wartete. Dann hatte er zu seinem großen Schrecken Moussa persönlich aus dem Château kommen sehen. Damit hatte er nicht gerechnet, er hatte angenommen, daß der Targui sich nach seiner Flucht aus Timimoun in der tiefen Wüste verstecken würde.

Natürlich war sein Plan, die Gräfin Elisabeth zu betrügen, damit ruiniert. Es blieb nur noch eins: aus dem Haus zu stehlen, was er konnte. Der Wandtresor, den sie bei ihrem ersten Zusammentreffen geöffnet hatte, war ihm seitdem nicht mehr aus dem Kopf gegangen.

Er war in seinem Versteck geblieben, bis die letzte Kutsche abgefahren war. Das Haus hatte verlassen ausgesehen. Durch ein Gartenfenster, das von der Zufahrt her nicht zu sehen war, hatte er sich Einlaß verschafft. Und dann hatte er sie drinnen gefunden, wie sie gerade den bewußten Tresor ausleerte. Sie hatte geschrien, als sie ihn sah, und das Schüreisen war die einzige greifbare Waffe gewesen. Jetzt lag es zwischen Elisabeth und ihrem Diener, der auf ihr Gezeter hin ins Zimmer gestürzt war. Das Eisen war mit Blut und Haaren verklebt. Alles höchst unerfreulich. El Hussein war kein gewalttätiger Mann.

Als er fertig war, führte er ein Pferd aus dem Stall und spannte es vor eine Kalesche in der Remise. Er mußte viermal hin- und hergehen, um alles einzuladen. Es war noch mehr da, viel mehr, aber er wollte nicht gierig sein.

Habgier war eine Sünde.

El Hussein stieg in die Kutsche und fuhr die Zufahrt hinunter.

37.

Sie stand im Garten und half Pater Jean, einen kleinen Pfirsichbaum geradezurichten, der sich im Wind zu stark gekrümmt hatte. Sie band eben eine Schnur um den Stamm, als sie ihn erblickte. Er stand hinter der Mauer und beobachtete sie, gerade weit genug entfernt, daß sie sein Gesicht nicht deutlich erkennen konnte, aber doch nah genug, daß es keinen Zweifel gab. Sie erkannte ihn an seiner Haltung und an der Farbe seines Haars in der Sonne. Sie bekam ein furchtbar flaues Gefühl im Magen, und ihre Knie wurden weich. Sie mußte sich an dem Bäumchen festhalten. Dann sah Pater Jean ihn auch. Er schaute Melika an, entschuldigte sich hastig und verschwand in der Kapelle.

Melika machte keine Anstalten, Paul zu begrüßen. Sie wandte ihm den Rücken zu und kniete nieder, um einen der kleinen Gräben zu säubern, die das Wasser durch den Garten beförderten. Während sie arbeitete, wallten Zorn und Kränkung von neuem in ihr auf, und sie ermahnte sich, nun nicht schwach zu werden. Sie betete zum Himmel, er möge einfach fortgehen.

Aber er ging nicht fort, und bald stand er hinter ihr. »Melika«, sagte er, und seine Stimme war kaum mehr als ein Flüstern. Ein Schauder durchrieselte sie, und sie wühlte tiefer im Graben.

»Geh weg«, sagte sie, ohne ihn anzusehen. Sie wischte sich über die Wange. »Ich wollte nicht, daß du zurückkommst. Ich habe dir nichts zu sagen.«

»Ich weiß …« Bevor er zu Ende sprechen konnte, hatte sie sich aufgerichtet und eilte den Weg hinunter, und gleich darauf war sie in der Mission verschwunden.

Am nächsten Tag war er wieder da, verzweifelt, aber entschlossen. Sie hatte eine lange, schlaflose Nacht hindurch über alles nachgedacht, und als sie ihn diesmal erblickte, loderte ihr Zorn auf. »Wie konntest du jetzt noch zurückkommen? Wie konntest du? Geh einfach fort«, sagte sie. »Ich will mich nie wieder so fühlen.«

»Melika, bitte, laß mich doch nur erklären. Es tut mir leid, daß ich dir weh getan habe. Ich bin jetzt nicht hier, um dir weh zu tun. Ich will, daß aller Schmerz vorbei ist.«

»Einfach so! Aber er wird nie vorbei sein, Lieutenant de Vries.« Wieder flüchtete sie und ließ ihn allein im Garten stehen.

Er schlug ein kleines Lager vor der Stadt auf, in einem Palmengarten, wo er im Schatten sitzen, den Vögeln lauschen und am offenen Feuer einfache Mahlzeiten ruinieren konnte. Er mied die Garnison und spazierte durch die Souks der Stadt, um nach Geschenken Ausschau zu halten. Er kaufte eine *djellaba* aus Marokko und eine silberne Halskette aus Tunesien. Er schrieb ein paar Worte und legte das Blatt mit den Geschenken auf die niedrige Steinmauer vor ihrem Zimmer. Am nächsten Tag sah er, daß die Geschenke noch da waren. Das Blatt war in einen der Wasserkanäle geweht, und die ganze Tinte war verlaufen. Sie hatte es nicht gelesen.

Jeden Tag kam er zur Mission zurück. Einmal war ihm, als sehe er sie durch ein Fenster zu ihm herausschauen, aber dann war sie doch schon wieder verschwunden. Am nächsten Tag kam er auf einem Pferd in den Hof geritten und führte ein zweites am Zügel bei sich, um mit ihr auszureiten. Sie liebte Pferde, aber sie schickte ihn trotzdem weg.

Paul hatte damit gerechnet, daß sie wütend sein würde, aber er hatte auch erwartet, daß sie sich erweichen ließe. Das Leid, das er selbst empfand, ließ ihn jetzt annähernd begreifen, wie sehr er sie verletzt hatte. Er ging zu Pater Jean. »Ich weiß, ich habe kein Recht, darum zu bitten«, sagte er zu dem Priester. »Aber ich muß. Bitte sprechen Sie für mich mit ihr, Pater. Bitte helfen Sie ihr. Bitte helfen Sie mir.«

Pater Jean erklärte sich bereit, es zu versuchen. Er wollte die lange Trauer beenden, die seine geliebte Melika so sehr gequält hatte. Aber sie winkte auch bei ihm ab.

»Vielleicht braucht es noch Zeit«, sagte Pater Jean nachher zu Paul. »Beten Sie, mein Sohn.«

Paul spürte, wie seine Verzweiflung wuchs. Er wartete ein paar Tage und besuchte die Mission nicht, um ihr mehr Zeit zu geben. Als er es nicht mehr aushielt, versuchte er es wieder. Er kaufte einen Picknickkorb und klopfte ans Tor. Melika sah den Hals einer Weinflasche und ein Brot, frisch vom Bäcker. Sein Gesichtsausdruck zerriß ihr das Herz. Seine Augen flehten sie an. Aber sie brachte es nicht über sich, ihm nachzugeben. Die Erinnerung an den Schmerz war zu stark, und der Schmerz war gekommen, weil sie sich erlaubt hatte, etwas für den Mann zu empfinden, der jetzt vor ihr stand. Sie wollte ehrlich, daß er ging.

»*Bitte*«, sagte sie und schaute ihm in die Augen. »Liegt dir denn überhaupt etwas an mir?«

»Ja«, flüsterte er.

»Dann wirst du meinen Wunsch respektieren und mich in Ruhe lassen. Geh zurück nach Frankreich, Paul de Vries.«

Ihre Worte zermalmten ihn. Es gab nichts mehr zu tun. Vernichtet und betrübt verließ er die Mission. Er öffnete eine Flasche Cognac und wollte sie austrinken. Aber dann goß er alles in den Sand.

Er fing an, ein paar Zeilen zu schreiben, und bald wurde ein Brief daraus.

Melika,

da ich Dir nicht mehr weh tun kann und will, werde ich Deinen Wunsch respektieren. Ich reise morgen früh ab. Noch nie im Leben ist mir etwas so schwergefallen. Aber ich kann nicht fortgehen, ohne Dir alles zu erzählen, was geschehen ist und warum ich fortgehen mußte, als ich es tat. Ich weiß nicht genau, ob ich es erklären kann, aber ich muß es versuchen.

Er tauchte die Feder in das Tintenfaß und goß sich selbst in diese Worte, und nichts hielt er zurück. Er hatte nur sechs Bögen Papier gekauft, und bald hatte er sie auf beiden Seiten vollgeschrieben. Er lief in den *souk*, suchte einen Schreiberladen und kaufte mehr. Am Spätnachmittag war er fertig. Er brachte den Brief in die Mission. Sie war nicht da. Er suchte Pater Jean und legte den Brief in seine Hände. »Ich habe ihn nicht zugeklebt, Pater. Wenn er schon offen ist, wird sie vielleicht eher das Gefühl haben, daß sie ihn lesen muß. Geben Sie ihn ihr für mich.«

»Ich werde ihn selbst in ihre Hände legen«, versprach Pater Jean.

Paul wandte sich zum Gehen, hielt aber noch einmal inne. »Fast hätte ich es vergessen, Pater.« Er zog einen dicken Umschlag aus seinem Gepäck. »Ich komme nicht wieder. Öffnen Sie das, wenn ich fort bin.«

Pater Jean nahm den Umschlag mit neugierigem Gesicht entgegen. »Was ist es?«

»Etwas für die Mission, von jemandem, der es nicht mehr brauchte.« Pater Jean würde nie wieder um Vorräte oder Medizin betteln müssen.

Paul holte eine Wolldecke aus seinem Lager und verbrachte die Nacht auf der Düne, von wo man auf die weite Wüste hinter Wargla hinausblickte. Der Dezemberwind kam kalt aus der Sahara. Als er sich die Decke um die Schultern zog, wurde ihm klar, daß ein Jahr vergangen war, seit er das erstemal hier gestanden hatte, mit Remy und Floop. Fast sechs Monate waren verstrichen, seit er wieder hier gewesen war, mit Melika. Jetzt waren sie alle aus seinem Leben verschwunden, und er stand allein hier, besiegt.

Wie sehr die Welt sich in einem Jahr verändert hat.

Er grub sich eine Mulde in die Düne, in der er sitzen konnte, um die Nacht mit der Betrachtung der Sterne zu verbringen.

Mit der Dunkelheit nahm auch die Kälte zu, und er hörte den Sand leise im Wind seufzen. Er schlief nicht. Als das Licht der Morgendämmerung hell genug war, zog er den Brief seines Vaters aus der Tasche und öffnete ihn vorsichtig. An den Faltstellen begann das Papier schon zu brechen, und die Ecken waren ausgefranst. Er las, was da stand, und sein Blick verweilte wie immer bei denselben beklemmenden Zeilen. *Nie habe ich einem Feind wie dem Haß gegenübergestanden. Er war stärker als ich, und ich habe mich ihm unterworfen. Erst da – und nicht vorher – habe ich meine Ehre verloren.*

Er war demselben Feind begegnet, und wie sein Vater hatte er sich ihm unterworfen. Und beide hatten sie einen furchtbaren Preis dafür bezahlt.

Er spürte, daß es ihm wieder die Kehle zuschnürte, und er konnte es nicht mehr ertragen. Der Schmerz wurde nur schlimmer, je mehr er es jetzt in die Länge zog. Es war Zeit zu gehen. Er wußte nicht, wohin, oder was er anfangen würde. Zunächst würde er nach Norden fahren, und wenn er das Meer erreichte, würde er sich entscheiden.

Er stand auf und schüttelte den Sand aus seinen Kleidern und die Kälte aus seiner Seele. Er warf einen letzten, langen Blick auf die Wüste. Dann hob er seine Decke auf und wandte sich ab, um die lange Reise nach Hause anzutreten.

Und da sah er sie, wie sie die Düne heraufkam, ihm entgegen.

SPAIN
Algiers
Tangier
Djelfa
Aflou
Bou Saada
MOROCCO
ATLAS MOUNTAINS
GRAND ERG
OCCIDENTAL
El Goléa
Timimoun
TADEMAIT
PLATEAU
S
A
H
In Salah
Arak
TANEZROUFT
SAHARA
0 100 200 KILOMETER
Timbuktu